U0529430

国家社会科学基金重大项目"中国新诗传播接受文献集成、研究及数据库建设（1917—1949）"（16ZDA240）

华中师范大学中国语言文学一流学科建设资助项目

现代汉语诗歌传播接受研究丛书（之二）

王泽龙　主编

现代传媒与中国现代诗歌

王泽龙　主编

中国社会科学出版社

图书在版编目（CIP）数据

现代传媒与中国现代诗歌 / 王泽龙主编. -- 北京：中国社会科学出版社，2025.8. --（现代汉语诗歌传播接受研究丛书）. -- ISBN 978-7-5227-4642-5

Ⅰ. I207.22

中国国家版本馆 CIP 数据核字第 2024XV2125 号

出 版 人	季为民
责任编辑	郭晓鸿
特约编辑	张　剑
责任校对	师敏革
责任印制	戴　宽

出　　版	中国社会科学出版社
社　　址	北京鼓楼西大街甲 158 号
邮　　编	100720
网　　址	http://www.csspw.cn
发 行 部	010-84083685
门 市 部	010-84029450
经　　销	新华书店及其他书店

印刷装订	北京君升印刷有限公司
版　　次	2025 年 8 月第 1 版
印　　次	2025 年 8 月第 1 次印刷

开　　本	710×1000　1/16
印　　张	49
插　　页	2
字　　数	781 千字
定　　价	269.00 元

凡购买中国社会科学出版社图书，如有质量问题请与本社营销中心联系调换
电话：010-84083683
版权所有　侵权必究

总序　传播接受视域中的中国现代诗歌

王泽龙

在新文学经历了百年历程之后，系统考察中国现代诗歌的传播接受，是为了从新诗传播的历史语境与读者接受的视角，深入阐释中国诗歌的现代缘起与变革，重现新诗经典建构过程中的历史图景，总结新诗变革的规律特征与经验教训，为当下诗歌理论建设与创作实践提供参照。

一　科学思潮传播与"五四"新诗变革的历史语境

清末民初现代科学思潮的传播与大众启蒙是中国新诗滥觞的重要语境，白话新诗运动在"五四"新文学运动中具有至关重要的意义。

中国诗歌的历史是古代中国文明历史的一个重要组成部分，史与诗是古代人文知识结构中最重要的内容。从《诗经》开始，中国诗歌几度辉煌。然而，在经历了唐宋诗歌、诗体之变的探索与创新之后，中国诗歌再没有大的改观与新变，至清末民初，在外来科学与文化思潮的洪涛巨浪冲击下，中国诗歌显得更加衰弱萎靡，失去了中华帝国往日的精神气象，与20世纪初世界格局中的新思潮、新文化格格不入。20世纪初，一批留学海外的先进知识分子，强烈地感受到了中国古老文化的日趋没落，共同意识到只有传播西方现代文明的种子，才能改良中国文化的基因。经历过洋务运动、辛亥革命政治运动的社会变革与思考，一批精神界精英、思想家更加坚定且深入广泛地开展了思想文化启蒙运动。他们把办报与倡导文学改良运动作为传播新思想、启蒙大众的双翼。梁启超从 1890 年第一次在上海看到介绍世界地理的《瀛寰志略》和上海机器局所翻译的西书后，就萌发了创办白话报的初衷，先后在北京主笔《万国公报》，在上海主笔《时务报》；百日维新失败后，流亡日本，创办《清议报》《新民丛报》；同时，借助白话报这一新的传媒发起了影响广大的文学改良运动。陈独秀 1903 年协助章士钊主编《国民日报》，1904 年在家乡芜湖创办《安徽俗话报》。从 1908 年开始，胡适参与、主编上海《竞业旬报》。白话报刊成了这两位新文学运动领袖在"五四"前大力传播启蒙思想与白话文的舞台。"五四"前这一代的知识精英，大力借助现代报刊出版传媒，采用现代白话翻译外来科技、人文思想著作，广泛传播科学知识与现代文明。他们认识到，要启蒙愚弱的国民，提高大众智慧，了解现代科技文明，必须让老百姓有文化，必须对古老的汉字进行改革。有学人声言："今日议时事者，非周礼复古，即西学更新。所说如异，所志则一，莫不以变通为怀，如官方兵法、农政、商务、制造、开矿、学校。余则以变通文字为最先。文字者，智器也，载古今言语心思者也。文字之易难，智愚蠢强弱之所由分也。"① 从 20 世纪之初的白话文运动、国语运动到"五四"白话文运动，虽然文字改革策略不同，但是目标一致，即要通过改革文字，实现文言合一，它们为"五四"白话新诗运动做了有力的铺垫与充足的思想准备。

  清末民初的白话文运动、国语运动——包括诗界革命、文界革命，并没有完成语言的变革，因为当时仍然是文言、白话两套话语并行，知识分子也仍然在并用两套语言，文言分离问题没有解决，对传统文言文持保留立场。文言问题、白话文推广与运用得不到根本解决，中国语言与文学的现代转换就不可能实现。"五四"文学革命的成功，最重要的就是公开坚持了白话文对文言文彻底革命的立场，主张了对文言文毫不含糊的取代。"五四"文学革命作为现代文学的标志，"五四"白话新诗运动作为新诗的界碑，是众多因素影响的结果——"五四"文学革命是一次有思想、有阵地、有组织、有纲领、有成果，通过广泛的传播，被大

---

① 沈学：《盛世元音·原序》，《盛世元音》，文字改革出版社 1956 年版，第 4 页。

众较普遍接受，有广泛社会影响、被官方认可的自觉文学运动。

"五四"白话新诗运动与"五四"新文学运动相伴而生，白话新诗运动的成败是"五四"文学革命成败之关键。中国人的心目中只有诗歌是最纯粹的、最正宗的、最有成就的文学，也是不可以随便革命的文学。可以说，白话新诗运动是中国文学历史转变的一个界碑，它开启了中国文学一个崭新的历史时期，把中国诗歌带到了一个与20世纪西方现代诗歌一体化的新阶段，与中国新文化一道突破了传统文化的封闭与禁锢，开启了古老文明与西方现代文明全面汇通交流、共生发展的新时代。尽管我们的现代文明、现代文学与新诗还不尽如人意，但是我们的民族真正从"五四"开始新生，开始了人类共同追求民主、自由、科学、平等的现代文明的崭新时代。19、20世纪之交的科学、民主、革命、自由的社会思潮的传播接受不同程度地成了中国诗歌转型的历史语境。

清末民初西方科学技术的迅速传播与接受，促进了中国现代报刊出版的兴起与发展。从1900年到1919年，中国有100多种科学刊物创刊，包括物理学、地理学、数学、生物学、气象学、医学、农业、水利等，其中最有影响的中国科学社1915年创刊的《科学》月刊，全部采用横排书写，成为现代传播方式的一个重要标志。《新青年》1915年创刊（原名《青年杂志》），1918年1月第4卷第1号改版，全部采用白话与新式标点。中国古代传统的竖排书写形式已经不能适应西方科技知识（大量的科学公式拟定与演示必须横排书写）的传播，西方表音文字横排书写成为与科学技术传播、人们阅读生理条件更加适应的书写符号。受外来科学思潮与外来诗歌翻译的影响，白话诗歌开始迎来采用横排书写的时代。

现代报刊的横排书写，直接改变了中国读者的阅读习惯，为白话自由体诗歌的倡导与推广创造了传播接受的便利条件。书写、阅读习惯的改变，直接影响了诗歌形式与观念，诗歌可以不必歌，主要依靠固化的韵律声音节奏的口头传播传统开始被打破，镜像阅读逐渐成为普遍形式，分行书写、自由排列、多元现代节奏等成为可能，给自由诗体的自由实践提供了平台。现代报刊的白话文字，自由多样、便于阅读的诗体形式，提供了现代诗歌走向广大读者的新途径，没有现代报刊的广泛传播，就不会有新诗广泛而迅速的传播与诗歌形式的现代转变。

二 现代汉语传播接受与"五四"现代诗歌形式建构

现代汉语诗歌的新构型是建立在现代汉语广泛传播接受基础之上的现代形式。现代汉语与"五四"新诗形式变革的关系主要体现在以下几个方面。

一是大量现代汉语词构成了新诗的语言基础。大量的现代汉语词来自外来科技与人文社会科学新词汇的翻译与借鉴。语言学家王力指出：我们的现代汉语词汇大量来源于对外来词汇的接受，"近百年来，从蒸汽机、电灯、无线电、火车、轮船到原子能、同位素等等，数以千计的新词语进入了汉语的词汇。还有哲学、社会科学、自然科学各方面的名词术语，也是数以千计地丰富了汉语的词汇。总之，近百年来，特别是最近五十年来，汉语词汇发展的速度，超过了以前三千年的发展速度"。[①] 现代汉语词汇，其中包含了丰富的思想观念的内涵，这些词语的现代性与精确性从根本上顺应了现代人、现代生活与现代思想情感交流、表现的需要。

二是新的语义关系（现代汉语语法或汉语组织结构）改变了汉语诗歌的思维方式。现代语言的传播与接受带来的是语言思维、语言内部关系的新变化。傅斯年认为，在白话新词的产生中，"不得不随西洋语言的习惯"，"直用西洋文的款式，……文法、词法、句法、章法、词枝……一切修词学上的方法"。[②] 现代汉语接受西方语言的影响，包括语法观念体系的影响，形成了文言一致与表意的完整与精密，改变了传统格律诗歌的文言分离，把古汉语超语法、超逻辑的功能转向了接受语义支配的表述功能，特别是虚词成分的激增，使现代汉语具有了与讲究严密逻辑的西方语法相生相融的便利条件。

[①] 王力：《汉语浅谈》，《王力文集》（第三卷），山东教育出版社1985年版，第680页。
[②] 傅斯年著，欧阳哲生主编：《傅斯年全集》（第一卷），湖南教育出版社2003年版，第132页。

三是现代诗歌语言重新建构了新诗形式与新诗趣味。新诗的滥觞是与对西方诗歌的翻译借鉴直接联系的。朱自清认为,"新文学大部分是外国的影响,新诗自然也如此"。"新文学运动解放了我们的文字,译诗才能多给我们创造出新的意境来。"译诗不仅丰富了我们的语言,"它还可以给我们新的语感、新的诗体、新的句式、新的隐喻"。① 在新诗发生期,新诗倡导者大都通过翻译自觉探索着新诗形式的建构。比如胡适自认为最满意的译诗《关不住了》,就是他对新诗自然口语节奏与新诗自由诗体的尝试。

现代汉语直接影响了汉语诗歌现代形式建构。比如人称代词在古代汉语格律诗中较少入诗,较多处在一种被省略或缺位的状态,或者以人物身份作为指代。受西方翻译诗歌与语法体系的影响,现代汉语人称代词大量入诗,带来了诗歌书写观念与表达方式的转变。第一人称代词大量入诗,体现的是诗歌主体意识的觉醒、人物身份的确定与叙写视角的变化。第二人称代词大量入诗,体现的不仅仅是对话的叙事方式,也是平等立场、客观交流的现代价值观念的反映。人称代词的大量交叉使用,既是叙事方式的转换,也是丰富复杂的现代世界与现代人思想表达的必然要求。受西方科学主义思潮传播影响,在逻辑化、理性化诗思方式与知性化表现诗潮影响下,现代汉语虚词大量入诗,成了中国诗歌现代形式变革的一个重要因素,现代汉语虚词的入诗扩充了汉语诗歌的句式,改变了汉语诗歌语义关系与诗歌内部结构,是构成诗歌现代节奏形态最活跃的因素,增强了诗歌叙事与知性表达的功能,丰富了诗歌的表现形态,把抒情表意的传统诗歌风格推进到了宏阔、深厚、复杂的现代审美境界,有效地促进了汉语诗歌语言的转化、诗体的解放、诗意的深化与审美的嬗变。

三　中外诗歌传统的接受与新诗变革

毫无疑问,现代诗歌是自觉接受外来现代诗学观念、诗歌形式影响

---

① 朱自清:《译诗》,朱乔森编:《朱自清全集》(第二卷),江苏教育出版社1988年版,第371—374页。

的结果。我们应该怎样评价"五四"以来新诗的欧化倾向呢？我们应该在历史语境中，发现、梳理现代诗人对外来文化与外来诗歌传统的取舍立场与探索实践；客观看待西方资源选择接受中的复杂性。从"五四"前的南社诗人开始，他们革新社会的态度受同盟会影响，政治上是激进的，但是对文学变革却持保守主义态度，像他们在上海成立国学保存会，出版《国粹学报》（陈去病主编）；柳亚子、苏曼殊等一批南社诗人用文言文翻译外国诗（胡适、郭沫若也曾尝试用文言文翻译外国诗歌，但是无一成功）。五四期间白话新诗派诗人在翻译与创作中都走上了现代白话、自由体诗歌的散文化路子。他们从正反两方面启示我们，现代白话与自由诗体是与外来诗歌语言、诗体最兼容的选择。而这种接受选择中的中国文化、诗歌传统趣味，语言、节奏等传统形式都不同程度地起作用，这都需要我们深入辨析。

西方诗歌的影响也不仅仅是艺术形式的。像郭沫若五四时期诗歌个性的张扬，发扬踔厉的青春气息；徐志摩诗歌呈现的自由个性、真诚人格、潇洒的抒情风格，分明体现的是西方现代浪漫主义个性解放、主体精神高扬的反传统思想。如徐志摩《雪花的快乐》："假如我是一朵雪花，／翩翩的在半空里潇洒，／我一定认清我的方向——／飞扬，飞扬，飞扬——／这地面上有我的方向。／／不去那冷寞的幽谷，／不去那凄清的山麓，／也不上荒街去惆怅——／飞扬，飞扬，飞扬——／你看，我有我的方向！／／在半空里娟娟的飞舞，／认明了那清幽的住处，／等着她来花园里探望——／飞扬，飞扬，飞扬，／——啊，她身上有朱砂梅的清香！／／那时我凭藉我的身轻，／盈盈的，沾住了她的衣襟，／贴近她柔波似的心胸——／消溶，消溶，消溶——／溶入了她柔波似的心胸！"这一首诗的现代品格，采用的虽然是传统的拟物抒情的方式，但是自主的个性，真诚的人格，对爱情理想的坚定向往与追求，这在古代诗歌含蓄委婉的文人抒情诗里是较少见到的。徐志摩代表的新格律派诗歌注重形式对称、韵律和谐的传统烙印，在这一首诗歌中有鲜明体现。外来现代诗歌影响与中国古代传统作用互相交织，是中国现代诗歌演变的主流。

30 年代以戴望舒为代表的现代派一方面接受西方现代主义诗歌的影响，同时他们也用心吸纳古代诗歌的优秀传统。现代派诗人对传统的接受，主要继承了晚唐诗歌流派中的温李一派，它们都属于一种追求纯艺术的文学潮流，偏离"诗教"传统，社会担当意识削弱，文学功利性降低，主体性增强，注重表现丰富的"内宇宙"；他们一反"乐而不淫，哀而不伤"的中庸传统，在情感表现上具有情韵缠绵、感伤忧郁、纵情声色、颓然自放的特征。在意象使用上超越了感物吟志的比兴传统，以心灵主观化打破时空界限，诗意晦涩朦胧；诗歌语言典丽精工，雕琢锻炼，注重韵律、对仗和典事使用，具有改造传统，化古为新的形式美和音韵美。

三四十年代现代派诗歌中的另外一脉，以废名为代表的京派诗人（包括废名、林庚、朱英诞、杜南星等）一方面接受了西方现代知性诗学的影响（像朱英诞就明确表示，他的诗受到了艾略特的影响）；另一方面，他们的诗歌中以议论为诗、诗思融合的知性特征，简练平实的语言，讲究用典，含蓄而晦涩风格等均有鲜明的宋诗传统的痕迹。当然，他们的出发点是与古为新，不是厚古薄今，是继承传统，别立新宗，对古代诗歌传统接受的辩证态度与现代立场是我们不应该忽视的。

新诗对外来诗歌的接受传播具有鲜明的阶段性特征。在新诗滥觞期，外来诗歌的翻译接受是为了突破古代诗歌僵化格律的限制，创造新生的语言词汇，所以对传统诗歌较多持有对立姿态，胡适倡导的"话怎么说诗就怎么写"，是为了建立一种白话的口语节奏，以求得文言一致的目标，并不是要混淆诗歌与散文的界限。像周作人早期的白话诗集《过去的生命》，就是采用现代白话语言与口语的自然节奏。有一些诗歌借鉴了西方现代主义诗歌散文化叙事结构、戏剧化手法、现代派的隐喻艺术（比如《小河》）探索新诗的道路。"五四"白话新诗运动高潮过后，新诗初步得到了接受群体的认可，可是新诗的艺术规范并没有建立起来，诗人们便开始重建新诗秩序的艺术化探索。以闻一多、徐志摩为代表的新格律诗体实践，把视野向外转向对英美近现代浪漫主义与古典主义诗歌的翻译借鉴，向内转向对传统诗歌的理性反观。同时期，以李金发、穆木天为代表的象征派诗歌，开始了对法国现代象征主义诗潮的引进与艺术模仿。30年代以戴望舒为代表的现代派，表现出对法国象征主义诗歌知性化现代传统与中国古代诗歌抒情传统的综合性融通与选择。40年代以穆旦为代表的现代主义诗潮，标举告别中国抒情传统，走向"象征、玄学、现实"，他们选择接受的主要是以艾略特、叶芝、里尔克、燕卜荪、奥登为代表的现代主义诗学传统，但是，他们的创作中又无不含混地交织着古代诗歌精神与现代社会的民族情绪。外来诗歌的接受传播与现代中国诗歌艺术变革道路的探索，民族的现实国情与文化语境的紧密联系，外来诗歌接受传播的自主性、复杂性、含混性构成了中国现代诗歌接受传播语境的主导性历史态势。

在新诗外来诗歌的接受传播的影响研究中，我们有了许多可喜的成果，而中国古代诗歌优秀传统的接受传播与西方现代诗歌的会通是我们研究的薄弱环节，也是我们新诗传播接受研究新的生长点。

四　近现代学校教育与现代诗歌传播接受

清末民初，现代科学文化思潮的广泛传播，推进了中国现代学校教育的兴起与发展。基础教育主要是白话文的推广与普及教育。1903年，京师大学堂的一批学生上书北洋大臣："窃思国之强不强，视民之智不智；民之智不智，视教育之广不广。……如欲开民智以自强，非使人人能读书、人人能识字、人人能阅报章、人人能解诏书示谕不可。虽然时至今日，谈何容易，非有文言合一字母简便之法不可。彼欧美诸邦，所以致强之源，固非一端，而其文言合一，字母简便，实其本也。"[①] 当时基础学校教育为了推动白话文的传播，扩大教育启蒙的影响，借鉴西方与日本的乐歌教育，以白话歌谣对学生开展文化知识启蒙教育。早在1898年，康有为在《请开学校折》中就主张向西方与日本学习，废除科举，广开学校，培养人才，并提出了将乐歌课程纳入学校课程体系的建议。

1891年，在他开办的广州万木草堂，就开设了乐歌和体操等课程。梁启超指出，"盖欲改造国民之品质，则诗歌音乐为精神教育之一要件"。[②]

[①] 何凤华等：《上直隶总督袁世凯书》，《清末文字改革文集》，文字改革出版社1958年版，第35页。

[②] 梁启超：《饮冰室诗话》，人民文学出版社1959年版，第58页。

梁启超认为，西方儿童教育得法在于其注重实物教育和按照儿童心智发展规律来展开教学，并强调诗歌音乐教育在儿童教育中的重要作用，歌谣音乐，"易于上口也；多为俗语，易于索解也"。① 在他主编的《新民丛报》上就刊载了他自己用白话作词的《爱国歌》《从军乐》《终业式》《黄帝歌》等，还刊登有黄遵宪的《出军歌》《军中歌》《旋军歌》等。

中国古代素有诗教传统，诵读古诗是儿童启蒙教育的重要课程；古代把不配乐的诗称为"徒诗"，把配乐的诗称为"声诗"。清廷订立的《学堂章程》，到1904年小学普遍开始实施乐歌课堂教育（成为与物理、算术等同样的新式课程），学堂乐歌当时成为一种普及与时尚的活动。当时把这种有声音的乐歌也称为"新声诗"。不少文学改革者、倡导者是学堂乐歌与新声诗的作者。文学改良运动时期的黄遵宪就专门写有《小学校学生相和歌》；李叔同写有大量乐歌，像广为传唱的《送别》就是由他写词谱曲的。"五四"前后，大量的现代白话诗被谱曲成广为传唱的乐歌，如刘半农的《教我如何不想她》、胡适的《上山》、刘大白的《卖布谣》等。

还有不少教育界人士专门写有大量的现代白话教育诗。像陶行知共创作白话教育诗700多首，不少诗歌被谱曲后在学校与社会上广为流行。民国初年，出版媒介专门出版有乐歌专辑，代表性的有沈心工编辑的《学校唱歌三集》（商务印书馆1912年版）、王德昌编辑的《中华唱歌集》（中华书局1912年版）。民国小学国文教科书中也选用有歌谣内容；官方还推荐出版通用的乐歌教科书，像胡君复编辑的《共和国教科书新唱歌》（1—4册）（商务印书馆1914年版）。

如果说小学教育是白话诗歌教育启蒙与传播接受的基础，那么大学教育则是现代诗歌启蒙教育与传播接受最活跃的成分。北京大学的《新青年》《新潮》，清华大学的《清华周刊》等，是"五四"新文化与新文学运动最为活跃的校园期刊。《新青年》作为倡导与推动"五四"文学运动与白话新诗运动最有力的前沿阵地，为学界所共知，《新潮》《清华周刊》作为"五四"文学革命运动与新诗运动的重要舞台，却较少被关注。美国学者维拉·施瓦支在《中国的启蒙运动——知识分子与五四遗产·

---

① 梁启超：《变法通议》，《饮冰室合集》，中华书局1989年版，第45页。

序言》一书中指出：新潮社及《新潮》是北大青年学生共同觉醒下的产物，作为学生杂志的《新潮》，通过与老师辈创办的《新青年》进行代际间的合作，在文学革命尤其是语言革命中发挥了重要作用，加速了"五四"新文化运动的进程。① 黄日葵在《北京大学二十五周年纪念刊》中指出："《新潮》于思想改造、文学革命上，为《新青年》的助手，鼓吹不遗余力，到今这种运动已经普遍化了。"②

新诗倡导与推广是《新潮》最重要的内容之一。《新潮》杂志除第 1 期外，每一期都开辟有新诗专栏，主要人物都是活跃在"五四"诗坛的主将，包括胡适在《谈新诗》中评价的新潮社的几个主要新诗人——傅斯年、俞平伯、康白情，《新潮》诗歌作者还包括汪敬熙、杨振声、周作人、罗家伦、顾颉刚、叶绍钧、江绍源等。《新潮》第 1 卷第 5 号刊登有周作人以笔名仲密发表的两首新诗——《背枪的人》和《京奉车中》。周作人是最早尝试散文化自由诗体方向的现代诗人之一。《新潮》主帅俞平伯与康白情十分活跃。俞平伯发表于《新青年》的《白话诗底三大条件》和康白情发表于《少年中国》的《新诗底我见》，在当时诗坛上非常有分量，前者得到了胡适的认同，后者则被闻一多视为新诗的"金科玉律"之一。《新潮》在《新青年》的影响下诞生，它与《新青年》恰似一种结盟关系，二者不仅互相为对方刊登广告宣传，还在思想主张与新诗倡导方面彼此应和，为白话诗浪潮推波助澜。正如《新潮》主将罗家伦所说："我们主张的轮廓，大致与《新青年》主张的范围，相差无几。其实我们天天与《新青年》主持者相接触，自然彼此间都有思想的交流和相互的影响。"③ 查阅《新青年》的目录，可以看到俞平伯的诗作经常和胡适、刘半农、周作人等老师辈的诗作共同刊登在《新青年》"诗"栏目里。如 1918 年《新青年》第 4 卷第 5 号第一次出现了俞平伯的诗《春水》，并且这一期还有唐俟（即鲁迅）、胡适、刘半农的诗作；《新青年》

---

① ［美］微拉·施瓦支：《中国的启蒙运动——知识分子与五四遗产》，《中国的启蒙运动——知识分子与五四遗产》，李国英等译，山西人民出版社 1989 年版，第 96—102 页。
② 转引自张允侯、殷叙彝等《五四时期的社团》（二），生活·读书·新知三联书店 1979 年版，第 35 页。
③ 罗家伦：《逝者如斯集》，传记文学出版社 1981 年版，第 169—170 页。

第8卷第3号在"诗"栏目刊登了俞平伯的三首诗《题在绍兴柯岩照的照片》《绍兴西郭门的半夜》《送缉斋》，胡适的《〈尝试集〉集外诗五首》，周作人的《杂译诗二十三首》；1921年1月1日，俞平伯的两首诗《潮歌》《乐观》刊登于《新青年》第8卷第5号"诗"栏目上，同期还有胡适的三首诗《梦与诗》《礼》《十一月二十四日夜》。康白情、俞平伯作为《新潮》的代表诗人，不仅立足自身的刊物《新潮》，还通过在当时社会的主流期刊上发表新诗创作与新诗理论文章，有力地扩大了《新潮》的白话诗影响。事实上，《新潮》第1卷发行后，就受到了许多师生的欢迎，《新潮》作为传播"五四"新思想、新文学、新诗歌的期刊，每一期销量都远远超过预期，在青年读者中产生了广泛影响，"顾客要买而不得的很多，屡次接到来信，要求重版"。[①]

另一本影响较大的大学生校园期刊是《清华周刊》，1914年3月创刊，直到1937年5月结束。1914年，年仅15岁的闻一多担任《清华周刊》编委，随后又当选总编辑，开始在周刊上发表诗作、评论文章。从创刊至1925年期间，闻一多在《清华周刊》及其副刊《文艺增刊》上共发表了25首新诗。1922年，"清华文学社"出版了闻一多的《冬夜评论》，闻一多差不多成了清华诗坛的新人领袖。《清华周刊》上发表新诗的主要成员有洪深、蔡正、陈达、汤用彤、李达、梁实秋、顾毓琇、朱湘、孙大雨、饶梦侃、陈铨、吴宓、杨世恩、罗念生、柳无忌等。《清华周刊》在"五四"前后的办刊倾向相对《新潮》较为激进的变革传统的姿态，显得较为理性平和，它既发表自由体白话新诗，也发表文言旧体诗，同时开展新旧诗歌的论争。对西化思潮的接受也较为中庸，创作上主张新创格律，艺术上倡导节制为美的原则，后来主要成员成为新月诗派的骨干。《新青年》《新潮》《清华周刊》等大学生期刊是学生社团活动的主要阵地，对新诗传播起到了有力的引领作用。

大学课堂新诗讲授在新诗教育传播与接受中的历史影响更是不可低估。废名1936年在北京大学开讲新诗，讲授内容包括胡适、沈尹默、刘半农、鲁迅、周作人、康白情、湖畔诗人、冰心、郭沫若的新诗，几乎

[①] 《启事》，《新潮》1919年第2卷第1号。

涵盖了五四时期最有代表性的白话诗人及其诗集，抗战开始后中断。1939年朱英诞被林庚、废名推荐到北京大学中文系任教后，1940—1941年接续废名讲授新诗。他讲授的诗人与诗歌群体有：刘大白、陆志韦、《雪潮》诗人群（包括俞平伯、朱自清、梁宗岱、徐玉诺等）、王独清、穆木天、李金发、冯至、沈从文、《新月》诗群（包括徐志摩、闻一多、朱湘、于赓虞、林徽因）、废名、戴望舒、何其芳、卞之琳、《现代》诗群（金克木、徐迟）等。废名抗战胜利后回到北京大学，继续讲新诗，讲授内容包括卞之琳、林庚、朱英诞、废名自己的诗歌。废名与朱英诞的新诗讲义（陈均编订《新诗讲稿》，北京大学出版社2008年版），可以说是"五四"以来至20世纪30年代，中国现代诗歌经典诗人较为权威性的发现与甄选，形成了对中国现代文学史诗歌经典建构的基本叙述内容与呈现框架。与中华人民共和国成立后的文学史现代诗歌叙述比较对照，各种文学史的叙述大多只是表现为对上述诗人不同的取舍，以及价值评述的差异，废名、朱英诞的讲义基本确定了中国现代诗歌学术研究与经典传播的对象。

　　1937年8月至1939年8月，英国诗人、著名的英美新批评派代表人物燕卜荪受邀到西南联合大学讲学。他对英美现代诗歌的介绍与理论传播（包括他自己的创作），启发了以穆旦、袁可嘉、王佐良、赵瑞蕻、杨周翰、杜运燮等为代表的学生对英美现代主义诗歌的新认知，激发了他们现代主义新诗创作与理论探究的热情，叶芝、艾略特、奥登、霍普金斯等成了爱好新诗创作学生们的偶像，一时间在西南联大英美现代主义诗歌与理论成了时尚，西南联大校园诗歌与理论传播直接构成了影响40年代中国现代诗坛的一个新潮流，成为中国现代诗歌的一个新走向。

　　民国以来，现代学校教育制度的建立，白话文教育的推广，国语教材的改革，现代报刊在学校的创办，学生社团的勃兴，现代诗歌的课堂讲授，文学史教材的编撰等，为中国新诗的传播开辟了最广阔、最活跃的读者市场，学校教育是中国现代白话新诗传播接受最重要的途径，直接参与并深刻影响了中国诗歌的现代变革。

五 传播接受与中国现代诗歌经典建构

中国现代诗歌经典的建构是在中国现代诗歌的传播接受历史过程中形成的。经典是要经过文学历史的检验，被不同时代广大受众接受的文学遗留，文学经典需要历史的观照，需要经过不同时代接受主体的阐释、认同，在某种意义上经典是离不开读者参与的，经典是作者与接受者共同建构的。诗歌历史上有不少伟大诗人，在同时代没有被认可，是经过后人的发现与阐释才被确认的。比如唐代山水诗人孟浩然，在去世后100多年才被提及，开始引起文人关注；陶渊明经宋代苏轼的推崇才被彰显；杜甫也直到宋代才被尊崇为大诗人。

现代诗歌理论批评是一种重要的诗歌接受与传播活动，是对现代诗歌经典形成、历史建构的一种阐释与确认。其主要内容应该包括诗歌理论与批评（包括专家学者、诗人的评论与研究），包括历史上的诗歌选本（专家选本，比如朱自清编选的《中国新文学大系·诗集》、民间书商选本、诗人自选本、国文教材中的诗选等），包括不同时期文学史的叙述评价，还有序跋广告等副文本等。只有多视角的传播接受研究，才会形成对诗歌经典较为全面的认知。我们应该怎样把握上述不同层面的关系，研究主体价值观、考辨史料能力与历史意识将起到重要作用。比如我们对郭沫若《女神》经典性问题的阐释，首先应该在"五四"时代语境中、中国诗歌历史长河中这样一个时间空间交集的坐标上来讨论它。《女神》在中国诗歌历史演变中，以"天狗"般的自我高扬的现代主体精神，"凤凰涅槃"似的发扬踔厉姿态，浴火重生，冲破了传统思想与格律规范的禁锢，为中国诗歌思想解放与形式自由开辟了新境界、新天地，成为最能表现"五四"时代精神、最具现代审美气息的"五四"时代的镜像，闻一多称它是"五四""时代底一个肖子"。发表《凤凰涅槃》的《学灯》编辑宗白华称《凤凰涅槃》如惊雷闪电，"照亮了中国诗歌的天空"。当然，《女神》中的诗歌，有不少作品经过诗人多次修改，并且诗歌艺术水平参差不齐，需要我们在接受过程中细心辨析。其中，哪一些作品是经典，还需要我们继续探究，进一步接受后人的检验。经典的形成过程构成了经典作品的传播接受史。

　　传播接受会受时代语境的影响，经典阐释中常常会出现过度阐释或消解经典的倾向，经典建构的过程是历史的再发现、再阐释，真正的经典是经得起历史检验的。我们今天的经典定位，是现代经典，不同于传统经典，我们不能简单地用唐宋诗歌经典价值与趣味来检验现代诗歌经典。然而，我们共同面向的是文学经典，不能搬用政治学、社会学的价值观来判断诗歌经典，古今中外的诗歌艺术有着共同的基本美学元素。总之，历史视野、现代观念、审美价值是我们共同要坚守的现代经典研究的原则。

　　诗歌的传播与接受是以读者为本位的。传播是向读者传播，读者的接受影响传播主体。传播主体一是诗歌创作主体，二是评价或批评主体。诗歌创作主体往往通过诗歌自选、编辑、序跋、注解（创作谈）推介自己的作品。现代文学史早期，大量诗歌集是由诗歌作者自己编辑、自费出版，或者由名家推荐出版。胡适的《尝试集》自己编辑，初版于1920年3月，至1922年10月出版的《尝试集》是作者增删过的第4版，初版本与第4版有了很大的不同。第4版在第1版基础上新增加诗歌15首，删减诗歌22首，同时删减序言3篇（钱玄同序1篇，自序2篇），第4版保留第1版诗歌仅32首，增删篇幅比保留的还要大。从自选本的不同版本中，我们可以看到作者思想与艺术探索变化的轨迹。《尝试集》增加的诗歌，是作者集中于民国九年、十年的创作，作品中增加了关注时事的诗篇（《平民学校校歌》《四烈士冢上的没字碑歌》《死者》《双十节的鬼歌》，另有4首写给亲友的诗）。这些诗歌更加注重自然音节与白话语言的探索，所删诗歌作者认为其有较多旧诗词的气息，"是词曲的变相"。[①]他最满意的诗作集中在第二编，包括《鸽子》《老鸦》《老洛伯》《关不住了》《希望》《"应该"》《一颗星儿》《威权》《乐观》《上山》《一颗遭劫的星》等，几个版本都保留上述作品原样，未做修改。这些诗歌在内容上具有新时代气息，艺术上作者认为是真正的"白话新诗"尝试。胡适在《再版自序》中说："我本来想让看戏的人自己去评判。……我自

[①] 胡适：《尝试集·再版自序》，胡适：《尝试集》，人民文学出版社1984年版，第193页。

己觉得唱工做工都不佳的地方,他们偏要大声喝彩,……我只怕那些乱喝彩的看官把我的坏处认做我的好处,拿去咀嚼仿做,那我就真贻害无穷。"[1] 胡适的《尝试集》自选本的变化与序言,包括自序(特别是再版自序)对接受者认识评价胡适的新诗实践与早期新诗观都具有较重要的作用。

作为《尝试集》副文本的钱玄同的《〈尝试集〉序》(初版本序,1918年1月),从文言一致的白话文学史的梳理辨析中,以评论者的身份、新文学的同路人有力声援了《尝试集》的传播,旗帜鲜明地指出:我们现在作白话的文学,应该自由使用现代的白话,自由发表我们自己的思想和情感,这才是现代的白话文学,——才是我们所要提倡的"新文学"。[2] 可以说,这是五四文学革命时期最切近新文学或现代白话文学的定义,从思想观念上为《尝试集》的传播与现代诗歌经典阐释做了铺垫。以接受主体身份编选的权威诗歌选本,经过历时性的读者检验,对经典的形成会产生较重要的影响。比如1935年由上海良友图书印刷公司出版的《中国新文学大系》(赵家璧主编),其中由朱自清编辑的"诗集卷"对中国现代文学史与现代诗歌的经典建构可谓影响深远。朱自清对新诗第一个十年主要诗人的诗选与评述(导言),对自由诗派、格律诗派、象征诗派的分类,几乎影响了从王瑶的《中国新文学史稿》到钱理群等的《中国现代文学三十年》的写作。文学史的传播对诗人形象的建构与新诗经典的形成具有重要的作用。民国时期文学史对新诗的评介极为简略,对现代诗歌的历史性描述的系统框架是从王瑶的《中国新文学史稿》开始建立的,后来的文学史有了不同程度的观念性变化,对诗人经典性选择与意义定位也有不同。在王瑶的文学史中,40年代穆旦代表的西南联大诗群就是缺席的,对30年代现代派诗人的评介也是非常单薄的。后来文学史接受了80年代以来学术研究成果的影响,补充、丰富了现代主义诗歌在文学史中的评述,提升了现代主义诗歌的地位,而对某一些艺术性缺失的诗人评价有了改写。特别是官方性文学史或权威性文

---

[1] 胡适:《尝试集·再版自序》,胡适:《尝试集》,人民文学出版社1984年版,第193页。
[2] 胡适:《尝试集》,人民文学出版社1984年版,第131页。

学史的写作，在现代文学经典的传播中对读者的接受有较重要的影响。

总之，现代传播接受从多元通道开启了中国诗歌的现代转型，决定了现代诗歌嬗变的路向，成为建构中国现代诗学品格、形成现代诗歌丰富形态的重要动因与思想资源，为我们深入研究现代诗歌提供了广阔空间与新的生长点。

"中国新诗传播接受文献集成、研究及数据库建设（1917—1949）"是由我主持的国家社科基金重大项目。项目由五个子项目组成：一是现代汉语传播接受与中国现代诗歌形式变革；二是外来诗歌翻译传播与中国现代诗歌；三是现代报刊出版传播与中国现代诗歌；四是现代诗歌理论批评与中国现代诗歌传播接受；五是现代学校教育与中国现代诗歌传播接受。整个项目由华中师范大学诗歌研究中心、北京大学诗歌研究院、首都师范大学诗歌中心有关专家分别带领子项目团队共同实施。主要成果将陆续按专题结集出版，相关数据库平台建成后陆续向社会开放。我们殷切期待广大读者的建议与批评。

2021 年 4 月 18 日于武昌桂子山

目 录

上篇　现代报纸副刊与新诗传播

第一编　《时事新报·学灯》新诗传播研究

概　述 …………………………………………………………（5）
第一章　趋新的文艺立场与办刊轨迹 ………………………（11）
第二章　新诗创作与新诗园地的建设 ………………………（26）
第三章　诗学讨论与理论建设 ………………………………（42）
第四章　域外诗歌译介 ………………………………………（60）
结　语 …………………………………………………………（74）

第二编　《晨报副刊》与新月诗派

概　述 …………………………………………………………（79）
第一章　作为新月诗派摇篮的《晨报副刊》………………（83）
第二章　作为新月诗派理论批评园地的《晨报副刊》……（93）
第三章　作为新月诗派创作平台的《晨报副刊》…………（109）
结　语 …………………………………………………………（137）

第三编　《京报副刊》新诗传播研究

概　述 …………………………………………………………（141）

第一章	新诗场域建设与主编编辑实践	(146)
第二章	新诗创作风貌与形质探究	(165)
第三章	新诗发展问题论辩与路径探索	(180)

结　语 ………………………………………………………… (196)

参考文献 ……………………………………………………… (198)

上篇参考文献 ………………………………………………… (200)

中篇　现代杂志与新诗传播

第一编　《新青年》译诗与"五四"新诗形式构建

概　述 ………………………………………………………… (215)
第一章　译诗与新诗语言的探索 …………………………… (224)
第二章　译诗与新诗音节的建构 …………………………… (254)
第三章　译诗与新诗诗体的形成 …………………………… (287)
结　语 ………………………………………………………… (323)

第二编　《歌谣》周刊中的儿歌研究

概　述 ………………………………………………………… (329)
第一章　《歌谣》周刊中的儿歌概况 ………………………… (335)
第二章　《歌谣》周刊儿歌与"五四"启蒙教育 ……………… (346)
第三章　《歌谣》周刊儿歌与"五四"白话诗歌语言 ………… (359)
第四章　《歌谣》周刊儿歌与"五四"白话诗歌的审美趣味 … (370)
结　语 ………………………………………………………… (382)

第三编　副文本视域下的《现代》杂志与新诗传播

概　述 ………………………………………………………… (387)
第一章　编排策略与新诗的视觉化传播 …………………… (405)

第二章　编读栏目与新诗传播接受空间的建构 …………………（425）
第三章　新诗广告与新诗形象的塑造与传播 ……………………（447）
结　语 ………………………………………………………………（467）

中篇参考文献 …………………………………………………………（469）

下篇　新诗选本与新诗传播

第一编　五四新诗选本与新诗的发生

概　述 ………………………………………………………………（491）
第一章　选本与新诗观念的建构 …………………………………（503）
第二章　选本与新诗知识的生成 …………………………………（528）
第三章　选本与经典化的想象 ……………………………………（551）
第四章　选本与早期新诗的传播 …………………………………（568）
结　语 ………………………………………………………………（585）

第二编　闻一多《现代诗抄》的编选与诗学观

概　述 ………………………………………………………………（589）
第一章　《现代诗抄》的编选内容与特点 …………………………（600）
第二章　《现代诗抄》与闻一多的诗学观念 ………………………（624）
第三章　《现代诗抄》的意义与价值 ………………………………（657）
结　语 ………………………………………………………………（673）

第三编　《中国新文学大系·诗集》与新诗经典化建构

概　述 ………………………………………………………………（677）
第一章　《中国新文学大系·诗集》的编撰历程及其特点 ………（684）
第二章　《中国新文学大系·诗集》的传播与接受 ………………（705）
第三章　《中国新文学大系·诗集》经典叙事的生成 ……………（724）

结　语 …………………………………………………………（740）

下篇参考文献 …………………………………………………（742）

后　记 …………………………………………………………（760）

上 篇
现代报纸副刊与新诗传播

第一编

《时事新报·学灯》新诗传播研究

概　　述

　　五四时期，在各类新文学体裁中，新诗对传统的反叛尤为突出，这种"反叛"也使新诗具有某种先锋性，成为五四新文化运动时期报刊传媒突出的关注对象。报刊作为开放的公共平台，对新文学的发生与发展起着不可忽视的作用。副刊作为报纸正张的补充，相比严肃的正张，自由度更高，因此五四时期报纸副刊不仅对新文学的接纳更为宽容，也更能有效构筑平等的双向交流空间。

　　作为五四时期的四大副刊之一，与五四之前专载诗词小品用以"消闲"的副刊不同，《时事新报·学灯》以建设与传播新文化为己任，在当时为社会广泛关注。翻阅五四新文化运动时期的《学灯》报刊，也可以看到《学灯》同人对教育、文化等社会热点问题的探讨。

　　依托于副刊的媒介特性，《时事新报·学灯》对新诗的生产与传播有不小的影响。1919年8月，《学灯》开始发表新诗，并先后开辟"新文艺""小说""新诗""文艺""名剧""诗"等栏目，发表了大量的新文学作品，尤以新诗为盛，极大地推动五四时期新诗的传播。对《时事新报·学灯》的研究，多聚焦于五四新文化传播，少有对新诗及相关内容的全面梳理与系统研究。因此，考察《时事新报·学灯》的新诗活动，探讨其对早期新诗观念建构、新诗人培养、新诗创作推动、新诗社会传播等方面的作用与意义，可以为新诗的报刊传播接受研究提供一份新资源与新启示。

　　目前学界对《学灯》的研究主要有以下两方面。一是报刊媒介视角下的《学灯》。作为五四时期四大报纸副刊之一，《学灯》首先被人注意到的是其媒介身份，常以中国近现代报纸副刊的一部分被提及。王文彬编《中国报纸的副刊》，以《学灯》为上海地区副刊代表之一，对《学灯》的学术特性略有提及，同时也不满《学灯》对学术文章"偏于介绍，绝少批评"的中间态度。① 冯并的《中国文艺副刊史》以《学灯》主编为线索，对《学灯》五四时期的发展概况做了较详细的梳理，以较长的篇幅总结了《学灯》与文学研究会及创造社的联系，肯定《学灯》对新文学运动的贡献。② 李白坚编《中国新闻文学史》从"新闻与文学联姻"的角度研究副刊，对《学灯》简短的介绍也全在文学方面。③

五四副刊常被作为新思想、新文化的传播阵地，因此在《学灯》的相关研究中，一个常见的模式是将《学灯》与五四新文化运动联系在一起，以《学灯》为五四新文化运动的研究资源，这类研究对《学灯》的评价也多有分歧。早在1932年，张静庐的《中国的新闻记者与新闻纸》就认为《学灯》自郑振铎后，"失去独立发展的精神"。④《五四时期期刊介绍》认为，《学灯》与四大副刊的其他副刊相去甚远，"始终是处于右翼的"。⑤ 叶再生《中国近代现代出版通史》（第2卷）一方面承认《学灯》对宣传新文化的贡献，另一方面从历史方向上批评《学灯》回避新旧文化的冲突、"逐步右倾"。⑥ 不过总体而言，《学灯》在新文化运动中的功绩是被肯定的。罗贤梁《报纸副刊学》注意到了《学灯》后期的"历史性错误"，但从四大副刊的整体角度，对《学灯》宣传新思想、新文化的贡献做出了恳切的评价，尤其注意到四大副刊作为与传统消闲副刊有别的"新式副刊"在中国新闻史上的里程碑意义。⑦ 同样关注到四大副刊在五四新文化运动中的突出作用的，还有员怒华《"四大副

---

① 王文彬编：《中国报纸的副刊》，中国文史出版社1988年版。
② 冯并：《中国文艺副刊史》，华文出版社2001年版。
③ 李白坚主编：《中国新闻文学史》，上海大学出版社2004年版。
④ 张静庐著，郝振省主编：《中国的新闻记者与新闻纸》，西北大学出版社2019年版。
⑤ 中共中央马克思恩格斯列宁斯大林著作编译局研究室编：《五四时期期刊介绍》，生活·读书·新知三联书店1978年版。
⑥ 叶再生：《中国近代现代出版通史》（第二卷），华文出版社2002年版。
⑦ 罗贤梁：《报纸副刊学》，百花洲文艺出版社1991年版。

刊"与五四新文学》一文，着重从文学史的角度挖掘四大副刊的价值，从四大副刊的整体视野，关注《学灯》与五四新文学的关系，对《学灯》扶植郭沫若、参与诗学讨论与理论建设等诗学活动做了一定探究。① 也因为五四新文化运动强烈的存在感，对《学灯》的研究多集中在五四时期，对五四新文化运动之后的《学灯》学界关注较少，多笼统简述其后期情形而不作深入介绍。当然这与《学灯》五四新文化运动之后逐渐衰落有关。以上都是从新闻传播学、报纸副刊学视角研究《学灯》的代表性成果。

二是专注于《学灯》本身的研究。人缘关系是研究《学灯》庞杂的版面内容及生长环境的重要线索，张黎敏《〈时事新报·学灯〉：文化传播与文学生长》以《学灯》历任主编为轴，自张东荪至柯一岑，将《学灯》划分为五个阶段，探讨《学灯》的文化传播与社会反响。该文尤为关注《学灯》的文艺性质，对《学灯》版面做了具体、细致地搜集整理，在《学灯》新诗相关内容上，具体论述了作为主编的宗白华对新诗的偏爱及对郭沫若的发掘等。② 吴静《〈学灯〉与五四新文化运动》一文侧重于还原《学灯》的历史面貌，注意到了《学灯》作为报刊在新文化运动中的特殊性，对《学灯》"公共论坛"的构建进行了深入分析，并设置了一定的篇幅，从发掘郭沫若、培育新诗人群体以及以胡怀琛为胡适"改诗"为例打造新诗研讨中心三方面，探讨《学灯》对新文学成果的巩固与扩大。③ 毛志文《五四新文化运动时期〈时事新报·学灯〉"新思潮"传播研究》从内容、手段等方面关注《学灯》对五四"新思潮"的传播，同样对《学灯》对郭沫若的"打造"有一定的涉及。④

《学灯》还常作为历史材料，在《学灯》编辑主体、创作主体的研究中被提及。张黎敏《从"人缘"结构重估〈学灯〉价值——媒介知识分

---

① 员怒华：《"四大副刊"与五四新文学》，博士学位论文，华中师范大学，2011年。
② 张黎敏：《〈时事新报·学灯〉：文化传播与文学生长》，博士学位论文，华东师范大学，2009年。
③ 吴静：《〈学灯〉与五四新文化运动》，博士学位论文，复旦大学，2009年。
④ 毛志文：《五四新文化运动时期〈时事新报·学灯〉"新思潮"传播研究》，硕士学位论文，黑龙江大学，2014年。

子、社群与〈时事新报·学灯〉》① 与吴静《传承与建设：〈学灯〉编辑群与五四新文学》②、《〈学灯〉编辑群在五四新诗传播中的贡献与意义》③及《新文化运动在江南的传承：〈学灯〉社会关系网分析》④ 等大都为其博士学位论文的相关内容。吴静主要以宗白华、李石岑、郑振铎为《学灯》编辑群体的代表，从编辑理念、编辑手段等方面说明《学灯》的编辑群体对江南地区新文学建设的贡献，从地域上将研究视野聚焦于江南地区，进一步提出"以研究系为基础、以五四青年学子为支持、以知识精英为中心"的关系网的建构。张黎敏亦以编辑群体为对象，从"人缘"的角度探讨《学灯》如何在研究系的背景下，聚集不同立场的编辑群体，并形成读者、作者、编辑三维的社会关系网。由此可见，编辑群体对近代报刊，至少对《学灯》的发展有着重要的引导作用。

在《学灯》庞大的编辑群体中，《学灯》的创办者张东荪是个不容忽视的对象。江唯《浅析张东荪的文化观——以〈时事新报·学灯〉为例》借助《学灯》平台考察张东荪文化观的转变，归纳出注重教育、承认固有文化与积极引进新思想三条，均对《学灯》初期的发展有极大的影响。⑤ 左玉河《上海：五四新文化运动不容忽视的另一个中心——以五四时期张东荪在上海的文化活动为例》以张东荪为研究系代表，从张东荪在上海的报刊活动透视研究系对上海新文化运动的具体参与，文章谈道，《学灯》的创刊目的为指导教育、宣传新思想，但同时，张东荪并不主张批判旧文化，而是期望通过输入新文化的方式，"自然"地消灭旧文化。⑥ 周月峰《从批评者到"同路人"：五四前〈学灯〉对〈新青年〉态度的

---

① 张黎敏：《从"人缘"结构重估〈学灯〉价值——媒介知识分子、社群与〈时事新报·学灯〉》，《编辑学刊》2009 年第 4 期。
② 吴静：《传承与建设：〈学灯〉编辑群与五四新文学》，《编辑之友》2012 年第 6 期。
③ 吴静：《〈学灯〉编辑群在五四新诗传播中的贡献与意义》，《出版发行研究》2012 年第 3 期。
④ 吴静：《新文化运动在江南的传承：〈学灯〉社会关系网分析》，《国际新闻界》2010 年第 9 期。
⑤ 江唯：《浅析张东荪的文化观——以〈时事新报·学灯〉为例》，《黑龙江史志》2014 年第 13 期。
⑥ 左玉河：《上海：五四新文化运动不容忽视的另一个中心——以五四时期张东荪在上海的文化活动为例》，《安徽大学学报》(哲学社会科学版) 2013 年第 1 期。

转变》通过张东荪主持下《学灯》与《新青年》的互动，分析《学灯》对于"新思潮"的复杂态度。①俞颂华作为《学灯》的第三任主编也得到了关注，张黎敏、夏一鸣《俞颂华与〈时事新报〉副刊〈学灯〉》一文的主要篇幅在于论述俞颂华对《学灯》的改革，并意识到俞颂华编辑与作者的双重身份。②张黎敏与夏一鸣的另一篇文章《郑振铎的文学、思想和编辑策略——以〈学灯〉副刊为例》则聚焦于《学灯》编辑群体中特殊的一员，郑振铎作为《时事新报》两大副刊《学灯》与《文学旬刊》的主编，其主持下的《学灯》的编辑理念很大程度上受到文学研究会文学思想的影响。③

在有关《学灯》文学创作的研究中，郭沫若是一个热点。这类讨论多出现在以《学灯》或郭沫若为论述对象的文章中。直接聚焦于《学灯》与郭沫若联系的单篇论文，近有陈捷的《论〈学灯〉主编宗白华与郭沫若的新诗创作》一文，突破以往"《学灯》主编宗白华发掘郭沫若"的研究模式，从二人共通的泛神论思想入手，反向发掘诗人郭沫若对哲学家宗白华之诗人天赋的影响，文章认为宗白华有重学理而轻文艺的倾向，而郭沫若阐述泛神论为情感与理智的"宁馨儿"，激活了宗白华的诗人天资。④

综上，首先，教育、学术与文艺三个方面是《学灯》与新文化运动之关系研究的重点，新诗作为新文艺的一部分自然也受到一定的关注，但对《学灯》新诗传播缺乏整体研究；其次，以上研究对于新文化运动后期及新文化运动之后的《学灯》少有论及，对《学灯》后期的新诗研究亦然，作为拥有近 30 年历史的著名副刊，《学灯》新诗仍有许多问题值得探讨。

需要注意的是，《时事新报·学灯》几经停刊、复刊，报刊名称也因此经过几番变动：1928 年 4 月 4 日，《学灯》更名《学灯教育界消息》，

---

① 周月峰：《从批评者到"同路人"：五四前〈学灯〉对〈新青年〉态度的转变》，《社会科学研究》2015 年第 6 期。
② 张黎敏、夏一鸣：《俞颂华与〈时事新报〉副刊〈学灯〉》，《编辑之友》2009 年第 11 期。
③ 张黎敏、夏一鸣：《郑振铎的文学、思想和编辑策略——以〈学灯〉副刊为例》，《编辑学刊》2010 年第 2 期。
④ 陈捷：《论〈学灯〉主编宗白华与郭沫若的新诗创作》，《南京理工大学学报》（社会科学版）2020 年第 5 期。

主登教育内容与新闻评论，1929年5月16日进一步更名为《教育界》，刊登教育界消息，虽然没有明确的停刊公告，但《学灯》实际上处于停刊状态；1932年10月23日，《星期学灯》创刊，弁言提到《星期学灯》实为《学灯》之"复兴"，并于1934年6月3日第83期更名为《时事新报·学灯》，至1935年9月22日止，共出130期；1937年2月14日，《时事新报·学灯》复刊，同日登有《学灯复刊词》一文，重申《学灯》的学术立场，同一时期，《时事新报》"经济建设""新医与社会专号"等内容划属于《时事新报·学灯》，或许是为了与上述内容作相应的区分，复刊后的《学灯》于2月21日更名《星期学灯》，至1937年8月8日，共出25期，而"经济建设""新医与社会专号"等内容仍归属于《时事新报·学灯》名下，期数另算；1946年4月12日，《学灯》再一次在上海复刊，同日登有《学灯复刊词》一文。《学灯》刊名变动大致如上，后文与注释中将不再做具体阐释。

第一章 趋新的文艺立场与办刊轨迹

1918年3月4日,《学灯》创刊,后几经停刊与复刊,于1947年2月终刊。作为副刊,《学灯》不以消闲的小品文字为内容,而始终坚持关注现代教育、哲学、文化与社会时事问题,为广大读者——特别是知识分子与青年读者提供畅所欲言的公共平台。因此,《学灯》在新文化的生产传播中具有无可替代的作用。

本章主要讨论《学灯》在这一过程中的文艺立场,并对《学灯》新诗的背景作简要介绍。在这一过程中,《学灯》的文艺立场体现出趋"新"的倾向。趋"新"之"新"与其说是跟随五四新文化运动时期的社会热点,不如说更接近于立足社会现实需要、引导时代方向的姿态与立场。

《学灯》刊行年限长,内容繁多,情况复杂,而报刊内容的呈现受主编编辑理念的影响,因此,为方便阐述,本章大致以历届主编在位时限为依据,将《学灯》上的新诗相关内容划分为三个阶段,结合副刊的媒介特性与新文化运动的社会背景,考察《学灯》文艺的趋向,探讨《学灯》对新诗的理想期待。

第一节 扶持新文艺的初生期(创刊至1921.7)

作为副刊,《学灯》的定位其实十分复杂。创刊初期,脱胎于《时事新报》"教育界"一栏的《学灯》,比起后来被广泛运用的"综合性副刊"的定位，更接近于一个教育专刊。从一个以教育为主的刊物成长为著名的五四副刊，新文艺内容的引进起到了重要的作用。新文艺内容不仅为《学灯》在五四新文化运动中占有一席之地添加了一个重要的筹码，更是对尔后新诗乃至新文学的传播发展起到了不可替代的作用。

一 新文艺道路的开辟

凭借对新文化运动的积极响应，《学灯》成为著名的五四副刊。但创刊初期的《学灯》，对新文艺并不过多关注。在创刊宣言中，《学灯》阐述办刊宗旨，第一条便是"借以促进教育，灌输文化"，这也暗示了《学灯》初期的办刊重心。《学灯》的创办并非一蹴而就，一则创刊预告证明了这一点："本报同人慨夫社会之销沉青年之堕落，以为根本之救治之策，唯教育事业是赖。"① 由"预告"可知，《学灯》的创办，是为发展"教育事业"。《时事新报》同人期望通过教育提升青年知识分子的修养，挽救堕落的社会风气，从拟定的栏目标题也可看出这一点："预告"显示，《学灯》最初的主要栏目有三，分别为"学校指南"、"教育小言"以及供青年知识分子投稿的"青年俱乐部"。从这一点来看，"学灯"二字颇有"学界之明灯"的寄寓。创刊初期的征稿启事，同样以"教育"为核心要求。如《本报学灯栏六大征求》一篇，征求"学艺上""教育上"的意见等相关内容的稿件，六点要求均与教育有密不可分的联系；又如1918年4月1日刊载的一则启事，指出"近来吾国教育弊端百出"②，期盼关切教育的人士能够积极投稿，揭发弊端所在，改良教育界堕落的风气。这两则启事一度成为《学灯》的"报尾"。

可见，"促进教育"既是《学灯》的首要宗旨，也是《学灯》初期的办刊重心。比起日后成为著名的五四新文化运动副刊，初期的《学灯》更像一种专论教育的学术性刊物。那么《学灯》是如何开辟新文艺道路的呢？

---

① 《本报特设学灯一栏预告》，《时事新报》1918年2月4日。
② 《本栏特别启事二》，《时事新报·学灯》1918年4月1日。

这与《学灯》"灌输文化"的方针有关。创刊之时，一则《学灯宣言》明确表述"学灯"栏的开辟，是因为"方今社会为嫖赌之风所掩，政治为私欲之毒所中"①，为了矫正这一社会风气，《时事新报》同人创办了《学灯》。如何矫正社会风气，实现救弊社会的理想？《学灯》对新文化运动的响应给出了答案。五四时期，"新文化"之"新"，更多指向西方文化，通过介绍、输入西方文化的方式，冲击僵化腐朽的旧文化。《本栏之提倡》一文透露了《学灯》的文化态度：对于旧有文化，《学灯》并不完全排斥；但对于西方文化，《学灯》主张积极译介，并要求以科学的态度剖析西方文化，反对浅薄的"介绍"。

副刊的特性也为《学灯》开辟新文艺道路提供了可能。相比严肃正经的正张，副刊的生存环境相对自由，因此一些在他人看来"微不足道"的思想或主义，得以拥有书写与传播的机会，比如《学灯》积极译介基尔特社会主义、伯格森哲学等思想主义，对时下教育问题等社会热点予以即时讨论，以一种先锋者的姿态，自觉为介绍新思想、建设新的文化机制提供讨论空间。此外，相比各类消息千篇一律的正张，副刊往往更能代表一家报刊的特色，《学灯》要想在热烈的新文化运动中占据一席之地，引进新文艺内容是其重要的选择。

于是，我们可以看到《学灯》开辟新文艺道路的一系列举措。1918年底，"文苑""杂俎""科学丛谈"等一系列新栏目开辟，单从栏目名称的设置便可见出《学灯》对教育主题的超越。值得注意的是，1918年12月，"新文艺"栏开始出现在《学灯》版面：12月6日，"新文艺"栏开始连载泰戈尔剧本《邮政局》，同日还有"小言"栏发表了张东荪的《泰鹤兰之思想》，简略介绍泰戈尔的思想。至1919年2月4日，一则《本栏之大扩充》的启事，表明《学灯》"兹定体裁，为下列各种……（九）新文艺（载新体之诗文）"②，正式将"新文艺"列为扩充板块之一，并常驻《学灯》。

而新诗，又是新文艺的先锋。从形式到内容，在各类文学体裁中，

---

① 张东荪：《学灯宣言》，《时事新报》1918年3月4日。
② 《本栏之大扩充》，《时事新报·学灯》1919年2月4日。

新诗对传统格律诗的反叛尤为突出。这种"出格"的反叛使新诗具有独特的先锋性与代表性，《学灯》显然也具有认同新诗意义的眼光。1919年8月15日，一则《本栏启事》再次强调，"本栏今日起另辟新文艺一门"①，并于当日发表黄仲苏新诗《重来上海》。这是《学灯》第一次发表新诗。此后相当一段时间，"新文艺"栏常被各类新诗占据。1920年1月，"新文艺"栏更名为"新诗"栏，新诗在《学灯》拥有了专属的传播空间。作为新文艺范畴内的一个门类，新诗在《学灯》拥有如此特殊的地位，可见《学灯》同人对新诗这一文艺品种寄望之厚。

二 开放自由的办刊路线

新文艺道路开辟后，新诗创作得到《学灯》的大力扶持，最明显的表现便是《学灯》新诗发表数量的井喷。以笔者搜集的资料来看，自1919年8月《学灯》首次发表新诗，至1921年7月文学研究会成员正式接手主编工作前，《学灯》发表新诗近300篇。如此繁荣的新诗创作面貌，与《学灯》开放自由的办刊路线有关。

这一路线从创刊之初便有体现。张东荪开辟《学灯》，除了"促进教育、灌输文化"，还提出要"屏门户之见，广商榷之资"，使《学灯》"为社会学子立说之地"。②这就要求《学灯》摒弃成见，广泛接纳青年知识分子的投稿，将自身打造为青年知识分子畅所欲言的平台。这一姿态大大提高了《学灯》在青年学子中的声望，吸引众多青年知识分子的投稿。《学灯》曾几次刊登"特别启事"，对青年学生诸多投稿不能及时刊登的情况，表示"至为歉仄"。

另外，开放自由的路线也是《学灯》学术立场的要求。《学灯》的学术立场通常表现为对各类学说与社会问题的关注与讨论，并为此设置了"讲坛""研究""译述""学术丛谈"等栏目。在《学灯栏宣言》中，我们能看到《学灯》对学术立场的进一步要求："本栏的门类本不能有绝对

---

① 《本栏启事》，《时事新报·学灯》1919年8月15日。
② 张东荪：《学灯宣言》，《时事新报》1918年3月4日。

的固定，须跟着学术的新思潮和社会的新问题随时移动"①，即是说，学术立场要求《学灯》时刻关注时下社会发展的需要，秉持开放自由的路线。

更具体地表现这一要求的，是这一时期的诗学讨论。1920 年 8 月 5 日，《学灯》颇有针对性地推出了"诗学讨论号"。随着《尝试集》的发行，关于新诗的各类讨论纷至沓来。一方面，新诗用韵与否等问题成为讨论的重点，在早期新诗合法地位颇受质疑的情境下，推出一期专论新诗的"诗学讨论号"，对新诗理论的建设大有助益；另一方面，"诗学讨论号"以学术讨论的态度接纳各方观点，也是《学灯》坚守开放自由的办刊路线的有力证明。结合《学灯》这一时期的新诗创作来看，不难发现《学灯》在新诗创作上持包容、鼓励的态度，并不主张新诗必要用韵，并乐意开展相关讨论，甚至出版专号。其中固然有借助讨论建设早期新诗理论的考量，但也体现了《学灯》开放自由的办刊路线。

开放自由的包容态度对《学灯》的影响尤为深远，从后续一些具备指导性的《学灯》宣言中能看出这一点。1921 年 8 月 21 日，《今后的学灯》一文强调："在同一的报纸上，发表在一条直线上的两个不同的主张是常有的事。因为'讨论'是使求'真理'的最好的方法……所以我们是很愿意容纳讨论的文章的。"② 这是继任主编郑振铎上任后的一份正式宣言，基本奠定了《学灯》今后一段时间内的发展基调。

第二节 关注现实变革的发展期(1921.7 至 1923.8)

经过一段时间的发展，这一时期的《学灯》已具备一定的声望，成为著名的五四刊物，文艺内容得到长足发展，一个标志便是文艺作品数量的增加与质量的提高。这与主编有很大的关系。这段时期内，《学灯》以文学研究会成员郑振铎、柯一岑为主编，在文艺内容上，表现出了对现实的高度关注、对世界文学的积极译介，并发表了大量的文学研究会

---

① 《学灯栏宣言》，《时事新报·学灯》1920 年 1 月 1 日。
② 《今后的学灯》，《时事新报·学灯》1921 年 8 月 1 日。

成员的创作。

一 "为人生"的文学倾向

徐玉诺是一位备受《学灯》推介的诗人,据笔者搜集的资料显示,《学灯》首次发表徐玉诺诗作在1920年10月22日,为《杂诗》5首。随后,《学灯》对徐玉诺的推介达到一个小高峰,并以《杂诗》为题,先后发表徐玉诺新诗近40首。《学灯》如此重视徐玉诺,与主编的新诗理念不无关系。相比唯美抒情之作,郑振铎更期待直面社会现实、将丑恶挑破了鲜血淋漓摊开来的新诗:"我不相信举国沉沉,有血气的青年诗人竟皆为恋爱的桃色所障蔽;我不相信在这个孤鼠横行血腥扑鼻的时间,曾没有一个人要站立太山,高唱悲怨之曲;更不相信,可爱的青年人的血都冷了,他们的狂热的心都停止跃动了,以至于连憎厌那些可憎厌的景象之情绪也都引不起来了。"[①]徐玉诺的新诗正满足"血与泪"文学的要求。揭露生活的苦难、诅咒社会的黑暗是徐玉诺新诗创作的一个重要主题,比如《燃烧的眼泪》:"我不知道几千几千年没有回我的故乡了;/回到我的故乡,我的故乡什么东西都没有了。/我慌慌张张的找了一个遍,/尽是些垒垒的荒坟……好不凄惨啊!"[②]徐玉诺成长于贫苦闭塞的农村家庭,师范学校毕业后为了生计四出奔走,于漂泊之人而言,记忆中的"故乡"当是一个怀念之地,然而徐玉诺笔下的故乡却是荒芜破败的,充满苦难与血泪。诗人直面农村生活的黑暗,发泄悲凉怨愤的情绪,真实表现矛盾的故乡情结,这与《学灯》"为人生"的文学倾向是一致的。

与初生期各编辑较为松散的联系相比,这一时期编辑主体的最大不同,便是两位主编均来自文学研究会,有较为密切的社团联系,并且在《学灯》之外,又有一文学研究会会刊《文学旬刊》附于《时事新报》之后。可以说,这一时期《学灯》在文学方面的累累硕果,与编辑群体的文学立场有莫大的关系。文学研究会同人对文学有着严格的要求,反对以文

---

① 郑振铎:《憎厌之歌》,《时事新报·文学旬刊》1922年6月1日。
② 徐玉诺:《燃烧的眼泪》,《时事新报·学灯》1922年4月13日。

学为消遣，而以文学创作为严肃认真的工作。文学态度是否严肃认真甚至上升到"敌我"的层面："以文艺为消遣品，以卑劣的思想与游戏的态度来侮蔑文艺，熏染青年的头脑的……抱传统的文艺观，想闭塞我们文艺界的前进之路的，或想向后退走去的，我们则认他们为'敌'……"① 因此，他们主张以社会、人生为文学的表现对象，主张"文学是人生的自然的呼声"②。受主编编辑理念的影响，这一时期《学灯》的文学态度乃至文化态度，有着浓厚的"为人生"倾向。以文学反映人生、表现人生，是为了指导人生、改造社会，因此，这种"为人生"的文学，便多少带有一定的社会功利色彩，由此诞生一些批判社会、揭露黑暗的文学作品。《学灯》新诗创作亦是。

另外，"为人生"的文学要求以"人"为中心。这里的"人"，从时间上而言，是"人性的"，是觉醒的现代人；从空间上来讲，是人类中的一员，对个体的关注即是对人类的关注。文学研究会同人认为，"这样的大人类主义……也就是我们所要求的人道主义的文学的基调"，"这人道主义的文学，我们前面称他为人生的文学……名称尽有异同，实质终是一样……"③ 我们可以从中看到这样一层逻辑："人生的文学"不过是"人道主义的文学"的别称，在文学研究会同人看来，其内涵并无明显差异。换言之，"为人生"的文学既要求张扬个性，又隐含大人类主义的理想。

通过《学灯》平台，"为人生"的文学观念得到进一步的传播。翻阅这一时期的诗学文章，"平民诗人""平民的诗"等字眼不在少数，最直接阐述"平民诗人"这一概念的，当数《平民诗人》《平民诗人惠特曼》等文。在《平民的文学》一文中，周作人这样阐述"平民文学"："就是普遍与真挚两件事"，它提倡将文学"应用在人生上"，研究的是"全体的人的生活"。④ 这与"为人生"的文学观念一脉相承：大人类主义的理

---

① 《本刊改革宣言》，《时事新报·文学》1923 年 7 月 30 日。
② 郑振铎：《新文学观的建设》，《时事新报·文学旬刊》1922 年 5 月 11 日。
③ 贾植芳等编：《中国文学史资料全编现代卷：文学研究会资料》，知识产权出版社 2010 年版，第 56 页。
④ 胡适编选：《中国新文学大系·建设理论集》（影印本），上海文艺出版社 1980 年版，第 211 页。

想要求文学超越国家、民族、阶级的界限，反映全体人类的精神；平民的文学提倡记载"大多数"人的事，既把人视为个体，又把人类视为一体，以个人为人类中的一员，人类的事便是个人的事。《学灯》可谓是平民文学的积极推行者，曾开辟"民间文学"专栏，并先后披露过"粤东歌谣""余姚歌谣"等地方歌谣。

　　平民文学的提倡有一定的反对封建贵族主义倾向，但在《学灯》这里，它显然与"专属某一阶级的文学"之类的内涵有一定的区别。比如《平民诗人》就认为，平民的艺术是包容的艺术，它并不一定拒绝上流社会的艺术，也并非一种通俗艺术，而是"向着比较现在民众较高较丰富的目标而歌"，可以说，"平民的文艺在某种意味，和宗教一致"，它要求平民诗人"一面是高尚的艺术家"，同时又是"民众群中之一人"，能够导引民众、感动民众。[①] 因此，"平民的诗"需要具备平等的精神，以博大的心洞察万物，以万物为诗的对象。在《学灯》同人看来，符合"平民诗人"要求的，惠特曼要算一个。惠特曼作诗，一面主张个性与自我，另一面以自己为世界、为自然的一分子，任诗情自然流露。《平民诗人惠特曼》评价他："不过是能够堂堂的做一个人而已。"[②] 正如《草叶集》之"草叶"，象征着一切平凡、普遍的人与事。《学灯》对外国诗人的译介不在少数，惠特曼便是重点译介对象之一，郭沫若译惠特曼的诗作《从那滚滚大洋的群众里》，便是最早登上《学灯》的域外诗作之一。如此推介，多少可见《学灯》同人对"人"的文学的肯定。

　　还应该看到的是，与贵族的文学相比，平民文学在艺术形式上未有定式，题材内容广阔复杂，并且随现代化的发展而扩充。这种自由的活力与《学灯》趋"新"的文艺立场也是契合的。《学灯》同人认同文学具备联结情感、扩大同情的功能，因此，《学灯》理想的新诗自然是"动人"的新诗。两篇连续发表的短评或许能表明《学灯》这一时期的新诗态度。1922年1月3日，一篇名为《张开眼睛来!》的杂感呼吁："要作诗先要张开了

[①] 谢六逸编译：《平民诗人》，《时事新报·学灯》1921年11月5日。
[②] 谢六逸：《平民诗人惠特曼》，《时事新报·学灯》1922年3月27日。

眼，千万不要闭着眼去想。"[1] 隔日，又有《独创与因袭——对于近来作新诗者的箴言》一文，批评一些新诗创作不过是堆砌陈词滥调，不能动人。[2] 甚至在"通讯"栏，也能看到《学灯》对当下新诗发展的不满："我国的研究西洋诗者，既未闻有谁？而新进诗人，又多哦啊式的肤薄之作。"[3] 这些批评均指向新诗创作中因循套用、言之无物等问题。《学灯》同人看到这类问题的存在，转变肤浅浮泛的创作风向，倡导书写实际生活经验。可以说，"为人生"的文学观念的传播，正符合新诗发展的需要，而具备趋"新"意识的《学灯》同人，抓住了这一机会。

二 立足现实的世界文学视野

《学灯》这一时期在文艺上的另外一个重要特点，就是译介了丰富的域外文学作品，包括大量的外国诗歌理论文章与诗歌创作。与上一时期相比，这一时期，《学灯》对域外诗人诗歌的译介规模有明显的扩大。首先是译介范围的扩大。考察1919年9月至1921年7月17日《学灯》诗歌的译介情况，我们不难发现译者们对英国诗人的偏好：在约50篇译介诗歌中，英诗占近1/3；"文艺丛谈""诗歌讨论"等栏目发表的译介文章主要有《坎尔纳》《拜轮》《英国诗略述》《英诗上国家观念发达观》《太戈尔研究》等篇，除《太戈尔研究》外均为对英诗与英国诗人的译介。进入发展期后，《学灯》对其他欧美诗人与印度诗人泰戈尔的关注显著增加，一个表现是刘廷芳在1921年7月22—25日短短四天的时间里对美国诗人的集中译介，翻译《阿菊佛莲骚》《路西旦麦德洛》《小孩子》《路德雷奇昂》《阴郁蠢钝的眼睛》《游中国泰山》等诗篇。高密度的译介活动与《学灯》主编的指导不无关系，在《阿菊佛莲骚》后有一段"编者附注"，解释这几首美国诗的译介是为文学研究会"美国现代的诗"演讲活动作准备，借助《学灯》平台作一定的推广。其次是译介内容的

---

[1] 《张开眼睛来!》，《时事新报·学灯》1922年1月3日。
[2] 玄：《独创与因袭——对于近来作新诗者的箴言》，《时事新报·学灯》1922年1月4日。
[3] 《时事新报·学灯》1921年7月19日。

多样化。相比于上一阶段聚焦诗歌与诗人本身的译介思路，这一时期的译介活动对域外诗歌流派与理论等也有所涉及。这与《学灯》"为人生"的文学立场有关，比如《未来的诗》一文，借未来派新颖的诗形冲击旧诗观念，宣扬一种以"人"为中心的新文学观："喜欢旧诗的先生们！请先研究什么是人？然后才研究做诗罢！"①

诗歌译介规模的扩大，一方面与《学灯》自身的平台期望有关。身为报刊主编，郑振铎对传媒的社会影响力有深刻的认识，他期望《学灯》能在译介域外文学与消息的过程中积极发挥平台作用，加强国内学术消息的流通，改变长久以来中国学界消息闭塞的状态，使中国与世界发生更密切的联络："我们今后愿意尽力地做一个学术界消息的流通机关。还希望国内外同志能够帮助我们进行。"②另一方面归功于《学灯》的世界文学视野。这种世界文学视野同样与主编的文学观念有密不可分的联系，文学研究会以"研究介绍世界文学整理中国旧文学创造新文学"为宗旨，看到了中国新文学的创造需要域外文学的译介作为养分，认为"研究新文学的更是专靠外国的资料"。然而，新文学实际的发展状况并未能使《学灯》同人完全满意：新文学发展到这一阶段，虽然创作数量颇丰，但"创造作大半浅薄，而没有惊人的大著作"；当时的译介工作也缺乏一定的系统性与全面性，"不要说创作之林，没有永久普遍的表现我们最高精神的作品，就是介绍也是取一漏万，如泰山之一石"。③

虽然视野开阔，但《学灯》的诗歌译介工作并不主张统统"拿来"，而是以中国文学发展的现实需要为基础，有选择地译介域外诗歌与诗人。专号是《学灯》常用的一种译介方式，它以某位文学家为对象，在一定的版面内进行集中译介，译介内容包括但不限于译介对象的学术成就、具体的文学作品、生平概况，还有针对译介对象而作的文学创作等。以诗歌领域为例，这一时期《学灯》的一个突出表现是推出"歌德纪念号"，刊载译介文章4篇、译诗4首，另有新诗创作1首，纪念歌德逝世

---

① 谢六逸：《未来的诗》，《时事新报·学灯》1921年12月17日。
② 《今后的学灯》，《时事新报·学灯》1921年8月1日。
③ 《文学旬刊宣言》，《时事新报》1921年4月23日。

九十周年。其中胡嘉所作《我对于歌德忌辰的感想》一文颇能说明歌德受此重视的原因。文章认为,"自于建设德意志之唯一文学者,自非舍歌德莫属",而歌德能有如此成就便在于他的创造精神。这种创造精神正是当下的中国文学所欠缺的,从文章结尾胡嘉所发呼吁可以看出这一点:"反观我们的中国,不是从新文化运动以来,很有革新气象吗?不是在文学方面,只重大部分的输入而少事创造吗?不是创造作大半浅薄,而没有惊人的大著作吗?那么,对于这个大诗人的九十忌辰,应有如何的感想呢?我个人的希望是:以歌氏建设德国文学之精神,进而为中国建未来文学的事业。"[①] 只重浅薄的翻译、缺乏深度的思想开掘与模仿学习,这是胡嘉看到的新文化运动以来中国文学在译介方面的缺陷。《学灯》大规模译介外国文学,一个目的便是建设中国文学。从《学灯》专门译介歌德的举动来看,《学灯》同人显然认同以译介促创作,以创作建设一国文学的路径。《学灯》的译介事业并不满足于浮泛的翻译介绍,而是要介绍与创作双管齐下,真正推动中国文学走向世界。

第三节 方向调整后的衰落期(1923.8及以后)

自柯一岑离任至1947年终刊,《学灯》新文艺的内容明显减少,《学灯》一度被教育界消息占据所有版面,失去文艺特质,并几经停刊与复刊,盛望不再。一个显著的表现便是新诗作品与相关内容的发表数量大幅下降,这种现象的造成离不开两个方面的因素。一是新诗创作泛滥,《学灯》对新诗乃至整个新文艺创作采取一种审慎的态度;二是受时代动向的影响,《学灯》作为一个具有改造社会理想的综合性副刊,其文艺路线也处于不断的调整之中。

一 泛滥的新诗创作与审慎的新诗态度

这一阶段《学灯》新诗及相关内容的一个显要特质,是发表数量的

---

① 胡嘉:《我对于歌德忌辰的感想》,《时事新报·学灯》1922年3月23日。

急剧下降。仅以新诗创作而言，发表量从上一时期短短两年近三百首，降至漫长的二十余年仅发表新诗百余首，且多集中于 1924 年。在诗歌译介方面，《学灯》也不甚积极，1928 年更名《学灯教育界消息》后，更是再找不到一首域外诗作。这与《学灯》在新文化运动后期对于新诗的审慎态度有关，而这种态度又源于新诗的"泛滥"。

　　柯一岑离任后，《学灯》一度暂停发表新诗，有读者写信质问编辑记者，《学灯》对此回应："我们并非绝对不登新诗，我们只是声明两件事：第一，以往的积存新诗有两大包，编辑者实在没有工夫清理，这个声明乃是向投稿者道歉的意思；第二，我们希望自信未成熟的新诗稿件少些见赐，以免再堆积起来。"① 这段话至少透露出两方面的信息：一是新诗产量之大，投稿积存了"两大包"；二是新诗质量不佳，导致投稿堆积。这只是《学灯》新诗投稿情况，或许不能完全代表整个诗坛，但也说明了新诗存在的某些问题。一位《学灯》的读者感慨道："现在上海的新诗人，真多得很，新诗集所出版的，东也一本，西也一本，……自己有些金钱的，尽管出版新诗集；牟利的书贾，尽管吹着广告！咳！你想我有多么的灰心啊！……这或者也是贵刊不登新诗的一个大原因。"② 《学灯》对赵吟秋的批判也能说明一些问题：1924 年 5 月 6 日，一篇名为《读〈诗与小说〉后之怀疑》的文章，质疑署名"青年文学家"赵吟秋的小诗，乃是抄袭郭沫若翻译的《少年维特之烦恼》③；15 日又有一篇《对于赵吟秋君底又一怀疑》，质疑赵吟秋抄袭《繁星》④。以上所提赵吟秋的"诗作"，或结集出版（《诗与小说》），或发表刊印（《小说月报》第十四卷第九号），均堂而皇之地公开于大众读物上。随着新文化运动的推进，新诗创作成为一种潮流，一些"诗人"与出版商闻风而动，以新诗为牟利的噱头、成名的捷径，这种现象不能不令有志于新文化运动者对新诗的现状感到担忧，于是，"学灯决定对于新诗起一种甄别运动"⑤。

---

① 《时事新报·学灯》1923 年 10 月 18 日。
② 《时事新报·学灯》1923 年 10 月 18 日。
③ 胡开瑜：《读〈诗与小说〉后之怀疑》，《时事新报·学灯》1924 年 5 月 6 日。
④ 《对于赵吟秋君底又一怀疑》，《时事新报·学灯》1924 年 5 月 15 日。
⑤ 《时事新报·学灯》1923 年 10 月 26 日。

"何以独对于新诗要严格一下呢？"① 五四刊物对新文学无疑持一种支持鼓励的态度，但过分的包容也容易造成敷衍与误导："近来这些无学养的伪诗人，我敢说强半是无文学眼光的记者所制成（还有一些以为此乃过渡时代的新诗，不应取录太严，所以也滥登了，是亦足以成少数的伪诗人），因为他不论好歹的诗，一概都登载出来；而于学诗的人，不详悉其故，往往以一经取录，便喜不自胜，以为己诗是佳；倘果投稿而系经登载，那末他们遂以为新诗止此，渐渐以诗人自命，不复用功研究了。"② 作为受众广泛的报刊，《学灯》自觉担负引导之责，在新诗创作质量不佳的情况下，审慎的新诗态度是报刊负责任的表现。另外，《学灯》对新诗也有更高的期望，以编辑同人对"白话打油诗"的排斥为例，《学灯》编辑认为，"诗虽不与画同性质，然究有几分艺术的性质，……至于无名的新出作家要成立他的作品至少要对于此道先下研究然后始有自信心。断不是随便做几句打油腔而即敢自信能站得住于诗坛上的"，并以"白话打油诗"为"对于文学毫无学养而开口胡诌的新诗"。③ 可见，《学灯》对新诗的冷淡态度，也是对新诗创作热潮的反思，正如《星期学灯》创刊词所言："与其采纳未甚成熟之创作，宁若对于既刊之书报，分别绍介批评。"④ 从这一角度来讲，《学灯》审慎的新诗态度，何尝不是对新文艺的一种引导？

二　为大众的"新"方向

对新诗现状的审视实际上是对新诗未来道路的探讨。"国内现在的文艺，已走到了分歧点，须要一种特殊的文艺批评家来指示前途，这自然也怕是中国现在文坛最需要的。"⑤ 新文化运动后期，新文学——尤其新诗究竟应该走一条什么样的发展道路，是《学灯》同人与各位读者积极

---

① 《时事新报·学灯》1923 年 10 月 26 日。
② 《时事新报·学灯》1923 年 11 月 16 日。
③ 《时事新报·学灯》1923 年 10 月 26 日。
④ 《星期学灯弁言》，《时事新报·星期学灯》1932 年 10 月 23 日。
⑤ 伯符：《文艺批评管见》，《时事新报·学灯》1924 年 6 月 10 日。

探讨的重点，比如王任叔《论诗》，期望着将来的诗"都可以任意创造"①。尽管新诗的发展有不足与歧路，我们始终可以看到，《学灯》对新诗是有所期待的，为新诗未来畅想的，是一条充满可能性的广阔之路。

种种设想中，一种为社会、为大众的倾向渐渐凸显出来。这与当时的时代背景不无关系。1932年《学灯》复刊，由主登教育界消息回归以文艺为主要内容，首先出现在《学灯》上的诗集，便是《信号》，作者为有"民众的诗人"之称的张白衣。余慕陶在《信号》的序里为新诗梳理了一条发展道路："自从五四运动以来，中国的新文学已经过有文学研究会，创造社，语丝等等的努力，也居然产生了不少好的果。至于新诗更是有许多意想不到的成功。然而这一个阶段的文学却止于一九二七年冬的北伐军事成功，后此又来了个新的时代。在这个新时代里，文学的特征便是来表现大众的生活了。于是乎，歌咏自我，追求幻美的诗便逐渐地少了，……在社会势力好像是十万匹马力一样，把诗人挤着，挤着。终于挤到歌咏社会美了。"②《信号》即这样一部属于"社会诗"的诗剧，张白衣描绘了各种人物的生活，读者得以跟随主人公"去深入社会的各阶层，去观察人生，去体验人生；去和各色人等的生活密切接触。去认识现制度的矛盾，去认识现社会的罪恶"③。在《信号》里，我们依然可以看到破坏、重建的五四精神，但与早期郭沫若式的呼号不同，张白衣破坏的对象不限于封建礼教，而以现有的阶级与制度为同样导致痛苦的根源。《信号》"自然而然地使我们去和被压迫的人群拥抱，自然而然地使我们去和被压迫者们握手；自然而然地使我们去对造成罪恶的元魁敌对；自然而然地使我们去和这批混世魔王仇视"④。"大众的""社会的"似乎成为新诗发展的一个新标杆。

1946年《学灯》再一次复刊，"为大众"的新诗路线得到了确切的申明。《新诗的价值判断》与《新诗的前途》要求新诗"在新的科社主义理论的洗练下，以群众的观念和生活为准则，用活的经验与诗的情绪附着于科学的智力而构成诗的形，然后启发大众，领导大众，去争取民

---

① 王任叔：《论诗》，《时事新报·学灯》1925年5月20日。
② 余慕陶：《白衣诗集序》，《时事新报·星期学灯》1933年5月28日。
③ 须予：《宇宙的〈信号〉》，《时事新报·星期学灯》1934年4月1日。
④ 须予：《宇宙的〈信号〉》，《时事新报·星期学灯》1934年4月1日。

主政治的实现"[1]。这种价值要求与时代动向不无关系："我们今天所应该问的，是新诗是否能尽解释现阶段中国社会及教育强大人民的任务；它的体裁及表现的方法是否能为大众所接受，在新社会的严厉的要求下这种脱胎于封建及资本主义文学的新诗，是否能容纳大众的质朴语言，符合目前大众的智识水准，使大众能了解它，接纳它，更进而创造它？"[2]更应该看到的是，这种为大众的立场自《学灯》创刊之始就已打下基础。在1946年4月12日的《复刊词》里，《学灯》这样表述自己的立场：

> 因为赞同而且响应新青年的主张，除了攻击传统的学术思想，和介绍新学理新思想外，尤其注意于文化上的实际问题的讨论。如读经问题，文言白话的问题，贞操问题，劳动问题，科学与人生观问题……等，都曾展开过热烈的争辩。他并没有披着学术的华衮，站在喜马拉雅山顶唱高调。他没有离开群众，更没有逃避现实。他的所以为顽固者所攻击的原因在此，他的所以为知识青年所爱护的原因也在此。
>
> ……
>
> 现在，德日的法西斯蒂已被打倒了，抗战八年已经得到了胜利了。这是古老的中国的一个新生的机会。学灯在这个时候复刊，是有着时代的意义的。我们当本着过去的战斗的精神，把握住时代的动向，在现阶段的文化运动上，稍尽一点微薄的力量。"风雨如晦，鸡鸣不已"，希望同情我们的人，多多帮助和指教。[3]

这段《复刊词》固然是有意识地提到《学灯》过往的经历中种种"为大众"的表现，但同时，《学灯》1918年以来的某种时代精神也表露无遗：无论五四新文化运动还是二十年后的社会主义运动，《学灯》始终站在时代的前沿，密切注视着文艺的新动向。

---

[1] 闻锦城：《新诗的价值判断》，《时事新报·学灯》1946年5月3日。
[2] 闻锦城：《新诗的价值判断》，《时事新报·学灯》1946年5月3日。
[3] 《复刊词》，《时事新报·学灯》1946年4月12日。

第二章 新诗创作与新诗园地的建设

《学灯》的新诗创作面貌与创作园地的建设是我们研究《学灯》新诗传播的重要内容。对于新诗,《学灯》持鼓励与包容的态度,并由此形成了多元的新诗创作面貌。《学灯》新诗创作的繁荣离不开平台的鼓励与支持,那么《学灯》采取何种策略扶植新诗及建立新诗创作园地自然进入本章节的研究视野。此外,《学灯》编辑与新诗创作者之间独特的编作关系对新诗创作也颇有影响,值得进一步讨论。

第一节 包容多元的创作面貌

形式与内容是文艺作品重要的构成元素,本节对《学灯》新诗创作面貌的分析主要从创作体裁与创作内容两方面入手。总体而言,《学灯》新诗呈现出了包容多元的创作面貌。比如,散文诗在《学灯》占有重要地位,这与时人对新诗创作体裁的认识有关;又如,自由与反抗、妇女解放等主题在《学灯》新诗中的呈现,这与《学灯》的现代意识有关。

一 新诗体裁的包容与含混

1920 年 11 月,《学灯》"新诗"栏更名为"诗"栏。这个转变有点突然。11 月 4 日,《学灯》刊登新诗作品的栏目尚为"新诗"栏,当日登有郭沫若《胜利的死》一诗。仅仅两日后(5 日无新诗作品发表于

《学灯》），即6日，《学灯》刊登新诗作品的栏目便更名为"诗"栏，当日登有潇湘白苹《中秋月夜》与《玩月》两诗，更名后的"诗"栏仍以发表新诗为主。转变的缘由难以考证，但从"新诗"到"诗"的转变，多少可以看出《学灯》对诗歌形式新的认识。1920年12月20日，"诗"栏发表《学灯》第一首散文诗，即郭沫若《我的散文诗》组诗。《学灯》上发表的散文诗不在少数，如滕固《失路的一夜》《失恋的小鸟》《生命之火》《散文诗二章呈剑三兄》、秀民《一刹那的狂想》、佚名的《残废者》等篇，在诗歌译介领域也有《屠尔格涅甫之散文诗》、白鸟省吾《诗人之梦》与泰戈尔、波德莱尔等诗人作品数篇。散文诗在《学灯》上能有一定的地位，与《学灯》在新诗体裁认识上的含混及包容不无关系。

新诗体裁认识上的含混，从时人对散文诗的误认可以见出。有新诗读者抱怨部分报刊编辑："在诗坛上，我很少发见甚么有价值的作品，但我却常常发见许多的笑话。如去年北京的□报，竟把某君的散文诗误刊成随感了；今年上海的□□刊，又常把某君的散文诗误刊成小说了。在此，我敢说：诗坛上有价值的作品之难于发见，一方面固由于假诗人太多，但他方面却要怪编辑者之不善于选择！中国的日报，有副刊者不少，自然上面都要特辟诗歌一栏了。但这种副刊的编辑，大半是能做洋洋洒洒，下笔动数万言的理论文者居多，而能诗者很少；乃至有不第不能创作，而且连赏鉴诗的能力都无有者。以这样的编辑者来选择诗歌，自然要闹出误认散文诗作随感或者小说的笑话了。"[①] 这段"抱怨"虽然是在讽刺部分编辑鉴赏诗歌的能力不足，但并非个例的误认仍可说明新诗体裁的含混。另外，以诗为散文的"误认"也说明了早期新诗体裁的包容。《学灯》也不乏此类有趣事件。徐志摩也是一位备受《学灯》推介的新诗人，在他早期的新诗创作中，有一首《康桥再会罢》，但第一次发表时，《学灯》编辑却误认为是散文，将诗以散文的形式登出。意识到错误后，《学灯》在第二次刊登该诗时附了一则编辑按语，为这首新诗的体裁做了细致的说明："原来徐先生作这首诗的本意，是在创造新的体裁，以十一字作一行（亦有例外），意在仿英文的 Blank Verse 不用韵而有一贯的音

---

① 君若：《目游学灯诗坛一周》，《时事新报·学灯》1925年1月31日。

节与多少一致的尺度，以在中国的诗国中创出一种新的体裁。"① 可以看出，在新诗创作上，《学灯》对不同诗歌体裁持包容与鼓励的态度，这也使《学灯》新诗创作呈现出包容多元的面貌。

　　报刊上的一些诗学讨论，体现了《学灯》乃至当时诗坛的新诗观念："在我们贵国自提倡新诗以来，有许多许多的人，都说诗可以不必有韵，只要意思好。"② 在《论散文诗》一文中，《学灯》主编郑振铎一方面从诗歌本体观念的认识上，为"散文诗"提供理论支持，认为"诗的要素，在于诗的情绪与诗的想像的有无，而绝不在于韵的有无"③；另一方面以波德莱尔、泰戈尔、屠格涅夫等西方诗人的作品为例，说明散文诗体在诗歌创作中的广泛应用，进一步论证"散文诗"的合法性。总结他们的观点，便是"诗的真髓在乎精神不在乎形式"④，以抒情为诗歌真正的精神。这一认识与新文学人士对白话新诗的倡导是匹配的。实际上，考察时人对"散文诗"的认识，不难发现，散文诗追求自由、打破格律束缚的精神，与一般所认白话新诗的实质尤为一致。这一共性在刘延陵的一小节"新诗"里有鲜明的体现："我们要白话诗，／要散文诗，／要打破一切形式的束缚而能自由表现精神的一切自由诗呢。"⑤ 可见，在特定历史时期中，"散文诗"实际上指向一切表现自由精神的白话新诗，对"散文诗"之合法性的论证，也有为白话新诗辩护的意义。以诗的情感与想象等要素为诗的实质，并在这一认识上将"新诗"栏更名为"诗"栏，也可看出《学灯》在新诗创作体裁上自由与包容的态度。

二　新诗内容的时代精神

　　在创作内容上，《学灯》新诗也在很大程度上体现出了新诗的包容性与现代性。

---

① 徐志摩：《康桥再会罢》（记者按），《时事新报·学灯》1923年3月25日。
② 王任叔：《论诗》，《时事新报·学灯》1925年5月20日。
③ 郑振铎：《论散文诗》，《时事新报·文学旬刊》1922年1月1日。
④ YL：《论散文诗》，《时事新报·文学旬刊》1921年12月21日。
⑤ YL：《论散文诗》，《时事新报·文学旬刊》1921年12月21日。

  自由与反抗的意识贯穿整个五四新文化运动,《学灯》上以自由与反抗为主题的新诗不在少数,郭沫若《胜利的死》就是其中之一。《胜利的死》歌颂被英国政府迫害致死的爱尔兰独立军领袖,在这首诗的"书后"语中,郭沫若坦言创作动机,"我希望拜伦、康沫尔之精神'Once again to Freedom's cause return！'"① 对自由的追求与对束缚的反抗往往表现为革命与破坏的精神,比如汤鹤逸的《新生命》:"我"一边呼唤"新生命"的到来,一边"还背着那无数时间和空间的重负","还穿着那陈死人的衣裳",为此"我"必须"不要迟疑,赶快把你那……重负……衣裳,一齐都捣毁、扯碎、抛弃"。② 闻一多在总结《女神》的时代精神时,形容 20 世纪是个"反抗的世纪",反抗的武器便是伸张自由,于是革命几乎成了 20 世纪的一个特色。《学灯》新诗在表现自由与反抗的意识上,与时代是同步的。更进一步说,《学灯》新诗创作在这方面的表现,体现了新诗之"新"的一个重要内涵,即现代性。

  除了"自由与反抗"这一颇具普遍性的主题,《学灯》新诗另一个体现现代精神的特点是对现代女性意识的表现。最引起时人同情或共鸣的当为《东方少妇的哀吟》,该诗自 1924 年 11 月 27 日至 12 月 4 日连载于《学灯》"文艺"栏内,是一首有一定篇幅的叙事诗。长诗叙写一位少妇与新婚丈夫阔别三年终被抛弃,体现了追求自由的智识青年与封建包办婚姻之间的矛盾:"这是现在一般智识阶级的男性对女性的,一个很普遍的要求呀！真是'甚么美满的希望,要借书本儿来重做？'殊不知因此便苦了许多的少妇！"③ 这是追求自由与解放的大背景下,五四文学一个常见的命题。诗人对爱情自由与封建婚姻之间的社会矛盾并不作直接的评判,而是从女性的视角,委婉诉说少妇的心理矛盾与精神痛苦,感人至极又意蕴深长。对女性意识有较强烈且集中的体现的,当数落叶女士的几首诗作。彼时《学灯》于文艺内容之外另辟"现代妇女专号""社会主义专号""新医与社会"等版块,上述几首诗作便发表于"现代妇女专

---

① 郭沫若:《胜利的死》,《时事新报·学灯》1920 年 11 月 4 日。
② 汤鹤逸:《新生命》,《时事新报·学灯》1920 年 8 月 22 日。
③ 君若:《目游学灯诗坛一周》,《时事新报·学灯》1925 年 1 月 31 日。

号"。落叶女士解放女性的呼号更为直接且颇具革命意识:"啊觉悟的新母亲,/先进的新女性,/抱着坚决大无畏精神,/孟特那枢夫人,/恭请你作女人们的导引!"①;"危文绣,/你莫伤心,/前面满是光明,/看全世界女人,/一致奋起做你的救兵"②;等等都可见出团结一致的妇女精神。在落叶女士的诗句里,"家政妇女"("新母亲")与"一般妇女"("新女性")是一体的,都是"女人们",这比单纯号召个性的解放更为激进、有力,落叶女士的女性意识显然具有更广泛的社会性。

第二节 鼓励新人的策略

新诗创作与诗人息息相关,新诗传播更离不开平台的助益。《学灯》包容多元的新诗创作面貌的形成与报刊的扶植策略不无关系。《学灯》对新诗诗人的发掘、对新诗文本的评介对新诗创作有莫大的鼓励。

一 对象的选择:对新诗人的发掘

新诗于《学灯》而言是一块招牌,这从"新文艺"栏更名为"新诗"栏中多少可以见出。与鼓励新诗发表相配套的是《学灯》扶植新诗人的策略。《学灯》新诗发表历经数十年,涉及的新诗人数不胜数,其中有不少仅存一两篇诗作、在中国新诗史上难觅踪迹的诗人,也有许多备受《学灯》推介、登上诗坛大放光彩的新诗人。在扶植对象的选择上,一个有意思的现象是,《学灯》倾向于发掘"新"诗人。这里的"新"主要在于两个向度:一是名不见经传或初登文坛的新诗人;二是多为有一定留洋背景或至少接受过现代科学知识教育的新青年。

推介文学新人是报刊常有的事。孙伏园编《京报副刊》时就曾说:"社会上已经成名的作家的作品,我们固然愿意多登,不成名的新进作家

---

① 落叶女士:《孟特那枢夫人》,《时事新报学灯·现代妇女专号》1935年3月5日。
② 落叶女士:《危文绣》,《时事新报学灯·现代妇女专号》1935年3月12日。

的作品，我们尤其希望多多介绍。"①《晨报副镌》的编辑也承认："总觉得老看着这几个旧名字未免太寂寞，每每想在青年社会中访求几位新进作家。所以越是生疏的名字，他的作品便越惹我的注意。"② 可见，于具备文艺性质的报纸副刊而言，发掘、推介文学新人，尤其是新文学作家，几乎是一项使命。这也是报刊公开、公平的体现。而《学灯》要想在热烈的新文化运动中挤占一席之地，令人耳目一新，也需要引入新鲜的血液。从以教育为主向文艺路线靠拢是如此，将"新文艺"栏更名为更具先锋性的"新诗"栏也是如此。

以《学灯》对郭沫若的推介为例，在推介新人方面常用的一个策略是采取连续发表的形式，在一定时间内高密度地推介诗人作品，形成一定的气势，从而扩大新诗的影响。郭沫若的异军突起从《学灯》开始。1919年9月11日，《学灯》首次公开推介郭沫若的新诗，当日"新文艺"栏共刊登新诗三首，打头的便是郭沫若《抱和儿浴博多湾中》与《鹭鹚》两首。在郭、宗二人的通信中，宗白华曾说希望《学灯》"新诗"栏每天都能有郭沫若的诗作发表，事实也确实如此。以1920年2月的"新诗"栏为例，2月2—5日，《学灯》"新诗"栏每天发表郭沫若新诗1—2篇，2月7日又连发两篇。最突出的表现要数《凤凰涅槃》的发表，彼时《学灯》尚未拓展版面，每期仅有两版，一版6栏，《凤凰涅槃》从1920年1月30日连载至31日，每期占3—4栏，占据近一整个版面，编辑排版上的气势，可以想见。这对诗人而言是莫大的鼓励："那时候，但凡我做的诗，寄去没有不登，竟至《学灯》的半面有整个登载我的诗的时候。说来也很奇怪，我自己就好像一座作诗的工厂，诗一有销路，诗的生产便愈加旺盛起来。"③

创刊之初《学灯》即以为"社会学子立说之地"为宗旨之一，面向青年知识分子展现开放包容的胸怀，这一点从"青年俱乐部"等栏目的设置上也可见出。《学灯》对"青年俱乐部"的说明，便是"专备各校

---

① 黄天鹏编：《新闻学论文集》，光华书局1930年版，第134页。
② 记者：《编余闲话》，《晨报副镌》1923年4月10日。
③ 郭沫若著，郭平英编：《创造十年》，云南人民出版社2011年版，第44页。

教员及学生诸君之投稿",可以说,发掘有相近知识背景的同人,是《学灯》一直以来的编辑方针之一。考察《学灯》上部分颇具名气的新诗人的背景,也可看出这一点。郭沫若、田汉与成仿吾等均有留日背景。郭沫若毕业于日本九州帝国大学医学部,"X光线""火车""轮船"等现代意象在其作品中并不少见。成仿吾留学期间攻读外语,接触了许多西方文学。田汉受日本"左"倾思想与俄罗斯文学的影响,对劳动问题颇为关注,在现代戏剧上颇有建树。留学欧美的有徐志摩、王独清等人,同样于留学中接触西方浪漫主义与唯美主义等思潮。相比之下,冰心、郑振铎、朱自清等人缺乏一定的留学背景,但考察其成长经历也可看出他们的教育背景并不缺少对现代科学知识的接受。总体而言,这批诗人都是接受过一定现代教育、对新文艺有极高认同度的新青年。其实这一点从《学灯》编辑构成上也可见出。编辑群体的作者身份、审美取向、文学理想等对报刊选择合作作家常有影响,宗白华爱好哲学,李石岑也主张以学术为报刊主要内容,《学灯》编辑群体的构成具备相近的学术旨趣与社会立场,这些都使他们在发掘新诗人时更倾向于发表同道之人的作品。

二 园地的建设:双重互动平台的建构

与扶植新诗创作及新诗诗人相配套的另一个举动是,构筑新诗传播与接受平台。《学灯》扶植新诗,并非一味地鼓励新诗发表、推介新诗作品,而是包容不同的批评意见,构成批评与推介的互动,在更大程度上刺激文本传播与接受的活力。

以《女神》的评介为例。凭借奔放自由的诗体与破坏、创造的时代精神,《女神》在中国新诗史上具有里程碑的意义。这部伟大的诗集最初便是依托《学灯》这一平台发表,在最初版本的57篇作品中,有47篇曾发表于《学灯》。作为郭沫若的处女诗集,《女神》在很大程度上体现着诗人的创造潜能,于这样一部新生的诗集而言,《学灯》的评介在很大程度上为诗集的传播接受开拓了接受面。

在《女神》结集出版前,《学灯》已对诗人的诗学观念等作了一定的介绍。《三叶集》初版于1920年5月由亚东图书局出版,为郭沫若、宗白华与田汉三位同人交流哲学思想、讨论社会问题、吐露心底苦闷的通信集，其中有不少关于诗歌创作的讨论，对《女神》的阅读与接受有一定的助益。结集出版前，《三叶集》中的部分讨论借助《学灯》这一平台公开发表，一定程度上促进了《女神》的传播与接受。1920年2月，《学灯》一边发表郭沫若新诗作品，一边在"通讯"栏中公开时任主编宗白华与郭沫若的通信，两篇通信分别发于1920年2月4日与24日的"通讯"栏，均收入《三叶集》中。在第二篇通信中，我们能看到郭沫若对宗白华《新诗略谈》的回应："至于美化感情的方法：我看你所主张的……此外我不能更赘一辞了。"① 宗白华的《新诗略谈》1920年2月9日发表于《学灯》"评论"栏，因此，几次通信并不是单方面阐发郭沫若的创作思路与诗学观念，而是诗人与《学灯》主编的双向对话。通信是一种私密的对话，变私人的对话为公开的讨论，这固然是"通讯"栏本就负有的效应，并且《学灯》"通讯"栏往往以读者投稿的形式呈现通信往来，因此，在投稿之时读者便有公开通信的准备。但结合后来《三叶集》的出版来看，郭沫若致宗白华的两封信并非以"投稿者"的身份寄给《学灯》主编，而是朋友之间的观念交流；从话语中也能看出，这两篇通信的言辞更为亲密，更具个人感情色彩，相比有意公开的投稿，更接近私人的交流。《学灯》选登这样两封通信，自然是有一定的导向。考察两封通信的内容，一封是关于《凤凰涅槃》之"菲尼克司"的考证，郭沫若自认为"对于人类学上，历史学上，比较神话学上当得有丝毫底贡献"②；一封表露作者诗学观念的转变，诗人认为过去的自己背负着罪恶，现在开始要重新做人，作诗于郭沫若而言便是做人。仅从这两封通信的内容来看，通信的公开一方面对诗人的创作做了一定的补充；另一方面也让读者更深入地了解诗人人格与诗学观念，这对读者阅读与接受《凤凰涅槃》等诗作必然有所帮助。

1921年8月，泰东图书局出版《女神》，同月21—23日，《学灯》连载了郑伯奇《批评郭沫若君处女诗集〈女神〉》一文，从时间来看，可以说是与《女神》的出版相配套的推介活动。这点从文中一些细节也可

---

① 《时事新报·学灯》1920年2月24日。
② 《时事新报·学灯》1920年2月4日。

以看出，文章开头第一句便是"郭沫若君底处女诗集《女神》已于昨日出版了"①，结尾标明该文作于1921年8月16日。甫一出版便作此文，同为创造社同人，郑伯奇的迅速反应多少有为《女神》打广告的成分在。此外，文章内容也有意为《女神》的阅读与接受作指导。《批评郭沫若君处女诗集〈女神〉》共分五节，阐述《女神》的精神、出版意义、哲学观念与诗人经历等内容，最后一节才是以"鉴赏的眼光"对《女神》进行批评。就内容而言，比起"批评"更像推介。

除以阅读提示的方式作推介外，《学灯》也接纳其他读者的多元阐释与批评。多元的阐释是构成经典的条件之一，也是促进文学文本传播的有力途径。促进报刊新诗多元阐释的关键在于搭建起依托报刊的互动平台，《学灯》在这一点上颇有创见。蕙声等的《读〈女神〉和〈草儿〉》对《女神》与《草儿》作一定的比较阅读，文章赞扬了两位诗人的创造精神，也提到："他俩底主人，都喜欢用层叠重复的调子做诗；但因艺术手腕底高低，就未免有些差别了。《草儿》里，我们读到这样的处所，反觉徘徊得有趣。在《女神》底《凤凰涅槃》，《晨安》等，虽然被他底热烈的情感，可以掩过一些，但也使读者乏味了。"② 比起单方面的推介，评介活动的双重互动能更立体、全面地呈现《女神》的风貌，在赞美大于批评的氛围下，于新诗发展而言也是一种助益。《学灯》对《女神》的评介还具有一定的持续性，1922年8月在《女神》出版一周年时，《学灯》刊出了郁达夫《〈女神〉之生日》一文，在一段时间后回过头来看诗集的结集出版，对诗集的解读也有不一样的立场：相比此前主要着眼于诗集本身的评介，《〈女神〉之生日》从历史的角度，肯定了《女神》"完全脱离旧诗的羁绊自《女神》始"③的贡献。

第三节 新型的编作关系

不同于以往的书贾雇佣者，《学灯》的主编多为有一定教育背景，致

---

① 郑伯奇：《批评郭沫若君处女诗集〈女神〉》，《时事新报·学灯》1921年8月21日。
② 蕙声等：《读〈女神〉和〈草儿〉》，《时事新报·学灯》1922年3月15日。
③ 郁达夫：《〈女神〉之生日》，《时事新报·学灯》1922年8月2日。

力于建设文化事业的新型编辑,因此在选择作品与作者时,往往受自身学术兴趣的影响。受主编身份的影响,《学灯》的编作关系也颇为特殊,其中有两种关系值得探讨,一为以"知识"为纽带的编作关系,即编辑与作者的接近往往出于某些观念或知识的共鸣,这一点以宗白华与郭沫若为例;二为依靠社团联系的编作关系,编辑往往为某一社团同人,在作者的选择上更倾向于提携本社同人,这一点以《学灯》主编宗白华与少年中国学会,郑振铎、柯一岑与文学研究会为例。

一 以"知识"为纽带的编作关系

作为《学灯》主编的宗白华,不同于以往的书贾雇佣者,而是受一定科学文化教育、有意识建设文化事业的新型编辑。这点从宗白华撰写的《学灯栏宣言》可以看出,"本栏今后的主义和理想,简括言之,就是从学术的根本研究,建中国的未来文化"①;从宗白华发表于《学灯》的内容也可看出,既有《欧洲哲学派别》《新诗略谈》《问祖国》等涉及哲学、文艺的内容,又有《我的"创造少年中国"的办法》《为什么要爱国?》等关注现实社会问题的内容。因此,宗白华不仅能以编辑的眼光发掘《学灯》所需的创作人才,更能凭借知识的积累在文艺上与诗人产生共鸣。

考察宗白华与郭沫若的来往通信,不难发现二人哲学观念的相近。在郭沫若的哲学观念里,诗人的泛神论"以全体宇宙为对象,以透视万事万物底核心为天职",同时又掺杂了"我与天地并生,与万物为一"的自我意识。② 这种以泛神论思想为基托的自我意识,可以从郭沫若对歌德的推崇中看出一二。郭沫若对歌德的一个定位是"博学而无所成名",在自身的人格发展期望上,他以歌德为榜样,希望养成以理智与情感为基点,融会一切、全面发展的高尚人格,这一点从他一面学医一面作诗,立志贡献于《医海潮》与《学灯》这一志向便可窥见。但无论歌德如何

---

① 宗白华:《学灯栏宣言》,《时事新报·学灯》1920年1月1日。
② 宗白华、田寿昌、郭沫若:《三叶集》,安徽教育出版社2000年版,第10—19页。

成为"人中之至人",郭沫若始终意识到"歌德是个'人'"。在解放个性、追求自由的过程中,自我意识往往被提到一定的高度,《天狗》形象地表达出了郭沫若这一时期对自我的全新认识。《天狗》全诗29句,句句以"我"开头,表现个人与近代中国从自我否定到重铸新生的痛苦过程。宗白华显然赞同郭沫若的哲学观念。在一封寄给郭沫若的信里,宗白华说道:"你是一个Pantheist,我很赞成。"① 实际上,在宗白华的诗学观念与哲学观念里,泛神论的哲学思想是最适宜于诗人的哲学思想。以泛神论为基础的哲学观念,使二人在新诗创作上产生共鸣。宗白华从不吝啬自己对郭沫若的赞赏:"你的诗是我所最爱读的。你诗中的境界是我心中的境界。"② 精神共鸣带来的不仅是志同道合者惺惺相惜的愉悦,更有读者从诗人的创作中得到的慰藉。在宗白华看来,阅读郭沫若的诗作有一种替代性的精神满足:"一读了你的诗,就以为也是我应该做的诗,你做了不啻代我做了。欢喜的了不得。以为有一部分的我已经实现了,我可以尽力实现别的部分的我了。"③

这种建立在"知识"纽带上的编作关系,对郭沫若的新诗创作有很深刻的影响。郭沫若诗兴的启发,与宗白华不无关系。宗白华主持下的《学灯》发表了许多少年中国学会成员的诗作,据郭沫若回忆,他第一次看见中国的新诗创作,便是在《学灯》上看到的少年中国学会同人康白情的诗作《送慕韩往巴黎》。这刺激了他投稿给《学灯》的欲望:"我看了不觉暗暗地惊异:'这就是中国的新诗吗?那么我从前做过的一些诗也未尝不可发表了。'"④ 于是郭沫若便向《学灯》投去自己的新诗,不久之后,《抱和儿浴博多湾中》《鹭鸶》《死的诱惑》《新月》《白云》等诗接连在《学灯》上刊登出来,给了郭沫若"一个很大的刺激"。在此之前,郭沫若的文学之路饱受挫折:先有一篇自己"很得意"的小说被退稿,又有一篇"大作"在寻求发表的过程中遭到家人的反对。因此,宗白华对郭沫若新诗创作的认可是一种巨大的鼓励,

---

① 宗白华、田寿昌、郭沫若:《三叶集》,安徽教育出版社2000年版,第9页。
② 宗白华、田寿昌、郭沫若:《三叶集》,安徽教育出版社2000年版,第7页。
③ 宗白华、田寿昌、郭沫若:《三叶集》,安徽教育出版社2000年版,第20页。
④ 郭沫若著,郭平英编:《创造十年》,云南人民出版社2011年版,第41页。

这在很大程度上激发了郭沫若的创作欲，使郭沫若在之后的一段时间里，进入了一个"诗的创作爆发期"①。拥有一定编辑视野与哲学思维的宗白华，也常为郭沫若的创作作指导。比如《立在地球边上怒号》《匪徒颂》《凤凰涅槃》《天狗》等名篇，据郭沫若回忆，便是在宗白华的鼓励下创作而成，这些诗作也受到二人泛神论思想的影响。宗白华也在具体的诗歌创作上给郭沫若出过提议。宗白华早期的诗歌观念，以"真诗人"为"诗人人格"与"诗的构造"两方面，认为郭沫若作诗，在"诗的构造"方面"还欠点流动曲折"，并建议他作诗"意简而曲，词少而工"。②又作《新诗略谈》一文与郭沫若交流诗歌观念，进一步提出诗分"形"与"质"的观点，并提出养成人格与构造诗形的方法，这也对郭沫若诗学观念转向"诗的创造是要创造'人'"的一元论倾向有深刻的影响。

另外，建立于"知识"纽带上的编作关系，也促进了《学灯》新诗的发展。宗白华常常盼望郭沫若的投稿："你的诗已经陆续发表完了。我很希望《学灯》栏中每天发表你一篇新诗。"③这与《学灯》的发展要求有关："今年《学灯》栏中很想多发表些有价值的文艺和学理文字。你能常常投稿么？你一有新作，就请寄来。"④宗白华推崇白话新诗，一个要求便是白话诗不堆砌辞藻而言之有物，注重表达诗人的"思想意境及真实的情绪"⑤。考察《学灯》早期发表的新诗，为酬唱、写景、送别而作的不在少数，题材上往往因袭传统，不过是换了个"白话诗"的外壳，而郭沫若的诗以泛神论的哲学观念等为思想基础，"意味浓深"，正符合《学灯》的新诗要求。同时，《学灯》要想在五四新文化运动中占据一席之地，推出符合时代潮流、反映五四精神的作品尤为必要，宗白华密集地推介郭沫若的诗作，便有为《学灯》打造招牌的意味。

---

① 郭沫若著，郭平英编：《创造十年》，云南人民出版社2011年版，第41页。
② 宗白华、田寿昌、郭沫若：《三叶集》，安徽教育出版社2000年版，第24页。
③ 宗白华、田寿昌、郭沫若：《三叶集》，安徽教育出版社2000年版，第9页。
④ 宗白华、田寿昌、郭沫若：《三叶集》，安徽教育出版社2000年版，第7页。
⑤ 宗白华、田寿昌、郭沫若：《三叶集》，安徽教育出版社2000年版，第22页。

二 以社团关系为纽带的编作关系

《学灯》新诗创作中另一种特殊编作关系是以社团关系为纽带,依托社团同人的编辑地位,以《学灯》为社团另一据点,如宗白华与少年中国学会,郑振铎、柯一岑与文学研究会。

宗白华对新诗是偏爱的,这不仅在于他赞赏郭沫若的诗作,更在于《学灯》发表新诗,实际上是从宗白华开始。《学灯》第一首新诗《重来上海》的作者,就是与宗白华同为少年中国学会成员的黄仲苏。在宗白华任期里,《学灯》发表新诗百余首,其中由少年中国学会成员提供的诗作占十之三四,作者主要有田汉、朱自清、康白情、黄仲苏、阮真、左舜生等多名少年中国学会成员。可以说,在《学灯》发展新文艺的初期,除郭沫若以外,少年中国学会成员是第一大新诗供稿源。

少年中国学会是一个结构较为松散的社团组织,早期成员多凭借建立"少年中国"理想的一腔热血凝聚一起。这个"少年中国"的理想,一方面,用少年中国学会同人的话说,就是"要使中国这个地方","适合于世界人类进化的潮流,而且配得上为大同世界的一部分"。[①] 因此,改造当下的中国社会,是少年中国学会同人所努力的方向。同时,以"风俗、制度、学术、生活"等为主要改造对象,也反映了早期少年中国学会同人对政治的有意回避。比起通过政治改革或革命来建成理想社会,他们更愿意通过促进教育与文化来提高国民素质,达到改造社会的理想。这与《学灯》改造社会的理想与包容开放的办刊路线相辅相成。早期《学灯》新诗经常可见少年中国学会同人对改造社会的努力与期望。宗白华的《问祖国》中间沉睡的中华大地"沉雾几时消?""长梦几时寤?"[②] 黄仲苏《留别上海少年中国学会诸同志》以改造为事业,以改造为凝聚志同道合者的方式:"我希望我们下次相见,大家都该备

[①] 中共中央马克思恩格斯列宁斯大林著作编译局研究室编:《五四时期期刊介绍》,生活·读书·新知三联书店1978年版,第240页。

[②] 宗白华:《问祖国》,《时事新报·学灯》1919年8月30日。

着一种礼品，/这礼品当不是寻常的礼品，/是精锐的进步，/是真正的事业啊！/那更增加我们友谊的精神。"① 对民族与社会的强烈责任感，也在一定程度上表现为部分少年中国学会成员的"国家主义"倾向：左舜生《讲我们国家的近代史》悲痛于甲午战争给中国带来的伤害，感叹"'国家主义'啊！/你是什么？/到了今天，谁高兴来鼓吹你"②？另一面，对"少年中国"的设想表现了少年中国学会同人建造大同世界的理想，这个"大同世界"必然是有中国一席之地的世界。这点在同人的新诗创作中也有所体现。康白情《送慕韩往巴黎》以寄语慕韩的形式，表达了链接中国与世界的愿望："慕韩，我愿你多带些光明回来；/也愿你多带些光明出去！"③

郑振铎、柯一岑就任期间，文学研究会与《学灯》的合作更为紧密。这一时期，《学灯》发表新诗300余首，其中由文学研究会成员提供的诗作近1/3，作者主要有郑振铎、冰心、朱自清、周作人、俞平伯、徐志摩、叶圣陶、滕固、徐玉诺、王统照等。文学研究会的两位主编延续"连续发表"的策略，不遗余力地推介研究会的新诗人：1922年1月的《学灯》"诗歌"栏被文学研究会成员的新诗承包，其中18—23日的栏目版面全由冰心《繁星》组诗占据，无其他诗作发表；1922年2月20日，"新文艺"栏一口气发表郑振铎新诗《鼓声》《侮辱》《静》《本性》《灰色的兵丁》《安慰》《燕子》等7篇，占据整个栏目版面。除此之外，还有文学研究会刊物《文学旬刊》（后更名为《文学》）附刊于《学灯》，常与《学灯》相呼应：《学灯》上《论孙君铭传译歌德诗的谬误》与《〈波花〉续篇》等文，便是《文学旬刊》上《论孙君铭传译歌德诗的谬误》与《波花——论译〈牧羊人的悲哀〉并答梁君》等译诗讨论的后续。

文学研究会与《学灯》顺利合作与双方包容自由的文学立场有关。郑振铎主张以文学为严肃的工作，只要是认同这一文学态度的同人，"即使他们的主张与态度和我们不同，我们还是认他们为'友'的"④。这一

---

① 黄仲苏：《留别上海少年中国学会诸同志》，《时事新报·学灯》1919年8月26日。
② 左舜生：《讲我们国家的近代史》，《时事新报·学灯》1919年8月25日。
③ 康白情：《送慕韩往巴黎》，《时事新报·学灯》1919年8月29日。
④ 《本刊改革宣言》，《时事新报·文学》1923年7月30日。

点与《时事新报》不谋而合。《时事新报》同人对发展中国文学具有一种责任感,他们曾对中国文学表达了这样一种担忧:"近来新兴的文学国迭次脱颖而出……独有中国还是沉默无声,如一墟墓,于世界文学界毫无贡献,也不思有所贡献。"①《文学旬刊》的推出正是为了"雪此精神上的莫大之耻","创造我们的国民文学"。② 在《文学旬刊宣言》中,我们可以看到文学被赋予了引导时代、改造社会的教育使命:"我们以为文学不仅是一个时代,一个地方,或是一个人的反映,并且也是超于时与地与人的;是常常立在时代的面前,为人与地的改造的原动力的。"③ 虽然由文学研究会同人自主编辑,但作为《时事新报》附刊之一,《文学旬刊》的推出也表明了双方达成了某种文学共识。因此,文学研究会同人接手《学灯》的编辑工作,也是《时事新报》同人乐见其成的。

　　文学研究会与《学灯》如此密切的合作,对《学灯》的新诗创作有不小的影响。在新诗合法性颇受质疑的早期,新诗支持者合作应对守旧者的攻讦,于新诗而言是一种保护。比如《蕙的风》论争中,《学灯》虽然对《蕙的风》"道德与不道德"的问题没有明确表态,但曾全文转载周作人《什么是不道德的文学》一文(该文称攻讦《蕙的风》者为"旧派"),多少表明了《学灯》的新诗观念。另外,包容拥有不同态度与主张的文学力量也为《学灯》新诗开拓了更多可能。"血与泪"的文学主张与"爱"与"美"的文学理想等并行不悖,便是《学灯》为新诗开拓更多可能的有力证明。除徐玉诺外,郑振铎主持《学灯》期间还推介了不少文学研究会的新诗人,其中包括冰心。冰心善于在诗里构筑充满"爱"的文学世界,比如《繁星》歌颂自然、童真与母爱,《回顾》中为渺小而天真的小事回头。相比于徐玉诺对黑暗现实的揭露,冰心的小诗呈现了清婉的风格,并蕴含着勇气与力量,如《繁星》(三十六)呼号自由与解放:"阳光穿进石隙里,/和极小的刺果说://'借我的力量伸出头来

---

① 《本报特别启事》,《时事新报》1921 年 4 月 23 日。
② 《本报特别启事》,《时事新报》1921 年 4 月 23 日。
③ 《文学旬刊宣言》,《时事新报》1921 年 4 月 23 日。

罢,/解放了你幽囚的字迹!'/树干儿穿出来了,/坚固的磐石,/裂成两半了。"①《学灯》对《繁星》小诗这一诗歌形式的推介,还影响了其他的新诗创作,宗白华《流云》小诗的创作即是感动于《繁星》组诗,受此鼓舞而成。

---

① 冰心:《繁星》,《时事新报·学灯》1922年1月20日。

第三章　诗学讨论与理论建设

《学灯》的诗歌理论文章主要包括诗学理论、新诗创作批评与诗歌理论译介。新诗集作为一定阶段内的新诗成果，《学灯》上对新诗集的讨论反映了当时新诗发展的趋势与问题。诗学理论对新诗创作具有一定的指导意义，表明《学灯》对新诗的价值倡导。翻译理论的建设也影响了新诗理论建设与新诗创作的发展。因此本章主要选取新诗集论争、新诗创作批评与翻译理论等内容进行讨论。《学灯》也有自己的文艺立场，因此《学灯》如何调节报刊特性与自身文艺立场，也是本章关注的内容。

第一节　新诗初期的辩难

细数《学灯》各类新诗讨论，与各种新诗集相关的讨论占据了近1/3。一般而言，新诗从发表到集结成册需要经过一定的检验与删选，因此，在某种程度上，新诗集可以视作一定阶段内的新诗成果。而针对新诗集进行的集中讨论，也反映了新诗发展的某些趋向。

不同读者的不同阐释，往往是增强作品生命力、塑造经典的途径。单纯的新诗发表难以构筑起双向的交流空间，《学灯》的宝贵之处在于不仅挖掘诗坛新星，更积极搭建创作者与接受者之间公开的互动桥梁，提供及时的反馈渠道。最好的例子便是许多新诗评论通过写信给编辑的形式进行发表，变私人的书信往来为公开的交流探讨。编读之间平等通信的状态降低了新诗讨论的门槛，既有专业读者参与也有普通读者参与的新诗讨论也积极开拓了新诗的接受面。

一 "新"诗还是旧诗：胡怀琛与《尝试集》论争

最初在《学灯》上引起大范围讨论的当为胡怀琛对《尝试集》的批评。事情由胡怀琛发表《〈尝试集〉批评》一文而起，在这篇文章里，胡怀琛不仅批评《尝试集》的押韵问题，还动手"改诗"。文章起先发于《神州日报》，但胡适对胡怀琛"改诗"的行为颇为不满，于是写了一封信寄给张东荪，表示："但是我有一点意见，想借你的学灯栏发表。"① 这场论争便在《学灯》上展开。然而胡适所介怀的"改诗"问题，在后续讨论中并没有引起更大的关注，刘大白直言："批评者对于作者底文字，当改不当改？和他们底原文同改作，谁好谁坏？明眼人自有公论，我都不管"②；刘伯棠也说："诗人的诗，到底别人能够改得与否？另是一个问题，我且不去论他。"③ 总体看来，这场论争中引起更广泛讨论的是，新诗是否应当用韵的问题。

以新诗用韵问题为论争重点，反映了早期白话新诗废韵的困境：旧文体的创作惯性未消，新文体创作秩序未立，新诗构造文体自由的同时，也令诗人一定程度上失去文体上的归属感。小傭《对于伯豪君〈诗与韵的研究〉的我见》认为诗体解放有一个过程，"不能当白话诗还没完全普遍的时候，就接联着解放诗韵的罢了"④。支持废韵的伯豪也承认："我们研究过旧诗的人，初次改做白话诗的时候，觉得没有丝毫的依傍，这种情形，固然不免。"⑤

胡怀琛对《尝试集》的批评体现了时人在新诗文体认识上的含混。作为白话文学倡导者出版的首部白话新诗集，《尝试集》在旧诗向新诗艰难转变的过程中，具有里程碑的意义。而胡怀琛对诗集的这一重意义似

---

① 《时事新报·学灯》1920年5月12日。
② 《时事新报·学灯》1920年5月21日。
③ 《时事新报·学灯》1920年6月8日。
④ 小傭：《对于伯豪君〈诗与韵的研究〉的我见》，《时事新报·学灯》1920年8月5日。
⑤ 伯豪：《诗与韵的关系》，《时事新报·学灯》1920年9月1日。

乎视而不见。《〈尝试集〉批评》开篇声明，文章要讨论的并不是诗歌语言或诗体"新旧"的问题，而是"诗的好不好的问题"。至于《尝试集》的"好"与"不好"，《〈尝试集〉批评》认为，"胡先生《尝试集》的第一编，大多数是完全好的，第二编便不对了"①。《尝试集》第一编尚未完全摆脱旧体诗的影响；第二编则在白话诗体上进行了大胆的尝试。胡怀琛对《尝试集》的评价，一定程度上有以诗体之新旧为标准判"新诗能不能成立"的倾向。不过在胡怀琛看来，这场论争在相当程度上，是一场新诗内部的论争。对于《尝试集》白话新诗"开辟者"这样一重形象，胡怀琛认为，"既然负了倡造新诗的责任，自然要完全做得好。既然负了廓清旧诗的责任，也应该将旧诗的内容晓得十分清楚"②。言外之意，他认为《尝试集》未能完全承担创造白话新诗的重任，新诗诗坛或许需要另一种"权威"。这点在胡怀琛的文中也有所表明。论争之后，胡怀琛搜集整理了相关讨论，出版了《〈尝试集〉批评与讨论》一书。在这本书的序里，胡怀琛直言，他对《尝试集》的批评并不仅仅指向诗集本身，而是明确"反对胡适之一派的诗"③。"胡适之一派的诗"，显然是指白话新诗，但对于旧诗，胡怀琛也并不看好。在《诗的前途》一文里，胡怀琛明确地意识到，"说到旧诗的破坏，原是应该如此的一件事"④。但在胡怀琛看来，"破坏"旧诗并不等同于废弃用韵，要创作自然的"新诗"，那么用韵与否还得看写作的实际需求，"倘存了个废韵的心，便不是自然了"⑤。不过胡适并不这样认为。在《尝试集》再版自序里，胡适回忆起这场论争时，将胡怀琛划为"守旧的批评家"，相应的，也将这场论争视为"新与旧"的论争。从实际的讨论内容来看，与论者自觉或不自觉地以新诗用韵问题为论争的核心内容，实际上也有助于对早期新诗挤占旧诗空间、争夺新诗语权的考量。

对改诗问题的忽视也说明早期新诗概念的含混。在胡适看来，"诗是

---

① 胡怀琛编：《〈尝试集〉批评与讨论》，泰东图书局1923年版，第12页。
② 胡怀琛编：《〈尝试集〉批评与讨论》，泰东图书局1923年版，第1页。
③ 胡怀琛编：《〈尝试集〉批评与讨论》，泰东图书局1923年版，第2页。
④ 胡怀琛：《诗的前途》，《时事新报·学灯》1920年8月5日。
⑤ 胡怀琛：《无韵诗的研究》，《时事新报·学灯》1920年8月21日。

只有诗人自己能改的"，因为"诗人的'烟士披里纯'是独一的，是个人的，是别人狠［很］难参预的"。① 胡适认为新诗是个体经验的个性表达，改诗则妨害了新诗这一层自由。然而个体经验的个性表达并未能成为本次讨论的重点，这一结果也反证了，对早期新诗诗坛来说，在文体之争中稳固白话新诗诗体地位尤为重要。

在《学灯》上，这场针对《尝试集》的论争自1920年5月持续至1921年初，从《尝试集》辐射到《大江集》，先后吸引朱侨、刘大白、刘伯棠、胡涣、王崇植、吴天放、朱执信等人参与讨论，可以说是早期新诗讨论中较早进行的一场大规模论争。因此，提供讨论平台的《学灯》便不能不被关注。

《学灯》对讨论的支持是显而易见的，"诗学讨论号"的推出便是最好的证明。1920年8月5日，在论争持续的第三个月，《学灯》推出"诗学讨论号"对相关诗学讨论作集中的整合，主要刊登驾白、前人等新诗6首以及胡怀琛《诗的前途》、王崇植《评诗略谈》、小傭《我对于伯豪君〈诗与韵的研究〉的我见》、黄逸之《新诗与旧诗之感想》、朱惟傭《新旧诗之比较观》等文5篇。考察文章内容，文章主要探讨新诗用韵问题与诗体的新旧问题，均为这场由《〈尝试集〉批评》引起的论争衍生而来。诗学讨论号的开辟与《学灯》开放包容的办刊路线不无关系。这场论争在《学灯》上常表现为胡怀琛一人"舌战"《尝试集》支持者的局面，这点从胡怀琛写给胡适的一封信可以看出："你对于我的意见，除了最初给东荪先生一信之外，没有第二句话，却是惹得许多旁人出来和我相辩。"② 胡适也在回信中附白："我对于刘大白，朱执信，王崇植，吴天放，胡涣，……诸位先生替我辩护的话，要借此机会表示我的谢意。"③ 如此悬殊的力量对比多少可以证明，《尝试集》所代表的新诗在大部分新文学人士心目中的合法性或权威性，《学灯》也不例外。从《学灯》新诗包容多元的创作面貌可以观察到，《学灯》同人在新诗创作上更提倡自由的精神。有了这一层

---

① 《时事新报·学灯》1920年5月12日。
② 胡怀琛：《评论尝试集最后的解决》，《时事新报·学灯》1920年9月1日。
③ 胡适：《答胡怀琛先生九月一日的信》，《时事新报·学灯》1920年9月12日。

考量也就不难察觉《学灯》在新诗用韵问题上的倾向性。然而《学灯》仍乐意接收胡怀琛等人前前后后十数篇的投稿，并在"诗学讨论号"中将胡怀琛《诗的前途》一作，编辑于版头的位置，并刊登胡怀琛的诗作《荒坟》。

　　《学灯》的平台作用还体现在论争的另一个根据地：《学灯》"通讯"栏。"通讯"栏在《学灯》的定位为"登载记者或读者往来的通讯"①。《学灯》声明"本栏的门类本不能有绝对的固定"，"但有以下的数门，可以得常常的披露"，"通讯"栏便是其中之一。② 可见，"通讯"栏于《学灯》也是一个招牌。在这场论争的早期，"通讯"栏所起的作用尤为重要。如前所述，讨论由《神州日报》引向《学灯》，最早便是《学灯》"通讯"栏发表了一封胡适寄给张东荪的信。"通讯"栏发表的另一封寄给张东荪的信是论争在《学灯》真正展开的导火线：胡怀琛于《学灯》见胡适的通信之后，也给张东荪寄了一封信："前天看见贵报学灯栏内，有胡适之先生写给你的信，所说的话是关于我的事，我也求你，在学灯栏内给我登这篇通信"③，并在这封信内详细回复了胡适的质疑。此外，论争早期，大部分的讨论发生于"通讯"栏上：从1920年5月12日至7月15日，"通讯"栏发表涉及论争的通信10篇，其中2篇为致《学灯》前主编张东荪，6篇为致《学灯》主编李石岑。《学灯》编辑同人在这场论争中所起的作用也不可小觑，在写给李石岑的一封信里，胡怀琛这样说："请你在学灯栏内发表出来。你没有成见，完全取公开主义，是我所钦佩的。"④ 编辑同人显然扮演着中间人的角色，早期与论者如刘大白、刘伯棠等人，并非跟胡怀琛或其他与论者直接对话，而是通过写信给编辑的方式间接地参与讨论。同时，编辑同人又常在论争中"隐身"，不论投稿观点如何，一律接收、发表，仿佛只是个收发通信的中转站，并不直接表现出明显的偏向性。因此，相较于论争后期发挥主要作用的"新诗讨论""新著批评"等栏目，"通讯"栏有两个特性值得关注。第一个

---

① 《学灯栏宣言》，《时事新报·学灯》1920年1月1日。
② 《学灯栏宣言》，《时事新报·学灯》1920年1月1日。
③ 《时事新报·学灯》1920年5月16日。
④ 《时事新报·学灯》1920年7月20日。

特性是对话空间的构筑。早期与论者虽是单方面地致信主编，但话语间要求双向的学术讨论的意味颇为鲜明，如刘大白致李石岑的信："这几天学灯栏里，有两位姓胡的先生，因为改诗的问题，发表了两封辩论的信；我看了，觉得那位胡怀琛先生底话，有点说的不对，所以把我底意见，写在下面。"① 又如胡怀琛致李石岑的信："二十一号《学灯》栏，登了刘大白先生给你的一封通信，也是关于我的事，他底话很有价值，我很佩服。但是我也说他有些不对；我将我底话写在下面，也请你登出来和他研究。"② 这种隔空对话的形式，也为讨论提供了更广阔的参与空间，方便置身讨论之外的第三者随时参与，如胡涣致李石岑的信，便是以第三方的姿态，参与到胡怀琛与刘大白的讨论中："胡怀琛和刘大白讨论胡适的诗的押韵，他最后给你的信，我对那信上第（二）条有些意见，写在下面。"③ 可即时参与的讨论也体现了"通讯"栏的第二个特性。较之专门的"新诗讨论"等栏目，"通讯"栏的亲民性在很大程度上降低了新诗讨论的门槛，使这场讨论具有更强的包容性。《学灯》之所以能引起如此大规模的论争，与这一特性不无关系，如刘大白又一封致李石岑的信："前信已登出了。但是今天覆按了一下，才觉得讲双声的一段里，有点把胡怀琛先生底意思误会了。"④ 通信内容表现了与论者在学术讨论上的"疏漏"，这多少印证了"通讯"栏的包容性。

二 "道德"与"不道德"：胡梦华与《蕙的风》论争

《尝试集》论争以后，《学灯》上关于新诗集的讨论更甚，常见讨论对象有《女神》《草儿》《蕙的风》《不值钱的花果》《春水》《流云》等，其中在《学灯》上引起最广泛讨论的当数《蕙的风》。《学灯》上关于《蕙的风》的论争从1922年10月持续至1923年1月，主要为胡梦华与于守璐、曦洁等人的讨论。需要注意的是，《学灯》这一时期进行了版

---

① 《时事新报·学灯》1920年5月21日。
② 《时事新报·学灯》1920年5月23日。
③ 《时事新报·学灯》1920年7月15日。
④ 《时事新报·学灯》1920年5月25日。

面改革,在《尝试集》论争中起对话作用的"通讯"等栏目不再,《学灯》往往直接发表文艺作品或学术讨论。在对话平台缺席的情况下,讨论能否在《学灯》上持续下去,就尤为考验《学灯》构筑文学讨论空间的能力。

《学灯》上关于《蕙的风》的论争由胡梦华《读了〈蕙的风〉以后》一文而起。文章认为,《蕙的风》是一部失败的诗集,而它失败的原因,便是有使读者趋向不道德的怀疑。这与胡梦华颇具现实功利性的诗歌价值观念有关。胡梦华认为,诗的创作并不仅仅是为了抒发诗人的情绪与想象,还应该有一种"为人们而作"的意识,尤其像《蕙的风》这类结集出版的诗集,更应当具备指示社会与人生的功能。胡梦华评判《蕙的风》为"不道德"的,也是建立在对诗歌功能的这一认识上。

如果说关于《尝试集》的论争体现了早期新诗在诗体认识上的迷茫,那么《蕙的风》的论争则反映了新诗在功能认识上的矛盾。一方面,胡梦华驳周作人《什么是不道德的文学》时,曾以《人的文学》为例,主张表现人生、指示人生的文学,"当以人的道德为本",为自己以道德为标准评判《蕙的风》的行为作辩护。在辩护中,胡梦华紧扣住文学"以人的道德为本"的观点,因而偏重于诗的道德感化功能。这一认识多少忽视了文学的虚构能力,单纯地以文学为现实的镜子。另一方面,胡梦华并不否认诗歌的抒情功能,他以西方浪漫主义文学的作品为对比,称赞浪漫主义诗歌对诗人性情的自然表露。这种矛盾在新文学界人士对《蕙的风》的推介中表现得更为明显。朱自清以《蕙的风》为"爱与美""赞颂与歌咏"的文学,认为这种文学虽然不是"当务之急",但也应有自由发展的余地。为《蕙的风》的辩护恰反映了当下文学观念要求新诗表现"血与泪""呼吁与诅咒"。

在诗歌功能认识上的矛盾,更深刻地体现在胡梦华对新诗创作动机与表达效果不一致的认识上:"取材不道德,未必文学就是不道德;写法不道德才是真正不道德的文学!"[①] 比起"写什么",胡梦华显然更在意"怎么写"。在胡梦华看来,《蕙的风》之所以表现出"不道德"的倾向,

---

① 胡梦华:《〈读了蕙的风以后〉之辩护》,《时事新报·学灯》1922年11月18日。

问题就出在"写法"上。胡梦华认为，同样是表现恋爱之情，相比于西方浪漫主义诗歌委婉曲折的抒情方式，《蕙的风》对"情场哀痛"的表现"流于轻薄"，只是简单地宣泄诗人的情绪，缺乏艺术技巧的锻炼，导致过于直接的情感告白与含蓄的"言情不尽，其情乃长"的诗情审美相悖。据此，他提出了模仿说。胡梦华的模仿说认为，诗固然是诗人性情的流露，但也兼具一定的道德感化功能，因此，要作成道德的文学，诗人的情感、诗歌的创作方式，都需要"模仿"。应该承认，胡梦华在一定程度上看到了新诗为"诗"的实质，并不单在自由达情的诗体形式，还应该重视诗歌内容与情感表达。但模仿说的要求显然与诗歌的抒情要求相悖。

当时的与论者也认识到胡梦华的观点"有点不贯穿"。针对胡梦华一面要求诗歌的抒情功能与道德感化功能，另一面主张委婉达情的写法的矛盾，于守璐提出："但本不委婉曲折而强使之一吐有余，是否是强抑感情？如加以艺术的修整，又安能叫是赤裸裸的写出？"[①] 并认为模仿有损于诗人情感的表达，坚持诗应以达情为主，并且是"赤裸裸"地表达诗人情绪与想象。曦洁也认为："诗非但不应模仿，还无须作的，诗只要写就是。"[②]

若论争仅到这里，那么"道德与不道德"的讨论，更多的是新诗内部对诗歌功能的讨论。相比于《尝试集》的论争，这场论争无论从持续时间还是与论者人数来看，规模都不算大，但也有其特殊之处，即新文化运动以来，已树立起"领袖者"形象的鲁迅、周作人对论争的参与。相比于《尝试集》的论争中胡适颇为冷淡的态度，鲁迅与周作人参与论争的态度要尖锐得多。统计《学灯》上关于《蕙的风》的讨论，以《蕙的风》为"不道德"的只有胡梦华一人，"以一敌多"的局面很大程度上也决定了胡梦华在这场论争中的形象：周作人斥他为"旧派"，鲁迅称他为"含泪的批评家"。从这一角度来看，对"不道德的文学"这一说法的贬斥，实际上是对"旧派"的排斥；"道德与不道德"的讨论，也就变成了"新"与"旧"之争。

---

① 于守璐：《与胡梦华讨论新诗》，《时事新报·学灯》1922年11月3日。
② 曦洁：《诗的"模仿"的问题》，《时事新报·学灯》1922年11月8日。

周作人与鲁迅的文章均发于《晨报副刊》，另有章洪熙《〈蕙的风〉与道德问题》等文发于《觉悟》，可以说，这场论争是一场跨越平台的对话，而《学灯》所起的是联结平台的作用。在构筑跨平台的对话时，《学灯》一个有意思的举动是，转载了《晨报副刊》上周作人《什么是不道德的文学》一文。胡梦华对《蕙的风》的批评，主要在《学灯》上进行，因此，《学灯》转载其他报刊文章的举动，多少有借此回应胡梦华的意义，文章开头附有的一则"一岑按"提示了这一点。按语引用了文中"因为无论凭了道德或法律的神圣的名去干涉艺术，都是法利赛人的行为"一句，并号召："我希望现在号称艺术批评家者都要能守着周先生这句话，别去做法利赛人呢！"[①] 按语说明，《学灯》转载文章是为了宣扬一种批评理念，呼吁文学批评者切勿以道德的名义绑架文学创作，有希望新文学自由发展之意。在当时的论争背景下，显然与胡梦华的观念并不一致。然而半个月之后，《学灯》又刊登了胡梦华《〈读了蕙的风以后〉之辩护》一文，将这场对话持续下去，这也印证了《学灯》开放包容的办刊立场。

第二节 诗学观念的讨论

《学灯》上还有其他诗学观念的讨论，本节主要关注两点。一是前期的诗、人合一论，强调作诗即做人，一元论出自郭沫若与宗白华对新诗的探讨，但其中反映的诗学观念已超越新诗的范畴；二是后期的新诗价值论，主要出自闻锦城《新诗的价值判断》《新诗的前途》等文，这里新诗之"新"已有了不同的价值趋向。两相比较，可以看到新诗之"新"在不同时期的不同意蕴，以及《学灯》在诗学观念的建设中扮演的角色。

一 从"形"与"质"到诗与人合一的论争

在《学灯》早期的新诗讨论中，宗白华与郭沫若的诗学讨论，对早

[①] 《时事新报·学灯》1922年11月5日。

期新诗创作,至少是对郭沫若本人的创作有不小的影响。

宗白华理想中的真诗人由两方面构成,即"诗人人格"与"诗的构造",并主张,"我们心中不可无诗意诗境,却不必一定要做诗"。① 郭沫若大体认同宗白华对"真诗人"的见解,但也提出不同的看法:"诗不是'做'出来的,只是'写'出来的"②,并以直觉、情调与想象为诗的本体。对诗"写"与"做"的问题,《学灯》刊登了宗白华的《新诗略谈》作出回应,认为"写"与"做"是两重境界,要达到"写"的境界需要通过"做"的训练,并据此在"诗人人格"与"诗的构造"二元基础上,将诗进一步分为"形"与"质"两部分,提出创造新诗与养成新诗人的不同方法。

半个月后,《学灯》刊登了郭沫若的回信。但这一次,郭沫若的诗学观念有了明显的转向:"我近来趋向到诗的一元论上来了。我想诗的创造是要创造'人'"③,认为诗的创造在于诗人人格的情感美化,而培养诗人人格的方法,便是学习音乐绘画、读书穷理、亲近自然、融入社会。郭沫若这里不再强调情感与形式的分别,他把形式当作监狱,追求诗形的绝对自由;又把诗当作一面镜子,照映诗人的心灵世界。形式随心灵流动而变换,感性与理性、情感与形式的对立或统一不再,诗人的"人格"被提升到最高的位置。

尽管与宗白华将诗分为"形"与"质"两部分的诗学观念不同,但在完善诗人人格的方法上,郭沫若与宗白华还是达成了统一:"至于美化感情的方法:我看你所主张的……都是必要的条件。此外我不能更赘一辞了。"④ 接纳观念相悖的诗学讨论,固然是出于《学灯》包容开放的办刊立场;对相近观念的反复发表,一定程度上也表明了《学灯》同人的态度。诗人,尤其新诗诗人,需通过音乐绘画、读书穷理、亲近自然、融入社会等一系列的活动来完满人格,才能写出真正的好诗,这显然是《学灯》所认同的。

---

① 宗白华、田寿昌、郭沫若:《三叶集》,安徽教育出版社2000年版,第7页。
② 宗白华、田寿昌、郭沫若:《三叶集》,安徽教育出版社2000年版,第11页。
③ 《时事新报·学灯》1920年2月24日。
④ 《时事新报·学灯》1920年2月24日。

来看郭沫若如何由"诗人人格"与"诗的构造"的二元论转向"诗的创造是要创造'人'"的一元论。

1921年8月《女神》出版，收录郭沫若57篇作品，其中47篇发表在《学灯》上（含诗剧）。《学灯》对郭沫若的推介，自然与他新诗中"破坏一切，重塑一切"的五四革命精神有关，无论是吞噬一切的《天狗》，还是盛赞一切革命"匪徒"的《匪徒颂》，无不在要求彻底的破坏、重建全新的自我。这种"从头来过"的念头某种程度上是出于忏悔情结，"Phoenix"就被寄寓了这样一份忏悔之情："我现在很想能如Phoenix一般，采集些香木来，把我现有的形骸烧毁了去，唱着哀哀切切的挽歌把他烧毁了去，从那冷净了的灰里再生出个'我'来！"① 郭沫若在这封信中表达了对自我人格的否定。这种情绪在诗人得到他人的肯定时更盛，面对宗白华的赞赏，郭沫若更是感到自己连"Amoeba"都算不上。

浓厚的忏悔情绪从何而来？从郭沫若写给宗白华与田汉的信里能获取一些线索。郭沫若赞同宗白华对"真诗人"的见解，但在自我人格的展示上有一种自卑的心理："可是我自己底人格，确是太坏透了"，"我读你那'诗人人格'一句话的时候，我早已潜潜地流了血眼泪"。② 郭沫若对自己的品行厌弃到了极点。"人格"是郭、宗、田三人交往中常被提及的一个话题。田汉交友主张"人格公开"，因此郭沫若在致田汉的函中，公开了自己"几乎莫有可公开的人格"：出国前曾在父母的安排下结了婚，到了日本又恋上安娜并与其同居，却又低估了生活的压力，使安娜因为怀孕在学业上半途而废，郭沫若自觉愧对安娜。信的末尾，郭沫若说自己"好像个等待宣布死刑的死囚一样"。对自身人格卑劣一面的困扰，也体现了五四青年知识分子在"不新不旧"中的挣扎。

于是郭沫若决定，"我今后的生活，要在光明世界里做人了"，"今后要努力造'人'，不再乱做诗了"。③ 在这一元论的诗学观念里，我们能看到，"人"与"诗"之间画了个等号，于是"自我"变成了诗的世界里

---

① 宗白华、田寿昌、郭沫若：《三叶集》，安徽教育出版社2000年版，第14页。
② 宗白华、田寿昌、郭沫若：《三叶集》，安徽教育出版社2000年版，第12页。
③ 《时事新报·学灯》1920年2月24日。

绝对的主宰,写诗于郭沫若而言便是抒写自我。

一元论的倾向其实从郭沫若坚持诗是"写"出而非"做"出就可见出端倪。可以说,对诗分"形""质"与"诗的创造是要创造'人'"两种观念的讨论,反映的是早期新诗对"诗"的重新认识。旧的诗体形式打破、新的秩序尚未建立,新诗倡白话、倡分行、倡自由,但"何谓新诗"是一个长期论争的问题,比如时人对"散文诗"的不同认识、对新诗用韵与否的不同观点。诗与人合一的一元论对这一问题有新的认识。当写诗成了抒写自我,诗歌最重要的效能便在于抒情,而用于抒发诗人情感的文字,即使其文体形式并不符合普遍意义上的"诗",它的精神也是诗的。从这个角度来说,比起被归属于一类文学体裁,"诗"的实质更接近于一种精神、一种品格。郭沫若说:"人之不成,诗于何有?"便蕴含了这一层意义;反之,创作理想的新诗,也有助于塑造理想的新诗诗人。在早期新诗认识摇摆含混的情况下,诗、人合一的一元论至少为新诗与新诗人的发展提供了一种精神上的导向,正如郭沫若所说:"我想新体诗的生命便在这里。"①

二 新诗价值论

新诗价值论出现的时间很微妙。明确表述新诗价值论的两篇文章分别刊登于 1946 年 5 月 3 日与 7 月 5 日,此时距离五四运动已过去 27 年。在这样一个时间点推出新诗价值论,《学灯》对"新诗"不得不说是有新的期待的。《新诗的价值判断》确证了这一点:"今天重新提出新诗的价值判断问题,是有更高一级的意义的。"②

本节对新诗的价值并不作判断,讨论"新诗价值论"更多是为了说明《学灯》在诗学观念的讨论与建设中扮演的角色。在本章第一节"新诗初期的辩难"中,更多地体现《学灯》在早期新诗成长中所起的平台作用:在新诗摇摆含混、亟须确立某种权威的早期,《学灯》积极开放平

---

① 《时事新报·学灯》1920 年 2 月 24 日。
② 闻锦城:《新诗的价值判断》,《时事新报·学灯》1946 年 5 月 3 日。

台、接纳各方各派的观点，已然树立起开放自由的平台形象。需要注意的是，作为报刊，《学灯》发表内容经过编辑同人的筛选，也体现着《学灯》的某些倾向。因此，本节更关注《学灯》在诗学观念的讨论与建设中所起的引导作用。与早期推出"形""质"与"诗""人"的探讨为新诗发展提供某种精神导向一样，《学灯》对新诗价值论的发表，也隐含着《学灯》同人对新诗乃至新文艺的一种倡导。

来看新诗价值论所包含的诗学观念。价值论要求新诗迎合大众生活，并以此为依据对新诗进行价值重估，即认"服役民主政治服役人民"为价值。而新诗的前途在于，"新诗应该在新的科学社会主义的理论的洗练下，以群众的观念和生活为准则，用活的智力而构成诗的形象，然后启发大众领导大众，去争取民主政治的实现。这样的新诗才具有高度的政治价值和艺术价值。也只有这样的新诗才能为大众所接受而在大众的爱护与吸收创造中，开阔它的前途的"。①

这里的"新诗"，"已不仅在与花的诗的对比上作形式上新旧区别的解释，而是指着它与新的时代，新的社会配合的意义了"②。这与《学灯》固有的立足社会现实的立场是相配套的。《学灯》素有促进教育、改造社会的目标，新诗价值论给出的新诗定义与这一目标在一定程度上是契合的："今天摆在我们的诗人面前的任务，或者说时代赋与新诗的任务，亦不仅仅是智识份子的反帝反封建的民主与科学的启蒙运动而是进一步的启发广大农工大众对于'人性的深入的认识'他们在民主与科学的信念下，警惕在这国度里作为一个人的应有的权利与义务，使他们在数千年的宗教，封建势力的朦蔽统治下醒觉。"③ 要达到改造社会的目标，那么灌输教育的对象显然并不能局限于智识分子，这与新诗价值论中立民以立国的逻辑相吻合。《学灯》新诗以"人"为中心，这在"为人生"的文学立场中已有所体现，甚至《学灯》对于新人一直以来也有所想象，即要求觉醒现代"人"的意识。新诗价值论将这一想象扩大到"广大农

---

① 闻锦城：《新诗的前途》，《时事新报·学灯》1946年7月5日。
② 闻锦城：《新诗的价值判断》，《时事新报·学灯》1946年5月3日。
③ 闻锦城：《新诗的价值判断》，《时事新报·学灯》1946年5月3日。

工大众",于《学灯》而言,意味着改造社会目标的更进一步。值得注意的是,此时距离《学灯》创刊已过去近30年,世事变迁中难免物是人非,《学灯》仍秉持以"人"为中心、立足现实需要的导向,或许可以说是坚持《学灯》这一品牌的需要,但也可见出《学灯》同人的某些品格。

第三节 翻译理论的探讨

《学灯》上对译诗理论进行较深入、全面探讨的是胡梦华的《译诗短论与中国译诗评》《译诗讨论》两篇长文。其中,《译诗短论与中国译诗评》发表于1922年,《译诗讨论》署名"玉狼",发表于1924年,主要内容是对前者的补充。《学灯》对两篇长文的看重可以从编辑排版看出一二:《译诗短论与中国译诗评》自1922年8月28日连载至当月31日,每期均位于《学灯》头版;《译诗讨论》于1924年10月9—10日连载于"评论之评论"栏,彼时《学灯》有回归教育的倾向,文艺内容渐少,并将部分版面划分给《教育界》,由原来的一张四版缩至三版,在版面缩水的情况下,《译诗讨论》仍能占据近1/3的篇幅,可见两篇译诗长评还是有一定分量的。

在两篇长文中,对于译诗理论的探讨有两点值得注意。第一是对译诗语言的探讨,在早期新文学界更主张采用欧化语言译诗的氛围中,胡梦华的观点颇有独特性:他强烈反对以欧化的语言译诗,体现出一种为白话诗服务的意识;第二是对译诗目的的探讨,从探讨中可以见出,五四新文化运动以来,译诗活动很大程度上体现了改造甚至重建中国文学的理想。

一 译诗语言:白话文学的立场

诗与译诗语言的欧化,在五四中国新诗中并不鲜见,甚至是五四中国新诗现代性的一个重要表征。欧化的语体在当时得到许多新文学支持者的倡导,郑振铎就认为:"中国的旧文体太陈旧而且成滥调了","所以为求文学艺术的精进起见,我极赞成语体文的欧化"。①沈雁冰也说:"现在努力创作语体文学的人,应当有两个责任:一是改正一般人对于文学的观念,一是改良中国几千年来习惯上沿用的文法。……所以对于采用西洋文法的语体文我是赞成的。"②

《译诗短论与中国译诗评》却有不一样的观点。文章"诗与译介的欧化"一节明确提出,以欧化的语言译出的诗,"是不能存在的"。胡梦华之所以反对以欧化的语言译诗,主要有两点原因:一是欧化的语言并非当时的语言,译诗的语言经过译者再造,即使套上"欧化"的外衣,也不能完美还原原诗语言的风韵;二是欧化的语言并非时下一般人所说的语言,而是机械化的语言,因此以欧化的语言译诗与追求自然鲜活的白话文学的宗旨相悖。更进一步,胡梦华提出,他对欧化的译诗的反对,就是"不赞成欧化的文字",将矛头直接指向欧化的语体。这一认识具有以译诗语言促进白话文学生长的意识。《译诗短论与中国译诗评》认为,"白话诗对于文言诗的反动,有二点:——第一,诗体的革命;第二,诗的文字的革命。欧化诗便是把诗的文字的革命宗旨,完全推翻"③。所谓"诗的文字的革命宗旨",就是要求"作诗如作文"。简单说来,就是要求新诗的语言明白晓畅、不过多堆砌涂饰。白话诗的魅力正在于此,它突破僵化的语言形式,以当下中国人自然流露的语言写成。

而欧化的语言,并非中国"现在人所说"的语言,中国人口众多,能直接接受西方文学之影响并理解欧化的语言思维的,局限于部分新式知识分子。仅就这一点而言,欧化的语言显然并不具备反映当时之思想、当时之想象的、与精神的生活的普遍性。另外,欧化的语言在一定程度上也成为卖弄文字的幌子:"对于原诗不懂的地方,用欧化的法子,不懂的也就轻轻的译过来啦。读者对于译诗不能解的地方,轻轻加上欧化二字,难解的便可遮掩过去了。甚且还要说,读者不仅欧化有奥妙。

---

① 郑振铎:《语体文欧化之我观》,《时事新报·文学旬刊》1921年7月10日。
② 沈雁冰:《语体文欧化之我观》,《时事新报·文学旬刊》1921年7月10日。
③ 胡梦华:《译诗短论与中国译诗评》,《时事新报·学灯》1922年8月30日。

人家批评起来，欧化二字便是很好盾牌。借着欧化两个字，于是便译了许多诗，糟了许多纸，误了许多读者；令人见了译诗，几不敢领教。"①可见，胡梦华想要建设的白话诗，是一种"好像说话一样，和最简单的散文一般而简单，从我们的心中叫出来"的诗，是能体现现实生活实际要求、反映社会现象的诗。

其实，在欧化语体的拥护者那里，也能看到相似的文学立场。郑振铎认为语体文的欧化是有限度的欧化，即使它与中国文学向来的语言思维有所差异，"却也非中国人所看不懂的"。沈雁冰同样主张欧化的语体"不要离一般人能懂的程度太远"，因为语体文的欧化"是过渡时代试验时代不得已的办法"，这一观点显然看到了欧化语言的实验性，以之为破旧立新的一种手段。对有限度的欧化的主张，反映了白话文学通俗易懂、清新自然的语言要求。

实际上，无论是《译诗短论与中国译诗评》对以欧化语言译诗的排斥，还是沈雁冰以欧化语言为试验品的观点，均暴露了白话新诗语言匮乏的尴尬境地。早期译诗的"翻译腔"，一部分原因是出于保留原诗语言风格的需求，但新生的白话文学在表达方式上的欠缺也是造成这一现象的重要原因。随着与外国文学接触的扩大，大量新的名词、概念等进入译介者的视野，为了承载从国外输入的思想观念，以欧化的语言译诗成了自然而然的选择。胡梦华清楚地看到了白话诗这一困境，倡导以译诗丰富白话新诗的语言表达："现在中国的白话诗，是从美法二国模仿过来，而直接间接所受威至威斯、惠特曼、夏芝诸人学说的影响最大，这是无可厚非的。看来，译诗又添了一种任务。就是于介绍西洋思想人情以外，还须把欧美大家的白话诗，好好的译了过来；以为中国白话诗的范本的取法。"② 译诗语言的白话文学立场正表现了《学灯》建设中国白话新诗体式的焦虑。无论是郑振铎、沈雁冰赞成语体文的欧化，还是胡梦华反对以欧化的语言译诗，都表现出了五四时期一种功利的译诗语言观。

---

① 胡梦华：《译诗短论与中国译诗评》，《时事新报·学灯》1922年8月30日。
② 胡梦华：《译诗短论与中国译诗评》，《时事新报·学灯》1922年8月31日。

二 译诗目的：有意识的启蒙

以译诗为启蒙手段与时人对译诗的认识有关。再精微的译诗也不能完美展现原诗精华，翻译往往需要有所取舍，这是志向于译介事业的新文学人士的共识。因此，在译介者看来，译诗并非原诗，只是沟通中国新诗与域外诗歌的媒介。胡梦华对译诗的桥梁作用有更直接的认识："风格音韵，自然是诗的很大特质。但总不能'因噎废食'因为风格音韵不易译，就不去译诗，我们要领略外国诗，自然是去直接读外国诗顶好了。但不懂英文的，就永不会知道莎士比亚，弥尔顿，威至威斯，拜伦，雪莱的精神了。不懂德文的，就不会知道歌德的精神了。不懂意大利文的，就不会知道但丁的精神了。不懂腊丁文的，就不会知道维吉尔（Virgil）的精神了。不晓得希腊文的，就不会知道荷马的精神了。"[①] 译诗在当时，往往是为了"介绍异域文化，沟通国情"，"促进世界大同，人类互相了解"。

《译诗短论与中国译诗评》用了较长的篇幅讨论诗"能不能"译的问题，对于这个问题作者并没有直接回答，但从文章紧随其后讨论"译诗之正道"的思路来看，胡梦华对译诗是赞成的，甚至认为译诗是必要的，尤其在白话新诗语言匮乏的当下，"当尤须多译诗"。《译诗讨论》也持类似的观点："诗人不仅为诗人而做诗，应为众人而做诗。诗歌为公，应有介绍之必要，无待赘言。中国文坛现在方努力新诗之创造，尤应多多译诗；取其所长，补我所短，更不必多说。"[②] 可见译诗的一个重要目的在于促进本国新诗的发展与变革。这与五四新文化运动的开展不无关系。出于对新文化的提倡，大众对西方学说的关注达到一个高峰，各类西方学说的译介数不胜数。在向西方学习的过程中，新文学界人士普遍意识到相比于"西洋学术"，当下的中国文化处于较为弱势的地位。而译诗，就是学习"西洋学术"的一种手段。应该说，学习与改造的心态是使译诗在五四时期得到长足发展的重要原因。

[①] 胡梦华：《译诗短论与中国译诗评》，《时事新报·学灯》1922年8月31日。
[②] 玉狼：《译诗讨论》，《时事新报·学灯》1924年10月9日。

《译诗讨论》行文脉络上就透露着浓厚的启蒙意识，相比"讨论"更像一篇综述，笼统梳理了当下中国诗人与自古以来的西方诗人的译诗观念，颇有介绍普及新知的态度。文章将译诗目的分为"存古"与"借材"两类，"存古"即保存原诗真意；"借材"即以"富益本国文学"为目的，既然是以富益本国文学为目的而非宣扬某种艺术或某位诗人，那么于译者而言，译作是否忠实于原作便不是译介工作中首要关注的问题。对于"存古"与"借材"两种目的，作者认为各有是处，但文章结尾一段文字颇有深意："本着历史的观念和科学的精神，我们应该保存原著的本色。但'存古'的结果至多也不过表扬古人的特长，而古人的特长之足以表扬必定和时人有密切关系。那末与其整个的把没有什么关系的古人著作全部翻译过来，如何择要的翻译，比较上经济些呢。"① 暗示了译诗应以经济、实用为目的。

　　另外，启蒙意识也使译诗活动具有强烈的个性色彩。在很大程度上，译诗成为一项新的创作，往往承载着译者个人的思想情绪，比如郭沫若认为，"译雪莱的诗，是要使我成为雪莱，是要使雪莱成为我自己"②，并提倡译诗的风韵化；《译诗短论与中国译诗评》也提出"译诗好像做诗，须并重想像，格调，与笔致，诸方面，若是译诗的人，不能融会做诗的人那种想像，默通做诗的人那种格调，虽然他的笔致十分精工，译出来的东西，必要失掉原著的本色。反之，没有一副笔致，他也不能够去描写出那种想像，和格调"③。

---

① 玉狼：《译诗讨论》，《时事新报·学灯》1924 年 10 月 9 日。
② 胡梦华：《译诗短论与中国译诗评》，《时事新报·学灯》1922 年 8 月 28 日。
③ 胡梦华：《译诗短论与中国译诗评》，《时事新报·学灯》1922 年 8 月 28 日。

第四章 域外诗歌译介

五四早期新诗的繁荣与当时的译介活动,尤其是域外诗歌的翻译有重要关系。在多数情况下,当时的译介活动以建设中国文学为目的,域外诗歌的译介也不例外。具体到个人、社团、报刊的译介活动上,受立场与审美偏好等方面的影响,又各有不同。《学灯》作为报刊担负着促进教育、灌输文化的功能,对译介工作颇为重视。在域外诗歌的译介上,《学灯》抱着什么样的意识进行译介、在译介对象的选择上又有什么样的眼光、以什么样的策略支持译介活动等,是本章主要探讨的几个问题。

第一节 立足现实与面向未来的译介意识

域外诗人诗作的译介对五四新文学的建设颇有贡献,《学灯》也译介了不少域外诗歌。作为一份五四刊物,《学灯》又是以什么样的译介意识为指导进行译介工作的?本节主要通过对《学灯》诗歌领域译介内容的分析,探讨《学灯》的译介意识。

一 关心生活现实与文学发展的需要

考察时人的译介思想,不难发现,灌输西方思想、促进现代教育等目的是新文学人士进行翻译工作的重要动机。沈雁冰在《新文学研究者的责任与努力》一文中强调,译介西方的文学艺术,"一半也为的是欲介绍世界的现代思想——而且这应是更注意些的目的"①。

立足社会现实，以文学为社会指导的译介意识在《学灯》早期的诗歌译介中有所体现。左舜生译《少年，驰骋》、吴统续译《罗威尔（Lowell）的诗》以及许冠星译《学生奋起！》等算较早一批登上《学灯》的域外诗歌。这几首译介诗歌最为一致之处便是具有鲜明的改造社会的意识，仅从译名来看，《少年，驰骋》《学生奋起！》等篇便能感受到奋发向上的建设精神。在《少年，驰骋》第七节中可见一斑："我佩我刀，我背我盾，/手我长矛。踏遍世界，毁灭世界，抹杀世界，/把一切的错误从头改，/我这少年的精神，不能颓败。"②《学生奋起！》每节以"学生奋起！你的国家需用你"开头，译者坦言"译出来把他做个救国的'晨钟暮鼓'"③。以诗歌的爱国思想和个性抒发为译介重点，这与《学灯》教育青年、启蒙大众的社会职责是吻合的。相比前两首译诗直接展露少年人年轻无畏、蓬勃向上的气质，吴统续译《罗威尔（Lowell）的诗》则充满现实讽刺的色彩，以"有钱人的儿子"和"贫穷人的儿子"两个形象作对比，高唱劳动的价值，颇有倡"劳工神圣"的平民主义色彩。

《学灯》对现实的关注在俄国文学的译介中体现得淋漓尽致。《学灯》对俄国文学及其他弱小民族文学的提倡是显而易见的，仅郑振铎主持期间，《学灯》就发表过《读小说月报"俄国文学研究号"中的论文》《俄国文学小史》等译介作品。《俄国的诗歌及其革命的倾向》认为，俄国文学"是俄国的生活之'直接的'反映"，是"人生的文学，不是艺术的文学"，因而具有独特的国民性："比较别种欧洲的文学更为富有'反抗'的精神与'社会'的特性。"④《学灯》对俄国文学的关注，有倡导俄国革命精神的意义：俄国的诗人，"差不多都可以说是'社会诗人'（Social Poet）"；俄国的诗歌，也因现实政治的黑暗、民众生活的苦难而呼喊"自由！自由！"，"大无畏大勇猛的前进"⑤。对俄国诗人爱罗先珂演讲的

---

① 陈建华编：《茅盾思想小品》，上海社会科学院出版社1997年版，第92页。
② 左舜生译：《少年，驰骋》，《时事新报·学灯》1919年10月17日。
③ 许冠星译：《学生奋起！》，《时事新报·学灯》1919年12月12日。
④ 悟：《俄国的诗歌及其革命的倾向》，《时事新报·学灯》1924年8月30日。
⑤ 悟：《俄国的诗歌及其革命的倾向》，《时事新报·学灯》1924年8月30日。

报道印证了《学灯》对俄国革命精神的倡导。爱罗先珂劝告中国青年："中国是怎样？他处在极困难的地位。他底命运是决于现在的青年"，"你们若以为将有好政府，好领袖，出而替人民谋幸福哩，那么恐怕中国已亡于日本，英，美三国了。那时的好政府，好领袖，不是你们底了，中国不复是中国了。因为中国现在还不算是国家。他不过是在过渡时代，享受形成底经过而已，他底将来是操在你们之手"。①

域外诗歌的译介也为中国新诗的建设提供了养分，陈丹崖《英诗上国家观念发达观》就是一个很好的例子。文章以莎士比亚、弥尔顿、华兹华斯、丁尼生等英国诗人诗歌为例，介绍英国诗歌的国家思想"从单纯之尚武的爱国心，国家主义，而进为国际主义"的演变，并以"国际主义"为国家观念之"理想的程度"，主张诗歌具有社会启蒙的意义。②对诗歌功能的这一认识与时人的文学观念有关，陈丹崖认为，"我国社会素视诗仅为一种美术装饰品，至谓小技，有玩物丧志之消"，虽然新文化运动倡导已久，但沉疴积弊，"我国文艺界，其思想，其目光，仍因袭数千年不痛不痒晦涩虚浮之弊"。③陈丹崖认为这样一种文学观念，会成为"时代进化之障碍"，因而译介英国诗歌中国家观念的演变，希望新诗人从中吸取国际主义的思想，更希望新诗创作可以走在时代之前，在世事纷纭的当下，"登斯民于永久和平之域"。

二 带有启蒙性质的未来想象

《学灯》不仅关注域外诗歌，也关注域外诗人，并且有意识地设想诗人与社会的未来道路。《学灯》对诗人的关注可以从一些文章篇名看出，韶华《诗豪唐蒂之略传》、郭绍虞《坎尔纳（Theodor Kornor）》、郭绍虞《拜轮（George Gorden Byron，1788—1894）》、拙《鲍多莱尔（Baudelaire，1821—1921）》、胡愈之《但丁的一生》、王平陵与蒋启藩合译《英

---

① 刘建阳：《爱罗先珂之讲演》，《时事新报·学灯》1922 年 1 月 9 日。
② 陈丹崖：《英诗上国家观念发达观》，《时事新报·学灯》1921 年 3 月 11 日。
③ 陈丹崖：《英诗上国家观念发达观》，《时事新报·学灯》1921 年 3 月 11 日。

国湖畔诗人华茨渥斯（Wordsworth）生活之一片》、周一夔《雪莱略传》、徐仲年《十六世纪法国大诗人宏沙》等篇尤为关注域外诗人的生平与创作经验，并从中探讨诗人的诗歌观念与人生观念。如《诗豪唐蒂之略传》简述但丁的流放生涯以及但丁对意大利乃至整个欧洲文艺复兴所起的作用，以诗人的曲折人生"自勉"；《雪莱略传》详细叙述雪莱反叛的一生，赞赏诗人的反叛精神。与诗歌译介关注现实与文学的实际需要不同，《学灯》对诗人的译介更关注作为人类一员的"人"：胡愈之赞赏《神曲》对欧洲文学艺术的贡献，有感于但丁命运之曲折，从个体生命经验的角度感叹："回想那蹭蹬不过的杜工部，众醉独清的屈大夫，天才都不免遭逢穷促的运命，不论古今中外，竟是没有列外的呵！"[1]《学灯》对诗歌创作主体的关注与对人的重新发现有关，诗人们丰富多彩或曲折困顿的人生经历为译介者们观察域外诗歌，从域外诗歌中汲取人生经验提供了新的人生想象。

　　换言之，"成为什么样的人"，也是译介者与诗人们所关注的。忆明译《拜轮在文坛上之位置及其诗歌底评论》极力肯定拜伦的文学史地位与诗歌中浪漫自由的精神："拜轮给我们最大的功绩，就在教导我们不必拘守古训……这实是近代之精神！"[2] 人格之自由是新文化运动自始至终追求的一个目标，以人格自由为"近代之精神"，有呼吁与"教导"的启蒙意味，也是对现代"人"的期盼与设想。对个体生命的人格期待也投射到新诗创作群体上，一冰《浪漫诗人拜轮（1788—1824）》《浪漫诗人雪莱（1792—1822）》《浪漫诗人克滋》等篇更关注浪漫主义诗人的人生经历与自由、革命等精神品质。《学灯》对新诗人显然是有所期待的，这点从《学灯》的译介计划中可以看出。《浪漫诗人雪莱（1792—1822）》的"后记"这样表述《学灯》编辑同人的译介计划："学灯特约了一位对于英国文学有研究的一冰先生专门介绍浪漫诗人。请读者加意。如果没有特殊原因，一冰先生会继续写下去的。编者自己也想多介绍几位哲学史上的大家和名家。由于穷忙和学识不允，能写几篇还不敢说。这不

---

[1] 胡愈之：《但丁的一生》，《时事新报·学灯》1921年9月14日。
[2] 忆明译：《拜轮在文坛上之位置及其诗歌底评论》，《时事新报·学灯》1925年8月11日。

过是姑且这样计划。"① 考察《学灯》译诗，可以发现不少译者兼具"作者"的身份。其实翻译本身也是一项创作，对译者而言，要使域外文学艺术打破地域与语言的限制，对本国文学、社会有所作用，不能不精心挑选译介对象。郑振铎认为，"翻译一个文学作品，就如同创造了一个文学作品一样"②。译介对象的选择，自然也投射了创作者们欲贡献于文坛、于社会、于人类的理想，《学灯》对域外诗人的广泛关注，正表达了译介者们对新诗诗人的人格期待。

"人"意识的觉醒促使诗人们进而挖掘另一个问题，即"什么是人"。谢六逸《未来的诗》主要介绍未来派的诗，译介的一个动机便是为语体诗的合法地位进行辩护。他攻击旧诗："他们的诗之动机，只是在百无聊赖的时候，风花雪月的吟咏起来，作为散闷。"③ 以未来派的诗为辩护的武器，是因为"人的感情是时常新的，因而表现不可不长新"，未来派新颖的诗形尤其具有冲击性。谢六逸特别选译了几首未来派的诗，比如：

土耳其堡之围（玛利勒特著）

堡塔，大炮，勇气，疾走，竖立，测远器，欢喜，轰轰，三秒，轰轰，波动，微笑，哄笑，咚咚，哈哈，呐哔，捉迷藏，水晶，处女，肉，宝玉，真珠，沃素，盎，臭化物，女裙，瓦斯，泡，三秒，轰轰，将官，白，测远器，十字射击，扩音器，一千密达瞄准，全队的左，充分，哥立其位，斜角七度，豪气，射出，贯通，渺茫，穹苍，凌辱，冲锋，陋巷，呼声，迷途，褥，呜咽，耕耘，荒芜，床，正确，测远器，单叶飞机，谈天，剧场，喝彩，单叶飞机，同僚，洋台，蔷薇，车轮，大鼓，穿孔器，虫，喧骚，浮浪子，牡牛，血色，牢屠场，负伤，避难所，沙漠中的沃地。④

完全颠覆的诗形的背后，正是对人性的肯定与张扬："拜倒于旧韵律格式

---

① 一冰：《浪漫诗人雪莱（1792—1822）》（后记），《时事新报·学灯》1947年2月3日。
② 郑振铎：《处女与媒婆》，《时事新报·文学旬刊》1921年6月10日。
③ 谢六逸：《未来的诗》，《时事新报·学灯》1921年12月17日。
④ 谢六逸：《未来的诗》，《时事新报·学灯》1921年12月17日。

的人，请看世界诗坛的进步到了什么地位？诗人波蒲说人类的适当研究物是'人'。喜欢旧诗的先生们！请先研究什么是人？然后才研究做诗罢！"① 同时，对未来无法凭空想象，《未来的诗》以文学创作为工作的严肃态度也侧面印证了《学灯》诗歌译介浓厚的现实立场。

第二节 全景与比较的世界眼光

在诗歌领域的译介上，《学灯》采取什么样的眼光进行译介工作也影响着译介对象的选择，并形成具有一定的倾向性的译介作品。《学灯》倡译介，更倡文学与学术上的译介。考察《学灯》的诗歌译介内容，可以发现《学灯》具有开阔的世界视野的同时，还具备以译介促进中国文学乃至社会发展的比较的精神。

一 超越诗歌体裁的整体视野

《学灯》对域外诗歌与诗人的译介，常常放在整体文学的视野下，以诗歌为文学的一部分，从宏观角度进行译介。如季志仁译《一八八〇年后法国文学的园景》两篇、何嘉《近代拉丁美洲文学的概观》、余慕陶《比国转换期底作家》等，从篇名上就体现出一种超越诗歌体裁的"大"视野。或是如胡梦华《星社七子与法国文学》等篇，考察七星诗社（La Pléiade）在当时法国文学背景下的贡献。

这类超越诗歌体裁的文学译介中，有关诗歌部分的译介仍是译介者十分重视的一个板块。比如，何嘉作《近代拉丁美洲文学的概观》，主要译介 18—19 世纪西班牙语系与葡萄牙语系影响下的拉美文学概况。文章主要着墨于西班牙语系下的拉美文学，而在对拉美文学的译介中，又尤以拉美诗人与诗作为重点内容。这或许是出于作者个人的偏好，但以诗歌为一国文学概观的首要内容，并通过诗歌潮流的迭兴来表现一国文学思潮的演变，也可见出诗歌在整个文学领域乃至社会领域的先锋精神。

---

① 谢六逸：《未来的诗》，《时事新报·学灯》1921 年 12 月 17 日。

文中诸如"共和政治的产生时间中，出于环境不安与半野蛮的生活下的诗人。在他的本来的天职之外，又称为民众的领导"，"诗人及其环境的映照，使浪漫派诗人，作如此的喊叫，总之，他们的热情，矜持和反抗性，形成了拉丁美洲的浪漫主义文学"等话语，显然以诗人为某种主义的先锋代表，对诗人的社会影响尤为看重。① 又如，余慕陶作《比国转换期底作家》，题目虽大，但文章主要译介比利时工业革命后的"新"诗人范尔哈仑［即埃米勒·维尔哈伦（Emile Verhaeren）］的作品。②

考察《学灯》译介文学的发布，可以发现"新文艺""文艺丛谈""介绍""研究"等栏目的出现较为频繁。这至少反映了《学灯》对译介文学的两种认识：一是译介工作具有一定的学术倾向，偏重于介绍新知、研究讨论等内容；二是译介域外文学，是为了促进中国文学的建设，尤其是新文学的建设。

因此，《学灯》的译介活动还有意识地突出比较中国文学与世界文学。七星诗社宣扬人文主义，胡梦华阐释《星社七子与法国文学》对中国文学的借镜意义："中国文学界现在不是闹着'革命运动'么？不是揭着'文艺复兴'的旗帜么？——星社七子便是十六世纪法国的文学革命巨子，他们便是法国文艺复兴的中坚人物。我们看了他们的得失或许也有益于我们自己的取舍呢！""中国文学界不又争着'创造'与'模仿'么？——星社七子便是主张'模仿以创造'的。他们起初'模仿以创造'颇能成功；可惜后来终以过于模仿而失败。我们现在旁观的人正可看察他成功与失败之点，庶于创造模仿二途不至盲从，或再蹈覆辙。"③ 应当承认，这种比较两国文学境况以资借鉴的译介活动，还算不上严格的比较文学，但也认识到了各民族文学相互联系、相互影响的紧密关系。

应当注意的是，这种整体文学的视野，往往将译介对象的时间上下限放置于现代与当代，这并非说明《学灯》对古代文学与中世纪文学的忽视，不过从上述译介著作的主要内容来看，对域外现当代文学的重视，

---

① 何嘉：《近代拉丁美洲文学的概观》，《时事新报·学灯》1934年7月15日。
② 余慕陶：《比国转换期底作家》，《时事新报·星期学灯》1934年2月25日。
③ 胡梦华：《星社七子与法国文学》，《时事新报·学灯》1923年7月5日。

显然与《学灯》"务实"的作风有所联系。将域外现代与当代文学的译介置于古代与中古文学之前，作为译介工作的首要内容，符合域外现当代文学及思潮更切近当下的时代需要，对于当下的中国可以产生更大的影响。沈雁冰曾明确表示，出于以文学作品反映社会人生的文学观念，"我爱听现代人的呼痛声诉冤声，不大爱听古代人的假笑佯啼，烟视媚行的不自然动作"①。这当然是沈雁冰对于"中国文学"的看法，但也反映了新文学人士对"新"文化的偏好。

二 面向域外诗歌史的历史视野

以国别为界，梳理某国诗歌发展面貌也是《学灯》一种常见的译介视野。如沈松泉译《英国诗略述》、陈丹崖作《英诗上国家观念发达观》、张镜轩作《美国的新诗》、悟作《俄国的诗歌及其革命的倾向》、张资平译《德国中世纪的抒情诗》等篇，译介一国的诗歌发展脉络或一国诗坛概况。

梳理诗歌发展史的用意除介绍说明、拓宽文学视野之外，从文学思潮与创作风向的嬗变中采掘诗歌发生变化的动力，对中国文学的发展也有一定的借鉴意义，如《英国诗略述》。沈松泉译《英国诗略述》一文的目的很明确也很单纯："我们要研究英国诗，先要知道他的历史。"② 诗歌观念与创作风潮的演变并非一蹴而就，社会、文化乃至宗教思想等方面影响着文学的发展，考察域外诗歌历史中新的创作面貌的生产动力就颇有借鉴意义。《英国诗略述》从英诗奠基者拷叟（乔叟）说起，紧接着介绍托马斯·怀亚特（Sir Thomas Wyatt）与萨里伯爵（Earl of Surrey），又沿着历史的轨迹简介伊丽莎白时代与卡洛林时代的英诗，以及古典主义诗潮与浪漫主义诗潮的交叠，最后简述维多利亚时期的英诗，简略又全面地梳理英诗发展概况。如此看来，"不过大略说些英国诗的兴亡变迁而

---

① 贾植芳等编：《中国文学史资料全编现代卷：文学研究会资料》，知识产权出版社2010年版，第188页。

② 沈松泉译：《英国诗略述》，《时事新报·学灯》1921年2月24日。

已",然而文章最后一句话颇有深意:"因为英国诗人认清诗的意义,他们的诗便真是诗,我们到现在方才有些人了解诗是什么,想研究外国的诗,我所以略把英国的诗介绍给读者,详细的研究须俟诸异日了。"①"诗的意义"是什么?文章针对英国古典主义诗歌回答了这一问题:"这一种的诗,完全失诗的理想的特质","这是种形式的诗,不是精神的诗",正因为古典主义诗歌对形式的过分偏重,英诗才出现了"浪漫的反动。"②

又如张镜轩《美国的新诗》,考察美国诗歌历史中的某一段,提取其诗歌运动的精神作中国新诗发展的指导。《美国的新诗》开篇解释写作动机,认为美国的新诗运动与中国的新文学运动有共通之处,因此,对于美国的新诗,"我们不可以不知道的"③。不难看出,张镜轩对美国新诗的译介,具备自觉的比较意识,文章对惠特曼等诗人的平民精神的重点关注,也体现了这一点。《美国的新诗》认为,惠特曼是"他们新诗运动的第一人",而这一新诗运动的精神在于,"他们所用的文字,不是贵族式的文学的文字,乃是通生活观的文字","他们所谓的是'实质'不是'形式'"。④ 文章认为,这种诗是平民的诗。五四新文化运动时期对平民文学的提倡,是要"使作品适合于多数人的理解力",对美国新诗运动的关注,正与这一五四文学精神相一致。从开辟"民间文学"栏、阐述"平民诗人"到译介美国诗人惠特曼,一系列的举动表明了《学灯》同人对中国新诗为"平民的诗"的倡导。

第三节 译介策略的选择

与新诗创作的发表一样,《学灯》译介作品的推出也有一定的策略。本节主要关注两点:一是译介对象的选取,《学灯》译介对象的选取有其特殊用意,比如与现实的文学活动相呼应、与颇具意义的诗人纪念日相联系;二是《学灯》的译介活动常以学术讨论或研究的形式表现出来,

---

① 沈松泉译:《英国诗略述》,《时事新报·学灯》1921年2月26日。
② 沈松泉译:《英国诗略述》,《时事新报·学灯》1921年2月26日。
③ 张镜轩:《美国的新诗》,《时事新报·学灯》1922年3月31日。
④ 张镜轩:《美国的新诗》,《时事新报·学灯》1922年3月31日。

体现《学灯》的学术倾向。

一 译介对象的选取

在译介对象的选取上,《学灯》一个特殊的策略是与现实的文学活动相呼应。1921 年 7 月 22—25 日,《学灯》连续推出了刘廷芳翻译的《阿菊佛莲骚》《路西旦麦德洛》《小孩子》《路德雷奇昂》《阴郁蠢钝的眼睛》《游中国泰山》等 6 首美国诗歌。值得注意的是,这几首译诗发表之时,常有"编者附注"或刘廷芳"附注"附于译诗之后,如"编者附注"——"此诗原名 Daisy Fraser,为美国新诗人 Edgar Lee Masters 所作,在他的《诗蓬江诗集》(*Spoon River Anthology*)中。此篇特色,似乎全在讽刺。韦敦(Whedon)是美国有名的坏主笔,Masters 尚有一篇专刺他的,篇名即曰 Editor Whedon"① 附于《阿菊佛莲骚》之后;刘廷芳附注——"我昨天所译的《阿菊佛莲骚》和今天所译的《小孩子》两篇,以达意传神为主。凡原文所含蓄的意思,不能用直译法表明的,我就取用我国思想习惯中同意的异辞,有时也多添几个字。譬如这篇《小孩子》,原文差不多都是两个字两个字一句,译成中文简直使人不能懂得,所以不得不多添字面,才将他的意思说出来"② 附于《小孩子》之后;等等。如此细致的阅读指导,在《学灯》诗歌译介中是首次。究其原因,乃是为现实的文学活动作准备。对于这场集中推介,《学灯》编辑解释道:"文学研究会将于下星期三在北京开会,请燕京大学教授 Miss Boynton 讲演《美国现代的诗》,演词中引用新诗六七首。兹先由刘廷芳先生译出,登在本报。"③ 彼时文学研究会同人正逐步接手《学灯》的编辑工作,此时集中推出成员刘廷芳的译作,一方面有借助报刊平台,提前为演讲活动作宣传与指导的意味;另一方面通过媒介传播域外诗歌,也有借此贯彻"研究介绍世界文学"宗旨的意义。

---

① 《时事新报·学灯》1921 年 7 月 22 日。
② 《时事新报·学灯》1921 年 7 月 23 日。
③ 《时事新报·学灯》1921 年 7 月 22 日。

《学灯》还联系颇具意义的诗人纪念日来选取译介对象，比如"但丁六百年纪念号""歌德纪念号"对但丁、歌德的专门译介。"但丁六百年纪念号"于1921年9月14日刊行，主要登载胡愈之《但丁的一生》与瞿世英译但丁作品《新生》两篇，另有《留英杂感》登于"杂载"栏、《制盐谈》登于"附录"栏。因此，这一纪念专号关于但丁的译介实际上仅有两篇。另一专号"歌德纪念号"于1922年3月23日推出，彼时《学灯》进行了版面改革，由原本的一张两版变为一张四版，版面的增加为更多译介作品的登载提供了支持。专号登载了胡愈之《从〈浮士德〉中所见的歌德的人生观》、郭沫若《歌德对于自然科学之贡献》、胡嘉《我对于歌德忌辰的感想》、西谛《歌德的死辰纪念》、谢六逸《歌德纪念杂感》、冰心为悼念歌德而作的新诗《向往》、李宝梁译歌德诗作《寻找》《旅人底夜歌》、胡嘉译《早春》等多篇作品。仅从体裁来看也能见出《学灯》译介工作的扩大，以及以译介倡文学创作的理想："新诗""杂感"等文学创作的呈现，显示了《学灯》的译介工作并不满足于浅薄的翻译与介绍。从纪念专号的内容来看，译介对象的选取显然是编辑同人精心挑选的结果，《学灯》对纪念专号的"预告"可以证明这一点。1921年8月13日，《学灯》刊登了一则《但丁的六百年纪念》为但丁六百年忌辰作宣传。这则宣传并不直接指向"但丁六百年纪念号"，但"他是文艺复兴时代的一个最大文学家；他的文学成绩——《神曲》——不仅照耀于意大利，并且也照耀于全世界，不惟照耀于当时，并且也照耀于永久。他的思想给他的同时代与后于他的时代的人以非常大的影响"[①]等话语显示了《学灯》译介但丁的重要性，对纪念专号的推出有一定的指导作用。另一则"预告"刊登于1922年3月22日，即"歌德纪念号"推出的前一天。这则《特别启事》本意也并非为专号作预告："圣诗德人歌德是在九十年前的今天死的，我们打算将今天的本刊出一个纪念他的专号，不幸所约的文章都到昨日才寄到，而本刊的排印向例须早一日发稿。故此时间上已经赶不及，所以只得推迟一天于明天发刊罢"[②]，虽然

[①]《时事新报·学灯》1921年8月3日。
[②]《特别启事》，《时事新报·学灯》1922年3月22日。

是为推迟发刊作说明，但也显示了《学灯》同人推出"歌德纪念号"是"有意而为"。但丁与歌德向来是《学灯》尤为关注的域外诗人，《学灯》开展诗歌译介工作以来，但丁与歌德就常见于《学灯》版面。译介者津津乐道于但丁对意大利文坛的贡献与歌德在文学、科学、哲学等领域的成就。这种译介倾向向读者灌输了《学灯》编辑同人对文学对社会乃至对世界的某些期望。胡愈之介绍歌德的人生观时说："他的心眼看见自由的民族住在他所争来的自由的土地上，于是他非常快活，他这样觉得生活是善的"，"浮斯德所到达的天堂，是我们大家不免都要到达的天堂。那天堂并不是可报偿善行而只不过是人类进步的一个阶段罢了"。①

二 以学术为依托

《学灯》素来欢迎学术讨论，在诗歌与诗人的译介上也不例外。以《学灯》对泰戈尔的译介为例，在"泰戈尔热"的潮流中，《学灯》有不可忽视的作用。除诗歌翻译以外，还推出了许多研究性的文章，如何道生《什么是艺术》《自由的精神》《所谓现代》等篇，译介泰戈尔的思想，并在《学灯》上进行了一场对话。相比于《学灯》早期新诗讨论较低的参与门槛，这场对话的主要参与者为郑振铎、瞿世英等具有一定文学素养的专业读者与译者，一定程度上拔高了讨论的门槛，增强了讨论的学术性。

1921年4月14日，《学灯》刊登了一篇《太戈尔研究》。在文章开头的附注中，主编李石岑解释："此信原登《北京晨报》，尚未见复函，昨晤振铎兄，谓复函即日当草就，寄由学灯发表，不另致函瞿君。……振铎兄复函，俟寄到后即揭登，兹先录原函于左。"② 可以看出，一方面，对话双方本就存了公开讨论之心，从"此信原登《北京晨报》""不另致函瞿君"等句可以见得；另一方面，这场对话得以在《学灯》上完整地披露出来，《学灯》主编功不可没。李石岑的学术立场从其编辑宣言可以

---

① 胡愈之：《从〈浮士德〉中所见的歌德的人生观》，《时事新报·学灯》1922年3月23日。
② 《时事新报·学灯》1921年4月14日。

看出:"学灯之主义与理想,为学术的根本研究"①,并以学术为"学灯之光"。他倡《学灯》译介事业的扩大,也是希望通过输入西方学说的方式,富益国人思想。然而当时许多西洋学说的译介,既缺乏系统性与完整性,又流于浅薄:"大都首尾不具;或其学说之根据与真价,未能析出。"②《太戈尔研究》则满足了李石岑的要求。

  从编辑排版上就能看出《学灯》编辑对文章学术性的认可。《太戈尔研究》从1921年4月14日连载至当月21日,位于每期《学灯》头版,先后归属于"诗歌讨论"栏、"研究"栏。此外,《太戈尔研究》最具学术讨论意味之处,便在于文章的形式,表现为郑振铎与瞿世英的通信。通信以问答的形式进行,主要有瞿世英去信两封,郑振铎回信一封,探讨泰戈尔的人生观、世界观与艺术观,兼论译诗问题。在第一封去信中,瞿世英提出了两个问题:"(一)太戈尔的人生观与世界观。(二)太戈尔对于艺术的意见,对于诗的意见。"③第二封去信,主要为瞿世英对诗人人生观、世界观的认识。第三封为郑振铎的回信,回应瞿世英的译诗问题,兼阐发郑振铎对诗人人生观、世界观及艺术观的认识。有意思的是,郑振铎的回信中附了一句小话:"此信登在本报,不另寄给你,想你一定可以看得见。"④在讨论中,郑振铎坦言:"我所受于太戈尔的实在是不少呀!"⑤单从郑振铎的译介活动来看,也能看出这种影响。仅以《学灯》与《文学旬刊》为例,最早在《学灯》译介《飞鸟集》的便是郑振铎。1921年8月4日《学灯》"诗"栏刊登了一篇由郑振铎翻译的《飞鸟集》。郑振铎的译作更多地体现在《文学旬刊》(《文学》)上,仅1923年7—10月,《文学》便刊登了郑振铎译《太戈尔诗一首》一篇、《太戈尔诗三首》两篇、《太戈尔诗选译》两篇、《杂译太戈尔诗》两篇等多篇译作,计14首。另一个突出举动是以新诗创作活动支持译介活动,在郑振铎主持《学灯》期间,《学灯》连续发表了冰心《繁星》组诗。冰心

---

  ① 李石岑:《学灯之光》,《时事新报·学灯》1920年5月22日。
  ② 李石岑:《学灯之光》,《时事新报·学灯》1920年5月22日。
  ③ 瞿世英、郑振铎:《太戈尔研究》,《时事新报·学灯》1921年4月18日。
  ④ 瞿世英、郑振铎:《太戈尔研究》,《时事新报·学灯》1921年4月21日。
  ⑤ 瞿世英、郑振铎:《太戈尔研究》,《时事新报·学灯》1921年4月19日。

回忆自己走上小诗创作的道路,就是"看了郑振铎译的泰戈尔的《飞鸟集》,觉得那小诗非常自由",于是"就学那种自由写法,随时把自己的感想和回忆,三言两语写下来"。① 除与瞿世英的学术讨论外,郑振铎从儿童文学的角度认识泰戈尔的诗作,也体现了《学灯》编辑同人的译介活动以学术为依托的策略。比如,在《新月集》的译序中,郑振铎认为,《新月集》是以儿童的生活与心理为表现对象的诗集,并非专为儿童而作的诗集。这一观点的提出是为了反驳部分广告以《新月集》为儿童诗集的误导,多少有与读者讨论《新月集》之儿童文学观念的意味。

《学灯》对泰戈尔的推崇,还可以从一则《德国欢迎印哲泰莪尔氏的盛况》的报道中见出。1921年8月5日,《学灯》刊登了俞颂华撰写的报道,值得注意的是,这则报道登于"现代学术界"栏。这是郑振铎主持《学灯》期间增设的栏目,除这则报道外,该栏还刊登过《鲍多莱尔(Baudelaire)1821—1921》以及《但丁的六百年纪念》等篇,从刊登内容与栏目名称来看,不难看出这一栏目的设置是为译介世界文学与学术。《德国欢迎印哲泰莪尔氏的盛况》对泰戈尔的欢迎溢于言表:"德国欢迎印哲泰莪尔的大概情形,已说过了。现在还有一点要向国人说明。即是泰莪尔在印度喜欢林间讲道。所以加塞林 Keiserling 君招待泰莪尔到达姆施塔特市(Darmstadt)演讲,特地在他讲台上布置园景,并且特地在新王宫古木参天的广场上请泰莪尔讲演。星期日下午又陪他到郊外森林中娱乐。他日泰莪尔如到中国来,我们对于这一点应该注意。"② 俞颂华尤为期盼泰戈尔的中国之行,甚至对泰戈尔喜欢的演讲地点做了"特别说明"。实际上,总结《学灯》对泰戈尔的译介,往往集中在文学与哲学方面,比如,欣赏泰戈尔诗作中平常易懂的诗意、清新隽永的诗味与自由的诗体,以及宣扬"爱"的文学观念与哲学思想,从这一点来看,《学灯》对泰戈尔的欢迎其实更接近于学术意义上的欢迎。

---

① 卓如:《访老诗人冰心》,《诗刊》1981年第1期。
② 俞颂华:《德国欢迎印哲泰莪尔氏的盛况》,《时事新报·学灯》1921年8月5日。

结　语

　　从1918年至1947年，近30年的历程为《学灯》新诗提供了广阔的舞台，也为新诗发展提供了经典样本。《学灯》新诗内容繁多，复杂的诗歌生态也影响着新诗面貌的呈现，《学灯》新诗多姿多彩的样貌，显然不是本论文足以完全概括的。

　　五四新诗创作者普遍认为，诗的本职在于抒情，一首首新诗体现的是一位位诗人独特的生命体验。张扬个性与关切人类共同命运，追求自由与反抗现实束缚构成五四新诗创作者们独特的情感表达主题，《学灯》对新诗的传播也与五四精神同道。在翻阅报刊、试图还原《学灯》新诗传播场景的这一过程中，我们可以看到的不仅仅是一幕幕的历史现场，还可窥探到隐匿在新诗背后一代代传承的《学灯》精神。考察《学灯》的新诗传播，可以看出，《学灯》始终秉持开放自由的立场，积极培养青年诗人、建设新诗理论、译介外来诗歌，为大众的新诗启蒙做了全方位的探索。我认为，至少在五四新文化运动时期，以灌输文化促进教育为宗旨的《学灯》，为中国新文学的建构，为现代诗歌的传播，起到了不可忽略的作用。

　　在新诗传播上，《学灯》的主要工作可分为发表新诗创作、构筑诗学讨论园地、译介域外资源等方面，三个方面相辅相成、缺一不可，共同建设起《学灯》新诗传播的繁荣面貌。就发表量来看，新诗创作在其中占有尤为重要的位置。一方面，《学灯》新诗创作发表数量可观，据不完全统计，《学灯》共计发表新诗600余首，就体量而言远超《学灯》在诗学讨论与域外诗人、诗作译介等方面的工作，与20世纪20年代其他文艺副刊相比，也是不可多得的尤为丰富的新诗材料库。另一方面，《学灯》新诗发表工作始于1918年，至1947年仍可断续窥见不同新诗刊登于《学灯》版面，持续时间之长是其他文艺副刊难以比拟的。如此一以贯之地关注新诗创作，对不同时期的新诗创作予以支持或批评，不能不肯定《学灯》对新诗创作的用心，也庆幸于这份用心，让现今的现代文学研究，尤其新诗研究得以拥有更进一步返回历史现场、还原新诗发展面貌的机会。

作为大众传媒，报刊的作用并不仅仅在于提供发表平台，报学与文学的交叉研究尤应关注独有媒介特性的报刊所构筑的公共传播空间。在《学灯》新诗传播的工作中，最能凸显大众传媒这一信息交流特色的，当数《学灯》上的诗学讨论，尤其是新诗初期的辩难。于20世纪20年代的新诗而言，新诗与报刊的联系不可谓不紧密，许多新诗创作通过报刊发表积累一定的文坛地位进而集结成册，新诗集的出版往往经过一定的删选与检验。因此，新诗集可视作一定时期内的新诗成果，代表着一段时期内新诗的发展趋向，对新诗集进行集中的讨论可以暴露、廓清新诗发展中存在的某些问题，《学灯》对《尝试集》《女神》《蕙的风》《流云》等诗集的讨论验证了这一点。以论文筛选的《尝试集》论争与《蕙的风》论争个案为例，《学灯》诗学讨论暴露了早期新诗在诗体与功能认识上的含混矛盾，分析报刊上的诗学帮助我们更进一步认识《学灯》，乃至五四新文学人士对"新"的现代性想象、对"诗"的深刻理解。

新诗研究往往绕不开五四译诗对新诗创作的影响，必须承认，五四译诗在很大程度上参与了新诗的建设过程，是新诗的重要组成部分。在新诗传播上，《学灯》提供了尤其丰富的域外资源，不仅对域外诗人、诗作、诗论进行了数量丰硕、规模庞大、较为全面的译介，更是在译介的过程中体现了报刊鲜明的译介意识、译介眼光与译介策略。归结《学灯》的译介活动，可以看出，当下现实与文学发展的迫切需要以及建设理想中国与文学的现代性想象是促使《学灯》进行译介工作的两大动力。在这两大动力的驱使下，《学灯》的译介活动掺杂了浓厚的启蒙意识与现代性想象，对域外诗人、诗作有选择的译介是在为中国新诗、新文学乃至新"人"的发展提供模板。从这一角度而言，诗歌领域的译介活动实际上成为新诗的有机组成部分，直接或间接地参与了新诗从形式到内容各方面的建设，为新诗发展提供了丰富的养分，对中国诗歌的现代型转型有独一无二的贡献。

第二编

《晨报副刊》与新月诗派

第二部

概　　述

新月诗派是20世纪二三十年代极为重要的一个文学流派，作为一个具有鲜明美学主张以及共同诗歌追求的文学流派，它对中国现代新诗的发展起着不可忽视的作用。新月诗派重视音节，主张新诗格律化，提出"理智节制情感"的美学原则，这一方面纠正了早期新诗形式散漫与情感无节制的问题；另一方面也为新诗写作树立了新规范，提高了新诗的艺术水平。而在这一流派的生成与发展过程中，《晨报副刊》发挥的作用是不可忽视的。在《晨报副刊》上，新月诗派发表了大量的诗歌和诗论，诗歌不仅包括新月诗派形成后创作的新格律诗，也有前新月诗派时期发表的其他诗歌。据笔者粗略统计，该诗派在《晨报副刊》上仅发表的新格律诗就不少于100首，其中涉及徐志摩、闻一多、朱湘、刘梦苇、饶孟侃、孙大雨等十多位诗人。同时这一时期新月诗派最重要的诗歌理论几乎全部发表在《晨报副刊》上，包括刘梦苇关于新诗形式建设的文章《中国诗底昨今明》，徐志摩的《诗刊弁言》《诗刊放假》，闻一多的《诗的格律》以及饶孟侃关于新诗音节、新诗建设的多篇文章，朱湘的三篇新诗评论等系列文章。因此，《晨报副刊》不仅在新月诗派形成前为他们提供一个创作发表的平台，也见证了新月诗派的形成和聚合，同时助力新月诗派正式登上中国现代新诗史的舞台。新月诗派在《晨报副刊》这块沃土上用理论指导创作，用创作反映理论，掀起了新格律诗的创作热潮，也在中国现代新诗史上留下了浓墨重彩的一笔。

近年来学界从媒介视角切入新月诗派的研究已经取得不少研究成果，

具体到《晨报副刊》与新月诗派的研究成果，主要包括以下两个方面：一是在研究新月诗派时涉及二者之间的关系；二是直接以《晨报副刊》与新月诗派的关系作为研究对象。

第一，在研究新月诗派时涉及二者之间的关系。叶红在《新月诗学生成论》①一书中认为新月诗派的产生与现代媒介有着密切的关系，特别是徐志摩任《晨报副刊》主编期间，这份刊物成为新月派的一个文化阵地，并形成了一个相对固定的作家群体。同时叶红指出《晨报副刊》对新月诗派起到了孵化作用，而《诗镌》的出现则标志着新月诗派的正式形成。周晓明在《多源与多元：从中国留学族到新月派》②一书中也认为《诗镌》的问世扩大了新月派的文化阵营，让清华文学社和新月社以及其他诗歌社团的诗人聚合起来，形成了一个新的诗歌创作群体。

付祥喜在《新月派考论》③一书中考证新月诗派形成和瓦解时间时认为，《诗镌》的刊行是新月诗派第一次正式的集体亮相，是其形成的标志。但他同时也指出新月诗派早在清华文学社时期就已萌芽，并酝酿于1925年。首先是因为该流派大部分成员是清华文学社的社员，而他们关于新诗格律的探讨早在1921年就已经开始。其次是在1925年对新月诗派影响极大的读诗会产生，在读诗会上，新月诗人就新诗的形式、音节展开了热烈的讨论。同时在这一年底刘梦苇还发表了关于新诗格律化的重要理论文章，徐志摩、闻一多等人的新诗作品这一时期也呈现出明显的新格律特点，这都足以证明新月诗派在1925年底就已经孕育成型了。对此，笔者表示认同，正是因为新月诗派的活动早在《诗镌》产生之前就已经开始，并且还在《晨报副刊》上发表了大量的作品，笔者才会将《诗镌》产生之前的《晨报副刊》也纳入研究的范围，考察《晨报副刊》对新月诗派生成的作用和二者之间的关系。

专著之外，还有不少的期刊论文也论及《晨报副刊》与新月诗派的

---

① 叶红：《新月诗学生成论》，中国社会科学出版社2016年版。
② 周晓明：《多源与多元：从中国留学族到新月派》，华中师范大学出版社2001年版。
③ 付祥喜：《新月派考论》，中国社会科学出版社2015年版。

关系，不过同样是将重点放在《诗镌》上。王强在《关于"新月派"形成和发展》①中认为《诗镌》的刊行是新月派发展历程中一个重要事件，首先是组成成员的变化，其次是文学重心的转移。《诗镌》的发行让这一流派从戏剧转向了诗歌，进而形成新月诗派推动中国新诗走向繁荣。陈山在《论新月诗派在新诗发展中的历史地位》②中认为，《诗镌》的创刊代表着新月诗派的正式形成，同时新月诗派在《诗镌》上呈现出的创作面貌可以完整反映它这一时期在新诗方面的进步倾向。此外，尹在勤在《"新月"派中有派》③一文中认为，新月诗人群体与《诗镌》联系的建立得益于徐志摩，若是没有徐志摩在中间起到的桥梁作用，《诗镌》根本无法现世。不过作者未提及新月诗派的概念，而是以新月诗人群体指称，并且对这一群体内部成员进行了更加细致的划分。胡博在《新月派前期的"文学梦"》④一文中认为，《诗镌》的刊行是新月诗派的在文学史上的首次亮相，同时还梳理了新月诗派在《诗镌》上的文学创作。不过在文中他并未将新月诗派与新月派二者进行区分，而是以前期新月派指称，同时将其戏剧活动也纳入考察的范围。

第二，真正将《晨报副刊》与新月诗派的关系作为研究对象的文章并不多，且以期刊论文为主。李雪林、李儒俊的《〈晨报副刊〉成为前期新月诗派文化阵地原因分析》⑤一文以《晨报副刊》为考察对象，关注它与新月诗派之间的关系。重点分析了《晨报副刊》成为新月诗派文化阵地的原因，认为主要包括三个方面，一是基于徐志摩个人文学观念以及报刊思想的影响；二是当时的新月社急需寻求一个公共空间的目的；三是新月诗派对新诗流弊的纠正需要一个有影响力的刊物作为传播的媒介。基于这三点，《晨报副刊》最终成为新月诗派的文化阵地。而其他的文章大都立足《诗镌》考察它与新月诗派之间的关系。如汤凌云在《八十年

---

① 王强：《关于"新月派"的形成和发展》，《中国现代文学研究丛刊》1982年第3期。
② 陈山：《论新月诗派在新诗发展中的历史地位》，《中国现代文学研究丛刊》1982年第1期。
③ 尹在勤：《"新月"派中有派》，《四川大学学报》（哲学社会科学版）1984年第4期。
④ 胡博：《新月派前期的"文学梦"》，《中国现代文学研究丛刊》2004年第2期。
⑤ 李雪林、李儒俊：《〈晨报副刊〉成为前期新月诗派文化阵地原因分析》，《山东文学》（下半月）2011年第3期。

前的诗坛盛事——新诗历史上的重要刊物〈晨报副刊·诗镌〉》[1] 一文中以《诗镌》的缘起和停刊为线索串联起新月诗派的前期诗歌创作。陈小碧的《〈晨报副刊·诗镌〉》与新月诗派先行者》[2] 与《〈晨报副刊·诗镌〉与新月诗派》[3] 两篇文章也都是立足《诗镌》，将其作为新月诗派的文化阵地，探讨《诗镌》与新月诗派之间的密切关系。

从上述研究可以看出，已有研究成果在论述新月诗派和《晨报副刊》二者关系时更多强调的还是《诗镌》对新月诗派的影响，即使论及前《诗镌》时期的《晨报副刊》，也是着重考察它与新月社或新月派（而不是新月诗派）的关系，真正厘清新月诗派与《晨报副刊》的关系并完整探索二者之间发展历程的研究并不多。因此，本书试图以新月诗派为中心，聚焦其在《晨报副刊》上的文学活动，以此探究二者之间的关系。

需要说明的是，虽然在现代文学史上，新月派与新月诗派之间呈现出相互勾连、彼此纠缠的状态，但这两个概念是不同的。新月派的外延大于新月诗派，新月诗派只是新月派中从事诗歌创作和研究的人。然而在以往的一些研究中，新月派与新月诗派常常被混淆，一些研究者直接把"新月派"等同于"新月诗派"，另一些研究者虽然关注到了二者的不同，但并没有作具体的区分，而是用新月派诗人群指代新月诗派。因此本书在区分新月诗派与新月派的基础上，以新月诗派为中心，考察它与《晨报副刊》之间的关系。

---

[1] 汤凌云：《八十年前的诗坛盛事——新诗历史上的重要刊物〈晨报副刊·诗镌〉》，《文史杂志》2006 年第 5 期。

[2] 陈小碧：《〈晨报副刊·诗镌〉与新月诗派先行者》，《福建师大福清分校学报》2006 年第 3 期。

[3] 陈小碧：《〈晨报副刊·诗镌〉与新月诗派》，《濮阳职业技术学院学报》2006 年第 1 期。

第一章 作为新月诗派摇篮的《晨报副刊》

在现代新诗史上,新月诗派贡献颇多,它的出现引导新诗走向了"规范化",克服了初期白话新诗形式散漫,缺乏诗艺的缺点,同时还承担起了确定诗歌新艺术形式和美学原则的历史使命。而在探索这一诗派的生成时会发现,《晨报副刊》在其中起到了不可忽视的作用。

第一节 《晨报副刊》与新月诗派的孕育

《晨报副刊》作为一份五四时期重要的文艺副刊,有着强大的包容性,正是因为这一特点,它成为一个重要的文化阵地参与了新月诗派的孕育与生成。徐志摩接任副刊主编以后,以他独特的个人风格将《晨报副刊》办成了一个新月同人的报纸副刊,集聚了一大批拥有相似文艺主张的投稿人,为新月诗派的形成奠定了人力和平台基础。

一 前期新月成员与《晨报副刊》

《晨报副刊》自1919年2月李大钊担任编辑后,便与新文化、新文学结下了难解的缘分。《晨报副刊》一改旧文艺报刊的模样,接纳新作家,发表新文学,传递新思想,呈现出开放包容的姿态。1920年7月孙伏园接任主编之后,《晨报副刊》这种开放包容的姿态进一步得到强化。从孙伏园上任,他便秉持兼容并包的编辑原则,坚持多元化的办报思想,支持各种不同的意见出现在《晨报副刊》上。他致力于将《晨报副刊》办成一个平等、公开的公共话语空间，让《晨报副刊》在五四时期呈现出一种包罗万象的恢宏气度。

此外，孙伏园还大力推举新作家，他曾以记者的身份在《晨报副刊》上发表对于新进作家的希冀的文章，文章内容是对鲁滨先生投稿的《一瞬间的思潮》附信的答复，信中鲁滨先生因自己只是一个无名之辈自我调侃道："不因我的名字，未有鲁迅君，钦文君的熟，就丢在字纸篮不看。"①

孙伏园将他的这篇文章刊登了出来，并将他的这封信也一并附在后面，然后针对这封信发表了自己的看法：

> 记者在编稿的时候，绝没有名字熟不熟的成见，也绝没有"丢在字纸篮不看"的事实，这是记者要负责任的声明的。据我的私见（或者凡编辑的人及著作的人同有这样意见罢），总觉得老看着这几个旧名字未免太寂寞，每每想在青年社会中访求几位新进作家。所以越是生疏的名字，他的作品便越惹我的注意……编者对于新进作家既有这样迫切的希望，那么因为作者名字不熟而将他的稿件丢在字纸篮不看，这种事一定决不会有，鲁滨先生以及与鲁滨先生有同感的人尽可以放心的。②

从这样的答复中能看出孙伏园对于新进作家的渴求和重视，因此他才会极力发掘有才之士。基于这些特点和优势，《晨报副刊》也成为前期新月成员所青睐的公共空间。在孙任主编期间，前期新月成员的作品陆续出现在《晨报副刊》上，如胡适的新文学作品和文学研究以及一些翻译作品，包括诗歌《双十节的鬼歌》《我们的双生日》《努力歌》《小诗二首》，文学研究《三国六朝的平民文学》，翻译杜威的作品《正统哲学的起源》，等等。前期新月其他成员如徐志摩、蹇先艾、梁实秋、熊佛

---

① 记者：《编余闲话》，《晨报副镌》1923年4月10日第4版。
② 记者：《编余闲话》，《晨报副镌》1923年4月10日第4版。

西、余上沅、陈西滢、于赓虞等的作品也都在这一时期开始出现。

当时他们这些人几乎全部是文坛新人，创作的作品大多稚嫩不成熟，一些著名刊物自然不愿接受，而孙伏园的《晨报副刊》对这些新人却多是一种包容的态度，以一种低姿态去接纳这些新兴作者。新月成员蹇先艾在他还是一个中学生时就尝试往《晨报副刊》投稿，1922 年投稿了一首题为《二闸游记》的小诗，后来他回忆当时的情景，将作品投出去的他还一直担心自己这样一个无名中学生的拙笔编辑先生肯定不会看见，寄出去十之八九也会石沉大海，但没想到过了几天，他的那首诗歌居然在《晨报副刊》上发表。还有后来成为新月派戏剧家的余上沅、熊佛西很多的戏剧翻译和戏剧理论研究以及戏剧创作也大量出现在《晨报副刊》上，包括戏剧创作《这是谁底错？》《新闻记者》《我到那里去？》《青春底悲哀》；戏剧理论研究和戏剧介绍《晨报与戏剧》《歌乐剧此时有提倡的必要吗？》《罗斯丹及其杰作〈西兰娜〉》《芹献》《过去二十二名戏剧名家及其代表杰作》；戏剧理论翻译《作戏的原理》《歌乐剧的习惯》《编剧家与研剧家》《布景的简单化》等作品。

作为后来新月派重要理论家的梁实秋在《晨报副刊》上也发表了大量的作品，不过当时的他还只是学界一个默默无名的青年。梁实秋最初发表的多是新诗和散文随笔，随笔如《荷花池畔》《这是青年的烦恼》《一瞬间的思潮》，新诗则包括《没留神》《黎明》以及译诗《安娜日丽》。1921 年之后，梁实秋便将创作重心从诗歌、散文转向了文学批评，其中最著名的就是 1922 年 5 月开始的关于"诗的进化还原论"的讨论，可谓是让当时还是文坛新人的他"一炮而红"，梁的这篇文章批评当时已经是文学研究会成员的俞平伯的观点，足见他的水准，文章在副刊上连载三天完结，也足见孙伏园对于这种思想碰撞的重视和对新人批评者的青睐。

这一时期，同是新人的徐志摩也在《晨报副刊》上发表了大量作品，包括散文《印度洋上的秋思》《我过的端午节》，戏剧评论《看了〈黑将军〉以后》《得林克华德的〈林肯〉》《我们看戏看的什么》，文学翻译《金丝雀》《园会》，诗歌《〈小花篮〉送卫礼贤先生》《破庙》《一家古怪的店铺》《先生！先生！》《一条金色的光痕》，等等。其中数量最多的

· 85 ·

是诗歌作品。徐志摩最早发表在《晨报副刊》上的诗歌是1923年2月的《一小幅穷乐园》,当时他处在新诗创作初期,作品还很不成熟。这一时期,徐志摩的新诗试验作品大都发表在了《晨报副刊》上。由此可见,《晨报副刊》为前期新月成员的新文学创作和新文化探索提供了一个广阔且包容的空间,并为他们下一阶段活动的开展创造了有利的条件。

二 徐志摩与《晨报副刊》

1925年10月,徐志摩开始担任《晨报副刊》的总编辑,在他的主持下,《晨报副刊》开始走向一种别样的繁荣。前两位主编任职期间,《晨报副刊》一贯呈现的是一种开放包容的姿态,尤其是孙伏园主编期间,《晨报副刊》更是包罗万象、海纳百川,五四时期大部分作家在这里发表过作品。但到了徐志摩担任主编时,《晨报副刊》并没有在前者的基础上继续扩充内容和作者,反而呈现出一种内敛的姿态,这在一定程度上损害了副刊开放的性质。

徐志摩做的第一步便是公开表明自己的办报原则:"我说办就办,办法可得完全由我,我爱登什么登什么……但我自问决不是一个投机的主笔,迎合群众心理,我是不来的,谀附言论界的权威者我是不来的,取媚社会的愚暗和褊浅我是不来的;我只认识我自己,只知对我自己负责,我不愿意说的话你逼我求我我都不说的,我要说的话你逼我求我我都不能不说的;我来就是个全权的记者……"① 徐志摩内在的办报主张就是创办一份具有浓郁自我风格的报刊,为了展现自己的思想不惜损害读者的偏好。他也预料到了接手办报后难免会使一部分读者失望。比起孙伏园的"唯才是举",徐志摩则选择"唯亲是举",他更像一个随性而为的诗人而不是编辑,在他担任主编的近一年时间内,《晨报副刊》可以说完全由徐志摩代表的新月社掌控。他将《晨报副刊》变成了自己的"喉舌",比之从前的编辑习惯于"隐藏"自我,他常常会"自己开口"发表看法,从他接管《晨报副刊》开始,《晨报副刊》就表现得

---

① 徐志摩:《我为什么来办我想怎么办》,《晨报副刊》1925年10月1日。

与此前大不相同。

与此同时,因为徐志摩个人化的编辑色彩,曾经喜爱给《晨报副刊》投稿的作家开始变得"不爱给他们写稿了"①,这导致了《晨报副刊》作家群体出现了变化。这一时期《晨报副刊》的作家圈明显缩小,并集中于新月同人。徐志摩就曾在副刊上公开向人约稿,"同时我约了几位朋友常常替我帮忙,我特别要介绍我们朋友里最多才多艺的赵元任先生……梁任公先生那杆长江大河的笔是永远流不尽的,我们这小报也还得沾光他的润泽。张奚若先生,先前政治学报的主笔。……我特请姚茫父余越园先生谈中国美术,刘海粟钱稻荪邓以蛰先生谈西洋艺术余上沅赵太侔先生谈戏剧,闻一多先生谈文学……"② 从后来《晨报副刊》的作品发表情况来看,这些人几乎全部应邀了。在徐志摩主笔这一年的时间,《晨报副刊》的主要撰稿人包括徐志摩、梁启超、胡适、刘勉己、陈西滢、熊佛西、张奚若、焦菊隐、梁实秋、邓以蛰、余上沅、沈从文、赵元任、钟天心、新月诗派众人以及徐志摩交好的绿波社、晨曦社等。这些撰稿人大都是新月社同人或与徐志摩等交往密切的人,他们中的大部分人具有相似的英美留学背景,在思想文化方面具有一定的认同感,加之社交和人际的纽带作用,让他们最终齐聚《晨报副刊》。

由于徐志摩的影响力和情感偏好,《晨报副刊》成为新月派的主要投稿阵地。徐志摩不仅关注社会和政治,同时他也热爱文艺,作为一位极富浪漫主义情怀的诗人,他尤其关心新诗的发展。徐志摩刚坐上主编位置的第一个月里,总共发表新诗13首,其中有9首属于新月社成员和后来新月诗派诗人的作品,例如《再不见雷峰塔》《运命的逻辑》《这年头活着不易》《纳履歌》《催妆曲》《歌》等新月诗派具有代表性的作品。他对于新诗的推崇,一定程度上也为新月诗派在《晨报副刊》上的繁荣打下了基础。正是因为徐志摩的个人偏好,他才接受了闻一多等人的建议,在《晨报副刊》上开辟出一块《诗镌》来,为下一个阶段新月诗派的聚合奠定了基础。

---

① 孙伏园:《鲁迅和当时北京的几个副刊》,《北京日报》1956年10月17日。
② 徐志摩:《我为什么来办我想怎么办》,《晨报副刊》1925年10月1日。

第二节 《诗镌》与新月诗派的形成

《诗镌》的创刊成为新月诗派最具有标志意义的事件,因为它的出现,新月诗派才真正以一个流派的身份为众人所知,此后新月诗人各自的主张和创作也都在《诗镌》上得到了集中的展现。与此同时,《诗镌》的刊行也助力新月诗派在社会上掀起了一股新格律诗创作热,这种热度不亚于当初的"小诗"热,这为新格律诗的传播与发展做出了巨大的贡献,并进一步扩大了新月诗派的社会辨识度和影响力。

一 《诗镌》的创办

《诗镌》创办的契机是闻一多的回归。1925年闻归国,到北京的艺术专科学校任职,住进了西单梯子胡同,与朱湘、饶孟侃、孙大雨、杨世恩等人成为邻居。此前闻一多与他们之间便互通书信,相互交流,此时这些青年诗人在见到这位清华老大哥时自然就被吸引。这段时间,闻一多与被他称为"清华四子"的四位爱好新诗的青年诗人开始了对新诗的探讨,后来又加入了"北漂"诗人刘梦苇、蹇先艾、朱大枏等。这时他们的相遇与交往也为《诗镌》的创办做足了人才的准备。

这一时期闻一多的家成了这群爱好诗歌的新诗人的乐窝,在这里,他们进行诗艺的切磋,讨论新诗的格律,举行诗歌朗诵活动,后来他们在《诗镌》上发表的那些注重形式和音节的诗歌多是这一时期写成的。沈从文在《谈朗诵诗》中也提到过《诗镌》的创办,说"这个试验既成就了一个原则,因此当时的作品,比较起前一时所谓五四运动时代的作品,稍有不同。修正了前期的'自由',那种毫无拘束的自由,给形式留下一点地位"[①],不过这种私下的讨论参与者少,影响范围窄,并不利于诗歌的传播。因此他们希望能有一份专门的刊物用以宣扬自己的诗歌主张,并助力他们构建新诗的规范。其实在闻一多等人还是清华大学学生

---

① 沈从文:《谈朗诵诗》,《星岛日报·星座》1938年10月1日。

时，他们便以清华大学的校刊《清华周刊》作为自己的文艺阵地进行新诗创作和理论倡导，闻一多就曾发表诗评《评本学年〈周刊〉里的新诗》，并在文章中强调，"美的灵魂若不附丽于美的形体，便失去他的美了"[1]，表明其对诗歌形式的追求。梁实秋也发表《诗的音韵》，提出新诗应该创造新音韵，并注重韵脚、平仄、双声叠韵和行的长短四个方面。此外《清华周刊》还发表了大量的诗歌作品如《初夏一夜底印象》《玄思》《晴朝》《太阳吟》《死》《旧居》《秋月》等。但《清华周刊》毕竟是校刊，在推进新诗的发展中它缺乏一定的话语权，影响力不足，加之后来他们都因为毕业或是出国离开学校，这份刊物跟他们的联系自然就被斩断，因此他们需要寻求一份新的刊物，在这般诉求之下，《诗镌》就呼之欲出了。

蹇先艾在后来的回忆中提到自己在加入这个新诗的讨论会期间就有人提议办一个《诗刊》，并得到了大家的一致认同。但因为经费和段祺瑞政府仇视"新文学运动"，所以自己申办报刊的可能性不大，他们便想出借已出版的报刊的篇幅出一个周刊的办法。最初，他们将孙伏园的《京报》副刊和徐志摩主编的《晨报副刊》都纳入了考虑的范围，最终选择徐志摩的《晨报副刊》是出于以下几方面的原因。首先是《晨报副刊》在孙伏园手中时已经影响显著，此后又有徐志摩自身的影响力加持，宣传力度更强。闻一多在给哥哥闻家騄的家信中说："再者北京《晨报》为国内学术界中最有势力之新闻报，而《晨报》之《副镌》尤能转移一时之思想"[2]，可见《晨报副刊》在这些文人心中的地位。并且当时这些诗人很多的新格律诗已经开始在《晨报副刊》上发表了。其次是闻一多等加入新月社与徐志摩的关系更紧密，比起《京报》副刊它多了一层人情关系的影响。因此这群人最后"商量的结果决定找徐志摩想办法，徐也是诗人，周刊由他来编，我们大家供给诗稿"[3]，并当场推选闻一多和蹇先艾去联系徐志摩。因为闻一多和徐志摩关系友好，而蹇先艾的叔父蹇

---

[1] 闻一多：《评本学年〈周刊〉里的新诗》，《清华周刊》1921年6月第7次增刊。
[2] 孙党伯、袁謇正主编：《闻一多全集》（第十二册），湖北人民出版社1993年版，第227页。
[3] 蹇先艾：《〈晨报诗镌〉的始终》，《新文学史料》1979年第3期。

季常与徐志摩的父亲又是朋友，他们找到徐志摩商量之后，"徐志摩没有作任何考虑，很爽快答应了"①。再次，徐志摩本身也是诗人，此时也已经开始新格律诗的创作试验。他在 1925 年 10 月 5 日发表在《晨报副刊》上张奚若的《副刊殃》附注中表达了自己对于文坛现状的不满，对副刊的不满，"我们现在反过来看看现在每天看见印出来东西，用机器摇也没有那样快！什么人都动手做文章了；岂止，什么人都动手做诗了……"② 因此他想要借助自己办的这份《晨报副刊》来说自己想说的话，写自己想写的诗，致力于改善诗坛的现状。这样，闻一多等人与徐志摩一拍即合，决定借助《晨报副刊》另外开辟出一块园地进行新诗理论倡导与新诗创作实践。于是他们在"三月二十七日，去闻一多家，同闻一多及经常聚集在闻家讨论新诗创作和理论的诗人朱湘、刘梦苇、胡也频等商量编辑出版《晨报副刊·诗镌》"③，《诗镌》就这样出世了。

二 新月诗派的形成

一般认为，新月诗派的产生是 1926 年 4 月 1 日《晨报副刊·诗镌》的正式刊行。从 1926 年 4 月 1 日正式创办到 6 月 10 日停刊，短短两个多月的时间《诗镌》共刊出 11 期，诗歌共计 86 首，理论文章 19 篇，看似数量不多，但在当时的诗坛引起了巨大的反响，掀起了新格律诗的创作热潮，也将新月诗派带入了公众的视野。

但新月诗派并非从天而降，一蹴而就的，在此之前它就经过了一个漫长的酝酿期。其实在清华文学社时期闻一多等人就开始了有关新诗音节的讨论，并以《清华周刊》为阵地进行了大量的诗歌试验，这些讨论和试验为新月诗派的形成奠定了一定的基础。不过真正对新月诗派的形成具有重要意义的是 1925 年。

首先，新月诗派形成前最重要的团体活动读诗会始于这年。读诗会

---

① 蹇先艾：《〈晨报诗镌〉的始终》，《新文学史料》1979 年第 3 期。
② 徐志摩：《〈副刊殃〉附注》，《晨报副刊》1925 年 10 月 5 日。
③ 邵华强编：《徐志摩研究资料》，陕西人民出版社 1988 年版，第 43 页。

聚集了一大批新诗人，他们在会上进行诗歌分享、理论探讨，这些人后来都成为新月诗派的重要成员。其次，这一时期闻一多、徐志摩、刘梦苇、朱湘等人已经较为自觉地开始格律诗的写作并且发表了出来。闻一多于是年8月在《晨报副刊》上发表《回来了》和《狼狈》两首新诗，虽然并不是很成熟的新格律诗，但是能看出作者此时写作新格律诗的自觉。刘梦苇1925年7月10日发表在《晨报副刊》上的《孤鸿·序》和同年8月28日发表在《晨报副刊》《新少年旬刊》上的《宝剑底悲歌》都是十分注重形式和音节的作品。1925年12月12日，同时他在《晨报副刊》上发表了题为《中国诗底昨今明》的文章，在文章中刘梦苇提出了新诗格律化的三个要求，强调从诗歌的形式、音节、词句三个方面着手进行新诗格律化的试验，比起闻一多的三美理论和饶梦侃的音节理论早了近半年。因此可以说新月诗派在1925年下半年就已经逐步酝酿并且有了产生的前兆。

后来这个新诗圈子渐渐扩大，真正让新月诗派产生并大规模聚合的时间是在1926年春季。同年3月徐志摩开始参与闻一多等组织的新诗讨论会，成员不断增加聚合。沈从文在后来的文章中也提到新诗讨论会，"晨报社要办诗刊，当时北京诗人有徐志摩、闻一多、朱湘、刘梦苇、孙大雨、饶孟侃、杨子惠、朱大枬诸先生，为办诗刊，大家齐集在闻先生那间小黑房子里，高高兴兴的读诗……"[①] 徐志摩也在《诗刊弁言》中说道他对于读诗会的看法，认为这是"一群新诗人的乐窝"[②]。1926年1月闻一多致信梁实秋和熊佛西，"近与京中诗人颇有接洽，将或有聚餐会之组织。有人起义发行纯文艺的刊物，惟自忖其奈何怯何！甚望实秋速返国予我一臂之助"[③]。由此可见，闻一多家中举行的探讨诗艺的读诗会已经粗具规模，诗人们甚至产生创办诗刊的想法。因此在《诗镌》创办之前，新月诗派就已经渐渐成型了。也是在这一场场读诗会中，他们确立了新诗的创作规范，让新格律诗创作渐成气候，而新月诗派就在这样的

---

① 沈从文：《谈朗诵诗》，《星岛日报·星座》1938年10月1日。
② 徐志摩：《诗刊弁言》，《晨报副刊·诗镌》1926年4月1日。
③ 孙党伯、袁謇正主编：《闻一多全集》（第十二册），湖北人民出版社1993年版，第231页。

过程中形成了。

　　此外，笔者在考察新月诗派诗歌创作时间时发现，这些诗人在《诗镌》第一号上发表的诗歌很多是在 3 月甚至更早已经完成的作品。饶孟侃的《天安门》完成于 1926 年 3 月 25 日，并且是"改旧稿"，说明这首诗完成的时间更早；杨世恩的《"回来啦"》也是在 3 月完成的，塞先艾的《"回去"》在 2 月 26 日已经写成，朱湘的《采莲曲》写于 1925 年 10 月 24 日，《昭君出塞》完成于 1926 年 3 月 27 日。显然，《诗镌》创办之前这些新月诗派的经典作品已经完成。沈从文也曾回忆道："闻先生的《死水》、《卖樱桃老头子》、《闻一多先生的书桌》、朱先生的《采莲曲》、刘梦苇先生的《轨道行》，以及徐志摩先生的许多诗篇，就是在那种能看能读的试验中写成的。"[①] 这些作品在读诗会上就已被众人阅读、点评甚至修改过，新月诗派自然也就是在这样的一个过程中逐渐形成。但因为缺乏属于自己的公开刊物，此前在《晨报副刊》上发表的作品也属于单打独斗，整个流派还比较低调，并不为大众所知。直到《诗镌》第一期刊出，新月诗派才第一次以"集体"的形式在公众面前出现。

　　因此，如果说《诗镌》创办前的《晨报副刊》为新月诗派的孕育提供了一个自由的空间，那《诗镌》创办之后的《晨报副刊》便进一步聚合了新月诗派，为他们的诗歌理论倡导和诗歌创作活动开辟了一块更广阔的园地，让新月诗派与《晨报副刊》从此在现代文学史上相互影响、相互成就。

---

① 沈从文：《沈从文全集》（第 17 卷），北岳文艺出版社 2009 年版，第 245 页。

第二章 作为新月诗派理论批评园地的《晨报副刊》

在中国现代新诗史上,新月诗派是带着双重任务"降生"的,他们以《晨报副刊》为阵地,在批判和创造中向前迈进。一方面他们积极倡导新诗理论,关注诗歌本体,注重新诗音节和形式,提倡新诗的格律化,提出影响深远的"三美"理论。另一方面,在理论倡导的同时他们还重点批评了新诗不重形式和音节的自由主义诗风,以及当时诗坛存在的情感泛滥、无病呻吟的感伤主义诗风。这些理论的倡导和诗坛现状批评都为新诗的规范化发展贡献了力量。

第一节 新月诗派的新诗理论建设

新月诗派在前期的理论建设中最重要的莫过于"谐和音节"论和关于新诗形式建构的理论,并且以《晨报副刊》为中心进行了详细的理论阐述。这一时期,闻一多和饶孟侃对于新诗理论的建设贡献最大,徐志摩就称这两人是新月同人中最卖力气的,朱自清也认为闻一多是新月诗派中影响最大的诗人。新月诗派的其他人此时虽未有完整的新诗理论,但在各自的创作中也将自我的诗歌主张展现了出来。

一 新诗"谐和音节"的提倡

新月诗派主张新诗"格律化"的初衷是希望诗歌音节的使用能够使

诗的内容和形式达到一种谐和的关系，只有当内容与形式统一之后，诗歌才更能传达诗意，表现诗美。徐志摩在《诗刊弁言》中说道："我们信我们自身灵性里以及周遭空气里多的是要求投胎的思想的灵魂，我们的责任是替他们搏造适当的躯壳，这就是诗文与各种美术的新格式与新音节的发见；我们信完美的形体是完美的精神唯一的表现……"① 这种完美的形体首先是通过诗的格律化来构建。新月诗派诗歌格律化在音节上的表现便是极力主张"谐和音节"的建设，主要包括节奏单位的构建，音韵搭配的协调统一以及"内在音节"的提倡。

1. 节奏单位的建构

对新诗节奏单位的关注，在新月诗派之前并不多见。当时的诗人常常以"节"进行划分，胡适在《谈新诗——八年来一件大事》中将节定义为"诗句里面的顿挫段落"②。胡适认为"节"是通过意义和文法的自然区分来划分的，但这样划分的节奏单位似乎过于粗糙，同时他也未能指出新诗节奏单位更加具体的建设方向。这主要是因为新诗当时正处在一个"破"的阶段，写作新诗的诗人多执着于新诗语言的革新和形式的解放，而音节概念的重提似乎又会将新诗带回旧诗的老路，这正是他们避之不及的。也有一部分新诗节奏的探索者为了所谓的形式整齐，写作等音计数的"豆腐干诗"，这种诗歌在形式上看似整齐，在音节节奏上却极不协调。因此在新月诗派出现之前，白话新诗一直呈现出裹足不前的状态。新月诗派出现后，为了改变这样的状况，第一步便是关注新诗的节奏，构建新诗的节奏单位。不过大部分新月诗人只将其对于节奏的理解融入自我的创作中，并没有进行完整的理论阐述。真正算得上对新诗节奏单位有自我见地的新月诗人是孙大雨、饶孟侃与闻一多，其中最早注意到新诗节奏单位问题的是孙大雨。

按照孙大雨的说法，他是在 1925 年就开始了关于新诗节奏单位的研究。这年他因为即将赴美留学而获得了一年的国内游历期，便在浙江普

---

① 徐志摩：《诗刊弁言》，《晨报副刊·诗镌》1926 年 4 月 1 日。
② 胡适编选：《中国新文学大系·建设理论集》（影印本），上海文艺出版社 1980 年版，第 304 页。

陀山住了两个月，正是在这里他有了关于"新诗建立的格律制度和格律规范"①的想法。为了实现这一想法，他不断探索找寻，"结果给找到了，那就是以二、三个汉字为常态而有各种不同变化的'音组'结构"。②从1926年开始，他就已经自觉使用"音组"这一节奏单位了，不过此时孙大雨关于音组的看法主要传播于口耳之间，并未形成完整的理论，创作实践也只有《晨报副刊》上的《爱》一诗。虽然当时孙大雨对"音组"的阐释不够详尽，但因为与闻一多、饶孟侃等人的频繁交往，以及参与他们在北平举办的读诗会，并将其关于"音组"的想法与其他诗人分享，也让他的"音组"说在这些诗人中产生了不小的影响。此后，闻一多与饶孟侃提出的"音尺"与"拍子说"一定程度上也受到了孙大雨"音组"理论的启发。

饶孟侃的"拍子说"出现在《新诗的音节》一文中，这篇文章于1926年4月22日发表在《晨报副刊·诗镌》第四号上。他主要是在谈论音节节奏时论及"拍子"。在文章中，饶孟侃认为不同节奏反映诗歌内在的不同情绪，为此他将节奏主要分为两个不同方面，"一方面是由全诗的音节当中流露出一种自然的节奏，一方面是作者依着格调用相当的拍子（Beats）组合成一种混成的节奏"③。他强调第一种节奏更依赖于诗人的情绪，是诗人情绪的产物，因此无规律可循，并认为闻一多的《大鼓师》和徐志摩的《盖上几张油纸》就是这种自然节奏的产物。而第二种则可以通过不断的试验磨炼出来，典型代表是闻一多的《死水》。在他看来，《死水》的"每一诗行都是分作四个拍子；每个拍子所占的字数多半是两个或三个，有时候一个字也要占一拍子"④。根据饶孟侃的描述可知，拍子是一种节奏单位，不同拍子的再组合便构成全诗的节奏。他在论述中将闻一多《死水》的诗行分为4拍，这与后来闻一多用"音尺"划分诗行的结果大致相同。此外，他还提到诗人在创作中需要恰当使用拍子，若为了拍子的整齐而损害诗歌的情绪和节奏，便得不偿失，难以写出好

---

① 许霆：《论孙大雨对新诗"音组"说创立的贡献》，《文学理论研究》2002年第3期。
② 许霆：《论孙大雨对新诗"音组"说创立的贡献》，《文学理论研究》2002年第3期。
③ 饶孟侃：《新诗的音节》，《晨报副刊·诗镌》1926年4月22日。
④ 饶孟侃：《新诗的音节》，《晨报副刊·诗镌》1926年4月22日。

诗来。针对这两种写诗的方式他不主张严格区分而是主张二者的配合，他认为最巧妙的做法是用第二种方法做第一种节奏，闻一多的《渔阳曲》就做到了这一点。饶孟侃还注意到了诗歌中"一字拍"的问题，这一点在他的诗中也有表现。此外还提到了拍子中存在声音轻重以及平仄调和的问题，不过他并没有在此展开，后续也没有关于这一问题的详尽阐释。

　　闻一多在《诗的格律》一文中提出了"音尺"这一节奏单位。闻氏"音尺"概念的产生明显是受到西方的"音步"这一节奏单位的启发，不过在借鉴的过程中，闻一多剔除了西洋诗中"长短、轻重音等元素，将汉语的特点和表达习惯融入音尺中，取其数音合成的时间节拍内涵把音尺分成'二字尺'、'三字尺'等"①，二字尺和三字尺即两个或者三个音节组成的节奏单位。在使用音尺的过程中，首先，闻一多对于音尺长度没有特别的限制，不过常用的是二字尺或三字尺；其次在音尺的数量上他也没有严格限定，他的诗句中也会出现不等的音尺数，不过常以四个为主；最后在音尺长度数量的搭配和排列上，他虽不强制规定固定的搭配原则，但是强调要有内在的搭配规律，如两个二字尺搭配两个三字尺。关于音尺的试验作品中，他最满意的是《死水》，这首诗也完全显示出闻一多对音尺的追求。

　　2. 音韵搭配的协调

　　除了构建新诗节奏单位，新月诗派还十分重视诗歌的韵律和平仄。他们认为韵脚和平仄是格律诗中不可或缺的部分，韵脚能让诗歌更具韵律感，同时让诗歌在整体上实现一种和谐之美，新月诗派中的大多数诗人极其重视诗的押韵问题。平仄的使用是为了让诗歌在音节上形成起伏抑扬的效果，让诗歌在阅读过程中不至于太平淡，同时起伏和抑扬也能在一定程度上暗合诗歌的内容，传递诗人的情绪。

　　1922年9月闻一多在写给吴景超的信中就说道："现在我极善用韵……用韵能帮助音节，完成艺术；不用正同藏金于室而自甘冻饿，不亦愚乎?"②他当时所作的《太阳吟》一诗已经做到了全诗同韵，此后，他在诗中进

---

① 李遥：《闻一多新诗理论研究》，硕士学位论文，湖北师范学院，2011年。
② 孙党伯、袁謇正主编：《闻一多全集》（第十二册），湖北人民出版社1993年版，第78页。

一步强化韵的使用。在《诗的格律》中他也提到,诗中的格律包括两方面的内容,一是视觉上的,主要涉及诗歌的形体构造,如"节的匀称""句的均齐"①;二是听觉方面的,"有格式,有音尺,有平仄,有韵脚"②。虽然只是简单提及,但从闻一多之后的创作中可以看出他在用韵和平仄上的努力。

饶孟侃也认为韵和平仄在一首诗中极其重要,它们是诗歌音节的重要组成部分,在他看来,一首诗的音节指的并不是读出来的声调,它的内涵很丰富,包括格调、韵脚、节奏、平仄四个部分的相互关系。韵脚虽然只在诗歌中占据很小的一部分,但工作量不小,"它的工作是把每行诗里抑扬的节奏锁住,而同时又把一首诗的格调缝紧。……一首诗里要没有它,读起来决不会铿锵成调"③,他以锁和镜框子作比,认为韵就如同大锁一般牢牢地将诗中的格调和节奏锁住了。

新诗处在草创期时,写作新诗的人一味地反对诗歌用韵,认为这是旧体格律诗中的糟粕,需要革除。对此,饶孟侃并不认同,他认为不用韵脚写出来的诗"也多半是象一匹摆脱了鞍辔的野马,一点规律都谈不上"。④ 诗歌作为一种抒情的艺术,最为显著的特征就是它的音乐性,而押韵是增强音乐性最简单直白的方式。饶梦侃认为,新诗特别是格律诗尤其要注意押韵,需要注意的是,新诗的韵无须遵照旧体韵府,只要是同音字,平仄皆可用,而发音的标准以普通的北京官话为准,这进一步规范了新诗音节中的押韵。此外,饶孟侃还提到新诗音节中的"土音押韵"问题,不过也指出"土音押韵"只有在作土白诗时才适用,若用在新诗中则显得不标准、不协调。在土白诗中,饶孟侃盛赞闻一多的《天安门》一诗,认为闻的这首诗"更进一步做到了音节完善的境界"⑤,并且对韵脚的处理也十分仔细。饶孟侃看出闻一多在处理这首土白诗的押韵问题时采用了两种方式,首先是尾字押韵;其次是协韵,即押韵的尾

---

① 闻一多:《诗的格律》,《晨报副刊·诗镌》1926年5月13日。
② 闻一多:《诗的格律》,《晨报副刊·诗镌》1926年5月13日。
③ 饶孟侃:《新诗的音节》,《晨报副刊·诗镌》1926年4月22日。
④ 饶孟侃:《新诗的音节》,《晨报副刊·诗镌》1926年4月22日。
⑤ 饶孟侃:《新诗话》,《晨报副刊·诗镌》1926年5月20日。

字为虚字时则该字前一字也相互押韵的押韵方式。这种方式是为解决虚字押韵的牵强，从而让整首诗的韵更加和谐。

除了韵脚，平仄也是诗歌的重要组成部分。旧体诗极其讲究平仄，但也因为平仄，旧诗音节的范围被严格限制了，这也是初期新诗废除平仄的原因。不过在饶孟侃看来，"一个字的抑扬轻重完全是由平仄里产生的，我们要抛弃它等于抛弃音节中的节奏和韵脚；要是没有它那种作用一首诗里也只有单调的音节"①。为此，他用朱湘的《采莲曲》作为例证，认为该诗中"杨柳呀风里颠摇"七字平仄协调，读来娓娓动听，而"荷花呀人样娇娆"一句除了"样"是仄声外，其他均为平声字，相比上一句平仄显得更单调。还有他的作品《蘅》也十分注意平仄问题。平仄合理搭配，诗读来才更有轻重缓急，具备节奏的美感。因此饶认为，平仄的应用会直接影响到诗句的抑扬起伏，若想要实现音节的谐和，平仄万万不可丢弃。不过他不主张恢复旧诗中死板的平仄，他只是呼吁在新诗创作中稍稍关注平仄问题，不让诗歌在音节上过于呆板。

新月诗派中的朱湘、徐志摩也十分注重韵的使用。由于传统文化的熏陶，他们受旧诗词韵律的影响很大。尤其是朱湘，他新诗中的音节多从古代民歌和词曲中汲取营养，因此古典诗词重视用韵的特点也被他继承了下来。他的诗用韵讲究，押韵准确，音韵和谐。在新诗中，他主张押韵要用北平的官话，这在饶梦侃的音节论中也有提及，但是比之饶，他对用韵的要求更为严格。朱湘反对用土音和古音押韵，他曾批评徐志摩的《志摩的诗》中土音入韵的情况太多，也不赞成若闻一多诗中用"了""的"一类的虚词押韵，他认为这样的押韵显得过于寒碜，达不到理想的艺术效果。

3. "内在音节"的提倡

徐志摩认为诗歌音节能谐和主要体现在诗"内在的音节"上，内在的音节是一首诗的生命所在。他在《晨报副刊·诗镌》第11期的《诗刊放假》中说道："一首诗应分是一个有生机的整体，部分与部分相关连，部分对全体有比例的一种东西，正如一个人身的秘密是他的血脉的流通，

---

① 饶孟侃：《新诗话》，《晨报副刊·诗镌》1926年5月20日。

一首诗的秘密也就是他内含的音节的匀整与流动……"① 他认为一首诗中的音节就如同人体中流通的血脉，只有音节匀整并流动起来，诗才有活力，才能实现诗歌音节的和谐。因此他反对将诗的音节局限在某种特定的形式中。在他看来，诗的行数的长短和字句的整齐与否取决于作者所体会到的"音节的波动性"，诗歌外形的整齐并不代表音节的匀称和谐。音节本身源于诗人真纯的"诗感"，若是将诗歌比作人，那么诗句如同人的外形，诗的音节就是流动的血液，"诗感"则为跳动的心脏，正是有了心脏，血液才能流通，所以只有具备了"诗感"，音节才能在诗中流动。诗感是诗人的情绪，诗人写诗就是一个根据情绪变化和诗歌内容决定采用何种音节与形式的过程。因此徐志摩的诗歌并不如其他新月诗人的诗歌形式工整，为了追求诗"内在的音节"，他的诗歌形式常常错落有致，变化多样，但又总能达到一种自然流畅、和谐动听的效果。

二 新诗"建筑美""绘画美"的主张

新月诗派提倡建立新诗的规范，主张新诗写作注重格律，赋予新诗以诗的形体，展示诗美，首先就要让诗具备诗的形式。闻一多在《晨报副刊·诗镌》上发表的《诗的格律》一文中提出，"诗的实力不独包括音节的美（音节），绘画的美（词藻），并且还有建筑的美（节的匀称和句的均齐）"②。"建筑美"的提倡能够让新诗在视觉上引起一种具体的印象，从而达到一种美的享受。

传统诗歌重视诗的形体，古典的律诗、绝句都是均齐的形式，到了词曲的时候才发展成这种长短不齐的样式，但在音节、韵律上词曲依然遵循固定的规则。当新诗萌芽，自由诗大肆发展起来时，新诗为了打破旧体诗的束缚，首先便摧毁了这种齐整的形体。诗人们追求诗句音节数量的不等，写作参差不齐的诗行，在西洋诗的影响下，新诗散文化倾向尤其严重。而在闻一多等人看来，这些散文化的句子是对诗美的损害，

---

① 徐志摩：《诗刊放假》，《晨报副刊·诗镌》1926年6月10日。
② 闻一多：《诗的格律》，《晨报副刊·诗镌》1926年5月13日。

是诗的毁灭。诗之所以为诗，首先在于它具备独特的外在形体。闻氏认为诗歌具备"建筑美"，是基于汉字本身的性质，"我们的汉字是象形的，我们中国人鉴赏文艺的时候，至少有一半的印象是要靠眼睛来传达的"[①]，因为汉字的具象性以及构成的空间感让"建筑美"拥有了建立的基础。

闻一多认为的"建筑美"并非如旧体诗一般单纯追求形式上的齐整。他没有具体限定新诗的格式，而是讲究诗歌形式与内容的和谐一致，强调诗歌的外在形式必须为内容服务。他说"新诗的格式是相体裁衣"，诗人要根据内容和情绪的变化调整诗歌形式。"新诗的格式是层出不穷的"，就比如"《采莲曲》的格式决不能用来写《昭君出塞》，《铁道行》的格式决不能用来写《最后的坚决》，《三月十八》的格式决不能用来写《寻找》"。[②] 这些格式中最受到闻一多推崇的是齐整的形式，在他看来，这种齐整的诗歌形式更能促进音节的调和。需要注意的是，他所强调的齐整主要依靠音尺的调和，他并未对诗行字数和音节数量进行严格的限制。他在《诗的格律》中以《死水》为例，从音尺分析入手，认为正是因为音尺的合理搭配，才使诗歌音节铿锵，诗行字数齐整，进而实现"建筑美"，同时还达到了"音乐美"。

徐志摩也注重诗的建筑美，不过与闻一多诗歌大都均齐的形式不同，徐志摩诗歌的形体是变化多端的。他主要根据情绪的变化和音节的波动性调节诗的外在形式。在《诗刊放假》中，他认为字句的整齐与否与诗歌中音节的波动性密切相关，他反对将外形的整齐认作音节整齐的担保，他对这种整齐得如同豆腐块的白话诗提出了批评，认为这样作诗只会离真正的诗更远。

朱湘也是十分重视新诗形式的新月诗人。朱湘认为诗的单位是"行"，因此写诗就要站在行的独立与行的匀配基础之上。他曾在评价徐志摩的诗时说道："行的独立是说每首'诗'的各行每个都得站得住，并且每个从头一个到末一个字是一气流走，令人读起来时不至于生疲弱的

[①] 闻一多：《诗的格律》，《晨报副刊·诗镌》1926年5月13日。
[②] 闻一多：《诗的格律》，《晨报副刊·诗镌》1926年5月13日。

感觉；行的匀配便是说每首'诗'的各行的长短必得要按一种比例，按一种规则安排，不能无理的忽长忽短，教人读起来时得到紊乱的感觉，不调和的感觉。"[①] 朱湘强调诗歌注重一种整体的协调性，其实他所说的"行的匀配"指的是一种对称性，这种对称既包括诗节之内的，也包括诗节之间。这种对称性在他的新诗试验中可以看出端倪，这一时期所作《采莲曲》在节与节之间就达到了完全的对称。这首诗每 10 行为一节并按照一定的规律排列，每节的诗行字数不超过 7 个，诗行简洁紧凑，达到了"一气流走"的效果。

此外，新月诗人也很重视诗中的色彩搭配和辞藻的运用，闻一多在《诗的格律》中倡导的"绘画美"，是以辞藻作为诠释工具来传达诗人的审美体验，让读者产生美的想象。这种"绘画美"首先体现在美的画面的建构，诗歌是语言的产物，诗人通过辞藻的使用和搭配让读者在阅读中以想象建构画面并呈现于脑海。在闻一多的诗中，画面的建构通过意象。《死水》一诗中，"也许铜的要绿成翡翠/铁罐上绣出几瓣桃花"这些意象的使用具体真切，让读者脑海中画面的构建也更加清晰，从而达到"绘画美"的视觉效果。其次是注重色彩的调配，在他的诗中，丰富色彩的运用满足了读者的视觉享受，并且色彩也成了诗人传递情感的载体。有如《死水》一诗中的"翡翠""珍珠""白沫""绿酒"等色彩词语，暗示诗人情绪的低落，表现一种悲凉和无力。新月诗派中的徐志摩也十分擅长进行色彩的搭配和图画的建构，并且能将二者完美融合。

借助《晨报副刊》，闻一多、饶孟侃、徐志摩等人的诗歌理论得到了广泛传播，这让初期白话诗歌在一定程度上克服了形式散漫、内容单一、缺乏诗艺的缺点，确立了新诗的艺术规范，推动现代白话新诗发展又迈上新台阶。不过他们在倡导格律化的过程中也出现了一些致命的缺点，过于注重外在形式导致诗歌内在的音节节奏被忽略；字数和音节限制让写出的诗成了规整的"豆腐块"，这也成了新月诗派诗歌遭人诟病的最重要的一个方面。

---

① 朱湘：《评徐君〈志摩的诗〉》，《小说月报》1926 年 1 月 10 日。

第二节 新月诗派的诗坛现状批评

新月诗派的新诗理论建设与对新诗坛不良诗风的批评是同时进行的。他们不满初期新诗创作内容上情感泛滥,无病呻吟,形式上过度散文化,忽略诗歌艺术形式美的现状,企图将新诗从早期失范的状态中拯救出来。因此他们针对当时新诗存在的问题,进行了毫不留情的批评。而《晨报副刊》则完整见证了这一过程,并为他们的诗坛批评提供了一个理想的园地。

一 对自由体新诗的矫正

初期白话新诗在胡适等人"诗体大解放""自然音节"的理论指导下,冲破了文言旧体诗的束缚,实现了诗歌语言的大转换,也实现了诗歌形式的解放,从此诗坛成为白话新诗的天下。但随着白话新诗的发展,它的缺点也逐渐显露,"作诗如作文"的理论开始走向极端化,诗歌散文化的倾向尤为明显,这严重阻碍了新诗的发展。初期白话自由诗的主要任务是打倒并取代旧体诗,但随着新诗的发展,诗人对它的要求开始提高,新诗写作也开始从简单追求写实向追求更高的诗歌艺术转变。

闻一多在其新诗创作初期就表现出对自由体诗的不满,他曾说:"美的灵魂若不附丽于美的形体,便失去他的美了。"[1] 可见,闻氏认为新诗一定要具备诗的形式,而形式又主要体现在诗的形体和音节上。在清华文学社时期,闻便开始了关于诗歌形式的研究。1921年草拟的《诗歌节奏研究》提纲中定义了诗歌的节奏,将其分为"内部的"和"外部的"两部分,内部即诗歌的韵律,外部即韵脚和诗节。他还批评了自由诗,认为自由诗最终只会导致诗呈现出平庸、粗糙、软弱无力等特点。这些理论主张与他后来在《诗的格律》中提出的有关音节的理论几乎一脉相承,也呈现在他后来新格律诗的创作实践中。

---

[1] 闻一多:《泰戈尔批评》,《时事新报·文学》1923年12月3日。

同年闻一多、梁实秋对新诗创作不重形式与音节、语言空洞的状况提出批评。闻一多在《〈冬夜〉评论》中从分析俞平伯诗歌的音节入手，认为诗歌音节应以自然为原料，参以人工，在修饰自然的粗率的同时渗透人性，让新诗更为现代人所接受。在之后的《泰戈尔批评》中，他重申了形式的重要性。梁实秋则指出《草儿》是导致诗坛"陋风"的始作俑者，他认为《草儿》中的诗歌大都没有音节，而在他看来音节又属于诗的形式，那些没有音节的新诗自然也缺乏诗的形式，《草儿》中一半是这样的作品。为此，梁还以康氏的《别北京大学同学》一诗为例，认为它"是一篇很沉痛的演说词，决不是诗……若收入诗集，则直是鱼目混珠，应该怎样的被诅咒啊"[①]！这种毫无诗形和诗意的作品在梁看来完全不能称作诗，而《草儿》作为当时诗坛非常有影响力的诗集，其中尚且存在如此粗制滥造的作品，其他诗人的新诗拙劣程度也可想而知了。

到了1925年，《晨报副刊》也开始陆续发表一些新月诗人的新格律诗。不过此时还处于个人的单打独斗阶段。较早开始试验的是刘梦苇，他这一时期已经开始在《晨报副刊》上发表形式整齐、注重音节的诗歌了。其间，他发表的《宝剑底悲歌》《我们底新歌》《歌》三首诗都是极其重视形式和音节的作品，特别是《宝剑底悲歌》一诗与后来新月诗派作的"方块诗"别无二致。1925年12月，《晨报副刊》发表了刘梦苇的长文《中国诗底昨今明》，是新月诗派的理论先声。在文章中，刘认为当下的新诗主要面临建设的问题，新诗在完成了它的"破旧"目标后，一直未能进行新的自我建设，发展一直停留在语言的转换层面，导致初期白话新诗在诗艺上存在很大的问题。当时很多写作者还没有弄懂诗是什么便跟着模仿起来，以至于写出的诗歌连拙劣的散文都不如。自由诗的写作"自由得连裤子都不想穿"[②]，很多新诗的内容粗俗不堪，缺乏情感和想象，"没有上山的电车也做一首诗，骂人是诗，传单是诗，劝世文是诗，点名录也是诗；几句滑稽而尖利的俏皮话更要被人推为诗底正宗

---

① 闻一多、梁实秋：《冬夜草儿评论》，清华文学社1921年版。
② 刘梦苇：《中国诗底昨今明》，《晨报副刊》1925年12月12日。

了"①。他认为诗歌在追求语言的散文化、自由化的同时，将本属于诗歌的艺术形式和美毁灭得一干二净。不过刘梦苇并不消极，他认为新诗在当前已逐渐走向了光明，当时朱湘、闻一多、于赓虞、蹇先艾、徐志摩等人都致力于新诗的建设。同时他也提出了诗的标准，他认为真正的诗歌要有"真实的情感，深富的想像，美丽的形式和音节，词句……"②他所提出的要求都是当时大多数自由体诗所缺乏的。

1926年4月《晨报副刊·诗镌》刊行，这为新月诗派关于新诗形式和音节问题的讨论提供了一个更加广阔的空间。1926年4月1日朱湘在《晨报副刊·诗镌》上发表《新诗评（一）》对《尝试集》进行了批评，这篇批评是对自由体白话新诗的发难，他认为"艺术粗浅、艺术幼稚"③是这本集子最大的特点。4月10日又紧跟上《新诗评（二）》，对郭沫若的诗进行了评价，到4月15日发表第三篇《新诗评》，主要是对《草儿》进行了批评。这三篇新诗评论集中反映了朱湘对早期自由白话新诗缺乏格律、诗体形式不完善的否定。正是基于朱湘的新诗批评，新月诗人们开始陆续在《晨报副刊》上发表各自的诗歌主张，确立他们的诗歌理论。

新月诗派对诗歌音节的提倡本身就是对自由体诗的一种反拨。最早详尽阐述新诗音节的是饶孟侃在《晨报副刊·诗镌》第四号上发表的《新诗的音节》一文，在文章中，他极力提倡新诗写作应注重诗歌的形式和音节。饶认为诗歌中的两个基本元素是意义和声音，其中的声音便指诗歌的音节。"假如一首诗里面只有意义，没有调和的声音，无论它的意思多么委婉，多么新颖，我们只能算他是篇散文"④，音节是新诗中最要紧的部分。饶孟侃认为新诗在前几年的发展过程中，并没有形成诗的音节自觉，只是自顾自地在字面上对音节进行堆砌。自由体诗崇尚胡适的"自然的音节"理论，诗中的音节遵循人类说话的自然节奏，其实就是一种变相的散文，这样写出来的诗歌缺乏诗的节奏，自然招致了新月诗人的不满。

---

① 刘梦苇：《中国诗底昨今明》，《晨报副刊》1925年12月12日。
② 刘梦苇：《中国诗底昨今明》，《晨报副刊》1925年12月12日。
③ 朱湘：《新诗评（一）》，《晨报副刊·诗镌》1926年4月1日。
④ 饶孟侃：《新诗的音节》，《晨报副刊·诗镌》1926年4月22日。

闻一多在《诗的格律》中认为诗不可以不要 form，而他将 form 解释为格律，又理解为节奏。自由诗就是一种缺乏节奏的诗歌形式，在自由诗中，诗人要么忽略节奏，要么只是提取一些在言语中发现的类似诗的节奏，便称之为诗，"自然的音节"即如此。在闻一多看来，"偶然在言语里发现一点类似诗的节奏，便说言语就是诗，便要打破诗的音节，要它变得和言语一样——这真是诗的自杀政策了"①。徐志摩也倡导诗歌要具备诗的形式，主张语言"音节化"，他说："不论思想怎样高深，情绪怎样热烈，你得拿来彻底的'音节化'、（那就是诗化）才可以取得诗的认识，要不然思想自思想，情绪自情绪，都不能说是诗。"② 这些用散文方式写出的自由诗，根本不是真正的诗。

二 对感伤主义的反拨

相比旧体格律诗，新诗形体自由，语言直白活泼，情感也大胆奔放，在胡适等人的一致努力下，白话诗歌逐渐取代了旧体诗，这是新诗的一大进步。但是在新诗逐渐进步的过程中，缺点也慢慢暴露。新诗在挣脱旧体诗的桎梏后，逐渐呈现出写作随意、材料无挑剔、形体自由、语言平白、情感泛滥等特点。这些特点最终导致新诗写作毫不拘束，呈现出矫揉造作、无病呻吟之态，并逐渐向感伤主义、滥情主义方向发展。

新月诗人们也早已对当时弥漫诗坛的感伤主义不满，闻一多在1921年6月刊载于《清华周刊》的《评本学年〈周刊〉里的新诗》中就说道："'言之无物'、'无病呻吟'的诗固不应作，便是寻常琐屑的物，感冒风寒的病，也没有入诗底价值。"③ 在他看来，诗歌不是毫无美学价值的生活记录和情感宣泄，它们需要具体的形制来约束奔放的情感，他认为诗歌需要通过理智来节制情感的表达。

新月诗派对于感伤主义的反拨始于梁实秋。梁实秋于1926年3月25

---

① 闻一多：《诗的格律》，《晨报副刊·诗镌》1926年5月13日。
② 徐志摩：《诗刊放假》，《晨报副刊·诗镌》1926年6月10日。
③ 闻一多：《评本学年〈周刊〉里的新诗》，《清华周刊》1921年6月第7次增刊。

日在《晨报副刊》上发表长文《现代中国文学之浪漫的趋势》，从新古典主义的角度对中国新文学进行批评。该文从"外国的影响""情感的推崇""印象主义""自然和独创"四个方面着手，证明新文学之趋向浪漫主义。在"情感的推崇"这一章节中，他指出"现代中国文学，到处弥漫着抒情主义"[1]，特别是情诗的泛滥导致"情感如同铁笼里的猛兽一般，不但把礼教的桎梏重重的打破，把监视情感的理性也扑倒了"[2]。对于情感的过分推崇并且不加理性的选择，其结果只能是诗歌流于"颓废主义"和"假理想主义"。梁并不反对抒情主义，他只是不满这种不加节制的情感宣泄，在这些人的作品中，"情感不但是做了原料，简直就是文学"。在一些抒情诗中，诗人"见着雨，喊他是泪；见着云，喊他是船；见着蝴蝶，喊他做姊姊；见着花，喊他做情人"，[3] 梁认为这就是普斯金所谓的"悲伤的虚幻"。虚妄的悲伤是感伤诗风的产物，诗坛长期被感伤主义、滥情主义所包围，终将导致新诗审美疲劳，出现发展停滞甚至后退的情形，若不制止，这类文学演变到最后甚至对作者的人生观也产生影响，使"作者的人生观上必定附带着产出'人道主义'的色彩"[4]。这种人道主义的本质即为"普遍的同情心"，而"普遍的同情"在他看来是没有经过理性的选择，是滥情主义、感伤主义在作祟。这种同情在新诗中的典型表现是产生了所谓的"人力车夫派"。这一派别的人"将普遍的同情心由人力车夫复推施及于农民、石匠、打铁的、抬轿的以至于倚门卖笑的妓娼"[5]，甚至还由社会推及世界。那些对弱小民族、被损害民族文学的关注的文章就是这种人道主义的延伸。梁实秋作为新月诗派的理论家，他所认同的也是"情感的节制"，该文可以说是新月诗派批判诗坛感伤诗风、滥情主义的理论先导。

此后，新月诗派开始以《晨报副刊·诗镌》为堡垒，对诗坛的感伤诗风进行批判，试图将新诗从这种感伤的情绪中拯救出来。1926年4月8

---

[1] 梁实秋：《现代中国文学之浪漫的趋势》，《晨报副刊》1926年3月25日。
[2] 梁实秋：《现代中国文学之浪漫的趋势》，《晨报副刊》1926年3月25日。
[3] 梁实秋：《现代中国文学之浪漫的趋势》，《晨报副刊》1926年3月25日。
[4] 梁实秋：《现代中国文学之浪漫的趋势》，《晨报副刊》1926年3月25日。
[5] 梁实秋：《现代中国文学之浪漫的趋势》，《晨报副刊》1926年3月25日。

日《晨报副刊·诗镌》发表了邓以蛰的《诗与历史》，闻一多在该文前有一篇附识，主要是对这篇文章的导读，不过其中也阐述自己的认识。在这篇附识中，他表达了对于目前文艺界中诗歌矫揉造作之风的不满。他认为目前文艺界存在"卖弄风骚专尚情操，言之无物的险症"①，诗坛也同样如此。在他看来，诗"不当专门以油头粉面，娇声媚态去逢迎人，她应该有点骨格……"② 诗歌不是情感的狂欢而是"生活的批评"，是理性、节制、有纪律的。在此后发表的《诗的格律》中闻一多也表达了对感伤主义的不满。他认为写诗要遵照一定的节奏和韵律，要"戴着镣铐跳舞"，若是"不打算来戴脚镣，他的诗也做不到怎样高明的地方去"③。诗歌创作若遵照一定形式，情感得以节制，那么奔涌的情感自然就能得以控制。而目前诗坛中崇尚浪漫主义的诗人，他们的诗歌缺乏形式，自由散漫，忽视了艺术的本身，写作的目的只是在于披露自己的原形，抒发自我的情感，这正是感伤主义的典型特征。闻一多反对这样写诗，并讽刺道："他们用了文字作表现的工具，不过是偶然的事，他们最称心的工作是把所谓'自我'披露出来，是让世界知道'我'也是一个多才多艺，善病工愁的少年；并且在文艺的镜子里照见自己那倜傥的风姿，还带着几滴多情的眼泪……当它作把戏看可以，当它作西洋镜看也可以，但是万不能当它作诗看。"④

新月诗派的另一位理论家饶孟侃更是直接对感伤主义发起"进攻"，在《晨报副刊·诗镌》第11号上，他在《感伤主义与"创造社"》一文中指出，新诗发展中存在一绝大危险——感伤主义。他认为目前新诗中，十之八九受到了感伤主义的影响。在他看来，诗歌的生命虽在于情绪，但是这种情绪必须包含两个条件，一是含有普遍性，二是情绪绝对出于自然。若诗人写诗是将自己片面的情绪用一种极不自然的方式表现出来，这样的诗歌就是典型的感伤主义。如果将诗歌比作禾苗，那么感伤主义

---

① 闻一多：《诗与历史附识》，《晨报副刊·诗镌》1926年4月8日。
② 闻一多：《诗与历史附识》，《晨报副刊·诗镌》1926年4月8日。
③ 闻一多：《诗的格律》，《晨报副刊·诗镌》1926年5月13日。
④ 闻一多：《诗的格律》，《晨报副刊·诗镌》1926年5月13日。

就如同"侵害禾苗的稗子"①，如果不及时地拔除、纠正，那么它就会妨碍诗歌情绪的发展，并且让读者也跟着感伤，甚至将它作为真实的情绪加以欣赏、模仿。这种影响一旦大规模传播就会导致两种恶果：一是青年狂热追求感伤情绪，又导致感伤主义的作品大规模滋生，形成恶性循环；二是在感伤主义泛滥后，真情绪的诗歌反而不得赏识，新诗得不到发展最终只能宣告死亡。感伤主义的盛行，饶孟侃将责任归于创造社，他列举了该社作家郭沫若、王独清、穆木天的作品，认为这些诗歌中总是带有一种浓厚的感伤主义色彩，郭沫若的诗集《瓶》中的43首诗，在他看来都不是好诗，"里面纯粹是感伤主义在激情掀动，没有一首诗里有真的情绪，换一句话说，没一首诗里有诗"②。穆木天和王独清的作品也同样"沾染了很浓的感伤主义的色彩"③。在饶看来，感伤主义已经严重影响到了新诗的发展步伐，对它的声讨是挽救新诗的必由之路。

新月诗派围绕《晨报副刊》进行的有关自由体新诗和感伤主义的批评，是他们构建新诗新规范进程中重要的一步。这些批评不仅纠正了新诗发展中的问题，为发展指明了方向，也提高了新月诗派的影响力。

---

① 饶孟侃：《感伤主义与"创造社"》，《晨报副刊·诗镌》1926年6月10日。
② 饶孟侃：《感伤主义与"创造社"》，《晨报副刊·诗镌》1926年6月10日。
③ 饶孟侃：《感伤主义与"创造社"》，《晨报副刊·诗镌》1926年6月10日。

第三章 作为新月诗派创作平台的《晨报副刊》

《晨报副刊》不仅是新月诗派理论倡导的园地，也是他们诗歌创作的重要平台。为了实践他们的诗歌理论，新月诗派以《晨报副刊》为基地，进行了大量的诗歌创作，从内容上看，这些新诗题材广泛，丰富多样，为其繁荣注入了活力；从形式上看，他们的新诗试验注重形式的探索，为纠正初期白话新诗的弊病做出了贡献。

第一节 新月诗派创作在内容上的多样

新月诗派在《晨报副刊》上留下了内容丰富的新诗作品，包括表现各种情感的情诗，观照时代表现社会现实的诗以及书写生与死、理想和希望的个人生命体验诗。

一 情诗的吟唱

新月诗派极擅长写情诗，这种情诗包含多方面的感情，有爱情、爱国情和亲情，其中以爱情诗最具代表性。徐志摩、闻一多、刘梦苇等人都作过爱情诗并发表在《晨报副刊》上。

徐志摩一生都在追求爱、美和自由，在他的笔下，爱情灵动多样拥有不同的状态，或是忧郁，或是活泼，或是羞涩，或是喜悦。他1925年12月1日发表在《晨报副刊》上的《丁当—清新》便是一首忧郁的爱情诗。诗人在诗中刻画了一个失恋者的形象。爱人离去，空留他一人看着案上的镜框，睹物思人。悲伤忧郁的他，愤而摔碎镜框也无法将内心的那份爱情剜去，只得将那颗依然爱着的心也一齐摔破。爱情的美好在心碎那一刻似乎就消失不见，诗中的主人公在爱中受伤，因爱而忧郁，最后只留得一颗破碎的心。徐志摩向往爱情、歌颂爱情的同时也看到了爱中的悲与痛，明白爱本就是苦与乐的交融。

之后，他发表的《翡冷翠的一夜》则将爱情的万千滋味都展现了出来。该诗中以一个女子的口吻讲述与爱人即将离别时的各种复杂情绪。诗的前十三行在女子的自述中表现出对爱人即将离去的嗔怪、不舍和埋怨，像一个发脾气的孩子般向爱人撒娇，在这自述中，一个可爱美丽又娇气的女子形象跃然纸上。从十四至二十七行则书写了爱的无限魅力，"我可忘不了你，那一天你来，/就比如黑暗的前途见了光彩"，男子的到来拯救了女子，她眼中的爱人如同黑暗中的光彩一般，为生命带来了希望。"你是我的先生，我爱，我的恩人，/你教给我甚么是生命，甚么是爱"，在女子的眼中爱已经渐渐融入她的生命，变得和生命同样重要。回忆起爱的过往，热烈的爱情就如同烈火一样燃烧着女子的灵魂，她与爱人在这即将离别的日子中又再一次坠入烈火般的爱情体验之中，"别亲我了；我受不住这烈火似的活，/这阵子我的灵魂就象是火砖上的/熟铁，在爱的槌子下，砸，砸，火花/四散的飞洒"。之后诗风一转，将抒情主人公从爱的幸福中抽离转而想象死亡后的场景。"反正丢了这可厌的人生，实现这死/在爱里，这爱中心的死，大强如/五百次的投生？……自私"，爱已经融入了女子的生命，在爱中死亡的她亦是幸福的。她唯一无法舍弃的就是爱人，甚至希冀与爱人共赴死亡，"我知道，/可我亦管不着……你伴着我死？"最后主人公回到现实，明白无法挽留爱人，更加无法改变他们即将分离的现实，但她选择等待爱人的归来，"我再没有命；是，我听你的话，我等，/等铁树儿开花我也得耐心等"。这是女子的承诺，最后即使她死去了，也愿意化作天上的萤火与作为天上的明星的爱人相守。徐志摩通过细腻的笔触写出一个女子依恋、不舍、埋怨、温暖、幸福、痛苦、无奈等各种情绪，传达的也是徐自身的真实感受。这时候他因为旅欧与爱人陆小曼处于离别之中，他们的恋爱在当时闹得满城风雨，受到了来自社会各种舆论的打压，诗中女子各种变幻不定的情绪和对爱的坚定或许就是徐志摩和陆小曼真实流露过的情绪。

除了表达热烈的爱情，徐志摩也有关于爱情矛盾的书写。1926年6月10日发表在《晨报副刊》上的《两地相思》一诗分别从男、女两个角度去描写爱情中两种不同的心情，男主人公痴痴地爱着女子，并坚信女孩子也深爱着自己，殊不知女孩此时正在不爱与怕伤害的矛盾中苦苦挣扎。她已然不爱男子却又害怕伤害到他，男人喜，女人忧，这"两地相思"也有了不同的意味。《偶然》一诗则表明了一种爱的态度，"我是天空里的一片云，/偶尔投影在你的波心/你我相逢在黑夜的海上；/你有你的，我有我的，方向"，两人偶然相遇又匆匆离别，最后又都各自回归原本的方向，并依旧是独立自由的个体。不过这短暂的爱情体验就像云在水中留下的淡淡投影一样也会在对方心中留下一抹剪影，而这剪影也会随着时间的流逝而渐渐被淡忘。既然离别已经注定那么忘却也是最好的选择，但不可否认这转瞬即逝的相遇也是一种爱情的形态。

1925年闻一多回国之后，也在《晨报副刊》上发表了一些爱情诗，相比徐志摩对于爱情多种形态的描写，闻一多展现的是一种忠诚的爱情。1925年3月他发表在《晨报副刊》上的《大鼓师》一诗就表达了对爱情的忠贞。一个游遍世界的打鼓人回到家乡，看到迎接他的妻子，却无法满足妻子让他唱"咱们自己的歌儿"的请求，为此他感到无奈和痛苦。在艰难的游历中，大鼓师一直不忘远方的家和家中的妻子，他坚定地认为只有妻子才是自己的家和归宿，"假如最末的希望否认了孤舟，/假如你拒绝了我，我的船坞，/我战着风涛，日暮归来，/谁是我的家，谁是我的归宿"，展现了大鼓师对妻子的一片赤诚。诗中大鼓师对妻子的情感其实也是闻一多对妻子的表白，他学成归来，却依然保持那颗忠于爱情的心，在经历孤寂漂泊之苦后回到妻子身边，便是找到了家的方向。1925年8月发表的《狼狈》也是一首情诗，诗人将一位思念爱人的男子的狼狈情绪展现得淋漓尽致，在爱情的魔力下，思念滔滔而来，"这颗心不由我做主了"，"这颗心不是我的了，/人啊！教他如何想你！"在这些直白的表达、大胆的告白中，一个陷入爱情的，为情所困的形象跃然纸上。

刘梦苇也是新月诗派中擅长描写爱情的诗人，爱情诗在他的诗中占据了很大的比重。不过他的爱情诗不似徐志摩的空灵生动，也不像闻一多那般平凡中带着坚定，他的爱情诗在执着中带着悲苦的情调，这与他自身的爱情经历有很大的关联。1926年4月8日他在《晨报副刊》上发表的《铁道行》一诗中表达出诗人对爱的执着追求。在这首诗中，诗人将爱情比作铁轨，爱人与他分别是行走在铁道两边的行人，诗人怀抱着远处的铁道会相交，他与爱人终能携手前进的希望一直向前奔跑，却只能看到那由远及近依旧平行延伸着的铁道。诗人渴望抓住爱情，明知道永远不可能让两条平行的铁道相交，但他依旧对前路充满希望并且表达自己爱的承诺，"爱人只要前面还有希望，／只要爱情和希望样延长：／誓与你永远地向前驰骋：／直达这平行的爱轨尽处！"诗人对爱的执着追求以及这永远不会交汇的爱让他的爱情诗充满了悲苦的情调。同月发表的《最后的坚决》一诗，表达了诗人一种"非爱即死"的观念。诗人在诗中反复向爱人强调自己的爱，而诗中"您底爱不给我便是死的了结"一句更是直接向爱人传达自己"非爱即死"的决心。6月发表于《晨报副刊》的《示娴》是诗人在生命尽头所作的一首爱情诗，这首诗夹杂着诗人对爱人失望、无奈却又深情的复杂情感。诗人为爱而病，即将走向死亡，却得不到爱人的关怀，不禁失望地询问爱人，"您当真爱我了吗？／您当真？"面对爱人对自己爱的质疑，诗人只能悲伤地喊出："妹妹！您把世界看得太无情！／今后只有让我底墓草证明：／他们将一年一度为你发青。"这首交织着爱与怨的绝命情诗让诗人的悲惨的爱情之路更添一丝悲凉。从刘梦苇的爱情诗中，能看出他对于爱的永恒的追求，甚至将爱与生命紧密相连，把爱当作唯一的精神寄托。然而他一直未能得到理想的爱情，爱情给予他的永远是苦痛多于喜悦，这也是他的爱情诗带有悲情基调一个最重要的原因。

除了爱情诗，新月诗人还在《晨报副刊》上发表了一些爱国诗歌和关于亲情的诗歌。归国后，闻一多在《晨报副刊》上发表诗歌《回来了》，描述了自己归国后无法抑制的兴奋，看到祖国的山水，投入祖国的怀抱都让他快乐且幸福。而另外一首《故乡》则采用对白体，描写了一个孩子和一名游子的对话，孩子不解地询问游子的去处，游子焦急地想要回到故乡，诗中游子便是诗人的象征，盼望回归表现的是诗人对祖国深沉的爱，即使在面对荣华富贵的诱惑时，依然能坚定选择回到祖国，回到故乡。

《晨报副刊》上关于亲情的诗歌有1925年8月31日徐志摩发表的《给母亲》，以及1926年5月6日刘梦苇的《生辰哀歌》，两首诗都是写给母亲的作品。在徐诗中主要表达了对母亲的爱，他书写了成年的儿子对母亲掩藏心中的那份沉默的爱。长大的孩子已经不能再轻易对母亲说出"爱"这个字，这种爱"再不像原先那天真的童子的爱"那么的单纯，它变得深沉且细腻。同时诗人也希望母亲能够放心让自己去走未来的路，诗人希冀能与母亲成为朋友，能赤诚地谈心。而刘梦苇的《生辰哀歌》却表达了对母亲无比复杂的感情，这主要与刘梦苇的身世有关。这首诗是诗人在生辰日想到三岁就离开母亲有感而发的作品。刘梦苇身世可怜，出世不久父亲去世，三岁又失去了母亲，因此在生日这天他变成了一个渴望得到母爱的孩子。在诗中，他发泄着对母亲的怨愤，"既生了就该永恒不让我离开您底身，/为甚么早把我抛弃？那时尚行步不稳！/我自上人生的战场，闯进人生的魔阵，/到今已是遍身伤痕独没有法儿逃奔"，他怨恨母亲让自己如飘萍一般在这世间浮沉，遇见的只有满眼冷漠和凶恶的亲友。但他又依然感激母亲，"母亲！在这感慨的生辰，我是向您感恩，/这是逆情地昧心地对着您表示怨愤？/生我时便一齐开始了您流泪的命运"。借这样的日子，诗人在爱与恨的矛盾中将内心的悲苦倾倒而出，在这悲痛的倾诉之中也饱含着他对母亲深深的思念，他深爱着母亲并思念着她，同时又感怀命运的悲惨，像孩子一般埋怨世界的不公。

二 现实的描摹

新月诗派虽然崇尚"为艺术而艺术"，但他们并没有拘泥于这一原则回避现实，相反，在他们的诗歌中有众多观照社会现实的篇章。这些诗歌主要包括关怀穷苦人民，控诉社会暴力两个方面。

关怀穷苦大众是新月诗派观照现实的一个重要方面。这方面的诗歌主要以徐志摩的作品为代表，其中主要包括《一小幅穷乐园》《先生！先生!》《盖上几张油纸》《叫化活该》四首诗歌。

  1923年2月14日徐志摩在《晨报副刊》上发表《一小幅穷乐园》记录了黑暗现实中人民悲惨的生活,反映了他对底层人民的殷切关怀。这首诗主要描写的是一群以捡垃圾为生的穷苦人捡拾垃圾的场景。从"红漆门"中倒出的垃圾引来了一群捡拾垃圾的人,其中包括"小女孩""中年妇""老婆婆",他们在垃圾堆中"向前捞捞,向后捞捞,两边捞捞"不抢不争。在这群垃圾捡拾者眼中,"这垃圾堆好比是个金山",他们在这山上就如同一个个寻金者,不断地寻捞。终于被小女孩发现了一块鲜肉骨头,终于可以喝到一碗心心念念的骨头汤了,她如获至宝一般无比惊喜。可这样的喜悦却更加让人悲伤,这些孩子小小年纪就遭遇了生活的苦难,在他们本该享受童年的时光时不得不为生活而奔走。在最后一节,作者甚至将这一群体与黄狗放在一起,表明底层劳动者与狗争夺食物的生活状况。

  同年12月徐志摩发表《先生!先生!》,依然将视线放在底层人民的身上。诗中那个乞讨的小女孩,她一直追赶先生的车,希望能得到一点施舍去救又病又饿的母亲,却只得到冷漠的回复"没有带子儿"。孩子的哀声乞求与先生的冷漠作答形成鲜明的对比,人情的淡薄也映衬出社会的残酷。此外,1924年11月他还在《盖上几张油纸》一诗中刻画了一个因为失去孩子而精神错乱的母亲。这些平民在徐志摩的眼中,都是苦难的化身,他同情他们却没有任何办法拯救。还有1924年12月发表在《晨报副刊》的《叫化活该》一诗,诗中描写的那一群乞讨者,也是悲惨的下层人民的缩影。在这群乞丐的乞讨声中隐约还能听见"朱门"内的欢声笑语,"朱门"内温暖而奢侈,而他们却徘徊在死亡的边缘,只能收获来自西风"叫化活该"的嘲讽。诗人采用白描的手法,将一个个场景展现在读者的面前,将朱门的生活与穷苦人民的生活进行对比,从而形成一种视觉和情感的冲击,以此来讽刺现实,表达对底层人民的关怀。

  新月诗派观照现实的另一个方面是对社会暴力的控诉,这一方面主要以围绕"三一八"事件创作的诗歌为代表。"三一八"事件之后,闻一多、饶孟侃、杨世恩、徐志摩、刘梦苇、蹇先艾、于赓虞等人创作了包括《天安门》《欺负着了》《三月十八》《回来啦》等数十首诗歌来表达对这一事件的愤怒和对社会暴力的控诉。

闻一多发表在《晨报副刊》上的《天安门》一诗中虚构了一个人力车夫的形象，并以他的口吻讲述在天安门遭遇"鬼"的事情。然而这"鬼"是一个个为人民请愿的学生战士，他们惨遭当局政府的残忍杀害，最后成为人力车夫害怕的"黑漆漆的，没脑袋的，瘸腿的"，遇到会倒霉的"鬼"。"先生，这年头儿真有怪事，/这学生们有得喝，有得吃，/没事惹出事儿来拼老命"，人力车夫这样的话也显示出人民的愚昧和麻木，人民的不理解让这些革命者的牺牲显得更加悲凉。在车夫的独白中，还提到了他的二叔为了填饱肚子去参军打仗，最后命丧战场。军阀之间的混战导致民不聊生，战争作为一种社会暴力只会给人民带来更大的灾难，让他们在水深火热之中无法自救，也得不到他救。

饶孟侃在《晨报副刊》上发表的同题诗《天安门》，同样以"三一八"事件为背景，控诉了社会暴力。诗中虚构了一个母亲的形象。在诗中，母亲向孩子讲述了天安门惨案的发生，"好孩子，你要害怕就别做声。/人家说这里听得见鬼哭，/一到晚上就没有走路的人。/新的鬼哭，旧的鬼应；/要是听着真吓死人！"天安门已经丧失昔日的威严成为一个众鬼扎堆的地方，这里成了冤魂的坟场。从这位母亲的话中可以看出，她能理解这些爱国者的行为，可怜这些牺牲者，她恨这黑暗的社会，恨残暴的政府，但为了自己和孩子的命运却又无能为力。诗中母亲的情感自然也代表了诗人的情感，与这位母亲一样，面对如此残酷的事件，诗人除愤怒悲伤之外，也无能为力。

此外，在《晨报副刊》上发表的饶孟侃的《"三月十八"》、杨世恩的《"回来啦"》、蹇先艾的《回去》、刘梦苇的《写给玛利亚》《寄语死者》、于赓虞的《不要闪开你明媚的双眼》、徐志摩的《梅雪争春》等诗歌都表达诗人们对"三一八"惨案的愤怒，对社会暴力的控诉，是诗人们对社会现实的记录。

三 生命体验的书写

新月诗派始终以诗人的身份去观照生命，向内深挖表现对生命的关怀。新月诗派关于生命体验的书写，包括了对生与死的多种思考，对希望与光明的不同态度。

徐志摩就展现过对生的茫然，而新月诗派成员于赓虞更是直接表现出一种生命的颓废状态。而关于死亡，闻一多和饶孟侃也有着各自的理解。

徐志摩在《晨报副刊》上发表的《在哀克刹脱教堂前》一诗表现的是对生的茫然。这首写于在他的旅欧期，诗在第一节通过环境描写，用"冷峭峭""峭阴阴"等词语，营造了一个孤寂、冷清并带有神秘气息的情境，在这样的情境中引发了诗人对生命的思考。在诗的第二节，诗人对教堂的雕像发问，"是谁负责这力气的人生？"，是希冀到宗教中寻求关于生与命运奥秘的解答，但并未得到答案。于是在诗的第三节，他转而向"冷郁郁的大星"询问，实则是对宇宙的叩问，宇宙却"答我以嘲讽似的迷瞬"。诗人向宗教与宇宙询问都得不到解答，于是在诗的第四节，诗人将目光从天上转向地面，再次去寻求答案。这一瞬间，他看见了身边的"老树"，这棵老树屹立百年，如同一个人间沧桑的见证者，见证人世的浮沉变幻，凡人的生老病死。"他认识这镇上最老的前辈，／看他们受洗，长黄毛的婴孩；／看他们配偶，也在这教门内，——／最后看他们名字上墓碑！"老树经历了一代又一代人的生死，明白人从出生那刻起便是一步步走向死亡，任何人都逃脱不了这般命运，因此它看透了这"半悲惨的趣剧"。而此刻的诗人也从老树百年的生命经验中获得启发，"发一阵叹息——／啊！我身影边平添了斑斑的落叶！"与老树一般，看淡这人世。这暗示诗人在觅得答案后，面对生的无措与茫然。

新月诗派中的于赓虞也善于写生命，不过这一时期他笔下的生命几乎呈现出一种颓废的状态。于赓虞是一个极其重视个人生命体验的诗人，20世纪20年代初期他的诗歌就以传达伤感忧郁情绪为主，这也与他自身当时的处境有关。在诗歌中，他常常会用到一些阴森恐怖的意象，如骷髅、尸体、白骨、坟墓、荒冢、魔鬼等，传递的都是感伤颓废的情绪。1926年4月发表于《晨报副刊》的《晨曦之前》就是他对自我生命颓丧状态的一种记录。在诗中，他将自己的心比作"冷落的冻死的火山"，将生命比作"冰冷的僵尸"，在世间的生存如同"在阴冷的黑谷任惨暴风雪的摧毁",诗人将自己的生命形容的毫无生机,每天如同行尸走肉般在世间"凄迷的"走来走去,看寒林的黄叶飘落,表现出一种消极厌世的颓丧情绪。

1927年4月发表在《晨报副刊》上的《骷髅上的蔷薇》一诗是于赓虞书写自我生命体验的代表作品。诗歌以"骷髅上的蔷薇"为题,让整首诗笼罩在一股阴森恐怖的气氛之下,同时又带有一种诡异的美。该诗以"惨败的英雄"开篇,为诗奠定了一种悲壮的基调。诗人开篇呼唤,"来/来/来/惨败的英雄/来水湄/山泷/歌着/饮着/呵/装饰此惨变之幻境",将这些英雄团聚在一起,像招呼客人一般让他们欢歌畅饮,以此来歌唱这"惨变之幻境",用一种自我麻痹的方式来慰藉英雄的心,其实也是诗人对自我的劝慰。然而劝慰无果,只看到凋落的残英,听到习习的夜风,不禁悲从中来,大发感叹:"嗟呼/愚夫/忽想惨病天使的运命//往日沉于苍色情爱的苦杯之中/似落日沦于幽谷/彩云消于夜风……//今/孤自徘徊于残败春风的花冢/向长天惨笑/悔种此万世之怆痛!"这几句诗是诗人对漂泊无依以及病痛加身的悲叹,面对毫无期待的人生,却又无力改变,唯有向长天发出一声惨笑。"今/辗转于终为悲剧的希冀之梦/似骷髅上的蔷薇在装饰着死情",骷髅昭示着死意,蔷薇却表现着生机,蔷薇盛放于骷髅之上,暗示着生与死的交会,美好的代表生命力的蔷薇最终沦为了死亡的装饰,也表明诗人内心对生命的绝望。

1927年5月发表在《晨报副刊》的《惨笑之梦痕》通过"骷髅""地狱""残墓""恶魔"等黑暗意象的运用让诗歌在神秘中又笼罩着恐怖的面纱。诗人在诗的开头便直呼,"梦碎了,遗下鲜红和怆黑的最后之惨笑",将人置于绝望和颓丧的情绪之中。"你知道,你知道,姑娘,我老了,/壮丽的希望之宝殿尚遂远",诗人连用两个"你知道"为了强调后来的"我老了"。这里的我老了并非指生理年龄的增长,而是指心的衰老,希望还在远方,然而"我"已经失去了追寻的力量。在诗的第二节,诗人把自己投入梦境之中,将自己想象成一个用宝剑刺杀了命运的英雄,投射的是诗人自我的希望,他渴望战胜命运却遇到了层层阻碍,刺杀了命运的英雄最终难逃惩罚,"在梦里上帝惨射毒热之银光使我悔,/无数恶魔的天使将我惨杀了投于山峦"。这暗示了诗人对抗命运而不得的现实。黎明来到，从梦中醒来，梦里那英武的肉体只化作一具无用的骷髅，生命也随之消逝。诗人在诗中反复吟唱"你知道，你知道，姑娘，……"一句，并将这句与"我老了""我彷徨""我流泪""我哀吟""我凄愁""我何怨"分别搭配，这些带有悲情色彩的词语的运用，更增添了诗的感伤程度和颓丧情绪。

此外，新月诗派还关注到了死亡，闻一多的《末日》和饶孟侃的《辞别》两首诗是他们各自对于死亡的看法。1925年闻一多发表在《晨报副刊》的《末日》一诗展现的是一种面对死亡的泰然，末日袭来，在死亡威胁之下，"我"却并未惊恐逃窜，而是等待着死亡，如同"静候着一个远道的客人来。/我用蛛丝鼠矢煨火盆，/我又把花蛇的鳞甲代劈柴"，诗人在这里消解了对死亡的恐惧，同时又增添了一份宁静。1926年饶孟侃发表的《辞别》一诗也是对死亡的一种描写。在他看来，死亡就是记忆的抽离，在死去的那一瞬间，所有的记忆也随之消失，记忆消失，灵魂跳出躯壳，才是一个人真正的离去。在他的笔下，死亡也不再让人恐惧，而是充满了遗憾。"当先的那个是儿童装束，/对我笑一笑就走过一边；/再看跟着的却是个女郎，/她问我可记得分手那天。/我硬着心肠装做没听见，/让她从身边缓缓的走过，/正想把别的再看看清楚，/刷一声灵魂跳出了躯壳。"从这些诗句中可以看出"我"的遗憾，当"我"还未能好好与身边人告别，与这个世界告别，记忆便抽身离去，造成一种无法挽回的遗憾。

对希望和光明，新月诗人们也有着各自不同的态度。1924年12月《晨报副刊》上刊载的徐志摩的《为要寻一个明星》展现了他追寻希望和光明的积极态度：

> 我骑着一匹拐脚的瞎马，
> 　向着黑夜里加鞭；——
> 　向着黑夜里加鞭，
> 我跨着一匹拐脚的瞎马！
>
> 我冲入这黑绵绵的昏夜，

为要寻一颗明星；——
　　为要寻一颗明星，
　　我冲入这黑茫茫的荒野。

　　从诗的前两节可以看出，为了寻找那颗明星，"我"无所畏惧，冲入这茫茫的黑夜，在夜里骑着那匹拐脚的瞎马加鞭奔跑。"拐脚的瞎马""黑夜"在诗中象征着现实中的困境，即使身处黑暗，无物可依，依然无法阻挡"我"前进的步伐。最后"我"倒在了荒野中，但在死亡到来的那一刻，明亮的光也到来了。为理想而献身的他终于获得了光明。诗中的"我"其实就是诗人的化身，诗人相信只要愿意奋斗和敢于牺牲，最终一定能有所得，这也表明诗人积极进取的态度。

　　相比之下，刘梦苇就显得更为消极，他发表在《晨报副刊》上的《希望》一诗中将希望比作"美丽的女郎""皂泡""日影""月华"等美好但又难以接近或者一触就碎的事物，并用夸父逐日的典故来表达希望的不可触摸，表现出了诗人内心对希望的向往却又得不到希望的绝望。

　　在《晨报副刊》上，新月诗派通过创作实践丰富了新诗的内容，为新诗发展注入新的活力。因为有了《晨报副刊》，新月诗派新诗创作才能得到集中的展现，他们也正是借助于《晨报副刊》强大的宣传力度才将各自的诗歌作品更快更广地传递给读者和大众。

第二节　新月诗派创作在形式上的探索

　　新月诗派在新诗形式上的探索，具体表现为三个方面：第一，为了规范新诗的形式追求诗歌的格律化，在《晨报副刊》上刊登了大量新格律诗；第二，在体裁上也进行了尝试，戏剧体诗和叙事诗即是这一时期的成果；第三，表现在语言方面是丰富了新诗语言的表达。

一　诗歌格律化的追求

　　早在1922年，闻一多在《律诗底研究》中就指出，中国的艺术如诗歌和建筑中的美，是一种"均齐的美"，是一种方正整齐的艺术形式，之后，这种整齐方正的形式也出现在他的新诗中。从1922年开始，新月诗人闻一多、徐志摩、刘梦苇、朱湘、饶孟侃等人已经开始创作一些结构整饬、讲究押韵的新诗，不过此时还是不成熟的试验，直到1925年之后，他们的新格律诗创作才逐渐完善，直至成熟。

闻一多在《晨报副刊》上发表的新格律诗包括两类：第一类是只注重节的匀称，如《末日》《比较》；第二类是在注重节的匀称的同时也观照了句的均齐，包括《死水》《黄昏》。下面以《末日》来看他的第一类诗：

> 露水在笕筒里哽咽着，
> 凉夜的黑舌头舔着玻璃窗。
> 四围的败壁要退后走，
> 我一人填不满偌大一间房。
>
> 我在房里烧起一盆火，
> 静候着一个远道的客人来。
> 我用蛛丝鼠矢煨火盆，
> 我又把花蛇的鳞甲代劈柴。
>
> 鸡鸣；两遍火焰熄了，
> 一道阴风吹来吹闭我的口，
> 原来客人就在我眼前，
> 我眼皮一闭就跟着客人走。

该诗三节共十二行，每节的偶数行分别押同韵"ang""ai""ou"，且每节的奇数行字数相等，为9字，偶数行字数也相等，为11字。虽然诗行的长度不一致，但诗节之间整体形式相似，长度均齐，行数一致，达到了一种节的匀称，实现了闻氏所提倡的"建筑美"。

真正标志着闻一多新格律诗完全成熟的是1926年4月15日发表于《晨报副刊》的《死水》，该诗也是这一时期新格律诗的典型代表。全诗共5节，每节4行，真正做到了节的匀称和句的均齐。闻一多在《诗的格律》中就表示，《死水》是他新格律诗创作中在音节上最满意的试验。下面试看诗的第一节：

> 这是一沟绝望的死水，
> 清风吹不起半点漪沦。
> 不如多扔些破铜烂铁，
> 爽性泼你的剩菜残羹。

该诗整体的形式都如第一节一般，诗行进行了整齐的排列，并且每行字数相等，整首诗如同被刀子切割过一般整齐，在视觉上形成了一种均齐的"建筑美"。另外，诗中音尺的运用也十分规律，第一节的诗行中用到的都是二、三音尺的组合，后面的四节音尺的运用与第一节大体相同。同时该诗每行的音尺数都相等，只是细微调整了排列方式。闻一多采用二、三音尺的交错造成诗行之间节奏的律动，并且诗行都用到双音节收尾，让诗歌在节奏上更加协调。与《死水》同一时期发表的《黄昏》也在实现诗节匀称的同时，达到了诗行的均齐。全诗共两节，诗歌简短，在诗形上整齐匀称。节的匀称主要体现在每节四行，并且两节的首行内容大体一致，只将"黄昏是一头迟笨的牛"中的"迟笨"一词替换为"神秘"。诗人采用复沓让两小节之间形成一种回环往复的音乐节奏。句的均齐表现为诗的每一行字数相等，并且都采用了四个音尺的格式，每行也几乎全部是二、三音尺的交错。这样的作法让整首诗在视觉和听觉上达到了"建筑美"和"音乐美"的效果。

徐志摩发表在《晨报副刊》上的新格律诗，从一开始就表现得较为成熟。1925年他发表在《晨报副刊》上的《再不见雷峰塔》就是一首较为成熟的新格律诗。诗的每小节呈现出整齐的"工"形，这种形式在徐志摩的诗中十分常见。以下摘取一节为例：

> 再不见雷峰，雷峰坍成了一座大荒冢，
> 　　顶上有不少交抱的青葱，

顶上有不少交抱的青葱，
再不见雷峰，雷峰坍成了一座大荒冢。

　　从这首诗的第一节可以看出，诗人在诗中用到了复沓、押韵等方式，并且诗行之间形成一种对称性。主要体现为一、四行，二、三行的分别对称。诗的其他三节与第一节在形式上完全一致，整首诗共 4 节，每小节 4 行，诗节与诗行数的相同一定程度上也让整首诗在形式上更加工整。而诗行的参差又让诗在整齐中带有错落的美感，在视觉上达到灵动的"建筑美"效果。并且该诗每节的一、四行和二、三行各自复沓，形成"ABBA"的形式，让诗的结构更加整齐统一。此外，诗歌的首句"再不见雷峰，雷峰坍成了一座大荒冢"与尾句"再没有雷峰，雷峰从此掩埋在人的记忆中"相呼应，让诗在诗意上也显得更和谐。同年，他在《晨报》副刊上发表的《这年头活着不易》《我来扬子江买一把莲蓬》《客中》三首诗也都采用同样的"工"形体，每节的首尾行押同韵，中间两行或者三行也几乎做到了押韵相同。这些诗歌韵律完整，节奏强，读来生动十足。

　　除了"工"字形的诗节，他的新格律诗还喜欢作诗行错落有致的排列。如 1925 年 12 月《晨报副刊》发表的《丁当—清新》一诗，便实践了这种排列方式：

檐前的秋雨在说什么？
　它说摔了她，忧郁什么？
我手拿起案上的镜框，
　在地平上摔出一个丁当。

檐前的秋雨又在说什么？
　"还有你心里那个留着做什么？"
蓦地里又听见一声清新——
　这回摔破的是我自己的心！

这两节诗行首先在形式上展现一种错落有致的排列，但又实现了偶数行与奇数行的分别对称，形成了一种隔行的对称美。同时两节诗的首行采用了复沓的方式，让其在变化中又具有统一性。诗行的错落有致让音节更加自由，每节的奇数行字数少于偶数行，字数上的错落与诗行排列上的错落让诗歌更加具有节奏感和层次感。相比于闻一多，徐志摩诗的实践的"建筑美"是一种规整中带有灵动，统一中又包含自由的"建筑美"。他后来发表在《晨报副刊》上的《西伯利亚道中忆西湖秋雪庵芦色作歌》《在哀刹脱教堂前》《山中》都是在诗形上错落有致的作品。此外，徐志摩诗中叠字的运用、双音节词语与单音节字的连用、诗句的平仄相间更让诗的音节在内部形成律动，产生美妙的音乐节奏。

　　刘梦苇的格律诗也真正做到了"节的匀称"与"句的均齐"，他的诗歌大部分是结构整饬，排列整齐的方块诗。这与闻一多的主张很贴近，但闻一多并非每首诗歌都形式规整统一，而刘梦苇几乎将形式和音节的齐整当成写作新格律诗最重要的标准。刘梦苇的新诗形式运动始于1925年，当时他发表在《晨报副刊》上的新诗就已经十分讲究形式和韵律了，因此他也被称作中国新诗形式运动的总先锋。下面以1925年8月他发表的《宝剑底悲歌》一诗中的前两节为例：

　　　　我终日澈夜在匣中哀啼，
　　　　　胸中充满了幽禁的悲痛：（tong）
　　　　我就永远这样不得志么，
　　　　　怎不见有人来将我使用？（yong）
　　　　可怜的是我底命运不幸，
　　　　　还是那酣睡未醒的英雄？（xiong）

　　　　我终日澈夜在匣中哀啼，
　　　　　胸中充满了遗弃的悲痛：（tong）
　　　　我就永远这样不得志么，
　　　　　怎不见有人来将我使用？（yong）
　　　　可怜的是我底命运不幸，

还是那沉醉不悟的英雄？（xiong）

全诗共八节，从诗形看，该诗每小节6行，每行字数相等为10字，每节均采用了复沓的手法。第二诗节中只将第一诗节第二行中的"幽禁"变为"遗弃"，将第六行中的"酣睡不醒"改为"沉醉不悟"，其余全部一致。后面三、四小节的第一、二行也进行了复沓，并且三、四节的第一、二行复沓了前两小节中的第五、六行"可怜的是我底命运不幸，/还是那沉醉不悟的英雄？"五、六小节依然是前两句复沓，并且内容为第一、二节中的三、四行"我就永远这样不得志么，/怎不见有人来将我使用？"最后两小节的后两行亦采用复沓，且为第一、二节中的前两句"我终日澈夜在匣中哀啼，/胸中充满了幽禁（遗弃）的悲痛"。全诗通过复沓的手法形成回旋的节奏，达到回环往复的吟诵效果，同时，复沓的使用也让诗人激烈的情绪在不断重复的诗行中得到舒缓。在韵律上，诗人选择让每节的二、四、六行押韵，并且全诗一韵到底，韵尾为"ong"，这般齐整的押韵进一步增强了诗的音乐性。齐整的形式与和谐的音韵让整首诗在形式和音节上实现了"建筑美"和"音乐美"的追求。再看1925年10月7日发表的《歌》也同样实现了音韵的和谐。以下是该诗：

我底心好似一只孤鸿，
　翱翔在凄凉的人间！（jian）
心呵！你努力地翱翔罢，
　不妨高也不妨遥远：（yuan）
　　翱翔到北冰洋，
　　翱翔到碧云边——（bian）
你若爱幽静，清凉，
　到夜月荡漾的海面；（mian）
你若爱热烈，光亮，
　到焦阳燃烧的中天；（tian）
心呵！你努力地翱翔罢
　不妨高也不妨遥远！（yuan）

> 我底心好似一只孤鸿，
> 　歌唱在沉寂的人间！（jian）
> 心呵！我放情地歌唱罢，
> 　不妨壮也不妨缠绵：（mian）
> 　　歌唱那死之哀，
> 　　歌唱那生之恋——（lian）
> 　你若爱雄伟，豪爽，
> 　　若云间瀑布之腾喧；（xuan）
> 　你若爱温柔，凄婉，
> 　　如草底流碧的溪泉：（quan）
> 心呵！你放情地歌唱罢，
> 　不妨壮也不妨缠绵！（mian）

这首诗共2节，每节12行，形式上虽然没有做到诗行的均齐，但两小节之间相对应的句子在形式和字数上均相同且形成一种对称，诗人只作了内容的调整，在形式上实现了"节的匀称"。在韵律上，依然坚持一韵到底，偶数行押韵。1926年，他在《晨报副刊》发表的《我所需要的不是爱情》《铁道行》《万牲园的春》《致某某》等诗又做到了句的均齐与节的匀称。在刘梦苇的诗中，诗的外在形式和音节韵律是最重要的两件事情，他一直将"音乐美"和"建筑美"的要求落实到新格律诗的创作实践中。

从新月诗派主要诗人的诗歌创作中可以看出，他们对于格律的追求首先是一种在韵律上的要求，不论闻一多、徐志摩、刘梦苇还是朱湘，他们都在格律诗中注意到了押韵的问题。其次在形式上，有的诗人会更加看重句子的均齐，比如闻一多、刘梦苇等。徐志摩向来不够重视句的均齐，他想要达到的效果是诗歌音节内在的和谐而不单是外在的整齐划一，不过为了实现"建筑美"，还是做到了节的匀称。

虽然新格律诗是新诗发展道路上的一大进步，但是到它创作的后期也受到了诸多指摘。新月诗派一味要求均齐的形式，使大量的"豆腐干"

"麻将牌"式的诗歌泛滥，这一度阻碍了新诗的发展并招致了多方的批判。

二 诗歌体裁上的尝试

虽然新月诗派一直致力于新格律诗的创作，但是在追求诗艺的过程中，对于其他的诗歌体裁也有涉猎，如戏剧体诗、叙事诗、散文诗、小诗、十四行诗、四行诗、歌体诗等。不过从新月诗派在《晨报副刊》上的创作实践看，最受新月诗派重视的还是戏剧体诗和叙事诗。

1. 戏剧体诗

戏剧体诗分为戏剧性独白体诗、旁白体、对白体。这类诗通常带有一定的"戏剧化"色彩，诗人通过将戏剧冲突放置在诗中从而凸显诗意，表现人物的性格特征或者传达诗人情绪。戏剧化独白体诗是新月诗人尝试最多且成就最大的诗体，这一时期，在《晨报副刊》上发表的独白体诗以闻一多的《天安门》和饶孟侃的《天安门》《莲娘》为代表。

闻一多戏剧独白体诗的创作是一个自觉的试验过程，早在1921年，闻一多就提出诗的创作可以采取小说、戏剧的方式进行。1926年3月27日闻一多在《晨报副刊》上发表的《天安门》一诗就是一首典型的戏剧独白体诗。诗人通过书写一个拉车人的独白来表达对"三一八"惨案的控诉。在诗中，诗人虚构了一个"独白者"的角色——人力车夫，在拉车的过程中，他借由独白完成自我讲述，诗中其他人的存在和出场也是通过独白者的讲述呈现。读者从他的讲述中可知，生活在社会底层并且目睹了"三一八"惨案发生的人对于这一事件的态度。在这些人眼中，"闹事"的都是"傻学生"，他们的不理解和愚昧无知也反映出一般市民的态度。诗人借助人力车夫讲述"三一八"惨案，让事件得到更加客观的呈现。通过独白的方式展开则是为了反映人力车夫的思想和性格特点，他愚昧无知同时胆小怕事，正是因为以人力车夫为代表的底层民众的不理解，牺牲者的惨死才显得更加可悲，从而渲染更强烈的悲剧效果，也隐藏着诗人对这一惨案的控诉以及对牺牲者的同情。通过虚构人物让诗人自身的情感抒发得到控制，从而呈现出一种客观的抒情，相对于主观的直抒胸臆的控诉，这种方式能够更加直观且冷静地表现社会现实和内容。

饶孟侃在《晨报副刊》上发表的《天安门》《莲娘》都是戏剧独白体诗。《天安门》一诗虚构了一个母亲在天安门前告诫孩子的场景。这位"母亲"在独白中客观呈现了"三一八"惨案所造成的残酷结果,天安门成了"新的鬼哭,旧的鬼应"的坟场。从诗最后的三节可知,这位"母亲"的两位亲人都因为"爱国"而死,通过"母亲"的讲述展现了她内心的痛苦、恐惧与愤怒。她一方面控诉反动派的残暴,为亲人的牺牲而痛苦、愤怒,另一方面又为自己和留下的孩子忧惧。这位"母亲"客观的讲述集中反映了当时的社会现实,在社会反动派的统治下,爱国者的游行和请愿活动被血腥地镇压,人民生活在水深火热之中得不到解救,只能默默哀叹"是苦命的人"。

而在《莲娘》一诗中,诗人则虚构了一个老人形象并对他的孙子们讲述自己曾经英雄救美的事迹。诗的首节是一个场景的描写:"这时候屋里充满了喜色,/到处贴得有纸剪的红花,/孩子们都围住一个老人,/靠着火听他讲故事笑话。"在这一场景中,老人以第一人称的视角开始讲述,虽然其中也夹杂了一些旁白和对白,但这些旁白就如同戏剧的报幕一般,对白部分也不多,主要内容是通过老人的独白呈现。通过独白,读者得知女主角莲娘的存在,老人与孩子之间的交流也是通过独白传达。在老人的叙述中,他的勇敢、正直和深情的品质得到彰显,救下的那个女子形象在老人的讲述中也逐渐清晰。而诗人在这一过程中则始终站在上帝的视角进行旁观,并且在诗人建构的场景中,包含两个场景,一是老人的自我独白,二是老人讲故事的场景,两个场景的建构让诗产生了剧中剧的效果。

如同戏剧独白体诗常常虚构一个角色,旁白体诗往往也虚构一个角色,但不是采用独白的方式,而是采用旁白的方式,对诗歌的内容起提示或概述作用,并且不会出现强烈的情感抒发。这个虚构的角色可能是"我"也可能是其他人,甚至是多个,但都带有旁观者的色彩。这类诗以1923年12月徐志摩在《晨报副刊》上发表的《先生!先生!》和1924年12月发表的《叫化活该》为代表。试看《先生!先生!》的前三节:

钢丝的车轮

>　　在偏僻的小巷内飞奔——
>　　"先生，我给先生请安您哪，先生。"
>
>　　迎面一蹲身，
>　　一个单布褂的女孩颤动的呼声——
>　　雪白的车轮在冰冷的北风里飞奔。
>
>　　紧紧的跟，紧紧的跟，
>　　破烂的孩子追赶着铄亮的车轮——
>　　"先生，可怜我一大吧，善心的先生！"

　　前两节通过旁白指出了恶劣的环境和人物的构成，塑造了一个追车乞讨的小女孩和一个坐车的先生形象。从旁白中读者可知女孩艰难的处境，并且能够想象出女孩可怜的模样。除此之外，旁白还对女孩追车乞讨的过程进行了描述，虽然旁白在描述时只进行了客观的陈述，并不带有自己的情感，但是读者在阅读的过程中依然能体会到诗人对女孩的同情和对"先生"的批判。在《叫化活该》中，诗人先对一群乞讨者进行了白描式的摹写，其中塑造了一个"我"的形象。这个形象是他们中的一员，也是那一群乞讨者的见证人，整首诗依然没有强烈的情感表达，但诗人构建了一个对比，即乞讨者的悲惨与富有者的幸福形成鲜明对比，从而构成戏剧性的情境。在这情境中，展现的是诗人对穷人的同情和对社会现状的批判。1926年4月饶孟侃发表在《晨报副刊》的《莲娘》一诗中也涉及一些旁白的部分，诗的开头通过旁白描述了老人给孩子们讲故事的场景，诗的最后一节则从故事回到现实，通过旁白刻画了一个追忆往昔的风烛残年的老人形象。

　　戏剧性对白体通常是以人物的对话为主要内容并在对话的基础上建构一定的戏剧冲突从而展现人物的性格特征或者思想情绪。在《晨报副刊》上，这类诗歌以徐志摩和饶孟侃为代表。

　　1924年11月9日徐志摩在《晨报副刊》上发表的《谁知道》中就通过一个先生与拉车人之间的对话，来刻画人物形象。该诗共6节，第一节如同戏剧的序幕,交代了时间、人物和地点,二、三、四节车夫和"我"开始了对话,情节也在对话中不断推进。在情节的推进中,"我"得知这街道原是坟地,从而达到全诗戏剧性的高潮,到了五、六节冲突逐渐弱化并进行收尾,在"我"的害怕和车夫的坦然中,两个人物形成了对比,在对比中人物形象得以显现。而后,他在《晨报副刊》上发表的《盖上几张油纸》也是一首对白体诗,诗主要通过对话完成,诗人设置一个"我"在雪天的林中遇见一个哭泣的妇女的情景。通过"我"与她的对话刻画了一个失去孩子的悲惨母亲形象,人物形象在对话中展现,诗中的"我"是一个具有同情心的人,而妇人则是一个命运悲惨的母亲。

饶孟侃的《"三月十八"》也是一首戏剧性对白体。诗中塑造了一位母亲和一个孩子的形象,并通过他们彼此之间的对话构建了一个戏剧性的片段。母亲不停追问孩子兄弟的下落,孩子不断隐瞒却被识破。全诗在结尾处达到戏剧高潮,但高潮也随之戛然而止,留给读者想象的空间。对话中母亲的焦急和孩子无措的隐瞒形成了鲜明的对比,对比中人物的情绪和情感也得到展现,母亲对孩子安全的担忧,孩子对母亲隐瞒"兄弟"的死讯,都是对彼此爱的表现。虽然诗中没有出现情感的爆发和强烈的抒情,只有叙述者客观的对话,但读者反而能从这样客观的叙述中联想到"三一八"事件的惨烈,增强了人物的悲剧性,从而达到比主观上直抒愤懑更好的效果。

2. 现代叙事诗

新月诗派现代叙事诗的创作试验很早就已经开始,并且在《晨报副刊》上多有作品出现。《纳履歌》《这年头活着不易》《"回来啦"》《松林的新匪》《铁树开花》等都是新月诗派现代叙事诗的试验。

1925年10月闻一多在《晨报副刊》上发表的《纳履歌》讲述了著名历史传说张良拾履的故事,诗人通过诗的方式将张良从愤怒到谦恭的心理变化过程展现了出来,表现了诗人对张良谦恭和忍让态度的赞美。诗的第一节通过写景描绘了一幅恬淡、宁静的图画。第二节人物开始登场,少年张良"无事忙",此时正在为"前途"而思索,突然听见一声咳嗽,为第三节老人的出现埋下伏笔。诗的三到七节是故事主要情节的展开，张良抬头看见桥上的老人，老人摔鞋下桥并对张良提出拾履的要求，在这个过程中，张的情绪从一开始的愤怒到后来的忍让，最后恭顺地为老人穿上了鞋。诗首末两节的重复表面看是状物，实际上是表达诗人的情感，这两节中诗人选择"万蒲""河流"这般柔和弯曲之物，暗合张良愿为老者拾履的谦恭姿态，表明诗人对张良人格的肯定，也暗示自我人格的追求。

同月，徐志摩发表在《晨报副刊》的《这年头活着不易》也是一首叙事诗，整首诗歌具有连续的时间线和完整的故事情节，并且诗人还巧妙安排出类似戏剧的冲突和悲剧的结尾，让整首诗歌围绕"看桂不得"这样的一个冲突进行，结构十分严谨。诗人在诗的首节交代了时间、地点、人物和事件，让两个人物首次相遇并产生了交流。第二节情节开始推进，首先是对"村姑"的细节描写，然后转到"我"的内心独白。这一节中"我"与村姑构成了矛盾的双方，"我"冒雨前来看桂，村姑的细细端详显然是无法理解"我"的行为。这也为第三节悲剧性的结局埋下了伏笔。诗的第三节村姑告知"我"今年的桂花早"完了"，导致"我"冒雨乘兴而来却败兴而归，同时也让读者恍然大悟，为何"村姑"对"我"的行为如此不解。最后一节是"我"对着焦萎的桂子黯然神伤，不禁感叹，仅仅是看桂这样一个小的愿望都难以实现，更何况生命中所遭遇的其他事情呢？这年头活着不易呀！

此外，杨世恩创作的《"回来啦"》也是一首叙事诗。该诗描写一个母亲苦苦等候孩子回家最后等到的却是死讯的故事，反映的是诗人对"三一八"惨案的控诉。王希仁的《松林的新匪》也是比较有代表性的叙事诗。该诗讲述了男子因为家里横遭变故不得已为匪，在大头目的要求下无奈劫掠心爱姑娘家的故事，在诗的最后，他本想就此死去却又在生命前做出了妥协。全诗刻画了一个无法主宰自我命运的可怜人形象，不难让人联想到时代的悲剧和人的无奈。还有饶孟侃的《捣衣曲》、杨世恩的《铁树开花》也都是这一时期新月诗派现代叙事诗的试验。

《晨报副刊》上新月诗派所留下的叙事诗虽然不多，但都是他们这一时期试验的成果。这些叙事诗以长篇为主，并且诗人选取的题材各异，极具个人特色。新月诗派的现代叙事诗实践显示了该诗派的美学追求，除通过这种客观描写克制情感之外，也体现他们对现代"史诗"的追求，此后，新月诗人朱湘创作的长篇叙事诗《王娇》就是一首体现新月诗派艺术理想的代表作品，可以说是新月诗派叙事诗的典范。

三 诗歌语言上的试验

新月诗派不仅注重诗歌的格律，创造新的诗歌体裁，同时还在诗歌语言上下了功夫，为了将"创格"的新诗当作一件认真的事情去做，新月诗人对变革中的新诗语言进行了多样的试验。这种语言的试验具体表现为土白入诗、注重炼字与各式修辞的使用三个方面。

1. 土白入诗

新月诗派在语言上的试验包括土白入诗。所谓"土白"的"土"指用一种土语或者口语来创作诗歌，"白"指的是把戏剧中的对白转换为人物的独白、对话或旁白置于诗中。因此新月诗派的诗歌创作中土白诗常与戏剧体诗联系在一起。

饶孟侃创作的土白诗《"三月十八"》中人物的对话采用的北京话，如"你为什么走路卷着大襟？/啊！那是路上弄脏了一点，/不要紧，让我进去换一件。/兄弟呢，怎么没同你回来？/他，他许是没有我走得快；——/没什么，母亲，没什么；他，他/自己难道还不认得回家？"这些诗句中的"许是""兄弟呢"等词语的运用，让诗歌更加真实和自然且贴近生活，同时也更符合人物形象。

1924年2月26日徐志摩发表在《晨报副刊》上的诗歌《一条金色的光痕》也是一首纯粹的土白诗，饶孟侃认为这是徐志摩"冒大不韪"的新尝试。这首诗是一首硖石的土白：

  得罪那，闻声点看，
  我要来求见徐家格位太太，有点事体……
  认真则，格位就是太太，真是老太婆哩，
  眼睛赤花，连太太都勿认得哩！
  是欧，太太，今朝特为打乡下来欧，

乌青青就出门；田里西北风度来野欧，是欧，
太太，为点事体要来求求太太呀！
……
太太是勿是？……暖，是欧！暖，是欧！
喔唷，太太认真好来，真体恤我拉穷人……
格套衣裳正好……喔唷，害太太还要
难为洋钿……喔唷，喔唷……我只得
朝太太磕一个响头，代故世欧谢谢！
喔唷，那末真真多谢，真欧，太太……

　　诗中诸如"事体""格位""赤花""乌青青""喔唷"等土语的运用让人物立即鲜活了起来，十分贴合人物的形象。从诗句中可以看出，这是一个普通的乡下农妇，有着一副善良朴实的心肠，愿意来为自己死去的邻居求棺，并将家中本就不多的粮食分给来帮忙的人。全诗为老妇的独白，在独白中她完整叙述了故事，读者也得知了其他人物的存在和他人的行动，诸如各位太太和邻居。最后在老妇的感谢中独白戛然而止，让人不胜唏嘘，不得不感叹穷苦人悲惨的命运，这也显示了徐志摩对于现实的观照。闻一多在《晨报副刊》上发表的《天安门》也是一首土白诗，全诗采用的是北京话，并以一个北京车夫的口吻进行述说，其中儿化音的运用以及"耍着玩儿""挣您二斤杂面儿！"等口语的使用，让人物形象更加鲜活立体。

　　与《天安门》同一天发表的他的另一首《欺负着了》，也采用了北京话，也是一个"母亲"的独白，主要内容是一个寡妇对自己孩子的控诉，实则是表达对"三一八"的控诉。寡妇的三个孩子中的两个都在这一事件中牺牲，而剩下的那个孩子也进行着反抗，面对这样的情境，她再无法抑制心中的悲痛，呐喊出心中对世界的控诉，对反动政府的控诉。在这悲痛的宣泄中，读者能体会到一个母亲内心的悲愤，但在悲愤的同时也充满了无尽的担忧和恐惧。塞先艾同一时间发表的《"回去"》也是一首土白诗，采用了遵义土语进行创作，诗中的"麻利点""一帕啦""晓得""稿写啥子""年生""争回"等土语的加入让诗歌语

言上的地方特色更加鲜明。此外还有杨世恩的《"回来啦"》也用到了土白的成分。

土白诗受到新月诗派的喜爱,首先因为它是一种语言上的创新,口语化的语言让诗歌表达更加亲切自然,其次某些土白中的词和句法新颖奇特且有趣,具有"诗意和类似诗的节奏"①,能为新诗的创造提供了一些新的材料。但新月诗人也发现,用土白作诗与诗歌的内容关系紧密,若是内容和情感太过单薄可能会导致土白诗的创作因为追求一时的新鲜感而丧失价值,这也成为后来土白诗式微的重要原因。

2. 注重炼字

除了土白入诗,新月诗人也注重诗句中字词的使用,其中闻一多尤其注重准确的炼字用词,他总是不遗余力地寻找最恰当的字词去表现内容和情感,最具代表性的是对动词的炼制。在《晨报副刊》上发表的《大鼓师》一诗就能看出他用词的考究。其中"淡淡的斜阳倒抹着茅檐,/我蹑着芒鞋踏入了家村"两句中的"倒抹"和"蹑"两字用得十分生动。"倒抹"暗示傍晚,夕阳西下,阳光从直射变为斜照,顺着茅檐倾泻而下,茅屋在昏黄的阳光下显得无比的温馨,这也是大鼓师周游世界之后第一次回到家所看到的家的模样,在他的心中家是温暖的港湾,可以慰藉他孤寂的灵魂和疲倦的身躯。而"蹑"字则表现出大鼓师回家之前内心的不安,周游了世界的他,未能衣锦还乡,只带回了满身的疲惫和一颗受伤的心,于是产生了一种近乡情怯的情绪。这也与下一节在妻子要求他唱自己的歌儿,他唱不出时的心慌相呼应。还有后来发表的《末日》和《春光》两首诗,诗人同样也十分注意诗中动词准确的运用。《末日》中的"凉夜的黑舌头舔着玻璃窗"一句中的"舔"字写出了黑夜与玻璃窗之间毫无缝隙的贴合,体现出一种黑暗袭来的压迫感。"我一个人填不满偌大一间房"中"填不满"这个动词,则写出了"我"一个人在屋内等待死亡时的孤独。《春光》中"春光从一张张的绿叶上爬过""我眼睛里飞出了万支的金箭""忽地深巷里迸出了一声清籁"三句中的"爬""飞""迸"三个动词的运用都十分传神:"爬"字将春光从绿叶上

---

① 饶孟侃:《新诗话·土白入诗》,《晨报副刊·诗镌》1926年5月20日。

一点点缓慢移动的过程展现了出来,"飞"字则写出了直视阳光后眼睛所看到的情景,光线的强烈就如同眼中射出了千万只"金箭",而"迸"字写出了"清籁"来得迅速、突然,让人猝不及防,意料之外。

新月诗人饶孟侃也注意对诗歌语言的炼制,《晨报副刊》上发表的《醉歌》《捣衣曲》《辞别》中都有精练的用字。《醉歌》的"你看那太阳也像个醉汉;/它歪躺在西山的背后"一句中的"歪躺"将正巧落在西山上的太阳比作"歪躺"的醉汉,展现出夕阳慵懒的状态。夕阳即将落山,此时从远处看,夕阳与西山之间毫无缝隙的衔接就如同一个醉汉歪躺在西山头,生动地将夕阳西沉时触碰西山的这一刻定格了下来。此外,《捣衣曲》中"月光软抱住白莲庵"中的"软抱"一词展现了月光笼罩白莲庵的情景,"软"字突出了月光的柔美,为下文故事的讲述建构了一个宁静的情境。《辞别》一诗中的"刷一声灵魂跳出了躯壳"中的"跳出"一词,灵魂的跳出暗示死亡的到来,"跳出"一词将死亡到来的迅速、猝不及防生动地展现了出来。

3. 修辞的使用

新月诗派还十分擅长使用修辞,比喻、拟人、排比、反复、象征等手法都曾出现在他们的诗中,其中比喻的运用最为娴熟和出彩,徐志摩的诗最具代表性。

在徐志摩的诗中,比喻比比皆是。阅读他的诗,能让你跌入比喻的海洋,在其间欢快徜徉。徐志摩诗中的比喻内容丰富,即使同一意象也能采用不同的比喻,在《晨报副刊》上发表的《望月》《两地相思》中描写月时都用到了比喻。在《望月》一诗中,诗人描绘了月初升的场景。"月:我隔着窗纱,在黑暗中/望她从巉岩的山肩挣起——/一轮惺忪的不整的光华;/像一个处女,怀抱着贞洁,/惊惶的,挣出强暴的爪牙",将月从山底逐渐升起的过程看作它挣脱大山桎梏,寻求自由和光明的奋斗历程,将月以处女作比,也表达了诗人对纯洁、美好的月的赞美。月在这首诗中也成了美和自由的象征。《两地相思》中诗人将月比作爱人的眉毛,"今晚的月亮像她的眉毛,/这弯弯的够多俏!"将月比作爱人弯弯的眉毛,目的是以月来寄托诗人对爱人的思念。通过比喻,诗人给予了月这一常见意象更加丰富的内涵,两首诗中的"月"分别代表了美、自由和爱，可见比喻在徐诗中起到的重要作用。

除单独使用比喻外，诗人还将比喻与其他修辞结合，如比喻与象征、通感的结合等。徐志摩发表在《晨报副刊》的《半夜深巷琵琶》一诗，就是比喻与通感的结合。诗人发挥丰富的想象，以"凄风""惨雨""落花"为喻形容琵琶声，是为了烘托琵琶声的悲凄。同时诗人还在比喻中夹杂着通感的修辞，"凄风""惨雨""落花"这三个喻体的运用，将听觉与视觉和触觉完美地结合了起来，琵琶的悲声将人带入凄风惨雨的境地，耳边呼啸的风，眼前磅礴的雨，还有因为纷纷的落红，视觉、听觉、触觉同时发力，将人的悲伤情绪完全激发出来，更加衬托出琵琶声的悲凄。在《苏苏》一诗中，诗人又将象征与比喻结合，诗人将一位痴心的女子比作"野蔷薇"，是为了用蔷薇的美丽和脆弱暗示苏苏的悲惨命运。苦命的女子同经历暴风雨打击的蔷薇一般，美丽又脆弱，即使在荒地上重生，也会再度面临被攀折的危险，这象征了苏苏经历社会的摧残后获得拯救，再度被社会摧残的命运。这是诗人对苏苏不幸命运的悲叹，也饱含着诗人对女子命运的思考。《偶然》中的"我是天空的一片云"，将个体的生命比作云，目的是取云的轻盈、无拘无束、自由的特征象征生命自由的状态。这些修辞手法的单用或者组合让徐志摩诗歌的语言更加优美、华丽，并且他诗中所使用的比喻大都新颖别致，让诗歌更具一种独特的魅力。

新月诗派其他诗人如闻一多、饶孟侃、刘梦苇等人也善于运用修辞，《晨报副刊》上闻一多的《末日》一诗采用拟人的修辞描绘了一个末日来临的场景，"露水在笕筒里哽咽着，／凉夜的黑舌头舔着玻璃窗。／四围的败壁要退后走"，将露水、凉夜、败壁拟人化，诗人为这些无生命的物体赋予生命，露水的呜咽和败壁的退走与"我"的冷静形成对比，衬托了"我"在面对末日和死亡时的淡然与平静。在之后的《黄昏》一诗中，诗人用比喻的修辞将黄昏渐渐离去，黑夜即将降临的抽象情景附着于"黑牛"这一喻体的移动中，直观且生动地展现了黄昏渐去的过程。饶孟侃在《醉歌》一诗中将夕阳比作歪躺的醉汉，刘梦苇在《铁道行》中将爱情比作铁轨。这些新颖的比喻让新月诗人的诗歌语言更加生动有趣，充满活力。

新月诗派通过对新诗的格律、体裁、语言三方面的探索，完成了新诗在形式上的创新，他们的诗歌通过《晨报副刊》这一平台进行刊发，最终引起了读者的关注，产生了广泛的社会影响，推动中国新诗走向规范化的道路。不得不说，《晨报副刊》对新月诗派的发展和影响力的扩散起到了十分重要的作用。

结　语

　　新月诗派能在20世纪20年代数以百计的文学社团流派中脱颖而出，在新诗舞台上大放异彩，这很大程度上要归功于《晨报副刊》。在徐志摩担任主编时期，他一度将《晨报副刊》当作自己的"喇叭"，成为新月诗派最重要的宣传阵地。新月诗派在《晨报副刊》上进行新诗理论倡导，开展新诗创作，让新格律诗在他们的手中发展，直至成熟。此外，他们还进行了一些新体诗的创作试验，土白诗、戏剧体诗都是这一时期发展起来的新体诗。正因为《晨报副刊》，新月诗派的诗歌创作才得以集中展现。《晨报副刊》作为四大副刊之一，当时它巨大的发行量和不容小觑的影响力将新月诗派更快地推向了读者，这样的宣传力度，为新月诗派的快速"成名"创造了有利的条件。新月诗派正是借助了《晨报副刊》的媒介力量，才逐渐成为铸就中国现代新诗史的重要角色。

　　总之，《晨报副刊》对于新月诗派的生成和发展以及新诗的繁荣所作出的贡献是不容忽视的。

第三编

《京报副刊》新诗传播研究

概　　述

　　《京报副刊》诞生于20世纪20年代中期。彼时军阀斗争日益激烈，政坛云谲波诡，一批秉持"五四"精神，具有进步倾向的刊物趁机兴起，积极参与到当时的社会政治斗争和思想文化斗争中，自觉承担起"五四"[①]落潮后新文学建设的重任。然而，与这一时期蔚然成风的报刊舆论形成鲜明反差的却是文学创作的沉闷，尤以新诗为甚。朱自清在1926年所作的《新诗》一文中谈至1923年的创作情况时便指出："新诗的中衰之势，一天天地显明。杂志上，报纸上，渐渐减少了新诗的登载，到后来竟是凤毛麟角了。"[②] 之后，在《新文学大系·诗集》导言中他又再次提及，"《流云》出后，小诗渐渐完事，新诗跟着也中衰"[③]。《流云》出版的时间是1923年12月，也就是说在朱自清看来，"小诗热"退潮后新诗进入了一段发展的沉滞期，直到"今年四月，闻一多、徐志摩诸先生出了一个《诗镌》，打算重温诗炉的冷火。他们显然要提倡一种新趋势"。[④] 关于

[①]　关于"五四时期"的时间划定学界并不统一。周策纵在《五四运动史》中从广义角度将"五四时代"定在1917年至1921年，并以"五四事件"本身划分前后两个阶段。当然他也指出，不应当就此认为"五四运动"就在1921年结束，"1922年至1923年间发生的中西文化论战和科学与玄学论战，实是'五四运动'的直接产物"。（［美］周策纵：《五四运动史》，陈永明等译，岳麓书社1999年版，第8页。）结合朱自清曾指出的——1919—1923年是新诗发展的兴旺期，会发现其大致与周策纵的分期相吻合。因此本文所论及的"五四运动时期""五四时期""五四"即以周策纵的分期为依据，大致指1917年至1923年这段时间。

[②]　朱自清：《新诗》，《朱自清全集》（第四卷），江苏教育出版社1990年版，第210页。

[③]　朱自清编选：《中国新文学大系·诗集》，上海良友图书印刷公司1935年版，第4页。

[④]　朱自清：《新诗》，《朱自清全集》（第四卷），江苏教育出版社1990年版，第211页。

这一点，草川未雨也道出了类似的感觉："到十三年到十四年的时候，不但出版的诗集少了，就是报章杂志上的诗篇也不如以前风行了，这个时期是最寂寞的时期了。"① 草川未雨将新诗的"寂寞"时期聚焦在1924—1925年，在指出新诗后发不足的同时显然也将"格律诗"的兴起看成是解决新诗创作沉闷问题的方案。因此，我们可以说，大约从1923年末至1926年初这一段时间是新诗建设较为薄弱的时期，而这一时期恰恰完全涵括了《京报副刊》短短两年的办刊期。从1924年12月5日创刊，至1926年4月24日停刊，总共477期的《京报副刊》共刊载诗歌创作150余首，诗歌翻译20余首，有关诗歌的讨论也远不及从前热闹，确乎印证了一时期新诗建设的"无力"。

不过，正如朱自清后来所言，新诗坛虽由热闹趋向寂寞，但新诗的生命力却并未就此衰老。新诗建设的沉滞只是相对的。面对发展过程中出现的各种弊病，新诗自觉进入自我调整与修复未尝不是一个积极的选择。况且，在纠葛混沌的时代图景面前，新诗的发展面向远比直白的历史分期更为复杂。1924—1926年，正值国民大革命时期，在救亡图存的现实呼号下，启蒙知识分子内部也发生了多次分化与冲突。文学反映着时代的变革，而新诗作为新文学的急先锋，自然也获得了某种与现实社会更深刻的联系。新诗的内涵得到拓展，在等待着"格律诗"崛起的艺术新变外，更多发展线索也隐含其间。新诗该如何回应沉默的诗坛与紧迫的现实？新诗的创作呈现出怎样的特点？新诗坛的关注点转向哪些方面？《京报副刊》又在这一时期的新诗建设上发挥了怎样的作用？这些都是值得进一步探讨的问题。

目前，学界对于《京报副刊》的研究集中在以下三个方面。第一，报刊史视野下的研究。在早期文人的论述中，《京报副刊》或被排除在"五四运动"时期的副刊之外，或作为《晨报副刊》编辑风格与思想精神的延续，受到的关注度较少，其在报刊史视野下的研究是一个逐渐被接受、被开拓的过程。鲁迅与《京报副刊》的关系是早期研究者主要关注的对象。如王文彬的《中国报纸的副刊》在简要说明《京报副刊》创刊、

---

① 草川未雨：《中国新诗坛的昨日今日和明日》，海音书局1929年版，第115页。

终刊时间、刊载期数外,着重谈到了鲁迅在《京报副刊》上的发表情况①。罗贤梁的《报纸副刊学》虽未过多介绍《京报副刊》,但也提及了鲁迅对《京报副刊》的帮助。②稍后,陈昌凤和冯并的论述转向了《京报副刊》针砭时事文章的战斗风格,陈昌凤甚至认为"在'四大副刊'中,《京报副刊》是唯一一家始终坚持进步传统的"③。冯并的《中国文艺副刊史》则指出副刊在主编孙伏园主持下"鲜明地干预生活和干预社会的色彩"④。郭武群和魏剑美的研究也支持了这一观点,并在前人研究的基础上重点论述了《京报副刊》在文学方面的成就。郭武群较为详细地分析了《京报副刊》上小说发表的情况,认为其反映了"五四"落潮后知识青年的心理苦闷⑤。魏剑美、骆一歌的《中国报纸副刊史》则侧重分析作品中表现出的反抗精神,同时关注乡土小说的创作。而对于新诗,两本著作都只用简短的话语概括,指出其抒发的资产阶级忧伤情怀,甚至提出了批评,认为"格调较为消沉,艺术上成就不大"⑥。

第二,关于《京报副刊》的整体性研究。丰富的史料为《京报副刊》的独立研究奠定了基础。较早对《京报副刊》进行整体性研究的是陈捷的博士论文《〈京报副刊〉研究》,后于2014年作为"民国文化与文学研究文丛"之一出版。在这本书中作者对《京报副刊》的创刊缘起、编辑思想、刊载内容等进行了集中且全面的论述,并在"现代大学精神与体制—同人社团—副刊媒体"的文化场域内重点分析了《京报副刊》从文化公共空间到政治公共空间的精神转向问题,较为完整地呈现了《京报副刊》的面貌,一定程度上弥补了《京报副刊》的研究空白。值得注意的是在论述《京报副刊》中的文学表现时,除了对青年题材、乡土题材小说进行研究外,作者还将关注点放在戏剧上,从现代性的二律悖反考察戏剧现代性的转变等问题,这是对《京报副刊》文学研究的一个拓展。

---

① 王文彬编:《中国报纸的副刊》,中国文史出版社1988年版。
② 罗贤梁:《报纸副刊学》,百花洲文艺出版社1991年版。
③ 陈昌凤:《蜂飞蝶舞——旧中国著名报纸副刊》,福建人民出版社1999年版,第87页。
④ 冯并:《中国文艺副刊史》,华文出版社2001年版,第188页。
⑤ 郭武群:《打开历史的尘封——民国报纸文艺副刊研究》,百花文艺出版社2007年版,第49页。
⑥ 魏剑美、骆一歌:《中国报纸副刊史》,新华出版社2015年版,第47页。

但诗歌和散文方面的缺漏，不失为一大遗憾。① 张素春的《〈京报副刊〉研究》集中探讨了鲁迅与《京报副刊》的关系，与现代评论派的论战等问题，并从新闻学的角度阐释其对当下办好副刊所起到的借鉴意义。但由于篇幅限制，在论述文艺作品登载情况时，缺少细致深度的分析。②

第三，"读书征求事件"研究。《京报副刊》曾于1925年1月4日面向全社会发起"青年爱读书十部"和"青年必读书十部"征求活动。这次活动为探究人们的阅读心理提供了重要的史料依据，为此也受到许多研究者的关注。刘超的《读中国书——〈京报副刊〉"青年必读书十部"征求书目分析》通过整理"二大读书征求"中推荐数超过3人的近60部著作发现："中国书"占据绝对的优势。作者认为，时人对"读中国书"的强调不仅与学者的学术兴味有关，更与社会对学习民族文学，学习说话、作文以打下受教育基础的现代性需求密不可分。③ 张震英的论文聚焦征求活动对重新认识中华传统经典的作用上。作者以投票中出现的传统文化典籍为着眼点，探讨20世纪20年代青年人对传统文化书籍的态度。④ 钱昆的论文《〈京报副刊〉读书征文研究》以阅读学的视角切入，通过"两大征求"书目的对比，表明"征求活动"在认识当时学者和学子的阅读契合度上具有历史性意义。⑤ 刘月兰的论文则从出版角度，指出"青年必读书"在范围界定、出版信息等问题上的缺漏，同时追溯"青年必读书"发生的原因、背后的指向以及社会复杂性。⑥ 不过，受制于对象的范围，这些研究文章更多偏向了史学、阅读学等方面的分析，即使是在文学视角下也无法辐射更多内容。

2016年国家图书馆出版了7册的《京报副刊》影印本，陈子善为其

---

① 陈捷：《〈京报副刊〉研究》，台湾：花木兰文化出版社2014年版。
② 张素春：《〈京报副刊〉研究》，硕士学位论文，中国传媒大学，2007年。
③ 刘超：《读中国书——〈京报副刊〉"青年必读书十部"征求书目分析》，《安徽大学学报》2004年第6期。
④ 张震英：《学者书单与近代知识界对中华传统文化基本经典的认知——以胡、梁书单和〈京报副刊〉的征求活动为中心》，《中华文化论坛》2022年第3期。
⑤ 钱昆：《〈京报副刊〉读书征文研究》，《图书馆》2014年第3期。
⑥ 刘月兰：《〈京报副刊〉"青年必读书"推荐书目分析》，《图书馆研究与工作》2019年第10期。

作序。在这篇序言中,陈子善追溯了"四大副刊"这一说法的源头,同时以丰富的史料再次呈现了《京报副刊》的创刊过程、创办情况,并强调可以把《京报副刊》视为"1920年代中期中国文化场域整体结构的又一个重要部分来考察"①,肯定了《京报副刊》在中国现代思想史、文学史、副刊史、知识分子心态史等方面的研究价值,为《京报副刊》的研究提供新的指引。

总之,有关《京报副刊》的研究虽取得一定成果,但仍留有许多可开拓的空间,特别是在文学方面。而新诗作为文学活动中的重要一环,在《京报副刊》的研究中并没有得到应有的关注。因此,以新诗视角进入《京报副刊》,对《京报副刊》上的新诗现象进行系统、全面地分析,辩证看待新诗创作的利与弊,深入探讨《京报副刊》在新诗建设与传播过程中发挥的媒介作用,对于完善《京报副刊》的研究体系,呈现20世纪20年代中期新诗发展的多种面向,不失为一次有意义的尝试。

---

① 陈子善:《〈京报副刊〉影印本序》,《新文学史料》2016年第3期。

第一章　新诗场域建设与主编编辑实践

布迪厄将场域定义为"位置间客观关系的一网络或一个形构"①。这意味着，场域的建设本身就是一种关系的建设。就刊物所形成的媒介场域而言，它不仅体现在媒介内部各介入因子的相互依存、相互作用，更体现在社会语境下，媒介间的互动与合作。因此，《京报副刊》上新诗的场域建设与刊物诞生的环境、所处的位置、内部编作群体的确立、外部媒介间的关系等息息相关，而这一切都离不开副刊主编的编辑实践。本章将从《京报副刊》的创刊、建设出发，在20世纪20年代中期围绕《京报副刊》所形成的媒介场中窥见新诗的发展环境。同时，探究主编孙伏园的编辑实践，关注新诗的内外编辑形态。

第一节　新生报纸副刊与编辑老手的遇合

1924年10月孙伏园从《晨报副刊》②离职，1924年12月5日《京报副刊》创立，孙伏园上任《京报副刊》的主编。不到两个月的时间，孙伏园就从一个大报副刊转向另一个大报副刊，其间的种种不免引人猜想。孙伏园与《京报副刊》的相遇既是偶然，也是必然。面对着新兴的

---

①　转引自李全生《布迪厄场域理论简析》，《烟台大学学报》（哲学社会科学版）2002年第2期。

②　孙伏园主编期间，副刊的报眉采用"晨报附刊"的字样，报头则用"晨报副镌"。1925年4月刘勉己主持《晨报副镌》并对其进行改版，将《晨报副镌》更名为《晨报副刊》。为了论述的方便，本文统一采用《晨报副刊》的表达。

报纸副刊，具有丰富编辑经验的孙伏园如何进行刊物建设，搭建属于自己的作者群颇受时人的关注。

一 离"晨"赴"京"：主编上任与刊物建设

1925年12月5日在《京报副刊》创立一周年之际，孙伏园发表了《〈京报副刊〉一周年》一文。文中孙伏园回顾了自己离开《晨报副刊》的经过，为自己与《京报副刊》建立联系说明缘由。

1924年10月的某日，时任《晨报副刊》主编的孙伏园拟将鲁迅的一首拟古打油诗《我的失恋》发表在当日的副刊上，不料晚上去看样稿时，却发现《我的失恋》一诗已被代理总编辑刘勉己抽去。刘勉己"慌慌忙忙的，连说鲁迅的那首诗实在要不得，所以由他代为抽去了。但他只是吞吞吐吐的，也说不出何以'要不得'的缘故来"。[1] 这让孙伏园十分火大，第二天便辞去了《晨报副刊》的编辑。孙伏园的交代到此为止，但时至今日，我们早已明晰《我的失恋》被撤稿一事不过是一个直接的导火线，孙伏园离职的真正原因其实与当时新文化人士内部的聚合分化有关。

《晨报副刊》属于研究系的报纸，随着政治形式的急剧变化和派系斗争的进一步扩张，研究系有意将《晨报副刊》收回自己手中以此壮大自己的言论势力，而不属于研究系阵营的孙伏园自然成为受排挤的对象。并且，当时孙伏园在《晨报副刊》上发表批评政治、社会的杂感与论文也早引起《晨报》老板的不满。另一方面，鲁迅的这首《我的失恋》据他自己所说"是看见当时'阿呀阿唷，我要死了'之类的失恋诗盛行，故意做一首用'由她去罢'收场的东西，开开玩笑的"[2]。但实际上讽刺的正是同为研究系阵营的徐志摩的诗，这自然不被允许。故而，该诗作被抽去不单是纯粹文学趣味上的分歧，更是一次有针对性地对编辑权和话语阵地的争夺。向来注重自己编辑权力的孙伏园为此愤而离职也是意料之中的事。

---

[1] 孙伏园：《〈京报副刊〉一周年》，《京报副刊》第349号，1925年12月5日。
[2] 鲁迅：《我和〈语丝〉的始终》，《萌芽月刊》第1卷第2期，1930年2月1日。

孙伏园离职后不久，荆有麟便在邵飘萍的同意下，经由鲁迅介绍，邀请孙伏园担任《京报副刊》的主编。在荆有麟的回忆中，当时的他们对邵飘萍所办的《京报》很是关心，经常提供改革意见。"这一次，听见孙伏园离开《晨报》了，很想要《京报》创刊一个副刊，请孙伏园作编辑。"① 这段回忆虽然无法完全证明《京报副刊》的创办与孙伏园的离职有直接关系，但至少说明，孙伏园主持《京报副刊》是当时大家极力希望的，他也始终是《京报副刊》主编的不二人选。而这份对其编辑能力的认可与信任，在孙伏园主编《晨报副刊》后期是没有的。不过，由于《京报》的发行量少，社会地位不如《晨报副刊》，孙伏园起初并不是很想去。"但鲁迅先生却竭力主张我去《京报》，他说，一定要出这一口气，非把《京报副刊》办好不可。"② 在众人的肯定与支持下，孙伏园正式上任《京报副刊》，而怀着办好刊物的强烈念头，孙伏园上任后便积极进行刊物的建设。

《京报副刊》为 16 开本，每号 8 版，中缝之间用于发布广告、声明等，每日随《京报》赠阅。在第 1 号上孙伏园就对副刊的样式进行了详细说明。他将现形的日报附张或小报分为四种样式，并一一比较，最终选择了既不费阅者眼力又便于翻阅的形式，充分考虑了读者的阅读方便与阅读习惯。在第 3 号的《本刊启事》中孙伏园又对印刷问题进行了回应，"本刊对于读者最抱歉的，是印刷上不能十分精美，现在正置备新模，另铸新字，必能于最短时期内满足读者之希望也"③。孙伏园深谙民营报纸副刊的生存之道，读者的订阅决定着报纸的销量，进而关系着报纸的影响力。因此，他十分注重读者的阅读体验，并希望在副刊编辑上能得到大多数人的指导。曾有读者来信想要《京报副刊》增设合订本并由本馆代订，孙伏园积极附言，不仅表明态度更告知实施进度。这份虚心的姿态以及对读者关切问题的及时回应一定程度上有助于新刊物打响自身口碑从而增多销量。

---

① 荆有麟：《〈京报〉的崛起》，《鲁迅回忆断片》，上海杂志公司 1943 年版，第 94 页。
② 孙伏园：《鲁迅和当年北京的几个副刊》，《鲁迅先生二三事》，湖南人民出版社 1980 年版，第 65 页。
③ 《本刊启事》，《京报副刊》第 3 号，1924 年 12 月 7 日。

《京报副刊》后期逐渐赶超《晨报副刊》，并带动了《京报》的销量。人们"纷纷退《晨报》而订《京报》"①，而单是《京报副刊》的合订本，每月亦可售至两千份以上。孙伏园此前在《晨报副刊》上所受的不公对待似乎因此得到了伸张。而他在《〈京报副刊〉一周年》的文章开头明晃晃地附上致使自己离职的《我的失恋》一诗，并洋洋洒洒对其进行分析与价值评判，更像是在以"胜利者的姿态"彰显着自我编辑权的重获。这当中多少带点文人的意气与傲气，但也正凭着这股气，孙伏园努力搭建《京报副刊》的作者群，并将其置身于20世纪20年代中期复杂喧嚣的刊物场域中。

二 从"一"至"多"：作者群体与刊物场域

一个刊物作者群体的聚集得力于刊物编辑或刊内一位核心人物的召唤。《京报副刊》出版后，孙伏园虽拥有充分的编辑自主权，人员、资金支持却极为有限，"等于一个人办一个报，也没有什么规章、制度，经济也很困难，有时连稿费都没有"②。在这种情况下，如何搭建属于自己的作者群以确保稿件的数量与质量就显得格外关键，而这也正是荆有麟等人极力邀请孙伏园担任主编的原因之一，看似只邀请了孙伏园一人，但连带而来的其实是孙伏园在过往编辑经历中所掌握的人脉资源。从《京报副刊》上的新诗作者群看，他们主要以孙伏园为中心，在师生关系、知识趣味、观念认同等基础上聚合而成。

在时人的评价中孙伏园不仅会写稿、会编辑，拉稿、组稿的能力也是一流，"一脸笑嘻嘻，不容你不挤出稿来"③，始终与作者维持良好的编作关系。因此，孙伏园离开《晨报副刊》时，也带走了一批副刊上的作者。其中最关键的人物当数鲁迅和周作人。周氏兄弟与孙伏园既是同乡

---

① 荆有麟：《〈京报〉的崛起》，《鲁迅回忆断片》，上海杂志公司1943年版，第100页。
② 孙伏园：《鲁迅和当年北京的几个副刊》，《鲁迅先生二三事》，湖南人民出版社1980年版，第65页。
③ 曹聚仁：《孙伏园与〈京报〉副刊》，《听涛室人物谭》，生活·读书·新知三联书店2007年版，第358页。

也是师生,孙伏园一直很敬重他们。在孙伏园主编《晨报副刊》期间,鲁迅在上面发表小说、杂感等50多篇,周作人发表的创作、翻译更是超过300篇[1],极大推动了《晨报副刊》文艺园地的建设与新文学的发展。但随着鲁迅《我的失恋》被撤稿以及先前周作人《徐文长故事》一文被禁止,周氏兄弟与《晨报副刊》的理念相悖,跟随孙伏园转换阵地便也是理所当然的事情。鲁迅更是为《京报副刊》积极拉稿,像支持《晨报副刊》一样支持《京报副刊》。20世纪20年代"文坛领袖""文坛导师"的身份使鲁迅身边聚集了一批名不见经传却有文学抱负的青年。《京报副刊》新诗作者群中的许多人就曾与鲁迅有往来,受到过鲁迅的指导或提携,如高长虹、尚钺、荆有麟等。首先便形成了以广义上的师生关系搭建起来的作者群。

其次,是以知识趣味搭建的作者群。知识青年是新文化运动的主力军,也是报纸副刊上的常客,更是新诗著译的积极实践者。孙伏园主编《晨报副刊》时就在上面发表了许多新潮社成员的作品,既为新潮社成员提供创作平台,又借此深入北京大学的校园腹地。《京报副刊》上有一大部分的新诗作者都是在校大学生或教师。相同的知识趣味俨然使《京报副刊》成为北京学术界一块崭新的新诗发表园地。同时,依托现代大学教育,一个个文学小团体也在分化、成长。尽管这些团体都创立有自己的刊物,但影响力毕竟有限。《京报副刊》的出现不仅聚拢了这些文学青年,也勾连起小型社团、大学精神与大报副刊之间的联系,形成一种长效的对话与目标读者群的融合。

再次,是以观念认同搭建的作者群。这里的观念认同主要是指作者对孙伏园个人思想品性与编辑能力的认可。《京报副刊》第6号上发表了署名为"伍风"的诗作,在序言中"伍风"表达了对孙伏园的尊敬:

> 我不曾见过先生,可是我很能了解先生的品性;因为我常在《晨报副刊》里见过先生的作品。……京报新开了一块光辉灿烂的文艺园地,——京报副刊——,开辟的主人翁又是先生,我想将来一

---

[1] 崔燕:《〈晨报副刊〉新文学传播研究》,博士学位论文,陕西师范大学,2020年。

定会发展到没有边际的!……因此我很乐意地来到先生所开的文艺园地里欣赏,并且很愿意把我心田里的产物,常常拿到先生所辟的文艺园地里,来凑一凑热闹。想先生一定很欢迎我这小小的烂漫的使者来吧!①

这段直白又真挚的情感流露表明了孙伏园对文学青年思想的指引以及青年对孙伏园办刊能力的信心。而孙伏园在《晨报副刊》时对新诗人的积极扶持无形中也给予了新诗作者写作、发表的动力与希望。诗人王莲友于1924年3月开始在《晨报副刊》上发表作品,后跟随孙伏园转至《京报副刊》,是《京报副刊》上发表诗作最多的作者。这份作者与编辑间的互相欣赏是难能可贵的,也有利于推进新诗园地的建设。

以孙伏园为中心,《京报副刊》上的作者群大致建立起来,而围绕着孙伏园所编织成的人际关系网,《京报副刊》也相应地置身于一个公共的文化场域内,构成刊物与刊物之间、刊物与学校之间、刊物与社团之间、刊物与书局之间的多重对话互动。孙伏园曾参与筹办《语丝》,《语丝》上的许多作者也在《京报副刊》上发表过文章,二者构成了媒介间的认同合作关系,在必要的时候提供支持。其次,置身于北京的知识界,《京报副刊》也保持着与北京学术界的交流。副刊上的广告曾竭力推售北京大学研究所国学门的藏器拓本,同时组织民间故事、猥亵歌谣等的征集。在五卅运动发生后,《京报副刊》更是出租自己的版面,开辟"刊中刊"为清华大学、北京大学、北师大附中等学校的学生提供平台,一些反帝爱国诗作借此得以发表。再次,作为同是《京报》衍生副刊中的一员,《京报副刊》也与《文学周刊》②形成呼应。绿波社成员还在《京报副刊》上开设过"二闸与公主坟专号",于赓虞、许超远、罗学濂在上面分别写作自由诗、散文诗、剧诗等,诗作既富有充沛的诗情,又饱含历史的兴味,丰富了新诗的实践园地。此外,作为北新书局建立过程中的关

---

① 伍风:《〈夕阳〉与〈寒菊〉并序》,《京报副刊》第6号,1924年12月10日。
② 在《京报副刊》创刊后不久,《京报》又推出了七种周刊,专门性强,每日发行一种。《文学周刊》创刊于1924年12月13日,是《京报》附设的第六种周刊,每周六发行,由绿波社和星星文学社合办,主要刊载文学作品、评论等。

键人物，孙伏园也积极搭建《京报副刊》与北新书局间的合作桥梁。孙伏园将《京报副刊》合订本的总代售处设在北新书局，亦在广告中对北新书局出版的丛书进行推介，其中就包括冰心的《春水》（再版）、章衣萍的《深誓》等诗集。借助《京报副刊》的媒介平台，诗集得以宣传推广，而得力于北新书局的营销模式，《京报副刊》合订本能够更快速、有效地进行出售，扩大了《京报副刊》的影响力。

在刊际互动中，《京报副刊》的媒介作用日渐凸显。这些多元的对话与渗透，本身也是一个互利共赢的过程，体现了孙伏园敏锐的编辑直觉与卓越的编辑胆识。当然，这也得益于孙伏园几年来的编辑实践所积累的丰富经验。随着编辑思想的日渐成熟，孙伏园在《京报副刊》上的编辑实践更为游刃有余，新诗的创作、争鸣也能更好地呈现在大众视野中。

第二节　孙伏园的办刊理想与编辑实践

主编的编辑理念一定程度上决定了刊物的编辑实践。《京报副刊》未曾更换过主编，这决定了刊物在办刊风格上的一致性，也意味着主编的编辑思想与编辑实践对副刊新诗建设的重要性。20世纪20年代中期，尽管这时文坛的创作不及"五四"热闹，但随着三大副刊的相继转向①，《京报副刊》无疑担负起发表新文学的重要使命。在充分的编辑自由下，《京报副刊》成为孙伏园理想副刊的实践园地。

一　由"破"到"立"：眼光与抱负

《理想中的日报附张》一文既是《京报副刊》的发刊词，也是孙伏园几年来编辑思想的集中体现。文章先"破"后"立"，在开头即对当前日报附张存在的两种弊端进行批评，孙伏园称它们为"无线电的两极端"。

---

① 1925年间，《学灯》进行了编辑方针的调整，更侧重教育领域，减少了对文学（尤其是新诗）的刊载；《觉悟》发生了意识形态方面的转向；《晨报副刊》则做了几番人员的调整，等到徐志摩接手后，便逐渐成为"新月"文人的专属园地。

"甲极端"的副刊内容没有充分考虑读者的阅读趣味,往往流于模仿与猎奇。"乙极端"的副刊内容则过于艰深晦涩,脱离日常生活,不在读者的知识理解范围内。言外之意,副刊内容应该兼顾趣味性与学理性,既紧贴日常生活,迎合大众口味,又能注重思想引领,远离低级趣味。可以说,在文章开头孙伏园便奠定了日报副刊的总体基调与基本原则。在这一原则下,孙伏园阐释了他理想中日报附张的样态。

在孙伏园看来,理想中的日报附张应具有如下几个特点。第一,注重副刊的趣味性。虽说要兼顾趣味与学理,但日报终究不是讲义或教科书,也不是专门性杂志。面向广大的读者群体,日报应以趣味为先。与日常生活有关的,要"引入研究之趣味",即使是艰深费解的学术内容,也要力求用平易有趣的文字表达出来。第二,注重文艺"为人生"的倾向。加大文学艺术类作品的比重是提高副刊趣味性的有效方式,文艺作品无论在审美的愉悦还是情感的共鸣上都更具备吸引读者的能力,是日报附张的主要部分,但"文艺与人生是无论如何不能脱离"[1] 的。孙伏园始终重视文艺对人生的启迪,特别是对青年思想的引导。即便是一些"不成形的小说,伸长了的短诗,不能演的短剧"[2] 等并不完善的作品,若含有思想的火花,亦有被登载的可能。第三,注重短篇的批评。孙伏园认为日报附张负有批评的责任,于是在接手《晨报副刊》后不久,就指出当时副刊内容存在长篇太多、短篇太少的缺点。对于还没有完全去掉浮躁心性的读者而言,长篇的知识灌输实际上收效甚微[3]。而短篇批评显然更适合日报的篇幅,也更能直击人心。在主持《晨报副刊》期间,孙伏园就颇为注重短篇杂感的发表。《京报副刊》上的杂感、批评文章也多限在一期内刊完。这里孙伏园将短篇批评作为理想副刊的特点之一单独提出,体现了其对副刊批评功能的进一步重视。

不难看出,孙伏园对理想副刊的介绍是基于自身的编辑实际,同时也考虑了读者的阅读感受和现实的社会意义,编辑眼光长远而独到。其

---

[1] 记者:《理想中的日报附张》,《京报副刊》第 1 号,1924 年 12 月 5 日。
[2] 记者:《理想中的日报附张》,《京报副刊》第 1 号,1924 年 12 月 5 日。
[3] 记者:《一九二一年之最后一天》,《晨报副刊》1921 年 12 月 31 日。

中的一些观点是对《晨报副刊》时期编辑思想的继承与发展，只不过当时的编辑理念多散落在《编余闲话》等文章中，不够系统、全面，而这篇发刊词则是思想体系化后的完整呈现。因此，孙伏园对《京报副刊》这一实践编辑思想的园地充满了希望。"现在民国日报的《觉悟》，时事新报的《学灯》，北京晨报的副刊和将来的本刊，大抵是兼收并蓄的。"①这里孙伏园有意将后起的《京报副刊》与在"五四运动"中发挥重要作用的三大副刊并举，试图建立起《京报副刊》与"五四运动"的联系，既强调了《京报副刊》文章刊载方面的包容性，又暗含了对刊物在传播新思想、建设新文化、发展新文学上的期待，充分显示了孙伏园的编辑自信与编辑抱负。至于如何实现这一办刊理想，我们或许能从新诗的编辑实践中窥见一二。

二 以"往"窥"今"：延续与变化

新诗历来都是副刊文艺园地建设的重要一部分，新诗的发表关系着诗人的名气，新诗论争的效果也会影响着副刊一时期的热度，而这些都离不开主编的编辑实践。对于孙伏园来说，编辑经历已为其积累了丰富的经验，但面对着复杂的文化场域与新的文学发展态势，除了延续过往经验外，还需要根据不断变化的环境做出适当的改变。

对比《晨报副刊》时期，孙伏园在《京报副刊》上的新诗编辑实践既有延续也有发展。主要体现在以下两个方面。第一，对新诗人的扶持。新进作家的诗作有机会发表首先得益于孙伏园在阅稿时一视同仁的态度，而在择稿时，他也会特意留心新进作家的作品。在他主编《晨报副刊》期间，就有不少新诗人进入大众的视野。而在新诗创作较为沉闷的20世纪20年代中期，孙伏园对新诗人的扶持更为积极。上任《京报副刊》主编后，孙伏园在发刊词中便明确表示出对新进作家的欢迎，"最后一句声明是记者竭诚的欢迎新进作家。……社会上已经成名的作家的作品，我们固然愿意多登，

---

① 记者：《理想中的日报附张》，《京报副刊》第1号，1924年12月5日。

不成名的新进作家的作品,我们尤其希望多多介绍"①。他还从宽容、理解的角度出发,希望读者能正确看待新作家与名作家的作品,不要因名字陌生就对作品心生厌弃,也不要因没有名人作品就深感副刊的沉闷。

从《京报副刊》上发表的新诗看,文坛大家的诗作只占小部分,更多的是在校学生或青年诗人的诗作,经常登载的诗人如王莲友、昕初等都是初登文坛创作不久的作家。尽管新诗人的名字不如文坛大家的响亮,但孙伏园仍给予他们充分发表诗作的空间。副刊曾在一个月内集中发表了9首署名为"杜若"的诗作,推介之意,不言而喻。不过需注意的是,在笔名盛行的年代,新诗人的身份往往难以辨明,误认、错认之事时常发生,由此也引发了不小的闹剧。鲁迅曾对《京报副刊》上一位频繁发表署名为"琴心"的诗人的抒情诗作颇有微词,在一次来信的末尾略带嘲讽地说道:"但占去了你所赏识的琴心女士的'阿呀体'诗文的纸面,却实在不胜抱歉之至。"②后来,欧阳兰化名一事③败露,鲁迅更是直接表达了心中的不满:"'琴心'的疑案揭穿了,这人就是欧阳兰。以这样的手段为自己辩护,实在可鄙……想起孙伏园当日被红信封绿信纸迷昏,深信一定是'一个新起来的女作家'的事来,不觉发一大笑。"④从鲁迅的此番论述中可知,孙伏园正是误以为"琴心"是一位新起的女诗人才有意发表她的诗作,也许诗本身并不算特别好,但孙伏园仍愿意给她这个机会。正是这种包容与鼓励的态度有效地拉近了《京报副刊》与新诗人的距离,对新诗人的创作和新诗园地的建设起到积极的推进作用。

第二,对新诗争鸣的合理性展开。对一个问题的争鸣往往借由刊物发酵并在社会上产生反响,而编辑的个人倾向不仅会影响到文章的刊发,还容易引导读者的判断。对此,孙伏园在论争问题上始终保持中间立场,稿件选登不偏袒任何一方,尽量使双方的观点都能得到完整、客观的呈

---

① 记者:《理想中的日报附张》,《京报副刊》第1号,1924年12月5日。
② 鲁迅:《来信》,《京报副刊》第138号,1925年5月4日。
③ 1925年4月欧阳兰被指诗歌抄袭,后有署名为"琴心""雪纹女士"的文章为其辩护,但不久即被人揭露这两篇文章都是欧阳兰自己作的。"琴心"实际上就是欧阳兰。
④ 鲁迅著,鲁迅先生纪念委员会编:《鲁迅全集》(第7卷),花城出版社2021年版,第366页。此段言论出自鲁迅1925年4月23日致向培良的信中。

现。孙伏园主编时期，《晨报副刊》上就发生过多起诗学讨论，正反两方的观点在副刊上交锋碰撞，好不热闹，《晨报副刊》也成为早期新诗合法性辩难与本体性构想的重要园地。《京报副刊》上的新诗争鸣虽然不多，但论辩的声音依旧在刊物上交替共响。孙伏园还常常放任言论间透露的谩骂与攻击，让争论变得激烈，希望借此扩大问题的讨论范围，引起更多人的关注。但并不是所有问题都值得变成有目的的争鸣，短篇批评"最容易引起人的兴味，但也最容易引起人的恶感"①，对于一些在措辞上略显偏激的文章，孙伏园也会在文后及时附言指明，避免引发无谓的争端。正是在孙伏园收放自如的编辑策略下，新诗争鸣既获得了开放的空间又保持了思想的交流。

  以上两点并不是对《晨报副刊》时期编辑实践的简单继承，它也随着孙伏园编辑思想的成熟而有所发展。而不论是相较之前还是对比同时期的《晨报副刊》，《京报副刊》在与青年的联系上都更为紧密，这也是《京报副刊》最突出的特点。它既表现在孙伏园对青年作家的提携上，也体现在刊物整体对青年思想的反映与指引上。20世纪20年代中期成长起来的青年群体与五四时期"学生一代"很不相同。现代教育的扩张带来知识的普及，个人的求学意愿却不断遭遇着现实的打击，有家庭经济的无奈，也有教育体验的落差。比起国家、政治的变革，自身的出路、情感的矛盾成为他们首要面对的现实困境②。孙伏园敏锐地捕捉到这一时代气息，选登的文章对青年群体的教育、心理等问题给予了充分关注，而从旁听生成长起来的他也很能共情青年的迷惘与苦闷。他常常会在青年的来稿下附注，或根据自身经历提供指导，或呼吁社会对该现象予以重视，表现出对青年的关心。此外，在这一代青年身上，文学更落实为一项私人的"志业"，"更多与个体的情感、生存、欲求问题相关"③。反

---

  ① 记者：《理想中的日报附张》，《京报副刊》第1号，1924年12月5日。
  ② 曾有人就当时大学生所关心的问题做征求调查并将结果分为十八类。按照得票数，排名前五的依次是：学生生活和个人人格；婚姻问题；毕业后职业问题；国内贫弱问题；教会学校问题。由此可见，自我发展成为青年最关切的问题（张钦士：《大学生心目中的问题》，《京报副刊》第166号，1925年6月1日）。
  ③ 姜涛：《公寓里的塔：1920年代中国的文学与青年》，北京大学出版社2015年版，第13页。

映在新诗上,便是一批抒发心中郁结、忧怀自身前路的感伤诗作的集中亮相。即使是在日渐紧张的时局与激进的社会批评面前,孙伏园也没有刻意回避这些看似不合时宜的感伤诗作。可以说某种程度上,《京报副刊》的新诗园地保留了知识青年最真实的情感体验,成为其情绪宣泄的精神出口。

新作家的声音、争鸣的声音、青年的声音常常回荡在《京报副刊》上,而追求多元化声音的齐奏共鸣正是孙伏园一以贯之的理念。在孙伏园的主持下,《京报副刊》上的新诗创作、新诗争鸣虽体量小,却是对20世纪20年代中期新诗发展、青年思想的深刻反映,具有重要意义。后来的历史已经证明了孙伏园的成功,《京报副刊》与《晨报副刊》《学灯》《觉悟》并称为"五四时期四大副刊"。但这一办刊理想的实现绝不是一时的,依靠的是孙伏园多年来的编辑实践。编辑与作者互相成就,主编与副刊亦是如此。孙伏园以其卓越的编辑才能奠定了《京报副刊》不可撼动的地位,而《京报副刊》的成功也使孙伏园成为当之无愧的"副刊大王"。在这良性互动中,孙伏园与《京报副刊》的形象得以真正确立。

第三节 《京报副刊》与新诗的外部参与

除了新诗自身的编辑实践外,副刊上组织的活动,刊发的其他类型文章有时也隐含着丰富的新诗信息,渗透了编者的编辑智慧,是新诗编辑实践的重要部分。对这些活动、文章进行考察有助于我们更好地认识新诗在20世纪20年代中期的合法性接受情况以及《京报副刊》在新诗传播过程中发挥的独特作用,为深入探究新诗在副刊上的创作、争鸣提供外部环境的参照。

一 "青年爱读书十部"与新诗的阅读

1925年1月4日《京报副刊》面向海内外学者和广大青年发起了"青年必读书十部"与"青年爱读书十部"的征求活动。此次征求活动历时三个多月,最终,共收到"青年必读书十部"选票78张,"青年爱读书十部"选票308张。关于此次读书征求活动,目前学界已有不少研究成果。本文在此主要关注的是"青年爱读书十部"征求中新诗集的入选情况。

早期新诗集的出版极大促进了新诗的传播,新诗集的阅读也随着新诗的发展而渐成一种风尚。青年在阅读中获得一种"新"的身份,并与其他人建立起经验上的共同联系①。根据笔者的统计,"青年爱读书十部"中有36张选票选有新诗集,有9张选票选择的新诗集数量不止一部。选票者的年龄多集中在18—23岁,符合青年的身份,也呈现出新诗阅读"年轻化"的趋势。当然,相比几千年的文化传续,新诗的历史不过短短数年,再加上"十部"数量的限定,新诗集的选入数量比不上《诗经》《楚辞》等古典诗集是意料之中的事。古典诗歌在青年中的文化影响力依然深远,这是我们进入新诗集时期前需要正视的,它也侧面证明了新诗合法性建立过程的艰难。但是,也正因"十部"的限定,让新诗集的入选变得更有意义,它是经过读者慎重衡量后的选择。尽管入选比例不高,但在了解新诗的阅读与接受情况上,仍具有一定的参考价值。

表1-1　　"选择多部新诗集"的选票选择类型统计②

序号	新诗集	中国古代书籍	时人著书	外国书籍(含译著)
1	4	4(4文学类含3诗集)	2(2文学类)	
2	4	3(3文学类含1诗集)	1	2
3	3	4(4文学类)	3(3文学类)	
4	3	1(1文学类)	4(4文学类)	2(1文学类)
5	2	2(2文学类)	4(3文学类)	2(2文学类)
6	2	2(2文学类)	1(1文学类)	2(2文学类)
7	2	6(4文学类含2诗集)	2(2文学类)	
8	2	7(5文学类含3诗集)	1	
9	2		6(5文学类)	2(2文学类含1诗集)

---

① 姜涛:《"新诗集"与中国新诗的发生》,北京大学出版社2005年版,第60页。
② 关于"青年爱读书十部"新诗集部分的统计,笔者根据的是《京报副刊·青年爱读书特刊》。表1-1与表1-2中的数字代表的是选入的书籍数量,表1-1括号里注明的是被选文学类书籍的数量,表1-2括号里注明的是被选时人著书的书籍类型与数量。

表1-2　　时人著书中文学类书目只选入新诗集的选票统计

序号	新诗集	中国古代书籍	时人著书	外国书籍（含译著）
1	4	3	1（1社会类）	2
2	1	5	3（3思想类）	1
3	1	5	2（1思想类1史论类）	
4	1	4	4（4思想类）	1
5	1			4
6	1	7	1（1思想类）	1

"青年爱读书十部"中新诗集的选票结果首先反映的是新诗的阅读群体与阅读价值。表1-1呈现的是选择多部新诗集的选票具体选择情况，从中可以看出这一部分的读者大多倾向于文学类书目的阅读，对于新诗的接受度较高，阅读兴趣也较大。他们中有许多人本身就是诗歌爱好者，在新旧诗的态度上比早期的新诗提倡者更为平和，新诗的阅读对他们来说是一种文学趣味的增添。相较之下，序号9的选票则代表了当时另一部分读者的选择。他们深受新文化运动的影响，更青睐新文学与外国文学，对新诗的阅读是这一影响下的自然结果。这一部分的读者明确地区分白话文学与古典文学。强烈的对立意识也使他们对古典文学的态度较为偏激。此外，白话新诗是新文学运动的重要成果，因而在同样接受新文学影响的另一些读者眼中，新诗还具有特殊的阅读意义。表1-2呈现的是时人著书中文学类书目只选入新诗集的选票情况，这一部分读者喜爱古典文学也接受新思想，而对新诗的阅读则成为他们了解新文学、培养白话文学兴味的重要方式。

表1-3　　"青年爱读书十部"被选新诗集票数统计

序号	新诗集名称及作者	被选次数	单独被选次数
1	《女神》（郭沫若）	15	10
2	《繁星》（冰心）	8	4
3	《草儿》（康白情）	6	1
4	《尝试集》（胡适）	6	3
5	《春水》（冰心）	5	1

续表

序号	新诗集名称及作者	被选次数	单独被选次数
6	《星空》[①]（郭沫若）	5	3
7	《冬夜》（俞平伯）	3	0
8	《蕙的风》（汪静之）	2	2
9	《草儿在前集》（康白情）	1	0
10	《雪朝》（诗歌合集）	1	0
11	《湖畔》（诗歌合集）	1	0
12	《浪花》[②]（张近芬）	1	0

　　表1-3呈现的是"青年爱读书十部"选票中具体新诗集的选入情况。这些被选入的新诗集基本涵盖了早期新诗史上重要诗人诗作，其中既有个人诗集，也有同人合集，有些在最初出版时就产生过较大反响，或多次再版，或引起了激烈的讨论，一定程度上表现出青年读者对早期新诗成果的认同与支持。而从表格的排序上看，一些有意思的对比也从中浮现，比如，相比具有开创性意义的《尝试集》，《女神》的入选次数更多；相比再版多次的《春水》，《繁星》的入选次数更多；相比同时期的《冬夜》，《草儿》的入选次数更多；等等。青年读者阅读的结果让这些在后世经常被一起比较、一起提及的新诗集呈现出细微的历史差异。这也意味着，新诗集的被选不仅透露出读者对新诗的喜爱，更暗含着读者对新诗的想象与期待。这里以郭沫若的诗集为例。

　　《女神》中大胆放恣的想象、昂扬丰沛的情绪既契合着个性解放的时代精神，也满足了读者对自由体新诗的审美期待与诗人主体人格的向往。于是，《女神》成为一个迥异于《尝试集》的新诗坐标，受到读者的热捧，并"在'诗'的意义上与其他早期白话诗集区分开来"[③]。这份特殊地位从此次征求活动《女神》以高出第二名将近一倍的票数中可以看出。而受《女神》的影响，郭沫若的另一部诗文合集《星空》也被纳入了此

[①] 郭沫若的《星空》作为创造社丛书第六种，1923年10月由上海泰东书局首次出版。本书收入了作者1921—1923年创作的诗歌、戏曲与散文，第一辑为诗歌。

[②] 张近芬的《浪花》是新潮社出版的"阳光丛书"之一，内收有译诗73首，创作的新诗58首。

[③] 姜涛：《"新诗集"与中国新诗的发生》，北京大学出版社2005年版，第236页。

次读者的选择范围。《星空》被选5次，单独被选的次数甚至与《尝试集》的相等，足见读者对它的重视。相比《女神》中坦直热烈的情感宣泄，《星空》中的诗作更为沉痛而着实，诗人的内心在历经新生社会的激情后逐渐沉淀，"对现世的讥笑，生命穷促时的哀叫，处处表现于诗中"①，体现了真正的极致的自我精神之扩张。它延续了《女神》的诗风，又更为成熟。这就使读者在获得《女神》一时的新诗启蒙后，经由《星空》的阅读走向了新诗写作范式与意义的确认。因而《星空》在读者中的影响力不容小觑。

总体来看，新诗集的写作风貌、情感共鸣、思想指引是青年读者阅读、选择时的重要考量。《女神》等诗集满足了读者对新诗的阅读期待，因而在青年中产生巨大的感召力，甚至连带着新诗集背后诗人的主体人格，也成为青年读者追随与意义赋形的对象。当然，我们也应该辩证地看到，并非所有热爱诗歌、喜欢新文学的读者都会在选票中选入新诗集。新诗此时写作的单调、情感的泛滥也引起了部分青年的不满。"我好诗，尤好七言近体；白话诗好者也愿读，但满纸肉麻'她''心弦''的''呀'……之诗我就不愿读了。我知道，并且敢武断这些不是诗，这类的诗不定要绝种的，因为我——青年人——渐渐厌恶它们呢。"② 读者的阅读介入能加速新诗的传播与转型，新诗集的入选表现的是读者对过往新诗成果的认可，助力了新诗集的推广，而正视新诗现存的问题，才能更好提示新诗未来的发展。

"喜爱"是"青年爱读书十部"选择的最重要标尺，被选入的新诗集本身就潜藏着一份情感的寄托。在敞开的对话空间里，读者不断对新诗集进行阐释，一些诗集最终得以经典化，一些诗集却在历史的检验中被淘汰。"青年爱读书十部"征求结果较为真实地反映了青年读者新诗阅读的情况，也让被经典化与被淘汰的新诗集都保留了一份鲜活的情感证明，体现出《京报副刊》作为现代传播媒介的引导性、互动性与社会性。

---

① 焦尹孚：《读〈星空〉后片段的回想》，《创造周报》第48号，1924年4月13日。
② 《京报副刊·青年爱读书特刊》第284张选票附注，1925年。

二 "中学国文教学法"与新诗的教育

随着白话的普及与新学制的推广,中学教育在培养白话文学兴味上的作用日渐凸显,中等学校国文科如何教授、教材如何选编等问题也成为时人讨论不尽的话题。1925年5月2日《京报副刊》上开始连载王森然的长文《中等学校国文教学之商榷》①。作者结合前人的论述、自己的教学实践与心得对国文教学的观念、态度、目的、课程编制、教材选配等问题进行了详尽的阐述,其中关于新诗教育的见解具有一定的突破性与启发性。

首先,他打通了新诗在初中与高中之间的教学壁垒。按照当时普遍的课程设置,初中是语体文教学的关键时期,到了高中几乎全用文言文教学。因此,在教材的编订上往往初级偏重语体,高级偏重文言。时人在论述白话文教学时也多关注初中,新诗在高中阶段的学习自然被忽视。这样的教法割裂了白话与文言,不仅难与大学教育相衔接,也不利于学生对白话文更深层次地掌握。对此,王森然认为语体、文言在初高中应有所侧重,但不能极端分割。他对语体、文言分量的安排是:初中一年级全选语体文;初二初三语体文为主,文言文副之;高一高二文言文为主,语体文副之;高三全选文言文②。这样,白话文的教学便能从初中扩展至高中。同时,他还将"对于新文学能作有系统之研究"作为高级第一学年学习的目标之一加以强调。课程设置上开设"新诗的研究",对"新诗之成立理由及其特色""新诗评论之研究"给予方法上的集中指导,由此扩大了新诗教学在中等教育中的占比,并能够循序渐进地教育学生掌握新诗阅读与研究的能力,加强了新诗教育的功效。

其次,这篇文章的特殊之处还在于作者根据拟定的教学目的与课程设置完整开列了初高中每个年级教材的篇目,以此作为教学实践的范本。这在当时关于中学教育的论述文章中并不多见。作为一种群体性与强制

---

① 这篇文章自1925年5月2日起在《京报副刊》上间断连载,一直连载到1925年6月2日。
② 王森然:《中等学校国文教学之商榷》,《京报副刊》第143号,1925年5月9日。

性阅读的出版物，教材的销量普遍高于书籍与报刊。新诗文本选入教材对于培养学生的新诗阅读趣味、促进新诗的传播和新诗文本的经典化具有重要作用。但是，教材的编选需要充分考虑学生的接受情况，旨在引起学生的兴趣、提升学生的智识。故而新诗能否入选、入选多少，也与新诗自身的发展情况以及人们对新诗的认可程度有关。此次，在王森然拟定的教材中仅初中阶段选入的新诗就有32首，高中阶段则有10首。这虽然与自身文学趣味有关，但一定程度上也是新诗逐渐普及，并被大众逐渐认可的结果。在王森然看来"白话诗可以涵养性情，娱乐精神，宣导血气，增进学生享受文艺的快乐"[①]。因此，他十分注重新诗在中学教育上的作用。

表1-4　　　王森然拟定的教材新诗篇目选入情况

初中阶段	《第一册》选入新诗（共8首）	康白情的《桑园道中》《醉人的荷风》《暮登泰山西望》；刘大白的《桃花儿瓣》《自然底微笑》；刘延陵的《竹》；沈玄庐的《十五娘》；朱自清的《湖上》
	《第二册》选入新诗（共12首）	郭沫若的《凤凰涅槃》《天狗》《炉中煤》《地球我的母亲》；俞平伯的《春水船》《潮哥》《黄鹄》；闻一多的《黄昏》《太阳吟》；康白情的《江南》；宗白华的《夜》；焦菊隐的《夜的跳舞》
	《第三册》选入新诗（共12首）	徐志摩的《东山小曲》《自然与人生》《灰色的人生》《希望的埋葬》《哀曼殊斐儿》《北方的冬天是冬天》；康白情的《斜阳》《自得》；俞平伯的《愿你》《归路》；评梅女士的《留恋》《宝钗赠与英雄》
高中阶段	《第四册》选入新诗（共7首）	陆志韦的《幸福》《静极》《流水的旁边》《侵晨》；郭沫若的《洪水时代》《海上》；俞平伯的《凄然》
	《第五册》选入新诗（共3首）	郭沫若的《女神之再生》《湘累》《棠棣之花》

表1-4呈现的是王森然所拟定的教材中新诗篇目的选入情况。入选诗作最多的前五位诗人依次是郭沫若（9首）、康白情（6首）、徐志摩（6首）、俞平伯（5首）、陆志韦（4首）。作为一位现代教育家，王森然对新诗篇目的选取在充分考虑学生接受情况的基础上，还遵从了相应的

---

① 王森然：《中等学校国文教学之商榷》，《京报副刊》第160号，1925年5月26日。

阅读与评判标准。从新诗写作角度看，新诗的艺术色彩与情感表现是他选诗的重要考量。为此，具有开创意义但艺术欠佳的胡适诗作并没有入选。而从新诗阅读角度看，郭沫若、康白情的诗作大量入选符合当时青年阅读的整体倾向。一些新起的诗人（如徐志摩、焦菊隐等）的诗作也有入选，第三册更是集中选入了6首徐志摩的诗。若纵向来看，高中阶段选入的几首诗作从内容到形式上都对学生的阅读与理解能力提出了更高的要求。不仅如此，配合着"新诗研究"教学的需要，第四册、第五册还同时选入了胡适的《谈新诗》，周作人的《论小诗》《情诗》《诗的效用》等诗论，体现了新诗教学由浅入深的过程。同时也意味着，在王森然的编选视野里，相比诗人的形象，胡适、周作人作为新诗研究者的身份更值得关注。而这一编选倾向，在后来出版的教科书中普遍存在。

客观来看，王森然对新诗篇目的择选范围较广，涉及的诗人诗作不少，且敏锐地选取了一些在当时还不被重视的诗人诗作，比如闻一多、陆志韦的诗。不足之处在于个人倾向性较为明显，虽有一些经典篇目，但总体上不够具有代表性，在篇目的安排上也不够合理。不过，在中学国文教材还较缺乏，新诗教育也不够完善的20世纪20年代中期，王森然拟定的教材有一定的借鉴意义，对新诗篇目的构想也有利于扩大新诗的教授范围，增强新诗的整体传播效果。

简言之，在20世纪20年代中期，发展了六七年的新诗已渗透进人们的思想与生活中，成为阅读、教学必不可少的部分。而作为一种情感表达的独特文体，新诗也逐渐成为时人自觉且热衷的选择。

第二章 新诗创作风貌与形质探究

开放包容的编辑策略使《京报副刊》上的新诗创作不论在体裁内容还是艺术风格上都趋向多元化。同时，新诗自身的发展需要、现实环境的剧烈变动也在不断推进新诗的形质探索，催生新的时代主题。关于新诗的"形质"，宗白华曾在《新诗略谈》中指出，"诗的'形'就是诗中的音节和词句的构造诗的；'质'就是诗的感想情绪"[1]。据此，我们可以将"形"指向新诗的外在形式，包括音节、诗行等因素，而"质"则代表新诗的内在质素，其中最重要的就是情感与思想。《京报副刊》上发表的新诗在语言和体式上与"五四"时期的相比有着怎样的继承与发展？新诗形质上会有怎样的新变来应对渐趋疲弱的诗坛现状？回应时代，新诗主题上又呈现了哪些特点？这些将是本章关注的重点。

第一节 新诗语体的承接与丰富

在白话新诗发展的最初阶段有两种关键的可借鉴资源。一是外国的散文诗，二是本土的歌谣。它们分别从不同面向上丰富了新诗的语言和体式。散文诗散漫的诗形、自由的诗语十分符合早期新诗从形式到语言的变革要求和新诗散文化的内在倾向；歌谣则为新诗带来更自然、清新

---

[1] 参见杨匡汉、刘福春编《中国现代诗论》（上编），花城出版社1985年版，第29页。

的口语，顺应了新诗民间化的趋势。因此，散文诗与歌谣作为新诗的两种类型在"五四"时期得到了新诗人的积极倡导与尝试。在《京报副刊》上，对新诗语体的承接与丰富首先就表现在散文诗体的建构与民间诗语的运用上。

一 "散文化"旨趣与散文诗体的建构

早期新诗人在"散文化"旨趣的影响下，并不重视诗与散文的分野。康白情就认为"诗和散文，本没有什么形式的分别，不过主情为诗底特质，音节也是表现于诗里的多"①。尽管康白情强调了诗中的情感与音节，但早期的新诗创作情感较为薄弱，对音节也过于漠视，语言上追求的是"有什么话，说什么话；话怎么说，就怎么说"②的散文化表达。在这样的倾向下，如果说自由诗还能从分行上与散文进行区别，那么散文诗则因贴近散文的形式而往往造成分辨的困难。

《京报副刊》虽没有分设栏目，但每个月的合订本依据文体进行编类，也对这个月的新诗创作进行了集中的呈现。而在新诗部分的汇总上，常常出现一篇散文被误归入诗歌部分或一首散文诗被划入散文部分的情况。从中体现的正是编者对散文诗与散文的含混认识，由此造成的编辑失误在当时的其他副刊上也屡有发生。相比自由诗，散文诗在结构上容纳了更多散文性细节，不论是外在形式还是内在描述，"非诗"的因素十分显露，此时若不注重散文诗"诗"的内核，便极易滑向散文的范畴。因此，对散文诗"诗"本质的强调有助于区分散文诗与散文，突出散文诗自身的审美特质。在这个背景下看《京报副刊》上的几首散文诗作，对诗歌音乐美感的重视便暗含着向"诗"回归的意思。

滕固在其著名的《论散文诗》一文中引用日本散文诗人白鸟省吾的

---

① 康白情：《新诗底我见》，杨匡汉、刘福春编：《中国现代诗论》（上编），花城出版社1985年版，第33页。

② 胡适：《〈尝试集〉自序》，陈绍伟编：《中国新诗集序跋选》，湖南文艺出版社1986年版，第31页。

观点来阐释散文诗的三要素，其中第一点便是"诗的韵律，亘于行间"①。内在的音乐美感是散文诗必不可少的美学特征，而散文诗自由的形式也使其在音乐性的表现上更灵活、包容②。《京报副刊》上的散文诗对音乐性的重视首先体现在行间韵的使用。适当的行间韵会增强散文诗内在的节奏感，使诗歌朗朗上口，而韵的使用也会助力情感的表达。比如："想起我和伊：默默的坐着；慢慢的走着，红墙外，小桥西，都是甜蜜。而今怎样？呵！怎样？月儿丰润，花儿艳丽，我感觉着人世的冷清孤寂！"③这首《雪霁》全篇都用一个［i］韵，满怀着含蓄的爱意，将诗人淡淡的哀伤情绪贯穿到底，但是整首诗的表达难脱古典的韵味。相较之下，《菜花香》在韵的使用上更多变也更自然：

> 美丽的三春，春色撩人：桃花，杏花，开遍了前村后村，半开的菜花，香满田塍；黄莺儿姐姐妹妹，坐在柳阴，发出娇声，一声——两声。//一声两声，背地里评论：美丽的三春，春色撩人，前村姐姐，摇动了心情。//摇动了心情，到处撩人，插一枝菜花，走遍了前村后村。//走遍了前村后村，心儿里自惜自怜：摇摇不定，满目是风筝，"方胜"……④

在该首诗中，三个韵来回变换，语调活泼、轻快。同时，上一句的末尾与下一句的开头一致，并且中间短句多有重复，形成了回环往复的语言情境，增强了散文的画面感却又尽显诗歌的抒情意趣，在悦耳动听的音乐中使诗歌内容获得舒展流利的美。

除行间韵的使用外，开头字句的重复也让诗歌形成了和谐的旋律，在无序中召唤有序，使思想在一次次发散开后借由重复的起点不断回缩聚焦，跳跃的逻辑片段最终勾连起严整的诗思。比如昕初的《夜莺之美睡》一诗，借由夜莺的梦来表达作者对爱与自由的憧憬。每段开头通过

---

① 滕固：《论散文诗》，《时事新报·文学旬刊》第 27 期，1922 年 2 月 1 日。
② 王光明：《散文诗的世界》，长江文艺出版社 1987 年版，第 64 页。
③ 徐芳：《雪霁》，《京报副刊》第 44 号，1925 年 1 月 22 日。
④ 范爱湖：《菜花香》，《京报副刊》第 132 号，1925 年 4 月 28 日。

"如今——"的形式重复增强了散文诗分段的视觉效果和复沓的听觉刺激，使整首诗读起来有一种通灵、顿挫的音乐美感。而"如今"作为一个时间词，打破了原本顺时发展的故事线，在作者一次次的重复中，主体的思维不断渗透，虚幻的梦在极短的时间内获得了确证的意义，最终加大了情感的表现力度。

与20世纪20年代中期鲁迅、焦菊隐等人的散文诗相比，《京报副刊》上这些青年诗人的散文诗作固然逊色不少，内容或描绘自然风光，或书写个人心境，总体不离初期散文诗的范畴，押韵和复沓的艺术手法也趋于单调。但或许正是青年诗人在写作初始阶段略显拘谨的尝试，诗的音乐美感得以最大限度地保留。其对散文诗音乐性的重视，强化了散文诗的诗性特征，体现了建构散文诗诗体的内在自觉。

二 "民间化"道路与民间诗语的运用

新诗的发展与民间化的道路紧密联系。新文化运动伊始，"服膺于'思想启蒙'和'文艺复兴'的需要"，新诗提倡者便十分重视挖掘、利用民间文化中的审美因子[①]。民间自然、真实的语言风貌既有利于新诗冲破贵族文学的束缚，也有利于新诗纠正早期语言过于欧化的弊病，贴近民众的口味，达到启蒙大众的目的。因而，民间语言一开始便逐渐渗透进早期新诗的创作中。1918年刘半农创作的《车毯》便通过"拟车夫语"细腻地写出了人物的心理活动，以发自民众心声的语言形象描绘出人力车夫的生存现状与精神世界。

1924年10月23日北京政变发生，刘半农再次创作以人力车夫为题材的诗作回应此事，题为"拟《拟曲》"并发表在1925年2月21日的《京报副刊》上。诗歌中两个车夫以平常的口语进行对话，描述着这场政治闹剧以及闹剧下穷苦的百姓生活：政权的更迭在他们看来"只是闹着来，闹着走"，自然力与人力无时无刻不在挤压着他们的生存空间，"老哥你想：一块大洋要换二十吊，/咱们是三枚五枚的来，一吊两吊的

[①] 刘继林：《民间话语与中国现代诗歌》，中国社会科学出版社2022年版，第87页。

去，/闹着水灾吃的早就办不了，/可早又来了这个逼命的冬天了！"，但最终他们也只能被动接受并拼命生活，"反正咱们有的是一条命！/他们有脸的丢脸，/咱们有命的拼命，/还不是一样的英雄好汉么！"①。诗歌透露出车夫对社会矛盾的清醒认识以及朦胧的觉醒意识。相比《车毯》，该诗在民间诗语的运用上更为彻底。诗人模拟车夫说话的口吻，采用北京方言、口语，以符合车夫形象的表达道出他们心底的愤慨，诗中所呈现出的人物情态更鲜活与真实，此外，他将一个人的独语变为两个人的对话，进一步放大了"车夫"这一群体切实的生命痛感，对社会的讽刺与控诉因而具有了更沉痛、震撼的力量。

如果说刘半农对民间诗语的运用还是在"增多诗体"的意义上进行着新诗民间化的探索，那么黎锦明的拟歌谣诗创作则是积极回应着时代对文学家"到民间去"的呼唤，力图使新诗更自觉地走向民间。黎锦明的《诗两首》发表在1925年12月19日的《京报副刊》上，同样注重语言的民间性。在诗后的附言中他指出这是"从前乡居时由乡人们的心坎里听出来的心声"，表明该诗的民间立场与自然意趣。他的诗歌描绘乡间男女恋爱的生活场景，"情哥哥唷，情姐姐呀！/哎哟哎哟罢罢了，/渔也不打了，歌也不唱了；/吊起船来吧/看我来～～～～煨鸭吃！"。同时也大胆直白地袒露分别后的相思："我那花花情姐姐！/昨夜里梦见吮你的嘴巴皮；/今天也～～～含了一颗樱桃子来～～～/～～～我那花花情姐姐！……"②叹词、叠词的使用充分体现了歌谣语言质朴、明快的特点，凸显了男女主人公绵密的情致、乡村生活隽趣的风韵。

总体来看，这两首歌谣诗内容上与此前的歌谣诗作并无不同，但黎锦明用歌谣进行创作的态度却十分坚定。他在附言中表达了对目前诗坛上流行的哲学诗、贵族诗的不满，批评它们晦涩、神秘。在他看来，歌谣能够体现乡人丰富的生活情调与精神内涵，正是书写"中国人普遍的灵魂"的重要载体。诗人只有深入乡下人的生活，拥有"乡下人的性子"，才能写出更鲜活的文字。他不满于胡适的白话诗试验，极力推崇歌

---

① 刘半农：《拟〈拟曲〉》，《京报副刊》第67号，1925年2月21日。
② 黎锦明：《诗两首》，《京报副刊》第362号，1925年12月19日。

谣形式的创作。尽管黎锦明对歌谣的局限性认识不足①,但是他在自觉运用民间诗语的同时,还正视、肯定了民间的价值立场,强调了对民间精神内蕴的汲取,企图超越启蒙的功利性目的,在新诗本土性建构与实现路径上倡导歌谣诗的创作,体现了对歌谣体诗歌自身艺术深刻性的重视。这是新诗向民间歌谣寻求多样化表现形态时不容忽视的一面。

第二节 新诗形质的新探与实践

新诗自立足文坛以后就在不断自我反思与变革中成长。新诗初期的语言明白晓畅,却不免流于内容的粗陋与情感的单薄。郭沫若的诗作虽一定程度上缝合了这一写作裂隙,但极端宣泄的情感也导致了滥情主义、感伤主义的盛行。后起的小诗派、湖畔派进一步丰富了抒情诗的内涵,但情感易零碎、虚浮,总体上缺乏艺术与思想的深度。可以说,发展到20世纪20年代中期,混合着"五四"以来新诗的各种样态,新旧问题已解,内部弊端凸显,新诗的形质问题被提到了发展的首位。《京报副刊》作为这一时期重要的文艺园地,在新诗诗形与诗质的探索、实践中也发挥着不可忽视的媒介作用,既体现出群体的代表性,又具有个人的多样性。

一 新诗外在诗形的群体性试验

尽管要到1926年4月《诗镌》创刊后,"新月诗派"才正式形成,"三美"理论也才作为格律诗的重要形式主张被提出,但在这之前,《京报副刊》上"新月"文人对"音乐美""绘画美""建筑美"的形式探索早已自觉进行着。

在外部形式的表现上,徐志摩最注重的是诗歌的音乐性。他在1924年译波特莱尔的《死尸》时,便在诗前附言说明了诗歌与音乐的关系并

---

① 朱自清在《歌谣与诗》中谈及歌谣与新诗的关系。他认为:歌谣的"风格与方法"不足以表现现代人的情思。歌谣可以供人研究、供人欣赏、供人模仿,却不能发展为新体[《朱自清全集》(第八卷),时代文艺出版社2000年版,第3340页]。黎锦明虽推崇歌谣体的创作,但是歌谣语言、形式相对单一等局限性决定了它并不能直接取代新诗。

突出音节的重要性。在他看来,宇宙人生的实质、自然的一切事物和思想都只是音乐,"所以诗的真妙处不在他的字义里,却在他的不可捉摸的音节里"①。之后在新月诗派创格的主张中,他也着重强调了音节对于诗歌的意义,"一首诗的秘密也就是它的内含的音节的匀整与流动"②。《京报副刊》曾于1925年1月11日发表了徐志摩的诗作《不再是我的乖乖》,尽管只有这一首,但我们仍能从中看出他在建构语言音乐美上的努力。诗歌共分为三节,首先,在韵脚的使用上,三节的韵脚分别为"aabb-cdcb-aa""aabb-bbbc-dd""aaaa-aabc-dd",既有一定的规律又富含变化,与时不时出现的间韵一起构成和谐灵动的韵律感;其次,每节的倒数第二句都是"我喊一声海,海",不仅诗行间形成复沓的回环,诗行内"海"字的重复,语气停顿又增强,轻盈婉转,而每节最后一句的表达,从"你是我小孩儿的乖乖"到"不许你有一点儿的更改"再到"你从此不再是我的乖乖"③,既形成外部的语音节奏,又跟随着情绪的变化产生流转的心理节奏,整体呈现出舒快柔丽的旋律。

相较徐志摩,闻一多这一时期在诗歌的"建筑美"上着力更多。"建筑美"是新诗视觉方面的表现,包括节的匀称和句的均齐④。闻一多对"建筑美"的重视要晚于"绘画美"。其早期诗集《红烛》最引人注目的就是对色彩的运用⑤,但在诗行的排列上并不讲究。1923年闻一多作《泰果儿批评》,批评泰戈尔的诗歌没有形式,认为抒情诗是万万不能离开形体而独立的⑥,后来在《诗底格律》中他还将字句的整齐与调和的音节、诗的内在精神——节奏相联系,进一步体现出对"建筑美"的重视。

1925年4月1日、2日的《京报副刊》上分别刊登了闻一多的《大暑》和《泪雨》,两首诗在诗行的排列上都较为严密,更加注重视觉形式的直观呈现。《大暑》一诗有四节,每节六行,并以"二长—二短—二

---

① 徐志摩:《死尸》,《语丝》第3号,1924年12月1日。
② 徐志摩:《诗刊放假》,《晨报副刊·诗镌》第11号,1926年6月10日。
③ 徐志摩:《不再是我的乖乖》,《京报副刊》第33号,1925年1月11日。
④ 闻一多:《诗底格律》,《晨报副刊·诗镌》第7号,1926年5月13日。
⑤ 天用(朱湘):《红烛》,《时事新报·文学》第144期,1924年10月20日。
⑥ 武汉大学闻一多研究室编:《闻一多论新诗》,武汉大学出版社1985年版,第73页。

长"的形式排列。《泪雨》也是四节，每节四行，且每行的字数基本相等，较《大暑》更为规整。在《泪雨》诗作后还附有朱湘的介绍，文中朱湘大赞闻一多近来诗作的进步，较之《红烛》"在音节上和谐的多多，在想象上稳锐了不少，在艺术上也到了火候，尤其是辞藻"，并对第二本诗集的刊行进行预告。同时，他还将《泪雨》与济慈诗歌、《大暑》与白朗宁诗歌对比，指出它们的相似之处，力图在英诗的谱系中为闻一多的新诗试验寻找合法性的支撑①。随后，也有读者发文称《泪雨》是一首"济慈才作得出来"的诗，对诗中美妙的描写和愉快的音韵表示赞许②。这种提前的造势显示出闻一多对此次新诗试验的重视，希冀借助刊物的传播和友人的推荐获得诗坛的关注。

除徐志摩、闻一多外，朱湘的形式探索也不容忽视。朱湘一共在《京报副刊》上发表了9首诗作，跨时较长，对诗歌形式的锤炼有一个明显的增进过程。发表于1925年3月、4月的几首诗作，大多创作于1925年前③，这几首诗诗行排列较为自由，常押"abcb"式的交韵，但并不是刻意的形式试验，诗作缺少内在的旋律感与音乐性。后来朱湘逐渐转向格律诗的创作，注重诗歌音节与诗行的和谐。发表于1926年1月11日的《招》已是一首成熟、完备的格律诗作。诗歌分为三节，每节四行，首行以"回来罢回来"构成重复，后三行每行字数一致，按一定的规则排列，如："回来罢回来！/生活无味时那值自戕？/不过要是它真有味道，/你正该活着仔细品尝。"④音节方面，后三行每行多由一个三字尺和三个二字尺组成，形成规律性的节奏，每节二、四句押韵且整首诗押同一个韵，语调流贯，一气呵成，显示出作者在新诗音节上的有意探索。有学者曾言，朱湘格律诗试验的"态度之严肃，创造之勤勉，成绩之明显，在这个诗人群体中相当突出"⑤。纵向来看《京报副刊》上朱湘的诗歌创作，

---

① 朱湘：《为闻一多诗〈泪雨〉附识》，《京报副刊》第107号，1925年4月2日。
② 静芳女士：《中国的济慈》，《民众文艺》第24号，1925年6月16日。
③ 朱湘于1925年3月、4月在《京报副刊》上发表诗作《南归》《诗四首》《寄一多、基相》，这3首诗收录在诗人1925年1月出版的新诗集《夏天》中，故多为1925年前所作。
④ 朱湘：《招》，《京报副刊》第381号，1926年1月11日。
⑤ 孙玉石：《朱湘传略及其作品》，朱湘著，方铭主编：《朱湘全集·诗歌卷》，安徽文艺出版社2017年版，第437页。

确是当时"新月"文人对于新诗形式试验过程的一个生动反映。

二 新诗内在诗质的个性化表现

情感与思想历来被看作新诗诗质的最主要部分,也是新诗理论批评的一个重要面向。为改变中期新诗创作存在的弊病,"新月诗人"主张诗歌的形式美,提倡理性与节制,另有一些诗人则从诗歌的内在情感与思想入手,讲求新诗内质的拓张与丰富。1925年7月11日于赓虞在《文学周刊》上发表《诗歌与思想》一文,以为中国旧诗多注意形式的组织、格律的紧严,而少畅情、深思之作。新诗创作要摒弃旧诗思想,"我们所要求的新,是诗的内涵有个性的创造,读起来能使人感受到清新的、个别的风趣,而且使我们漂泊的灵魂因此而获得归宿"。在他看来,从生命跃动、欲求中迸发出的强烈情感要渗透于"伟大、沉着、独立的思想"中,诗歌的独自性才能由此产生,内里才有一个生动、活跃的"我"在[1]。在另一篇文章中,于赓虞也批评当时的一些诗作徒然堆砌辞藻,而"把艳丽的字眼剥掉后,所余者只一些软的骨骸。有的几乎一无所有"[2]。正是这份对诗歌内质的重视,当时《志摩的诗》出版后,《京报副刊》上便有人写作诗歌批评徐志摩的诗空有形式的躯壳而缺少内里的精神:"硬替我披上了一层油滑的皮形,/使我这活泼的,灵敏的精神,/僵化成一沟滞塞的泥泞,/将抑郁着,阻闷着,变成干燥的土坑。"[3] 同时,我们也能从《京报副刊》中发掘出不少注重新诗内质的诗作。

汪震曾在《新诗进步谈》一文中肯定了艺术手法在新诗中的运用,认为新诗的进步在内容上的表现,便是"由写实而增加想象,由写实而趋于象征"[4]。象征手法的运用能够取象真实的抒情客体,使诗意变得多元、诗情更具含蓄,在丰富的联想中读者需经过一番探微取深才能抵达诗的内核。杜若的《双斧下的孤树》就是这样一首纯粹的象征的诗。整

---

[1] 于赓虞:《诗歌与思想》,《文学周刊》第27号,1925年7月11日。
[2] 于赓虞:《新诗净言》,《文学周刊》第32号,1925年8月22日。
[3] 尚钺:《昨夜独步——读志摩的诗以后》,《京报副刊》第283号,1925年9月26日。
[4] 汪震:《新诗进步谈》,《文学周刊》第37号,1925年9月26日。

首诗写的是溪边的老树被砍伐后，溪水、夕阳等纷纷流露不舍。诗歌想象饱满，描写细腻，富含童话的生趣却又满带着柔软哀伤的情调。诗中的"我"也备感伤心，"走过去将全身抱住那斧斫的部分/要将热烈的心暖回她的生意/要将悲哀的泪灌溉她的伤痕"。直到最后，我们才能隐约感受出作者的精意，他用树来象征满目疮痍的祖国，以伐木的樵夫代表侵略者。最后三句，积蓄的情感得以迸发，"我"激昂悲愤地说道："斧儿呵！你如果还要斫时——/仅斫在我的脊梁儿上/莫再斫这锤断的孤根！"① 爱国之情宣泄无遗。整首诗用象征的手法，将真实的哭诉对象隐匿在语词背后，形成广阔的想象空间，而当谜面最终被揭破时，深藏的情感得以浮现、聚裂，增加了诗歌的兴味。

作为《京报副刊》的"常客"，高长虹发表在副刊上的几首诗作也都极富情感的浓度与思想的深度。在高长虹看来，诗人应该开掘出深奥的人性，对于一切光明与黑暗，不取躲避的姿态，不与庸众妥协②。他赋予诗人和诗至高无上的责任，因而十分看重诗歌内在的精神内涵与思想价值。在诗中，他既塑造了一位在黑暗中寻找光明的孤独旅客形象，表达不被理解的苦闷和勇猛前进的决心（《传说中的悲剧》），也在心底呼唤一个充满欢乐、和平共处的世界，不惜以个人的伤痛承载希望的光（《心的世界》）。诗人充分运用寓言、隐喻、梦幻、变形等表现手法，使诗歌亦真亦幻，但内里一直有一个主体自我在反抗着社会的黑暗，直面时代的命运呐喊，而这种情绪的奔放突进自然不为诗的形式所束缚。《闪光》③ 由100首短诗组成，在诗中诗人彻底打破形式的桎梏，展现语词的狂欢，如"a，b，c，d，……/打字机在活动了""够了，/够了，/够了，/到处都是同样的声音。/哼！"等表达，激荡的诗情在跳跃的结构、短促的语词间自然迸发。《茶馆的内外》以镜头语言形成一个短句、一个画面的快速转换，诗人肢解思维的逻辑，拼接起破碎心灵的荒诞再现与瞬间的情感体验。这些无序的形式并没有弱化情感与思想，诗人鞭笞残酷现实的

---

① 杜若：《双斧下的孤树》，《京报副刊》第257号，1925年9月2日。
② 高长虹：《诗人》，山西省盂县《高长虹全集》编辑委员会编：《高长虹全集》（第一卷），中央编译出版社2010年版，第221—222页。
③ 《闪光》自1925年6月1日起在《京报副刊》上连载，一直到1925年7月23日结束。

同时也在进行深刻的内省,发出生命的强力。作为狂飙社的重要发起人与成员,高长虹在介绍狂飙时曾说道:"'狂飙'是有情感的,所以它需要嚷叫,又是有理智的,所以它需要讲说","在未曾被脚印踏过的行程中,'狂飙'要向着一切'力'之所能达到的地方永久动下去……"①。他的这几首诗作也正如狂飙的内涵一样,丰沛的情感与思想始终朝向生命的拯救与不息。

第三节 新诗主题的凸显与分化

身处20世纪20年代中期的知识分子正经受着"五四"落潮后救国的无门、信仰的坍塌。高昂的时代激情逐渐冷却,内心的苦闷与迷惘挥之不去,新诗的写作也由对世道的批判、同情转向对自我心灵的观照。另外,这一时期内忧外患的现实处境加剧了社会的矛盾,五卅运动后,一批反映时代动荡、抒发爱国热情的诗作涌现,诗人们在残酷现实的体认中,发出强烈的愤慨之音。故而《京报副刊》上的新诗大致以五卅为界,呈现出两个鲜明的主题:一个是对人生苦闷的低吟,另一个是对时代不幸的哀歌。

一 "梦"与"夜":孤寂迷惘的人生低吟

沈从文在《我们怎么样去读新诗》中曾提及新诗创作的变化:"五四"前后人道主义盛行,诗歌多是同情与怜悯,"到稍后,年青人自己有痛苦,不同情别人,却来写自己的欲望了"②。当诗人们普遍转向个体人生时,爱情的甜蜜、离别的相思、往事的追忆、前路的慨叹等就都进入了诗歌之中。尽管也描写旎人的风光、温馨的日常,但更多的却是悲哀、愁苦、寂寞等字眼,无处可诉的情感借由诗歌得以宣泄,无地立足的自

---

① 高长虹:《狂飙广告》,山西省盂县《高长虹全集》编辑委员会编:《高长虹全集》(第三卷),中央编译出版社2010年版,第69—70页。
② 杨匡汉、刘福春编:《中国现代诗论》(上编),花城出版社1985年版,第139页。

我也借由诗歌得以暂藏。而在这些低吟浅唱的诗作中,"梦"与"夜"常作为诗歌的写作对象或写作背景出现。

  梦是诗歌创作的一个重要推动力,在动乱的年代,写"梦"的作品更受诗人们的青睐[①]。他们借"梦"进行奇特的想象,表现丰富的诗情。梦,首先是内心愿望的反映。在梦中,漂泊在外的游子能回归故园(《游子的梦》),隐秘心底的旧恋能重逢相守(《旧痕》)。内心深处最柔软的情思与遗憾通过梦来获得圆满。此外,梦还是现实世界的隐射。梦的虚幻、缥缈常被诗人们用来象征现实的灰暗,表现主体在现实森林的迷雾中困惑、茫然的心境。罗学濂的《梦境》便以"妖月""吐血的流星""卷地的砂风""泼墨般的絮云"等怪诞、恶劣的自然意象来表现梦的恐怖与惊绝。在凄然的震颤中,"毁灭已劫掠了光明,/茕茕的,我们只能在暗中摸索","仓惶里,我们迷失了前途,/听见的只有惊心的狂啸。"[②]梦中的体验正是动荡、昏暗现实社会里的真切感受。朱大枬《宁静的时候》构筑了一个乘小舟漂流的梦。弥漫的黑暗笼罩着海和天,"恍惚小舟荡漾像摇篮。/随着海波的起伏腾落播颠"[③]。广袤无边的梦中空间与孤舟形成对立,表现大环境的险恶、个人漂泊的无依。诗人们不愿做噩梦的俘虏,四处遁逃,却又无路可走,不知归处。

  如果说"梦"是一个迷离的虚境,那么"夜"则是一个深幽的秘境。一方面,此时的黑夜延续了"五四"初期的隐喻色彩,作为通向光明的过渡阶段。诗人们在黑夜中探寻,并相信光明终将到来。如昕初的《雨夜》,"曙光从山坳里爬出,/夜挟着淫威躲入森阴的林翳"[④];沧波的《朝雾》,"微曦驱退了静默沉黑的夜神,/我赤着脚儿趋赴江滨,/一切从朦胧的雾中呈现,/人生却享有无限的光明"[⑤]。两首都表达了这一思想。但乐观的基调毕竟少数,更多时候,黑夜只是黑夜。它流转又包容的时空感带来更隐蔽、更驳杂的生命体验,满足知识分子表达真实自我的需

[①] 傅正谷:《中国梦文学史》,光明日报出版社 1993 年版,第 45 页。
[②] 罗学濂:《梦境》,《京报副刊》第 14 号,1924 年 12 月 18 日。
[③] 朱大枬:《宁静的时候》,《京报副刊》第 44 号,1925 年 1 月 22 日。
[④] 昕初:《雨夜》,《京报副刊》第 98 号,1925 年 3 月 24 日。
[⑤] 沧波:《朝雾》,《京报副刊》第 249 号,1925 年 8 月 25 日。

要,具有独立的时间意义。当心事难消,久久未眠,诗人们的内心便向黑夜敞开,在漫漫长夜中咀嚼着人生的孤独、失落,确证个体的存在。诗人或感叹个人的渺小(《悲愤》),或悲悼时间的流逝(《流光》),或抒写心灵的迷茫(《萤》),内心充盈着颓废与自伤,对黑夜本身的观察便也更通彻与细致。此时自然界的事物常常会成为疗愈的良方,让诗人们的心灵获得片刻的安慰。"清幽的月夜,/我独自徘徊,徘徊于清溪旁边。/潺潺的流水,/洗去了我心头的哀怨。"① 只不过,这里的月夜与美景,已不再是诗人们主动进入、游赏、流连的那个空灵温柔的诗意之地,而仅仅是一处逃离喧嚣白昼的庇护之所。

"梦"与"夜"具有共通性,二者神秘、朦胧,就像现代人的心灵笼罩上一层薄纱一般,遮蔽了前进的方向,囚困了挣扎的灵魂;二者又都是虚幻、非理性的,能安抚万千不幸,也能袒露一切不堪,抒情主体在迷幻与清醒中沉沦、自省。知识分子通过"梦"与"夜"的写作来表现彷徨苦闷时期复杂的情绪感受,从而获得情感的依附,其现代身份的归属,带有浓厚的时代气息。

二 "血"与"泪":忧怀激愤的时代哀音

郑振铎曾在 1921 年提出"血和泪的文学",他认为"在此到处是榛棘,是悲惨,是枪声炮影的世界上,我们的被扰乱的灵魂与苦闷的心神"需要的是"血的文学,泪的文学"②。在《京报副刊》办刊期间,中国社会正面临着巨大的危机与混乱,外有帝国列强虎视眈眈,不断侵犯中国的主权,内有军阀战争持续不止,加重民众生存的艰难。政府蛮力镇压群众抗议的惨案接连发生,从"五卅"到"三一八",严峻的政治现实刺痛着青年的心。面对着满是伤痕的祖国,青年诗人的忧患意识与爱国激情被唤醒,纷纷写作"血与泪的诗歌",发出忧怀激愤的时代哀音。大体可分为三种。

---

① 刘惠:《心头的哀怨》,《京报副刊》第 433 号,1926 年 3 月 9 日。
② 西谛:《血和泪的文学》,《时事新报·文学旬刊》第 6 期,1921 年 6 月 30 日。

第一种，表达对祖国复杂浓烈的爱。比如《心灵的祖国》《一片树叶和我》《我的家乡，我的祖国》等诗。诗人们在惆怅与担忧中试图唤醒仍在沉睡的同伴，召回飘荡失所的"魂灵"，并坚定地投入祖国的怀抱。田文山的《我的家乡，我的祖国》便表达了对祖国这一爱恨交织的情绪。诗人爱祖国山河的壮丽，却也恨她怀里有"司部的虎豹，公署的蛇蝎；／教局的妖怪，学校的恶魔"，真理与虚伪、温柔与残苛在剧烈地争斗着，"——家乡祖国，犹如媳婆，——／我的爱愈甚，我的恨愈多"。于是，诗人希望自己成为一个勇猛的力士，与恶势力作抗争："独留着净白的家乡，纯洁的祖国。"但诗人深知周遭环境的险恶、个人力量的渺小，只能踽踽徘徊，用"干枯的喉管挣扎地呼出：／我的家乡，我的祖国！！"①。诗作写尽了力图抗争却不得的无奈，心中有满腔的怨愤却也有郁沉的悲哀，所谓恨不过是出于更深挚的爱。第二种，描述战争的残酷，祈望和平。比如《月下的战场》、《在辽河岸上》（二首）等。这类诗作常结合周围景观，拟人化自然物象，来表现战争的悲壮和战后的死寂。"幽林里已没有小鸟归巢；／农村上已不见晚烟缭绕。／只萧萧风哀唱着挽歌，／只无数死尸伴着荒草。"②同时，以"红血""青山""白骨"等醒目的词语形成色彩的对冲，增强画面的震撼力："处处的草，／挂着血滴；／青山之畔的地上／残骨如雪片似的。"③战争摧毁了山河的美丽，徒留下沙风中的哭声、夜行的鬼魂，诗人在无限的忧愁中小心试探着和平的讯息。第三种，悼念惨案的牺牲者。如《悼三月十八死难的同胞》《牺牲者》《蚂蚁的同情》等诗作，都饱含着愤怒与哀痛。温蔓青的《蚂蚁的同情》采用蚂蚁视角描写"三一八"惨案的场景。蚂蚁沿着膻腥味去寻找食物，却见铁狮子胡同"积尸似山冈，流血如海洋""这个穿洞了胸膛，那个流露了肚肠；还有折足断臂，齿落唇伤"。④诗人以直白的语言描写死伤的惨烈，反衬执政府的残暴。而重忆事实，最终是要鼓舞青年同志奋起反抗，"从今换上了草履，／缚紧了鞋跟；／重踏过我们的血

---

① 田文山：《我的家乡，我的祖国》，《京报副刊》第324号，1925年11月10日。
② 周开庆：《月下的战场》，《京报副刊》第367号，1925年12月24日。
③ 王莲友：《在辽河岸上（其二）》，《京报副刊》第422号，1926年2月26日。
④ 温蔓青：《蚂蚁的同情》，《京报副刊》第470号，1926年4月17日。

迹，/奋勇地飞步前进！"，① 表现逐渐高涨的革命情绪。

尽管比之同时期的《民国日报·觉悟》，《京报副刊》上鲜明表现革命色彩的诗作并不多，但因融入了诗人生命体验的真与热，诗作也颇具情感的号召。血污的现实时刻撞击着知识分子的心灵，影响着他们写诗的心境。在五卅后一批书写"梦"与"夜"的诗作中，个人的苦闷已逐渐让步于时代的苦闷。我们看到的是在黑夜中表达对尘世的失望、对死亡的思索（《诱惑》）；是借梦描写可怖的战争，表现战乱对心灵的耗竭（《惨无颜色的人生》）；是在展现春的明丽生机时，不忘突出战争的残酷、人世的悲哀（《春神》），展现了知识分子的心灵变迁。而借由副刊的传播，这些充满血与泪呼号的诗作最终在集体的阅读中定格为时代的记忆。

整体来看《京报副刊》上的新诗创作，在语言的运用、内容的表现上较20世纪20年代前期都更加成熟，并为后世许多以小说、戏剧著名的作家（如黎锦明、焦菊隐等）保留了新诗写作的历史现场。不过，辩证看待这些诗作，总体基调消沉哀伤，确不如早期新鲜、有个性，同一位诗人的几首诗作间常常存在语句的相似、语意的重复，一定程度上体现了这时期新诗创作的疲弱。诗人缺乏创新的活力却又不断输出诗作从而给新诗的发展埋下隐患。

---

① 墨柳：《牺牲者》，《京报副刊》第446号，1926年3月22日。

第三章 新诗发展问题论辩与路径探索

新诗在20世纪20年代中期被反复言说的问题就是创作的疲弱，这一现象与新诗人的写作用语、写作状态关系密切，其带来的后果便是创作成果多，但出彩作品少，并伴随着抄袭等问题的发生。同时新诗的"错译"、新诗的"恶评"问题也逐渐成为诗坛关注的重心。《京报副刊》敏锐地捕捉到了这些新诗信息，利用副刊的媒介平台积极搭建起作者与读者间的互动，变私人通信为公开讨论，甚至发酵为激烈争论，又根据实际情况适时中止。这一时期不少有影响力的新诗论争都发生在《京报副刊》上，显示了其对舆论点的有力掌控。另外，《京报副刊》在新诗文章的选登上既紧扣新诗的发展现状，又联系时代的现实诉求，在新诗的风气建设、路径探索上着力较多，体现了刊物所处时间点的过渡性。本章将在20世纪20年代中期新诗建设的整体框架下分析《京报副刊》上有关新诗问题的讨论文章，通过深挖其中的内涵探究新诗的发展困境，纠正新诗风气、重塑新诗秩序、指示新诗前路所作出的努力，钩沉新诗发展的更多历史线索，以此来体现《京报副刊》作为这一时期新诗公共言论空间的重要性。

第一节 新诗热点话题论争

在新诗的语言、标点等本体范式逐渐成型后，时人将关注重点转向了对新诗创作乱象与新诗翻译谬误的纠正。因此，新诗抄袭的揭发与译诗的指摘在20世纪20年代中期逐渐成为报纸杂志上的热点话题。《京报副刊》上的文章揭露新诗抄袭的就有3篇，指出译诗错误的有4篇，而有关新诗的讨论几乎都聚焦在这两个话题上。其中，关于欧阳兰新诗抄袭事件的论争，关于朱湘译诗问题的论争在当时还产生了较大的影响，具有典型性。故而以这两次事件为中心，辐射同时期的其他刊物，有助于我们在共时与历时的比较中深入认识新诗的创作与翻译问题。

一 "抄袭案"与新诗创作问题

1925年4月10日《京报副刊》发表了陈文森《抄袭的能手》一文，文中指出欧阳兰发在《妇女周刊》第9期的《有翅的情爱》一诗，抄袭了《创造季刊》第4期上郭沫若译的雪莱诗，由此引发了关于"欧阳兰诗歌抄袭"的论争。抄袭一事被揭发后，即有署名为"雪纹女士"和"琴心"的两篇文章替欧阳兰辩护，核心意思大致为：诗是以内容为主，是整块的，批评一首诗也必须从它的整块上着想，如果整块的意境不同，纵使字句间有些和旁人相像的地方，也不能说他是抄袭[1]。而支持陈文森的一方，则严厉指责了欧阳兰的抄袭行为，认为欧诗总共有二十行，却有十行与郭沫若的译诗相同，实是有意为之[2]，作出的诗不过是"增减一二虚字东抄一句西抹一句的诗"[3]。后来更有论者揭露"琴心"和"雪纹女士"的文章其实都是欧阳兰自己代笔写的，这种蒙混读者、自辩自吹的手段"是大家所当深恶痛绝，最宽容不得的"[4]。此"化名"一事也扩大了该事件的影响，提高了人们对抄袭问题的关注。

不过，陈文森一文并不是《京报副刊》上第一篇揭发诗歌抄袭的文章。往前有金满成在1925年1月30日发表的《抄袭的笑话》一文，指出他在《京报副刊》上的一首《甜蜜的回忆》被文农君抄袭；往后也有1925年6月5日风光先生的《病中捉贼》一文，文中提及汪震亚的《幻

---

[1] 雪纹女士：《"细心"误用了！》，《京报副刊》第118号，1925年4月14日。
[2] 风光：《蚂蚁与欧阳兰》，《京报副刊》第124号，1925年4月20日。
[3] 陈文森：《抄袭的能手》，《京报副刊》第114号，1925年4月10日。
[4] 廿人：《希望自爱的青年勿学欧阳兰》，《京报副刊》第127号，1925年4月23日。

梦》抄袭了徐志摩的《哀曼殊斐儿》。而事实上,早在1924年5月的《时事新报·学灯》上就有关于赵吟秋新诗抄袭的质疑文章①;树声也在8月20日的《晨报副刊》上发文指责石评梅的诗《微笑》抄袭了徐志摩的《去吧》②;1925年12月的《民国日报·觉悟》上,更是发生了一番关于《乡梦》到底是谁抄袭谁的争论③。短短两年内,有关诗歌抄袭的文章被如此频繁地登载出来足以反映这一现象在当时的普遍性及热度。一般来说,抄袭一事被读者告发后,"作者的辩解、友人的维护和编辑的声明便轮番登场",论争双方往往各执一词,讨论也没有得到一个确证的结果,"一来二去就成了一笔笔文坛旧账",④ 但是,当我们以后来人的视角进入"新诗抄袭"的论争现场,这些论争文章所展现的话语逻辑却为我们深入认识新诗人写作素养和新诗创作困境提供了鲜活的史料。为此,我们不妨结合着上述这些文章做总体的探讨。

抄袭与沿用、模仿不同。早期新诗虽然坚决反对旧诗的体式和语言,但由于新诗尚未建立起一套属于自己的诗学范式,写作没有依傍,不少诗人在自由诗形下仍沿用着旧诗的词汇与表达,一些青年初尝白话诗时也只能就报刊上已有的白话诗范本进行参考,故而沿用与模仿(特别是模仿)在早期新诗的创作中极为常见。而抄袭,则是对他人诗作或译作句子的直接挪用,有的会打乱后重组并进行部分的删改,有的则成段照搬。这一现象在早期新诗创作中也存在,但因新诗初创期普及的需要并不被过多关注,到了中期则愈演愈烈。如果说模仿是新诗人写作能力的问题,那么抄袭则属于新诗人写作素养的问题。

爱吾在文章中便指出当时的很多新诗人思想平庸、生活空虚,往往还未形成富足的修养与成熟的诗情便急于下笔,拼凑成文,"除个呻吟些爱呀爱呀而外,要掠取文豪的头衔,便不能不靠读他文豪的作品,希望

---

① 具体见胡开瑜《读〈诗与小说〉后之怀疑》,《时事新报·学灯》1924年5月6日;艸艸《对于赵吟秋君底又一怀疑》,《时事新报·学灯》1924年5月15日。
② 具体见树声《抄袭的诗人》,《晨报副刊》1924年8月20日。
③ 具体见1925年12月5、8、11、12、21、22日的《民国日报·觉悟》。
④ 吴丹鸿:《1920年代中期新诗的"中衰"》,《南方文坛》2021年第5期。

读了受点刺激,偷一点弦外之音,或精粹的句语,来补我集子的空白"①,因而所作的诗都是抄袭的、矫揉造作的。再者,既然抄袭已屡见不鲜,自然也失去了"使心内愧的效力"②,新诗人对此缺乏足够的重视和敬畏,甚至常常钻法律的空子。茂林在为欧阳兰辩护的时候就曾大胆地论断:"我抄了一篇东西,被你发现了后,对于这罪的惩罚,在最近现行法令中,又没有什么规定。"③ 这其实是一个辩护的策略,却也真实透露出了部分抄袭者的心态④。新诗成了青年们追名逐利的工具,报刊却也变相成为新诗抄袭的帮凶。在"量多质少"的产出中新诗背离了"五四"的创造精神,逐渐失去了对文艺副刊的标志性意义以及对新文学的建设性作用。

另外,当时也有一些论者从新诗语汇狭隘的角度对抄袭现象进行过解释。树声在《晨报副刊》上质疑石评梅的诗抄袭后,石评梅曾发文为自己辩护。她以为在宇宙之内,自然所赠予的不就是"翠峦碧溪夜莺杜鹃玫瑰紫罗兰宫殿楼阁……"这些东西,因此她实不知自己的诗句犯了抄袭的嫌疑⑤。之后沉生在《诗的用字》一文中也提到这个问题。他指出现在的新诗人,作诗不能真实地表达自己的感情,总是"用些杜鹃、玫瑰、紫罗兰,等无论何时,何地,何人,都可引用的字句来渲染"⑥。字句的重复使用最终让新诗创作看起来十分相似,由此产生抄袭的争议,而这其实与一味地模仿有关。新诗没有及时从模仿中脱离出来进行独创,没有从实地生活中汲取新鲜丰富的材料,而是逐渐将现成的或借鉴来的语汇固化为僵硬的写作程式。新诗使用的语汇越来越狭隘,新诗写作的空间自然受到了挤压。在逐渐收缩的新诗写作空间里,新诗人的创作尽管更为容易与便利,却只能困囿在前人的经验里,甚至直接挪用别人的诗作,作品出新、出彩变得困难,从而导致诗坛整体趋于沉闷。

---

① 爱吾:《平鸣》,《京报副刊》第122号,1925年4月18日。
② 懋琳:《"我心里"也"常常想"》,《京报副刊》第130号,1925年4月26日。
③ 茂林:《你要知道》,《京报副刊》第122号,1925年4月18日。
④ 当时就有人认为,剽窃、抄袭风气的盛行"未必不由于现在几个著名的文人巧偷善窃之后,依然无片言只字的制裁,致令坐拥盛名",而这种做法会让一些"气根浅薄"的人羡慕模仿,最终酿成风气(周仿溪:《梁启超的新罗马传奇》,《文学周刊》第29号,1925年8月1日)。
⑤ 石评梅:《此生不敢再想到归鸦》,《晨报副刊》1924年8月27日。
⑥ 沉生:《诗的用字》,《晨报副刊》1924年9月13日。

总而言之，新诗抄袭的背后折射出的是新诗人心性的浮躁与新诗创作的困境。而《京报副刊》这一时期对抄袭现象的频繁刊载，一方面可以借此维持新诗沉滞期的话题度，另一方面也可以通过曝光抄袭者对新诗人起到警示作用。1924年后有关新诗问题的激烈论争越来越少见，与这一时期新诗创作的沉闷相伴随的是新诗讨论文章数量的锐减。此时若要继续维持人们对新诗的关注，就需要新诗研究者和编辑者努力去寻找、挖掘有关新诗建设的新话题，而有争议的话题也能吸引更多读者的兴趣，为报纸带来销量。于是前期一直存在却未被过多关注的新诗抄袭现象自然被推到"台前"，成为一时报纸副刊上的热点。四大副刊则因拥有较广泛的平台影响力和庞大的读者群体而成为发声者的首选。尽管从刊载情况看，真正引起反响并产生热烈讨论的文章并不多，但其对青年诗人们知识学养与道德素养问题的针砭与争辩、对新诗创作固化态势的反思，确也引起了大众读者的重视。欧阳兰和汪震亚被指抄袭后纷纷离开了所在报社，对想通过类似途径发表文章以获取名气的青年作者不免起到一定的警示作用。

二 "译诗指摘"与新诗翻译问题

有关译诗的指摘是这一时期报纸杂志的又一热点问题。《京报副刊》上天心对朱湘译作《无情的女郎》的批评，刘丁等对方兴用文言译的雪莱诗《致夜神》的指摘与讨论，廿人对王统照翻译《克司台凯莱的盲女》一诗错误之处的详细列举，等等，都体现了这时期诗坛对译诗问题的关注。其中，较有代表性的事件便是文坛关于朱湘译《异域乡思》一诗的论争。1925年2月25日在《晨报副刊·文学旬刊》第26号上发表了王宗璠和剑三先生（王统照）的一篇《通讯》，在文中王宗璠表达了自己阅读译诗的体验，并在末尾处指出朱湘译白朗宁《异域乡思》一诗在第11—14行中的几个错误[①]。对此，朱湘在3月11日的《京报副刊》上发表《白朗宁的〈异域乡思〉与英诗》一文进行解释，同时表达对社会不

---

① 王宗璠、剑三：《通讯》，《晨报副刊·文学旬刊》第26号，1925年2月15日。

公的愤懑，话语间充满挑战意味。后续乔迺作、廿人、孙大雨等都在《京报副刊》上发文加入这场论争，并带有意气成分，最终由译诗问题上升到对个人的嘲讽、攻击，演变为一场笔墨官司，扩大了该事件的影响力。

表3-1　　　《异域乡思》第11—14行原文及翻译对照

原文：
Hark, where my blossom'd pear-tree in the hedge
Leans to the field and scatters on the clover
Blossoms and dewdrops-at the bent spray's edge
That's the wise thrush; he sings his song twice over

朱湘译[①]： 我家中篱畔烂漫的夭桃 斜向原野，树上的露珠与花瓣 洒在金花草的地上——听哪，抓着曲下的枝条 是一只聪慧的画眉；伊的歌总是唱两遍	天心译[②]： 我家园中盛开的李树 斜向田野，把挂在曲枝梢头 的露珠与花朵洒向地上的黄花， 听呵，在那里只有伶俐的画眉； 他每支曲儿都唱两次

仅从译诗本身看，王宗璠指出朱湘译诗的错误集中在：（1）单词翻译错误：把"pear-tree"（梨树）误译成"夭桃"；（2）句子语法错误："scatters"是动词的第三人称单数形式，其对应的主语不该是"blossoms and dewdrops"；（3）句子意思不通："抓着曲下的枝条"一句翻译有点奇怪[③]。对此，朱湘的解释是：（1）将"梨树"改为"夭桃"是因为想与第三句末尾的"枝条"协韵，并且他觉得梨树与桃花都是春天的花，此番有意的误译对整首诗而言并没有多大影响；（2）用"and"连接"blossoms"和"dewdrops"，动词可以用"scatters"；（3）将"at the bent spray's edge"译为"抓着曲下的枝条"则是将这句话附属于主语"thrush"（画眉），如此才能避免句子的平庸化，"活画出一只鸟将两脚抓住一根枝条，枝条因鸟的体重而略'曲下'"的情态，更富生趣与想象力[④]。若严格按

---

① 原文及朱湘译文均载自朱湘《白朗宁的〈异域乡思〉与英诗》，《京报副刊》第85号，1925年3月11日。
② 廿人在《春风不要再吹罢》（《京报副刊》第102号，1925年3月28日）一文后附上天心关于此首诗歌的翻译，认为天心的翻译更巧妙。这里一并列出进行对比。
③ 王宗璠、剑三：《通讯》，《晨报副刊·文学旬刊》第26号，1925年2月15日。
④ 朱湘：《白朗宁的〈异域乡思〉与英诗》，《京报副刊》第85号，1925年3月11日。

英语的翻译标准，这3处错误确是朱湘翻译的过失，但若从朱湘的白话译文看，改动与错误之处又都源于诗歌表达的需要。因此，首先，这场论争实质上是直译与意译之争，背后是双方在翻译观念上的差异。

遵循"原作中心"的原则，王宗璠等主张诗歌的直译，反对因协韵的需要任意错改原文，损害原诗内容的真实性，而朱湘等更倾向意译。在朱湘看来，原诗只能算原料，它要服务于诗歌的意境。若原诗材料虽好但不合国情，"本国却有一种土产，能代替着用入译文，将原诗的意境更深刻地嵌入国人的想象中"，那么"译诗者是可以应用创作者的自由的"①。显然，"夭桃"意象更贴近中国传统诗学的话语体系，能够加深译诗的文化情调与读者阅读时的亲切感。另外，朱湘的误译也带有格律体译诗实践的考量。早期译诗为了配合白话诗实现诗体的解放，翻译后的诗歌大多不拘形式、不求押韵，甚至英美格律诗也被一味翻译成无韵体自由诗。对于这一译诗策略，朱湘很不认同："不说西方的诗如今并未承认自由体为最高的短诗体裁，就说是承认了，我们也不可一味盲从，不运用自己独立的判断。"② 对比天心和朱湘的译文，受指摘的这几句诗原文共有四行，采用"a-b-a-b"的押韵形式，天心的译文分为五行，形式自由，不按原诗的押韵规则，是典型的白话自由体译诗，朱湘翻译的时候则基本遵循了原诗的格律形式，保留了原诗的音乐美感，是对一直以来重内容而轻形式译诗策略的挑战。

其次，这场论争也关联到译诗形式与美学的问题，并从单纯关注译得对不对到关注译得好不好，美不美，而这也是20世纪20年代中期译诗指摘的一个重要变化。回溯"五四"以来有关译诗的讨论会发现它们大多集中在诗能不能译、直译还是意译？译诗语言要不要欧化等问题上。这是因为早期的译诗更大程度上是作为白话新诗运动的工具，服务于白话诗建设与新文学启蒙的需要，为此诗人们更关注译诗语言的白话化、形式的自由化以及内容所传递出的社会价值，译诗本身是否正确，修辞、韵律是否得当并不被在意。之后，在创造社诗人的倡导下，有关译诗的

---

① 朱湘：《说译诗》，《文学周报》1928年第276—300期。
② 朱湘：《说译诗》，《文学周报》1928年第276—300期。

讨论逐渐转向译诗本身的质量与美学问题。1922年后译诗指摘逐渐增多，一开始的文章大多就译诗语言的错误之处与译者进行商榷，随着译诗讨论的扩大、深入，论者不再只考究译诗的正确性，同时还注重译诗语言的优美性、与原作者心境的吻合度等，呈现为一种更自觉、更本体的新诗翻译探索。比如，饶孟侃在为朱湘辩护时就从美学的角度指出，朱湘不用"盛开"而用"烂漫"一词是为了使译文更美丽①。天心则批评朱湘《无情的女郎》一诗翻译得不够优美动听，"就好像那初学拉胡琴的人拉出来的声音"，不似原作般清爽、凄凉②。

应该说，在有关朱湘译诗的论辩中我们看到了译诗指摘的观点交锋与策略演变，由此体现出诗歌翻译在这一时期的逐步深入，甚至后来还出现了徐志摩关于新诗翻译的集体征求。而从早期诗歌译什么的选择、能不能译、怎么译的讨论到诗歌译得正不正确、美不美的指摘，从个人翻译到集体研究，20世纪20年代中期有关译诗问题的商榷进一步促进了译诗理论的发展。同时，通过深化译诗问题，探索了新诗语言表达的广度与深度，拓宽了新诗的生成空间，并对新诗翻译者提出了更高的要求，对新诗的建设具有积极意义。《京报副刊》在这期间及时抓住了热点话题，给予充分的论争空间，发挥出重要的媒介作用。

第二节 新诗著评风气建设

很长一段时间，新诗的发展处在失序的状态。当创作、翻译渐成一种时髦，新诗人们便蜂拥而上，希冀靠此闯出名堂。于是，"假诗""滥诗"占领诗坛，"错译""误译"行为时有发生。另外，不论是抄袭问题还是译诗问题，批评指摘总是掺杂着对个人的嘲讽与攻击，新诗批评的不良风气由来已久，"全捧"与"全骂"的批评更是屡见不鲜。新诗坛上充斥着对当前新诗创作与批评的不满之声。如何重建新诗创作与批评的风气也成为这一时期《京报副刊》上涉及较多的问题。

---

① 饶孟侃：《"春风吹又生"》，《晨报副刊》第51号，1925年3月8日。
② 天心：《开茨的美女无情》，《京报副刊》第124号，1925年4月20日。

一 新诗人写作的指导规劝

新诗创作风气的转变关键在于诗人。重视新诗人写作素养与写作能力的提升，对新诗人进行劝诫与指导成为时人转变这一不良风气的努力之举。

高长虹《诗人的梦》率先从写作态度上对新诗人进行规劝。文章通过诗人梦见向诗神奉献诗集却被诗神拒绝、惩罚的故事来隐射当时诗坛的创作乱象。诗神是名誉的象征，诗人对诗神的恭维表示对名利的追逐，"这是一件美丽的礼物……一切好花，都在这里了"、"一个有名的书局里出版了的"等话语具有深刻的讽刺意味。而借诗神之口，作者也批评了一部分诗人贪慕虚荣的创作心理和功利化写作的倾向。在梦的最后，诗神令小鬼用尖刀刺入诗人的心，"此后，诗人的心便时常痛了起来，每到痛到不可忍耐的时候，他便不自觉地去写一些东西"，久而久之，诗人的屋里反而常见诗神的往来①。作者安排这一结尾意在忠告新诗人：写作要回归本心，它是心灵在经历一番苦行后的再现，是内心情绪饱满到极点后的自然流露，唯有用心感受、用心写作，才能出好诗、真诗。李荫春《诗人的架子》一文也对诗人好摆架子的心态进行了批评，并劝诫诗人：应摒弃矫揉造作、无病呻吟的个人写作，避免陷入自身主义的泥沼，要多关注人世间的愁叹病苦，"我们若对于多数人病苦的形容触眼仍然不见，对于愁苦的声音充耳仍然不闻，专将美丽的东西来描写，或者免去功利主义的讥诮，加上纯美派的花冠……恐怕真成了'壮夫不为'的'雕虫小技'"②。新诗写作的视点应从自身转向社会，情感抒发才能由虚浮变得沉着，作者由此强调了诗人投入现实生活进行观察与体悟的重要性。

除了端正写作动机，开阔写作视野、写作方法的指导，写作能力的获得同样重要。新诗人尚未掌握写作的基本方法、未形成表达规范就随

---

① 高长虹：《诗人的梦》，《京报副刊》第119号，1925年4月15日。
② 李荫春：《诗人的架子》，《京报副刊》第440号，1926年3月16日。

意动笔，必然会出现新诗写作过于肤浅、堆砌辞藻、表达不清楚等问题①。1925年7月31日的《京报副刊》上刊登了汪静之在保定德育中学的演讲文《做诗之次序》。诗人从自身经验出发向青年们创作新诗提供具体方法上的指导。文章开篇汪静之便着重论述了"诗兴"的重要性，它是由环境与感触所促成，是一切作诗的前提。只有当"创造的欲望，到这样不可压抑的时候，到这样圆满如球的时候"才可以预备作诗，这是对"为名写诗""胡乱写诗"等不当观念的纠正；紧接着，汪静之从"加以想象""选择整理""取形分配""修辞""音调""吟咏删改"等几个方面详细阐述了新诗的作法，并强调新诗当以内容为重，"诗的灵魂是情感与思想，形式音调是情感思想的象征与装饰"，谨防情感虚假、思想空洞的新诗写作，突出了新诗的现代性与创新精神。

　　早期新诗人大多通过中学的学习、阅读接触新诗从而走上创作道路。因此，汪静之的讲演有利于培养新诗潜在作者群与读者群的写作能力、鉴赏能力，帮助他们树立正确的新诗创作观、价值观。同时，诗人到中学授课、讲演也是促进新诗传播与接受的重要途径。报刊则通过将演讲文发表出来，实现学校与学校、学校与社会间的思想交流和资源共享，扩大新诗的传播范围。如今，沉闷、疲弱的新诗坛亟待新一轮的解放，新诗人的写作需要重回正轨，提领新诗发展方向的人还未出现，逐渐崛起的新生一代自然被赋予了无限的期望，不仅包括校内的学生也包括校外许多失学的青年。而《京报副刊》的刊载能极大拓宽该篇讲演的受众面，具有指导和教育意义，有助于大众读者对新诗写作的重新认识与自主学习。

二　新诗批评的理论纠偏

　　《京报副刊》上专门谈论文学批评的有两篇文章：圣麟译的《文学批

---

① 当时许多人对新诗的不满都涉及这几个方面。比如于成泽认为"现在中国的新诗，至少有两种毛病：一种是肤浅，一种是凿句"（于成泽：《评〈志摩的诗〉》，《文学周刊》第32号，1925年8月22日）。《晨报副刊》上也有论者指出："我看现在诗界的东西有两种普遍的毛病：一种是不清楚，一种是太肤浅。"（毕树棠：《漫谈》，《晨报副刊》1925年9月4日）

评上的七大谬见》和董秋芳的《文学批评与文学原理》，虽然两篇都立足于整体的探讨，但对新诗批评风气的纠偏也具有理论上的启发意义。从报刊上的讨论文章看，当时备受谴责的新诗批评主要集中在两个方面。第一，是一知半解的批评，又称猜谜的批评。批评家没有对作品进行充分的了解便摆起批评的架子，"开口就是'不得已只得翻出原文一看……我现在又没有多时间……仅能把……'"①等字眼，煞有介事似的却漏洞百出，浮于表面。第二，是吹毛求疵的批评，也即恶意的批评。批评家无法平心静气地对待作品，随意指责，张口就骂，从而使批评失去原有的效力。鲁迅曾在《未有天才之前》一文中将这种批评行为视作"阻碍天才生长"的主要原因之一。新出的作品往往还未到眼前，就有批评家高唱"幼稚"的论调。"恶意的批评家在嫩苗的地上驰马，那当然是十分快意的事；然而遭殃的是嫩苗——平常的苗和天才的苗。"② 在一向宽容、扶持青年作家的鲁迅眼中，这一行为无疑会打击新进作家的自信心，不利于文坛新生力量的成长。

对此，董秋芳在文章中呼吁批评家不仅要掌握批评的方法，更要积蓄自己的学养。在他看来，批评家不能只懂得一点文学原理，便将其当成唯一模型去范围所有作品。每个时代都有自己的主流论调与批评原则，不可拿研究科学的态度来研究文学（尤其是诗歌），不能在尚未了解作品内核时就随意批评。他进而劝告青年批评家"在还没有天才发现，还没有十分成功的作品"前不必急于批评，不妨多读些成功的西洋文学作品，富足自身的涵养以备做深切的研究。他还以《苦闷的象征》为例，指出正是因为作者对生活做了透彻的观察并广泛阅读了文学书籍才能进行创造性的批评③。从以上论述中，我们不难发现鲁迅思想的影子，此文亦可看作是对《未有天才之前》一文的回应。

如果说董秋芳的文章重在强调批评家自身的知识涵养，那么《文学批评上的七大谬见》一文则致力于纠正一些批评上的错误认识，它们大

---

① 廿人：《猜谜批评家》，《晨报副刊》1924年12月12日。
② 鲁迅：《未有天才之前》，《京报副刊》第21号，1924年12月27日。
③ 董秋芳：《批评文学与文学原理》，《京报副刊》第57号，1925年2月10日。

致可划归为三种。首先，是批评对象的错误。作者认为着眼于诗人为酬金而作诗的批评是误把刺激力当作创作动力。诗人或许会因为报酬而写诗，但诗歌的好坏并不取决于报酬的多少，诗歌自始至终都是诗人心底不得不说出的话。也正如此，批评家应当关注的不是诗人所处的环境，而是诗人对于所处环境的领悟；值得挖掘、研究的不是诗人生活的秘密，而是作品艺术的秘密。其次，是批评重点的错误，比如侧重"诗须用韵"和"诗人用比喻"。在作者看来，这两者都不是诗所必须具备的。诗歌的内容远比作为表面形式的韵更为重要，切莫把表面的形式当作艺术的实在。同理，比喻不过是诗歌表现形式的一部分，太执着于此的批评，无法真正理解字词本身的含义与表达的新鲜。最后，是批评标准的错误。对社会学批评方法的反对，对诗歌本质内容的重视直接决定了作者以艺术作为唯一标准的批评原则。诗的悲与喜只是风格上的区分，不能被套用上"悲剧律"等理论，批评家"只可迁理论以就诗，不可迁诗以就理论"，道德和政治亦不能作为评判诗歌的标准[①]。

尽管这是一篇译文，但文中涉及的问题却紧密贴合"五四"以来新诗所面临的内外挑战，如新诗的用韵问题、平民与贵族问题、道德与不道德问题等，都引起过激烈的论争。而比起对这些论争下一个结论，这篇文章的意义在于：从理论上指出了诗歌批评的错误倾向并召唤诗歌回归对自身的关注。新诗批评的实质是诗学问题的交流，目的是促进新诗的发展，如今却逐渐演变为批评者抢占话语权力的工具，甚至是文人间互相攻击的武器。时人虽多次表示过不满，却很少指明应该怎么做。也许，从理论建设上纠偏新诗批评的不良风气是一次迫切且必要的尝试。

第三节 新诗路径的现实融合

时人在清算新诗过去存在的弊病时，也需摸索未来的发展路径。20世纪20年代中期正值文学革命向革命文学转变的过渡期，启蒙与救亡交

---

① Ioel Ellas Spingarn：《文学批评上的七大谬见》，圣麟译，《京报副刊》第54号，1925年2月7日。

织的现实诉求不断推动着新诗的内在形塑与融合。《京报副刊》上时人对新诗发展路径的探索既基于新诗的现状，也与深刻的社会现实相联系。

一 国民文学与新诗

1925年3月6日的《京报副刊》上登载了穆木天、郑伯奇、周作人关于"国民文学"的通信。对于郑伯奇此前提出的"国民文学"[①]，穆木天率先以诗歌的形式热情地回应，表示赞同与支持。他从诗人的角度来解释国民文学，"什么是真的诗人呀！／他是民族的代答，／他的圣神的先知，／他是发扬'民族魂'的天使。／／他要告诉民族的理想／他要放射民族的光芒……"[②]。毫无疑问，国民文学的诗人要为时代立言，要替民族发声。紧接着穆木天在诗中表达了对现存两种创作倾向的看法。其一是对新诗此前一味模仿西方、过度"欧化"化的创作倾向表示警惕；其二是对目前文坛盛行的感伤恋爱诗风进行批评。而从以上两点出发，新诗合宜的创作路径也呼之欲出：既要立足本土的艺术资源，又要注重广阔社会的再现。为此穆木天在诗中充满激情地歌颂民族的历史，字里行间充盈着对民族历史的强烈认同感与确信。这首激昂澎湃的诗歌也让郑伯奇深受感染，直言："我决心此生以国民文学为中心，从事新艺术的运动了！"[③] 相较之下，周作人的态度更为谨慎。他虽也赞成国民文学的主张，认可其作为"唤醒堕落民族的一针兴奋剂"，但一再申明要警惕"本国必是而外国必非"的拳匪思想[④]。从上述三篇通信的落款时间看，穆木天和

[①] 1924年12月—1925年1月郑伯奇在《创造周报》第33—35期上发表长文《国民文学论》，提出了"国民文学"的主张（文章实写于1923年底至1924年初）。郑伯奇指出"国民文学"的提倡是为改变文坛萎靡不振的空气，补救无病呻吟的写作流弊。他反对"五四"以来对西方文学的一味移植，强调作家要以深刻的国民意识深入现实的血海里去，探索国民的苦痛，忠实地表现国民的生活、抒发国民的感情。

[②] 穆木天、郑伯奇、周作人：《论国民文学的三封信》，《京报副刊》第80号，1925年3月6日。

[③] 穆木天、郑伯奇、周作人：《论国民文学的三封信》，《京报副刊》第80号，1925年3月6日。

[④] 穆木天、郑伯奇、周作人：《论国民文学的三封信》，《京报副刊》第80号，1925年3月6日。

郑伯奇的文章作于1924年10月、11月，周作人的文章则作于1925年3月。显然，三篇通信的集中发表是周作人的有意之举，并通过《京报副刊》的媒介平台扩大了讨论的声音。

受启蒙精神的指引，"国民文学"的提倡者力图改变当下文坛创作的萎靡状态，从本土资源出发重塑文学的审美与社会形态，以此回应深重的现实。而对创造社成员来说，紧跟时代主旋律，突出文学的使命意识，强调"自我"与社会的联系，将"那个被放逐的'我'重新召回民族国家的怀抱"①，一定程度上也弥合了长期以来身处域外的他们与国家之间的裂缝。在这个民族与情感的共同体中，"我"从"不为社会所容的零余者"变成"民族国家意志与精神的神圣代言"②，完成身份价值的转变。具体反映在诗歌上，则体现了新诗人对新诗不无激情的构想：一方面注重新诗内部语汇的重构、新诗主体人格的勃发；另一方面强调新诗对社会现实的刻画、对国民精神的唤醒，提升新诗人的实践价值。这确为创造社诗人浪漫诗歌情致与启蒙文学志业的一次结合。

二　国家主义与新诗

钱玄同等曾视"国民文学"为"国家底迷信"，对其极为反感，这与国家主义思潮的高涨不无关系。自传入中国后，国家主义思潮随着救亡图存的历史语境和爱国运动的接连兴起而不断扩大，并在20世纪20年代发展成为一股影响力较大的社会思潮。五卅运动爆发后国家主义思潮更是达到了高潮，"据不完全统计，受五卅惨案的刺激而产生的国家主义团体达到26个"③。强烈的忧患意识与"国家"二字背后隐含的统一民族国家的理想图景使国家主义思潮备受欢迎，它蕴含着知识分子抵御外国

---

①　刘婉明：《个体与国家关系的重构——从"国民文学"论争看1920年代新文学阵营的分歧》，《福建论坛》（人文社会科学版）2019年第6期。

②　刘婉明：《个体与国家关系的重构——从"国民文学"论争看1920年代新文学阵营的分歧》，《福建论坛》（人文社会科学版）2019年第6期。

③　曾科：《国家主义与20世纪20年代的文化、政治思潮》，博士学位论文，中国社会科学院研究生院，2014年。

欺侮、谋求民族独立的热望。这一时期《京报副刊》上也刊登了多篇谈论国家主义的文章，时人不仅对国家主义的内涵进行多样化解读，还将国家主义与当时社会生活的方方面面相结合，力图探索社会发展的新出路①。

1925年6月13日《文学周刊》上发表了焦菊隐的《国家主义的文学》一文，率先将国家主义与文学相结合。作者对中国目前文艺作品萎靡、虚假的现状表示不满，认为要以血泪的文字"描写全中华软弱的民族被压迫的生活，以唤起民众的自觉心"②，切实提倡国家主义的文学。但他同时也谨慎地指出所谓国家主义的文艺不过是文学上的一种主张，"文艺只是文艺，拉不到什么政治外交上去"③，明确地与政治斗争划清界限。事实上，"国家主义的文艺"不过只是对"国家主义"这一名称的单纯借用，内核不脱现实主义文学的范畴。在与文艺的结合中，"国家主义"的实际内涵早已被更强大的文学情感诉求消解。

值得注意的是，作为新文学的实践先锋，新诗如何参与到这一高涨的社会思潮中也被时人单独提及。1925年7月30日的《京报副刊》上发表署名为"江"的《新诗与国家主义》一文，主张"融新诗与国家主义于一炉"。文章开头作者便亮明自己的"门外汉"身份：既不是新诗人也不是深信国家主义的人。但在他看来，新诗和国家主义都是"现在国中时势所造成的最新鲜最流行的东西"。他承认新诗表情兴感的作用，但同时也看到新诗作为"种种目的的手段"。因此他肯定，有流行的新诗、有国家主义，就"必有所谓新诗人的国家主义，所谓国家主义者的新诗"④。尽管他并没有在文中就新诗怎样与国家主义相融合提出方法，但作为一

---

① 从政治形态上看，以醒狮派为代表的国家主义者所具有的反动性质已是不争的事实，但这并不能代表当时所有团体或个人提倡"国家主义"的初衷。在20世纪20年代群起响应的国家主义思潮中其实充满着巨大的复杂性与混沌性。时人对于国家主义的界定和主张各不相同，但是"内除国贼，外抗强权"的口号确是大多数人共同的追求，因此很多人对"国家主义"的理解和提倡其实更倾向于爱国主义。比如卫士生在《国家主义的教育与中国》（《京报副刊》第151号，1925年5月17日）一文中就认为国家主义无非就是爱护国家的意思。
② 焦菊隐：《国家主义的文学》，《文学周刊》第24号，1925年6月13日。
③ 焦菊隐：《国家主义的文学》，《文学周刊》第24号，1925年6月13日。
④ 江：《新诗与国家主义》，《京报副刊》第223号，1925年7月30日。

种参与社会运动的文学工具，新诗显然被赋予了更多的期待。这不仅是基于诗歌传统的历史敏感所提出的现实构想与路径开拓，更是对新诗人走出"象牙塔"，融入时代洪流，发挥主体能动性的深切召唤。

不论是国民文学还是国家主义的文学都是文学在启蒙与救亡双重变奏下对兴起思潮的热烈响应、对时代的主动介入，却又因思想认识的不同，内里充满着矛盾性、含混性。不过，似乎可以看到，在社会思潮涌现的20世纪20年代中期，已获得正统地位的白话新诗逐渐成为一种思潮与文学交会的触发点、生长点。尽管最终的实践成果与文学价值有限，但它提示了新诗的另一条发展线索：在"诗与国民""诗与国家"的融合与构想中，新诗的形象被不断阐释与赋能，超越感伤、颓废的情感宣泄，不同于形式、音节的美学试验，新诗的路径探索充满着现实的紧迫性、未来的不确定性，但新诗的社会功能、新诗人的主体人格却得到更大范围的认同与推进。

结　语

　　依托《京报》,《京报副刊》自诞生之日起就自带着光环与使命,也充满着困难与挑战。一方面,文学的言说空间正在被更紧迫的社会现实挤压;另一方面,新诗创作质量的滑坡也在进一步弱化新诗对新文学的建设功效。在有限的副刊版面内,新诗所要完成的自我修正却不少:释放新诗的活力、纠偏新诗的风气、重塑新诗的秩序等,《京报副刊》作为这一时期重要的综合性文艺副刊,在新诗的建设、传播上发挥着不可替代的作用。直承"五四",刊登的新诗作品在语体上不断丰富,新诗问题的论辩旨在纠正"五四"以来的创作、翻译、批评乱象;回应现实,新诗抒发个体的苦闷与时代的焦虑;提示未来,新诗在自身演进中努力实践着形质的新变,新诗路径探索充满着革命的召唤。可以说,《京报副刊》在20世纪20年代中期的新诗建设中,既发挥出媒介对新文学的传播作用,又为新诗的自我调整留足了空间,展现过渡时期新诗发展的多元面貌。

　　1926年4月26日直奉军阀封闭了京报馆,逮捕并杀害了社长邵飘萍,《京报副刊》也随之停刊。留在《京报副刊》上的最后一篇文章题为《目下的北京》。目下的北京,战乱不断、政局混乱、经济凋敝,一切可用"混沌"二字来形容①。前路未明,模糊不清,这不仅是时局的真实写照,也是时人的切身体验。时代的特殊性贯穿着《京报副刊》的始终,

---

① 有麟:《目下的北京》,《京报副刊》第477号,1926年4月24日。

也为它的研究带来更浓厚的现实色彩。副刊上一则简短的新诗信息、一篇单独的讨论文章往往都勾连着复杂、庞大的现实命题。因此，对于副刊上的新诗研究我们不仅要关注文学的独立性，更要兼顾时代性与历史性。客观来看，《京报副刊》上的新诗作品、新诗论争在内容丰富度与文学价值性上比五四时期的其余三大副刊，确有其局限性，但是作为当时知识分子的言论空间，《京报副刊》提供了丰富的历史现场，为我们呈现了时代的矛盾纠葛与新诗发展的多重可能性。应该说，作为"四大副刊"之一的它理应有新诗浓墨重彩的一笔。

参考文献

一 报刊类

《京报副刊》1924年10月—1926年4月，国家图书馆出版社2016年影印本。

二 专著类

曹聚仁：《听涛室人物谭》，生活·读书·新知三联书店2007年版。
草川未雨：《中国新诗坛的昨日今日和明日》，上海书店1985年版。
陈捷：《〈京报副刊〉研究》，台湾：花木兰文化出版社2014年版。
陈绍伟编：《中国新诗集序跋选》，湖南文艺出版社1986年版。
傅正谷：《中国梦文学史》，光明日报出版社1993年版。
姜涛：《"新诗集"与中国新诗的发生》，北京大学出版社2005年版。
姜涛：《公寓里的塔：1920年代中国的文学与青年》，北京大学出版社2015年版。
荆有麟：《鲁迅回忆断片》，上海杂志公司1943年版。
刘继林：《民间话语与中国现代诗歌》，中国社会科学出版社2022年版。
鲁迅著，鲁迅先生纪念委员会编：《鲁迅全集》，花城出版社2021年版。
山西省盂县《高长虹全集》编辑委员会编：《高长虹全集》，中央编译出版社2010年版。

孙伏园：《鲁迅先生二三事》，湖南人民出版社 1980 年版。
王光明：《散文诗的世界》，长江文艺出版社 1987 年版。
武汉大学闻一多研究室编：《闻一多论新诗》，武汉大学出版社 1985 年版。
杨匡汉、刘福春编：《中国现代诗论》，花城出版社 1985 年版。
[美] 周策纵：《五四运动史》，陈永明等译，岳麓书社 1999 年版。
朱湘著，方铭主编：《朱湘全集·诗歌卷》，安徽文艺出版社 2017 年版。
朱自清编选：《中国新文学大系·诗集》，上海良友图书印刷公司 1935 年版。
朱自清：《朱自清全集》，时代文艺出版社 2000 年版。

三　期刊论文类

陈子善：《〈京报副刊〉影印本序》，《新文学史料》2016 年第 3 期。
李全生：《布迪厄场域理论简析》，《烟台大学学报》（哲学社会科学版）2002 年第 2 期。
刘婉明：《个体与国家关系的重构——从"国民文学"论争看 1920 年代新文学阵营的分歧》，《福建论坛》（人文社会科学版）2019 年第 6 期。
吴丹鸿：《1920 年代中期新诗的"中衰"》，《南方文坛》2021 年第 5 期。
张涛甫：《孙伏园时期的"晨报副刊"》，《江淮论坛》2004 年第 2 期。
张桃洲：《论歌谣作为新诗自我建构的资源：谱系、形态与难题》，《文学评论》2010 年第 5 期。

四　学位论文类

崔燕：《〈晨报副刊〉新文学传播研究》，博士学位论文，陕西师范大学，2020 年。
伍明春：《现代汉诗的合法性研究（1917—1926）》，博士学位论文，首都师范大学，2005 年。
曾科：《国家主义与 20 世纪 20 年代的文化、政治思潮》，博士学位论文，中国社会科学院研究生院，2014 年。

上篇参考文献

一 专著类

曹聚仁:《听涛室人物谭》,生活·读书·新知三联书店2007年版。
草川未雨:《中国新诗坛的昨日今日和明日》,上海书店1985年版。
陈昌凤:《蜂飞蝶舞——旧中国著名报纸副刊》,福建人民出版社1999年版。
陈捷:《〈京报副刊〉研究》,台湾:花木兰文化出版社2014年版。
陈敬之:《"新月"及其重要作家》,台湾:成文出版社1980年版。
陈绍伟编:《中国新诗集序跋选》,湖南文艺出版社1986年版。
程国君:《新月诗派研究》,长江文艺出版社2003年版。
冯并:《中国文艺副刊史》,华文出版社2001年版。
付祥喜:《新月派考论》,中国社会科学出版社2015年版。
傅正谷:《中国梦文学史》,光明日报出版社1993年版。
郭沫若著作编辑出版委员会编:《郭沫若全集(文学编)》,人民文学出版社1982年版。
韩石山:《徐志摩传》,北京十月文艺出版社2001年版。
洪子诚:《问题与方法:中国当代文学史研究讲稿》,生活·读书·新知三联书店2002年版。
胡怀琛:《〈尝试集〉批评与讨论》,泰东图书局1925年版。
胡怀琛:《诗学讨论集》,新文化书社1934年版。
胡适:《尝试集》,亚东图书馆1922年版。

胡适编选：《中国新文学大系·建设理论集》，上海良友图书印刷公司 1935 年版。

胡适编选：《中国新文学大系·建设理论集》（影印本），上海文艺出版社 1980 年版。

黄天鹏编：《新闻学论文集》，光华书局 1930 年版。

贾植芳等编：《文学研究会资料》，知识产权出版社 2010 年版。

姜涛：《"新诗集"与中国新诗的发生》，北京大学出版社 2005 年版。

姜涛：《"新诗集"与中国新诗的发生》，北京大学出版社 2019 年版。

姜涛：《公寓里的塔：1920 年代中国的文学与青年》，北京大学出版社 2015 年版。

荆有麟：《鲁迅回忆断片》，上海杂志公司 1943 年版。

雷世文：《文艺副刊与文学生产》，中国文史出版社 2004 年版。

李木庵编著：《窑台诗话》，湖南人民出版社 1984 年版。

李晓灵、王晓梅：《渊源与化变：延安〈解放日报〉的传播体系及其当代价值之研究》，中国社会科学出版社 2015 年版。

李永东：《租界文化语境下的中国近现代文学》，人民出版社 2013 年版。

《梁实秋文集》编辑委员会编：《梁实秋文集》（第一卷），鹭江出版社 2002 年版。

林庚：《新诗格律与语言的诗化》，经济日报出版社 2000 年版。

刘继林：《民间话语与中国现代诗歌》，中国社会科学出版社 2022 年版。

刘群：《饭局·书局·时局——新月社研究》，武汉出版社 2011 年版。

刘烜：《闻一多评传》，北京大学出版社 1983 年版。

刘增杰、赵明、王文金等编：《抗日战争时期延安及各抗日民主根据地文学运动资料（上）》，山西人民出版社 1983 年版。

鲁迅著，鲁迅先生纪念委员会编：《鲁迅全集》，花城出版社 2021 年版。

吕进等：《大后方抗战诗歌研究》，重庆出版社 2015 年版。

吕周聚：《中国新诗审美范式的历史转型》，人民出版社 2014 年版。

潘正文：《"五四"社会思潮与文学研究会》，新星出版社 2011 年版。

彭鹏：《研究系与五四时期新文化运动——以 1920 年前后为中心》，中山大学出版社 2003 年版。

乔琦：《形式动力：新诗论争的符号学考辨》，四川大学出版社2015年版。
饶鸿競等编：《创造社资料（下）》，知识产权出版社2010年版。
邵华强编：《徐志摩研究资料》，知识产权出版社2011年版。
沈从文：《沈从文全集（第17卷）》，北岳文艺出版社2002年版。
石曙萍：《知识分子的岗位与追求——文学研究会研究》，东方出版中心2006年版。
山西省盂县《高长虹全集》编辑委员会编：《高长虹全集》，中央编译出版社2010年版。
孙党伯、袁謇正主编：《闻一多全集》，湖北人民出版社1993年版。
孙伏园：《鲁迅先生二三事》，湖南人民出版社1980年版。
孙玉石：《中国现代主义诗潮史论》，北京大学出版社1999年版。
汤富华：《翻译诗学的语言向度——论中国新诗的发生》，南京大学出版社2013年版。
田寿昌、宗白华、郭沫若：《三叶集》，安徽教育出版社2000年版。
童庆炳：《现代诗学问题十讲》，中国海洋大学出版社2005年版。
汪静之：《蕙的风》，亚东图书馆1922年版。
王光明：《散文诗的世界》，长江文艺出版社1987年版。
王光明：《现代汉诗的百年演变》，河北人民出版社2003年版。
王光明编：《如何现代 怎样新诗——中国诗歌现代性问题学术研讨会论文集》，社会科学文献出版社2016年版。
王建辉：《出版与近代文明》，河南大学出版社2006年版。
王锦厚：《闻一多与饶孟侃》，电子科技大学出版社1999年版。
王锦厚、陈丽莉编：《饶孟侃诗文集》，四川大学出版社1997年版。
王文彬：《中国报纸的副刊》，中国文史出版社1988年版。
王训昭等编：《郭沫若研究资料》，知识产权出版社2010年版。
王泽龙：《中国现代主义诗潮论》，华中师范大学出版社1995年版。
王泽龙等：《现代汉语与现代诗歌研究》，长江文艺出版社2017年版。
闻黎明、侯菊坤编：《闻一多年谱长编》，上海交通大学出版社2014年版。
吴锡恩编著：《中国解放区报业图史》，清华大学出版社2012年版。
吴小龙：《少年中国学会研究》，上海三联书店2006年版。

伍明春：《现代汉诗沉思录》，海峡文艺出版社 2016 年版。

伍明春：《早期新诗的合法性研究》，人民文学出版社 2012 年版。

武汉大学闻一多研究室编：《闻一多论新诗》，武汉大学出版社 1985 年版。

熊辉：《五四译诗与中国早期新诗》，人民出版社 2010 年版。

许毓峰、徐文斗等编：《闻一多研究资料（上、下）》，北岳文艺出版社 1986 年版。

杨匡汉、刘福春编：《中国现代诗论》，花城出版社 1985 年版。

叶红：《新月诗学生成论》，中国社会科学出版社 2016 年版。

易明善等编：《何其芳研究专集》，四川文艺出版社 1986 年版。

张涛甫：《报纸副刊与中国知识分子的现代转型：以〈晨报副刊〉为例》，广西师范大学出版社 2007 年版。

张新民：《期刊类型与中国现代文学生产（1917—1937）》，中国社会科学出版社 2014 年版。

张允侯、殷叙彝、洪清祥等：《五四时期的社团》，生活·读书·新知三联书店 1979 年版。

中共中央马克思恩格斯列宁斯大林著作编译局研究室编：《五四时期期刊介绍》，生活·读书·新知三联书店 1978 年版。

[美] 周策纵：《"五四"运动史：现代中国的知识革命》，陈永明、张静等译，世界图书出版公司 2016 年版。

[美] 周策纵：《五四运动史》，陈永明等译，岳麓书社 1999 年版。

周晓明：《多源与多元：从中国留学族到新月派》，华中师范大学出版社 2001 年版。

朱寿桐：《中国现代社团文学史》，人民文学出版社 2004 年版。

朱湘：《文学闲谈》，岳麓书社 2011 年版。

朱湘著，方铭主编：《朱湘全集·诗歌卷》，安徽文艺出版社 2017 年版。

朱自清编选：《中国新文学大系·诗集》，上海良友图书印刷公司 1935 年版。

朱自清：《朱自清全集》，时代文艺出版社 2000 年版。

宗白华：《宗白华全集》，安徽教育出版社 1994 年版。

二 期刊论文类

艾青：《与青年诗人谈诗——在诗刊社举办的"青年诗作者创作学习会"上的谈话，一九八〇年七月二十三日》，《诗刊》1980年第10期。

毕婧：《闻一多"戏剧性独白"体诗创作的文学史意义》，《中国现代文学研究丛刊》2020年第3期。

操瑞青：《"益闻"与"风闻"：19世纪中文报刊的两种新闻观》，《国际新闻界》2018年第11期。

陈爱中：《格律与自由的恰切糅合——试论新月诗歌的语言表述》，《江汉大学学报》（人文科学版）2006年第4期。

陈捷：《论〈学灯〉主编宗白华与郭沫若的新诗创作》，《南京理工大学学报》（社会科学版）2020年第5期。

陈茜：《论饶孟侃的诗》，《江西师范大学学报》（哲学社会科学版）2001年第3期。

陈山：《论新月诗派在新诗发展中的历史地位》，《中国现代文学研究丛刊》1982年第1期。

陈小碧：《〈晨报副刊·诗镌〉与新月诗派》，《濮阳职业技术学院学报》2006年第1期。

陈小碧：《〈晨报副刊·诗镌〉与新月诗派先行者》，《福建师大福清分校学报》2006年第3期。

陈玉申：《报纸副刊与新文学》，《山东社会科学》1998年第5期。

陈仲义：《新诗接受的历史检视》，《中国现代文学研究丛刊》2016年第12期。

陈子善：《〈京报副刊〉影印本序》，《新文学史料》2016年第3期。

程光炜：《何其芳、卞之琳和艾青四十年代的创作心态》，《文学评论》1993年第5期。

程国君：《论"新月"诗派的诗歌语言美追求》，《陕西师范大学学报》（哲学社会科学版）2005年第5期。

丁玲：《延安文艺座谈会的前前后后》，《新文学史料》1982年第2期。

《发刊词》,《歌谣周刊》1922 年第 1 号。

《发刊词》,《新诗歌》1933 年第 1 卷第 1 期。

樊亚平、吴小美:《"'晨副',我的喇叭"——论徐志摩主编的〈晨报〉副刊》,《甘肃社会科学》2000 年第 1 期。

方纪:《新的起点——回顾延安文艺座谈会前后》,《新文学史料》1982 年第 2 期。

付祥喜:《新月社若干史实考辨》,《中国现代文学研究丛刊》2007 年第 6 期。

郝梦迪:《朱湘与新月诗派的关系考辨》,《现代中国文化与文学》2018 年第 1 期。

[荷兰] 贺麦晓:《中国早期现代诗歌中的现代性》,《诗探索》1996 年第 4 期。

胡博:《〈晨报副刊〉与早期新月派》,《河南大学学报》(社会科学版) 2007 年第 2 期。

胡博:《新月派前期的"文学梦"》,《中国现代文学研究丛刊》2004 年第 2 期。

黄昌勇:《新月诗派论》,《文学评论》1997 年第 3 期。

蹇先艾:《〈晨报诗刊〉的始终》,《新文学史料》1979 年第 3 期。

蹇先艾:《我与新诗——"五四"琐忆之三》,《山花》1979 年第 12 期。

蹇先艾:《再话〈晨报诗镌〉》,《新文学史料》1979 年第 5 期。

江唯:《浅析张东荪的文化观——以〈时事新报·学灯〉为例》,《黑龙江史志》2014 年第 13 期。

姜春:《〈在延安文艺座谈会上的讲话〉与底层叙事》,《文艺理论与批评》2012 年第 1 期。

姜涛:《"为胡适改诗"与新诗发生的内在张力——胡怀琛对〈尝试集〉的批评研究》,《北京大学学报》(哲学社会科学版) 2003 年第 6 期。

黎辛:《〈野百合花〉·延安整风·〈再批判〉——捎带说点〈王实味冤案平反纪实〉读后感》,《新文学史料》1995 年第 4 期。

李全生:《布迪厄场域理论简析》,《烟台大学学报》(哲学社会科学版) 2002 年第 2 期。

李雪林、李儒俊:《〈晨报副刊〉成为前期新月派文学阵地原因分析》,

《山东文学》（下半月）2011 年第 3 期。

李宗泉、徐红：《论五四时期的四大副刊》，《中州大学学报》1998 年第 1 期。

林焕平：《延安文学刍议》，《文艺理论与批评》1992 年第 3 期。

刘群：《关于新月社成立的时间、地点及相关情况的考述》，《中国现代文学研究丛刊》2007 年第 3 期。

刘婉明：《个体与国家关系的重构——从"国民文学"论争看 1920 年代新文学阵营的分歧》，《福建论坛》（人文社会科学版）2019 年第 6 期。

刘延陵：《美国的新诗运动》，《诗》1922 年第 1 卷第 2 期。

刘颖：《五四时期四大副刊办刊的问题导向实践》，《中国出版》2019 年第 8 期。

龙泉明：《论新月诗派的新诗规范化运动》，《求是学刊》2000 年第 4 期。

卢惠余：《闻一多和徐志摩的新诗格律理论与创作异同论》，《理论月刊》2011 年第 8 期。

卢永和：《胡怀琛与〈尝试集批评与讨论〉》，《北华大学学报》（社会科学版）2014 年第 1 期。

卢桢：《域外行旅与中国新诗的发生》，《文艺研究》2018 年第 9 期。

鲁玉玲：《新文化运动中〈学灯〉的编辑理念与实践》，《青年记者》2019 年第 29 期。

潘正文：《"联合改造"与文学研究会的文学倾向》，《中国现代文学研究丛刊》2007 年第 3 期。

钱光培：《朱湘论》，《天津社会科学》1983 年第 1 期。

乔琦、邓艮：《从〈三叶集〉看诗人郭沫若的性情人生》，《郭沫若学刊》2004 年第 3 期。

乔琦、邓艮：《从标出性看中国新诗的走向》，《江苏社会科学》2012 年第 3 期。

秦弓：《"泰戈尔热"——五四时期翻译文学研究之一》，《中国社会科学院研究生院学报》2002 年第 4 期。

任秀蓉、杨华丽：《政治文化与抗战时期中国新诗的转变》，《中国青年政治学院学报》2010 年第 5 期。

孙绍振：《论新诗第一个十年的流派嬗变》，《文艺理论研究》2002年第3期。

孙玉石：《报纸文艺副刊与现代文学研究关系之随想》，《河南大学学报》（社会科学版）2005年第1期。

孙玉石：《闻一多及新月派的诗歌艺术追求》，《北京大学学报》（哲学社会科学版）1985年第5期。

覃宝凤：《为新月找一个坐标——1925－1926年徐志摩与〈晨报副刊〉》，《延安大学学报》（社会科学版）2006年第1期。

汤凌云：《八十年前的诗坛盛事——新诗历史上的重要刊物〈晨报副刊·诗镌〉》，《文史杂志》2006年第5期。

汤凌云：《新月诗派的诗歌创作论》，《理论与创作》2006年第1期。

唐晓渡：《作为问题情境的新诗现代性》，《文艺争鸣》2019年第8期。

田汉：《平民诗人惠特曼的百年祭》，《少年中国》1919年第1卷第1期。

田间：《街头诗札记》，《文艺研究》1980年第6期。

铁夫：《谈谈诗歌的民族形式》，《黄河》1940年第1卷第2期。

同人等：《关于写作新诗歌的一点意见》，《新诗歌》1933年第1卷创刊号。

王强：《关于"新月派"的形成和发展》，《中国现代文学研究丛刊》1983年第3期。

王晓生：《五四新诗革命中的"散文诗"》，《河北民族师范学院学报》2014年第4期。

王雪松：《论新月派的和谐节奏诗学》，《吉林大学社会科学学报》2014年第5期。

王泽龙：《传播接受视域中的中国现代诗歌发生与经典建构》，《华中师范大学学报》（人文社会科学版）2019年第4期。

王泽龙、钱韧韧：《现代汉语虚词与新诗形式变革》，《中国社会科学》2014年第9期。

《我们底话》，《新诗歌》1934年第2卷第1期。

吴从发：《郭沫若与"学灯"关系之辩论》，《郭沫若学刊》1987年第1期。

吴丹鸿：《1920年代中期新诗的"中衰"》，《南方文坛》2021年第5期。

吴海发：《〈学灯〉编发郭老诗稿的是谁?》，《人文杂志》1981年第2期。

吴静：《〈学灯〉编辑群在五四新诗传播中的贡献与意义》，《出版发行研究》2012年第3期。

吴静：《〈学灯〉对新文化运动公共论坛的构建》，《编辑之友》2014年第5期。

吴静：《传承与建设：〈学灯〉编辑群与五四新文学》，《编辑之友》2012年第6期。

吴士英：《论租界对近代中国社会的复杂影响》，《文史哲》1998年第5期。

伍明春：《论五四报刊"新诗"栏目的盛衰》，《东方论坛》2010年第4期。

伍明春：《早期新诗合法性与新旧纷争》，《文学前沿》2006年第1期。

解志熙：《孤鸿遗韵——诗人刘梦苇生平与遗作考述》，《河南大学学报》（社会科学版）2007年第2期。

许纪霖：《五四新文化运动中"旧派中的新派"》，《华东师范大学学报》（哲学社会科学版）2019年第1期。

许霆：《论孙大雨对新诗"音组"说创立的贡献》，《文学理论研究》2002年第3期。

许志英：《〈觉悟〉、〈学灯〉、〈晨报副刊〉和〈京报副刊〉的终刊日期》，《文学评论》1963年第5期。

叶红：《论报刊与现代文学流派的关系——以新月诗派为例》，《哈尔滨师范大学社会科学学报》2011年第5期。

尹在勤：《"新月"派中有派》，《四川大学学报》（哲学社会科学版）1984年第4期。

余玉：《从"雅兴园地"到"公共论坛"：五四时期报纸副刊公共性探析——以〈学灯〉〈觉悟〉和〈晨报副刊〉为考察中心》，《编辑之友》2015年第3期。

俞平伯：《诗底进化的还原论》，《诗》1922年第1卷第1期。

张劲：《闻一多与"新月派"辨析》，《贵州社会科学》1988年第12期。

张黎敏：《从"人缘"结构重估〈学灯〉价值——媒介知识分子、社群与〈时事新报·学灯〉》，《编辑学刊》2009年第2期。

张黎敏、夏一鸣：《俞颂华与〈时事新报〉副刊〈学灯〉》，《编辑之友》

2009年第11期。

张黎敏、夏一鸣：《郑振铎的文学、思想和编辑策略——以〈学灯〉副刊为例》，《编辑学刊》2010年第2期。

张涛甫：《孙伏园时期的"晨报副刊"》，《江淮论坛》2004年第2期。

张桃洲：《论歌谣作为新诗自我建构的资源：谱系、形态与难题》，《文学评论》2010年第5期。

张雪洁：《孙伏园主持下的〈晨报副刊〉编辑特色浅析》，《出版发行研究》2012年第2期。

赵双阁、王和馨：《〈晨报副刊〉时期孙伏园的副刊编辑思想》，《河北经贸大学学报》（综合版）2016年第1期。

郑振魁：《试论"新月派"》，《文学评论》1983年第1期。

周立波：《一九三六年小说创作的回顾——丰饶的一年间》，《光明》1936年第2卷第2期。

周月峰：《"革命"的文化运动："五四"后张东荪的新文化方案》，《天津社会科学》2019年第3期。

周月峰：《从批评者到"同路人"：五四前〈学灯〉对〈新青年〉态度的转变》，《社会科学研究》2015年第6期。

周作人：《古诗今译》，《新青年》1918年第4卷第2号。

朱光潜：《从研究歌谣后我对于诗的形式问题意见的变迁》，《歌谣周刊》1936年第2卷第2期。

朱寿桐：《〈学灯〉与"新文艺"建设》，《新文学史料》2005年第3期。

卓如：《访老诗人冰心》，《诗刊》1981年第1期。

左玉河：《上海：五四新文化运动不容忽视的另一个中心——以五四时期张东荪在上海的文化活动为例》，《安徽大学学报》（哲学社会科学版）2013年第1期。

三 硕博论文类

曹素华：《诗歌编辑、诗人和诗论家：特殊身份特别贡献——论宗白华对新诗的贡献》，硕士学位论文，福建师范大学，2007年。

崔燕：《〈晨报副刊〉新文学传播研究》，博士学位论文，陕西师范大学，2020 年。

毛志文：《五四新文化运动时期〈时事新报·学灯〉"新思潮"传播研究》，硕士学位论文，黑龙江大学，2014 年。

王进进：《宗白华美学思想述评》，博士学位论文，浙江大学，2005 年。

王唯力：《〈晨报副刊〉新诗史论》，硕士学位论文，四川师范大学，2016 年。

王晓生：《"1917—1923"新诗问题研究——语言之维》，博士学位论文，首都师范大学，2004 年。

王雪松：《中国现代诗歌节奏原理和形态研究》，博士学位论文，华中师范大学，2011 年。

吴静：《〈学灯〉与五四新文化运动》，博士学位论文，复旦大学，2009 年。

伍明春：《现代汉诗的合法性研究（1917—1926）》，博士学位论文，首都师范大学，2005 年。

向寻真：《〈诗镌〉、〈新月〉、〈诗刊〉与新月诗派的发生与流变》，硕士学位论文，湖南师范大学，2014 年。

叶盼：《徐志摩诗歌文体研究》，硕士学位论文，福建师范大学，2017 年。

员怒华：《"四大副刊"与五四新文学》，博士学位论文，华中师范大学，2011 年。

曾科：《国家主义与 20 世纪 20 年代的文化、政治思潮》，博士学位论文，中国社会科学院研究生院，2014 年。

张黎敏：《〈时事新报·学灯〉：文化传播与文学生长》，博士学位论文，华东师范大学，2009 年。

中 篇
现代杂志与新诗传播

第一编

《新青年》译诗与"五四"新诗形式构建

概　　述

《新青年》诞生于清末民初时代变革浪潮之中，是一份引领了"五四"时代潮流的期刊。由于它涵盖领域非常广泛，《新青年》研究一直热度不减，而《新青年》作为中国新诗的最初发源地，其诗歌研究也是一个重要部分。目前《新青年》诗歌研究主要集中在以下几个方面。

第一，新诗的思想史、文学史价值研究。《新青年》诗歌研究20世纪初就开始了，最有代表性的是朱自清的《〈中国新文学大系·诗歌卷〉导言》[①]。文章虽然没有对《新青年》群体有整体的评价，也没有深入的论述，但是对许多《新青年》的诗人和诗作的评论奠定了后来《新青年》诗歌研究的基调。文章不仅指出了《新青年》白话诗"尝试"的意义，也在思想倾向、形式表现、中西影响等问题上有精要的评说。20世纪90年代以来，《新青年》诗歌研究更具有思想史和文学史视野，研究成果丰厚。最具价值和代表的是钱理群、温儒敏、陈平原等人的专著和论文，肯定了《新青年》上的白话诗是中国最早的现代白话文学创作，具有重要的意义和价值，称道《新青年》促进了中国白话诗歌理论和创作的繁荣，推动了白话文学的形成和发展，对促进中国新文化运动的发生和壮大也有重要的社会和文化价值[②]。陈平原指出了《新青

---

① 朱自清：《〈中国新文学大系·诗集〉导言》，朱自清编选：《中国新文学大系·诗集》，上海良友图书印刷公司1935年版。
② 钱理群等：《中国现代文学三十年》（修订本），北京大学出版社1998年版，第7页。

年》的刊物性质是同人杂志，办刊重点是哲学和文学，是通过开展"运动"来发展文学的①，提倡学术与垄断舆论。还引用胡适的话称《新青年》"开风气则有余，创造学术则不足"，认为其具有文体对话与思想草稿的性质，对提倡文学革命的功绩是不可动摇的。他的文章提供了丰富的史料，对《新青年》杂志有定性、定调的研究意义。②还有研究细致探究了《新青年》新诗运动对现代诗理论和创作带来的深刻影响。比如张积玉和杜波指出了《新青年》新诗运动在对中国现代诗学的思想转变、人才准备、实践摸索等方面的作用③。

第二，新诗的艺术价值研究。21世纪以后，学界更加重视诗学价值的研究，开始注意到《新青年》诗歌的艺术价值，主要集中在思想内容、形式和运作研究三个方面。在思想内容研究方面，大多数研究者是基于诗歌分析、史料整理展开研究。孙玉石分析了胡适、周作人、刘半农、沈尹默的一些优秀作品，指出其中具有的诗性美与人性美，展现了20世纪初期中国新诗从黎明期渐趋走向成熟的过程④。孙玉石还对鲁迅在《新青年》上发表的六首新诗进行了分析评价，并通过刘半农有关的诗歌创作、补白，以及鲁迅当时与《新青年》群体的交往，回溯新诗发生的历史现场，指出鲁迅的新诗具有促进新诗创作和批评发展的历史价值，也有反映时代特色的艺术价值，而且历史价值远远大于诗作本身的艺术价值。⑤晏亮、贺婧以刘半农编选的《初期白话诗稿》为研究对象。其中的诗都曾发表在《新青年》上，在内容上都倾向于写景。受到了早期关注现实的新诗经验主义影响，又留有传统审美趣味的痕迹。在

---

① 陈平原：《思想史视野中的文学——〈新青年〉研究（上）》，《中国现代文学研究丛刊》2002年第3期。
② 陈平原：《思想史视野中的文学——〈新青年〉研究（下）》，《中国现代文学研究丛刊》2003年第1期。
③ 张积玉、杜波：《〈新青年〉与现代白话文运动》，《厦门大学学报》（哲学社会科学版）2004年第2期。
④ 孙玉石：《现代白话文与中国新诗之发生——〈新青年〉杂志与白话文学暨新诗诞生之关系》，《北京大学学报》（哲学社会科学版）2015年第3期。
⑤ 孙玉石：《作为追求诗与美之气质的鲁迅——浅议〈新青年〉中鲁迅新诗与杂文之诗人气质》，上海鲁迅纪念馆编：《纪念〈新青年〉创刊100周年学术研讨会论文集》，上海社会科学院出版社2016年版，第41—54页。

形式上，这些新诗也呈现出从传统诗歌体式中解放出来的过程，具有过渡性质。① 一些研究者关注到《新青年》中新诗构建过程的研究。《新青年》诞生于新旧交替的时代，新诗构建资源也包括传统的和外来的两部分。《新青年》群体在构建中国新诗学时，虽然更多是通过吸纳外国诗学思想来革故鼎新，但是也注重在中国传统文学中寻找支持。陈国恩和宋声泉对《新青年》上发表的旧体诗进行细读，指出在胡适提出文学改良方案之前，陈独秀也有自己对文学的诉求。认为陈独秀从中国传统文学中寻找能够塑造国民精神的积极成分——"美感"与"高尚之理想"，亦是一种除弊的尝试，加深了我们对旧体诗和现代精神关系的认识，进一步丰富了《新青年》践行新文学道路的过程。② 方长安梳理了《新青年》为新诗创作提供的"歌谣"和"词"的中国传统资源。指出由于《新青年》同人对词的资源价值的认识存在分歧，因此词便渐渐淡出了新诗草创者的视野。③

在形式研究方面，方长安、黄艳灵等的《〈新青年〉与早期白话诗》提到《新青年》诗歌创作和翻译中的人称使用反映了"西方文化的冲击、传统文化的改造、伦理价值的挑战等内容"，但是没有详细展开。④ 王雪松在《白话新诗派的"自然音节"理论与实践》中梳理了《新青年》上"自然音节"理论的提出和实践，认为"自然音节"的实践路径有两种：从传统到现代的路向和从欧化到现代的路向。⑤

方长安还在诗歌文本研究中引入报刊学的研究思想，研究《新青年》对新诗的运作，为《新青年》诗歌创作研究提供了新思路。指出白话新诗的出场主要是依据进化论制造话语舆论和从中外诗歌中寻找语言革命依据。总结出创作上的实践手段：摹写、同题诗、和诗、改诗、诗学批

---

① 晏亮、贺婧：《〈新青年〉语境中的〈初期白话诗稿〉研究》，《湖北师范大学学报》（哲学社会科学版）2019 年第 5 期。
② 陈国恩、宋声泉：《〈青年杂志〉刊发旧体诗现象新论》，《长江学术》2015 年第 1 期。
③ 方长安：《〈新青年〉对新诗的运作》，《学术研究》2006 年第 1 期。
④ 方长安、黄艳灵等：《〈新青年〉与早期白话新诗》，《海南师范大学学报》（社会科学版）2016 年第 3 期。
⑤ 王雪松：《白话新诗派的"自然音节"理论与实践》，《华中师范大学学报》（人文社会科学版）2012 年第 2 期。

评,共同促进了新诗的发展。① 方长安、黄艳灵等人进一步对《新青年》上的部分诗作进行文本细读。认为胡适的《朋友》表达了一种新旧、古今过渡时期的情感,强调胡适不成熟的过渡性作品的文学史化石意义,并对胡适、沈尹默的《鸽子》和《人力车夫》两组同题诗进行研究,对比其内容呈现、情感表达、韵律节奏、诗体选择的异同,初步探讨了《新青年》上同题诗的现象。②

第三,译诗研究。21世纪以来,由于翻译研究的逐渐升温,《新青年》中的译诗研究和译诗对新诗的影响研究成为新的学术增长点。《新青年》的译诗研究主要是以资料的发现与梳理为基础的翻译现象研究。金丝燕较早从多角度进行数据统计,研究《新青年》对外国文学的接受。从译作国别、作者所处时代、译作语言、译者群几个方面阐释了《新青年》的译诗选择倾向,认为《新青年》上东方译诗热是受到中国传统文学价值观的影响,并以数据为基础,证实了诗歌在新文化运用中的重要作用。③ 廖七一梳理了胡适《新青年》时期的诗歌译作,分析了当时影响胡适译诗传播的因素——期刊、撰稿人地位、《尝试集》的出版、反对声音的助力、北大学生的传播等,从不同媒介的角度,以丰富的数据展现胡适译诗的影响力,为后人的研究提供了翔实的文献材料。④ 熊辉整理统计了译诗的国别和数量、被译诗人、译者的情况,并总结了《新青年》译诗的特征,指出译诗与新诗发展密切相关,但没有在这个问题上继续深入。⑤ 他还指出《新青年》上的东方诗歌翻译热潮,其内部原因是时代精神诉求、民族审美期待和新诗文体建构的要求,但本质上依然是在西方诗歌审美价值取向影响下的西潮涌动。⑥

《新青年》译诗的影响研究,分为对新诗的影响研究和对诗人、译者

---

① 方长安:《〈新青年〉对新诗的运作》,《学术研究》2006年第1期。
② 方长安、黄艳灵等:《〈新青年〉与早期白话新诗》,《海南师范大学学报》(社会科学版)2016年第3期。
③ 金丝燕:《文学接受与文化过滤:中国对法国象征主义诗歌的接受》,中国人民大学出版社1994年版,第5页。
④ 廖七一:《胡适译诗与传播媒介》,《新文学史料》2004年第3期。
⑤ 熊辉:《五四新文化语境与〈新青年〉的译诗》,《北京社会科学》2009年第2期。
⑥ 熊辉:《西潮涌动下的东方诗风——五四诗歌翻译的逆向审美》,《文学评论》2010年第5期。

的影响研究。对新诗的影响研究较少。方长安、纪海龙在《〈新青年〉译诗与早期新诗的生成》中研究了《新青年》译诗对中国新诗主题和文法方面的影响，指出白话译诗体现出有别于中国传统诗歌的"国家"意识和"人"的观念，文法上"欧化"特征明显，"对话体"作品相当普遍。分析了白话新诗在情感、精神、表意方式上获得的新质。① 还有以胡适译诗《关不住了》为例，展开的影响研究。侯婷将胡适的译诗《关不住了》与原诗 Over the Roofs 对照研究，探讨胡适对现代汉语诗歌节奏形式的初步尝试，详细分析了胡适是如何改造语言节奏、构建诗形，从而增强现代诗的诗意和诗美。② 陈历明对胡适的译诗《关不住了》进行版本考辨，发现胡适在《尝试集》第二版和第四版时对译诗《关不住了》进行了两次修改，认为胡适通过"翻译和反思的双向实践"，不断使作品更接近"白话诗的音节"：诗行更参差，音韵更和谐，语言更口语化③。

《新青年》译诗对诗人、译者的影响研究较多。李丹从汉语文言诗向英语白话诗的转换、英语诗写作与白话入诗思维训练、汉语白话诗尝试与汉译英诗的互动三个方面，探讨胡适的新诗实践道路。④ 韩诚关注到周作人译作与文学观念形成的关系，在梳理周作人译作的基础上，对其翻译理论进行归纳总结，认为周作人的人道主义文学观念影响了其"自由体"翻译文体、直译法的提出⑤。王东风和赵嘏梳理了刘半农译诗观念的变化，认为刘半农在《新青年》上发表的译诗，主要经过了从"韵体—归化"翻译到"散体—自由化"翻译的转型。其前期表现出突破束缚前的矛盾心理，后期受到胡适、周作人等的影响而加入了新文化运动浪潮，指出其翻译实践对中国诗体的转型产生了较大的影响。⑥ 赵薇梳理了诗歌翻译对刘半农散文诗观念的影响，指出刘半农对"无韵诗"和"散文诗"

---

① 方长安、纪海龙：《〈新青年〉译诗与早期新诗的生成》，《江汉论坛》2010 年第 3 期。
② 侯婷：《胡适英译诗〈关不住了〉的节奏尝试》，《江汉大学学报》（人文科学版）2009 年第 6 期。
③ 陈历明：《胡适译诗〈关不住了〉的版本考辨》，《外国语文》2019 年第 4 期。
④ 李丹：《胡适：汉英诗互译、英语诗与白话诗的写作》，《文学评论》2006 年第 4 期。
⑤ 韩诚：《人的文学、儿童的文学和诗歌直译——〈新青年〉中周作人译作与其文学观念的形成》，《科学·经济·社会》2016 年第 2 期。
⑥ 王东风、赵嘏：《诗体的纠结：刘半农诗歌翻译的三次转型》，《外语教学》2019 年第 2 期。

概念的理解有一个变化的过程。同时，在诗体解放精神的影响下，刘半农的翻译理念完成了从"意译"到"直译"的转化。[①]

《新青年》译诗的研究现状与其应有的学术价值并不对称。《新青年》译诗研究主要是以丰富的数据统计为基础的翻译现象研究，成果较为丰富。而在《新青年》译诗的影响研究中，对诗人、译者的影响研究较多，对新诗的影响研究较少。相对于新诗的思想内容，新诗形式受到的外来影响更为显著，但《新青年》诗歌的思想内容研究成果较丰富，形式研究相对不足。《新青年》杂志是中国新诗的最初发源地，在新诗早期的形式构建中具有特殊的地位，发挥了重要的作用。学界虽然有一些文章关注到了新诗形式发生的问题，也有不少文章零散地提到相关问题，但是以《新青年》为研究对象的整体性、系统化的研究成果还较少。由于《新青年》中的大多数诗人是双重身份——诗人兼译诗者，他们的诗歌翻译活动有时也包含着诗人的再创作。诗人通过诗歌翻译活动，提高创作能力，启发创作灵感，实践创作理念。然而相对于诗歌创作的研究，文学史对诗歌翻译的价值和地位没有给予足够的书写。

《新青年》于1915年9月15日创刊，到1922年7月休刊。1923年6月改为季刊，正式成为中共中央理论性机关刊物。因此，本文将统计和研究1915—1922年之间共54卷期刊中的诗歌创作与翻译的情况。《新青年》在中国现代文学的发生和发展史上具有里程碑式的意义，也是最初构建中国现代诗学的重要阵地。《新青年》群体是以北大教授为主的一群观念相投的知识分子组成。《新青年》杂志是他们的新文化运动、白话文学运动的阵地和试验场。《新青年》是同人性质的杂志，不接受外来稿件，通信栏也不具有真正意义上来自读者的发言自由，以编辑间的讨论为主，偶有一些外来稿，也是经过编辑部筛选，是有意图的刊登。既然是试验场，《新青年》的诗歌场域也具有鲜明的启蒙性和尝试的多元性。同人之间本质的文学观点和改革目标是一样的，是一致对外的，甚至还不惜利用自导自演的"双簧信"和与老牌杂志《东方杂志》笔战，进行

[①] 赵薇：《从"无韵诗"到"散文诗"的译写实践——刘半农早期散文诗观念的形成》，《中国比较文学》2015年第3期。

舆论的引导和造势。《新青年》早期由于是轮流编辑制，同人都处于新文化联盟刚刚建立的蜜月期，思想分歧还没有暴露出来，《新青年》呈现出思想自由多元、开放包容、多元碰撞的氛围；而且在"不谈政治"的宗旨下，学术碰撞和探讨十分有活力。同人相互对话，发表不同的实验作品，每个人都可以按照自己的文学观念进行实践。因此，《新青年》上的诗歌翻译和创作，风格复杂多样，呈现出新诗发生期的探索特点。

鲁迅认为《新青年》中只有新诗"议论比较旺盛"[1]。胡适也曾说《新青年》上文学革命讨论最多的"第一是诗"，而且相比小说和散文，新诗的变革程度大得多。[2] 在《新青年》中，共发表文学创作197篇（首），而诗歌创作共有186首，占比超过94%。从第4卷第1号起，几乎每一卷都有专门的"诗"栏。新诗革命成为新文学运动的第一面旗帜。《新青年》前期发表了6首旧体诗，其中还包括胡适留学时期所作的一首旧体诗；第4卷第1号以后发表了白话旧体诗8首，白话新诗172首，包含有4首古代白话词和6首胡适作的"新"白话词，从中可以看出《新青年》吸纳古代文学资源的探索过程，以及诗学观念的转变历程。

19世纪末20世纪初，是世界文学"现代化运动"的发生期，也是人类诗歌艺术大变革的时代，出现了世界性的向传统挑战、打破规则束缚、追求自然与自由的倾向。《新青年》群体的新诗革命就是在这样一个广阔的世界诗歌运动的背景下产生的。面对传统诗学的转型，为了构建新的诗歌观念，《新青年》大量翻译介绍外国文学。胡适借译诗《关不住了》来宣布新诗成立的"新纪元"，也说明译诗对于刚刚处于发生期的新诗的重要意义。正如严家炎曾说，新体白话诗是"一种被翻译逼出来的新体文"[3]。《新青年》的诗歌翻译对新诗革命影响深远，不仅给新诗主题内容带来了新质，更直接影响了诗歌语言理论、音节规则和诗体观念，影响了中国诗学思想的革故鼎新。

---

[1] 廖七一：《胡适译诗与传播媒介》，《新文学史料》2004年第3期。
[2] 胡适：《〈中国新文学大系·建设理论集〉导言》，胡适编选：《中国新文学大系·建设理论集》，上海良友图书印刷公司1935年版，第10页。
[3] 严家炎：《"五四"新体白话的起源、特征及其评价》，《中国现代文学研究丛刊》2006年第1期。

现代传媒与中国现代诗歌

《新青年》从第一卷到第九卷一共刊出了约 146 篇（首）翻译文学作品，而译诗有 95 首，占翻译文学的 65% 左右。外国译诗为初期新诗创作提供了较丰富的学习资源和模仿对象，为中国诗歌带来了新质和活力，进而促进了中国新诗的形式建构。《新青年》中译诗的国别，按从多到少排列分别是：日本（31 首）、印度（13 首）、英国（12 首）、爱尔兰（5 首）、俄国（4 首）、古希腊（3 首）、美国（3 首）、法国（3 首），以及其他一些弱小国家的作品。译诗选择的主要倾向是语言朴素，内容具有时代特色的民歌、农歌，基本是当代的诗作，给中国新诗输入了自然和自由的空气。以日本和印度为代表的东方译诗数量较多，占总译诗的46.3%。20 世纪初的日本诗歌既有中国传统诗歌的影响底色，又受到了西方诗学的感染；而当时以诺贝尔文学奖获得者泰戈尔为代表的印度诗歌，既有东方古典诗歌的特点，又经过了西方诗歌审美标准的过滤。日本和印度的诗学更接近中国传统的诗歌审美习惯，是当时新诗探索道路上的折中选择，又是西方诗学传入中国的中转站。而英国的译诗虽然经历了前期"归化"的翻译，但仍让中国诗人习得了西方近体格律诗的经验。正如余光中所说，五四新文学的发生不能没有翻译文学，否则五四新文学不会像那样发展下来。[①]《新青年》中新诗的发生和构建与外国诗歌翻译带来的影响密不可分。

归化翻译（Domestication Translation）是由美国翻译理论家劳伦斯·韦努蒂（Lawrence Venuti）在《译者的隐身：一部翻译史》（The Translator's Invisibility：A History of Translation）中提出的一种翻译策略，是与异化翻译（Foreignizing Translation）相对的概念。归化翻译是译者坚持自己语言的文化价值观，以民族中心主义的观念，将外语文本带入自己的文化；而异化翻译是译者呈现外语文本的差异，抱有民族偏离主义的态度，接受外语文本的语言和文化。[②] 一般认为，归化翻译要求译者从译语读者的审美阅读习惯出发，用译语的话语方式，来传达原文内容；而异化翻译

[①] 余光中：《翻译和创作》，《余光中谈翻译》，中国对外翻译出版公司 2002 年版，第 36 页。
[②] Lawrence Venuti, *The Translator's Invisibility*：*A History of Translation*, London Routledge, 1995, p. 1.

要求译者从作者的表达习惯出发,还原作者使用的表达方式,尽量呈现异域的文化、形式和内容。①《新青年》早期很多诗歌翻译就是采用了归化翻译策略,忽视外国诗歌的语言、音节、诗体特征,翻译成中国传统的文言诗歌。随着白话诗歌运动的展开,诗人们开始用白话翻译外国诗歌,并且注意在翻译中保留原诗的特征。因此,译诗的语言、音节、诗体给中国诗坛带来了极大的异质冲击,很大程度上影响了中国新诗的建构,给中国新诗构建带来了丰富新鲜的养分。

20世纪初,在西学东渐的时代氛围中,中国青年赴洋留学是一个重要的文化现象。《新青年》群体大多有良好的中国传统文学底蕴。其中,留学日本的最多,有陈独秀、李大钊、鲁迅、周作人、沈尹默、钱玄同、沈兼士等人。留学美国的有胡适、康白情、任鸿隽、陈衡哲。刘半农在《新青年》后期先后留学英国、法国。这些留学经历影响了他们对译诗的审美选择,也影响了他们诗学观念的形成。《新青年》群体受到留学经历、外语水平、社会功用性、诗学审美标准等多种因素的影响,在译诗的选择上呈现不同的特征。不同国家的译诗也为中国新诗的形式发生带来了多元的文化滋养。

本文将通过对《新青年》诗歌创作、翻译的文本细读和比较研究,结合对新诗形式理论的梳理,从语言、音节和诗体三个角度,探索译诗对五四新诗形式构建的影响,总结新诗形式构建的经验教训。

---

① 孙致礼:《翻译:理论与实践探索》,译林出版社1999年版,第26—39页。

第一章 译诗与新诗语言的探索

语言问题是一切文学问题的基础。《新青年》群体也是以语言问题为新诗改革突破口的。从当时运用最为普遍的"白话诗"概念来看，也可以看出当时对新诗语言问题的重视。"诗国革命自何始？要须作诗如作文。"① 这是胡适发表的关于诗歌形式问题最早的，也是最核心的观点。傅斯年曾说："现在我们使用白话做文，第一件感觉苦痛的事情，就是我们的国语，异常质直，异常干枯。"② 胡适认为导致中国语言贫弱的原因在于："中国语言文字孤立几千年，不曾有和其他他种高等语言文字相比较的机会。"③ 因此，《新青年》群体翻译了大量的外国诗歌。而在翻译过程中，他们无可避免的会出现"翻译腔"，自觉或不自觉地借用外语的词法、句法和文法。在新诗的发生初期，诗歌翻译对新诗语言产生了深刻影响。欧化的语言给中国的语言观念和新诗语言带来了延伸和补足，拓展了中国新诗语言的表现能力、表达空间和表达深度，从语言的角度为中国新诗的发展带来了生机和活力。

第一节 诗歌语言的通俗化

在外国诗学观念的影响下，《新青年》诗歌翻译在语言材料、语言组

---

① 胡适著，曹伯言整理：《胡适日记全编（第2卷）》，安徽教育出版社2001年版，第287页。
② 傅斯年：《怎样做白话文》，胡适编选：《中国新文学大系·建设理论集》，上海良友图书印刷公司1935年版，第223—224页。
③ 胡适：《国语与国语文法》，胡适编选：《中国新文学大系·建设理论集》，上海良友图书印刷公司1935年版，第230页。

织、语言风格方面突出进行了语言通俗化的尝试。

一 语言材料：民间诗语的艺术化

西方诗歌具有渊源于史诗的口头文学传统，形成了一套完整的口语表达程式。西方的这种表达资源，与中国新诗的变革需求不谋而合。《新青年》群体翻译介绍外国诗歌时，十分注重诗歌的白话特征，《新青年》翻译了大量的外国白话诗歌与民歌，不仅证明了"白话入诗"合法性，也是为了给中国白话诗创作提供样板。《新青年》上的诗歌翻译，都倾向选择民间和通俗的体裁，比如儿歌、歌谣、民歌、农歌，甚至是歌曲的歌词。《新青年》上发表的译诗共有95首，其中明确说明体裁的译诗中有21首是通俗体裁，其中儿歌3首，歌谣1首，民歌16首，田园诗1首，有曲谱或者后来被谱曲的有6首。美国诗人蒂丝黛尔的新诗《关不住了》（6卷3号），在当时美国诗坛也算是语言非常通俗的。其他没有明确说明体裁的诗歌，也大多语言通俗，与民歌、儿歌有相似的特点。

表1-1　　　　　　《新青年》诗歌翻译中的通俗体裁

类型	篇目	数量
儿歌	《燕子》（希腊古代儿歌）、《凤仙花》（儿歌）、《燕子（杂译日本诗二七）》（儿歌）	3
歌谣	《缝衣曲》	1
民歌	《最后之玫瑰》（爱尔兰民歌）、《村歌》、《海德辣跋市》、《倚楼》（印度俚语体诗歌）、《德国农歌》、《囚人》（民歌）、《赤杨树》（波兰民歌）、《牧歌》（波斯尼亚民歌）、《云雀》（捷克民歌）、《蔷薇》（捷克斯洛伐克民歌）、《被弃的人》（捷克斯洛伐克民歌）、《鹧鸪》（捷克斯洛伐克民歌）、《鹧鸪》（英国古代民歌）、《鹧鸪》（英国民歌）、《不安的坟墓》（英国叙事民歌）、《燕子》（希腊民歌）	16
田园诗	《牧歌第十·两个割稻的人》	1
		总计：21

译者还会在介绍诗歌的时候，特意强调诗歌通俗的语言特点。比如，刘半农的《不忘我》（3卷2号），尽管是用文言文翻译，但是刘半农称原

诗语言"亦属白描文字"①。《新青年》群体翻译的诗歌,其中许多诗歌被谱成曲,广为传颂。这从侧面说明了这些诗歌的语言大都朗朗上口,能在普通民众中产生共鸣。比如,胡适翻译的《老洛伯》(4卷4号)"诗出之后,风行全国"②,还有当时被陈独秀认为是美国国歌的《亚美利加》(1卷2号),以及刘半农译的法国国歌《马赛曲》(2卷6号)。在《最后之玫瑰》(3卷2号)的介绍中,刘半农写道:"摩氏此诗,传诵极广。又有音乐家某为之谱曲。曲中多低徐之音,于凄怆感喟之中,仍不失其中正和平之节。今英美乐歌集中,载此曲者十居其九。学校中十龄外之儿童,亦无有不能背诵其诗,歌唱其曲者。则此诗价值如何,无待言矣。此诗妙处,在立言忠厚,措辞平易。"③刘半农译的《缝衣曲》(3卷4号)是一首歌谣体长诗,作者虎特是19世纪英国最有影响力的诗人。这首诗受到文学家的高度称赞,在英国持续再版,甚至风靡美国,还被改编成流行歌。

翻译诗歌的内容大都展现平民百姓的生活和心声,主人公往往是村妇、劳动者、儿童、小商贩等普通群众。诗歌为了能够更真实地展现他们的形象,所用语言都是较为朴素直白的口语,朴实通俗。比如,胡适译的《老洛伯》(4卷4号)中的"我"是一个村妇,胡适在题记中说:"全篇作村妇口气,语语真率,此当日之白话诗也","十八世纪中叶以后,苏格兰之诗人多以其地俚语作为诗歌。夫人此诗,亦其一也。"④刘半农翻译的三首印度俚语体诗:《村歌》《海德辣跋市》《倚楼》(5卷3号)都是使用民间语言,其中《海德辣跋市》全篇都由集市里小商贩和顾客的对话构成。

二 语言组织:对话的运用

《新青年》的诗歌创作中有一个显著的现象,就是对话作为语言材料

---

① 刘半农:《灵霞馆笔记·咏花诗》,《新青年》1917年第3卷第2号。
② 胡适:《〈老洛伯〉题记》,《新青年》1918年第4卷第4号。
③ 刘半农:《灵霞馆笔记·咏花诗》,《新青年》1917年第3卷第2号。
④ 胡适:《〈老洛伯〉题记》,《新青年》1918年第4卷第4号。

大量出现在诗歌中。主要有两种形式——显性对话和隐性对话。显性对话是对话双方都出现,而且有明确的对话形式;隐性对话是指没有明显的对话形式,对话双方不一定都出现,但是存在对话的潜在对象。在今天,现代诗歌中出现对话已经十分平常,但是这在古代诗歌中很少出现。而在新诗发生的初期,这是一个经常被诗人使用的语言组织方式。

1. 新诗对话体的大量出现表现出当时诗歌语言的口语化倾向,与新诗初期的诗歌观念息息相关。1918 年 4 月,胡适在《新青年》4 卷 4 号发表了《建设的文学革命论》,在"八不主义"之后,提出了"建设四条",其中第二条是"有什么话,说什么话,话怎么说,就怎么说"①。更明确地提出了怎么写诗的具体办法。胡适将它看作"八不主义"中二、三、四、五、六条的总结,可见这一建设纲领具有较高的统摄作用。对话是西方诗歌中常见的组织方式,《新青年》翻译的外国诗歌中有大量的对话体诗歌。对话是直接来源于生活的语言材料,正好给中国"有什么话,说什么话,话怎么说,就怎么说"①的诗歌创作提供了一个有效的借鉴模式。

《新青年》上的翻译诗歌有大量的显性对话。《新青年》上第一篇用白话翻译的诗歌《古诗今译·牧歌》(4 卷 2 号),就是十分明显的对话体,经过当时还很不成熟的白话翻译,已经失去了原诗大部分的音节美感和诗韵,但是给中国诗坛带来了完全不同的诗歌感官。还有《路旁》(7 卷 1 号)和《夏天的黎明》(9 卷 4 号)是诗剧,全由对话构成,篇幅较长,发表在"诗"栏目,这样完全由对话构成的诗歌被编者高度重视。显性对话的诗歌还有刘半农翻译的《访员》《海德辣跋市》(5 卷 3 号)、S.Z 翻译的《两个女子》(5 卷 3 号)、周作人翻译的《不安的坟墓》(8 卷 3 号)。《新青年》上的译诗也有很多隐性对话:刘半农翻译的《恶邮差》(5 卷 2 号)全篇是"我"对母亲说话、提问,如"究竟为什么,你面貌这样稀奇?/是今天没有接到父亲的信么?"②母亲一直没有回答,但其实答案已经在读者的心中。用这样的方式使母亲对父亲的思念,以及

---

① 胡适:《建设的文学革命论》,《新青年》1918 年第 4 卷第 4 号。
② 泰戈尔:《恶邮差》,刘半农译,《新青年》1918 年第 5 卷第 2 号。

我对母亲关心的情感表现更显深厚。类似形式的诗歌翻译还有刘半农译的《著作资格》（5卷2号）、《同情》（5卷3号）等。

在《新青年》的诗歌创作中也大量出现对话体诗歌。对话的表现方式十分灵活多样。对话体诗歌十分适合诗人们反映现实。在《新青年》时期，在新文化运动的初期，诗人们大多通过诗歌反映现实，关注社会。诗歌往往是写实的，具有记叙性、现实性。比如，胡适的《人力车夫》（4卷1号）、刘半农的《学徒苦》（4卷4号）、《卖萝卜人》（4卷5号）、陈衡哲的《"人家说我发了痴"》（5卷3号），从诗歌标题就可以看出，诗歌内容大多源于生活。诗人们截取生活中的对话片段，其中隐含着自己对社会现实的认识。Y.Z 的《活动影戏》（5卷3号）运用真实的对话语言描写生活场景，但是有引人思考的内涵，是艺术的组织。胡适的《应该》（6卷4号）有选择地截取生活中的对话，进行艺术加工。周作人的《小河》（6卷2号）是一首对话体长诗，表面是写实的，实际是抽象的，具有象征意义，使诗歌不至于浅白无味。但是对话形式的诗歌有时也会存在完全流于口语表达的问题，缺少艺术的提炼，缺少诗味。比如，胡适的《人力车夫》记录了客人和车夫之间的对话。这首诗被看作胡适早期新诗的代表之一，被许多诗集选本录入。但是这首诗更多是胜在思想内容，而在诗歌的艺术性上尚缺少韵味。陈衡哲的《"人家说我发了痴"》通过两个人对话反映女性在社会中不公平的地位，但是缺少艺术的剪裁，显得语言粗糙冗长。

这种直接截取生活语言成诗的方法，非常有利于新诗初学者的尝试。比如，李剑农的《湖南小儿的话》（5卷4号）就是学习胡适的《你莫忘记》（5卷3号）而作。他在诗序中说："吾兄那首《你莫忘记》的诗实在很好。因为你那首诗，我也试作了一首，题曰《湖南小儿的话》，是套袭你那一首的架子并意思，略参些湖南话，写在后面；请你指教指教。中国诗我向来不能作，外国诗我从没有读过一首。这首诗是我第一回开荒土的产物。你若肯切实指教，或者我将来也随诸位诗翁时常胡诌几句。"① 李剑农不能写中国古体诗，也没有读过外国诗，受到《"你莫忘

---

① 李剑农：《〈湖南小儿的话〉题记》，《新青年》1918 年第 5 卷第 4 号。

记"》的影响而作新诗。还有夬庵（孙毓筠）的《瓦匠的孩子》（7卷2号）与刘半农翻译的《恶邮差》（5卷2号）的话语模式十分相似。虽然没有史料证明有直接的学习借鉴，但是两首诗语言模式和内容都十分相似，夬庵很有可能读过《新青年》上的诗歌翻译，因此受到影响。可见"对话体"写作方式在当时的影响。正如当时郭沫若也是在《时事新报·学灯》上第一次看到新诗，"真真正正是白话，是分行写出的白话"，发出了"那样就是白话诗吗？"的感慨，从而开始了新诗创作。[①] 因此，对话体诗歌在新诗发生初期十分受欢迎，成为《新青年》上非常常见的一种诗歌语言表现方式。

2. 新诗对话体的大量出现意味着诗歌思维方式的改变。中国古代哲学讲求"天人合一"，注重体知，是基于事实的整体感知，诗歌话语是通过意象整体展现意境，由景物描写到自我抒怀。因此中国古代诗人缺少对话意识。中国古典诗歌以隐去主体的自我抒怀为主，常常没有主语，少有真正的对话体诗歌。而西方文化讲求认知，注重思辨和逻辑分析，具有探索、发现自然的精神传统。他们的诗歌话语中的对话形式，就是一种人与人、人与物、人与自然之间的平等交流、探索求知的过程。因此，外国诗歌表现出强烈的对话意识。然而在《新青年》前期"归化"的翻译中，外国诗歌中的对话形式都被忽略或者弱化。如《赞歌3》《赞歌4》《亚美利加》（1卷2号）、《咏爱国诗人》（2卷2号）中的对话形式都没有被翻译出来。

外国诗歌中对话的对象非常丰富，不仅和人对话，还有和自然甚至是抽象的事物、概念对话。周作人翻译了很多和自然事物对话的诗歌，比如，《我说》（8卷3号），记录了"海、风、树林、太阳"这些自然事物和人的对话，在两者不同反映的对比中反衬世间的人情淡薄。《赤杨树》（8卷3号）："赤杨树，赤杨树！美丽的赤杨树！"；《鸸鹋》（8卷3号）："鸸鹋，鸸鹋，你唱得好：/你莫停住了：/鸸鹋唱呵，/鸸鹋！/鸸鹋，鸸鹋，你唱呵！"这些诗歌都是呼唤式的话语，情绪饱满。这是民歌

---

① 郭沫若：《我的作诗经过》，王永生主编，复旦大学中国文学批评史研究室编：《中国现代文论选》，贵州人民出版社1982年版，第164页。

中常见的话语方式,往往有一个抒情的对象,因此对话体就自然而然的出现。类似的诗歌还有《云雀》《狗》《蔷薇》(8卷3号)等。译诗中对话的对象不仅是有生命的,还有抽象的东西。在胡适翻译的《关不住了》(6卷3号)里,诗人与"爱情"对话,"爱情"像人一样表达渴望自由的愿望,很有感染力。《十二 燕子》(8卷3号)是诗人借"燕子"的口和"三月""二月"对话,表达自己对自然更替的感悟,以及对春天的期待之情。

外国诗歌丰富的对话形式被学习借鉴到中国新诗中来。《新青年》4卷1号起,诗歌突破文言的樊篱,以白话译诗,将外国诗歌中的对话形式和对话意识保留下来。对话体也成为早期新诗的重要形式,在新诗创作中大量出现。借助对话体使诗歌的内容和思想得到深化。新诗人对话意识增强,思考人与人、人与物、人与抽象世界的关系,也体现了思辨能力的增强。和自然事物对话的诗歌,如沈尹默的《白杨树》(7卷2号):"它是快乐吗?这样寂寞的快乐!","白杨树!白杨树!现在你的感觉是怎么样的,能告诉我吗?"[1] 受到"天人分相"观念的影响,是对自然的探索。还有俞平伯的《草原的石头和赑屃》(7卷2号)想象了驮石碑的赑屃和野草的对话:"石碑高高站在上面兀自不动,/赑屃闷急了叹气——哼哩,哼哩。/野草笑了笑:'古人说,你是喜欢负重的!'/'冤枉!我何尝!'/'干吗不动呢?'/'我怕它,我没有力气!'/'试试看,不妨的!'"[2] 通过对话表达了对赑屃不敢反抗压迫的嘲笑,视角很独特,十分生动。《新青年》的新诗创作中也有与抽象事物的对话,或者由诗人构建出来的抽象对话。周作人的《小河》(6卷2号)中,通过"稻、桑树、草和虾蟆"之间对话表现出小河经历的困境和表现出的坚韧,表面是写实的,实际上具有象征意义。胡适的《例外》(7卷1号),"我"和"诗神"的对话,趣味性地呈现出诗人独特的创作体验。拓展了诗歌的表达空间和表达视角。还有他的《权威》(6卷6号),将"权威"拟人化,模拟了"权威"和被压迫者的对话,这种语言组织方式增添了诗歌说理

---

[1] 沈尹默:《白杨树》,《新青年》1920年第7卷第2号。
[2] 俞平伯:《草原的石头和赑屃》,《新青年》1920年第7卷第2号。

的生动性。同样,唐俟(鲁迅)的《人与时》(5卷1号)是在人与时间的对话中,表达珍视当下的道理,将抽象的概念具体化,避免了直接说理的直硬。对话这种话语组织方式,不仅为中国新诗提供了一种直接记录和描写现实和生活的简单办法,在新的思维方式的影响下,由于思考模式、表达方式的改变,外国诗歌对话的翻译也在诗歌内容和主题的开拓上为早期新诗打开了思路。

3. 新诗对话体的背后暗藏文化启蒙的话语目的。由于中国当时特殊的时代需要,中国的对话体诗歌表现出特殊的作用。《新青年》上的对话体诗歌有很多是"我对你说"模式,即说教的话语模式。胡适的《"你莫忘记"》(5卷3号)中,运用了三个"你莫忘记"的排比句式,全篇是父母教导孩子的口吻"我的儿,我二十年教你爱国,——/这国如何爱得!……"李剑农的《湖南小儿的话》(5卷4号)是模仿胡适《"你莫忘记"》所作的,也有类似的话语模式。沈尹默的《宰羊》(4卷2号)是隐性对话,但也是"我对你说"的模式:"你不见邻近屠户杀猪半夜起,猪声凄惨,远闻一二里,大有求救意。那时人人都在睡梦里,哪个来理你?/杀猪宰羊,同是一理。羊!羊!你何必咩咩?有谁可怜你?有谁来救你?"在唐俟(鲁迅)的《爱之神》(4卷5号)中,"我"与爱神的对话,启蒙者是爱神。作者通过爱神的口来传达自由恋爱的观念:"娃子着慌,摇头说,'唉!/你是还有心胸的人,竟也说这宗话。/你应该爱谁,我怎么知道。/总之我的箭是放过了!/你要是爱谁,便没命的去爱他;/你要是谁也不爱,也可以没命的去自己死掉。'"还有Y. Z的短诗《小河呀》(5卷3号):"小河呀!小河呀!/你为什么流得这样急?/好好地去想想流吧!小河呀!"也是劝说的口吻,暗含着引导之意。胡适的《"赫贞旦"答叔永》(4卷5号)是类似旧体的五言七言诗,但是加入了"'赫贞旦'如何?听我告诉你:"这样的句子,突出强调了"我说你听"的话语模式,可见这种模式在当时的盛行。诗人往往自居启蒙者的身份,借助对话体的诗歌模式来传达自己的观念。

"我说你听"的模式还会变形为"我说你们听""我们说你们听"的模式。刘半农的《敲冰》(7卷5号)就用了"我对你们说"号召性的话语模式:"撑船的人说:'可以!/我们便提起精神,/合力去做——/是合着我们五个人的力，/三人一班地轮流着，/对着那坚苦的，不易走的路上走！"还有诗歌中反复出现的"敲冰！敲冰！/敲一尺，进一尺！/敲一程，进一程！/"放在这首诗歌的语境中，应是有广泛的接受对象，很有感染力。诗中有"我"与"冰"的对话，也有"我、撑船人、同伴"之间的对话，同伴又被作者分为"怠慢者""怯弱者""缓进者"，这样作者的意图就十分明显了。作者不局限于单一维度的对话对象，又灵活地运用对话的形式，在对话的呈现中描绘对革命持不同态度的人，十分生动，具有画面感。

在《新青年》时期还有一种流行的诗歌对话形式，就是与实际人物的对话。对话体诗歌成为一种对朋友表情达意的方式。比如，刘半农、李大钊写诗迎接陈独秀出狱——《D——！》和《欢迎独秀出狱》（6卷6号），陈独秀也以诗《答半农的D——诗》（7卷2号）回应。还有刘半农的《悼曼殊》（5卷6号）。这时对话体是作为当时知识分子之间交流应答的诗体，包含了革命同道者的相互鼓励支持，又是革命热情和改革观念的表现。而诗人们把这个应答的过程呈现出来，仍然存在一个潜在的被启蒙的听众，此处对话模式是"我们说你们听"，希望他们的启蒙话语和改革观念能够得到更多人的认同。

新诗初期，对话体诗歌十分常见，而到了20世纪三四十年代逐渐减少，在现代格律诗派、现代派和象征派中对话体变得少见。早期在启蒙和思想解放的背景下，知识分子革命热情高涨，普遍对未来抱有积极乐观的心态，相信自我改变社会的力量。因此具有启蒙、诉说和表达的需要。对话体很好地满足了这一诉求。而随着"五四"运动落潮，知识分子普遍消极退守个人的心灵世界，向内的自我抒怀代替了向外的社会呼号，独语代替了对话。知识分子们从对现实社会的关注转向对精神世界的探索，诗歌的现实性减弱，内心表白增强，抒情需要大于纪实和叙述需要。对话体更倾向于纪实和叙述功能，因此逐渐淡出诗人们的选择视野。

三 语言风格：情感表达的强化

在西方诗歌表达方式的影响下，《新青年》上的诗歌表达的情感性增强,鲜明体现在语言表达上。情感表达方式更直白,大量语气词进入诗歌中,增添了诗歌的生动性,凸显出诗歌语言的通俗性特征。这种通俗化的翻译也经过了一个变化过程。比如,在刘半农翻译的瓦雷氏的《寄赠玫瑰》(今名爱德蒙·瓦勒《去吧,可爱的玫瑰!》)(3卷2号)中,有一段英语原诗是"Go, Lovely Rose, /Tell her that wastes her time and me, /That now she knows, /When I resemble her to thee, /How sweet and fair she seems to be."用白话文直译为:"去吧,可爱的玫瑰!/告诉她别把我们的时光荒废,/我用她作比方,/是说她多么姣好甜美,/她现在就该体会。"英文原诗的表达很直白。而刘半农用文言文翻译成:"玫瑰尔今去,为语我所思。/思君令人老,年华去莫追。/比君以玫瑰,令我长忘饥。/持此爱慕忱,问君知不知。"删去了直接描写玫瑰的词语,还根据自己的理解而增添了语句,是让读者在营造的氛围中体会玫瑰的美。陈独秀用文言翻译的《亚美利加》(1卷2号),第二节第4—7行翻译原文4、5行。译文去掉了直接抒情的句子"I love……",通过在名词前添加修饰成分,呈现山川的美,间接表现原诗中的爱国情感。体现出中西不同的表达思维方式,对赞美之情的直接表达转换为间接表达。

中西传统诗歌的情感表达方式有较大不同。中国诗词大多讲究含蓄,以温和敦厚为美,而英美诗歌则比较奔放,以感情激越为胜。中国的传统儒家文化下情感较为克制,诗歌语言也讲究委婉含蓄;文言旧体的诸多束缚和文言文的凝练特质也使情感难以直接表达。《新青年》很多诗歌翻译选择了情感强烈的诗歌,比如,表现爱国主题的《亚美利加》(1卷2号)、《哀希腊》(2卷4号)、《马赛曲》(2卷6号),表现下层劳动人民艰辛的《缝衣曲》(3卷4号)、《老洛伯》(4卷4号)、《奏乐的小孩》(6卷6号)。具有现实性意义的主题偏多,但是也有表达思念亲人、爱人的《云雀》《诗(周作人杂译诗第二十首)》(8卷3号),还有爱情诗《割爱》(2卷2号),等等。但是《新青年》前期用文言旧体翻译诗歌,语气词被省略,直白的抒情语句被文言文抽象的概括代替,情感的浓烈程度往往大大降低。如《割爱》(2卷2号)写道:"Naked I saw thee, /O beauty of beauty! /And I Blinded my eyes, /For fear I should flinch."英文原诗直白浓烈,但是刘半农翻译成:"瞩尔玉体,/美中之尤!/惧短我

· 233 ·

气,/急闭双眸。"意思含糊,情感克制内敛。还有《新青年》2卷6号上刘半农翻译的法国国歌《马赛曲》。这篇诗歌语言极具号召力和感染力,诗歌中有很多有指向性的祈使句,比如,"Let us go, children of the Father land……"但是刘半农用文言文将它翻译成了陈述句:"我祖国之骄子,趣赴戎行。"没有把号召对象翻译出来,完全失去了其中的感染力和号召力。还有原诗"To the arm, fellow citizens, form your battalions! March on! (twice)",都是短句,铿锵有力,很有感染力。用白话翻译应该是:"拿起武器,公民们,排好你们的队伍!进军!进军!"但是,刘半农用文言翻译成:"我国民,秣而马,厉而兵,整而行伍,冒死进行。"这样翻译更典雅庄重,但是原诗的强烈情感都淡化了。然而,在原诗澎湃的情感影响下,诗人还是难免受到影响。第五小节的第一句话是全诗唯一一句直译出来的:"法兰西之勇士!法兰西之英豪!挥尔快剑,诛彼群妖。"这样的表达在全篇传统风格的诗歌中显得有些突兀。英语和法语的原诗都用了24个感叹号,而文言诗语表达出更冷静的情感效果,与感叹号是不相符的,因此文言文译诗中只有这一处直译的地方用了两个感叹号。可以看出,西方诗语和中国文言诗语体系的不同,以及外国诗歌表达方式在翻译过程中对译者有潜移默化的影响。

西方诗歌中,诗句中出现语气词是非常常见的。"Oh""Oh God"是外国诗歌各种常见的语气词,在《绝命词》(2卷2号)、《哀希腊》(2卷4号)、《寄赠玫瑰》(3卷2号)、《缝衣曲》(3卷4号)、《老洛伯》(4卷4号)等翻译中都有出现。但是在"归化"的翻译中,都没有翻译出来。《割爱》(2卷2号)英文原诗前三节的第二行都由"O"来引领:"O beauty of beauty! …O sweetness of sweetness! …O sweetness of sweetness!"诗句不仅直接表达赞美,而且加上了感叹词,让情感更强烈,表达出强烈的赞叹之情。诗歌的诗体组织也十分整齐。但是刘半农的文言文翻译把语气词省略了,翻译成:"美中之尤……美中之美……甘美无伦……"那种强烈的赞叹之情有所减弱。类似的还有《老洛伯》(4卷4号),"Oh! Men with sisters tear! /Oh! Men with mothers and wives!"其中的语气词也没有被翻译出来。《最后之玫瑰》(3卷2号)中,"Oh! Who would inhabit/This bleak word alone?""oh"不仅能加强语气,还有音节补充的作用，但是在文言文翻译中还是被省略了。

　　《新青年》1918年以后的期刊逐渐开始用白话直译外国诗歌，最大程度地还原了原诗的风貌，也较好地保留了诗歌的情感。诗歌翻译不避讳口语中自然会出现的语气词。《新青年》上第一首用白话文翻译的诗歌《牧歌·两个割稻的人》发表在4卷2号。这是两个割稻人在田间地头的对话，很有生活中的情感和趣味，其中就出现了大量的语气词。《村歌》（5卷3号）是刘半农用"诗经体"翻译的，在诗歌句中也多次出现语气词，"唉，我何以惑听舟子之歌，/迟我行道？"，"听之，唉，听之，白鹤鸣耶"，"唉！使有狂风大雨作，我所遭其何苦？"还有一些诗歌是诗人为了表达强烈的情感，刻意安排的语气词。这些语气词不仅起到强化情感的作用，有的还有补充音节，形成音韵、组织诗歌的作用。比如，5卷3号发表的《海德辣跋市》每段第一行都是以语气词"唉"开头，模拟了集市中叫喊的声音。《倚楼》最后一节的单行都是以"唉"开头。诗人不仅保留原始中的语气词，还会在诗歌句中或者句尾添加语气词，让中文表达更有情感。8卷3号发表的《诗（周作人杂译诗第二十首）》："……/啊，你这无用的眼睛，/你长久不见那失却的爱人：/还不如盲瞽了罢，/像这样空被我徒劳的眼泪所遮住了。/……"这首翻译中反复出现语气词，四次重复了句式"啊，你这……的……"，16行诗中有7行是以"了"或"了罢"结尾。虽然现在已经无法找到这首诗的英文原诗，但是，无论是诗人直译原文，还是在翻译过程中自行添加语气词，都可以看出西方情感表达方式对诗人的影响。

　　在外国诗歌翻译的影响下，中国新诗形成了更直白浓烈的情感表达方式。诗歌语言情感表达功能强化，情绪表达更加明显直接。《新青年》上的诗歌创作表现出大量使用语气词的倾向。语气词不仅使用数量很大，而且种类丰富。周作人的《梦想者的悲哀》（9卷5号），一共16行诗，其中有10行以语气词"了、么、呢、罢"结尾，有2行以语气词"啊"开头。刘半农的《窗纸》（5卷1号）全诗16行，有8行以语气词开头，行内也连续使用语气词。比如，全诗几乎每行都由"看！""不好！""错了！"这样的短祈使句总领："看！乱轰轰地是什么？——是拍卖场，正是万头攒动，人人想出廉价，收买他邻人的破产物！/错了！是只老虎，

· 235 ·

怒汹汹坐在树林里,想是饿了!"这和刘半农翻译的诗歌《狗》(5卷3号)是相似话语方式:"就是尽头处了!/那么,谁能辨别得出,那在我们中发光发热的火花是什么呢?/否!我们不是那种互相浮视的畜生和人……"康白情的《庐山游记》(8卷1号)使用的语气词更丰富,有"呵、邪、么、哪、了",运用也十分灵活多样。可以看出对语气词的使用和选择是有意识的,这种表达方式已经成为当时的一种创作定式,是当时许多诗人接受和喜欢的话语方式。这种语气词的使用,非常具有日常口语特色,几乎是"怎么说就怎么写",有强烈的生活气息和情景性。现实生活中口语中的语气词大量进入诗歌,诗歌表达更加情绪化、口语化。胡适的《人力车夫》(4卷1号)、《"你莫忘记"》(5卷3号)、《乐观》(6卷6号)等诗歌中也运用了大量"呵呵、哈哈、哎哟"这样口语化的语气词。情感的强化是新诗发生初期寻求语言生动性的一个途径,但是有时语气词滥用,也让诗歌缺乏应有的艺术性提炼。

第二节 语法结构的显性化

胡适在"文学改良八事"的第六条提出"不做不合文法的文字"。[①] 他十分重视白话语法的使用,将语法也看作新诗成立的重要因素。真正的白话诗要充分运用"白话的字,白话的文法,和白话的自然音节,非做长短不一的白话诗不可"。[②] 后来胡适也反思自己早期的诗歌没有使用完整的白话语法。他说自己在美洲写的《尝试集》,只不过是勉强实行了"文学改良八事",实在是"一些刷洗过的旧诗"!认为这些诗最大的缺点是仍然使用文言文的语法。为了迁就传统的表达,总是截长补短牺牲白话的文字和句法,导致句子太过整齐,语言不自然。[②] 中国传统诗歌的语言往往是实词直接连接,省略表明逻辑关系、语法关系的连接词、介词,句间和词间语法关系的省略往往成为诗歌意境创造的重要手段。而英语诗歌的显著特点是有明确的语法关系表达,句子成分一般都齐全,保留

---

① 胡适:《文学改良刍议》,《新青年》1917年第2卷第5号。
② 胡适:《我为什么做白话诗?》,《新青年》1919年第6卷第5号。

系词、冠词、物主代词乃至动词的时态和语态。在英语的影响下，新诗语言开始出现完整的语法成分。在译诗语言的影响下，新诗语言出现了语法关系显现化的特征，尤其是在人称代词和修饰成分的使用上呈现出与传统不同的特征。语法成分的完整出现，欧化语法的使用，使新诗呈现出与传统诗歌不同的格调，也改变了新诗的表达诗意构建方式。

一　大量人称代词的使用

在中国传统诗歌中，将主语隐去一般不会影响对诗歌内容的理解。我国古代诗歌由于文体形式的限制而在用词上很考究，大多数诗词中没有人称代词。在《新青年》早期归化式的翻译中，原诗中的人称代词大多数是被省略的。比如，省略了人称的译诗《割爱》（2卷2号）是典型的中国传统诗歌的表达方式，省略了抒情主体"我"。还有刘半农将麦克顿那的《咏爱国诗人》（2卷2号）翻译成四言体，没有将人称代词翻译出来，使诗歌从对有明确指向的个人的赞颂，变成了对英雄的普遍性的歌咏，个体的话语选择从属于集体的话语价值。

然而，《新青年》早期一些归化的翻译也有直译和白话化的倾向，表现出翻译对译诗表达的影响。人称代词保留下来，使诗歌语言逐渐呈现完整的表意结构。在刘半农翻译的《火焰诗》（2卷2号）中，"帝灵如答我，/铁石我心坚。我心坚，/我力虽弱，/何惧虎狼当我前"，"欲喋我血我不走"，一些在传统诗歌中不必出现的人称代词被保留了下来，语言表达受到了外国诗歌的影响。刘半农译的《悲天行》（2卷2号）尽管也是归化的翻译，将原诗译成五言体，但是仍然翻译出了人称代词。全诗共12行，译诗中有7行都以人称代词"帝"开头。其中第一段原诗"I see his blood upon the rose, /And in the stars toe glory of his eyes; /His body gleams amid eternal snows, /His tears fall form the skies.",每一行都出现了"his"。刘半农将它翻译成："帝血沃玫瑰，/帝目耀明星；/帝身喻白雪，/帝泪化甘霖。"人称代词完全保留了下来。自4卷2号周作人在《古诗今译》中开始用"口语"翻译，《新青年》诗人逐渐开始改用白话直译外国诗歌，外国诗歌里人称代词的运用在译诗中得到更完整的呈现。

· 237 ·

胡适翻译的《老洛伯》（4卷4号）中多出现了很多"我的……"的结构，也是人称使用的一种方式，如"我的好人儿早在我身边睡了"、"我的梅吉他爱我，要我嫁他"等。在英语表达中"my"有时不仅仅表达从属关系，还相当于语气词"哎呀"，表达强烈的语气和情感。而在中文译诗中"我的……"的结构成为典型翻译腔调的表达。还有以同位语的方式使用人称，比如"人都说我的梅吉他翻船死了！""我的梅吉"和"他"这种同位语的形式在中文中也不是必需的，是由于直译外国诗歌而出现的表达。英语原文是"For auld Roain Gray he is kind unto me"，因此翻译成了"我家老洛伯他并不曾待差了我"。胡适在新诗创作中也有运用同位语，如"又觉得有点对他月亮不起"〔《四月二十五夜》（5卷1号）〕。这种表达在中国传统诗歌中是很少见的，呈现出传统诗歌没有的语言风格。

在一些翻译过程中，译者会灵活地运用人称代词来塑造译诗语言，表现出完整表意结构的构建意识。《新青年》6卷6号发表了《奏乐的小孩》两个版本的翻译。其中一个版本是胡适以笔名"天风"发表的。原诗是"And the face grew peaked and eerie, /And the large eyes strange and bright, /And they said－too－late－'he is weary! /…'"，没有直接出现人称代词，但是胡适在翻译中加上了人称代词："他的脸儿渐渐消瘦，/他的大眼睛也变了样子了，/他们方才说，'他乏了/…'"原文以三个"and"开头形成头韵，胡适通过加上人称代词"他"和"他们"，也形成头韵，从而翻译出了原诗的音韵形式。在周作人的译诗《十鹧鸪》中，三次重复了三个连续的人称，比如开头部分"鹧鸪是美丽的鸟，/他且飞且唱；/他带来好消息，/他不会说诳；/他吸一切的好花，/使他声音清亮；/他叫这"郭公"的时候，/夏天近来了"。周作人在译诗之后的注释说，这首诗"是编者按了民歌的声调而仿作的"[1]。人称反复出现在短句中，显得质朴又俏皮，凸显了民歌不事雕琢的语言特征。我们现在虽然没有查到英语原文，但是仍然可以看出周作人在翻译中运用人称对诗歌的语言进行塑造。

---

[1] 周作人：《〈十 鹧鸪〉后记》，《新青年》1920年第8卷第3号。

人称代词对诗歌的内容和结构形式的形成都具有重要的作用。在外国诗歌翻译的影响下，现代人称代词的大量入诗，现代诗歌出现完整的表意结构，影响了新诗诗意的表现方式。在一些诗歌中，人称指意过于清楚，或者人称使用泛滥，使语言烦琐累赘，破坏了诗歌诗意。胡适的诗歌《一念》（4卷1号）每一行开头都出现了人称代词"我"，指意太过明确，减少了诗歌意味的丰富性。林损的《苦－乐－美－丑》（4卷4号）："乐他们不过，同他们比丑！美他们不过，同他们比丑！"也不避讳人称代词的重复出现，诗意略显直白浅露。陈独秀的《答半农的D——诗》（7卷2号）多次重复人称代词，语言形式单一，缺少自然变化，容易造成阅读、审美的疲倦。类似的还有央庵的《瓦匠的孩子》（7卷2号）、胡适的《礼!》（8卷5号）、康白情的《斗虎五解》（8卷1号）等。

《一念》胡适

我笑你绕太阳的地球，一日夜只打得一个回旋；

我笑你绕地球的月亮儿，总不会永远团圆；

我笑你千千万万大大小小的星球，总跳不出自己的轨道线；

我笑你一秒钟走五十万里的无线电，总比不上我区区的心头一念。

我这心头一念：

才从竹竿巷，忽到竹竿尖，

忽在赫贞江上，忽到凯约湖边；

我若真个害刻骨的相思，便一分钟绕遍地球三千万转！

《答半农的D——诗》陈独秀

我不会做屋，我的弟兄们造给我住；

我不会缝衣，我的衣是姊妹们做的；

我不会种田，弟兄们做米给我吃；

我走路太慢，弟兄们造了车船把我送到远方；

我不会书画，许多弟兄姊妹们写了画了挂在我的墙壁上；

有时倦了，姊妹们便弹琴唱歌叫我舒畅；

有时病了，弟兄们便替我开下药方；

现代传媒与中国现代诗歌

倘若没有他们，我要受何等苦况！

然而，在《新青年》新诗的创作和翻译中，也有诗人利用人称的反复来组织诗歌，表现特别的诗意和音节。例如，玄庐的《脑海花》（8卷6号）基本每个诗句句首出现了人称代词"伊"，形成诗歌的头韵，整体音韵自然和谐。胡适的《他》（2卷6号）每一句都以"他"结束，"你心里爱他，莫说不爱他。/要看你爱他，且等人害他。/倘有人害他，你如何对他。/倘有人爱他，又如何待他"，押同字尾韵"他"，也应和了诗歌的主旨和标题。"他也许爱我，——也许还爱我，——/但他总劝我莫再爱他。/他常常怪我；/这一天，他眼泪汪汪地望着我，/说道：'你如何还想着我？/你想着我又如何对他？/你要是当真爱我，/你应该把爱我的心爱他，/你应该把待我的情待他。'/他的话句句都不错：/上帝帮我！我'应该'这样做！……"［胡适《应该》（6卷4号）］表达了"我、你、他"之间的三角关系，是基于现代白话语法在人称代词的使用下才能表达的含义。诗歌选择只用"我、你、他"来代指三个人，塑造出凝练中又有回环之美的诗意。

新诗中人称代词的大量出现隐含着诗人思维方式的改变，"人"作为个体的价值被发现。实现了具有普遍性的"无我"表达到个人经验的"自我"表达的转变。在陈独秀的《丁巳除夕歌》（一名《他与我》）（4卷3号）中，"古往今来忽有我。/岁岁年年都遇见他。/明年我已四十岁。/他的年纪不知是几何？/我是谁？/人人是我都非我。/他是谁？/人人见他不识他。/他为何？/令人痛苦令人乐。/我为何？/拿笔方作除夕歌。……""他"在这首诗中指除夕，诗人是将自己放在无尽的时间长河中来思考"我"作为个体的意义和价值，很有哲学意味。沈尹默的《月》（5卷1号）写道："明白干净的月光，我不曾招呼他，他却有时来照看我；我不曾拒绝他，他却慢慢地离开了我。/我和他有什么情分？"关注的是"我"和外界事物的关系。人称代词在诗歌中承担着表达内容和情感的任务，不同人称代词的选择和使用，会带来不同的表达效果。第一人称代词"我"是《新青年》新诗中出现最多的。比如，胡适的《一念》（4卷1号），全诗八行，有六行是以第一人称"我"展开叙述。还有陈独秀的

《答半农的D——诗》（7卷2号）中也频繁出现第一人称"我"。这是该时期诗人主体意识的体现，也是长期被压抑的个人表达的解放。

人称代词在新诗中的运用，还开拓了新诗表达的视角。新诗人们从各种动物、事物的第一人称视角来表述，发现个体的价值。表达的不仅是人还有动物，甚至是没有生命的事物的声音。比如，在胡适的《老鸭》（4卷2号）中，"我"是指"老鸭"，以老鸭自述的形式来表达它生活的艰苦，由此象征社会现实。沈尹默的《宰羊》（4卷2号），全诗中出现了19个"你"。虽然是与"羊"对话，其实作者也是站在"羊"的视角，和它感同身受。陈衡哲的《鸟》（6卷5号）包含了两种境遇的鸟儿以第一人称"我"的自述。一只在风雨中受到挫折的鸟，受到了笼中之鸟的激励，很有感染力。周作人在《小河》（6卷2号）中，将"稻""桑树""草和虾蟆"分别以第一人称"我"进行主体叙述，而"小河"则以第三人称"他"被客观描述。诗人要着重表现的不仅是"小河"所象征的变革力量，还有"稻""桑树""草"等反映出来的那种在变革时代里人人自危、惊恐不安的精神状态。现代人称代词的大量入诗，呈现了现代诗歌完整的表意结构。这种表达方式往往具有较强的叙事性，影响了传统诗歌抒情结构向现代诗歌叙事结构的转变。

新诗语言由于受英语的影响，还出现了划分性别的代词，比如，阴性的"她"、阳性的"他"以及中性的"它"或者"他"。《新青年》同人多次就这个问题展开讨论。钱玄同与周作人的通信《英文"she"字译法之商榷》发表在《新青年》6卷2号。1920年刘半农也发表了《她字问题》，提出中国阴性人称代词用"她"。对人称代词性别的区分，也说明了当时诗人对人称问题的关注和重视，更体现了对不同性别的个体价值的进一步发现。

二 修饰成分的地位凸显

文言文的语法以及传统诗体音韵的限制，决定了在《新青年》早期归化的翻译中难以翻译出复杂叠加的修饰成分。《赞歌1》（1卷2号）的原文是："At the immortal touch of thy hands my little heart loses its limits in joy and gives birth to utterance ineffable"，冰心的白话直译是："在你双手的不朽的按抚下，我的小小的心，消融在无边快乐之中，发出不可言说的词调。"① 而陈独秀翻译的是"汝手不死触，乐我百障空。锡我以嘉言，乃绝言语踪"，这一句原诗中有四个修饰成分，但是文言文的翻译基本没有译出。想要在五言体诗歌中翻译出这么复杂的意思已经很不容易，更何况还要准确翻译出修饰语。而《赞歌2》（1卷2号），冰心的直译是："我用我的歌曲的远伸的翅梢，触到了你的双脚，那是我从来不敢想望触到的。"② 陈独秀则翻译为："余音溢天衢，稀宠幸接迹。"可以看出，诗人读懂了原诗的意思，但是因为诗歌语言和体式的限制，他选择用较为抽象的概念来笼统的翻译。西方语法的结构像一串葡萄，主干很简单，围绕主干修饰成分层层展开，如形容词、从句、状语等。所以英语表达多长句，而在文言文的表达中则多短句。而且，文言文多单音字的特征，也使它十分凝练，能够有微言大义、一字千秋的美学效果，同时，也存在表意模糊、复杂的含义难以表达的问题。

自从《新青年》用白话直译外国诗歌以后，译诗中的修饰成分大量出现。很多诗歌还通过叠加、反复修饰语来组织诗歌内容，创造诗意。比如，重复修饰语："在那绿的绿的树林里""关着一个小小的小兄弟"[《囚人》（8卷3号）]；在复沓中增加修饰成分："啊，你树林，你阴沉的树林，/密勒丁地方的树林！"[《被弃的人》（8卷3号）]，还有"他又看不见光明的太阳，——/初生的，或是下降的太阳"[《囚人》（8卷3号）]；等等。不断增加或者重复修饰词，能够带来民歌咏叹调的韵味。周作人的诗歌欧化特征明显，大量出现有后缀"的"的修饰成分，他常利用修饰后缀的反复形成音韵和节奏。《牧歌》（8卷3号）写道："因了你的绵阳。你的绵阳是白色的，白地里带记号的。"虽然没有英文原文，但是我们可以推想而知，英文中白色"white"，带记号的"marked"，虽然都是形容词，但是没有相同的词性特征，而周作人在这首诗中，把这个位置的每一个定语成分后都加上了"的"，而且在中文中，"白地里带

---

① ［印度］泰戈尔：《吉檀迦利·园丁集》，冰心译，四川文艺出版社2016年版，第3页。
② ［印度］泰戈尔：《吉檀迦利·园丁集》，冰心译，四川文艺出版社2016年版，第4页。

记号"就算是不加"的"也不影响它发挥修饰功能。可见周作人在翻译过程中有意或者无意间有表现出修饰成分的意识。正好在这首诗中,都处于行尾的"的"也可以突出音韵和节奏,自然而然形成同字押韵。

新诗人学习借鉴了西方诗歌对修饰成分的运用方法。修饰成分的地位在新诗语言中十分突出。新诗中常常出现非常长的修饰成分,比如,胡适的《一念》(4卷1号):"我笑你千千万万大大小小的星球,总跳不出自己的轨道线;/我笑你一秒钟走五十万里的无线电,总比不上我区区的心头一念。"刘半农通过标点符号加长修饰语,突出强调了修饰成分:"回看车中,大家东横西倒,鼾声呼呼,现出那干——枯——黄——白——死灰似的脸色!"[《晓》(5卷2号)]。还有的诗歌叠加多个形容词:"一丛繁茂的藤萝,/绿沉沉的压在弯曲的老树的枯株上,/又伸出两三枝粗藤/大蛇一般的缠到柏树上去;/在古老深碧的细碎的柏叶中间,/长出许多新绿的大叶来了。"[周作人《山居杂诗一》(9卷5号)]。修饰成分地位的凸显扩展了新诗语言的表达容量,增强了诗歌的描写性,给诗歌带来丰富的细节,促进了诗歌的散文化。常惠在《游丝》(5卷2号)中写道:"一点蒙蒙的月亮,照在这最高楼的旗杆顶上;/沾着一缕游丝,那一头通得远远的,沾在天坛顶上。/有个飞薄的东西,像铜元一样大,/在那游丝上,滚过来,——滚过去,——只是不定。"修饰成分不仅仅是词语,还有句子。"那一头通得远远的"修饰动作"沾","飞薄的""像铜元一样大"修饰"东西"(即月亮)。复杂结构的修饰成分,丰富了描写对象的细节,将这个场景刻画得非常细腻,"月、游丝"的形象都很生动。修饰成分中又有修饰成分,是欧化的修辞表达方式,营造出陌生化的语言,使语言不至于浅白,引人回味和想象。而在沈尹默的《小妹!》(6卷6号)中,修饰成分大量加入,使诗歌呈现出鲜明的散文化特征:"幽深的古庙里,小小一间空屋,放着一张尘土蒙着的小桌子,人说你住在这里,我怎能够相信呢?你从前所说的绿茵茵的柳树,清浏浏的河水,和那光明宽敞的房子,却都在哪里?"这一时期,大量的修饰成分在散文诗中很常见,但是往往缺乏语言的凝练度,从而模糊了诗歌和散文的文体界限。

受西方语法的影响,《新青年》新诗语言中形容词后往往会增加后缀

"的"。在表达语义层面，汉语中很多形容词后缀"的"是可有可无的，只有显示词性或表达语气的作用，而英语词尾往往多用后缀表达词性。受到英语语法的影响，新诗话语呈现出欧化倾向，诗人们逐渐习惯增加形容词后缀。比如，双明的《一个农夫》（8卷1号）："两只精赤的胳膊紫堂堂地拥着宽阔的胸膛。"一个句子中主、谓、宾各自有一个带有后缀"的"的修饰语。在周作人的诗歌中："小胡同口，/放着一副菜担，——/满担是青的红的萝卜，/白的菜，紫的茄子；/卖菜的人立着慢慢的叫卖。"[《画家》（6卷6号）]，保留了形容词的后缀"的"。沈尹默的《秋》（7卷2号）中，也有这样的表达："红的，白的，紫的，黄的，绿的，粉红的，满庭都是菊花。"形成质朴的儿歌式的语言风格。形容词后加"的"，能够使语言白话化、散文化，使白话区别于文言，是"从旧体中脱胎"的诗人在新旧转变时期的过渡表达方式。胡适早期的《新婚杂诗》（4卷4号）中写道："回首十四年前，/初春冷雨，/中村箫鼓，/有个人来看女婿。""只剩得荒草孤魂，斜阳凄楚！/最伤心，不堪重听，灯前人诉，阿母临终语！"其中"初春冷雨、中村箫鼓、荒草孤魂、斜阳凄楚"更加凝练，都是典型的文言诗歌的格调。对比胡适后期的诗歌《送任叔永回四川》（6卷5号）："瀑溪的秋色，西山的落日，真个无双"，"如今回想，/往日的交情，旧游的风景，/半在你我的诗囊，一半在梦魂中来往"。虽然诗歌内容思想还是古代送别的主题，但是在诗歌语言上文言痕迹少了很多。在形容词后加"的"确实是语言白话化的一种方式。

第三节 语言表意的复杂化

在《新青年》时期，新诗语言材料的选择倾向通俗，语法结构也更明显和清晰，往往会带来新诗直白浅露、诗味不足的问题。而文学语言对语义的多层次性、情绪性、含蓄性、感受性、暗示性等有特殊要求，尤其是最具文学性的文学门类——诗歌。中国是整体感悟的直觉思维方式，而西方是分析归纳的逻辑思维方式。在西方语法的影响下，新诗语言更注重逻辑表达——分析、归纳、演绎，表现出了思维方式的转变。

正如朱光潜所说，西方语言有繁复严密、富有弹性的语法组织，能够很好的适应曲折的情思表达。这种优点早晚一定会影响到国语。① 意义结构的整体关联、语法的灵活运用、象征主义诗思的呈现加强了新诗的逻辑思维。新诗语言逐渐呈现出整体隐喻化的特征，诗歌思想深度的加深，同时也增加了诗歌的凝练度和诗味。

一 意义结构的整体关联

英语是有大量虚词的语言，而且在英语诗歌中也不省略虚词。中国文言文中也有虚词，但是在传统诗歌，特别是近体诗中很少使用虚词。因此，在《新青年》早期归化的翻译中，英语诗歌中的虚词往往没有翻译出来。刘半农翻译的《火焰诗》（2卷2号）原诗前三段都是由"because"引导的原因状语从句开头，结构很完整，但是译诗都没有翻译出这个因果逻辑关系。诗中的其他虚词，如"and、now……"也没有翻译出来。在《赞歌2》（1卷2号）中，冰心直译为："我知道你欢喜我的歌唱。我知道只因为我是个歌者，才能走到你的面前"②；而陈独秀翻译成："前进致我歌，我歌汝怿悦"，把这唯一条件关系忽略了。还有《割爱》（2卷2号）原诗虽然是无韵诗，但是结构完整又变化丰富，利用语法和字词的组织来凝练诗意，形成节奏韵律。通过语言的运用，创造结构的重复，结构明晰简单，有设计感又活泼灵动。而刘半农用四言体翻译出来，简短的四言诗句过于凝练，使复杂句子的含义难以表达，消解了原诗精巧的诗歌意义结构。

在外国诗歌翻译过程中，语言的欧化总是自然而然的产生。从很多诗歌翻译中可以看到英语虚词对中国诗歌语言的影响，有一个从生硬照搬到结合中文的习惯内化运用的过程。沈钰毅翻译的另一版《奏乐的小孩》（6卷6号）与胡适着意呈现原诗的音韵形式不同，沈译遵循直译，

---

① 朱光潜：《现代中国文学》，《朱光潜全集（第十六卷）》，安徽教育出版社1990年版，第330页。

② ［印度］泰戈尔：《吉檀迦利·园丁集》，冰心译，四川文艺出版社2016年版，第4页。

把原诗中的每一个连词都翻译出来:"他为了爵爷的夜会奏乐,/他顺着太太的意旨奏乐,/直到他苦恼的小头沉重了,/和他苦恼的小脑要昏晕了","直到他面色惨白,失去了神,直到他两只大眼,放出奇怪的光,于是他们说——太迟了——'他疲倦了!/他应当休息至少要今天一夜!'"但是有的连词在中文表达中是不必要的,因此语言显得烦琐。还有胡适《老洛伯》(4卷4号)中的一句翻译是:"又谁知海里起了大风波",并不符合中文的表达习惯,语气不通顺。按照中文的习惯应该是"谁知海里又起了大风波",而英语中转折连词"but"一般是放在句首,如"But the wind is blew high"。可见胡译连词的位置体现出受到英语语序的影响。在用白话写诗的早期,连词的使用还很生硬,只是照搬西方的表达,还没有内化成自然的中文表达。

随着新诗创作实践的不断深入,新诗人们也注意到虚词的重要作用,并且逐渐能够在新诗创作中巧妙地运用连词。连词的运用往往会影响到整个句子的结构,在句子中有重要的作用。某种意义上,实词就像是人体的血肉,而虚词则是人体的筋骨。胡适曾点评自己的诗歌《应该》(6卷4号)写出了传统诗歌表达不出的内容和情感,其中诗句"他也许爱我,——也许还爱我",十个字就表达出多层意思,这是传统诗歌所达不到的。[①] 他增加了一个表达继续状态的虚词"还",句子的含义就丰富了很多。在诗歌创作中,选择合适的实词固然重要,但是,锤炼虚词也十分关键。一个虚词可以决定所在的句子,甚至是段落、篇章的表达效果。在周作人的《中国人的悲哀》(9卷5号)中:"中国人的悲哀呵,/我说的是做中国人的悲哀呵。/也不是因为外国人欺侮了我;/也不是因为本国人迫压了我;/他并不指着姓名要打我,/也并不喊着姓名来骂我。/他只是向我对面走来,/嘴里哼着什么曲调,一直过去了。/我睡在家里的时候,/他又在墙外的他的院子里,/放起双响的爆竹来了。"诗人连用一组虚词,把这种复杂的语义表达出来。汉语是缺少形态变化的语言,因此,虚词在汉语中承担着更为重要的语法任务。胡适曾说,白话文大量借鉴西方语法"细密的结构",语言发生欧化,因此能够更好地传达"复

---

① 胡适:《谈新诗——八年来一件大事》,《星期评论》1919年第10期。

杂的思想"和"曲折的理论"。① 新诗运用大量的虚词表达连接、转折、并列等，诗人们还在翻译英语对应连词时创造了新虚词，比如出现了"那末、什么、但是、并且"等。虚词的运用满足了现代复杂情绪和思想的表达需求。新诗开始注重语法关系和语义转接在形式上的表现，加强了诗歌语言理性逻辑的表达能力，促进了智性诗思的产生。

　　虚词的使用加深了诗歌语言的明晰性和逻辑性，能够表现深刻细腻复杂的现代思想。而在新诗创作中，诗人的语言表达往往会倾向于常用某一种固定的逻辑关系，这隐含着不同诗人不同的处世哲学和思想。胡适的诗歌语言常呈现出条件关系，反映出他的实验主义观念。他的诗歌经常使用句式："……方……""要……，且……""倘若……，……""若……，便……"。比如，《梦与诗》（8卷5号）："醉过方知酒浓，／爱过方知情重"；《他》（2卷6号）："要看你爱他，且等人害他。／倘有人害他，你如何对他。／倘有人爱他，又如何待他"；《一念》（4卷1号）："我若真个害刻骨的相思，便一分钟绕遍地球三千万转！"在语言形式层面，条件关系逻辑在胡适诗歌意义形成中有重要的作用，这是现代诗中才会有的表达方式。周作人在《新青年》后期的作品中常借用并列关系来抒发自己的生命况味，如《爱与憎》（7卷2号）："我们爱蔷薇，也能爱蝴蝶"；《山居杂诗三》（9卷5号）："白果也罢，梅子也罢"；等等。"能……，也能……""……罢，……也罢""……是，……也是"等的句式在诗中反复出现，其实隐含着周作人的生活立场与价值取向。诗人在人、物、事的认识上，只保持含混暧昧的态度，而没有明晰的判断和选择，"即此即彼""此亦可彼亦可"成为他在事物复杂性面前的退守策略。因此，周作人的诗歌中多有迷茫混沌之感，也许是因为在病中，而且是在五四运动、新文化运动的落潮时期，这一时期的诗有点消极的意味。陈独秀多运用"是字句"，"……是……""……不是……""……都是……""……都不是……"是常用的句式。比如，《答半农的D——诗》（7卷2号）："什么倾向，什么八十多天，什么八十多年，都不是时间上重大问题"；

---

① 胡适：《〈中国新文学大系·建设理论集〉导言》，胡适编选：《中国新文学大系·建设理论集》，上海良友图书印刷公司1935年版，第2页。

"仿佛过去的人，现在的人，未来的人，近边的人，远方的人，都同时说道"；《丁巳除夕歌》（一名《他与我》）（4卷3号）："古往今来忽有我。／岁岁年年都遇见他"，"我是谁？／人人是我都非我。／他是谁？／人人见他不识他"。陈独秀是一位革命领袖，这反映出他具有宏观的视野，脱离了个人层面而到整体层面来思考问题。"都"是虚词中表总括的。是或者不是，都是或者都不是，这是比较绝对的思考方式，体现出陈独秀比较激进的思想态度，也是革命领袖的判断式话语，期望给社会指出一条道路。但是"是"和"不是"的同时出现，体现出陈独秀也有迷茫和混沌。

二 语法的灵活运用

《新青年》上的诗歌常借助欧化的文法来组织诗歌，创造陌生化效果，构造形式的意义，表达现代情感和思想。鲁迅在《玩笑只当它玩笑》中言明中国白话中出现大量欧化语法是因为必要，而非好奇。[①] 郭绍虞也曾说，语言的欧化"可以使白话增变化"，有利于创造文艺的新生命，使新文艺产生"特殊作风"。[②] 在外国诗歌翻译的影响下，中国新诗的语法运用更灵活、更复杂，新诗的表达能力更强，使更加曲折复杂的现代思想感情进入新诗。

在早期《新青年》归化式的翻译中少见复杂句式。英语语法灵活度大，变化多，文言文难以翻译出复杂的成分。陈独秀翻译的《赞歌4》（1卷2号）原诗8行，前7行都是以从属连词"where"开头的地点状语从句。但是在文言文翻译中，这种状语成分排比的手法完全消失，失去了这首诗最重要，也最具特色的诗味。还有《亚美利加》（1卷2号）第三节4—7行原文由三个排比的祈使句构成。译文未能体现这一句式特点，而且将祈使句改为陈述句，也没有保留排比的形式，缺乏感染力。但是很多译者仍然受到英语句式的深刻影响，《新青年》上的新诗出现多

---

① 鲁迅：《玩笑只当它玩笑》，《鲁迅全集》，人民文学出版社2005年版，第18页。
② 郭绍虞：《新文艺运动应走的新路径》，《文艺新潮》1939年第1卷第11期。

种复杂句式，句法结构逐渐多样化，不仅有陈述句、祈使句和感叹句，还有独字句和排比句。而且新诗语法成分的运用灵活，比如人称、指示词的省略等；语序也会灵活变化，出现了倒装句，比如定语、状语后置，产生了强调和陌生化的表达效果。相对严密的意义联系和线性的逻辑结构，加强了诗歌语句和语篇之间的整体性和关联性。

新诗人在创作时会使用欧化的语序来表现诗歌独特的风格和意义。英语和汉语的基本语序几乎一致，都是主谓宾，不同的是修饰成分状语和定语的位置。英语修饰成分的发展方向是向右，而汉语是向左，而且英文会通过调整句型和语序突出不同的侧重点，置前的信息往往是要强调的焦点信息，因此经常使用倒装句和各种从句。而汉语的焦点信息位置是后置的。《新青年》的很多诗歌追求直译，译诗语言中有很多欧化语序的痕迹，比如，刘半农译的《同情》（5卷3号）"永远不给你抱我在手中了"；周作人译的《死叶》（8卷3号）"他们这样凄恻得哭，在风来撒散他们的时候"；等等，状语后置，向右展开，是受到了英语语序的影响。胡适《尝试集》再版时，修改了几首诗，其中胡适《一笑》里的"那个人不知后来怎样了"蒋百里认为"这样排列，便不好读"，将其改成了"那个人后来不知怎样了"。后来胡适也十分认可："我也依他改了，果然远胜原文。"[①] 胡适初次发表时的诗句中，时间状语"后来"放在动词后，是英语的语序，语法向右发展；但是后来蒋百里修改的版本时间状语放在动词前，更符合中文的语言习惯。欧化的语法一方面可能会带来累赘、不通顺的问题，另一方面也会带来陌生化的效果，拓展了汉语语法的张力。周作人在创作中利用这种欧化的语序来营造自己的诗歌风格。他的语言表达自由灵活，相应的，他的诗歌也表现出自然淡远的风格。周作人《山居杂诗一》（9卷5号）："一丛繁茂的藤萝，/绿沉沉的压在弯曲的老树的枯株上，/又伸出两三枝粗藤/大蛇一般的缠到柏树上去；/在古老深碧的细碎的柏叶中间，/长出许多新绿的大叶来了。"通过学习西方的语法，在长句中将修饰语、状语后置，更有利于分行，还能

[①] 胡适：《〈尝试集〉四版自序》，陈金淦编：《胡适研究资料》，北京十月文艺出版社1989年版，第416页。

够产生陌生化的语言效果，带来疏淡的诗味，是一种在平凡的描写叙述中的诗味。而刘半农受到西方语法灵活性的启发，通过玩味语法来表现特殊的意义。刘复（刘半农）的《回声》（9卷4号）首尾两段内容完全一样，只有语序一正一反，诗人通过语句顺序颠倒的形式表现回声。刘半农的《伦敦》（9卷1号）语序的运用也很灵活："是这样墨黑的一个黑雾窟，/是这样一窟墨黑的黑雾，/里面是钻着！钻着！……""黑夜钻到白天，/白天钻到黑夜！/黑夜！——白天！——/白天！——黑夜！——"表现出白天黑夜的颠倒以及混乱迷茫的生活。

三 象征主义诗思的呈现

中国最早的法国象征主义的诗歌译作，是周作人翻译的果尔蒙（Gourmont）的《死叶》，[①] 于1920年11月1日，发表在《新青年》8卷3号上。尽管在新诗发生初期，还没有对法国象征主义系统的介绍和输入，对其接受程度也还不高，但是仍然影响了中国新诗语言的组织方法，给新诗带来了陌生化的形式。传统诗人也会使用象征手法，但是一般停留在局部象征上，而新诗则是在整体的语言格局中呈现象征主义诗思。

比兴是中国传统诗歌中的一种常用的手法，是以一物比另一物，"本体"和"借体"都是具体的事物。而象征是以某一具体的喻体来表现一相似或相近的抽象事物（概念、思想和感情）。《新青年》群体很早就在诗歌中表现出象征意识。刘半农的《灵魂》（4卷4号）："灵魂像飞鸟，世界像树枝。/魂在世界中，鸟啼枝上时"，"一旦起罡风，毁却这世界；/枝断鸟还飞，半点无牵挂！"虽然形式上还是比喻，但是本体和喻体具有了现代的新质。胡适的《权威》（6卷6号）是把抽象的概念"权威"拟人化，把权威对人的压迫具象化，比作奴隶们被压迫的场景。虽然不是真正意义上的象征，但是已经有借具体事物表现抽象概念的象征思维。后来，胡适的《乐观》（6卷6号）一诗中，象征手法的运用更加

---

① 陈希：《1925年之前中国新诗对象征主义的接受》，《中山大学学报》（社会科学版）2006年第6期。

贴切。标题为"乐观",但是全诗没有一个字提到"乐观",只描绘了一棵大树被砍倒,但是留下了许多种子,最后种子又长成了大树。诗人是借大树顽强的生命力传达乐观的内涵。这是早期象征手法运用的代表,喻体和本体都比较简单直白,不够隐秘,而且担心读者不能理解诗意在标题中直接点明了象征的含义。周作人的译诗《梦想》(8卷3号)也有相似的表现,呈现"风、烟、我"的状态来象征梦想的状态,本体为"梦想",但是诗中没有一个字直接写梦想,诗歌含义更加抽象。

新诗人们对诗歌的整体构造,是象征手法在中国新诗中运用的早期体现。这需要有对事物特征整体的归纳能力和重新演绎的能力。《新青年》后期译诗,有很多较好地保留了原诗的形式和诗韵。这些诗歌培养了诗人和读者整体感知诗歌的阅读的习惯。周作人翻译的《囚人》(8卷3号)重复三次使用句式"将……使……"。诗歌其实是一个长句包含了三个并列的短句,经过分行而跨诗行的排列,相同的语法结构基本对齐,又三次反复构成排比,具有对仗、反复的整齐美。"看到阳光,知道冬天,知道夏天"要整体的连贯的阅读才能体会到"小兄弟"日复一日、长年累月、没有季节变化、时间流逝的囚禁生活,十分枯燥,泯灭人性;也才能体会到在这种生活中这些阳光、自然中最普通的事物更显得十分珍贵,可以给人带来希望。《牧歌》(8卷3号)前面六个部分复沓的结构写姑娘的"羊、手巾、长袍、身材、面庞",最后才用三句话点明自己的爱慕之情,读完回味更觉得感情之强烈。还有《七 鹧鸪》(8卷3号)中三个问句形成的排比句式,说明了时光流逝、万物更替中自然有巧妙的平衡,最后还由自然事物联系到人,在日常事物的揭示中,说明人生哲理。新诗创作也有不少呈现出整体塑造诗意的倾向。沈尹默的《鸽子》(4卷1号)有明确的结构——总分,"空中飞着的""关着的""手巾里兜着的"三种不同生存状态的鸽子,表现下层人民形形色色的生活,但是二者都有类似的艰辛。这是要通过几个部分的整体理解,才能形成的意义,整体象征被压迫、没有自由的痛苦,反映社会的不平等。正如王雪松所说:现代诗歌"对诗意的获取也从传统诗歌中的局部赏玩过渡到整体感知"[①]。

[①] 王雪松:《现代汉语虚词与中国现代诗歌节奏》,《文艺研究》2018年第5期。

《新青年》后期，随着新诗人对西方象征主义的认识的加深，诗人们逐渐开始运用象征的手法进行诗歌表达。周作人的长诗《小河》（6卷2号）就是以"小河"为全篇隐喻意象的成功典范。诗人着重表现的不仅是"小河"象征着变革的力量，而且其他事物也具有象征含义，比如"稻""桑树""草"等所反映出来的是那种在变革时代里人人自危、惊恐不安的精神状态。胡适认为周作人的《小河》是"新诗中的第一首杰作"，表达出了旧体诗词所不能表达出的"细密的观察"和"曲折的理想"。① 刘半农的长诗《敲冰》（7卷5号）以众人敲冰的过程来象征革命进程，描写革命中形形色色的人，同时也表现出革命过程虽曲折艰难但终将胜利的乐观精神。沈兼士的《一个睡着过渡的人》（7卷2号），以"渡河"来象征革命时代个人的蜕变，试图展现大变革下小人物的状态。沈尹默的《月夜》（4卷1号）："霜风呼呼的吹着，/月光明明的照着。/我和一株顶高的树并排立着，/却没有靠着。"用"我"和"树"独立的状态来象征人的理想人格，微言大义，哲理深刻。Y.Z的《小河呀》（5卷3号）、沈兼士的《寄生虫》（6卷6号）都是运用象征手法，表达对革命的思考。这一时期很多诗人运用象征手法来表达"希望"，比如，周作人的《微明》（6卷3号）、胡适的《一颗星儿》（6卷5号）、刘半农的《小湖》（7卷2号），非常具有时代的特色。这一批诗歌的创作实践，丰富了新诗的表达方式，也加深了新诗的思想深度。

　　这一时期的新诗人喜欢用象征的手法进行说理。朱自清指出，在发生初期，新诗的主调之一是说理，胡适先生的新诗就经常"以诗说理"，他的《尝试集》中的说理诗就不少。② 直接说理往往会过于直露，损伤诗歌的内韵，而一些白话诗人则把自己的思想意识和生活感受化为诗的意象。胡适一贯喜爱在诗中说理，但是他也意识到不能直露的说理。他在《俞平伯的〈冬夜〉》一文中毫不客气地批评俞平伯偏于说理的弊病，如《游皋亭山杂诗·初次》一诗，诗中写道："描写已经很够了，偏要加上

---

① 胡适：《谈新诗——八年来一件大事》，《星期评论》1919年第10期。
② 朱自清：《诗与哲理》，朱自清：《民国学术文化名著：新诗杂话》，岳麓书社2011年版，第19—23页。

八九句哲学调子的话；他想拿抽象的话来说明，来'咏叹'前面具体的事物，却不知道这早已犯了诗国的第一大禁了。"① 胡适认为要用"具体的写法"。胡适在《谈新诗》中，认为自己的《老鸭》（4卷2号）写得好，因为是"具体的写法"，此处胡适是指用具体的事物写抽象的概念，进行抽象的说理。他认为诗歌越是具体的，越有诗意诗味。好诗都是"用具体的做法，不可用抽象的说法"，能使读者脑海中形成一种或多种"明显逼人的影像"。② 与胡适有类似写法的还有沈尹默的《鸽子》（4卷1号）、《宰羊》（4卷2号）；陈衡哲的《鸟》（6卷5号）；俞平伯的《草原上的石头和飘风》（7卷2号）；等等。此诗作主要是借助外在的事物象征人受到的压迫。传统诗歌中也有以动物的特征和状态来象征的，但是《新青年》上象征的内涵更复杂。

新诗语言整体的隐喻化促进了象征主义诗思的呈现，一方面使新诗能在诗歌含蓄性上接近中国传统诗歌的审美习惯；另一方面增加了诗歌的意味和形式美，也更适合表达现代人复杂的知性思想和隐秘情感。

---

① 胡适：《俞平伯的〈冬夜〉》，《读书杂志·努力增刊》1922年第2期。
② 胡适：《谈新诗——八年来一件大事》，《星期评论》1919年第10期。

第二章 译诗与新诗音节的建构

《新青年》群体对传统诗歌格律的废除让人印象深刻，但是他们对新诗音节的构建往往被人忽视。胡适曾说："现在攻击新诗的人，多说新诗没有音节。不幸有一些做新诗的人也以为新诗可以不注意音节。这是错的。"[①] 在诗歌翻译的过程中，《新青年》群体对比英语与中文的不同特质，认识到必须对中国传统诗歌音节三要素——平仄、押韵、音节组，进行突破和改造，保留传统特点又融入新质，转变成具有现代性的新诗音节形式。改造吸收英语诗歌的音韵规则，容纳现代节奏因子，从束缚走向自由，从单一走向复杂，表现出中国诗歌语言在现代化过程中的包容性和生命力。随着诗歌语言、体式的解放，诗歌的韵律节奏表现更加综合化，听觉和视觉、生理和心理、情感和语义的多元体验复杂交叉。因此，在新诗的草创期，《新青年》群体在新诗写作中，凭借个人的感悟和体会，自觉或不自觉地尝试音节的构建，摸索适合汉语特点的诗歌音节表达，不断总结和提炼经验。经历了从"诗需废律"的解放，到"自然的音节"构建的过渡。

胡适在新诗创作实践中总结提出"自然的音节"[②]的概念，后来其他同人也有相关的阐发。音节的自由和自然是自然音节理论的核心要素。"自由"主要指对"韵脚""平仄"的抛弃；"自然"更多指诗歌要有在骨子里的诗味。胡适将"音节"看作"音"和"节"。"音"主要是指诗

[①] 胡适：《谈新诗——八年来一件大事》，《星期评论》1919 年第 10 期。
[②] 胡适：《谈新诗——八年来一件大事》，《星期评论》1919 年第 10 期。

歌的韵律。中国古典诗歌表现韵律的两个要素是平仄音节交替和押韵。《新青年》群体中的代表性诗人将西方轻重律中国化，形成具有现代汉语特点的相对轻重律，代替了传统整齐的平仄相替。在用韵上，新诗押韵规则更加自由，押韵的形成也更多样化。胡适认为"节"就是节奏，提出按"意义和文法"① 划分节奏。《新青年》诗人群体在翻译与创作中，逐渐摸索出语气和情绪的自然节奏，并且还运用诗歌的内部组织表现语义节奏。尽管《新青年》诗人群体当时对音韵和节奏的认识还不够深入，但是已经触及了现代音韵节奏的一些重要问题，为中国现代诗歌音节的形成奠定了良好的基础。

第一节 西方诗歌轻重律的中国化

中国古代的近体诗是一种有严格韵律要求的诗体。随着唐代以后科举考试的产生，诗歌格律逐渐规范统一，诗歌音韵、平仄和篇幅的要求更加严格明确。古体诗与近体诗对立，是一种较少约束的诗歌。虽然自从唐代近体诗产生之后，诗人们没有放弃古体诗的创作，但是古体诗仍然受到近体诗平仄、对仗、语法的深刻影响。晚晴以来，传统诗体僵化的倾向越来越显著，传统诗律束缚着逐渐萌生的现代诗思。黄遵宪、梁启超、谭嗣同等一批人开始尝试在诗歌中融入新质，摸索新的诗歌道路。到《新青年》时期，"五四"新文化水到渠成，文学变革迎来了一个量变积累到质变的时期，胡适等人明确态度：要将诗歌从古典的韵律规则中解放出来。1917年1月1日，胡适在《新青年》2卷5号上发表《文学改良刍议》，提出"文学改良八事"，其中第七条是"不讲对仗"。② 接着，他在《新青年》4卷4号的《建设的文学革命论》上对这一点补充说明："文须废骈，诗须废律。"③ 诗歌变革方向进一步明确。破除了旧的诗律，那新诗如何写呢？新诗人们将眼光投向了英语诗歌。

---

① 胡适：《谈新诗——八年来一件大事》，《星期评论》1919年第10期。
② 胡适：《文学改良刍议》，《新青年》1917年第2卷第5号。
③ 胡适：《建设的文学革命论》，《新青年》1918年第4卷第4号。

一 平仄相替到轻重变化

英语单词有轻重音节之分，而且音节与字是非一一对应的，英语诗歌通过轻重音节的交替形成韵律节奏。而中文的音节与字除儿化音以外都是一一对应的，而且汉字轻重音读法是固定的。这样的特点决定了中文诗歌不可能用轻重音作为节奏划分标准。但是受到西方韵律规则的启发，《新青年》群体凭借语感逐渐在摸索中将语言的轻重运用到诗歌中，增加诗歌的音乐性。胡适提出只有"音的轻重高下，没有平仄"[①] 的写法。将英语诗歌中绝对的轻重律中国化，形成具有现代汉语特点的相对轻重律。

古代近体诗中，多使用单音字，格律、篇幅的要求使诗歌语言十分凝练，而且诗句中往往都是重要程度相当的具有表达意义的实词，因此诗句中每个字的轻重几乎相当。语言轻重的分别并不是古代近体诗韵律的主要来源。在汉语中，有了字音就不可能没有声调。因此，古代诗歌借助声调变化，即平仄交替，来表现诗歌的音乐性。韵律是人类诗歌的共性，而平仄是汉语诗歌的特性。王力认为平仄选用就是长短声调递用，平调与升降调或促调递用。近体诗的平仄原则其实是要求诗歌不单调，因此要求诗句中要平仄替换，平仄相对。[②]

然而，新诗的语言工具是白话，不同于古典诗歌的文言文。胡适意识到，白话诗里的平仄很大程度上与传统诗歌的平仄不同。字的读音在语流中可能会变调。相同的字，单独使用时读作仄声，但如果和其他字连用，成为词和句子的一部分，就读成"很轻的平声"。他还用"的"和"了"字举例说明，有的仄声字在句子中便不读仄声，并总结称："我们简直可以说，白话诗里只有轻重高下，没有严格的平仄。"[③] 新诗语言散文化是诗歌轻重音出现的重要原因。白话相较于文言，散文化程度更高。

---

① 胡适：《谈新诗——八年来一件大事》，《星期评论》1919 年第 10 期。
② 王力：《汉语诗律学》，中华书局 2015 年版，第 6、11、75 页。
③ 胡适：《谈新诗——八年来一件大事》，《星期评论》1919 年第 10 期。

用白话文写诗，诗歌中双音节词增多，语法成分也更复杂，其中各个成分重要程度各有不同。由于人们在发音时遵循省力原则——"人们在说话时，对每个音节没有必要均衡用力，只要对方能听明白，可以省力的地方就尽量省点力气"①。因此，新诗的轻重音就自然产生了。随着对新诗语言特征认识的加深，遵循发音规律，《新青年》诗人逐渐摸索出适合新诗的声调表现方式——语言的轻重变化，来代替传统的平仄相替表现诗歌的音乐性。

二 相对轻重的音韵起伏

《新青年》诗人发现了汉语诗歌以往被整齐、密集的平仄变化掩盖的轻重感，逐渐摸索出相对轻重律原则。新诗的轻重律是依靠词与词之间，句子成分与句子成分之间的相对轻重来实现的。新诗中的轻重音要参考汉语语言习惯和诗歌具体的情感、意义及逻辑表达来划分。周作人的《小河》（6卷2号）其中一段是："小河的水是我的好朋友，/他曾经稳稳的流过我面前，/我对他点头，他向我微笑，/我愿他能够放出了石堰，/仍然稳稳的流着，/向我们微笑；/……"在句法上，"流过""放出了"中的动态助词"过、了"；"小河的水"中的结构助词"的"，即使删掉也无碍于语义的理解，它们因不具有实际意义，所以总是读作轻音。陈望道称之为"镶嵌"，在韵律结构分析上起着"延音加力""补音足顿"的语气调整作用。②在词法上，白话具有明显的双音节化倾向，一般的构成方式是"前后加一个不增加多少意义的字，或者把两个意义相同或相近的字合起来用"③。而周作人诗句中，叠词"稳稳的"、补充式复合词"能够"、并列式复合词"朋友"，都是双音节化的表现。发音时一般遵从"义轻声轻"的原则，重音一般是放在信息强度最高的部分，而附加的那个没有增加多少意义的字一般轻读。因此，画横线的字一般读作

---

① 厉为民：《试论轻声和重音》，《中国语文》1981年第1期。
② 陈望道：《修辞学发凡》，复旦大学出版社2008年版，第134页。
③ 吕叔湘：《现代汉语单双音问题初探》，胡裕树主编：《现代汉语参考资料（中）》，上海教育出版社1981年版，第284页。

轻音，诗句则呈现出自然的轻重变化。胡适评价道："周作人君的《小河》虽然无韵，但是读起来自然有很好的声调，不觉得是一首无韵诗。"①胡适《尝试集》再版的时候，蒋百里为胡适修改诗歌，将《一笑》中的"那个人不知后来怎样了"，改成"那个人后来不知怎样了"②。这句诗中"那个人""不知"是重读，而"后来""怎么样了"是轻读。原诗的轻重变化是重重轻轻，读起来前紧后松，而且两个重音连读十分费力。而蒋百里修改后为重轻重轻，轻重相间，符合语流的发音规律，又富有变化。

添加语气词和虚词是《新青年》诗人创造诗歌轻重的一种重要方法。语气词和虚词一般是轻读，能够调整诗歌的语气，形成语气的轻重和长短变化，使诗歌更加自然生动。受到西方语法——词缀、时态的影响，新诗人们会用欧化的语法、语法结构充当语气词发挥作用。《新青年》的诗歌创作和翻译中出现大量句末、词末附着语气词的现象，常见的语气词有：了、的、着、呵。有的语气词删掉也不影响诗句含义，而有的语气词还具有表达状态的作用。其实表状态、表语气两种功能，在中文表达语义方面都不是必需的，这更多起到了舒缓语气、生动语言的作用，增添情绪性，加强情感程度，增加语言的感染力和生动性。周作人翻译的《牧歌》（8卷3号）中，六次有规律的使用"因了"。"因了"在这首诗中应该是"因为"的意思，而周作人创造性地使用"因了"，在这首诗歌中，是很恰当的，"了"能够表示变化已经实现的意思，诗中诗人通过"小羊、手巾"等事物认识"小姑娘"，这个事实已经完成。又因"了"在中文中一般读作轻声，"因了"给人感觉轻盈灵动有活力；而"因为"中的"为"是四声，短促有力，语调从高到低。在诗歌中，"因了"往往比"因为"在语气上更生动，更符合民歌的内容。可见诗人是有意识地贴近和创造民歌的语言。在译诗《秋天》（8卷3号）中也使用了词语"因了"。康白情曾建议胡适在《"你莫忘记"》（5卷3号）"嗳哟，……火就要烧到这里"中加了一个"了"字，改为"嗳哟，……火就要烧到这里

---

① 陈望道：《修辞学发凡》，复旦大学出版社2008年版，第134页。
② 胡适：《〈尝试集〉四版自序》，陈金淦编：《胡适研究资料》，北京十月文艺出版社1989年版，第416页。

了"。胡适也表示赞成，认为这才符合白话的文法，讲究"这种似微细而实重要的地方"是写白话诗、作白话诗的关键。① 正是胡适所谓的"言之有物"②，"写诗要越具体越好"，③ 当时的新诗人用白话写诗摒弃了传统诗歌中惯用的词语。在阅读过程中，传统的惯用词会带来"互文性"的作用④，有言外之意，会带来额外的美感和诗意。但是在新诗发生的初期，白话还没有形成成熟的诗歌话语体系，基本没有这种作用，白话诗语还没有构建起阅读的惯性思维，或者固定的想象联系，所以往往会显得干枯质直。而创造澎湃的情感，就是解决这一问题的一个办法，用强烈的情感来弥补语言的干枯，用丰富的语气词来缓和语气的直硬。而且在语法运用还不熟练和灵活的时候，加语气词是比较简单，容易上手的方法。

相对轻重律使新诗的声调表现更加自由和多样，打破了传统的平仄定式，使诗歌情感能自然真切流露。轻读的部分由于承载的意义不多，一般是可以省略的，如果将诗句"小河的水是我的好朋友"（周作人《小河》）中轻读部分的省略成："小河水是我好友"，也不影响意义的理解，甚至用古典诗歌的语法，还可以省略动词"小河水我好友"，这就呈现出完全不同的诗歌格调。在周作人的《两个扫雪的人》（6卷3号）中，有多个诗句全部由仄声字构成，但是读来都有自然的音调，并不拗口。比如，"祝福你扫雪的人"，全都是仄声，但是"你"和"的"读作轻音，诗句呈现出自然的轻重高下。"你"在诗句中不是必要的，是"扫雪的人"的同位语，删去也不影响诗句含义，更多起到调节句中语流轻重的作用。而诗句"不得不谢谢你"中，两个"不"和"谢"字，字虽相同，但是读音轻重不同，第一个重读，第二个轻读，读来也朗朗上口。轻音发音时肌肉的紧张度较小，较为省力。语流中形成音节的轻重交替，

---

① 胡适：《〈尝试集〉四版自序》，陈金淦编：《胡适研究资料》，北京十月文艺出版社1989年版，第416页。
② 胡适：《文学改良刍议》，《新青年》1917年第2卷第5号。
③ 胡适：《通信·胡适答言》，《新青年》1918年第5卷第5号。
④ ［美］叶维廉：《秘响旁通：文意的派生与交相引发》，《中国诗学》（增订版），人民文学出版社2007年版，第63—79页。

能够使发音器官获得休息和放松,因此读者阅读时的疲劳得到缓解,而且诗歌的语言更充满节奏感和感染力。轻音的出现,使音节轻重交替,语言回环荡漾,波澜起伏,呈现出明暗对比的韵律美。

在《新青年》的诗歌创作中,许多诗人借助诗歌的轻重变化进行个性化的艺术表达。周作人巧妙利用虚词和语气词,结合诗歌内容表达特别的情感或者诗意。在《东京炮兵工厂同盟罢工》(6卷6号)中,"枪也造得够了。/工厂的锅炉熄了火了,/工人的灶也断了烟了。/拿枪的人出来了,/造枪的人收监了"。其中"了"运用在句中和句尾,营造出轻松、诙谐之感的反讽,十分有口语感,还有利于形成节奏和押韵。在《小孩(〈病中的诗〉第七首)》(9卷5号)中,"呵,你们可爱的不幸者,……","……呵,呵,/倘使我有花盆呵!/倘使我有锄头呵!""呵"的运用营造出灰色幽默,表达消极、失望、无奈的情感。在《过去的生命》(9卷5号)中,"这过去的我的三个月的生命,哪里去了?/没有了,永远的走过去了。/我亲自听见他沉沉的,缓缓的,一步一步的,/在我床头走过了"。在汉语中,很多"的"是可有可无的,只是有显示词性的作用。在周作人这首诗中,"了、的"的大量使用,给诗句增添很多轻音,尤其是让诗尾以轻音结束,给诗歌增添了韵味,非常适合要表达的内容和情绪,也很适合周作人和缓闲淡的诗歌风格。周作人的诗歌表现出藕断丝连之感。在流畅自然的语言表达中,大量使用顶真、复沓、重复的手法,让行间或分句间有了语气和语义上的联系。一个完整的句内,修饰语的叠加,"的"产生的停顿,又让完整的句义中产生断裂。有的研究者认为这是周诗中特有的"涩味"。[①] 但也正是这种"涩"控制着诗中的阅读速度,使诗歌产生和缓、冲淡之感,形成其特有的流畅又和缓的语言风格。周作人的诗语轻重的运用比较特殊,表现出个人化的语言风格,是一种个人化的情感表达,冲淡平和,是革命时代主潮下一种特殊的风格。

胡适借助"了、的"等语气词形成阴韵。而相比其他押韵方式,阴韵带来的韵律感更加自然丰富。汉语的阴韵一般是在韵脚后再加一个虚

---

① 文贵良:《周作人:白话翻译与汉语感知》,《鲁迅研究月刊》2017年第5期。

词。而虚词一般是轻读，因此这种押韵方式不仅同时押两个韵，而且自带轻重变化。"他身上受了七处刀伤，/他微微地一笑，/什么都完了！/他那曾经沸过的少年血/再也不会起波澜了！//我们脱下帽子，/恭敬这第一个死的。——/但我们不要忘记：/请愿而死，究竟是可耻的！"[《死者》（9卷2号）]"完了"和"澜了"、"死的"和"耻的"押阴韵。在行尾押韵的同时，有规律地出现轻重变化，使诗歌语气更自然生动。

然而，在一定程度上，汉语中的轻音音节具有不稳定性。轻音的音高形式往往是模糊的，如果没有非轻音词形成对比，轻音词中的轻音也可以不轻读。① 在新诗中轻重音不是绝对的，其会根据内容情感的表达、具体的诗歌语境，强调或者轻读不同的部分，甚至每个读者对诗歌的理解和接受是不一样的，这也使新诗的轻重律不是绝对的。而且，声调是由高低、轻重、长短等因素的不同构成而表现出的声音差异。诗歌的轻重变化也与声调高低、长短等其他因素息息相关。诗句"一面尽扫，一面尽下"（周作人《两个扫雪的人》）中，"一"本来是读一声，但是在四声字前面要变调，读作二声，因此这句诗八个字都是仄声。从发音长短看，三声发音持续时间最长，其次是二声、一声，发音持续时间最短的是四声。这句话的声调是"2433，2434"。两个"尽"字和一个"扫"字的三声，在这句话中发音时间最长，读音最重，能够表现出扫雪的不易。正如胡适所说："读起来不但不拗口，并且有一种自然的音调。"白话诗的声调不是用平仄表现，而是"全靠这种自然的轻重高下"。② 这句诗不仅轻重交替，而且长短相间，声音明暗交替，和谐生动。新诗相对轻重律的相对性和不确定性使新诗语言内容复杂化、多意化，表现效果也更加多样。

第二节　中国传统音韵的变革与转化

中国古代的诗律是与中国诗歌的诗体特征、表现方式和汉语语言特

---

① 李静：《现代汉语的轻重音研究》，硕士学位论文，上海师范大学，2008年。
② 胡适：《谈新诗——八年来一件大事》，《星期评论》1919年第10期。

征相适应的。中文音节与字一一对应，音节是由声母加韵母组成，音节构成十分简单，押韵方式少。严格的诗韵要求，规定着诗人们的创作。押韵以及押韵的方式越是简单明了，成规律性，越是直接有力。中国传统诗律最大限度地激发了汉语语音特征的优势。形成了音乐性强、精致、简单明了、整体性强的诗歌韵律特征。古代诗律的存在是有其合理性的，是符合中国传统诗歌语言特点和体裁特点的。因此，也取得了很高的成就。只是随着社会生活的变迁，逐渐僵化的格律显得不合时宜，成为现代思想和情感表达的障碍。

为了打破僵化的传统诗律，新诗语言呈现散文化倾向，诗体突破旧体的樊篱。随着语言特征和诗体形式的改变，新诗语言丧失了密集的平仄变化、整齐有力的押韵，急需寻求新的音韵表现手法，来弥补音乐性的空缺。而英语诗歌语言押韵变化多，押韵形式多样，韵律规则灵活。新诗语言、诗体的欧化倾向也使押韵系统更接近英语诗歌的特征。因此西方诗歌成为新诗韵律的外在示范。外国诗歌对中国新诗韵律的影响，正是来源于新诗构建的内在需求和西方资源的外在示范。中国传统音韵在西方诗歌音韵系统的影响下发生了变革与转化，押韵规则更加灵活自由、音韵形式更加多样化，适应了新诗表达新思想和弥补音乐性的需求。

一　押韵规则灵活自由

（一）出韵和换韵

中国古代的近体诗用韵甚严，除了首句可以用邻韵，其他不得出韵，而且必须一韵到底。出韵是近体诗的大忌。[①] 传统诗歌篇幅小有利于一韵到底，这样也更有整体性，韵律感更强。若在小篇幅的诗歌中换韵，韵律感会大大消解。正如石灵所说："在中国旧诗里，两句一换韵的诗很少见，近体固绝无，即古体中也很少见……隔行换韵的也没有……隔几行遥押，那更是簇新的顽意。"[②] 西方诗歌篇幅较长，只追求每节诗歌是一

[①]　王力：《汉语诗律学》，中华书局2015年版，第44—45、54页。
[②]　石灵：《新月诗派》，《文学》1937年第8卷第1号。

样的押韵方式,但是并不要求一韵到底,可以随意换韵。诗人在诗歌翻译过程中学习和运用这一押韵规则。《老洛伯》(4卷4号)原诗每节前两行押韵,每节换韵;每节后两行押韵,全诗押同韵,整齐,但是也较为自由。胡适的译诗没有完全还原原诗的押韵,而是在传达原诗诗意的基础上,自由灵活地完成了诗歌押韵。全诗有九节,篇幅较长,诗人没有拘泥于全诗押同一个韵,而是以小节为单位,每节形成了自己的押韵。全诗出现了5种韵脚:a、e、o、i、u,汉语拼音中的主要韵母都用到了。而新诗诗句逐渐变为长短句,诗体变长,内容表达更加多样,韵脚的需求也变大。因此大量的中国新诗创作也学习西方的押韵规则,不拘泥于句句押韵,随意换韵。胡适在《新青年》2卷6号发表的《朋友》中,专门注释"此诗天怜为韵,还单为韵",这是换韵和采用新韵式的初步尝试。虽然用宽韵的规则来看,这首诗还是一韵到底,没有换韵,韵式还是aaaa。但是胡适的专门解说,可见他对换韵的尝试。新诗中,多节诗一般是每节换韵的,比如,胡适的《送任叔永回四川》(6卷5号)、《我们三个朋友》(8卷3号)、《梦与诗》《礼!》(8卷5号);刘半农的《相隔一层纸》(4卷1号);等等。或者一首诗中押几个主要的韵脚,比如,《应该》(胡适,6卷4号)押o、a韵;《湖南小儿的话》(李剑农,5卷4号)押i、e、o韵。而且不会拘泥于个别诗句的出韵,比如,胡适早期的五言旧体诗已经开始尝试音韵解放,《"赫贞旦"答叔永》(4卷5号)主要押i、an韵,但是诗中多处出韵;《除夕》(胡适,4卷3号)主要押i、an、a韵,但也有出韵;《题女儿小蕙周岁日造像》(刘半农,4卷1号)主要押i、ian韵,也有出韵。

(二)同字押韵

由于汉语音节构成较为简单,同音字非常多。诗歌中同音字互押是自古容许的,但是字形相同的字互押是一般文言诗歌所避免的。[①] 相对于大多数英语诗歌,中国传统诗歌篇幅较小,又要刻画丰富的意象,营造画面感,表达思想和情感,传达深远抽象的意境,而且要求韵律美、音乐美,对诗人要求高,创作难度大。所以诗人们往往惜字如金,同字不

---

① 王力:《汉语诗律学》,中华书局2015年版,第860页。

可押韵，要尽可能多地表达诗歌内容。而英语诗歌并不避讳同字押韵。比如，《赞歌4》（1卷2号）7行都押同一个头韵"where"。《火焰诗》《悲天行》（2卷2号）中也出现了相同的头韵。《缝衣曲》（3卷4号）"Work, work, work!" "Stitch, Stitch, Stitch!"，是歌谣式的语言。《割爱》（2卷2号）相同的结构反复出现，形成同字内韵。同字押韵是英语诗歌形成韵律的一种重要方式，在行首、行中、行尾都会出现。

受到诗歌翻译的影响，《新青年》中的新诗也大量出现同字押韵。比如，林损《苦－乐－美－丑》（4卷4号）："乐他们不过，同他们比苦！/美他们不过，同他们比丑！/'穷愁之言易为工'，毕竟苦者还不苦！/'糟糠之妻不下堂'，毕竟美者不如丑！"诗人不一定是刻意创造同字押韵，不过可见诗人并不避讳同字韵脚。还有康白情的《庐山纪游》（8卷1号）："你不要爱它们，/所以你不要劝它们；/因为它们在一天总是要想噬你的。/你不要怕它们，/所以你也不要助它们；/因为你助它哪个斗胜了，它还是要噬你的。"这是在结合诗歌内容的表达中形成的同字押韵。《新青年》中有很多诗歌是以语气词结尾形成的同字押韵。周作人的《东京炮兵工厂同盟罢工》（6卷6号）："枪也造得够了。/工厂的锅炉熄了火了，/工人的灶也断了烟了。/拿枪的人出来了，/造枪的人收监了。"营造出一种诙谐的黑色幽默感。康白情的《斗虎五解》（8卷1号）："究竟他们的担负要重些，/挑担子的也给我赶过了，/抬箱子的也给我赶过了，/我们的衣裳都湿透了。/看看就上到筋竹岭了。"这是当时具有代表性的口语化的语言风格。还有的诗歌借助同字押韵表达出别致的诗意。沈尹默的小诗《月夜》（4卷1号）只有四句诗，每句都以"着"结尾。"着"是表示状态持续的动态助词，而且在这首诗中读作轻音。将"着"放在每一句话的结尾，强调了状态的持续，不仅形成了押韵，还为诗歌语言增添了几分语断丝连的韵味，创造出留白的诗意：

> 霜风呼呼的吹着，
> 月光明明的照着。
> 我和一株顶高的树并排立着，
> 却没有靠着。

胡适的诗歌《他》：

> 你心里爱他，莫说不爱他。
> 要看你爱他，且等人害他。
> 倘有人害他，你如何对他。
> 倘有人爱他，又如何待他。

不仅诗歌标题是"他"，而且每一句话以"他"字结尾，既点明主题，又形成强烈的韵律感。这是在现代诗意的表达中才会形成的韵律感。尽管这是一首五言齐言诗，诗体外观上与旧体诗没有差别，但是同字押韵形成整齐的视觉冲击，增加了诗歌的视觉美感。新诗是可以在报刊上阅读的，阅读方式的改变，使音韵具有视觉作用，视觉与听觉相结合丰富读者的美感体验。同字押韵不仅丰富了新诗的韵律形式，还为诗歌带来了现代新质。

（三）阴韵

还有一种特殊的押韵也可以看作同字押韵，就是阴韵。英语单词的词尾常用一些固定的词缀表示形态的变化，如词性、时态等。因此，英语诗歌出现了外加律这种押韵方式，即每行末有一个多余的轻音，这个轻音与最后一个重音同时押韵。[①]《新青年》上一批诗人学习这种押韵方式，形成了中国的阴韵。汉语阴韵一般是在韵脚后再加一个虚字，同时押两个韵。能够形成阴韵的字一般有"了、着、的、呢、吗（么）、儿、子等字"。[②] 相较于英语单词，中国汉字的音节变化很少，但是诗人们通过词法和句法的变化，借助汉语的助词来创造汉语的阴韵。汉语的阴韵一般是在韵脚后再加一个虚字。英语的外加律一般是在单词内部，在音节之间寻求押韵；而汉语阴韵将其外化，在单词之间，句子内部表达押韵，以此来丰富诗歌韵律的变化。

最喜欢用阴韵的是胡适。卞之琳曾说："虽然胡适在《关不住了》中

---

① 王力：《汉语诗律学》，中华书局2015年版，第840页。
② 王力：《汉语诗律学》，中华书局2015年版，第863页。

已有移植，但几乎没有被诗界觉察。"① 这说明在当时，阴韵还没有被中国诗坛普遍接受。但是胡适的诗歌中大量运用了阴韵。他在《新青年》初次发表译诗《关不住了》（6卷3号）时，诗歌首尾两段使用了阴韵，"关了"和"难了"押韵，"醉了"和"碎了"押韵：

关不住了
（译美国新诗人 Sara Teasdale 原著）

我说"我把心收起，
像人家把门关了，
叫爱情生生的饿死，
也许不再和我为难了。"

但是屋顶上吹来，
一阵阵五月的湿风；
更有那街心琴调
一阵阵地吹到房中。

一屋里都是太阳光，
这时候爱情有点醉了，
他说"我是关不住的，
我要把你的心打碎了！"（胡适，1919）

但是在1922年10月《尝试集》的第四版中，胡适对第二节进行了修改，改成了：

但是五月的湿风，
时时从那屋顶上吹来；

---

① 王克非编著：《翻译文化史论》，上海外语教育出版社1997年版，第219页。

还有那街心的琴调

一阵阵地飞来。

"吹来"和"飞来"形成阴韵，与诗歌前后两节的韵式相同，押韵位置和类型都一致。胡适初次发表在《新青年》上的版本，更贴近原诗的直译，但修改后全诗的韵律更加和谐整齐。可见胡适对阴韵有意识地构造。在新诗创作中他也大量使用阴韵。比如，胡适在《乐观》（6卷6号）一诗中，用了10个阴韵："……雪消了，/枯叶被春风吹跑了。/那有刺的壳都裂开了，/每个上面长出两瓣嫩叶，/笑眯眯地，好像是说：/'我们又来了！'……"这是通过加"了"形成阴韵。在《我们三个朋友》（8卷3号）中，每小节前两行都是押阴韵："雪全消了，/春将到了，/……风稍歇了，/人将别了，——/……别三年了！/月半圆了，/……别三年了，/又是一种山川了，——/……"十分朗朗上口，表达出朋友分别时潇洒中又流露出一丝沧桑和伤感。胡适还用"的"形成阴韵，比如，《死者》（9卷2号）："我们脱下帽子，/恭敬这第一个死的。——/但我们不要忘记：/请愿而死，究竟是可耻的！"在汉语中适合外加律的字不多，主要是"了、着、的、呢、吗（么）、儿、子"等承载意义不多的虚字。但是胡适的《他》不仅用韵字"他"，在诗尾形成了同字押韵，同时还构成押阴韵："你心里爱他，莫说不爱他。/要看你爱他，且等人害他。/倘有人害他，你如何对他。/倘有人爱他，又如何待他。"全诗"他"前面的字除了一处押协音"ui"，其他都押"ai"。这是意义与韵律巧妙结合的一首诗。胡适还在很多其他诗歌中使用阴韵，比如，《权威》（6卷6号）《追悼许怡荪》（8卷2号）、《译张籍的节妇吟》（8卷3号）等。除了胡适，鲁迅（以笔名唐俟）也在诗歌中用过阴韵。《他》（6卷4号）："'知了'不要叫了，/他在房中睡着；/'知了'叫了，刻刻心头记着。/太阳去了，'知了'住了，——还没有见他，/待打门叫他，——锈铁链子系着。"在诗尾以及分句中，用"了、着"形成阴韵，主要押 i、u 韵。中文阴韵的外加字一般读作轻音，因此这种韵律不仅有"同韵复现"[①] 的和谐美，也

[①] ［德］黑格尔：《美学·第三卷·下册》，朱光潜译，商务印书馆1981年版，第83页。

有轻重变化的抑扬美。这种音韵更具有生动性和口语感。这一时期阴韵的大量出现，也与语气词等虚词大量使用的表达方式有关。这是一种具有中国特色的押韵。

二 韵律形式多样化

中国传统诗歌是以押尾韵为韵律特征的。但是随着新诗语言工具的变化，新诗语言音乐性下降，紧凑性降低，因此，新诗人要寻求更多的音韵变化。按押韵位置来看，押韵方式大致可以分为三种——头韵、内韵和尾韵。由此，新诗人们充分利用汉语特点，学习西方的押韵方式，运用于中国新诗。传统诗歌中较少使用的头韵和内韵在新诗中有了更多的使用，尾韵的表现方式也更多样化。

（一）尝试头韵

头韵是英语诗歌最古老的押韵方式，英国文学中，最早的英语史诗《贝奥武甫》（Beowulf），其押韵的基础就是头韵。直到11世纪，头韵还是英语诗歌的标准形式。后来，头韵的发展才催生了其他位置的押韵。[①]但是中国近体诗中很少使用头韵。而《新青年》在翻译介绍外国诗歌时引进了头韵，后来更是有意识地保留和呈现头韵。陈独秀翻译的《赞歌4》（1卷2号），原作是泰戈尔的《吉檀迦利》中的第35首诗。全诗共8行，前7行都是以"where"引导的状语从句，句式整齐，同时也形成了头韵。而陈独秀以五言旧体诗翻译，完全忽略了这一音韵特点，抹杀了原诗特别的韵律。而在白话文的诗歌翻译和创作中，头韵得到了保留和运用。比如，天风（胡适）翻译的《两个奏乐的小孩》（6卷6号）原诗是"And the face grew peaked and eerie, /And the large eyes strange and bright, /And they said – too – late – 'he is weary! /……He shall rest for, at least, to – night!'"，原文以三个"and"开头形成头韵。胡适通过添加人称代词，在表达诗歌原意的基础上，巧妙保留了诗歌音韵形式："他的脸儿渐渐消瘦，/他的大眼睛也变了样子了，/他们方才说，'他乏了/……'"，

---

① 聂珍钊：《英语诗歌形式导论》，中国社会科学出版社2007年版，第234页。

人称代词"他"和"他们",形成了头韵。在翻译介绍的影响下,《新青年》新诗创作中开始有了头韵的尝试。夬庵的《瓦匠的孩子》(7卷2号):"娘——你为什么总皱着眉头只是叹气,饭放在面前也不去吃?/娘——你是不是因为早上来的那个可怕的人,要撑我们搬家?/娘——我正要问你我们好好的住在这里,并没有得罪过他,为什么他要撑我们走?⋯⋯"形式上既突出了韵律感,又让人耳目一新。但是在《新青年》时期,这种押韵方式一般为诗人表达诗歌内容时偶然得之,并没有得到广泛的使用。

(二) 增强内韵

相比大多数英语诗歌,中国近体诗诗句短小,诗体篇幅较短,在密集的平仄、有力的尾韵和固定的节奏的作用下,能够较为容易地形成诗歌韵律。因此诗人们并不十分在意内韵的营造。而当新诗呈现出散文化倾向以后,诗句变长,为了弥补因较长语音间隔而丧失的韵律感,自然就出现了音韵内化的要求。在英语的韵律体系中,精确并不是诗歌唯一的,也不是最重要的韵律规则。英语诗歌的押韵规则并不是固定不变的,只要在各诗行中出现有规律的押韵,都可以形成规则。① 因此,英语诗歌的押韵方式十分多样,押韵出现在诗歌中的很多位置。中国新诗借鉴学习西方的内韵形成方式,加强了诗歌的内韵。

1. 传统双声叠韵的现代运用

自古以来,韵母押韵十分常见,而声母押韵则较少。新诗人们利用中国特有的押韵方法——双声叠韵来表现内韵。比如,"旁边有一<u>段低低</u>的土墙,挡住了个弹三弦的人,却不能隔断那三弦鼓荡的声浪"。其中"有一"双声,"段低低的、挡、弹、的、断、荡的"10个字的声母都是"d",模拟三弦的声响。胡适认为沈尹默的《三弦》(5卷2号)在思想和诗意上看,都可以称作"新诗中一首最完全的诗"。胡适也曾说:"我自己也常用双声叠韵的法子来帮助音节的和谐。"② 比如,胡适的《一颗星儿》(6卷5号):

---

① 聂珍钊:《英语诗歌形式导论》,中国社会科学出版社2007年版,第205—208页。
② 胡适:《谈新诗——八年来一件大事》,《星期评论》1919年第10期。

> 我喜欢你这颗顶大的星儿，
> 可惜我叫不出你的名字。
> 我只记得，每月月圆时，
> 月光遮尽了满天星，总不能遮住你。
> 今朝风雨后，闷沉沉的天气，
> 我望遍天边，寻不见一点半点光明，——
> 回转头来，
> 只有你在那杨柳高头，依旧亮晶晶地！

这首诗基本是押尾韵"i"，倒数二、三行不在韵上，是靠行内的叠韵产生连接。"气"字一韵以后，隔开33个字才有韵，读的时候全靠"遍、天、边、见、点、半、点"一组叠韵字（遍、边、半、明、又是双声字）和"有、柳、头、旧"一组叠韵字夹在中间，故不觉得"气""地"两韵隔开那么远。双声叠韵特殊的音色搭配往往能够表达不同的情感效果。胡适在《尝试集》再版时，将《小诗》中的"几度细思量"改为"几次细思量"。前四个字都是齐齿呼，用胡适的话来说就是：能够产生一种"咬紧牙齿疼痛"的感觉。[①] 新诗中的押韵方式表现出语音与语义功能结合的倾向，增强了音韵与语义场之间的关系，音韵不仅具有传音功能，更具有表意功能。诗歌音韵效果由传统的直接作用于生理的音韵体验，变成具体生理体验，辅以抽象想象，而形成的音乐与意义相结合的综合体验。

2. 创造新的内韵形式

然而，胡适将双声叠韵这种押韵方式认为是"新旧过渡时期的押韵方法"，是"旧诗音节的精采"。其实是胡适还看到了诗歌押韵表现内韵更多的可能性，即他所说的"大方向还是'自然音节'"。胡适认为中国的押韵是最宽的。非常容易在句尾形成押韵，所以古人有"押韵便是"的挖苦话。但胡适的诗并不是每首都是句尾押韵，有的押韵也不十分整齐严谨。其实他是在进行音韵的尝试，追求"自然的音韵"，表现出诗歌

---

① 胡适：《〈尝试集〉再版自序》，陈金淦编：《胡适研究资料》，北京十月文艺出版社1989年版，第410页。

韵律内化的倾向，不追求明显的押韵，而是无韵胜有韵，看似无韵诗，却"有很好的声调"①，自然和谐，有音乐变化。

正如王力所说："韵语是人类诗歌的共性"②，并不是英语诗歌独有构造内韵的意识。其实早在中国传统的曲中就已经开始尝试创造内韵了，但是都不被看作正例，比如赘韵和暗韵，这些都不是正常的曲律。赘韵是本来可以不用韵的地方，而作者为一时之便，多押一两个韵脚。赘韵一般出现在分句尾，可见曲家度曲时，不放过一切机会，想尽可能使曲和谐。暗韵，或者称为句中韵，就是在句子中间插进一个韵字，这个字的所在就是一个节奏的所在。暗韵有的是故意的，有的是无意的，所以很难断定。③ 诗歌语言特征的改变，促使新诗人改变旧的音韵，寻求新的音韵表达。西方诗律在这一中国诗歌的音韵变革中产生了重要的影响。在西方诗歌押韵观念的影响下，新诗人将词曲中的押韵方式融会到新诗中，进行西方音韵的中国化，中国词曲中曾经被认为是非正例的尝试也被发扬了出来。

诗句内部同字的反复是形成内韵的一种方式，相同的句式和语法结构也会加强诗句的韵律感。比如，周作人的《两个扫雪的人》（6卷3号）一诗："一面尽扫，一面尽下，/扫净了东边，又下满了西边，/扫开了高地，又填平了坳地。"诗句中相同的字间隔又重复形成了诗歌的内韵。"押韵的单词之间没有空间和间隔，就不可能有押韵，因此距离的重要性一点也不亚于重复。"④ 距离和重复在诗节中的变化产生押韵的形式，同时也使押韵与不押韵区别开来。汉语诗歌的内韵比西方格律诗更容易形成，因此也增加了诗句内部的音韵和谐。诗歌内韵的增强可以加强诗歌的音乐性、韵律感，增加诗歌的押韵方式，并且强化了诗句内、诗句间的紧密感。

---

① 胡适：《谈新诗——八年来一件大事》，《星期评论》1919 年第 10 期。
② 王力：《汉语诗律学》，中华书局 2015 年版，第 11 页。
③ 王力：《汉语诗律学》，中华书局 2015 年版，第 746—752 页。
④ Alex Preminger and T. V. F. Brogan, co-editors; Frank J. Warnke, O. B. Hardison, Jr., and Earl Miner, Associate Editors, *The New Princeton Encyclopedia of Poetry and Poetics*, Princeton University Press, 1993: 1057.

(三) 丰富尾韵韵式

押韵格式（Rhyme Scheme），简称韵式，是指一首诗中押韵诗行的组合形式。押韵是指区别于散文的诗歌的读音特点；而押韵格式是指诗行的组合规律和规则，一般是指行尾的押韵的规律。[①] 中国诗歌自古以来就是以押尾韵为押韵特征的。中国古代的近体诗用韵讲究一韵到底，不能通韵和出韵。[②] 因此，近体诗不需要讲究用尾韵的格式，自然没有英语诗歌那么多样的尾韵形式。在很多新诗中押尾韵仍然是非常重要的韵律来源。而且随着新诗诗体的开放，西方常见的尾韵形式都出现在新诗中。尾韵是中西方诗歌共用的一种押韵方式，所以成为新诗中最为普遍的押韵方式。

1. 传统韵式的活用和变形

（1）中国传统韵式（xaxa）

中国古代的押韵格式较为简单。五言、七言律诗正例的押韵方式实际上是隔句押韵。五言律诗每首八句，第一、三、五、七句不入韵，第二、四、六、八句入韵；七言律诗也一样，只是首句也要用韵。而绝句和排律押韵方式也是在五七言律诗的基础上变化。因此中国近体诗一般是 xaxa 的韵式。语言学上，赵元任提出"最后的最强"[③] 的语音规律。因此，尤其是在较为短小的诗句和诗体中，押尾韵最能突出诗歌的韵律感。这种韵式对《新青年》的诗歌翻译和创作影响都很大。

《新青年》早期归化式的翻译，比如，《爱尔兰爱国诗人》5 首（2 卷 2 号）、《咏花诗》6 首（3 卷 2 号），除了个别几首原诗无韵，其他原诗都有较为整齐的韵式，而刘半农基本翻译成了传统的 xaxa 韵式。还有刘半农翻译的《缝衣曲》（3 卷 4 号），原诗没有固定韵式，译诗虽然也有出韵，但基本为 xaxa。相比于传统近体诗，这些早期译诗的押韵和韵式都是较自由的，没有严格遵循近体诗的诗律，有时是为了传达诗歌的内容不得不牺牲音韵，说明在早期就已经体现出了音韵自由化的诗歌翻译

---

① 聂珍钊：《英语诗歌形式导论》，中国社会科学出版社 2007 年版，第 271 页。
② 王力：《汉语诗律学》，中华书局 2015 年版，第 44—45、54 页。
③ 赵元任：《汉语口语语法》，吕叔湘译，商务印书馆 1979 年版，第 23 页。

倾向。后期，诗人翻译大多能够还原原诗的韵式，或者利用西方的韵式进行再创作。

新诗创作中 xaxa 韵式地使用也非常广泛。胡适的《追悼许怡荪》（8卷2号）、《平民学校歌》《希望》（9卷6号）都是整齐的 xaxa 韵式，也有很多诗歌运用西方韵式的同时，还留有传统韵式的痕迹，往往表现出中西韵式的结合。如胡适的《权威》（6卷6号）aaaa/xbxb/ccbc、《梦与诗》（8卷5号）xaxa/xaxa/aaxx；《礼!》（8卷5号）xaxa/xaxa/aaba。可见中国传统的韵式对新诗的影响十分深刻。这种韵式隔行押韵，加之每小节换韵，给诗人较大的自由度，所以备受新诗人的喜爱。

有时旧体 xaxa 韵式还可能会变形为 aaaa 单韵，比如，陈独秀翻译的《亚美利加》（1卷2号）基本是押单韵，刘半农翻译的《寄赠玫瑰》（3卷2号）也将原诗的 ababb 韵式，译成了单韵。可见早期归化式翻译还是倾向于将诗歌翻译成接近旧体的传统韵式，也说明这种韵式与中国传统韵式较为接近，新诗人们更容易接受。

（2）鲁拜体（aaxa）

鲁拜体，是波斯诗人欧马尔·海亚姆（Omar Khayyam）创造的一种四行诗体，格律甚严，节奏格式是每行抑扬格五音步，而押韵格式是 aaxa。这种押韵方式节奏感很强，铿锵有力。这与中国的绝句类似，审美接近，更容易接受和运用。第一个将鲁拜体介绍到中国的是胡适。1919年4月15日，胡适在《新青年》6卷4号发表了诗歌翻译《希望》，原诗是欧马尔·海亚姆的诗集《鲁拜集》中的一首四行诗，胡适依照英国诗人菲茨杰拉德（Fitzgerald）翻译的英语译本而翻译。胡适在题记中写道："他有五百首'绝句'（原名 Rubivat 乃是四句体诗，一二四句押韵，第三句没有韵，很像中国的绝句体，故借用此名）很有名的。"[①] 原诗：

    Ah Love! Could you and I with Him conspire   a
    To grasp this sorry Scheme of Things entire,   a
    Would not we shatter it to bits—and then   x

---

① 胡适：《〈希望〉题记》，《新青年》1919年第6卷第4号。

Remould it nearer to the Heart's Desire!　　　　　a

胡适译诗：

希望
要是天公换了卿和我，　　　　　　　a
该把这糊涂世界一齐都打破，　　　　a
要再磨再炼再调和，　　　　　　　　x
要依着你我的安排，把世界重新造过！　a

胡适很好地认识到这种诗体的韵式，并且在翻译中还原了原诗的韵式。也许是受鲁拜体的影响，《新青年》新诗创作中，aaxa 的韵式常出现。比如，胡适的《除夕》（4 卷 3 号），虽然没有分段，但用了 aaxa 韵式，十分整齐；刘半农的《相隔一层纸》（4 卷 1 号）也是 aaxa 韵式：

一、
屋子里拢着炉火，　　　　　　　a
老爷吩咐开窗买水果，　　　　　a
说"天气不冷火太热，　　　　　 x
别任它烤坏了我。"　　　　　　 a
二、
屋子外躺着一个叫花子，　　　　a
咬紧了牙齿，对着北风呼"要死！"　a
可怜屋里与屋外，　　　　　　　x
相隔只有一层薄纸！　　　　　　a

刘半农翻译的《哀尔伯紫罗兰》（3 卷 2 号）第二节原诗的韵式为 aabb，译诗为 aaba。aaba 韵式可能是 aaxa 的变体。在中国七律中首句是要入韵的，因此，鲁拜体韵式可能是诗人沿用了七律的韵式。

2. 西方韵式的学习和运用

（1）西方韵式的直接化用

西方一般的押韵方式主要有随韵（aabb）、交韵（abab）、抱韵（abba），这些韵式都直接被运用在《新青年》的诗歌翻译和创作中。《新青年》新诗创作和翻译中用得较多的是随韵（aabb）。早期的归化译诗尽管主要使用中国传统韵式，但是也受到英语原诗韵式的影响。刘半农翻译的《咏爱国诗人》（2卷2号）第二、三诗节用的是中国传统韵式 xaxa，而译诗第一节采用了与原诗一致的随韵 aabb。这一节虽然采用西方韵式，但是随韵与中国传统韵式较为接近，与中国传统的韵式放在一首诗中也并不突兀。苏菲翻译的短诗《德国农歌》（6卷4号）原诗韵式是 xaxa，但是译诗译成了随韵。还有 S. Z 翻译的《不过》（5卷3号）基本为 aabb 韵式。双行韵（aa）是随韵的一种变形。胡适的《译张籍的节妇吟》（8卷3号）就采用了双行韵，韵式为 aa。交韵（abab）在《新青年》新诗创作和翻译中使用的也很多，如林损的《苦－乐－美－丑》（4卷4号）（abab）；胡适的译诗《关不住了》（6卷3号）（abab/xaxa/xaxa）；刘半农的译诗《割爱》（2卷2号），第一节原诗无韵，而译诗采用了 abab 韵式。abab 韵式同其他押韵格式相比，在声音上更有韵律感，有如同歌唱的效果，押 abab 韵的短诗行尤其如此。①抱韵（abba）在这一时期的诗歌中使用的不多，有胡适的《我们三个朋友》（8卷3号）（aabccb）、刘复（刘半农）的《稻棚》（9卷4号）（xxaxa/aaaba/abba）。

西方的随韵（aabb）和交韵（abab）与中国传统韵式 xaxa 十分相似。这种有规律的间隔和对仗押韵与中国人传统的诗歌审美心理比较接近。抱韵（abba）则相对有一定距离，不太容易被中国人接受。然而，西洋诗的随韵（aabb）、抱韵（abba）、交韵（abab）在汉语词汇中也有。虽然不一定是标准的西方韵式，但是这些汉语词汇中表现出的韵式，与近体诗的韵式相差很远，一般不被看作正体。比如《西江月》，别名《壶天晓》，它的韵式就是 abba，然而《词律》未收词体，后来徐本立收入了

---

① 聂珍钊：《英语诗歌形式导论》，中国社会科学出版社 2007 年版，第 305 页。

《词律拾遗》。① 这为外国诗韵的中国化创造了条件。

（2）韵式规则的借鉴

新诗也受到链韵押韵方式的影响。链韵（aaab bccc）的基本特征就是一个诗节中的某一行诗用于连接下一个诗节的韵。② 新诗人使用的不一定是标准的链韵，但是利用西方链韵的规则来形成押韵。同其他的押韵格式相比，链韵的押韵难度更大，英语诗歌中使用的相对较少。但是新诗人仍然将其借鉴到新诗创作中。比如，沈尹默的《刘三来言，子谷死矣》（5卷6号）是一首五言诗，韵式却是abb/caa/bbc，变化中又有自然的衔接。这种押韵方式能够使不同韵脚之间的变化更自然，使诗歌整体性更强，整体韵律更加和谐。还有胡适的《乐观》（6卷6号）一诗，也利用了链韵的押韵原则。按照字母顺序对诗歌中出现的韵进行标记，这首诗的韵式是：aabcac/dcbc/bbccb/cccdd/eceec，虽然这也不是标准的西方韵式，但每小节的韵式还是有西方韵式的影子，与中国传统韵式相差甚远。这首诗每小节诗行数不尽相同，韵式各不一样，韵律看似杂乱无章，但仍然可见诗人是有心构造。他尝试每小节换韵，而且用不同的韵式，但是以"c韵"联系全诗，使全诗韵律变化中又有整体感。这虽然谈不上有多成熟，音韵性多强，但是具有重要的尝试和创新的价值，是新诗早期构建构成中的一种摸索。

英语诗歌的押韵格式也是允许变化的，一首诗中可能有几种押韵的格式出现，甚至一个诗节就是一种格式。③ 新诗中也有多种韵式合用的。比如，胡适翻译的《老洛伯》（4卷4号）原诗大体为六步抑扬格，韵式为aabb，每节前两行换韵，每节后两行全诗同韵，韵律十分整齐。而胡适的译诗没有被原诗的韵式限制。没有完全还原原诗韵式，但还是用了西方新的韵式。而且在译诗中运用了多种韵式，主要押"a、e、o、i、u"韵，全诗的韵式是"abba/abcc/abaa/aaaa/ccbb/accdd/dddd/eeee/aaccc"，押韵方式多样。还有玄庐的《浣纱女》（8卷6号）从诗歌主题、语言、

---

① 王力：《汉语诗律学》，中华书局2015年版，第583页。
② 聂珍钊：《英语诗歌形式导论》，中国社会科学出版社2007年版，第307页。
③ 聂珍钊：《英语诗歌形式导论》，中国社会科学出版社2007年版，第272页。

诗体来看，诗歌的七言旧体的痕迹较重，但是韵式都采用了标准的西方韵式：aaba/aabb/aaaa/abba，将鲁拜体韵式、随韵、抱韵结合使用。胡适的《死者》（9卷2号）：xxaxa/abab/xaaaaabab，甚至一节诗歌中将单韵和交韵连用。可见《新青年》上的诗歌大多不追求整齐的韵式，而是更倾向于片段的灵活使用西方韵式。

在英语的韵律体系中，精确并不是诗歌唯一的，也不是最重要的韵律规则。英语诗歌的押韵规则并不是固定不变的，只要在各诗行中出现有规律的押韵，都可以形成规则。[1] 这种观念也深刻影响了《新青年》群体的诗人，他们自由大胆地创造新的韵式，不拘泥于中国的传统诗韵，也不完全照搬西方韵式。这种观念的变化使这一时期的新诗创作呈现出少见的丰富性和活力。周作人的翻译并不刻意追求押韵，较少形成明显整齐的韵式。而他的翻译《野草》（9卷4号）依照内容的表达，形成了类似三联韵的韵式：aba/aaa/aca/aaa。胡适的《我们三个朋友》（8卷3号）基本上可以看作每一节都押aabccb，近似抱韵韵式，配合两短一长的诗句变化，韵律感强烈。还有他的《四烈士冢上的没字碑歌》（9卷2号）大致也形成了有规律的韵式：每节7行，后四行都是abbb，前三行韵式虽不固定，但也基本在韵上。虽然这一时期的诗作也不乏许多粗糙不成熟的作品，但是为后来的诗人留下的是丰富的经验。就像胡适所说的：由于未经大家承认，"白话可以做诗"只是一种假设的理论，我们要拿这个假设来做实验，尤其是"做有韵诗，做无韵诗，做种种音节上的实验"。"要走过才知道这条路通不通"，才知道白话诗是不是也有好诗，白话诗是不是比文言诗更好。[2]

《新青年》时期，新诗的韵式使用总体还不成熟不标准，韵律表现更倾向于自由，有时对一些西方韵式的理解也不够深入。但是这一阶段新诗尝试十分自由，也给西方韵式的中国化带来了很大的尝试空间，给后人留下了许多经验教训，许多西方韵式在这一阶段有了尝试，为后期新诗韵式的成熟打下了良好的基础。外来音韵的中国化说明了汉语具有强

---

[1] 聂珍钊：《英语诗歌形式导论》，中国社会科学出版社2007年版，第205、208页。
[2] 胡适：《我为什么要做白话诗?》，《新青年》1919年第6卷第5号。

大的包容性和生命力，汉语的欧化现象实际上也是外国语言汉化的过程。

第三节　中国诗歌节奏的现代化

除了平仄和押韵这两个韵律因素，几种数量的音节组有规律的排列是中国传统诗歌最具特色的节奏表现方式。随着诗歌语言、体式的解放，《新青年》诗人意识到要用现代的方法来表现节奏。古代诗歌中"意义上的节奏，和诗句上的节奏并不一定相符"[1]。五言近体诗的节奏是二三律最多（还包括二二一律），七言近体诗的节奏是四三律最多（还包括二二三律）。[2] 胡适提出按"意义和文法"划分节奏，即按一个完整的义群来划分节奏，改变了传统的明确的节奏划分方式。胡适将"音节"看作"音"和"节"。他认为"节"就是节奏，"新体诗句子的长短，是无定的；就是句里的节奏，也是依着意义的自然区分与文法的自然区分来分析的。白话里的多音字比文言多的多，并且不止两个字的联合，故往往有三个字为一节，或四五个字为一节的。"[3] 音步通常被定义为节奏的长度，是诗歌节奏的基本单位。在西方诗歌中一般以轻重音来划分诗歌音步。而中国新诗通常是一个完整的语意群为一个音步，继承了中国传统诗歌中的节奏特色，但是又打破了传统的节奏定式。意群概念的使用受到西方语言学的影响，这是用西方的概念重构中国的节奏诗学。中国诗歌节奏形成了语气与情绪的自然节奏，以及与诗歌组织互动的语义节奏，实现了诗歌节奏的现代化发展。

一　语气与情绪的自然节奏

中国传统诗歌节奏简单的表现方式变为现代综合的、复杂的美感体验。新诗不再遵循传统诗歌的固定音节规则，诗句字数、段数与行数没

---

[1] 王力：《汉语诗律学》，中华书局2015年版，第250页。
[2] 王力：《汉语诗律学》，中华书局2015年版，第847页。
[3] 胡适：《谈新诗——八年来一件大事》，《星期评论》1919年第10期。

有一定规格，音步、押韵也比较自由、灵活，不受严格、固定的格律限制和约束，有的诗歌形成了合乎诗人自身语气和情绪消长的自然节奏。比如，胡适的《我们三个朋友》（8卷3号）表现出典型的情绪节奏。诗句很有规律，两短一长，形成两轻一重、两短一长的韵律感，很像西方的抑抑扬格，配合着短句后出现的语气词"了"，流露出潇洒中难免有一丝伤感的复杂情绪：

（上）
雪全消了，
春将到了，
只是寒威如旧。
冷风怒号，
万松狂啸，
伴着我们三个朋友。

风稍歇了，
人将别了，——
我们三个朋友。
寒流秃树，
溪桥人语，——
此会何时重有？

（下）
别三年了！
月半圆了，
照着一湖荷叶；
照着钟山，
照着台城，
照着高楼清绝。

> 别三年了,
> 又是一种山川了,——
> 依旧我们三个朋友。
> 此景无双,
> 此日最难忘,
> 让我的新诗祝你们长寿!

周作人后期的诗歌大量使用带有"的"后缀的形容词,并借此形成自己独特的节奏风格。周作人诗歌中频繁出现的"涩味"形成特有顿感强烈的节奏。比如,"中国人的好朋友的苍蝇们呵!/我诅咒你的全灭,/用了人力以外的/最黑最黑的魔术的力"[《苍蝇》(9卷5号)],还有"呵,你们可爱的不幸者,/不能得到应得的幸福的小人们!/我感谢种种主义的人的好意,/但我也同时体会得富翁的哀愁的心了"[《小孩(《病中的诗》第七首)》(9卷5号)]。每一个形容词都加了后缀"的",而且多个修饰成分叠加出现,确实会呈现出语气不顺,语言烦琐、艰涩之感。因此也有人嘲笑他的诗歌"的的不休"[1]。但是形容词后缀"的"在周作人诗歌情绪节奏的形成中起到了重要的作用。周作人提出,作诗"也不必定要押韵;要照呼吸的长短作句便好"[2]。他虽然没有解释"呼吸的长短"的具体含义。但是在他的诗歌创作中已经可以看出他对现代节奏的感悟和摸索。在周作人的《过去的生命》(9卷5号):

> 这过去的我的三个月的生命,哪里去了?
> 没有了,永远的走过去了。
> 我亲自听见他沉沉的,缓缓的,一步一步的,
> 在我床头走过去了。
> 我坐起来,拿了一支笔,在纸上乱点,

---

[1] 余光中:《论的的不休——中文大学"翻译学术会议"主题演说》,《蓝墨水的下游》,上海三联书店2019年版,第60页。

[2] 周作人:《〈古诗今译〉前言》,《新青年》1918年第4卷第2号。

>想将他按在纸上，留下一些痕迹，——
>但是一行也不能写，
>一行也不能写。
>我仍是睡在床上，
>亲自听他沉沉的，缓缓的，一步一步的在我床头走过去了。

诗歌将多个形容词叠加，由于形容词后缀"的"在语气上带来的阻力，诗歌读来确实给人带来了诗中所说的"沉沉的，缓缓的，一步一步的"音韵感受。这首诗歌是将抽象的时间和生命的流逝进行具象化描写。首尾重复了这一组形容词，形成前后呼应，更是给人带来了"生命"的脚步慢慢走来又缓缓走远的画面、氛围和感受。留给人想象的空间，让人读完还回味无穷，意犹未尽。这种复沓也有利于表达强烈的情感，人的情绪在十分饱满时，无论是高兴或是悲伤时，都会不断重复话语。周作人的诗歌表现出藕断丝连之感。他在一个完整的诗句内，叠加修饰语，后缀"的"能够产生的语气上的停顿，让完整的句义产生裂隙。有的研究者认为这是周诗中特有的"涩味"[①]。但也正是这种"涩"控制着诗歌的阅读速度，使诗歌产生和缓、冲淡之感，形成其特有的流畅又和缓的语言风格。而诗歌中反复出现的"的"，就像音乐中的鼓点，还能够突出诗歌节奏韵律，让行间或分句间有了语气和语义上的紧密联系。周作人后缀"的"的使用在表达诗歌意韵上有重要作用，达到了诗形与诗意的高度切合，营造出了视觉、听觉、感觉多维的诗意空间。

二 与诗歌组织互动的语义节奏

《新青年》群体还借鉴学习外国诗歌，运用诗歌内部的组织方式形成语义节奏。语义节奏，主要是按照诗歌的组织，或结构的意义表达停顿，具有叙述性、逻辑性的停顿特点。胡适曾说，诗歌"内部的组织，——层次，条理，排比，章法，句法，——乃是音节的最重要方法"。他认同

[①] 文贵良：《周作人：白话翻译与汉语感知》，《鲁迅研究月刊》2017年第5期。

任叔永所说的"自然二字也要点研究",但指出不是要钻研"'蜂腰''鹤膝''合掌'等等玩意儿",而是应该思考诗歌内部的词句要如何组织安排,才能发生"和谐的自然音节"。[1] 诗歌内部的组织增强了新诗的空间组织能力,能够形成明显的节奏感,也适合表达强烈的情感,反映了当时的表达特点。这种节奏形式本身与意义表达紧密相关,会让诗歌具有某种情感倾向,影响诗歌的整体风格。

刘半农在《新青年》3卷4号发表了翻译《缝衣曲》(今译《衬衫之歌》)。原诗是英国诗人虎特(Thomas Hood,今译托马斯·胡德)的歌谣体长诗。这首诗歌原诗没有严格押韵,每段韵律基本和谐,全诗没有统一的韵式。但是这首诗歌通过单词、诗句和诗篇的组织形成了强烈的语义节奏。全诗十一段,首尾两段除一句话外完全一样。第一、四、十一段重复出现:"Stitch, stitch, stitch, /In poverty, hunger, and dirt.";第二、三、六、七、八段有一至两句重复出现:"Work, work, work!";第三、七段还重复了:"Seam, and guesset, and seam, /Band, and gusset, and seam."诗句由重复的单词或者短句构成,几种重复的诗句贯穿全诗,在叙述中产生自然的语义停顿,形成强烈的节奏感。而且大多是单音节词,简短有力,爆发感强,动感十足。但是诗句的重复也并非完全成规律,因此不死板又富有变化。既捕捉到了女工工作特点,又通过诗篇组织表现了女工辛劳枯燥的生活和工作。这首诗歌生动强烈的音乐性、贴近生活的内容、深刻的社会意义,在欧洲以往的诗歌中很少出现,受到许多文学家的高度称赞,在英国不断再版,而且风靡美国。还引起了民众的共鸣,被改编成了流行歌曲,广受喜爱。刘半农的中文翻译基本消解了原诗的诗体,中文翻译除了首尾完全相同,其他原诗的诗句重复都没有得到呈现。他将原诗反复出现的诗句"Work, work, work!"翻译成了"缝衣复缝衣"和"缝衣无已时"两种。将"Stitch, Stitch, Stitch, /In poverty, hunger, and dirt."翻译成了"一针复一针, /将此救饥腹"。刘半农的翻译虽采用了《诗经》和民歌的语言来表现劳动人民的话语,但是既没有体现出诗句内部的单词重复,也没有体现出诗歌中的诗句重复,

---

[1] 胡适:《谈新诗——八年来一件大事》,《星期评论》1919年第10期。

原诗的韵律感和动感完全丧失。

但是这首诗歌的组织形式仍然对刘半农以及其他许多新诗人产生了很大的影响。在西方诗歌形式的启发下，新诗人利用复沓和反复来组织诗歌，形成语义节奏。复沓和反复，是诗歌或散文创作中常用的一种艺术表现手法。句子和句子之间更换少数的词语，叫作复沓；无更换词语叫作反复或叠句。复沓与反复的区别是，复沓可以更换少数词语，而反复的词语完全相同。按反复的内容可分为词语反复、句子反复、段落反复；按反复的形式可以分为连续反复、间隔反复；等等。不同反复的类型可以同时使用。

刘半农的长诗《敲冰》（7卷5号），很好地运用了《缝衣曲》中的诗歌组织方法。全诗以敲冰来象征革命的进程，以短句的重复和组合贯穿诗歌，形成语义节奏。第一、二段出现了短句"冰！"，是诗人与"冰"的对话，表现了敲冰的艰难。第五至九段都以"敲冰！敲冰！/敲一尺，进一尺！/敲一程，进一程！"开头，类似劳作时的号子声，很有号召力；第八至十二段在段首、段中或者段尾穿插诗句"好了！"，表现出敲冰即将成功的喜悦。诗歌中还出现了"可以！""请了！""多谢！"等口语化的短诗句。诗歌中大量短句的运用能增强语言节奏感，强调语气和感情。多组短句的重复，可以加强语势，抒发强烈的感情，再一次增强语言节奏感。同时，分清文章的脉络、层次，加深思想深度。他的《伦敦》（9卷1号）也用了类似的组织方法，"钻着！钻着！"，出现了32个"钻着！"，组合的数量和规律都不是固定的，是为了符合诗歌想要表现的混乱感，无形中也形成了诗歌的语义节奏。他还将反复内化到诗句中，《回声》（9卷4号）的诗句中出现了很多有"着"的词组，比如，"他看着白羊在嫩绿的草上，/慢慢地吃着走着。/他在一座黑压压的/树林的边头，/懒懒地坐着。/微风吹动了树上的宿雨，/冷冰冰地向他头上滴着。/他和着羊颈上的铃声，/低低地唱着。/他拿着支短笛，/应着潺潺的流水声，/呜呜地吹着。//他唱着，吹着，/悠悠地想着；他微微地叹息；/他火热的泪，/默默地流着"，还有"无量数的波棱，/纵着，横着，/铺着，叠着，/翻着，滚着，……"，"去罢？——住着！——/住着？——去罢！——""着"成为诗歌中的节奏点，同时也能够表现出回声那种持

· 283 ·

续反复的声音状态。

胡适的《四烈士冢上的没字碑歌》(9卷2号)是一首形式整齐、节奏鲜明的自由诗。全诗分为四段，每节后四句重复："他们的武器：炸弹！炸弹！／他们的精神：／干！干！干！"。最后一段略有不同，将"武器"换为"纪功碑""精神"换为"墓志铭"，升华了诗歌的内涵。全诗诗句较短，段落结构整齐，而且用字、词、句的反复来组织诗歌，多运用字或短语，有着音乐中鼓点的作用，能够形成鲜明而且短促有力的语义节奏。"弹"和"干"还形成押韵，更突出了节奏感：

> 他们是谁？
> 三个失败的英雄，
> 一个成功的好汉
> 　他们的武器：
> 　炸弹！炸弹！
> 　他们的精神：
> 　干！干！干！
>
> 他们干了些什么？
> 一弹使奸雄破胆！
> 一弹把帝制推翻！
> 　他们的武器：
> 　炸弹！炸弹！
> 　他们的精神
> 　干！干！干！
>
> 他们不能咬文嚼字，
> 他们不肯痛哭流涕，
> 他们更不屑长吁短叹：
> 　他们的武器
> 　炸弹！炸弹！

> 他们的精神：
> 干！干！干！
>
> 他们用不着纪功碑，
> 他们用不着墓志铭：
> 死文字赞不了不死汉！
> 他们的纪功碑：
> 炸弹！炸弹！
> 他们的墓志铭：
> 干！干！干！

这是纪念牺牲烈士的诗歌，但是语言简洁，没有过度伤感，而更多流露出牺牲的壮烈，突出了革命烈士的勇敢坚韧和视死如归的精神，非常有冲击力和感染力。节奏的渲染对语义和情感的表达发挥了重要的作用。运用这种组织方式来体现诗歌语义节奏的还有刘半农的《D——!》（6卷6号）、陈绵的《快起来!》（7卷5号）、俞平伯的《潮歌》（8卷5号）等。

诗歌的层次构建也会影响语义节奏的形成。俞平伯的《被莺儿吹醒的》（9卷1号）诗歌层次构建十分灵活自然："说你俩是爱我！……因为——你俩常常说是爱我！//……说你俩是爱我！……因为——你俩都说是爱我！//……说你俩是爱我！……你俩反正，会说是爱我！"诗人以相似却有变化的诗句组织诗歌段落，将部分词句反复咏唱，形成一种回环美。复沓的语句能够在诗篇中提醒读者诗歌的层次变化，逻辑性强，突出和加强语义节奏，表达父母对孩子的爱不是真正的爱，而是剥夺了孩子的劳动权利、恋爱自由和人格独立，非常具有时代特色，情感层层递进，思想层层深入。

《缝衣曲》中的"Stitch, stitch, stitch"和"Work, work, work!"，刘半农《敲冰》中的"敲冰！敲冰！"，以及胡适《四烈士冢上的没字碑歌》中的"炸弹！炸弹！"和"干！干！干！"。这样的诗句与中国词中的三叠字、二叠字类似，比如，陆游的《钗头凤》（三叠字），吕渭老的《惜分钗》（二叠字）。胡适在《新青年》5卷4号，还尝试了这种词体的写法:"凝想,——凝想/想是这般模样!","'谁躲?谁躲?/那是去年的我!'"(《如梦令两首》)因此由于审美习惯接近,这种外国诗歌的组织方式很快就被中国的新诗人转换和运用。

这一时期的诗歌节奏探索虽然还不够成熟,但是对新诗现代节奏的形成奠定了很好的基础。

第三章　译诗与新诗诗体的形成

在诗体方面，外国诗歌翻译对五四新诗的影响最为直观、显著。梁实秋甚至说，新诗就是中文写的外国诗；新文学运动发生的最大原因，来源于外国文学的影响。① 新诗诗体变革的源动力来自中国诗歌内部的变革需求和外国译诗的影响。诗体变革和语言、音节的变革是相辅相成的。胡适"认定一个主义"：如果要做真正的白话诗，如果要使"白话的字、白话的文法、和白话的自然音节"得到充分表现，一定要作"长短不一的白话诗"②。因为新的诗思和诗情的表达需要，《新青年》诗人认识到要诗体变革的必要性。西方诗体开始被多元接受，新诗诗体在传统诗体的基础上迅速丰富。在横向书写的审美体验的冲击下，五四新诗的诗形意识开始凸显。新诗空间形式的转换使其在形式风格上与传统诗歌拉开了距离。诗形成为新诗形式构建中的重要因素，它对于表现诗歌思想、情感、音节的作用被发现出来。在五四自由精神的影响下，新诗诗体构建表现出自由开放的风貌。新诗的诗体特征主要表现为自由体诗主导的散文化倾向。各种诗体的多元接受，给中国新诗构建带来了更多可能性。诗体视角功能的增强，更能够表现现代细腻的情感、深刻的思想和复杂的逻辑，现代诗质也由此而产生。

---

① 梁实秋：《新诗的格调及其他》，《诗刊》1931年第1期。
② 胡适：《我为什么要做白话诗?》，《新青年》1919年第6卷第5号。

第一节 诗体观念的变革

胡适曾说新诗人，除鲁迅和周作人两兄弟之外，"大都是从旧式诗，词，曲里脱胎出来的"。他指出沈尹默早期创作的诗歌是"从古乐府化出来的"。也并不讳饰地说自己初作的新诗"词调很多"，① 就像缠脚妇人的鞋样"虽然一年放大一年"，但是"总还带着缠脚时代的血腥气"。② 钱玄同也曾说自己"本是个顽固党"，而他们这班人都是"半路出家"，所以"脑筋中已受了许多旧文学的毒"。刘半农也曾吐露自己在1917年以前"何尝不想做古文家"，是以"古文家"的身份为《新青年》的文学事业助力，甚至还说拿《新青年》前后刊登的稿件对比，就可以发现他的"改变之轨辙"。③ 因此，《新青年》上有一个重要的现象值得重视，新诗诗体观念呈现出"改造旧体"——"解放诗体"——"增多诗体"的转变过程。

一 改造旧体

在《新青年》前期，译者通常采用"归化"的翻译方法，用四言、五言、骚体、歌行、律诗等传统诗歌形式翻译西方诗歌。比如，陈独秀将泰戈尔《吉檀迦利》中的散文诗，翻译成五言体的《赞歌》（1卷2号）。将《亚美利加》（1卷2号）二、三音步有规律交替的长短句翻译成以七言为主的齐言骚体诗。这一时期大多数翻译忽略了原诗的音节数，将长短句翻译成齐言。有时翻译的诗句也并非一一对应。刘半农翻译的《火焰诗》（2卷2号）原诗一共7节，每小节4行，而译诗每节行数分别为：六六七六五五六；原诗每行基本为6个音节，较为整齐，而译诗诗行长短不同，以五言为主，杂有三言、四言、七言、九言，而且每行不

---

① 胡适：《谈新诗——八年来一件大事》，《星期评论》1919年第10期。
② 胡适：《〈尝试集〉四版自序》，陈金淦编：《胡适研究资料》，北京十月文艺出版社1989年版，第416页。
③ 刘半农：《致钱玄同》，鲍晶编：《刘半农研究资料》，天津人民出版社1985年版，第136页。

一定只有一句，有时会有两个分句。他们以强大的"主体性"消解了原诗形式的独立性，大都忽略了原诗特有的诗体特征。这一时期，诗人的诗体意识较弱，英语诗歌中重复的诗句或者句式，几乎全部没有被呈现出来。比如，刘半农翻译的《割爱》（2卷2号），英语原诗前三节每行句式完全相同，然而在刘译的四言诗中完全没有呈现。受到传统语言和诗体的一定程度的限制，诗人们更注重诗歌内容和情感的表达。《新青年》前期发表的17首诗歌翻译中，有10首翻译成五言古体诗，3首译成文言散文，2首翻译成骚体，2首翻译成四言诗。在中国文学中，骚体和五言古体是有着深厚的抒情传统的诗歌体式。而且其诗律要求与近体格律诗相比又有着更多的弹性，有利于诗人在翻译过程中传达诗歌的内容和情感。因此，成为近代以来"归化"式诗歌翻译最常用的诗体。

但是"归化"的诗体中，也有西方影响的痕迹，"旧体改造"也是《新青年》群体新诗诗体构建的一种尝试。虽然用现在的眼光看，与传统诗歌十分相似，但是已经包含新质。刘半农翻译的《火焰诗》（2卷2号）虽然没有呈现出原诗的诗歌体式，但是也与中国传统诗体相差甚远，诗句字数长短相间，每小节行数自由变化，表现出诗体的散文化、自由化倾向。虎特（Thomas Hood）的《缝衣曲》（3卷4号）是一首歌谣体长诗，押韵并不十分严格，但是通过首尾诗节的重复、多种贯穿诗节的重复诗句，形成了强烈的音乐性。刘半农的翻译虽然没有完全还原原诗的诗体特征，但是翻译中已经可以看到外国诗歌的影响，比如，第三、七节都较好地表现了重复诗句。这种诗体构建的手法，在后来刘半农的新诗创作中影响很大。"归化"式的翻译不是绝对地用传统诗体来翻译外国诗歌，其中已经包含一些创新性的尝试。我们可以看到译者们的矛盾纠结心态：一方面仍念念不忘中国的旧诗体，另一方面又明显不愿意被旧诗体所束缚。

二 解放诗体

在翻译过程中，诗人们逐渐意识到旧的诗体已经不能满足现代诗人自由的诗思、澎湃的诗情。胡适认识到文言旧体在表达上的局限性，8句的五七言律诗、28 字的绝句是长短一定的,"决不能容丰富的材料","决不能写精密的观察","决不能委婉达出高深的理想与复杂的情感"。这些形式上的束缚,使良好的精神和内容不能充分自由的发展和表现。想要创造新的精神和内容,"不能不先打破那些束缚精神的枷锁镣铐"。① 刘半农翻译的《我行雪中》(4 卷 5 号)是一篇主要以四言旧体翻译的诗歌,但是他在《我行雪中》的题记里写道:"尝以诗赋歌词各体试译,均苦为格调所限,不能竟事。"② 他感受到文言旧体已经不能满足现在的表达了,想要突破中国旧体的束缚。刘半农在《阿尔萨斯之重光马赛曲》的题记中也说:"惟法华文字相去绝远。又为音韵所限,虽力求不失原义,终不能如 Paraphrase(释译)之逐句符合也。"③

为了寻求更大的表达空间和表达自由,诗者倡导用"直译法"翻译诗歌,开始注意和尊重原诗的诗体形式,以格律诗译格律诗,以自由诗译自由诗,表现出诗体意识觉醒的迹象。当时诸如胡适、周作人等的翻译诗歌都比较接近原诗的形式。1918 年 2 月 15 日,《新青年》4 卷 2 号发表了周作人的《古诗今译》。他在题记中说明了诗歌翻译的特点:"什法师说,'翻译如嚼饭哺人',原是不差。真要译得好,只有不译。若译它时,总有两件缺点:——但我说,这却正是翻译的要素。(一)不及原本,因为已经译成中国语。如果还同原文一样好,除非请谛阿克利多斯(Theokritos)学了中国语,自己来作。(二)不像汉文——有声调好读的文章,因为原是外国著作。如果同汉文一般样式,那就是我随意乱改的糊涂文,算不了真翻译。"这是较早地对现代诗歌翻译的认识。接着,周作人首次提出了不用旧体翻译的观念:"口语作诗,不能用五七言,也不必定要押韵,止要照呼吸的长短作句便好。现在所译的歌,就用此法。且来试试,这就是我的所谓'自由诗'。"④《古诗今译》是《新青年》上首篇直译诗歌翻译,与之前的归化式的译诗形成鲜明的对比。胡适在随

---

① 胡适:《谈新诗——八年来一件大事》,《星期评论》1919 年第 10 期。
② 刘半农:《〈我行雪中〉题记》,《新青年》1918 年第 4 卷第 5 号。
③ 刘半农:《〈灵霞馆笔记·阿尔萨斯之重光马赛曲〉题记》,《新青年》1917 年第 2 卷第 6 号。
④ 周作人:《〈古诗今译〉题记》,《新青年》1918 年第 4 卷第 2 号。

后的《新青年》4卷4号发表了译诗《老洛伯》，他虽然没有诗体观念以及翻译观念的说明，但是他用创作实践呼应了周作人的翻译观念。《老洛伯》采用直译策略，采用白话文，遵循原诗诗体，尝试西方韵式。这也是胡适第一首直译诗歌。

1918年5月，《新青年》4卷5号刘半农对周作人提出的翻译观念进一步总结，提出了"直译"这一概念。但是他自己的翻译实践还没有跟上理论的要求。刘半农在《新青年》4卷5号发表的《我行雪中》题记中，首次提出"直译"概念，"意欲自造一完全直译之文体，以其事甚难，容缓缓'尝试'之"。① 虽然这篇翻译是由半文半白的四言加杂言翻译而成，但这正是刘半农过渡阶段的翻译，有了翻译的目标，但是还没能完全实现。然而，自《我行雪中》这一篇翻译之后，刘半农的翻译都采用直译策略，与其前期归化的翻译有明显的区别。后来，周作人又进一步解释了"直译"理论。在答某君的通信中写道："我以为此后译本，……应当竭力保存原作的风气习惯语言条理；最好是逐字译，不得已也应逐句译，宁可'中不像中，西不像西'，不必改头换面。……毫无才力，所以成绩不良，至于方法，却是最为适当。"② 到此时，"直译"概念已经非常清晰，而且逐渐被很多译者接受。几个主要诗人译者的理论提出和创作实践，影响了一大批诗人，越来越多的诗人加入尝试中。后来S.Z、苏菲、沈钰毅、任鸿隽等人在《新青年》上发表的诗歌翻译都采用了直译的翻译策略。

随着直译诗歌的大量出现，新的诗体不断呈现出来。诗人们在诗歌翻译中，树立诗体观念，确立诗体解放的理念。1919年，胡适总结提炼了他们的理论，使新诗革命方向更加清晰。胡适在《谈新诗》中提出了"诗体大解放"的概念："新诗除了'新体的解放'一项之外，别无他种特别的做法"。他还列举中国历史上的三次诗体解放，说明"诗的进化没有一回不是跟着诗体的进化来的"，强调了诗体解放对新诗构建的重要意义。如果要最大程度地运用白话的字词、语法和自然音节，一定要作

---

① 刘半农：《〈我行雪中〉题记》，《新青年》1918年第4卷第5号。
② 周作人：《〈点滴〉序》，周作人：《点滴》，北京大学出版社1920年版，第8页。

"长短不一的白话诗"。胡适称这种主张为"诗体的大解放"。正如胡适所说:"我们认定文学革命须有先后的程序。"① 即从语言革命深入文体革命的过程。翻译诗歌促进了诗体解放,诗歌直译是诗体解放的重要途径。正如严家炎曾说:"新诗是一种被翻译逼出来的新体文。"② 诗人们在不断的摸索和总结中明确了前进的方向,而诗歌翻译在这一过程中发挥了重要的作用。

三 增多诗体

破除了旧的诗歌体式,亟须新的诗体来支撑表达,刘半农提出"增多诗体"的观念。他认为:"尝谓诗律愈严,诗体愈少,则诗的精神所受的束缚愈甚,诗学决无发达之望。";"故不佞于胡君白话诗中《朋友》《他》二首,认为建设新文学的韵文之动机。倘将来更能自造、或输入他种诗体,并于有韵之诗外,别增无韵之诗,则在形式一方面,既可添出无数门径,不复如前此之不自由。其精神一方面之进步,自可有一日千里之速率。"③ "增多诗体"的观念提出得非常早。刘半农的《我之文学改良观》(3卷3号),是继胡适的《文学改良刍议》(2卷5号)、陈独秀的《文学革命论》(2卷6号)之后,《新青年》上的第三篇针对文学革命的正式发表的文章。虽然这一观念在提出的当下并没有马上实施,也没有产生足够的影响,但是朱自清后来对刘半农曾总结性地评论道,刘半农很早就有新诗形式运动的观念,他那时主张"增多诗体","后来的局势恰如他所想"。④ 在诗歌翻译的影响下,中国新诗诗体在传统诗体的基础上迅速丰富:在有韵诗外出现无韵诗,在抒情诗外增加了叙事诗。诗歌的长短也灵活丰富,还别增了新体裁:自由诗、散文诗。中国新诗

---

① 胡适:《谈新诗——八年来一件大事》,《星期评论》1919年第10期。
② 严家炎:《"五四"新体白话的起源、特征及其评价》,《中国现代文学研究丛刊》2006年第1期。
③ 刘半农:《我之文学改良观》,《新青年》1917年第3卷第3号。
④ 朱自清:《〈中国新文学大系·诗集〉导言》,朱自清编选:《中国新文学大系·诗集》,上海良友图书印刷公司1935年版,第7页。

的诗体尝试多体并进，在中国传统诗歌审美趣味和现代新诗理念的交融影响下，各种体裁被多元接受。

早期《新青年》译者诗体观念不强。在诗歌翻译中，大多是介绍写作背景及作者生平，有的关注到了原诗的语言特点，但是都没有对诗体进行说明。而且早期的译诗诗体选择比较单一，基本是严格的格律诗。然而，从周作人的《古诗今译》开始，诗人普遍开始注意在诗歌翻译中说明诗歌的诗体特征，诗人的诗体意识增强。同时，除格律诗之外，其他诗体的翻译作品明显增多，诗人们有意识地为增多诗体而探索和努力。

周作人作为第一个在翻译中关注到诗体问题，在《古诗今译》（4卷2号）题记中写道："口语作诗，不能用五七言，也不必定要押韵，止要照呼吸的长短句便好。现在所译的歌，就用此法。且来试试，这就是我的所谓'自由诗'。"刘半农在《我行雪中》（4卷5号）的题记中，引用 Vanity Fair 月刊导言"结撰精密之散文诗"的叫法来明确称定《我行雪中》的文体。而且说明了自己在以往翻译中诗体选择的困难。刘半农之后翻译的两首泰戈尔的《恶邮差》《著作资格》（5卷2号），专门在标题中注明了诗歌文体是"无韵诗"。接着，他还在《译诗十九首》每一首的文后注释了文体：无韵诗、印度俚语体、散文诗。胡适在译诗《希望》（6卷4号）的题记中，将这首诗的文体比作中国的"绝句"，还详细介绍了这一诗体的英文名以及诗体特征。任鸿隽翻译的诗剧《路旁》（7卷1号）受到了周作人、胡适直译观念的影响。他在题记中说："译者自来是不会白话诗的，今回译这首诗，也不敢存冒充诗人的思想。不过原文怎么说，我就怎么译。读者诸君如要看外国的白话诗，此地倒是一个好榜样。倘若不承认他是诗，我只好请我的老朋友胡适之来解答。我们现在只要看它讲的是什么，周作人先生说得好：'是诗不是诗，倒也不关紧要。'"[①] 虽然口头上说明不关注诗体，"只要看它讲的是什么"，但是翻译选择隐含着"增多诗体"的目的。话语中关注"是否是诗"的问题，实际上已经具有诗体意识。周作人在《杂译诗二十三首》（8卷3号）和《杂译日本诗三十首》（9卷4号）中也对特殊的诗体进行了标注，比如

---

① 任鸿隽：《〈路旁〉题记》，《新青年》1919年第7卷第1号。

民歌、希腊拟曲、日本俗曲、儿歌,其中还会区别民歌的国别、年代以及民歌的仿作。具有叙事特点的民歌,还专门标注"叙事民歌"。这一时期,尽管他对诗体的认识不一定准确,但是可以看出他尽可能地对诗体详细区分,并且尽可能多地引入新诗体。

《新青年》诗歌翻译的诗体称呼很多,有无韵诗、散文诗、自由诗、民歌、俚语体、希腊拟曲、日本俗曲、儿歌等。当时《新青年》群体对诗体的认识还不够成熟,很多概念的使用并不严谨。无韵诗和散文诗有相似的特征,难以区分,刘半农在使用时是含混不清的。周作人以"自由诗"来代指散文诗。民歌、俚语体、俗曲之间难以区分,与散文诗、自由诗等概念的划分不在一个层面上。而且经过翻译的稀释,已经少有明显的特征,呈现出与自由诗接近的体式。拟曲的概念也不明确。胡适对当时新介绍到中国的西方诗体甚至用中国类似的诗体称呼来代称,以"绝句"来代称欧玛尔·海亚姆的四行诗体。但是这些多样且划分细致的称呼也体现出《新青年》群体有了自觉划分诗体的意识,反映出他们想要介绍和引进多种诗体的目的。

第二节　空间形式的转换

《新青年》杂志在期刊版式和新诗诗形的变革是20世纪初最能引领时代潮流的。"上海群益书社老板陈子沛、陈子寿兄弟在支持《新青年》杂志的文学改良和版式革新方面,一直是不惜代价的。"[1] 正是得益于上海群益书社的大力支持,以及《新青年》编辑部的共同努力,《新青年》杂志对新诗诗形的构建产生了巨大的影响,甚至还影响了现代汉语语言的形成。

由于中国古代书写材料和书写习惯的限制,中国传统诗歌的书写方式是从上到下书写,没有标点符号,不同诗句首尾相连。诗歌在外形上与其他文学体裁没有太大区别。而且与英语不同,汉语语言材料不依赖于留白辨识,中国古典诗人缺乏诗歌的诗形意识和空间意识,带给人的

---

[1] 张耀杰:《北大教授与〈新青年〉》,新星出版社2014年版,第45页。

是"时间性"的形式表现。而由于《新青年》群体大量译介外国诗歌，新诗的空间感增强，发生了从"时间性"形式到"时空性"形式的变化。主要表现在以下几个方面。

一 书写方向改变

在翻译介绍活动的影响下，中国语言中的英文输入越来越多，一些《新青年》的同人认识到书写方向对语言表达的影响。钱玄同是《新青年》同人中最早提倡在版式方面改直行为横行的人。1917年5月15日他在致陈独秀的书信中写道，如果是纯粹的英文或中文书写"固为便利"。但是在翻译的过程中，中文翻译常夹杂两三个西文，比如"十九世纪初年，Frane Napelom 其人"，然而"中文直下、西文横迤"，"如此句写时，须将本子直过来，横过去，搬到四次之多未免又生一种不便利"。因此他提出解决办法"我固绝对主张汉文须改用左行横迤，如西文写法也"。[①]钱玄同强烈建议《新青年》改成横向排版，并且详细说明了横向书写的好处，描述了翻译过程中的实际困难来强调横向书写的便利。这也侧面说明了翻译对书写版式转变带来的影响。

然而，《新青年》内部人员观念复杂，对于书写方向的意见难以统一，以至于横向书写未能实现。钱玄同、陈独秀对于这个问题持赞成态度，尤其是钱玄同。钱玄同极力支持"要把右行直下的汉文改用左行横迤"，建议在《新青年》4卷1号就实行横向排版。他还说，既然《新青年》杂志的宗旨是"除旧布新"，那"'合理'的新法"，就应说到做到，"总宜赶紧实行去做，以为社会先导才是"。[②] 而且，在《新青年》3卷3号、3卷5号、3卷6号、5卷2号、6卷1号、6卷6号上都刊登了钱玄同与编辑同人、读者讨论此事的通信文章。陈独秀也赞成钱玄同的观念，在写给钱玄同的回信中答复说，他对于"汉文改用左行横迤"的建议

---

① 钱玄同：《通信·钱玄同致陈独秀》，《新青年》1917年第3卷第3号。
② 钱玄同：《通信·钱玄同致陈独秀》，《新青年》1917年第3卷第6号。

"极以为然"。① 胡适态度中立，认为无论横向还是竖向排版都不是十分重要的问题。关于《新青年》的版式处理，胡适在答复朱我农来信时解释说：《新青年》改横行书写"究竟还是一个小节的问题"，他着眼于保留横行书写对传统文学接受的好处，认为"应该练习直行文字的符读句号，以便句读直行的旧书"。但是他也没有忽略在西学东渐过程中横行书写存在的必要性，指出"中文书报尽可用直行"，但"科学书与西洋历史地理等书不能不用横行"。② 而且胡适并不忽视诗歌诗形问题，他是在竖排版中进行诗歌诗形的构建。《新青年》早期还有一批守旧派的同人，如吴虞等人，坚持用文言文竖版发表文章。《新青年》是同人刊物，轮值编辑制度，期刊的决策要多数通过才可实行。陈独秀在给钱玄同的回复中，尽管对"《新青年》改用左行横迤""十分赞成"，但是也表示要"待同发行部和其他社友商量同意"，才可以实行。③ 然而，关于这个问题同人间的意见一直未能统一，因此横向书写的转变未能实现。在《新青年》5卷2号"通信"栏中，轮值编辑钱玄同向读者说明了《新青年》一直未能改用横行书写的原因，是"同人意见对于这个问题尚未能一致"。④

不仅因为同人观念难统一，在排版印刷技术上也有困难。当时的印刷技术还不成熟，能够承担《新青年》排版要求的出版社很少。1918年10月5日，直接参与《新青年》创刊及发行工作的汪孟邹，在致胡适信中重点介绍了《新青年》杂志在版式革新方面所遭遇的技术困难：由于"《新青年》以好花头太多，略较费事"，"上海印业、商务、中华"书社均表示不愿代印，而且"其余民友各家尚属幼稚"。尽管他还向民友书社传达了陈子寿的意思：《新青年》"如可如期，决不惜费"，但是民友书社仍然"一意拒绝"。因此《新青年》已经"过期太久"，但还是没有找到合适的出版社。⑤ 同时要实现这样新潮且难度很大的排版，成本必然很高，这也是同人刊物《新青年》难以长期承受的。1918年11月26日，

---

① 陈独秀：《通信》，《新青年》1917年第3卷第3号。
② 胡适：《通信·革新文学及改良文字》，《新青年》1918年第5卷第2号。
③ 陈独秀：《通信·陈独秀答钱玄同》，《新青年》1917年第3卷第6号。
④ 钱玄同：《通信》，《新青年》1918年第5卷第2号。
⑤ 唐宝林、林茂生：《陈独秀年谱：1879—1942》，上海人民出版社1988年版，第87页。

钱玄同在第六卷出版前最终妥协，在致《新青年》同人的书信中写道，自己尽管"极端赞成"改用横行，但是看到群益书社的来信说"这么一改，印刷工资的加多几及一倍"，这样看来"大约改用横行的办法，一时或未必实行"，以后"希望慢慢的可以达到改横行的目的"，然而若事实上"实在办不到"，则保持"直行的排列"。①

尽管因为同人的意见分歧和印刷、出版的现实困难，《新青年》上的横向排版最终没有实现。但《新青年》在书写方向上还是做出了很多新尝试。他们对于这个问题的努力和讨论，为后来版式改变奠定了基础。《新青年》中刊登的英语诗歌，除了苏菲翻译的《德国农歌》和胡适翻译的《希望》（6卷4号）两首诗的英文原诗是竖向排版，其他都是横向排版。中文译诗有14首是横向排版，其中有9首是只有中文翻译的译诗。

表 3−1　　　　　《新青年》译诗横向排版情况一览

序号	卷号	篇名	译者	排版 原诗（英文）	排版 译诗（中文）
1	1卷1号 1915.9.15	《赞歌》	陈独秀	横版	横版
2		《亚美利加》	陈独秀	横版	横版
3	4卷5号 1918.5.15	《我行雪中》	刘半农	横版	译者识+译文横版
4	5卷2号 1918.8.15	《恶邮差》	刘半农	/	横版
5		《著作资格》		/	横版
6	5卷3号 1918.9.15	《海滨》	刘半农	/	译文+注释横版
7		《同情》		/	译文+注释横版
8		《村歌》		/	译文+注释横版
9		《海德辣跋市》		/	译文+注释横版
10		《倚楼》		/	译文+注释横版
11		《狗》		/	译文+注释横版
12		《访员》		/	译文+注释横版
13	6卷6号 1919.6.15	《奏乐的小孩》	沈钰毅	横版	横版
14		《奏乐的小孩》	天风（胡适）	横版	横版

---

① 钱玄同：《钱玄同文集　第6卷　书信》，中国人民大学出版社2000年版，第127页。

译介活动促使中国书写方向的改变。中西语言的表达方向的异质，给中国语言的表达形式带来了新的可能性。早在 1915 年 10 月 15 日，《新青年》1 卷 2 号就出现了横向书写。陈独秀翻译的《赞歌》和《亚美利加》，英文原文与中文译文同时刊出，并且采用横向排版。而且在 8 首诗歌中，除诗歌外的其他文字，比如译者识、注释也是横向排版。起初这种语言书写方向的变化是自然而然发生的。语言的发展首先要服从于现实的需要和表达的方便性。在西学东渐、中西文学交流融合的背景下，横向书写是中国语言的必然发展方向。这种横向排版只出现在译介相关的文章和作品中，更凸显出翻译活动在其中发挥的重要作用。

《新青年》创刊之初期刊排版形式多样，没有统一规范。自 4 卷 1 号起才确定了期刊的版式规范。纵观《新青年》所有期刊，越是在早期版式规范没有统一的时期，横向排版越多，特别是小说、戏剧、文章的排版。在《新青年》4 卷 1 号之前，有 19 篇译介的文章和作品采用了横向排版，其中主要有文章、戏剧、演讲稿等形式，所占版面都很大，这种大篇幅的横向书写给人带来很大的冲击感。而之后的期刊中，诗歌以外的其他译介文章和作品不再有横向排版，但是还陆续出现了 12 篇横向排版的诗歌。这说明了诗歌形式的特殊性。诗歌是最注重形式的一种文学，诗歌形式的表现和转变在中国语言的发展中发挥了特殊的作用，影响了中国语言书写方向的改变。

这些诗歌给中国读者带来了视觉冲击，增强了对诗形的审美体验和认识。在外国语言和文学形式的影响下，中国诗歌呈现出新的形式。这种转变的出现最开始也许是无意的，但是中西语言书写方向的差异，激发了中国诗人的语言空间感和诗歌形体意识，也给中国读者带来了完全不同的诗歌审美体验。一种与中国传统审美、思维的异质性介入诗歌中。形式的改变触发了思维和审美新质出现的契机，为现代诗思表达奠定了基础。

二 诗形意识增强

横向书写激发了五四新诗人的诗形意识。即使《新青年》上的新诗以竖版印刷，也呈现出西诗诗形的横向移植，比如，西方标点的使用、诗句排列、分行和跨行。

（一）标点符号的运用

《新青年》是中国较早采用西方标点符号的杂志。据汪原放回忆，《新青年》决定推行标点和分段，进行版式革新。于是陈子寿和太平洋印刷所的张秉文，他们为了编排《新青年》，专门"用西方的标点符号来做底子"，刻成标点符号的铜模。这是"在商务和中华之前"的。① 《新青年》上的标点符号运用，经历了从无到有，从传统圈点到西方标点，从混乱到统一的过程。《新青年》4卷1号是一个明显的分水岭。4卷1号以前，《新青年》上的英语诗歌都呈现了原诗的标点符号。中文诗歌翻译也受到英语诗歌影响。如刘半农早期的译诗《火焰诗》（2卷2号），是用五言为主的杂言翻译的诗歌，没有标点符号，但是运用空格和分行来代表停顿。可见译诗对新诗诗形的影响。但是译诗以外的其他内容使用的都是中国传统的圈点。符号很单一，只有"。"（或者类似的形态，比如"．"等），起到标识断句和强调语句的作用。1918年1月出版的《新青年》4卷1号，虽然并没有采用左行横排的排版方式，但是在新式标点符号的使用方面实现了一些技术突破。1918年1月21日钱玄同在日记中写道："至大学授课三小时。《新青年》四卷号已寄到。居然按Jan. 15之期出版，其中所用新式圈点居然印得很像样子，可喜可喜。"② 但是《新青年》4卷1号以后，只是普遍使用西方标点符号，也在较长一段时间内存在西方标点与传统圈点并用的情况，而且不同诗人，不同卷册的标点使用也不尽相同。

《新青年》上新式标点符号的统一，经历了一个讨论和实践的过程。最早关注到标点符号问题的是刘半农。他在1917年5月《新青年》3卷3号上发表的《我之文学改良观》中，设有专门的小节"句逗与符号"，认为文字要力求"简明适用"，而古书没有标点符号让人费解，使我们"耗却无数心力于无用之地"，因此"不宜沿有此种懒惰性质"，应该学习

---

① 汪原放：《回忆亚东图书馆》，学林出版社1983年版，第32页。
② 北京鲁迅博物馆编：《钱玄同日记 第3卷》，福建教育出版社2002年版，第1654页。

西方使用标点符号。① 大多数《新青年》同人认同这一观点。钱玄同也认为要使文章表达"清楚完全",全用西洋的符号和句读最好。② 5 卷 3 号,胡适总结了《新青年》同人对标点符号的看法:文字的首要作用是达意,意义越清晰越好,文字越明白越好。而"种种符号都是帮助文字达意的",因此本社主张文章中要使用各种符号。③ 而《新青年》同人就应该使用哪些西方的标点符号讨论了很久。刘半农认为"?"可以不用,"!"文言中可省,白话中不可省。而钱玄同认为要全部借用西方的标点符号,而且古今之书都"非加符号不可"。并且列举了丰富的例子说明,"?""!""……"是表达中必不可少的符号。④ 胡适起初也有与刘半农类似的观念,但是后来被钱玄同说服了。⑤ 还有人名、书名、地名的符号表示,也经过《新青年》同人长期的讨论和实践。直到 1919 年 12 月 1 日《新青年》7 卷 1 号,发表了《本志所用标点符号和行款的说明》:本志从 4 卷 1 号使用西方标点符号和新的排版方式,至今已有两年时间。然而从前刊物的标点符号和排版使用"不能篇篇一律",还要继续改良。"现在从七卷一号起,划一标点符号和行款。"自此,《新青年》上的标点符号使用有了统一的规范。而且对西方标点的借用更完整,除了"《》和""",其他的形态和使用方法几乎与中国当下使用的标点没有区别。对款行也有统一要求:标点符号"必置字下占一格","每面分上下两栏","每段的第一行,必低两格",更加接近西方的形式。⑥ 这为中文表达具有完备科学的符号系统打下了坚实的基础,也体现了《新青年》杂志是一个严谨细致又自由开放的话语场域。

《新青年》上标点符号的运用,使诗歌表达更加清晰,也为诗意创造提供了更多的可能性。正如郭绍虞所说,凡是一种新文体的成立,必须要形成它"特殊的作风",而这种"特殊的作风"的形成要依靠文体形式

---

① 刘半农:《我之文学改良观》,《新青年》1917 年第 3 卷第 3 号。
② 钱玄同:《通信·钱玄同致陈独秀》,《新青年》1917 年第 3 卷第 6 号。
③ 胡适:《通信·论句读符号》,《新青年》1918 年第 5 卷第 3 号。
④ 钱玄同:《通信·钱玄同致陈独秀》,《新青年》1917 年第 3 卷第 6 号。
⑤ 胡适:《通信·论句读符号》,《新青年》1918 年第 5 卷第 3 号。
⑥ 新青年同人:《本志所用标点符号和行款的说明》,《新青年》1919 年第 7 卷第 1 号。

方面的构建。他认为欧化就能造成新诗的特殊作风,特别是"利用标点符号,可以使白话显精神;利用句式的欧化,可以使白话增变化"。白话的句式如果不欧化,不容易产生新诗的生命张力。① 随着西方标点在《新青年》中的使用,标点符号对诗歌内容和形式的表现作用逐渐被诗人发现。胡适就曾在《谈新诗》中说明了标点符号在诗歌中的作用。他列举傅斯年的《深秋永定门晚景》中的一段,说"第一段第六行,若不用有标点的新体,决做不到这种完全写实的地步"②。西方表示并列、疑问、解释、省略、感叹等逻辑、情感意义的标点符号都运用到新诗中来,拓展了诗歌的表现力。

1. 标点符号对诗歌情感、内容表达的影响

感叹号在诗歌中大量使用,是《新青年》诗歌的一个突出现象。这和《新青年》这一时期情感澎湃的语言风格相辅相成。比如,"敲冰!敲冰!/敲一尺,进一尺!/敲一程,进一程!"[刘半农《敲冰》(7卷5号)],"斗呵!虎呵!斗呵!/斗而死诚不若斗而生;/不斗而生又不若斗而死!"[康白情《斗虎五解》(8卷1号)],"他们的武器:/炸弹!炸弹!/他们的精神:/干!干!干!"[胡适《四烈士冢上的没字碑歌》(9卷2号)]等的感叹号的使用,能加强情感的表达,表现革命时期的诗歌风格。有的诗人尝试利用复杂的标点符号来表达诗歌的情感和内容。刘半农的《伦敦》(8卷6号)使用了63个"!"、17个"?"、19个"……"、12个"——"。他在诗歌标题下注明这是"一首昏乱的诗",也在序言中解释道:"因为不昏乱,也就没有这首诗。"③ 他使用了大量的符号,有的甚至是多种符号叠用,如"为什么生的?——/为的是钻着!钻着!……/幸福呢?——/看你的钻着!钻着!……/乐趣呢?——/在你的钻着!钻着!……",很好地呈现出了诗歌中想要表现的混乱甚至有一些癫狂的精神状态。还有刘半农的《回声》(9卷4号)用了较多的"——"和"……",比如,"该有吻般甜的蜜?/该有蜜般甜的吻?/有的?……/在哪里?……"

---

① 郭绍虞:《新文艺运动应走的新途径》,《文学年报》1939年第5期。
② 胡适:《谈新诗——八年来一件大事》,《星期评论》1919年第10期。
③ 刘半农:《〈伦敦〉序言》,《新青年》1921年第8卷第6号。

"去罢？——住着！——/住着？——去罢！——"能够贴切地表现回声的声音特点。

2. 标点符号对诗句语气的影响

在《新青年》5卷3号，刘半农发表了泰戈尔的散文诗译诗《海滨》。在这首诗中，句读对于诗意的表现具有重要的作用。比如，"在无尽世界的海滨上，孩子们会集着。/无边际的天，静悄悄地在头顶上；不休止的水，正是喧腾湍激。在这无尽世界的海滨上，孩子们呼噪，跳舞，会集起来"。原诗第一节由三个长句组成，"On the seashore of endless worlds children meet. /The infinite sky is motionless overhead and the restless water is boisterous. On the seashore of endless world the children meet with shouts and dances."。刘半农在原诗很多没有句读的地方加了句读。在汉语中，地点状语后可以直接接主句，主语和谓语中间一般也不会有标点符号。而刘半农根据中文的语言习惯，自己断句，加标点，使一个长句变成了多个小分句。"在无尽世界的海滨上，孩子们会集着"以及"不休止的水，正是喧腾湍激"，这些标点，在中文表达中也不是必需的，但是句读的使用，让语气疏朗和缓，更适合原诗想要表达的诗意。还有"回看车中，大家东横西倒，鼾声呼呼，现出那干—枯—黄—白—死灰似的脸色！"［刘半农《晓》（5卷2号）］破折号降低了阅读速度，给读者留出来想象的时间和空间。在玄庐的《浣纱女》（8卷6号）中："清水池塘鸳鸯宿，/浣纱女郎行踪独。/情人心里百样娇，/杵敲纱—心敲情—声声慢—声声续。"这一小节前三句都是七言，语言的风格和内容都接近传统诗歌，但是最后一句诗人利用标点符号创造出传统诗歌没有的审美效果。李剑农的《湖南小儿的话》（5卷4号）："'先生！我们赶……赶……赶快躲！/那对面街上又发……发……发了火！'"用省略号表现焦急时话语的断断续续，口语化的语言十分生动。

3. 新诗中标点符号的形态意义

有的诗人会在诗歌中赋予标点符号形态上的意义。《新青年》诗人们对破折号的使用十分灵活。破折号具有解释作用，同时也能引发想象。刘半农的《晓》（5卷2号）："火车——永远是这么快——向前飞进。"两个破折号使火车的快速前进具象化。常惠的《游丝》（5卷2号）也运用了这种方法:"有个飞薄的东西,像铜元一样大,/在那游丝上,滚过来,——滚过去,——只是不定。"非常生动有趣。

4. 标点符号对诗形的影响

在徐景元的《儿啼》(9卷2号)中,标点符号起到补充字数的作用:"哭了许久才断断续续地说:/'月儿……给鼠子……吃了';/旁人个个笑他幼稚的心理,/百般的比喻安慰……。"省略号表现了小孩断断续续的话语,还使诗句字数基本相同。诗人还在最后一句连用了两个省略号,虽然这样的标点运用在现在看来并不规范,但是可以看出诗人利用标点对诗歌形式的构建。

西方标点符号广泛进入新诗中,尤其是感叹号、破折号、省略号。这一时期的诗歌中,存在标点符号的滥用和乱用的问题,体现了这一时期诗人对标点符号运用的不成熟。陈绵的《快起来!》(7卷5号),全诗29行,有20行都以"!"结尾,一共出现了27个"!"。刘半农的散文诗《窗纸》(5卷1号):"看。美人为什么哭?眼泪太多了——看!——一滴!——两滴!——一斛!——两斛!——竟是波浪滔滔,化作洪水!/看!满地球是洪水,Noah的方船也沉没了——水中还有妖怪,吞吃他尸首!/看!好光明!天边来了个明星!——唉!——是个彗星!"这三行诗几乎每个分句都用了"!",还多次使用"——",诗句显得冗长。但是仍然能够看到诗人们在形式构建上的尝试和努力。

(二)分行、分段、跨行意识增强

在翻译活动中,为了对应原诗,译诗出现了分行和分段。在诗歌翻译的影响下,诗人的分行、分段、跨行意识逐渐增强。刘半农在《我之文学改良观》中,专门讨论了"分段"的问题:"中国旧书,往往全卷不分段落。致阅看之时,则眉目不清。阅看之后,欲检查某事,亦茫无头绪。今宜力矫其弊,无论长篇短章,——于必要之处划分段落。惟西文二人谈话,每有一句,即另起一行。华文似可不必。"[①] 从刘半农的话语方式上可以看出,他是在中西对比中,来体会分段的形式意义。

早期"归化"的诗歌翻译并不严格遵循原诗的诗形。往往原诗分行、

[①] 刘半农:《我之文学改良观》,《新青年》1917年第3卷第3号。

分节，而译诗却是诗句首尾相接的"散文体"，如刘半农的《灵霞馆笔记·咏花诗》五首（3卷2号）等。但译诗还是难免受到原诗诗形的影响。《新青年》上发表的最早的诗歌翻译——1卷2号的《赞歌》和《亚美利加》，都是分段的，虽然行数不一定与原诗相等，但段落是一一对应的。刘半农在《灵霞馆笔记·爱尔兰爱国诗人》（2卷2号）中翻译了五首诗歌，除了《火焰诗》，其他四首都开始分段和分行。而在《新青年》早期发表的旧体诗都是没有诗行和段落划分的，如陆游的七言古诗《夜泊水村》（1卷1号）、谢无量的五言古体长诗《寄会稽山人八十四韵》（1卷3号）、方澍的长篇五言古诗《潮州杂咏》、谢无量的长篇五言古诗《春日寄怀马一浮》（1卷4号）。早期的译诗与传统诗歌的诗形呈现出很大的视觉差异，刺激着诗人对诗句和段落的构建意识。

4卷1号以后，《新青年》上的诗歌翻译基本与原诗的诗形一致，甚至有一些原诗不分行，但译者根据中文的表述习惯自行分行。而诗人们也开始在新诗创作中开始尝试多种多样的诗形。除散文诗分段以外，普遍分节、分行，还出现诗句跨行，以此来控制每行字数，实现诗形塑造。

《新青年》前期诗歌散文化倾向明显，对语言艺术提炼能力还不成熟。胡适《一念》（4卷1号）最长一句话有27个字。陈衡哲的《"人家说我发了痴"》（5卷3号），更像一篇分行的散文。这是打破文言语言时期，暂时的较极端的现象。主要的新诗人早期都写过散文化明显的诗歌，如胡适《人力车夫》，沈尹默《人力车夫》《鸽子》（4卷1号），沈尹默《宰羊》，刘半农《车毯》（4卷2号），沈尹默《除夕》（4卷3号），胡适《新婚杂诗》（4卷4号），等等。这些诗歌中常常也杂有明显的文言痕迹，但是早期诗人们用散文化的长句来抵御长期使用文言写诗的惯性。胡适的《新婚杂诗三》："重山叠嶂，／都似一重重奔涛东向！／山脚下几个村乡，／百年来多少兴亡，／不堪回想！／更不须回想！——／想十万万年前，这多少山这都不过是大海里一些儿微波暗浪！"这是早期新旧过渡时期诗歌的代表。

前期为了打破文言诗语的形式，散文化倾向明显，多长句，多散文化的句式；《新青年》后期的新诗，更多出现自由体诗歌，语言更凝练，不再大量出现没有节制和提炼的长诗句，而是灵活地运用分行、跨行，逐渐奠定了现代新诗的格调。刘半农的《小湖》（7卷2号）："小湖里一片清流／水晶般的澄明洁净，／映出它边上的几行杨柳，／和它面上的三五白鸥。／便在黑夜里，／它还透出一片冷光。"将一个长句分行排列，而且不限于在分句处分行，而是出现了在句中断开，形成跨行的现象。这是借用了英语中从句的表达方式。如果将这节诗连贯起来看，其实是英语以一个中心词展开的话语方式。"水晶般的澄明洁净"是定语后置，修饰"小湖"；第三、四行和第五、六行分别是两个定语从句，先行词都是"小湖"。将中文向左展开的语言方向，变为向下展开，摸索出了适合中国诗歌的分行模式，这种分行方法后来成为中国现代诗中典型的分行方法。《新青年》上使用了类似分行、跨行手法的还有很多诗歌，如周作人的《苍蝇》《对于小孩的祈祷》《山居杂诗》（9卷5号）、刘复的《奶娘》（9卷4号）等。后期语言运用更成熟也更灵活，有时诗句长短变化十分自由，比如刘半农的《桂》（7卷2号）："是，／它正开着金黄的花，／我为它牵记得好苦。"诗句字数差异很大。后来甚至诗句长短较为整齐的诗歌也有出现，但是诗歌形式和内容的本质都已经不同于旧体齐言诗。如俞平伯的《宋缉斋》（8卷3号），胡适的《艺术》《例外》（8卷3号）、《希望》（9卷6号），等等。

（三）诗句排列多样化

在新诗创作中，也体现出运用排版来进行诗形塑造，进行艺术化的诗形尝试。诗歌排版的尝试从2卷6号胡适的《白话诗八首》就开始了，运用了多种不同的排版方式。比如，《赠朱经农》采用传统诗歌的模式，不分行、不分段，消解了诗形，在外在形式上与传统散文没有区别。《他》两句一分行，有意识地塑造诗形，突出了这首诗在韵律上的特别。而《朋友》一诗，诗人在标题后专门说明用西诗排版："此诗天怜为韵，还单为韵，故用西诗写法，高低一格以别之。"

《新青年》4卷1号起，诗歌的排版逐渐趋于统一，不同的排版运用于不同的诗体，比如，散文体分段排列，主要以段首缩进或者突出两个字符来标识，如沈尹默《鸽子》（4卷1号）；自由体错落排列，如陈独秀的《丁巳除夕歌》（4卷3号）；对话体多用横版左对齐或竖版定格对齐，如胡适《人力车夫》（4卷1号）；等等。这样能更好地区别不同的诗体，有利于新诗诗体的区分和形成。有时还会运用排版突出诗歌中的重复结构。比如，胡适的《鸽子》(4卷1号)：

  云淡天高，好一片晚秋天气！
  有一群鸽子，在空中游戏。
  看他们，三三两两，
    回环来往，
    夷犹如意，——
  忽地里，翻身映日，白羽衬青天，鲜明无比！

同样句式的句子排在同一个位置，加强诗歌节奏感，突出诗歌中的形式结构，利用排版来形成对称和平衡感，满足读者的视觉审美。

  然而，《新青年》中的诗歌还存在很多特殊的诗形尝试。比如，林损的《苦　乐　美　丑》(4卷4号)，刻意的诗句排列：

  乐他们不过，同他们比苦！
   美他们不过，同他们比丑！
   "穷愁之言易为工"，毕竟苦者还不苦！
   "糟糠之妻不下堂"，毕竟美者不如丑！

刘半农的《回声》(9卷4号)共有三部分，用首尾两部分诗句的对称排列来表现回声的回环感。第一部分是：

  (一)
  他看着白羊在嫩绿的草上，
  慢慢地吃着走着。
  他在一座黑压压的
  树林的边头，
  懒懒地坐着。
  微风吹动了树上的宿雨，

冷冰冰地向他头上滴着。
他和着羊颈上的铃声,
低低地唱着。
他拿着支短笛,
应着潺潺的流水声,
呜呜地吹着。

他唱着,吹着,
悠悠地想着;
他微微地叹息;
他火热的泪,
默默地流着。

最后一部分是:

(三)
他火热的泪,
默默地流着;
他微微地叹息;
他悠悠地想着;
他还吹着,唱着。
他还拿着支短笛,
应着潺潺的流水声,
呜呜地吹着。
他还和着羊颈上的铃声,
低低地唱着。

微风吹动了树上的宿雨,
冷冰冰地向他头上滴着;
他还在这一座黑压压的

树林的边头，
懒懒地坐着。
他还充满着愿望，
看着白羊在嫩绿的草上，
慢慢地吃着走着。

周作人的《北风》（6卷3号），诗句整体构成波浪形来模拟风的形态：

好大的北风，
便在去年大寒时候；
也不曾有这么大的风。
　我向北走，只见满路灰尘，
　隐约有几个人影；
　但觉这风沙也颇可赏玩，
　也是四时里一种风景。
北风在空中呜呜地叫，
马路旁发芽的杨柳，
当着风不住地动摇。
这猛烈的北风，
也正是将来的春天的先兆。

刘半农的《他们的天平》（6卷6号），诗句排列形成镜面对称结构：

他憔悴了一点；
　他应当有一礼拜的休息。
　他们费了三个月的力，
就换着了这么一点。

现代排版和印刷技术的发达为中国新诗诗体尝试更多的可能性提供了物质基础。当诗形开始具有表现意义和情感的功能，说明新诗诗形表现更具张力，现代诗人对诗形的塑造能力也进一步提升。中国新诗空间形式的转换、诗形意识的凸显、审美体验的改变，使其在形式风格上与传统诗歌拉开了距离。

第三节 自由开放的诗体

《新青年》群体学习借鉴西方诗歌的诗体来构建新诗诗体。这一时期的诗体构建主要路径有：自由诗、散文诗、早期格律诗、长诗和小诗。在五四自由精神的影响下，新诗诗体构建表现出自由开放的风貌，呈现出自由体诗主导的散文化倾向。

一 自由诗

《新青年》群体激昂的诗歌情感风格、自由的诗歌观念与美国自由诗一拍即合。自由诗成为《新青年》上最普遍的诗体。《新青年》诗人普遍认同："形式上的束缚，使精神不能自由发展，使良好的内容不能充分表现……"[①] 这一时期的自由诗，表现出较为明显的散文化倾向。自由诗诗体结构没有固定的规格，十分自由灵活，在篇幅上，并不严格要求字数、行数、段数，在音节上，也没有统一的格律限制。

《新青年》上创作自由诗的代表是周作人。他的很多诗歌是散文化倾向明显的自由诗，代表了这时期自由诗的重要特征。周作人对诗歌的追求重在诗质，而不在诗形。他的诗歌有独节诗：《两个扫雪的人》《微明》《路上所见》（6卷3号）、《梦想者的悲哀》《歧路》（9卷5号）等，也有分节的诗歌：《画家》《东京炮兵工厂同盟罢工》（6卷6号）、《爱与憎》（7卷2号）等。这些诗歌的诗句长短参差不齐，段数、行数也不固定，往往没有明显的音韵、节奏，但是能够流露出自然的诗意和诗韵。如《两个扫雪的人》（6卷3号）通过诗歌内部的语言、结构产生与音义结合的韵律；《过去的生命》（9卷5号）中欧化的语法和词法表达出涩

[①] 胡适：《谈新诗——八年来一件大事》，《星期评论》1919年第10期。

味，表现出诗人病中对生命、时光的细腻体味，营造了周作人特有的和缓疏淡的诗歌风格。《画家》（6卷6号）运用白描的手法，刻画了四个简单画面。虽然是白描的语言，但是在诗人独特的视角下，寥寥语句构建出生动的画面，留白产生了诗韵。周作人在诗集《过去的生命》序言中写道，自己写的诗歌"文句都是散文的，内中的意思也很平凡"，如果要当作"真正的诗"看会让人失望，与他写的普通散文没有什么不同，但是如果"算他是别种的散文小品"，却能够"表现出当时的情意，亦即过去的生命"。尽管他还是有区分诗与散文文体的意识，"这些的写法与我的普通散文有点不同"，因此"我称他为诗",[1] 但是周作人的诗歌表现出自由体诗歌的特征。他不太重视诗体的塑造，而更重视汉语表达的构造，对诗歌内韵的追求。周作人不注重文体构建，而是更重视语言和诗意的追求。

由于自由诗的诗体限制不多，《新青年》上的自由诗呈现出明显的散文化倾向。周作人在《小河》（6卷2号）的题记中说明了波德莱尔散文诗对自己的影响："有人问我这诗是什么体，连自己也答不出。法国波德莱尔（Baudelaire）提倡起来的散文诗，略略相像，不过他是用散文格式，现在却一行一行的分写了。"[2] 一些研究者因此将此诗看作散文诗，但其实这首诗更多代表了自由诗体的散文化倾向。从周作人的话语中，也可以看出他只是肯定了在散文化方面的相似，但是波德莱尔的散文诗"是用散文格式"，《小河》"却一行一行的分写了"，诗体特征是不同的。散文诗没有诗歌的外形式的羁绊，而自由诗基本是要求分行的。

《新青年》后期自由诗与散文诗的诗体特征区别才逐渐清晰起来。《新青年》前期的自由诗多长句，诗歌散文化倾向明显，对语言艺术提炼能力还不成熟。胡适的《一念》（4卷1号）最长一句话有27个字。刘半农的《D——!》（6卷6号）最长一行40个字，最短的一行只有1个字。陈独秀的《答半农的D——诗》（7卷2号）长句非常多，在30字以上的诗句就有7句，最长的一句诗有87个字。陈衡哲的《"人家说我发

---

[1] 周作人：《〈过去的生命〉自序》，《过去的生命》，上海北新书局1929年版，第11页。
[2] 周作人：《〈小河〉题记》，《新青年》1919年第6卷第2号。

了痴"》（5卷3号），更像一篇分行的散文。前期散文化明显的自由诗，具有叙事性强的特点。从诗歌的名字就能看出来，比如，胡适《人力车夫》，沈尹默《人力车夫》《鸽子》（4卷1号），沈尹默《宰羊》，刘半农《车毯》（4卷2号），沈尹默《除夕》（4卷3号），刘半农《买萝卜的人》（4卷5号），诗歌的内容、主题往往来自生活，而且常常包含实际的人物对话。这种叙事的手法和现实的主题内容，加强了自由诗的散文化特征。体现出20世纪20年代初期的思想情感特色，但有的诗歌几乎是直接呈现真实生活的语言和场景，也存在浅白质直的问题。后期也有散文化的自由诗，但诗意更凝练，如玄庐的《脑海花》（8卷6号）。《新青年》后期，一批诗人运用诗歌内部的组织方式来创作自由体诗歌。这些诗人的自由诗有了较为成熟完整的诗歌结构，通过对称、重复、复沓来加强诗歌内部的联系。刘半农前期创作了很多散文诗，后期转向对自由诗的尝试，如《D——!》（6卷6号）、《敲冰》（7卷5号）、《牧羊儿的悲哀》（8卷2号）、《伦敦》（9卷1号）、《回声》（9卷4号）；还有胡适的《四烈士冢上的没字碑歌》（9卷2号）；陈绵的《快起来!》（7卷5号）；俞平伯的《潮歌》（8卷5号）；等等。美国自由诗为散文化的新诗提供了韵律节奏和强烈情感的表达方式，对新诗具有凝练诗意的作用。中国新诗在借鉴了其内部组织方式后，诗艺和诗情、诗思能够更加紧密的结合起来。

《新青年》时期，是新诗发生的早期，还处于对新诗体的介绍学习阶段，而且在构建初期，许多诗歌具有实验性质，不同诗体的特征并不十分明确。因此，在这一时期，有的诗歌是散文诗还是自由体诗歌的散文化倾向，有时是难以确定的。由于自由体诗歌诗体、音节十分自由，给了诗人很大的创作空间。《新青年》诗人的自由体诗歌呈现出多样的形式。其中不乏有意义的尝试，但是也留下了新诗发生期诗歌粗糙稚嫩的印记。

二 散文诗

《新青年》群体提倡用白话写诗，要破除旧的诗律和诗体，《新青年》上的诗歌表现出散文化的趋势。散文诗也是《新青年》群体十分重视的一种诗体。在《新青年》1卷2号上发表的第一首译诗就是泰戈尔《吉檀迦利》中的散文诗,陈独秀当时译作《赞歌》。他是用五言翻译,这就与原诗的散文体相差甚远,但是对比中国传统的五言诗体,在当时仍然是十分前卫的。陈独秀在五言诗体中根据原文进行分段,在一首诗中出现四句、两句、一句为一段,这在古代是没有过的。

  刘半农对散文诗诗体的介绍和引入发挥了重要的作用。诚如他自己说的:"我在诗的题材上是最会翻新花样的。当初的无韵诗,散文诗,后来的用方言拟民歌,拟'拟曲',都是我首先尝试。"① 散文诗其实很早就引入中国了。1915年,《中华小说界》2卷7期刊登了刘半农用文言文翻译的屠格涅夫的四章散文诗。但是,当时译者并没有注意到这一诗体的特征,翻译被了列入"小说"栏目。这是外国散文诗在中国的最早译本。1918年《新青年》4卷5号刊登了刘半农翻译的《我行雪中》。刘半农专门在题记中引用了 Vanity Fair 月刊记者的导言,说明这是一篇"散文诗"。② "散文诗"这一名称从此开始在中国报刊上出现。这是以四言为主的文言文翻译的,虽然原诗的诗形得到了较好的还原,但由于语言的局限,散文诗的韵味和诗意并没有翻译出来。《新青年》5卷2号,刘半农又翻译了泰戈尔的散文诗《恶邮差》《著作资格》。这是《新青年》上第一次用白话翻译的散文诗,也是刘半农第一次用白话翻译诗歌,白话语言的表达还不熟练,翻译效果自然受到影响。5卷3号,刘半农发表了《译诗十九首》,其中有四篇是散文诗。屠格涅夫的《狗》《访员》,刘半农明确说明它们为"散文诗"。泰戈尔的《海滨》《同情》已经是较为成熟和优秀的散文诗翻译。"海,带着一阵狂笑直竖起来;海岸的微笑,闪作灰白色⋯⋯"(《海滨》)在语言提炼及诗意表达上都很好,既贴近原文,又符合中文的表达习惯。说明此时刘半农对散文诗的认识和翻译已经较为成熟。

  随着散文诗被介绍到中国,许多新诗人开始进行散文诗的创作尝试。《新青年》上的散文诗具有较强的画面感、丰富的细节,描写性很强。散

---

① 刘半农:《〈扬鞭集〉自序》,《扬鞭集》,北新书局1926年版。
② 刘半农:《〈我行雪中〉题记》,《新青年》1918年第4卷第5号。

文诗本质上属于诗，也属于散文，兼有诗与散文的特点，融合了诗的表现性和散文描写性的某些特点。散文诗较多的文字、篇幅保留了散文中丰富的细节，也能够让情感表达更充分。刘半农的《窗纸》（5卷1号）："看！这是落日余晖，映着一片平地，却没人影。/这是两个金字塔，三五株棕榈，几个骑骆驼、拿着矛子的。/不好！是满地的鲜血，是无数骷髅，是赤色的毒蛇，是金色的夜叉！/看！乱轰轰地是什么？——是拍卖场，正是万头攒动，人人想出廉价，收买他邻人的破产物！"描写了丰富的事物，组合成复杂的画面，引人想象。《晓》（5卷2号）细腻地刻画了破晓时分："太阳的光线，一丝丝透出来，照见一片平原，罩着层白蒙蒙的薄雾；雾中隐隐约约，有几墩绿油油的矮树；雾顶上，托着些淡淡的远山；几处炊烟，在山坳里徐徐动荡。"中国古代诗歌由于诗体和语言的限制，诗歌多抒情而少描写，而散文诗给中国诗歌里长期受到压抑的描写性提供了舒展的空间。

散文诗结构的基本方式大体有纪实式、想象式、哲理式和象征式四大类。而《新青年》时期的散文诗大多是纪实式的，一般基于时代和社会背景，描写客观的现实生活，表现作者日常中产生的思想感触和情感波动，往往通俗易懂。比如，沈尹默的《三弦》（5卷2号）记录了午后街角传出的三弦声；沈兼士的《小孩和鸽子》（8卷6号），记录了诗人在香山旅馆看到的场景；刘半农的《无聊》（5卷1号）没有直接抒情，而是细腻描绘了一座小院子里的场景，从侧面烘托诗人无聊的情绪；等等。但是也有想象式的散文诗，如刘半农的《窗纸》（5卷2号）记录了诗人清晨初醒，看到被沙尘雨水渍着的窗纸，引发大量离奇跳跃的联想。这首散文诗刻画了迷离的精神状态，任由想象自由铺成，流露出了西方诗歌中的现代性风味。

散文诗的外形与散文近似，不像其他诗歌分行，也不限于严格的押韵，因此更加要求诗歌内在的音韵美和节奏感。这种诗体对于刚开始写白话诗的诗人很好上手。但是《新青年》初期的散文诗往往有语言不凝练、内容平淡、诗味缺乏的问题，冗长烦琐，流于描写记录，而缺少艺术的提炼。但是也有一些诗歌表现出散文诗骨子里的韵味。沈尹默《月》（5卷1号）："明白干净的月光，我不曾招呼他，他却有时来照看我；我不曾拒绝他，他却慢慢地离开了我。/我和他有什么情分？"这首诗歌篇幅短小，却流露出一种疏离的韵味，贴合诗歌的内容和情绪，让人浮想联翩。还有他的《公园里的"二月蓝"》(5卷1号)："牡丹过了，接着又开了几栏红芍药。路旁边的二月蓝，仍旧满地的开着；开了满地，没甚稀奇，大家都说这是乡下人看的。/我来看芍药，也看二月蓝；在社稷坛里几百年老松柏的面前，露出了乡下人的破绽。"诗歌语言自然质朴，读来却让人忍俊不禁。沈尹默的《三弦》(5卷2号)用双声叠韵加强散文诗的内韵："谁家破大门里，半兜子绿茸茸细草，都浮若闪闪的金光。旁边有一段低低土墙，挡住了个弹三弦的人，却不能隔断那三弦鼓荡的声浪。"胡适称："这首诗从见解意境上看来，都可算是新诗中一首最完全的诗。"① 这些散文诗自然流露的诗意、和谐的音韵，使这一时期的散文诗有了境界上的提升。

三　早期格律诗

西方格律诗因为严格的音节要求，为《新青年》诗人排斥，往往被忽略体裁特征翻译成散文诗或自由诗。然而它对诗歌韵律节奏的表现为中国音节理论的构架提供了丰富的学习资源，也为后来现代格律诗派的出现埋下伏笔。《新青年》上对诗歌格律进行尝试的诗歌，笔者将其称为早期格律诗。早期格律诗与30年代初新月派的格律诗不同，并不一定追求非常严格、工整的格律；而且以押尾韵为主，辅以自然的韵律节奏，押韵方式灵活自由。

《新青年》群体中，早期格律诗的尝试者以胡适为代表。钱玄同在《〈尝试集〉序》中，称胡适是"中国现代第一个提倡白话文学——新文学——的人"。② 胡适往往被认为是十分先锋前卫的人，但实际上他在诗体的转变中还是较为保守的，他对诗体的审美追求更接近中国传统的齐言诗和格律诗。正如他自己所说："我的朋友康白情和别的几位新诗人的诗体变得比我快，他们的无韵'自由诗'已狠能成立。大概不久就有人

---

① 胡适：《谈新诗——八年来一件大事》，《星期评论》1919年第10期。
② 钱玄同：《〈尝试集〉序》，《新青年》1918年第4卷第2号。

要说：'诗的改革到了胡适之的《乐观》《上山》《一个遭劫难的星》，也尽够了。何必又去学康白情的《江南》和周启明的《小河》呢？'"① 从胡适的诗歌发展轨迹来看，他的诗歌追求更倾向于格律诗或者结构严密的自由诗。胡适的诗体意识是越来越自觉，越来越强烈的（还包括语言、音节的构建）。他的诗歌翻译和创作包含他对传统审美的妥协，对形式规则的回归，对诗歌格调的构建。胡适在早期的新诗创作中也积极尝试多种诗体。他早期的诗歌多有旧体痕迹、散文化倾向，如《一念》《人力车夫》（4卷1号）、《新婚杂诗》（4卷4号）等；后期的诗歌大多诗节整齐，诗行基本对称，音节大致和谐，如《应该》（6卷4号）、《权威》《乐观》（6卷6号）、《追悼许怡荪》（8卷2号）、《我们三个朋友》（8卷3号）、《梦与诗》（8卷5号）、《平民学校歌》《希望》（9卷6号）等。相比其他《新青年》诗人，胡适就算是在早期，也少有缺少节制的诗歌语言和体式。而且胡适同期的创作与翻译具有内在一致性。胡适较少翻译和创作散文诗，他发表在《新青年》上的5首诗歌翻译都是格律诗。《新青年》上发表的译诗：《婆罗门》（3卷1号）、《老洛伯》（4卷4号）、《关不住了》（6卷3号）、《希望》（6卷4号）、《奏乐的小孩》（6卷6号），也呈现出越来成熟严谨的诗歌形式。

纵观胡适的创作和翻译，他具有较强的诗歌体裁意识，一直积极寻求诗歌的格调，要将诗与文区别开来。其实，这也是文体意识更强的表现，胡适作为新诗运动的最高领袖之一，他关注和顾虑的可能更多，他可能会注意到如何才能使新诗更好的合法化，也会更在乎外界的评论、看法以及读者反馈。胡适专门在《尝试集》自序中记录了友人对他诗歌的不同评价：初回国时，钱玄同嫌他的诗歌"太文了"，"未能脱尽文言窠臼"。他美洲的朋友认为"太俗"的诗，北京的朋友却嫌"太文"了。② 而且胡适将自己的译诗《关不住了》称为"新诗成立的纪元"。③ 这首诗歌内容鲜活，语

---

① 胡适：《〈尝试集〉再版自序》，陈金淦编：《胡适研究资料》，北京十月文艺出版社1989年版，第410页。
② 胡适：《我为什么要做白话诗?》，《新青年》1919年第6卷第5号。
③ 胡适：《〈尝试集〉再版自序》，陈金淦编：《胡适研究资料》，北京十月文艺出版社1989年版，第410页。

言是成熟的白话，音韵严谨而自然，诗体整齐规范，做到了诗情、诗意、诗形的结合，内容与形式的融合。胡适多次修改这首诗，使其韵律更整齐。可见胡适对新诗的期望很高，对新诗的语言、音节、诗体的要求十分严格。这种审美追求正是中国现代格律诗的诗体特征。西方诗歌是最重视形式的艺术，胡适认识到了这一点，在中国诗歌的构建中，极力追求形式完美的诗体，突出诗歌不同于其他文学体裁的格调。

四 长诗

中国传统近体诗分为绝句、律诗、排律。最多见的诗体是四句的绝句和八句的律诗，就算是排律和古风长诗，相比外国长诗，篇幅也比较短小。《新青年》早期译者对诗体的认识还不深入，常常把一首多节诗看作多首诗歌。比如，刘半农翻译的《割爱》（2卷2号），全诗共六节，每节四行，而刘半农在前言中称其为"《割爱》六首"①。刘半农在《爱尔兰爱国诗人》5首翻译和《咏花诗》6首翻译中都有这样的诗体观念。但是到后期刘半农的翻译中就不再出现这样的说法了，可以看出中国传统诗体篇幅的惯性思维影响着译者对外国诗体的认识。而且《新青年》上出现了大量篇幅较长的诗歌翻译，如歌谣体长诗《马赛曲》（2卷6号）、《缝衣曲》（3卷4号）、《牧歌·两个割稻的人》（4卷2号）、散文长诗《我行雪中》（4卷5号）等。这些译诗给新诗人提供了示范，逐渐丰富其诗歌观念，增加了对新诗体的接受程度。在诗歌翻译的影响下，新诗的诗体篇幅得到拓展。

《新青年》群体后期对诗体的尝试更加大胆，新诗人对于新式诗体的接受度也更大，于是逐渐出现了许多长诗。纵观《新青年》上的诗歌，越往后期，出现的长诗越多，篇幅越大。早期较长的诗歌有陈衡哲《"人家说我发了痴"》（43行）（5卷3号）、刘半农《悼曼殊》（31行）（5卷6号）、周作人《小河》（58行）（6卷2号）。后来，出现了刘半农《D——！》（81行）（6卷6号）、陈独秀《答半农的D——诗》（61行）（7卷2号）、俞平伯

---

① 刘半农：《爱尔兰爱国诗人》，《新青年》1916年第2卷第2号。

《潮歌》(71行)(8卷5号)、俞平伯《莺儿吹醒的》(68行)(9卷1号)、刘半农《伦敦》(68行)(9卷1号)、刘复(刘半农)《回声》(80行)(9卷4号),甚至刘半农的《敲冰》(7卷5号)有249行。这些诗歌的诗句、字数、行数、节数大都十分自由。《新青年》还将诗剧放在"诗"栏里发表。7卷1号发表了任鸿隽翻译的诗剧《路旁》,每页上、下两栏排版,长达8页;9卷4号发表了刘复(刘半农)翻译的诗剧《夏天的黎明》也占了8页。可见当时诗人们对长诗的接受度已经很高了。外国长诗在诗歌长短上给中国新诗带来了更多的可能,拓展了新诗的表达空间。

很多长诗表现出叙事性的特点。诗歌具有较强的叙事性是新诗发生期的一个突出特征。陈衡哲的《"人家说我发了痴"》(5卷3号)诗人自述了一个完整的故事。刘半农的《D——!》(6卷6号)和陈独秀的《答半农的D——诗》(7卷2号)都来自诗人现实中的真实经历。刘半农的《敲冰》(7卷5号)描述了一群人敲冰的过程,以此象征革命的过程。还有的诗歌内容类似游记,叙事性也很强,如康白情《庐山游记》(8卷1号)、俞平伯《绍兴西郭门的半夜》(8卷3号)。中国传统诗歌重视抒情性,而西方叙事长诗给"五四"新诗带来了新质。

五 小诗

中国的小诗是一种受到印度的小诗和日本的和歌(短歌)、俳句影响而形成的诗体。周作人曾说:"中国的新诗在各方面都受欧洲的影响,独有小诗仿佛是例外,因为它的来源是在东方的。"① 在《新青年》早期就有许多诗人以小诗体创作新诗。《新青年》上对日本诗歌的译介还促进了20年代小诗热的发生。在《新青年》后期,周作人翻译了大量的日本诗歌,而且偏爱小诗和篇幅短小的诗歌,共发表了23首篇幅在10行以内的诗歌。周作人也进行小诗创作,在此期间还陆续发表了《日本的短歌》《论小诗》《日本的小诗》《日本诗人一茶的诗》《日本俗歌四十首》《石川啄木的短歌》等文章,系统介绍日本俳句,并且发表了自己对小诗体

---

① 周作人:《论小诗》,《晨报副刊》1922年第6期。

的见解，产生了较大影响，成功影响了冰心、宗白华等一批诗人创作小诗体，后来形成了20年代的"小诗热"。许多诗人和学者对日本和歌、俳句如何影响中国新诗都有过描述。朱自清说："周启明氏民十翻译了日本的短歌和俳句，说这种体裁适于写一地的景色，一时的情调，是真实简练的诗。到处作者甚众。"① 余冠英曾说："五四时期，模仿俳句的小诗极多。"② 成仿吾也说："周作人介绍了他的所谓日本的小诗，居然有数不清的人去模仿。"③ 小诗体的出现让中国传统诗歌的因素在新诗中重新焕发活力。

小诗的诗体特征和审美趣味与中国传统诗歌十分接近。周作人翻译的《诗匠》（9卷4号）"用了一定的声调和音律，/能够引起一种愉快的感觉了；/只是这比那歌啭的鸟胜过几何呢？"篇幅短小，只有三行诗，诗短却意远。小诗与中国传统诗歌篇幅都比较短小，但是小诗体形式更加自由，押韵或者不押韵都可以，诗行没有固定长短，诗句排列方式也多种多样。比如，周作人的翻译《诗（日本杂译诗第十三首）》："栗树呵，/萩呵，/藤萝呵，/野草呵，/我因为造路，/将你们切断，/将你们打到了，/请饶恕吧！/这回转生请做好的东西来罢！"诗歌分行十分自由。周作人的小诗翻译还有《望火台》《路上》《睡醒》《札青》《石竹花》（9卷4号）等。在周作人的翻译介绍下，小诗体为中国传统诗体带来了更多变化的可能性，丰富了新诗的诗体形式。

在日本和歌（短歌）、俳句的影响下，小诗体成为中国新诗人们表达日常生活感情的"最好的工具"④。和歌（短歌）、俳句的基本特点是在短小的诗体中具体写实地表达情绪、感受，风格天真自然。如周作人的小诗翻译《重荷》（9卷4号）："生物的辛苦！/人间的辛苦！/日本人的辛苦！/所以我瘦了"；《故乡》（9卷4号）："在生我的国里，/反成为无家的人了。/没有人能知道罢——将故乡看作外国的，/我的哀愁！"都

---

① 朱自清：《〈中国新文学大系·诗集〉导言》，朱自清编选：《中国新文学大系·诗集》，上海良友图书印刷公司1935年版。
② 余冠英：《新诗的前后两期》，《文学月刊》1932年第2卷第3号。
③ 成仿吾：《诗之防御战》，《创造周报》1923年第1号。
④ 周作人：《论小诗》，《晨报副刊》1922年第6期。

是用简短的诗句直接抒发强烈的感情。他还经常写在日常生活中被触发的转瞬即逝的情绪和感受。《叹息》（9卷4号）："岂不可悲么？蔷薇的花。/花散落了，花的香却还余留的熏着。/非无常么？人间的恋。/恋消失了，想起来时，长在心里留着。"表达花香和爱恋一样，无常但是也有常。《小悲剧》（9卷4号）借花朵的凋谢感叹女性悲哀的命运："野草中间，紫色地丁很柔弱地开着，/被粗暴的手摘去了，萎谢了。/只是这样罢了，——/几千遍都反复过的女子的悲剧！"小诗体的出现满足了中国新诗的发展和诗人表达的自然需要。周作人认为，数行的小诗是抒写这种"忽然而起，忽然而灭，不能长久持续"的日常生活感情的"最好的工具"。① 小诗非常适合刻画某一时刻的场景、情绪。《新青年》上因此出现了很多表达日常情绪的小诗，如胡适的《湖上》（8卷3号）："水上一个萤火，/水里一个萤火，/平排着，/轻轻地，/打我们的船边飞过，/他们俩儿越飞越近，/渐渐地并作了一个。"内容简短却独特别致。还有《三溪路上大雪里一个红叶》［胡适（5卷4号）］、《一涵！》［胡适（6卷4号）］等。

小诗因其短小精悍，容易被识记和朗读，而成为儿歌中一种常见的体裁。周作人翻译的《燕子（杂译日本诗第二十七首）》《凤仙花》（9卷4号）都专门注明是"儿歌"。《燕子（杂译日本诗第二十七首）》："燕子，燕子！你变了迷儿了么？/那边高高的瓦屋顶上，燕快去定在那里。/燕子，燕子，/我可爱的妹子！"；《凤仙花》："红的红的凤仙花，/白的白的凤仙花，/你在这中间钻过去罢。/红的花要谢哩，/白的花要谢哩，/不行不行，你不能过去了。"诗歌语言和内容都天真自然。周作人对外国儿童小诗的翻译，促进了中国儿童诗歌的发展，这种童言童语也为中国小诗带来一种重要的风格和主题。

《新青年》小诗翻译介绍对中国小诗说理方式也产生了影响，与后来泰戈尔《飞鸟集》影响下的中国小诗的智性诗思表达形成呼应。小诗的艺术，正是"寓万于一"，而又能"以一驭万"。而中国诗歌传统追求意境，常用留白的手法，形成含蓄而又言简意深、微言大义的诗歌风格。

---

① 周作人：《论小诗》，《晨报副刊》1922年第6期。

但是小诗又富于哲理意味，在短小的诗体、朴素的语言中见深沉的思想。小诗借助象征和比喻来挖掘和渗透哲理，在中国传统的审美中注入现代特质。如周作人的译诗《鸽子》（9卷4号）："观音堂前日斜的时候，/鸽子吃过小豆都飞去了，/警察把乞丐都赶散了。/乞丐想变成鸽子罢！警察也想变成鸽子罢！"透露出一丝幽默，但是又引发思考，表达出了现代的场景和现代人的思考。

《新青年》上的小诗体出现得非常早，一批诗人的小诗创作尝试已经具有很高的现代性特征。沈尹默是《新青年》最早开始尝试创作小诗的人。他在4卷1号发表的《月夜》是《新青年》最早的小诗创作，但是十分成熟，非常具有现代性，被称为"中国新诗史上，第一首散文诗而具有新诗美德"[①]。此处的"散文诗"更多是指语言特征，更近似"白话诗"的概念。但是说沈尹默的《月夜》具有"新诗美德"是十分中肯的：

> 霜风呼呼的吹着，
> 月光明明的照着。
> 我和一株顶高的树并排立着，
> 却没有靠着。

沈尹默早期还尝试用文言文写小诗，改造旧体，《大雪》（4卷2号）就是文言散体小诗的尝试。

《新青年》上的小诗大多短小精悍，讲求说理，简单明了，通俗易懂，往往又十分精辟，一语中的。这是这一时期小诗特有的风格。比如，唐俟（鲁迅）的《人与时》（5卷1号）："一人说，将来胜过现在。/一人说，现在远不及从前。/一人说，什么？/时道，你们都侮辱我的现在。/从前好的，自己回去。/将来好的，跟我前去。/这说什么的，/我不和你说什么。"表达了不沉溺过去，追求美好未来，但更要珍视当下的道理。胡适的《戏孟和》（5卷1号）："这个说，'我出了好几次一险，不料如今又碰着你。'/那个说，'我看你今番有点难躲避。'/这个说，

---

① 北社编：《新诗年选（一九一九年）》，亚东图书馆1922年版。

'我这回就冒天大的险，也心甘愿意。'/我笑你俩儿不通情理。/就有了十分欢喜，若不带一分儿险，还有什么趣味？"，传达出不怕危险、不畏牺牲的革命精神。沈兼士的《真》（5卷3号）："我来香山已三月，领略风景不曾厌倦之。/人言'山唯草树与泉石，未加雕饰何新奇？'/我言'草香树色冷泉丑石都自有真趣，妙处恰如白话诗。'"，直接表达了自己对自然的白话诗的喜爱，在诗歌语言和内容上将白话与文言对比，证明了白话诗具有的"真趣"。这首诗篇幅短小，却包含了诗人精致的巧思。但是也有的诗歌直接说理，有时存在语言直露生硬的问题，比如，沈尹默的《赤裸裸》（6卷4号）、沈兼士的《寄生虫》（6卷6号）就是直露的说理、诗意相对缺乏。

《新青年》还有的小诗运用比喻或象征，诗歌流露出哲理意味。Y.Z发表的几首小诗质量很高。《小河呀》（5卷3号）写道："小河呀！小河呀！/你为什么流得这样急？好好地去想想流吧！小河呀！"以急流的小河隐喻人行动的盲目急切，还会让人联想到对革命时期冷静思考的呼吁，言简意深。在《恋爱》（5卷6号）中："自然的恋爱，你在什么地方？/明明的月光，对着海洋微笑。"诗人一句诗勾勒出一个月光洒满海面、光影浮动的画面。用自然景象象征自由恋爱，新奇巧妙。让人体会到恋爱应是一种自由、自然发生的美好情感。《活动戏影》（5卷3号）："小儿跟着父亲去看影戏。/影戏里面—悲—喜—哀—乐—都有的。/小儿说：'我像活了一百岁，/各种境遇都尝到。'/父亲说：'唉！世间哪有不像影戏的事情呢？'"，引发人们对人生如戏、如戏人生的思考。《新青年》后期，周作人集中发表了一批在病中创作的小诗，风格很有个人特色。《山居杂诗五》（9卷5号）："一片槐树的碧绿的叶，/现出一切的世界的神秘；/空中飞过的一个白翅膀的百蛉子，/又牵动了我的惊异。"语言优美、意境含蓄淡远。《山居杂诗三》（9卷5号）："我不认识核桃，/错看他作梅子，/卖汽水的少年/又说他是白果。/白果也罢，梅子也罢，/每天早晨走去看他，/见他一天一天的肥大起来，/总是一样的喜悦。"他的小诗来自生活又超出生活，包含着生活中的顿悟和阐趣，流露出周作人特别的自然人生观。《新青年》上的一批小诗创作为新诗的现代性表达做出了非常重要的努力，也对初期白话新诗的含蓄性和暗示性作出了一定程度的弥补。

在诗体观念的变革下，诗体的增多，诗歌空间形式的转换，诗形意识的凸显，都增强了诗歌的视觉特质。传播和阅读方式的改变也给诗歌的视觉作用提供了物质基础。诗歌视觉特质的增强更能够表现现代细腻的情感、深刻的思想和复杂的逻辑。新诗流露出一种智性的诗意，现代诗质由此而产生。而五四新诗也并非完全排斥传统因素，比如，文言文、传统意象也是可以入诗的，因此又呈现出理性与感性结合、情与智融合的特点。在自由开放的氛围中，译诗对五四新诗形式的发展影响深远。

结　语

《新青年》时期，诗歌翻译对新诗革命影响深远，影响了中国诗歌的现代转型，对此后中国诗歌的发展产生了深远影响。这一发生初期的新诗，有杂乱无序、稚嫩粗糙的痕迹，但是也最鲜活自由。《新青年》群体在对外国诗歌学习借鉴的同时，也探索着中国化的转换，他们大胆创新，在现代诗歌语言、音节、诗体的构建上，留下了丰富宝贵的理论和创作经验。

《新青年》的诗歌翻译对新诗语言的探索产生了深刻影响，新诗表现出诗歌语言的通俗化、语法结构的显性化、语言表意的复杂化的特征。西方诗歌源于史诗的口头文学传统，为新诗白话化提供了借鉴。在西方语言系统的影响下，新诗语言语法成分的完整出现，欧化语法大量使用，给中国新诗带来了语言的陌生化效果，也改变了新诗的诗意构建方式。然而，译诗对新诗语言最根本的影响，不仅仅在于语言工具层面的影响，更体现在话语方式和思维方式方面的影响。对话的语言组织方式使新诗流露出探索发现、平等交流的精神，思辨能力增强；人称代词的出现与运用，代表着"人"作为个体的价值被发现；虚词的使用加深了诗歌语言的明晰性和逻辑性；象征主义表达手法的引入，表现出新诗对事物特征的整体归纳的能力和重新演绎的能力。中国新诗语言的复杂度、变化性增强，一方面增加了诗歌的凝练度和诗味，另一方面诗歌的内容和思想得到深化，能够表达深刻细腻复杂的现代思想。

《新青年》群体借鉴外国诗歌的音节表现，打破了僵化的传统诗律，逐渐摸索出符合新诗特点的音节表达，对中国传统诗歌音节三要素——平仄、押韵、音节组进行突破和改造。介绍引入新的音节表现方法，并且结合汉语特点，灵活借鉴，改造化用。发现诗歌中的轻重感，在相对轻重中表现音韵起伏；押韵规则灵活自由、韵律形式多样化；自然节奏和语义节奏丰富新诗的音乐美感体验。在西方音节规则的启发下，以往传统诗律中被禁止和否认的音节表现方式也被发现和运用。《新青年》时期，新诗人的诗歌音节观念更倾向自由和自然，较少追求整齐严格的音节，更多追求诗歌内在的音韵节奏表达。尽管《新青年》群体当时对音韵和节奏的认识还不够深入，新诗音节的使用总体也还不成熟、不标准，但是已经触及了现代音韵节奏的一些重要问题，为中国现代诗歌音节的成熟奠定了良好的基础。

《新青年》群体在外国诗歌的影响下，转变诗体观念，学习介绍新的诗体。对外国各种诗体多元接受，自由尝试，自由诗、散文诗、早期格律诗、长诗和小诗纷纷出现。周作人对自由诗诗质的追求，刘半农大胆的散文诗体实验，胡适早期格律诗中音节现代化的尝试，周作人对小诗引入和创作的努力，还有一批诗人对长诗的实践，为中国新诗留下了宝贵的诗体经验。在中国传统诗体观念上拓宽了思路、打开了视野，给中国新诗诗体构建带来了更多可能性。在西方横向书写的审美冲击下，新诗的诗形意识开始凸显，新诗空间形式的转换使其在诗歌的审美体验上与传统诗歌拉开了距离。现代书写方式的转变，开发了新诗诗形的表达功能，更促进了现代诗思的产生；在现代印刷技术的依托下，标点符号、分行分段、诗句排列的运用被重视，诗体对表现诗歌思想、情感、音节的作用被充分发现出来。然而，《新青年》时期是新诗发生的早期，还处于对新诗体的介绍学习阶段，而且在构建初期，许多诗歌具有实验性质，不同诗体的特征并不十分明确，也留下了新诗发生期诗歌粗糙稚嫩的印记。

相比之下，外国诗歌资源对中国新诗语言的影响更多是内在的，也更具有根本性，而对诗歌音节和诗体的影响更加直接和外显。由于语言的变化具有根本性，语言特质的变化，决定了诗歌其他因素的特质，语言变革是基础也是本质。而诗歌音节和诗体的要求，也限制着诗歌语言的选择和塑造。新诗的构建过程是复杂多层次、互为联系的。五四时期《新青年》译诗对早期新诗语言、音节、诗体构建的探索具有丰富性和复杂性，对中国百年新诗的历史进程产生着深远影响，但仍然存在很多问题有待深入挖掘和展开。

第二编

《歌谣》周刊中的儿歌研究

概　述

"五四"新文学有着丰富的文化资源和重要意义，除对西方资源的学习，"五四"新文学倡导者纷纷向民间借鉴资源，探寻新文学发展道路，尽管这一条民间化道路并没有走通，但是它仍然从多方面影响了新文学的发生与形态建构。今天我们重新审视五四时期以歌谣运动为核心的民间化运动，总结其中的经验、教训，探究新诗的民间资源的转化问题，对新诗的发展依然具有重要意义。

五四时期的歌谣运动以北大为主要阵地展开，《歌谣》周刊作为北大歌谣运动的产物，包含着大量的民间歌谣和歌谣研究资料，具有重要的研究意义。儿歌是民间歌谣的重要组成部分，本编旨在对《歌谣》周刊中的儿歌进行研究，以《歌谣》周刊第一册[①]（从1922年至1924年，即创刊号至第四十八号）为中心，结合《歌谣》周刊中关于儿歌研究的理论资源，具体分析儿歌的内容特点和艺术特色，探讨它对五四时期的大众思想启蒙、儿童教育和白话新诗语言方面的积极影响。

目前学界对"五四"歌谣运动这一历史事件的关注较多，对歌谣运动的产物《歌谣》周刊的研究并不多，本编将着眼于《歌谣》周刊的文本研究，通过具体研究《歌谣》周刊中的儿歌，探究它对"五四"白话文运动和民众思想启蒙的影响，并将研究视野扩展到早期白话新诗，多方面探讨民间歌谣对"五四"白话新诗的影响，期望将民间歌谣与中国

---

① 本论文研究所用《歌谣》周刊版本为台北东方文化书局1982年重印的《歌谣》周刊。该版本的《歌谣》周刊共分三册，创刊号至第四十八号为第一册。

新诗的关系具体化。

　　对《歌谣》周刊中儿歌的研究，本文主要聚焦于期刊本身，梳理期刊中的儿歌和相关的诗学理论资源，考察《歌谣》周刊中提及的相关历史事实，尽可能地回到历史语境中探究北大歌谣运动和研究《歌谣》周刊，再结合相关的史料和"五四"白话新诗人的诗歌作品及诗学理论，深入分析儿歌对大众思想启蒙的意义，对"五四"白话新诗的影响。

　　"五四"是一个经久不衰的研究话题，近年来越来越多的学者关注到这场由北大发起的歌谣运动，从不同角度展开了相关研究。《歌谣》周刊是歌谣运动的产物，关于《歌谣》周刊的研究主要围绕歌谣运动的历史回顾、民间歌谣的具体研究以及歌谣与新诗的关系三个方面展开。鉴于目前关于《歌谣》周刊中儿歌的研究较少，便将文献考察的范围拓展到了"五四"儿歌研究。因此，《歌谣》周刊的相关研究概括分为北大歌谣运动研究、《歌谣》周刊研究、歌谣与新诗的关系研究、"五四"儿歌研究四个方面。

　　第一，北大歌谣运动研究。从1918年北大成立歌谣征集处开始征集民间歌谣，到1937年《歌谣》周刊彻底停刊，北大歌谣运动历时多年，掀起了一股征集歌谣、研究歌谣的热潮。北大歌谣运动的发生是历史的偶然性与必然性共同致使，对北大歌谣运动的研究也可以从多角度展开。《钟敬文民间文艺学文选》一书里收录了钟敬文在1979年回顾北大歌谣运动的文章《"五四"前后的歌谣学运动》，钟敬文在文章中将歌谣运动定义为"一种新科学运动——采集、整理、研究人民创作的诗歌（以及故事、谚语等）的学术运动"[①]。他从政治、经济、文化三个方面分析歌谣运动产生的社会背景，回顾歌谣运动的概况，总结歌谣运动的重要意义。2003年徐新建的论文《歌谣与运动——关于民国时期歌谣研究的历史回顾》[②] 从歌谣运动产生的原因开始分析，梳理回顾歌谣运动的整个历史进程，多角度呈现北大歌谣运动从发生到落潮的全过程。2004年刘锡

[①] 钟敬文：《钟敬文民间文艺学文选》，安徽教育出版社2010年版，第141页。
[②] 后收入徐新建《民歌与国学——民国早期"歌谣运动"的回顾与思考》一书，巴蜀书社2006年版。

诚的《北大歌谣研究会与启蒙运动》① 一文认为北大歌谣运动是在启蒙运动的背景下诞生,该论文的突出之处在于研究者重点关注歌谣研究会,将歌谣研究会的成员称为歌谣研究会派并进行分类,总结歌谣研究会派的历史贡献。2007 年方曙的文章《〈歌谣周刊〉与北大歌谣运动》② 则认为歌谣运动是对"五四"新文化运动的呼应,文章从梳理北大歌谣征集处到歌谣研究会的历史经过入手,从中国现代文学史的角度总结歌谣运动承上启下的历史意义。傅宗洪 2016 年发表的论文《"搜集研究"还是"参与实践"?——歌谣运动的价值重估与历史再评价之一》③ 认为歌谣运动是关涉中国现代诗学"发生"的一次重要的理论想象与创作实践运动,他以周作人、刘半农和朱自清三人的民间化探索为蓝本,提出对歌谣作为诗歌艺术资源的有效性的怀疑。除对北大歌谣运动历史过程的回顾研究,也有学者对歌谣运动具体细节进行思考。曹成竹的《"民歌"与"歌谣"之间的词语政治——对北大"歌谣运动"的细节思考》④ 通过对北大歌谣运动中对"民歌"与"歌谣"两个词语的运用考察,指出北大歌谣运动具有倾向性的用词可以视为一种词语政治策略,形成内外交互作用的文化影响力。

第二,《歌谣》周刊研究。《歌谣》周刊总计 150 期,主要内容包括征集来的民间歌谣和歌谣研究文章,目前对《歌谣》周刊的研究主要集中于对刊物发展历程的回顾或是《歌谣》周刊中部分内容的研究。1987 年王文宝在《中国民俗学发展史》⑤ 一书里回顾北大歌谣运动顺便提及《歌谣》周刊相关情况。2006 年王文参的《五四新文学的民族民间文学资源》⑥ 一书的第三至七章深入全面地分析了《歌谣》周刊,分析《歌谣》周刊从创刊至停刊的整个历史过程,总结《歌谣》周刊对新文学的

---

① 后收入刘锡诚《20 世纪中国民间文学学术史》一书,河南大学出版社 2006 年版。
② 方曙:《〈歌谣周刊〉与北大歌谣运动》,《大学图书情报学刊》2007 年第 2 期。
③ 傅宗洪:《"搜集研究"还是"参与实践"?——歌谣运动的价值重估与历史再评价之一》,《现代中国文化与文学》2016 年第 1 期。
④ 曹成竹:《"民歌"与"歌谣"之间的词语政治——对北大"歌谣运动"的细节思考》,《民族艺术》2012 年第 1 期。
⑤ 王文宝:《中国民俗学发展史》,辽宁大学出版社 1987 年版。
⑥ 王文参:《五四新文学的民族民间文学资源》,民族出版社 2006 年版。

重要意义。2007年王光东等在《20世纪中国文学与民间文化》[①]一书的第一章里从介绍《歌谣》周刊的整体概况开始，分析民间歌谣作为新文学资源的重要作用及其对刘半农等新诗人的影响。2013年王佳琴的《〈歌谣〉周刊与"五四"时期的方言文学》[②]则探讨《歌谣》周刊在观念意识和文学实践方面对五四时期的方言文学的重要影响。2017年杨盼盼发表的《文艺视野关照下的〈歌谣〉周刊》[③]一文则选取了7篇《歌谣》周刊中具有代表性的谈歌谣与新诗的关系的理论文章，分析歌谣新诗化的曲折和尴尬境遇，肯定歌谣在新诗本土化、民族化方面的重要意义。胡蕴文、凌亦巧、徐渊洁的论文《浅论1922到1924年〈歌谣周刊〉中的歌谣》[④]则选择《歌谣》周刊1922—1924年刊登的歌谣进行研究，分析歌谣的表现手法，总结《歌谣》周刊对古代民歌艺术特色的继承。

第三，歌谣与新诗的关系研究。关于歌谣与新诗的关系，早在1922年胡适就在《北京的平民文学》一文里表示新诗没有向民歌取法是"今日诗国的一种缺陷"，号召白话新诗借鉴本土资源。1932年成书的朱光潜的《诗论》则认为若要讨论诗的起源，"与其拿荷马史诗或《周颂》《商颂》做证据，不如拿现代未开化民族的诗和已开化民族中未受教育的民众的歌谣做证据"[⑤]。1943年，朱自清在《真诗》明确表示："照诗的发展的旧路，新诗该出于歌谣。"[⑥]"五四"文人们认识到民间歌谣可为白话新诗提供有益资源，便积极向民间歌谣取法，丰富白话诗歌创作。到了21世纪，研究者们回顾"五四"，关注北大歌谣运动，总结前人经验教训，深入思考歌谣与新诗的关系。刘继林的博士学位论文《民间话语与五四新诗》[⑦]聚焦民间，试图通过考察民间话语对五四时期新诗的现代性

---

① 王光东等:《20世纪中国文学与民间文化》，复旦大学出版社2007年版。
② 王佳琴:《〈歌谣〉周刊与"五四"时期的方言文学》，《江苏科技大学学报》（社会科学版）2013年第4期。
③ 杨盼盼:《文艺视野关照下的〈歌谣〉周刊》，《现代语文》（学术综合版）2017年第1期。
④ 胡蕴文、凌亦巧、徐渊洁:《浅论1922到1924年〈歌谣周刊〉中的歌谣》，《文教资料》2017年第Z1期。
⑤ 朱光潜著，商金林校订:《诗论讲义》，北京大学出版社2018年版，第4页。
⑥ 朱自清:《新诗杂话》，生活·读书·新知三联书店1984年版，第87页。
⑦ 刘继林:《民间话语与五四新诗》，博士学位论文，华中师范大学，2011年。

的影响，深入分析民间话语与中国现代文学的复杂关系。李小平、陈方竞《新诗发轫不可忽略的"歌谣征集"——从〈北京大学征集全国近世歌谣简章〉说开去》[①] 从北京大学征集全国近世歌谣的简章入手，以刘半农和周作人的民间化探索经历为例，结合大量的史实和诗人的新诗创作实践说明歌谣征集对新诗发轫不容忽视的影响。刘继辉在《新诗与歌谣：中国现代文学发展的转折》[②] 一文里认为新诗与歌谣是相互影响的，新诗在语言、形式等方面向歌谣汲取营养，歌谣则借助新诗提升自己在正统文学中的地位，新诗与歌谣的交互作用推动中国现代文学的发展。另外，还有许多学者将"五四"歌谣运动与30年代的中国诗歌会和50年代的新民歌运动联系起来，综合分析歌谣与民歌的关系。2016年，陈培浩的论文《歌谣与新诗：一个有待问题化、历史化的学术话题》[③] 就梳理了文学史上包括五四时期北大歌谣运动、20世纪30年代的中国诗歌会以及20世纪50年代的新民歌运动这三次新诗向歌谣取法的历程，并将五四时期的新诗人分为搜集研究歌谣的新诗人、新诗形式与歌谣元素相结合的诗人以及将歌谣作为新诗主要创作形式的诗人三类，通过具体史实呈现新诗与歌谣错综复杂的关系。类似的研究还有伍明春的《从外在参照到内生血肉——百年新诗视野中的歌谣资源》。[④]

第四，"五四"儿歌研究。五四时期的儿歌的研究主要是探讨儿歌的教育意义，刘齐的《民国时期童谣教育价值的重塑》[⑤] 一文从儿童教育角度分析民国时期童谣的价值，分析当时的教育学人关注儿童歌谣的原因，认为童谣在民国时期的教育中焕发了新的生命力。目前关于《歌谣》周刊中的儿歌研究并不多，主要是2015年杨丽嘉的《民间文学视野下的20世纪

---

① 李小平、陈方竞：《新诗发轫不可忽略的"歌谣征集"——从〈北京大学征集全国近世歌谣简章〉说开去》，《云南师范大学学报》（哲学社会科学版）2013年第1期。

② 刘继辉：《新诗与歌谣：中国现代文学发展的转折》，《广州大学学报》（社会科学版）2014年第3期。

③ 陈培浩：《歌谣与新诗：一个有待问题化、历史化的学术话题》，《长沙理工大学学报》（社会科学版）2016年第1期。

④ 伍明春：《从外在参照到内生血肉——百年新诗视野中的歌谣资源》，《北方论丛》2017年第6期。

⑤ 刘齐：《民国时期童谣教育价值的重塑》，《教育学报》2018年第5期。

20、30 年代的中国儿歌研究——以〈歌谣周刊〉为中心》[1] 和 2017 年杨盼盼的硕士学位论文《〈歌谣〉周刊中的歌谣研究[2]。杨丽嘉的文章以《歌谣》周刊为重点，将儿歌置于民间文学和民俗学的视域下，认为《歌谣》周刊中儿歌的整理和研究存在着一个人类学趋向，即日益关注于儿歌念诵的情境性和逐步开始以西方人类学理论为武器来阐释儿歌的文化意义。杨盼盼的硕士学位论文则是研究《歌谣》周刊中的歌谣，从主题和特质的角度具体分析了情歌、风情歌、儿歌。在她看来，《歌谣》周刊中的情歌在意象运用上具有广泛性和地域性的特点，用清新朴实的语言表达了民众的自然情感；风情歌则蕴含着丰富多样的社会主题意蕴，既有反映旧社会妇女地位卑微生活痛苦的歌谣，也有民众在无奈苦痛的生活里挣扎的情感表达，或是对世人的劝勉鼓励；儿歌充满童真童趣，反映儿童生活。

整体而言，学界对北大歌谣运动的关注主要是 21 世纪以后，对《歌谣》周刊的相关研究则主要集中在对歌谣运动的历史考察和探讨歌谣与新诗的关系。北大歌谣运动的历史脉络逐渐清晰，民间歌谣与新诗的关系明朗化，民间本土化资源的意义和价值得到充分的重视和肯定。但是目前对《歌谣》周刊的研究不够深入，对《歌谣》周刊的文本阐释被忽略，对民间儿童歌谣与五四大众思想启蒙的探究、儿童歌谣与白话新诗的关系认识不够具体。本文将通过具体梳理考察、集中分析《歌谣》周刊中的儿歌，希望能够较深入系统地呈现儿歌的思想启蒙意义、儿歌的艺术特色及其对"五四"白话新诗的影响。

---

[1] 杨丽嘉：《民间文学视野下的 20 世纪 20、30 年代的中国儿歌研究——以〈歌谣周刊〉为中心》，《理论界》2015 年第 11 期。

[2] 杨盼盼：《〈歌谣〉周刊中的歌谣研究》，硕士学位论文，山西大学，2017 年。

第一章 《歌谣》周刊中的儿歌概况

第一节 北大歌谣运动的兴起与《歌谣》周刊

一 北大歌谣运动的发生

关于北大歌谣运动的兴起,现下流传最广的说法是刘半农在1927年写的《〈国外民歌译〉自序》里的回忆:

> 这已是九年以前的事了。那天,正是大雪之后,我与(沈)尹默在北河沿闲着走,我忽然说:歌谣中也有很好的文章,我们何妨征集一下呢?尹默说:你这个意思很好。你去拟个办法,我们请蔡先生用北大的名义征集就是了。第二天我将章程拟好,蔡先生看了一看,随即批交文牍处印刷五千份,分寄各省官厅学校。中国征集歌谣的事业,就从此开始了。①

从这段文字来看,征集近世歌谣的构想似乎源于刘半农和沈尹默的一次闲谈,而他们想要开展歌谣征集工作的想法也得到了当时的北京大学校长蔡元培的大力支持。不可否认,刘半农和沈尹默是歌谣运动的重要助力者,但北大歌谣运动的兴起并不像刘半农描述得这么简单,看似偶然

---

① 刘半农:《〈国外民歌译〉自序》,《刘半农自述》,安徽文艺出版社2014年版,第69页。

的提议而兴起的这场运动其实是包括蔡元培在内的北大诸人早已有了这方面的想法和筹备,刘半农和沈尹默也是正好与校方的设想不谋而合。《歌谣》周刊的编辑常惠在文章《鲁迅与歌谣二三事》中回忆了北大在二十周年校庆时校方没有庆祝引起学生不满,校长蔡元培便承诺在二十五周年时要隆重庆祝并开始编印纪念册一事,也提及北大要征集近世歌谣的原因:

> 但是北大怎样想起要大规模的征集全国近代歌谣,其原因还是鲁迅先生于一九一三年二月在教育部的《编纂处月刊》一卷一期上有一篇《拟播美术意见书》,该文共分四章,最后一章三节《研究事业》第二项《国民文术》:设立国民文术研究会,以理各地歌谣、俚谚、传说、童话等。评其意义,辨其特性,又发挥而光大之,并以辅翼教育。北大征集歌谣就是响应鲁迅先生的号召而来的。①

由此可见,由于鲁迅先生的影响,北大校长蔡元培早已有了征集近世歌谣的想法,刘半农和沈尹默的参与使这个构想得以付诸实践,此后发生的一切也就自然而然了。

1918年2月1日,由刘半农拟定的《北京大学征集全国近世歌谣简章》发表在《北京大学日刊》上,同时发布的还有冠以校长蔡元培名义的《校长启事》,面向全国征集近世歌谣,北京大学歌谣征集处就此成立。歌谣征集处成立后,刘半农、沈尹默、周作人、沈兼士、蔡元培、钱玄同等一批学者纷纷开始歌谣的征集和研究工作,歌谣运动就此展开。后来由于五四运动的影响以及主持歌谣征集工作的刘半农、沈尹默二人先后出国留学,歌谣运动中断。据《歌谣》周刊的编辑常惠的回忆,"五四"后民间歌谣的研究逐渐活跃,许多报刊开始刊登歌谣或者讨论歌谣的文章,北大的歌谣征集活动却陷入低沉,他便焦急地给学校写了信,希望北大的歌谣征集活动能够继续,他的意见得到了采纳。1920年12月15日,《北京大学日刊》发表了《发起歌谣研究会征求会员》的启事,

---

① 常惠:《鲁迅与歌谣二三事》,《民间文学》1961年第9期。

歌谣研究会在 1920 年 12 月 19 日宣告成立，歌谣征集工作得以继续进行，这时期的主要负责人是周作人和沈兼士。1925 年 5 月 11 日，《歌谣》周刊被归并入北京大学研究所《国学门》周刊，歌谣研究会时期宣告结束，歌谣征集工作也归于民俗学，轰动一时的歌谣运动暂时落下帷幕。再就是后来的"复刊"时期，1935 年北京大学决定恢复歌谣研究会，聘请周作人、胡适、顾颉刚等为歌谣研究会会员，但真正意义上的复刊还是 1936 年胡适出来主持工作并恢复《歌谣》周刊，直至 1937 年复刊后的《歌谣》周刊停刊，这场歌谣运动也随着时局的动荡变化湮没在历史的洪流中。

二 歌谣研究会与《歌谣》周刊

歌谣运动波折持续，歌谣研究会的发展也经历了不同阶段，歌谣研究会的成员人数较多，随着时局的变动也流动变化，各自都以自己的见解和目的参与着歌谣运动。周作人在《读〈童谣大观〉》里曾将童谣研究者根据研究目的不同分为三类，分别是从民俗学角度考察歌谣的、出于儿童教育目的研究歌谣的以及看中民间歌谣的艺术特色，希望从中为新文学取法的。[①] 尽管周作人只是单纯对童谣研究者进行了分类，但这也反映出"五四"文人们对于歌谣研究其实都有着不同的意图。沿着这样的思路，也可以将参与歌谣研究会的学者们大体上分为三类，一类是出于文学目的，旨在为中国新文学开辟新园地，以胡适、刘半农为代表；一类是站在民间文学立场，目的是研究歌谣的民俗学价值，以常惠、顾颉刚为代表；一类是周作人这样的既认同研究歌谣的民俗学价值，也不否认歌谣的新文学意义。学者们对歌谣研究的见解不同又始终难以形成有说服力的研究成果，歌谣征集研究工作进展艰难，是导致歌谣研究会发展曲折乃至最终解散的重要原因。

作为北大歌谣运动的产物，《歌谣》周刊创刊于 1922 年 12 月 17 日，《歌谣》周刊前后共发行 150 期，从 1922 年底创刊至 1925 年 6 月停刊一

---

① 周作人：《读〈童谣大观〉》，《歌谣》周刊 1923 年 3 月 18 日第 10 号。

共 97 期，1936 年胡适主持复刊后又出了 53 期。《歌谣》周刊出刊的过程是比较曲折艰辛的，由于经费有限、人员不定等多种原因，《歌谣》周刊最初是附《北京大学日刊》一起发行，随报附增，直到 1923 年 9 月 23 日第 25 号起才改为单独发行零售。《歌谣》周刊日常的版面内容主要包括对征集到的歌谣的选录刊登，歌谣研究文章的登载或转录，以及《歌谣》周刊和歌谣研究会相关事宜的通告。整体来看，《歌谣》周刊的前几十期是歌谣研究者和编辑们的尝试，对歌谣的研究处于起步阶段，没有形成体系。随着歌谣运动的展开，对歌谣研究的逐渐深入后，歌谣研究会内部也开始出现学术理念的分歧，分歧最大的是，歌谣研究应该是文艺的还是民俗的问题。1924 年 4 月 6 日《歌谣》周刊第 49 号开始刊物的转折，更加偏重民俗学的方向，不仅增加了谜语、俗语、歇后语等民俗学范围内的文学形式，还增加了民俗学的研究讨论。直至 1925 年《歌谣》周刊停刊，这一阶段的《歌谣》周刊算是一本民俗学刊物。1936 年胡适主持《歌谣》周刊复刊，他坦言歌谣征集是出于文艺的目的，"替中国文学扩大范围，增添范本"，深入挖掘民间本土资源，为中国新文学的发展搜寻养料，丰富中国现代文学的本土资源。

　　虽然《歌谣》周刊的刊物宗旨历经变化，但是北大歌谣运动以及《歌谣》周刊对中国现代文学的意义是不容否认的。钟敬文在为《歌谣论集》作序时对北大歌谣研究会在征集民间歌谣方面的贡献颇为自得，在他看来，民间文学的搜集研究是"五四"新文学发展中十分有意义和价值的部分，而北大歌谣研究会主导的歌谣运动在当时形成的规模和取得的实绩都是数一数二的。[1] 的确，这场以北京大学为中心的歌谣征集运动轰动一时，在当时掀起了一股征集研究歌谣的热潮，歌谣运动更是有着承上启下的重要作用，它"在启蒙运动中产生、发展、壮大，为文化、文学革命推波助澜，最终促使中国现代学术、现代文学、现代文化的确立，成为 20 世纪初中国社会文明突飞猛进的一道灿烂的风景线"[2]。

---

[1] 钟敬文编：《歌谣论集·序》，北新书局 1928 年版。
[2] 王文参：《五四新文学的民族民间文学资源》，民族出版社 2006 年版，第 88 页。

第二节 《歌谣》周刊中的儿歌

一 《歌谣》周刊儿歌概览

《歌谣》周刊在选录歌谣时主要分为"民歌"和"儿歌"两个大类,几乎每期都有对全国各地的儿歌的刊登。虽然每期刊登的儿歌数量会略有不同,但"儿歌选录"算是《歌谣》周刊中的一个固定栏目。笔者对《歌谣》周刊第一册中刊登的儿歌地域情况进行了整理,基本情况如下。

地域	京兆	直隶	奉天	山东	河南	山西	江苏	安徽	江西	浙江
数量	30	79	3	73	64	43	27	56	31	65

地域	湖北	湖南	陕西	四川	广东	云南	贵州	广西	福建
数量	37	41	15	40	44	23	5	4	2

从表格中的数据可以明显地看出,歌谣征集的范围广泛,包括全国的大部分地区,不同地区不同特色的儿歌都汇集到了一处。具体来看,《歌谣》周刊第一册中收录的儿歌主要集中在直隶、山东、河南等地,各地歌谣特色不同以及编辑者们在选录时的标准等因素都会影响儿歌的刊登情况,再加上当时社会的经济状况、交通通信的落后使歌谣的征集更加不便捷,位于北京的歌谣研究会想要全面收集全国各地的歌谣的确不是那么容易,《歌谣》周刊中的许多文章谈及歌谣征集的困难。常惠在《我们为什么要研究歌谣》中谈到他去民众家中收集歌谣却不被理解,"有的说我是孩子气,有的说我是疯子"[①]。《歌谣》周刊第 11 号刊登了张四维给常惠的一封信,其中提到了他收集云南歌谣的艰辛。张四维特意请了中学同学帮忙收集,同学邮寄的一册歌谣却被邮局弄得下落不明,同学还告诉他民众并不配合:"但那些唱秧歌的女人们,一位都请不来,

---

① 常惠:《我们为什么要研究歌谣》,《歌谣》周刊 1922 年 12 月 24 日第 2 号。

如能来，每人至少也有前把手……'龙灯调'我只知谱而不知词。时当腊底，大家都在奔忙，不便多麻烦人。"① 知识分子和平民大众一直存在隔阂，民众不理解收集歌谣的意图，难免会有不配合的情况。这种种原因影响了歌谣征集的效率，但从收集到的歌谣总量来看，歌谣研究会征集歌谣的反响还是很不错的。《歌谣》周刊征集到了上万首歌谣，刊登在《歌谣》周刊上的有2000多首，而《歌谣》周刊第一册刊登的儿歌总计682首，这些儿歌题材内容丰富、形式多样，蕴含着民间歌谣独特的艺术性。

《歌谣》周刊中儿歌涉及内容十分广泛，天文地理、自然物象、生活常识、人情事理无所不包。生活在封建社会的儿童，缺少儿童文学和现代教育，这些在民间口头流传的歌谣便是满足他们精神需求的源泉，承担着教育和娱乐的双重功能。儿歌的内容浅显易懂，语言生动活泼，适合儿童吟唱，为儿童生活增添了一抹亮色。丰富多彩的民间儿歌也是劳动人民生活智慧的结晶，体现着民间大众的审美趣味和价值理念。

二 《歌谣》周刊儿歌分类

笔者对《歌谣》周刊第一册中的儿歌进行了梳理，将其中的儿歌根据内容及风格的不同具体分为童趣歌、游戏歌、催眠歌、生活歌，下面笔者将根据这一分类对《歌谣》周刊第一册中的儿歌进行具体介绍。

（一）童趣歌

童趣歌是指适合儿童吟唱，活泼而充满童趣的歌谣。旧社会的民间儿歌与如今的儿歌不同，那时的人们并没有认识到儿童是区别于成人的独立个体，民间大众文化水平有限，民间儿歌并不是根据儿童心理特点和审美趣味创作而成，多是口头凑就的。不过，其中也不乏活泼生动、趣味十足，具备儿童文学特点的儿歌。这类童趣歌主要有两种类型。第一类是将月亮、风这类大自然中常见的物象拟人化，将其特点以生动的语言描绘出来。例如，儿歌《装风》："风婆婆，送风来！/打麻线，系口

---

① 《歌谣》周刊1923年3月25日第11号。

袋；/扎不紧，刮倒井；/扎不住，刮倒树；/扎不牢，刮倒桥。"① 这首儿歌亲切地称呼风为"风婆婆"，将刮风这一气象变化想象成风婆婆没有扎紧装风的口袋，儿童化的思维和语言使儿歌趣味十足。另一首儿歌《月奶奶》则将月亮拟人化："月奶奶，黄巴巴。/爹织布，娘纺花。/小妮来？打灯笼？/霍啦啦啦两三—霍啦啦啦两三！"② 儿童化的口吻，将日常生活以活泼俏皮的话语吟唱出来，十分符合孩童的审美趣味。第二类是将老鼠、兔子、蚂蚁等动物拟人化，这也是现代儿歌中常见的内容。儿歌《小老鼠》："小老鼠，上灯台，/偷油吃，下不来。/叫他猫大哥背下来。"③ 是流传较广的一首，也有话语略有不同的版本现今还在传唱。另有一首有趣的儿歌《猫哥狗弟》："猫哥狗弟，相敬致礼；/你躲门外，我缩门底；/你守金银，我管谷米。"④ 在这首儿歌里，猫鼠不再是死对头，而是互帮互助的好兄弟，这是属于儿童世界的天真和单纯。在《歌谣》周刊收录的儿歌里，像这样充满童真和趣味的儿歌很多，也是民间儿歌区别于民歌的重要特色。

（二）游戏歌

游戏歌主要是指儿童做游戏时玩耍唱的歌谣，唱诵同时配以肢体动作。席勒曾在《审美教育书简》中指出："只有当人是完全意义上的人，他才游戏；只有当人游戏时，他才完全是人。"⑤ 游戏是儿童天性的释放，有助于对生命本能的感悟。旧时社会经济不发达，人们思想观念落后，儿童只被视作成人的附庸，他们能拥有的游戏活动自然也很少，简单有趣的歌谣游戏便在儿童中间广泛流行。《歌谣》周刊里也刊登了许多这样的儿歌，难得的是，《歌谣》周刊的编辑注重保留儿歌的全貌，他们不仅收录了这些游戏儿歌，还在旁边注明相应的动作和游戏场景，使这些儿歌能够完整地保留下来。

---

① 《歌谣》周刊1923年4月1日第12号。
② 《歌谣》周刊1922年12月31日第3号。
③ 《歌谣》周刊1923年5月12日第19号。
④ 《歌谣》周刊1923年12月9日第36号。
⑤ ［德］弗里德里希·席勒：《审美教育书简》，冯至、范大灿译，北京大学出版社1985年版，第80页。

儿歌中的游戏歌谣丰富多样，有捉迷藏前用来区分找与藏角色的游戏歌，有玩攫人游戏时唱的歌，有拍毽子时唱的歌，等等，如儿歌《斑斑点点》《卖花狗》《过桥》等。根据参与游戏人数的不同，可以分为单人、两人和多人的参与形式，儿歌《金棒》是较长的一首："金棒，金棒，金家湾，/水平斗，圆上圆，/我磕花棍朝西南；西南府，到来船，/张家的伙计会摇桌；/单腿儿跳，双腿儿跳，/一跳跳到娘娘庙；/娘娘宫，娘娘港，/娘娘的孩儿叫金棒。我磕金棒一月一，/天上下雨地下湿。/我磕金棒二月二，/家家户户熏虫棍儿。/我磕金棒三月三，/驴踢蹄子马撒欢。我磕金棒四月四，/黄毛刺子好挑刺。我磕金棒五月五，/挺拔河豚鱼子皮，/好鞔鼓，小鼓鞔了无其数；/大鼓鞔了二十五。/我磕金棒六月六，/碗大的馎馎一包肉，/咬一口，从吊儿臭，/一脚蹉到孤山后。/我磕金棒七月七，/齐齐儿菜，包扁食。/我磕金棒八月八，/八个老头儿来刷胯。/我磕金棒九月九，/九个老头儿来吃酒。/我磕金棒十月十，/十个老头儿来赶集。耍枪的，耍刀的；/但耍后头没毛病的。"歌谣旁边的注解就直接表明了这是两人参与的游戏歌："这是两人持棍相磕时歌以为节。"① 而像《斑斑点点》："斑斑点点，梅花绣脸。/君子过街，小人蒙脸。/指指夺夺，开门取药。/药不在家，/一把拉倒主人家。"（原注：此歌为孩童捉迷藏戏之先，以手作拳相叠，口唱此歌，且唱且数；唱毕时，数着谁，便以作被迷者）②；《卖花狗》："好大月亮好卖狗，/卖个铜钱打烧酒。/走一步，喝一口；/杨奶奶！可要小花狗？"③（原注：儿童作攫人游戏时唱之。小花狗，指被攫者；杨奶奶，攫人者。唱歌者则为保护小花狗之人）这样的儿歌显然是有多人参与的游戏歌谣。

从形式方面而言，除了直接吟唱的儿歌，还有问答对话式的："柳絮，柳絮叶叶，/毙打，毙打盖盖；/先打能能，后打太太。太太门前几座庙？三座庙。/那个庙里有神刃？当中庙。/什么门？红荆门。/什么

---

① 《歌谣》周刊 1923 年 11 月 4 日第 31 号。
② 《歌谣》周刊 1923 年 3 月 18 日第 10 号。
③ 《歌谣》周刊 1923 年 4 月 1 日第 12 号。

开?铁打钥匙两头开;/娃娃抓头上城来。城门几丈高?三丈高。/骑马带刀,给你们城门走一遭。"①(《柳絮》)云南儿歌《城门》则整首都是一问一答的形式:"城门,城门,有多高?/八十二丈高。/三千兵马可容过?/有钱尽管过,无钱耍大刀。/什么刀?春秋刀。/什么春?草春。/什么草?铁栈草。/什么铁?锅铁。/什么锅?两口锅。/什么两?称两。/什么称?观音称。/什么官?銮木官。/什么銮?鸡屎两大撮。/什么鸡?红公大献鸡。/什么红?山红。/什么山?太华山。/什么太?波老太。/什么波?吃饭钵。/什么吃?北门望着莲花池。/打鼓,打鼓进城门!"② 通过如此多样的形式变换,儿歌的吟唱方式变得更加丰富多彩,增强了歌谣的趣味性,符合儿童的游戏心理和审美趣味。

(三) 催眠歌

所谓催眠歌其实相当于摇篮曲,是哄儿童入睡所唱的歌谣。它与前面的童趣歌、游戏歌不同,它不再是儿童自己口头吟唱,而是母亲哄孩子睡觉时所唱的歌。此类民间儿歌具有多样化特色,风格或温柔婉约或夸张恫吓,充分显示了民间歌谣真切直白的特点。有一首名为《催眠歌》的儿歌内容是这样的:"哦,哦,睡吧!娘打盹啦。/小孩醒了,娘跳井了!/小孩叫了,娘上吊了!"③ 这是一首略显夸张的催眠歌,我们仿佛可以看到一位母亲用吓唬的口气哄着不肯睡觉的淘气孩子,"快睡觉啦,娘都困啦,你再不睡觉娘就要上吊啦"。也有带着强烈时代特色的歌谣:"倭倭来,倭倭来,/阿拉囡囡困熟来。"这首儿歌旁也有注解:"此是抚育的歌谣,以吓小孩不要啼哭,使之入睡。"④ 用"倭倭来"来吓小孩子不要哭闹,快快睡觉,也从侧面体现了当时中国被外敌入侵,百姓惧怕的时代现状。至于温馨的催眠儿歌亦是常见:"妹妹乖乖睡,/妈妈去舂碓。/舂得三升糠,/妹妹买件红衣裳。/妹妹乖乖,/给妹妹穿,/妹妹不乖,/给小狗穿。"⑤(《乖乖睡》)母亲哄着小女孩快睡觉,做活赚了钱就

---

① 《歌谣》周刊1923年4月8日第13号。
② 《歌谣》周刊1923年6月10日第22号。
③ 《歌谣》周刊1923年6月10日第22号。
④ 《歌谣》周刊1923年4月22日第15号。
⑤ 《歌谣》周刊1923年10月7日第27号。

给她买新衣服穿,一幅温馨的农家生活画面仿佛就在眼前,温柔纯朴的母爱随着儿歌的哼唱体现出来。

(四) 生活歌

生活歌是民歌中常见的类型,民歌中的生活歌是反映劳动人民日常生活状况的歌谣。但儿歌中的生活歌与民歌中的生活歌不同,它不是单纯反映儿童日常生活状态的歌谣,毕竟在中国旧社会里儿童没有被尊重的独立人格,生活处境艰难。这些儿歌反映的是儿童的生存遭遇和世情百态,笔者暂且将它们归为生活歌一类。从歌谣内容来看,它们更多的是道出了生活的无奈和世态炎凉,也许从儿童身心发展的角度看并不适合作为儿歌,但这正是民间儿歌原始性的体现。《歌谣》周刊儿歌中的生活歌主要包含了三个方面的内容,一是对封建社会儿童悲惨生活现状的反映,有的经常要挨父母的打,有的饱受舅舅、哥嫂等亲戚的嫌弃。儿歌《小锅拍》:"小锅拍,光油油,/我去姥姥住一秋;/姥姥看见喜啾啾,/舅舅看见发忧愁;/那个河,没水流;/那个坡,没石头;/那个外甥没舅舅。"[1] "我"去姥姥家小住,却遭到了舅舅的嫌弃。再如儿歌《怕舅母》:"舅家门上一堆灰,/开的花,紫微微。/舅舅叫俺撇朵戴,/俺怕舅母出来怪。"[2] 可怜的孩子惧怕舅母,明明很喜欢舅舅家的花却不敢摘,害怕舅母责怪。

二是反映封建社会里女子的惨淡命运,她们因男尊女卑、女大不中留封建思想的影响,从小便得不到应有的关爱和人权,很多女孩子很小的时候便要开始给家里干活,长大点就会被卖到别家做童养媳,出嫁后回娘家也会被看作外人,遭受哥嫂的嫌弃。"高楼高,高楼底下种茼蒿,/茼蒿底下有个娇娇女,/一岁娇,两岁娇,/三岁学齐麻,四岁动剪刀,/五岁人来讲,六岁到人家。"[3] (《高楼高》) 这首儿歌就直白地反映了女孩子从三岁开始学干活,六岁被卖到别人家做童养媳的世态。当然,也有具有积极意义的儿歌,这便是生活歌第三个方面的内容。这类儿歌

---

[1] 《歌谣》周刊1923年5月6日第17号。
[2] 《歌谣》周刊1923年5月6日第17号。
[3] 《歌谣》周刊1923年9月23日第25号。

具有积极的教育意义，是劳动人民生活智慧的结晶，它们或是告诫儿童要认真读书，或是教育儿童应该孝顺父母长辈，再则是教导儿童做人应该具有勤劳的美德、沉着冷静的处世态度。例如，儿歌《日头出来》教育儿童要认真读书："日头出来照长街，/哥哥送我读书来，/老师教我两三转，/快做文章考秀才。"① 另一首《不要慌》则蕴含着丰富的生活哲学："不要慌，不要忙，/太阳落了有月亮，/月亮落了有星星，/星子落了大天光。/大天光：哥哥起来进学堂，/姐姐出来洗衣裳，/嫂嫂在厨房办茶汤，/我和妹妹真快活，/妈妈叫我唱重歌，/当唱不妨唱，/不唱莫声张。/要学雄鸡一唱天下惊，/勿学老鼠一寸光。"② 这首看似简单直白的儿歌饱含着深沉的人生智慧，教育儿童遇事要沉着冷静，以正确的态度看待生活里的考验，用长远的眼光审视人生。

---

① 《歌谣》周刊 1923 年 9 月 30 日第 26 号。
② 《歌谣》周刊 1923 年 9 月 23 日第 25 号。

第二章 《歌谣》周刊儿歌与"五四"启蒙教育

第一节 歌谣运动与清末民初语言运动

一 歌谣征集与国语变革

新文化运动的重要目的是启发民智,大众思想启蒙与语言文字密切相关,民众具备基本的识文断字能力是启蒙教育的基础,统一的国语和注音方式显得十分必要。正如黎锦熙所言:"国语的宗旨,一面是谋全国语言的统一,非教育部定一个标准出来不可;一面是谋文字的普及教育,非教育部容许作浅易的白话文,并将注音字母帮助他们识字不可。"① 大众的启蒙教育需要通俗易懂的白话语言和统一的文字形式,注音字母的辅助对文字的学习很有必要。中国幅员辽阔,各地语言千差万别,方言的整理转换也离不开统一的国语和注音字母,民间歌谣以方言口语的形式在百姓间传唱,《歌谣》周刊的编辑们在整理征集来的歌谣时经常会遇到语音方面的问题。歌谣运动征集的歌谣都是以文字形式寄送,各地方言不同,用字和读法也有所差别,这便会给歌谣整理和研究工作带来许多困难。周作人就写过一篇《歌谣与方言调查》的文章发表在《歌谣》周刊上,他在文中谈及歌谣转换成文字后很多方言的读法不甚方便的问题,用罗马字注出的歌谣读法始终有所欠缺,现行的注音方法只能急就。

---

① 黎锦熙:《国语运动史纲》,商务印书馆2011年版,第177页。

"但是这种急就的编法不是歌谣研究的本意,进行的第一步固然在于搜集编辑,后面却还有第二部的编辑在那里。要做研究的工夫,充分的参考资料必不可少,方言也就是其中的一种重要分子。"[1] 如他所言,方言在歌谣研究中占据重要部分,但当时并没有完善的国语制度,不利于歌谣后续研究工作的开展,国语变革也是歌谣研究的需要。他也在文中谈及文学革命提倡国语的文学和国语自身发展不平衡的问题,认识到文学家对国语变革的效力是缓慢的,国语变革需要文学家和国语家的共同努力:"国语文学之成功当然万无疑义,但国语的还未成熟也无可讳言。要是只靠文学家独立做去,年深月久也可造成'文学的国语',但总是太费力,太迂缓了,在这时国语家便应助他一臂之力,使得这大事早点完工。"[2] 国语文学与国语的发展是相辅相成的,只有成熟的国语才利于国语文学的发展。民间歌谣对新文学和白话语言有着重要作用,统一的国语是连接方言口语与书面文字的桥梁,歌谣编辑及研究遇到的语言困难为国语变革提供了更加具体化的现实意义,歌谣征集与国语变革是交互影响的。

五四时期的国语运动提倡建立全国统一的国语,从语言的工具性层面强调国语变革。文学革命的知识分子们虽然主张用白话替代文言,但白话文运动与国语运动处于疏离状态。1917 年国语研究会成立,北大校长蔡元培兼任国语研究会会长,这使白话文运动与国语运动的距离逐渐拉近。1918 年 2 月 1 日,胡适在《新青年》上发表《建设的文学革命论》,提倡建设"文学的国语,国语的文学",就在同一天《北京大学日刊》刊登了《北京大学征集全国近世歌谣简章》,向全国征集近世歌谣。1922 年《歌谣》周刊创刊后,开始刊登征集到的民间歌谣和相关的研究文章。国语运动的重要刊物《国语周刊》也在 1925 年公开征集谚语等民间文艺形式,可见民间文艺中体现的话语特色对推行国语也十分重要。歌谣运动的主将其实也是国语运动的重要参与者,1919 年 11 月出席国语统一会的第一次大会就有胡适、周作人、刘半农等人,并提出了《国语统一进行办法》议案。与国语运动从工具性角度倡导变革国语不同,以

---

[1] 周作人:《歌谣与方言调查》,《歌谣》周刊 1923 年 11 月 4 日第 31 号。
[2] 周作人:《歌谣与方言调查》,《歌谣》周刊 1923 年 11 月 4 日第 31 号。

胡适为代表的文学革命诸人发掘了语言的思想性，尽管他们最初认为"文字是文学的基础，故文学革命的第一步就是文字问题的解决"，"要造一种活的文学，必须用白话来做文学的工具"。但他们提倡语言变革还是想要改变文言的思维和思想，用白话语言为新文学服务，"新文学必须要有新思想做里子"①，白话语言才符合新思想新精神的实质。变革了的文字语言才能成为新文学新思想的载体，白话语言的思想性就在语言变革和新文学精神阐发的交互影响中得以拓展和深化，因此"五四白话文运动既是语言工具革命，又是思想革命，虽然五四新文化的开拓者们并没有意识到他们所发动的白话文运动实际有思想革命的意义，也没有认识到他们所提倡的白话文的巨大的思想威力"②。

无论是工具性还是思想性，历史的事实表明国语变革已是势在必行，民间歌谣适时进入了"五四"文人们的视野，这种活在老百姓口中的文学样式有着很强的生命力和"活性"，其生动的语言特色充分显示了白话语言的可塑性和表现力，正是他们想要"造的活的文学"可资借鉴的重要资源。歌谣作为现实的语言资料参照，为国语变革和新文学发展提供了有益资源和重要助力。

二　走向民间的时代歌谣

歌谣运动与国语运动的联结应该是民间，确切地说是民众，二者均是"五四"知识分子为了走向民间、启发民智的实践。歌谣运动从民间征集歌谣是为新文学挖掘本土资源，发展适合民众的平民文学，国语运动则是想将统一的国语普及民众，进而对人民大众进行启蒙教育，毋庸置疑，民众成为"五四"时人共同关注的对象。"国语运动最早的一期，是白话报的时期。这时期内，有一部分人要开通民智，怕文言太深，大家不能明了，便用白话做工具，发行报纸，使知识很低的人亦能懂得。

---

① 胡适：《尝试集·自序》，陈金淦编：《胡适研究资料》，北京十月文艺出版社1989年版，第402—404页。
② 高玉：《对五四白话文学运动的语言学再认识》，《中国现代文学研究丛刊》2001年第3期。

这种改用白话的目的，是为他们——为小百姓——做的，不是为吾们自己做的。"① 而在1916年1月1日，北京中央公园举行中华民国国语研究会的十周年纪念会则有纪念歌云："我们的国语宣传到民众，十年的运动今日才算成功。"② 显然，国语运动始终秉承的重要宗旨就是全面普及国语，并将此视作衡量国语运动成功与否的标准。白话文运动则是想改变中国文学固有的文言思维，用白话创作新时代的白话新文学。追求自由和变革是"五四"的时代特色，"五四"文人希望解放思想、张扬个性，建设清新自然的时代新文学。民间歌谣是属于民众的"活"文学，语言通俗易懂，情感真挚自然，很符合"五四"文人推行白话和建设白话新文学的需求。歌谣运动征集的民间歌谣为"五四"新文学提供了丰厚的资源，歌谣清新刚健的语言体现了白话语言的表现力，自然真切的情感内蕴则为白话新文学带来了清新质朴的民间风韵。

长期以来，中国社会始终存在着知识分子与底层民众隔阂分化的现象，五四时期的知识分子深刻认识到这一点，他们试图通过拉近与民众的距离来逐步达到启发民智的目的。为了社会进步和新文学的发展，他们真诚地喊出了"到民间去"的口号，迫切想要真正走近民众，通过对大众的思想启蒙来促进中国社会的发展。民歌质朴自然的情感和平实通俗的语言吸引了"五四"文人的目光，"到民间去"的目标有了更加具体的依托。民间歌谣的征集不仅是"五四"知识分子在挖掘本土民间资源，也是他们靠近民间大众的有效途径，接受真实质朴的平民生活和思想的洗礼。正如李长之所言："国语运动是反映着的，新文学运动是反映着的，歌谣的采集、研究、被重视，也反映着；因为所谓唯物的、集团的、实用的思潮，实在是属于平民的。反之，形上的、个人的、艺术的思潮，却是属于贵族的。国语运动不是在抛弃少数人的贵族的汉字吗？新文学运动不是在恢复大多数的平民的表现能力吗？注意歌谣也就是要以民间的东西作范本的呀。"③ 歌谣是民间的，是大众的，是朴实的。征集歌谣

---

① 胡适：《国语运动的历史》，朱有瓛、戚名琇、钱曼倩等编：《中国近代教育史资料汇编：教育行政机构及教育团体》，上海教育出版社2007年版，第401页。
② 黎锦熙：《国语运动史纲》，商务印书馆2011年版，第177页。
③ 李长之：《歌谣是什么》，《歌谣》1936年第2卷第6期。

是关注民间资源，阐发其文学层面的审美属性，将民间情感和观念展现出来，使原本只属于民众的文学样式焕发新的光彩。歌谣运动、国语运动以及白话文运动都是"五四"时代浪潮的产物，是"五四"文人为了真正走进民众进行的探索和实践，它们在彼此影响、相互促进的过程中共同推动大众思想启蒙和"五四"文学革命，助力"五四"新时代的发展。

第二节 《歌谣》周刊儿歌与"五四"大众思想启蒙

一 儿童个体意识的发现

传统思想观念里，儿童一直被视为还未长大的人，往往被看作成人的附属品，他们作为独立个体的思想和意识从未被尊重。美国著名教育家杜威1919年来中国讲学，宣传他"儿童本位"的教育思想，鲁迅、周作人等许多五四时期的知识分子都受其教育观念的影响。由于西方新思想的传入和大众启蒙的迫切需求等多重因素的影响，"五四"文人开始关注儿童这个群体，重新认识儿童，承认儿童是具有自我意识的独立个体。鲁迅在《我们现在怎样做父亲》一文中就批评了成人世界对儿童的误解，西方人认为儿童是"成人的预备"，中国人则只是将孩子看作"缩小的成人"。直到近来才真正认识到儿童是与成人不同的，一切"应以孩子为本位"，尊重儿童的个性和思想。[①] 周作人在孔德学校的演讲词《儿童的文学》中也发表了类似的观点，坦言"近来才知道儿童在生理上，虽然和大人有点不同，但他仍是完全的个人，有他自己的内外两面的生活。儿童期的二十几年的生活，一面固然是成人生活的预备，但一面也自有独立的意义与价值"[②]。在他看来，中国社会缺少对儿童自我意识和思维的理解，也没有专门的儿童文学。他还将关注目光伸向民间，认为民间的许多歌谣和童话是适用于儿童的，呼吁收集研究民间歌谣故事，编译外

[①] 鲁迅：《鲁迅杂文全集（上）》，北京燕山出版社2013年版，第15页。
[②] 周作人：《儿童的文学》，王泉根评选：《中国现代儿童文论选》，广西人民出版社1989年版，第38页。

国文学作品给儿童阅读学习。

北大歌谣运动征集民间歌谣也是征集儿歌的运动,编辑《歌谣》周刊时特意将民歌和儿歌分别开来,开设了"民歌"和"儿歌"两个专栏,说明当时《歌谣》周刊的编辑已经充分重视儿歌。长期以来,儿童没有得到充分的认可和尊重,被封建思想禁锢的民众生活压抑,自我意识薄弱,自然也无法认识到儿童的独特思想和内心世界。《歌谣》周刊里的许多儿歌反映了父母对儿童世界的不理解,以粗暴的方式扼杀他们的天性。儿歌《月亮》这样写道:"月亮巴巴,/踩着瓦渣。/一跤跌倒,/赖我打他。/回去告诉妈妈,/妈妈给我两个嘴巴。"① 儿童以一种天真活泼的眼光看待月亮,认为月亮和人一样是有思想的,会"赖我打他"。当孩子把自己的想法告诉妈妈时,换来的却是"妈妈给我两个嘴巴"。天真童趣是儿童的天性,他们"相信草木能思想,猫狗能说话,正是当然的事;我们要纠正他,说草木是植物猫狗是动物,不会思想或说话,这事不但没有什么益处,反是有害的,因为这样使他们的生活受了伤了。即使不说儿童的权利那些话,但不自然的阻遏了儿童的想象力,也就所失很大了。"② 在孩童的世界里,万事万物都是有生命和思想的,成人应该顺其自然地尊重他们而不是扼杀其天性。另外,许多儿童生活悲惨,残酷的现实让他们不得不提早面对生活的晦暗。《歌谣》周刊第 17 号里有一首名为《达谷叶》的儿歌:"达谷叶,就地长,/两生三岁离了娘,/盼能爹爹娶后娘;/娶上后娘养弟弟,/弟弟吃稠我吃汤;/端起碗,泪汪汪,/丢下碗,想亲娘;/后娘问我哭什么?/我说害碗底烧慌。"③ 可怜的孩子在很小的时候便失去了母亲,父亲续娶被后母虐待,只能忍气吞声的过日子。还有一首《纺棉纱》:"纺棉纱,织麻布,/一天织得三丈六。/骑匹白马街上过。/舅爷问我是那个?/我是舅爷亲外甥。/舅爷留我吃餐饭;/一碗茶,冷冰冰;/一碗饭,灰尘尘;/一双筷子水淋淋;/一碗豆

---

① 《歌谣》周刊 1923 年 9 月 23 日第 25 号。
② 周作人:《儿童的文学》,王泉根评选:《中国现代儿童文论选》,广西人民出版社 1989 年版,第 40 页。
③ 《歌谣》周刊 1923 年 5 月 6 日第 17 号。

芽两三根；/一盘猪肉肥嫩嫩。/舅爷叫我多吃块，/舅母旁边胀眼睛。"[1]这首儿歌里饱含着人情淡漠的世态，不认识外甥的舅舅、小气吝啬的舅母，舅舅招待"我"的是冰冷的茶饭和一盘肥肉。儿童具有很强的情绪感受性，此类消极的情绪体验会在其内心留有很深的印记，单纯天真的年纪便见识了世态炎凉，是对儿童本真天性的扼杀，并不利于其成长。

五四时期的知识分子认识到了儿童群体的独特性，开始理解并尊重儿童的思维和精神世界，关注儿童的生存现状。《歌谣》周刊中的这些儿歌真实反映了儿童不被重视和尊重的艰难生活处境，有利于唤起大众对儿童群体的关注，真切意识到儿童与成人的不同，尊重儿童的个体独立性，这不仅有利于儿童的健康成长，更有助于大众自我意识的觉醒。

二　妇女问题折射"人"的意识

"五四"是中国面临内忧外患的时代，新文化运动的影响、新旧观念的冲击使当时的大众产生了强烈的家国思想和个人意识。儿歌是民间歌谣的一部分，是底层民众心绪和思想的反映，《歌谣》周刊以文字的形式登载民间歌谣，以报刊的形式在社会上传播，对大众的思想启蒙有着重要作用。歌谣以口头传唱的形式在民间流传，与现实生活密切相关，朴实的民众往往不懂得掩饰情感，他们将心绪简单直接地放进歌谣里，大方爽朗地唱出来，用最真实的语言叙述父母亲情、男女思慕之情等。歌谣是老百姓抒发自我的重要渠道，工作的疲惫、生活的苦闷乃至对政治的针砭时弊都可以在民间歌谣里寻见。歌谣是民意的真正体现，看似普通的歌谣包含着丰富的思想内涵，是民众思想情感的真切表露。民间歌谣的艺术性也许无法与传统意义上的官方文学形式相比，但是就传达民意、表现民众喜怒哀乐的情绪体验方面而言，庙堂的文学是无法与民间歌谣相提并论的。民间歌谣是属于人民大众的，它才是真正与老百姓息息相关、反映人民大众思想和生活状态的文学样式。

---

[1]《歌谣》周刊1923年3月18日第10号。

《歌谣》周刊的编辑常惠写过一篇名为《歌谣中的家庭问题》[①]的文章发表在《歌谣》周刊第 8 号上,他在文中总结了民间里歌谣反映的中国家庭存在的普遍问题,主要是大众对女性的怀疑（女性平等问题）,国人的夫妻观念问题以及夫妻、婆母不睦三个方面。这三个问题和女性密切相关,社会地位低、如何处理好夫妻关系、姑嫂婆媳关系是女性的生活课题,此类问题的处理甚至决定着她们的命运。《歌谣》周刊中的一首儿歌《大月亮》:"大月亮,小月亮,／哥哥起来做木匠；嫂嫂起来蒸糯饭；／公食碗,婆食碗,／两个小姑两半碗；留半碗,放笼头。／猫偷食克了；／公拿鞭,婆拿鞭,／打得媳妇喊皇天。"[②] 这首儿歌展示了一个勤劳的年轻媳妇形象,她一大早就起来蒸糯米饭,仔细地伺候公婆和两个小姑子吃饭,即便剩下了半碗也没有自己吃,而是留在一旁,却没想到被猫给偷吃了。于是她遭遇了公婆的毒打:"公拿鞭,婆拿鞭,／打得媳妇喊皇天。"一个勤劳贤惠的媳妇,在婆家却过着如履薄冰的艰难生活。

　　姑嫂问题也是中国家庭的常见问题,《歌谣》周刊里有一篇杨向奎的《歌谣中的姑嫂》便是讨论这个问题,她细致地分析了歌谣中反映的姑嫂不和问题,姑嫂是中国家庭中普遍但薄弱的亲属关系,正如杨向奎在文章中分析的那样,小姑子如果待字闺中,嫂子会觉得她碍眼,在家白吃白喝不如早点嫁人。出嫁时若是父母给的嫁妆过多也会引发嫂子的不满,出嫁后回娘家嫂子也不会有好脸色。她还举了一首民歌为例:"大爬豆,开白花。／请小二,住妈家,／爸爸出来抱包袱。／妈妈出来抱孩子,／嫂子出来,扭搭扭搭,／小猴又来哩！"小姑子回娘家,嫂子的不悦毫不掩饰,还用语言加以讥讽。对妇女命运的无奈,杨向奎在文章的结尾发出了深沉的感慨:"旧式的妇女有这些苦楚,他的唯一希望全在他的丈夫。丈夫如果是一个好好儿郎,如果再生下儿子,那就等他'多年媳妇熬成婆'之后,也不算白受苦了。如果丈夫不成材,或无一男半女,她们的出路,也只有一条绳子一口井了！乡间妇女自杀者之所以多,其主因即

[①] 常惠:《歌谣中的家庭问题》,《歌谣》周刊 1923 年 3 月 4 日第 8 号。
[②] 《歌谣》周刊 1923 年 9 月 23 日第 25 号。

在此。这是中国社会中的一个严重问题啊!"①

旧时代的妇女没有独立人权和平等的社会地位，命运往往不能掌握在自己手中。何止是女子，在封建社会森严的等级制度下，底层民众没有独立掌握自我命运的权利。这样触目惊心的社会现状通过歌谣传递出来，再以文字的形式登载在报刊上广为流传，必然能引起大众的注意。他们通过歌谣的呈现，以另一种视角看待现实生活，以"看客"般的身份重新审视自己所处的社会，意识到自己面临的深层生活困境，寻求成为一个真正的"人"。周作人在《人的文学》中也曾指出中国社会"人的问题，从来未经解决，女人小儿更不必说了，如今第一步先从人说起，生了四千余年，现在却还讲人的意义，从新要发见'人'，去'辟人荒'"②。中国旧社会里，民众普遍缺乏人权，女人和小孩子的地位更是低下，"五四"的号角吹醒了"人"的意识，歌谣征集应和时代的主旋律，《歌谣》周刊中的儿歌揭露了儿童的悲惨生活和深刻的妇女问题，使大众认识到当时社会的落后，唤起他们的自我意识和对平等、自由的追求，达到启发民智之目的。

第三节 《歌谣》周刊儿歌与儿童现代教育

一 日常生活知识教育

儿歌在儿童教育中发挥着重要作用，儿歌的生动有趣和歌唱形式十分符合儿童心理特点，极大地激发了儿童的学习兴趣。家庭是儿童的第一教育场所，儿童在成长过程中也需要日常生活知识的普及教育，儿歌这样节奏明快、朗朗上口的艺术形式符合儿童的审美趣味，有助于他们在轻松愉快的学习氛围中掌握许多日常生活知识。例如，《歌谣》周刊中的一首儿歌《小柳树》："小柳树，满地栽，/金花谢，银花开。"③ 这首

---

① 杨向奎：《歌谣中的姑嫂》，《歌谣》周刊1936年第三卷第6期。
② 周作人：《人的文学》，《周作人散文精选》，长江文艺出版社2009年版，第3页。
③ 《歌谣》周刊1923年5月30日第18号。

儿歌十分简短，既便于儿童吟诵学习又包含着丰富的自然知识。小小的柳树，柳枝垂下的样子就像栽了满地，生动的想象帮助儿童更好地认识柳树这一植物。而"金花谢，银花开"一句不仅描述了植物的生长变化规律，还蕴含了季节变换、四时更替的时间意识。儿童是很善于学习的，这样的儿歌十分有助于他们认识自然、认识世界。还有一首《拍豆角》则更生活化："拍！拍！拍豆角。/豆角弯，上南山，/南山一包好眉豆，/开的花，紫油油。/大花落在斗里，/小花落在手里。/金奶奶，银奶奶；/来俺门上洗脸来。/洗一洗，一把米；/擦一擦，一脸疤。"① 这首儿歌用一种活泼俏皮的方式让儿童对豆角有了真切细致的认识，唤起他们对生活的浓厚兴趣。

除许多描绘植物的儿歌，《歌谣》周刊中也有很多与动物相关的儿歌，生动地反映了各类动物的不同特点，加深儿童对动物的认识。例如，儿歌《小老鼠》："小老鼠，上灯台，/偷油喝，下不来；/叫小姑，抱猫来，/滴溜，滴溜，扳下来。"② 这首儿歌用轻松诙谐的语言塑造了一个淘气顽皮的小老鼠形象，爱偷油吃又怕猫的小老鼠显得很是可爱。也有描写猫的儿歌："咪咪猫，上高窑，/金蹄蹄，银爪爪；/上树树，捉雀雀；/仆辘轳都飞了，/把老猫气死了！"③（《咪咪猫》）上蹿下跳的小猫到处捣乱，快"把老猫气死了"，生动地展现了猫儿活泼灵动的特点。还有儿歌《小兔子》："小兔子，朝哪跑？/朝南跑。/吃什呢？吃爬根草。/甜不甜？也罢了。"儿童通过这首儿歌就可以了解到兔子擅长奔跑和喜爱吃草的动物特性。儿歌用生动的口吻和风趣的表现视角，给儿童编造了一个生动形象的"口头"动物世界。儿童对这个世界的一切都是陌生的，日常生活的知识学习是他们成长的必需。认识动植物，了解基本的生活常识是他们感受生活、认识世界的过程。《歌谣》周刊里的这些儿歌虽然来自民间，但都兼具知识性与趣味性，十分符合儿童的审美趣味和学习需要，简短易懂的语言、歌唱的形式适合儿童的生理和心理特点，在感受性的学习中掌握日常生活知

---

① 《歌谣》周刊1923年5月30日第18号。
② 《歌谣》周刊1924年1月13日第41号。
③ 《歌谣》周刊1923年5月12日第19号。

识，达到开启儿童心智、教育儿童的目的。

二 人生价值观的启蒙

教育落后的封建社会，儿童价值观念的启蒙教育主要来自父母，家庭教育对他们此后的价值观念和人生态度产生着重要影响，儿歌是民间儿童教育的重要手段，父母常常会教儿童唱歌，许多歌曲中往往蕴含着思想道德观念，寓教育于娱乐，儿童学会了歌曲，歌曲中蕴含的思想也刻进了他们的心里，伴随儿童的生活和成长。《歌谣》周刊里收录的许多儿歌蕴含着人生价值观念和生活哲学，寄托了人们对儿童的谆谆教诲和殷切期望。

《歌谣》周刊第一册中的儿歌包含的价值理念涉及许多方面，这是底层民众在长期生活和实践中共同形成的价值判断，概括起来主要分为以下几点。第一，孝顺父母。中国人自古以孝为先，孝顺与否至今都是衡量个人道德品质的重要标准。《歌谣》周刊中的儿歌浅显直白，以戏谑讽刺的方式指责不孝的子女，发人深省。儿歌《大公鸡》里这样写道："大公鸡，尾巴长，/娶了媳妇忘了娘。/老娘要吃糖烧饼，/那有闲钱补笊篱；/媳妇要吃大糖梨，/走到门口削了皮，/慢慢吃，慢慢吃，/别教梨核卡着你。"[1] 这首儿歌指斥了不孝顺母亲、只顾儿媳的儿子。另一首同类型的儿歌则更直白地表达了母亲对儿子的不满："白眼狼，尾巴长，/取了媳妇忘了娘。/他娘要吃大酥梨，/那有闲钱补笊篱，/他媳妇想吃个大鲜鱼，/起个五更赶早集，/打了鳞，剥了皮，/香油煎得透酥的。/他媳妇就笑，他娘就叫，/狼在窝里发咆躁。/白眼狼，尾巴短。/小狼又抓瞎了大狼的眼。"[2]（《白眼狼》）

第二，做人应有勤劳踏实、自立自强的品质。勤劳朴实是劳动人民的美德，也是他们对生活的感悟，做人只有勤劳肯干、自力更生，才能堂堂正正的活着，人生才会有价值。朴实和谐的家庭生活是他们的愿景：

---

[1] 《歌谣》周刊1923年3月25日第11号。
[2] 《歌谣》周刊1923年3月25日第11号。

"明啦！／小鸡上了棚啦！／老牛崛了尾啦！／闺女小子都该起啦！／闺女起来掏灰，／小子起来担水，／老婆起来纺个穗，／老头起来拾泡粪。"① 这首儿歌极具画面感，温馨的小农家，一家人其乐融融，每人干好自己的活计，一幅生机勃勃的家庭生活景象仿佛就在眼前。儿歌《小小鸡》则教育儿童要自立："小小鸡，蹬蹬坐。／无娘儿，靠那个？／靠爷爷，爷爷打；／靠婶婶，婶婶骂。／靠山，山倒；／靠水，水深；／靠一棵树，／还不长根。"② 这首儿歌表面在说没有母亲的小孩儿无依无靠，很可怜，其实也是在教育儿童要自立自强，人只有靠自己的能力生活才是长久之计。

第三，要认真读书。国人素来崇尚读书，即便底层民众文化水平不高，但都很尊重读书人，希望儿童能够认真读书，学有所成。儿歌《月老娘》则是表达百姓希望儿童能够"读四书，念文章，／红旗插到大门上"③ 出人头地、光宗耀祖的心声。还有的儿歌则告诫儿童做人应有远见卓识，不可鼠目寸光，如儿歌《不要慌》等。

传统的儿童教育呆板乏味，晦涩难懂的古文、成人理念的生硬说教、填塞式的教育方式，忽视儿童的心理特点，用一种看似正确的方式将儿童固化为一个个呆板的"小大人"。与之相比，儿歌的教育方式符合儿童的心理特点，体现的是儿童本位的教育观。儿歌对儿童的教育影响是潜移默化的，儿歌中蕴含的价值理念通过吟唱渗入儿童内心，他们以歌唱这种轻松愉快的形式获得了观念教育，符合儿童教育原理。儿童有属于自己的精神世界，儿童教育应以尊重儿童生命和心灵为前提，以适应儿童个性特点的形式进行，促进儿童的成长发展。

"儿童文学，无论采用何种形式（童话、童谣、剧曲），是用儿童本位的文字，以儿童的感官直塑其精神堂奥，准依儿童心理的创造性的想象与感情之艺术。儿童文学其重感情与想象二者，大抵与诗的性质相同；其所不同者特以儿童心理为主体，以儿童智力为标准而已。"④ 所谓儿童

---

① 《歌谣》周刊1923年10月18日第33号。
② 《歌谣》周刊1923年10月14日第28号。
③ 《歌谣》周刊1923年10月14日第28号。
④ 郭沫若：《儿童文学之管见》，盛巽昌、朱守芬编：《郭沫若和儿童文学》，少年儿童出版社1990年版，第3页。

文学应以儿童为本位，以儿童心理为依托，适应儿童智力的同时要有助于开发儿童的想象力。儿童教育亦然，儿歌无论是作为儿童文学还是儿童教育形式都是可取的。《歌谣》周刊中的儿歌来自民间，语言活泼生动，内容贴近生活，意蕴丰富又不失趣味性，儿歌的教育形式符合儿童心理特点和审美趣味，儿歌中也不乏具有现代性的价值理念。相比枯燥严肃的学堂教育，民间儿歌以一种轻松和富于想象性的方式实现了对儿童的教育，不仅向儿童传递了思想观念，而且丰富了属于儿童的想象世界，具有现代教育色彩。

第三章 《歌谣》周刊儿歌与"五四"白话诗歌语言

第一节 《歌谣》周刊儿歌与现代白话诗歌语言

一 活泼俏皮的儿歌语言

新文化运动提倡建设平民文学,建设属于平民大众的白话文学也是"五四"文学革命的一个重要命题。白话的文学需要白话语言,白话文学的发展与白话语言的表现力密切相关。胡适认为"中国若想有活文学,必须用白话,必须用国语,必须做国语的文学"①,要创建白话的文学,便要突破中国旧文学里传统语言的窠臼,创建白话新文学。胡适等早期白话新诗人们也的确认识到了语言对白话诗歌创作的重要性,他们决定用一种"近于说话的语言"创作白话诗歌,以白话口语入诗成为"五四"白话新诗人的重要实践。从中国诗歌长期以来的文言律诗传统转变到以白话语言作诗绝非易事,白话新诗人们经过了许多的挣扎和摸索。他们既通过译介西方诗歌等方式寻求外国文学的支援,也将探索的目光伸向了民间诗歌资源。民间歌谣是最古老的诗,是"活的文学",通过老百姓的口头传唱的在民间代代流传,历久弥新。刘半农是最早关注民间歌谣和将其作为白话新诗资源的白话新诗人,在他看来,"我们做文做诗,我们所摆脱不了,而且是能于运用到最高等最真挚的一步的,便是我们抱

---

① 胡适:《胡适文存》(一),华文出版社 2013 年版,第 49 页。

在母亲膝上时所学的语言；同时能使我们受最深切的感动，觉得比一切别种语言分外的亲密有味的，也就是这种我们的母亲说过的语言"①。人在幼时习得的语言是最为亲密真挚的记忆，这样深入记忆深处的语言会长期影响成人时娴熟自如的运用。从白话诗人的创作实绩也不难看出，民间歌谣的确为白话新诗提供了丰富的语言资源。

虽然五四时期的白话新诗人极力提倡以白话语言作诗，但是他们毕竟深受中国传统文言格律诗的影响，对白话诗歌创作的具体实践和艺术品格的把握还是模糊的。胡适的《尝试集》就很鲜明地体现了诗人在作白话新诗时在突破旧传统和创立新诗语之间的挣扎，他后来在《尝试集》再版自序中也只承认《老鸦》《老洛伯》《你莫忘记》等十四篇是白话新诗。翻开这本"小小的尝试"的诗歌集，无论诗歌的艺术品格成熟与否，单就语言方面而言，还是随处可见民间歌谣影响的痕迹。胡适主动从民间歌谣中吸取语言养料，他能欣赏民歌的真诚可爱，模仿借鉴民间歌谣的艺术特征，从题材、语言和形式多方面借鉴歌谣，创作了许多具有"平民化"特点的白话诗歌。《尝试集》里的名篇《蝴蝶》写两只黄蝴蝶，虽然形式上还是未能摆脱旧体诗词的束缚，但是语言已不见古典诗词的晦涩委婉，用通俗的白话语言写了两只黄蝴蝶不能比翼双飞的孤单可怜。"两个""孤单""可怜"这种浅显直白的词语纷纷出现在诗中，这其实是民间儿歌常见的词语。用通俗易懂的白话语言描述日常生活里常见的事物，以感情色彩强烈的词语直接表达个体感受是儿歌语言的特色。诗歌《鸽子》以生动的语言描写了空中的鸽子："云淡天高，好一片晚秋天气！／有一群鸽子，在空中游戏。／看他们三三两两，／回环来往，／夷犹如意——／忽地里，／翻身映日，／白羽衬青天，／十分鲜丽！"②开篇一个"好"字奠定了诗歌的情感基调，令人欣喜的晚秋天气，一群飞翔的鸽子像在空中做游戏，"翻"字写出了鸽子飞舞时的动态，"白"和"青"形成鲜明色彩对比，增强了诗歌的画面感，诗歌风格清新明丽，

---

① 刘半农：《瓦釜集·代自叙》，赵景深原评，杨扬辑补：《刘半农诗歌集评》，书目文献出版社1984年版，第114页。

② 胡适：《胡适精选集》，万卷出版公司2014年版，第26页。

意蕴悠长，洋溢着昂扬向上的精神气质。

儿歌是面向儿童的歌谣，儿童语言的最大特点是生动俏皮，浅显易懂，便于儿童唱诵和理解。《歌谣》周刊里有许多语言活泼俏皮的儿歌，例如《咪咪猫》："咪咪猫，上高窑，/上树树，呆巧巧。"① 这首儿歌只有短短12个字，描写的也是猫上窑、上树这样的日常生活小事，但因为语言的活泼俏皮使这首儿歌读来格外有趣。"咪咪"是拟声词，指的是猫的叫声；"上树"按照儿童的语言习惯表述为"上树树"，"呆巧巧"是方言，也是儿童的表述，三字句式巧妙促成了儿歌语言的简洁生动。看似简单的儿歌融入了拟声词、儿童用语和方言，使这首儿歌显得活泼俏皮，将小猫的淘气展现得淋漓尽致。五四的白话新诗人也注意到了民间儿歌语言的这些特点，巧妙地运用到了白话新诗里。刘半农是比较看重儿歌艺术性的白话新诗人，他有许多新诗是拟儿歌创作的。且看这首流传较广的《羊肉店（拟儿歌）》：

> 羊肉店！羊肉香！/羊肉店里结着一只大绵羊，/吗吗！吗吗！吗吗！吗！……/苦苦恼恼叫两声！/低下头去看看地浪格血，/抬起头来望望铁勾浪！/羊肉店，羊肉香，/阿大阿二来买羊肚肠，/三个铜钱买仔半斤零八两，/回家去，你也夺，我也夺——/气坏仔阿大娘，打断仔阿大老子鸦片枪！/隔壁大娘来劝劝，/贴上一根拐老杖！②

这是一首用江阴方言作的拟儿歌，受民间儿歌语言特点影响的痕迹十分明显。诗歌开篇一句"羊肉店！羊肉香！"简单直率，仿佛看到一个小孩叫嚷着蹦蹦跳跳进了羊肉店，很符合儿歌语言俏皮生动的特点。"羊肉店里结着一只大绵羊"一句里"结"字运用得很巧妙，描述事物生动形象但又似乎不符合成人用语规范的表述正是儿歌语言的精妙之处，也很符合儿童天马行空的思维特点。一个"结"字使诗句变成了儿童口吻，而"吗吗"这样的拟声词的运用以及诗歌末句的"劝劝""拐老杖"这样的

---

① 《歌谣》周刊1924年2月24日第44号。
② 刘半农：《刘半农文集》，线装书局2009年版，第206页。

儿童用语，都使这首白话新诗具有了儿歌语言独有的俏皮韵味。民间儿歌的语言生动活泼，易于把握和借鉴，白话新诗人巧妙地将其运用到新诗里，充分显示了现代白话语言的表现力，增添了白话诗歌的语言魅力。

二 清新真切的叙事语言风格

　　白话是一种叙述性的语言，叙事性是白话的重要特征。白话是百姓日常交流用语，通俗易懂，其艺术风格与文言不同，选择用白话作为新诗的语言工具必然会面临白话新诗"非诗化"的问题。即便是主张用白话作诗的新诗人刚开始对白话语言能否保持诗歌的艺术品格和审美性也是犹疑的，毕竟用现代白话作诗是一次全新的尝试。为了开拓白话诗歌语言的艺术空间，早期白话新诗人们将关注视角转向民间歌谣，探究歌谣原始纯朴的语言魅力。

　　歌谣具有叙事性，即便是儿歌也充满了对世间百态的朴实叙述。底层民众的生活是普通和烦琐的，家长里短、人情世故充斥着每个人的生活。世俗生活充满着烟火气，喜怒哀乐百般滋味，生活的意义在嬉笑怒骂中不言而喻。老百姓的情感是直白朴实的，他们将琐碎的生活日常放进歌谣里，把生活的酸甜苦辣尽情地唱出来。《歌谣》周刊许多叙事的歌谣，用质朴的语言描绘了民众生活，酣畅淋漓地表达人们的情感和生活体悟。儿歌是属于儿童的歌谣，儿歌语言的叙事性自然也有其独特性，儿歌的叙事往往要有儿童思维和儿童语气，这样才能符合儿童的审美趣味。《歌谣》周刊中许多以儿童口吻叙说的儿歌，语言风趣俏皮、活泼生动，增添了歌谣的艺术魅力。儿歌《小板凳》："小板凳，四条腿，/我给奶奶数数嘴，/奶奶嫌我吵得荒，/给我做碗疙瘩汤，/奶奶吃了不多点，/我吃了一大碗。"[①] 这首儿歌描写了一个活泼淘气的小孩，围着奶奶叽里咕噜说个没完，奶奶便给"我"做疙瘩汤吃，以第一人称和俏皮的儿童语言叙事，生动又有趣。还有儿歌《小老鼠》里生动地描绘了一只好吃的小老鼠："小老鼠，爬缸沿，/偷小瓢，挖好面，/拌面胳膊打鸡

[①]《歌谣》周刊1923年11月18日第33号。

蛋；/呼啦，呼啦两碗半：/给小狗一碗，/叫小猫偷喝了。"① 在儿童世界里，小老鼠是古灵精怪的，它有着和人一样的思维能力，会"偷面""打鸡蛋"来做吃食，并和朋友分享。只有儿童充满童真的视角才会将老鼠偷食的事情叙述得如此生动有趣，简短明了的语言却让儿歌有了戏剧性的特点。

白话新诗人们很自然地将儿歌语言的叙事性和儿童语气用来作白话新诗，依旧是叙事性的诗歌语言，只是白话新诗人们也有自己的诗思，他们将对儿歌语言的借鉴与自己的创作经验相结合，不仅能提升白话新诗的语言意蕴，而且便于他们更好地抒发个体的生命体验和人生哲思。诗人刘大白有着成功的创作试验，他不少的白话新诗就十分巧妙地借鉴了民间儿歌。且看这首《两个老鼠抬了一个梦》：

孩子说：/"母亲，我昨晚上做了一个梦；/现在却有点儿记不起来，/迷迷蒙蒙了。"/母亲笑着说："两个老鼠抬了一个梦？"/老鼠怎么能抬梦？/梦怎么抬法？/老鼠抬了梦去做什么？/这不是梦中说的梦话？/不是梦话哪——她怎地记不起梦来？/那梦上哪儿去了，/要不是老鼠把梦抬？/那老鼠刚抬了梦跑，/蓦地里来了一头猫；/那老鼠吓了一跳，/这梦就跌得粉碎没处找。/哦，我知道了！/我们做过的梦都上哪儿去了！/原来都被猫儿吓跑了抬夫，/跌碎得没找处了！②

这首白话新诗围绕母亲与孩子的对话展开，用朴素的白话语言写了儿童关于老鼠和梦的思索，诗歌采用儿童口吻叙事，"老鼠""猫儿"都是儿歌中的常见意象，其中许多语言也来源于民间儿歌，只是诗人在创作时融入了自己的思考和艺术处理，让这首白话新诗既继承了儿歌语言的生动俏皮，又具有了白话新诗的艺术品格。语言清新浅显，意蕴隽永，诗歌最后一节用儿童思维叙述了梦的踪迹，我们的梦"原来都被猫儿吓跑了抬夫，跌碎得没找处了！"以儿童天真烂漫的臆想结尾，诗歌读来生动

---

① 《歌谣》周刊 1923 年 10 月 14 日第 28 号。
② 蒋风主编：《中国儿童文学大系：诗歌（一）》，希望出版社 2009 年版，第 17 页。

灵秀，余韵悠长，给人无限的遐想。还有胡适《尝试集》中的《应该》《老鸦》，刘半农的《木匠》《一个小农家的暮》等诗歌都延续了民间歌谣平实的语言叙述，体现了现代白话的叙事性特点，只是新诗人们有着更加丰富的内心世界，自我知性表达的需求强烈，白话新诗的语言承载着诗人们表达人生经验和复杂世界的丰富意蕴。

第二节 《歌谣》周刊儿歌与白话新诗音乐形式

一 自然的节奏韵律

节奏"是现代汉语诗歌中某些凸显要素复现的现象"，具体包括语音节奏、语形节奏、情感节奏、生理节奏、语义节奏等。① 就儿歌而言，节奏特征比较明显的还是在语音方面，因为"儿歌是流传于儿童尤其是低幼儿童之口，可歌可吟的简短诗歌，低幼儿童由于心理、生理和思维的稚嫩，他们对儿歌的审美接受是一种感官性的感性接受，文本的语音层面就显得尤为重要"②。具体而言，构成儿歌语音节奏的主要方式是押韵、叠字和衬字。例如儿歌《一背背》："一背背，两背背。/背的老娘家走一回。/老娘问你几岁了？和绵羊同岁的。/咱的绵羊在那里？/庙儿后头吃草哩。/甚草？青草。/吃得肚里很饱。"③ 通过"背""岁""草""饱"几字的反复出现，形成巧妙的押韵，再在语句后面衬以"哩"这样的语气词，使整首儿歌节奏鲜明，郎朗上口。

《歌谣》儿歌还具有生理节奏的特点，生理节奏是自然形成的，"人体中各种机能如呼吸循环等等都是一起一伏地川流不息，所以节奏是生理的自然需要"④。儿童活泼好动，儿歌的节奏多与游戏形式相结合，孩子们唱诵儿歌不仅语音上要节奏鲜明、朗朗上口，往往还需要辅以节奏

---

① 王泽龙、王雪松：《中国现代诗歌节奏内涵论析》，《文学评论》2011年第2期。
② 肖阳：《黎锦晖之儿童音乐教育理念：推广国语最好从教小孩子们唱歌做起》，《湖南师范大学教育科学学报》2010年第2期。
③ 《歌谣》周刊1923年3月4日第8号。
④ 王泽龙、王雪松：《中国现代诗歌节奏内涵论析》，《文学评论》2011年第2期。

感强的身体动作,生理节奏和语音节奏相应和。《歌谣》周刊里有一首游戏歌《过桥》:"一啦,二啦,三,/三三计九过,过桥。/桥顶虱子迷迷笑;/桥下鲢鱼别别跳。"不仅唱的儿歌内容押韵,富有节奏感,还要求"小儿以手拍毽子,凡三次即交与第二者,第二者又数三次交与第三……或仍回至第一者,苟数未足三次而落地者则罚以手心或其他方法,拍时口唱此歌。"① 歌谣蕴含着游戏场景,要求儿歌不仅要具备适合吟唱的语音节奏,还带动了儿童的生理节奏,使歌谣更具趣味性,吸引儿童歌唱。如广东儿歌《摇括橹》:"摇括橹/娶一新新抱。/新新抱,几时归?/明年后日归。/有也嘢归?/又有如龙,又有鸡。/阿婆唔食得生鸡骨。/哽得阿婆哽吉吉。/猪又争,狗又争,/争崩阿婆来仔婴。/阿婆走出门边叹。/阿公话唔好汉,/等到缸瓦船来又买返。""摇括橹"是"两小孩对坐,双手相合,两身对摇之名。"② 儿童一边摇括橹一边歌唱,两个孩子相对而坐,伴着歌唱身体有规律的晃动,节奏感强。

早期白话新诗人为了突破旧体诗词的束缚,不仅主张用白话语言作诗,还提倡自然的节奏和韵律,创作真正的白话新诗。堪称中国白话新诗第一人的胡适认为新诗的产生打破了五七言诗体和诗词曲调的限制,不再刻意追求诗歌的格律、平仄和长短,自由的作诗,题目和内容是自由的,用韵与否也是自由的。这是诗体的又一次大解放,也是诗歌发展到现在的自然趋势。③ 他的《梦与诗》全诗共三节:

  都是平常经验,/都是平常影象,/偶然涌到梦中来,/变幻出多少新奇花样!

  都是平常情感,/都是平常言语,/偶然碰着个诗人,/变幻出多少新奇诗句!

  醉过才知酒浓,/爱过才知情重;——/你不能做我的诗,/正如我不能做你的梦。④

---

① 《歌谣》周刊1923年6月10日第22号。
② 《歌谣》周刊1923年12月23日第38号。
③ 胡适:《谈新诗》,《胡适文存》(一),华文出版社2013年版,第132页。
④ 胡适:《胡适精选集》,万卷出版公司2014年版,第51页。

每节四句，前两节前两句均是用"都是平常××"的句式，形成了如歌谣般回环复沓的结构；每节都有用韵，第一节二、四句用"象"和"样"二字结尾押"ang"韵，第二节二、四句结尾的"语"和"句"押"u"韵，最后一节的"醉过才知酒浓/爱过才知情重"一句则是押尾韵"ong"。这首诗将"梦"与"诗"两个似乎不相关的意象联系起来，二者有着相似的化凡为奇的能力，平常的生活在梦境里是奇幻的，平常的言语可以"变幻"为美妙的诗句。诗歌音韵节奏自然和谐，通俗易懂又不乏理趣，蕴含着诗人的诗歌主张，即用自然的白话语言创作自然的新诗，自然地抒发情感体验。而在郭沫若看来，节奏又是属于情绪的："抒情诗是情绪的直写。情绪的进行自有它的一种波状的形式，或者先抑而后扬，或者先扬而后抑，或者抑扬相间，这发现出来便成了诗的节奏。"[①]按照郭沫若情感节奏论的主张，没有诗歌是没有节奏的，诗歌的形成必然有情绪的起伏变化，这就形成了诗歌内在的情绪节奏。他的诗歌《天狗》情绪昂扬，诗人以"天狗"，展现吞吐日月、改变河山的宏大气魄；诗歌充满着爆发性的能量，"我"在不断地"飞奔""狂叫""燃烧"直至"我的我要爆了呀"。全诗共有29行，诗句或长或短，诗歌基调昂扬激进，诗意急缓起伏，复沓回环，充分展现了诗歌激荡狂热的内在情感节奏，体现了诗人渴望解放自我，张扬个性的人生诉求。

总之，无论是自然音节节奏论还是情绪的内在节奏论，都是提倡追求节奏韵律的自然性，而这正是民间歌谣的节奏特征。白话新诗的音乐形式与民间歌谣有着深厚的渊源，儿歌这样的民间歌谣节奏明快、韵律自然和谐，在诗歌音乐形式上为早期白话新诗提供了重要借鉴。

二 歌唱性特征

民间歌谣都是能唱的，它是通过口头传唱的方式在民间流传，儿歌的音乐性是适应儿童生理特点的必备要素，儿童的听觉能力的发展先于语言能力，他们还不会说话时就能辨听声音，喜欢听有节奏韵律的声音，

---

① 郭沫若:《沫若文集10》，人民文学出版社1958年版，第225页。

而他们牙牙学语时也是先学习发音再逐渐理解意蕴的。因此，对还不具备成熟的语言能力的儿童而言，歌谣的音乐性往往比意蕴还重要。为了保留征集来的歌谣的音乐性，歌谣研究会在歌谣征集简章里明确声明："歌谣之有音节者，当附注音谱。（用中国工尺，日本简谱，或西洋五线谱均可）"①梁实秋称歌谣是"现成的有节奏有音韵的白话诗"②，刘半农则将民歌的歌唱性特点归为情感的需要，他认为民众唱歌是和呼吸一样重要的生命本能需求，只是唱歌是人们在"维持心灵的生命"。生活中会遇到各种各样的事情，会产生复杂多样的情绪，唱歌是民众宣泄情绪的重要途径。无论开心喜悦还是痛苦悲伤，人们都需要表达、需要歌唱，他们"借着歌词，把自己的所感，所受，所愿，所喜，所冥想，痛快的发泄一下，以求得心灵上之慰安"③。民众抒发情感的需要是促成民间歌谣歌唱性特征的内在质素，与歌谣本身自然和谐的节奏韵律共同构成了其独特的音乐性。儿歌《摇摇摇》："摇，摇，摇，/摇去大观桥；/买斤猪肉买斤蕉。/摇，摇，摇，/摇去捞柴烧；/有力捞一担，/有力捞一条。"④具有典型的歌唱性特点，"摇，摇，摇"一句反复出现，形成复沓句式，"摇""桥""蕉""烧"等字押"ao"韵，复沓和押韵的运用，形成了自然的韵律和节奏，增强了儿歌的音乐性，便于歌唱。《小大姐》全篇采用三言句式："小大姐，/靠河沿，/洗洗手，/绣花鞋。小大姐，/靠河边，/一买酒，/一买烟。小大姐，/下厨房，/煎豆腐，/两面黄。"⑤以"小大姐"一句的多次出现使儿歌形成三节，层次分明，"边"和"烟"与前文的"沿"一起押"an"韵，"房"和"黄"则押"ang"韵，用韵自由随性，节奏明快，韵律和谐。

为了增强白话新诗的音乐性，白话新诗人们积极主动地向民间歌谣取法。儿歌清新明快的节奏韵律、生动俏皮的语言、自然纯粹的情感共同构成其歌唱性特质，可为白话新诗提供有益借鉴。新诗人刘半农模仿

---

① 《歌谣》周刊1922年12月17日第1号。
② 梁实秋：《歌谣与新诗》，《歌谣》周刊1936年第2卷第9期。
③ 刘半农：《〈国外民歌译〉自序》，《刘半农自述》，安徽文艺出版社2014年版，第69页。
④ 《歌谣》周刊1923年12月23日第38号。
⑤ 《歌谣》周刊1923年4月22日第15号。

现代传媒与中国现代诗歌

民间歌谣创作了许多歌谣体新诗，它们吸收了民间歌谣的歌唱性艺术特征，具有较强的音乐性，如《教我如何不想她》、《拟儿歌》（小猪落地）等诗歌。诗人刘大白很重视诗歌的音乐性，他注重吸取歌谣在节奏、韵律及情感方面的特点，创作了许多易于歌唱的诗歌。且看这首广为传唱的《卖布谣》：

嫂嫂织布，／哥哥卖布。卖布买米，／有饭落肚。
嫂嫂织布，／哥哥卖布。弟弟裤破，／没布补裤。
嫂嫂织布，／哥哥卖布。是谁买布，／前村财主与地主。
土布粗，／洋布细。／洋布便宜，／财主欢喜。／土布没人要，／饿倒哥哥嫂嫂！①

显然，这首诗从题材内容到艺术特色都深受民间歌谣的影响。诗歌描写的民众织布卖布的日常生活是歌谣中常见的内容，而该诗对民间歌谣歌唱性特征的吸取则更是鲜明。诗歌中反复出现"嫂嫂织布/哥哥卖布"句子，形成如民歌般复沓的特点。诗句以四言为主，其中"布""肚""裤""主"等字形成简单的押韵，节奏和谐，增强了诗歌的可歌唱性。情感方面，诗歌着眼于民众的日常生活，用叙事性的语言道出了底层平民深受帝国主义经济侵略和地主阶级剥削的悲惨生活现状，感情朴实真挚，凄楚动人。还有胡适的《希望》《梦与诗》兼具理趣和音乐性，使诗歌韵味十足。《希望》原诗是这样的：

我从山中来，／带着兰花草；／种在小园中，／希望开花好。
一日望三回，／望到花时过；／急坏种花人，／苞也无一个。
眼见秋天到，／移花供在家；／明年春天回，／祝汝满盆花！②

此诗虽还是五言形式，但是用白话语言写成，每节二、四句押韵，韵律

---

① 蒋风主编：《中国儿童文学大系：诗歌（一）》，希望出版社2009年版，第19—20页。
② 胡适：《胡适精选集》，万卷出版公司2014年版，第57页。

和谐。诗歌内容围绕兰花草、种花的日常生活展开，经历了欣喜种花、焦急盼花、期望明春这样的情感起伏变化，构成了诗歌内在的情绪节奏，用"开花"喻"希望"，将抽象的概念具体化，增添了诗歌意境，诗歌风格清新质朴，蕴含着诗人对生活的热切期待。这首诗后来还被改编为校园歌曲《兰花草》，风靡一时。

不得不提的是，白话新诗人们虽然注意到了民间歌谣的歌唱性，但他们对歌谣音乐性的理解并不深刻，因而在为白话新诗借鉴资源时就难免浅显，他们更为强调诗歌的"内在音乐性"，将诗歌情绪的起伏变化视作诗歌音乐性的内在体现。即便是极为喜爱民歌的刘半农也只是将民间歌谣的歌唱性实质笼统地归为民众抒发情感的需要，这样的理解其实是失之偏颇的。正因当时白话新诗人们对歌谣的音乐性挖掘不够，民间歌谣的歌唱性艺术特征被大大忽视了。

第四章 《歌谣》周刊儿歌与"五四"白话诗歌的审美趣味

第一节 自由活泼的文体

一 自由自在的民间情趣

陈思和关于"民间"概念的阐述道出了民间艺术的独特韵质:"自由自在是它最基本的审美风格。民间的传统意味着人类原始的生命力紧紧拥抱生活本身的过程,由此迸发出对生活的爱憎,对人类欲望的追求,这是任何道德说教都无法规范、任何政治律条都无法约束,甚至连文明、进步、美这样一些抽象概念都无法涵盖的自由自在。在一个生命力普遍受到压抑的文明社会,这种境界的最高表现形态只能是审美的。所以,民间往往是文学艺术产生的源泉。"[①] 民间传统里虽然存在对思想的禁锢和旧俗导致民众始终有无法摆脱的约束,但大众性格里的"野性"也是无法忽视的,他们有着强烈的爱憎和执着生活的生命原始本能,他们需要自由自在的情感表达。民间歌谣便是他们抒发情感的有力载体,也是民众在日常生活里对自由自在的即时向往和生动表现。民间歌谣是真正属于底层大众的文学,是人民群众自己创造、自己欣赏的文学样式,不仅是人民群众的真实情感的自然流露,而且表现形式也带有浓厚的民间色彩。正如胡适所言:"一切新文学的来源都在民间。民间的小儿女,村

---

① 陈思和:《陈思和自选集》,广西师范大学出版社1997年版,第207页。

农夫妇，痴男怨女，歌童舞妓，弹唱的，说书的，都是文学史上的新形式与新风格的创造者。"① 在他看来，新文学的来源在民间，民间歌谣一切的形式和风格可以为庙堂文学提供有力借鉴。

儿歌是民间歌谣的重要组成部分，自然也包含着民间歌谣的审美特点。《歌谣》周刊中的儿歌是民间的产物，除内容方面充满童趣，在文体形式上也是自由活泼的。儿歌由日常生活的白话语言创作，以口头传唱的方式在民间流传，口语化是其重要的特点。伴随语言口语化的是形式的自由，篇幅长短不受限制，诗行排列自由随意，文体形式多样。儿歌《打掌掌》篇幅短小，意蕴深长："打掌掌，百花开，/风吹杨柳过江来；/船在江中走，/花在月里开。"② 这首儿歌篇幅短小，句式长短变化不一，描绘风吹杨柳、船行江中的自然现象，言有尽而意无穷。也有篇幅很长的儿歌："小板凳，弯弯腰；/我是我妈小娇娇，/我是我爹龙宝贝，/我是我哥亲妹妹。/嫂子说我不抗把，/我能在家过几夏。/嫂子说我不切葱，/我能在家过几冬。/我是塘里浮萍草，/一波一波打去了。"③ 这首名为《小板凳》的叙事儿歌，不仅诗歌篇幅较长，排列也较为规整。另外还有以问答对话形式呈现的儿歌，例如儿歌《张古老》："房上是谁？/张古老。/你口里吃的是甚？/甜酸枣。/我吃一个？/却莫了。"④ 或是："柳絮，柳絮叶叶，/毙打，毙打盖盖；/先打能能，后打太太。/太太门前几座庙？三座庙。/那个庙里有神刃？当中庙。/什么门？红荆门。/什么开？铁打钥匙两头开；/娃娃抓头上城来。城门几丈高？三丈高。/骑马带刀，/给你们城门走一遭。"⑤（《柳絮》）《歌谣》周刊中像这样的儿歌很多，这种松散随意的文体风格与中国古代诗歌规整的文体形式形成了鲜明对比，儿歌是劳动人民的审美趣味和生活经验的合成，民众自由洒脱的生活态度直接影响着他们的审美取向，感情真切、形式自由的儿歌正好符合他们的口味。民间歌谣本是通过口头形式流传，文体

---

① 胡适：《白话文学史》，中国和平出版社 2014 年版，第 15 页。
② 《歌谣》周刊 1924 年 1 月 27 日第 43 号。
③ 《歌谣》周刊 1923 年 10 月 14 日第 28 号。
④ 《歌谣》周刊 1923 年 1 月 28 日第 7 号。
⑤ 《歌谣》周刊 1923 年 4 月 8 日第 13 号。

形式方面的特点并不突出，《歌谣》周刊征集活动将其转换为文字，文体方面的特点会更凸显，"五四"白话新诗在诗歌文体形式变革方面也从民间歌谣里汲取了丰富的养料。

二 多样化的新诗体式

关于诗体形式变革的问题，"五四"白话新诗人有着各自的见解，并积极地进行实践。胡适提出了自由诗体的主张，他认为"要做真正的白话诗，若要充分采用白话的字，白话的文法，和白话的自然音节，非做长短不一的白话诗不可。这种主张可叫做'诗体的大解放'"①。诗歌语言的变革必然导致诗体形式的革新，用自然的白话、自然的音节作诗，诗体形式也要不拘一格、自由多样。对早期新诗体式变革做出重要贡献的诗人刘半农也看到了诗体变革对新诗发展的重要意义："余谓诗律愈严，诗体愈少，则诗的精神所受的束缚愈甚，诗学决无发达之望。为了诗学的发达，新文学应有更造他种诗体之本领，诗体将来更自造，或输入他种诗体，并于有韵诗之外，别增无韵之诗。"②刘半农奉行"真实"和"自由"的诗学观，自由随性的诗歌体式才便于诗人真切地抒发情感。他在胡适倡导自由体诗的基础上进一步发展，提出要"增多诗体"。刘半农是一个善于学习借鉴的诗人，崇尚真实和自然的性格使他对民间歌谣情有独钟，也从民间歌谣中获取了丰富的资源，顺利地践行了他"增多诗体"的诗学构想，他后来对自己在诗歌体式创新上的贡献也颇为自得："我在诗的体裁上是最会翻新花样的。当初的无韵诗，散文诗，后来的用方言拟民歌，拟'拟曲'，都是我首先尝试。"③

刘半农借鉴民歌自由活泼的文体风格，有力促进了新诗诗体的多样化。在北大歌谣运动深入的过程中，他的白话新诗创作也发生着变化。这一时期，他主要创作了"无韵诗"和"散文诗"，如《窗纸》《饿》

---

① 胡适：《尝试集·自序》，陈金淦编：《胡适研究资料》，北京十月文艺出版社1989年版，第402—403页。
② 刘半农：《我之文学改良观》，《新青年》1917年第3卷第3号。
③ 刘半农：《〈扬鞭集〉自序》，《刘半农文集》，线装书局2009年版，第119页。

等。具体而言，民间儿歌对刘半农诗歌创作产生了深刻影响，他不仅在诗歌中常记小儿语、用儿童口吻叙述，而且专门模仿儿歌形式创作了《拟儿歌》（五首）。诗歌的体式与诗歌语言密切相关，儿歌语言清新明快、表达口语化、情感真实自然共同构成了民间儿歌自由多样的形式特点。刘半农充分借鉴儿歌的特点，以增多白话新诗诗体。诗歌《老木匠》是一首叙事诗，用儿童口吻叙述了一位住在"我"家楼下的老木匠："我家住在楼上，／楼下住着一个老木匠。他的胡子花白了，／他整天的弯着腰，／他整天的叮叮当当敲。／他整天的咬着个烟斗，／他整天的戴着顶旧草帽。／他说他忙啊！／他敲成了许多桌子和椅子。／他已送给了我一张小桌子，／明天还要送我一张小椅子。／我的小柜儿坏了，／他给我修好了；／我的泥人又坏了，／他说他不能修，／他对我笑笑。他叮叮当当的敲着，／我坐在地上，／也拾些木片儿的的搭搭的敲着。／我们都不做声，／有时候大家笑笑。／他说'孩子——你好！'／我说'木匠——你好！'／我们都笑了，／门口一个邻人，／（他是木匠的朋友，他有一只狗的，）／也哈哈的笑了。他的咖啡煮好了，／他给了我一小杯，／我说'多谢'，／他又给我一小片的面包。／他敲着烟斗向我说／'孩子——你好。／我喜欢的是孩子。'／我说'要是孩子好，／怎么你家没有呢？'／他说'唉！从前是有的，／现在可是没有了。'／他说了他就哭，／他抱了我亲了一个嘴；／我也不知怎么的，／我也就哭了。"①诗歌篇幅较长，诗句长短不一，参差错落，用儿童口语叙事，不讲究押韵。五首《拟儿歌》则均用江阴方言创作，以方言、儿童口语入诗，如《拟儿歌》："我哥哥，你弟弟，／明年阿娘养个小弟弟。哥哥吃米弟吃粞，／哥哥吃肉弟吃鸡。／鸡喔喔，喔喔啼！鸡喔喔，鸡冠花。鸡冠花，满地红；／喇叭花，满地绿；／红红绿绿一团锦，／黄山上，／瓦哒勃仑吨！炮打江阴城！"②诗歌采用儿童语言，拟声词"喔喔"是指鸡叫声，"瓦哒"和"勃仑吨"指军号和炮声，通过儿童口语和拟声词等形成了诗歌松散自由的语体形式。

---

① 刘半农：《扬鞭集》，鲁迅等著，王彬编：《中国现代小说、散文、诗歌名家名作原版库》，中国文联出版公司1998年版，第374—376页。
② 刘半农：《扬鞭集》，鲁迅等著，王彬编：《中国现代小说、散文、诗歌名家名作原版库》，中国文联出版公司1998年版，第126页。

苏雪林对刘半农模仿民歌增多新诗体式的行为评价极高："中国三千年文学史上拟民歌儿歌而能如此成功的，除了半农先生，我想找不出第二人了吧？"① 的确，刘半农堪称早期新诗文体革新的第一人，除《拟儿歌》，他还借鉴民间歌谣的形式创作了《拟拟曲》（两首）和用江阴方言创作的《山歌》（五首）等。刘半农的大部分诗歌没有固定的章节或句式，用口语、方言入诗，诗歌语言和形式自由活泼。虽然他没有通过民间歌谣形成一种全新的诗体，但他积极从本土的民间歌谣中挖掘新诗养料的诗学主张和模仿民间歌谣创作新诗的实践对中国新诗的本土化发展有着重要的意义，刘半农的诗体变革实绩肯定了民间歌谣作为新诗体式资源的价值，更重要的是丰富了"五四"白话新诗的诗体类型。

第二节 生动多趣的表现方法

一 譬喻、拟人和白描

朱光潜在《从研究歌谣后我对于诗的形式问题意见的变迁》里曾肯定民间歌谣的艺术性："歌谣并不如一般人所想象的，全是自然的流露；它有它的传统的技巧，有它的艺术的意识。"② 儿歌看似自然浅显的诗歌风格背后也有其独特的技巧和方法，生动活泼是儿歌的艺术特色，多趣的表现方法是其形成其艺术性的重要助力。《歌谣》周刊中儿歌的题材是各式各样的，自然界的动物植物、气象变化、儿童日常生活都是儿歌中十分常见的内容。《大月亮》《月奶奶》《风婆婆》是写自然事物类的儿歌；《小老鼠》《小耗子》《小兔子》《咪咪猫》是关于动物的歌谣；儿歌《小板凳》《怕舅母》则是反映儿童不幸生活遭遇的叙事歌谣。伴随题材的丰富是表现手法的多样化，儿歌中最常见的是比喻和拟人。江西儿歌

---

① 苏雪林：《〈扬鞭集〉读后感》，沈晖编：《苏雪林文集》，安徽文艺出版社1989年版，第538页。
② 朱光潜：《从研究歌谣后我对于诗的形式问题意见的变迁》，《歌谣》周刊1936年第2卷第2期。

《一块板》将动物视作人，展开了有趣的对话："上一块板，下一块板/两只鲤鱼河里碗/鲤鱼哥，你到好，/有一层鳞，/可怜我鲶鱼没有鳞，/鲶鱼哥，你到好，/有两根髭，/可怜我拉秋满田追，/拉秋哥，你到好，/有一口田，/可怜我螺丝满河沿，/螺丝儿，你到好，/与一层壳，可怜我螃蟹打赤脚，/螃蟹哥，你到好，/可怜我鳜鱼把头缩，/鳜鱼哥，你到好，/有水顿，/可怜我猫儿□□。"[①] 这首儿歌十分俏皮地把"鲤鱼""鲶鱼"等动物称呼为"哥"，用拟人手法进行叙述，使儿歌显得活泼可爱，又通过单句的重复循环增强了整首儿歌的节奏感和音乐性，符合儿童的审美趣味。

儿歌生动的表现方法还体现在对日常生活的巧妙白描。白描其实就是"赋比兴"手法中的"赋"，是直接表达某种观点、情感或倾向的手法，不借用任何其他的修辞。这是民间歌谣的常见表现手法，适合民众简单直白的情感表达习惯。儿歌与民众生活密切相关，自然包含着许多日常生活细节。儿童与成人不同，他们的思想天真稚趣，即便是叙述日常生活的歌谣也需不失趣味性，因此儿歌中白描手法的运用更为巧妙生动。儿歌《阿爷生日》这样写道："阿爷生日，/月之二十六：/大姐夫，送来寿花同寿联，/猪羊两三肘。/二姐夫，送来寿果并寿衣，/一圈大爆烛。/三姐夫，定了新闻报，/天天送几张，/代替寿桃与寿酒。"[②] 儿歌叙述的内容是阿爷过生日三位女婿给他送礼物，用通俗平实的语言描绘出来，让人感受到普通民众家庭生活的温馨和民众对时事文化的关心，是大众思想进步的表现。

二 白话新诗对儿歌的艺术借鉴

"五四"的白话诗人们期望突破传统的束缚，张扬个性、抒发关于自我及人生的真情实感，民间歌谣无论是情感内蕴还是文体形式都很符合他们的诉求，儿歌生动多趣的表现方法自然备受青睐。表现方法的生

---

① 《歌谣》周刊1923年4月22日第15号。
② 《歌谣》周刊1923年9月13日第26号。

动使儿歌形成了清新纯净的气息，许多白话新诗人的诗作里也不乏儿歌的痕迹。刘半农的《大风》无论题材还是表现手法都深受儿歌的影响："呼拉！呼拉！/好大的风。/你年年是这样的刮，/也有些疲倦吗？/呼拉！呼拉！/便算是谁也不能抵抗你，/你还有什么趣味呢？/呼啦！呼啦！……"① 诗歌描写北京大得可怕的风，诗人连用语气词"呼啦！呼啦！"凸显风之大，用第二人称"你"与风对话，将"风"拟人化，词语"疲倦""抵抗""趣味"的运用使诗歌更显生动。《歌谣》儿歌中有一首《装风》用拟人手法将"风"称呼为"风婆婆"，用儿童天真的想象解释风大是因为风婆婆的口袋没扎紧，用"刮倒树""刮倒井""刮倒桥"这样具象化的表现极写风之大。刘半农的散文诗《猫与狗》写"猫"和"狗"打架，想象它们之间的对话，抒发诗人自我感受。描写动物题材，将动物拟人化也是儿歌中常见的表现方法。《歌谣》儿歌多用生动活泼的表现方法，形成纯净的儿童视角和天真童趣的儿童口吻，白话新诗的借鉴也使自身具有了清新灵动的诗歌韵质。

儿歌的表现方法不仅为白话诗人所借鉴，对日常生活的白描还为白话新诗增添了以日常生活细节入诗的诗思。胡适作诗也"主张用朴实无华的白描工夫"，他认为"这类的诗，诗味在骨子里，在质不在文！"② 白描手法入了新诗，增添的是诗质。他的《我们的双生日——赠冬秀》一诗是因胡适的阳历生日和妻子江冬秀的阴历生日是同一天而作，诗歌写诗人时常不顾生病的身体要看书、写诗，冬秀因担心他的身体而干涉他，两人常常为此争执这一日常生活细节，"他干涉我病里看书，/常说，'你又不要命了！'/我又恼他干涉我，/常说，/'你闹，我更要病了！'/我们常常这样吵嘴——"③ 即便是如此平实简单的描写，也掩不住浓浓的夫妻情，更显得朴实真切。还有刘半农的《一个小农家的暮》："她在灶下煮饭，/新砍的山柴，/必必剥剥的响。/灶门里嫣红的火光，/闪着她嫣红的脸，闪红了她青布的衣裳。/他衔着个十年的烟斗，/慢慢地从田里

---

① 刘半农：《刘半农诗选》，人民文学出版社 1958 年版，第 9 页。
② 胡适：《〈尝试集〉自序》，陈金淦编：《胡适研究资料》，北京十月文艺出版社 1989 年版，第 393—394 页。
③ 胡适：《尝试集（附法国集）》，安徽教育出版社 1999 年版，第 94 页。

回来；/屋角里挂去了锄头，/便坐在稻床上，/调弄着只亲人的狗。/他还踱到栏里去，/看一看他的牛，/回头向她说：/'怎样了——我们新酿的酒？'/门对面青山的顶上，/松树的尖头，/已露出了半轮的月亮。/孩子们在场上看着月，/还数着天上的星：/'一，二，三，四……五，八，六，两……'/他们数，他们唱：/'地上人多心不平，/天上星多月不亮。'"①煮饭的农妇、劳作归来的农夫、新酿的酒、松树尖头的半轮月亮、欢快歌唱的孩子们，这一系列的日常生活细节入诗，成为诗歌的独特意象，白描般的手法构成了一幅静谧和谐的农村生活图景。沈从文对这首诗的评价很精辟："以一个散文的形式，浸在诗的气息里，平凡的看，平凡的叙述，表现一个平凡的境界，这手法是较之与他同时作者的一切作品为纯熟的。"②

第三节　率真朴实的情感特征

一　真挚自然的抒情

民间儿歌是劳动人民智慧的结晶，是大众思想情感的反映，其中蕴含的情感也是最真挚朴实的。无论是儿童自己还是成人创作的，旨在适应儿童的心理特征，符合儿童的审美趣味。儿童的情感是最真切自然的，他们的情绪都是由心而发，简单直白，这是儿歌重要的情感特征，也是民间独特的自由氛围的产物。正如刘半农所言："自由的空气，在别种文艺中多少总要受到些裁制的，在歌谣中却永远是纯洁的，永远是受不到别种东西的激扰的……歌谣之构成，是信口凑合的，不是精心结构的。唱歌的人，目的既不在于求名，更不在于求利，只是在有意无意之间，将个人的情感自由抒发。而这有意无意之间的情感的抒发，正的的确确是文学上最重要的一个原素。因此，我们在歌谣中，往往可以见到情致

---

① 刘半农：《扬鞭集》，鲁迅等著，王彬编：《中国现代小说、散文、诗歌名家名作原版库》，中国文联出版公司1998年版，第57页。
② 沈从文：《论刘半农的〈扬鞭集〉》，《文艺月刊》1931年第2卷第2号。

很绵厚,风神很灵活,说话也恰到好处的歌词。"①

  民间歌谣里的儿歌主要在民间流传,受众是儿童和文化程度不高的普通民众,它的内容必须符合大众的审美趣味才能在民间广为流传,生生不息。儿歌有着强烈的生活气息,反映儿童的日常生活,由于"儿童的生活世界狭小,而偏于个人,一切高远的原理,及一切不切己而无涯际的空间时间,他们是不懂的,皆不可作儿童的教材。要知儿童的生活为整个的,朴素的,统一的"②。儿童需要的是贴近生活的歌谣,是对日常生活细致多趣的反映,真切的热爱生活是儿歌重要的情感特征。民众心里的热爱生活不是口号式的话语,也不是对生活有轰轰烈烈的臆想,而是真切地关注生活,始终保持对生活的热情和好奇心,这是劳动人民朴素的生活观念和人生姿态。在民间的儿歌里,这种朴实的情感特征显得更加具象化,具体到对植物生长的观察、万物更替变化的反映、家长里短的日常生活琐屑的关注,用极其朴素的方法传递给儿童最自然的生活之爱。湖南儿歌《排排坐》:"排排坐,吃果果,/果果香,吃辣姜,/辣姜辣,吃枇杷,/枇杷甜,好过年,/年又快,如斫菜,/菜又干,好上山,/山又远,好看田,/田又方,好插秧。"③ 这首儿歌描写的都是日常生活里常见的食物和农活,在儿歌俏皮生动地表述中,"姜辣""枇杷"显得格外有滋有味,体现了劳动人民勤劳朴实、乐观积极的生活态度。儿歌《苋菜红》则更有意思:"苋菜红,根也红,/韭菜开花棚是棚。/污油伞,紫竹鞭,/大哥骑马二哥牵,/牵到江边看龙船,/龙船过,哎哟哟,/猴子担水避桥过,/猪劈柴,狗烧火,/猫儿煮饭打平伙。"④ 这是一首以儿童视角创作的儿歌,"猴子""猪""狗"等动物都被想象成有了人的思维和能力,植物自然生长,人和动物都自在有序地生活着,一派和谐融洽的生活图景,这是人们诚挚朴实的生活愿景。

  崇尚真实和自然也是"五四"新诗人的诗歌意趣,历来追求作"真"

---

① 刘半农:《〈国外民歌译〉自序》,文明国编:《刘半农自述》,安徽文艺出版社2014年版,第69页。
② 冯国华:《儿歌底研究》,《中国现代儿童文论选》,广西人民出版社1989年版,第569页。
③ 《歌谣》周刊1923年4月29日第16号。
④ 《歌谣》周刊1923年4月29日第16号。

诗的刘半农就直言:"作诗本意,只须将思想中最真的一点,用自然音响节奏写将出来,便算了事,便算极好。"① 在他看来,思想的真和语言的自然对诗歌而言就是"极好"。白话新诗人俞平伯则毫不掩饰对儿歌之"真"的倾慕:"我平素很喜欢民歌儿歌这类作品,相信在这里边,虽然没有完备的艺术,却有诗人底真心存在。"② 不仅是言语的肯定,他们在诗歌创作中也积极践行真实自然的诗歌观念。刘半农的白话诗《题小蕙周岁日造像》描写儿童天真直率的性格特点:"你饿了便啼,/饱了便嬉,/倦了思眠,/冷了索衣。/不饿不冷不思眠,/我见你整日笑嘻嘻;/你也有心,/只是无牵记;/你也有眼耳鼻舌,/只未着色声香味;/你有你的小灵魂,/不登天,/也不堕地。/啊啊,我羡你,我羡你,/你是天地间的活神仙!/是自然界不加冕的皇帝!"③ 胡适的《应该》《关不住了》等诗歌或直言爱情的迷醉或表达犹豫纠结的心绪,真切直白的抒情方式和中国传统诗歌的含蓄委婉形成鲜明对比,显然是受民间歌谣真挚自然的情感特征的影响。民间歌谣蕴含的情感思想和价值立场不同于中国传统的儒教知识系统,符合"五四"知识分子追求思想启蒙、表现自我个性的精神意图,民间歌谣蕴含的真挚自然的审美旨趣和丰富的文化资源对"五四"白话诗歌的发展乃至中国现代文学的建构都有着十分重要的意义。

二 童真童趣的诗质

老百姓的情感表达往往是真实而质朴的,他们有着深切的生活体验和感悟,这些情绪需要表达宣泄的途径,承载着抒情和娱乐双重功能的歌谣成为民众的最佳选择,大量真挚自然的民间歌谣就这样诞生了。儿童是最单纯天真的,他们身上往往带着人类原始的本真,儿歌自然直切的抒情方式和天真童趣的艺术特点符合儿童的天性。美国人何德兰的

---

① 刘半农:《诗与小说精神上之革新》,《新青年》1917 年第 3 卷第 5 号。
② 俞平伯:《诗底自由和普遍》,《新潮》1920 年第 3 卷第 1 号。
③ 刘半农:《扬鞭集》,鲁迅等著,王彬编:《中国现代小说、散文、诗歌名家名作原版库》,中国文联出版公司 1998 年版,第 5 页。

《中国的儿歌序》提出"我们要注意《冰糖加玫瑰》《顺气丸》《小胖子》和《我的孩子睡觉了》这几篇歌谣所表现出来的感情。我们相信世界上再没有别国的儿歌,比以上列举的几种歌谣,能表现出更多更浓的感情的"①。儿歌蕴含着丰富多彩的情感和童真烂漫的情趣,是白话新诗提升意趣的有力借鉴。儿歌《小猫儿》描绘了热闹的动物世界:"小猫儿,/上树偷桃儿,/听见狗咬,/下来就跑。/三尖瓦子儿绊倒,/起来还跑,/狗呵!狗呵!好咬!好咬!"②小猫儿上树"偷桃",听见狗的声音赶紧逃跑,却小心被"瓦子儿绊倒",这首儿歌从儿童的视角叙述了猫因害怕狗心急逃跑的窘态,语言生动,画面感极强。还有儿歌《六尺六尺道》:"六尺,六尺道,/俺上河南做买卖。/买卖快,买卖慢,/前不达湾湾,/后不达泰山。/泰山楼,几丈高?/二十八丈高。骑白马,挎腰刀;/腰刀长,会杀羊;/羊有血,会杀鳖;/鳖有四只爬,/叮当,叮当进城来。"③这首儿歌叙述的内容较为繁杂,从"做买卖"到"泰山楼"再到"白马""羊""鳖",思维跳跃,天马行空,正符合儿童的思维特点。其实,很多"五四"文人关注到了儿歌,他们或是出于对儿歌的喜爱,或是注重个体生活体验,或是执着于对童心的追求。总之,儿歌影响着早期白话新诗率真、自然的诗歌气质。

"五四"白话新诗人俞平伯是一个向往童心的诗人,他的诗集《忆》便是回忆童年所作,是诗人对天真童趣的诗质的向往和追求。诗集的扉页印有龚自珍的诗句:"瓶花妥帖炉香定,觅我童心廿六年。"④表明诗人追寻童心的心迹。在这部诗集里,诗人以满腔的眷念回顾自己的童年,用儿童视角和儿童语言叙述,这本 36 首诗歌的小诗集处处弥漫着儿童世界的天真趣味。先是天真活泼的孩童"我":"骑着,就是马儿;/耍着,就是棒儿。/在草砖上拖着琅琅的,/来的是我。"⑤(第四)还有儿童眼里

---

① [美]何德兰:《中国的儿歌序》,转引自《歌谣》周刊 1923 年 6 月 3 日第 21 号。
② 《歌谣》周刊 1924 年 1 月 13 日第 41 号。
③ 《歌谣》周刊 1924 年 1 月 13 日第 41 号。
④ 语出龚自珍诗《午梦初觉 怅然诗成》,1925 年 12 月初次出版的诗集《忆》书前印有此诗句。
⑤ 俞平伯著,乐齐、孙玉蓉编:《俞平伯诗全编》,浙江文艺出版社 1992 年版,第 264 页。

新奇多样的世界:"门前软软的绿草地上,/时有叫卖者来。/'桂花白糖粥!'/声音是白而甜的。/'酒酿——酒!'/声音是微酸而涩的。/我们一听便知道了,/这本太分明了。/如空跑到草地上,/没有钱去买来吃;/他们会趑足到隔巷中去吆唤,/不理我们的。/糖粥担儿上敲着:'阁!阁!阁!'/又慢,又软,又沙的是:'酒酿——酒。'"[1](第二十)诗人浅浅的回忆,慢慢地将一个静谧温馨的儿时世界呈现出来,让人仿佛身临其境,生发对童年天真纯净世界的深深向往和童子之心的无限喟叹。不仅是俞平伯、刘半农、周作人都向往儿童的天真童趣,刘半农的《雨》《一个失路的小孩》《老木匠》以及周作人以"小孩"为题的系列诗歌,都是他们期望为白话诗歌注入童真童趣的诗质而进行的有力实践。

正如"真正的儿童文学并不产生在对儿童的教育意识里,而是产生在儿童文学家追寻自我的儿童梦的内在需求中,产生于他对儿童的亲切感受中,产生在净化自我心灵的愿望里,产生在对更美丽的人类社会的幻想中。他展开的是一个儿童的心灵世界,也是他沉潜在内心深处的求真求美的愿望"[2]。儿歌为白话诗歌提供的资源也不只停留在语言和形式层面,更在于儿歌真切自然的抒情和童趣纯真的内蕴影响了白话诗人的诗学观念,儿歌的情感底蕴和艺术品格符合"五四"时人追求自由和个性解放的时代气质。白话诗人将民间儿歌率真自然的表现力和想象力发展为白话新诗中充满童真童趣的诗质,为"五四"白话新诗注入了来自本土的最清新自然的气息,促进了早期白话新诗的重要发展。

---

[1] 俞平伯著,乐齐、孙玉蓉编:《俞平伯诗全编》,浙江文艺出版社1992年版,第271—272页。

[2] 王富仁:《呼唤儿童文学——王泉根先生〈现代中国儿童文学主潮〉序》,《王富仁序跋集(中)》,汕头大学出版社2006年版,第134页。

结　语

近年来,学界掀起了"重返五四"的研究热潮,北大歌谣运动的历史面貌得以重新显现,民间歌谣的艺术性和文学价值也得到了较充分的肯定。歌谣作为本土的民间资源对中国新诗的影响是不容否认的,民间歌谣的文学地位得到充分的认识和提升。《歌谣》周刊产生于北大歌谣运动,它为"五四"知识分子提供了丰富的民间歌谣资源,是促进"五四"大众思想启蒙和白话新诗发展的有力载体。儿歌是民间歌谣中较为独特的歌谣类型,天真活泼、生动俏皮的儿歌不仅丰富了民间歌谣的意蕴内涵和艺术特色,而且在思想意识和语言形式层面为"五四"大众和白话新诗提供了多样资源。杜威曾言:"我们不可能成为我们想成为的人,我们充满着局限性;但在儿童身上,我们看到了自由、本能和理想。"[1] 属于儿童的儿歌也一样,洋溢着自由纯真的色彩,充满了无限的可能性。

　　本编以《歌谣》周刊中的儿歌为研究对象,将研究范围着重于《歌谣》周刊第一册,此时歌谣研究会也尚未向民俗学偏移,便于从文学的角度考察《歌谣》周刊中的儿歌。本编从梳理北大运动的历史概况入手,进而介绍《歌谣》周刊第一册中儿歌的具体情况,从大众思想启蒙与儿童现代教育的角度分析儿歌的思想内蕴,阐述儿歌对大众思想启蒙和儿童现代教育的影响。通过对儿歌的具体分析,阐明民间的儿歌对白话新诗的语言、音乐形式、审美趣味方面的重要意义,将民间歌谣与白话新

---

[1] [美]约翰·杜威:《我的教育信条:杜威论教育》,彭正梅译,上海人民出版社2017年版,第7页。

诗关系研究具体化。

《歌谣》周刊蕴含着丰富的史料，只是本人的知识积累不够深厚，研究视角较为狭窄，对民间儿歌和新诗关系的把握不够深入，加之《歌谣》周刊研究相关资料文献不多，本编的研究因而存在许多不足之处。期待更多优秀的学者将研究视野转向《歌谣》周刊，让民间资源焕发光彩，为中国新诗的发展拓宽视域。

第三编

副文本视域下的《现代》杂志与新诗传播

概　　述

一　选题缘由及意义

新诗自始创至今，随时代发展变化而大起大落，强烈的外在诉求成为新诗发展中的重要特质。这种诉求的表达需经由新诗的传播才得以实现，正如学者杨志学所说的，诗歌之所以成为诗歌，就在于传播本身，传播是现代新诗发展的动力，它既是重要前提，也是最重要的目的。① 在新诗传播过程中，近现代传播媒介尤其是报纸杂志的出现成为国人在20世纪初期寻找到的一种文学传播的重要方式。诗歌一经写出，便能通过报纸杂志等近现代传播媒介迅速地进入社会，获得市场反馈。对报刊的传媒价值，本雅明强调，"以期刊为中心"就是我们的文化生活所存在的重要形态②，朱光潜也曾指出，在近现代的中国，相比于大学，一个有影响力的文学杂志可能对社会贡献更大、影响更深远。③ 在20世纪30年代，《现代》杂志是新诗发展史上无法抹去的重要一环，其登载的新诗表现了对诗歌本体的回归，然而，学界却过度关注以《现代》诗歌为中心的思潮流派研究，而忽略了《现代》杂志诗歌本身及其传播研究。与此同时，伴随"副文本"理论在中国的传播与接受，学界越来越重视对以

---

① 杨志学：《诗歌传播研究》，博士学位论文，首都师范大学，2005年。
② ［德］本雅明：《发达资本主义时代的抒情诗人》，张旭东、魏文生译，生活·读书·新知三联书店1992年版，第44页。
③ 朱光潜：《我与文学及其他》，安徽教育出版社1996年版，第91页。

"副文本"为对象的研究。兴起并繁盛于近现代的报纸杂志以其丰富多样的"副文本"因素,从不同程度、不同角度影响着新诗呈现在大众读者视野的接受方式,"副文本"在参与新诗的书面呈现时必然不可或缺,如金宏宇所言,"副文本"尽管地位较为边缘化,但对正文本的影响不可忽视,具有颇多价值,如"参与文本构成和阐释""助成正文本的经典化"。[1] 自提出伊始,副文本理论便发挥了重要作用,许多学者也从多视角对"副文本"进行研究,成果丰富。但目前多是零星单项的研究,将各种相关因素作为"副文本"进行整合并系统研究还比较少见;同时,研究重心也多集中在小说、翻译领域的"副文本",而对报刊副文本与新诗传播的研究却有所忽略。

那么,在这种研究背景下,可以思考:在"副文本"视域下,读者视野中的"现代"诗呈现什么样貌?"副文本"可以在哪些层面参与新诗传播?"副文本"参与新诗传播后的效果如何?"副文本"与"现代"诗歌传播到底有何内在关系?这些问题不仅关乎新诗的自主性和自足性,同时还关涉"副文本"在新诗传播中的重要作用。因此,本文将以热奈特的"副文本"理论为指导,将目光聚焦在《现代》杂志副文本本身,探究"副文本"与新诗传播之间的深度联系。从传播学角度来看,"副文本"理论对新诗传播的研究具有重要价值,本质上是因为"副文本"本身的特质,即"包围并延长文本",将文本"呈示"出来,且确保文本以传播载体的形式在读者群体中得以接受与消费。[2] 本文之所以选择将《现代》杂志作为研究对象,一方面是因为《现代》杂志兴起于20世纪30年代,这一时期文学发展处于成熟阶段,《现代》杂志作为一种纯文学期刊,其登载的诗歌在新诗发展过程中比较具有典型性、代表性,与之相关的诗评、诗论对《现代》诗歌在文学史地位的确立也发挥较大作用;另一方面,《现代》杂志的编刊理念比较"现代",故其"副文本"元素比较丰富且充足,有利于为杂志副文本研究提供范式。同时,因《现代》

---

[1] 金宏宇等:《文本周边——中国现代文学副文本研究》,武汉大学出版社2014年版,第1页。

[2] 朱桃香:《副文本对阐释复杂文本的叙事诗学价值》,《江西社会科学》2009年第4期。

杂志在30年代处于争议阶段,对《现代》诗歌传播的研究有助于重新认识《现代》杂志,还原历史现场,打破《现代》诗歌研究的陈旧与僵化思维,进而正确看待《现代》杂志诗歌在新诗史中所处的位置。

总之,在具体研究过程中,本文试图勾勒出"副文本"视域下《现代》杂志与新诗传播的深度联系以及"副文本"参与新诗传播的过程,探讨这些"副文本"因素对新诗传播的意义与价值,进一步加深对"副文本"和新诗传播的认识与思考,从而为杂志副文本研究提供启示,也为新诗传播研究开拓新视野。

二 研究对象及相关概念界定

(一)"副文本"的理论内涵

作为法国文论家,热拉尔·热奈特最先提出并使用"副文本"一词,他对"副文本"的阐释随其研究的深入而产生相应的变化。1979年,热奈特的《广义文本之导论》出版,在这本著作中,热奈特将"副文本性"用来指代"跨文本"关系,其意在说明,在"跨文本"中的"模仿和改造"关系,由于这两种关系难以区分开来,所以热奈特将这种捉摸不定的关系称之为"副文本性"。[①] 显然,热奈特在最开始使用"副文本性"一词时,并非深思熟虑的结果,此时,"副文本"主要指文本的模仿或者改造版本,还未具备精准的内涵和含义。

1982年,热奈特在五种跨文本关系之中,认为"副文本性"是其中非常重要的一种,用"承文本性"代替他之前所提出的"副文本性",而"承文本"则变成了"副文本"的二级文本,指在两种类型的文本之间,存在一种非评论性关系,并对此进行了精确说明。在《隐迹稿本》中,热奈特一方面划定了"副文本"的大致范围,一是各类标题:"标题、副标题、互联型标题",二是"前言、跋、告读者、前边的话",三是"刊登类插页、磁带、护封以及其他许多附属标志",这些都属于"副文本"

[①] [法]热拉尔·热奈特:《热奈特论文选,批评译文选》,史忠义译,河南大学出版社2009年版,第54页。

涵盖的范围；另一方面，热奈特又指出了"副文本"的功能意义，即他认为"副文本"为正文本营造了"氛围"，还能为读者呈现"官方或半官方的评论"，最重要的就是"副文本"可以以多种方式影响读者，影响读者阅读的欲望，影响读者的审美心理。①

随后，在1987年，热奈特出版了 Seuils（《门槛》），他在这本书中系统性地论述了"副文本"，这可以看作副文本理论成熟的标志。相比于《隐迹稿本》对副文本范围的大致界定，热奈特在这本书中将"副文本"范围进一步细化，包括"出版商的内文本、作者名、标题、插页、献词和题词、题记、序言交流情境、原序、其他序言、内部标题、提示、公众外文本和私人内文本"②，并且通过与"副文本"相关联的其他概念，如"内文本""外文本""原创副文本"等，作出了对"副文本"的定义阐释。

在此过程之中，可以看到，热奈特想要强调的是，对"正文本"而言，"副文本"到底有何意义和价值。这可以体现为以下三个方面。首先是，从"正文本"和"副文本"的创作者来说，"正文本"由作家所创作，而"副文本"则由编辑、出版者所设计，读者在阅读"正文本"之前，第一步要先进入"副文本"。简单来讲即"副文本"是进入正文本的"门槛"，在这一"门槛"的阻隔之下，门内、门外的阅读规则也不同，副文本可以为读者提示与正文本相区分的界限与过渡，本质上就是一种语域空间和策略空间。其次，"副文本"对读者来说有着十分重要的意义，如他在《隐迹稿本》所说的，"副文本"可以影响读者的阅读心理，通过"呈示"文本，来确保正文本"在世界上在场、接受和消费"，从而将"正文本"借助"副文本"的形式来交予读者，交予公众。最后，热奈特从"副文本"的设计意图出发，指出"副文本"不仅是要让"正文本"呈现出一种美感，其真正的意图是，"保证文本命运和作者的宗旨一致"。实际上，在热奈特眼中，副文本的目的就在于获得更多

---

① ［法］热拉尔·热奈特：《热奈特论文选，批评译文选》，史忠义译，河南大学出版社2009年版，第58—59页。
② 朱桃香：《副文本对阐释复杂文本的叙事诗学价值》，《江西社会科学》2009年第4期。

与作者意图相符合的读者,让读者能够凭借"副文本"来更好地体会"文本意图"。①

随着"副文本"理论在中国的传播与接受,国内的金宏宇注意到了"副文本"理论的跨领域研究前景,扩大了"副文本"理论应用的范围,将此拓展到中国现代文学领域中,对"副文本"作出解释,即围绕在正文本周围的辅助性的文本因素,并将"副文本"的应用范围从小说拓展到诗歌、散文以及报纸杂志中。在金宏宇看来,如果将小说、诗歌等文学作品的主体部分称为"正文本",那么那些围绕在正文本周围的边缘部分就能被视为"副文本"。②金宏宇还强调,"副文本"与"正文本"共同构成了现代文学生产与传播的文学场,作者创造了"正文本",评论家创造了序跋、注释,而出版商、杂志编辑是广告、图像、版权页的创造者。③陈平原、山口守的《大众传媒与现代文学》将"副文本"引入现代文学期刊研究中,试图从图像出发,探究报纸杂志的图像对"正文本"的影响和意义。④而本文所说的《现代》杂志"副文本"也是与"正文本"相对的概念,具体来说,本文论述的《现代》杂志"正文本"指新诗创作与诗歌翻译,与其相关的"副文本"则包括三大类:第一类是编排策略下的副文本形式,包括《现代》杂志的封面、插图、目录、排版方式等;第二类则是编读栏目下的副文本形式,主要包括创刊宣言、读者来信、诗论文章、译者记、编者记等;第三类是与诗歌有关的新诗广告或者具有广告性质的推荐性文本。事实上,正是这些"副文本"与"正文本"的集合才构成杂志的整体风格,这使《现代》杂志副文本研究的合理性与必要性成为可能。

(二) 研究对象的界定

1932年5月1日,上海现代书局创办并发行《现代》杂志,从创刊号到第2卷第6期(1932年5月至1933年4月),主要编辑为施蛰存,从第3卷第1期至第6卷第1期(1933年5月至1934年11月),编辑人

---

① 朱桃香:《副文本对阐释复杂文本的叙事诗学价值》,《江西社会科学》2009年第4期。
② 金宏宇等:《中国现代文学副文本研究》,武汉大学出版社2014年版,第1页。
③ 金宏宇等:《中国现代文学副文本研究》,武汉大学出版社2014年版,第10—11页。
④ 参见陈平原、[日]山口守编《大众传媒与现代文学》,新世界出版社2003年版。

主要为施蛰存、杜衡,之后,二人因故退出编辑工作,《现代》杂志的最后三期编辑是汪馥泉,杂志的性质也发生了变化,从纯文学杂志改为综合性文化杂志,风格与以往期卷的杂志也完全不同,"可以说是另外一个刊物"。[①] 因此,本文考察的《现代》诗歌,是自创刊号起,到第6卷第1期为止,历时两年零六个月。而"新诗"的范围则主要指《现代》杂志上的诗歌现象,包括《现代》杂志登载的所有诗歌,它有明确的范围,仅指刊发在《现代》杂志上的诗歌,分为诗歌文本和诗论文章两大部分。其中《现代》杂志中的诗歌文本主要包括231首原创诗歌和84首翻译诗歌,其中的诗论文章主要包括对《现代》诗歌的评论文章,《现代》诗人对外国诗人、诗坛状况的评论文章,同时也包括《现代》诗歌翻译中的"译者记""编后记"等以相对短小的形式出现的批评性文章。

三 研究历史与现状

作为重要的中国现代期刊之一,《现代》杂志虽然办刊时间短暂,"昙花一现",但这一刊物对中国现代文学的倡导可谓是功不可没,尤其对现代主义小说、诗歌贡献卓著,影响深远,然而,对《现代》杂志中的诗歌研究还存在较大发展空间。20世纪80年代以前,《现代》杂志因政治原因而被看作"资产阶级反动文学刊物""第三种人的大本营",因此学界对这本杂志的研究存在较多空白。之后,《现代》杂志开始逐渐被学界关注,人们开始以文学眼光重新考察《现代》杂志在文学史上的贡献和价值。近年来,一些工具书的出现为研究《现代》杂志提供了更多资料。其中,《〈现代〉诗综》对《现代》杂志上诗歌数量及诗人数量进行了准确而细致的统计,从而为《现代》杂志诗歌研究提供全面且丰富的文献资料。[②] 2005年刘增人等纂著的《中国现代文学期刊史论》较为全面地论述了《现代》杂志在文学史上的贡献[③];2010年,由知识产权

---

① 施蛰存:《沙上的脚迹》,辽宁教育出版社1995年版,第29页。
② 上海大学文学院中文系新文学研究室编:《〈现代〉诗综》,江西人民出版社1988年版。
③ 刘增人等纂著:《中国现代文学期刊史论》,新华出版社2005年版。

出版社出版的《中国文学史资料全编·现代卷·中国现代文学期刊目录汇编》（共七卷）对《现代》杂志的目录进行了系统而完整的记录，其中诗歌作品的名称、画报等皆未被忽略，具有较大的文献价值。① 因此，将这些史料作为研究《现代》杂志的基础，回顾与反思《现代》杂志"副文本"与诗歌的研究，不仅有助于全面而系统地把握对《现代》杂志的研究，发现研究过程中出现的问题，而且有利于深化《现代》杂志研究，更进报纸杂志研究观念与方法，提供新的研究方向与思路。

（一）《现代》杂志"副文本"研究

在一本杂志中，小说、散文、诗歌等各种类型的文本的总和与杂志整体并不完全一致，造成这种差别的重要原因就在于杂志的编辑对各类文本的重新排版、整合。有学者看到了杂志的编辑对文学报纸杂志各类文本整合的统领作用，并从《现代》杂志的特色栏目之编读栏目、批评栏目入手，探讨在编读互动中《现代》杂志所体现的文化品格，从而确定《现代》杂志在文学史中的地位，在这方面研究较具代表性的是颜湘茹的《〈现代〉传媒形象的变迁——〈现代〉"编辑座谈"等栏目研究》②、林强的《读者批评空间与现代派文学——以〈现代〉杂志为中心的读者研究》③ 与吴静的《〈现代〉杂志研究》④。这三篇论文皆不同程度地涉及"编读栏目"这一副文本，以《现代》杂志"编辑座谈"系列栏目为视点，探讨了《现代》杂志形象定位与读者预设的关系，后两篇论文还侧重于编读栏目对《现代》杂志批评空间的建构，很有创新性意义。因此，研究者只有充分注意到"副文本"所蕴含的潜在话语，才能更好地把握《现代》杂志。然而，上述论文多是将《现代》杂志中的编读栏目、批评栏目等作为杂志文本的构成部分，还未能自觉运用"副文本"理论去研究。随着"副文本"理论研究的深入与拓展，武汉大学的曾祥

---

① 中国社会科学院文学研究所总纂，唐沅等编：《中国文学史资料全编·现代卷·中国现代文学期刊目录汇编》（共七卷），知识产权出版社2010年版。
② 颜湘茹：《〈现代〉传媒形象的变迁——〈现代〉"编辑座谈"等栏目研究》，《中山大学学报》（社会科学版）2009年第4期。
③ 林强：《读者批评空间与现代派文学——以〈现代〉杂志为中心的读者研究》，《东方论坛》2008年第5期。
④ 吴静：《〈现代〉杂志研究》，硕士学位论文，青岛大学，2004年。

金对《现代》杂志的编读栏目进行了深入探索,他的研究延续了其师金宏宇的副文本研究,明确了"编读栏目"作为副文本的理论与实践价值,认为"编读栏目"是编者立场的重要体现,不仅建构出编者与读者的公共讨论空间,还对"正文本"有一种阐释、补充的作用。[1]

同时,从《现代》杂志中具体的"副文本"——图像因素出发,对《现代》杂志中的广告、封面、插图等"副文本"因素进行梳理与整合,以此探讨它们在不同程度上对正文本的影响和制约也是重要的研究方向。然而,很多论文大都借助这些图像因素探讨《现代》杂志表现出的"现代性",局限于其中"副文本"的史实呈现与文献价值。王鲲在《上海风度——〈现代〉杂志研究》第五章集中呈现了《现代》杂志的书籍广告、发行、营销方法,认为广告的设置代表了《现代》杂志先锋特质,并且从《现代》杂志出版商现代书局出发,进一步研究《现代》杂志的广告策略和商业化运作,以此构建出其重要的品牌形象,这也恰好符合编辑施蛰存所提倡的商业与文学之路并行的策略。[2] 颜湘茹在其专著《层叠的现代——〈现代〉杂志研究》第三章除提到书籍广告,还论及其中的商品广告,以《现代》杂志的"现代性"着手,借助文化研究方法,认为这些广告作为一种重要的文化形式,是《现代》杂志的重要组成部分,并参与了《现代》杂志的"现代性"。[3] 这有利于深入探究《现代》杂志的"现代性",并进一步明确《现代》文学的"现代性"问题。周玉敏和彭林祥的研究在此基础上进一步深入,前者的《〈现代〉杂志研究》首先明确了广告作为一种文化,存在多维角度的本质,其次,这篇论文认为正是广告促成了《现代》杂志的"公共领域"的空间特性,强调了广告对《现代》杂志公共领域的构建,而这也是"现代性"的构成要素[4];后者的《中国现代文坛中的"广告魅影"——以20世纪20年代文坛的三次论争为例》深入讨论与探究了《现代》杂志中的广告对文学

---

[1] 曾祥金:《民国期刊编读栏目及其文学史料价值——以〈现代〉杂志为中心的考察》,《江苏大学学报》(社会科学版) 2020 年第 2 期。
[2] 王鲲:《上海风度——〈现代〉杂志研究》,博士学位论文,华东师范大学,2005 年。
[3] 颜湘茹:《层叠的现代:〈现代〉杂志研究》,中山大学出版社 2011 年版。
[4] 周玉敏:《〈现代〉杂志研究》,硕士学位论文,陕西师范大学,2006 年。

论争的重要影响。① 以上关于《现代》杂志广告研究的论文，为本论文深入探讨广告与传播的联系提供了重要思路。

除研究《现代》杂志广告所体现的现代性，有些学者还对《现代》杂志的封面、插图等进行研究。其中，郭沁的《〈现代〉杂志与中国现代诗歌》将《现代》杂志中的版面设计、封面等图像因素作为副文本要素，不仅在史料呈现上有所优化与精进，还以此来探求其对《现代》杂志诗歌的阐释作用②；胡荣的《现代艺术团体决澜社与〈现代〉杂志》从决澜社入手，着重研究了杂志中的封面、插图等图像因素，并认为这体现了《现代》杂志对先锋美术探索动向的敏锐嗅觉③；黄艳华的《20世纪30年代〈现代〉杂志封面设计与现代主义》以《现代》杂志的视觉图像为基础，探究了《现代》杂志的视觉设计在中国现代设计史上的重要价值，以小见大，窥探了中国近现代设计生态。④ 然而，这三篇论文都是以艺术的角度而非文学的角度去探讨，但在史料补充上具有一定价值。广告、封面、插图等图像因素作为《现代》杂志中"副文本"的组成部分，尽管处于边缘地位，但仍需要注意到这种很容易被忽略的现象，认识到它们在副文本与正文本的对话过程中所起的作用和意义。

另外，在"副文本"理论的早期运用与实践中，翻译领域还未将其列为研究对象。而近年来，这一领域的研究者开始逐渐关注对副文本的研究，并产生了重要成果。其中对《现代》杂志翻译副文本的研究较为典型的是学者刘叙一，他的《〈现代〉杂志翻译活动副文本研究》⑤ 与《政治的悬置，文艺的聚焦——〈现代〉杂志"现代美国文学专号"翻译活动研究》⑥ 系统阐述了翻译活动的"副文本"，以《现代》杂志的翻

---

① 彭林祥：《中国现代文坛中的"广告魅影"——以20世纪20年代文坛的三次论争为例》，《湖北美术学院学报》2020年第3期。
② 郭沁：《〈现代〉杂志与中国现代诗歌》，硕士学位论文，云南大学，2019年。
③ 胡荣：《现代艺术团体决澜社与〈现代〉杂志》，《中国现代文学研究丛刊》2009年第6期。
④ 黄艳华：《20世纪30年代〈现代〉杂志封面设计与现代主义》，《装饰》2018年第4期。
⑤ 刘叙一、庄驰原：《〈现代〉杂志翻译活动副文本研究》，《上海翻译》2019年第3期。
⑥ 刘叙一：《政治的悬置，文艺的聚焦——〈现代〉杂志"现代美国文学专号"翻译活动研究》，《外语与翻译》2018年第1期。

译活动为典型案例，探究作为译文文本的副文本对翻译活动产生的重要影响，一方面体现在翻译"副文本"对译文正文本有着重要的补充作用，帮助读者理解译文文本，从而促进译文文本在读者群体中的传播；另一方面，这种副文本对正文本的阐释、评论在某种程度上又能影响翻译观念，建构独特的翻译理念。这两篇论文正是通过对《现代》杂志的翻译副文本的研究，以从客观角度审视副文本在翻译活动中的重要价值与意义，从而有助于本文对《现代》诗歌翻译副文本的研究。

总体而言，相比于以往对文本周边的辅助性文本因素的忽视，热奈特的副文本理论为研究这些内容提供契机，既为那些难以涵括的"标题、图像、序跋"等的概念划定研究名称，对目前的文学研究，也能开拓一种新的研究视野和研究方式。对当下的《现代》杂志的副文本研究来说，分为以下两种方式：第一种是注重对与《现代》杂志相关的史料搜集与整合；第二种则借助编读栏目、广告、图像等因素探讨《现代》的现代性，而从宏观上来整合《现代》杂志副文本的研究也还阙如。尽管如此，现有的研究成果无疑为《现代》杂志副文本研究的深化奠定了基础，也提供了宝贵的经验。

（二）《现代》杂志诗歌研究

1. 文学史视野中《现代》诗歌的思潮流派研究

在文学史中，很多学者对《现代》诗歌往往以思潮流派为切入点，立足以《现代》诗歌为中心的"现代派"或"《现代》派"的研究，或对与之相关的现代主义诗潮进行探究，或对"现代派"或者"《现代》派"在文学史中的地位和价值予以探索。对诗人而言，其在创作过程中以凸显个体性与主体性为追求，而对文学史家和批评家来说，如果仅对个体进行研究则会失之偏颇，如果无法做到科学性的共性分析，可能就失去了文学研究的可能。因此，仅就诗歌而言，从不同的创作个性概括流派共性，具有一定合理性与可行性。

其一，从宏观角度考察一份刊物，必须考虑到与其生成、发展相关的文学、文学思潮，特别是对《现代》杂志而言，更要重视它受到深远影响的全球范围的新兴文学潮流。从文学史角度来说，《现代》杂志一直被认为是"现代主义"文学产生的文学园地，其最鲜明的特征就是"现代主义",在众多论文中,比较典型的就是周宁的《〈现代〉与三十年代文学思潮》[①]与曹晓爽的《"现代"与左翼之间——以施蛰存、戴望舒、杜衡等人为中心》[②]这两篇论文。周宁的论文主要研究20世纪30年代的文学思潮对《现代》杂志的深远影响,并借此说明《现代》杂志在文学史中的地位和价值,力图分析《现代》杂志与30年代文学思潮的深度联系,包括杂志受到思潮的影响和思潮在杂志的运作下如何发展壮大,并分析了左翼思潮和现代主义文学思潮是如何影响《现代》杂志诗歌的创作倾向和艺术风格的。曹晓爽的论文则侧重以政治性角度来考察《现代》杂志,其中涉及了《现代》杂志为代表的"现代主义"文学与当时政治的关联,探讨了当时的政治风云变幻与杂志中现代诗歌的关系,探究了政治心理影响下《现代》杂志的编辑的思想以及诗人的创作倾向,同时也借此说明了《现代》杂志中现代主义新诗作品中所暗含的政治思想、政治情感、政治所代表的文化意义。不得不说,这是对现代主义文学思潮进行研究的重要视角和方向。

其二,要了解流派创作,需要以刊物为研究起点,即从《现代》杂志出发探究以此为中心的"现代派"或"《现代》派",这体现了流派研究的深化,如陈平原、山口守在《大众传媒和现代文学》中所言,正是由于《现代》杂志的创办与发展,才促成了20世纪30年代的"现代派"诗歌潮流的产生与兴起,从而积聚了追求现代主义诗歌艺术的诗人群体,也间接促成了以戴望舒为代表的"现代派"诗歌领袖的地位,在这些成果下,《现代》杂志可谓贡献巨大。[③]对"现代派"诗歌的研究,比较典型的是现代文学史著作,如钱理群等人所著的《中国现代文学三十年》[④]与孙玉石的《中国现代主义诗潮史论》,这些著作都从文学史或者新诗史的角度说明了《现代》杂志对现代主义文学,尤其是"现代派"诗歌的

---

① 周宁:《〈现代〉与三十年代文学思潮》,博士学位论文,山东大学,2007年。
② 曹晓爽:《"现代"与左翼之间——以施蛰存、戴望舒、杜衡等人为中心》,硕士学位论文,中央民族大学,2018年。
③ 陈平原、[日]山口守编:《大众传媒和现代文学》,新世界出版社2003年版。
④ 钱理群等:《中国现代文学三十年》(修订本),北京大学出版社1998年版。

发展所起到的推波助澜的作用。[1] 与此同时，还有金理的专著《从兰社到〈现代〉——以施蛰存、戴望舒、杜衡及刘呐鸥为核心的社团研究》，作者在书中明确指出，《现代》杂志的主要编辑施蛰存在现代主义文学发展过程中发挥了重要作用，而《现代》杂志也因此成为中国现代文学的重要发源地。以《现代》杂志为中心，施蛰存、杜衡、戴望舒形成了近现代十分重要的文人社团，对现代主义诗歌的兴起奠定重要基础；同时在这本书中，作者金理将杂志、社团与其中的人事结合起来进行研究，梳理了这一派文人从"兰社"到"樱路社"，从"文学工场"到"水沫社"，最后再到《现代》杂志的发展过程，并且着重论述了《现代》杂志与同时代的其他文学杂志、文人社团及文人群体的内在关联。[2] 这部著作以更为宏观的视度将《现代》杂志发展始末，《现代》杂志与其他文学杂志的互动，予以系统而细致的阐释与论述，这样的成果在目前的文学研究中实为少见。同时，马以鑫的《〈现代〉杂志与现代派文学》[3] 与《〈现代〉：都市的节奏与都市文学的表现》[4] 在深入研究《现代》杂志与"现代派"的关系上作出重要贡献。另外，对"现代派"诗歌进行诗学上的研究，也在一定程度上拓展了这一流派的内涵，相对来说研究较为成熟。对"现代派"诗学的现代研究者主要包括周晓风、孙玉石、曹万生等人，他们的研究理论"现代体"诗学[5] "现代解诗学"[6] "现代派诗学与中西诗学"[7] 等理论都成就卓著。这些研究有助于深入理解《现代》诗歌所蕴含的诗学观念。

总体而言，研究者应该客观看待"现代派"或"《现代》派"，尽管思潮流派研究有其合理性，但对思潮流派研究重要性的凸显，有可能会

---

[1] 孙玉石：《中国现代主义诗潮史论》，北京大学出版社1999年版。
[2] 金理：《从兰社到〈现代〉——以施蛰存、戴望舒、杜衡及刘呐鸥为核心的社团研究》，东方出版中心2006年版。
[3] 马以鑫：《〈现代〉杂志与现代派文学》，《华东师范大学学报》（哲学社会科学版）1994年第6期。
[4] 马以鑫：《〈现代〉：都市的节奏与都市文学的表现》，《华东师范大学学报》（哲学社会科学版）2001年第1期。
[5] 参见周晓风《新诗的历程》，重庆出版社2001年版。
[6] 参见孙玉石《中国现代解诗学的理论与实践》，北京大学出版社2007年版。
[7] 参见曹万生《现代派诗学与中西诗学》，人民出版社2003年版。

导致流派背后独立的个体性研究被遮蔽,从这个角度来说,关注《现代》诗歌本身显得合理而必要。

2. 编辑出版学中《现代》诗歌的生成研究

从编辑学、出版学的角度入手,探讨《现代》杂志的编辑与出版对诗歌生成与运作的意义与价值也是目前学界所重视的。其一,从宏观上考虑《现代》杂志的诗歌样貌,探究对其产生直接影响的因素,如编辑的审美兴趣、审诗标准等,这些因素直接决定了杂志的诗歌面貌,也影响了杂志中诗歌的"现代"性质。在施蛰存与《现代》杂志的密切联系上,李欧梵的研究方法和研究视角都比较深入,打破了以往的研究模式,给人一种新鲜感。他探讨了施蛰存个人文学兴趣的形成缘由,首先是因为以施蛰存为代表的文人知识分子经常出入上海现代的生活、娱乐场所,这些生活方式影响到施蛰存的兴趣;其次是因为施蛰存从追求西方的生活方式到注重文学上的现代主义,故施蛰存逐渐开始阅读西方现代主义文学作品,在这一影响下,施蛰存才开始真正形成"现代"的文学志趣。李欧梵还认为《现代》杂志是以施蛰存、杜衡、戴望舒为代表的团体的集体自我象征,他们认为自己是"现代"人,是世界性的"现代"人,是对世界各地最新潮、最具有先锋性的文学动态予以最多关注的人。[①] 张芙鸣在《媒介中的现代主义者》一文中,深入探究了作为编辑和诗人身份的施蛰存,极力宣扬现代主义诗歌。文章还指出,正是因为施蛰存与杜衡有着比较成熟、现代的诗学理念,才使现代诗歌得以转型并发展,走出一条与新月派诗歌不同的道路。譬如施蛰存在编读互动中为了回应读者疑惑,先后四次在《现代》杂志上表明自己对"现代"诗歌的观点,不仅对"现代"诗歌下了定义,也对"现代"诗歌的意象性与朦胧性作出原因分析和系统阐释,同时还多次在《现代》杂志上发表译介的意象派和象征派诗歌。而杜衡在戴望舒诗集《望舒草》所作的长序更是系统阐述了戴望舒诗歌的诗风变化及其原因导向。施蛰存、杜衡对《现代》诗歌所作出的努力,也凸显了他们迫切想要转变现代新诗的发展路向,

---

① [美]李鸥梵:《上海摩登:一种新都市文化在中国(1930—1945)》,毛尖译,北京大学出版社 2001 年版,第 152 页。

使中国现代诗歌成为将中西方诗歌艺术完美结合的诗歌。①

杨迎平的《永远的现代——施蛰存论》是研究施蛰存与《现代》关系的专著,认为施蛰存在编辑、创作与翻译方面塑造了《现代》诗歌的现代性特质。施蛰存办刊时,兼收并蓄,颇具包容精神,也正是这种品质造就了他成为"中国期刊第一人"。② 黄忠来在其论文中,强调施蛰存在办刊时,不断吸收与引进世界范围内的新兴文学思潮和文学精神,促进了中国文学的现代性与世界性,这不仅包括《现代》杂志对青年诗人的扶持,而且体现在对意象派诗歌、象征派诗歌的译介与传播,对中国诗人、对现代新诗理论的形成所产生的影响,从而可以看到杂志本身与诗歌文本的互动关系。③ 这二人的论文对施蛰存与《现代》杂志二者关系都做出了较为系统性的阐释与论述,不仅对此方向研究具有开拓性意义,又具有重要的史料价值。

其二,由于《现代》杂志参与了市场化运作,经济、政治因素必定会在某种程度上对《现代》杂志产生影响,从而影响到其诗歌的生产、流通及传播方式,对《现代》杂志周围的场域变化对其诗歌的影响,也有重要的研究成果。《现代》杂志诗歌的构成因素和登载的诗歌文本或多或少地受制于这些场域的变化。如李玮在其论文《从左翼文学到纯文学——论现代书局的出版变迁与三十年代文学走向》中,转变主流研究方式,以20世纪30年代的出版机构"现代书局"为典型个案,从《拓荒者》到《现代》,体现了左翼文学向纯文学的转变,探究了现代书局是《现代》杂志诗歌的纯文学性的重要催化剂,这不失为一个独特视角。④ 秦艳华在《雇佣关系下〈现代〉杂志品格的生成》一文中,指出《现代》杂志内部的雇佣关系促成了《现代》杂志"现代"品格的生成,而这种雇佣关系集中体现在张静庐和施蛰存之间,二人在文学素养与人生

---

① 张芙鸣:《施蛰存媒介中的现代主义者》,广东教育出版社2013年版。
② 杨迎平:《永远的现代——施蛰存论》,光明日报出版社2007年版。
③ 黄忠来:《论施蛰存的编辑活动对中国现代文学的贡献》,《湖北师范学院学报》(哲学社会科学版)2001年第4期。
④ 李玮:《从左翼文学到纯文学——论现代书局的出版变迁与三十年代文学走向》,硕士学位论文,南京师范大学,2005年。

经历有诸多不同，但对《现代》杂志的商业化运作能够有相同的体认和倾向，并达成运行杂志的基本共识，即作为杂志的创办者，张静庐想借助《现代》杂志实现商业化利益，而作为杂志的编辑，施蛰存则想通过《现代》杂志，实现自己的文学诉求，从目的出发，二者建构了《现代》杂志这一共同体。[①] 李洪华的论文《商业性的动机和现代性的追求——论施蛰存编辑的〈现代〉杂志》从上海现代书局老板洪雪帆与张静庐的角度出发，探究了《现代》杂志创办的重要原因，在商业性动机与市场压力下，《现代》杂志诗歌的编选采取"不左不右"的中间编辑路线，这也促成了《现代》杂志诗歌文本的品牌性与商业性特征。[②] 以上三篇论文尽管角度独特而新颖，大多涉及商业机制、出版机构、雇佣关系对《现代》杂志整体面貌的影响，从积极方面来看，有助于对《现代》诗歌生成进行宏观性的溯源，但对《现代》诗歌的影响方式与影响效果都未能进行细致阐释。

从编辑、出版角度来看，诗歌文本如何进入杂志，或者说诗歌文本如何转化为杂志文本，也需要更进一步的考虑，作为新诗传播链条上最初的环节，研究《现代》杂志中诗歌的生成十分必要。在《现代》杂志诗歌文本的生成过程中，从作者接触到杂志、应杂志需求而创作，至编者接收作品并编辑于杂志，都可见出作者、编者在这一过程中的主动性作用。因此，对《现代》杂志的"杂志文本"的生成过程研究，既能如实地呈现杂志中文学文本的原初状态，又能还原文学文本是如何进入杂志框架、体系之中，并揭示出二者之间到底是什么样的关系。然而，学界对《现代》诗歌这一层面的研究还不够深入，同时这也是本文努力的方向。

3. 作为独立性文本的《现代》诗歌研究

就目前来看，学界对以《现代》为中心的"现代派"或"《现代》派"的研究已经形成重要的体系，但缺乏对杂志诗歌本身的研究。因此，

[①] 秦艳华：《雇佣关系下〈现代〉杂志品格的生成》，《清华大学学报》（哲学社会科学版）2008年第1期。

[②] 李洪华：《商业性的动机和现代性的追求——论施蛰存编辑的〈现代〉杂志》，《南昌大学学报》（人文社会科学版）2007年第3期。

若要激起学界对《现代》杂志诗歌的研究兴趣，就需要调整研究视角，拓宽研究领域，重新返回《现代》杂志本身，对其中的诗歌予以重点关注，可能才是打开研究视野的重要方向。

近年来，一些硕博学位论文注意到《现代》杂志研究的现象，将目光聚焦于《现代》杂志，将《现代》杂志刊载的诗歌文本看作独立的研究对象，这有利于突破以往诗歌研究自动归入流派研究的框架，开拓《现代》杂志诗歌研究的新方向。其中，王鲲的博士学位论文《上海风度——〈现代〉杂志研究》，将视角集中在了《现代》杂志中的诗歌本身，史实性地还原并概括了《现代》杂志中多元化的诗人群体与众多的新诗创作数量，并以施蛰存和戴望舒为个案，探讨了《现代》杂志意象诗歌的繁兴，同时还涉及了《现代》杂志的诗歌译介，尤其是英美现代诗歌的译介。[①] 黎远木在其硕士学位论文《〈现代〉诗歌研究》中，抛开"现代派"这一惯有名词，直接返回到《现代》诗歌的历史语境，精细化地梳理、概括、分析了《现代》杂志中的诗歌，试图挖掘出《现代》诗歌本身所具有的艺术特色和审美意识。[②] 郭沁在其硕士学位论文《〈现代〉杂志与中国现代诗歌》中，一方面细致统计了《现代》杂志中的诗歌、诗人、诗学文章的数量，对《现代》诗歌有了整体性的认识；另一方面，对《现代》杂志中的具有代表性、典型性的诗人及其诗歌创作进行细致的论述与阐释。同时，还关注到了以往被忽视的《现代》诗歌的翻译现象，论述了它们对中国现代诗歌创作的影响。[③] 以上这些论文都做到了对流派研究的突破，不仅力图还原《现代》杂志诗歌的历史面貌，同时能够对《现代》杂志上的诗歌翻译与诗学文章进行详细而系统的研究，颇有借鉴意义。

与此同时，柴莹的硕士学位论文《〈现代〉杂志研究》[④]和魏沛沛的《〈现代〉杂志中的"现代"新质》[⑤]均将都市作为切入点对《现代》诗

---

① 王鲲：《上海风度——〈现代〉杂志研究》，博士学位论文，华东师范大学，2005年。
② 黎远木：《〈现代〉诗歌研究》，硕士学位论文，四川外语学院，2010年。
③ 郭沁：《〈现代〉杂志与中国现代诗歌》，硕士学位论文，云南大学，2019年。
④ 柴莹：《〈现代〉杂志研究》，硕士学位论文，西北大学，2004年。
⑤ 魏沛沛：《〈现代〉杂志中的"现代"新质》，硕士学位论文，四川师范大学，2015年。

歌进行研究。前者以都市意象为视角，认为《现代》杂志的诗歌第一次专门性地描写现代都市生活，大到当时的时代风貌，小到都市人群中的心理变化，都包含在《现代》诗人的笔下，现代都市在这些诗人那里，成为重要的审美对象，由此强调《现代》杂志的诗人借助他们的创作技巧和手段，述说现代都市人们的情绪与感受，以此对现代都市中的多姿多彩的生命进行升华。后者将重点放在现代都市上，相比于对乡村的描画，《现代》杂志的诗人所创作的诗歌通过呈现现代都市的新事物、新观念，对那些现代新事物带给人们的新的体验以及由此产生的现代心理作出细腻的刻画，从而着力强调当时人们的都市观念并不彻底，而是夹杂着由传统到现代的过渡心态。另外，张生在其著作《时代的万花镜——从〈现代〉看20世纪30年代初中国文学的现代性》中，认为《现代》杂志中以戴望舒为代表的现代诗歌是一种"抑郁式微之歌"，并对其中诗人的心理状态作出细致分析和阐释。① 实际上，这些论文论述了都市的现代性对诗人创作心理、创作倾向的影响，而这些诗人的诗歌创作理念的转变很大程度上也源于现代性的冲击，都能说明《现代》诗歌的现代性品格，这有助于深入把握《现代》诗歌。

返回杂志现场，对《现代》杂志诗歌进行细读分析，的确是重要研究方向，但就目前论文来看，研究视角大多局限在史实性的还原，对诗人、诗作的研究也仅限于戴望舒、徐迟等，整体性的、专门性的论述较少；研究范围上，内容研究集中在"意象""都市""现代性"等关键词上，形式研究多将《现代》杂志诗歌作为与"新月派"比较的对象，单独对《现代》杂志诗歌形式研究的也较少，因此，《现代》杂志诗歌文本研究还存在较大研究空间。

总之，学界对《现代》杂志诗歌与副文本的研究取得了一定的成果，但仍存在很大的研究空间。重读《现代》，既要阅读其文本世界，又要阅读文本周边。前人的诸多论述为我们进入《现代》杂志奠定基石，我们所要思考的是转换僵化单调的思维模式，以更开阔的视野重新审视《现

---

① 张生：《时代的万花镜——从〈现代〉看20世纪30年代初中国文学的现代性》，同济大学出版社2007年版。

代》杂志，在超越前人的思考中凸显自己的价值标准与判断立场，以此还原《现代》杂志中被遮蔽的世界，让人们更加深入了解《现代》杂志的历史原貌，这也许正是我们重读《现代》的必要之所在。而随着传播学的新兴，将新诗置于传媒语境与传播视野，以新诗文本在读者群体中的传播过程和传播现象为研究中心，充分探究在新诗构建过程之中，当时的时代语境、传播媒介和读者接受等传播因素发挥的重要作用和产生的影响，则成为新的研究方向，而从副文本的角度研究新诗传播，目前在学界还较少见，因此，这具有明显的创新意义，值得进一步深入探究。

第一章　编排策略与新诗的视觉化传播

　　在中国现代文学中，有各种各样的副文本形式存在，但因为这些"副文本"处于比较边缘的位置，故很多研究者很难注意到，它们一直处在被忽视、被蒙蔽的状态之中。在很多研究者视野中，"正文本"才是研究的中心，而"副文本"仅仅是围绕在正文本周围的可有可无的因素。然而，我们却不能忽略"副文本"对正文本的意义。从字源学角度说，中国的"文"来源于鸟兽之文（纹）。《说文解字》说："文，错画也。"①刘勰的《文心雕龙》对"文"有更详细的说明："立文之道，其理有三：一曰形文，五色是也；二曰声文，五音是也；三曰情文，五性是也。五色杂而成黼黻，五音比而成韶夏，五性发而为辞章，神理之数也。"② 通过这种文本观念和文本形态，我们可以看到，对正文本与副文本的互相搭配、结合，古人已经注意到二者结合产生的良好效果，如讲究图文并茂等。中国古人所说的"文"，与现在的"文本"有着相似的意义，古人所说的"文画"交错的配合也正映照着"正文本"与"副文本"的完美结合。随着期刊杂志在近现代的兴起与流行，文本呈现在书面中的视觉方式已与传统大有不同。在《现代》杂志中，"副文本"的存在非常显而易见，对其中登载的诗歌来说，它们不单单是一个个单独呈现的孤立文本，而是作为"正文本"与封面、插图、排版设计等副文本相互结合，共同构筑了《现代》诗歌的视觉形式。同时，这些副文本的组合不仅仅

---

① （汉）许慎撰，（宋）徐铉校定：《说文解字》（附检字），中华书局1963年版，第185页。
② （南朝梁）刘勰著，周振甫注：《文心雕龙注释》，人民文学出版社1981年版，第346页。

是一种空间上的简单拼合,而是被《现代》杂志编辑精心地设计与编织,使它们得以参与到诗歌的视觉化传播中,对于这一点,罗岗认为,对杂志的编辑完全体现了编者的意图,对杂志中各种类型的文本,进行编排、排版也正是编辑意图得以实践的过程,通过这一过程,各种类型的正文本如小说、诗歌、散文,也已经成为全新的"杂志文本"。①《现代》杂志编排策略对新诗的视觉化传播具体则表现在图像对新诗"现代"风格的形成与排版方式对新诗视觉形式的塑造。

第一节 图像与新诗"现代"风格的形成

热奈特在其著作《门槛》中将相关的图像因素作为文本的组成部分,即文本中的副文本,尽管他对此并未展开具体的论述,但他对图像的相关阐述有助于我们理解《现代》杂志中图像对于正文本的意义和价值。从传播学的角度来看,图像是杂志传播策略与传播方式的重要体现,看似与杂志内容无关的图像,实质上都包含着对应时代的审美风格、社会心态,都蕴含着杂志本身的传播意图。杂志编辑通过特定图案的装帧,设计出杂志图像,以传达出特定风格,这种风格不仅代表着杂志整体,更对其中的内容有着指向性作用,即或多或少地暗示或烘托正文本传达的意蕴,《〈巴黎竞赛〉画报的图片传播》就曾提出"文字是厚重的,而图像是惊人的"这一口号②,充分说明了杂志图像所独具的震撼力。在20世纪30年代,《现代》杂志中的图像可谓是独具一格,"现代"意味十足。对《现代》诗歌正文本来说,封面、插图作为副文本,不仅暗含着编辑对新诗的"现代性"追求,为诗歌提供一种"现代性"的视界和氛围,影响着新诗"现代"风格的形成与传播,还能够传达新诗意蕴,是对新诗"现代"意蕴的助读,从而将"看的实践与意识形态紧密相连"③,影

---

① 罗岗:《历史中的〈学衡〉》,《二十一世纪》(香港)1995年4月号。
② 陈玉洁:《〈巴黎竞赛〉画报的图片传播》,《对外传播》,中国外文出版发行事业局2009年版。
③ [美]玛利塔·斯特肯、莉莎·卡特赖特:《看的实践:形象、权力和政治》,周韵译,余虹、杨恒达、杨慧林主编:《问题 QUESTIONS NO.2》,中国人民大学出版社2003年版,第52页。

响读者的审美心理，促进新诗的视觉化传播。

一 封面图像对新诗"现代"色彩的表现

作为《现代》杂志编排策略的重要方式，封面图像是进入《现代》杂志的第一步，影响着读者阅读杂志的第一印象，也是沟通读者与杂志内部的直接性的图像话语。故封面图像是否吸引读者对《现代》杂志内部文本来说十分重要，封面图像通过对其中的文字、点、线条、面等设计要素的富有想象力的拼合，向读者传递出"现代"性的理念。而封面图像作为杂志思想和灵魂的外在形式，依靠的不仅是封面设计者的设计技术，还有编辑着眼全局的总体编排观念。在当时，很多杂志在使用以美女为中心的视觉封面，更多体现为一种"媚俗风格"，而《现代》杂志却别开生面，用抽象化图像作封面，表现出一种具有独特风尚的"现代"色彩，创造出一种"现代性"的氛围和气质，促进了《现代》诗歌"现代"风格的形成。

其一，封面图像中的现代视觉设计为《现代》诗歌创设了一种"现代"氛围，也为读者阅读《现代》杂志提供了一种"现代"性的阅读期待。《现代》杂志编辑在选择封面图像时，以传达新诗的现代性感受为追求与目的。纵观31期的《现代》杂志封面，共有16种不同的样式，封面的视觉要素包括中法文的"现代"标题、期刊号、出版书局，其中法文"Les Contemporains"则直接体现出杂志的"现代"风格，即杂志重在对外国文学艺术的接受与传播。《现代》封面总体色调以红、黑、绿为主，黑色作为底色较为稳重，红色与绿色占封面图像1/3空间，三种色调的组合在当时清一色的黑白风的杂志中显得格外醒目与突出，为"现代"诗创设出一种整体风格的"现代感"。譬如《现代》杂志创刊号封面（见图1-1）由叶灵凤设计，运用了立体派风格，封面红黑色调相间，上半部分为竖排中文、横排法文并列的标题，呈现一种现代主义风格。

总体来看，《现代》杂志封面图像大都选择了线条感浓郁的设计方式，对以往追求装饰性的艺术追求进行反叛和革新，转而追求简洁、抽象的艺术设计方式，这正体现了决澜社创社的宣言。决澜社是一个现代艺术社团，最早提倡学习西方现代主义艺术，且有创社宣言和社团纲领，

图 1-1 《现代》杂志创刊号封面

成员多为从法国、日本留学归国的青年艺术家，尽管他们的艺术理念有差别，但对后期印象派绘画却保持统一的看法，即都想借助后期印象派绘画风格来表现当时的时代风貌与现代精神。因此，在决澜社创社宣言中，他们主张用"狂风一般的激情""铁一般的理智"来自由地表现由色、线、形交错形成的现代都市，表现"纯造型"的世界，强调要推翻一切旧的形式、旧的色彩，来建立新的形式、新的色彩。[①] 决澜社团体这种推翻旧形式、建立新形式的反传统姿态也正映照了《现代》杂志中对现代新诗所要求的变革性发展。

关于"现代"一词的含义，从编辑施蛰存将法语词"Les Contemporains"译为"现代"可以窥见，即"同时代的""当代的""同时期的"。后来施蛰存又将此扩展到对"现代派"的解释，他认为，在当时，以戴

---

① 倪贻德（主笔）：《决澜社宣言》，《艺术旬刊》1932 年第 1 卷第 5 期。

望舒、穆时英、刘呐鸥为代表的《现代》杂志作家群体，在现代文学研究者看来，他们已经被粘贴上"现代派"作家的头衔，而他们之所以被称为"现代派"作家，很大程度上是因为他们的很多作品刊登在《现代》杂志上，故"现代派"作家同时也称作"《现代》派"。① 施蛰存对"现代"一词的使用主要强调了作品思想的时代性、世界性。施蛰存对"现代"的这种看法又与美国现代诗人庞德的诗学观点有相似之处，对庞德而言，他所认为的"现代主义"，是指那些具有反叛姿态、具有鲜明自我意识的艺术家和作家，他们能够随时代发展变化而不断创新自己的艺术或文学理念，从而推翻主流的文学艺术规范和正统原则，吸收那些被严重忽略的，甚至被禁止使用的题材或内容，由此来创造崭新的文学艺术。②《现代》编者以反叛的姿态探索现代文学，借助对《现代》封面的"现代"选择，既能拓展杂志诗意空间，呈现新诗的"现代"风格，又能扩大受众范围和社会影响，吸引更多的读者，这也印证了李欧梵对《现代》的评价，即《现代》杂志的编辑以实际行动印证了杂志封面的"现代"色彩，做到了表里如一。③

其二，封面图像对《现代》诗歌的内容有着指向性作用，暗示、烘托新诗文本传达的"现代"风格与意蕴，表现新诗的"现代"色彩。封面图像对《现代》杂志而言，看似不重要，实际上并非可有可无，相反，封面图像对诗歌正文本来说是一种"有意味的形式"④，它与《现代》杂志中的诗歌正文本同时产生，一同出现于大众视野中，封面图像的最终指向是其中的诗歌正文本，是它作为一种视觉艺术对诗歌正文本的阐释，更是《现代》新诗观念的视觉性表达，譬如《现代》杂志第4卷第1期的封面便充分地体现了这一点。编者施蛰存在"文艺独白"栏目中，针对《现代》诗歌，提出了新诗要表现现代情绪的诗学观点，为了突出该

---

① 施蛰存：《关于"现代派"一席谈》，《施蛰存全集》第三卷，华东师范大学出版社2010年版，第728页。
② 林骧华等主编：《文艺新学科新方法手册》，上海文艺出版社1987年版，第109页。
③ [美] 李欧梵：《中国现代文学中的现代主义》，《中西文学的徊想》，江苏教育出版社2005年版，第35—68页。
④ 黄薇：《观念的变迁：新文学中的图像艺术——以鲁迅〈呐喊〉封面为例》，《文艺研究》2006年第5期。

现代传媒与中国现代诗歌

主题且有助于读者理解，决澜社成员庞熏琹设计了与"现代"诗歌所反映的诗学观念相符合、相对应的封面图像，如图 1-2 所示。

图 1-2　《现代》杂志第 4 卷第 1 期封面

在这一封面图像中，庞熏琹试图与现实主义、写实主义的重量感、体积感拉开距离，采用简单、简洁的线条勾勒出上、下交织的两个平面化人形，这两个人形被隐藏了面部表情，用鲜艳的红色调平铺皮肤画面，且这两个人形双手紧握着以深灰色、草绿色交织的立体书籍，从整体上来看，塑造了一副两个人相伴阅读书籍的情态，从而也暗示象征了读者阅读《现代》杂志的情境，这一情境的塑造也恰到好处地诠释出《现代》杂志诗歌中的朦胧的、意蕴丰富而又不可言说的理念，这便使读者能感受到静态的视觉封面图像给人传递的一种沉默的状态，虽然无声无息，却以直接的视觉冲击给读者以强烈的穿透力，并引起读者阅读杂志内部

中篇　现代杂志与新诗传播

诗歌文本的兴趣，从而让读者形成隐约朦胧的心理状态。

同时，《现代》杂志中第 4 卷中其他的封面图像也是以形、色、线交织为内容，偏重自然色彩的运用，散发出现代都市中激烈的、有力的情绪。在《现代》杂志第 4 卷第 3 期的封面图（见图 1-3）中，封面图像设计者张光宇将矩形的绿色图形作底，借用细曲线塑造出两个夸张意味十足的动感图形，曲直线条互相结合，给人一种简练而又抽象意味浓厚的画面感。同样的，在《现代》杂志第 4 卷第 6 期的封面（见图 1-4）中，其设计者周多在这幅封面图像中展现出了超现实主义的风格，即反对逻辑推理，推崇梦幻感，表现在具体的设计中，则是将现实内容转变为超现实，造就出梦境般的虚幻的内容，这也反映了对现实进行超越的设计理念，而这种风格也映照了《现代》诗歌的"现代"意味。

图 1-3　《现代》杂志第 4 卷第 3 期封面

图1-4 《现代》杂志第4卷第6期封面

因此,《现代》杂志封面图像"以图言说",借助视觉图像本身的力量,不仅表现了《现代》诗歌的"现代"色彩,给读者以新奇的现代感,还对新诗内涵具有指向性作用,从而促进了《现代》诗歌的"现代"风格的形成与呈现,真正实现了《现代》杂志的表里相合。

二 插图对新诗"现代"意蕴的助读

在中国传统文学艺术中,"诗画一家"一直被认为是文学艺术相互融合的诗学传统,即文字与图像处于和谐共存的状态。在西方同样如此,语言和图像作为两种最基本的言说方式,一直被视为重要的传播形式。[①]

[①] 于德山著,金元浦主编:《中国图像叙述传播》,山东文艺出版社2008年版,第11页。

插图作为一种副文本因素大量存在于《现代》杂志中，它又称"插画"，意指"插附在书刊中的图画"，它在书刊中的位置多种多样，有的处在正文中间，有的使用插页的方式，其功能主要在于对正文内容进行"补充说明"，或者为读者提供一种艺术欣赏的方式。① 随着近现代期刊的发展，插画的含义逐渐扩大，更多指的是一种艺术表现方式，即通过视觉化的图形，说明、解释并传递文字所蕴含的信息，为读者提供一种视觉性、形象化的想象空间。② 这种功能也体现了插图并非一种独立于文字的艺术表现形式，而是必须借助于文字，才能构成一个完整的传达信息的载体，二者的结合才能进行有效的信息传播。因此，《现代》杂志的编辑在编排诗歌时，常附以插图，包括与诗歌直接相关的插画、诗人的照片、肖像、诗歌手稿等。从传播学意义来看，插图作为副文本，以图助文，图文结合，对诗歌文本加以描画，形象而直观，甚至不需要阅读能力，即可欣赏，是诗歌阅读的重要辅助和很好的文本说明，能补充与表达诗歌文本精微、只可意会的精神意蕴，是对"现代"诗歌意蕴的助读，这种图文并茂的方式客观上为诗歌的视觉化传播起到了重要的推动作用。

一方面是与诗歌直接相关的，即诗歌之前或之后的插图③，这种与诗歌正文本出现于同一时间，甚至是同一空间的插图，被热奈特视为"原创副文本"④，它们能在视觉上传达诗歌意蕴，暗含新诗作者的深层创作心理，从而帮助读者理解诗歌的意图，促进新诗的深层次传播，如鲁迅所强调的，插图最初的目的就是对书籍、报刊进行装饰、修饰，除此之外，插图所蕴含的力量却能够"补助文字之所不及"。⑤ 譬如发表于《现代》杂志的戴望舒《诗四篇》（分别为《游子谣》《秋蝇》《夜行者》《微

---

① 辞海编辑委员会编：《辞海》，上海辞书出版社2020年版，第1851页。
② 王艺湘编著：《视觉环境插画设计》，中国轻工业出版社2017年版，第2页。
③ 《现代》杂志刊有戴望舒《诗四篇》后插图（第1卷第3期）、安簃译《美国三女流诗抄》插图（第1卷第3期）、朱湘《诗二章》插图（第1卷第4期）、刘呐鸥《日本新诗人诗抄》插图（第1卷第4期）、戴望舒译《西茉纳集》插图（第1卷5期）、戴望舒《望舒诗论》后插图（第2卷第1期）、施蛰存与徐霞村译《桑德堡诗抄》后配漫画（第3卷第1期）。
④ 朱桃香：《副文本对阐释复杂文本的叙事诗学价值》，《江西社会科学》2009年第4期。
⑤ 鲁迅：《"连环图画"辩护》，《鲁迅全集》（第四卷），人民文学出版社2005年版，第458页。

辞》）后插图（见图 1-5）。

图 1-5 戴望舒《诗四篇》后插图

这幅插图可以进行两种阐释。

  海上微风起来的时候，/暗水上开遍青色的蔷薇。/——游子的家园呢？/篱门是蜘蛛的家，/土墙是薜荔的家，/枝繁叶茂的果树是鸟雀的家。

——《游子谣》片段

  园子都已恬静，/蜂蝶睡在新叶下，/迟迟的永昼中/无厌的女孩子也该休止了。

——《微辞》片段

  对《游子谣》这首诗来说，这幅插图的底部可看作海浪的形状，主体或视为青色的蔷薇，或视为游船，而船中游子在思乡，诗中的海浪、蔷薇、游船等意象在这幅插图中构成一个整体，形象化地表现诗歌中的意蕴，传达游子在外漂泊、思念家乡之感。对诗歌《微辞》而言，这幅插图的底部可被视为不断向上生长的新叶，而主体则为蜂蝶，蜂蝶安睡在新叶上，营造出一种安谧、宁静的氛围。这一插图对这两首诗歌意蕴的传达有助于读者更好地理解诗歌内涵。

同样地，还有第 1 卷第 5 期戴望舒翻译的《西茉纳集》后插图，也对诗歌意蕴进行了阐释，帮助读者进行视觉想象与引导，如下图 1-6 所示。

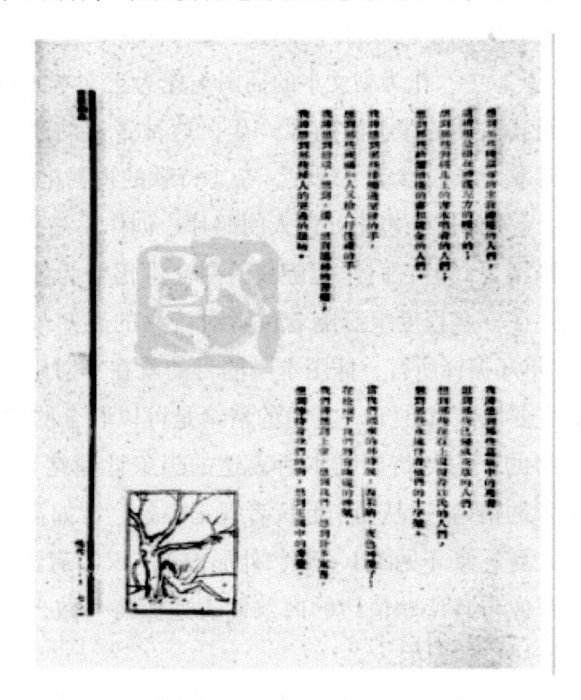

图 1-6　戴望舒译《西茉纳集》后插图

在《发》这首诗中，"西茉纳，有个大神秘/在你头发的林里"①，与插图中一位长发女子倚靠在一棵树下所传达的意蕴有着内在的相通之处，是对诗歌表现的现代情绪的意蕴的视觉表现，从而使读者更好地理解诗歌微妙意味，这也与戴望舒对果尔蒙诗歌的评价相吻合，即"有着绝端地微妙"②，这种情绪的微妙既有心灵上的，又有感觉上的，十分细腻又

---

① ［法］特·果尔蒙：《西茉纳集》，戴望舒译，《现代》1932 年第 1 卷第 5 期。
② 戴望舒：《西茉纳集》"译者记"，《现代》1932 年第 1 卷第 5 期。

动人。插图所具有的隐喻意义与诗歌意蕴形成互文关系，二者意义相互补充，从而带给读者更深刻的体验与感受。巴赫金认为，"互文体"本质上就是两种文本之间的对话，又因为这种关系发生在两种并列的文本之间，又属于一种特殊的语义关系。① 应该说，在《现代》杂志中插图的信息表达与诗歌中的意蕴表达之中，二者正好构成了巴赫金所说的"对话关系"，也正凭借了这种内部的对话关系，插图对诗歌的意蕴进行视觉呈现，而诗歌中的意蕴也正好映照了插图之意。因此，正是源于这种对话关系，《现代》杂志中，作为副文本的插图与作为正文本的诗歌，才能互相印证，图文间互文性的张力才得以产生，这种张力的产生能够帮助读者更容易理解诗歌，从而推动《现代》杂志诗歌的视觉化传播。

另一方面，《现代》杂志中如诗人的照片、创作手稿、抽象画等，尽管与诗歌不直接相关，但它们作为诗歌的副文本仍能为读者提供理解诗歌的参照对象，在一定程度上影响着读者对诗人的感知与对诗歌的直接印象，如1927年郑振铎所言，插图本身的目的就在于对别的信息传播媒介进行补充，主要原因就在于"艺术的情绪是可以联合的激动的"②，故插图带动的情绪的张力与诗歌文本所表达的想象性情绪可以联合起来，共同构成"艺术的情绪"，从而引起读者视觉想象。譬如第1卷第1期的爱尔兰现代诗人夏芝像（见图1-7），外形俊美，又富有忧郁气质，这在读者眼中，其肖像与其诗歌情绪的内敛性表达保持一致，能够帮助读者理解其诗歌创作风格的原因。

同时，《现代》杂志对诗人朱湘逝世的纪念，同样别有一番新意。1933年12月5日，朱湘跳江自杀，之后的《现代》四卷三期立刻刊载了朱湘遗稿、遗像等三张照片（见图1-8）③，这些由图像产生的视觉官感与其诗歌文本相互结合，构成对话、互文的关系，不仅让读者更加了解诗人，也使读者对其新诗意蕴有了更深层次的理解，从而强化读者对朱湘诗歌的深度传播。

---

① ［法］托多罗夫：《巴赫金对话理论及其他》，蒋子华、张萍译，百花文艺出版社2001年版，第259页。
② 郑振铎：《郑振铎文集》，线装书局2009年版，第113页。
③ 参见《史料·逸话》，《现代》1934年第4卷第3期。

图1-7 爱尔兰现代诗人夏芝肖像、照片

《现代》杂志中的封面、插图等图像因素作为副文本,对杂志内部的诗歌正文本予以"现代"色彩的表现和"现代"意蕴的助读,共同构成了整个杂志的有机组成部分。《现代》杂志图像即使是无声的,却以更直接、更具体的视觉形式对正文本进行言说、表达,从而形成另一种传播方式。封面、插图作为杂志中新诗文本的重要副文本,不但对文学文本进行语义补充,与文学文本构成互文关系,造就了图文并茂的特征,拓展诗意空间,为新诗营造一种"现代"氛围,使新诗充满一种感性的灿烂;而且有助于读者理解新诗"现代"意蕴,为读者提供一种空间化想

图 1-8　纪念朱湘逝世插图

象方式,有助于读者对"现代"诗歌的接受,从而扩大新诗受众范围和社会影响,促进新诗"现代"风格的形成与传播。

第二节　编排方式对新诗视觉形式的塑造

在中国传统诗词中,对诗歌本身来说,诗作者很少会考虑到诗歌的编排方式,传统的很多诗集、诗作在进行编排时,一般来讲,它们并不分行,也不重视标点符号对诗歌的作用,在阅读传统诗歌时,仅仅通过诗歌的押韵等情况来判断一首诗的形式,因此,传统诗词固定的格律化规则使诗歌视觉形式的作用微乎其微。然而,到了现代诗歌中,这一点却发生了很大的变化,新诗形式的生成很大程度是依赖书面形式的,尤其是近代报纸杂志的兴起使诗歌传播方式发生了重大改变和革新,自然而然也更新了现代诗歌的书写呈现方式。这在伊斯特曼看来,在一个社会中,无论是数以万计的印刷本,或者文学艺术圈层中的手稿的流传,都是艺术生产方式在起决定性因素,艺术生产方式的不同类别也构成了生产者与消费者之间不同的关系,更塑造了文学艺术作品本身的形式。① 学者姜涛也强调,在近现代传播媒介的兴起与繁荣下,读者对现代诗歌的视觉需求逐渐大于听觉需求,诗歌的阅读方式的变化与现代诗歌的传播方式有着密切关联。传统诗歌的传播方式更多以口耳相传为主,读者的阅读也就成为"诵读"或"吟诵"的方式,而到了现在,现代印刷文化的繁荣发展使诗歌变成"书面上的文字",因此,新诗的阅读方式发生了重大的变化,即对视觉需求越来越重视。② 因此,就现代诗歌而言,其视觉形式的塑造与呈现在很大程度上影响了新诗的传播力度和广度,在《现代》杂志中,编辑十分重视诗歌的编排方式,不仅注重新诗在《现代》中的版面设计对读者阅读体验的影响,还强调《现代》诗歌的排版样式对《现代》诗歌的造型作用,从而通过对"现代"诗歌的版面设计与排版样式来影响新诗读者的阅读心理和阅读体验,以此促进"现代"诗歌的视觉化传播。

一 版面设计与阅读体验

《现代》编辑施蛰存在对新诗进行编排时,注意到了读者对新诗版面设计的体验与感觉,如果诗歌的版面设计过于随意,那么它在读者心中所起的效果也会被削弱。对于这一点,伊斯特曼在《论晦涩的崇拜》中指出,在编排、印刷现代的自由诗歌时,最重要的、最好的事情就是吸引读者注意,引起读者阅读兴趣,让读者明确清楚他是在阅读诗歌,而

---

① [美]伊斯特曼:《论晦涩的崇拜》,李水译,袁可嘉等编选:《现代主义文学研究》下册,中国社会科学出版社1989年版,第73页。
② 姜涛:《"新诗集"与中国新诗的发生》,北京大学出版社2005年版,第107页。

不是小说、散文。① 从这一观点中,可以看到伊斯特曼并没有将内容的丰富、形式的整齐来作为评判诗歌的标准,而是注意到了读者在视觉上阅读诗歌的感受与心理状态,现代诗歌在排版空间的设置上,对联系作者与读者之间的关系十分重要。也就是说,对登载在杂志上的诗歌来说,它在杂志上所处的空间位置、版面位置会影响读者阅读诗歌的心理体验与心理状态,也影响着诗歌的传播接受。

根据编者意图,《现代》杂志从第 2 卷第 1 期到第 3 卷第 1 期,诗歌均为单独排版,版面留白很多,其他卷为上、下两版,留白变少,体现新诗的重要地位,影响读者的阅读体验。同时,编者对《现代》杂志中的诗歌的字号大小也很重视,因为他们清楚地了解字号大小对读者的视觉阅读感受起到十分重要的作用。曾有读者来信对诗歌的字号大小提出质疑,认为《现代》杂志上的诗歌完全没必要使用大字号,不然造成的篇幅过大,影响一个版面中诗歌的数量,还为此提出其个人建议:诗歌的字号只需要和其他类型的文本同样大小的字体排印即可,这样就不会浪费版面空间,同一版面可以刊载很多首诗歌,诗歌篇数也会增加。但编者对此持反对意见,明确说明,对诗歌而言,相比于小号字,使用大号字排印"更为美观",更能给读者一种视觉上的美感,而且杂志对诗歌的排版也是"上下两版",已经够"经济"了。② 从《现代》杂志的第 4 卷第 2 期开始,存在诗歌的题目字号大于正文字号的情况,以后的卷期也一直这样排版。由此可见,《现代》杂志是非常重视诗歌给予读者的视觉感受,也影响到了读者的审美心理。另外,在《现代》杂志上,知名诗人与不知名诗人所占的空间大小不同,位置也有差别:一些不那么引人注目的诗人诗作往往在小说、诗评等的末尾下版空间,而有些知名诗人的诗歌却独立排版,譬如当时的陈江帆作为诗坛新人,他的《诗二首》被放置在小说《洋泾浜奇侠》的末尾处空白,这也能看出编辑对诗人、诗歌的有意图的宣传与传播,也影响到了"现代"诗歌的呈现方式,从

---

① [美]伊斯特曼:《论晦涩的崇拜》,李永译,袁可嘉等编选:《现代主义文学研究》下册,中国社会科学出版社 1989 年版,第 919 页。
② 编者施蛰存,读者人难:《改革本刊的建议》,《现代》1933 年第 3 卷第 3 期。

而也能使读者看到杂志的用意所在，帮助读者有更好的阅读体验。

目录的编排在一定程度上也影响到读者的阅读体验。《现代》杂志的目录是依据文体的类别进行分类，读者可以通过阅读目录一目了然地看到诗歌的登载情况，使读者处于一种清楚的、良好的阅读状态。在《现代》杂志的头条位置上，其登载的文章一般是编辑重点推荐的，在目录上也会直接表现出来。在31期的《现代》杂志中，对诗歌处于首位的现象，也多次出现，这也体现了编辑对诗歌的重视。第一次是在《现代》一卷六期，戴望舒的"诗二首"（《妾薄命》《无题》）被编辑放置于首位。后来在《现代》杂志的第2卷第3期，李金发的诗歌《剩余的人头》被编辑放置于第二位，这也是当期唯一一首诗歌。同时，在后续的《现代》二卷四期上，编辑将茅盾的《徐志摩论》放在第一位，这是出现在《现代》杂志上的首篇诗论文章，也成为存在于头条位置的唯一一篇诗人专论。这些都表明《现代》杂志对现代新诗的重视，可以使读者清楚了解杂志中的诗歌在目录中的位置，从而影响读者对诗歌的阅读感受和阅读体验。

在诗歌的编排趋向上，《现代》杂志表现出独特的诗学观念，也影响到了读者的阅读心理。在《现代》杂志上，新格律体诗与自由体诗是并行存在的。其中，刊载在《现代》杂志上的新格律体诗，很多继承了新月诗派的创作风格和艺术追求，强调现代诗歌由外在的押韵而带来的韵律感和节奏感，但是新格律体诗在《现代》杂志上的刊载情况是逐渐消弱的过程，即由弱到更弱再到无声，这正与新月派诗歌的逐渐式微有着同样的发展走向。与此相应的是，刊载的自由体诗越来越多，且这种自由体诗又以戴望舒诗风为主导，读者在阅读《现代》诗能明显感受到这种诗风的转变，从而影响读者阅读"现代"诗的心理变化与阅读体验。

二 排版样式与新诗造型

杂志中诗歌的生成，不仅是诗人创作的结果，更是编辑对诗歌文本的二次创作。一首诗的诞生，首先需要诗人将内心抽象的情感体验转化为更形象化的诗思，这是诗歌生成的第一步；若将诗人的诗思转换为笔下的诗歌，则要寻求具体化的形式，诗人的诗思属于诗歌的内形式，而诗歌语言的组合方式则属于外形式，一首诗歌的生成过程就是内形式与外形式之间和谐的结合；若将纸上的诗歌转换为杂志上的诗歌文本，则需要编辑对诗歌进行二次创造，即在重新排版与设计中对诗歌的一次创作进行二次创造，而这种二次创造的过程便是杂志副文本参与诗歌视觉形式建构的过程。为了更好地促进新诗的视觉化传播，在对《现代》诗歌的视觉形式的塑造中，编者采取竖排分行的排版方式，每行顶格排列，如图1-9所示。

图1-9 《现代》杂志诗歌排版

《现代》杂志上诗歌的竖排排版方式，延续了传统诗歌的排列方式，这种竖排方式深受传统"直行书写"的影响。对"直行书写"的原因，现在已经无法确定，但根据毛笔书写的笔画顺序，基本上以由上到下的方式为主。同时，考虑到古代毛笔的材料构成，这种书写方式也与竹木的纹理与形状狭窄有关。对从右到左的书写顺序，与世界各国文字的顺序也存在差异，这可能是因为古代人用左手拿着简策，右手执笔书写，这样的方式有利于将完成的简策放于右侧，因此，在这种"由远而近"

的距离优先的原则下,古人形成了从右到左的书写方式。① 对当时的读者而言,传统的竖排排列方式已使读者养成了竖排阅读的习惯,暗合了读者内心对诗歌的阅读期待,符合这一时期读者的阅读习惯,读者也能更容易进入诗歌阅读的空间。同时,由于《现代》杂志中诗歌的编辑由施蛰存所决定,其诗学观念决定了《现代》杂志登载的诗歌风格和类型,故杂志上的诗歌与原诗并未出现较大差别,在对诗歌进行排版时,尽可能符合原作者意图,以使诗歌面貌原原本本呈现在杂志上。这也体现了编者、诗作者比较相近的审美趋向,比如戴望舒的诗作在《现代》杂志上首发时并无较大改动,编者完全尊重诗人创作意图。

在诗歌的分行问题上,《现代》杂志中内页多由上、下两部分组成,每句诗从右至左定格排列,但有时受到排版空间的限制,一些长句诗在纵向上无法结束排列,那么这句诗就要根据编者意图进行再次排版,这其实已经构成另一行,一句诗在纵向上未结束,则要另起一行空两格排列,譬如《现代》杂志中对桑德堡诗歌的排列(见图1-10)便是在不影响原诗意的情况下对长句诗再次分行排版。对于诗节的标识问题,《现

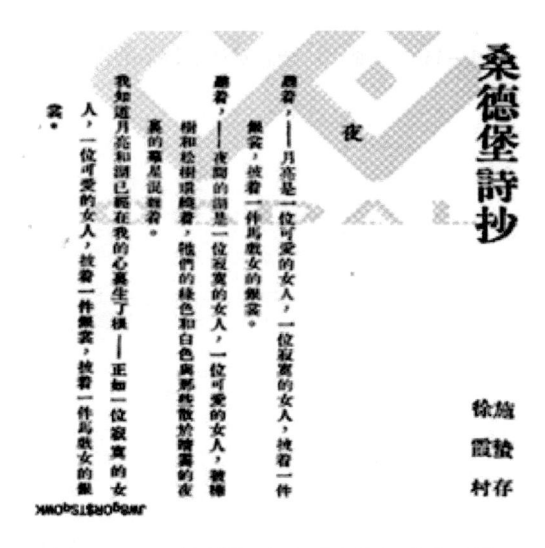

图1-10 《现代》杂志对桑德堡诗歌的排版

---

① 钱存训著,郑如斯增订:《印刷发明前的中国书和文字记录》,印刷工业出版社1988年版,第130页。

· 423 ·

代》杂志采用空行隔开诗节的方式（见图1-11），以"空行"为诗节标识在近现代杂志的诗歌排版中已经很普遍，也更为自由与成熟。这种诗节标识不仅有助于引导读者视觉上的审美愉悦，又能在读者读诗时感受到听觉上的节奏感，这样在视觉与听觉的共同作用下为"现代"诗歌造型，推进"现代"诗的视觉化传播。

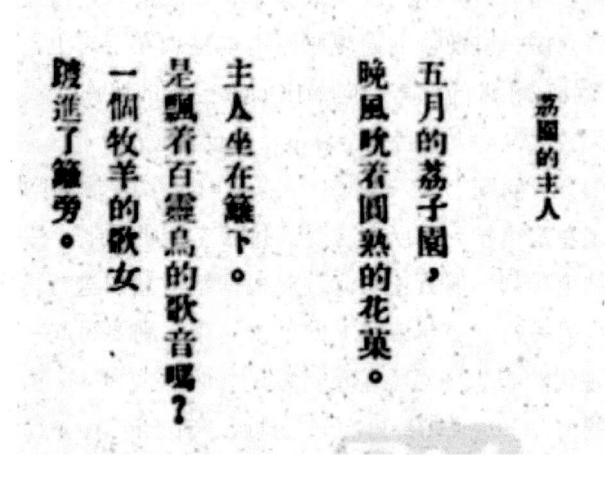

图1-11　《现代》杂志对诗歌诗节的排版

第二章 编读栏目与新诗传播接受空间的建构

与传统社会言说的路径不同,现代报刊催生了新的言说方式,建立了新型的社会公共意见表达平台,如梁启超所言,现代报纸杂志不是臣服、隶属于政府的,而是与政府具有平等的地位,报纸杂志代表着现代国民能够发表个人意见、表达个人想法的公众平台和公众场所。① 而报纸杂志要成为这样的公共言说平台,则需要建立起能够传达社会公众意见的途径,以此与读者进行互动、交流。自晚清创立并发展的编读栏目成为很多报刊建立这种平台的重要途径,这不仅有助于编者与读者之间的互动②,还是传播思想文化的有效方式。从副文本角度来说,编读互动的内容是与正文本相对应的副文本,编者设置编读栏目的是要保证副文本及文本意图与编者意图保持一致,如热奈特在《门槛》中所言,副文本最重要的不是为了让文本整体上具有美感,真正的目的是确保"文本的命运和作者的宗旨一致"。③ 在《现代》杂志中,编读栏目是编读互动的重要平台,作为"现代"诗歌的副文本,它不仅为编者、普通读者、专业诗歌读者提供了互动、对话的平台,还利用现代报刊的传播特性,产生具有广泛影响力的公众舆论,从而建构新诗的传播接受空间,促进"现代"诗歌的传播。

---

① 梁启超:《敬告我同业诸君》,《饮冰室合集·文集之十一》,中华书局1989年版,第38页。
② 本章所说的"互动",是报刊中编者与读者互为前提的一种文化传播行为。
③ 朱桃香:《副文本对阐释复杂文本的叙事诗学价值》,《江西社会科学》2009年第4期。

第一节　编读互动与"现代"解诗学

作为《现代》杂志的编辑，施蛰存不仅编辑经验丰富，而且颇具文采，对政治也是持有一种中立的态度，十分符合现代书局老板对编辑的想象。此时的施蛰存已有很多办刊经验，也想要创办一个现代性的，独立于现实政治的刊物，因此应允了主编一职。施蛰存认为，如果要让新文学得到更好的发展，必须要让新文学变成人们的日常生活方式，也让它变得人人可接近、可亲近。① 有了这样的创办报纸杂志的观念，施蛰存意识到，《现代》杂志已经进入了现代商业化、市场化大潮中，成为文学市场化运作体制机制的一分子，那就应该顺从这一浪潮，应该更加重视自己的读者，获得更多的文学读者，在此背景下，他自觉确立了极其清醒的读者意识。为了扩大《现代》杂志的影响，施蛰存在《现代》杂志创造了一个编辑与读者友好交流的平台，即编读栏目，这不仅包括与读者进行直接沟通的通信栏目，也包括发表专业化批评观点的诗论栏目。在《现代》杂志中，编辑通过编读栏目，建立了与读者交流的平台，不仅通过通信栏目更加直接地与读者就"现代"诗歌问题进行讨论与交流，更借助诗论栏目向读者传递专业性的"现代"诗歌的诗学观念，加深与读者的交流。同时，编者与读者凭借编读栏目中得以进行双向"解诗"，也即对"现代"诗歌进行正确、合理的解读，既由编者向读者告知如何阅读"现代"诗歌，又在刊登读者来信中强化解读"现代"诗歌的方式与方法，从而在编读互动之下确立"现代"解诗学。

一　栏目设置与编读交流平台

在《现代》杂志的编读栏目中，编者、读者就"现代"诗问题进行对话与交流。在这种你来我往的互动中，编者与读者以具体的诗学问题

---

① 施蛰存：《北山散文集》（一），华东师范大学出版社2001年版，第504—510页。

为主,这不仅是普遍意义上的你问我答,更是一种富有情感的多回合交流。因此,《现代》杂志的编读栏目不单是编者与读者交流的中介,也成为广大对现代诗歌感兴趣的读者发表公共意见的话语空间,也由于这种特质,它在某种程度上变成了近现代杂志上"第一个真正自由的公众论坛"①,使很多读者在这个公众平台讨论和思考与公众密切相关的现代诗歌问题和观念。具体而言,在《现代》杂志的栏目设置上,一方面通过通信栏目,与普通读者进行直接性的对话与交流;另一方面则通过诗论栏目使那些专业性读者发表针对"现代"诗歌的专业诗论,由此,《现代》杂志借助编读栏目的设置,构建出了与读者进行直接或间接的交流平台。

(一)通信栏目与普通读者的交流

对《现代》杂志中的编读互动来说,较为直接的方式是"通信栏目"的设立。《现代》杂志的"通信栏目"设置的最初目的是与大众、普通读者直接进行对话、交流,交流的话题也完全随着普通读者对杂志内容的看法而确定,编者继而对此作出对普通读者问题的回答或回应。《现代》杂志的"通信栏目"分为三个阶段:第一阶段为第一卷,名为"编辑座谈";第二阶段为第二卷到第五卷,名为"社中日记";第三阶段从第三卷到第五卷,被称为"社中谈座"。这些"通信栏目"在杂志上的版面位置一般是每期末尾。

在通信栏目设立初期,即"编辑座谈"时期,双方互动的文章篇幅均比较短小,多以简洁字句传递杂志所追求的平等理性的办刊观念。在《现代》创刊号的"编辑座谈"中,施蛰存专门强调这一点,他认为以往的那些文学类的报纸杂志,一是有极端的态度,这种态度容易让读者产生一种师傅教导学生的高高在上的心理,从而使读者的地位过于低下;二是有低级的趣味,具有这一特点的杂志编辑容易将自己的文艺观强加到杂志之上,也不接受个人文艺观之外的读者的文学观念,这难以为大众读者提供一种开放、包容的平台,以此发表自己的看法。所以,在施

---

① [美]周策纵:《五四运动:现代中国的思想革命》,周子平等译,江苏人民出版社1996年版,第93页。

蛰存看来，他创办《现代》杂志的意图，首先是为了避免这些极端态度或者低级趣味，而是立志将这本杂志创办成为"一切文艺嗜好者所共有的伴侣"①。施蛰存从办刊伊始，就确立了自己的原则，不仅要和普通读者建立一种平等对话的伴侣关系，而且要时刻警惕《现代》杂志成为媚俗之风，以此来发扬健康的新文学。

在"社中日记"时期，编辑更多采用日记的形式，向读者说明办刊情况，如编辑向作者约稿、读者投稿之类的基本办刊事务，同时也为读者推荐一些优秀的作品，更清晰地体现编辑渴望与读者平等对话与交流的意愿。此时，《现代》已经形成了一个比较稳定的读者群体，大多集中于上海，少数分布于内地，并且这些读者群的知识水平、审美心理、阅读期待等均有着相似的地方。根据施蛰存所举办过的征文活动可以看出，这些读者共有的特点就是：拥有一定文化水平，对文学兴趣较为浓厚，对现代诗歌有一定的鉴赏能力与鉴赏水平②，这也诚如施蛰存所说："新文学根基在年轻人身上。"③ 因此，一定意义上来说，普通读者群体范围的稳定性与水平的相似性也使编读之间的良好互动成为可能。

后期，即"社中谈座"时期，编者将此栏名称后增加了小标题"作者·读者·编者"，从这一微妙变化可以窥探出编辑对读者的重视。这一时期的交流形式主要体现在，读者通过向杂志写信表达对杂志内容的看法、评价，编者就共同关注的与文学相关的问题与读者共同讨论、交流。"社中谈座"栏目的设置总共有 17 期，其中登载了 30 封读者来信，其中，与《现代》诗歌有关的编读交流主要集中在"社中谈座"（见表 2-1），通过编者、读者交流，《现代》诗歌得以有效传播，与"现代"诗歌有关的问题也得以解决。

----

① 施蛰存：《编辑座谈》，《现代》1932 年第 1 卷第 1 期。
② 参见施蛰存《〈现代〉杂忆》，《北山散文集》（一），华东师范大学出版社 2001 年版，第 274 页。
③ 施蛰存：《北山散文集》（一），华东师范大学出版社 2001 年版，第 507 页。

表 2-1　　《现代》杂志通信栏目中与诗歌有关的文章

作者	标题	卷期	所在栏目
施蛰存、吴霆锐	吴霆锐读者来信及施蛰存回信《关于本刊所载的诗》	1933年第3卷第5期	"社中谈座"
施蛰存	施蛰存回信《又关于本刊的诗》	1934年第4卷第1期	"文艺独白"
施蛰存、崔多	崔多来信及施蛰存回信《关于杨予英先生的诗》	1934年第5卷第2期	"社中谈座"
吴奔星	吴奔星来信《诗的读法》	1934年第5卷第3期	"社中谈座"

（二）诗论栏目与专业诗评

借助对新诗专门性问题的讨论，设置诗论栏目，刊登诗学文章，也是互动办刊的重要方式。论文栏目中的诗评、诗论作为《现代》诗歌的副文本，是与读者进行间接性交流的重要方式。持有自由、中立的批评立场的编辑施蛰存，表现出了对诗学批评的重视。《现代》杂志在创刊之初，并未为那些与诗歌有关的评论性文章设立专门的栏目，这些文章多与散文放在同一个栏目中，且非常之少。直到《现代》杂志的第2卷第1期开始，编辑才开始设置专门性的诗论栏目，此时的评论性文章也逐渐增多，与"散文栏目"完全分开，后续尽管诗论栏目的名称不断在变化，或叫"论评"，或称"文艺论文"，或名"文艺论评"，但这一栏目作为现代诗歌评论文章的载体，其本质并未发生改变。从这里可以看出，"论文"栏目名称的变化反映了《现代》杂志诗学批评平台的逐步建立与完善，也是专业新诗读者交流平台的建立，现代诗歌评论性文章的登载也进一步说明杂志编辑对现代文学诗论发展的关注与重视，从而间接性地与读者就现代诗歌问题进行深度交流。

在这些诗论栏目中，登载的新诗评论文章（见表 2-2）是比较专业性的读者，在阅读《现代》诗歌之后，与诗歌、诗作者有一种共鸣情绪而"不吐不快的产物"，也是阅读接受《现代》诗歌之后的"理性反馈行为"[①]。这不仅推动了专业读者对现代诗歌问题的讨论，这些批评文本

[①] 方长安：《中国新诗传播接受与经典化研究》，社会科学文献出版社2020年版，第45页。

还因本身所具特性而对新诗传播起着重要作用，有助于现代诗歌传播接受空间的建立。

表2-2　　　　　《现代》杂志论文栏目的诗论文章

作者	篇名	卷期	所在栏目
戴望舒	《望舒诗论》	1932年第2卷第1期	"论文"
茅盾	《徐志摩论》	1933年第2卷第4期	"论文"
苏雪林	《论李金发的诗》	1933年第3卷第3期	"文艺评论"
杜衡	《〈望舒草〉·序》	1933年第3卷第4期	"史料·杂文"
苏雪林	《论闻一多的诗》	1934年第4卷第3期	"论文"
陆春霖	《〈童心〉和〈这时代〉》	1934年第4卷第3期	"现代评坛"
侍桁	《文坛上的新人》（上、下）	1934年第4卷第4期 1934年第4卷第6期	"论文"
穆木天	《我的诗歌创作之回顾：诗集〈流亡者之歌〉代序》	1934年第4卷第4期	"史料·逸话"
穆木天	《〈梦家诗集〉与〈铁马集〉》	1934年第4卷第6期	"现代评坛"
穆木天	《王独清及其诗歌》	1934年第5卷第1期	"文艺独白"
穆木天	《林庚的〈夜〉》	1934年第5卷第1期	"现代评坛"
穆木天	《诗歌与现实》	1934年第5卷第2期	"文艺独白"
郁达夫	《谈诗》	1934年第6卷第1期	"散文"
林庚	《诗与自由诗》	1934年第6卷第1期	"论文"
施蛰存	［英］赫克斯莱《新的浪漫主义》	1932年第1卷第5期	"诗·文"
高明	［日］阿部知二《英美新兴诗派》	1933年第2卷第4期	"论文"
徐迟	《意象派的七个诗人》	1934年第4卷第6期	"论文"
施蛰存	［美］陶逸志《诗歌往哪里去》	1934年第5卷第2期	"论文"
戴望舒	［法］高列里《叶赛宁与俄国意象诗派》	1934年第5卷第3期	"论文·介绍"
高明	《未来派的诗》	1934年第5卷第3期	"论文·介绍"

值得注意的是，对《现代》译诗来说，"译者记"同样有助于读者阅读与理解"现代"诗歌，对编读之间的有效交流起到十分重要的作用，它们作为译诗的副文本，对译诗起到了阐释、评论、补充等作用，在很大程度上影响着读者的阅读过程与阅读结果。在《现代》杂志的版面设计上，一般是上下排版，译者记在前，译诗在其后（见表2-3），这些译

者记虽在形式上较为简单,但那些相对随意而感性的诗意文字能对译诗作出精准而具概括性的阐释,在译诗与译者记的组合方式下,《现代》杂志能够在物质空间和意义空间上形成一个相对完整的新诗传播接受空间。

表2-3　　　　　　　　《现代》杂志译诗"译者记"

译者	作者及作品	卷期
安簃（施蛰存）选译	夏芝《夏芝诗抄》	第1卷第1期
陈御月（戴望舒）选译	核弗尔第《核弗尔第诗抄》	第1卷第2期
安簃（施蛰存）译	《美国三女流诗抄》	第1卷第3期
刘呐鸥译	《日本新诗人诗抄》	第1卷第4期
戴望舒译	［法］特·果尔蒙《西莱纳集》	第1卷第5期
施蛰存、徐霞村译	《桑德堡诗抄》	第3卷第1期
徐迟译	［美］林德赛《圣达飞之旅程》	第4卷第2期
施蛰存译	《现代美国诗抄》	第5卷第6期
李金发译	《邓南遮诗抄》	第6卷第1期

实际上,《现代》杂志编读栏目的设置,是"公共领域"的重要体现。对"公共领域",哈贝马斯指出,它是在市场经济的兴起与发展之下形成的,它作为一种"公共空间",可以调节国家和社会之间的关系,在这个公共空间中,市民们可以不受国家政府的约束,可以畅所欲言,平等、理性地讨论各种与公众密切相关的问题、想法。① "公共领域"是哈贝马斯将18世纪的欧洲作为背景进行抽象化的概念。但是,相对于西方来说,近代中国因为种种条件的限制,还未能完全建立哈贝马斯所说的"公共领域",但从某种程度上说,近现代报刊具备成为公共空间形成的基础,"可成为各种新的文化和政治批评的'公共空间'"。② 《现代》杂志的编读栏目其内容贴近读者的阅读语境,其中的读者来信、专业诗评对新诗发展而言颇有价值,对相关问题的讨论是新诗读者共同的阅读经

---

① 参见［德］哈贝马斯《公共领域的结构转型》,曹卫东等译,学林出版社1999年版,第23页。
② 李欧梵:《"批评空间"的开创——从〈申报·自由谈〉谈起》,《二十一世纪》(香港)1933年10月号;王晓明主编:《批评空间的开创:二十世纪中国文学研究》,东方出版中心1998年版,第101—117页。

验与困境的重现。在这个公共讨论空间中，读者来信和新诗批评经过编者施蛰存的筛选，虽然无法完全反映出它的全貌，但基本可以反映出读者对《现代》杂志诗歌的态度与反应。从读者接受来看，编读栏目的设置也能使读者产生对《现代》的认同感与归属感，这种情感使读者能以一种比较纯粹的阅读者身份参与新诗问题的讨论，使不少有助于新诗建设的意见与建议得到编者的选择与采纳并刊于报端，构成了对《现代》诗歌的有效反馈。

二 双向"解诗"与"现代"诗阅读方式

随着《现代》杂志刊载的诗歌数量的增加，一些现代新诗读者所表现出来的质疑与疑惑也随之增多。这些怀疑与疑惑，以《现代》诗歌表达所产生晦涩与朦胧方面为中心。可以说，这种由"谜诗"问题所产生的你来我往的争论，贯穿了《现代》杂志中编者与读者之间互动、交流的始终。学者邹立志曾从诗歌特殊言语行为全过程入手，如诗歌言语行为的发出、传递、接受等，来考察诗歌语体，认为诗歌是一种两个人的游戏，其解读掺和读者的"前理解"最多。[1] 从这个意义上说，很多读者对《现代》杂志刊载的诗歌产生疑惑不解具有一定的合理性。然而，在阅读诗歌时还需要遵循最基础的言语理解准则，因为语体作为一种社会变体具有稳定性，而对一般读者而言，如何阅读现代诗歌，应该建立一套与现代诗歌相对应的"阅读程式"。对于"阅读程式"，由乔纳森·卡勒率先提出，他认为文学作品的"文学性"，不仅仅代表着文本自身的本质和属性，它还寓示着作者与读者之间的某种关联，这种关联也正体现在读者以何种方式阅读文学作品。在此基础上，卡勒进一步指出，那些具有某种象征意义和内在结构的文学作品能够被读者阅读的重要原因，就在于读者具备一种"无意识中的、基于约定俗成的阅读程式"。[2] 因此，从这

---

[1] 邹立志：《从言语行为接受方式考察诗歌语体》，《修辞学习》2001年第2期。
[2] ［美］乔纳森·卡勒：《文学能力》，［美］乔纳森·卡勒：《结构主义诗学》，盛宁译，中国人民大学出版社2018年版，第132—134页。

个意义上来说，《现代》诗歌的成立与否，不仅仅是创作的问题，更是一个阅读上的问题，就如傅东华所言，中国现代文学作品的被接受，最重要的是转变"读者的 taste"①。对《现代》杂志的读者来信所提出的共同困惑，即"现代"诗歌晦涩难解问题，编辑施蛰存意识到"现代"诗歌阅读方式建立的重要性，故为了更好地让读者理解与体会"现代"诗歌，施蛰存借助编读栏目这一平台，积极回应读者来信，向读者解答阅读"现代"诗歌的方法，还通过刊登解读"现代"诗歌的读者来信，实现对新诗读者的双向"解诗"，共同确立"现代"诗歌的阅读方式。

（一）区分诗与散文：明确"解诗"的依据

在《现代》杂志的众多读者来信中，读者吴霆锐提出的问题比较具有代表性，他在来信中直接对"现代"诗歌的创作方式进行否定，并产生对"现代"诗歌极其失望的情绪。他还对此加以解释，认为很重要的原因在于《现代》杂志中的诗歌读起来与散文无异，其中的诗歌是支离破碎了的，读起来不仅不能感受到诗歌的节奏感，也体会不到诗歌所具有的情感，因而使人感到无比的"玄妙"，难以理解，故声称"现代"诗歌是"未来派的谜子"。在此基础上，吴霆锐进一步发出疑问：如果现代新诗不存在一点节拍，没有一点韵律感可言，那还能称之为诗歌吗，还不如称之为散文，诗歌与散文的区别到底在哪？② 同样的，针对以吴霆锐为代表的对"现代"诗歌产生的玄之又玄、晦涩难解的问题，本质上来说就是"现代"诗歌如何阅读的问题，也即如何建立起与"现代"诗歌相配套、相匹配的阅读方式。《现代》杂志编辑施蛰存从诗的特性出发，对这些问题进行解答，从而确定解读"现代"诗歌的前提和依据。

施蛰存针对读者疑惑，首先对诗歌与散文进行界定，强调二者存在根本性区别，自然不能使用同一种阅读标准。吴霆锐在读者来信中提到，真正的现代诗歌应该是"一曲妙歌"，《现代》杂志上的诗歌没有韵律，缺少韵律的美感，也不能唱，所以与散文没有区别，不是诗歌。③ 吴霆锐

---

① 傅东华：《我对于介绍西洋文学的意见》，《时事新报·学灯》1920年1月23日，转引自姜涛《早期新诗的"阅读问题"》，《中国现代文学研究丛刊》2002年第3期。
② 吴霆锐：《关于本刊所载的诗》（"读者来信"），《现代》1933年第3卷第5期。
③ 吴霆锐：《关于本刊所载的诗》（"读者来信"），《现代》1933年第3卷第5期。

的意图就在于他将能否歌唱作为区别诗歌与散文的唯一标准，并将韵律的使用和音乐性的体现作为诗歌的审美标准。对此问题，施蛰存认为，诗与散文的真正差别，不在于是否能歌唱，也不在于押韵与否，而在于新诗创作者是否能表现出其所刻画景物的情感、情绪，对一首诗来讲，尽管不押韵，只要能自由地传达诗人的情绪，便可以称之为好诗。相较而言，散文是"朴素的""平直的"，而诗歌是不可避免地要"雕琢"，要"曲折"，因此，诗歌与散文之别，不在于韵律，更不在于脚韵。一首诗歌尽管缺少韵律，缺少脚韵，只需要诗作者在自由分行的散文形式中，表现出情感或者情绪的节奏感，只需要在诗歌中"表达一个意义"，或者仅仅"完成一个音节"，就能写出一首好诗[1]。因此，施蛰存辨析了诗与散文的不同，回答了读者吴霆锐关于"现代"诗与散文的区别这一问题，从而确立"现代"解诗学的基础和前提。

在此基础上，施蛰存又试图强调，阅读"现代"诗歌应该从诗歌本身的特性出发，以此才能更好地理解"现代"诗歌，建立良好的阅读"现代"诗歌的习惯。施蛰存认为，读者觉得《现代》杂志中所刊载的诗歌太难懂的原因，不是现代诗歌形式或者内容的问题，而是对诗歌的阅读，本身就不是"一读即意尽"的解读方式，如果读者对一首诗歌一读即懂，那便不能称之为诗了。[2] 这种论述其实是从诗歌本身的特性来回答"现代"诗歌晦涩难懂的问题。接着，施蛰存又从阅读新诗的方式来分析具体的原因，他认为，不能因为《现代》诗歌晦涩难懂，就对《现代》诗歌全盘否定与质疑，这种对待诗歌的态度是不正确的。随后他深入分析，之所以读不懂，是在于有些读者把阅读诗歌当成了阅读散文，散文的逻辑与诗歌的逻辑是完全不同的，且存在很大的差异，诗歌与散文的阅读方式也应该随其内在逻辑不同而不同[3]，从各自的本质上来说，诗歌与散文始终不能按照同一种标准去衡量、去评价、去阅读、去品味欣赏。实际上，以吴霆锐为代表的读者之所以认为《现代》诗歌晦涩难懂，质

---

[1] 施蛰存:《〈现代〉杂忆》，《北山散文集》，华东师范大学出版社2001年版，第257页。
[2] 施蛰存:《关于本刊所载的诗》，《现代》1933年第3卷第5期。
[3] 施蛰存:《海水立波》，《北山散文集》，华东师范大学出版社2001年版，第403页。

疑"现代"诗歌的创作方式，很大程度上就是因为读者的阅读方式存在偏差，是将应用语体的行为方式掺杂到诗歌中去了，这也体现了"现代"诗歌的阅读方式亟须建立的必要性与重要性。

为了强调这一点，施蛰存在《现代》第 5 卷第 3 期的"社中谈座"栏目中登载了读者吴奔星的《诗的读法》①，在来信中，作者吴奔星也对诗歌与散文的特性作出了区分，这一点与施蛰存的解释形成很好的对照。他认为，诗歌与散文的特点是存在很大差别的，散文要求"明达晓畅"，诗歌则必须具有"含浑蕴藉"的特点，继而指出，诗歌如果太过于简单、过于畅达，反而会让读者读不出来诗歌的味道，这样的诗歌就好像"一眼望穿的秋水"，并不能诱发读者去深入阅读，深入体会诗歌情绪和诗人情感。相反，吴奔星十分赞成那种含蓄蕴藉的诗，也正是这种诗歌才值得阅读，由此进一步肯定"现代"诗歌存在的合理性，并强调阅读"现代"诗歌自然与阅读散文不同，要根据诗歌的特性去品味、去欣赏。因此，从诗与散文的各自特性出发，吴奔星明确提出二者内在的阅读方式是有根本差别的，在这种观念之下，阅读"现代"诗歌更是需要一种与之相适应的解读方式，读者也应该深入挖掘"现代"诗歌中的韵味，去品读、去欣赏"现代"诗歌。

（二）辨析思维方式：确定"解诗"的内在逻辑

为了进一步解答读者困惑，《现代》编辑施蛰存与读者吴奔星在双向"解诗"中确立了"现代"诗歌创作的内在逻辑，明确了"现代"诗歌特有的创作方式与思维方式，从而更透彻地解决了如何阅读"现代"诗歌的问题。

编者施蛰存首先明确了"现代"诗歌与以往的早期白话诗歌及格律体诗歌的区别，认为不同体式的诗歌自有其解读的方法，"现代"诗更是有其独特的解读方式，不能将以前的那套品读诗歌的方式套用在"现代"诗歌上。读者吴霆锐欣赏与品读诗歌的思维方式在众多读者中比较具有典型性，像他这样的读者习惯于欣赏那些情感丰富、韵律整齐的新诗，并将其作为解读诗歌的标准，所以他对《现代》诗歌的缺少韵律美感到

---

① 吴奔星：《诗的读法》，《现代》1934 年第 5 卷第 3 期。

困惑，对新诗的表现方式的玄妙也感到疑惑，从一定程度上说，这就是两种阅读方式的问题。因此，施蛰存在《现代》第3卷第5期的"社中谈座"栏目中发表《关于本刊所载的诗》，回复读者疑惑，他明确指出，"现代"诗歌并非不重视现代诗歌的形式，而是将"旧的形式"转换为"新的形式"。① 根据《现代》杂志上刊载的诗歌可以看出，施蛰存所说的"新的形式"是散文化的自由体诗歌，是需要摆脱格律的窠臼，强调新诗不应将整齐的用韵、整齐的诗节作为新诗的欣赏标准，真正的新诗应该是像《现代》杂志上的诗歌，不必追求"三美"，而注重形式的自由②，所以这也是在向读者传递这样的信息：读者在阅读"现代"诗歌时，需要以崭新的思维方式去看待"现代"诗歌，重视诗歌内在的节奏感，而非外在的华美形式。

同时，相比于早期白话诗歌，"现代"诗歌也有与其不同的解读方式。编辑施蛰存在第5卷第3期刊载了一封读者来信，这封来信读者名为崔多，他在信中指出，在读了《现代》杂志上发表的杨予英的诗歌后，认为像杨予英先生这样的诗歌有一种"神秘""奥妙""奇异"之感，使他感到云里雾里，难以理解。他还说这类诗歌没有任何意义，仅仅是句子的拼凑，上下意义完全不通，由此对《现代》诗歌进行全盘否定③。对此，为了回应这些问题，施蛰存在《现代》第5卷第3期的"社中谈座"栏目中登载了读者吴奔星的《诗的读法》④。吴奔星认为，在现代新诗发展的早期，像胡适《乌鸦》《车夫》这样的诗歌的确可以称之为优秀的诗歌，就是在新诗发展历程中，其地位也十分凸显，但如今再次阅读品味起来，却觉得有一种幼稚、浅薄的感觉。相比之下，杨予英先生的《冬日之梦》一诗，却呈现出一种独特风格，"意义且深且长"。⑤ 在对杨予英诗歌特点进行分析的基础上，作者进一步断言，读者崔多先生阅读诗歌的方法，或许只能与早期白话新诗的风格特征相匹配，如果现在还用之

---

① 施蛰存：《关于本刊所载的诗》（"答吴霆锐问"），《现代》1933年第3卷第5期。
② 施蛰存：《编辑座谈》，《现代》1932年第1卷第1期。
③ 崔多：《关于杨予英先生的诗》（"读者来信"），《现代》1933年第3卷第5期。
④ 吴奔星：《诗的读法》，《现代》1934年第5卷第3期。
⑤ 吴奔星：《诗的读法》，《现代》1934年第5卷第3期。

前那种读诗的方法,不仅对现代诗歌是一种摧残,更难以体会现代诗歌的韵味。① 因此,从吴奔星的这段论述中可以看出,像崔多先生那样的读者读不懂"现代"诗歌的根本原因在于阅读诗歌的读法不正确,如今再以"浮光掠影"的方式阅读《现代》杂志上的诗歌自然觉得晦涩不解,这也是在引导其他读者阅读"现代"诗歌的正确方法。作为一个普通读者,读者吴奔星的解诗法表现出与当时不同的风格,在借助《现代》杂志这一平台向其他读者阐释如何阅读《现代》诗歌,颇具象征意义。

在此基础上,编辑施蛰存从"现代"诗歌创作的思维方式出发,进一步分析并确定了"现代"诗歌因具有朦胧性而产生晦涩难解的根本原因,那就是"现代"诗人较多采用形象思维,而非逻辑思维,故很多读者称"现代"诗歌为"谜诗",实际上,这正是两种诗歌创作的思维方式的不同。为了使读者的疑惑得到解答,施蛰存有针对性地对一些诗歌进行解读,这也为那些读不懂的读者提供一种更好的理解"现代"诗歌的方式、方法,从而进一步确立《现代》诗歌的"阅读程式"。针对读者崔多对杨予英诗歌的疑惑,施蛰存回信予以逐字逐句的解析,并指出,在全世界范围内的诗坛上,诗歌的朦胧性问题是具有普遍性的,尽管对此会有很多质疑、否定的声音,但没有一个固定的标准的答案。同时施蛰存认为像崔多这样的读者对《现代》诗歌的看法过于极端,过于挑剔,因此实在让他难以理解。② 从这一回应来看,施蛰存从世界范围内理解现代诗歌发展中存在的共同美学问题,不仅强调不同诗歌流派的诗作应该有不同的语言表达方式,相较于其他派别的诗歌,《现代》诗歌的语言运用也无不可,而且对这样的诗歌的解读,读者也应该使用不同的欣赏方法,而非仅仅借"不懂得"对诗歌进行指责与否定。对这一问题,他还作出具体的原因分析,在施蛰存看来,一方面是因为《现代》杂志上的诗歌创作者较多采用"形象思维",而非逻辑思维,因此在作诗时多使用"若断若续""跳跃"的手法,"从一个概念转移到另一个概念";另一方面,可能是因为《现代》杂志上的诗歌所采用修辞手法比较"新奇"

---

① 吴奔星:《诗的读法》,《现代》1934 年第 5 卷第 3 期。
② 施蛰存:《关于杨予英先生的诗》,《现代》1934 年第 5 卷第 2 期。

"隐晦"①，这二者是导致读者对《现代》诗歌产生难懂、难以理解的态度的重要原因。因此，从某种程度上来看，正是因为《现代》诗歌的思维方式比较独特，使阅读方式也与之前的不大相同。施蛰存的这段话对读者理解《现代》诗歌颇有帮助，在某种意义上，施蛰存在有意栽培一批能够欣赏《现代》诗歌的读者群体，他清楚地意识到，新诗的阅读方式对读者的重要性。

在《现代》杂志的编读栏目中，为了解答读者"谜诗"的疑惑，编辑施蛰存与读者吴奔星在双向"解诗"过程中，区分了诗与散文，明确"解诗"的依据，又辨析不同诗歌的思维方式，确定解诗的内在逻辑。这不仅促进了读者对《现代》诗歌的理解与接受，在读者如何阅读"现代"诗，即"现代"诗歌的阅读方式的转变上发挥着重要作用，由此通过编读互动推动了"现代"解诗学的确立。

第二节 议题设置与"现代"诗歌的审美引导

副文本作为《现代》杂志中的重要组成部分，与作为正文本的诗歌共同呈现出完整的文本，如果把《现代》杂志上的诗歌（包括诗歌创作与诗歌翻译）看成一个整体，即正文本，那么与之相关的诗歌评论、译者记等批评式文本可以被称为"副文本"，这样的副文本即处于正文本周围，围绕正文本，对正文本进行阐释。在《现代》杂志中，为了扩大《现代》诗的影响，编辑设置与"现代"诗相关的议题，团结一些诗人、诗论家，在刊物上发表诗学批评文章交换意见，让读者对《现代》诗歌有更深入的了解。在这种正副文本的交织下，《现代》杂志设置与"现代"诗歌相关的议题，对读者进行审美引导，在何为"现代"这一问题上，《现代》杂志给予读者以明确的理论化阐释，引导读者关注"现代情绪"；而对于"现代"何为这一问题，《现代》杂志强调读者对"现代诗形"的重视与欣赏，从而推动了"现代"诗的审美趣味的确立，有助于

---

① 施蛰存：《〈现代〉杂忆》，施蛰存：《北山散文集》，华东师范大学出版社2001年版，第256页。

读者对"现代"诗歌的接受。

一 何为"现代":引导读者关注"现代情绪"

对何为"现代"诗的问题,编辑施蛰存在《现代》第 4 卷第 1 期上发表了《又关于本刊中的诗》,认为《现代》杂志上刊载的是这样的诗歌,对"现代"诗歌进行明确定义:

> 《现代》中的诗是诗。而且是纯然的现代的诗。它们是现代人在现代生活中所感受的现代的情绪,用现代的词藻排列成的现代的诗形。①

根据这段话可以看出,施蛰存明确指出了"现代"诗歌的创作主体、创作对象、言语表达、新诗形式,从而为读者提供一种重要的现代诗歌审美范式,确定了《现代》杂志上的诗歌的确是诗歌,而且是独特的,是与以往诗歌不同的"现代"诗。②因此,施蛰存对"现代"诗歌的定义,即对"现代"诗是诗的阐释,实质上昭示了对何为"现代"这一问题的回答,也在引导读者关注"纯然"现代诗。这种对"现代"的定义阐释又与杜衡在《〈望舒草〉序》中的诗学观点存在相似之处。杜衡在《〈望舒草〉序》中探讨以戴望舒为主导的诗人创作倾向时,强调其与早期的白话新诗、早期象征诗派的差别。一方面对早期新诗追求"自我表现""坦白奔放""狂叫直流"进行反叛,而去追求一种内敛、含蓄的诗歌创作风格;另一方面《现代》诗人又不同意早期象征派诗歌创作理念,即反对过度的"神秘""晦涩",甚至断言,早期象征派诗歌根本没有可称赞之处。因此,对这些诗歌现象,以戴望舒为代表的《现代》诗人决定"立矫此弊",将对新诗形式的重视转移到内容之上,并且在诗歌与现实的关系上,始终保持相应的距离,即不过分贴近社会现实,而倾向于书

---

① 施蛰存:《又关于本刊的诗》,《现代》1934 年第 4 卷第 1 期。
② 施蛰存:《文艺独白》,《现代》1933 年第 4 卷第 1 期。

写个体的潜意识，或者隐藏在内心深处的灵魂。①

为了具体说明这一点，杜衡还强调，戴望舒虽然处于苦难和不幸之中，处于乌烟瘴气的社会现实中，但是从来没有放弃写诗，诗歌创作可以被视作戴望舒"灵魂的苏息、净化"。② 从杜衡对戴望舒诗歌创作实践进行深度总结与评价中，可以看出杜衡是比较认同戴望舒诗歌创作观念的，即现代诗歌拒绝对事物的直接表现，拒绝"狂叫、直流"，也拒绝与社会现实太过密切，从而表达出他对新诗"现代性"的认识，即诗人应该把写诗当作与现实生活相对照的"另一种人生"，诗歌应该表现诗人的内心情感，而非仅仅是对现实的如实表现。如其所述，《现代》杂志中很多诗人也服从于自己内心世界的要求，在诗歌中抒写自己的情绪、感觉、潜意识，很少有表现政治、战斗、革命等与现实十分贴近的诗歌。也就是说，在《现代》诗人那里，诗歌首先是属于个人的世界，是属于诗人自己的世界，反映的是诗人的隐秘内心，这也正映照了施蛰存对"现代"诗本体的强调，"诗是诗"，更是"纯然的现代诗"。③

同时，《现代》杂志还强调了对"现代情绪"的重视，这是对新诗"现代"问题的进一步回答，即"现代"诗写什么的问题。编辑施蛰存在《又关于本刊的诗》中表现出了对"现代情绪"的追求，指出"现代情绪"是在"现代生活"感触之下的情绪，至于何为"现代生活"，为何要表现"现代情绪"，施蛰存作出如下回答：

> 现代生活包括各式各样的独特的形态：汇集着大船舶的港湾，轰响着噪音的工场，深入地下的矿坑，……甚至连自然景物也和前代的不同了，这种生活所给予我们的诗人的感情，难道会与上代诗人从他们的生活中所得到的感情相同吗？④

施蛰存从《现代》诗歌中看到的是，诗人从现代的都市生活中感触到的

---

① 杜衡：《〈望舒草〉序》，《现代》1933年第3卷第4期。
② 杜衡：《〈望舒草〉序》，《现代》1933年第3卷第4期。
③ 施蛰存：《又关于本刊的诗》，《现代》1934年第4卷第1期。
④ 施蛰存：《又关于本刊的诗》，《现代》1934年第4卷第1期。

情绪已与前代不同,是现代的,是都市的,同时这种情绪也是隐秘的,是藏于诗人内心的,因此,新诗要表现现代的情绪、现代的情感。

对"现代情绪"的重视,在穆木天的《诗歌与现实》也有所体现,这篇文章也是针对《现代》诗歌做出的理论性总结,尽管他在其中倡导的是现实主义,提倡新诗要描写现实的生活,但前提是这种生活必须能够唤起自己的情绪,诗人对事物有了情绪,才能写出好诗来,如他所言,众所周知,诗歌与小说在本质上就存在巨大差别,诗歌的特殊性在于,诗人通过对现实事物的感触,激发出自己的情绪,并将这种情绪直接表达出来,换言之,诗歌就是诗人个人情绪的直接表现。① 穆木天还在《我的诗歌创作之回顾》中说他的诗歌散发着"颓废的情绪"②,这种"颓废的情绪"是深受西方象征派、颓废派诗人的影响的。

与前两者形成呼应与对照,戴望舒的《望舒诗论》是较为详细地论述了以"情绪"为核心的批评文本。《望舒诗论》可以说是戴望舒诗歌的实践总结,他主张新诗是要调动诗人的全部感官,去感触事物,进而将这种感触后的新情绪表现在诗歌之中:

> 新的诗应该有新的情绪和表现这情绪的形式。③
> 诗应当将自己的情绪表现出来,而使人感到一种东西,诗本身就像是一个生物,不是无生物。④

不只理论,他在译诗中也贯彻了这一点。戴望舒在《西茉纳集》的译者记中,认为果尔蒙的诗就是具有一种"绝端的微妙——心灵底微妙与感觉底微妙"⑤,在他的诗歌中,所流露的诗情是能够让读者感受到情绪的变化,使读者与其诗歌产生一种情绪的共鸣。正因为对情绪的重视,他才选择翻译果尔蒙的诗歌。除对新诗要表现诗人情绪的这一追求,戴

---

① 穆木天:《诗歌与现实》,《现代》1934 年第 5 卷第 2 期。
② 穆木天:《我的诗歌创作之回顾》,《现代》1934 年第 4 卷第 4 期。
③ 戴望舒:《望舒诗论》,《现代》1932 年第 2 卷第 1 期。
④ 戴望舒:《望舒诗论》,《现代》1932 年第 2 卷第 1 期。
⑤ 戴望舒:《西茉纳集》"译者记",《现代》1932 年第 1 卷第 5 期。

望舒进一步思考：现代新诗要表现何种情绪，对此他指出，现代诗歌创作不一定要以现代的、新的事物为创作题材和创作来源，那些以往的、旧的事物也能发现新的情绪。戴望舒并不反对将旧的事物应用于现代诗歌中，他注重的是当旧事物给予诗人一种"新情绪"时，诗歌就要表现这种新情绪①。由此来看，戴望舒强调要表现情绪，表现新的情绪，但这情绪的来源并不一定是以现代生活、现代都市为基础，旧事物中也能生发出新情绪，无论事物的新旧，只要能生发出新情绪，便能入诗。

简言之，《现代》杂志中的新诗批评文本，强调了新诗的"现代性"在于它的"现代情绪"，不仅要表现情绪，还要表现新的情绪，这种新情绪既可以来源于现代生活，又可以从旧事物中生发而出。新诗情绪外化的过程就是诗人内在心灵的流露，也就是说，当新的机械文明、新的都市文明、新的快乐、新的痛苦出现并强烈刺激现代人感官时，它要求现代诗人做到：在面对新事物或者旧事物时，都要以这些事物所触发的新情绪为作诗的重要理念，而不仅仅是刻画生活的本来面貌，或者抒发空洞的情感。总体而言，这些批评式文本作为"现代"诗歌的副文本，对新诗"现代性"问题作出了明确的回答，这也是在向读者传递要关注新诗的"现代情绪"，以此让读者更好地接受"现代"诗歌，培养读者的"现代"审美趣味，也彰显了《现代》杂志致力于传播"现代"诗歌的努力。

二 "现代"何为：引导读者欣赏"现代诗形"

对"现代"诗歌何为这一议题，《现代》诗人林庚、徐迟、郁达夫、施蛰存表达了对现代诗歌形式的看法，以此来向读者传达新诗的审美趣味就在其自由的形式，自由的情感、情绪的表达：

> 文学与形式可以说是表现的工具，所谓自由诗也便是要求这工具上的极度自由，……至于形式之必须极量的要求自由，在文字尚

---

① 戴望舒：《望舒诗论》，《现代》1932年第2卷第1期。

且如此时自更是当然的事了。①

　　创造新的旋律——作为新的情感的表现。我们可一定主张自由诗是写诗的不二法门。②

　　新诗人的一种新的桎梏，如豆腐干体、十四行诗体、隔句对、隔句押韵体等，我却不敢赞成。……中国新诗的将来需要向粗大的方向走，……新诗里——就是散文里，也有一种自然的韵律，含有在那里的。③

如上述所言，林庚在《诗与自由诗》中强调"形式之必须极量的要求自由"，即自由诗的形式须以具体的内容来决定，形式的自由取决于内容的丰富。徐迟在《意象派的七个诗人》中借助意象派诗人的信条来表达他对新诗形式的看法，"自由诗是写诗的不二法门"，主张新诗形式的自由，新诗的形式应该随着新诗表现对象的变化而变化，而不能拘泥于某一种特定的形式。郁达夫在《谈诗》中认为现代诗歌的"格律体"道路已然行不通，强调"中国新诗的将来需要向粗大的方向走"，追求一种"自然的韵律"，追求新诗的自由体式，引导读者关注"现代"诗歌的自由形式。

在这些诗论中，他们都对新诗形式有所论及，区别在于，他们仅从宏观上考虑新诗形式应该自由，不应该拘泥于格律体形式，而施蛰存对这一问题作出了进一步的思考。施蛰存主张"现代"诗歌形式要符合"肌理"，认为发表在《现代》杂志中的诗歌，很多是没有严格的韵律，诗歌整体也缺乏一种整齐性，但比较典型的特点就是，这些诗歌都具有一种"相当完美的'肌理'（Texture）"。④"肌理"一词在中国古代诗论中就已出现，刘勰的《文心雕龙·序志》中有"擘肌分理，唯务折衷"，对于其中的"肌理"之意，后世的陆侃如等人，对"肌"作出"肌肉的文理"的解释，而对"理"则注释为"肌理"，其意指精细地剖析阐释

---

① 林庚：《诗与自由诗》，《现代》1934 年第 6 卷第 1 期。
② 徐迟：《意象派的七个诗人》，《现代》1934 年第 4 卷第 6 期。
③ 郁达夫：《谈诗》，《现代》1934 年第 6 卷第 1 期。
④ 施蛰存：《又关于本刊的诗》，《现代》1934 年第 4 卷第 1 期。

文艺理论。① 翁方纲则借助杜甫《丽人行》"肌理细腻骨肉匀"一句将"肌理"纳入自己的诗学理论框架之中，他在《志言集序》中强调，"肌理"就是"义理之理"，也是"文理之理"，创作诗歌必须以"肌理"为标准。② 翁方纲主张的"肌理说"，其实际内容全在于一个"理"字，即将义理与文理相统一，文理主要是诗歌的形式方面，义理则主要是诗歌内容方面。这一概念是翁方纲对神韵说、格调说、性灵说三说的反叛，这也正如施蛰存对"肌理"的重提是对新月派诗歌的反叛。

同时，依施蛰存所言，他在"肌理"后附加上"Texture"，可以表明他将"Texture"等同于"肌理"，而"Texture"一词涉及文学艺术作品时，则强调的是经由语言刻画出的艺术形象③，这在同时代的格雷福斯看来，"肌理"这个词所指代的内容更为广泛，声音的韵律只是其中的一个方面，它还包括了诗歌语言中音调、音节之间的各种关系，是对狭义上的"韵律"含义的进一步补充。熟悉西方现代文学的施蛰存，使用"肌理"一词来描述《现代》诗歌的特征，已能说明"肌理"带有形式的意味，对此，李鸥梵也作出解释，施蛰存受到西方意象派诗人的影响很深。这种影响是在他频繁翻译那些诗人的诗歌中所形成的，在这种影响之下，施蛰存极力倡导自由体诗，在他眼中，当时的现代诗歌并没有摆脱古典诗歌的押韵方式，所以施蛰存极力想通过对自由体诗歌的倡导而对这一诗歌现象进行修正。④ 对熟悉中西方文学的施蛰存而言，他重提的"肌理"一词，应是对新诗语言与内在诗情融合所达到的一种理想状态的命名，尽管施蛰存在《现代》杂志中并未具体表述"肌理"的内涵，但结合施蛰存对"现代"诗的评价可以看出，"肌理"一词实际上涉及了施蛰存对新诗内在形式的追求，也即他所说的"现代的诗形"。⑤

---

① 陆侃如、牟世金译注：《文心雕龙译注》，齐鲁书社2009年版，第651页。
② （清）翁方纲：《志言集序》，《复初斋文集》（卷四），上海古籍出版社编：《古籍整理出版的宏伟工程：〈续修四库全书〉》，第1455册，上海古籍出版社2002年版。
③ ［英］罗吉·福勒：《现代西方文学批评术语词典》，袁德成译，四川人民出版社1987年版，第282页。
④ ［美］李鸥梵：《上海摩登：一种新都市文化在中国（1930—1945）》，毛尖译，北京大学出版社2001年版，第160页。
⑤ 施蛰存：《又关于本刊的诗》，《现代》1934年第4卷第1期。

相比于施蛰存以"肌理"论述"现代诗形"问题，戴望舒在《望舒诗论》对现代的新诗形式做出了更详细的阐释，即他对新诗内形式的追求。他一反先前注重新诗外在形式的观念，认为现代诗歌不能太看重音乐，而应当去除诗歌中的音乐成分，韵律和整齐的字句不但不会增添诗歌的美感，反而会限制诗歌情感的表现。在此基础上，戴望舒又强调现代诗歌不借重音乐并非不需要形式，而是应该凭借诗歌内容来选择诗歌的形式。具体而言，他指出，现代诗歌的韵律并非泛泛存在，应该存在于诗人借诗歌所表达的情绪中，而不应该仅仅依照着"文字的音韵的抑扬"这一诗歌的表层。① 由此可见，戴望舒从一开始注重诗歌的外形式，转向了注重诗歌的内形式，即强调诗歌应该根据诗人情绪的波动起伏而改变外在的形式，即读者在阅读"现代"诗歌时要注重品味诗歌抑扬顿挫的内在形式。在《现代》杂志第3卷第4期，刊登了《〈望舒草〉序》，这是杜衡针对《望舒草》所作的评论性文章，它不仅与戴望舒诗歌形成互文性关系，也与《望舒诗论》互相印证。杜衡在这篇序言中，阐述了戴望舒的审美反叛的过程，即从追求诗歌的音乐感、韵律感，到注重诗歌的内在形式的表现，阐发了戴望舒诗歌的形式与情绪的内在关联性②，即戴望舒诗歌随着诗情的转变，而产生相对应的以诗情为核心的诗歌内形式，强调读者在阅读"现代"诗歌时，仔细体会诗歌的细腻情绪的内在节奏，细致感受其中跳跃的内在韵律，这种跳动不是固定的，而是跟随着诗人情绪的节奏而跳动，这便是"现代的诗形"。

从《现代》杂志对新诗议题的设置中可以看到，那些新诗批评文本作为"现代"诗的副文本，借助《现代》编读栏目对读者的新诗审美趣味进行偏向性的引导，既在何为"现代"这一问题的讨论中引导读者关注"现代情绪"，又在"现代"何为这一话题中引导读者重视并欣赏"现代诗形"，提升了公众对"现代"诗歌的接受度。并且，这些新诗批评本身就承担着传播职能，借助这一特质引领着读者对新诗的审

---

① 戴望舒:《望舒诗论》，《现代》1932年第2卷第1期。
② 杜衡:《〈望舒草〉序》，《现代》1932年第3卷第4期。

美趋向,传播了"现代"诗歌,正如学者施荣华所言:"文艺批评在本质上也是一种传播活动。……文艺批评的传播功能就是在释义与评价的动态中完成的。"①

---

① 施荣华:《文艺批评的传播功能》,《云南师范大学学报》(哲学社会科学版)2000年第3期。

第三章　新诗广告与新诗形象的塑造与传播

现代诗歌的传播与流布，很大程度上依靠传播主体的精心运作。在近现代媒介不断发展的情势下，新诗传播的过程中涉及多个市场载体，如报刊、书局等都对其传播产生重要影响，而与传播关系最密切的则是商业性质的新诗作品的销售，在销售过程中，对新诗作品所设计的广告是增强新诗传播广度和深度较为重要的方式。按照金宏宇的说法，"文学广告"是"关于'文学'的广告，是指为了促销中国现代文学作品而特意在报刊、图书等载体上刊登的宣传文本"。[1] 那么新诗广告则是有关于诗歌的广告，具体指为了促销现代诗歌作品，编辑特意在报纸杂志上登载对作品进行宣传的文本。因此，《现代》杂志的新诗广告主要包括《现代》杂志上推出的现代书局出版的诗集广告与诗集的序言（包括自序与他序）。同时，从《现代》杂志对新诗的宣传与传播策略来说，与《现代》诗歌相关的编后记、译者记也起到一种广而告之的作用，本质上也是另一种形式的传播策略。热拉尔·热奈特为新诗广告研究提供了一个独特的视角，从文本层面来看，如果把《现代》杂志的诗歌文本视为正文本，那么与此相关的新诗广告便可称为副文本。作为一种副文本，《现代》新诗广告在形式设计与内容上都表现出别样特点，对新诗形象与诗人形象的塑造与传播具有重要价值与意义。

---

[1] 金宏宇：《文本周边：中国现代文学副文本研究》，武汉大学出版社2014年版，第246页。

第一节 《现代》新诗广告的形式设计与文本特色

20世纪30年代，我国的现代广告业与出版业处于快速发展时期，北京、上海等城市成立了很多书局、出版社，竞争十分激烈，所以对现代出版者、报刊编辑而言，要使自己的书局、报纸杂志在市场立足，必须要增加销售渠道，而在其中发挥重要作用的便是广告宣传。因此，上海现代书局为了争得市场份额，创办《现代》杂志。《现代》杂志编辑施蛰存的广告意识强烈而自觉，十分重视广告宣传，他曾在《沙上的脚迹》中指出，如果报纸杂志中有比较优质的广告宣传，便能吸引到更多读者注意其中的作品广告，从而产生购买行为，这对外地读者来说尤其重要，甚至可以说"一期刊物就是一册本店出版书籍广告"。[①] 他还描述过新诗广告对他的影响，当时在郭沫若诗集《女神》刊登广告的第一日，施蛰存就匆匆写信到泰东书局购买。[②] 因此，作为《现代》杂志的编辑，施蛰存十分重视新诗广告对新诗传播的意义与价值。为了充分挖掘潜在的现代新诗读者群体，《现代》新诗广告在内容与形式设计上均体现出独特的审美品格，使《现代》新诗广告对新诗具有较强的传播效果。

一 新诗广告的形式设计

近现代以来，报纸杂志的新诗广告大多包括标题、著作（编者或译者）、新诗作品主要内容的简介、发行书局、页码、价格以及插图等要素，但由于杂志本身版面空间比较有限，因而无法完全呈现出这些信息，但基本要素都会包括书名、作者、广告语、价格、出版书局。在《现代》杂志中，有关新诗的广告主要涉及歌德诗剧《浮士德》《迷娘》《歌德名诗选》、虞琰女士诗集《湖风》、戴望舒诗集《望舒草》、郭沫若诗集《沫若诗集》、

[①] 施蛰存：《沙上的脚迹》，辽宁教育出版社1995年版，第60页。
[②] 施蛰存：《我的创作生活之历程》，陈子善、徐如麟编选：《施蛰存七十年文选》，上海文艺出版社1996年版，第53页。

王独清译诗集《独清译诗集》、穆木天诗集《流亡者之歌》。这些诗集基本由现代书局作为资方发行,设置新诗广告是为增强读者的购买欲望,获得更多利润,同时提升新诗传播力度。《现代》杂志对不同诗集的广告宣传在发布频次、广告价格、版面位置上表现出明显的差异,而这些差异也反映了编辑的传播意图,《现代》杂志的新诗广告如表3-1所示。

表3-1　　　　　　　　《现代》杂志中的新诗广告

诗人	作品及价格	版面位置及诗集价格
歌德	《浮士德》,每册一元二角	1. 1932年,第1卷第3期,目录前扉页。 2. 1932年,第1卷第5期,目录前扉页。 3. 1932年,第1卷第6期,目录后四页。 4. 1933年,第4卷第2期,陈江帆《檐溜外五章》正文后第312页。
歌德	《迷娘》,每册五角	1. 1932年,第1卷第5期,目录前扉页。 2. 1932年,第1卷第6期,目录后四页。 3. 1933年,第4卷第2期,陈江帆《檐溜外五章》正文后第312页。
歌德	《歌德名诗选》,每册三角五分	1. 1932年,第1卷第6期,目录后四页。 2. 1933年,第4卷第2期,陈江帆《檐溜外五章》正文后第312页。
虞琰	《湖风》,每册四角	1. 1933年,第2卷第5期,洛依的《初恋之诗》正文后第665页。 2. 1934年,第4卷第3期,苏雪林《论闻一多的诗》正文后第488页。 3. 1934年,第5卷第2期,底面之里页。
戴望舒	《望舒草》,每册五角	1. 1933年,第3卷第2期,秋悲《从小孩得到的启示》正文后第186页。 2. 1933年,第3卷第4期,杜衡《〈望舒草〉序》正文后第495页。 3. 1933年,第4卷第1期,目录前页。 4. 1933年,第4卷第1期,《音乐风外六章》(李心若)正文后第160页。 5. 1933年,第4卷第2期,封面后目录前页。 6. 1934年,第4卷第3期,目录前页。 7. 1934年,第4卷第3期,苏雪林《论闻一多的诗》正文后第488页。 8. 1934年,第4卷第4期,底面页。 9. 1934年,第4卷第6期,宋清如《诗二首》正文后第1027页。 10. 1934年,第4卷第6期,《社中谈座》前页。 11. 1934年,第5卷第2期,底面页。 12. 1934年,第6卷第1期,封面后首页。 13. 1934年,第6卷第1期,李金发译《邓南遮诗抄》正文后第97页。

续表

诗人	作品及价格	版面位置及诗集价格
郭沫若	《沫若诗集》，每册一元	1. 1933年，第3卷第6期，底面第821页。 2. 1933年，第4卷第1期，李心若《音乐风外六章》正文后第160页。 3. 1934年，第4卷第3期，苏雪林《论闻一多的诗》正文后第488页。 4. 1934年，第5卷第2期，底面页。 5. 1934年，第6卷第1期，李金发译《邓南遮诗抄》正文后第97页。 6. 1935年，第6卷第2期，第33页。
王独清	《独清译诗集》，每册五角	1. 1933年，第4卷第1期，李心若《音乐风外六章》正文后第160页。 2. 1934年，第5卷第2期，底面页。 3. 1934年，第6卷第1期，李金发译《邓南遮诗抄》正文后第179页。
穆木天	《流亡者之歌》（近刊预告）	1. 1934年，第4卷第3期，苏雪林《论闻一多的诗》正文后第488页。 2. 1934年，第4卷第4期，底面页。

在这些新诗广告的登载次数上，戴望舒诗集《望舒草》作为《现代》杂志的"招牌菜"，刊登广告高达13次，其次是郭沫若的《沫若诗集》，宣传达6次，接着就是对歌德诗剧《浮士德》《迷娘》《歌德名诗选》（附歌德插图）、王独清译诗集《独清译诗集》、穆木天诗集《流亡者之歌》的宣传，对歌德诗剧的宣传分别为4次、3次、2次，王独清译诗集与穆木天诗集宣传分别为3次、2次。从对新诗广告的宣传频次来看，编者在对传播、扩大何种诗歌的影响力上一目了然。此外，对诗集的序言本质上也是一种对"现代"诗的宣传，也具有广告的传播特质，这些有杜衡对戴望舒的诗集《望舒草》的序言、译者记、编后记等，它们作为"现代"诗的副文本对其传播起到重要的引导作用。

就版面设计来说，《现代》新诗广告做到了经济性与艺术性的结合。所谓经济性，是指这些新诗广告出现的版面位置不同，其价格也不同。《现代》新诗广告主要设置在目录前后页、正文中间页以及底面页，广告刊登的位置以及版面大小不同，费用自然也不同。在杂志中间正文前后，由于正文的力量压制，读者对其中的文学广告关注最少，因此在这之中文学作品广告的刊登价格最便宜。在《现代》杂志中，对歌德的《浮士德》《迷娘》、戴望舒的《望舒草》的广告宣传大都在目录前页，而对王独清的《独清译诗集》、穆木天的《流亡者之歌》的广告大都在正文之后。这种宣传差别反映了编者对歌德诗歌及戴望舒诗歌的重视，希望以多频次的广告宣传让读者更加了解这些诗人、诗作。

《现代》新诗广告的艺术性则体现在《现代》新诗广告出现的位置是紧随相关诗歌作品或者诗学论文之后，如对《沫若诗集》的新诗广告登载于第4卷第1期李心若《音乐风外六章》正文后的留白处，也出现在第4卷第3期苏雪林《论闻一多的诗》正文后的留白处。《现代》新诗广告遵循着同类相从的编排原则，在一定程度上也可以增加读者的附加消费。《现代》新诗广告的形式设计不但能使有限的空间得到充分的利用，还能引起读者对新诗广告的兴趣，进而产生对广告所宣扬的诗集的阅读意愿。

二　新诗广告的文本特色

《现代》新诗广告在诗歌宣传的文本上呈现出多样化风格，广告文本作为《现代》诗歌的副文本，其对诗歌传播力度与深度的影响至关重要，因此，广告文本的撰写成为新诗广告的关键要素，新诗广告文本的吸引力大小也在很大程度上影响着读者对"现代"诗歌的阅读意愿。

其一，从新诗广告的宣传角度来说，《现代》杂志的编辑通过多种方式对诗集内容进行宣传，具体则表现在两个方面。一是《现代》杂志的新诗广告对诗集内容特色进行宣传，如图3-1对王独清《独清译诗集》中的广告宣传，在这则新诗广告语中，编者首先强调了王独清的译诗集体现了"流浪者底悲哀"，在所翻译诗歌的内容中表现了社会底层人民在世间流浪、漂泊的惨状，给人一种悲哀之感。其次，又对这本译诗集的风格予以评价，称之为"复古的情怀"，这一广告语便暗示给读者诗集中的诗歌写作风格使用了传统的笔墨手法，充满了复古的味道。[1] 在《现代》杂志中，与之类似的新诗广告文本就是抓住了译诗集中的内容特色来激发读

---

[1] 王独清译诗集《独清译诗集》广告，《现代》1933年第5卷第2期，底面页。

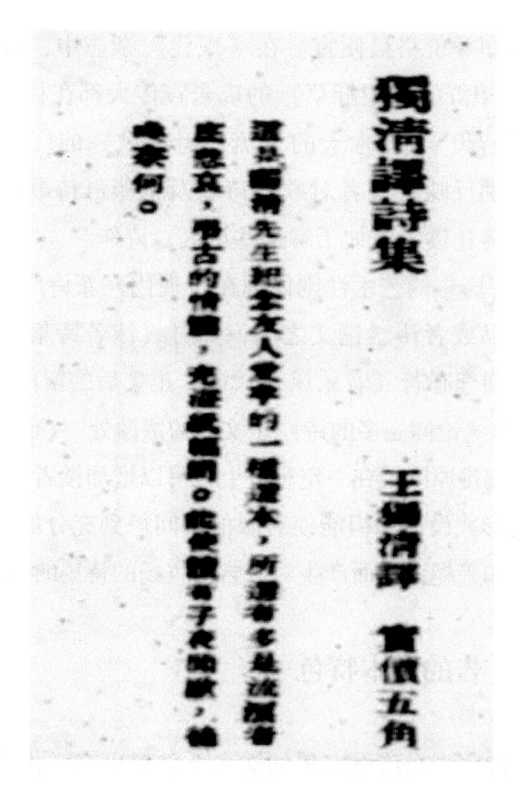

图 3-1　《现代》杂志对《独清译诗集》的广告宣传

者的阅读情绪,扩大诗集传播广度。二是《现代》杂志的新诗广告对诗集的价值进行大力宣传,如第 3 卷第 2 期中将《望舒草》列为现代书局的"现代创作丛刊"(见图 3-2),以此来凸显这一诗集的重要地位与价值。

其二,从新诗广告文本的风格特色来看,《现代》杂志中的新诗广告文本具有一种诗的特性,韵味十足,能极大引起读者的注意,如在第 5 卷第 2 期中对虞琰女士的《湖风》诗集的广告(见图 3-3):"女性的纤柔的感觉:适宜于写美丽的小诗。你愿意在吟了洛依女士的短歌后,从《湖风》中欣赏如下的小诗吗? 深秋里,/想找些残枯的黄叶,/在那猛风暴雨后。"

在这则广告语中,编辑强调这本诗集在"吟咏大自然的一切,诉出少女心里的轻柔,使读者与作者共起心的共鸣"[①]。这种新诗广告文本的

---

① 虞琰诗集《湖风》广告,《现代》1934 年第 5 卷第 2 期,底面之里页。

中篇　现代杂志与新诗传播

<u>现代创作丛刊</u>

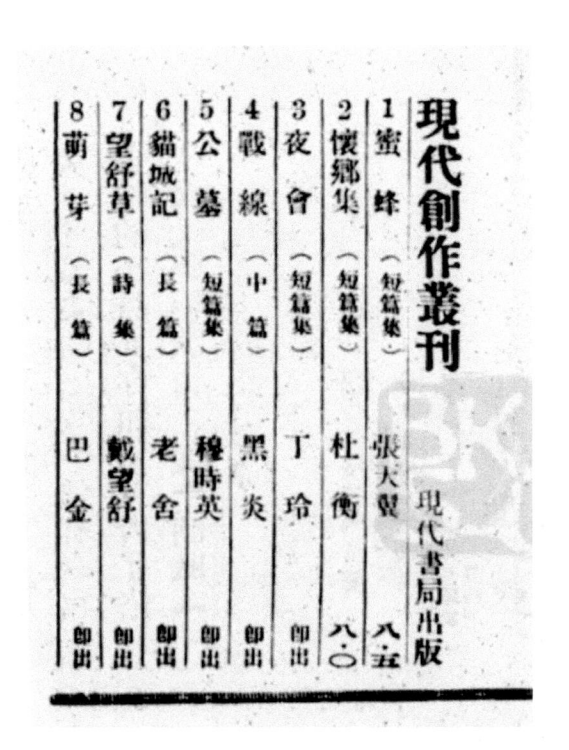

编号	书名	类型	作者	状态
1	蜜蜂	（短篇集）	张天翼	八五
2	怀乡集	（短篇集）	杜衡	八〇
3	夜会	（短篇集）	丁玲	即出
4	战线	（中篇）	黑炎	即出
5	公墓	（短篇集）	穆时英	即出
6	猫城记	（长篇）	老舍	即出
7	望舒草	（诗集）	戴望舒	即出
8	萌芽	（长篇）	巴金	即出

现代书局出版

图3-2　《现代》杂志对《望舒草》的广告宣传

文学性、意蕴性与诗集中的诗歌体现的细腻的、温柔的情感仿佛构成一种诗的共同体，不仅体现了独特的诗意化广告文本写作手法，同时也是拥有诗人身份的编辑施蛰存撰写广告的独特优势。相比于那种程式化、机械式的广告，这种诗意化的广告具有一种别样的新颖与智慧，容易使读者产生情感的共鸣，从而能够吸引那些热衷于这类诗歌的读者，使他们产生心理接受和心理说服，进而产生购买诗集的强烈意愿。

随着对《现代》新诗集内容及特色的多频次刊发与宣传，新诗广告作为新诗的副文本，以独特的形式阐释与评论新诗，有意识地向读者推介诗集及诗人特色；以别样的审美趣味浸润着读者，使读者在阅读新诗广告中受到潜移默化的影响，而产生阅读诗歌作品的欲望，从而促使更多读者有机会欣赏品味《现代》诗歌作品，培养读者对《现代》诗歌作品的认可与接受，影响读者的审美意识与审美经验。

图 3-3 《现代》杂志对《湖风》的广告宣传

第二节 新诗广告对新诗形象的塑造

学者巫洪亮认为,新诗形象是"人们对诗思、诗绪、诗语、诗体等形象要素的总体感觉、印象和综合评价"[1],新诗形象对诗歌的生产、流通、接受等各个环节都产生重要影响。如其所言,新诗形象的塑造不仅能扩大新诗的传播广度,获得更多的新诗读者,还能拓宽新诗传播深度,吸引新诗读者对新诗进行品味与价值判断。在新诗形象的塑造过程中,《现代》杂志的新诗广告发挥着关键性作用,《现代》的编辑力图通过对新诗广告这一副文本,对"现代"诗歌形象"进行唤起、保存和巩固",

---

[1] 巫洪亮:《诗歌形象修复与重构的向度与难度——以"当代"诗歌广告为中心》,《现代中文学刊》2016 年第 2 期。

实现"现代"诗歌的"自我辩护",并争取读者对"现代"诗歌的"信任、认同和拥护"。① 具体来说,《现代》新诗广告作为诗歌副文本,对新诗形象的塑造与传播主要体现在:一是新诗广告对新诗的价值进行评估,预告和呈现了诗集或者诗歌的整体内容与功能特色;二是新诗广告对新诗的风格进行大力宣扬,传播了诗集或诗歌所蕴含的诗学韵味,并使这种诗学风格在读者群体中传播开来。《现代》新诗广告正是从这两个层面塑造与传播"现代"诗歌形象的。

一 新诗广告对新诗的价值评估

《现代》杂志的新诗广告作为"现代"诗歌的重要副文本形式,对新诗传播有着重要意义。新诗广告作为重要的传播媒介,预告和呈现新诗作品的内容与价值,传递着诗人思想与新诗意蕴,增强了新诗的影响力,而新诗作品也凭借这一副文本,实现了对其价值的确定与形象的塑造。

其一,《现代》新诗广告对新诗的价值评估体现在对新诗集的地位的强调上,主要通过新诗广告宣传凸显诗集本身的地位,确定"现代"诗歌的重要价值,譬如《现代》杂志的新诗广告对穆木天诗集《流亡者之歌》预告信息(见图3-4)。

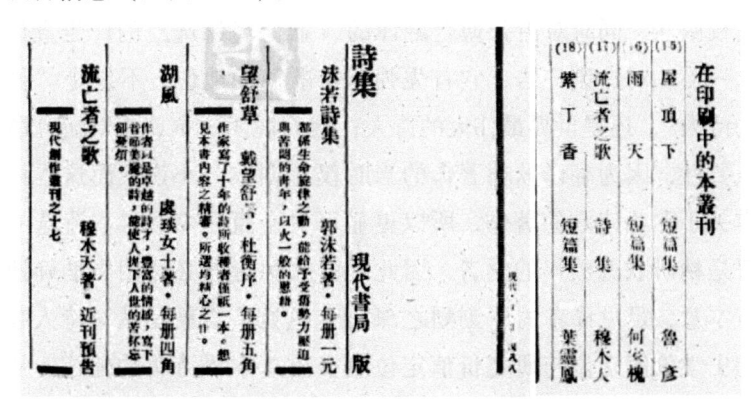

图3-4 《现代》杂志对穆木天诗集《流亡者之歌》的广告宣传

---

① 王海洲:《合法性的争夺——政治记忆的多重刻写》,江苏人民出版社2008年版,第25页。

现代传媒与中国现代诗歌

在这则新诗广告的预告信息中，它预告了新诗集的名字《流亡者之歌》与著者穆木天，还专门表明了"近刊预告"，以示对读者的时间提醒，来暗示读者抓住时机阅读这本诗集。更重要的是，《现代》杂志还将这本诗集的广告与现代出版的诗集之郭沫若的《沫若诗集》、戴望舒的《望舒草》放在一起进行宣传，这不仅彰显了对这本诗集的重视，还传递给读者一种这本诗集"格外重要"的观念，以此证明这本诗集是能与郭沫若的《沫若诗集》齐肩的，目的就是引起读者的兴趣，让读者产生阅读期待，增强读者对这本诗集的消费欲望，扩大这本诗集的影响力。

《现代》杂志对歌德诗歌的广告宣传同样确定了"现代"诗歌的价值，编辑分别从译诗者、作品的定位来对歌德诗歌进行价值评估。从译诗者角度来说，对歌德《浮士德》与《迷娘》的广告宣传，多次强调是郭沫若大诗人所翻译和校阅："本书是费了歌德数十年的长期努力才写成的。译者郭沫若先生亦废［费］尽十年辛苦才译出来"[1]，因此这些宣传会给读者留下深刻印象，即这本书翻译的可靠及精密，十分值得阅读。实际上，这就是在利用名人效应将这两本诗集冠以"郭沫若译"之美名，以此让读者更加信服，增强读者的阅读兴趣。从对诗歌作品的价值定位来看，在对歌德《迷娘》的广告宣传中，则强调这本诗集"堪与其生平代表作《浮士德》比美"[2]，这对那些熟悉并热爱《浮士德》的读者来说可见其权威性。同时对由张傅普翻译的《歌德名诗选》的广告宣传更说明了这一点。对这则广告，它首先强调了歌德的地位，不仅是"德国最伟大的诗人"，还是世界最伟大的诗人；继而说明这本诗集对研究歌德诗歌的重要性，因为翻译歌德著作的当时仅有剧本与小说，而这本诗集是第一本关于歌德诗歌的著作，所以更显可贵；而后表明这本诗选的译者张傅普是精研歌德数年的学者，因此翻译歌德诗歌必然相当准确地保持了原诗本意，足见译者的"刻划之深"[3]。这则广告就是从对诗人歌德在德国的史学价值定位与研究价值定位来突出这本译诗集的地位，从而呈

---

[1] 歌德《浮士德》广告，《现代》1932年第1卷第4期，目录前页。
[2] 歌德《迷娘》广告，《现代》1932年第1卷第4期，目录前页。
[3] 歌德《歌德名诗选》广告，《现代》1932年第1卷第6期，目录后四页；《现代》1933年第4卷第2期。

现《现代》诗价值形象。《现代》杂志对歌德诗歌作品的宣传，试图通过广告中夸张的言辞提高这本诗集在读者心中的重要性，激活那些蕴藏在读者心中的阅读情绪，表现和塑造新诗别样的价值形象，大大推动了域外诗歌在中国的广泛传播。

其二，新诗广告中着重强调诗歌本身的功能意义也是评估"现代"诗歌价值的重要体现。譬如杜衡在戴望舒诗集《〈望舒草〉序》中强调，戴望舒诗歌的功能，不在于反映或揭发现实社会，而注重为个体提供一种心灵的慰藉，提供一种灵魂的安慰。杜衡在序言中回顾戴望舒处于暗淡灰色人生之时，仍然坚持不懈地创作诗歌，这对戴望舒而言是"灵魂底苏息，净化"，尽管戴望舒诗歌中不时流露出一丝丝无奈、感伤的情绪，但体现了诗人自我疗伤以至于自愈的能力①，从而使读者在读完戴望舒诗歌后也会生发出一种自我疗愈与心灵净化的感受。还如《现代》杂志在对郭沫若《沫若诗集》的广告宣传中，则强调郭沫若诗歌的慰藉苦闷青年读者的功能：

……郭沫若先生尤其受青年读者的欢迎，因为他确实的抓住了年青人的心。……都是生命旋律之动力，感受旧势力束缚于痛苦之年青读者，本书内容赋予以火一般的慰藉。②

从《沫若诗集》的广告文本来看，强调了这本诗集体现了诗人郭沫若的"生命旋律之动力"，这些诗歌被郭沫若赋予生命的动力与热情，让那些处于困境中的青年读者感受到"火一般的慰藉"。由此来突出郭沫若诗歌能够让那些受到束缚、受到限制的青年读者得到苦难的释放，得到心灵的解脱，从而向读者传播郭沫若诗歌对个体心灵予以慰藉与疗愈的价值。

《现代》杂志的新诗广告作为诗歌的副文本，不仅凸显了诗歌的地位，更强调了诗歌对读者的慰藉与疗愈功能，从而对"现代"诗歌进行了价值评估，从价值层面塑造了新诗的形象，增强了新诗的传播效果。

---

① 杜衡：《〈望舒草〉序》，《现代》1933年第3卷第4期。
② 郭沫若《沫若诗集》广告，《现代》1934年第5卷第2期，底面之里页。

二 新诗广告对新诗风格的宣扬

《现代》杂志的新诗广告,从某种意义上来说,可以被视作微型评论。这些对诗人、诗作的评论一般来说,篇幅短小、话语凝练,它们作为"现代"诗歌的副文本,在推销的本意中宣扬了"现代"诗歌的创作风格,即充分发挥新诗广告强大的传播特质,借助广告文本的评论性质,将《现代》诗歌冠以"现代"诗的美名,向读者宣扬"现代"诗歌的独特诗风。《现代》杂志的新诗广告以潜移默化的方式影响读者对"现代"诗歌的印象与感知,以此重建以往印象中现代诗歌的形象。从某种意义上说,《现代》新诗广告不仅塑造与呈现了诗歌(诗集)的价值,更重要的是,隐蔽地传达给读者"现代"诗的诗学风格,由此在脑海中建构出一种关于"现代"诗歌的独特形象。

《现代》新诗广告作为新诗的副文本,着力塑造"现代"诗歌重视抒写情绪、情感的诗歌风格。譬如《现代》杂志对虞琰女士《湖风》的广告宣传:

> 女性的温柔的感觉:适宜于写美丽的小诗。你愿意在吟了洛依女士底短歌之后,从《湖风》中欣赏如下的小诗吗?"深秋里,/想找些残枯的黄叶,/在那猛风暴雨后。"[1]
>
> 作者以是卓越的诗才,丰富的情感,写作音节美丽的诗,能使人抛下人世的苦杯忘却忧烦。[2]
>
> 女性的温柔的刻划,角度的和谐,情感的丰满,音节的魅力,这本《湖风》诗集吟咏大自然的一切,诉出少女心里的轻柔,使读者与作者共起心的共鸣。[3]

---

[1] 虞琰《湖风》广告,《现代》1932年第2卷第5期。
[2] 虞琰《湖风》广告,《现代》1934年第4卷第3期。
[3] 虞琰《湖风》广告,《现代》1934年第5卷第2期,底面之里页。

这三则广告强调了这本诗集的内容具有"女性的温柔的感觉",又传达出诗集《湖风》的创作风格,即现代新诗可以用丰富的情感、和谐的角度与有魅力的音节来吟咏美好的大自然,诉说少女心里的轻柔,从而达到读者与诗歌、诗作者的情感共鸣,对这本诗集的广告宣传就是在传播"现代"诗的创作理念,从而让读者内心产生一种新诗要表达诗人丰富情感的现代诗歌风尚。可以说,这些新诗广告文本以诗意的语言,表现了这本诗集突出的情感意蕴,满足了热衷于此类诗歌的爱好者,激起他们的阅读期待,从而将读者与这本诗集的内容产生情感共鸣,继而影响读者对这本诗集中诗学观念的吸收与接受。

同时,《现代》杂志新诗广告撰写者将一些体现"现代"诗歌风格的语词,作为现代诗歌的重要识别特征对"现代"诗歌形象进行塑造与宣传,让诗歌阅读者在新诗广告语词的接受中增加对"现代"诗歌风格的了解并形成某种共鸣,从而改变读者对格律体诗的审美观念和阅读倾向,最终通过《现代》新诗广告的持续性积累阅读,培养一批追求并捍卫"现代"诗诗歌风格的忠实诗歌阅读者。比较典型的是《现代》杂志对戴望舒诗集《望舒草》的多次宣传,对这一诗集的宣传旨在强调这本诗集所蕴含的诗歌风格以及戴望舒的创作理念:

> 戴望舒先生的诗,是近年来新诗坛的尤物。凡读过他的诗的人,都能感到一种特殊的魅惑。这魅惑,不是文字的,也不是音节的,而是一种诗的情绪的魅惑。[①]

戴望舒的诗歌如"尤物",给人一种特殊的"情绪魅惑",它的形象塑造在于传递给读者一种独立自足的创作理念,即"现代"诗歌重视新诗的独立性与自足性,追求与现实划分界限的纯粹艺术形式。同时,为了引导读者对这一现代诗歌风格的接受,编辑也对与其创作观念相关的杜衡的长序以及戴望舒的《诗论零札》进行广告宣传,如在第 4 卷第 2

---

① 戴望舒《望舒草》广告,《现代》1933 年第 3 卷第 4 期。

期中所说:"卷首有杜衡先生长序一篇,尤可帮助读者欣赏其诗艺。"① 还在第5卷第2期中说:"末附录作者之《诗论零札》,能帮助读者充分了解作者的。"② 从对戴诗本身的评价,到杜衡《〈望舒草〉序》,再到《诗论零札》这一系列广告,可以看到新诗广告对以戴望舒诗歌为代表的作诗风格与理念的强调,从而宣扬了以戴望舒诗歌为代表的"现代"诗诗风。从更广泛的意义上说,这是新诗广告所书写的"现代"诗歌的风格呈现,这种形象的塑造与新月派诗歌所追求的诗风形成巨大反差,因此顺势成为"现代"诗歌广告重要的塑造对象。

从表面上看,读者在《现代》杂志的新诗广告中,不仅看到了诗集的特色,更重要的是,他们在无形之中感知到了新诗广告所暗示的信息,即何为有价值的现代诗风,何为理想的现代诗歌审美范式。换言之,《现代》杂志借助新诗广告这一传播媒介,对读者印象进行多次强化,有效建构了读者心中对"现代"诗歌形象的想象。这些诗歌广告作为《现代》诗歌的副文本,不仅注重诗歌蕴含的丰富的情感和情绪,而且它们塑造出了"现代"诗歌作为自由诗人所能掌控的形象特质,而这种新诗形象的建构与传播也映照《现代》杂志整体的创作趋向与诗歌风格,从而激发读者购买诗集的欲望,让他们在对"现代"诗歌价值与风格的眷恋中,体验"现代"诗歌的审美愉悦感。

第三节 新诗广告对诗人形象的建构——以戴望舒为例

学者王强曾指出,就现代诗歌传播而言,诗人的形象往往置于被隐藏、被忽视的边缘位置③,实际上,诗人形象在这一过程中发挥了重要作用,因此,要想更好地推动新诗传播,必须要重视并关注对诗人形象的塑造与建构。新诗诞生以来,它与大众传播媒介就产生了密不可分的关系,而诗人形象在新诗的传播与接受过程之中的作用更是无法忽视。对

---

① 戴望舒《望舒草》广告,《现代》1933年第4卷第2期,目录前页。
② 戴望舒《望舒草》广告,《现代》1934年第5卷第1期,底面之里页。
③ 王强:《中国新诗的视觉传播研究》,博士学位论文,苏州大学,2012年。

中篇　现代杂志与新诗传播

近现代报纸杂志来说，在对现代诗人形象的形成与塑造过程中，新诗广告发挥着重要作用。《现代》杂志中的新诗广告竭力打造与建构戴望舒这一"现代"诗人领袖的形象，也在一定程度上推动了"现代"诗歌的传播。在这一过程中，诗人形象的建构与其创作倾向及诗学理念紧密联系在一起，诗人形象与其诗歌创作实践构成对应关系，可以说"诗就是人"。戴望舒之所以能够成为"现代"诗人领袖，《现代》杂志功不可没，这既体现在《现代》杂志对戴望舒由"雨巷诗人"向"现代诗人"形象的转变，又体现在《现代》杂志对戴望舒从"现代诗人"到"现代派领袖"的推介。《现代》杂志借助新诗广告及与广告性质相同的推介性文本，于潜移默化之中强化了戴望舒诗歌在读者心中的印象，增强了戴望舒诗歌的影响力，推动了戴望舒作为现代诗歌领袖形象的建立。

一　从"雨巷诗人"到"现代诗人"的转变

新诗广告作为典型的新诗推销方式，不仅传播新诗本身，也建构诗人的形象。在《现代》杂志之前，戴望舒并未得到很多读者的关注，其诗歌也多散落在小型刊物，并以《雨巷》一诗被叶圣陶评价为"雨巷诗人"，直到《现代》杂志将戴望舒的诗集连续刊载、宣传，戴望舒颇具"现代性"的诗歌在读者中引起强烈反响，戴望舒也由以往的"雨巷诗人"形象转变成为"现代诗人"形象。

其一，《现代》新诗广告对戴望舒诗集《望舒草》及其诗论进行频繁宣传，强调戴望舒的诗歌是"现代"诗，通过以诗指人，不断建构与强化读者心中戴望舒诗歌的"现代性"，从而区别于戴望舒以往追求韵律美的诗歌特质，更打破了"雨巷诗人"的标签。在《现代》第3卷第4期，编辑在对《望舒草》进行广告宣传时，一方面对这本诗集的来源进行介绍，认为戴望舒诗集《望舒草》是在《我底记忆》的基础上改编而成，对《我底记忆》中的诗歌，戴望舒有许多不满意的地方，所以删去了很多，又重新加入很多新作品，才编成这一本诗集。[1] 另一方面，以诗意的

---

[1] 《望舒草》广告，《现代》1933年第3卷第4期。

语词强化戴望舒诗歌的"现代"特质，称戴望舒诗歌为"新诗坛的尤物"，读者能在他的诗歌感受到"情绪的魅惑"①。这种对戴望舒诗歌的赞赏也说明施蛰存对他诗风的认可与肯定，通过这些有显著偏向性的广告文本，可以明显看出施蛰存的意图，即请读者都阅读戴望舒诗歌，请读者在其中感受诗意情绪，体会情绪的魅惑感。在对《望舒草》的多次宣传后，戴望舒诗歌已在现代新诗阅读群体中得到广泛响应，施蛰存在第4卷第2期中曾说："在中国诗坛上，戴望舒先生的诗是已经得到了最广大的读者。"② 而在第5卷第2期中，编辑对这本诗集作出总结，明确这本诗集"是戴望舒先生开始写诗以来，要作为一个阶段的诗集。……自此集编定后，作者便没有写过一首诗，所以该集是研究戴先生的诗的最适合的集子"③。这一阶段，实际上戴望舒诗歌已经成为很多新诗爱好者的推崇与模仿对象，且出现了对戴诗进行研究的读者，所以编者才说"该集是研究戴先生的诗的最合适的集子"。

除此之外，施蛰存还极力宣传戴望舒诗论，将《望舒诗论》刊登在《现代》第2卷第1期，并在《望舒诗论·编者缀言》中说明阅读《望舒诗论》对品味、研究戴望舒诗歌的重要价值，即对那些想品味欣赏并研究戴望舒诗歌的众多读者来说，在《望舒诗论》中能深刻体会到戴望舒的诗学理念，并且能从中学到现代诗歌创作的精髓。④ 对戴望舒形象的塑造与传播也实现了施蛰存对戴望舒的厚望，经过他对戴望舒的大力宣传，戴望舒成为当时很有名的"现代"诗人，在很大程度上也摘掉了"雨巷诗人"的标签。⑤ 因此，在种种广告宣传下，戴望舒诗歌因施蛰存的操作、包装，在读者群体中有了很大影响，戴望舒作为《现代》诗歌领袖的诗人形象也逐渐深入人心。

其二，为了对戴望舒形象予以重构，《现代》新诗广告将戴望舒定位

---

① 《望舒草》广告，《现代》1933年第3卷第4期。
② 《望舒草》广告，《现代》1933年第4卷第2期，目录前页。
③ 《望舒草》广告，《现代》1934年第5卷第2期，底面之里页。
④ 施蛰存：《望舒诗论·编者缀言》，《现代》1932年第2卷第1期。
⑤ 施蛰存：《〈戴望舒诗全编〉·引言》，《北山散文集》，华东师范大学出版社2001年版，第1365页。

为"现代"诗人,而非以往的"雨巷"诗人,比较典型的就是编辑施蛰存将杜衡为戴望舒诗集《望舒草》作的长序与其诗集广告一同刊登在《现代》杂志上。这不仅促进戴望舒形象的转变,还将戴望舒"现代"诗人的形象传递给读者,使其形象在读者群体中深入人心。

杜衡在《望舒草》序言中从三个方面对戴望舒"现代"诗人的形象进行了强调和说明。首先强调戴望舒诗歌的现代主义的特质,将戴望舒形象与以郭沫若为代表的自由诗派的形象拉开距离,强调戴望舒诗歌的暗示、朦胧,注重诗人内心的刻画。杜衡认为戴望舒诗歌最重要的特征就是"真实",这种真实既不限于单纯的真实,又不局限于单纯的想象,而是在二者之间达到一种完美的平衡。戴望舒创作诗歌的动力源就是追求既"表现自己",又"隐藏自己",理想状态就是在二者之间,因此他将诗歌视为"另外一种人生",一种独立于俗世、超脱于俗世的人生,同时也是极力表现自己的"潜意识",表现自己"隐秘的灵魂"。[①] 其次,杜衡又将戴望舒诗人形象与以徐志摩、闻一多为代表的新格律体诗派的形象进行区分,强调戴望舒诗歌吸收了法国象征派诗歌的创作方式和艺术风格,刻画出戴望舒从追求格律美到注重诗歌的情绪节奏美的转变过程。杜衡在序言中指出,戴望舒深受魏尔伦、果尔蒙等法国象征派诗人的影响,这些诗人的创作理念符合戴望舒对"要在表现自己与隐藏自己之间"的创作追求。最后,杜衡又在序言中将戴望舒形象与早期象征派诗人形象进行区分,认为戴望舒诗歌并没有表现出"晦涩""奇异"的特点,摆脱了早期象征派诗人故弄玄虚的诗风,很好地将"象征派的形式"与"古典派的内容"完美结合,真正做到了不虚伪也不铺张,从而形成了"华美而有法度"的独特风格。[②]

总的来说,杜衡的《望舒草》序言通过对戴望舒诗歌与其他诗派诗人形象进行明确区分,强调了戴望舒既不属于早期的自由派诗歌,也不属于当时流行的新格律派诗歌,而是创造出了一种崭新的新自由体诗歌,并在此基础上确定戴望舒诗歌的独特品格与价值,从而塑造了一个与"雨巷

---

① 杜衡:《〈望舒草〉序》,《现代》1933年第3卷第4期。
② 杜衡:《〈望舒草〉序》,《现代》1933年第3卷第4期。

诗人"完全不同的"现代诗人"形象，完成了戴望舒诗人形象的转变。

二 从"现代诗人"到"现代派领袖"的跃升

为了提升戴望舒的诗人形象，即由一名普通的"现代诗人"形象转变为"现代派领袖"的形象，《现代》杂志做出颇多努力，不仅在《现代》杂志的众多诗歌中确立戴望舒诗歌的一流地位，更借助编辑对与戴望舒诗歌风格相近的诗歌的推荐及诗论的专门推介，为戴望舒领袖地位的确立提供"现代"诗歌氛围，在无形之间强化了戴望舒诗歌在读者中的印象，增强了戴望舒诗歌的影响力，推动了戴望舒由一个"现代诗人"形象向"现代派领袖"形象的跃升。

其一，《现代》杂志将戴望舒诗集《望舒草》列为"现代创作丛刊"之七，形成其诗歌的传播效应。戴望舒诗集《望舒草》总共收录41首诗歌，由现代书局于1933年出版，是"现代创作丛刊"的重要组成部分，这本诗集也是在众多小说集中的唯一一本诗集。在当时，很多出版社、书局为了使其出版书籍有更大规模的影响力，都会将不同类型的作品集成套出版，并将其命名为"丛书"，进行整体性、系列性的出版，有人还认为这种以"丛书"方式的出版能够形成规模效应，不仅能对相关作家进行有力宣传，还对中国现代文学做出重要贡献。[①] 在一套"丛书"中，一般由各种类型的书籍组成，这些书籍作为"丛书"又构成一个整体，在对系列丛书进行宣传时，很多杂志在刊登文学广告时常常以"丛书"来提醒读者，吸引读者注意，并一一列出该套丛书中的其他书目，以此来形成整套丛书的规模宣传。因此，《现代》杂志为了扩大戴望舒诗歌的影响，增强影响力，在进行"现代创作丛刊"系列丛书的文学广告宣传时，戴望舒的《望舒草》被置于"现代创作丛刊"之中[②]，并且与当时有广泛影响力的小说[③]并列宣传，这足以见出《现代》对戴望舒的重视，

[①] 倪墨炎：《现代文学丛书散记》，《新文学史料》1993年第1期。
[②] 参见《望舒草》广告（戴望舒诗歌后），《现代》1933年第3卷第2期。
[③] 这类小说如老舍的《猫城记》、巴金的《萌芽》。

中篇 现代杂志与新诗传播

从而为传播戴望舒诗坛领袖形象造势,如图3-5所示。

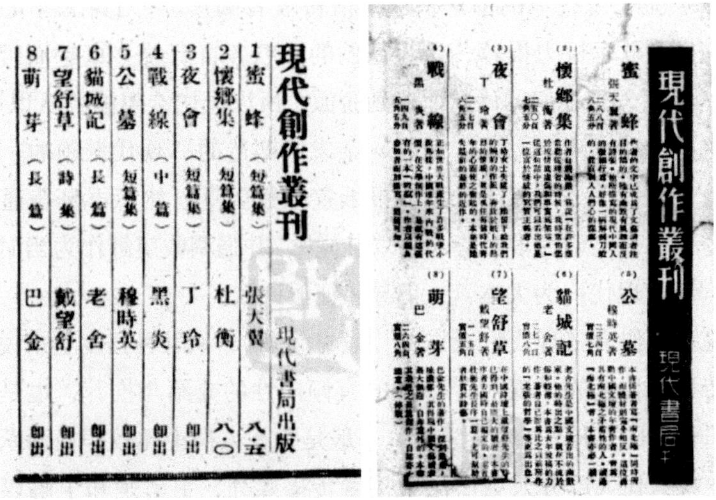

图3-5 《现代》杂志"现代创作丛刊"广告

其二,编辑施蛰存为了宣传戴望舒的诗歌,塑造诗人形象,在《现代》杂志上极力推荐那些与戴望舒诗歌风格相似的诗人、诗作,促使很多读者有倾向、有目的地阅读那些被推荐的诗歌,扩大那些诗歌的传播范围,从而为戴望舒诗歌及诗人形象的传播提供一种"现代"诗的氛围,使戴望舒这一"现代诗人"形象跃升为"现代派领袖"。其中,一方面是对与戴望舒诗歌观念相似的诗论的推荐,如施蛰存在第2卷第4期对高明先生翻译的《英美新兴诗派》的宣传,认为如果有读者特别想了解目前的外国文学发展情况,这篇诗学专论是十分适合的,同样有助于读者了解"现代"诗歌的接受来源。① 《现代》第5卷第2期中,施蛰存对美国现代诗人陶逸志的诗学理论《诗歌往何处去?》介绍道:"本篇系她五篇连续的演讲中的第四篇,因为有许多很好的对于诗的见解,故译了过来,亦希望读者不要忽略了它。"② 另一方面是对与戴诗风格相似的诗人、诗作的推荐,如对伊湄女士《诗二首》的介绍,虽然伊湄女士的这两首诗

---

① 施蛰存:《社中日记》,《现代》1932年第2卷第4期。
② 施蛰存:《社中日记》,《现代》1934年第5卷第2期。

歌在题材上并不新奇，是正常的恋爱情绪的表达，但是表现方式确实很"新鲜"，是"现代"的手法，这很值得读者阅读。① 对诗人李心若和金克木先生诗歌也极力推荐，认为他们的诗歌各自有着"卓越而可喜的风格"②，还对发现他们的诗歌而感到骄傲，所以迫切希望读者认识、阅读、理解这些诗人、诗作。对《现代》杂志所塑造的"现代派领袖"这一诗人形象，施蛰存曾言，当时很多报纸宣称戴望舒已然不再是普通的"现代"诗人，而是成为很多诗人的"徒党"，并强调戴望舒作为当时的诗坛领袖，以《现代》为大本营，倡导象征派诗歌。③

施蛰存作为《现代》杂志的"意见领袖"，从某种程度上来说，他对与戴诗诗风相近的"现代"诗歌的有倾向性的介绍与推荐，也是一种具有广告性质的宣传。"意见领袖"一般是指在人群中比较积极活跃的少数人，这些人比大部分人更广泛地接触传播媒介，更清楚和了解媒介信息和内容，在这之后，他们能够把所了解的信息传递给那些不太积极、活跃的人，从而对那些人产生引导作用。④ 从以上被编辑施蛰存推荐的对象来看，无论是现代主义诗论，还是登载的诗歌，它们所传递的诗学观念、创作理念与戴望舒都比较一致，也因此，尽管那些推荐介绍文字较为简洁，但施蛰存作为"意见领袖"所表达的话语仍能发挥效力，如此才能营造出以戴望舒为首的《现代》诗歌创作氛围，塑造出戴望舒"现代派领袖"的形象。

---

① 施蛰存：《社中日记》，《现代》1933年第2卷第5期。
② 施蛰存：《狂大号告读者》，《现代》1933年第4卷第1期。
③ 施蛰存：《〈戴望舒诗全编〉·引言》，《北山散文集》，华东师范大学出版社2001年版，第1365页。
④ 转引自张慧元《大众传播理论解读》，苏州大学出版社2005年版，第144—149页；[英]保罗·F. 拉扎斯菲尔德、伯纳德·贝雷尔森、黑兹尔·高德特《人民的选择：选民如何在总统选战中做决定》，唐茜译，中国人民大学出版社2012年版。

结　语

从《现代》杂志副文本角度来考察新诗的传播是必要的，它可使杂志副文本与新诗作品、诗人等之间的张力得以显现。这种张力既能进一步深化对中国现代诗歌的研究，又能为新诗传播研究拓宽视野和增加研究的可能性。《现代》杂志中不同的副文本形式对新诗传播呈现出不同的特点，也具有不同的影响和价值。《现代》杂志的编排策略与新诗的视觉化传播有着密切关系，其中，封面、插图等图像因素呈现了《现代》诗歌的"现代"风格，排版方式塑造了新诗的视觉形式，以此促进了新诗的视觉化传播。《现代》杂志编读栏目的设立建构了新诗的传播接受空间，通信栏目与论文栏目作为《现代》诗歌的副文本，使编者与读者在互动中确立了"现代"解诗学，并通过议题的设置对读者予以"现代"诗歌的审美引导。《现代》杂志的新诗广告作为新诗的重要副文本，其形式设计与内容都具有别样特色，不仅塑造了《现代》诗歌的形象，还对诗人形象的重构发挥着重要作用。

当然，近现代杂志的副文本研究还有待进一步深化，《现代》杂志副文本对新诗传播的作用和意义不可夸大。譬如针对新诗广告这一副文本，它对诗歌及诗人形象的确产生了毋庸置疑的传播作用，但不可否认的是，书局或编辑设置广告的真正意图是宣传、盈利，在对诗集或者诗人进行包装宣传时，不可避免地会夸大诗歌或诗人的影响，因此，在一定程度上会影响读者的真实感受，这是在研究中不可忽视的一面。对新诗传播的研究，仍然要以传播的内容，即诗歌正文本为中心，副文本本质上还是传播形式在起作用,有些副文本对正文本的阐释的确有助于了解诗人意图和诗歌意蕴,但这种阐释有时仅是一家之言。若仅仅重视和关注作为副文本的新诗批评对正文本的阐释,产生的结果可能就是正文本的真正意义被扭曲、被消解。同时,在同一正文本的传播过程中,不同形式的副文本对正文本的传播作用也不尽相同,它可能会随着时代而变化,也可能随着作家思想而改变,此时,对正文本与不同形式的副文本,又需要重新区分和划定二者之间的内在关系。因此,从某种程度来说,杂志的副文本在正文本传播过程中的作用是有局限性的。我们必须承认近现代杂志的副文本对新诗传播有其重要的价值和意义,对新诗的研究可以参考它,引证它,但不能完全依赖它。

副文本视域下的《现代》杂志与新诗传播这一研究,是关于现代诗歌传播研究的一部分。在此,期望能为新诗传播研究提供更多可能性,为现代文学的副文本研究开拓新的视野。

中篇参考文献

一 报纸期刊类

《新青年》(重印版),上海群益书社1935年版。
施蛰存等编:《现代》(影印版),上海书店1984年版。

二 作品类

北社编:《新诗年选(一九一九年)》,亚东图书馆1922年版。
胡适著,胡明编注:《胡适诗存》,人民文学出版社1989年版。
胡适:《尝试集》,人民文学出版社1984年版。
胡适:《尝试集》,亚东图书馆1920年版。
胡适:《尝试集》,亚东图书馆1925年版。
胡适:《四十自述》,安徽教育出版社2006年版。
乐齐、孙玉蓉编:《俞平伯诗全编》,浙江文艺出版社1992年版。
林文霞编:《倪贻德美术论集》,浙江美术学院出版社1993年版。
刘半农:《瓦釜集》,北新书局1926年版。
刘半农:《扬鞭集》,北新书局1926年版。
刘半农:《扬鞭集》,鲁迅等著,王彬编:《中国现代小说、散文、诗歌名家名作原版库》,中国文联出版公司1998年版。
鲁迅:《鲁迅全集》,人民文学出版社2005年版。

上海大学文学院中文系新文学研究室编：《〈现代〉诗综》，江西人民出版社1988年版。

施蛰存：《沙上的脚迹》，辽宁教育出版社1995年版。

翁方纲：《复初斋文集》，上海古籍出版社编：《古籍整理出版的宏伟工程：〈续修四库全书〉》，上海古籍出版社2002年版。

（汉）许慎撰，（宋）徐铉校定：《说文解字》（附检字），中华书局1963年版。

郑振铎：《郑振铎文集》，线装书局2009年版。

中国社会科学院文学研究所总纂，唐沅等编：《中国文学史资料全编·现代卷·中国现代文学期刊目录汇编》（共七卷），知识产权出版社2010年版。

周作人：《点滴》，北京大学出版社1920年版。

周作人：《过去的生命》，北新书局1929年版。

周作人：《知堂回忆录》，台北：龙文出版社股份有限公司1989年版。

周作人：《自己的园地》，人民文学出版社1998年版。

朱光潜：《朱光潜全集》，安徽教育出版社1993年版。

庄杨林编：《歌谣周刊》（全三册），台北：东方文化书局1982年版。

三　著作类

Alex Preminger, and T. V. F. Brogan, Co-editors; Frank J. Warnke, O. B. Hardison, Jr., and Earl Miner, Associate Editors, *The New Princeton Encyclopedia of Poetry and Poetics*, Princeton University Press, 1993.

[联邦德国] H·R·姚斯、[美] R·C·霍拉勃：《接受美学与接受理论》，周宁、金元浦译，辽宁人民出版社1987年版。

Lawrence Venuti, *The Translator's Invisibility: A History of Translation*, London: Routledge, 1995, p. 1.

鲍晶编：《刘半农研究资料》，天津人民出版社1985年版。

北京鲁迅博物馆编：《钱玄同日记》，福建教育出版社2002年版。

蔡清富、穆立立编：《穆木天诗文集》，时代文艺出版社1985年版。

蔡清富等编选：《朱自清选集　第二卷　学术论著》，河北教育出版社 1989 年版。

曹万生：《现代派诗学与中西诗学》，人民出版社 2003 年版。

陈方竞：《多重对话：中国新文学的发生》，人民文学出版社 2003 年版。

陈建功编：《百年中文文学期刊图典（上）》，文化艺术出版社 2009 年版。

陈金淦编：《胡适研究资料》，北京十月文艺出版社 1989 年版。

陈平原、［日］山口守编：《大众传媒与现代文学》，新世界出版社 2003 年版。

陈望道：《修辞学发凡》，复旦大学出版社 2008 年版。

［法］达维德·方丹：《诗学——文学形式通论》，陈静译，天津人民出版社 2003 年版。

［英］丹尼·卡瓦拉罗：《文化理论关键词》，张卫东等译，江苏人民出版社 2006 年版。

［英］丹尼斯·麦奎尔、［瑞典］斯文·温德尔：《大众传播模式论》，祝建华等译，上海译文出版社 1987 年版。

方长安：《新诗传播与构建》，中国社会科学出版社 2012 年版。

方军：《书信与日记里的新文化运动现场》，复旦大学出版社 2013 年版。

费孝通著，刘豪兴编：《乡土中国》（修订本），上海人民出版社 2013 年版。

［法］弗兰克·埃夫拉尔：《杂闻与文学》，谈佳译，天津人民出版社 2003 年版。

郭庆光：《传播学教程》，中国人民大学出版社 1999 年版。

郭绍虞：《新文艺运动应走的新路径》，开明书店 1950 年版。

郭延礼：《中国近代翻译文学概论》，湖北教育出版社 1998 年版。

［德］黑格尔：《美学（第三卷）》下册，朱光潜译，商务印书馆 1981 年版。

［美］洪长泰：《到民间去：中国知识分子与民间文学，1918-1937（新译本）》，董晓萍译，中国人民大学出版社 2015 年版。

胡怀琛：《中国民歌研究》，商务印书馆 1925 年版。

胡全章：《清末民初白话报刊研究》，中国社会科学出版社 2011 年版。

胡适：《白话文学史》，岳麓书社 2010 年版。

胡适著，曹伯言整理：《胡适日记全编》，安徽教育出版社 2001 年版。

胡适编选：《中国新文学大系·建设理论集》，上海良友图书印刷公司 1935 年版。
胡裕树主编：《现代汉语参考资料（中册）》，上海教育出版社 1981 年版。
姜涛：《"新诗集"与中国新诗的发生》，北京大学出版社 2005 年版。
蒋道文：《鲁迅新诗散论》，光明日报出版社 2013 年版。
蒋登科：《〈诗刊〉与中国当代诗歌的发展》，人民出版社 2016 年版。
金宏宇等：《文本周边：中国现代文学副文本研究》，武汉大学出版社 2014 年版。
金理：《从兰社到〈现代〉——以施蛰存、戴望舒、杜衡及刘呐鸥为核心的社团研究》，东方出版中心 2006 年版。
金钦俊：《新诗三十年》，中山大学出版社 1991 年版。
金钦俊：《新诗研究》，中山大学出版社 1999 年版。
金丝燕：《文学接受与文化过滤：中国对法国象征主义诗歌的接受》，中国人民大学出版社 1994 年版。
柯文溥：《中国新诗流派史》，海峡文艺出版社 1993 年版。
[美] 李欧梵：《上海摩登：一种新都市文化在中国（1930—1945）》，毛尖译，人民文学出版社 2010 年版。
[美] 李欧梵：《中西文学的徊想》，江苏教育出版社 2005 年版。
李怡：《中国现代新诗与古典诗歌传统》，西南师范大学出版社 1994 年版。
[美] 理查德·罗蒂：《哲学和自然之镜》，李幼蒸译，商务印书馆 2003 年版。
廖七一：《胡适诗歌翻译研究》，清华大学出版社 2006 年版。
林骧华等主编：《文艺新学科新方法手册》，上海文艺出版社 1987 年版。
刘福春主编：《中国新诗总系 10 史料卷》，人民文学出版社 2010 年版。
刘进才：《语言运动与中国现代文学》，中华书局 2007 年版。
刘锡诚：《20 世纪中国民间文学学术史》，河南大学出版社 2006 年版。
（南朝梁）刘勰著，周振甫注：《文心雕龙注释》，人民文学出版社 1981 年版。
刘增人等纂著：《中国现代文学期刊史论》，新华出版社 2005 年版。
龙泉明：《中国新诗流变论》，人民文学出版社 1999 年版。

吕进：《现代诗学：辩证反思与本体建构》，人民出版社 2016 年版。

［法］罗贝尔·埃斯卡皮著，于沛选编：《文学社会学》，浙江人民出版社 1987 年版。

［英］罗吉·福勒：《现代西方文学批评术语词典》，袁德成译，四川人民出版社 1987 年版。

罗振亚：《中国现代主义诗歌史论》，社会科学文献出版社 2002 年版。

马睿：《未完成的审美乌托邦：现代中国文学自治思潮研究（1904—1949）》，巴蜀书社 2006 年版。

马祖毅等：《中国翻译通史（现当代部分第四卷）》，湖北教育出版社 2006 年版。

聂珍钊：《英语诗歌形式导论》，中国社会科学出版社 2007 年版。

［法］皮埃尔·布迪厄：《艺术的法则：文学场的生成和结构》，刘晖译，中央编译出版社 2001 年版。

钱存训著，郑如斯增订：《印刷发明前的中国书和文字记录》，印刷工业出版社 1988 年版。

钱理群等：《中国现代文学三十年》（修订本），北京大学出版社 1998 年版。

钱玄同：《钱玄同文集》，中国人民大学出版社 2000 年版。

［美］乔纳森·卡勒：《结构主义诗学》，盛宁译，中国人民大学出版社 2018 年版。

［法］热拉尔·热奈特：《热奈特论文集》，史忠义译，百花文艺出版社 2001 年版。

［法］尚·布希亚：《物体系》，林志明译，上海人民出版社 2001 年版。

《诗刊》编辑部编：《新诗歌的发展问题　第四集》，作家出版社 1961 年版。

邵培仁：《传播学》，高等教育出版社 2000 年版。

宋莉华：《明清时期的小说传播》，中国社会科学出版社 2004 年版。

宋民主编：《艺术欣赏教程——不同艺术样式的表现特性和名作赏析》（修订版），高等教育出版社 2008 年版。

孙玉蓉编：《俞平伯研究资料》，知识产权出版社 2010 年版。

孙玉石：《中国现代解诗学的理论与实践》，北京大学出版社 2007 年版。

孙玉石：《中国现代主义诗潮史论》，北京大学出版社 1999 年版。

孙致礼：《翻译：理论与实践探索》，译林出版社 1999 年版。

唐宝林、林茂生：《陈独秀年谱（1879—1942）》，上海人民出版社 1988 年版。

［英］特里·伊格尔顿：《马克思主义与文学批评》，文宝译，人民文学出版社 1980 年版。

田慧贞主编，郭泽芳、王泽华编：《中国现代当代文学研究论文索引（一九四九年至一九八二年）》，南开大学出版社 1984 年版。

田涛：《百年记忆：民谣里的中国》，人民出版社 2011 年版。

［法］托多罗夫：《巴赫金、对话理论及其他》，蒋子华、张萍译，百花文艺出版社 2001 年版。

汪晖等主编：《文化与公共性》，生活·读书·新知三联书店 1998 年版。

汪原放：《回忆亚东图书馆》，学林出版社 1983 年版。

王本朝：《中国现代文学制度研究》，西南师范大学出版社 2002 年版。

王光东等：《20 世纪中国文学与民间文化》，复旦大学出版社 2007 年版。

王瑾：《互文性》，广西师范大学出版社 2005 年版。

王珂：《新诗诗体生成史论》，九州出版社 2007 年版。

王克非编著：《翻译文化史论》，上海外语教育出版社 1997 年版。

王力：《汉语诗律学》，中华书局 2015 年版。

王文宝：《中国民俗学发展史》，辽宁大学出版社 1987 年版。

王文参：《五四新文学的民族民间文学资源》，民族出版社 2006 年版。

王晓明主编：《批评空间的开创：二十世纪中国文学研究》，东方出版中心 1998 年版。

王艺湘编著：《视觉环境插画设计》，中国轻工业出版社 2017 年版。

王永生主编，复旦大学中国文学批评史研究室编：《中国现代文论选》，贵州人民出版社 1982 年版。

王永生主编：《中国现代文学理论批评史（上）》，贵州人民出版社 1986 年版。

王泽龙：《中国现代主义诗潮论》，华中师范大学出版社 2008 年版。

王泽龙等：《现代汉语与现代诗歌研究》，长江文艺出版社 2017 年版。

［美］威尔伯·施拉姆、威廉·波特：《传播学概论》，陈亮等译，新华出版社 1984 年版。

吴奔星、李兴华选编：《胡适诗话》，四川文艺出版社1991年版。

伍明春：《早期新诗的合法性研究》，人民文学出版社2012年版。

解志熙：《文本的隐与显——中国现代文学文献校读论稿》，北京大学出版社2016年版。

熊权：《〈新青年〉图传》，陕西人民出版社2013年版。

徐新建：《民歌与国学——民国早期"歌谣运动"的回顾与思考》，巴蜀书社2006年版。

许霆：《中国新诗发生论稿》，人民出版社2012年版。

颜湘茹：《层叠的现代——〈现代〉杂志研究》，中山大学出版社2011年版。

杨利慧编：《钟敬文学术文化随笔》，中国青年出版社1996年版。

杨联芬：《晚清至五四：中国文学现代性的发生》，北京大学出版社2003年版。

杨联芬等：《二十世纪中国文学期刊与思潮（一八九七——一九四九）》，百花洲文艺出版社2006年版。

［美］叶维廉：《中国诗学》，人民文学出版社2007年版。

［美］伊斯特曼：《论晦涩的崇拜》，李水译，袁可嘉等编选：《现代主义文学研究》下册，中国社会科学出版社1989年版。

应国靖：《现代文学期刊漫话》，花城出版社1986年版。

于德山：《中国图像叙述传播》，山东文艺出版社2008年版。

余光中：《蓝墨水的下游》，上海三联书店2019年版。

余光中：《余光中谈翻译》，中国对外翻译出版公司2002年版。

余虹、杨恒达、杨慧林主编：《问题　QUESTIONS　NO.2》，中国人民大学出版社2003年版。

袁可嘉等编选：《现代主义文学研究》，中国社会科学出版社1989年版。

张国良主编：《传播学原理》，复旦大学出版社1995年版。

张静庐：《在出版界二十年》，上海书店1984年版。

张菊香、张铁荣编：《周作人研究资料》，天津人民出版社1986年版。

张弢：《传统与现代的激荡——报刊中的"歌谣运动"研究》，社会科学文献出版社2016年版。

张桃洲：《语言与存在：探寻新诗之根》，社会科学文献出版社2013年版。

张耀杰：《北大教授与〈新青年〉》，新星出版社 2014 年版。

张永胜：《鸡尾酒时代的记录者——〈现代〉杂志》，上海人民出版社 2003 年版。

赵稀方：《翻译与现代中国》，复旦大学出版社 2018 年版。

赵元任：《汉语口语语法》，吕叔湘译，商务印书馆 1979 年版。

郑振铎：《中国俗文学史》，中央编译出版社 2013 年版。

中井政喜、张中良合著，杨义主笔：《中国新文学图志》，人民文学出版社 1996 年版。

钟敬文：《钟敬文民间文艺学文选》，安徽教育出版社 2010 年版。

钟敬文编：《歌谣论集》，上海文艺出版社 1989 年版。

［美］周策纵：《五四运动：现代中国的思想革命》，周子平等译，江苏人民出版社 1996 年版。

周晓风：《新诗的历程——现代新诗文体流变（1919—1949）》，重庆出版社 2001 年版。

朱光潜：《朱光潜全集　第八卷》，安徽教育出版社 1990 年版。

朱立元主编：《当代西方文艺理论》，华东师范大学出版社 1997 年版。

朱立元主编：《现代西方美学史》，上海文艺出版社 1993 年版。

朱自清：《新诗杂话》，生活·读书·新知三联书店 1984 年版。

朱自清：《新诗杂话》，岳麓书社 2011 年版。

朱自清：《中国歌谣》，金城出版社 2005 年版。

朱自清编选：《中国新文学大系·诗集》，上海良友图书印刷公司 1935 年版。

四　期刊论文类

曹成竹：《"民歌"与"歌谣"之间的词语政治——对北大"歌谣运动"的细节思考》，《民族艺术》2012 年第 1 期。

曹成竹：《"天才的"还是"集体的"：关于歌谣归属的文艺论争》，《民族艺术》2016 年第 5 期。

曹成竹：《从"歌谣运动"到"红色歌谣"：歌谣的现代文学之旅》，《文艺争鸣》2014 年第 6 期。

曹成竹：《歌谣的形式美学：生发于"歌谣运动"的文学语言观》，《文艺理论研究》2018 年第 6 期。

陈国恩、宋声泉：《〈青年杂志〉刊发旧体诗现象新论》，《长江学术》2015 年第 1 期。

陈历明：《胡适译诗〈关不住了〉的版本考辨》，《外国语文》2019 年第 4 期。

陈培浩：《歌谣与新诗：一个有待问题化、历史化的学术话题》，《长沙理工大学学报》（社会科学版）2016 年第 1 期。

陈平原：《思想史视野中的文学——〈新青年〉研究（上）》，《中国现代文学研究丛刊》2002 年第 3 期。

陈平原：《思想史视野中的文学——〈新青年〉研究（下）》，《中国现代文学研究丛刊》2003 年第 1 期。

陈希：《1925 年之前中国新诗对象征主义的接受》，《中山大学学报》（社会科学版）2006 年第 6 期。

陈旭光：《〈现代〉杂志的"现代"性追求与中国新诗的"现代化"动向》，《文艺理论研究》1998 年第 1 期。

陈旭光：《"无数歧途中一条浩浩荡荡的大路"——重读〈现代〉杂志兼论"现代派"诗的诗学思想》，《北京大学学报》（哲学社会科学版）1998 年第 5 期。

陈永香：《对北大歌谣运动的再认识》，《上海师范大学学报》（哲学社会科学版）2000 年第 3 期。

陈泳超：《想象中的"民族的诗"》，《中国现代文学研究丛刊》2006 年第 1 期。

陈泳超：《周作人〈童谣研究手稿〉考述》，《鲁迅研究月刊》2006 年第 11 期。

陈泳超：《周作人的民歌研究及其民众立场》，《鲁迅研究月刊》2000 年第 9 期。

陈玉洁：《〈巴黎竞赛〉画报的图片传播》，《对外传播》2009 年第 4 期。

成仿吾：《诗之防御战》，《创造周报》1923 年第 1 号。

邓谦林：《北大歌谣研究兴起的机缘》，《鲁迅研究月刊》2017年第1期。

方长安：《〈新青年〉对新诗的运作》，《学术研究》2006年第1期。

方长安、黄艳灵等：《〈新青年〉与早期白话新诗》，《海南师范大学学报》（社会科学版）2016年第3期。

方长安、纪海龙：《〈新青年〉译诗与早期新诗的生成》，《江汉论坛》2010年第3期。

方长安、邬非非：《1920年代国语文学史的发生与退场》，《武汉大学学报》（人文科学版）2017年第3期。

方曙：《〈歌谣周刊〉与北大歌谣运动》，《大学图书情报学刊》2007年第2期。

付用现：《历史估定价值——沈雁冰〈小说月报〉与施蛰存〈现代〉的比较评析》，《西安石油大学学报》（社会科学版）2004年第4期。

傅宗洪：《"搜集研究"还是"参与实践"？——歌谣运动的价值重估与历史再评价之一》，《现代中国文化与文学》2016年第1期。

傅宗洪：《"学术的"还是"文艺的"？——歌谣运动的价值重估与历史再评价之一》，《佛山科学技术学院学报》（社会科学版）2008年第2期。

傅宗洪：《"音乐的"还是"文学的"？——歌谣运动与现代诗学传统的再认识》，《中国现代文学研究丛刊》2011年第9期。

葛飞：《新感觉派小说与现代派诗歌的互动与共生——以〈无轨列车〉、〈新文艺〉与〈现代〉为中心》，《中国现代文学研究丛刊》2002年第1期。

耿纪永：《〈现代〉、翻译与文学现代性》，《同济大学学报》（社会科学版）2009年第2期。

耿纪永：《论施蛰存的欧美现代派诗歌翻译》，《同济大学学报》（社会科学版）2011年第4期。

韩诚：《人的文学、儿童的文学和诗歌直译——〈新青年〉中周作人译作与其文学观念的形成》，《科学·经济·社会》2016年第2期。

[美]洪张泰：《民间文学的发现》，董晓萍译，《中国现代文学研究丛刊》1988年第4期。

侯婷：《胡适英译诗〈关不住了〉的节奏尝试》，《江汉大学学报》（人文科学版）2009 年第 6 期。

胡全章、关爱和：《晚清与"五四"：从改良文言到改良白话》，《中国社会科学》2018 年第 9 期。

胡荣：《现代艺术团体决澜社与〈现代〉杂志》，《中国现代文学研究丛刊》2009 年第 6 期。

胡适：《谈新诗——八年来一件大事》，《星期评论》1919 年第 10 期。

胡蕴文、凌亦巧、徐渊洁：《浅论 1922 到 1924 年〈歌谣周刊〉中的歌谣》，《文教资料》2017 年第 Z1 期。

黄丹莉、黎亮：《民俗学视野下的中国百年歌谣研究》，《宜春学院学报》2012 年第 7 期。

黄皎碧：《民间与启蒙：论"五四"时期歌谣学运动的意义》，《常熟理工学院学报》2012 年第 3 期。

黄雅玲：《〈现代〉杂志书刊广告宣传策略》，《编辑之友》2013 年第 9 期。

黄艳华：《20 世纪 30 年代〈现代〉杂志封面设计与现代主义》，《装饰》2018 年第 4 期。

金玉洁：《北大"歌谣运动"发生之初概念辨析》，《文教资料》2013 年第 29 期。

李丹：《胡适：汉英诗互译、英语诗与白话诗的写作》，《文学评论》2006 年第 4 期。

李丹：《留学背景与中国新诗的域外生成》，《文学评论》2009 年第 5 期。

李洪华：《商业性的动机和现代性的追求——论施蛰存编辑的〈现代〉杂志》，《南昌大学学报》（人文社会科学版）2007 年第 3 期。

李欧梵、沈玮、朱妍红：《探索"现代"——施蛰存及〈现代〉杂志的文学实践》，《文艺理论研究》1998 年第 5 期。

李瑞华：《作为启蒙的"民间文学"——革命语境下左翼文学对"歌谣体"新诗的建构》，《民俗研究》2017 年第 2 期。

李小平、陈方竟：《新诗发轫不可忽略的"歌谣征集"——从〈北京大学征集全国近世歌谣简章〉说开去》，《云南师范大学学报》（哲学社会科学版）2013 年第 1 期。

厉为民：《试论轻声和重音》，《中国语文》1981 年第 1 期。

梁笑梅：《从诗到诗性：视觉文化传播中现代诗学研究的审美转向》，《西南大学学报》（社会科学版）2009年第4期。

廖七一：《胡适译诗与传播媒介》，《新文学史料》2004年第3期。

林强：《读者批评空间与现代派文学——以〈现代〉杂志为中心的读者研究》，《东方论坛》2008年第5期。

刘东方：《论常惠编辑〈歌谣〉周刊的理念》，《出版发行研究》2015年第1期。

刘东方：《中国现代歌诗概念初探》，《文学评论》2010年第6期。

刘继辉：《新诗与歌谣：中国现代文学发展的转折》，《广州大学学报》（社会科学版）2014年第3期。

刘继林：《20世纪上半叶中国民间话语现代意义的生成与衍变》，《兰州大学学报》（社会科学版）2016年第4期。

刘继林：《民间歌谣与五四新诗的现代性建构》，《厦门大学学报》（哲学社会科学版）2017年第5期。

刘继林：《现代中国文学"民间"话语的考量与反思》，《中国现代文学研究丛刊》2013年第6期。

刘俊：《论〈现代〉中的"新感觉派"小说》，《苏州大学学报》1991年第2期。

刘齐：《民国时期童谣教育价值的重塑》，《教育学报》2018年第5期。

刘锡诚：《北大歌谣研究会与启蒙运动》，《黄河文明与可持续发展》2012年第1期。

刘叙一、庄驰原：《〈现代〉杂志翻译活动副文本研究》，《上海翻译》2019年第3期。

刘叙一：《政治的悬置，文艺的聚焦——〈现代〉杂志"现代美国文学专号"翻译活动研究》，《外语与翻译》2018年第1期。

罗岗：《历史中的〈学衡〉》，《二十一世纪》（香港）1995年4月号。

马以鑫：《〈现代〉：都市的节奏与都市文学的表现》，《华东师范大学学报》（哲学社会科学版）2001年第1期。

马以鑫：《〈现代〉杂志与现代派文学》，《华东师范大学学报》（哲学社会科学版）1994年第6期。

牟学苑、张亚君：《"歌谣运动"中的歌谣研究与新诗创作——以朱自清为中心》，《学术交流》2018 年第 8 期。

彭林祥：《中国现代文坛中的"广告魅影"——以 20 世纪 20 年代文坛的三次论争为例》，《湖北美术学院学报》2020 年第 3 期。

秦艳华：《雇佣关系下〈现代〉杂志品格的生成》，《清华大学学报》（哲学社会科学版）2008 年第 1 期。

阮丹丹、傅宗洪：《论国语运动与儿童文学及儿童教育的互动发展》，《湖州师范学院学报》2018 年第 7 期。

施爱东：《〈歌谣〉周刊发刊词作者辨》，《民间文化论坛》2005 年第 2 期。

施爱东：《顾颉刚》，《民间文化论坛》2015 年第 3 期。

施爱东：《钟敬文与中山大学民俗学会》，《西北民族研究》2002 年第 2 期。

施蛰存：《为中国文坛擦亮"现代"的火花——答新加坡作家刘慧娟问》，《联合早报》（新加坡）1992 年 8 月 20 日。

石灵：《新月诗派》，《文学》1937 年第 8 卷第 1 号。

孙琳：《〈现代〉杂志推介欧美文学作品研究》，《中国海洋大学学报》（社会科学版）2009 年第 1 期。

孙玉石：《现代白话文与中国新诗之发生——〈新青年〉杂志与白话文学暨新诗诞生之关系》，《北京大学学报》（哲学社会科学版）2015 年第 3 期。

孙玉石：《作为追求诗与美之气质的鲁迅——浅议〈新青年〉中鲁迅新诗与杂文之诗人气质》，《纪念〈新青年〉创刊 100 周年学术研讨会论文集》，2015 年。

谭日红：《论〈现代〉杂志的编辑理念与文学实践》，《社会科学家》2005 年第 S1 期。

万建中、廖元新：《时代、人物及问题：现代歌谣学的三个维度》，《民族文学研究》2018 年第 1 期。

王东风、赵嘏：《诗体的纠结：刘半农诗歌翻译的三次转型》，《外语教学》2019 年第 2 期。

王光和：《论惠特曼自由诗对胡适白话诗的影响》，《安徽大学学报》（哲学社会科学版）2009 年第 1 期。

王佳琴：《〈歌谣〉周刊与"五四"时期的方言文学》，《江苏科技大学学报》（社会科学版）2013年第4期。

王姝：《徘徊在"人学"与"文学"之间——周作人文学观及其研究的反思》，《中国文学批评》2018年第4期。

王文宝：《〈歌谣周刊〉与北京大学风俗调查会》，《民俗研究》1986年第2期。

王文参：《鲁迅与民间歌谣、谚语》，《学术交流》2008年第3期。

王雪松：《白话新诗派的"自然音节"理论与实践》，《华中师范大学学报》（人文社会科学版）2012年第2期。

王雪松：《论标点符号与中国现代诗歌节奏的关系》，《中国现代文学研究丛刊》2016年第3期。

王雪松：《现代汉语虚词与中国现代诗歌节奏》，《文艺研究》2018年第5期。

王雪松：《校园期刊与新诗文体的建构——以〈新潮〉与〈清华周刊〉为例》，《中国高校社会科学》2019年第3期。

王泽龙、高周权：《中国现代诗歌分行研究的回顾与思考》，《华中师范大学学报》（人文社会科学版）2018年第4期。

文贵良：《论胡适晚清民初的语言实践》，《文学评论》2019年第1期。

文贵良：《周作人：白话翻译与汉语感知》，《鲁迅研究月刊》2017年第5期。

吴静：《〈现代〉杂志与上海文化》，《东方论坛》（青岛大学学报）2004年第3期。

吴晓东：《〈现代〉：中国杂志史上的一个"准神话"》，《中国政法大学学报》2014年第1期。

熊辉：《五四新文化语境与〈新青年〉的译诗》，《北京社会科学》2009年第2期。

熊辉：《西潮涌动下的东方诗风——五四诗歌翻译的逆向审美》，《文学评论》2010年第5期。

徐新建：《"歌谣"与"运动"——关于民国时期歌谣研究的历史回顾》，《东方丛刊》2003年第3辑。

徐新建：《采歌集谣与寻求新知——民国时期"歌谣运动"对民间资源的利用和背离》，《民族艺术研究》2004年第6期。

严家炎：《"五四"新体白话的起源、特征及其评价》，《中国现代文学研究丛刊》2006年第1期。

颜湘茹：《〈现代〉传媒形象的变迁——〈现代〉"编辑座谈"等栏目研究》，《中山大学学报》（社会科学版）2009年第4期。

颜湘茹：《从〈现代〉看20世纪30年代上海市民新型身份的建构》，《社会科学》2008年第4期。

晏亮、贺婧：《〈新青年〉语境中的〈初期白话诗稿〉研究》，《湖北师范大学学报》（哲学社会科学版）2019年第5期。

杨丽嘉：《民间文学视野下的20世纪20、30年代的中国儿歌研究——以〈歌谣周刊〉为中心》，《理论界》2015年第11期。

杨盼盼：《文艺视野关照下的〈歌谣〉周刊》，《现代语文》（学术综合版）2017年第1期。

杨义：《流派研究的方法论及其当代价值》，《海南师范学院学报》（人文社会科学版）2001年第5期。

杨迎平：《论施蛰存的现代编辑思想及〈现代〉的现代性》，《文艺理论研究》2009年第1期。

姚涵：《"歌谣"与五四新文学的生成》，《文艺争鸣》2007年第5期。

姚涵：《以〈歌谣〉周刊为核心的民间文学运动》，《杭州师范学院学报》（社会科学版）2007年第4期。

姚垚、王远舟：《从儿歌与儿童诗看"五四"后儿童观的改变》，《重庆交通大学学报》（社会科学版）2011年第4期。

余冠英：《新诗的前后两期》，《文学月刊》1932年第2卷第3号。

余礼凤：《试论中国现代文学的三次俗化浪潮》，《湖北经济学院学报》（人文社会科学版）2015年第2期。

余蔷薇：《异域语境与新白话思维的形成——论胡适留学期间的打油诗创作与英汉互译》，《贵州社会科学》2019年第6期。

岳凯华：《歌谣的搜集：五四激进文人民间情怀的表述》，《中国文学研究》2007年第2期。

曾祥金：《民国期刊编读栏目及其文学史料价值——以〈现代〉杂志为中心的考察》，《江苏大学学报》（社会科学版）2020年第2期。

张德林:《〈现代〉与中国现代派的创建》,《山花》1998年第10期。

张芙鸣:《个人经验与公共世界——〈现代〉杂志的意义》,《文艺理论研究》2004年第3期。

张积玉、杜波:《〈新青年〉与现代白话文运动》,《厦门大学学报》(哲学社会科学版)2004年第2期。

张敏:《从新文学的范本到新国学的建构——论歌谣运动的转折轨迹(1918—1926)》,《社会科学家》2017年第11期。

张萍:《在国与民中彷徨——试论"五·四"时期之歌谣研究》,《重庆三峡学院学报》2004年第5期。

张生:《从施蛰存的编辑理念看〈现代〉杂志的特征》,《文艺争鸣》2002年第2期。

张生:《对"现代"的追求——试论〈现代〉杂志译介外国文学的特点》,《中国比较文学》2009年第4期。

张生:《于现实中求艺术之美——从批评家群体看〈现代〉杂志的批评态度》,《文艺理论研究》2005年第3期。

张桃洲:《论歌谣作为新诗自我建构的资源:谱系、形态与难题》,《文学评论》2010年第5期。

赵黎明:《开辟新文学的另一种传统——〈歌谣〉周刊活动与五四新文学的构建》,《长江学术》2009年第1期。

赵黎明:《五四歌谣方言研究与"国语文学"的民族性诉求——以北大"歌谣研究会"及其〈歌谣〉周刊的活动为例》,《学术论坛》2005年第12期。

赵薇:《从"无韵诗"到"散文诗"的译写实践——刘半农早期散文诗观念的形成》,《中国比较文学》2015年第3期。

赵稀方:《〈新青年〉的文学翻译》,《中国翻译》2013年第1期。

朱爱东:《双重视角下的歌谣学研究——北大〈歌谣周刊〉对中国歌谣学研究的贡献》,《思想战线》2002年第2期。

朱桃香:《副文本对阐释复杂文本的叙事诗学价值》,《江西社会科学》2009年第4期。

朱晓进:《政治化思维与三十年代中国文学论争》,《中国社会科学》2002

年第 6 期。

五 硕博论文类

付华桥：《刘半农诗歌的民间化探索》，硕士学位论文，华中师范大学，2019 年。
郭沁：《〈现代〉杂志与中国现代诗歌》，硕士学位论文，云南大学，2019 年。
郭馨：《〈现代〉研究》，博士学位论文，中国社会科学院研究生院，2002 年。
郝东辉：《清末民初民间童谣的教化意蕴》，硕士学位论文，华东师范大学，2019 年。
黎远木：《〈现代〉诗歌研究》，硕士学位论文，四川外语学院，2010 年。
李静：《现代汉语的轻重音研究》，硕士学位论文，上海师范大学，2008 年。
廖文远：《"同人"性的"非同人"刊物——〈现代〉杂志的定位》，硕士学位论文，暨南大学，2007 年。
刘汝兰：《尘埃下的似锦繁花——中国现代儿童诗史论》，博士学位论文，湖南师范大学，2011 年。
罗朋：《1930 年代的中国现代主义文学与政治——以〈现代〉杂志为案例》，博士学位论文，兰州大学，2006 年。
孟丽：《〈新青年〉的意识形态和诗学对其文学翻译选材的操控》，硕士学位论文，湖南大学，2009 年。
田洁：《〈晨报〉副刊译介文学研究》，硕士学位论文，华中师范大学，2019 年。
万茹莹：《〈现代〉研究》，硕士学位论文，南京师范大学，2011 年。
汪青梅：《"五四"歌谣运动与早期白话诗创作》，硕士学位论文，贵州师范大学，2007 年。
王娟：《〈现代〉杂志生成兴衰的原因探析》，硕士学位论文，南京师范大学，2006 年。
王鲲：《上海风度——〈现代〉杂志研究》，博士学位论文，华东师范大学，2005 年。
王文参：《五四新文学的民间文学资源》，博士学位论文，兰州大学，

2006年。
吴静:《〈现代〉杂志研究》,硕士学位论文,青岛大学,2004年。
谢向红:《美国诗歌对"五四"新诗的影响》,博士学位论文,首都师范大学,2006年。
熊辉:《五四译诗与早期中国新诗》,博士学位论文,四川大学,2007年。
徐新建:《民歌与国学——民国时期"歌谣运动"的兴起与演变》,博士学位论文,四川大学,2002年。
杨涓涓:《五四儿童诗的启蒙追求》,硕士学位论文,南京师范大学,2018年。
杨盼盼:《〈歌谣〉周刊中的歌谣研究》,硕士学位论文,山西大学,2017年。
张课:《论中国现代新诗的歌谣化》,硕士学位论文,河南大学,2018年。
张萍:《"一朝惊觉恣追寻"——民国新学术和新文学建设中的歌谣研究》,硕士学位论文,四川大学,2002年。
周宁:《〈现代〉与三十年代文学思潮》,博士学位论文,山东大学,2007年。
周玉敏:《〈现代〉杂志研究》,硕士学位论文,陕西师范大学,2006年。

下 篇
新诗选本与新诗传播

第一编

五四新诗选本与新诗的发生

概　述

　　"新诗的发生"是近年来的一个热点学术话题。目前学界较多从西方文学外来影响和中国文学自身发展的理路两方面来说明、阐释新诗的发生问题，研究方法由审美现代性研究转向文学社会学研究。这些研究在新诗发生的历史现场中，关注新诗的发表、出版、读者阅读、诗集编撰等有关新诗生产和传播接受问题，但是将新诗选本与新诗的发生及早期传播相结合的研究较少。

　　新诗肇始于1917年，是五四新文学的重要文体形式之一。它借助新文学同人的倡导和现代便利的印刷出版媒介迅猛成长。至1920年出现的新诗选本，是新文学史上最早出现的新文学选本。选本的出现，是新诗坛的一种重要现象。五四新诗选本作为新诗发生与传播的重要载体，不仅集中展现了新诗创作之初的成果，起到参与新诗观念建构和新诗知识的生成、保存史料等作用，为新诗的知识性、艺术性探索提供文本与理论支持，而且对新诗争夺话语权、确立合法性、扩大影响力、推动新诗形象建构和历史发展起了重大作用。因此研究五四新诗选本将对新诗的发生问题提供新的阐述角度。考察五四新诗选本，探究序跋副文本中的理论主张，辨析选本中诗人诗作等基本史实信息，并进行文本细读和审美分析，将有助于更加全面了解早期新诗坛生态，更深入认识早期新诗在理论建设和创作实践上取得的成绩及其意义。

　　相对而言，学界对五四新诗选本和新诗发生发展关系的研究重视程度不足。一些研究成果虽然涉及部分早期新诗选本或与选本相关的序跋等副文本，但往往将其归于"新诗集"这一更大的概念之下，忽略了选本之"选"这一关键要素。早期的研究成果主要集中于对几本发生期新诗选本的史料梳理。21世纪以来，将选本与新诗的传播接受相结合的外部研究开始受到重视，出现了一批高质量的研究成果。从文献梳理、外部研究、内部研究三方面，或可对已有的五四时期新诗选本与五四新诗发生传播的研究做一简略梳理。

关于五四时期新诗选本的研究最初多是与发生期新诗选本有关的史料信息汇集整理，如梳理分析选本辑录的诗人诗作及出版发行信息等相关史实。

最早有关新诗选本的研究见于1986年广东诗论家陈绍伟的一篇文章《拂去尘埃见本色——记〈新诗集〉在新诗史上的地位》。该文章首次提出，《新诗集》而非《尝试集》应为第一部新诗集，打破学界的固有认知。文中罗列了以往新诗史以《尝试集》为第一部新诗集的陈述，包括王瑶、司马长风等人的论述，又从出版时间的先后比较，结合朱自清、赵家璧等人对《新诗集》的相关论述，得出《新诗集》早于《尝试集》，应为我国第一部新诗集的结论。同时，文章中还将《新诗集》定位为"难能可贵的第一部新诗选本"[①]，认同该选本对新诗发展的作用，并对其所选诗人诗作数量、诗作类别、开本等版本信息进行了详尽的介绍。陈绍伟还对该选本的序跋所体现的编者主张和编辑方针进行了讨论评价，将其与朱自清的《中国新文学大系·诗集》的编选情况进行对比，认为《新诗集》虽有不足，但这种历史的局限性，并不妨碍该诗集自有其文学史价值。同年，陈绍伟汇编的《中国新诗集序跋选（一九一八——九四九）》出版，该书按时间顺序排列新诗诞生以来的新诗集序跋，其中《新诗集》的序《吾们为什么要做新诗集》作为第一篇诗集序编入此书。总的来说，陈绍伟的研究是有开创意义的，不仅最早关注到《新诗集》，并将其推上第一部新诗集和新诗选本的历史地位。而且其对《新诗集》相关史料信息的搜集与整理也较为完备、细致，评价相对公允，对后来者

[①] 陈绍伟：《拂去尘埃见本色——记〈新诗集〉在新诗史上的地位》，《作品》1986年第7期。

的研究具有重要启发性作用。

此后，赵绍玲、刘福春相继发表文章，重述《新诗集》而非《尝试集》为我国第一部新诗集的观点。两文都罗列了《新诗集》的诗人诗作数量、开本版本等史料信息。赵文特色在于加入了对所选诗作来源报纸杂志的统计分析，并以无名诗人拯圜的《解放》为例，论证该诗集内所选大部分篇目的进步意义和价值：摆脱了旧体诗词格律和封建传统观念的束缚，是新诗理论和实践探索的初步成果。赵文还用大篇幅将该诗集与胡适《尝试集》的编选水平进行对比，通过对《尝试集》四版序和选诗增删情况的梳理分析，认为《尝试集》最初的编选水平也并不高，而极力肯定《新诗集》选本，主观色彩稍显浓厚。文中指出，《新诗集》"编者在文学革命大旗初举、诗界革命呼声骤起的时刻，立即敏感而热烈地做出反应，为宣传新诗成就，促进新诗创作研究……是极有见识，极值称道的，……是应该得到史界的承认并获得理论界恰当的评价的"[1]。相比之下，刘文则显得冷静客观许多，大部分是有关《新诗集》史料信息的汇集陈述。该文将《新诗集》出版信息（包括出版社地址、所有印刷和发售书局、排版开本等）、序、目录、正文页数等均一一列出，并概括罗列了选本序的四个主要观点。还增加了该选本再版本封底的一篇编者启事，较有史料价值。启事中说"从新诗集第一编出版以来，做新诗的比前愈多——几乎全国风从——所以本社此次再审择各处同志佳作，续出第二编，……后面附录有诗的押韵法。——这是本社根据了国音编纂的"[2]。虽然在该文章最后也说明了并未见到第二编出版，但由此也可窥见该选本在当时的受欢迎程度以及早期新诗的迅猛发展势态。

在《新诗集》出版两个月后和两年后，《分类白话诗选》和《新诗年选（一九一九年）》两部新诗选本相继出版。关于这两个选本的史料信息最早见载刘福春的一些研究资料。《寻诗散录（之一）》一文陈列了《新诗集》和《新诗年选（一九一九年）》的相关出版社、编者、版次、页数和所选诗人诗作数量、序跋要点、相关广告语等信息，还大篇幅摘

---

[1] 赵绍玲：《关于"中国第一本新诗集"之我见》，《国家图书馆学刊》1989 年第 3 期。
[2] 刘福春：《第一部新诗集》，《诗刊》1999 年第 1 期。

录和赞赏了《新诗年选（一九一九年）》中的点评。其中也粗略谈及《新诗年选（一九一九年）》《新诗集》的三个不同点，提到《分类白话诗选》的基本情况和其对《新诗集》选诗和分类方法的继承，并列出阿英对《分类白话诗选》的高度评价。《第一本新诗年选》一文则在前文基础上增加了对《新诗年选（一九一九年）》的编者之一"愚庵"即康白情的考据信息。①

而除上述发生期②的3部新诗选本有关的史料研究之外，对五四时期其他新诗选本的史料梳理工作均尚未得到深入开展，一些基本史实信息线索散见于《中国现代文学总书目·诗歌卷》《中国新诗编年史》等目录索引型文献工具书中，或是藏于选本中所选较为著名诗人的年谱、评传、回忆录等后世研究资料中，尚需汇集整理。

综上所述，在21世纪之前，五四时期的部分新诗选本虽然进入了少数研究者的视野，但这些选本并未得到系统深入的研究，只是积累了一定的史料信息。当然，这些史料汇集和文献梳理工作也为后续研究的展开奠定了基础。

20世纪末21世纪初，在国外学者布尔迪厄、哈贝马斯等的影响下，国内的现代文学研究逐渐转向外部研究。王晓明、王本朝、陈平原、刘纳、陈方竞等学者从报纸、期刊、出版等不同角度开始对现代文学的生产、传播、接受体制进行研究。而这种研究思路与方法也逐渐影响了新诗的研究。

较早且较为全面将所谓外部研究引入早期新诗研究的是姜涛。在研究20世纪20年代的新诗时，他通过考察新诗的结集、出版、传播、阅读等现象，讨论新诗发生的复杂机制，其中包括许多容易被忽略的文学社会学因素。2005年姜涛发表的《"选本"之中的读者眼光——以〈新诗年选〉（1919年）为考察对象》③一文，以其独特的文学社会学研究视角

---

① 刘福春：《第一本新诗年选》，《诗刊》1999年第2期。
② 综合学界的研究，这里的发生期具体指1917—1923年；五四时期参考学界界定，时间范围是1917—1927年。
③ 姜涛：《"选本"之中的读者眼光——以〈新诗年选〉（1919年）为考察对象》，《江汉大学学报》（人文科学版）2005年第3期。

和丰富翔实的史料征引，引起学界对《新诗年选（一九一九年）》这类早期新诗选本的关注和研究兴趣。该文开篇对1922年以前的新诗选本做了汇总，提到上述3部新诗选本。在文中，姜涛为《新诗年选（一九一九年）》编选者身份考据增添了新的信息，对编选者的按语、评语进行了文本分析，并由此引申出选本的编辑策略对读者阅读程式的塑造作用等传播接受方面的研究。同年出版的著作《"新诗集"与中国新诗的发生》以1920—1922年出版的新诗集作为研究对象，探讨新诗集与"新诗的发生"的关联①。文中重点考察了新诗"结集"对建构新诗自身形象和合法性的关联性影响，并在探讨新诗为培养读者新的阅读方式和阅读行为的过程中，对其中纠缠着的历史复杂性有了新的发现②，这对新诗选本与新诗的发生研究有着启发意义。例如，该书下编第六章第三节"选本中的新诗想象：对分类的扬弃"中，通过论述《新诗集》《分类白话诗选》与早期新诗坛将诗分成写实、写景、写情、写意的分类现象，与《新诗年选（一九一九年）》编者明确拒绝分类的对比，引申到对早期新诗文体界限和"尚真""写实"的早期新诗观的探讨。这种研究方式和叙述策略从共时的层面展现了新诗发生期错综复杂而又弥足丰富的历史样貌，使我们可以尽可能回到新诗发生的历史现场，这对之后的新诗选本研究有着开创意义，提供了一定的启示和借鉴。

2014年武汉大学陈璇的博士学位论文承续了姜涛的新诗选本研究思路，探究了新诗选本得以形成的内在条件与外在因素，以及选本对"叙述与确认"新诗合法性的作用。由于该文的研究时间范围为"民国时期"，跨度较广，扩展到1949年为止，对五四时期新诗选本的研究篇幅仅占1/3左右，主要集中在前两章。文中对上述3部选本的诗人诗作、选诗来源刊物、编辑立场、编选方式等史料信息，以及与这些选本相关的新诗史、新诗理论资源进行了整合性的梳理工作。其中对《分类白话诗选》编者身份的考据以及对该选本序言中体现的"白话诗""真诗"等新诗观念的梳理分析较为详尽，弥补了之前研究的缺漏。该文最大的特

---

① 姜涛：《"新诗集"与中国新诗的发生》，北京大学出版社2005年版。
② 温儒敏：《新诗是如何"发生"的?》，《中华读书报》2005年3月2日。

色如其所言,"关注的是'新诗的选本',而不仅仅是'选本中的新诗'"①。也即主要关注新诗选本的"选",即编选活动(包括编选者、编选策略、编辑立场、编排方式等),来发掘选本的生成机制及其批评、述史和塑造经典的功能。同时,其每章设立特定的主题和个案相结合的研究思路,体现出的问题意识较为鲜明。该文将文学社团同人的诗歌合集(包括文学研究会的《雪朝》、湖畔诗社的《湖畔》、新月派的《诗镌》等)也纳入选本研究范畴,笔者认为或可进一步细化"选本"这一概念的内涵,注意"同人新诗集"与具有二次传播属性的"新诗选本"之间的微妙差异。

此外,梁笑梅的《中国新诗发生期新诗集序的媒介价值》②一文虽不是专门论及新诗选本的研究,但文中涉及对上述最早3个新诗选本序文的梳理分析。文中指出,这些选本的序文具有互文参阅的信息源、褒扬劝服性的情感源和专业权威性的影响源等媒介价值,是目前所见对新诗选本的外部研究中较新颖且较为专业的传播学阐释。其对阅读接受空间的开辟、受众的培养改造等选本的外部研究也有一定的启发意义,值得关注。

总体而言,21世纪以来,以姜涛为代表的学人开辟了早期新诗的传播接受研究。他们试图通过引入一些对外部环节的研究,如发表、出版、阅读等,以期尽可能地回到新诗发生的历史现场中。这打开了新诗研究的视野和格局,使人们了解到在观念、内容和形式的变革之外,新诗的发生及其形象建构还有赖于在进一步的传播、阅读及社会评价中去不断生成、不断推进。这类研究让人耳目一新,无论是切入角度的选取,还是理论方法的运用,抑或是逻辑思路的展开上,都使读者能够获得新的感受和启发,在学界也引发了广泛影响。但正如陈芝国在评述姜涛《"新诗集"与中国新诗的发生》的研究时所言,这种"探讨虽力图超越内外之别,但实际上并没有完全达成此目的,而是更加倾向于新诗的外部研究"③。指出了这类研

---

① 陈璇:《叙述与确认:民国时期新诗选本研究》,博士学位论文,武汉大学,2014年。
② 梁笑梅:《中国新诗发生期新诗集序的媒介价值》,《文学评论》2009年第5期。
③ 陈芝国:《体制化想象的质询与诗性的有无——论〈"新诗集"与中国新诗的发生〉的研究角度与方法》,《江汉大学学报》(人文科学版)2006年第2期。

究的缺憾：缺乏对选本中的新诗进行文本细读和内部审美研究。当然评述中也谈到这一缺憾与其研究视角和思路方法的选取是有关系的，不应对此求全责备。

新诗选本的外部研究从文学社会学的角度完成了对以往新诗发生体制化想象的质询。然而，我们切不可因为外部研究精妙深刻的社会学分析，而无法跳出书外，忘记这一文学史阶段中诗性价值的召唤。在反思社会学的质询之后，文学史研究的诗性问题仍有讨论的必要。截至目前，对五四时期新诗选本的内部研究虽然不多，但在新诗审美形态研究、新诗观念研究、新诗史研究等三方面都有初步研究成果。

首先，在选本与新诗审美研究方面，2015年，晏亮、陈炽合著的《由〈新诗集〉和〈分类白话诗选〉看早期新诗翻译与创作》一文，是较早关注新诗选本中诗歌文本的研究。该文以《新诗集》和《分类白话诗选》两部选本为切入点，通过对选本中的译诗进行文本细读和审美鉴赏，分析译诗的题材内容、语言表达方式、修辞手法和诗歌组织技法等艺术技巧对新诗创作的影响，研究五四时期诗歌翻译与创作的双向互动关系[1]。但对两部选本中的新诗原创文本的关注分析不够。同年，晏亮还发表文章对《新诗年选（一九一九年）》中的诗歌评点内容进行了梳理分析，概括出该选本中评点的四种类型，认为这种形式是对中国古代诗话批评模式的延续，实现了中国传统诗学思想和外来诗学资源的结合[2]。但其研究基本上只是承袭了姜涛对《新诗年选（一九一九年）》评点的研究思路，并无更多独到之处。

游迎亚在2015年发表的《早期新诗选本的诗体辨析》也是较早对上述三部新诗选本的内部研究。该文认为这三部新诗选本颇具代表性，反映了新诗运动初始阶段诗歌创作的部分面貌。在研究中梳理出了三部选本中重复的14首新诗（但笔者数出有16首，在后文中将详细分析），并按诗体类别将它们大致分为自由诗体、散文诗体和类古诗体三类样式，

---

[1] 晏亮、陈炽：《由〈新诗集〉和〈分类白话诗选〉看早期新诗翻译与创作》，《海南师范大学学报》（社会科学版）2015年第9期。

[2] 晏亮：《传统诗话的绝唱——论〈新诗年选〉中的诗歌评点》，《湖北师范学院学报》2015年第1期。

通过文本细读，归纳出这三类诗体的文体特征及其对五四时期诗体建设的作用①。

其次，对五四时期新诗选本与新诗观念的研究，主要见诸对新诗选本的序跋等副文本的研究之中。因为这一时期的序跋往往是诗论主张的表达渠道和对诗人诗作深度批评的实践文章，是呈现新诗观念的重要载体之一。目前这些研究成果主要零星散见于对新诗集的序跋研究之中。

2014年顾星环的博士学位论文《早期新诗集序跋研究》是目前所见最早的较宏观、系统的新诗集序跋研究②。该文以1920—1923年的新诗集的序、跋、引、书后、题词等序跋类文献为主要研究对象，归纳总结了早期新诗集序跋的文体特性及其形成原因，以及探讨其史学理论贡献。文中还将新诗集序跋与同期诗人的书信、日记、回忆录等文献进行对比分析，试图重返文学现场，描绘出新诗诞生和发展的初始面貌。但文中主要是对《尝试集》《大江集》等自选本序跋的分析，对新诗选本，则仅提及《新诗集》《分类白话诗选》《新诗年选（一九一九年）》三部选本的序跋，并未对这些选本的序跋进行深入的研究和分析。2017年罗先海与金宏宇合著的《新诗集序跋生产及文献价值论》③也涉及上述三部选本，将这些选本的序跋作为部分例证，论述选本序跋在提供史料信息、厘清版本源流、表达诗论主张等方面的文献价值。2020年王泽龙的《"五四"新诗集序跋与新诗初期形象的建构》④则将序跋与新诗观念建构、新诗形象的确立和争取新诗合法性联系起来。文中对《分类白话诗选》编者许德邻的自序和刘半农的他序做了细致的梳理分析，认为序跋对确立新诗的现代价值理念和新的思想准则、促进新诗知识的阐述与传播等方面具有重要作用。

最后，在选本与新诗史的研究方面，2015年方长安发表《对新诗建构与发展问题的思考——〈新诗年选（一九一九年）〉的现代诗学立场与

---

① 游迎亚：《早期新诗选本的诗体辨析》，《海南师范大学学报》（社会科学版）2015年第12期。
② 顾星环：《早期新诗集序跋研究》，硕士学位论文，南京大学，2014年。
③ 罗先海、金宏宇：《新诗集序跋生产及文献价值论》，《东吴学术》2017年第5期。
④ 王泽龙：《"五四"新诗集序跋与新诗初期形象的建构》，《天津社会科学》2020年第5期。

诗歌史价值》一文，通过梳理《新诗年选（一九一九年）》的"选"与"评"相结合的编选策略、分类编诗的体例、不录译诗而以旧诗为参照的选诗原则，分析其编选活动体现的诗学主张和立场，赞扬该选本开放多元的现代诗学审美，阐述了《新诗年选（一九一九年）》在新诗史上的重要价值和意义[1]。2021 年童一菲也以《新诗年选（一九一九年）》为切入口，研究选本的文学史意义。文中将《新诗年选（一九一九年）》中的诗作主题分为五类，诗人分为两个代际，并认为这是该选本编者有意设置的，以呈现出新诗艺术审美与诗学想象的表层视界，从而勾勒出早期新诗坛的面貌。该文还以传统文学批评的角度观照《新诗年选（一九一九年）》，论述了古今选本的异同，认为新诗选本编选者与古代编选者不同，汇编的是同时代人的作品而非对前人之文进行编选；并且在编选模式上也有区别，新诗同人采用的按年汇编、逐年出版的"年选"形式，是一种建立在现代出版传媒和期刊发行基础上的选本模式。这种新的编选方式不仅可以汇集成绩、提供范本、便于阅读和批评，还能基本反映出当下的文学境况，具有一种史的价值[2]。此外，2018 年方舟的《选本与新诗历史发展关系研究之路径》则从方法论的角度，归纳出选本与新诗历史关系研究的三条路径，分别是：统计研究不同时期的选本辑录诗人诗作的情况；分析不同选本引领新诗历史走向之特征；考察研究选本如何参与塑造经典诗人、诗作情况[3]。

总体而言，目前学界对新诗选本的内部研究成果较少，且主要是围绕《新诗集》《分类白话诗选》《新诗年选（一九一九年）》三部选本的研究。除此之外，尚未涉及其他新诗选本的序跋、诗人诗作等文本分析，研究思路和内容都需进一步扩充。比如，对上述三部选本进行研究时，关于这些新诗选本中具体诗人、诗歌形态、诗学观念的文本分析与审美

---

[1] 方长安：《对新诗建构与发展问题的思考——〈新诗年选（一九一九年）〉的现代诗学立场与诗歌史价值》，《文学评论》2015 年第 2 期。

[2] 童一菲：《"诗以为史"——〈新诗年选一九一九年〉文本批评与"史"的建构》，《海南师范大学学报》（社会科学版）2021 年第 2 期。

[3] 方舟：《选本与新诗历史发展关系研究之路径》，《福建论坛》（人文社会科学版）2018年第 8 期。

批评还未深入展开。对选本与新诗观念的建构、新诗知识的生成等研究思路需要继承并进一步深化。

由上述研究现状可以看到，目前的五四时期新诗选本研究呈现出较不成熟的状态和一定的阶段性特征，笔者将其概括为两个不平衡。

一是研究时间段的不平衡。对发生期的选本研究较多，而忽略早期新诗发展期的选本研究。比如，目前研究较多的是1920—1922年出版的《新诗集》《分类白话诗选》和《新诗年选（一九一九年）》，极少关注到五四时期第一个十年中后五年的新诗选本。

二是研究内容的不平衡。目前对新诗选本的研究也主要集中于史料梳理和外部传播接受研究，内部研究相对较少。以上述三部新诗选本的研究为例，最初的研究主要是对选本中所选诗人诗作数量、来源刊物、选诗类型等基本史实的梳理。需要注意的是，或许是由于搜集到的新诗选本版本的差别，抑或是研究者梳理工作繁杂匆忙，在对一些诗人诗作数量的统计数据上，部分研究之间存在一定出入[①]。近年来相对兴盛的是对三部选本的传播接受等外部研究，内部研究则一直较少，尤其是对选本中具体诗人诗作的文本细读不足。可能因为早期新诗艺术成就不高，仅有的研究也主要是围绕胡适、郭沫若、周作人、刘半农等较为有名的诗人的早期诗作及其新诗理论研究。但实际上五四时期新诗选本中有不少作品对新诗观的建构、新诗知识生成，对推动早期新诗的传播、新诗经典化建构，都具有较积极的作用。因此，笔者认为应该拓宽时间范围，进一步爬梳有关五四新诗选本的文献资料，发现除《新诗集》《分类白话诗选》《新诗年选（一九一九年）》外较有研究价值的选本，拓宽研究视野和思路。本文的研究时间和对象范围，拟作如下界定。

对"五四时期"的界定，根据目前学界的普遍认识，可自1917年文学革命推至1927年这一时间段。这一时期，是我国新文学发展的第一个十年，也是新诗由诞生至突破重重包围而最终结出丰硕成果、汇入世界

---

① 比如对《新诗集》的选诗数量，陈绍伟统计为101首，赵绍玲统计为106首，刘福春统计为103首，陈璇和笔者统计为102首。对《分类白话诗选》《新诗年选（一九一九年）》的统计也有一些出入。

现代诗潮的十年。在这十年中，新诗蓬勃发展，理论指导和创作实践并行，新诗人诗作不断涌现，新诗理论建设取得初步成果。一定的文学活动离不开一定的载体，新诗选本作为新文学的一个重要载体，也在这一时期诞生。第一本新诗选本诞生于1920年，此时距离新诗发生不过三年左右，这一时期的新诗选本身处新诗发生的历史现场，与新诗发展关系密切，成为新诗发生与传播的重要途径。它们不仅对新诗观念的建构、新诗知识的生成、新诗经典的塑造起了重要作用，而且对新诗争夺话语权、确立合法性、建构新诗形象、推动新诗传播等都有着重要影响。

对研究对象"新诗选本"的界定，则强调选本作为现代出版物的二次媒介特性，与新诗集区分开来，凸显新诗选本的独特研究意义。广义上的新诗集是将新诗文本结集成册加以呈现的载体，它包括了个人新诗集、同人新诗集和新诗选本。在这一意义上，新诗选本确属新诗集的一个组成部分，目前大部分"新诗集"研究实际上也包含新诗选本研究，许多研究也未细致区分上述三者的差别。然而，宽泛的界定不利于深入的探索，明晰其中差异有助于我们更好地对其进行言说。本文认为，现代报刊的发达使文学作品多以报纸、期刊为首次发表载体，继而被筛选和汇编成选本，其中涉及复杂的传播接受环节，与初次传播的结集文本存在较大差异，新诗选本拥有作为现代出版物的二次媒介特性[①]。宜进一步细化概念，凸显新诗选本的二次媒介性质，不宜将尚属首次结集发表性质的自选诗集和同人合集算作新诗选本。因此，本文所研究的新诗选本，其选诗多在报刊等一级媒介上发表过，而那些尚属首次结集发表的个人诗集或同人合集则不作为研究对象。

在对研究时间和对象范围进行界定后，就确定了本文具体的研究对象。据刘福春《中国现代文学总书目·诗歌卷》[②]，从1920年到1927年，共有132部白话新诗集出版。笔者搜寻原始文献进行分析后发现，其中符合具有二次媒介性质的现代新诗选本共有9本，分别是：1920年《新诗集》（102首）和《分类白话诗选》（234首），1922年《新诗年选（一

---

① 罗执廷：《民国社会场域中的新文学选本活动》，山东文艺出版社2015年版，第2页。
② 刘福春、徐丽松编：《中国现代文学总书目·诗歌卷》，知识产权出版社2010年版。

九一九年)》(89首)①,1923年创造社编的《辛夷集》(10首)和查猛济编的《抒情小诗集》(初版76首,1925年再版增诗25首,共101首),1924—1925年小说月报丛刊编的《歧路》(35首)、《良夜》(23首)、《眷顾》(56首),1926年由上海泰东书局出版的丁丁和曹雪松合编的《恋歌(中国近代恋歌选)》(35首)。

  本文拟以上述五四时期具有二次媒介性质的新诗选本为主要研究对象,立足选本,探究选本与早期新诗发生传播的关系。

---

① 在此要特别说明的一点是,1922年6月,还有一本由上海新华书局出版、新诗编辑社编的名为《新诗三百首》的诗集,在许多研究资料中均将其认作新诗选本。但笔者目前尚未找到该诗集的一手资料,只见到刘福春《中国现代文学总书目·诗歌卷》中列出了该诗集的目次和诗题目录。经向刘福春老师求证,该本诗集并非选本,因此不列入本文研究对象。

第一章　选本与新诗观念的建构

新诗的发生并非凭空而出，而是中国文学近代以来长期发展演变而来。其中缠绕着非常复杂的矛盾冲突，不仅有文学的、语言的，还有社会、历史等方面的因素，这使新诗观念的建构充满了复杂性。当时各家对"什么是新诗"各执一词，对新诗本质特征、创作来源、诗人群体、发展趋势等方面的看法及阐述也都尚不明晰。在此期间，新诗同人在创作实践和理论建构上并行，围绕文言诗与白话诗、新诗与旧诗、真诗与假诗等新诗观问题发生了激烈交锋，这些事件发生的一个重要场域就是新诗选本。新诗选本通过序跋等副文本呈现、引发有关诗学问题的理论探讨，凭借作为具体成果的新诗作品展示编选者与诗人们的新诗观念。综观五四时期新诗选本，可以发现，其中主要传达出白话为新诗之正统、真情为新诗之灵魂、自由为新诗之生命等诗学观念。在新诗选本的作用下，新诗在发生期初具雏形的基本取向得到了集中的呈现和广泛的宣扬。

第一节　文白之争：确立白话为新诗之正统

文学观念、文学形式的变革与语言文字的变革密切相关。作为中国新文学的开创者之一，胡适认为"文字是文学的基础，故文学革命的第一步就是文字问题的解决"，并断言"一部中国文学史只是一部文字形式

（工具）新陈代谢的历史"①。语言工具的变革对文学的影响确实巨大，现代文学转型的标志就是以白话代替文言。其中诗歌的现代变革，则承载着实现语言变革与新文学变革的双重使命，也是所有文体变革中最难突破的壁垒②。胡适也正是通过提倡"白话作诗"而为"文学革命"找到了最终的突破口。由此，激烈的"文白之争"见诸新文学文坛。从表面上看，这一论争是关于新诗创作应该用什么语言作为书写工具的论争，而实质上则是新诗存在的合法性之争，预示着新诗乃至新文学创作的现代转型。

新诗这一概念的正式提出，起源于胡适在 1919 年 10 月发表的文章《谈新诗——八年来一件大事》。在此之前，包括胡适在内的新文学同人，都把当时的新诗叫作"白话诗"，或称"白话韵文""白话自由诗"等，大多不叫"新诗"。这些名称虽有内涵上的差异，但都强调了新诗的核心在于"白话"二字，也表明在新诗初起之时，人们对这一新兴文体的主要认识是：新诗是用白话写的。足以见得，白话对新诗的重要性。那么为什么新诗一定要用白话作呢？用白话作的诗就是新诗吗？这也是最初围绕新诗的主要论争。同时期的新诗选本中的序跋等副文本对这些论争做了一定呈现与回应，从中我们可以发现作为新诗的重要构成元素，白话诗语是如何深刻影响着新诗的形式建构。

一　白话何以入诗？

早期的新诗选本通过序跋等副文本传达出现代白话为新诗语言之正统的观念。如《新诗年选（一九一九年）》编者在跋《一九一九年诗坛略纪》中指出，远古时期南北最早的民歌"都是用白话作的"，认为"惟其越在远古，越是以白话作诗"，只是"古人不斤斤于争正统，以致新文

---

① 胡适：《逼上梁山》，胡适编选：《中国新文学大系·建设理论集》，上海良友图书印刷公司 1935 年版，第 9 页。
② 王泽龙、任旭岚：《新中国 70 年现代白话与中国新诗形式建构研究之检讨》，《吉林大学社会科学学报》2019 年第 5 期。

学久不昌明"。① 这同胡适《谈新诗》中"白话入诗,古人用之者多矣"②的论断相似,皆通过在文学史中发现"白话文学"悠久的发展脉络,证明白话本是我国诗歌的正统,也是新诗语言之正统。《新诗集》则直接将胡适《我为什么要做白话诗》一文刊载于附录中,亦是对以白话作新诗的声援之意。

而《分类白话诗选》则直接以"白话"命名选本,体现出其对现代白话诗语的认同。许德邻编选《分类白话诗选》,不仅是出于对新诗的热爱,更是想借机展示新诗的成集以"提高"白话诗的"声浪",从而达到"推广"的目的③,也即想要证明新诗存在的合法性乃至优越性。因此他采取了一种选文互证的方式,即以序言论述白话新诗的优越性,选文则以作品编选的方式印证前言中提出的观点④。例如,该选本虽然选诗庞杂,且引用胡适《我为什么要做白话诗》和《谈新诗》中的文段作为其选本的序,但在选诗时并未选入胡适在其《尝试集》中附录的《去国集》,大概是因为这些诗为旧体诗,并不符合白话诗的界定。可见,"白话"与否是《分类白话诗选》选诗的重要标准。与之形成对比的是,标举选新诗的《新诗年选(一九一九年)》共选诗89首,却选入了《去国集》中的7首旧体诗,这体现五四新诗选本的编选原则是复杂多元的(这种矛盾将在第三章"选本与新诗审美标准的建构与实践"中详加讨论)。

对于五四新诗人,要解决白话入诗可能性的问题,首先要明白白话究竟是一种怎样的语言。在五四之前,文言和白话作为中国语言的两大话语体系,处于分离又并存的状态。前者历经数千年的积淀和演变,成为定型的书面语言,也是古典诗歌的语言工具。后者则是人与人在日常交流中使用的口语。胡适用"死"与"活"的概念来区分文言与白话,

---

① 北社编:《一九一九年诗坛略纪》,《新诗年选(一九一九年)》,亚东图书馆1922年版(下文引用时则随文标记为《新诗年选·跋》)。
② 胡适:《我为什么要做白话诗(尝试集自序)》,《新青年》1919年第6卷第5期。
③ 许德邻:《分类白话诗选·自序》,许德邻编:《分类白话诗选》,崇文书局1920年版(下文引用时则随文标记)。
④ 徐勇:《〈中国新文学大系·诗集〉与现代诗人主体的建构》,《中国现代文学研究丛刊》2021年第7期。

认为"文言是死的语言,白话才是活的语言"①,进而提出语言文字有死活之分,文学也有死活之分。他反思中国文学的发展,发现"中国的文学凡是有一些价值,有一些儿生命的,都是白话的,或是近于白话的"。认定一部文学史就是以"活文学"来代替"死文学"的历史,而文学革命的最终目的就是要"替中国创造一种'国语的文学'——活的文学"②。而通过考察中国古典诗歌史,他将诗也分为"死的诗歌"和"活的诗歌",认为前者在书面化的死胡同中丧失了生机,与日常口语彼此隔膜;后者则因其根植于日常口语而鲜活、有生命力。胡适的诗歌革命观念也是从中国自身的"白话文学史"中开掘出"活"的文学精神,并用以反拨另一部分僵死传统的艺术手段。因此他决心要抛弃文言的"死"诗,创造白话的"活"诗。

由于五四时期,全国并没有一个完全统一的语言表述规范,各地区的口语也各具其语言表述系统,这时候的白话尚未规范化。而草创期新诗最初的标志就是用白话写诗,如何运用这种尚未成熟的语言工具入诗,也就成了当时新诗人的首要困惑。傅斯年就曾表达使用白话作诗的难处在于白话"异常质直,异常干枯","是浑身赤条条的,没有美术的诗养",且缺少一种"余味"③。俞平伯也谈到"白话做诗的苦痛",认为当时的白话缺点不少,应当改造白话使其成为合适的新诗语言工具④。他在《白话诗的三大条件》一文中强调白话诗的第一大条件便是语言工具层面的要求,认为白话诗与日常开口所说的白话是不同的,提出改造白话使其"用字要精当,造句要雅洁,安章要完密"⑤,这样才能成为作诗的语言工具。除此之外,胡适、傅斯年等人也对白话进行过改造,以期使白

---

① 胡适:《逼上梁山》,胡适编选:《中国新文学大系·建设理论集》,上海良友图书印刷公司1935年版,第4—5页。
② 胡适:《谈新诗》,胡适编选:《中国新文学大系·建设理论集》,上海良友图书印刷公司1935年版,第294页。
③ 傅斯年:《怎样做白话文》,胡适编选:《中国新文学大系·建设理论集》,上海良友图书印刷公司1935年版,第223页。
④ 俞平伯:《社会上对于新诗的各种心理观》,《新潮》1919年第2卷第1号。
⑤ 俞平伯:《白话诗的三大条件》,《新青年》1919年第6卷第3期。

话具备西方语言的语法、词性等特征①,从而更有利于表达现代情感与思想。

至此,作为入诗的白话诗语和作为日常交际所用的口语白话已有一定区别。1930 年,朱自清在《论白话》一文中,便将文学革命后的白话分为四种。第一种是近似于"官话的白话",亦称"国语",这种白话并非真正的口语,只是比文言更接近于当时"中国大部分人的口语"。第二种是"欧化"的白话,其也只是"在中文里掺进西方的语法",仍是不能上口说的白话文。第三种是"创造社"式的白话,其比第二种欧化文更近于口语,因其"极力求合于文法",并且"采用成语,增进语汇"和"复杂的构造"。第四种是"北平话"式的口语,它是以"北平话"为规范依据的口语,更适宜于日常生活交际。② 这说明五四之后的白话为适应不同用途确实发生了多重向度的发展变化。作为新文学尤其是新诗语言工具的白话,也正是在草创期确立的"白话"这一笼统概念的基础上,吸收了一些古代汉语中较有生命力的白话和一定诗性意蕴的文言词,以及采纳了一定数量的外来词和欧化语法,由此形成的一套诗歌语言系统。

白话诗语的更新与完善带来了新诗创作的日益蓬勃且精进,这同时为新诗人总结白话入诗的可能性与方法提供了强有力的支撑。从《新诗集》和《分类白话诗选》编者自序中,我们可以看到其中汇集了早期新诗创作的试验的成绩,"自从胡适之先生提倡'新诗'以来,一天发达一天;现在几乎通行全国了!"③ "近代做白话诗的人,一天多似一天。我抄录的白话诗,也一天多似一天。"而这一选本的副标题为《新诗五百首》,实际上该选本仅仅收录 234 首,应是编者有所筛选,并没有将全部新诗摘录,也或许是他对新诗发展的美好盼望,"现在正在创造的时代,总得要经过多数人的研究和多数精神的磨炼,然后能达到圆满的目的。……我更盼望白话诗的成稿'与时俱增',居然达到圆满的目的。那时,我国的文学想想看已到了什么程度?……呀,岂不快乐……"(《分类白话诗

---

① 孔苏、李政涛:《白话文运动与教育学语言现代化》,《现代大学教育》2021 年第 5 期。
② 朱自清:《论白话》,《朱自清选集》第 1 卷,河北教育出版社 1989 年版,第 355 页。
③ 新诗社编辑部:《吾们为什么印〈新诗集〉?》,《新诗集》,新诗社出版部 1920 年版(下文引用时则随文标记为《新诗集·序》)。

选·自序》)

二 从"白话诗"到"新诗"

尽管在五四新诗选本中确立了以白话为正统的新诗语言观念,但白话并未成为人们对这一新的诗歌体式的最终命名。这是因为文白之争不过是新诗发生的一个起点,而非终点,白话诗不足以概括随着时间不断继续发展的新诗。那么新诗何以名为"新诗"而非"白话诗",这并非不言自明,而是有待进一步梳理分析。

在"白话诗"与"新诗"两个概念之间,前者有一定基础,但五四新诗选本更青睐后者。从胡适提倡白话诗开始,白话诗的概念占据了相当的地位,许德邻以白话为名编选了《分类白话诗选》。除诗选以外,1921年谢楚桢的《白话诗研究集纲要》由北京大学出版部出版,1924年闻宥出版了《白话诗研究》,直到1930年开明出版部还出版了丘玉麟的《白话诗作法讲话》(中等学校及自修适用)。可见,新诗相关书籍以"白话诗"冠名是并不鲜见的。但在五四新诗选本中,"白话诗"则并未占据书题的大部分,相反,"新诗"成为选本命名的主流。在最早的3个新诗选本中,《新诗集》《新诗年选(一九一九年)》明确使用新诗作为标题,而《分类白话诗选》亦使用"新诗五百首"作为副标题,后来的小说月报丛刊编的《良夜》《眷顾》《歧路》均以"新诗集"为书籍副标题,而以白话为名的新诗选本数量很少。可见,"新诗"这一命名更受当时选本的欢迎。

选本以"新诗"为名,其作用非同寻常。作为对初期新诗作品的集中呈现,新诗选本的呈现效果既不同于报纸副刊对新诗作品的零星无序的刊登,也不同于个人诗集对诗人主体的强调,而是客观上完成了对一种新的体式的文学作品的归类。它将一定形式、一定语言、一定内容的作品遴选出来,置于一个集中的印刷载体中,并给予其统一的命名。当一个新诗选本呈现在读者面前,读者接触到"新诗"这个符号,并随即得以认识相当数量的"新诗",再辅以序、跋、评论等副文本加以解释,便自然而然地完成了对"何谓新诗"这一观念的接受。可以说,新诗选本并不仅仅是将一定数量的新诗集中呈现给读者,与之同时发生的是一场关于新诗的诸多观念的系统性介绍(诸如新诗的命名、新诗的分类、新诗的特征等)。因此,新诗选本直接或间接以"新诗"冠名,其意义非同寻常。

采取"白话诗"抑或"新诗"作为书籍题名究竟体现出怎样的观念差异呢?这首先涉及"白话诗"与"新诗"的内涵差异,诚如前文所说,"白话诗"之概念强调的是基于文白之争的诗歌语言选择。在胡适的白话文学史观念之下,白话诗是古已有之的一种文体。而"新诗"则更着重强调与旧诗在各个方面的差异,而非仅仅停留在语体层面。正如王光明所指出,"'白话诗'是'新诗'前驱,'新诗'是'白话诗'的发展与作为一种新的诗歌体制的基本定型。'新诗'是与'旧诗'相对而言的,'新诗'的新,在诗形方面是体式与写法的自由,在诗质方面是追求个人感情的表现。前者,是'自由诗'这一主导形式的确立;后者,是以'自我'为内核建立起了诗歌言说的话语据点"①。实际上"白话诗"与"新诗"是一对不应混淆的称谓,因为它们对应着不同的"尝试"阶段:前者立足中国诗歌自身的传统,是对传统本身进行区分,也就是说,此时的"白话"入诗只是诗歌传统的内部调整,与晚清"诗界革命"提出的"我手写我口""复古人比兴之体""取《离骚》、乐府之神理"相似,是一种过渡形态;后者则是一种全新而鲜活的诗歌形态,"白话"是新诗的语言工具,但新诗的内涵并不是"白话"二字所能完全概括的。

其次,两个命名方式暗含的向度也是不同的。"白话诗"脱胎于白话文运动,该运动是一场平民化的运动,旨在利用白话通俗易懂的特征打破精英阶层对文化的垄断。因此,白话这一概念朝向过去,朝向大众,带有对传统的继承,它不打破某种文化本身,而是打破文化的壁垒。因此,天然地更亲和,让人觉得容易接受,自带一种"热度"。例如,在《分类白话诗选》一书的末尾,便有《各界最新白话尺牍大全》《初等注音白话文范》《高等注音白话文范》《初等注音白话尺牍》《高等注音白话尺牍》等"白话"系列书籍的相关广告。或许可以认为,"白话诗"

---

① 王光明:《现代汉诗的百年演变》,河北人民出版社2003年版,第100页。

背后存在的是一个庞大的"白话文化",具备相当的读者基础。而"新诗"恰恰与之相反,"新"是一种时尚、潮流,其背后是五四大力宣扬的新文化,新文化运动要求打破许多旧的束缚,要求革新,要求变化。因此,"新"这一概念更多地面向未来,带有陌生、非主流、与众不同等色彩,与普通大众存在一定的距离,属于少数精英知识分子,带有对无限可能的追寻。同时,"新诗"是一个敞开的、变动不居的概念,"新"可以容纳不断生成的新的特征,而"白话诗"则始终停留在以白话为语言的诗歌上,是封闭的。

因此,选本热衷以"新诗"而非"白话诗"命名,其背后是观念层面的选择。初期新诗从语言上的突破逐步扩大为包括内容、意境、形式等多方面的突破,"白话诗"渐渐难以概括这一不断发展着的新的诗歌类别。新诗在面向大众的基础上,已经开始了对旧的诗歌的多种层面的颠覆,以及对新的诗体的多个向度的创造,不少知识分子尝试着创作更新的诗歌。新诗选本作为总结新诗创作实践成就,推动新诗普及与发展的力量,选择"新诗"这一概念或许更有助于其目的的实现。在五四新诗选本中,通过诗歌作品的展示以及理论文章的阐发,"新诗"的诸多内涵得以建构。与选本相比,作为研究或者作法讲话的诗歌理论书籍,并不直接呈现大量新诗作品,而是旨在普及新诗知识或补全白话文化书籍的体系,其沿用白话诗的概念则亦可以理解。

那么,选本选用"新诗"这一命名为新诗概念附加了哪些内涵呢?这正是本章乃至本文所希望呈现的。当选本冠以新诗之名,便将选本中所展示的新诗观念、新诗知识、新诗审美融入"新诗"一词之中。理念与实体相互交织,颠覆与巩固同时进行,诸多五四新诗选本的多重面貌汇入"新诗"这一敞开的概念,诗人、编者、读者的思维在此碰撞,在这个意义上,新诗选本成为新诗发生的重要空间。

第二节 真假之论:确立真实为新诗之灵魂

在新诗发生期,人们对新诗的认识当然是陌生的。新诗与旧诗在白话与文言的外在形式区别之外,还有何不同呢?俞平伯认为,二者在精神品质内核上也是有着显著差异的,其不同"不仅在于音节结构上面,他俩的精神,显然大有差别。我们做诗的人,也决不能就形式上的革新以为满足;我们必定要求精神和形式两面的革新。……中国古诗大都是纯艺术的作品,新诗的大革命,就在含有浓厚人生的色彩上面。我们如果依顺社会上一般愚人的态度,……结果不过把文言变了白话,里面什么也没有改换,岂不是大笑话吗?"① 那么这种精神的差别究竟在哪里呢?王泽龙在相关研究中指出,新诗集序跋主张说真话,果决与旧思想告别,为白话新诗形象铸就新灵魂②。借用这一研究视角,我们可以观照新诗选本中对"真诗"观念的呈现和强调。

《分类白话诗选》以刘半农的诗论为序,在破和立两方面提出了真实的诗歌观。破,即破假,刘半农对假诗世界的批判在精神和形式上都具有革新意义。立,则强调立真,认为写作新诗要突出一个"真"字。受刘半农真实诗歌观的启发,许德邻在编选《分类白话诗选》时的选诗标准是"真实""纯洁""自然","我们要研究白话诗,要先晓得白话诗的'原则'是'纯洁'的,不是'涂脂抹粉',当作'玩意儿'的;是'真实'的,不是'虚'的;是'自然'的,不是'矫揉造作'的。有了这三种精神,然后有做白话诗的资格"(《分类白话诗选·自序》)。而这三种精神也可以说是早期新诗选本所呈现出的"真诗观",我们可以将其归纳为三点内容:追求内容的真实表现、情感的真实表达、语言的朴实自然。

一 内容的真实表现

最早的新诗选本《新诗集》也是最早强调诗作内容需真实的选本,其序中将新诗价值概括为四点,其中第二点就是"真",具体要求是描写自然界和社会上各种真实的现象。而且该选本将新诗按题材分为"写实""写景""写意""写情"四大类(其中,写实类 33 > 写意类 29 > 写景类

---

① 俞平伯:《社会上对于新诗的各种心理观》,胡适编选:《中国新文学大系·建设理论集》,上海良友图书印刷公司 1935 年版,第 357 页。
② 王泽龙:《"五四"新诗集序跋与新诗初期形象的建构》,《天津社会科学》2020 年第 5 期。

24＞写情类16），并在序言中对写实、写景、写意、写情这四类诗的主要内容进行了一定的概括，分别为："描摹社会上种种现象""描摹自然界种种景色""含蓄很正确，很高尚的思想""表抒那很优美，很纯洁的情感"。《分类白话诗选》也"学着步武"延续了这一分类方法（其中，写意70＞写情62＞写实58＞写景43），表示"同声相应"。两个选本将新诗按实、景、情、意分门别类的处理方法，也可以体现出当时在新诗创作中重视叙述说理、追求客观真实的趋向。

五四新诗选本中选入了大量描写社会现象、记录时事变迁的诗作。以《新诗集》和《分类白话诗选》两个新诗选本共同选取的写实类新诗为例，如胡适的《人力车夫》、周作人《路上所见》《两个扫雪的人》、刘半农的《相隔一层纸》《卖萝卜人》《铁匠》、沈玄庐《乡下人》《夜游上海所见》等诗作，我们可以看到早期新诗人非常注意"描摹社会上种种现象"，即关注现代社会中突出的社会现实和人物形象，诗中表现的是"今日的贫民社会，如工厂之男女工人，人力车夫，内地农家，各处大负贩及小商铺，一切痛苦情形"[①]。而在对这些社会现实事件和人物具体行为进行叙述、表现时，这些作品均以"白描"手法为主，具体地描写了现代社会各行各业劳动人民生产、生活的实景，刻画了社会中下层人民的形象。周作人《两个扫雪的人》描绘两个扫雪的劳动者在大雪纷飞的路中"扫个不歇"的情景；他的《画家》一诗以"画家"般写实的笔触描绘了乘车时沿途窗外之景，其中有两个小儿在溪边赤脚打闹，有男女在稻田里做着农活儿，胡同口有卖菜人的叫卖声和摆放着的五颜六色的蔬菜，马路边还有一个"显出生活的困倦"的人。这些人、景、事都是生活中随处可见的平凡的普通的情景，却使诗人留下了"平凡的真实的印象，永久鲜明的留在心上"。

《新诗年选（一九一九年）》的编选者对这类写实之作也有特别偏好，选本中记录了许多具有"历史文件"性质、"历史材料价值"的作品，在评点有些诗作时，会联系时事加以说明或对诗作纪实性表示赞赏，如编

[①] 胡适：《建设的文学革命论》，胡适编选：《中国新文学大系·建设理论集》，上海良友图书印刷公司1935年版，第136页。

选者溟泠评王志瑞的《旁的怎么样》一诗时，就联系天津学生遭暴力镇压的社会背景，推测该诗因此而作；评周作人《偶成》时，编者按提到该诗的写作背景是五四运动，并对诗歌中的具体事件展开了详细介绍，"这当是'五四运动'里'六三运动'的一段写实。当日北京大学法科做了临时监狱，被拘的学生八百多人。……"① 在孟寿椿《狱中杂诗》后，编者按则评论，该诗是作为"五四运动里群众呼声的一种"而被选入的②；评余捷的《羊群》时，编者联系作者的原序，详细交代并分析了该诗的写作背景为当时的安武军侵犯当地蚕桑女学校事件，并称赞此诗是首"难得的史诗"③；对黄琬《自觉的女子》一诗的评语是："这首诗在艺术上没十分出色，却尽有历史材料的价值。"由此可见，新诗要求内容的真实表现也为我们记录下了许多历史事件。茅盾在论及初期白话诗时也评价周作人的《偶成》："这诗在艺术上也许比不上《小河》，然而在中国的自由解放斗争史中，这诗将被记录。"④

另外，选本还通过选入大量纯粹写景、真实描摹自然现象的诗来体现其真诗观。这从选本选入诗作的标题就能看出，许多诗作直接以自然界中的鸟兽虫鱼、花草树木、山水风光来命名，从《新诗集》《分类白话诗选》《新诗年选（一九一九年）》共同选取的诗作来看，以自然风景命名的有胡适的《老鸦》、沈尹默的《公园里的二月蓝》、俞平伯的《冬夜之公园》、康白情的《暮登泰山西望》和《日观峰看浴日》。古典诗歌中虽也有许多即景诗作，但其描写之景大多为牵强附会的"假景"，隐去了诗人自身的主体性和真实感受。而早期新诗提倡的写景是希望新诗人真真切切地在自然中活动而抒发的真实感情。《分类白话诗选》中附录的宗白华的《新诗略谈》一文中就谈到诗人要想写出好诗、真诗，就要涵养诗人人格，而"在自然中的活动是养成诗人人格的前提"，因为诗人在自然中活动时会产生"直觉""灵感"，而这也是"一切真诗、好诗的（天才的）条件"。因此，宗白华提倡诗人可以通过"观察自然现象的过程，

---

① 北社编：《新诗年选（一九一九年）》，亚东图书馆1922年版，第40页。
② 北社编：《新诗年选（一九一九年）》，亚东图书馆1922年版，第94页。
③ 北社编：《新诗年选（一九一九年）》，亚东图书馆1922年版，第44页。
④ 茅盾：《论初期白话诗》，《文学》1937年第8卷第1号。

感觉自然的呼吸,窥测自然的神秘,听自然的音调,观自然的图画",在"风声、水声、松声、潮声"中领悟诗歌的音韵,在"花草的精神,水月的颜色"感悟诗意、诗境。①

二 情感的真实表达

新诗序跋中对新诗"真"品格的提倡,不仅体现在追求内容的真实表现,还以新诗自由抒发、表达个人真情实感为宜。《分类白话诗选》的编选者许德邻就批判近代作旧诗的人情感表达非常虚伪,认为他们"故意装出牢骚抑郁的样子,学那'三闾大夫的憔悴行吟'","挽了'拟古'的成见,把他自然的神韵和真实的意义都掩起来,只求合着古人的步趋和种种的假面目。所以,无论如何悲壮感慨,或裔华典丽,总觉得是做作,是'假的诗',不是'真诗'"(《分类白话诗选·自序》)。刘半农在该选本序中形象地说,这些诗人"明明是感情淡薄,却偏喜做出许多极恳挚的'怀旧'或'送别'诗来。明明是欲障未曾打破,却偏喜在空阔幽渺之处主论,说上许多可解不解的话儿,弄得诗不像诗,偈不像偈"②。而《新诗集》则对情感表达的要求更进一步,不仅需要内容真实,还要求得"表抒那很优美,很纯洁的情感"(《新诗集·序》)。

选本不仅是通过序跋来提倡新诗情感的真实表达,更以选入大量抒发真情实感的诗作展现出真诗观。从选本中借景抒情的诗来看,这些诗作虽仍然通过"风""花""雪""月"等旧诗中的常见景物来抒发情感,但它们并没受到旧诗习气的干扰,而是摆脱了旧诗的陈词滥调,表抒着新诗人各自的自然而真实的情感。以选本中"月"为题的诗为例,《分类白话诗选》和《新诗年选(一九一九年)》均选入了沈尹默的《月》《月夜》、胡适的《十二月十五夜月》,另外各选入了郭沫若的《新月与晴海》和《新月与白云》,《新诗年选(一九一九年)》还选入了名为今是的诗人的诗作《月夜》。这些借"月"抒情的诗作,与古典诗歌中含

---

① 许德邻:《白话诗的研究·新诗略谈》,《分类白话诗选》,崇文书局1920年版。
② 刘半农:《刘半农序》,《分类白话诗选》,崇文书局1920年版。

"月"意象所常常带有的沉重浓郁的"思念"愁情不同,新诗人在20世纪发出"月可使人愁,/定不能愁我"(胡适《十二月十五夜月》)的豪情。在寒冷的月夜之中站立也并没有勾起新诗人对个体的感伤,而是以现代人的独立意识而生发出了一种全新的个体情感,"霜风呼呼的吹着,/月光明明的照着。/我和一棵顶高的树并排立着,/却没有靠着"(沈尹默《月夜》)。这样的描写虽然看似简单,却塑造出了独立的现代新人形象。在这些诗作中,不仅诗人是自由独立的个体,可以有意识、有感情,"月"也仿佛被赋予了个体意识情感:"明白干净的月光,/我不曾招呼他,/他却有时来照着我;/我不曾拒绝他,/他却慢慢的离开了我。"(沈尹默《月》)这里的"月"并不因诗人的主观意识存在或消失,而仿佛有其自己的运行规律。在抒发情感更加狂飙突进、奔放激荡、无拘无束的浪漫主义诗人郭沫若那里,"月"可以是孩童梦幻中的"游戏"场所,"儿见新月,/遥指天空。/知我儿魂已飞去,/游戏广寒宫"(郭沫若《新月与晴海》);"月"还有着无穷的神力,"月儿呀!你好像把镀金的镰刀。/你把这海上的松树斫倒了,/哦,我也被你斫倒了!/"(郭沫若《新月与白云》)。《新诗年选(一九一九年)》编选者愚庵就在选入郭沫若的《三个泛神论者》《天狗》《死的诱惑》《新月与白云》《雪朝》5首诗后,高度赞赏了郭诗的情感丰沛、真实,"从技巧上看是幼稚,而一面又正是他的长处;他总从欢喜和同情的真挚质朴的感情里表现出来"[1]。

除以上有名的早期新诗人,名不见经传的诗人"今是"在其《月夜》中对月而生的情感、意识则更真实而强烈。诗人因山路遥远而望月生思,一开头就问月"我望得见明月啊,/明月看得见我么?"将"月"作为一个具有独立意识的个体,认为"月"可以看见人,而且不同于一般的从个体"我"而生出的情感、思维,而是以"月"为主体写起,"月照人"在诗人笔下是"他见着我了",即"月见我";人看见月亮被遮住了,在诗人笔下则是月亮不见他,"他怎么不见(我——笔者注)啊"。"月"还仿佛有自己的情感,对着人发笑,但诗人并不知月为何发笑,于是接着对月发出一连串的疑问,"你为什么笑啊?/是痛苦吗是快乐?/是奋斗

---

[1] 北社编:《新诗年选(一九一九年)》,亚东图书馆1922年版,第165页。

吗是牺牲？／是博爱吗是自由？／到底是什么？望你告诉我！／可爱的月啊！你如何这般的光亮！／我愿你的精神啊，指示我前行的方向！／我不管他是黑暗吗是光明，／我只依着你的精神啊，前行"。由"月"的"笑"，诗人想到了"痛苦"和"快乐"、"奋斗"和"牺牲"、"博爱"和"自由"、"黑暗"和"光明"等现代意识情感。正如选本的评点者溟泠在选入此诗后评价道："新事物带来的新感受决定不能循古，必须做二十世纪的新诗。"[①] 诗中的现代意识情感正是诗人在新时代生发出的新感受，这是真实的、新鲜的、立诚的情感表达，是旧诗人在抒情上形成的陈陈相因的套路所不能表现的。

除以上以月为题的诗，早期新诗选本中还有许多诗借月抒怀，如《新诗集》中震勋《理想的实现》歌颂月的"强大的光辉，永久的性质"，表达希望用"万丈长绳"，留住月"当空的皓魂"的理想，体现出诗人的豪情。由此可见，虽然对月抒怀这类诗作古已有之，乃至沉吟千年了，但新诗人仍能摆脱旧诗借景抒情时附庸风雅、矫揉造作、无病呻吟的"虚伪"的情感表达，表现出新时代的新情感、新气象、新风格。其余诗作则更加大胆而真实地抒发着作为现代人的现代意识和现代感性，如1923年刘大白为《抒情小诗集》所作序中言，"一般的新诗人，都很大胆地作起抒情诗来……所得的成绩，往往远胜于旧体的抒情作品。这是中国现代诗坛上最可喜的现象"[②]。可见，凝结着新诗人真情实感的意志感受的抒情诗作，是新诗区别于乃至远胜于旧诗的重要表现。

三 语言的朴实自然

早期的新诗选本传达出的"真诗观"还在于其选诗语言朴素、平实、自然，不事雕琢；大量采用"本色"口语，使诗歌通俗易懂，回归了语言艺术的真实本质。这也是新诗区别于古典诗歌的重要表现之一。

胡适最开始讨论新诗的语言文字运用问题时，就表明了对旧诗中雕

[①] 北社编：《新诗年选（一九一九年）》，亚东图书馆1922年版，第18页。
[②] 刘大白：《刘序》，《抒情小诗集》，古今图书店初版1923年版。

琢堆砌的陈言套语的唾弃，推举朴实、自然的文字入诗。《分类白话诗选》附录胡适《谈新诗》一文中就主张新诗语言要朴实自然，尽量使用白描的手法，文中写道，"诗之文字"是"很重要的问题，……有许多人只认风花雪月，蛾眉，朱颜，银汉，玉容等字是'诗之文字'，做成的诗读起来字字是诗！仔细分析起来，一点意思也没有。所以我主张用朴实无华的白描工夫"。① 而许德邻也在《分类白话诗选》序中对古典诗歌语言文字雕琢堆砌的弊病进行了批判，"做旧诗的人，十九都有雕琢堆砌的毛病，……。所以，……，总觉得是做作，是'假的诗'，不是'真诗'"。② 许德邻提到旧诗讲求凝练含蓄，喜用典故入诗，推崇一些善用陈言套语敷衍成诗的诗人"偶像"，这就导致了旧诗情感表达的虚伪"附和"，容易形成许多陈陈相因的抒发套路。而"白话诗的好处，就是能扫除一切假做作，假面目，有什么就说什么"（《分类白话诗选·自序》），这种语言文字风格展现的是一种未经修饰、不加雕琢的、原始的、纯天然的美感，使新诗与陈旧的、了无生机的旧诗区别开来。

五四新诗选本中选入了大量语言文字朴素自然的诗作，这些新诗都竭力用本色语言叙述描写、表情达意。以《新诗集》《分类白话诗选》《新诗年选（一九一九年）》三部选本共同选取的 16 首新诗③为例，我们可以发现其中写景和写实诗居多，大都是将所见的景物、场面、事件用白描、铺陈的手法呈现出来，并没有过多使用华丽的修饰词，也很少在词句上精雕细琢、刻意打磨，或是引经据典，而是"有什么就说什么"，看到了什么就写什么。如刘半农的《无聊》描绘的也是诗人在阴天院落内外所见之景，其中风吹、花谢、蜂飞、鸟鸣等景象，都是日常生活中常见的，如诗题所示，看似有些"无聊"。但其描写时运用的语言文字确

---

① 许德邻：《白话诗的研究·胡适先生提倡新诗的缘起》，《分类白话诗选》，崇文书局1920年版。
② 许德邻：《白话诗的研究》，《分类白话诗选》，崇文书局1920年版，第3页。
③ 胡适《威权》《乐观》《老鸦》，周作人《两个扫雪的人》《画家》，刘半农《卖萝卜人》《无聊》，沈尹默《公园里的二月蓝》，傅斯年《老头子与小孩子》，俞平伯《冬夜之公园》，康白情《牛》（后诗人改名为《草儿在前》，《新诗年选（一九一九年）》选入时采取更改后的名字）、《暮登泰山西望》、《日观峰看浴日》，沈玄庐《想》，伧工《湖南的路上》，顾诚吾《杂诗两首》。

实十分简洁朴素，并且层次清晰，纯粹写自然界中的优美景物，是早期新诗中"即景"之作的代表。傅斯年在《老头子与小孩子》中素笔描绘了一个老头子和一个小孩子站在"这一幅水接天连，晴霭照映的图画里"，描写、叙述的语言几近自然、不事雕琢。康白情在《草儿在前》中也是用简笔描绘了耕牛在人的鞭打下卖力、辛苦地耕耘景象，其入选的另两首诗中则用极其朴素的语言描写诗人在日出日落之时分别看见的景象，其中有"红的、黄的、紫的、蓝的、白的，松铺在一地的山花相称"（《暮登泰山西望》），还有"山下却出现了村灯———一点——二点——三点。/……要白不白的青光成了藕色。/成了茄色。/红了——赤了——胭脂了"（《日观峰看浴日》）。这里不论是对山花颜色的描写，还是对日出、日落时分天色变化的描写，都只用简单、素朴的词语，并不精心挑选辞藻，显示出一种自然之美。沈尹默的《公园里的二月蓝》和俞平伯的《冬夜之公园》这两首诗则都是描写公园之景，前者语言极其质朴，后者则稍显繁复，如"淡茫茫的冷月""翠叠叠的农林""枝柯老态如画"，这些文字有些老套，但首尾对乌鸦声音的处理，用"哑！哑！哑！"和"归呀！归呀！"这种直白的拟声词，又使全诗有一种明白如话的艺术效果。

选本中的新诗在语言表达上的另一特点是，大量选诗以对话形式展开，由此也体现出了一种"自然口语化"的语言表达追求。胡适最早主张新诗语言的"自然口语化"，他在翻译《老洛伯》一诗的序中就说之所以译此诗，即因为该诗"全篇作村妇口气，语语率真，此当日之白话诗也"①（《分类白话诗选》在选入此诗时，并没有录入此序）。五四新诗选本中也有很多诗作是直接以某一个体的口语语气成诗的，有时诗作甚至呈现出一种口语对白的形式。如《分类白话诗选》选刘半农的《车毯》一诗，诗题后即有括弧标注"拟车夫语"，其被收录于《新诗集》《分类白话诗选》《新诗年选（一九一九年）》中的《学徒苦》《相隔一层纸》《卖萝卜人》等诗，则分别以学徒、仆人、卖萝卜人等底层人民的语气成诗，叙述语言非常自然口语化。胡适的《老鸦》以"老鸦"的口气来写，

---

① 胡适：《老洛伯序》，胡适：《尝试集》，亚东图书馆1920年版，第33页。

写尽了老鸦被人嫌弃的遭际,让人同情,开篇"我大清早起,站在人家屋角上哑哑的啼。人家讨嫌我,说我不吉利"就明白如话、通俗易懂。《威权》则将"威权"一词拟人化,用以借代类似资本家、剥削者这一群体,并以这一群体与"奴隶们"的对话为诗作文本主体,生动、形象地表达出了反对剥削、反对压迫之意。此外,选本中还有很多新诗在语言表达上以通俗易懂的白话口语为主,其中有的是用朴素、平实的语言对景物、人物进行描写,有的则是以自然口语化的对话展开叙述事件、情节。

早期新诗选本对新诗"真实"品质的强调,不仅是重视内容的真实表现,更加注重的是情感的真实表达,希求通过真实、真情反映现实人生,其时代意义在于摆脱"瞒"与"骗"的封建传统诗歌观。此后的新诗人,不论出自"为人生而艺术"的文学研究会,还是来自"为艺术而艺术"的创造社,抑或是出于其他门宗流派,他们在谈到新诗的内容和形式要求时,也总离不开一个"真"字,在新诗创作中的根本性原则都是求"真"的。这也体现在一些新诗选本的选诗操作之中,比如《新诗年选(一九一九年)》相比于《新诗集》和《分类白话诗选》,其选取的郭沫若的诗就与后两个选本不同,都是郭诗中的带有浪漫主义情调、抒发情感更为奔放热烈的诗,如《三个泛神论者》《天狗》《死的诱惑》。1923年由创造社自编的诗文合集《辛夷集》,里面也都是带有浓烈抒情意味的散文和诗歌。同年还有直接以"抒情"命名的《抒情小诗集》出版,以及之后的《恋歌》也是对新诗抒真情的记录,将在后文中详细介绍。

第三节 文体之辨:确立自由为新诗之生命

真实是新诗的灵魂,要想写真诗,一方面要摒弃旧诗所采取的曲折艰深的文言,采用易于人们直率清晰的白话语言;另一方面则要摆脱旧诗诗体中存在的韵律、诗形、滥调对诗歌创作的束缚,创造自由、开放、包容的新诗诗体。正如俞平伯所言,"真实和自由这两个信念,是连带而生的。因为真实便不能不自由了,惟其自由才能够有真正的真实"①。因此,只有自由的诗歌体式才能从文体层面为新诗的发展提供源源不断的生机。自由诗体首倡于胡适的"诗体大解放"之说,其强调要打破一切束缚诗体自由的"枷锁镣铐",提出"有什么话,说什么话;话怎么说,就怎么说",认为只有这样才能作出"真正白话诗",才能"表现白话的文学可能性"②。胡适追求自由的诗体观念获得了众多新诗人的认可,新诗编选者亦视之为新诗的关键,并通过新诗选本序跋来张扬胡适的相关论述,通过选入各式各类形态的新诗来体现新诗的自由度。当各类差异较大、种类繁多的诗歌一并呈于读者面前,自由无疑获得了最有力的体现。同时,随着自由诗体开拓了新诗的表达空间,新诗也得以融入更多、更自由的思想内容。

一 自由独立的表达方式

胡适对自由诗体的提倡获得了编选者的认可和响应。《分类白话诗选》的编选者许德邻在书前用专文摘录分析胡适的《谈新诗》一文,大量引用了胡适关于自由诗体的论述。而从许德邻自序中所体现的新诗观念来看,他基本上接受了胡适的"诗体解放"的理论,认为"白话诗的好处,就是能扫除一切假做作,假面目,有什么就说什么。所以形式上的'美',虽不能十分满足,但是纯任自然,总觉得是'真实的',不是'假做作'的","有了三种精神(纯洁、真实、自然——笔者注),然后一切格律音韵的成例都可以打破"(《分类白话诗选·自序》)。许德邻所说的"自然"其实就近乎"自由"的意义,意味着打破格律音韵的范式,舍弃对形式美的一味追求,任由纯洁真实的情感自由抒发。在初期新诗人中,主张挣脱旧诗束缚、追求自由独立表达的诗人占了多数。他们进行了多种多样自由形式的探索和创造,"增多诗体"得以广泛实现,如引进西方的十四行诗、自由体、散文体、小诗体、戏剧体等,又发掘与运用民间歌谣,尝试创作民歌体,等等。对于新诗编选者而言,将这些各

---

① 俞平伯:《〈冬夜〉自序》,《冬夜》,亚东图书馆1922年版。
② 许德邻:《白话诗的研究》,《分类白话诗选》,崇文书局1920年版。

式各样的诗体大量选入五四新诗选本则是他们对自由新诗观念最有力的支持。而在诸多新诗体式中,自由诗体打破约束最为彻底,因而也自然地成为新诗选本中最主流的诗歌体式。

何谓自由?自由是相对于约束而言的。针对旧体诗在韵律、诗行、诗形等方面的束缚,新诗在押韵、诗行、诗节方面进行突破,产生了无韵诗、参差诗和长短章①等诗体形式,这些都可称作广义上的自由诗体。无韵诗,即诗句不用韵;参差诗,即诗行长短不齐;长短章,每节诗行数不等。据相关统计,《新诗集》《分类白话诗选》《新诗年选(一九一九年)》三个新诗选本中"绝大部分都是自由诗体,可谓一头独大"②。从三本选本共同选取的16首新诗来看,它们几乎全部是自由体。(见表1-1)

表1-1　《新诗集》《分类白话诗选》《新诗年选(一九一九年)》共选诗作的自由形式分析

诗人诗作	无韵诗	参差诗	长短章
胡适《威权》	-	+	-
胡适《乐观》	-	+	+
胡适《老鸦》			
周作人《两个扫雪的人》	-	+	+
周作人《画家》	+	+	+
刘半农《卖萝卜人》	+	+	+
刘半农《无聊》	+		+
沈尹默《公园里的二月蓝》	+	+	仅一节
傅斯年《老头子与小孩子》	-	+	+
俞平伯《冬夜之公园》	+	+	+
康白情《草儿在前》《牛》	+	+	+
康白情《暮登泰山西望》	+	+	+
康白情《日观峰看浴日》	+	+	+
沈玄庐《想》	-	+	+

---

① 王力:《汉语诗律学》,上海教育出版社2005年版,第786—793页。
② 游迎亚:《早期新诗选本的诗体辨析》,《海南师范大学学报》(社会科学版)2015年第12期。

续表

诗人诗作	无韵诗	参差诗	长短章
俍工《湖南的路上》	−	+	−
顾诚吾《杂诗两首》	−	+	+

注：无韵诗、参差诗、长短章都是新诗自由形式的表征，因此如符合则标为"+"，反之标"−"。

通过对以上16首诗作自由形式的考察，我们可以发现这些诗作每句诗的字数并不一致，有多有少，诗行有长有短，长短交错，即都是参差诗；另外，大部分诗作是长短章，即诗作有多个章节，且各章节的诗行数并不固定。例如，胡适的《乐观》有5节，各节诗行数为6—4—5—6—5；周作人《画家》有6节，各节诗行数为3—4—4—5—7—5；俞平伯《冬夜之公园》有3节，各节诗行数为5—7—6；康白情《暮登泰山西望》有3节，各节诗行数为10—5—9。由此可见，早期新诗的自由形式主要表现为"不拘长短"：每句诗的字数、长短不定，每节诗的诗行数量也无限制，可多可少，不要求都是整整齐齐的"方块儿"。而从用韵这一方面看，这些诗作似乎并没有完全抛弃对诗歌韵律美的追求，几乎有一半诗作是有押韵的。不过它们并非全篇押韵、句句押韵，比如，《威权》里第二节仅有2、4句押"了"，第三节也仅有前两句末尾押"力"和"底"；《乐观》的五节中，第一、二、四、五节中仅各有2—3句以"了"押韵。同时，由于大量采用虚词押韵，实词作为表意的主体也获得了解放。

这些新诗从严格的押韵、整齐的诗行、固定的诗形中解脱出来，获得了极大的创作自由。那么这自由为新诗带来了怎样的作用呢，它们帮助新诗开拓了怎样的疆土呢？

首先，无韵扩大了诗歌选词层面的空间。由于取消押韵的限制，诗歌语言得以保持自然的形态，而不为声律所扭曲，使口语、方言、名物等语言词汇能够直接进入诗歌中。如俍工的《湖南的路上》中的口语"烧的烧，倒了的倒了"，语气词"唉""嗳哟"，方言"你老人家"等都使诗作有一种自然的纪实色彩。此外，如《新诗年选（一九一九年）》和《分类白话诗选》中都选入的傅斯年《咱们一伙儿》，诗题和正文内容都以"咱们""一伙儿"等方言口语展开,将大自然中的花草树木、日月星辰拟人化为两个群体,诗句因使用口语而通俗明白、生动自然。

其次,参差赋予了诗歌造句层面的自由。一方面,旧体诗歌整齐的行列要求诗人必须对自然的语言进行形式的整理,这势必会扭曲语言的原貌,使旧诗带有斧凿气息,不够自然生动。如《分类白话诗选》就附录了胡适反省自己最初新诗创作的相关语言问题,"句法太整齐了,就不合语言的自然,不能不有截长补短的毛病,不能不时时牺牲白话的字和白话的文法来牵就五七言的句法"[①]。而新诗不限长短的参差诗行足以容纳人们的对话与自然的描述性语言,符合日常生活的客观面貌。如顾诚吾《杂诗两首》(其一)中一大半的篇幅是诗人与乡下孩子之间的对话,问答往来,长短句结合,表达出孩子对城市的向往和诗人对乡村的怀念。对话中的许多语气词、感叹词,如"么""呀",和方言"吃吃白相相"等很符合说话人的身份和地域特色,使诗作有一种自然的童真气息。另一方面,通过参差不齐的诗行,诗人也能详略得当地对事物进行描绘,在诗中呈现主要意象与次要环境的对比。

最后,长短诗节的采取则为新诗章法创造了更多的可能性。通过不同诗节长短的不一,新诗得以进行符合事情发展节奏的叙事。傅斯年的《老头子和小孩子》虽然用韵比较讲究,但诗作内容对景象由远及近,由视觉、听觉到嗅觉等不同层次的推进描述,诗节的长短参差不齐,给人一种由于诗意的自然流动而生成的节奏感,《新诗年选(一九一九年)》编选者溟泠评价道:"这首诗的好处在给我们一种实感,使我们仿佛身历其境;尤在写出一种动象。艺术上创造力所到的地方,更有前无古人之感。"[②] 此外,通过超长的诗节,新诗能够摆脱旧诗短小精悍的模式,以更长的诗体、更大的容量抒写更多的内容,如周作人的散文诗《画家》《小河》等。

不过,初期新诗虽然倡导自由诗体,但仍然存在一些旧诗的影子,

[①] 许德邻:《白话诗的研究·胡适先生提倡新诗的缘起》,《分类白话诗选》,崇文书局1920年版。

[②] 北社编:《新诗年选(一九一九年)》,亚东图书馆1922年版,第187页。

如采取五七言的句式、句句押韵的韵式以及使用拟古的标题，选本中最典型的例子就是标举选新诗的《新诗年选（一九一九年）》在选本中附录的胡适的 7 首旧体诗①。这是新诗初期尚存的旧的印记，随着时间的推移也逐步散去了。同时，这一时期的"自由"提供的是一种尚未定型、有待发展的诗歌局面，它意味着对可能性的探索与尝试，正如胡适在《尝试集》序言中所说的"表现白话的文学可能性"②。对自由诗体的倡导保障了诗歌内容情感的真实，保留了新诗发展的多种向度，从这个意义上来说，自由是新诗的生命亦不为过。

二 自我解放的时代精神

自由的诗体形式只是一个架构，而其生命力在于诗人人格的健全独立、自由理想的表达和追求。由于受到西方文学思潮的影响，新诗区别于中国传统古典诗歌最明显的特征在于追求创作主体的自由和独立，新诗人常以强烈的主观情感来体验、介入和表现客观世界。也就是说，自由不仅表现为诗歌形体的解放，还可从新诗人人格的健全与独立中表现出来。此时的新诗表达出了一种与古有别的新意识、新情感和新精神。表现自由人格、自我解放的诗作在五四新诗选本序跋和诗选中有突出呈现。

《新诗集》在其序言中就强调新诗价值之一在于"发表各个人正确的思想"，也就是说，新诗强调"人"这一个体应有的独立见解；《分类白话诗选》也强调新诗不是拟古的成见。有研究者就将这两个选本把新诗分为写实、写景、写意、写情 4 大类的做法，解读为"是现代意义上的'人'的观念的表现"，认为"'纯洁'的白话诗是目的和手段的同一，其核心是背后的'人'的存在。'人'的存在赋予白话诗以'真实'而'自然'的品质：是外露的和向外扩展的，动的和自由的。因此，在确立了'人'的主体性之后，作为其对应着的'他者'式构成的白话诗表现

---

① 7 首旧体诗包括：《耶稣诞节歌》《久雪后大风寒甚作歌》《临江仙》《虞美人（戏朱经农）》《十二月五夜月》《生查子》《景不徙篇》。

② 胡适：《我为什么要做白话诗（尝试集自序）》，《新青年》1919 年第 6 卷第 5 期。

对象就可以分为'景''实''情''意'"。① 也就是说，这些"写景""写情"的新诗，实则都是为了写人，而不像"情景交融"的古诗无法表现人的作用，甚至有意淡化人的主体性。而"写实"和"写意"的新诗，也都是为了表现"人"之主体存在。这种对新诗进行分类的方式可以说是对主体存在的一种彰显，作为背景的"景""实""意""情"则是一种"他者"式的构成，由此凸显"人"之主体性。这一论点很有意思，也是值得思考的。

新诗选本中还有许多表达、推崇个性自由的篇章。如《新诗集》和《分类白话诗选》两个新诗选本的"写情诗"类目中都有大量酬答和送别以及悼亡题材②，但其思想情感内核较于古典诗歌的同类诗作已有质的飞跃。如胡适关于"自由"的名句："岂不爱自由？/此意无人晓！/情愿不自由，/也是自由了。"即出自《病中得冬秀书》，表现了一种个性解放、向往自由的现代意识情感。两个选本都选入的季陶的《吊坂垣先生》，则通过论述自由，传达一种有别于传统生死观的现代的观念，即肉身虽逝，但其精神永存，"'自由'终是不死的'自由'！/'与'的自由，/不如'求'的自由！/且看！死的坂垣活的自由"。诗中歌颂坂垣先生为人民求自由所作的"搭救""援助"，虽然坂垣先生最终因他所坚守的"人道主义"而牺牲，但其对人民"自由"所作的贡献是无法磨灭的，也是诗人所祭奠的。此诗与沈玄庐《想》一诗中"予的自由不如取的自由"十分相似，两个选本也都选入了《想》。另外，五四新诗选本中还有大量诗作表达了对自由的向往和讨论，由此可见，自由精神是选本选诗的一大取向。此外，有的悼念诗中还抒发着一种强烈的、现代的理想主义情怀，"挟带着粉碎虚空的勇气，和创造的可能性，/经一番失败，一番挫折，

---

① 徐勇：《〈中国新文学大系·诗集〉与现代诗人主体的建构》，《中国现代文学研究丛刊》2021年第7期。
② 如胡适《病中得冬秀书》、赵世叟《答党君》、李鲁航《送戚君书栋往南洋》、黄仲苏《送会友魏时珍王若愚陈剑修许楚僧赴欧留学》、志希《往前门车站送楚僧赴法》《在上海再送楚僧》、孙祖基与哲民同名诗《送存统赴日本》、棘野《送虞裳赴英伦》、舜生《送若愚时珍赴柏林剑翰赴巴黎》、郑伯奇《别后》、刘半农《悼曼殊》、顾诚吾《悼亡妻》、予同《悼浙江新潮》、翼儒《悼赵五贞女士舆中自刎》、玄庐《悼周淡游》、执信《悼黎仲实》、黄胜白《赠别魏时珍》《隔海送时珍赴德》、新青年五卷三号《赠君蔷薇》《吊姊》等。

一番猛进。/前途总是光明。你与我和几个朋友,都能自信。/……不过我:理想中的你是不死的!"(玄庐《悼周淡游》)另外一些送别诗中表达着对友人及自己形成现代人格、创新个性的期待和勉励,"你教我从今以后更创造出个我们的新我来","你快做个二十世纪的新盘古、新耶火华,/努力,开辟,创造呀!""我这个无意识的,/已变成了个人体底原始细胞,/正在分裂着,增殖着,演化着,/看看地要有成个'人'的希望了!"(黄胜白《隔海送时珍赴德》)或是基于对现代社会、理想世界的想象,表达个人的生存哲学,"存统——你脱离一切,你总脱离不了世界!/'新社会,就建立在旧组织上'/你何必失望,/你又何必得意!/你何必停留,/你又何必脱离!"(孙祖基《送存统赴日本》)抑或是基于对当时社会现象的批判,表达个人应努力奋斗,肩负起对社会应尽的责任的现代意识,"这沉闷冷酷的社会,好叫人难受。/……/只可恨我们走了,这社会还是依旧。/……/我们虽然走了,应该时时刻刻把这可怜的呼声,嵌在心头。/奇怪!这呼声,却变了意义了,仿佛是:/努力……奋斗……"(棘野《送虞裳赴英伦》)

以上所举诗歌多为酬答、送别、悼亡等古已有之的题材,尚且能摆脱旧诗附庸古人、陈言套语的束缚,表现出新情感、新风格、新意蕴,其余新题材的诗作则更离开了复古的轨迹,不拘束于古人的思维与文字而抒发现代人的新意识、新情感和新精神。相较于胡适等因旧文化熏染而过分保守的初期白话诗人,新诗坛中的后起之秀则更进一步地打破了陈词滥调的枷锁,直接表现出追求自由解放的时代精神。《新诗集》《分类白话诗选》中都选入的诗作就可以体现这一精神,新诗人们有的以"解放"为题,表达妇女群体对解放的期盼(拯圜《解放》);有的以鸟自喻,"要想撞破那雕笼,/好出来重做一个自由的飞鸟。""我若出了牢笼,/不管他天西地东。/也不管他恶雨狂风,/我定要飞他一个海阔天空!/南飞到筋疲力竭,水尽山穷,/我便请那狂风,把我的羽毛肌骨,/一丝丝的都吹散在自由的空气中!"(陈衡哲《鸟》)其后的《抒情小诗集》中追求自由,尤其是表达女性婚恋自由的诗篇众多。而新诗选本正是通过选入这些表现个性自由、独立思考、人道主义、现代人格、现代意识等自我解放时代精神的诗作,发扬着自由表达的新诗观念。

新诗选本通过诗歌理论的引导与诗歌作品的展示，倡导了以白话入诗的诗歌语言风尚，确立了白话为新诗之正统；号召了新诗人们用朴实自然的语言表现社会现实内容与个人真情实感，确立了真实为新诗之灵魂；鼓励人们采取不泥声韵、不修行列的自由表达形式，发出自我解放的独立时代新声。总体而言，五四新诗选本把握了新旧诗歌转换期新诗的精神准则，体现了新诗观念的变革，参与了新诗观念的建构，形成了新诗以白话语言、真实表达、自由诗体为核心的诗学观念，使中国新诗从旧诗束缚中解脱而出，获得了思想解放和全新品格。可以说，五四新诗选本对新诗争夺话语权、确立合法性、扩大影响力、推动新诗形象建构和历史发展都起着巨大作用，也为新诗的发生问题探讨提供了新的阐述角度和材料。

第二章　选本与新诗知识的生成

新诗观念作为一种思想意识，主要存在于人们的理论探讨中。选本序跋虽然对新诗观念有所呈现，需要指出的是，呈现于选本中的新诗观念属于经过一定程度讨论而基本固定下来的观念。这是因为，新诗选本的形成亦有赖于一定的新诗观念。编选者编辑选本便是为了传播、发扬他所持有的新诗观念。与此同时，我们需要注意到的是，随着经过遴选的诗歌作品的加入，新诗选本不仅包含了新诗观念，更承载了相当体量的新诗知识。何谓知识？《现代汉语词典》的解释是："人在社会实践中所获得的认识和经验的总和。"依据这个定义，新诗知识便是新诗人在实践中对新诗形成的认识与经验的总和。

如果说新诗观念是抽象的、概括的、笼统的，那么新诗知识显然还包括了一些更为具体的内容。诸如，新诗作为一种文体形式，它采取怎样的语言形态，具有怎样的听觉特征？要传递这些新诗知识，固然可以通过理论教条来实现，但最直接、最鲜明的方式就是将新诗作品集中起来加以展示。因为，当读者直接接触大量的新诗文本，其自发总结而成的新诗知识是具体而深刻的。正如《新诗集》的编选者在序中所言，只要熟读《千家诗》《唐诗三百首》就能学作旧诗，原因在于这些古典诗歌选本通过文本示范向读者传达了旧诗的知识和规范。于是爱好新诗的他们也决心为新诗找一个"老师"，将新诗知识传达给喜好新诗的读者。这里的"老师"可以是包含新诗的各种出版物，但人们由于"经济上，交通上，时间上种种关系，往往不能够多看新出版物"，对新诗的接触也就少了，这样不利于新诗的发展。于是新诗同人也就萌生了做新诗选本的想法，"索性把各种书报中的新诗汇印出来"，新诗爱好者们便只需要以低价就能看到很多有价值的新诗，由此指引读者对新诗知识的领悟、接受。

新诗选本作为新诗集中传播的重要载体，相较于报刊上的诗歌以及个人诗集中的诗歌，其优势是明显的。报刊的缺陷在于新诗零散地分布，难以在短时间内给读者带来深刻的印象，更不利于读者总结提炼出新诗知识。而个人诗集则主要凸显出诗人主体的诗歌特征，新诗选本作为一种新诗集中传播的载体，它通过呈现以新诗文本为中心的大量不同诗人的具体诗歌与相关序跋副文本中的理论言说，向读者讲述、展示如何学习、接受、欣赏、写作新诗，读者从中获得关于新诗的相关共同性知识认识，又促进了新诗知识的生成与传播。

第一节　凸显新诗的语言形态

对语言形态的感知与认识无疑是有关新诗最基本的知识。胡适说："文学革命的成功，不论中外，大概都是从'文的形式'一方面下手，大概都是先要求语言文字文体等方面的大解放。"[①] 这里"文的形式"即文学的语言形态，包括语言的词汇、排列等表层形态以及语法等深层形态。新诗选本通过对大量、多类优秀诗作的集中呈现，对五四新诗语言形态做了较为完备的记录，并由此凸显出了新诗所具备的新的语言形态知识。新诗选本呈现的最突出的语言形态特质，当属词汇与排列。在选本所选新诗中，纷繁复杂的外来词汇进入诗中，开拓了新诗的内容、境界；同时，在文言一致的理念下，方言口语民谣纷纷入诗，新诗因而具备了相当的通俗性与地方特色。此外，在标点符号的采用、外语词汇的引入、新诗分行的采取等多种元素的作用下，新诗如何排列也成为一种新的知识，借由选本得以向读众普及。

[①] 胡适：《谈新诗》，胡适编选：《中国新文学大系·建设理论集》，上海良友图书印刷公司1935年版，第295页。

一　外来词汇入诗

五四时期，随着西方文化的输入，外语词汇大量进入中国。新诗人中，有的是远赴欧美或日本留洋的学生，具有不错的外语水平，有的则虽未留洋却崇尚西洋文明，积极接触新知识。在西洋文化的滋润下，这些诗人主体所生发的情感、所形成的思想，都不尽能以当时的本土词汇来表达。因此，外语词汇入诗有其必然性的理由。从实际情况来看，外国人名、地名及相关典故也确实大量出现在新诗选本的选诗中。对当时的诗歌读者，外语词汇入诗的具体方法、实际效果以及限度都是十分陌生的。新诗选本中大量选入外语词汇入诗的作品，起到了一定的知识普及作用。

选本之中，外国人名、地名及相关典故入诗的实践非常丰富。首先，外语词汇入诗丰富了新诗的词汇体量，其入诗方式主要有以下三种。

一是以英文字母直接入诗，或为诗人名，或可视作某种符号，代替某人、某地或是某物的特征。如《新诗集》中刘半农以字母为题的诗《D——!》，其实是以字母 D 代指某位朋友，文中还有以字母 Y 代指另一位朋友，其中"D——!" 7 次单独成行，一次以"D——"的形式出现在句尾。（另外，有些诗人还直接以英文字母作为笔名，如《新诗年选（一九一九年）》中的"Y. Z"、《抒情小诗集》中的"CF 女士"、《歧路》中的"OP"）《眷顾》选入玉薇女士《夜行》，诗中以字母 C 代指某地"C 地"。《新诗年选（一九一九年）》中选入寒星《E 弦》，诗首句"Violin 上的 G 弦，一天向 E 弦说"，将小提琴上的 E 弦和 G 弦拟人化，通过二弦的对话说理；《歧路》中选入汪静之的《D 字样的月光》，以字母 D 来形容月的形状。

二是以英文单词直接入诗。上述《E 弦》中出现小提琴的英文，同一选本中还有刘半农的《窗纸》一诗中出现"Tolstoj"一词，应该是代指当时较为知名的某位外国人，"是一蓬密密的髭须，衬着个 Tolstoj 的面孔，——好个慈善的面孔"。《分类白话诗选》也选入了这首诗，此外还选了郭沫若的《登临》，诗中将听到的口箫声、山泉声、伐木声和山上人家的鸡鸣看作"Olchestr",即管弦乐团。(人民文学出版社 1988 年版《分类白话诗选》直接将这一句中的单词译作"交响乐"入诗)《新诗年选(一九一九年)》中沈兼士《寄生虫》诗首即是"寄生虫"的英文单词"Distoma"。《恋歌》中选入李金发的《高原夜语》,诗前引用了以意大利语形式呈现的歌德的诗句,诗中出现了"Croesse"(此处疑编者讹误,笔者查到原诗为"Caresse",意为"心爱的")、"Plustard"(译:稍后)、"Fennesse"(此处疑编者讹误,原诗为"Tennesse",即美国的田纳西州)、"Aveuir"(疑为 Avenir,法语"将来、未来、前途"之意)、"Nymplae"(此处疑编者讹误,原诗为"Nymphe",意为"山林女神")等多个外文单词。在编选过程中发生的讹误,体现出当时的编选者在自身外语能力不足的情况下,仍热衷于选入含有外语词汇的新诗。

三是以音译外来词汇或者句子入诗,如上述刘半农《D——!》诗中就有大量的外来词汇,如"哈雷彗星""威尔逊炮"等,还有许多带引号的引用语,应该是外文中的谚语翻译成的中文,如"只须世界上留得一颗橘子的子,就不怕他天天吃橘子的肉,剥橘子的皮!",类似于我国古谚"留得青山在,不怕没柴烧"。《新诗集》和《分类白话诗选》都选入的胡适的《四月二十五日夜》和《你莫忘记》。前诗中以古希腊哲学家、戏剧家的音译名字指代古希腊文明,"我整日里讲王充、仲身统、阿里士多德、爱比苦拉斯……几乎全忘了我自己",体现了诗人对哲学的沉浸。后诗中诗人希望自己的国家"亡给'哥萨克',亡给'普鲁士'"的议论,则表现了一种个人与国家的对立状态。《分类白话诗选》还选了易漱瑜《雪的三部曲》,诗中模拟鸟叫是"可渥底斯可渥底斯",与传统文化中的鸟鸣声不同,像是音译外来词语。诗中还形容雪有"德谟克拉西"(民主——笔者注)的品质,"雪啊!你有这样艺术的天才,/为什么却一年一降?/但是——/说你象银子么?你又很德谟克拉西的,/到处都劳你铺满了"。《新诗年选(一九一九年)》选入陈衡哲的《散伍归来的吉普色》,诗前有作者"注",对吉普色这一音译外来词作出解释说明,"吉普色(Gypsy)乃是欧洲的一种游民,最初从印度进来的,和中国的逃荒的相像,没有一定的家乡,他们过的生活是一种飘泊的生涯。……"此外,《良夜》中选入徐蔚南的《勃来

· 531 ·

克》表达诗人对爱尔兰诗人勃来克的崇拜。《恋歌》中刘延陵的《一封信》中出现"密司"一词，是英语中尊称未婚女性的音译。这些外语词汇在新诗中指向的是当时的汉语词汇不足以表达的概念，采取这些新的词汇，是新诗人描摹现代生活、表达现代体验时的必然需求，是外国文化输入中国的客观反映。

其次，有的词汇包含着某些文化内涵，成为新诗中重要的诗歌意象，使新诗具有了某种新的情感质素，帮助诗人抒发现代情感。例如，《分类白话诗选》所选郭沫若《日出》中反复出现古希腊太阳神"亚坡罗"的形象，"你们可都是亚坡罗（Apollo）的前驱？//哦哦，摩托车前的明灯！/二十世纪的亚坡罗！/你也改乘了摩托车么？//……我守着看那一切的暗云……被亚坡罗的雄光驱除尽"。"亚坡罗"是古希腊神话中的太阳神，他的太阳神车速度极快。郭沫若借这一形象赞颂现代社会中出现的"摩托车"，表达他对现代科技文明的赞叹与崇拜，体现出以人力胜神力的豪迈情感。《眷顾》所选的王幼虞女士《晨光里的人儿》也采用"亚坡罗"这一意象表现日出东方照耀世界，一切沉睡迷蒙的生命都被这灿烂的力量所唤醒的景状。还有《新诗集》选入的《可爱的你》一诗提到的"乌托邦"一词也可看作新诗特有的意象，其中凝聚着诗人对理想社会的想象，"爱你想你的人，随着可爱的你，走进了'乌托邦'；那是真的家乡"。

除以上胡适、郭沫若等人诗中的外来词汇所包含的古希腊文明内涵外，还有一些诗作提到了其他国家、地区及其文明或文化典故，如，"俄国的枪毙，德国的逃亡，奥国的流放"（《新诗集》《分类白话诗选》辛白《糊涂账》）；"破哟！破哟！/莫斯科的晓了，/莫要遮了我要看的莫斯科哟"（《新诗集》《分类白话诗选》康白情《暮登泰山西望》）；"那里是非洲？那里是欧洲？我美丽亲爱的故乡却在脑后！"（《分类白话诗选》周无《过印度洋》）这些地理词汇的引入开拓了新诗中的空间范围，同时形成文化之间的张力。还有一些诗作涉及宗教文化，如上述刘半农《D——！》中引用基督教《圣经》中的名句说理，"上帝说，'要有光'，就有了光"。诗人还对这种思想进行了批判，"这种荒唐话，谁要他遗留在世上？你们听我说：要有光，应该自己做工，自己造光，要造太阳的光，不要造萤火的光"。因此诗人说"我不拜耶稣经上的'神'，不拜古印度人的'晨'"，这表达了诗人对独立精神的宣扬，对人自身力量的肯定。《分类白话诗选》中季陶《阿们》一诗，也通过引入宗教语汇，如"上帝""牧师""阿们""天使""天国"等，铺陈了人们忍耐、服从上帝命令，最终却"落得一身病"的卑微与无奈。周作人也有诗作《歧路》以"耶稣""摩西"及其相关宗教名言来说理，该诗被选入同题选本《歧路》之中。此外，五四新诗选本中还有许多诗作体现出宗教文化因素的影响。如《眷顾》中，"上帝，你拿去我所有的，赐我些什么呢？"（朱自清《旅路》）；"对着上帝，枕着大地"（梦雷《慰死者》）；"主啊，宽恕我罢！"（李圣华《杂感》）《恋歌》中也有，"爱啊！上帝不曾因青春地暂退，就要将这个世界一齐捣毁……但是，我啊，全能的上帝！……"（闻一多《花儿开过了》）"上海是万恶的魔宫，/姑娘哟，你是净魔的天使，/我的孤影儿在你的眼中，/我好像安坐在埃甸园里。"（郭沫若《白玫瑰》）该诗中的"埃甸园"即后来译作的"伊甸园"。上述例诗中的人名、地名往往带有某种文化典故，还有一些词汇蕴含着现代文明、理性哲思或是宗教色彩、政治意味。这些带有某种知识性的词汇入诗，使新诗开始具有新颖而智性的审美趣味，使读者可以了解到某些现代知识观念。但是对当时大部分国人来说，这些诗中使用的大量有着现代意味的概念和观念还比较陌生，这就对读者的文化水平要求较高，也就不利于广大读者理解诗意。而且其中一些概念词汇的使用也并不恰当，甚至使部分新诗显得比较生硬，有一种堆砌之感。

结合所述，新诗选本大量呈现外语词汇入诗的情况，为读者展示了新诗可以实现的多语并存的词汇形态。新诗作为新文化的一部分，其词汇的更新本身就是一种新的知识。外语词汇的融入增加了新诗的词汇体量，丰富了新诗的意象符号，为新诗的思想表达与情感抒发提供了现代化、国际化的工具，为新诗带来了新气象。同时，新诗作为一种文化载体，也承担了传播新文化、新知识的使命。尽管在编选、印刷时常常出现单词的讹误，读者对相关词汇的接受能力也有待提高，但新诗选本通过对这些词汇的呈现，仍在一定程度上普及了相关的文化知识，呈现了一种世界视野。

二 方言、民谣入诗

在新诗发生期,新诗语言形态变化也不仅体现为欧化的转变趋势,还有一个较为明显的方向是借鉴民间歌谣形式和方言口语,改造白话形态,成为新诗的一种本土语言形态。五四时期的新诗人,出生于不同的地方区域而因为求学与留洋会集到了大城市。脱离了习以为常的故乡,在文化交融汇合的场域中,他们才真正深化了对家乡地域特色的认识。方言、民谣作为他们在生活中最熟悉、在以往的文学中又最陌生的成分,成为他们彰显自我特色、表达生命体验的载体,融入了他们的新诗创作中。

方言、民谣入诗在当时是一种风尚,五四新诗选本中很多新诗直接将方言纳入诗歌语言中,有的甚至在注释中专门解释相关含义。如《新诗集》《新诗年选(一九一九年)》《分类白话诗选》都选入的傅斯年《老头子与小孩子》,诗句"远远树上的'知了'声;/近旁草底的'蛐蛐'声",句尾都有注释符号,诗末则对该句中的"蛐蛐"和"知了"做了注释,"我们家乡叫'蟋蟀'做'蛐蛐',叫'蝉'做'知了'"。这三个选本还都选入了顾诚吾《杂诗两首》,并且都在《杂诗两首》(其一)中的"吃吃白相相"这一短语后标注了注释符号,诗尾注释为:"吴谚,就是北方人所谓'吃,喝,逛'。"《新诗集》《分类白话诗选》都选入的康白情《鸡鸣》,"婆婆起来打米。哥哥起来上坡"这一句诗尾有注释符号,诗后附注释:"四川方言,出门农作,统叫做上坡。"这两个选本中还都选入了李剑农《湖南小儿的话》,诗中很多方言词汇后有诗人的注释,并以比正文字号略小且两字一排的形式呈现,形似古代注音注释方法,如"小牙俐"一词后接注释"即小孩子";"爹爹"后接注释标注该方言的读法,"读如的的";"挨姐"一词后不仅标注读音,还解释词义为"挨音哀湖南人呼祖母为挨姐"。增加注释无疑说明诗人已经预测到方言入诗会形成一定的阅读障碍,但仍选择采用方言词汇,这体现出其重要性。民谣入诗则更为明显,有的诗歌直接以"谣"作为诗歌标题(刘大白《卖布谣》),许多诗歌也以民间歌谣形式反映民间疾苦。在新诗选本中，这类诗歌数量不少，刘大白、刘半农、沈玄庐等人的《劳动歌》《学徒苦》《相隔一层纸》《起劲》《钱》《雨》《种田人》《红色的新年》《荐头店》等诗均或多或少地体现了民谣的影响。

方言、民谣入诗是五四时期倡导言文一致、诗歌通俗化的一种实践。新诗人倡导言文一致，那么，作为口语中重要的组成部分，方言入诗便理所应当了。有些新诗用方言记录人们的对话语言或是某人的心理自白，有的则是以方言叙述世俗生活中的一个场景或者事件，这种"白描"的手法也使部分新诗具有了口语化、通俗易懂的特点。例如，《新诗集》《分类白话诗选》都选入的刘半农《相隔一层纸》，诗中记录了屋外躺着的叫花子在冷风中发出的"要死"的呼喊，是底层人民直白、凄厉的求生之声。《分类白话诗选》中沈玄庐《农家》则以农民的口吻叙述交完租后只剩"犁头铁耙清清四堵壁"，一家老小只能"立着坐着不作声"，以通俗、白描的语言写出农民因沉重租税而陷入贫穷的循环中，只能沉默"不作声"。而同一选本中康白情的《朝气》则以具有地域特色的、通俗的语言描写勤劳的劳动人民的农作过程，"娘们儿也起来了；好云霞哟！好露水哟！肩的肩锄头；背的背背筢；提的提篓篓；——一伙儿上坡去。……挖上些窝窝，/……。/把把的麦花；/……。/看的也有了；/吃的也有了"。其中，"娘们儿"是部分方言中对成年女性的称呼，"一伙儿"是也方言中的人称代词；"肩锄头"的"肩"即为"扛"，但用"肩"明显贴近民间语言的特点，更为直白、形象；"背背筢""提篓篓""窝窝""把把的"则是四川方言中常见的叠词用法；而"头""筢""篓"的押韵，以及语气词"哟"两次出现，则使全诗有一种民谣的音韵感。可见新诗中方言入诗大多是用以描写与记录底层人民的生活，因为方言是当时普通百姓的日常生活用语，要真实反映民间生活，就必须使用方言。也就是说，方言增加了新诗的"真实"效果，使新诗有了纪实性。

方言、民谣入诗还有促进新诗声音和谐的效果。如《新诗集》和《分类白话诗选》共同选入的沈玄庐《夜游上海所见》一诗中，第一节"一个瘦子说：/'无钱买衣食，困觉当将息'"。诗句中的"困觉"即是"睡觉"的方言，第三节还有"……糊糊涂涂困一觉"。第四节则有"困着了"的方言表达,即"睡着了"的意思。其中,"觉"与前几句尾字"要""饱""庙""袄""盗"押韵。《分类白话诗选》还选季陶的《开差》:"弄锄头,得自由;驮炮走,赶东赶西不如狗!"玄庐的《钱》:"锤儿东东丁!锄儿麦苗翻过秧苗青!只有钱儿一事不做等于零!"还有刘大白的《红色的新年》:"有一位拿锤儿的,一位拿锄儿的,黑漆漆地在一间破屋子里谈天","拿锤儿的"指代工人,"拿锄儿的"指代农民。第二节记录前者说的话:"你瞧!世间人住的,着的,用的,/哪一件不是锤儿下面的工程!"第三节记录后者的言语:"你瞧!世间人吃的,喝的,抽的,/哪一件不是锄儿下面的结果!"这些新诗都因使用方言、民谣的口语形式产生了一种和谐的音韵效果,读起来朗朗上口。该选本中还有陈绵《快起来!》一诗,五节均以"'鸡叫了!/天亮了!/快起来!'"三句起兴,类似于《诗经》《乐府》等古体民歌形式。该诗中描绘了世间百态的喊起床的场面,其中分别有农夫叫儿子起床去地里劳作以还债;妇人叫丈夫起床去做买卖养家糊口;车夫叫伙伴起来赶紧拉活儿挣钱;学生叫朋友起床赶快去上学;官僚斥婢女起来为他干活儿。此外,选本中还有许多类似的诗歌,诗中不论是人物话语还是描写叙事的语言都十分通俗、鲜活,符合人物身份和事件场景。

  方言入诗还使新诗拥有了风土人情的韵味,凸显出诗歌的地域色彩。比如,上述康白情《鸡鸣》《朝气》等诗即因使用四川方言叠词而形成了独特韵味。《湖南小儿的话》《湖南路上所见》等与湘地有关的诗也因采取当地方言口语而彰显其地域特色。另外,新诗选本中经常出现的人称代词"伊"其实也是一个方言词,是江浙、安徽等地的南方诗人为在诗作中表现其地方性的风土人情,有意识地将当地的方言土语融入诗歌语言中而形成的。新诗人如胡适、冯雪峰、汪静之、应修人等都对"伊"十分偏爱。而在新诗选本中,《抒情小诗集》是最早也是较多使用"伊"为题或入诗的选本,如曹聚仁的《伊说》和陈学乾《伊远了》,陈德征《西湖小诗二十首》中大部分诗句也含有"伊"字,指代西湖,使西湖这一客观景象拟人化,"濛濛的雨,把伊羞怯怯的面庞遮住了!""大约伊羞见西子改装吧。"还有王警涛的《神秘》一诗中连用3个"伊"进行情感上的呼号,"我爱伊,/我为什么爱伊?——/别离时!觉有万语千言,急要和伊说；/相见后，却说不出片言半语！"另外，还有《良夜》中佩蘅（即朱自清）的《伊和他》等诗也多使用了"伊"字。可见，在新旧交替的五四时期，除外来西方文化，本土资源的发掘与改造也是新文化的重要材料。新诗人立足本土语言和传统文化，将其中适合现代社会发展的部分，比如，各地通俗易懂的方言、口语、民间歌谣，对它们加以改造、融会贯通，使新诗的语言形态具有了本土地域特色。

新诗选本选诗时对外来词汇与方言词汇诗歌的择取并无明显的偏向性，既有选取欧化色彩较重的诗，也对具有本土民族色彩的诗加以摘录。通过对大量新诗作品的集中呈现，为读者认识新诗的语言形态，解放旧的形式镣铐，总结新诗语言的自由与限度，都提供了良好的材料。

第二节 传递新诗的音韵理论

新诗选本的编选者通过选入的新诗理论言说和具体诗作文本向读者传达了一定的听觉音韵知识，其中主要是"自然音节"和"自由用韵"等理论。这些音韵知识的产生是新诗追求自由解放的必要形式建构，也是新诗人表达真实自我的必然形式选择。它们为新诗营造了有别于旧诗格律的音乐效果，形成了一种自由宽松而又独特的节奏感和音韵感，对新诗的诗歌语意和情绪节奏也产生了影响。

一 自然音节理论的萌芽

"自然音节"是新诗区别于旧诗的一个重要标志，也是五四新诗选本编选者们共同关注的焦点问题，新诗选本中记录了早期诗人对"自然音节"的理论建构和创作实践，可以说编选者有意将之作为引导读者阅读与接受新诗的重要知识门径。如《新诗集》序言中归纳了四点新诗的价值，其中第一条就是：合乎自然的音节，没有规律的束缚。《分类白话诗选》刘半农序中也说道："将思想中最真的一点用自然音响节奏写将出来，便算了事，便算极好。"

对于不少新诗人来说，他们并不反对新诗追求音韵上的和谐，而是对旧诗过于死板、僵化的平仄对仗、谐声押韵等要求不满，认为这些造成了诗歌形式上的枷锁，不利于诗歌文体的进一步发展。因此，新诗人在建构新诗的音韵形式时，将关注点放在内在节奏（即音节）的均齐这一诗歌固有的文体特征上。比如，胡适由于倡导"诗体大解放"，批判旧诗由于平仄、押韵等格律要求导致的诗体束缚，但他仍然强调音节的和谐对新诗形式建构的必要性。《分类白话诗选》就录入了胡适在《谈新诗》一文中专门论及音节的片段，说明音节对新诗有重要影响，主要表现为两点，"第一，整齐划一的音节没有变化，实在无味；第二，没有自然的音节，不能跟着诗料随时变化。"由此，胡适强调要想做出真正的白话诗，就一定要充分采用"白话的自然音节，非做长短不一的白话诗不可"。可见，在胡适心中音节对新诗的重要性。而对如何建构和谐的自然音节，胡适也提出了两个重要方法，其一是要注意"语气的自然节奏"；其二要注意句中内部用字的"自然和谐"。① 当然，胡适提出的"音节"其实还只是一个比较模糊、笼统的概念，其文中用来列举的诗作在音节上也并没有那么"和谐"，而且以双声叠韵等方式解释新诗的音节问题，与旧诗的区别不大，也容易使读者误解。但作为"首开风气"的先驱者，胡适提出音节的建设问题，其更大的意义在于，显示出了中国新诗人并没有在"反传统"中排斥韵律和谐的诗歌传统，而是要创造现代诗歌节奏和谐的新韵律。

在《新诗年选（一九一九年）》中，愚庵（即康白情）则从音节角度仔细分析了沈尹默《三弦》一诗的第二节末尾一句，认为此句中"三十二个字里有两个重唇音的变声，五个阳韵的叠韵，错综成文，读来直像三弦鼓荡的一样"②。胡适也曾对这首诗音节方面的艺术效果进行评点："新体诗中也有用旧体诗词的音节方法来做的，最有功效的例是沈尹默君的《三弦》，……。看他第二段'旁边'以下一长句中，旁边是双声；有一是双声；段，低，低，的，土，挡，弹，的，断，荡，的，十一个都是双声。

---

① 胡适：《谈新诗》，胡适编选：《中国新文学大系·建设理论集》，上海良友图书印刷公司1935年版，第303、306页。
② 北社编：《新诗年选（一九一九年）》，亚东图书馆1922年版，第54页。

这十一个字都是'端透定'（D，T）的字，模写三弦的声响，又把'挡''弹''断''荡'四个阳声的字和七个阴声的双声字（段，低，低，的，土，的，的）参错夹用，更显出三弦的抑扬顿挫。"由此，胡适还引申到自己在新诗创作中对"自然音节"的实践，谈到他"常用双声叠韵的法子来帮助音节的和谐。例如《一颗星儿》一首……这首诗'气'字一韵以后，隔开三十三个字方才有韵，读的时候全靠'遍，天，边，见，点，半，点。'一组叠韵字（遍，边，半，明，又是双声字，）和'有，柳，头，旧，'一组叠韵字夹在中间，故不觉得'气''地'两韵隔开那么远"。在《谈新诗》一文中，胡适还点名了几位诗中带有旧诗词音节韵味的早期新诗人，"此外新潮社的几个新诗人，——傅斯年、俞平伯、康白情——也都是从词曲里变化出来的，故他们初做的新诗都带着词或曲的意味音节"①。并且提到当时报纸杂志中的许多新诗带有旧诗词的调子，又以《少年中国》里周无的《过印度洋》一诗为例，认为这首诗就可以代表半词半曲的"过渡时代"。可以看到，这些新诗音韵知识较大程度上改变了古诗的语音节奏、声调韵律，使过去整饬有序、节奏分明的句式松动变形，对现代诗歌的音节建构有重要作用。

此后，陆续有新诗人对自然音节提出了见解。《分类白话诗选》编选者许德邻就录入了朱执信的《诗的音节》一文作为序言之一，文中谈道："许多做新诗的人，也不懂新诗的音节，是很危险的事情，将来要弄到诗的破产。"②并且认为胡适所提出的"平仄自然"，"自然的轻重高下"等音节理论太过抽象，读者不易领会，还容易与旧诗的格律相混淆。于是朱执信开始谈论他对新诗音节的理解，他提出"声随意转"的音节理论，认为诗的音节并非孤立存在的，而是要根据诗句意蕴的转变而变化，"一切文章都要使所用字的高下长短，跟着意思的转折来变换"。并以胡适的《蝴蝶》一诗为例来具体阐发他的音节理论，认为诗句"意思转了，调也要转"，且不仅是单独的诗句是这样，"在全章里头，有一句诗境意忽然

---

① 胡适：《谈新诗——八年来一件大事》，《星期评论》1919年第10期。
② 朱执信：《诗的音节》，许德邻选编：《分类白话诗选》，人民文学出版社1988年版，第17页。

变转的，他的音节，也要急变"。由此，朱执信还批判了胡怀琛将胡适诗中"也无心上天"改为"无心再上天"等改诗行为，认为是胡怀琛不懂新诗的音节和谐。但朱执信的音节理论似乎有把字的声调（平仄）和句的顿挫（音节）混为一谈的嫌疑，或许正是因此，其理论并未引起广泛影响。此外，俞平伯也曾论及新诗的音节问题，他提出新诗"音节务求谐适，做白话诗的人，固然不必细剖宫商，但对于声气音调顿挫之类，还当考求"①。但这些诗人都并未在其新诗创作中很好地践行其音节理论建设。

直到陆志韦开始音节的理论建构和创作实践，中国新诗人才真正形成了对新诗音节和谐的清醒认知。陆志韦通过借鉴西方诗歌的抑扬规则，将新诗的节奏认定为音的强弱和长短，从而对"口语的天籁"与"节奏"作出区分，并鲜明地提出，"有节奏的天籁才算是诗"。②而五四新诗选本选入的陆志韦的诗作也可作为其音节理论的注解。如《抒情小诗集》再版中增进了陆志韦5首新诗，使其一跃成为该选本中选诗最多的诗人。这5首诗作是《亲密》《流水的旁边》《两个人》《墙边白梅早开，红梅来时，白梅都已去。》《又见一种青的野花，西名叫"早春"，汉名我到不知道》，都出自《渡河》。从它们及《渡河》中的其他诗作可以看出，陆志韦打破了以平仄作为划分诗歌节奏的陈见，其诗作常以四音节为一组，同时富于轻重节奏的变换。并且其诗中每行字数不尽相同，富有变化，但是每行都有一两个轻重音，使诗作富含节奏感，于变化之中又带有一种整饬的美。

沿着陆志韦的音节探索继续向前发展的是以闻一多为代表的新月派诗人。他们格外重视诗的音节建构，闻一多强调新诗"形式之最要部分为音节"③。徐志摩也说，"诗的生命是在他的内在的音节"，并且提出"彻底的音节化"就是"诗化"的观点④，朱湘、饶孟侃等人也有类似的

---

① 俞平伯：《白话诗的三大条件》，《新青年》1919年第6卷第3号。
② 陆志韦：《我的诗的躯壳》，陆志韦：《渡河》，亚东图书馆1923年版，第17页。
③ 闻一多：《致梁实秋、熊佛西》（1926年4月15日），孙党伯、袁謇正主编：《闻一多全集》（第十二册），湖北人民出版社1993年版，第233页。
④ 徐志摩：《诗刊放假》，《晨报副刊·诗镌》1926年6月10日。

诗论。其中，闻一多在"自然音节"理论基础上更进一步，认为"所谓'自然音节'最多不过是散文的音节"，"诗的音节"比"散文的音节"还要更完美，而人为地对诗歌进行锤炼和润饰则是促进新诗音节完美的必要环节。[①] 由此，闻一多还提出促进音节完美的具体操作，即将音尺（音顿）的铿锵和字数的整齐作为促进音节和谐的主要方式，具体要求是每行诗的音尺总数必须相同，构成音尺的字数也必须一致。而闻一多后来的"三美"理论之音乐美与建筑美均与音节的调和建构有关，其音节理论也影响了一些诗人们的新诗创作，新月派中许多流传的经典作品大体具有独特的节奏美感。例如，《恋歌》这一选本中选取的闻一多的《花儿开过了》《死》、徐志摩《春》、朱湘《歌》等诗作，就可以充分体现出他们在新格律、和谐音节上的追求和实践。

二 自由用韵风尚的形成

选本中最早明确新诗用韵需自由这一观点的是《分类白话诗选》，其编选者许德邻在序言中指出，新诗"自有一种天然的神韵，天然的音节，合着人心的美感，比较那些死拘平仄泥定韵脚的声音，总要高出万倍呢"，体现出编者对新诗音韵美的感知。在序言中，许德邻还梳理了古典诗歌的用韵流变，认为律诗"流弊最深"，"三百篇诗的通例，虽然四言的居多，内中却有一言，二言，三言，五言，七言，八言的，并不是同后来的律诗一样，死盯着一种规格，就是谐声押韵，也并不拘定什么呆板的法律，不用韵的也很多。所以还算是自然的"。而"汉魏六朝，直到初唐，五言诗盛行……隋唐以下的乐府和古体诗，……解放了许多"，但"宋朝人硬定出一种叶韵的方法来，实是罪恶"。"从此以后，诗的束缚和矫揉造作的弊病，却一天深似一天……，只好算是诗的退化。"由此，他提出要通过"纯洁""真实""自然"三种精神，将"一切格律音韵的成例"打破。

而许德邻的所提倡的"天然""自然"的用韵理念或许也受到刘半农的启发。在《分类白话诗选》中，许德邻在附录刘半农《诗之精神上之

[①] 闻一多：《诗的格律》，《晨报副刊·诗镌》1926年5月13日。

革新》一文前极力夸赞刘半农的诗论说得极透彻明白，是"当头棒喝"。而刘半农是新诗自由用韵的倡导者，他主张通过"破坏旧韵重造新韵""增多诗体"，以及自创或引进其他诗体，如西方的无韵体诗，来打破旧诗传统诗律的束缚。① 此时，早期古体诗如《国风》《乐府》等自由用韵的方式引起了刘半农的注意。这些古体诗对音乐性的要求显然没有后来的近体律诗、纯文人化诗那样严苛，他们大都形成于自然，用韵十分宽松自由，并没有严格的韵律规范。在具体的用韵方式上，有句句用韵或隔句用韵的，也有单句与单句押韵，双句与双句押韵的；有一韵到底的，也有中途换韵的；还有在第一、二、四句用韵，第三句则不用韵的；等等多种多样自由丰富的用韵方法。而在这种自由宽松的用韵形式之中，这些古体诗对节奏感也有追求与把握，其中反复而强的节奏感也给读者以深刻的印象。而构成这种鲜明节奏感的重要方法则是"复迭"，即一首诗各章之间的字句构成基本相同，只更换其中的少量词语，其余词语或句子则重复，使人在重章叠句、反复歌咏之中就形成了所谓的"一唱三叹"之感。

　　以上民间歌谣中自由而丰富的用韵方法及诗学特征也被早期新诗人注意并引进新诗创作之中，新诗选本的选诗也呈现出了这种自由用韵的风尚。选本中的诗作常常采用灵活多变的押韵方式，有的尝试在一首诗内多次自由换韵；也有在一章之内采取不同的押韵次数或方式，有时只押两句，有时句句都押；抑或是在一首诗之内，兼容有韵的诗节与无韵的诗节；还有把句句押韵的词、句、段相互"重叠"的，以期增强新诗的节奏感和韵律感，从而吸引、感染读者。如《新诗集》《分类白话诗选》《新诗年选（一九一九年）》三个选本都选入的沈玄庐的《想》，该诗就是用韵自由的典例，是有韵与无韵的兼容。第一节是有韵的，押韵方式为单句与单句押，押"你"，双句与双句押，押"复"，有明显的"重章叠句"色彩，"平时我想你，七日一来复。/昨日我想你，一日一来复。/今朝我想你，一时一来复。/今宵我想你，一刻一来复"。而第二节则前三句和最后一句押韵，第四句则破韵，而且诗行长短不一、参差不齐，

---

① 刘半农：《我之文学改良观》，《新青年》1917年第3卷第3号。

"予的自由，不如取的自由。/取的自由，才是夺不去的自由。/你取你的自由，他夺他的自由。/夺了去放在哪里？/依旧朝朝暮暮，在你心头，在我心头"。在诗中，诗人有意识地反复使用"我想你""自由"这样的语汇，使诗意格外地鲜明、突出，突破了古典诗歌传统中所谓的含蓄蕴藉之美，富有现代的诗歌节奏韵律和诗意内涵。类似的还有胡适的"岂不爱自由？/此意无人晓！/情愿不自由，/也是自由了"（《病中得冬秀书》）；"也想不相思，/可免相思苦。/几次细思量，/情愿相思苦！"；等等诗句。

早期新诗选本呈现出了"自然音节"和"自由用韵"等新诗音韵知识的萌芽，这些音韵理论及其指导下的新诗创作构成了早期新诗音韵知识的重要组成部分，也是注入新诗这一新生事物的新活力与新血液。但也有初期诗人意识到过度自由对新诗发展的危害，俞平伯在其诗论《社会上对于新诗的各种心理观》中说："依我的经验，白话诗的难处，正在他的自由上面。他是赤裸裸的，没有固定的形式的，前边没有模范的，但是又不能胡诌的；如果当真随意乱来，还成个什么东西呢！……；因为美感不是固定的，自然的音节也不是要拿机器来试验的。白话诗既是一个'有法无法'的东西，将来大家一喜欢做，数量自然增加，但是白话诗可惜掉了底下一个字。社会上本来在那边寻事，我们再给他'口实'，前途就很难乐观了！"[①] 针对新诗在音韵上过度自由的问题，早期的新诗同人也做过一定修正，《新诗集》的编者就在其序言中表示他们在编一种韵书，作为读者了解新诗音韵知识的门径，"现在做有韵底新诗，还没有一种韵书，所以吾们根据乐国音，编纂有韵诗底押韵法，在第二编可以发表"（《新诗集·序》）。不过，最终并未见相关资料问世。

第三节　提示新诗的阅读方法

初期新诗选本的读者主要是新诗人与新诗爱好者。对新诗这一新生事物，无论是创作还是阅读都尚无确切的方法与理论，人们都在尝试中探索。如何能够推进人们对新诗阅读方法的探索呢？新诗选本提供了一

---

① 俞平伯：《社会上对于新诗的各种心理观》，《新潮》1919年第2卷第1号。

种路径，即在分类与比较中促进对新诗作品的认识，为新诗阅读方法的成型做好准备工作。人类认识事物的基本方法除直接的观察之外，最重要的便是分类与比较。前者利用同类事物往往具备相近属性来把握一类事物的规律，而后者则在不同事物的差异与近似之间孕育出抽象层面的思考。新诗选本是由经验读者有意识地汇集而成的不同诗人的大量诗歌，既不像报刊诗歌散乱无章，又不像个人诗集那样因个性化而与普适的知识存在距离，在诗歌阅读方法知识的普及上有与生俱来的优势。

一 分类的尝试——同型文本阅读

如何对新诗进行分类，这本质上是一个文体学的问题。五四时期的新诗初初草创，人们对新诗这一文体及其内部分类并无成熟的认识。因此，选本对新诗分类的过程也即人们认识新诗这一诗体、总结新诗知识的过程。在众多五四新诗选本中，分类方式是多元的。有的选本将大量诗歌按照内容主题进行分类，比如《新诗集》《分类白话诗选》；有的选本在选的过程即有意识地选择某一类主题的诗歌，如《抒情小诗集》《恋歌》；《抒情小诗集》还是一部以诗体为选诗标准的选本；有的选本按照年份、诗人将诗歌作品集中呈现，如《新诗年选（一九一九年）》。依照不同的方法对新诗进行分类与选取，这固然是编选者诗歌观念与知识的尝试。但选本一旦印刷出版成为公共场域中的传播实体，便对读者产生了广泛的影响：同主题、同体式、同作者等同型诗歌文本集中呈现于读者面前，读者在一定数量的同类型诗歌文本的交互阅读中便会自然而然地形成相应的阅读经验。从编选者的观念到文本的形态再到读者的阅读，新诗知识便悄无声息地传播起来。

《新诗集》与《分类白话诗选》为新诗划分了主题。将新诗分为写实、写景、写意、写情四类，并对四类诗的主题进行了定义。这种主题的划分体现出编选者对新诗能写且应写什么样的内容的认识。而在读者的阅读过程中，这种主题上的分类则可以帮助读者更容易理解诗作的主题内容。比如，《新诗集》的写实类作品大都是对当时社会中车夫、铁匠、学徒、女工等工人、农民等底层劳动人民日常生活情形的记录，表达诗人们对贫富差距这一社会问题的关注。其中有 4 首紧邻的论及"贫"与"富"的诗作，分别是吴统续译《罗威尔的诗》、孙祖宏译《穷人的怨恨》、骆启荣《爱情》、陈独秀《丁巳除夕歌》。其中有些诗作传达出对物质条件贫穷的乐观态度，或论述"有钱人的儿子"虽然生活条件优渥，但穷人有"强的筋肉强的心"等优秀品质（《罗威尔的诗》），或表现穷人母子之间的动人情感（《爱情》）；有的则通过叙述不同穷苦人民生活上的种种困顿，表达对富人不理解"穷人的怨恨"的愤怒（《穷人的怨恨》），或是表达对"富人乐洋洋"，而"穷人昼夜忙"的同情与悲哀（《丁巳除夕歌》）。当读者读到这样连续的诗作时，便会自然而然地进行比较地考察，对社会各阶层贫富差距现象的理解也就更深刻了。

同样的情形亦在《分类白话诗选》中发生，在写情类诗作中，将 4 首来自不同诗人以"除夕"为题的诗作连续排列，表达的感情却不尽相同，有的表达对年华逝去的追忆（沈尹默《除夕》）；有的表现对朋友的思念（胡适《除夕》）；有的借除夕夜不同人的不同境遇抒发"世界之大大如斗，装满悲欢装不出他"的感慨（陈独秀《除夕歌》，即上述《丁巳除夕歌》）；有的则表现出除夕之夜的闲适之情（刘半农《除夕》）。将同一主题的若干首诗歌集中呈现，显然是选者别出心裁的费力之举，同主题不同层面的诗歌能够更全面地反映对该主题的思考，从而扩大诗歌的境界，形成近乎组诗的效果。之所以陈独秀的《除夕歌》在两个选本中被归入"写实""写情"两种类别，正是编者意念的体现。在由编者预设的主题之内，读者阅读时，不仅深化了对该主题的思考，也对这一类型诗歌的阅读及写作积累了经验。

《抒情小诗集》与《恋歌》都是以特定主题为选诗标准的选本。《恋歌》在其序言中说明了编选的理由，一是因为"自有恋歌以来，至今似乎已可告一小小的段落——这个段落，我们可名之曰初期的恋歌"；二是旨在"使今后的人们，知道中国青年近年对于爱的倾向和爱的要求"；三是"坊间本已有几部出版；但我们对几部书多有不满意的地方"。[①] 这说

[①] 丁丁、曹雪松：《恋歌（中国近代恋歌选）·序》，丁丁、曹雪松合编：《恋歌（中国近代恋歌选）》，泰东图书局 1926 年版。（下文引用时则随文标记）

明编者对"恋歌"这一诗歌类型的发展历史有一定的把握,且"恋歌"不仅具备社会功用还有市场空间。同样的,《抒情小诗集》编者也在序言中强调了自拜伦、华兹华斯等欧洲浪漫派诗人登上诗坛,"不但使抒情诗(Lyric poem)的势力,驾史诗(Epic poem)剧诗(Dramati poem)而上之;连史诗、剧诗在诗界固有的位置,也要使他同时失去。到了现在,一说起抒情这两个字,还好像已说到诗歌的全部似的"。显然,编者具备一定的外国文艺素养,并认识到抒情诗的重要。这两个选本分别出版于1923年与1926年,是新诗已经发展了一段时间的结果,某种程度上也体现出经过时间的淘洗而逐渐展露的抒情诗更受读者欢迎。这不仅可从《恋歌》之坊间已有几部看出,亦可由《抒情小诗集》的再版与增选作品体现。一类诗歌选本的大量出版和广受欢迎,是可以体现出读者的阅读兴趣的。同时,选本的出版也能继续巩固相应的潮流,在读者心目中增加抒情诗的地位。《抒情小诗集》同时还限制了"小诗"这一诗体。编者认为,"与其读那洋洋洒洒的长诗,不如读以简短的文字表现出来的小诗。因为小诗的刺激和印象,比长诗还要深切:并且在'文学经济'的意义下面,也更加适合"(《抒情小诗集·自序》),这向读者宣扬了他对小诗这一诗体简短而深切的理解。

1922年出版的《新诗年选(一九一九年)》则以创作时间为标准选录了1919年具有代表性的诗歌,体现了这一年的重要性,也使选本的选诗标准更具有历史眼光。编者在跋文《一九一九年诗坛略纪》中进行了简要的总结,"最初自誓要作白话诗的是胡适,……。第一首散文诗而具新诗的美德的是沈尹默的月夜,在一九一七年。继而周作人随刘复作散文诗之后而作《小河》,新诗乃正式成立。最初登载新诗的杂志是《新青年》,《新潮》《每周评论》继之。及到'五四运动'以后,新诗便风行于海内外的报章杂志了",这无疑向读者普及了有关新诗发展的历史认识。同时,该选本将同一作者的诗歌集中呈现,有助于读者在群诗阅读的基础上更好地读懂诗歌,且更好地认识诗人的诗歌风格。该选本中选录了胡适16首诗歌(含附录7首旧诗),周作人诗歌亦有8首之多(含以仲密为笔名的2首)。普通的读者未必会购置每位新诗名家的诗集,如此一来,选本就成为了便捷认识诗坛诗人、诗作的凭借。

二 比较的探索——多种资源引申

上述分类方法主要是使同类的新诗文本形成对照，从而暗示编者的意旨、引导读者的阅读。在《新诗年选（一九一九年）》中，不仅有新诗内部的文本照应，还有编者通过按语、评语开展的、引入多种外部诗学资源的引申比较。由于《新诗年选（一九一九年）》的编者具备较高的诗歌水平（尤其是化名"愚庵"的康白情），他们的评点无疑能够为读者输授更多的新诗知识。除少量的印象式批评，该选本主要采取了比较的方式为部分诗歌的阅读提供了切入点。

第一类是将诗歌与外国文艺相互联系或者进行类比，从而指出其所受外国文艺的影响。愚庵认为选本中选入的胡适的诗"美国化的色彩尤为明白"，"形式上已自成一格，而意境大带美国风。美国风是什么呢？就是看来毫不用心，而自具一种以异乎人的美。近代人过于深思，其反动为不假思索，美国文明自是时代的精神"。① 对郭沫若诗作的评价则是"富于日本风，我更比之千家元麿。山宫允曾评元麿的诗，大约说他真挚质朴，……我想就将这个评语移评沫若的诗，不知道恰不恰当。不过沫若却多从悲哀和同情里流露出来，是与元麿不同的"。② 而在《赤裸裸》一诗后对沈尹默诗作进行总体评价时，认为其诗"形式质朴而别饶风趣，大有和歌风"③；又评周无的《去年八月十五》"描写细腻，颇有太戈尔风"④。在评傅彦长《回想》和《女神》两首诗时则引入希腊文明，"所谓文艺复兴以后的文明，简言之，不外就是希腊文明的近代化。希腊文明的菁华在性的道德少拘束，而于物质美上尤注重裸体美。近几年来的新文化运动，尽管以中国文艺复兴相标榜，却孜孜于求文字枝节的西方化而忽略西洋文明的菁华；譬如开门而弃钥匙，但事喧嚷，于事何补！中国诗咏叹女性物质美的，《三百篇》以后，只六朝人偶然有几首。唐宋

---

① 北社编：《新诗年选（一九一九年）》，亚东图书馆1922年版，第131页。
② 北社编：《新诗年选（一九一九年）》，亚东图书馆1922年版，第165页。
③ 北社编：《新诗年选（一九一九年）》，亚东图书馆1922年版，第55页。
④ 北社编：《新诗年选（一九一九年）》，亚东图书馆1922年版，第68页

以来，可谓入黑暗时代，实为社会凋敝的主因。新诗人果有志于文艺复兴运动，不可不着眼此点"①。可以看到，愚庵希望新诗可以重新"咏叹女性物质美"，而傅彦长的这两首诗就"具鼓吹希腊文明的意思，这是很可喜的"。② 能够独具慧眼地指认一些新诗所受外国文艺的影响，自如地将其进行比较，显示出评论者较广博的西方文学素养和优秀的比较视野。这些评语不仅成为后来诗歌研究所引用的经典话语，在当时也为读者提供了理解一些新诗及新诗人的门径。同时，还可以激发读者对外国文学作品的好奇与探索，培养出更多的经验读者。

第二类是将诗歌与古典文学作品进行关联，从而在古今比较中溯源了一些诗歌所承袭的传统。愚庵在评点时也非常善于将新诗人诗作与古典诗歌传统进行类比，如评沈玄庐的《想》，"读明白《周南》的《芣苢》，就认得这首诗的好处了"③；又在《忙煞！苦煞！快活煞！》诗后对沈玄庐的诗作进行整体评价，认为其"都带乐府调子"④；评康白情的诗也说道，"温柔敦厚，大概得力于《诗经》。其在艺术上传统的成分最多，……"⑤；认为沈尹默诗作"在中国似得力于唐人绝句"⑥；对俞平伯的评价则是"俞平伯的诗旖旎缠绵，大概得力于词"⑦。溟泠则喜欢在评诗时引用古诗进行对照阅读，比如，仅以"曲终人不见，江上数峰青"⑧ 一诗句作为俞平伯《冬夜之公园》的评语；评傅斯年《咱们一伙儿》时认为与《九歌》中"春兰兮秋菊，长无绝兮终古"一句有异曲同工之妙⑨；在点评今是的《月夜》时则引用《秋风三叠》"明月皎皎兮照空房，昼日苦短兮夜未央。有美人兮天一方，欲往从之兮路渺茫；登山无车兮涉水无航，愿言思子兮使我心伤！"，进一步论述，"要有二十世纪的轮船火车，邢居

---

① 北社编：《新诗年选（一九一九年）》，亚东图书馆1922年版，第181—182页。
② 北社编：《新诗年选（一九一九年）》，亚东图书馆1922年版，第183页。
③ 北社编：《新诗年选（一九一九年）》，亚东图书馆1922年版，第29页。
④ 北社编：《新诗年选（一九一九年）》，亚东图书馆1922年版，第31页。
⑤ 北社编：《新诗年选（一九一九年）》，亚东图书馆1922年版，第155页。
⑥ 北社编：《新诗年选（一九一九年）》，亚东图书馆1922年版，第55页。
⑦ 北社编：《新诗年选（一九一九年）》，亚东图书馆1922年版，第109页。
⑧ 北社编：《新诗年选（一九一九年）》，亚东图书馆1922年版，第97页。
⑨ 北社编：《新诗年选（一九一九年）》，亚东图书馆1922年版，第190页。

实也不会短命死了。质诸作者以为然否？可见二十世纪的诗人不可不做二十世纪的新诗"。① 粟如评予同《破坏天然的人》："能令读者悠然神往的，勿论怎么样总是好诗。这首诗的艺术更在长言，令人联想到李清照的'寻寻觅觅，冷冷清清，凄凄惨惨戚戚'（按：长言译作 repetition，有叠字叠句叠段叠章，《诗经》里用得最多。诗序说，'言之不足，故长言之'，就指这个）。"② 可见，初期诗歌不仅受到外来文学的影响，也潜在地深受古典诗歌的作用。这些评语站在赓续传统的角度评点诗歌的优美之处，不仅为新诗解读提供了新的视角，也宣扬了接续传统、与古为新的诗歌创作理念。

而有些评点还将外国文艺与中国古典诗歌传统联系起来，体现出点评者开放的视野与较为客观、公正的立场。如愚庵在评周作人的《画家》时认为"标准的好诗，其艺术在具体的描写——唐诗宋词元曲日本和歌西洋自由行，都有"，而后他又进一步论述道："质朴的体裁是非传统的，给新诗坛影响很大，但学习失败的较多。"③ 而对周作人《爱与憎》进行评价时也谈到对"传统"与"非传统"的文艺作品没有明显偏向性，希望它们都能"各行其是"，"大抵传统的东西比非传统的容易成风气，也固其然。但我只愿他们各发展其特性，无取趋时。……或者若干年后，非传统的东西得胜也未可知"。④

评点是中国古代文学的传统，作为一种副文本，它对读者阅读起到重要的引导作用。《新诗选本》由一批经验读者在评语中将新诗文本与中外诗歌传统进行结合论述，不仅能使读者接触相关的诗学背景知识、得到阅读该诗的切入点，还能培养阅读者广泛吸纳中外文学知识，积累丰富的阅读技巧。

初生的新诗不仅需要诗人的尝试，也需要读者的接受。观念上的认可帮助新诗获得了辉煌的起点，而知识层面的储备才能使新诗行稳致远。只有当诗人与读者共享足够的新诗知识，一种潜在的文体规范才能逐渐

---

① 北社编：《新诗年选（一九一九年）》，亚东图书馆 1922 年版，第 18 页。
② 北社编：《新诗年选（一九一九年）》，亚东图书馆 1922 年版，第 20 页。
③ 北社编：《新诗年选（一九一九年）》，亚东图书馆 1922 年版，第 86—87 页。
④ 北社编：《新诗年选（一九一九年）》，亚东图书馆 1922 年版，第 90 页。

形成，新诗才能真正走上正轨。早期新诗选本凸显了兼容外来词汇与方言民谣形式的新诗语言形态，传递了自然音节、自由用韵等新诗音韵理论，在分类与比较中向读者提示了新诗阅读方法。这些知识虽然还并不明晰，也不足以成体系，但无疑能够帮助作者与读者积累一定的新诗知识，为新诗创作和阅读提供了走向体系化、规范化的桥梁。

第三章 选本与经典化的想象

在本编第一章谈到新诗观的建构时，我们曾提到《分类白话诗选》与《新诗年选（一九一九年）》在对胡适《尝试集》的选诗上有较大区别，前者并未选入胡适在其《尝试集》中附录的旧诗，"标举新诗"的《新诗年选（一九一九年）》的新诗观念和审美也不那么"新"。实际上，胡适本人对该集中的诗作也有数次增删，从1920年3月的初版到1922年10月的第四版之间，经胡适本人及其诗人朋友们的调整，诗集中改动的作品甚至超过初版原有作品的70%。如此大规模的由多位诗人参与的删诗活动在中国新诗史上十分罕见，由此也可看出，早期新诗同人尚未确立较为稳定的新诗审美标准，对新诗的诗学审美还处于不断摸索和调整的过程之中。在新诗的发生期，对什么样的新诗是好诗佳作，是可以流传的经典之作，当然还没有确定的标准。但这一时期的新诗选本都体现出了对新诗经典化的想象。五四新诗选本通过序跋及具体诗作的编选和呈现，从诗质、诗形、诗语等维度来建构和实践着各自的新诗审美取向。选本审美标准的建构与实践对发现、塑造，或者说建构经典起着重要作用。

第一节 选本的审美标准建构

一 "写实""尚真"——重叙述、说理

《新诗集》和《分类白话诗选》将新诗按题材分为"写实""写景"

"写意""写情"四大类,这种分门别类的处理方法体现出早期新诗创作中重视叙述说理、追求客观真实的审美趋向。姜涛指出,在新诗的发生期,"'尚真'、'写实'等叙述性因素大面积渗入,塑造着特殊的新诗想象。这里似乎发生了一种跨界,即将所谓文的功能,扩充到诗歌的领域,使之能够说理、叙事、写情。在某种意义上,通过扩大诗歌表意能力,容纳多种文体因素,恰恰是新诗发生时的基本抱负。说理、写实、广泛地介入社会生活,也成为早期新诗的突出特征"。①

对"写实"的凸显。早期新诗选文本注重对具体行为、具体事件的叙述、表现,这使社会性题材大量出现在新诗选本的选诗之中,如《相隔一层纸》《人力车夫》《卖布谣》等诗作。这类作品均以所谓的"白描"手法为主,具体地叙述了底层人民如"工厂之男女工人,人力车夫,内地农家,各处大负贩及小商铺"②痛苦的生产生活情形。我们可以看到五四时期的社会现实成了早期新诗人十分关注的对象,而强烈的社会责任感又是贯穿于所有这些"写实"作品中的重要人生态度,胡适、周作人、刘半农、沈玄庐、刘大白等人的早期白话诗作中都洋溢着浓厚的人道主义精神。他们将各行各业劳动者看作朋友、兄弟,对他们的辛勤劳动为公共社会做出的贡献表示感谢,"那背枪的人,/是我们的朋友,我们的兄弟"(周作人《背枪的人》);"祝福你扫雪的人!/我从清早起,在雪地里行走,不得不谢谢你"(周作人《两个扫雪的人》);"在这个骄奢争逐的世界里,/遽然有高唱'到民间去'的,/我们很感谢他们的厚意;/但是我们的兄弟;/却都'从民间来'"(《眷顾》徐玉诺《小诗一》)。但由于太过注重内容的真实描写,说理也太过浅近直白,遭到后来诗人的批评,比如茅盾就在评价刘半农的《学徒苦》一诗时说:"描写社会现象的初期白话诗因为多半是印象的,旁观的,同情的,所以缺乏深入的表现与热烈的情绪;例如刘复的《学徒苦》,列举了学徒工作之繁重与待遇之不良……,然而我们读了并不怎样感动(此诗在形式上也还

---

① 姜涛:《"新诗集"与中国新诗的发生》,北京大学出版社 2005 年版,第 8—9 页。
② 胡适:《建设的文学革命论》,胡适编选:《中国新文学大系·建设理论集》,上海良友图书印刷公司 1935 年版,第 136 页。

离不开旧传统)。"① 刘半农此后也意识到了早期写实作品的"浅""露"的问题,他在《白话诗的三大条件》一文中就做出了修正:"虽主写实,亦必力求其遣词命篇之完密优美。因为雕琢是陈腐的,修饰是新鲜的,文词粗俗,万不能发抒高尚的理想。"② 至于成仿吾《诗之防御战》一文指摘早期新诗人有着"浅薄的人道主义""坐在黄包车上谈贫富问题劳动问题"③ 则显得过于激烈,没有做到回到新诗发生的现场去客观评价。

"尚真"也使新诗人热衷探求真理,由此形成了一种用诗来说理的审美追求。五四时期新诗选本中就有许多说理诗,一些流行的"主义"或观念被纳入新诗写作之中。《新诗集》和《分类白话诗选》将这类诗作归纳为写意类,比如,《新诗集》中的刘麟生译的《痛苦》,《分类白话诗选》中林损的《苦—乐—美—丑》,康白情的《"不加了!"》,唐俟(鲁迅)的《他们的花园》,胡适的《一念》,刘半农的《灵魂》,刘大白的《淘汰来了》。《新诗年选(一九一九年)》中还有周作人的《爱与憎》、刘半农的《无聊》以及无名诗人的《忏悔》。新诗的开创者胡适也写过不少说理诗,其早期新诗《威权》《乐观》在五四时期前三本新诗选本中都有选入,《新诗年选(一九一九年)》编选者愚庵还在选诗后评价道:"胡适的诗以说理胜,宜成一派的鼻祖。"④ 而俞平伯也是早期新诗人中提倡"说理要透彻"的代表,朱自清曾引胡适的话评俞平伯爱说理,"想兼差作哲学家"⑤。可以看到,早期新诗人对抽象意念的表现非常感兴趣,这说明新诗人的自我意识日趋健全,他们以意志化的写作探索现代世界、追问现世人生,由此突破了古典诗歌天人合一、情随物转的诗歌艺术模式。而由于新诗重视说理的审美追求,也使痛苦、自由、灵魂等富有现代感的抽象概念词汇大量进入新诗中,使新诗得以展现日益复杂的现代社会,得以表达现代人日益丰富的人生体验、内心感受。

但此后这种重叙述、喜说理的新诗审美追求似乎并没有延续下去,

---

① 周作人:《扬鞭集·序》,《语丝》1926 年第 82 期。
② 俞平伯:《白话诗的三大条件》,《新青年》1919 年第 6 卷第 3 号。
③ 成仿吾:《诗之防御战》,《创造周报》1923 年 5 月 13 日第 1 号。
④ 北社编:《新诗年选(一九一九年)》,亚东图馆 1922 年版,第 130 页。
⑤ 朱自清:《新诗杂话》,岳麓书社 2011 年版,第 19 页。

纯粹写实、说理的诗逐渐消失于诗坛之中。有研究者"以《诗镌》为界分新诗为前后两期",结果发现后期哲理诗和写景诗明显不如前期多,"例如翻开《诗刊》的第一、二、三期差不多近九十首诗竟无一首纯粹写景,而全体是抒情诗"。① 这可能是因为早期新诗过分注重叙事、说理,使新诗平铺直叙,而缺少一种"余香与回味"②。不过作为一种新事物的新诗难免是简单的、幼稚的,甚至可以说是粗疏简陋的,但它也是充满生机、朝气和新鲜感的,这种不完美也正是早期新诗追求表现真实内容的历史见证。

二 抒发真情、张扬时代精神

五四新诗选本的另一审美追求是在情感表达上抒发真情、张扬个性,这也是强调"个性""真实""自我"的五四思潮的表现。以郭沫若等创造社诗人和湖畔诗人群为例,区别于胡适等早期新诗人,他们在新诗创作中融入了更多个人的直接的抒情感受,创造出新诗中直抒真情的浪漫主义表达,而主张真实情感的自我表现,也是时代精神的张扬。五四新诗选本通过记录这些主张抒发真情、表现自我的诗作和理论,宣扬并建构起其审美标准。

以选本中的郭沫若诗为例,可以发现抒发真情、张扬时代精神是早期新诗选本的一大审美取向。《新诗年选(一九一九年)》选的郭诗不同于《新诗集》和《分类白话诗选》,后两者选的郭诗,如《辍了课的第一点钟里》《从那滚滚大洋的群众里》等,都并非后世所认同的郭诗的代表作。而前者相对来说,更具审美眼光,所选《三个泛神论者》《天狗》《死的诱惑》等均为后世誉为郭诗的经典之作,可见《新诗年选(一九一九年)》的编选者诗学观更为专业。但这些选本中的郭诗都是抒发个体自我强烈情感的代表作,其中张扬自我个性的时代精神锋芒毕露。而后1923 年,由郭沫若为代表的创造社同人自出了一本诗文合集《辛夷集》,

---

① 余冠英:《新诗的前后两期》,《文学月刊》1932 年第 2 卷第 3 期。
② 周作人:《扬鞭集·序》,《语丝》1926 年第 82 期。

是从"《女神》《沉沦》《冲积期化石》《创造杂志》"等杂志中择"艺术味之最深赡者"合成的集子。① 该选本在《编辑大意》中提到的"艺术味"应该就是对创造社"为艺术而艺术"的创作观念的阐释，而这种要求落实到具体诗歌创作中就是强调要抒发个人的真情实感。郭沫若等创造社诗人对新诗的定位为：诗是诗人情感世界的真实表现，强调诗情的自然流露，"我们的诗只要是我们心中的诗意诗境底纯真的表现，生命源泉中流出来的 Strain，心琴上弹出来的 Melody，生底颤动，灵底喊叫，那便是真诗，好诗，……诗不是'做'出来的，只是'写'出来的"。并提出"直觉""灵感""高涨着的情调""想象才是诗的本体"，"只要把它写了出来"，新诗就"体相兼备"了。② 该选本共收郭沫若、郁达夫、邓均吾、郑伯奇、张资平等人诗文 21 篇，其中收录新诗 10 首，郭沫若、邓均吾诗各 5 首，分别是郭沫若的《鹭鹚》《岸上》《"蜜桑索罗普"之夜歌》《霁月》《夜步十里松原》和邓均吾的《虹》《夜》《哭》《月与玫瑰》《半淞园》。邓均吾作为创造社的主要成员之一，一生创作了大量新诗，其诗作尤其强调尊重个性、尊重自我，得到了同时代人的高度评价。在《辛夷集》中选入的邓均吾的新诗出自 1922 年 1 卷 2 期《创造季刊》上的一组诗篇，表现的是"从灵魂深处流淌出来的个人的感受与沉思"，如"刚辞了漫漫的长夜，又加入攘攘的白日。我倚枕尽思，'什么是人生的意义？'"(《虹》)与郭沫若的抒情诗有所不同的是，邓均吾的新诗创作主要是对个体生命的言说，个人色彩浓于社会色彩，对社会的关注也是通过个人向内的思索来实现的，是个人生命的深入。

在创造社之外，也有许多新诗人以抒发真情、张扬时代精神为导向进行新诗创作，新诗选本也通过汇选这类诗作表现其审美眼光。如以抒情为选诗导向的《抒情小诗集》和《恋歌》，这两个选本中的新诗几乎全部是缘情而发、表现自我的心声。它们抒发的是新诗人的真情实感，表现的是"青年人赤露露的自由思想"（《抒情小诗集·再版自序》），"中

---

① 创造社编：《辛夷集·编辑大意》，泰东图书局 1923 年版。
② 郭沫若：《郭沫若致宗白华》，郭沫若著作编辑出版委员会编：《郭沫若全集 文学编 第十五卷》，人民文学出版社 1990 年版，第 13—14 页。

国青年近年对于爱的倾向和爱的要求"(《恋歌·序》)。刘大白在为《抒情小诗集》作的序言中不仅记录下了当时新诗坛中涌现出的一股新的抒情诗潮,还对新诗的抒情与旧体抒情之作进行了区分,"一般的新诗人,都很大胆地作起抒情诗来。又因为诗体解放,可以用新工具充分地自由表现,所得的成绩,往往远胜于旧体的抒情作品。这是中国现代诗坛上最可喜的现象"。也就是说,这些抒情诗区别于,甚至"远胜于旧体抒情作品"的地方就在于,它们"大胆地"抒发对爱与美的向往,并自由地表现出内心的真情实感,由此张扬了强调个性自我、自由解放的时代精神。

而自由自在的抒发真情不仅是打破传统礼教、表现个性自由的时代精神的要求,也是诗歌艺术的自然追求,正如《新诗年选(一九一九年)》编选者愚庵说"诗元是尚情"①,沈玄庐为《抒情小诗集》作的序中也说道:"诗有两大源泉:一、从情感流出,……从情感流出的,无论什么人,都有可能性而且都能:快活时一声笑,是诗;沉闷时一声叹,是诗;得意时一声叫,是诗;痛苦时一声哭,是诗。只要会笑、会叹、会叫、会哭的,没有一个不是能诗的,如果因笑而引起人笑,因叹而引起人叹,因叫而引起人叫,因哭而引起人哭,这就叫作诗人也做不到。抒情诗,即不必说是诗人的诗,也是能诗的人所做的诗。"② 早期新诗也正因为诗情的自然流露、自由抒发打破了旧诗传统的束缚与压迫,形成了追求情感真实表达、张扬自由解放精神的审美特质,从而别于旧诗取得了自身合法性。

三 与古典诗歌美学的类比

五四新诗自白话诗创作伊始,便与古典诗语资源构成了一种复杂的互动关系,古典诗语资源在源源不断地为新诗提供母乳时,也给新诗的发展提出了新问题③。五四新诗也正是在现代白话基础上,通过与古典诗语资源的对抗、类比等矛盾关系中努力完善自身的形式建构,从而获得

---

① 北社编:《新诗年选(一九一九年)》,亚东图书馆1922年版,第130页。
② 沈玄庐:《抒情小诗集·沈序》,查猛济编:《抒情小诗集》,古今图书店1923年初版。
③ 王泽龙、任旭岚:《新中国70年现代白话与中国新诗形式建构研究之检讨》,《吉林大学社会科学学报》2019年第5期。

了独立审美特性和历史合法性。

　　五四新诗选本特别注重与古典诗歌传统美学进行比较。《新诗集》的序中说,"自从胡适之先生提倡'新诗'以来,一天发达一天;现在几乎通行全国了!不过大家还有些怀疑;以为他是粗俗,音节也不讲,总比不上老诗的俊逸,清新,铿锵,……",而编选者编选该选本就是为了表现新诗的"精彩",使社会上对新诗的怀疑"冰消瓦解"。《分类白话诗选》也有类似的观点,希望通过编选新诗选本表现出新诗的"好处"。因此在这些选本中编选的诗作也就有一种独立于古典诗歌美学之外的追求。以上述两个选本共同选取的写景诗为例,如刘半农《无聊》、沈尹默《生机》《公园里的二月蓝》、傅斯年《老头子和小孩子》《深秋永定门城上晚景》、俞平伯《冬夜之公园》《春水船》、康白情《暮登泰山西望》《日观峰看浴日》等,虽然仍是描写了自然界中的景象,却不再秉持古典诗歌传统中物我交融的审美模式,而是突出诗人个体的主观情感、主体意识。这些诗中的自然事物完全成为诗人用以抒发个人情感、见解的对象,有一种"人化自然"的审美。而两个选本共同选取的写意诗中,如胡适的《威权》《乐观》《老鸦》、刘半农《落叶》、沈尹默《鸽子》等诗中的立意与选材都是中国古典诗歌中所没有的,显现出了新诗区别于旧诗的崭新面貌。

　　相比之下,《新诗年选(一九一九年)》这一选本的审美眼光更为开阔,也更为驳杂。一方面,该选本会表露出对古典诗歌美学的批评之意,如编选者愚庵在评傅彦长《女神》一诗时,批判中国古典诗歌传统中"灭人欲"的道德压抑,"《三百篇》以后,只六朝人偶然有几首。唐宋以来,可谓入黑暗时代,实为社会凋敝的主因"。[①] 编选者溟泠评胡适《应该》有着"委曲周至的情节",是古典格律诗无法表达出的,"新诗所以傲格律者,正在这里"。[②] 而从该诗序言中,我们可以得知该诗原作出自胡适朋友曼陀的遗诗《奈何歌》,胡适受其友家人委托重读后发现其中有好的地方,只是"真情"被"词藻遮住了",因此将其中第15、16

[①] 北社编:《新诗年选(一九一九年)》,亚东图书馆1922年版,第182页。
[②] 北社编:《新诗年选(一九一九年)》,亚东图书馆1922年版,第120页。

两首合作成了一首白话诗。溟泠也认为原诗大概是"晚唐无题之流",认同胡适的改诗"其胜于原著无疑"。另一方面,《新诗年选(一九一九年)》对古典诗歌美学的态度主要还是赞赏,甚至主动将古典诗词的美学成就,作为评点新诗时的参照和标尺,以寻求新诗的价值定位。例如,愚庵即康白情,评自己的诗时,引入《诗经》作为参考,"温柔敦厚,大概得力于《诗经》"[1];将沈尹默诗作与唐人绝句联系起来,"在中国似得力于唐人绝句"[2];对俞平伯的评价则是"俞平伯的诗旖旎缠绵,大概得力于词"[3];评沈玄庐的诗"都带乐府调子"。[4]《分类白话诗选》编选者许德邻也在序言中表达对《乐府》之类古体诗有天然的亲近感,并流露出对后人较少学作乐府和古体诗的遗憾,"隋唐以下的乐府和古体诗,比较汉魏六朝的四五言诗解放了许多。构造也大半用白描的笔墨。自是诗史上的进化。可惜大多数的诗人,做乐府和古体诗的很少"。

由此可见,早期新诗选本对古典诗歌美学虽然是"反抗"姿态,但还有一些偏爱,而偏好的主要是《国风》《乐府》等早期古体诗。其原因大概在于,与后来的纯文人化诗歌相比,这些古体诗似发自天籁,以直白、通俗的口语为主,很少使用华丽辞藻,也并不着意于词句上的刻意雕琢与打磨,而竭力以本色语言表现某一具体事件或场景。于是新诗同人有意借鉴早期古典诗歌的语言风格,将这一古典美学传统发扬光大,如刘半农、沈玄庐等人对方言土语、民间歌谣的发掘运用。其实,中国新诗自诞生伊始就与古典诗歌传统有着复杂的缠绕关系。新诗初登诗坛就以"反传统"的姿态面向世人,这也成为早期新诗的基本趋向之一。但中国新诗作为中国语言文化之组成部分,其对古典诗语的所有背离行为终究还是在"传统"之内进行的。新诗虽然极力批判、反抗某些旧诗传统,例如格律诗在音韵、文字、文体上的限制;但同时,它又通过重组、复兴另外一些传统,形成了独属中国语言文化知识的新传统。在这个过程中,当然也受到了一些外来文化的刺激和影响,但最终仍然是以

---

[1] 北社编:《新诗年选(一九一九年)》,亚东图书馆1922年版,第154页。
[2] 北社编:《新诗年选(一九一九年)》,亚东图书馆1922年版,第130页。
[3] 北社编:《新诗年选(一九一九年)》,亚东图书馆1922年版,第109页。
[4] 北社编:《新诗年选(一九一九年)》,亚东图书馆1922年版,第55页。

"传统"语言和心理等形式表征出来的。从这个意义上讲，新诗热衷于与古典诗歌美学传统进行类比，并不仅仅表现为新、旧文化的碰撞与冲突，其实质是对古典诗歌知识与观念的再发现、再认识和再结构①。

第二节　选诗与审美标准的实践

一　抒情诗的蔚然成风

五四新诗选本中的抒情诗数量有一个由少渐增，甚至专门成集的趋势。如最早的《新诗集》将新诗分为四类，但其中写情诗是四类中最少的，只有16首，不到总数的1/4，到《分类白话诗选》写情诗多达62首，占总数的近1/3，跃居为四大类中第二多的。后续的新诗选本虽未继承分类的做法，无法在直观上看出对抒情的重视，但通过对其余选本选入诗作的统计分析与文本细读，我们还是可以发现抒情之风的盛行。这些选本中大部分诗作以及选诗最多诗人的诗作大都是抒情诗：《辛夷集》所选郭沫若和邓均吾的10首诗作全都带着浓厚的抒情意味，《歧路》《良夜》《眷顾》3个选本选诗最多的诗人分别是：梁宗岱、郑振铎、徐雉。这些诗人的早期新诗创作都有一种对情绪的宣泄，如梁宗岱《感受》、郑振铎《忧闷》、徐雉《泪》《哭》、徐玉诺《假如我不是一个弱者》《为什么》。《抒情小诗集》和《恋歌》则是专门选入抒情诗作的选本，前者于1923年初版时选诗76首，两年后由于"得到读者再版的要求"，编者又"增选许多作品进去"，再版共计101首。而再往后一年，收录近40首抒情诗《恋歌》也出版了，其中选徐雉、梁实秋的诗最多，各3首；闻一多、刘梦苇、倪贻德、胡梦华各2首；还收录了郭沫若、汪静之、冯至、李金发等名诗人诗作，也有一些"无名作家"，如冷玲女士、淦女士、雅风女士、味辛、顾泽培等的作品。即使考虑到选本的先后顺序和选诗范围，我们也可以说，继"写实""说理"之风盛行后，抒情逐渐成了新诗

---

① 李怡：《中国现代新诗与古典诗歌传统》（增订三版），中国人民大学出版社2015年版，第77页。

的一大风气。

抒情诗的蔚然成风，可能是对重叙述、说理的特质使新诗容易陷入罗列具象、拘泥现实诗风的反思和纠偏。一些新诗人开始转向关注新诗的抒情特质，康白情曾说"诗是主情的文学"[1]，周作人则认为"抒情是诗的本分"[2]，郭沫若也指出"诗的本职专在抒情"[3]。但新诗人们所主张的"抒情"与古典诗歌的"抒情传统"是不同的，新诗抒发的是一种张扬时代个性解放精神、尊崇自我感受的真情。虽然抒情古已有之，甚至被视作中国古典文学的传统和光荣，陈世骧就认为，"中国文学传统从整体而言是一个抒情传统"[4]，林庚也称"中国的诗歌一开始就走上了一条抒情的道路，……正因为走了抒情的道路，才成其为诗的国度"[5]。在某种程度上来看，新诗的抒情特质可以说是这种传统的延续，但并非亦步亦趋地跟着古典抒情传统，而是结合时代加以改造，使诗歌的"抒情"特质绽放出新的光彩，于是张扬个性、尊崇自我的抒情诗篇开始蔚然成风。

五四新诗选本中的抒情诗相较于古典抒情传统最显著的区别在于有了真正的爱情诗，并且在抒情诗作中占比很高。《抒情小诗集》和《恋歌》几乎全部可以看作近代情诗的汇集。刘大白为《抒情小诗集》作的序中指出，由于传统礼教的压迫，"中国人底男女之情，差不多都不敢堂堂皇皇地表现。……到了卫道的礼教之奴的冬烘先生们眼睛里，即使幸而不被指为淫奔之诗，也一定要被硬派作君臣、朋友间的寄托。所以抒情诗底名目，一向不曾在中国文学史上出现"。朱自清也表达过类似的观点，他认为"中国缺少情诗，有的只是'忆内'、'寄内'，或曲喻隐指之作；坦率的告白恋爱者绝少，为爱情而歌咏爱情的更是没有"[6]。也就是说，古代是没有真正的爱情诗的，古典诗歌谈到爱情都是欲说还休的，

---

[1] 康白情：《新诗底我见》，《少年中国》1920年第1卷第9号。
[2] 周作人：《〈扬鞭集〉序》，《谈龙集》，开明书店1927年版，第68页。
[3] 郭沫若、田汉、宗白华：《三叶集》，上海书店（影印本）1982年版，第46页。
[4] 陈世骧：《论中国抒情传统》，《中国文学的抒情传统：陈世骧古典文学论集》，生活·读书·新知三联书店2015年版，第6页。
[5] 林庚：《林庚诗文集》第7卷，清华大学出版社2005年版，第171—172页。
[6] 朱自清：《中国新文学大系诗集·导言》，朱自清：《中国新文学大系导言集：1917—1927》，天津人民出版社2009年版，第148页。

是需要讲究一定的形式、雕饰，有一定程式化套路的。而早期新诗是真情流露，自然表达，"我手写我口"，话怎么说就怎么写，也就有助于新诗人爱情诗的创作。选本就记录了新诗人们直抒自身对爱情的向往心声，"自然的恋爱，/你在什么地方？"（《抒情小诗集》刘半农《恋爱》。《新诗年选（一九一九年）》也有同名诗作，内容也相同，但作者标注的是Y.Z）；选本还呈现了新诗人们因情而生发的许多感慨，"爱之欲其生，恶之欲其死"一句足见新诗抒情的张力（《抒情小诗集》邓演村《小诗》）；"世界上没有什么比雪还白，/世界上没有什么比我们的爱情还洁"则高唱理想爱情的纯洁（《恋歌》蒋光赤《与一个理想的她》）；新诗人还以自由的姿态写作抒情诗，"我很愿意写一首长的抒情诗，/或者竟是一首没有字的诗，/总之，不拘什么？"（《恋歌》冷玲女士《不拘什么》）这些爱情诗表现出一种立足"人"的意义，发现自我，将独立自主的主体精神渗透在新诗创作中的抒情特质。

二 对"具体的做法"的推崇

胡适提倡"诗须要用具体的做法，不可用抽象的说法。凡是好诗，都是具体的；越偏向具体的，越有诗意诗味。凡是好诗，都能使我们脑子里发生一种——或许多种——明显逼人的影像。这便是诗的具体性"[①]。以胡适对新诗坛的影响力与号召力，这种追求"具体的做法"的新诗审美势必会影响部分新诗选本编选者的选诗操作，五四新诗选本就呈现出对胡适新诗理论的拥护。《新诗集》《分类白话诗选》《新诗年选（一九一九年）》三部新诗选本中选诗最多的诗人是胡适，说明编选者对这位新诗开创者的新诗观点与创作是推崇的，并且认同胡适的新诗审美主张。在选本的编选中也可以看出对这种"具体的做法"的推崇，比如胡适对同一期杂志中沈尹默的两首新诗态度不尽相同，认为《赤裸裸》的议论太过抽象，《生机》则因具体的写法将抽象的题目写成了好诗，""《新青

[①] 胡适：《谈新诗》，参见胡适编选《中国新文学大系·建设理论集》，上海良友图书印刷公司1935年版，第308页。

年》六卷四号里面沈尹默君的两首诗。一首是《赤裸裸》……他本想用具体的比喻来攻击那些作伪的礼教,不料结果还是一篇抽象的议论,故不成为好诗。还有一首《生机》……这种乐观,是一个很抽象的题目,他却用最具体的写法,故是一首好诗"①。《新诗集》在编选时大概以此为意见,《赤裸裸》就落选了。《新诗年选(一九一九年)》的评点者愚庵在评价周作人的《画家》时也提到对"具体的做法"的赞同,并且将这种做法与古典诗歌传统和外来诗歌资源进行类比,表达对这一做法的支持,"标准的好诗,其艺术在具体的描写——唐诗宋词元曲日本和歌西洋自由行,都有。质朴的体裁是非传统的,给新诗坛影响很大,但学习失败的较多"②。

在诗的写法上,胡适提出要"用具体的做法","用朴实无华的白描","有什么话,说什么话;话怎么说,就怎么说",但这容易导致新诗沦为对现实生活中某些场景或现象的实录。这种理论的片面性也影响到了新诗发生期相当一部分诗人的新诗创作,对新诗选本选诗审美标准的建构和实践也有影响。比如《新诗集》《分类白话诗选》的4类诗歌中,写实写意以说理和纯粹写景的新诗占了大多数,两个选本选诗最多的前9位诗人中,写情诗占比均不到1/4。并且其中很多新诗作品陷入了"非诗化"的泥淖,仅仅是对事实的罗列与铺陈,拘泥于具象化的写作,缺乏诗歌应有的想象力。正像梁实秋所批评的:"自白话入诗以来,诗人大半走错了路,只顾白话之为白话,遂忘了诗之所以为诗,收入了白话,放走了诗魂。"③

在胡适所提倡的"诗体解放"之后,一方面新诗人随随便便、自由书写的态度,在一定程度上,的确导致了写作的普遍粗糙、肤浅;另一方面,由于力主"写实""白描",早期新诗的散文化风格,也疏离了新诗的诗美期待。这使早期新诗人开始反思"具体的做法"。比如周作人在给刘半农《扬鞭集》写的序中就说,他"不佩服"白话诗的"白描"和

---

① 胡适:《谈新诗》,胡适编选:《中国新文学大系·建设理论集》,上海良友图书印刷公司1935年版,第310—311页。
② 北社编:《新诗年选(一九一九年)》,亚东图书馆1922年版,第86—87页。
③ 梁实秋:《读〈诗底进化还原论〉》,《时报副刊》1922年5月29日。

"唠叨的叙事","我只认抒情是诗的本分","新诗运动的起来,侧重白话的一方面,而未曾到诗的艺术和原理的一方面"。① 可以看到,诗体的解放与建构,并非胡适"登高一呼"就可以彻底完成了,而只能伴随一个又一个新诗人在不断尝试、实践中而逐步发展、逐步实现,其中曲折的实践过程也被新诗选本记录在案了。

第三节 选本对新诗经典化的作用

从文学生产、接受和历史评价的角度看,选本对文本的经典化建构具有重要作用。选本可通过对文学创作的检阅,发现和推举优秀作家作品;也可借选本进行文学批评,表达文学观念,引导文学创作;或借选本来为作家排座次,分配文学的象征资本②。五四新诗选本通过对早期新诗创作的汇集和记录,发现和推举了优秀诗人诗作,推动和鼓励了新诗创作。同时编选者通过编选操作表达新诗观念,引导新诗创作。选本还为新诗批评者和普通读者提供了阅读接受和鉴赏批评的便宜。新诗选本编选者对早期新诗人及其诗作的筛选,使新诗选本成为新诗审美标准建构和实践的场域。而由于选本的这种"筛选"的特性,通过遴选的新诗,在一定程度上可以说都是当时较为优质的作品,也就有了成为经典的可能。

一 记录新诗发展,提供批评文本

五四新诗选本通过对早期新诗作品进行汇集,记录和呈现了早期新诗的全面创作成绩,同时也使早期新诗得以保存和流传。《分类白话诗选》的编者自序就记录了当时新诗的发展趋势,创作数量上与日俱增,但初期创作质量还不够"圆满","近来做白话诗的人,一天多似一天,我抄录的白话诗,也一天多一天。……不过现在正在创造的时代,总得

---

① 周作人:《扬鞭集序》,《语丝》1926年第82期。
② 罗执廷:《民国社会场域中的新文学选本活动》,山东文艺出版社2015年版,第22页。

要经过多数人的研究和多数精神的磨练,然后能够达到圆满的目的"(《分类白话诗选·自序》)。《恋歌》的编者在序言中对新诗发生以来的"恋歌"发展状况进行了梳理,认为这一时期还只能称作"初期的恋歌","近年来中国文坛上的恋歌,已较新兴时寂寞多了,……;但自有恋歌以来,至今似乎已可告一小小的段落——这个段落,我们可名之曰初期的恋歌"(《恋歌·序》)。《新诗年选(一九一九年)》则在其附录的《一九一九年诗坛略纪》中梳理了新诗自开创以来的发展流变,并流露出对新诗史起点的不同见解。文中梳理了 1916 年以来的新诗创作和理论建构,认为 1916 年以来胡适、沈尹默的白话诗创作只是尝试,"还不成什么体裁"或只"具新诗的美德",直至 1919 年周作人发表了散文诗《小河》,"新诗乃正式成立"。并认为 1918 年以来胡适的《文学改良刍议》、刘复的《诗论》、钱玄同为《尝试集》所作的序都并不与新诗"发生直接关系",1919 年胡适作《谈新诗》《尝试集自序》、俞平伯著《白话诗的三大条件》等诗学理论建构,才是"专论新诗的文章",流露出对重置 1919 年为新诗史起点的意图。

可以看到新诗选本的编选者通过序跋等副文本的言说,表露了对新诗发展的诸多批评意见,表达其文学主张。同时,新诗选本对新诗作品的集结也使新诗读者和评论者更容易找到新诗样本,为他们提供了阅读接受和鉴赏批评的便利。如《新诗集》编者序中说道:"吾们研究新诗,如果要他进步,必定先要用一番功夫批评那已经做好的诗。批评要从比较入手。现在把他分类印好,吾们比较起来,也容易一些,那么批评起来,更觉高兴一些!"并且随后提到如果读者见到选本之后有批评意见,"望随时寄到本社,等到第二编出版底时候,吾们可以披露出来,再请大家讨论"(《新诗集·序》)。《新诗年选(一九一九年)》也在序中提及"所望读者勿吝赐教。使我们知道逐渐改良,就万幸了!"(《新诗年选(一九一九年)·弁言》)《辛夷集》编者在附录的编辑大意中也谈道:"读者对于本集编辑上如有意见,请函告本局,以为出续刊时之参考。"说明编选者有意识让选本成为新诗批评的讨论空间,促进读者对新诗的阅读接受。

二 遴选新诗佳作，树立新诗典范

1921年，朱自清和叶圣陶同在杭州教书时曾谈起新诗盛行之风，两人都表示"该有人出来选汰一下，印一本诗选，作一般年轻创作家的榜样"[1]。可见，选本具有遴选佳作、树立典范的作用。因选本的"选"本身就带有一种筛选、取舍和选优、拔萃之类的暗示，这也在潜移默化之间暗示了入选新诗的优秀之意。

《新诗年选（一九一九年）》编者在弁言的编选凡例中提到"凡选入的诗都认为在水平线以上"，并在跋文《一九一九年诗坛略纪》中推举沈尹默的《月夜》和周作人的《小河》，认为前者具有"新诗的美德"，而后者标志着新诗的"正式成立"。这两首诗确实是早期新诗中不可多得的佳作，在新诗史上也是被承认的。《新诗年选（一九一九年）》的评点者愚庵也曾对《月夜》有高度评价，认为这是新诗史上"第一首散文诗，其妙处可以意会而不可以言传"。胡适也曾发表对《小河》的喜爱，认为这"是新诗中的第一首杰作"，"那样细密的观察，那样曲折的理想，决不是那旧式的诗体词调所能达得出的"[2]。茅盾在30年代回顾新诗音韵发展时也谈及此诗，认为早期新诗"注意句中字的音节的和谐。这在有韵诗是如此，在无韵诗也是如此。后者的最好的例子是周作人的《小河》。这是白话诗史上第一首长诗"[3]。这其实是对应着早期新诗对新诗"散文化"和容纳"高深的理想，复杂的感情"的追求。

而《抒情小诗集》《恋歌》这两部选本则是遴选出了早期新诗中抒情诗或者说"爱情诗"的佳作。《恋歌》编选者在序言中提到他们是在初期的恋歌中，挑选出了"水平线以上真真有文艺价值的整理出来，汇编成册，使今后的人们，知道中国青年近年对于爱的倾向和爱的要求"（《恋歌·序》）。《抒情小诗集》编者自序中则提及抒情诗在当时诗坛盛行，是

---

[1] 朱自清：《中国新文学大系诗集·导言》，朱自清：《中国新文学大系导言集：1917—1927》，天津人民出版社2009年版，第15页。
[2] 胡适：《谈新诗——八年来一件大事》，《星期评论》1919年10月10日。
[3] 茅盾：《论初期白话诗》，《文学》1937年第8卷第1号。

其中一种重要的诗体，尤其是其中的短篇抒情诗，即小诗是非常引起人们关注的，"在诗界上既占了这样重要的位置，自然要引起近代一般人的注意，而加以深刻的研究。不过抒情诗中，也有长篇，也有短篇，与其读那洋洋洒洒的长诗，不如读以简短的文字表现出来的小诗。因为小诗的刺激和印象，比长诗还要深切"（《抒情小诗集·自序》）。抒情小诗写作蔚然成风确实是早期新诗坛的一大现象，其中涌现出了不少新诗人和名篇佳作，比如冰心和宗白华的小诗创作。其中，早期新诗选本中以冰心为代表的女性诗人的小诗创作也是值得关注的。

女性诗人在诗坛上的出现就是一个值得关注的现象。在之前的选本中除陈衡哲外，鲜见女性诗人。而自《抒情小诗集》开始，如冰心、苏月女士、CF女士、拜梅女士、侍鸥女士、禅树女士、毛彦文女士、婉如女士、张近芬女士等女性诗人的身影逐渐开始出现。在之后的选本《恋歌》中也有冷玲女士、淦女士和雅风女士。虽然刘大白在为《抒情小诗集》所作的序中提出该选本有一个缺陷，即女性作品太少，实际上相比五四时期乃至之前之后很长一段时间内的其他选本而言，该选本都已经是选入女性诗人诗作较多的了。刘大白对女性诗人在诗歌创作中的缺席现象做了分析，认为"中国底女性，所受的礼教压迫底荼毒，比较男性所受的，本来更深更重，所以比较地不容易解放，比较地不敢肆无忌惮地有抒情的表现"，并提出号召，"希望男女之情，两性间双方平均地发抒出来！中国现代的女性诗人呵，你们不要再甘心屈服在运命垂尽的腐朽的磐石下面，一起起来抽迸那久郁深藏的情苗啊！"（《抒情小诗集·刘大白序》）

虽然两本选本中基本上没有什么作品成为新诗史上的经典之作，但选本推举的这种小诗创作的潮流对新诗的发展还是有一定影响的。即在对小诗创作和实践的过程中，周作人找到了新诗更为本质性的特质，他认为"凡诗都非真实简练不可，但在小诗尤为紧要。所谓真实并不单是非虚伪，还须有切迫的情思才行"[1]，由此，他提出诗是可以用来叙事或说理，即"言志"，但本质上来说，诗还是应以抒情为主。可以看出，小

---

[1] 周作人：《论小诗》，《晨报副刊》1922年6月22日。

诗的创作和实践是对早期新诗铺陈罗列、浅近直白诗风的有力纠偏,也是对"诗体大解放"的重要发展与补充,树立起了尊重个性、尊重自我,强调诗情自然流露的新诗典范,可以说为后面的新诗创作和新诗的经典化都有一定的示范作用。

第四章　选本与早期新诗的传播

"新诗的发生"是一个复杂的问题，早期新诗的传播是新诗发生问题研究的一部分。正如姜涛在考察新诗发生问题时所说的，胡适等人的"登高一呼"，从观念上倡导作"白话诗"或"新诗"，这可以看作新诗发生的历史起点。"然而，从文学的生产、接受和历史评价的角度看，新诗的成立至少还与以下两个方面密切相关：首先，它是与社会层面的普及和扩张联系在起的，……新诗要在旧诗之外，形成一种新的传播、阅读和评价机制，而发表出版、读者群的形成……都是其中重要的构成因素。"[①] 也就是说，新诗的发生不能仅从新诗人的出现及其理论和创作上的实践成果等内部维度考察，还应和"社会层面的普及和扩张"联系起来，即从新诗的传播和社会接受外部维度进行考察。

五四新诗选本正是新诗在"社会层面的普及和扩张"的一种途径，它使散落在各报纸杂志中的早期新诗相关内容逐渐被结集起来，并集中呈现在社会读者面前，使人们对新诗这种新文体有一个整体的印象。并在这个过程中通过编选者们的编选原则和选诗标准的确定，选本中具体诗作和序跋等副文本理论文章的呈现，使其中蕴含的新诗观念和新诗知识得到推广、普及。而通过一本本新诗选本的不断出版和运作，新诗读者及其新诗观念、新诗趣味也就逐渐被培育出来，新诗选本逐渐成为普通读者阅读鉴赏、学习写作新诗的指南，还被新文学同人引入学校新文

---

① 姜涛：《"新诗集"与中国新诗的发生》，北京大学出版社2005年版，第8页。

学课堂充当教材。这都为新诗的存在和扩张奠定了基础,推动了新诗进一步传播,扩大了新诗的影响力。

第一节 五四新诗选本的传播特性

选本并非新诗传播中唯一的抑或是最有影响力的力量、途径,其他媒介,如刊载新诗的报纸杂志、新诗人的个人诗集和合集、新诗社团等也在新诗传播中起着重要的作用。但五四新诗选本作为早期新诗发生与传播的重要载体之一,具有独特的传播特性和作用。这种独特性可以归纳概括为两点。其一,新诗选本可以说是一种广义上的"新诗集",它不同于报纸、期刊对新诗相关内容(包括新诗作品、新诗理论及批评文章等)的零星散落、漫无目的的呈现,而是将各报纸杂志上的早期新诗及相关理论文章汇集起来,根据一定的诗歌观念与审美标准进行筛选得来的,因此选本中的文本具有选优拔萃的性质。其二,新诗选本又不同于新诗集,其筛选的主体,即编选者,是除创作主体以外的人或者群体,编选的范围则是已经发表问世的,但不仅是某一特定的新诗人和新诗社团的新诗作品。也就是说区别于个人集和合集的"自选",新诗选本是"他选"的且具有二次媒介特性的。选本的编者对编选哪些内容、如何编排等具有绝对话语权,对选本的最终呈现具有决定性作用。

一 "选"——文本的选优拔萃

相比于报纸、期刊对新诗相关内容的零星散落、漫无目的的呈现,新诗选本将报纸杂志上的早期新诗及相关理论文章汇集起来,集中呈现在社会读者面前,便于读者形成对新诗这种新文体的整体印象。在这种意义上,新诗选本可以说是一种广义上的"新诗集"。而且新诗选本对新诗相关内容(包括新诗作品、新诗理论及批评文章等)也不仅仅是简单的汇集,还有一个筛选的过程。编选者根据一定的审美标准,在一定范围内进行筛选,将通过遴选的部分佳作按照一定编选原则集中编排而成,这就使新诗选本的文本也就具有了一种选优拔萃的特性。

现代传媒与中国现代诗歌

早期新诗传播的途径有很多，比如当时有很多刊载新诗的报纸、期刊等纸质媒介，这也是五四新诗传播的主要阵地，是许多人开始接触到新诗的重要途径。但报纸杂志类的出版物"每出版一期，差不多随即售尽，……，往往不再重版，以至读者方面，常有购买不齐的憾事"，①《新诗集·序》中也说道，很多人由于经济、交通、时间等各种原因，"往往不能够多看新出版物；那新诗自然接触得很少了！"也就是说，在当时由于这些纸质媒介或发行量少或定价高或只在特定区域销售，并不那么容易被大部分人群得到，也就不利于新诗的进一步传播。而能接触到这些纸质媒介的群体也有一些烦恼：由于刊载新诗的"书报很多，翻阅起来很不便利"，于是他们萌生了一种想法，"把各种书报中间的新诗，抄录下来。用归纳的方法，分类编列，翻阅起来，便利得多了！"最早的新诗选本《新诗集》也就随之诞生了。从这里我们也可以看到早期新诗创作的繁荣，新诗作为一种新兴的现代文学形式，肇始于1917年前后，至1920年即出现新诗选本，说明此时的新诗创作已积累了一定的数量，以至于让新诗同人感觉有"汇集几年来大家试验的成绩"的必要。

五四新诗选本就是在刊载新诗的报纸杂志等媒介的基础上进一步发展演变而来的，是对这些纸质媒介中的新诗进行汇集、筛选、编排而成的。首先是对纸质媒介进行汇集，五四新诗选本中的诗作都来自当时的纸质媒介，《新诗集》和《新诗年选（一九一九年）》中标明了入选诗作的选诗来源，主要就是来源于二十四种报纸杂志，包括《新青年》《新潮》《星期评论》《时事新报》《民国日报》《少年中国》《每周评论》等知名刊物，还有些如今已经很难见到的小众刊物，如《黑潮》《工学》《女界钟》《新空气》等。《分类白话诗选》编者也在自序中透露选诗是"抄录"来的，《辛夷集》则在"编辑大意"中直接列明选诗取材自《沉沦》《冲积期化石》《创造杂志》及其他报刊，《歧路》《良夜》《眷顾》是由小说月报社同人从该报往期刊载的新诗中选出的"汇刊本"，《抒情小诗集》和《恋歌》则是不同时期对当时诗坛上出现的抒情诗或者说爱情诗的汇集。

---

① 蒲梢：《我们的杂记》，《时事新报·文学》1924年第128期。

其次，选本对这些纸质媒介上的新诗进行汇集之后，并不是全盘收入，而是根据一定审美标准进行筛选，也就是说，选出的新诗都是暗含有选优拔萃之意的。《新诗集》序中说道，希望读者可以通过选本这种只需要"极廉的价"的方式就可以得到"很有价值的新诗"。《新诗年选（一九一九年）》编者序中说到该选本"所选入的，不过备选的诗全数六分之一"，也表明选本中的选诗是优中选优的。《分类白话诗选》副标题为"新诗五百首"，但实际上其选诗只有二百来首，笔者根据同时期选本《新诗年选（一九一九年）》选诗89首，却说只是1/6，推断得出当时应该有五百来首新诗。也由此可以推断，"新诗五百首"并非有意夸大新诗数量，选本呈现的二百来首应该也是经过删减优选而来的。《辛夷集》也在"编辑大意"中表明"所摘取现代作家之诗文，以艺术味之最深赡者为主"，即该选本筛选出的是有艺术价值的新诗。《恋歌》编者则在序中提到该选本拟将选入的是"在水平线以上真真有文艺价值"的情诗。

由此可见，因为相比于零散刊载新诗的各报纸杂志，五四新诗选本遴选出了一批具有代表性的早期新诗作品，集中展现了新诗创作之初的成果。且由于其定价极低，发行较广，让普通读者也可以很容易接触到，也使读者更容易获得对新诗这种新文体的整体印象，促进了新诗的传播。

二 "编"——编者的编选操作

选本并非唯一的或最重要的传播新诗的力量与途径，除上述刊载新诗的报纸杂志等纸质媒介之外，社团也是传播新诗的一大主要力量。如创造社、湖畔诗社、文学研究会等都是五四时期的著名社团，是推动新诗发展的主要力量，这些新诗社团同人出版的新诗集如《女神》《湖畔》《雪朝》等个人诗集和合集也对早期新诗的发生及传播起到了推动作用。而9本五四新诗选本的编选者大多数是由社团同人组成。《新诗集》的编选者为"新诗社"；《新诗年选（一九一九年）》由名为"北社"的社团同人"工余从事选集"而成，他们在弁言中提到，"北社是个读书团体，是个赏鉴文艺的团体"，"由几个喜欢鉴赏文艺的同志组织的"，大家的成分都是"工人",其中包括教育家、学生、公司职员、通信记者。《辛夷集》是由创造社编的诗文合集,其中收录了郭沫若和邓均吾各5首新诗。《歧路》《良夜》《眷顾》则由小说月报社同人从该报往期刊载的新诗中选出的"汇刊本"。

由此可见,新诗选本不同于新诗集的传播特性在于二者筛选的主体,即编选者是不同的。新诗集,不论是个人集还是合集,都是由新诗人自己编选的,如胡适的《尝试集》、郭沫若的《女神》、康白情的《草儿》、汪静之的《蕙的风》等,这类新诗集也就不免带有诗人个人或者某一新诗社团内部的审美喜好,读者在阅读单本新诗集时只能看到某一诗人诗风或某一类新诗,这样形成的新诗观难免片面而不自知。新诗选本是"他选",其编选者是除创作主体以外的人或者群体,选本的编者对编选哪些内容、如何编排等具有绝对话语权,对于选本的最终呈现具有决定性作用。

《新诗集》编者将诗作分为写实、写景、写意、写情四类,并对四类诗的内容进行了定义,简单来说分别为:描摹社会现象;描摹自然风景;表达正确或高尚的思想;抒发优美、纯洁的情感。而这些就是这一选本的选诗原则,也就是说,只有符合这4条标准的新诗才有可能被选入该选本之中。《分类白话诗选》的编选者许德邻继承了这一分类主张,但《新诗年选(一九一九年)》的编选者则没有沿用这一做法,认为"诗是很不容易分类的",并在编选凡例中,更为详细地阐述其三点编选原则和标准:"(一)折衷于主观与客观之间,又略取兼收并蓄。凡其诗内容为我们赞许的,虽艺术稍次点也收;其不为我们所赞许的,而艺术特好的也收。(二)对于其著者不大作诗的选得稍宽;对于常作诗的选得严;其有集子行世的选得更严。(三)凡选入的诗都认为在水平线以上,不加次第(却不是说凡没选的都不在水平线以上),人名以笔画繁简为序,诗以年月先后为序。"(《新诗年选(一九一九年)·弁言》)《辛夷集》编者则在"编辑大意"表明其选诗原则是选"与本局密切关系"作家的"艺术味之最深赡"的新诗。该选本编选者还流露出较早的版权意识,提及"近数年来之新兴文艺中,堪预本集之选者,为数颇多",但因为尊重版权起见,所以"不权擅选","如海内作家自愿选其精美之诗文相赠者",

也欢迎来稿(《辛夷集·编辑大意》)。这也可证明现代选本需具有的二次媒介特质。《抒情小诗集》编选的都是"小诗",这也是源于作者出于"文学经济"的考量,认为虽然抒情诗中也有长篇,但"与其读那洋洋洒洒的长诗,不如读以简短的文字表现出来的小诗。因为小诗的刺激和印象,比长诗还要深切"(《抒情小诗集·自序》)。《恋歌》的编者则因为对市面上同类书籍编选原则和审美标准的不满,而编选出该选本,认为"他们所选辑的,似乎只是有限的几份报章杂志上所谓名人的作品,许多无名作家的有真正爱的生命的恋歌都没有注意到;并且,书中还参加些外国的译诗在内,不足以称纯的中国近代恋歌,更不足以代表中国恋歌全部的作品"(《恋歌·序》)。于是《恋歌》也就呈现为其副标题所表明的"中国近代恋歌选",是具有中国本土特色的爱情诗,且选入的诗人群体确实庞杂,既有刘大白、郭沫若、汪静之、闻一多、徐志摩、刘梦苇、冯至、徐雉、王独清、李金发、朱湘、宗白华等较有名气的早期新诗人,也有倪贻德、冷玲女士、淦女士、味辛、雅风女士、顾泽培等在诗坛上尚未崭露头角的新人,还"夹带"了编者丁丁和曹雪松的各一首新诗作品。

可以看到,五四新诗选本的编选范围是已经发表问世的,不仅是某一特定的新诗人和新诗社团的新诗作品。由于选入的新诗是由不同新诗人和不同诗作构成的,由此呈现给读者的是新诗坛的一个整体面貌。而且在新诗选本中,理论文章经常被作为序跋等副文本,与正文中的作品互相照应,新诗选本由此可以形成一种"选文互读"的效果。如《新诗集》编者序言中提到,其认为胡适先生的《我为什么要做白话诗?》《谈新诗》以及刘半农的《诗的精神上之革新》"这三篇和新诗很有关系",因此附录于该选本的选诗之后。《分类白话诗选》编者许德邻也认为刘半农的诗论,"说的很透彻,很明白",对新诗人来说是"当头棒喝";同时对于胡适的诗论也"很有感触",于是也将二人的诗论附录在序言中。这种理论和创作交织的文本,便于读者利用作品更好地理解较为陌生的新诗理论,也可以利用理论知识更好地鉴赏新诗。读者从新诗选本可以大概了解到当时新诗人群体的构成,新诗的不同风格、不同做法,关于新诗的理论、论争等相关知识。

由此可见,五四新诗选本相较于其他传播途径,有着更好的传播效

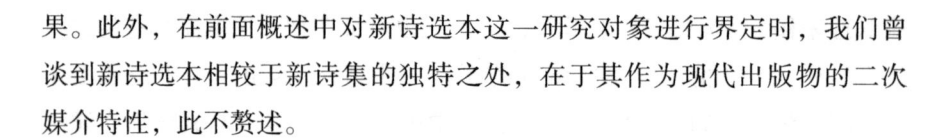

果。此外，在前面概述中对新诗选本这一研究对象进行界定时，我们曾谈到新诗选本相较于新诗集的独特之处，在于其作为现代出版物的二次媒介特性，此不赘述。

第二节 新诗接受主体的培养

传播与接受是相互促进的过程，新诗传播的最终效果在于培养了大量新诗接受主体。没有这些接受主体，新诗便无法进一步传播与发展，新诗创作者群体也难以不断产生、壮大。对新诗接受主体的培养，主要在于两方面：一是通过传播新诗观念促进人们对新诗的支持，发展壮大支持新诗的新潮受众；二是通过传播新诗知识增进人们对新诗的理解，孕育出大量能读懂新诗的经验读者。前者足以保证新诗文体的合法性地位，后者则能够开辟新诗广阔的发展空间。

一 培养支持新诗的新潮受众

新诗的传播有赖于读者群体的形成与扩张。五四新诗选本通过序跋等副文本，或附录或引用早期新诗开创者、建设者们对新诗的理论言说，旨在以"权威"的方式塑造新诗形象，推广新诗观念，培养支持新诗的新潮受众。《新诗集》的序言《吾们为什么要印〈新诗集〉？》开篇讲述编选该选本的意图时就先搬出胡适来证明新诗的合法性，"自从胡适之先生提倡'新诗'以来，一天发达一天；现在几乎通行全国了！"而后展现新诗成绩，标榜新诗受众之多，并对新诗的未来充满希望，"新诗虽是只有了二三年——各处做的很多，也很有精彩，将来逐渐研究，一定还要进步！"在该序中编选者表示编印这部新诗选本，也不仅仅是为了汇集新诗"试验的成绩"，还希望借此让那些否定、怀疑新诗的人了解新诗的发展，从而打消对新诗的怀疑。《分类白话诗选》编者许德邻也在自序中袒露，其编选的用意在于推广新诗、提高新诗的"声浪"，扩大新诗的受众群体，"使多数人的脑筋……，都有引起要研究白话诗的感想"，最后他也表达了对新诗未来发展"推陈出新"的希望。该选本还通过附录刘半农诗论《诗之精神上之革新》中关于真诗与假诗的诗学思考为序，声援"真诗"这一新诗观。编者在附录前极力称赞刘半农诗论的"透彻""明白"，认为是对当时新诗人的"当头棒喝"，如此高扬的评价势必会对读者的阅读接受产生影响，使读者自觉接受诗论中宣扬的新诗观念。由此可见，选本通过宣扬新诗观念，声援了新诗发展，使新诗这种新文体得以广泛接受。

五四新诗选本还通过编选原则的确定和审美标准的建构来推广新诗观念，扩大新诗受众。如《辛夷集》《抒情小诗集》《恋歌》三本选本对抒发真情实感、张扬个性自我的审美取向，既宣扬了真诗观，也因其真实品格受到当时读者的喜爱，均在短时间内再版。[①] 编者在《抒情小诗集》再版序中开篇就表达了对短时间内读者要求该选本再版的惊讶与快慰之情，"很难引起人们注意的一册抒情小诗，居然能在两年以内得到读者再版的要求，使我得再增选许多作品进去，这是出版界一桩很可纪念的快事"。该选本刘大白序还对五四时期抒情诗盛行的现象做了记录与评价，"几千年来被压迫在磐石的礼教下面的中国人底男女之情，差不多都不敢堂堂皇皇地表现。然而情苗是压不住的，……到了最近，这一块腐朽的磐石（指礼教——笔者注），已经被新时代的潮流冲击崩裂了，他底运命已经垂尽，不能压住情苗底森森怒长了。于是一般的新诗人，都很大胆地作起抒情诗来。又因为诗体解放，可以用新工具充分地自由表现，所得的成绩，往往远胜于旧体的抒情作品。这是中国现代诗坛上最可喜的现象"（《抒情小诗集·刘大白序》）。《恋歌》这一选本也是将抒情诗，尤其是爱情诗集中呈现的选本，其序言中也提到中国近代恋歌在之前有"一个极盛的时期"，而在该选本之前，"坊间本已有几部出版"的"恋歌集"（《恋歌·序》）。这一方面说明五四新诗中抒情诗创作的蓬勃发展，另一方面说明这类诗作有广泛受众、广阔的市场空间，而将抒情诗集中呈现的新诗选本也为凝聚这一广大新诗阅读群体做出了重要贡献。

[①] 《辛夷集》1923 年 4 月由上海泰东图书局出版，同年 8 月 3 版，同年 9 月 5 版，至 1926 年 7 月已经出到第 6 版。《抒情小诗集》1923 年 6 月由上海古今图书出版，1925 年再版。《恋歌》1926 年由上海泰东书局出版，1928 年 3 月再版，1929 年 3 版。

总体而言，五四新诗选本在为新诗争夺话语权、确立合法性的观念建构过程中，以序跋等副文本中具有鼓动性的话语和丰富而契合时代精神、读者阅读趣味的选诗操作，声援了新诗发展，培养了支持、爱好新诗的新潮受众，扩大了新诗的影响，使新诗的理论建构和创作实践得到了进一步传播和接受。

二 孕育理解新诗的经验读者

孕育理解新诗的经验读者有赖于选本对新诗知识的传递。新诗知识是在新诗人笔耕不辍的创作探索和理论实践中形成的，刊载新诗人诗作的报纸、杂志、书籍也就成了生成与传播新诗知识的载体。新诗选本也是其中一种载体，它通过呈现新诗人的具体诗歌文本和序跋副文本中的理论言说，向读者讲述、展示如何学习、欣赏、写作新诗。也就是说，新诗选本确立了对新诗的理解范式，向读者普及了新诗相关知识，使这些读者更容易理解并接受新诗，进而有成为经验读者的可能。在这个意义上，新诗选本对普及新诗知识、凝聚经验读者、促进新诗传播起到重要作用。

正如《新诗集》的编选者在序中所言，只要熟读《千家诗》《唐诗三百首》就能学作旧诗，原因在于这些古典诗歌选本通过文本示范向读者传达了旧诗的知识和规范。于是爱好新诗的他们也决心为新诗找一个"老师"，将新诗知识传达给喜好新诗的同人，以促进新诗的传播和接受。这里的"老师"可以包含新诗各种出版物，但人们由于"经济上，交通上，时间上种种关系，往往不能够多看新出版物"，对新诗的接触也就少了，这样不利于新诗的发展。于是新诗同人也就萌生了作新诗选本的想法，"索性把各种书报中的新诗汇印出来"，新诗爱好者们便只需要以低价就能看到很多有价值的新诗，由此指引读者对新诗知识的领悟、研究、接受。《分类白话诗选》则是通过附录刘半农、胡适、宗白华、执信的诗论，希望读者"可以理会得做新诗的旨趣"，"可以排泄种种怀疑的障碍物"，或者是作为对当时新诗人的"当头棒喝"。也就是说，该选本希望读者能从中得到作诗的方法论，尤其是附录的宗白华的《新诗略谈》和执信的《诗的音节》，分别详细介绍了好诗、真诗应该如何做，诗人人格如何养成，以及诗的相关音韵知识等具体的作诗方法，旨在引导读者正确阅读、写作、欣赏新诗，成为新诗的经验读者，以促进新诗建设。

《新诗年选（一九一九年）》这一选本则由于康白情等经验读者的编选操作，也就更有利于读者从中获取更为专业的新诗知识。比如，该选本编选者认为"诗是很不容易分类的"，因而没有接续前两个选本对诗歌分类的操作，而采用按"人名以笔画繁简为序，诗以年月先后为序"进行编排。以诗人为序进行编排，有利于读者形成对诗坛诗人群体构成的整体认识；而将同一诗人的优秀诗作集中呈现，读者也更便于形成对某一诗人诗风的整体认知。再如，该选本跋《一九一九年诗坛略纪》流露出的新诗史观，也是更为专业的新诗知识，当读者阅读时，就会得到关于新诗发展史的整体印象。《抒情小诗集》和《恋歌》两部选本的编选者同样在序言中介绍了一些相关新诗知识，并流露出新诗史观。读者阅读这些选本时，既可以了解到欧洲抒情诗的发展史，也对中国抒情诗的流变和近代恋歌史的分期有了一定了解，还能从中得到小诗体较于长诗的文体优势等诗体知识。选本通过传达这些专业的新诗知识，使读者加深了对新诗的认识和理解，也就有了成为经验读者的可能。

新诗选本通过序跋等副文本的理论言说和具体的选诗操作，推广了新诗观念，普及了新诗知识，这也为新诗接受主体的培养奠定了基础。因为普通读者由于"趋新"容易受到新颖的新诗观念的感召，而选本中蕴含的专业的新诗知识，则满足了普通读者中潜在的经验读者的阅读需求，使普通读者有向经验读者转变的可能。也就是说，新诗选本培养了广泛的新诗接受群体，声援了新诗的发展，有利于新诗进一步的传播。

第三节　新诗文本的再生产与再传播

任何一个文本都有赖于读者去揭开其意义，否则便是沉默的文本。新诗文本不仅直接通过报刊、个人诗集获取读者，选本也是新诗阅读的重要途径。若更加仔细地去观察新诗选本与早期新诗的传播，便会发现其过程存在复杂的机理。选本的编者首先作为一个读者携带一定的观念接受了一大批新诗作品,再由个人的认识对新诗文本进行了再生产(选、编、评等),并通过出版的方式使新诗得到了再传播。在新诗选本中,新诗文本获得了新的表现形态与阐释空间,作为一种二次产物重新进入了复杂的传播过程。

一 新诗文本的再生产

一首新诗,当其被置入某个选本,究竟发生了怎样的改变?若从符号学的角度来看待,或许能提供一种思路。同一新诗文本,在其初始形态与选本中的形态之间,变化的是文本外部的符号体系。赵毅衡指出,"所有的符号文本,都是文本与伴随文本的结合体,这种结合,使文本不仅是符号组合,而是一个浸透了社会文化因素的复杂构造","在相当程度下,伴随文本决定了文本的解释方式。这些成分伴随着符号文本,隐藏于文本之后、文本之外,或文本边缘,却积极参与文本意义的构成,严重地影响意义解释"[①]。新诗选本选取新诗,虽然较少改动新诗文本本身的内容,却改变了作为伴随文本的其他内容。选本通过标题、目录、序言等框架因素为新诗文本增加了副文本,通过选取标准、编排顺序、归类方式为新诗文本增加了型文本,通过序跋、按语、评语、注释等为新诗文本增加了元文本。

型文本"指明文本所从属的集群,即文化背景规定的文本'归类'方式……最明显的,最大规模的型文本范畴是体裁","型文本的归属常常以副文本方式指明"[②]。综观五四时期的诸多新诗选本,它们都由新诗选本编选者依据自己的新诗观念与知识,自发主动地将新诗文本进行分类而形成的。如本编第二章已经提到,《新诗集》与《分类白话诗选》将所选新诗分为"写实""写景""写情""写意"四类。由于编者提前介绍了自己的分类原则,指示了每类诗歌的特征,在新诗文本原有的表意体系基础上,选本借由分类的方式同读者约定了又一层表意和接收方式。

[①] 赵毅衡:《符号学原理与推演》,南京大学出版社2011年版,第141页。
[②] 赵毅衡:《符号学原理与推演》,南京大学出版社2011年版,第144页。

当读者读到"写实"一类的诗歌，便自觉地按照编者所言的"社会上种种现象"的方式来理解这些诗；而对"写景"一类，便更倾向于关注诗中描写的"自然界种种景色"。分类不仅对理解诗歌的模式发生作用，同时也会影响读者的价值判断，受到编者的暗示，读者会认为"写情"类目中的诗抒发的都是"很优美，很纯洁的情感"，而"写意"类目中的诗表达的就是"很正确，很高尚的思想"。不仅是在大的分类上，在选本中小类主题诗歌的集中也为同型文本的阅读提供了有机的解读体系。

除这种以明确的副文本（目录及分类标题）表示的型文本，新诗选本还为所选诗作创造了一个更为隐晦却作用重要的"型文本"，即"文本身份"。符号文本的社会性身份即文本身份，"文本身份与发出者的身份有关，却并不等同……是文本与伴随文本背后的'文化身份'、社会地位，或次体裁范畴"[1]。新诗选本举着新文化的旗帜，认为新诗与旧诗有精神上的优劣之分，"要把白话诗的声浪竭力提高来"（《分类白话诗选·序》），他们宣称"凡选入的诗都认为在水平线以上"（《新诗年选（一九一九年）·弁言》）。因此，在新诗发展初期，这些选本足以为新诗赋予代表着优质新诗的文本身份，直接影响着读者对这些新诗文本的判断，甚至会形成新诗创作的一种导向。同时，"不是作者身份建造文本身份，而是文本身份构筑作者身份"[2]，入选新诗选本会对诗人的作者身份形成影响，不仅使其在读者心中具有更高更理想的地位，还可能使其获得某种诗歌风格的印象标签。例如，当读者在书前的文章以及诗歌的评语中读到"第一首散文诗而具新诗的美德的是沈尹默的《月夜》"，那么便会一定程度上认可沈尹默的先行者身份与散文诗风格，亦会对《月夜》一诗格外高看几分。

元文本是"关于文本的文本，是此文本生成之后被接收之前，所出现的评价"[3]。由于元文本出现于文本产生之后，是解释性的伴随文本，它当然不可能与文本的一次传播同时发生。选本则是元文本栖身的佳处，

---

[1] 赵毅衡：《符号学原理与推演》，南京大学出版社2011年版，第363页。
[2] 赵毅衡：《符号学原理与推演》，南京大学出版社2011年版，第366页。
[3] 赵毅衡：《符号学原理与推演》，南京大学出版社2011年版，第146页。

无论是序跋还是评语、按语中对新诗文本的评价，都作用于读者对新诗文本的理解。不论读者是认同抑或反对元文本的意义，都必然受到它的影响。五四时期是新诗的草创期，元文本的存在对新诗的传播起到了很大的作用，其效果在本编第二章已有较为详尽的论述。

作为一种重塑新诗传播形态的载体，新诗选本对于新诗文本的意义远不止于静态的遴选与展示。在编选、出版的过程中，新诗被剥离出原始的文本外部空间，并依照有机的方式被纳入新的聚合体之中。新诗文本被赋予新的伴随文本，在其作用下以另一种姿态向读者敞开。选本重塑了新诗文本与读者的符号约定，完成了对新诗文本的再生产，使其携带新的文本身份进入了再传播。

二 新诗文本的再传播

新诗文本在选本中被再生产的同时，便做好了再度传播的预备。相较于报刊发表与新诗人的个人诗集，选本以二次媒介的性质让新诗文本在再传播中获得不同于前的意义。借由五四新诗选本，一批具备典范意义的新诗文本成为读者的诗歌指南，成为教材的新诗选文，成为后来诸多新诗选本的一个参照。

首先，五四新诗选本可作为当时的新诗爱好者阅读、写作新诗的指南。在五四时期，许多新诗人的新诗创作源于在报纸杂志上看到的其他诗人的诗作，如郭沫若就因在《学灯》上看见康白情的新诗，激发了自己"创作欲的发动"[①]；而读了郭沫若的《女神》，又促发闻一多写新诗、策划出版自己的新诗集。[②] 然而，要想学习新诗创作，师从一位诗人当然不及博采众家之长，而且诸多新诗人的个人诗集也不便全部购入，何况良莠不齐、难以去粗取精。新诗选本便解决了这一困难，通过一定质量标准的删汰择取、一定新诗知识下的分类编排，选本相较于首次传播新

[①] 郭沫若：《我的作诗的经过》，郭沫若著作编辑出版委员会编：《郭沫若全集 文学编 第十六卷》，人民文学出版社1989年版，第215页。

[②] 孙党伯、袁謇正主编：《闻一多全集 12·书信·日记·附录》，湖北人民出版社1993年版，第121页。

诗的报纸杂志、个人诗集等载体，具备水平更高、知识更丰富、阅读更简易、书籍更便携等多种优点，适合于作为新诗爱好者读诗写诗的参考书籍。选本中载入的一些新诗创作经验也为爱好新诗的读者提供可供参考和借鉴的范例，增加了这些读者向新诗创作者身份转变的可能性。《新诗集》选入执信的《毁灭》一诗时保留了诗人的原序，提到该诗是受胡适诗作的启发而作，"读胡适之先生诗，忽忆天文学家言，吾人所见星光有数千年前所发者，星光入吾人眼中时，星或已灭矣，戏成此诗"。通过分析其诗作内容，笔者推测诗人所说的胡适诗作或许是《一念》，此诗也入选了该选本，而在该诗之前还有一首仲孙的《见火星随感》，这些都是探讨宇宙与个体关系的诗作，内涵新颖，在新诗中别具一格。《毁灭》和《见火星随感》一前一后连续出现，也有可能是编者故意为之，以形成"群文阅读"的效果，指示读者对这类较为陌生的诗作的阅读接受。而新诗选本上的新诗诗作众多，题材、体裁纷杂，可以满足不同读者的审美偏好，那么这些读者可能也会模仿这些诗作的笔调，自发地进行新诗创作尝试。在这种意义上来说，五四新诗选本或许有成为新诗阅读、写作指南的可能性。

其次，五四新诗选本为当时的国文教科书等提供了选诗的借鉴。对早期新诗而言，除被各种报纸杂志、别集合集刊载之外，入选教材可以说是另一重要的传播路径，也由此构成了早期新诗合法性的另一有效支撑。五四新诗选本《辛夷集》的编选者就曾流露出可以此选本作为教材之意，其编辑大意言："本集取材长短适宜，尤可供男女中小学国文教材之用。"教材也可以说是某种意义上的选本，因为二者都有对现存的文学作品的筛选、取舍、选优、拔萃。以五四时期国文教育中对新诗选本的阅读接受研究为例。中国文学史上第一部新诗选本《新诗集》诞生于1920年1月。同年8月，由商务印书馆出版的《白话文范参考书》是最早选入新诗的语文教科书，在该教材的第二册将胡适的《谈新诗》全文录入，旨在为"新诗的由来和做法"提供参考，[①] 并且选入了《新诗集》中的三首新诗：傅斯年《深夜永定门上晚景》、周作人《两个扫雪的人》、

---

① 何仲英编纂：《白话文范参考书　第二册》，商务印书馆1921年版，第66页。

沈尹默《生机》，题为"新诗三首"。这一时期《新诗年选（一九一九年）》也成为多地中小学校的指定参考书或课外书，例如，1930年湖南省私立明德中学《初中国文课程纲要》规定了第二学年的"略读"任务，《新诗年选（一九一九年）》就是其中的备选书目之一。① 1931年，《山东省县私立中等学校国文教学概况》中提到，《新诗年选（一九一九年）》是学生课外读物中已自备的读物。1934年，"新课程标准世界中学教本"之《朱氏初中国文》所选42首新诗中，7首为五四新诗选本所选篇目，其中顾诚吾的《乡间的孩子》一诗末尾还标明取自《新诗年选（一九一九年）》。《新诗年选（一九一九年）》由此实现了从文学读本到新文学教材用书的转变，这无疑也加速了选本中新诗的传播与接受进程，其意义也超出了北社同人"以飨同好"的初衷。另外，同时期还有一些国文教科书中选取的新诗教学篇目亦大都出自五四新诗选本。例如，1922年出版的《初级中学国语文读本》②共选入7首新诗作品，包括胡适的《鸽子》《奔丧到家》，胡怀琛的《明月》《荒坟》，沈尹默的《人力车夫》，刘复的《学徒苦》，周无的《过印度洋》。其中除胡怀琛诗作外，其余5首诗作均在《分类白话诗选》中出现，《奔丧到家》和《学徒苦》也入选了《新诗集》中。1924年出版的《新学制高级中学国语读本·近人白话文选》③中收录的新诗则更多，共32首，其中有12首新诗出现在五四新诗选本中。

　　五四新诗选本为后来的新诗选本提供了认识、评价初期诗人诗作的参考坐标。作为最早的一批新诗选本，五四时期新诗选本不仅在当时发挥作用，还在一定程度上影响了后来的新诗选本。尽管选本这一形式源远流长、古已有之，但新诗选本是新文化的产物，具备新的特征以及自身的发展轨迹。《分类白话诗选》之所以采取分类的方式，正是受到比它更早的《新诗集》的影响。许德邻在序言中就说："至于分门别类的编制，原不是我的初心，因为热心提倡新诗的诸君子，恰好有这一个模范。

---

① 明德中学校长办公室编：《初中国文课程纲要》，《湖南私立明德中学校一览》，1930年自印出版，第100—102页。
② 孙俍工、仲九编：《初级中学国语文读本》，上海民智书局1923年版。
③ 吴遁生、郑次川编：《新学制高级中学国语读本：近人白话文选》，商务印书馆1924年版。

我就学着步武，表示我'同声相应'的'诚意'。"（《分类白话诗选·自序》）这种同声相应正是五四新诗选本内部发生相互作用的明证。同样地，五四新诗选本也对后来的选本发生影响。以1937年的《中国新文学大系·诗集》为例，朱自清在《选诗杂记》中说："那时新诗已有两种选本，一是《新诗集》，一是《分类白话诗选》，但我们都不知道。这回选诗，承赵家璧先生觅寄，方才得见。"可见，赵家璧曾有意地搜罗相关的新诗选本提供给朱自清作为参照。编成后，朱自清也在《编选用集及期刊目录》中列出了《分类白话诗选》与《新诗年选（一九一九年）》两本书的题目，并称赞了《新诗年选（一九一九年）》的严谨，认为这一选本"像样得多了。书中专选民八的诗，每篇注明出处，并时有评语案语"①。据《中国新文学大系·诗集》的《诗话》记载，鲁迅、王志瑞、周无的3首诗歌采自《新诗年选（一九一九年）》，刘复、沈尹默、傅斯年、田汉的4首诗歌采自《分类白话诗选》。朱自清还在诗话关于胡适一条中引用了《新诗年选（一九一九年）》的评语："适之首揭文学革命的旗，登高一呼，四方响应，其在中国文学史上的地位是已定的了。"但朱自清也并非对《新诗年选（一九一九年）》评语全盘接受，比如愚庵认为沈尹默的《月夜》"妙处可以意会而不可以传"，朱自清称自己吟味不出，认为"只有四行诗，要表现两个主要意思也难"，②故而未选这首诗。如今看来，或许愚庵的评价反而更有远见一些。除《中国新文学大系·诗集》外，后来的许多选本，诸如赵景深的《现代诗选》、刘半农的《初期白话诗稿》，其选初期新诗篇目与五四新诗选本亦有较多重合。虽说未必是直接的影响，但间接的影响大抵是存在的。

相较于诗人对新诗文本的生产，五四新诗选本通过为新诗文本赋予新的伴随文本改变其预设的接受模式、赋予其不同的文本身份，使其携带了一套潜在的阅读知识和一种编者赋予的价值判断，完成了对新诗文本的再生产。相较于初次传播，新诗文本借助选本进入再传播时获得了

---

① 朱自清：《中国新文学大系诗集·导言》，朱自清：《中国新文学大系导言集：1917—1927》，天津人民出版社2009年版，第16页。

② 朱自清：《中国新文学大系诗集·导言》，朱自清：《中国新文学大系导言集：1917—1927》，天津人民出版社2009年版，第15页。

更为典范的身份,不仅对读者的影响更加明显,还借助于教材的权威性与普及性进一步扩大传播范围,并且对后来的选本也产生影响,帮助一批新诗文本在时间的轨道上流行得更远。

　　五四新诗选本介入早期新诗的传播,通过选的方式限定了一批优质的新诗文本,借助编的操作组织了一种有机的传播形态,从而使新诗选本获得不同于报刊诗歌及个人诗集的传播特性,具备独特的传播意义。五四新诗选本通过新诗观念的推广培养了支持新诗的新潮受众,通过新诗知识的普及孕育了一批能够读懂新诗的经验读者,为新诗培养了接受主体。细察选本的运作方式,它们通过对新诗文本的再生产,在伴随文本中置入了一套引导装置(或称理解体系),使新诗文本的表意可能性得到规约,并在新诗文本的再传播过程中发挥了深远的作用。

结　语

　　现代印刷出版媒介是新文学在传播接受中迅猛发展的重要助力。肇始于1917年的新诗，在1920年出现个人诗集《尝试集》与新诗选本《新诗集》《分类白话诗选》后，进入一个全新的阶段。作为新诗文本的重要载体，五四新诗选本参与了早期新诗的发生与传播，在其中起到极为重要的作用。

　　五四新诗选本通过序跋集中呈现了有关新诗的重要理论探讨，传达出白话为新诗之正统、真情为新诗之灵魂、自由为新诗之生命等诗学观念，回答了新诗草创期关于该不该写、该写些什么、该怎么写的问题，在新诗话语权的争夺、合法性地位的确立中发挥了重要作用。新诗选本编选者作为新诗的经验读者，通过对诗作的遴选编排，融入其新诗知识与经验，从而凸显新诗的语言形态，集中展现出外来词汇、方言词汇入诗的可能性与必要性；传递新诗的音韵理论，为自然音节、自由用韵的自由体新诗选拔出典范性的文本；提示新诗的阅读方法，在新诗分类与古今中外比较中帮助读者形成了一定的阅读技巧，传播了新诗知识。五四新诗选本还建构出一套自身的审美标准并在选诗中付诸实践，为新诗文本的经典化形成助力。作为一种独立的传播载体，新诗选本具备集中、大量、有机的传播特性，通过新诗文本的再生产赋予其新的伴随文本，增添其文本身份，使新诗文本在再传播中收获了一大批支持、理解新诗的读者，并影响了后来的国文教材、新诗选本对早期新诗的认识。

　　对早期新诗而言，新诗选本的出现是必要的。但必须承认的是，五四新诗选本对早期新诗的助力也是有限的。首先，除康白情外，其余多数选本的编者不过是新诗的爱好者，这就限制了新诗选本的选诗质量与理论水平。其次，新诗尚处于草创期，音节、体式、读法等诸方面均未定型，自由的另一面便是散漫，这是新诗选本的又一不足。最后，由于出版市场的原因，选本的受众或许也并不够广泛，如朱自清在编选《中国新文学大系·诗集》之前就未见过最早的两个新诗选本。多方面原因导致新诗选本的效果绝不是完全理想的，但同样的，这也并不能抹杀新诗选本的现实贡献。至少从再版的情况及其对后来国文教材、新诗选本的影响就可以看出。

本文对五四新诗选本与早期新诗发生传播的研究，尚存在诸多不足。首先，由于材料搜集的难度，当时读者对新诗选本的反馈难以得知，这些选本的出版再版册数也难以统计，这些材料若能找到，对选本的接受将会有更深的认识。其次，由于笔者理论知识薄弱，未能深入结合古代选学传统、现代选本理论、传播媒介理论来展开分析。若能进行交叉学科的深入研究，立足传播学的理论，应该会有新的收获。同时，五四新诗选本对后来的选本起到了多少影响，若能在百年新诗发展史中拎出新诗选本发展史来进行研究，想必宏观的史学视野能带来许多新的见解。

第二编

闻一多《现代诗抄》的编选与诗学观

第二章

概　　述

　　从1920年7月的第一首诗《西岸》，到1931年发表《奇迹》，闻一多的创作活动持续了约11年，并形成了较为完整的新格律诗学理论。写作《奇迹》之后，闻一多浸润于古典文化的研究中长达十余年，《现代诗抄》是他1943年重回新诗领域编选的一部现代新诗选本，收录了65位诗人的191首诗歌。闻一多逝世时，《现代诗抄》只是初具雏形的未刊稿，应有的序言、说明皆无，抄选时间也没有标注。1946年，闻一多殉难后，清华大学组织成立了以朱自清、郭沫若为代表的"整理闻一多遗著委员会"，负责对他的著作进行整理，成果《闻一多全集》（四卷）由上海开明书店于1948年8月出版，《现代诗抄》作为"附录"收录在全集中，在此之前，该选本并未正式进入传播阶段。

　　目前，《闻一多全集》的版本系统有两个。一个是上海开明书店1948年版（繁体），共4册，生活·读书·新知三联书店于1982年再版，在生活·读书·新知三联书店再版的基础上，上海书店出版社于2020年出版了简体本，共6册。限于当时的环境，该版本有不少重要遗著未能及时整理收入。另一个是1993年湖北人民出版社出版的《闻一多全集》，共12册，在内容、体例等各方面均较为完善，该版本将选本名称"现代诗钞"改为"现代诗抄"。两个版本的《现代诗抄》编排存在一定的差异，如新月派诗人诗作的位置，1948年版置于选本末尾，1993年版则位于开头。湖北人民出版社版本的"编者说明"中解释，这一版的《现代诗抄》以闻一多的手稿为基础，除合并了个别作家分列两处的作品外，其余作家作品按原来的顺序排列，没有做过任何改动。本文以湖北人民出版社的《闻一多全集》为依据。

关于闻一多的诗学和诗论，学者们大多把目光放在了其前十年取得的成就，而他后来的诗学思想则相对较少注意到。作为闻一多新诗探索的后期成果，《现代诗抄》选本可以说是闻一多重回现代新诗的宣言，是他对中国传统文学史和西方文化考察后在新诗层面形成的结晶。选本的选与改是主体的一种价值判断，从本质上决定了选本是文学再生产和文学重构的结果，选本由此成为选者思想体系的构成部分，阐释和表明了某些文学观念。对《现代诗抄》进行剖析，有助于深刻了解闻一多对现代诗歌的探索成果和对新诗创作的想象，从而加深对闻一多诗歌理论的理解。

此外，从宏观来说，新诗与新诗选本关系密切，选诗能集中展现某一阶段新诗的创作成就以及选者的诗学观念。从上海新诗社于1920年1月出版首部新诗选本《新诗集》以来，至中华人民共和国成立之时，新诗选本的发展已有近三十年，其间出现了许许多多不同类型的新诗选本。这些选本身处新诗创作的历史现场，适时地参与到新诗发展进程中，大体上对应了新诗的发展脉络，成为新诗传播接受的重要形式，在保存诗史和历史、构建新诗经典、巩固新诗地位、引导新诗方向等方面都发挥着重要作用。在现代诗歌传播接受领域，就选本研究而言，20世纪40年代的新诗选本研究还比较薄弱，仍有很大的挖掘空间。

作为现代新诗发展末期的选本，《现代诗抄》具有一定的全局观和总结性质，也暗含了闻一多对"新诗前途"的思考。通过与陈梦家《新月诗选》、朱自清《中国新文学大系·诗集》、臧克家《中国新诗选（1919—1949）》等几部经典选本的对比研究，结合史料对《现代诗抄》的细致探究，考查闻一多编选选本的主要内容、参考资料、取舍原则、编排方式，有助于了解闻一多的诗学观念以及新诗发展的基本概况，同时扩充中国20世纪40年代新诗传播接受研究的谱系。

因此无论是对闻一多诗学观念的研究与补充，或者是站在现代新诗的传播接受之选本维度，对《现代诗抄》的探究都是一项具有价值的课题。

长期以来，闻一多在文学评论、新诗创作、古典文学诸方面取得的成就吸引了研究者的注意，作为编选者的闻一多却鲜有人关注，《现代诗抄》的编选意义、诗学贡献还有待进一步探究。目前，既有研究主要从三个方面展开，分别是史料考察、思想考察以及新诗史意义探究。

一 关于《现代诗抄》编选的史料考察

关于《现代诗抄》编选的史料考察，现有文章主要关注其编选背景与动机。经整理资料发现，闻一多编选《现代诗抄》与西南联大外文系教授、英国学者罗伯特·白英（Robert Payne）编选《当代中国诗选》紧密相关。罗星昊的《闻一多〈现代诗钞〉拾微》、李章斌的《罗伯特·白英〈当代中国诗选〉的编撰与翻译》中均提到，1943年，罗伯特·白英受英国方面委托进行"中国新诗选译"工作，由于不熟悉中文，他便邀请以闻一多代表的西南联大师生合作编译。闻一多欣然允诺，开始了新诗的编选工作，在此基础上形成了《现代诗抄》的雏形。后来罗伯特·白英完成英文选本并成功出版《当代中国诗选》，通过比较分析，李章斌认为罗伯特·白英的《当代中国诗选》是对《现代诗抄》的补充，原因在于前者选入的大都是诗坛上有一定影响的诗人，选入的篇目也以他们各自的名作为主，而后者则更器重诗坛新人，尤其是西南联大校园诗人；共同入选的诗人具体篇目上也是大致错开的。由于罗伯特·白英不熟悉中国现代新诗情况，两部选本实际均由闻一多占主导，可以将二者看作"姊妹篇"，综合来看，从中能得到闻一多完整的选诗观念和取向。

1985年，罗星昊的《闻一多〈现代诗钞〉拾微》是较早深入研究这一选本的论文，后续的许多文章吸纳了其中的史料考察信息。文章联系闻一多后期的文章、讲演中的观点，从抄选目的、闻一多后期的新诗史观、闻一多的编辑艺术三方面考察了《现代诗抄》与选家的关系，这是首篇以《现代诗抄》为基点，分析闻一多新诗史观、编辑艺术的文章。罗星昊认为"入古出今"是闻一多编选选本的目的，他从中华民族数千年文学的源头重新起步，是为了寻找新诗的发展方向。他还依据选本选择的诗歌流派及选诗数量，分析了闻一多后期的新诗史观，如闻一多肯定新月派诗精神的热力，因此新月派占比最大；而七月派的作品中缺少人民性，以主观去拥抱客观，占比较小。最后，他从选诗与编排两方面，分析了闻一多的编辑艺术,认为《现代诗抄》是以精选代替宽选,所选诗歌均是诗人的代表作;以流派为单位交错排列,打乱各诗派在时间承续上的先后关系,"各派感情基调的递变则贯起了全书的主旋律"①,达到了编辑的科学性与艺术性的协调。但是这篇文章是以1948年开明版的《现代诗抄》为依据,在诗人诗作排列上与闻一多原稿有较大出入,因此,该文对其编辑艺术与新诗史观的分析存在偏差。陈卫在《评闻一多的新诗社团活动》中指出了闻一多编选诗抄的另一层原因,即20世纪40年代民族危亡时期,出于革命的紧张氛围,闻一多"向学生们号召诗要与人民结合在一起"②,因此陈卫将选本看作西南联大教师的闻一多给学生提供的具体指导。

易彬在《政治理性与美学理念的矛盾交织——对于闻一多编选〈现代诗钞〉的辩诘》③一文中,通过历史语境和选本内容的辨析,从阅读视野、选家资格、具体选目等层面,对《现代诗抄》编选的某些现实状况作了说明。例如,闻一多并不十分了解当时的新诗创作情况,在编选之前,他曾在信中向臧克家寻求帮助,而在编选过程中,又请求卞之琳挑选几首自己的诗歌给他。阅读视域的局限阻碍了他在更大范围内进行艺术选择,导致选诗过程处于被动。选本的局限性也是研究过程中不可忽视的一点。

综上所述,从20世纪80年代起,《现代诗抄》逐渐进入了少数研究者的视野,他们结合闻一多的书信,对一些基本史实,如编选背景与动机、编选过程进行了考察梳理,但并未系统深入研究,只是积累了一定的史料信息,给读者提供了辩证思考选本研究的方向。

二 关于《现代诗抄》与闻一多的思想考察

作为闻一多后期的批评实践,以及结束古典文学研究回到新诗领域的第一项工作,《现代诗抄》在一定程度上可以传达出闻一多对新诗的看

---

① 罗星昊:《闻一多〈现代诗钞〉拾微》,《四川师院学报》1985年第1期。
② 陈卫:《评闻一多的新诗社团活动》,《徐州师范大学学报》(哲学社会科学版)2010年第2期。
③ 易彬:《政治理性与美学理念的矛盾交织——对于闻一多编选〈现代诗钞〉的辩诘》,《人文杂志》2011年第2期。

法与对新诗未来发展的想象。此外,《现代诗抄》的特殊性还在于,它是现代新诗发展末期的选本,截至1943年,新诗已经步入了第三个十年的发展期,作为新诗发展亲历者的闻一多,对新诗历史的认识与对新诗前途的理解有着更深刻的想法。许多研究者也注意到了这一时间的特殊性,对选本蕴含的思想进行论述。

陈丙莹在《闻一多的新诗建设观》[①]一文中认为《现代诗抄》表现了作为文史学家与批评家的闻一多在艺术上的宽容与豁达,在选本中可以看到格律派诗、自由派诗、象征派诗,风格手法多种多样,但总体上闻一多坚持了"给社会以好诗""诗是社会的产物"的选诗原则。经过对资料的整理,这一观点具有一定的概括性,《现代诗抄》选诗的确有一定的开放性。

首先从《现代诗抄》所选诗人流派看闻一多的思想。作为新月派的代表人物,闻一多在选本中表现出对新月派诗歌的重视。陕西师范大学董玉梅2014年的硕士学位论文《新月诗派诗歌选本研究》,从诗人与诗作两个角度出发,分析这一结论。一是综合诗抄所选诗人的诗作数量来看,选入的作品达10首以上有4位,分别是徐志摩(12首)、艾青(11首)、穆旦(11首)、陈梦家(10首),这四位诗人当中,有两位是新月诗派的;二是从诗歌数量来看,一共选了新月诗派12位诗人(包括沈从文)的53首诗歌,约占入选总数的28.8%。二是受到西方现代主义诗学的影响,闻一多还在诗选中显示出对现代派的接受。孙玉石在《中国现代主义诗潮史论》一书中考证,《现代诗抄》的65位诗人中,有29位具有明显的现代派风格与倾向,"占入选总数的45.8%"[②]。选本中表现出来的,闻一多对于20世纪三四十年代新起的年轻现代诗人群体的重视和对现代派诗歌的青睐,显示出闻一多的美学意识发生了由浪漫主义、唯美主义向象征主义的转移。此外,陈澜、方长安在《闻一多〈红烛〉〈死水〉批评接受史综论》[③]中还提到,闻一多在编选《现代诗抄》时,选

[①] 陈丙莹:《闻一多的新诗建设观》,《铁道师院学报》1987年第2期。
[②] 孙玉石:《中国现代主义诗潮史论》,北京大学出版社1999年版,第305页。
[③] 陈澜、方长安:《闻一多〈红烛〉〈死水〉批评接受史综论》,《贵州社会科学》2014年第2期。

择了艾青、田间等诗人的诗歌,并多次在公开场合赞扬、推荐和朗诵艾青、田间等人的诗作,体现出闻一多在文学与政治立场上发生的变化,表现出对左翼诗人的欣赏。其次,有些学者从选诗诗体角度,分析了闻一多诗体观念的开放性。吕进在《作为诗评人的闻一多》[1] 中说,虽然闻一多极力倡导现代格律诗,但从未否定过自由诗的存在价值,他批判的是那种名为诗但实为散文的"自由诗",他的诗集《红烛》和后期写的讽刺诗《八教授颂》证明了这一点,因此在《现代诗抄》中自由诗是主体。

还有学者撰文谈及了《现代诗抄》的性质问题。学界普遍认为《现代诗抄》是一部个性化选本,具有个人本位主义性质。方长安的《中国现代诗歌传播接受与经典化的三重向度》从传播接受角度出发,认为闻一多作为重要诗人,以文学审美眼光、诗美眼光选择诗人诗作,没有跳出个人本位主义的陷阱,"个人诗学观念和本位立场影响了他对诗歌的取舍"[2]。方舟在《选本与新诗历史发展关系研究之路径》中也赞同方长安的观点,认为"其取舍带有明显的个人偏好"[3],选本不能真实反映新诗成就,但可以研究闻一多的诗学观念、编选心理以及《现代诗抄》对后来新诗创作和发展的影响,为重新审视新诗历史提供依据。陈璇的《叙述与确认:民国时期选本研究》从诗歌理念、选诗标准、流派传承三方面论述了《现代诗抄》的个人本位主义。文章认为闻一多后期编选选本的诗歌审美观念与前期是一脉相承的;在选诗标准上,闻一多的原则始终是"情感热烈",并以此来衡量所有诗歌,而不以任何外部标签来评判诗歌的优劣;但是流派倾向性还是使他偏爱某一流派的作品。这些都在《现代诗抄》里得到了充分反映,由此可以称《现代诗抄》为"一部本位主义的诗选制作"[4]。

---

[1] 吕进:《作为诗评人的闻一多》,《江汉论坛》1999 年第 12 期。
[2] 方长安:《中国现代诗歌传播接受与经典化的三重向度》,《天津社会科学》2017 年第 3 期。
[3] 方舟:《选本与新诗历史发展关系研究之路径》,《福建论坛》(人文社会科学版)2018 年第 8 期。
[4] 陈璇:《叙述与确认:民国时期新诗选本研究》,博士学位论文,武汉大学,2014 年,第 188 页。

最后，也有部分学者从诗选具体诗歌风格，分析了闻一多的思想矛盾与变化。前文提到的易彬的《政治理性与美学理念的矛盾交织——对于闻一多编选〈现代诗钞〉的辩诘》一文，关注闻一多后期艺术本位与社会本位的新诗观问题。他指出，闻一多的诗学思想中，政治理性占了上风，影响了他对一些作品的判断和取舍。闻一多最后放弃编订与完善工作，其原因很大程度上在于政治理性战胜了美学理念。赵俪生在《谨评闻一多先生的学术成就——兼论中国文献学的新水平》[①] 一文中也持相同看法。他认为闻一多用思想进步衡量学术成就高低，忽视了思想与学术之间存在的不平衡现象，而这一矛盾的根源在于闻一多当时所处的社会现实遮蔽了其文学研究中的"诗性之真"。

但是方长安、仲雷在《选本数据与"何其芳现象"重审》[②] 中提出了不同意见。他们认为《现代诗钞》既坚持艺术审美，也注重表达时代呼声。出现这种对立统一的原因在于，《现代诗钞》完成于昆明西南联大时期，闻一多在远离革命与政治氛围的西南一角遴选诗作，可以立足个人审美兴趣，而不必出于政治考量。但是在全民族抗战的大环境中，闻一多还是选择了更多感情基调比较沉重的诗歌，这是他考虑现实后做出的理性抉择。郭勇从时代环境与中国新诗变局出发，认为该选本是个性化选本，但不是纯粹的文学选本，而是力图解决现实问题的文化方案，展现了闻一多为民族与文化寻找"一剂药方"[③] 的宏愿。

总体而言，现有研究认为《现代诗钞》既是一部重视诗歌审美艺术的新诗选本，又反映出闻一多后期转变的现实性的思想观念和艺术立场。正如方长安、余蔷薇在《选本对胡适"尝试者"形象的塑造》[④] 中所说，闻一多受抗战情绪影响很深，在编选《现代诗钞》时，既根据个人喜好选诗，又试图向世人传递强有力的时代之声。

---

① 赵俪生：《谨评闻一多先生的学术成就——兼论中国文献学的新水平》，《新建设》1949年第1卷第8期。
② 方长安、仲雷：《选本数据与"何其芳现象"重审》，《江汉论坛》2017年第12期。
③ 郭勇：《为民族与文化开一剂药方：闻一多〈现代诗钞〉的时代意义》，《北京教育学院学报》2020年第6期。
④ 方长安、余蔷薇：《选本对胡适"尝试者"形象的塑造》，《中国现代文学研究丛刊》2012年第5期。

三 关于《现代诗抄》的新诗史意义考察

选本具有文学批评、保存文史与历史、塑造经典的作用,对作为诗选本的《现代诗抄》的新诗史意义考察散见于部分论文。陕西师范大学徐宁的硕士学位论文重点探究了《现代诗抄》保存诗史、塑造经典的意义。方长安在《以经典化为问题——闻一多的〈现代诗钞〉与新诗评估坐标重建》一文中提到:"闻一多生命晚期编选的《现代诗钞》,其选录的诗人、诗作,总体而论经典化'成效'不高,但就其所推崇的诗人而言,成为经典的比例却相当大"[1],并从"昨天"视野和古典文学、"今天"观念和外译意识两方面选诗标准分析了这一征候性现象出现的原因,将其上升到百年来新诗评价尺度、重建新诗评估新坐标的高度。

在《现代诗抄》中最能引起学者关注的是对西南联大诗人群的认可和挖掘。江渝在《传递不灭的文化薪火——从西南联大看大学文化与现代文学之关系》中提到,《现代诗抄》收录了众多西南联大诗人的作品,使他们第一次以规模化的阵容,"集体亮相于文坛"[2],尤其是穆旦,有11首诗入选,仅次于新月派重镇徐志摩。方长安、纪海龙的《穆旦被经典化的话语历程》[3] 中也提到,穆旦40年代才进入中国新诗的创作队伍,《现代诗抄》收录穆旦诗作的数量仅次于20年代就已成名的大诗人徐志摩,最早从新诗史角度对穆旦给予了肯定。此外,易彬还在《穆旦诗歌的修改情况举陈》[4] 一文中,列举了《现代诗抄》中穆旦《诗八首》与通行版的不同,首次提出了选本的改诗情况。"九叶派"诗人杜运燮也曾撰文说,他最初的习作之一《滇缅公路》被闻一多收入《现代诗抄》,受到此鼓励后,更加强了他写诗要贴近现实生活的信念,《现代诗抄》是最

---

[1] 方长安:《以经典化为问题——闻一多的〈现代诗钞〉与新诗评估坐标重建》,《华中师范大学学报》(人文社会科学版) 2023 年第 1 期。
[2] 江渝:《传递不灭的文化薪火——从西南联大看大学文化与现代文学之关系》,《当代文坛》2010 年第 3 期。
[3] 方长安、纪海龙:《穆旦被经典化的话语历程》,《南开学报》(哲学社会科学版) 2007 年第 3 期。
[4] 易彬:《穆旦诗歌的修改情况举陈》,《北京教育学院学报》2004 年第 2 期。

早收入杜运燮诗作的选本。越来越多的研究者认为，20世纪40年代的诗歌代表了现代新诗的高峰，以穆旦、杜运燮等为代表的西南联大诗人的作品为现代诗歌的写作树立了一种典范和高度，并成为20世纪80年代以来当代学院诗的先导，而西南联大诗人群的作品又在其中占有十分突出的位置，表现出闻一多作为选家的真知灼见。

《现代诗抄》还挖掘和保存了一批边缘诗人及诗作。汪云霞《论俞铭传诗歌的传播及其"世界性"意义》①梳理了俞铭传诗歌创作发表的历程，其中第一阶段是20世纪40年代中后期，受到闻一多《现代诗抄》的肯定与推荐后，俞铭传的诗歌得以广泛传播。贾宏图在《永恒的诗人——〈玲君诗集〉序并纪念白汝瑷先生》②中提到，闻一多很欣赏玲君具有现代主义和象征主义风格的诗歌，并在《现代诗抄》中收录了他的三篇作品。20世纪末期，在诗坛玲君"下落不明""生平不详"的情况下，一些批评家、评论家、选家在对中国新诗进行梳理的过程中，通过这一选本，不约而同地关注到了玲君当年的诗作。王爽、黄光芬在《王佐良与英美现代诗歌在中国的译介》③中也提到王佐良早期的诗作受到文学大师闻一多的青睐，《现代诗抄》中收有王佐良2首诗。正如杨新宇在《等等大雪等等霜——诗人赵令仪论》④中说，新诗史上有许多诗人长期处于"失踪"状态，如汪铭竹、赵令仪、俞铭传、罗寄一等，《现代诗抄》为诗歌研究者和爱好者提供了弥足珍贵的史料和读本。

总的来说，20世纪40年代的新诗选本在新诗传播接受研究中还比较薄弱，作为1948年前未单独出版的"潜文本"，专门研究《现代诗抄》的文章更少。目前来看，《现代诗抄》研究论文处于失衡和碎片化状态。这体现在，一是内部研究与外部研究的不均衡。研究者多关注选本的外部研究，如编选背景与动机、编选过程、编排方式等，对选本的内部研究，如编选者的新诗审美观念、文学史意识、经典意识等比较忽视，呈

---

① 汪云霞：《论俞铭传诗歌的传播及其"世界性"意义》，《东岳论丛》2019年第7期。
② 贾宏图：《永恒的诗人——〈玲君诗集〉序并纪念白汝瑷先生》，《新闻传播》2006年第6期。
③ 王爽、黄光芬：《王佐良与英美现代诗歌在中国的译介》，《外国语文》2020年第4期。
④ 杨新宇：《等等大雪等等霜——诗人赵令仪论》，《现代中文学刊》2020年第5期。

现出失衡状态。二是对《现代诗抄》选本的整体研究成果较少。徐宁的《"以诗存史"与经典化选择——闻一多〈现代诗抄〉研究》[1]是第一篇系统研究《现代诗抄》的论文。该篇文章侧重于分析《现代诗抄》价值与意义，并且研究的主体内容仍基本属于诗歌的外部研究，如《现代诗抄》的编选背景与动机、选录概况、编选标准、编排顺序等。多数论文仅把《现代诗抄》作为自己论述过程中的举例，且研究层次不够深入，涉及内容不全面。如没有学者深入关注《现代诗抄》正文前面闻一多罗列的新诗汇目、新诗过眼录、新诗待访录几个部分的选择。

我们拟从以下方向对《现代诗抄》进行研究。一是联系闻一多的诗学理论，将《现代诗抄》放在闻一多思想演变的轨迹中进行定位，考察他的诗学语言观和节奏观。作为现代新诗发展末期的选本，很少有学者对选本中闻一多新诗观念、经典意识、美学趣味等内容进行系统分析，这也是本文重点要突破的地方。二是在分析中联系新诗史中的其他选本，如朱自清编选的《中国新文学大系·诗集》、臧克家编选的《中国新诗选（1919—1949）》进行比较研究，进一步确认《现代诗抄》在文学史中的价值意义，发掘《现代诗抄》的独特性，同时关注其局限性。三是关注《现代诗抄》中闻一多的改诗情况。选本中的"改"是一个思考的过程，诗行诗节的改变，标点符号或个别语词的调整，均可能蕴含了一些重要信息，比如诗人美学立场或人生经验的变化等。选本的价值不仅在"选"，也在于"改"，二者均是选者的文学批评实践，因此有必要对照闻一多的选诗来源，比较分析改诗背后的观念。综上所述，《现代诗抄》仍有较大挖掘空间，其价值与意义有待进一步探寻。

我们以《现代诗抄》新诗选本为主要研究对象，在考察闻一多书信往来、社会活动以及编选选本时的时代环境、诗坛状况的前提下，明确《现代诗抄》的编选时间与背景，以此为基础，将《现代诗抄》放在闻一多的思想体系和现代诗歌发展进程中进行研究。

研究思路是，首先结合《现代诗抄》正文前面的新诗汇目、新诗过

---

[1] 徐宁：《"以诗存史"与经典化选择——闻一多〈现代诗抄〉研究》，硕士学位论文，陕西师范大学，2018年。

眼录、新诗待访录和部分选诗标注的来源，以表格的形式整理选本的主要内容和参考资料，从选诗范围、编排方式、流派分布、时段分布等方面对内容进行多维审视，并考察其阅读视野。在此基础上，结合闻一多诗人、学者教授、民主战士等社会角色，分析闻一多编选选本的理念与选本呈现的特点。其次，以《现代诗抄》的选诗与改诗为依据，结合时代背景以及闻一多的创作实践、诗学理论、古典研究、思想背景，考察选本中闻一多的诗学语言观和节奏观等诗歌内部因子。最后，联系闻一多的实践经历、学术研究和文学政治演讲，通过选本比较，从社会历史、诗史建构等史学层面与经典建构、诗歌方向倡导等文学层面分析《现代诗抄》的意义与价值。本文研究的创新与特色在于，深挖《现代诗抄》选诗的语言，关注选本独特的改诗情况，从传播接受角度探究闻一多的诗学观念。

研究方法上，采取文本细读法和比较分析法。梳理《现代诗抄》选诗的文献资料来源，汇集整理选本辑录的诗人诗作；爬梳新诗出现到《现代诗抄》编选以来的选本资料，观察《现代诗抄》在新诗选本史上的位置；通过年谱、他人著述等材料，考察闻一多的书信往来、社会活动。在以上文献梳理、史料考证的基础上，通过文本细读和综合比较，梳理分析《现代诗抄》蕴含的闻一多的诗学观念以及选本本身的价值意义。

第一章 《现代诗抄》的编选内容与特点

在探究《现代诗抄》的编选内容与特点之前，先对选本的编选时间与背景这一基本问题进行阐释，以此为基础，将《现代诗抄》放在闻一多的思想体系和现代诗歌发展进程中进行考察。

《闻一多全集》中，闻一多谈到选新诗的问题有两处。一是在1943年11月25日写给臧克家的一封信中，闻一多首次透露了他当时正和一位英国朋友合作新诗选本的编选工作，这里的英国朋友就是罗伯特·白英。在这封信中，闻一多说明了自己思想转变的决心、对新诗的态度，又说道正在着手的选诗和译诗工作，由此可见，闻一多编选选本的事情在1943年11月之前就已经传开了。

1941年12月，罗伯特·白英来到中国，踏上了中国之旅。他先后访问重庆、长沙、昆明、延安、北京等多个城市，获得了战地新闻工作者、学者、作家等多重身份。1943年8月1日，他在英国驻华大使馆的推荐下，于同年11月3日到西南联大任教，讲授"西洋小说""现代英诗"等课程，直至1946年8月。在西南联大期间，罗伯特·白英与闻一多相交甚密，他将闻一多视为"现代中国最伟大的学者""中国的脊梁"，他认为正是有像闻一多这样坚守正义和真理的学者存在，中国才不会丧失希望。其间，罗伯特·白英受英国方面委托，打算编选一部中国现代诗集和一部中国古代诗集，因为不谙汉语，便邀请闻一多帮助编选，参加这一工作的还有西南联大教授卞之琳和袁家骅，部分学生也参与了选诗的翻译工作，如张小怪等，两人合作选诗始于1943年9月前后。《闻一多年谱长编》佐证了这一点,更将时间精确到具体日期,即1943年9月6日前后。由于选诗的关系,闻一多看到了解放区诗人田间的诗,并由此关注到了以田间的诗为代表的现代诗歌的新变化,在合作选诗的过程中,他也积累了大量材料,为编选《现代诗抄》做了准备工作。

另一个提到新诗选本的地方是载于1944年9月1日《火之源文艺丛刊》第2、3期合刊的《诗与批评》。闻一多在文中说需要一位懂得"效率"与"价值"的批评家,编选一部可靠的选本。虽然这篇文章未明确提出这位批评家是谁,但是在与臧克家的通信中,闻一多明确表达,由于他与新诗熟悉又陌生的关系,很合乎选家的资格。闻一多是新月派的代表人物,他对五四以来"自由诗人"忽视诗艺的做法感到不满,坚持"纯诗"的立场,讲求"本质的醇正、技巧的周密和格律的严谨",反对诗的滥情主义和散文化倾向。在《诗的格律》中,他提出的"三美"主张奠定了新格律诗派的理论基础,促使新诗进入了自主创造期,闻一多本人是在新诗之中并重视诗之效率的。同时,闻一多也认为诗应该是负责的宣传,在1939年发表的《宣传与艺术》一文中,他就将文学艺术视为精神建国的宣传工具,截至编选选本之前,他浸润于古典文化研究中长达十余年,又是在新诗之外的,确实是一位懂得"效率"与"价值"的合适的批评家。

虽然这些地方均未直接提明书名,但是据罗星昊考证,书信中所提及的《新诗选》和选本就是这部《现代诗抄》,至于书名,可能是诸家"各姑妄名之"①,也可能是书名先没定,是朱自清等人在编辑全集时补题的。

1928年,闻一多出版《死水》,对后一时期的诗歌形式产生了深远影响,就在声名鹊起的时候,他却突然从新诗领域隐退,投身于古典文学研究,此后一直在高校研究并讲授古代文学。1943年9月,借与罗伯特·白英合作编辑新诗选的契机,闻一多收集了大量的作家资料和新诗作品,编选形成了《现代诗抄》一书的雏形。朱自清在1948年《闻一多全集》开明版的序言中谈起它没有最后完成,薛诚之的《闻一多烈士永生》提到,1944年11月初闻一多跟他交流诗选的问题,他说徐志摩和穆旦的诗抄多了,要精选几首,朱湘的诗抄的不是最好的,陈梦家的诗也要重选

---

① 罗星昊:《闻一多〈现代诗钞〉拾微》,《四川师范学院学报》(社会科学版)1985年第1期。

几首，鸥外鸥的诗原来只看见一首还得加选，"新诗社的选少了，只抄了何达等人的诗。还有很多人的诗，如朱自清、李广田、冯至、卞之琳、臧克家都来不及抄了"①。可见闻一多有一定的重选计划，这是一部未及最后定型的遗稿。

总之，通过对闻一多书信、文论、年谱以及他人评述的考察，可以确定《现代诗抄》编选时间为1943年9月初。罗伯特·白英的邀请成为一次契机，将闻一多从"故纸堆"拉回现实，再次进入新诗发展建设的轨道，并以此让他的选本编选获得了国际视野；《诗与批评》一文则是闻一多为自己的选家资格正名，并明确了"效率与价值"的选诗理念。虽然这一选本未最终定稿，且闻一多后期将大部分精力放在了文艺抗战宣传上，但实际上他一直关注、反思着选本内容。比如从收录的作品看，选择了1945—1946年新创作的作品；在昆明诗人节纪念会的讲演上，他也反思自己选新诗时，选择了赵令仪把战争情绪缩小的《马上吟——去国草之二》一诗，戏称自己是"鸳鸯蝴蝶派"。

《现代诗抄》的主体部分由65位诗人的191首诗歌组成，在选诗部分之前，又分为"新诗汇目""新诗过眼录""新诗待访录"等四部分。这四个部分相互补充呼应，共同构建出闻一多重返新诗现场后，对新诗发展的认识和理解。

第一节　《现代诗抄》的编选内容及参考资料

《现代诗抄》的"新诗汇目"记录了新诗出现的场域，包括诗集、选本、期刊、事略、批评、论说等。"新诗过眼录"以诗人为单位，详细列举了闻一多在编选诗抄时翻阅过的别集、选集以及专刊，其中包括卞之琳《十年诗草》、艾青《大堰河》、任钧《后方小唱》等49位诗人的63部别集；王亚平《新诗集》、胡明树《若干人集》、陈梦家《新月诗选》3部选集以及《现代诗风》《新诗》两种专刊。"新诗待访录"列入闻一

---

① 薛诚之：《闻一多烈士永生》，王子光、王康编：《闻一多纪念文集》，生活·读书·新知三联书店1980年版，第225页。

多准备查阅的书目,包括华铃《牵牛花》、田间《给战斗者》等8本别集;胡风选编《七月诗丛》第一集《我是初来的》、北社编《新诗年选(一九一九年)》两本选集;吴奔星、李伯章合编的《小雅诗刊》等三部专刊。值得注意的是,闻一多专门开设了一栏"战地歌声",关注到了艾青《北方》等具有浓郁的爱国主义情怀的诗,列举了脉望社、新诗社预告出版的诗歌作品,还杂糅了胡适《尝试集》、汪静之《蕙的风》等新诗创作初期的作品。尽管有些诗集处于"待访录"的行列,但在实际编选中,闻一多还是选择了其中的诗作,比如田间的《给战斗者》,选本中的《自由,向我们来了》《给饲养员》《多一些》《冀察晋在向你笑着》(原题为《这土地在向你笑着》),均出自这一别集,这一错位可能与选本最后并未实际编订有关。

一 选本所选诗人诗作的多维审视

在选诗部分,收入不同诗歌流派65位诗人的191首作品,下面本文将以表格的形式,结合选本的"新诗过眼录""新诗待访录"以及部分选诗标注的来源,按选本中诗人的排列顺序,列举所选诗人、诗作、来源、出版时间及选入数量。(见表1-1)

表1-1　　　　　　《现代诗抄》主要内容及文献来源

序号	诗人	诗作	来源	时间及出版社	数量
1	徐志摩	《多谢天!我的心又一度的跳荡》《月下雷峰影片》(1923年)、《五老峰》《残诗》(1929年)、《常州天宁寺闻礼忏声》(1923年)、《毒药》(1924年)	《志摩的诗》	1932年,新月书店	13
		《火车擒住轨》(1931年)、《在病中》(1931年)、《领罪》(1932年)、《爱的灵感——奉适之》(1931年)、《云游》(1931年)	《云游》	1932年,新月书店	
		《再别康桥》(1928年)、《哈代》(1928年)	《猛虎集》	1931年,新月书店	

续表

序号	诗人	诗作	来源	时间及出版社	数量
2	闻一多	《你指着太阳起誓》（1927年）、《也许》（1926年）、《末日》（1925年）、《死水》（1925年）、《春光》（1925年）、《飞毛腿》《诗二首》（六、七）[①]（1927年）	《死水》	1928年，新月书店	9
		《奇迹》（1931年）	《诗刊》创刊号	1931年	
3	饶孟侃	《呼唤》（1928年）、《招魂——吊亡友杨子惠》《走》《无题》（1926年）、《三月十八——纪念铁狮子胡同大流血》（1926年）			5
4	朱湘	《美丽》（1931年）、《当铺》（1926年）、《雨景》（1924年）、《有忆》（1925年）	《新月诗选》	1931年，新月书店	4
5	孙大雨	《诀绝》（1931年）、《回答》（1931年）、《老话》（1931年）			3
6	邵洵美	《女人》（1931年）			1
7	林徽因	《笑》（1931年）			1
8	陈梦家	《一朵野花》（1929年）、《雁子》（1931年）、《潘彼得的梦》（1931年）、《鸡鸣寺的野路》（1933年）、《白俄老人》（1933年）、《西山》（1932年）、《影》（1933年）、《雨中过二十里铺》（1936年）、《小庙春景》（1935年）、《当初》	《梦家存诗》	1936年，上海时代图书公司	10
9	方玮德	《海上的声音》（1930年）、《幽子》（1931年）、《风暴》（1931年）、《微弱》（1931年）	《新月诗选》	1931年，新月书店	4
10	朱大枬	《笑》（1926年）			1
11	梁镇	《默示》（1931年）			1

---

① 《诗二首》原题分别为《一个观念》《发现》，最初均发表在1927年6月的《时事新报·学灯》上。

续表

序号	诗人	诗作	来源	时间及出版社	数量
12	郭沫若	《天狗》(1920年)、《笔立山头展望》(1920年)、《立在地球边上放号》(1920年)、《夜步十里松原》(1919年)、《灯台》(1922年)、《新芽》(1923年)	《女神》	1930年，泰东图书局	6
13	冰心	《繁星》（七、四八、六十、七五、一三一、一四七）(1922年)	《冰心诗集》	1932年，上海北新书局	9
		《春水》（四一、四八、一二四）(1922年)			
14	袁水拍	《小诗四首》(1942年)	孙望；常任侠选辑《现代中国诗选》	1943年7月，南方印书馆	4
15	汪铭竹	《纪德与蝶》(1941年)、《法兰西与红睡衣》(1941年)			2
16	夏蕾	《山》(1942年)、《二月》(1940年)			2
17	杜谷	《江，车队，巷》(1940年)、《泥土的梦》(1940年)			2
18	艾漠	《生活》(1941年)			1
19	赵令仪	《马上吟——去国草之二》			1
20	伍棠棣	《芋田上》			1
21	陈迹冬	《猫》(1941年)、《空街》(1942年)			2
22	丽砂	《昆虫篇——蚯蚓》《昆虫篇——蝶》(1942年)			2
23	鲁藜	《野花》(1940年)			1
24	力扬	《短歌》			1
25	侯唯动	《血债》(1943年)、《遗嘱》(1943年)	胡风选编《七月诗丛》第一集《我是初来的》	1943年，南天出版社	2
26	王独清	《我从café中出来》(1926年)、《月光》	《王独清诗歌代表作》	1935年，亚东图书馆	2
27	沈从文	《我欢喜你》(1926年)	《新月诗选》	1931年，新月书店	1

续表

序号	诗人	诗作	来源	时间及出版社	数量
28	废名	《灯》(1937年)、《理发店》(1936年)	《新诗》第6期、第3期	1937年3月、1936年12月	2
29	戴望舒	《款步一》(1931年)、《款步二》(1932年)、《夜行者》(1932年)	《望舒草》	1936年,复兴书局	3
30	玲君	《铃之记忆》(1935年)、《山居》	《现代诗风》	1935年,脉望社	3
		《喷水池》(1937年)	《新诗》第5期	1937年2月	
31	侯汝华	《水手》(1935年)	《现代诗风》	1935年,脉望社	2
		《灯与影》(1937年)	《新诗》第4期	1937年1月	
32	林庚	《秋之色》(1942年)	《文艺先锋》第1卷第1期	1942年	1
33	史卫斯	《独游》(1936年)	《新诗》第3期	1936年12月	1
34	钱君匋	《路上》(1937年)	《新诗》第6期	1937年3月	1
35	李白凤	《梦》(1937年)、《小楼》(1936年)	《新诗》第4期、第3期	1937年1月、1936年12月	2
36	沈洛	《夜行》(1937年)	《新诗》第4期	1937年1月	1
37	陈雨门	《秋晚》(1937年)			1
38	陈时	《标本》(1937年)			1
39	苏金伞	《雪夜》(1937年)	《新诗》第6期	1937年3月	1
40	罗莫辰	《永夜》(1936年)、《无法投递》(1937年)	《新诗》第1期、第5期	1936年10月、1937年2月	2
41	徐迟	《蝶恋花》(1936年)	《新诗》第1期	1936年10月	2
		《橹》	《现代诗风》	1935年,脉望社	

续表

序号	诗人	诗作	来源	时间及出版社	数量
42	上官橘	《窗》（1937 年）	《新诗》第 5 期	1937 年 2 月	1
43	陈江帆	《欲曙》（1937 年）			1
44	俞铭传	《夜不寐》（1937 年）	《新诗》第 4 期	1937 年 1 月	7
		《以呢帽当雨伞》（1938 年）、《梦去了》（1938 年）	《春秋（上海 1943）》	1946 年	
		《拍卖行》《隐居者》（1939 年）、《郊》《压路机》（1944 年）			
45	何其芳	《河》（1942 年）	《夜歌和白天的歌》稿本		2
		《醉吧》（1937 年）	《新诗》第 4 期	1937 年 1 月	
46	艾青	《青色的池沼》（1941 年）、《秋》（1939 年）、《太阳》（1937 年）、《生命》（1937 年）、《煤的对话》（1937 年）、《浪》（1937 年）、《老人》（1933 年）	《旷野》	1940 年，生活书店	11
		《他死在第二次》（1939 年）	《他死在第二次》	1939 年，上海杂志公司	
		《透明的夜》（1932 年）、《聆听》（1934 年）、《马赛》（1936 年）	《大堰河》	1939 年，文化生活出版社	
47	柳木下	《在最前列》《贫困》	胡明树选《若干人集》	1942 年，诗社印行	2
48	婴子	《松林》（1940 年）、《营外》（1940 年）			2
49	S. M.	《哨》（1939 年）、《老兵》（1939 年）、《纤夫》（1941 年）	《无弦琴》	1942 年，南天出版社	3
50	王佐良	《诗》（六、七）			2
51	穆旦	《诗八首》（1942 年）	《文聚》第 5、6 期合刊	1942 年	11
		《还原作用》（1940 年）	《大公报》重庆	1941 年	
		《出发》（1942 年）、《幻想的乘客》（1942 年）			

续表

序号	诗人	诗作	来源	时间及出版社	数量
52	罗寄一	《诗》（1945 年）、《五月风》（1945 年）	《文聚》第 2 卷第 2 期	1945 年	3
		《月，火车》			
53	杨周翰	《女面狮（四）》《山景》			2
54	杜运燮	《无题（一、二）》	《诗星》第 3 卷第 1 期	1942 年	4
		《民众夜校》（1941 年）			
		《滇缅公路》（1942 年）	《文聚》第 1 卷第 1 期	1942 年	
55	田间	《人民底舞》（1938 年）	《呈在大风砂里奔走的冈位们》	1938 年 7 月，生活书店	6
		《自由，向我们来了》（1937 年）、《给饲养员》《五个在商议》（1938 年）、《多一些》（1940 年）、《冀察晋在向你笑着》	《给战斗者》	1943 年，上海希望社	
56	何达	《我们开会》（1944 年）、《老鞋匠》（1944 年）、《过昭平》《风》（1943 年）			4
57	沈季平	《山，滚动了！》			1
58	韩北屏	《牧——写给舞鹰》《铁的语言》	胡明树选《若干人集》	1942 年，诗社印行	2
59	鸥外鸥	《和平的础石》	《诗》第 5 期	1942 年	4
		《都会的悒郁》（1942 年）			
		《男人身上的虱子》《父的感想——给女儿李朗的诗》（1937 年）			
60	穆芷	《城》（1940 年）			1
61	胡明树	《二百立方尺间》《检讨的镜子》	胡明树选《若干人集》	1942 年，诗社印行	2
62	周为	《冬天》			1
63	陈善文	《苦撑着拼》	香港《大公报·文艺》第 882 期	1940 年 7 月 15 日	1

续表

序号	诗人	诗作	来源	时间及出版社	数量
64	任钧	《警报》（1939年）	《后方小唱》	1941年，上海杂志公司	1
65	孙钿	《雨》（1942年）	《旗》	1942年，南天出版社	1
共65位诗人，191首作品					

由表1-1可知，闻一多的选诗范围跨度较大，上承20年代初的郭沫若，中接30年代戴望舒、废名等现代派诗人，下至1945年《文聚》上的西南联大学生诗人。但从实际情况上看，入选诗人的诗作数量在各个区间的分布是极不均衡的。第三个十年的新诗数量最多，占到总数的47.64%，第二个十年的诗歌数量次之，而第一个十年的诗歌数量不到第三个十年的一半，仅为20.42%（见表1-2）。

表1-2　　　《现代诗抄》选诗时段分布及数量占比

时段	数量	比例（保留小数点后两位）
第一个十年（1917年至1927年）	39首	20.42%
第二个十年（1928年至1937年6月）	61首	31.94%
第三个十年（1937年7月至1949年9月）	91首	47.64%

《现代诗抄》的一个不足之处就在于选诗的失衡。20世纪40年代初，新诗已经走了二十多年的历程，正处于第三个十年，对新诗的发展做出过建设性贡献的诗人很多，他们在不同的时代以不同的风格，构成了新诗坛绚丽的风景。

在《现代诗抄》之前，也有过许多综合性新诗选本，其中最著名的就是朱自清编选的《中国新文学大系·诗集》，可以将其与《现代诗抄》进行简单对比。相较于新诗发展前30年的其他选本，或专录某一流派或社团诗社的诗作（如陈梦家的《新月诗选》），或集中于表现某一年的新诗发展概况（如上海亚东图书馆《新诗年选（一九一九年）》），朱自清的选本是新诗发展前十年成就的一次大集合，勾勒出了新诗十年的发展图景，选入诗作的数量和诗人的排列次序表明了一种诗史意识。该选本

"导言"的结尾处,朱自清又说道:"若要强立名目,这十年来的诗坛就不妨分为三派:自由诗派,格律诗派,象征诗派。"① 可见朱自清的选本编选有明显的文学史意识和流派意识,且暗含时间进化的观点。但他并没有因为诗歌的前进就轻视或否定前人的努力,在他所选的诗中,自由派的诗人及作品数量也占据了很大比重。而《现代诗抄》所选诗歌作品在时间上虽也涵盖了新诗发展三十年的各个时段的作品,但是数量悬殊,忽视了很多流派。入选的 65 位诗人中,选诗 1—2 首的有 43 人,占 66.15%,且没有选胡适、朱自清、冯至、应修人、潘漠华、周作人等第一个十年时期诸多重要诗人的诗,也没有卞之琳、李广田、臧克家等在新诗第二个十年大放异彩的诗人,尽管编选选本时闻一多和卞之琳都在西南联大任职,冯至已经出版了十四行诗的代表作。

闻一多对新诗的未来充满了信心,他认为新诗的前途是多样的,在这 65 位诗人的 191 首诗歌当中,有不同的诗歌流派、各异的诗歌主题与风格。除郭沫若、徐志摩、戴望舒等知名诗人外,很多西南联大年轻诗人以及其他一些被人忽视的诗人作品也收入选本,挖掘了一批优秀青年诗人,如穆旦、杜运燮、俞铭传等。按照《现代诗抄》的诗歌流派以及编排顺序,大致可以分为以下几个类别,见表 1-3。

表1-3 《现代诗抄》诗人流派分布及选诗数量

流派	诗人数量	作品数量
新月派	12	53
初期自由诗派	2	15
七月派	8	29
现代派	21	35
西南联大诗人群	9	35
其他	13	24

闻一多认为诗歌原料产生于社会,如果不能为社会所用,就会被抛弃,诗人将其挖掘,批评家就应该将其做成工具,反作用于社会广大的人群。编选起初的时候,任何一位诗人、任何一首诗都被需要,即选家

---

① 朱自清编选:《中国新文学大系·诗集》,上海文艺出版社 2003 年版,第 8 页。

阅读视野要广阔，不用担心诗歌风格、流派等类别会太芜杂，只要制造工具的批评家理念方式正确，那么这些诗歌原材料就会被转换成一种普遍适用的工具。那么闻一多是按照什么样的编排方式去制造这本"工具"的呢？

一般的选本多以时间顺序安排内容，将其作为文学史的补充，有鲜明的历史意识，《现代诗抄》以诗歌流派和诗人群体为单位，风格从唯美追求到现实战斗，从浪漫主义到现代主义再到现实主义，以新诗发展的内在顺序，而不是历史顺序为线索，将新诗发展的三十年串联起来形成一条经线。罗星昊认为《现代诗抄》的编排是以不同流派的感情基调递变为线索，各个诗歌流派的风格差异使全书有一种鲜明的节奏性，但他是以朱自清等人排列过的1948年上海开明书店版的《现代诗抄》为材料进行分析的，虽然有所偏差，但也给我们思考闻一多这一选本的编排方式提供了另一种思路。总之，这一选本并不是严格按照时间顺序排列的，与一般以新诗史为主线所编的综合性选本有显著不同，相较于以时间为经线，按诗歌情感和风格的编排方式，更接近诗的审美本质，也更能体现选家的新诗观念。

由表1-3可知，闻一多将新月诗派置于首位，超过了在此之前的早期自由派，并选取了徐志摩、闻一多、陈梦家、朱湘、孙大雨等12人的53首诗作，选诗数量远超其他诗派；在单人诗歌数量上，选入10首及以上的诗人有四位，分别是徐志摩（13首）、陈梦家（10首）、艾青（11首）、穆旦（11首），其中新月派有两位，可见他对新月派的重视与偏爱，这是出于美学需要。随后，闻一多略选了郭沫若、冰心两位初期诗人的15首诗，分别代表了创造社的浪漫主义诗歌以及风靡诗坛达五年之久的小诗两种诗歌风格。在新诗发生初期，早期白话诗在诗史上具有划时代的意义，尤其是郭沫若的《女神》，代表着白话诗的最高成就，传达着五四狂飙突进的时代精神，开一代诗风。但闻一多只选择两位，笔者认为这是因为早期新诗尽管有它的功绩和优点，但也有重要的缺陷，比如与千年传统旧诗决裂的同时，也在很大程度上失去了诗的音乐美、节奏感。闻一多认为写诗也像下棋或其他游戏，是要遵守一定的规则的，可见他对诗歌艺术审美的要求。

选诗数量位居其次的是21位现代派诗人与西南联大9位青年诗人，

这两大诗人群均有现代主义风格。粗略统计，在"新诗过眼录"所列49位诗人中，属于象征派、现代派的诗人有接近20位。这里的现代派不专指作为诗歌流派的现代派，而是具有现代主义风格的诗歌，包括了穆旦、杜运燮等西南联大青年诗人的作品。"新诗待访录"中属于现代派的诗集共25部，占总数的52%，所列的三部专刊《小雅诗刊》（吴奔星、李伯章合编）、《菜花诗刊》（路易士、韩北屏合编）、《诗志》（路易士、韩北屏合编）均来自现代派。可见，闻一多将现代派诗人置于重要地位。选本还收入了9位西南联大学生诗人，包括穆旦、俞铭传、杜运燮、何达、罗寄一、王佐良、杨周翰、沈季平、陈时，诗作35首，占总数的18.32%。这些年轻诗人的诗歌大多具有现代主义风格，后来他们中一部分成为20世纪40年代现代主义诗歌的主力军以及西南联大诗人群、"中国新诗"派的中坚力量，继续探讨着"新诗现代化的任务"，显示出闻一多对新诗发展的正确预见。再次的是七月派8位诗人的29首作品，其中艾青和田间尤受青睐，分别被选入11首、6首诗歌。他曾在纪念会上大声朗诵艾青的作品，从田间的诗里，他发现了苏联大众诗人马雅可夫斯基，跳起来狂喜地说："诗在这里了！"这是出于现实需要。

对这三个诗歌流派诗人诗作的大量选入，可看出20世纪40年代的闻一多诗歌审美意识较之早期的变化，即由浪漫主义转向对现实主义和现代主义的关注。他既注重诗歌的社会功能，热情洋溢地赞扬田间为"时代的鼓手"，亦重视诗歌的审美特性，选集内收入大量具有现代派风格的作品。

由于时间与条件限制，闻一多手上资料较为匮乏，因此，在《现代诗抄》中，诗歌史上的一些重要诗人没有得到凸显，甚至有很大遗漏。这种失衡带来的一个新问题在于，尽管闻一多想通过选本为新诗指明发展方向，但是类型的单一使诗歌经典化的成效不大，很多诗歌是特定时代的产物，而无法跨越时空进行传播，很多诗人也由此成为新诗史上的"失踪者"。在编排顺序上，采用新月派—初期自由诗派—七月派—现代派—西南联大诗人群的顺序，没有严格的时间规律；并且除新月派与早期自由派在编排上有明显的诗人群体聚集外，剩下的七月派、现代派诗人等编排顺序较为混乱，但闻一多大致是以选诗材料为基础，各个诗歌流派的诗人差不多比较集中,可隐约见出他的分类意识和流派意识。总之,如果闻一多将该选本作为整个中国诗歌体系中的一部分,则新诗发展格局和秩序不太明显,看不出文学史的区分意识,选诗的流派和诗人无法体现整个现代新诗的发展道路,因此该选本是特定时代的产物。

二　选本的参考资料与阅读视野

在参考资料方面,闻一多在编选《现代诗抄》之前,长期浸润于浩瀚的古籍之中,被戏称为"何妨一下楼主人",当他编选选本时,缺乏对新诗的阅读,接触到的新诗资料有限,处于被动编选的状态。1943年,闻一多在写给臧克家的信中提到,希望臧克家能把自《烙印》以来的诗集寄给他,同时帮他搜集点材料,如果臧克家在新闻界有朋友,也可以把译诗的消息告诉他们,因为将来在寄赠诗集、供给传略材料等方面,少不了要向当代作家们请求合作,而这些作家闻一多几乎一个也不认识。1944年11月初,闻一多与好友薛诚之谈到诗选的问题也说:"当前最迫切的问题是参考书少,资料少,单人诗集更少。对于作家的生平,也不甚了了。大多数的我都不知道,我打算印发些表格给有关方面请他们填填关于我写传略时需要的材料。"[①] 可见闻一多与新诗坛之间产生了一定的隔膜,这也限制了他的选诗视域。

《现代诗抄》选诗的主要来源是别集、选本以及期刊。新月派的诗歌主要来自各诗人的别集(如徐志摩的《志摩的诗》《云游》《猛虎集》、闻一多的《死水》等)以及陈梦家的同人选本《新月诗选》。郭沫若和冰心两位初期自由诗派的诗歌作品也都来自各自的诗集。《现代诗抄》很大一部分诗人诗作来源于选本。在《现代诗抄》之前,中国新诗坛上已经出现过许多新诗选本。在众多的新诗选本中,闻一多忽视了20世纪20年代的选本,30年代没有参考朱自清编选的经典选本《中国新文学大系·诗集》,而只选择了新月派陈梦家编选的同人选本《新月诗选》。参考资料

---

① 薛诚之:《闻一多烈士永生》,王子光、王康编:《闻一多纪念文集》,生活·读书·新知三联书店1980年版,第224页。

中的选本大都来自40年代，包括孙望、常任侠编选的《现代中国诗选》（1943年7月）、胡风选编的《我是初来的》（1943年10月）、胡明树编的《若干人集》（1942年6月）。

1943年7月，在闻一多同年9月开始编选《现代诗抄》之前，孙望、常任侠编选的《现代中国诗选》由重庆南方印书馆出版。这是全面抗战爆发以后出版的第一部新诗选，所选36位诗人的诗歌均为1937年全面抗战爆发至1941年这几年间发表的新诗。所选诗人中既包括了抗战前已有诗名的艾青、李广田、徐迟、汪铭竹等诗人，还收录了抗战后崭露头角的彭燕郊、袁水拍、杜谷、力扬等诗坛新秀。《现代诗抄》中诸如袁水拍、鲁藜、杜谷、艾漠、汪铭竹、伍棠棣、夏蕾、赵令仪、陈迩冬、丽砂等诗人诗作都是直接袭用自这部选本，除在选诗的过程中有个别字词、标点符号的变动外，诗人顺序均大致保持原貌。

闻一多从胡风选编的"七月系列"中选择了大量别集以及一部选本《我是初来的》。这部选本收录的诗人正如书名所呈现的，除日本友人鹿地亘以外，都是"初来"诗坛的14位青年诗人，如辛克、侯唯动、山莓、艾漠等。胡风在选本长序中说，诗人的生命要随时代生命的发展而前进，时代精神要规定诗的情绪状态和风格，在这部选本中我们能感受到人民觉醒的状态和方向，契合了闻一多的选诗理念。闻一多选择的"七月系列"别集有田间《给战斗者》、亦门（S.M./阿垅）《无弦琴》、孙钿《旗》等，组成了《现代诗抄》的"七月派"诗人诗作的主要参考资料来源。《七月诗丛》的作者在抗战全面爆发后积极投身于时代洪流，有的更是直接参加实际战斗，他们深切地感受到时代的气息，在实践中寻求着生命的意义，他们的生命意识中饱含了力量和希望，充满了乐观主义精神，这使他们的作品大多洋溢着主观战斗激情。如闻一多选择的侯唯动的《血债》："透出残雪层的/——迎春花/开了！那金黄的/生在血迹里/象征着斗争就有胜利"，田间的《人民底舞》全诗用2—5字的短句作诗行，热烈而高亢。最后，闻一多还从胡明树的《若干人集》中选了5位诗人的8首作品，均表现了战争带给人的创伤心理。

闻一多在20世纪40年代的3部选本中选择了32首诗，不仅是因为这几本选本是距离他最近的材料，还因为它们散发出来的时代性。1937

年后,新诗创作要求在内容上政治化、军事化,在形式上大众化、歌谣化,将新诗变成攻击敌人、鼓励抗战的工具,"抗战诗歌"成了诗歌创作的新范本。在《现代诗抄》之后出版的诗选本,如横吹编《战士诗集》(山东新华书店1949年版)、东北新华书店编《钢铁的手》(工人诗歌选集)(沈阳新华书店1949年版)、剑林和炳南编《工人诗歌》(山东新华书店1949年版),均与战士或工人有关,是完全根据社会要求编选并带有集体选诗性质的选本,新诗的美学品格被忽视。这样看来,闻一多的《现代诗抄》是中华人民共和国成立前,现代新诗史上带有明显诗美品格和个人性质的选本。

《现代诗抄》中的现代派诗人或具有现代风格的诗作主要来自两本专刊,即《新诗》《现代诗风》,共计16位诗人,占比24.62%,23首诗,占比12.04%。《新诗》《现代诗风》均是由现代派诗人戴望舒领衔的刊物,集结了以意象创造为核心象征的现代派诗人群体。《现代诗风》是1935年10月10日由上海脉望社出版的一本杂志,仅出版了一册,会集了戴望舒、施蛰存、路易士、徐迟等诗人,自《现代》杂志停刊后,这是现代派诗人的再次集结,有学者认为《现代诗风》称得上是新诗史上唯一具有纯粹现代派风格的诗刊。《新诗》是现代派诗人群聚集的一个重要阵地,于1936年10月创刊,编委会由戴望舒、卞之琳、梁宗岱、孙大雨、冯至等五人组成,前后刊行十期,1937年7月,因抗日战争全面爆发而停刊。虽然仅刊行了10期,但是全国有近百位诗人在《新诗》上发表了三百多首作品,包括戴望舒、卞之琳、何其芳、梁宗岱、冯至、金克木、林庚、玲君、废名、朱英诞等,这对一个诗坛派别来说,已经呈现出繁茂之势。众所周知,现代派因1932年5月创刊的《现代》杂志而得名,而《新诗》《现代诗风》进一步扩大了这一诗派的影响,使其在1936—1937年达到鼎盛,闻一多选诗理所当然地注意到了这一诗风诗派。

闻一多在西南联大时期,非常关注青年学生的情况,特别喜爱思想进步的青年。他担任西南联大学生社团(如新诗社、冬青文艺社、诗朗诵社)的导师和学生一起参加进步文化活动,发表了不少文艺批评和演讲。在这个过程中,他发现了一批学生诗人,也将部分西南联大学生诗人的诗歌选入了《现代诗抄》,选本中西南联大学生诗人的诗作多来自

· 615 ·

1942年2月创刊的《文聚》杂志。《文聚》是抗战时期一份比较有影响的文学刊物,有研究者将其看作西南联大诗人群生成和表达现代意识的一个文学基地。1941年秋,西南联大中文系四年级学生林元邀约同校的一批文学青年创立文聚社,共同筹划出版《文聚》杂志,参加活动并撰稿的有穆旦、杜运燮、刘北汜、汪曾祺、林元、田堃等。由于地域限制、战争环境、印刷条件、经济状况等多方面因素,该杂志最初是半月刊,后来改成月刊,最后成为不定期刊物,最终于1945年停刊。除《文聚》外,还有一部分西南联大诗人的作品并没有公开发表,但是仍然被选入了《现代诗抄》中,比如何达的《我们开会》《老鞋匠》《过昭平》《风》等,这是因为闻一多直接参与了学生诗人的诗歌创作。据何达回忆"在昆明,几乎每一首诗,都经过闻一多先生的指点"[1],由此可见教授身份对选诗的影响。

《现代诗抄》的参考资料有其局限性,体现在闻一多对其他选本过于依赖。虽然《现代诗抄》只参考了4本选本,但是闻一多从这些选本中选择了27位诗人,占比约42%;收录的诗歌数量达56首,约占总数的30%。这样做的弊端在于,闻一多在从选本中选诗时,看到的已经是二手材料,前一位选家也许会根据自己的审美对诗歌的字词、排列、标点符号等进行修改。在整理过程中,笔者发现这种原始材料与第一手选本之间存在不同的情况有很多,如饶孟侃最初发表在《晨报副刊》的《三月十八日——纪念铁狮子胡同大流血》,陈梦家收入《新月诗选》时对其字词进行了很大调整,类似的情况还有林徽因的《笑》,《新月诗选》对其诗节排列进行了变动,而闻一多参考的就是《新月诗选》,属于变动后的第二手资料。

此外,根据闻一多书信和其他诗人的回忆性材料可知,闻一多曾委托臧克家帮忙找新诗,也曾请求卞之琳自选一些诗歌给他,但是卞之琳当时对写诗不感兴趣,完全忘记了交付,选本中这两位诗人的作品确实皆无,也可见出闻一多选诗的被动。选本中遗漏了一些重要诗人,却收录了很多联大新人的作品,这是因为闻一多在西南联大时期与学生群体

---

[1] 何达著,朱自清编选:《我们开会》,中兴出版社1949年版,第214页。

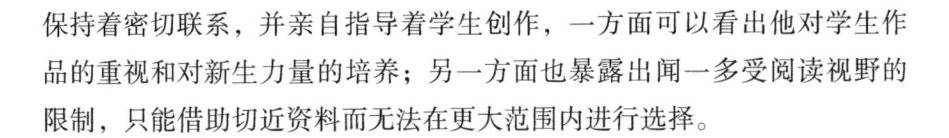

保持着密切联系,并亲自指导着学生创作,一方面可以看出他对学生作品的重视和对新生力量的培养;另一方面也暴露出闻一多受阅读视野的限制,只能借助切近资料而无法在更大范围内进行选择。

第二节 《现代诗抄》的编选特点与理念

闻一多编选《现代诗抄》的理念与他诗人、学者、民主战士的身份有很大关系。作为诗人,他以文学的眼光选择了大量题材多样、风格各异的作品,凭着自己的诗歌素养和对诗歌发展动态的敏感把握,发掘出了40年代现代主义诗歌的主力,为走向标语口号化的诗歌注入了文学的活力和生气;作为学者,他将《现代诗抄》看作中国传统文化的延续以及世界文学中中国新诗的一部分,选择了具有世界性和民族性特征的诗歌;作为民主战士,他考虑到民众的需求,主张作为现代诗歌要突出其现代性和人民性,将诗歌这一文学形式和其他文学形式相结合,以此来表述社会的现状,反映现实生活的真实性,以社会的需要为标准宣扬现代文化的民主思想及价值观,使诗歌更加立体。在这几重身份的指导下,闻一多以自己的标准开始了《现代诗抄》的编选。

一 流派、主题与形式的多样性

首先,选本选诗流派风格多样。中国现代诗歌流派的发展纷繁复杂,在各个阶段都有不同的趋势,各种派别和潮流的出现、交流和竞争,促使新诗的艺术风格和艺术策略不断得到创新发展。闻一多着眼新诗发展过程中的各个流派、社团,但并不根据诗人的知名度来选诗,而是按照诗歌的风格来选排,形成了不同审美诗作多元共存的综合性选本。具体来说,他选取了早期创造社的诗人郭沫若、小诗的代表诗人冰心、新月派、七月派、现代派、西南联大诗人群等诗人诗作。

郭沫若代表的是豪放的浪漫主义,闻一多曾大力赞赏郭沫若的诗歌,认为郭诗在艺术上与旧诗词相去甚远,而且其诗的精神完全是20世纪时代的精神,《现代诗抄》中所选的《天狗》《笔立山头展望》《立在地球边上放号》，直抒胸臆，个性张扬，就是为时代前进呐喊的诗歌。但郭沫若除大气磅礴自我表现的诗歌外，还有一些闲适抒情风格的诗歌，如《夜步十里松原》《灯台》《新芽》，闻一多也选入其中，显示出选本中单位诗人风格的多样性。除早期白话诗人外，《现代诗抄》入选最多的新月派的作品，代表的风格也是浪漫主义。而选本中的七月派则代表了现实主义诗歌流派，他们牢牢扎根于现实生活的土壤，密切联系着祖国和人民的苦难命运，如选本中杜谷的《江，车队，巷》是对祖国自然和社会景象的写实，阿垅的《老兵》《纤夫》是对人民的怜悯与赞颂。此外，还有现代派、西南联大诗人群代表的现代主义风格。总之，选本流派丰富多样。

　　孙玉石认为有四个诗派的四种风格影响了现代诗歌三十年的发展史，分别是"郭沫若的自由体的浪漫主义时代""闻一多的格律诗的浪漫主义时代""戴望舒的现代派诗风的时代""艾青的革命现实主义的时代"[①]。《现代诗抄》虽然是一部未定稿，但涵括了以上四个时期具有代表性风格的诗歌流派，可见，闻一多对现代诗歌潮流的准确把握、包容的选诗态度以及选本本身多样化的特色。此外，选本中还涵盖了写景诗、抒情诗、叙事诗等不同的风格，写景如徐志摩的《月下雷峰影片》《五老峰》等；抒情如闻一多的《也许——葬歌》表达了对女儿的思念，饶孟侃《招魂——吊亡友杨子惠》表达了对友人的追忆；叙事如何达的《过昭平》，写诗人在深夜路过"漓江中流的小市镇"。

　　其次，选本的主题是多样的。《现代诗抄》选诗的主题有对生命与自由的热烈呼喊。在闻一多的诗歌创作与编选的选本中，"生命"一词共出现了百余次。前期，在个性解放的时代，闻一多说他"宁能牺牲生命，不肯违逆个性"，但是当他目睹了残忍的屠杀后，他的生命意识发生了变化，变为了"生命之肯定者"，推崇生命的热与力。选本中他选择了艾青《生命》，用生命的色彩深刻地描绘出了生命的价值、生命的伟大；在韩北屏的《牧》中"深深地感到生命的甜美"；鸥外鸥《父的感想》"我们

[①] 孙玉石：《新诗流派发展的历史启示——〈中国现代诗歌流派〉导论》，杨匡汉、刘福春编：《中国现代诗论·下编》，花城出版社1986年版，第321—322页。

的生命，左闪右避在炸弹的雨的隙处"，生命又时刻受到战争的威胁。生命与自由在文学中总是相生相伴的主题。在1926年发表的《文艺与爱国》中，闻一多说："我希望爱自由，爱正义，爱理想的热血要流在天安门，流在铁狮子胡同，但是也要流在笔尖，流在纸上。"① 1944年，在昆明各界双十节纪念大会上，闻一多发表演讲："我们要自由的生"，可见闻一多对自由的宣传和始终如一的追求。选诗中，徐志摩"在五老峰前饱啜自由的山风！"（《五老峰》），在"在空灵与自由中忘却了迷惘"（《多谢天！我的心又一度的跳荡》）；艾青认为"只有这神圣的战争，能带给我们自由与幸福……"（《他死在第二次》）；杜运燮歌颂工人"为民族争取平坦，争取自由的呼吸"（《滇缅公路》），这里的"自由"包含了个人的自由与民族的自由。选本也有对民族前途的深切忧虑和对社会绝望的自我呻吟。闻一多的《发现》《死水》表现了诗人对破败中华深深的失望进而产生痛彻肺腑的悲愤，陈迩冬的《空街》从后方一个临时集市展现了一幅战时社会生活图景，揭露出充满消极因素的抗战现实，倾注了诗人的忧患意识。最后，选本中还有对正义战争必胜、人民和平生活的明朗歌唱。婴子的《松林》以昂扬的姿态赞颂"马驮着我，我驮着胜利/以折断的敌旗杆敲开柴门"的英勇场景；夏蕾在《二月》中说"中国的战歌/是迎接世纪的春天的/没产者的进行曲"；艾漠《生活》中的人民"工作/在小麦色的愉快里"。闻一多还选择了田间6首"简短而坚实""响亮而沉重"的诗，赞美解放区的抗战文化，赞美人民的战斗，表现出他对中国革命文化方向寄予的希望。

  《现代诗抄》选诗的诗歌形式也是多样的。在《诗的格律》中，闻一多就说过，"新诗的形式是根据内容精神制造成的"②，具有层出不穷的特点。这种形式多样化的观点延伸到了选诗。诗选中多为自由体诗，但也有相当一部分新格律诗，如徐志摩的《残诗》《领罪》、闻一多的《也许》《死水》、朱湘的《雨景》等，这些诗在形式上都严格遵循了新格律

---

① 闻一多：《文艺与爱国——纪念三月十八》，孙党伯、袁謇正主编：《闻一多全集》（第二册），湖北人民出版社1993年版，第133页。
② 闻一多：《诗的格律》，孙党伯、袁謇正主编：《闻一多全集》（第二册），湖北人民出版社1993年版，第142页。

诗的"三美"理论。除诗体形式外，闻一多还提倡吸收小说与戏剧中的元素，丰富诗歌形式，将这些喜闻乐见的文学体裁融入诗歌创作，扩大诗歌的群众基础，达到宣传目的。选本中有散文诗（徐迟的《橹》等）、朗诵诗（何达的《我们开会》等）、街头诗（田间的《给饲养员》《多一些》《冀察晋在向你笑着》等）、戏剧体（闻一多的《飞毛腿》等）、十四行诗（孙大雨的《回答》等）等各种形式。最后，《现代诗抄》还收纳了不同诗形的作品，有长诗如徐志摩的《爱的灵感——奉适之》、艾青的《他死在第二次》，短诗占选本的大多数，还有以冰心《繁星》《春水》为代表的小诗。

闻一多在《诗与批评》中提到："我以为诗是应该自由发展的。什么形式什么内容的诗我们都要。"① 他假设选本是一个治疗疾病的药方，那么陶渊明、李白、杜甫、苏东坡、莎士比亚、歌德、济慈等都应该在这方子里找到，批评家即选家承担的责任就是配合形势，抓取合适的药，即给读者和社会以好诗。如果《现代诗抄》是一个治病药方，那么这些多样的风格、多样的主题以及多样的诗歌形式就是药方中形形色色的药。由于这种包容的思想，选本呈现出多样性的特点。

这种选诗多样性的内核是闻一多世界性与民族性的思想。他的文学史研究从《诗经》直至田间，站在民族文化大局认识现代新诗；他翻译中国现代诗为英诗，就像先前翻译莎士比亚的十四行诗为中国诗那样；他与罗伯特·白英的交往内容，也以介绍我国优秀文化为一个方面。闻一多后来还在一份调整文学院二系机构的刍议中，建议将中国文学系与外国语文学系改为文学系与语言学系，以打破"中西对立，语文不分"的异状，也成为"这角落外还有整个世界"这句话的注脚。闻一多甚至预想到了战后新时代的要求，并提前自觉承担新时代的新使命。他认为战后中国的次殖民地局面被改变了，文学应最大限度地发挥自己的社会职能，并积极地与政治、经济和一般文化趋势相适应，与国家的具体情况相联系，自主地认同接受本国文化、吸纳西方文化。诚如方长安所言，

---

① 闻一多：《诗与批评》，孙党伯、袁謇正主编：《闻一多全集》（第二册），湖北人民出版社1993年版，第220页。

闻一多在选择诗歌时，不仅从当下阅读需要出发，还以历史的眼光审视诗人诗作；不仅以中国文学的标准衡量作品，还考虑了译介到英美的问题，琢磨了西方读者的阅读期待。因此，"他的取舍尺度，既是中国的，也是世界的，既是传统的，也是现代的"①。

在一次讲演中，闻一多说艺术是政治的工具，他过去几十年完全走错了路，他之所以好多年没有写诗，是因为旧诗腐化毫无生气，新诗还没有成熟得像样的形式。因此，闻一多转到新的立场上来以后，读者还没有见过他的诗作，这是一个遗憾，但他留下的这本新诗选本是他在新诗道路上的一次探索，读者可以通过选本对他后期的诗歌风格展开想象，或许又是一件幸运的事。

二 兼顾"效率"与"价值"的理念

闻一多在《诗与批评》中将选者视作批评家，并说需要懂得人生和诗，懂得什么是"效率"和"价值"的批评家为我们编制选本。"效率"与"价值"也成为《现代诗抄》编选的理念。

"诗的效率论者"，即选者吟味于词句的安排，惊喜于韵律的美妙，注重诗歌具有的语言艺术魅力，沉迷于诗歌的文字技巧。闻一多本质上是一个诗人，具有棱角鲜明的个性，尽管他后来没写诗，但他始终具备一种诗人的品格、诗人的冲动、诗人的热烈，并以此来对待他身边的事物、学生、学术乃至社会。他的《太阳吟》《忆菊》等诗，常常能够震撼读者的心灵引起共鸣，这是因为诗人对生活有了真正的深刻体验，写出来的情感是强烈的、深厚的。在选本中，闻一多对充满诗美的作品给予了足够的重视，如将新月派的诗歌置于选本之首，所选诗歌也是以唯美的风格为主；还选择了21位现代派诗人的作品，包含着他现代性的诗歌审美观念，这种观念为现代派诗的再兴起提供了宽宏的艺术氛围。闻一多对诗之"效率"的提倡，是他早期"纯诗"和"三美"理论的延续。

---

① 方长安：《以经典化为问题——闻一多的〈现代诗钞〉与新诗评估坐标重建》，《华中师范大学学报》（人文社会科学版）2023年第1期。

"诗的价值论者"是指侧重诗的宣传效果，要求诗对社会负责。由于诗是与时代同呼吸的，是社会的产物，因此要求诗歌对社会有用。这个时期闻一多没有写诗，但他说"诗是负责的宣传"，逐步重视诗的社会价值，40年代诗的社会价值就在于宣扬革命，集中人民的力量，众志成城抵抗侵略和打击反动统治。为了践行这一理念，闻一多在选诗时选择了很多在主题上贴合人民、表现时代，在风格上具有现实性，在艺术上便于传诵的诗歌。比如选择扎根祖国大地的七月派诗人诗作；选择田间、何达、沈季平等人充满力量、朴实干脆、自然活泼的街头诗、朗诵诗；选本某些诗还吸收了民歌叠咏的手法以达到宣传目的，伍棠棣的《芋田上》"米饭好吃田难种，紫芋好吃地难耕。娇娥生在人家里，风流好耍路难行"更是直接引用民歌；在选本改诗中，为了方便传诵，也常有将书面语改成口语的情况。此外，在闻一多列举的"新诗待访录"中，专门列了一部分"战地歌声"，且占到了待访录的绝大多数，也是出于诗的价值考量。

闻一多对诗之价值的重视有其古典文学研究的背景，如与社会人民同欢乐同悲苦，用笔描摹现实，为人民振呼的杜甫和白居易给了闻一多启示，但更直接的原因在于现实环境。1937年七七事变是中华民族全面抗战的起点，使中国的抗战进入了一个新的阶段，战争给中国人民带来了深重的灾难。1938年，由于战争形势进一步恶化，三校组成的长沙临时大学决定远赴昆明，闻一多选择加入学校组织的湘黔滇步行团，同284位学生，四五个教师一起从长沙徒步到昆明。在这1660余千米的行程中，他有意识地深入人民，最直接地认识了人民的苦难，并对自己的人生进行了反思。他说他在十五岁以前，受着古老家庭的束缚，随后在清华读书，出国留学，回国后一直在各大城市教书，和广大的农村隔绝了，对中国社会及人民生活知道得太少。

也正是由于这一经历，闻一多重新认识了祖国，看到祖国大地及人民遭受的苦难，在内在爱国思想与外在环境的影响下，身处历史现场，参与中国新诗发展建设的闻一多自然无法置身事外。闻一多早年以创作者的身份著称于诗坛，晚年却喜欢站在更高层次，以文学史家和批评家的身份审视新诗。在审视中，他认为只有反映人民苦痛、赞颂人民功绩、描绘人民生活的诗,才是时代所需要的真正有价值的诗。"来自革命队伍、来自解放区的歌唱解放斗争,歌唱人民新生活的声音,使这个爱国的正直的对国民党反动统治日益愤恨的老诗人'恍然大悟',再也无法抑制自己的激情,他不仅回到新诗坛,而且是以革命战斗姿态回到了新诗坛"①,他革命战斗的武器不再是 20 年代的呼号创作而是选诗。

通过对史料和选本的考察,可以发现尽管闻一多的编选理念是在效率与价值之间游弋,但基本上是兼顾效率与价值的。他说要造诣精深的大艺术家普及艺术,"以'艺术化'我们的社会"②,但在抗战的时代氛围下,闻一多认为加在诗人身上的将是一个新时代,所以更重要的是以价值论诗。从选本来看,《现代诗抄》所选的诗歌,大多带有一种"火热的力",以此来"鼓舞你爱,鼓动你恨,鼓励你活着"③,用最高限度的热与力在这大地上搏着。这就是闻一多所谓诗歌要为社会负责任的诗之价值所在。

换言之,在编选《现代诗抄》的过程中,闻一多的编选理念一方面体现为关注诗歌的审美艺术,融入了他作为新月派主要代表的诗学观念,即对诗艺的重视;另一方面选家从个人的圈子走出来,从小我走向大我,更重视能够反映时代生活具有人民性和时代精神的诗作,希望新诗能自由地发展,给读者、给社会好诗。可见,闻一多是主张艺术要普及到人民中间去的,他希望用美的艺术去唤醒人民,主张诗的个人与社会的结合,诗的效率论与价值论的统一。

---

① 王康:《诗的新生——读闻一多的诗和诗论的札记》,《湖北大学学报》(哲学社会科学版) 1984 年第 3 期。
② 闻一多:《征求艺术专门的同业者底呼声》,孙党伯、袁謇正主编:《闻一多全集》(第二册),湖北人民出版社 1993 年版,第 17 页。
③ 闻一多:《时代的鼓手》,孙党伯、袁謇正主编:《闻一多全集》(第二册),湖北人民出版社 1993 年版,第 201 页。

第二章 《现代诗抄》与闻一多的诗学观念

新诗选本在文学活动中具有十分重要的作用,甄别、筛选和改动均蕴含着选家的诗学观念及其对文学史序列的建构,诗评论家和诗人们常常自觉地编选诗歌选本,以参与到诗歌场域的构筑中去。闻一多后期除《八教授颂》,没有创作其他的新诗,选本是选家对诗歌重构与再生产的结果,通过对《现代诗抄》这一选本编改倾向的研究,一定程度上仍然可以考察闻一多对新诗的看法和态度,对其诗学观念产生更明晰的认识。

闻一多在新诗艺术上做过全面努力,从对形式的追求,语言的锤炼,到格律的探讨,推动了新诗艺术水准的提高。20 世纪 40 年代,闻一多深入研究中国现代诗歌现实,结合中国文学史和世界诗歌发展局势,以诗人、学者和民主战士的多重视角,审视中国新诗发展和时代需求。诗人的身份使他选择情感充沛、充满诗质、吸收了民族特色的诗歌;学者教授的身份促使他以理性思维,深入分析新诗创作的理论基础和创作技巧,进行语言的非诗化实践,并带领学生进行朗诵诗等诗歌形式的试验;而民主战士的身份则促使他选择充满爱国热忱、表现革命斗争等具有时代精神的诗歌。

语言文字可以传达思想、抒发情感,诗歌的艺术就是语言的艺术,节奏赋予了诗歌内在的灵魂。本章即从语言与节奏这一诗歌构成的内外两个层面,立足《现代诗抄》的选诗与改诗,结合闻一多的身份背景、创作实践、理论建构、社会活动以及文艺思想,站在传播接受角度,分析闻一多的语言诗学观和节奏观。

第一节 《现代诗抄》编选与闻一多的语言诗学观

语言是诗歌的材料，诗歌是精粹的艺术的语言，选诗亦是选家对诗歌语言的选择，是选家思想和诗学语言观的寄托。闻一多从初入诗坛开始，就提倡诗是"作"出来的，十分注重诗歌语言形式的建构。早期，他认为诗有四大原素：幻象、感情、音节、绘藻，"音节"与"绘藻"自然是语言形式范畴，闻一多认为的"感情"原素是指诗歌"其言动心"，而所谓"幻象"，即"沧浪所谓'兴趣'同王渔洋所谓神韵"[①]，"幻象""感情"可以理解为语言带来的效果。在中西诗学融会贯通的基础上，闻一多对诗歌语言的构建越来越明晰，进一步提出艺术的最高目的是要达到"纯形"的境地，并形成了语言形式的理论建构成果，即"三美"理论。随着时代的发展，闻一多的语言观也发生了新的变化，主要呈现出一种跨文体转向，但是前期的语言形式观念一直潜藏在他的诗学语言观，并与新的语言观一起投射在《现代诗抄》的选诗之中，选本呈现出开放多元的语言形式。

此外，由于所处环境、人生经历与创作经验的不同，不同诗人往往有不同的风格，同一诗人的不同作品，风格有时也不尽相同，因此，诗歌风格在任何时代都是多种多样、五彩斑斓的。选家对诗歌的选择，也是对诗歌语言风格的筛选，闻一多在浩瀚的创作实践中选择了哪些风格的诗歌作品是他个人气质、诗学观念在选本中凝结的产物。20世纪40年代是一个风起云涌的时代，政治、经济、文化都在发生着变革，民族特色与时代精神这两个根植在闻一多诗学思想的观念吸收了新的理念，并在选本的编选中迸发出新的活力，使《现代诗抄》呈现出兼收并蓄的语言风格。

一 "纯形"与"非诗"：选本的跨文体语言实践

自从晚清的诗歌革新运动催生了"新诗"这一概念后，中国诗歌发

[①] 闻一多：《致吴景超》，孙党伯、袁謇正主编：《闻一多全集》（第十二册），湖北人民出版社1993年版，第156页。

展的语言形式就在不断变化。在梁启超的"以旧风格含新意境"后，胡适发现了一条诗歌通往现代性的通道，即主张"作诗如作文"的白话诗。面对诗文不分的混乱局面，以闻一多为代表的新月派提出"作"诗的"纯形"理论。20世纪30年代，戴望舒提出了现代诗的概念，为"把捉那幽微精妙的去处"（朱自清语），以更好地表现细节，也就呼唤着新的诗歌语言，主要是讲究口语化、散文化。由于社会、文化和诗学的转型，诗歌语言逐步打破壁垒，呈现出向散文、小说、戏剧等其他文体吸收经验的趋向。选本的选是选家的主观能动行为，暗含了他的思想，本节通过对《现代诗抄》选诗的具体分析，探讨闻一多诗学语言观从"纯形"到"非诗"的变化，考察闻一多对诗歌跨文体语言现象的认知。

（一）对"纯形"一以贯之的追求

闻一多有深厚的古典文学素养，留学经验又使他受到了英美意象派、新批评等西方理论的影响，有感于早期白话诗缺乏诗情且秩序混乱、无形式等缺点，他在诗歌的语言形式上做过许多探索。针对当时中国现代戏剧只注重思想、问题而缺乏戏剧性的倾向，1926年闻一多在《晨报副刊》上发表《戏剧的歧途》，他说："艺术最高的目的，是要达到'纯形'（perform）的境地……"[1]，"纯形"也是他诗歌艺术追求的一个重要主张。

从《现代诗抄》的选诗数量上看，闻一多所选诗歌数量最多的是新月派，高达53首，其中有37首为明显的格律体诗，如徐志摩的《残诗》《火车擒住轨》《再别康桥》、朱湘的《有忆》、邵洵美的《女人》、林徽因的《笑》、方玮德的《幽子》、梁镇的《默示》等；闻一多选择自己的9首诗歌，8首均出自格律体诗集《死水》集，如《也许》《死水》《春光》《末日》等，每一首都大致呈现出"豆腐块"样式。闻一多写诗具有"苦炼"精神，他的诗是不断雕琢后成就的结晶，在《死水》集中，闻一多对诗歌语言的斟酌近乎苦吟，该诗集大部分诗在诗句字数的控制上、诗行诗节的排列形式上、韵律节奏的安排上、辞藻修辞的选择上都

---

[1] 闻一多：《戏剧的歧途》，孙党伯、袁謇正主编：《闻一多全集》（第二册），湖北人民出版社1993年版，第148页。

是"纯形"理论的实践。选诗数量位居其次的是现代派和西南联大青年诗人群,均为35首。从选诗流派上看,选本中诗人数量最多的是现代派有21位,其次是新月派有12位。新月诗派以主观抒情为核心特征,具有浪漫主义风格,陈梦家在《新月诗选》序中说"我们喜欢'醇正'与'纯粹'",这也是早期新月派诗人共同的追求;现代派受到法国象征主义"纯粹诗歌"观念的影响,是一个自觉追求"纯诗"艺术的诗歌流派。前期新月派和现代派都或多或少体现了闻一多的"纯形"观点,尤其是新月派的新格律体诗。

"纯形"直接来源于法国后期象征主义诗人瓦雷里的诗学命题——"纯诗"理论,指作品"完全排除非诗情成分"。"纯诗"虽然是一个符号性的诗论命题,但也可以抽象为"纯粹美的艺术理想"。在法国象征主义运动以前,"纯诗"就已经在"浪漫主义和唯美主义艺术思想中"[①] 生根发芽了,因此同时拥有象征主义和浪漫主义的特点。

"纯诗"传入中国后,梁宗岱对其作了本土化解释。在他看来,"纯诗"就是摆脱传统的写作方式,摒弃客观的写景、叙事、说理、情调,而单纯通过音韵和色彩等构成形式的元素产生暗示,以一种更加隐晦的方式唤起读者的感官与想象,将其灵魂带入神游物表的光明极乐境界,从而获得精神上的愉悦。这大致概括了法国"纯诗"理论的要点及作用机制,也反映了我国诗人对"纯诗"观念的理解,即"纯诗"的追求主要在于对形式的重视和规约。

除西方资源,"纯形"也有中国传统诗性的文化背景。"从'诗''骚'到'风骨',从'滋味'说到'韵味'说,从'妙悟'与'气象',到'神韵''格调''性灵',中国文化历史发展的每一个阶段,纯艺术都有经典呈现"[②],我国旧诗词中也有很多为艺术而艺术的纯诗。此外,闻一多深刻理解了中国的象形文字和中国文学,并由此在《诗的格律》中指出,中国的文学是一种既"占时间又占空间"的艺术,西方文

---

① 高蔚:《"纯诗"的先声——唯美艺术思想》,《南京师大学报》(社会科学版) 2006 年第 2 期。

② 高蔚:《中国化"纯诗":一次艰难的文化之旅》,《华东师范大学学报》(哲学社会科学版) 2005 年第 5 期。

学占了空间却不能在视觉上引起具体印象，因此不具有空间艺术。闻一多挖掘出中国文学的空间艺术，进而提出诗歌的"建筑美"，使其"纯形"观念得到了本土文化的支撑，并产生了相应的理论成果。

综上，何谓闻一多提倡的诗歌"纯形"？其外在表现为对诗歌形式的规约，其实质是尽量剔除诗歌作品中的非诗情成分。1926年5月，闻一多在诗论《诗的格律》中提出诗歌的"三美"理论，这一主张忽略文学的外部因素，只关注形式本体，又赋予了"纯形"具体内涵。闻一多以"三美"为指导，把诗歌引向"纯形"的境界，从而将中国新诗推向了一条规范化的发展之路。语言是一切文学的物质外壳，诗歌的形式就是语言的形式，因此，"三美"说也可以看作闻一多早期的语言形式观。音乐美是从语音韵律方面的考量；绘画美是辞藻的斟酌；建筑美是由语言群体组合起来的视觉形象。

他对这一理论的追求贯穿到了《现代诗抄》的编选当中，对新月派和现代派诗人诗作的重视，说明他对"纯形"理论一以贯之的坚持。闻一多的"纯形"不是"将形式上的精美与技巧看得高于一切"。他认为文字是思想的符号，是文学的工具，因此形式不可能完全脱离思想，虽然新诗的形式可以根据自己的命意随时构造，但每一种形式都有作为对应物的思想和情感，只不过由于诗歌的象征和隐喻特征，使这种对应关系显得曲折而不易察觉。

（二）与时俱进的"非诗"主张

"纯形"与"三美"说是闻一多诗歌语言形式理论的典型代表，但闻一多的诗学语言观并未就此止步，而是随着时代和诗歌发展，呈现出动态的变化，后期显现出"非诗化"的思考。1933年闻一多在《〈烙印〉序》中指出，臧克家为了保留生活的态度，而忽略诗歌形式上的完美是值得的，还说只要生活和生活磨出来的力，标志着他"纯形"观念的转变。

《现代诗抄》中，闻一多对各个流派的选诗均有散文化倾向。新月派如徐志摩的《常州天宁寺闻礼忏声》，诗歌以"有如"开头的前6节运用奇瑰的想象和细腻的描写，凸显了散文诗的抒情性；现代派徐迟的《橹》在外形上接近于散文，夹杂着诸多不分行的句子。选本中对散文美追求最突出的是七月诗派，1939年，艾青在《诗的散文美》中正式提出诗歌散文美的追求，这种美质在选本中体现为两个方面。一是诗歌多用口语，充满朴素美和人间味，如田间的《给饲养员》"饲养员啊，把马喂得它刮刮叫"、艾漠的《生活》"太阳从我们头上升起，太阳晒着我们，像小麦"；二是语言的自由美，不受音韵格律的限制，如阿垅的《纤夫》，语言形式自由奔放，无定节无定行无定句，一气呵成，自然成章。散文的语言形式具有开放性，诗歌对散文文体的吸收，对表现人民复杂、厚重的思绪和情感是一种行之有效的策略。同时，诗的散文化将诗思自然地延伸至日常话语，既使新诗的语言形式更加活泼多样，又在整体风貌上使诗歌保持一种诗意的充沛，呈现出自然流畅的散文美。

闻一多对散文化诗歌的选择有深厚的传统文化基础和西方话语背景。在我国传统资源中，杜甫"以诗为文"和韩愈"以文为诗"的尝试，都是为了避免以"格"害意，让诗歌语言保持弹性与活力。闻一多在《四千年文学大势鸟瞰》中将中国文学史分为四段八大期，他将第三大期（周定王九年至汉武帝后元二年，即前598—前87年）确立为散文时代，将第六大期（唐肃宗至德元年至南宋恭帝德祐二年，即756—1276年）"不同型的余势发展"确立为"更多样性与更参差的情调与观念"以及"散文复兴与诗的散文化"。西方资源对他的启发则来自英美"新批评"沃伦（Warren）的观点。20世纪40年代初期，欧美研究领域形式主义流派盛行，"新批评"派是这一流派的典型代表。沃伦主张将文学作为一个整体，站在文学内部角度，从其存在方式即语言本体出发进行研究。他捍卫"文学的纯洁性"，认为诗歌是不纯的，包含了属于散文和非完美世界的各种复杂的因素，如不和谐的音调韵律、口头俗语、丑恶的言辞和思想等。实际上，闻一多自身的诗歌创作早期也具有对非完美世界的审视，表现出审丑意识，如《死水》以"破铜烂铁""剩菜残羹""油腻""霉菌"等入诗，美与丑碰撞交织在诗歌整体中。但在20世纪30年代初期，闻一多也开始吸收散文的特点，《奇迹》一诗就兼有诗美与散文美，表现出闻一多自身诗学观念的矛盾与转向以及对英美"新批评"观点的辩证吸收。

为了适应时势，诗歌语言有必要向长于叙事的文学文体靠拢，在这个背景下，闻一多注意到了小说。叙事性是小说的特色，在选诗中也有所体现，闻一多选择了很多借鉴了小说技巧、塑造了典型环境和鲜明的人物形象、具有强烈叙事性的诗歌。陈梦家的《白俄老人》运用奇特的比喻，塑造了一位庄严沉默、风烛残年的老人；陈迩冬的《空街》用一系列细节描写，描绘了一个战时临时市场的典型环境。在《现代诗抄》中，艾青诗歌的叙事性最为突出。艾青诗歌创作的辉煌期，基本上与风云激荡的时代同步，他的创作一开始就与"多事"结缘，焕发出强烈的叙事精神。选本收录艾青11首诗歌，其中3首具有明显的叙事倾向。《老人》通过对肖像、衣服、动作的描写，将老人从肉体到精神都刻画得入木三分，一位饱经沧桑、历尽艰辛的老人形象跃然纸上，寓示着底层人民生活的苦难。《透明的夜》则写一群酒徒黑夜中在沉睡的街上闲逛，用错落的句式勾勒出了一群粗俗而又炽热的生命形象，诗歌的小说意味充沛。艾青的另一首诗《他死在第二次》描写了抗日战争期间，一名普通士兵从负伤到第二次奔赴战场，最终战死的经过。这首诗是一首叙事长诗，在创作手法上，借曲折的情节叙述了一个可歌可泣的故事，并对这个士兵的心理活动和情绪变化进行了深入的剖析，揭示了其对战争和生命意义的深刻认识，塑造出一位伟大崇高的无名士兵形象。选本中，周为的《冬天》也是一首长的叙事诗，不过他以个人视角展开诗歌构思，在主题上不及艾青的诗歌宏大。

闻一多在《现代诗抄》中还选取了含有戏剧因素的作品，以寻求诗歌更大范围的传播，主要表现为选诗对戏剧语言的借鉴和戏剧场景的描写。戏剧语言最明显的特点就是平白，如被选入选本中的《飞毛腿》，大量引用北京方言，用一个人力车夫戏剧独白的形式讲述另一个车夫"飞毛腿"的遭遇和为人。结尾处"嗐！那天河里漂着飞毛腿的尸首……／飞毛腿那老婆也死得太不是时候"，土白入诗使诗作中的场景更加逼真写实，传达出一种凄惨阴森之感。这两句出人意料的话，也可以看作戏剧的转折冲突，外部形态的朴实平易与其内涵的深沉悲痛，形成强烈的反差，诗歌形式中的戏剧意味显得更突出。除选择采用独白形式的《飞毛腿》，选本中还有些诗借鉴了戏剧对白体形式，如饶孟侃的《三月十八——纪念铁狮子胡同大流血》。这首诗聚焦北京城平民家庭的一对母子，以二人之间的对话，营造了一种恐怖悲哀的戏剧场景，传达出惨案之后民众的心理。上官橘的《窗》开头用类似于舞台说明的语言："在窗前有两个人对语。一个有青铜发鬓蓝宝石眼睛的男人，一个是有海水的青色卷发的少女，她穿着一件白云的衫子"，介绍人物外貌和所处环境，与戏剧语言不同的是，诗歌中的戏剧化进行了修辞的美化显得更有诗意。艾青《煤的对话》用象征手法，赋予岩石底层的煤性格、思想和语言，通过与煤之间的直白问答，展示中华民族不甘屈辱、自强不息的内在精神。

这些吸收了戏剧文体的选诗在主题上大都是对所处时代环境的讽刺鞭挞，语言形式上选取戏剧独白体、对白体，风格上常常以口语入诗，活化新诗语言的同时，也使诗歌展现出平民化、大众化的特点。闻一多可能也是想借这些诗歌，触及人们心中最柔软的部分，以激励人们认识民族的危难和社会的黑暗，从而加入实际战斗中去。

闻一多早年就对戏剧与诗歌的跨文体语言进行了思考和试验。早在《电影是不是艺术？》（1920年12月17日《清华周刊》第203期）、《戏剧的歧途》（1926年6月24日《晨报副刊》《剧刊》第2期）中，闻一多就公开发表过关于中国现代戏剧和剧本的看法，主要集中在戏剧思想与语言的关系等问题上。《飞毛腿》和同时期的《天安门》，则是他关于现代新诗形式探索的创新之作。编选选本时，闻一多又重新实践这一跨文体理念，笔者认为主要有以下原因。

一是经过对传统文史的研究，闻一多认为中国"文学的历史动向"从南宋起便开始转向了，从诗的时代进入了小说戏剧的时代。实际上，宋元话本、明清小说中间，也时常穿插着诗歌文体，戏剧文体和诗歌一样有其传统渊源，二者有交流借鉴的内在逻辑。那么在这小说戏剧的时代，诚如闻一多所言，诗应该尽量以小说戏剧的态度和技巧去创作，才能使诗歌更能满足读者需求，迎合大众需要，从而收获更广大的读者群体。在这里，闻一多表述了一个深刻的论点，就是不能只在诗中求诗的发展，诗人应该扩展自己的眼界，关注其他文体形式与诗歌关系，并寻求融合，《现代诗抄》呈现出来的语言形式，为这一论点提供了论据。

二是戏剧以其传播性强的特点，成为宣传工作的最优文学形式。那个年代，文艺要配合服从政治要求，革命要争取广大人民的力量，因此文艺宣传的主要对象就是一般尤其是农村民众。从根本上来讲，文字是一种叙事说理的工具，在作用于人的功能上，必须经过一段较为迂缓的过程，所以在识字阶段能真正读懂一篇文艺作品的人并不多，何况当时绝大多数农民是文盲，文字宣传更是无法直接影响他们。在这种特殊情况下，文字宣传的效用便远不如音乐、图画、戏剧等直观趣味的形式来得有效迅速。在诗歌、散文、小说和戏剧当中，最容易在底层民众传播的文学形式是戏剧，正因为其受众广，戏剧也最容易将人民的力量团结起来。

在昆明时，闻一多两度参与戏剧工作，对戏剧认识得非常深刻，他认为戏剧最重要的一部分是语言。戏剧的文学形式——剧本，主要是通过台词语言推动情节发展，表现人物性格，所以要求自然、简练的口语，要能充分表现人物性格、身份和思想感情，要通俗易懂且符合大众审美需求。"旧剧本是人民的艺术，至今也还是最忠实于人民的一种艺术形式。"因此，经过对中国文学史、中国新诗、社会实际情况的深入研究以及多年的创作实践，闻一多以批评家的眼光审视诗歌艺术，为接近人民，实现宣传目的，在选本中吸收了进行诗歌与戏剧跨文体试验的作品。

1943年，闻一多在发表的《文学的历史动向》中曾经预言，将来为诗而诗和所谓"纯诗"论者，恐怕只是极少数人，并且只能抱着一种类似于自我解嘲的态度继续存在。从这一点上可以看到，闻一多通过自我否定的方式，将对"纯诗""纯形"的追求逐渐转向于对诗歌现实功用和实践功能的关注。为了适应宣传需要，他提出"非诗"主张，即在诗歌语言中融入散文、小说、戏剧等跨文体因素，这种"非诗"形式在选本中主要表现为对散文性诗、叙事性诗的选择以及选诗中的戏剧化特点。"非诗"的诗歌形式伴随一种诗歌语言的"弹性"特点。同样是在这篇文章中，闻一多强调，诗具有无限度的弹性，可以通过文字形式容纳表达无穷的思想情感和内容，拓展出无穷的风格和花样，使人产生不同的联想和情感体验，给读者别样的精神享受。闻一多的诗学语言观由此呈现出开放多元的状态，为新诗开创更大的表现空间，创设出具有指导性的理论价值。

闻一多对"非诗"的强调与他对"纯诗"的推崇是并重的，且二者具有转换的内在逻辑，即闻一多受中国传统文化影响产生的民族自豪感和使命意识。早期他对"纯形"和新诗格律的倡导,一是出于扭转自由诗混乱、无秩序的状态;二是由于在美留学期间,他受到了各种文化的冲击和文化歧视,从而深刻体会到了不同民族与文化的差异,产生了"文化焦虑感"[①]。闻一多的"非诗"主张是新诗在语言形式上的创新,体现的是新诗面临时代发展而进行的诗学调整,以便更广阔地容纳社会生活,是新诗对历史责任的自觉承担。在选本中,闻一多既选取了推崇"纯形"的新月派、提倡"纯粹诗歌"的现代派,也选择了进行"新诗戏剧化"探索的"中国新诗"诗人群,可见出他这一追求。

二 民族特色与时代精神的合奏:选本兼收并蓄的语言风格观

民族特色与时代精神是闻一多编选选本的内在视角和资源。闻一多把《现代诗抄》作为中国全部文学名著选中的一部分,他对臧克家说:"始终没有忘记除了我们的今天外,还有那二三千年的昨天,除了我们这角落外还有整个世界。"[②] 这句话展示出他的编选有"昨天"与"今天"、"民族"与"世界"的多重视角,他是将《现代诗抄》看作中国诗歌体系以及世界诗歌的一部分。

从闻一多创作新诗开始,古典与现代、传统与西方几大命题就始终没有离开他的视野。他说新诗要做"中西艺术结婚后产生的宁馨儿"[③],诗和一切艺术应是时代经线和地方纬线编织成的一匹锦,"地方"(民族)色彩与"时代"(西方)精神的有机结合和统一,是中国新文学长足进步的必要条件和规律。因此他要求中国新文学的作家们既要记住时代精神,又要记住民族特色。选本作为文学的一环,自然也遵循着同样的原则,因而体现出兼收并蓄的语言风格。

---

① 李海燕、陈国恩:《从"纯诗"突围而来的现实主义——论闻一多后期诗学观》,《江汉论坛》2017年第4期。
② 闻一多:《致臧克家》,孙党伯、袁謇正主编:《闻一多全集》(第十二册),湖北人民出版社1993年版,第381页。
③ 闻一多:《〈女神〉之地方色彩》,孙党伯、袁謇正主编:《闻一多全集》(第二册),湖北人民出版社1993年版,第118页。

(一) 诗语的民族特色：对传统诗歌与民间形式的接纳

从表面上看，中国传统诗歌的特点首先在于格律，格律实质上是语言的表现形式。闻一多的早期的诗学理论就是受到了古典诗词，尤其是律诗的影响，他说只要把律诗的性质弄清了，便窥得中国诗的真精神了。他曾对中国的律诗做了全面而深入的探索，具体成果见于1922年3月撰写的《律诗底研究》一文。这篇文章分为6章，从句的组织、章的组织对律诗的发展进行了溯源和分析，得出律诗章句共同的根本原则是均齐；从逗、平仄、韵三个方面分析了律诗的音节，从而得出律诗有短练、紧凑、整齐、精严的特点，并认为英文诗体中"商籁体"的价值最高，因为这种诗体也遵循格律。新格律诗的提倡与选择既是闻一多针对初期新诗尝试者混乱的自由诗提出的纠正方案，也是闻一多在经历了古典文化和西方文化研究后，仍然坚持民族本位精神的体现。

闻一多熟练巧妙地运用了新格律诗诗节诗行音尺整齐、运用叠句和不拘一格的韵脚等丰富多样的艺术手法，他的许多诗篇显示出真正的音乐美。到了40年代闻一多编选选本时，新格律这一诗语言的美学原则仍被贯彻着。闻一多的第二本诗集《死水》中大部分诗歌遵守着《诗的格律》一文提出的新格律原则，大多数诗里每行字数是严格限定的，字数相等的诗行也相当严格地分为数目相同（或相近）的音尺，在选诗中，闻一多选择的9首诗，8首均出自《死水》，可见他对这一形式的认同。大多数新月诗人的选诗，在语言上也有着均齐、押韵、短练、抒情的特点，如朱湘的《雨景》《有忆》、陈梦家的《一朵野花》《影》《当初》等。其他流派当中，现代派的林庚经过长期的诗歌实践和对中国古典诗歌形式的回顾与总结，提出了"半逗律"和"典型诗行"的格律理论。闻一多选择了他的《秋之色》，据诗人自己称，该诗是在格律诗的影响下创作的，全诗共8行，每行均为11个字，诗人置于福建长汀的山区秋色中，眼前的美景激发出一种干净明朗的情绪，在喧嚣的时代里寻得短暂的安宁，闻一多对这一吸收传统格律经验而进行的新诗格律试验表达了肯定。除选诗外，闻一多在编选时也进行了修改，主要是为了押韵和平仄等节奏需求，详细分析参见本章第二节"《现代诗抄》改诗与闻一多的节奏观"，都是在格律范围内进行语言的局部变动。

传统诗歌还有两大特点就是自我情感的表达和对意境的营造。我国传统诗论中有"诗言志"和"诗缘情"两种观点，闻一多认为诗是热烈情感蒸发凝聚而成的水汽，能将潜伏的美充分地表现出来，显然他是后一种观点的拥趸。选本中选诗语言的抒情风格非常突出，这种"情"有郭沫若《天狗》那样个性解放、汪洋恣肆的时代豪情；有冰心《繁星·七五》那样促膝夜谈、娓娓道来的家庭亲情；有徐迟《蝶恋花》那样缠绵悱恻、琴瑟和谐的儿女柔情；有杜谷《泥土的梦》那样的温暖细腻、饱含希望的爱国深情；有侯唯动《血债》那样高亢昂扬、信心十足的抗战热情；有阿垅《老兵》那样深沉忧郁、无可奈何的底层同情……"情"这一质素贯穿选本始终。情感之外，选本还注重意境的营造。在古典诗歌中有纷繁的意象，有些意象的含义已经成为中国传统诗学的固定话语，如"杨柳"常常喻示着分离、"雨打芭蕉"充满了忧郁氛围等。闻一多选诗选择了很多语言中带民族传统意象的诗歌，如"云""雨""月""鸦""闲花野草""秋"等，营造出一种婉约的意境；当然，也选择了很多"太阳""泥土""枪""刀"等充满硝烟的意象，营造出一种充满力量与紧张的氛围。

除对传统诗的借鉴，闻一多选诗也关注到了一些语言上吸收民间形式的诗歌，主要体现为一些选诗运用了重章叠唱吟咏式的民歌手法以及以方言入诗。如徐志摩的《再别康桥》、饶孟侃的《招魂》、邵洵美的《女人》、朱大楠的《笑》、罗莫辰的《无法投递》、罗寄一的《月，火车》等。这些诗歌吸收了民歌传统里回环复沓的特色和《诗经》里那种反复咏叹的手法，运用重复的叠句使韵律更加明朗。在湘黔滇的徒步旅行中，闻一多关注到了诗歌的原生态和人民性，他认为民歌当中蕴含着这两种特质，于是以一个教师的身份组织学生沿途分门别类收集民歌，引导学生寻找原始生命力。后来刘兆吉在此基础上整理出版了《西南采风录》并邀请闻一多作序，在序言中，闻一多说民歌当中具有原始与野蛮的力量，而那时的时代刚好需要。与民歌形式相伴相生的是方言，方言也具有地域性、民间性，"方言入诗"赋予了诗歌鲜明的"地域文化印记"，是文学观念向现实生活回归的体现。闻一多《飞毛腿》"管包是拉了半天车，得半天歇着"、饶孟侃《三月十八——纪念铁狮子胡同大流血》"吓！你大襟上是血，可不？"，采用的都是北京土白话；郭沫若《天狗》"我把月来吞了，我把日来吞了"具有四川方言的特色。

（二）诗语的时代精神：对现实资源与西方资源的吸收

1923年，闻一多发表《〈女神〉之时代精神》，关注到了诗歌与时代精神的关系，提出诗歌必须表现"时代精神"，必须有"地方色彩"。他评价《女神》的时代精神在于表现了20世纪的"动""反抗"与科学精神。诗歌的时代精神是某一时代人民感情、意愿、情绪、志向所代表的历史发展方向，"诗歌作为时代精神的巢穴，每一个时代的诗歌天然地带着时代的范式"[①]。20世纪40年代初期，战争革命流血成为现代文明的底色，闻一多在《新诗的前途》《诗与批评》等文章中，为民族抗战呐喊，反复强调诗歌的社会价值与时代价值，以自身的思考和探索触摸国家和人民的脉搏。最终，他摸索到了属于40年代诗歌的时代精神，即一种人民性、战斗性，诗歌为更好地表现和宣传这种时代精神也发生了形式上的变化。

在严酷的抗战现实中，文艺各部门异常活跃，许多作家上了前线，如阿垅、婴子、孙钿等，大众化的实践、新形式的创造，成了一时风气，中国新诗也跟着抗战达到了一个高潮，为争取更广大的民众，出现了许多朗诵诗、街头诗。通过社团活动和新诗社学生的创作试验，闻一多逐步确立能表达人民感情、激发人民热情、传送集体力量的朗诵诗是最恰当的文艺形式，是时代需要的"全新的诗"。

在选本中，闻一多选择了新诗社学生的朗诵诗，这些诗歌大都并未公开发表，是在他的指导下完成的，可以看作其后期诗学观的部分实践。何达的《我们开会》《老鞋匠》、沈季平《山，滚动了》运用口语、重复的语言形式，以短句为主，站在人民的立场，强调人民团结的力量。1949年，闻一多逝世3年后，朱自清为新诗社社长何达编选了朗诵诗别集《我们开会》，并以"今天的诗"为主题撰写了序言。在序言中，朱自清明确表示，抗战结束开始了一个更动乱的时代，"这时代需要诗，更其需要朗诵诗……你可以看出今天的诗是以朗诵诗为主调的，作者主要的

[①] 黄礼孩：《诗歌是时代精神的自鸣钟》，《文艺争鸣》2020年第10期。

是青年代"①。在朗诵诗中，"我们"代替了"我"，"我们"的语言也代替了"我"的语言，这种集体取代个人、大众化取代私人性的变化，体现出朗诵诗的人民性精神，也可见出朗诵诗的发展活力。

在朗诵诗、街头诗上走得更远，形式最彻底，成就最大的诗人是田间，选本中收录了6首田间的诗，且均为"鼓点式的诗歌"。20世纪40年代的诗坛用朱自清的话来说就是，诗人常常用奇异的联想创造自己理解的比喻或形象，用复杂曲折的语言表达私人独特的感情，但造成的最终结果是，能够被人们理解和接受的诗歌变得越来越少。诗应该来自生活的体验，能够表现主体最真实的情感和思想，因此，他认为诗的语言首先需要回到朴素和自然的状态，但并不是回到传统的民间形式，而是回到口头语言、自己的集团里的语言，按照说话的方式，使诗行简短集中。

闻一多的观点与朱自清不谋而合。闻一多在美国求学期间，劳伦斯、威廉斯、门罗等美国意象派诗人的作品正风靡诗坛。意象派主张诗人采用白话和口语，自由地创造韵律、新的节奏和形式。闻一多在意象派诗歌风行的环境中，一定程度上会受到其诗歌理论的影响，在这一思想背景下，他对20世纪40年代诗坛中那种充斥着"疲困与衰竭"的诗歌感到不满。田间的诗歌大多简短，且按照说话的方式作诗，但不同于早期白话诗，他的诗里有诗的节奏，就像"鼓点"一样，铿锵有力而不饶舌，这种诗歌的语言形式有利于将诗的时代气息和现实战斗功能传达开来。他喜欢田间这种直白而激昂的表现现实的方式，向往他所描写的解放区的新生活，正是在这个意义上，闻一多说田间是"明天的诗人"，代表了"新诗的前途"。他曾在课堂上朗诵田间的诗，并发表了《时代的鼓手》一文，这是他从"故纸堆"出来后发表的第一篇关于新诗的评论文章。文章认为田间的诗歌语言朴质、干脆、真诚、简短、坚实，就像一声声"鼓点"，单调但响亮而沉重，其中蕴藏着"鼓的情绪"。这种鼓点式的诗歌《现代诗抄》中还有同属于七月派的侯唯动的《血债》《遗嘱》等。正所谓"一鼓作气"，鼓声在古代是战斗中鼓舞士气、激发斗志的信号，闻一多后期成长为民主战士，进行着实际斗争，在这种情形下，朗诵诗就成为他战

---

① 何达著，朱自清编选：《我们开会》，中兴出版社1949年版，第2页。

斗的武器。综上，对朗诵诗、街头诗的选择，对鼓点式诗歌语言风格的大力赞扬，是闻一多在时代精神的指引下，对现实资源的直接吸收。

除此以外，闻一多认为真正有价值的文艺是对"生活的批评"，他对选诗语言风格中时代精神的把握还体现在对具有现实主义特征诗歌的收录，主要体现为：一是对所有非正义暴行的控诉，如《纪德与蝶》，诗人以纪德的视角揭发殖民主义者对非洲人民的残酷剥削，鸥外鸥《父的感想》连用三行"日本的飞机来袭了！"控诉日军侵略恶行；二是对社会黑暗、腐败的揭露，如闻一多的《死水》；三是对人们苦难鞭辟入里的描写和同情，如阿垅的《纤夫》；四是对解放区新天地、人民新生活的速写和歌颂，如夏蕾的《二月》写诗人初到延安时的新鲜喜悦。

选本中最能体现闻一多对现实主义推崇的是对七月派诗人诗作的认同。胡风作为七月派的领军人物，对七月诗人的现实主义创作追求有扼要概括。他说诗人的声音是"时代精神的发酵"[①]，诗的情绪是人民的情绪，会随着社会历史的变化而变化，诗人应能够"向世界叫出中国人民底真实的战斗的声音"。作为七月诗派的大将，艾青也有同样观点甚至更激进，他认为生活是艺术生长的土壤，艺术的思想与情感必须在底层生活中蔓延自己的根须。七月诗派成为成熟的现实主义诗歌流派，一个重要理由就是他们对准当时的社会现实，写下具有深刻的现实经验和生命体验的抒情篇章。七月派理论先锋与创作大将的观点契合了闻一多的选诗理念和风格。

然而困守本土形式，文学必将归于衰谢，两种文化的浪潮会随着时间的推移不断扩张，直至相互碰撞彼此融合，这也是一种历史的宿命。20世纪40年代，中国的国土遭受着外来军事和文化的全面侵略，也毫不例外地影响了社会的方方面面。除对本土现实资源的吸收，闻一多选诗对具有现代性和世界性的诗歌也进行了收录。正如前文所述，闻一多编选这一选本还有一层国际视野，旨在借选本这一窗口在更大范围介绍中国新诗。为实现这一目的，他在《现代诗抄》中选择了许多具有欧化的语词语法、世界文化符号以及受外来思潮影响明显的诗人诗作。

选本中的诗歌有一定的欧化句式，例如鲁藜《野花》："在河边/我们

---

① 胡风选编：《我是初来的》，读书出版社1943年版，第9页。

走/崖上野花向我们低头",按照汉语语法应该是"我们走/在河边";艾漠《生活》:"像小麦/我们生长/在五月的田野"应是"我们像小麦生长在五月的田野"。以上诗句打断习惯性的排列和组合,运用一些特别的断句跨行,虽然在中文当中听起来有些不自然,但是当翻译成英文时完全符合英语语法,如后者"Like wheat, we grow in the field in May",正是英文世界的表达。选本的欧化现象其次表现为选诗多现代中英文的杂糅样式,据粗略统计,大约有20处。如郭沫若《天狗》"我是X光线的光,我是全宇宙的Energy的总量!";俞铭传"可怜的Atlas的兄弟"(《夜不寐》),阿特拉斯是希腊神话中的巨神之一;鸥外鸥"手执麦氏佛陀的Lipstick绘着专咬男人的嘴唇"(《男人身上的虱子》)、"Japanese Sandman!①日本兵工厂的安眠药"(《父的感想》);阿垅《哨》"天上/Orion横着灿烂的剑","Orion"是星名猎户座,诸如此类的例子还有很多。这些中英文杂糅的诗句冲击着读者的视觉节奏,改变了诗歌语音节奏。

选本中还选取了很多包含世界文化背景的诗歌,如徐志摩的《再别康桥》写了英国伦敦康河及两岸的美景,《哈代》赞扬了英国小说家、诗人托马斯·哈代的顽强和对灵魂自由的追求,并对其逝世表示痛惜;郭沫若的《夜步十里松原》写的是日本九州博多湾千代松原。除此之外,还有汪铭竹的《纪德与蝶》《法兰西与红睡衣》、王独清的《我从café中出来》、艾青的《马赛》等。这些诗歌或描写外国的名人、风景,或表达身为他族人在异域文化中的感受,均有世界文化符号的背景,但诗人在描写外国景色时依然是用自己的眼光,会联想到自己的国家,这又体现了他思想中民族性的一面。

最后,选本选择的诗人受到了各种外国诗潮的影响,如郭沫若受美国惠特曼的影响;冰心的小诗受印度泰戈尔的影响;现代派诗歌受法国象征主义"纯粹诗歌"观念影响;艾青受马雅可夫斯基的影响;就西南联大学生辈的青年诗人而言,他们一方面受到闻一多、朱自清、冯至、卞之琳等前辈诗人感召,另一方面英国诗人、理论家威廉·燕卜逊(William Empson)当时在西南联大任教,提出了一系列关于文学艺术的理论,

---

① 译为"日本人的睡魔",指炸弹。

带领学生研究和探索西方现代诗歌，为他们提供了一个学习现代主义的机会，对后来现代主义在昆明以及中国兴起产生了巨大影响。以上均体现出选本对西方现代资源的吸收以及闻一多本身的世界性视野和考量。

《现代诗抄》反映了闻一多对新诗语言的看法态度和艺术立场。艺术性与现实性是《现代诗抄》选诗语言风格的两个维度，对应了闻一多"效率"与"价值"的编选理念。对新月派和现代派闻一多看重的是其在纯诗及诗艺上的创新，对七月派和西南联大青年诗人群，他则是侧重其作品的现实性，在特定的时代环境下，面对时代任务，选本中现实风格的诗歌占大多数，且选诗的总体基调也呈现出现实主义意味。但与左翼诗歌片面注重诗歌的功利色彩不同，闻一多还是兼顾了诗歌的艺术规律，在《宣传与艺术》中，闻一多批评抗战以来标语口号式的宣传，他认为好的宣传不仅要有技巧，而且必须是艺术。在选本中闻一多兼顾了艺术性与现实性，二者看似矛盾，实则对立统一，但闻一多更强调现实本位。作为新诗发展末期的选本，闻一多编选《现代诗抄》具有总结归纳的意图，因此他扩大审美眼光，想尽量涵括多种语言风格的作品，选本也就呈现出兼收并蓄的特点。

第二节 《现代诗抄》改诗与闻一多的节奏观

如果说选本选诗能从宏观上见出闻一多对诗歌形式，即语言形式与语言风格的态度，那么改诗更倾向于从微观角度，探寻闻一多对诗歌内部节奏的观点。

闻一多对节奏的重视和雕琢由来已久，他曾说世上绝不能存在没有节奏的诗。1921年，闻一多在名为《诗歌节奏的研究》的演讲中提到，诗歌节奏是美的手段、情感表达的手段以及凭借想象加以理想化的手段。1926年在《诗的格律》中，再次重申了节奏与情感的关系："诗的所以能激发情感，完全在它的节奏；节奏便是格律"[1]，可见闻一多对诗歌节奏的重视。

---

[1] 闻一多：《诗的格律》，孙党伯、袁謇正主编：《闻一多全集》（第二册），湖北人民出版社1993年版，第139页。

什么是闻一多强调的节奏？在中国传统律诗的研究背景下，闻一多提出了新格律诗的理论，集中表述在《诗的格律》中。他将诗的节奏分为视觉节奏和听觉节奏，前者侧重于诗行诗节建设，如"节的匀称""句的匀齐"，后者聚焦诗行内部建设，如格式、音尺、平仄、韵脚等，这两类节奏类型息息相关，互相协调。有学者敏锐地捕捉到闻一多从"单一倚重声韵"到"重视整体结构"的节奏观，认为在闻一多的观点中，不论是诗歌内部的诗人情绪和诗情，还是诗歌外部的节行、标点、韵脚等形式，都是调制节奏的"佐料"，"诗人则是擅于使用这些调料的烹饪师"①。

本节以闻一多理论文章为基础，探究《现代诗抄》选诗、诗行诗节的变动、标点符号的添删改、语言用字用词的调整与诗歌节奏的关系。尽管诗歌的形式美不再成为闻一多后期关注的焦点，他甚至否认自己对技巧的斟酌，但前期对形式的追求还是潜藏在他的诗学思想中，从其对选诗的修改中可略知一二。

一　节行变动与视觉节奏

作为具有个人性质的选本，《现代诗抄》的编改体现了闻一多的诗学观，他诗学观中最重要的向度就是对诗歌形式的重视，他曾说"若没有形式艺术怎能存在"，提出要打破一种固定的形式，目的是得到许多变异的形式，而诗行与诗节是形式的重要组成部分。闻一多是站在中国传统审美的视角认识诗分行分节的，由于汉字的象形特点，闻一多指出现代汉语诗歌是一种"又占时间又占空间"的艺术，鉴赏诗歌时，多半的印象需要依靠眼睛来传达，并由此肯定西诗分行的做法，提出诗歌的"建筑美"。中国现代诗歌节奏与诗行诗节关系密切，节行的断连、长短、如何建行分行分节均可以改变诗歌节奏的行进姿态，诗行诗节由此成为诗歌视觉节奏的一种形态，可以展现出主体的诗歌节奏观念。

在《诗的格律》中，闻一多提出了新格律诗主张的理论依据——"三美说"，有学者认为这篇文章实质是关于节奏的问题，音乐美、绘画

---

①　王泽龙、王雪松：《闻一多的诗歌节奏理论与实践》，《人文杂志》2010年第2期。

美暂且不论，且看建筑美。他提到新诗采用西诗分行写的办法，使读者觉察到除音节、辞藻，诗歌还有节的匀称和句的均齐。闻一多在《律诗底研究》中指出，整齐在中国律诗的组织和音节方面均有所体现，美学家称之为节奏。从这个层面上来说，节的匀称和句的均齐本身也是一种节奏，会给读者以美的感受。《死水》严格遵循了诗行与诗节的整齐，全诗共四节，每节四行，每行九言四音顿，将诗行划分为三个二字尺和一个三字尺，选本中林庚的《秋之色》与之类似。

　　旧体律诗无论题材意境是什么，永远只有一个规定的格式，闻一多的"建筑美"是相对于这种呆板的格式而言的一种新的诗歌节行建设观。在他的观点里，新诗的格式是相体裁衣、层出不穷的，"相体裁衣"就是形式与内容情感的和谐。

　　节奏与情感有密切关联，节行的建设通过节奏这一中介也会对诗歌表情达意产生影响，实现诗歌外在与内在的和谐，现代诗歌的实践给这一观点提出了明证。如艾青诗歌参差的排列和重叠复沓的诗行，适宜表达一种激越之情；而田间那种两三个字短促的排列形式，又显得急促而有力，以鼓的声律擂出了渴求搏斗的情绪。在《现代诗抄》中，闻一多选择了自己的《春光》一诗，诗歌第一节八行诗排列整饬，用工笔细描"天竹""碧桃""麻雀""阳光"等春日美景，一切"静得象入定了的一般"。省略号正在帮助读者遐想，可是突然跳出的两行："忽地深巷里迸出一声清籁/'可怜可怜我这瞎子，老爷太太'"，就如晴天霹雳，震惊人们猛醒过来正视现实。诗人调度诗节，前八行为一节，后两行为一节，使全诗看起来"头重脚轻"，这种不协调的诗节排列是为了配合语意和情感的转折，帮助诗人表情达意，同时也冲击着读者的视觉感官。

　　除用诗行排列来塑造节奏表情达意，闻一多还选择了很多长短行递用的诗歌，这种交错使节奏更加活泼多样。在闻一多的新格律体理论建构中，诗顿的建构赋予了诗行节奏的意义。他对诗行字数没有严格限制，而是提倡顿数整齐，并且诗行的顿数、韵脚及其变化、章节结构等，诗人可以根据内容和自己的意愿自行组织。意思是说，就算诗行长短不一，但只要音尺和顿数有规律，那么也会产生和谐的诗歌节奏。《现代诗抄》选了孙大雨的三首诗，分别为《诀绝》《老话》《回答》，巧妙的是，这三首诗虽然各自的诗行诗节字数不一，但均采用每行五个音顿的方式来建行，诵读起来还是充满节奏感。闻一多的《末日》是九字行和十一字行递用，但每行大致是四音顿；徐志摩的《再别康桥》是六字行与七字行递用，每行大致为三音顿。这些例子都说明了闻一多用顿数控制诗行进而影响节奏行进的观点，后来这种观念也成为人们普遍接受的建行格式。

但是后期闻一多对节行参与节奏的形式，有一点诗学观念上的变化。他非常赞同田间一类鼓点式的节奏，不严格要求押韵，也没有音尺、音组、音顿的规定，遵循的是说话的节奏。有一次，当学生张小怿问闻一多关于对《诗垦地》丛刊的看法时，闻一多说："你们喜欢 blank verse（他在这里用了"自由诗"这个英语词），我却喜欢用韵的诗。"[①] 张小怿问先生不是喜欢田间的诗吗？那不是也不用韵脚吗？闻一多说他认为田间的诗有节奏，听起来令人振奋，丰富多样的格律，特别是节奏，会大大加强对读者和听众的审美作用。

编选以外，闻一多在选诗时进行了大约十余处诗行诗节的重新组合布局，以凸显诗篇视觉节奏，显现诗内在的力和美。

诗行的变化能影响节奏的功能作用。闻一多在《诗歌节奏的研究》中认为节奏是情感表达的手段，可以传达情感、激发情感、缓和情感。在朗读诗歌中的短句时，占据时间的相对短暂，语速比长句更快，相应的诗歌节奏趋于迅速，也更容易产生或配合高昂的情绪；合并后的诗行，在视觉上节奏上增加了长度，听觉节奏也趋于缓和，有节制情感的效果。例如郭沫若的《天狗》：

> 我飞奔，我狂叫，我燃烧。
> 我如烈火一样地燃烧！
> 我如大海一样地狂叫！
> 我如电气一样地飞跑！

——闻一多《现代诗抄》

[①] 张小怿：《诗人·学者·战士——忆闻一多先生》，王子光、王康编：《闻一多纪念文集》，生活·读书·新知三联书店1980年版，第246页。

原文"我飞奔,我狂叫,我燃烧"分排三行,闻一多在编选时将其合为一行。在视觉效果方面,3个短诗行合并为1句长诗行,前后诗行看起来大体匀称,达到了视觉节奏的和谐均衡,进一步放大了建筑美的意义。逗号的使用暂时中断了文字语流,带来的结果是减弱了郭沫若诗歌的激昂情绪,诗歌节奏也相应地放缓了,而形成一种情绪的缓冲,体现了闻一多用节奏节制情感的诗学观。

除诗行的重新组合,选诗还有诗节的变动。徐志摩的《云游》是受欧洲商籁体的影响写作而成的。新月书店1932年出版的原诗在第8句和第9句之间有分断,将全诗划分为前8行后6行的两小节,而选本中,闻一多将两个诗节合并在了一起。诗节是诗歌节奏的最大单位,前八行的韵脚排列是"aabbccdd",具有一种整体效果,后6行是"aeaecc",比较具有变化性,闻一多将其合成完整的一首而不分节,使整首诗在整齐中又富于变化,更具和谐美感。另外,从音节和情绪的波动上看,第8行末尾的"紧"是一次发音的紧张,第9行首字的"他"是发音的松弛,不分段使朗诵的生理基础一张一弛更富诗歌节奏。在情绪上,"使他惊醒,将你的倩影抱紧"是全诗情绪的高涨点,云朵惊醒了"一流涧水",水很欣喜地想要抱紧它,但是抱紧的只是"绵密的忧愁",情绪又立刻低沉,形成感情对比,产生情绪节奏。"一流涧水"是抒情主体客观化的象征,云朵应是诗人"爱、自由、美"的喻象,两种不同的存在形态形成对比,而生理基础与情绪节奏的张弛高低也相互对比配合,体现了闻一多将诗歌节奏作为情感表达的手段这一观点。

闻一多在《谈商籁体》中说到,商籁体要遵守一个基本原则,在第8行末尾要有一个停顿,将前8行分为4行一段;后6行分为3行一段或4行/2行一段,总计四个小段。全篇的四小段按"起承转合"排列,形成一个圆形结构。新月派认为诗歌的节奏与诗歌其他要素在一起具有一种有机整体感,体现了一种和谐关系,和谐节奏的集大成者当数闻一多,对商籁体诗行与内在精神的规定,也体现了闻一多这种和谐的审美追求。

《现代诗抄》中还有通过分割诗节调整诗歌视觉节奏的,如夏蕾的《山》,写诗人初到延安对这一革命地的新鲜感受。全诗共7节,首尾均为 3 行的短诗节,从"海的波涛"到"山的波涛"再到"人的波涛",诗歌结构圆满递进。其余诗节为 6—9 行,闻一多将第 5 节原本 15 行,分成了 9 行和 6 行,与其他诗节看起来更加和谐。但闻一多并不是为了视觉节奏死板地强行分节,玲君的《喷水池》全诗共 6 节,每节均是 4 行,闻一多在选抄时却将第 4 节与第 5 节合并为 8 行的长诗节,这是出于诗歌内在情绪节奏的考量,因为合并的两节均是写喷水池的沉默。选本中还有出于调节诗节去影响听觉节奏的,如杜运燮的《滇缅公路》,原诗 70 行未做任何分节,造成了视觉节奏的疲倦感,闻一多将其划分为每节 9—12 行的 7 个小节,情绪节奏上呈现出低→高→低→高的起伏波动,一个诗节就是全诗节奏系统中相对独立的音乐段落;田间的《人民底舞》原诗"在撞,在冲,在前进,……"分为了两节,末一句单列一节,强调"在前进",闻一多将其合并为一节,形成一个排比句式,诗歌的节奏变得更加铿锵。

诗节是单位诗行构成的更大节奏单元,全诗由单个诗节参差交替变为诗篇,诗行诗节的合并及分隔与节奏关系密切。诸如此类的节行变动在《现代诗抄》中还有很多,闻一多将诗的节行看作诗歌外部的一种节奏,总体匀称是闻一多诗歌分行分节突出的品质特征,体现出整齐的视觉节奏。

二 标点改动与听觉节奏

标点符号是新诗文本的有机组成部分,具有气息缓冲、划分层次、标举语气、说明词语性质与意义等作用,是调控诗歌节奏的重要工具。如果说节行变动更多影响的是诗歌的视觉节奏,那么深入诗行内部的标点,就对诗歌的听觉节奏影响较大。闻一多十分重视标点符号在诗歌中的使用,"在把初作收录进《红烛》'雨夜篇'时,约有 52% 的诗作标点都作了改动"[①],在《论〈悔与回〉》中,闻一多明确提出标点与诗歌节

---

① 王雪松:《论标点符号与中国现代诗歌节奏的关系》,《中国现代文学研究丛刊》2016 年第 3 期。

奏的关系，即标点可以"界划句读""标明节奏"。

标点符号通常有两种类型，顾名思义即标号和点号。标号包括书名号、破折号、省略号、引号等；点号有顿号、逗号、分号、句号、问号、感叹号等。这些符号背后的作用迥然相异，比如在控制缓慢节奏方面，省略号或破折号比其他点号缓慢。"这是从标点符号所含的停顿时间来加以判断区分的结果。"①

标点符号是诗歌的重要组成元素，诗行中是否使用、选用什么样的标点符号形成的节奏效果是不一样的。本文根据闻一多编选《现代诗抄》时参考的资料（详见本编第一章第一节《现代诗抄》的编选内容及参考资料），对选入的191首诗进行校对，发现在选本中大约对52（约占27%）首诗进行了共117处标点符号的变动，具体为31处添加、51处修改和35处删除。（如表2-1所示）

表2-1　　　　　《现代诗抄》标点符号变动情况统计

序号	诗人	诗作	添加	修改	删除
1	徐志摩	《残诗》	1		
		《毒药》	6	2	
		《火车擒住轨》	2	3	
		《领罪》		1	
		《再别康桥》	1		6
		《哈代》		5	1
2	闻一多	《你指着太阳起誓》		1	
		《末日》		1	
		《死水》		2	
		《春光》		2	
		《诗二首》（六、七）		3	
		《飞毛腿》	3	2	1
		《奇迹》	1	7	2
3	饶孟侃	《招魂》	1		
4	孙大雨	《诀绝》	1		

---

① 陈启佑：《新诗缓慢节奏的形成因素》，《中外文学》1978年第1期。

续表

序号	诗人	诗作	添加	修改	删除
5	邵洵美	《女人》	1	1	
6	陈梦家	《雁子》		3	
		《鸡鸣寺的野路》		1	
		《影》	1		1
		《当初》		2	
7	方玮德	《海上的声音》		1	
		《幽子》		1	
8	汪铭竹	《纪德与蝶》		1	
9	杜谷	《江，车队，巷》		1	
		《泥土的梦》	1		
10	伍棠棣	《芋田上》	1		5
11	陈迩冬	《空街》			1
12	废名	《灯》	1		
13	玲君	《喷水池》		1	
14	侯汝华	《水手》			1
15	李白凤	《梦》			1
16	沈洛	《夜行》	1	1	
17	徐迟	《蝶恋花》	1	1	
18	俞铭传	《夜不寐》			2
		《梦去了》			2
19	艾青	《生命》			1
		《透明的夜》			1
		《马赛》			2
20	S. M.	《哨》			1
		《老兵》			1
		《纤夫》	2	2	2
21	穆旦	《诗八首》	2		
22	罗寄一	《诗》		1	2
		《五月风》		1	
23	杜运燮	《滇缅公路》		2	

续表

序号	诗人	诗作	添加	修改	删除
24	田间	《自由，向我们来了》			1
		《五个在商议》	2		
		《多一些》	1	1	
		《冀察晋在向你笑着》	1		
25	鸥外鸥	《都会的悒郁》			1
26	任钧	《警报》		1	
	合计		31	51	35

自然话语中，语流有不同的停延，标点符号的变动可以改变语流的停延点，达到协调听觉节奏、调整语意节奏与控制情感的效果。参见闻一多在选本中对徐志摩《毒药》标点的添加：

相信我，我的思想是恶毒的，因为这世界是恶毒的，我的灵魂是黑暗的，因为太阳已经灭绝了光彩，我的声调是像坟堆里的夜鸮，因为人间已经杀尽了一切的和谐，我的口音像是冤鬼责问他的仇人，因为一切的恩已经让路给一切的怨。

——闻一多《现代诗抄》

选本中的这首诗选自新月书店1932年出版的《志摩的诗》。原诗在关联词"因为"前均没有标点，使一句诗句最长达29个字。自然状况下，正常人一般一分钟能说200个字，按照每分钟12—18次的呼吸频率，每呼吸一次能说的字数在11—16个。诗歌节奏是根据人的呼吸规律有规则地进行的，显然29字的诗句不符合生理规律，这就会导致读者在阅读和朗诵时节奏急促。正如有学者所言，《毒药》有限的成功几乎全得力于情感饱和状态下诗人俯拾即是的才气，让人怀疑是诗人在冲动的情感面前失去了控制力，有滥情主义倾向。在标点符号的系统中，各类标点均能表现出一定的逻辑关系，从而自然地划分出语意节奏层次。闻一多在编选时按照正常自然话语语流规律、语意节奏进行了标点符号的添加，使诗歌的因果逻辑更加鲜明；增加长句之间的停延，给读者一个生理节奏和心理的缓冲，使语音节奏清晰顺畅，诗行节奏层次分明、视觉节奏清爽流利，同时也有效地节制了诗歌中诗人汪洋恣肆的情感。

部分符号有标明语气（如陈述、感叹、祈使、疑问）、语调（如升调、降调、曲折调）的作用，这是在现代社会学习后形成的普遍认同。现代人微妙的语气变化、个性化的情感体验、不同的心理状态均可通过符号的配合得到更加细致的描摹。田间的《多一些》（选自《给战斗者》，上海希望社1943年版）：

听到吗？
这是好话哩！

听到吗？
我们
要赶快鼓励自己的心
到地里去！

——闻一多《现代诗抄》

原诗没有问号，闻一多在诗中所有"听到吗"后面加上了表示反问语气的"？"，提升了朗读时的语调，与反复这一修辞手法的配合，有效地加强了诗人强调与鼓励的意图，显示出对情绪节奏的调控。

除添加标点以外，闻一多也出于情绪节奏进行了标点的删除。田间的《自由，向我们来了》：

自由啊……
从血的那边
从兄弟尸骸的那边，
向我们来了，
像暴风雨，
像海燕。

——闻一多《现代诗抄》

前文提到，现代诗歌分行已经有控制诗歌节奏行进姿态的功能，同时标点符号也具有相似作用。"从血的那边／从兄弟尸骸的那边"两句均是对战争的控诉，闻一多删除点号，可以在朗读过程中起到连读的效果，从而实现语音节奏的高亢、情绪节奏的激昂。

停延是控制节奏的重要方式，不同的标点可以区分不同的停延时间，如破折号停延时间较长，带给人的节奏感比任何一种点号都缓慢。1995年《标点符号用法》规定破折号的作用有：1. 解释说明；2. 话题突然转变；3. 声音延长；4. 事项列举；5. 加强重点；6. 引出下文；7. 意思递进；8. 总结上文；9. 话未说完；等等。其中对节奏的影响最明显的作用是第三条。参看陈梦家《雁子》第三节第三行的变化。在《梦家存诗》（上海时代图书公司1936年版）中，原诗为"只管唱过，只管飞扬，"，闻一多的《现代诗抄》改为"只管唱过，只管飞扬——"，将第二个逗号改为破折号。逗号带来的停延时间较短，"飞扬"是一个持续的动作，变成"——"后，停延时间被拉长，视觉节奏随之变长，听觉节奏随之减缓，刚好与"飞扬"的含义相配合，读者方能想象飞翔中的大雁，实现内容与节奏的谐和，相较于一整节的逗号，破折号的加入也使其语音节奏更富于变化。

虽然闻一多认为标点是新文学一个很宝贵的新工具，但他也认识到合理使用标点才是对诗歌节奏有益的。在评《冬夜》时，他说一个作者若常常靠标点去表达情感或概念，就会缺少一点笔力，所以他始终坚持以理性的态度看待标点符号与诗歌节奏的关系。因此，虽然在《现代诗抄》中闻一多选入的诗歌有大量标点改动，但他的改动不但考虑到了标点符号在语流停延、传达意义、标明语气、调度情绪等方面的作用，而且寻求在语音、语意、情绪等各种节奏中的平衡，让节奏真正成为诗歌整体的一部分。

三 字词调整与节奏风格

诗歌节奏一般指语言和情绪有规律的起伏变化，它被发现体现了对诗歌语言和谐之美的追求。在选本中，这种和谐主要是通过对选诗语言词语的调整来体现。选本中语词对节奏的影响主要是通过调整语体、改变句子结构层次、改变或交换语词位置以协调韵和平仄。

在论述之前，先对《现代诗抄》选诗语言变动情况进行粗略统计，《现代诗抄》中约有 55 首诗进行了约 108 处语词变动，其中以修改为主。通过进行细致校对，大体上可将闻一多所作出的修改分为错别字修改、根据前后诗意和主观想法的变动、调整节奏的变动几类。（见表 2-2）

表 2-2　　　　　《现代诗抄》选诗语言变动情况统计

序号	诗人	诗作	添字	改字	删字
1	徐志摩	《月下雷峰影片》		1	
		《五老峰》		1	
		《残诗》		1	
		《毒药》		1	
		《常州天宁寺闻礼忏声》		1	
		《火车擒住轨》		3	
		《在病中》		1	
		《哈代》	1		1
2	闻一多	《你指着太阳起誓》		1	
		《也许》		8	
		《末日》		1	
		《死水》		3	
		《春光》		1	
		《飞毛腿》	1	1	
		《奇迹》	2	5	1
3	饶孟侃	《招魂》		1	
		《三月十八——纪念铁狮子胡同大流血》		1	
4	方玮德	《凤暴》		1	
		《微弱》		1	
5	朱大枬	《笑》		2	
6	梁镇	《默示》		1	
7	沈从文	《我欢喜你》		2	
8	袁水拍	《小诗四首》		1	

续表

序号	诗人	诗作	添字	改字	删字
9	杜谷	《江，车队，巷》		1	
		《泥土的梦》		1	
10	伍棠棣	《芋田上》		1	1
11	玲君	《山居》		2	
		《喷水池》		1	
12	林庚	《秋之色》		1	
13	陈雨门	《秋晚》		1	
14	陈时	《标本》		1	
15	罗莫辰	《永夜》	1		
16	徐迟	《橹》		1	
17	俞铭传	《夜不寐》			1
18	何其芳	《醉吧》	1	1	
19	艾青	《马赛》		2	1
20	S. M.	《老兵》		1	
21	穆旦	《诗八首》		5	
		《还原作用》		2	
22	罗寄一	《诗》		4	2
		《五月风》		1	2
23	田间	《自由，向我们来了》		2	
		《给饲养员》		1	
		《冀察晋在向你笑着》		3	
		《人民底舞》		14	
24	鸥外鸥	《都会的悒郁》		4	
25	任钧	《警报》	1		
26	孙钿	《雨》		3	
		合计	7	92	9

　　诗之所以能激发情感，完全在它的节奏，节奏便是格律。闻一多选诗为实现全诗节奏的和谐，有时会根据诗歌内容选择修改语体，如口语、书面语之间的变动。书面语与口语的区别在于：从语法角度，口语比较简单、非正式；从词语角度，口语的常用语料多是单音节词、俚

语、方言等，平易朴实，简单直白；从语用方面，口语有语调，字调的变化，且在朗读时会自动带入心理情绪。书面语较为正式，给人一种距离感，由于口语比较接近日常语言，在阅读时更为流畅自然，书面语变成口语后，诗歌节奏会加快。如他对饶孟侃《三月十八——纪念铁狮子胡同大流血》这首诗语言的改动，将原诗具有书面语色彩的词语换成了口语：

"怎么，你两只眼睛肿得通红？"
"那，那是沙子儿轧得眼痛。"
——陈梦家《新月诗选》①
"怎么，你两只眼睛肿得通红？"
"哦，这沙子儿轧得好凶，好凶！"
——闻一多《现代诗抄》

闻一多也会通过换词，改变词语构成来调整节奏。如他在音节上最满意的试验《死水》，其第三节在《死水》集以及陈梦家的《新月诗选》的原文均为：

让死水｜酵成｜一沟｜绿酒，
漂满了｜珍珠｜似的｜白沫；
小珠｜笑一声｜变成｜大珠，
又被｜偷酒的｜花蚊｜咬破。

《现代诗抄》将第三节第三行变为"小珠们｜笑声｜变成｜大珠"。《死水》全诗以汉语实词为主，在朗读时较多重音，表现出沉重绝望的语气，烘托出压抑的心情。如这里举例的第三节，原诗只在第二行和第四行有"了"与"的"两个虚词可读作轻音。闻一多在《现代诗抄》修改后，"小珠们"与"小珠"相比，末尾增加了一个"们"，属于虚词中的

---

① 陈梦家编：《新月诗选》，新月书店1931年版，第72页。

助词后缀。在现代汉语中，虚词常常读作轻音，与实词相互配合，节奏就会产生轻重变化。添加"们"以后，第三行的语音节奏就形成了重→轻→重的模式，在"笑声"之前可以读作轻音，与"笑"的含义相配更加和谐。虽然后期闻一多作为民主战士，甚至否定过自己新月派诗人的身份，但由此可见他对诗歌节奏严谨和谐的追求。

韵、平仄、双声、叠韵等均是节奏的组成要素，潜伏在厚载情感的诗歌语言中，闻一多改诗句内部用词，如双声、叠韵、平仄等，以达到节奏和谐的效果。

在给吴景超的一封信中，闻一多对"韵"发表了看法，他认为用韵不会妨害词意，反而能帮助音节完成艺术，况且中国韵极宽，用韵也并不是什么难事，因此能多用韵的时候就可以大胆用。诗歌韵脚的使用，主要是指同韵字有规律的反复，形成和谐回环的旋律，合成一个紧凑的整体，以加强全诗结构上的完整性，同时增强诗歌的抒情效果和音乐节奏。在《现代诗抄》中有很多变动字词，协调韵律节奏的情况，如徐志摩《火车擒住轨》（选自《云游》，新月书店1932年版）一诗，由16节组成，每节两行，每一节的韵是统一的，但节与节之间进行了换韵，全诗各诗节的韵分别为：en/u/ao/e/ang/en/an/ui/en/a/ou/u/i/ui/ang。第14节原本的"命运"与"分明"不构成严格的押韵：

"睁大了眼，什么事都看分明，
但自己又何尝能支使命运？"

于是闻一多在词语内部进行了位置调换，《现代诗抄》改为：

"睁大了眼，什么事都看分明，
但自己又何尝能支使运命？"

使诗节押"ing"韵，与全诗的节奏排列更加和谐。

"平仄不独见于句间，尚有节（两句为一节）的平仄及章的平仄。字与字相协则句有平仄,句与句相协则节有平仄,节与节相协则章有平仄。句合而节离,节协而章乖,皆足以乱音节。"① 1921 年 6 月,闻一多在《清华周刊》发表了《评本学年〈周刊〉里的新诗》,联系一下对诗歌《一回奇异的感觉》的分析,他认为"森森的松柏影,叠叠的潭波光"中"森森……松;叠叠……潭"两套双声结构使诗句铿锵合调,但是第二句的"潭波光连着三个平声很不谐和",于是建议将"潭"改为"簟",变成"仄平平"。选本中,穆旦《诗八首·二》中"我越过你大理石的理智底殿堂"改为"我经过你大理石的理智底殿堂","仄仄仄"改为"仄平仄",与这里的改字动因是一致的,为了形成节奏上起伏的美感。对《忆旧游》末一节闻一多运用了双声叠韵排列组合的分析方法。通过对尤韵、清韵、支韵等叠韵词与"头留""踟蹰""旧究"等双声词的提炼来分析诗歌内部音节的优美,将这些词语组合引起低窄沉缓的感官与诗歌"低头踟蹰"的情感意境相联系。在《现代诗抄》中,《你指着太阳起誓》将"叫天边的凫雁"改为"叫天边的寒雁",也是出于双声韵的考虑。

闻一多对诗歌内部节奏和谐的重视,渗透到了每个用词。对这种诗句内部平仄、双声叠韵的修改和批评态度,他曾自我问答道:"有人说我这样评价诗未免失之小气。我的答复是:若不这样洗刷一番。这首诗内部的美便可惜了。"②

词语的修改也能影响情绪节奏的变化,尤其是诗句末尾的语气词。在田间《人民底舞》一诗中,多次出现"呵"字单独作为诗节,闻一多将其全部改成叹词"啊",一个自由自主、情绪外倾的现代抒情诗人形象跃然纸上。

《现代诗抄》中诗行诗节组合与分隔构建的视觉节奏,或修改或删除或添加标点符号控制语意、语气的听觉节奏以及调节口语书面语、双声叠韵、平仄等建制的语音节奏和节奏风格,这些运行在他的诗歌思维中

---

① 闻一多:《律诗底研究》,孙党伯、袁謇正主编:《闻一多全集》(第十册),湖北人民出版社 1993 年版,第 150 页。

② 闻一多:《评本学年〈周刊〉里的新诗》,孙党伯、袁謇正主编:《闻一多全集》(第二册),湖北人民出版社 1993 年版,第 42 页。

的要素，均与闻一多的诗歌节奏观紧密相连。结合以上分析，如果说其前期节奏以"均齐"为宗旨，注重视觉节奏和听觉节奏的交响，并在节奏节制情感的理论上做出了有益尝试；那么40年代，由于革命与战争的时代氛围，闻一多重视情感内容与节奏形式的配合，不再强调整齐，而"和谐"这一关键词则贯穿了他的诗歌节奏观，他对选诗的变动就是为了这一目标进行的"相体裁衣"。

总的来讲，他的节奏观有以下特点。一是工具论：不论是外在的诗行诗节、标点符号和语言词汇，还是内在的诗人情绪，在他看来都是调制诗歌节奏的工具。二是整体观：视觉节奏、听觉节奏、语意节奏、情绪节奏均属于诗歌节奏，闻一多积极寻求几者之间的融合，内部节奏与外部节奏构成了辩证统一的相互关系。三是"相体裁衣"：后期，出于革命与战争的时代氛围，闻一多不再一味地强调均齐和格律，而是推崇自由体新格律，寻求节奏与内容情感之间的相互配合。闻一多对编选工作认真思考，并发挥主观性，体现了一位诗人和诗选家，为中国新诗发展不断寻求更多可能性的热情。

第三章 《现代诗抄》的意义与价值

作为诗人和学者的闻一多身上有强烈的爱国精神和责任意识，在日益激烈的抗战时代环境刺激下，闻一多成长为一名民主战士。与此同时，新诗的发展也出现了很多新的变化，各种形式和风格杂糅，如现实主义与现代主义交织，朗诵诗、街头诗兴起，等等。社会环境亟须可靠的文学形式，以振奋精神团结人民，现代新诗呼唤明朗的发展前途。闻一多虽没有直接创作，但以诗选的形式参与到了新诗的历史进程中，《现代诗抄》就显得有其独特的历史意义与价值。

第一节 "史的诗"和"诗的史"

闻一多在古典文学研究领域获得了丰富的成果，1993年湖北人民出版社出版的《闻一多全集》共12册，其中闻一多对《周易》、《诗经》、《楚辞》、《庄子》、唐诗、乐府等古典文学研究的著作就占据了8册。在与臧克家的书信中，闻一多直接点明了这种浸润于古籍研究做法的目的，即十余年的故纸堆的生活是为了看清民族与文化的病症，结果是他现在敢于开方了。但方单的形式是什么？一部文学史（诗的史），或一首诗（史的诗）？他自己也还未得到答案。在这封信末，闻一多说他是以文学史家自居的，并不代表某一派的诗人，故而不会有所偏恶，摆出其公正客观的编选态度。在《文学的历史动向》中，闻一多勾画了中国几千年来文学发展的轨迹，其实在编选《现代诗抄》之前，闻一多已经就中国传统诗歌重要时段做了诗选和校笺工作，按照时间顺序整理了《风诗类钞》《乐府诗笺》《唐诗大采》等古籍选本，而《现代诗抄》代表的就是现代新诗的选本。由此可见，闻一多把古代与现代糅成一片，是将《现代诗抄》放在"史"的层面上进行架构的。

一　闻一多的历史责任意识

1912年，13岁的闻一多进入北京清华留美预备学校（清华大学前身，美国用庚子赔款以美国的名义举办的一所留美预备学校）读书，在清华度过了十年的学习生涯，也在圆明园的废墟上漫步了十年。他把在美国的留学生活说成"是一个流囚"，原计划留美五年，他三年就返回故土，提前回到了他朝夕思念的"如花的祖国"。在一封家书中，他写到一个有思想的中国青年留居美国的滋味，"非笔墨所能形容"，这种民族屈辱感培养了他初步的爱国意识和民主意识。

1925年6月1日，闻一多满腔热血回到祖国，彼时国内阶级斗争日趋复杂，他耳闻目睹的都是阴谋与战争，故土的第一脚竟踩在了"五卅惨案"同胞的血泊里，在愤然与失望交织中，写下《发现》一诗。1926年3月18日，又发生了段祺瑞政府镇压爱国学生的"三一八惨案"，再过一年是"四一二大屠杀"，正如闻一多诗中所写的那样，那时的现实社会是"一沟绝望的死水"。虽然闻一多通过诗歌宣泄过自己的情绪，发表了《罪过》《你指着太阳起誓》《一句话》等充满爱国激情和鞭挞社会现实的诗歌，但发泄过后又备感无奈，他觉得作诗究竟窄狭，开始从传统历史文化中汲取营养。于是从1928年《死水》出版后，闻一多就将大部分精力投入了中国古典文学的研究，走了一条文人的传统老路，躲进书斋，钻入故纸堆，希冀故纸堆中有济世的良方。

在西南联大时期，闻一多所授课程是《诗经》、《楚辞》、乐府诗、《庄子》这一类的古典文学。据学生彭允中回忆，他通过对"国风""乐府"等作品的剖析，引导学生深入细致地体味当时人民的生存状况和精神面貌。一些学生深刻地感受到，摧毁旧的才能建立新的，旧有的制度和现在的社会都是反人民的，因此人民总是过着痛苦的生活，永远处于一种悲惨的状态，而这种状况必须改变。由此可见，闻一多始终是一位有历史责任意识的现代诗人、学者，他走进故纸堆并不是逃避的选择，更像是曲折的应对。事实证明，这种做法取得了良好的效果，他在青年学生的心里种下了革命与反抗的种子，激荡着他们的热情。在西南联大纪念碑的背面列有"国立西南联合大学抗战以来从军学生题名"，包含了834人，据统计，在抗日战争中，西南联大一共有1100余人奔赴疆场①。

古籍的研究是他在责任意识的指引下"以退为进""入古出今"的策略，也可以从《现代诗抄》的编选中看到，闻一多把新诗置于广阔的民族历史文化中进行考量的决心，他的研究自始至终都带有重建民族文化的意向。他在研究古典文化的同时并没有完全抛弃现代新诗，他参与过青年诗人陈梦家、臧克家、方玮德等诗人的成长；也写过《〈烙印〉序》《谈商籁体》《论〈悔与回〉》《〈现代英国诗人〉序》等阐发自己文学诗学思想的文章；更在选本中通过新诗直接与历史和时代对话，选择人民创造或改写历史的"史的诗"。

《现代诗抄》对"史的诗"的践行，体现在收录了记录社会历史的诗歌。首先表现为闻一多对描写了宏观社会诗歌的选录。如钱君匋的《路上》记录了中国20世纪30年代的城市面貌，有柏油路、冬青树、电讯木、"三角与立方组成的住宅"，为读者认识当时的社会面貌提供了直接的史料；艾青《透明的夜》贴伏于苦难的大地来呼唤和礼赞原始生命力。但最主要的是，选本记录了战争环境中的中国。杜谷的《江，车队，巷》作于1940年，从三个特定的事物，描写了战乱中祖国瘦弱破碎的自然景观和人文状况；陈迩冬的《空街》采用速写和素描的手法，从后方一个临时集市展现了战时社会生活的缩影；杜运燮的《滇缅公路》勾勒出战时中国的现代化建设，用诗歌纪念1938年为修建从昆明通往缅甸的援华物资运输线而付出巨大代价的无名英雄们。闻一多以选本的形式展现了某一阶段社会历史的实际情况，读者在阅读时画面感强烈，使选本活了起来，完成了记录和保留的使命。

---

① 数据参见国立西南联合大学1944级编《国立西南联合大学八百学子从军回忆》，北京国立西南联合大学校友会，2003年。

其次，闻一多聚焦目光，选录了关注微观层面人民生活境遇的诗作。饶孟侃的《三月十八——纪念铁狮子胡同大流血》聚焦到军阀时代里的一户普通人家，以平儿与母亲之间的对话，控诉1926年3月18日段祺瑞执政府屠杀人民群众造成的惨案；闻一多的《飞毛腿》采用口语形式，以一位普通劳动者的口吻展现"飞毛腿"中断的人生故事；艾青的《他死在第二次》写一个士兵两度奔赴沙场，最终战死的悲剧；S.M.的《哨》《纤夫》，前者写苦守前线的战士，后者写战时社会最底层的人们负重而坚韧的姿态……这些诗直接或间接反映了抗战时期中国人的生存与斗争，写出了中国大地上底层社会的苦难与坚韧，具有鲜明的时代气息，也凸显了本民族内在的力与不屈的精神。

经过二十余年的艰苦探索，20世纪40年代中国新诗进入了成熟的季节，深深扎根于民族历史和现实的土壤中。这一时期救亡的呼声压过唯美的追求，新诗大都披上浓厚的政治色彩。在这样的新诗发展背景下，深感自己肩负历史重任的闻一多选择以诗选的形式重新回到新诗领域，一方面从诗人的身份出发，坚持早期对诗美的追求，保留了大量新月派的诗人诗作；另一方面呼应时代要求，以斗士的身份选择了许多革命性质的诗歌。闻一多在选择诗歌时，具有很强的读者意识，他有意识地选择了很多西南联大青年诗人群的作品，有意培养新生力量，以选本来吸引同道者，开辟新的文学阵地，为新诗发展指引方向。1944年的"五四"纪念活动，是昆明和西南联大的民主运动从窒息中复苏，走向日益蓬勃发展的开端。这时闻一多也毅然走出书斋，投身到群众性的民主斗争洪流当中，从爱国主义的诗人、治学严谨的学者，成长为无私无畏的民主战士。

二　闻一多的诗史建构意识

除历史责任外，闻一多在收录作家作品时，诗歌的选择、取舍、排序、选录数量、选录风格等，都能表达他对诗史的独特见解以及对诗歌发展的独特想象。《现代诗抄》编选于1943年，属于新诗发展末期的选本，在与臧克家的通信中，闻一多表示他是"以文学史家自居的"，他在新诗每个发展时期选取了哪些诗人、诗派能看出他的诗史意识和演变意识，同时根据所选诗歌主题和内容，也能看出一定的历史线索。

文学史家戴燕指出，文学史描写的目标是文学，也是历史，它首先要描绘出一个文学的空间，展现出曾经出现的各种文学现象，并对这些现象的起源和关系作出合理的解释。文学虽然不能完全还原文学史本来的形态，但是在不同的文化背景下，文学还是呈现出了一个完整而又鲜活的有机体，无数的作品和作者似乎都如期到来，而且都井然有序地回到了自己的位置。大多数选本以作品作为历史脉络的联结点，根据文学史的发展来编排作品序列，历史意识成为选家编辑选本的"潜在意识"。比如在《中国新文学大系·诗集》的编选上，朱自清主要是出于"历史的兴趣"，因此《诗集》首要关注的不是新诗的艺术审美价值，而是"史"的线索。朱自清以诗人为纬，以时间为经，将十年的新诗分为自由诗派、格律诗派、象征诗派，选本通过选择与编排勾勒了一幅新诗第一个十年发展流变的图景，通过阅读可以感受到新诗从旧体诗词解放出来的过程，显现出明显的流派意识和历史意识。臧克家的《中国新诗选（1919—1949）》以青年读者为对象，集中1919—1949年，选了26位诗人82首作品，并希冀读者能从这些作品看出新诗发展的一个轮廓，在序言里具体分析了新诗发展各个历史阶段的情况，也具有明显的历史意识。

如前所述，《现代诗抄》选诗流派与时段均存在极大的不平衡，对第一个十年的新诗重视程度不够，也有重要诗人与流派的忽视，不能算作一个"完整生动的有机体"。相比较而言，《现代诗抄》缺乏像朱自清的《中国新文学大系·导言》、臧克家的《中国新诗选（1919—1949）》那样的历史意识，这是因为闻一多后期重视诗歌与社会的关系，认为诗歌是对社会负责的宣传，因此在选诗时选择时间比较贴合时代环境的作品。但是任何文学和理论成果都是在社会历史中生成的，天然地蕴含着"史"的秩序，新诗选本作为一种传播接受成果，可以看作"诗歌史的不同形态"[1]，对诗史也有自己的贡献。

《现代诗抄》对诗史建构的一个贡献，体现在对新诗史上长期处于

---

[1] 徐勇：《选本编纂与20世纪中国新诗的评价问题》，《南方文坛》2020年第6期。

"失踪"状态的边缘诗人诗作的保留,比如夏蕾、赵令仪、罗寄一、上官橘、婴子、陈时、陈雨门等人,再比如王佐良、杨周翰,虽然以外国文学学者著名,但他们早期的诗人身份,有赖于《现代诗抄》而得以追溯。此外,一些知名诗人的边缘诗作也被该选本记录了下来,丰富完善了诗人风格,对新诗史的多样性也是一个补充。郭沫若的诗歌在文学史叙述中长期都是狂热奔放的浪漫主义代名词,尤其是《女神》时期,在惠特曼雄浑粗犷的诗风以及鲜明的"泛神论"思想的影响下,郭沫若的诗歌充满了神奇瑰丽的想象以及火山爆发式的激情,如《凤凰涅槃》《天狗》等,而在选本中,闻一多选了郭沫若同一时期(1914—1923年留日时期)6首诗歌,其中3首是典型的郭沫若高昂热情的诗歌,另外3首《夜步十里松原》(1919年)、《灯台》(1922年)、《新芽》(1923年)则与之截然不同,形式短小、辞藻精美、意象奇警,具有一种唯美情调,尤其是《灯台》和《新芽》两首作品,据统计,在闻一多的选本之前还没有选家注意过。

除对边缘诗人以及经典诗人边缘诗作的保留,《现代诗抄》对新诗史还有发现与促进之功,主要是对西南联大诗人群的发现和对七月诗派形成的促进。《现代诗抄》收入作者65人,有西南联大师生9人,即穆旦、杜运燮、王佐良、罗寄一、杨周翰、何达、沈季平、陈时、俞铭传等,收入诗歌35首,仅次于新月派,可见闻一多对西南联大校园诗歌创作的重视和偏爱。其中穆旦和杜运燮更是成为40年代现代主义诗潮发展的主要力量,显示出选家不凡的眼光。这里还要注意的是闻一多对七月派诗歌的选择。尽管选诗时,七月派还未真正形成流派建设的自觉性,但闻一多敏锐地发掘了一些诗人风格的相似之处,在排列时将部分诗人诗作安排在了一起,如艾漠、鲁藜、力扬、侯唯动等都以集合的方式出现在现代派诗作之前。

选本对诗史建构的意义之三在于记录了特定时代诗歌形式的变化,还原了历史现场的诗歌状态。在全民族抗日的时代,为争取广大人民的力量,出现了很多朗诵诗、街头诗、戏剧诗,这些诗歌的特点就在于诗行短,采用通俗易懂的口语,多用反复的手法,诗歌风格明朗而深沉,尤其是街头诗和朗诵诗,更是那个特定时代催生的产物,被朱自清称为

"今天的诗"。这些诗歌形式的出现被闻一多敏锐地捕捉，并选入选本中，如田间的《自由，向我们来了》（1937年）、《给饲养员》《五个在商议》（1938年）、《多一些》（1940年）、《冀察晋在向你笑着》，何达的《我们开会》（1944年），沈季平的《山，滚动了！》，等等。

《现代诗抄》的编选与新诗的发展几乎是同步进行，闻一多在历史责任的驱使下，自觉参与到新诗史建构的进程中。选本所选诗歌既是闻一多眼中的代表了新诗历史成就的作品，又在一定程度上彰显了他对新诗走向的想象。《现代诗抄》不仅是为读者和批评家而编，而且是为新诗的创作发展而编，可惜的是，他这部"史的诗"或"诗的史"，却用自己的生命和鲜血来践行了。正如朱自清所说，闻一多短暂的一生就是一篇具体而微的"诗的史"或"史的诗"。

第二节 《现代诗抄》的文学价值

除对"史"的保留建构，选本本能地彰显着选家的审美趣味、文学观念、文学批评意识和文学经典意识，即《现代诗抄》天然地拥有文学价值要素。将选诗放在新诗发展脉络上，联系新诗传播接受中的其他选本，可以更好地揭示《现代诗抄》对文学经典的建构作用；通过对选诗内容的具体审视和细读，可以看出闻一多的新诗美学意识和对新诗发展方向的想象。

一 对经典建构的影响

诗歌经典的形成是传播接受的历史选择，选本是传播接受的重要一环，对诗歌进行记录与定位，选家本身的学术地位也会影响经典化过程和成效，选本以一种重构的方式参与了诗歌的经典建构。新诗发展到20世纪40年代初，已经产生了浩如烟海的诗歌作品，闻一多选择了哪些诗人诗歌进入他的"诗的史"或者"史的诗"，这些诗人作品哪些是或者成为现代诗歌的经典，涉及选本的意义定位，是一个值得关注的问题。

《现代诗抄》旨在为社会和诗史选出好诗，从参与经典建构来看有两个维度可以考虑，一是经典诗人，二是经典诗作。经典化是一个动态的过程，这个过程是在不断遴选与淘汰的循环中实现的，与既有选本比较，可以看出《现代诗抄》参与经典建构的具体情况。（见表3-1）

表3-1　1946年以前重要新诗选本收录《现代诗抄》诗作的情况

序号	书目名称	编者	出版社及出版时间	与《现代诗抄》收录诗作叠合情况
1	《新诗集》（第一编）	新诗社	上海新诗社 1920年1月	无
2	《分类白话诗选》	许德邻	上海崇文书局 1920年8月	无
3	《新诗三百首》	新诗编辑社	上海新华书局 1922年6月	无
4	《新诗年选（一九一九年）》	北社	上海亚东图书馆 1922年8月	《天狗》（郭沫若）
5	《恋歌（中国近代恋歌选）》	丁丁、曹雪松	上海泰东图书局 1926年初版 1928年3月再版	无
6	《时代新声》	卢冀野	泰东图书局 1928年2月	无
7	《回忆中底她（文艺诗选）》	刘冠悟	上海革新书店 1928年4月	无
8	《小诗选》	秋雪	上海文艺小丛书社 1930年5月	无
9	《残渣》	洪荒文艺社	南京洪荒文艺社 1932年6月	无
10	《现代诗杰作选》	沈仲文	上海青年书店 1932年12月	《天狗》（郭沫若）、《也许》（闻一多）、《雁子》（陈梦家）、《呼唤》《招魂》（饶孟侃）、《当铺》《有忆》（朱湘）、《风暴》（方玮德）
11	《瓦釜集》	屠尘拂	1933年1月	无

续表

序号	书目名称	编者	出版社及出版时间	与《现代诗抄》收录诗作叠合情况
12	《抒情诗（汇编）》	刘大白主编，朱剑芒、陈霭麓编	上海世界书局 1933 年 3 月	无
13	《写景诗（汇编）》			无
14	《现代中国诗歌选》	薛时进	上海亚细亚书局 1933 年	《天狗》《夜步十里松原》（郭沫若）、《繁星·七五》《春水·四一》（冰心）、《残诗》（徐志摩）、《你指着太阳起誓》《也许》（闻一多）、《走》（饶孟侃）、《回答》（孙大雨）
15	《初期白话诗稿》	刘半农	北平星云堂书店 1933 年	无
16	《现代诗选》	赵景深	上海北新书局 1934 年 4 月	《笔立山头展望》《立在地球边上放号》（郭沫若）、《在病中》（徐志摩）、《死水》《也许》（闻一多）
17	《她的生命》	生活书店编译所	上海生活书店 1934 年 12 月	无
18	《中华现代文学选（第二册·诗歌）》	王梅痕	上海中华书局 1935 年 3 月	《夜步十里松原》（郭沫若）、《你指着太阳起誓》（闻一多）
19	《暴风雨的一夕（女作家新诗集）》	姚名达	上海女子书店 1935 年 4 月	无
20	《注释现代诗歌选》	王梅痕	上海中华书局 1935 年 6 月	《夜步十里松原》（郭沫若），《你指着太阳起誓》（闻一多）
21	《中国新文学大系·诗集》	朱自清	上海良友图书印刷公司 1935 年 10 月	《笔立山头展望》《夜步十里松原》（郭沫若）、《繁星·七五》《繁星·一三一》《春水·四一》（冰心）、《我从café中出来》（王独清）、《你指着太阳起誓》《也许》《末日》《死水》《发现》《飞毛腿》（闻一多）、《有忆》（朱湘）、《残诗》《常州天宁寺闻礼忏声》（徐志摩）、《笑》（朱大枬）、《无题》（饶孟侃）

续表

序号	书目名称	编者	出版社及出版时间	与《现代诗抄》收录诗作叠合情况
22	《诗》	钱公侠、施瑛	上海启明书局 1936年4月	《繁星·七五》《繁星·一三一》（冰心）、《残诗》《常州天宁寺闻礼忏声》（徐志摩）、《有忆》（朱湘）、《也许》《死水》（闻一多）
23	《现代新诗选》	笑我	上海仿古书店 1936年9月	《夜步十里松原》（郭沫若）、《残诗》《常州天宁寺闻礼忏声》《在病中》（徐志摩）、《有忆》（朱湘）、《也许》《死水》（闻一多）、《走》（饶孟侃）
24	《现代创作新诗选》	林琅编辑，淑娟选评	上海中央书店 1936年9月	《美丽》（朱湘）、《死水》《奇迹》（闻一多）、《笔立山头展望》（郭沫若）
25	《抗战诗选》	金重子	汉口战时文化出版社 1938年2月	无
26	《抗战诗歌集》	张银涛	上海潮声文艺社 1938年5月	无
27	《战事诗歌》	钱城	上海文萃书局 1938年5月	无
28	《诗歌选》	王者	沈阳文艺书局 1939年8月	《常州天宁寺闻礼忏声》（徐志摩）、《有忆》（朱湘）、《繁星·七五》《繁星·一三一》（冰心）、《微弱》（方玮德）
29	《抗战诗歌选》	魏冰心	正中书局 1941年2月	无
30	《新诗选辑》	闲云	海萍书店出版部 1941年7月	《月下雷峰影片》《云游》《五老峰》（徐志摩）、《笔立山头展望》《夜步十里松原》（郭沫若）

续表

序号	书目名称	编者	出版社及出版时间	与《现代诗抄》收录诗作叠合情况
31	《若干人集》	胡明树	诗社 1942年6月	《冬天》（周为）、《在最前列》《贫困》（柳木下）、《二百立方尺间》《检讨的镜》（胡明树）、《松林》《营外》（婴子）、《城》（穆芷）、《牧》《铁的语言》（韩北屏）、《和平的础石》（鸥外鸥）
32	《现代中国诗选》	孙望、常任侠选辑	重庆南方印书馆 1943年7月	《小诗四首》（袁水拍）、《法兰西与红睡衣》《纪德与蝶》（汪铭竹）、《山》《二月》（夏蕾）、《江，车队，巷》《泥土的梦》（杜谷）、《生活》（艾漠）、《马上吟》（赵令仪）、《芋田上》（伍棠棣）、《猫》《空街》（陈迩冬）、《昆虫篇》（丽砂）、《野花》（鲁藜）
33	《我是初来的》	胡风选编	重庆读书出版社 1943年10月	《血债》《遗嘱》（侯唯动）
34	《战前中国新诗选》	孙望	成都绿洲出版社 1944年10月	《马赛》《浪》（艾青）

表3-1截止于1944年，现代诗歌传播接受过程中重要的综合性新诗选本，通过对这些选本的甄别，可以得到以下信息。

首先，闻一多发现了许多为以前选本忽视的新诗，这是对新诗经典化过程的参与。据统计，《现代诗抄》65位诗人中被以前选本选过的诗人为30人，191首诗歌中被收录过的有《笔立山头展望》《繁星·七五》《常州天宁寺闻礼忏声》《我从café中出来》《奇迹》《有忆》等67首，即《现代诗抄》中有124首诗为闻一多的新发现，占比约65%，其中包括徐志摩《再别康桥》《毒药》、饶孟侃《三月十八——纪念铁狮子胡同大流血》、孙大雨《决绝》、林徽因《笑》、艾青《太阳》《煤的对话》、阿垅《纤夫》、穆旦《诗八首》、杜运燮《滇缅公路》、田间《自由，向我们来了》《人民底舞》等在新诗史上被誉为经典的诗歌。不可否认的是,《现代诗抄》中绝大多数诗歌没能进入后续的选本实现再传播再接受,逐渐被批评家和读者淘汰原因在于这些诗歌时空穿透性不强,无法满足读者日益更新的审美视角。但同时,文学经典化是一个反复筛选和取舍的动态过程,与"取"一样,"舍"也是一种价值判断行为,况且在悠悠历史长河中,暂时淘汰是正常现象,也是经典化过程的必然环节。真正的文学经典大都经历过再淘汰与再发现的考验,选本中其他的诗人诗作可能会被批评家或读者发现,成为新的经典。闻一多用选本的形式,给了这些诗歌接受时代与读者检验的入场券,实现了选本在诗歌经典化进程中的历史价值。

其次,虽然该选本是一部未完本,且距今有近80年,但从所选内容来看,还是有很多诗作在百年新诗史上为人称道,如《天狗》《立在地球边上放号》《繁星·四八》《再别康桥》《死水》《飞毛腿》《诗八首》《太阳》《煤的对话》《他死在第二次》等。选本还有对诗作的再发现,如徐志摩的《再别康桥》,原刊于1928年12月10日《新月月刊》第1卷第10号,后收入《猛虎集》。除陈梦家的《新月诗选》,现代时期绝大多数新诗选本未收录这首诗。40年代闻一多再次发现了这首诗,并选入《现代诗抄》,其后臧克家《中国新诗选(1919—1949)》再次择取,使该诗得到了再传播再接受,并逐步发展为新诗经典作品。

除诗作以外,选本所选诗人也有些成为诗史上的经典诗人,如郭沫若、闻一多、徐志摩、戴望舒、艾青、田间、穆旦等。这些诗人可以说是各自流派的典型代表,都有在新诗史上广为传颂的诗作。在所选诗人中,一些重要诗人是第一次得以凭借《现代诗抄》正式在诗史的长河中亮相,并不断发展,创造了许多经典之作,最典型当是穆旦。从1934年到1941年,穆旦先后创作了《窗》《五月》等近50首诗,但并未引起多么强烈的反响,《现代诗抄》收入穆旦11首诗,仅次于徐志摩13首,而郭沫若只有6首,戴望舒仅3首,这是最早从新诗史角度对穆旦的肯定。当闻一多将穆旦加入经典化的序列后,经由王佐良、谢冕等诗歌评论家以及杜运燮、袁可嘉、郑敏等九叶诗人深入独到的专业性阐释,穆旦逐渐被经典化。可以看到,在这些经典诗人当中,新月派、七月派、现代派、西南联大诗人群占比较大,是闻一多有意将其经典化的结果,可以看出他的经典意识。

二 人民性和现实性的诗歌审美倡导

《现代诗抄》的编选缘由可以用两个关键词来概括,即承前、启后。值得注意的是,这些缘由的内在前提是诗歌发展状况。承前在于:20世纪40年代,现代诗歌趋于成熟,在爱国主义和责任意识的刺激下,闻一多想为社会、为新诗挑选一部"史的诗"或者说"诗的史",因此《现代诗抄》有一定的总结性质;启后在于:40年代以战争为底色的时代氛围下,出现了很多新的诗歌形式与诗歌风格,这些诗大都是为了配合抗战需求,新诗发展情况复杂多变,前途暂不明朗。闻一多在《文学的历史动向》中提到,"但在这新时代的文学动向中,最值得揣摩的,是新诗的前途"[1],闻一多编选选本有为新诗指明方向的目的,那么这种方向指向何处?

前文提到,编选新诗选本是闻一多在中国新诗变局的背景下,在古典文化研究的背景下,呼应激烈的时代氛围,以文人的责任意识和政治理性拯救民族的途径。《现代诗抄》是他治疗民族文化病症的药方,这药方的主要成分就是人民性与现实性的诗歌。这两大诗歌的特征本就是相伴相生的,代表了闻一多心中的新诗发展方向,也可以理解为《现代诗抄》的文学价值。

在编选理念与选本的语言风格一节,均提到了闻一多编选选本的"人民意识"与现实性转向,这是从选本角度的考量,实际上,"人民"一词常常在闻一多后期的文艺演讲以及文艺评论中出现,可以说是他后期诗学思想的一个中心词,可直接看出他对"人民"与"现实"的重视。如《人民的世纪》提出今天只有"人民至上"才是正确的口号,要为人民争取民主的国家;《战后文艺的道路》从文学史和阶级层面,站在人民的立场来讲文学。1945年5月10日,他在昆明《民主周刊》发表《五四

---

[1] 闻一多:《文学的历史动向》,孙党伯、袁謇正主编:《闻一多全集》(第十册),湖北人民出版社1993年版,第19—20页。

运动的历史法则》高呼"不管道路如何曲折,最后胜利永远是属于人民的"①。闻一多所谓的文学的"人民性"即文艺作品要代表人民愿望,发挥人民精神,唤醒人民力量,"现实性"即文艺作品题材上要反映现实,主题上要贴近现实。他要选的正是这样的新诗选本,以引导新诗发展方向。

在《现代诗抄》中,闻一多所选诗歌在题材主题上具有人民性与现实性,并且一定程度上代表了人民愿望,企图唤醒人民力量,其中以七月派为典型。这种人民性与现实性一是体现在七月派诗人直面人民的生存处境和生活状况,比如阿垅《纤夫》。二是着眼于苦难与战斗中人民的内在生命世界,如孙钿《雨》写艰苦卓绝的战斗中坚韧顽强的意志和决心;杜谷《泥土的梦》意图激励人民,为深陷困苦的人民重铸"泥土的梦";力扬的《短歌》"把人民的声音/当作最宝贵的经典/向明天歌唱而前",也具有人民性。七月派诗歌深入人民现场,成就了人民的典型性。其中最值得注意的是,闻一多对艾青与田间的赞赏,他分别将其称作"今天"与"明天",他指出艾青用知识分子的习惯装饰了人民及战争,而田间则把"旧腔调摆脱得最干净",是一个完全抛弃了知识分子灵魂的民众诗人、战争诗人,代表了新诗"明天"的发展方向,因此选择了他的6首诗歌。这些诉说时局艰难、鼓舞人民的现实主义风格诗歌占据了选本主体位置,总体基调上也充满了热烈的"力"。

在选诗形式上,他选择了含有小说戏剧等文体特征的诗歌,鼓励诗人创作的诗歌多像点小说戏剧,从而通俗易懂地传播更深刻的现实主题,方便诗歌在广大文化水平低下的人民群众中间普及。再比如,朗诵诗"在态度上是人民立场,在功能上是团结战斗,在艺术上是综合运用,风格上是雅俗共赏"②,表现形式上呈现出简短重复的特点,与小说戏剧体诗歌相比,更能表达人民感情,激发听众热情,可传播性更强。闻一多选择了《我们开会》《老鞋匠》《山,滚动了!》等朗诵诗以示倡导的态度。据记载,20世纪40年代中期,闻一多经常指导新诗社进行朗诵诗的

---

① 闻一多:《五四运动的历史法则》,孙党伯、袁謇正主编:《闻一多全集》(第二册),湖北人民出版社1993年版,第404页。
② 李光荣:《何谓"全新的诗"?——闻一多的朗诵诗理论试探》,《西南民族大学学报》(人文社科版)2017年第5期。

创作与诗朗诵试验,朗诵诗成为闻一多培育出来的"人民发声器"和群众喇叭。这群青年学生的朗诵诗实践,也体现着闻一多的新诗倡导方向,如果说在鲁迅的时代,杂文是他的标枪,直击人和社会的灵魂;那么20世纪40年代的闻一多,则是以朗诵诗和政治演讲为热武器与敌人斡旋作战。

这种人民性和现实性的诗歌审美倡导有深刻的文史研究基础与现实经历背景。闻一多研究的古典文学中,《诗经》中的国风、楚辞中的屈原、汉乐府民歌、唐诗中的杜甫、白居易都有十分明显的"人民性"。在《人民的诗人——屈原》中,他列举了屈原成为"人民诗人"的四大原因。一是屈原在阶级和身份上是属于广大人民群众的;二是他的作品《离骚》《九歌》是人民的艺术形式;三是《离骚》的内容暴露了统治阶层的罪行,宣判了他们的罪状;四是屈原的死把人民反抗的情绪提高到了最高点。以上身份、艺术形式、作品以及对人民的影响,应该是闻一多追求的文艺工作者努力和实践的方向。正如郭沫若所言,闻一多由庄子礼赞变为屈原颂扬,从"绝端个人主义的玄学思想"[①] 蜕变出来,成为"人民诗人"。他有了新的评价标准,就是用"人民"把作家作品和社会发展联系起来。

潜藏于心的爱国主义意识和坎坷的现实经历也促使闻一多在选本中有人民性与现实性的审美倡导。战争使中国遭遇了严重的破坏,闻一多意识到自己置身于民族的多难之秋,肩负着民族救亡的重任,自觉忍受着战争带来的种种困难与物质生活的匮乏,将自己的研究工作看作民族救亡文化建设的组成部分。早在1926年《晨报副刊·诗镌》的创刊号上,闻一多就表达了自己"文艺的爱国主义"的观点,还特别提倡为爱国而死的献身精神。面对帝国主义列强,他也曾写下《七子之歌》《洗衣歌》等深切的作品,可以说爱国主义是他世界观的基本内核。朱自清在导言中说,闻一多几乎可以说是抗战之前"唯一的爱国诗人",而且无论祖国多么贫穷落后,他爱的是一个完整的中国。但是早期的闻一多受阶级的局限,同情人民,但不大了解人民;爱祖国,但不能从本质上认识

[①] 郭沫若:《闻一多全集·序》,孙党伯、袁謇正主编:《闻一多全集》,湖北人民出版社1993年版,第440页。

祖国现实，也就只能作"一点文字的表现"和热情的呼号，当这种呼号无效时，他便更加失望、愤懑了。1938年，当闻一多辗转到昆明后，一路上的所见所闻、日益严峻的战争形势以及国民党反动派制造的残酷事实，使他觉悟到"真正的力量在人民"①，应该让知识配合人民的力量。相较于单一的诗歌创作来说，选本可以选择符合自己理念的作品，是一次诗歌的大集合，能使诗人更有力地宣扬自己人民性与现实性的诗歌审美倡导。

作为闻一多从古典文学研究再次进入现代诗歌的第一项工作，《现代诗抄》的编选体现了他受时代氛围感染树立的政治理性。20世纪五六十年代的选本，如臧克家所编的《中国新诗选（1919—1949）》，以社会主义现实主义为理论指导，重构新诗发展史，选诗比闻一多更紧密地结合了人民革命斗争和现实发展的历史。从诗歌今后发展的方向和现代诗歌传播接受角度看，《现代诗抄》张扬人民性与现实性具有前瞻性和历史的合理性。

---

① 闻一多：《给西南联大的从军回校同学讲话》，孙党伯、袁謇正主编：《闻一多全集》（第二册），湖北人民出版社1993年版，第421页。

结　语

　　选本是新诗传播接受研究的重要材料，编选过程中的"选"与"改"均是选家的价值判断，能够体现选家的批评意识、文史意识以及经典意识。在1948年以前，《现代诗抄》是现代诗歌史上的"潜文本"，由于闻一多在中国现代新诗诗坛的地位以及对诗歌传播接受研究的逐渐深入，这一选本在20世纪80年代以后逐渐进入学者的视野。学界研究对闻一多后期的诗学观念关注较少，作为闻一多新诗探索的后期成果，对《现代诗抄》进行研究，有助于全面深刻地把握闻一多的诗学观念。总体而言，对这一选本的研究还比较薄弱，本文从编选内容特点、选家的诗学观念与选本的价值意义三个方面全面考察了这一选本。

　　通过对文献的爬梳，本文以表格形式整理《现代诗抄》的主要内容以及选诗主要资料来源，以选本的编排顺序与选诗数量为依据，发现《现代诗抄》按新诗发展的内在顺序而不是历史顺序进行编排，选诗范围跨度较大，所选诗歌流派丰富，但总体上偏向于第三个十年的诗歌，存在失衡现象。参考资料主要来源于别集、选本和期刊，但过于依赖选本，使其具有一定的局限性。时代环境与闻一多诗人、学者、民主战士的身份，使《现代诗抄》呈现出多样性、兼顾"效率"与"价值"的理念特点。

　　《现代诗抄》的选诗和改诗蕴含了闻一多的语言诗学观和节奏观。结合闻一多早期观念、创作实践和后期的文艺政治演讲，可以看到闻一多早期是诗歌的形式论者，提出"纯形"观念，《现代诗抄》对新月派和现代派诗人诗作的重视，说明他对"纯形"一以贯之的坚持；但选本对充满语言自由美的散文性诗、塑造典型环境和鲜明人物形象的叙事性诗、借鉴戏剧语言描写戏剧场景诗歌的选择，又体现出"非诗化"思考。《现代诗抄》的语言风格是民族特色与时代精神的合奏，呈现出兼收并蓄的特点。选本中，新格律体占有一定位置，很多诗歌是自我情感的表达，注重对意境的营造，一些选诗运用了重章叠唱吟咏式的民歌手法以及方言入诗，体现出对传统诗歌和民间形式等民族特色的接纳。闻一多还选择了具有时代特色的朗诵诗，收录了现实主义风格的诗歌，吸纳了许多具有欧化的语法句式、包含世界文化背景以及受外来思潮影响的诗人诗作，使《现代诗抄》又具有时代精神。诗歌是语言的艺术，语言文字是诗歌的外壳和载体，节奏赋予了诗歌内在的灵魂，在微观的改诗角度，闻一多从节行、标点符号、语词三个方面对选诗进行调整，以达到协调视听节奏、调整语意节奏、控制和表现情绪节奏的目的，体现出"相体裁衣"的和谐节奏观。

通过与朱自清《中国新文学大系·诗集》、臧克家《中国新诗选（1919—1949）》的比较发现，《现代诗抄》的编选没有明显的历史意识和流派意识，但由于选本的本质，还是对社会历史、诗史建构、经典建构、新诗发展方向有一定的意义。《现代诗抄》收录了从宏观与微观角度描写社会现实的诗，在诗史层面保留了一批新诗史上的边缘诗人以及一些知名诗人的边缘诗作，还促进了西南联大诗人群和七月诗派的形成，并记录了特定时代诗歌形式的变化，还原了历史现场的诗歌状态。此外，闻一多发现了许多为以前选本忽视的新诗，为它们提供了参与经典建构的权利，结合时代背景，《现代诗抄》还体现出闻一多对人民性与现实性诗歌审美的倡导。

由于身处历史现场，闻一多对新诗发展尚不能以冷静全局的视角去观测，读者可以将《现代诗抄》看作现代新诗发展末期，闻一多自觉从诗歌发展本体与时代背景两方面出发，编选的含有总结与启下意图兼具个人审美的新诗选本，具有特定时代产物的意味。因为笔者知识水平的不足和阅读视野的局限，所以本文对《现代诗抄》的研究还存在很多不足之处，其价值还有待进一步探寻。

第三编

《中国新文学大系·诗集》与新诗经典化建构

概　　述

　　1935年，由良友图书印刷公司的赵家璧策划、编辑的《中国新文学大系》（以下简称《大系》）各卷本陆续出版。《大系》不仅收有关于新文学发生、发展以及论争的文章，而且筛选、保存了小说、散文、新诗和戏剧的创作成绩。众多新文学大将的参与，使《中国新文学大系》自出版之日起就受到广泛关注，销量可观。《大系》各卷前均有一篇《导言》，介绍这一部门在1917年至1927年的发展与演变，姚琪称之"兼有文学史的性质"[1]。《大系》的整体框架以及具体论断，极大地影响了后来的新文学研究，尤其是文学史的写作与现代文学学科的建构。诸多文学史家按照总论新文学的发生与文学思潮的发展，分论小说、诗歌、散文、戏剧的结构进行写作。《大系》将1917年至1927年定为新文学发展的第一个时期，隐隐透露出关于新文学第二个十年、第三个十年的想象，后来的文学史著作多沿袭这一分期。

　　由朱自清编选的《中国新文学大系·诗集》（以下简称《诗集》）作为《大系》的重要一册，在传播与接受的过程中，深刻影响了新诗史的写作与新诗经典的形成。《诗集》着力塑造的诗人形象，深入人心。例如，《诗集》塑造的胡适形象，是新诗的先驱者，也是新诗的尝试者。朱自清称胡适的诗集——《尝试集》是"我们的第一部新诗集"[2]，其诗论

---

[1] 姚琪：《最近的两大工程》，《文学（上海1933）》1935年第5卷第1期。
[2] 朱自清编选：《中国新文学大系·诗集》，上海良友图书印刷公司1935年版，第1页。

文章"《谈新诗》差不多成为诗的创造和批评的金科玉律了"①。"适之首揭文学革命的旗,登高一呼,四方响应,其在中国文学史上的地位是已定的了"②,胡适的先驱者地位正在于其对新诗的大力提倡与亲身实践,以及由此带来的巨大影响力。作为第一个提倡与尝试新诗的诗人,胡适的早期新诗创作带有旧诗词的痕迹。为突破旧诗的形式束缚,他提倡自由体诗;为改变古典诗歌言之无物的弊病,他提倡写实,追求新诗的明白易懂。早期新诗"晶莹透澈",缺少"余香与回味",③与胡适的新诗实践和诗论主张不无关系。尝试者形象的另一面,即胡适新诗艺术上的缺陷。朱自清援引朱湘批评胡适新诗在用韵方面的缺点,收录胡适诗作较少,正是这一原因。此外,《诗集·导言》中的论断,被新诗研究者们多次引用。如在中国诗歌缺少情诗的背景下,朱自清评价"湖畔"诗人的出现,使"这时期新诗做到了'告白'的一步"④。这段话既道出了"湖畔"诗人对早期新诗的贡献,又表明了他们是足以在新诗史上占得一席之位的。此外,《诗集》中的新诗分派,至今仍有学者沿用、研究。例如,孙玉石对初期象征派的研究,即主要包括对李金发、王独清、穆木天、冯乃超等人的研究。⑤ 在新诗史上,《诗集》作为一本重要的具有经典价值的新诗选本,被研究者们大量引用、广泛谈论,却很少有学者从生成与传播的角度研究《诗集》的经典化。

《诗集》作为《大系》的一册,在某些方面具有与《大系》相同的特质。研究《诗集》,不能忽视学界对《大系》的研究。现有的研究集中于对《大系》作整体研究,尤其是从学科史、文学史角度研究《大系》各卷《导言》,较少将目光投向作为选本的《大系》。研究者们普遍认为,后来的学科建立、文学史写作深受《大系》影响。例如,刘禾认为,尽管《大系》之后的文学史著作拓展了论述内容,但《大系》中的分期、体裁等是一脉相承的。⑥ 与

---

① 朱自清编选:《中国新文学大系·诗集》,上海良友图书印刷公司 1935 年版,第 2 页。
② 朱自清编选:《中国新文学大系·诗集》,上海良友图书印刷公司 1935 年版,第 23 页。
③ 朱自清编选:《中国新文学大系·诗集》,上海良友图书印刷公司 1935 年版,第 2 页。
④ 朱自清编选:《中国新文学大系·诗集》,上海良友图书印刷公司 1935 年版,第 4 页。
⑤ 参见孙玉石《中国初期象征派诗歌研究》,北京大学出版社 1983 年版。
⑥ 刘禾:《跨语际实践:文学,民族文化与被译介的现代性(中国,1900—1937)》,宋伟杰等译,生活·读书·新知三联书店 2002 年版,第 327 页。

刘禾观点相同的,还有温儒敏。他在回顾《大系》编选者们对早期新文学所作历史总结的基础上,认为《大系》之后的文学史关于早期新文学的描述,在大的框架上与《大系》相差无几。《大系》中对诗人诗作的相关评论,成为后来文学史家研究的对象,"文学史教学常常把《大系》列为基本的参考书"。① 类似的言论,同样也出现在陈平原的文章中。他将毛泽东的《新民主主义论》与《大系》并列而论,称它们共同影响了"'中国现代文学'的学科建设"。与《新民主主义论》相比,《大系》关注文学发展,时至今日仍然具有相当的研究价值。② 《大系》出版之后,各卷《导言》被汇编成集出版,杨义、陈平原等人都为类似集子作过兼具导读作用的文章。在承认各卷《导言》对现代文学史书写影响的基础上,杨义认为,《大系》是由新文学的开创者、创作者们写作的,是"著名的新文学者检讨新文学本身",当事人写史不可避免地带有主观印记。因此,他主张现代读者应寻找更广阔的文化视野,拓展与前辈对话的空间,"入乎其里而取其精粹,出乎其表而超其局限",摆脱以往研究中的"以五四标准评析五四",建立中国文学的整体观,"以面对新世纪的中国现代文化建设的标准来论衡'五四'文学现象"。③ 罗岗的两篇论文则企图解释,现代"文学"的确立与《大系》之间的关系。他指出,《大系》的《导言》写作、作品收录、史料编排,都是编选者们有意为之的,旨在捍卫新文学的合法性。而王瑶的新文学史写作深受《大系》的影响,《中国新文学史稿》作为教材,参与了"现代文学学科"的建构。《大系》通过影响文学史的写作与讲授,进而"潜在地影响了一代又一代人对'新文学'的理解"④。罗岗发现,《大系》通过有意识地操纵"时间",将"现代文学确立"的历史描述为"自然"的过程,使之成为没有历史的意识形态的一部分。而没有历史一方面意味着永恒,

---

① 温儒敏:《论〈中国新文学大系〉的学科史价值》,《文学评论》2001 年第 3 期。
② 陈平原:《学术史上的"现代文学"》,《中国现代文学研究丛刊》1997 年第 1 期。
③ 杨义:《新文学开创史的自我证明——为〈中国新文学大系导言集〉所作导言》,《文艺研究》1999 年第 5 期。
④ 罗岗:《解释历史的力量——现代"文学"的确立与〈中国新文学大系(1917-927)〉的出版》,《开放时代》2001 年第 5 期。

另一方面意味着"丧失了与现实对话的能力"。因此，他主张从"制度"建构层面入手，将"被'自然化'了的新文学再次'历史化'"。① 罗岗的这两篇文章，不仅仅停留在确认《大系》对"现代文学"确立的重要性，更是反思了《大系》研究面临的新问题。刘勇从谱系学的角度研究《大系》的价值，称之具有"注重新文学自身思想观念、文学旨趣源流、传承的谱系意识"。由于自身编选体例的特点，《大系》不仅是对"文学观念、文学创作的简要介绍"，更是通过大量的文论、作品，"充分展现新文学本身发展的复杂性、曲折性"。②

此外，还有学者从时代背景、出版和传播的角度研究《大系》。杨亚林对《大系》的研究，立足点在《大系》"具有特定时代背景下重建或重新强调'五四'文学传统的目的"③。杨华丽指出当时国民党文化"围剿"有两个维度，一是"成立了图书杂志审查委员会"；二是发动"以'礼义廉耻'为核心、尊孔读经为外表的'新生活运动'"，一时之间，文化复古主义潮流甚嚣尘上。《大系》各卷编选者的最终确定以及《导言》部分的写作，都或直接或间接的受时代环境的影响。④ 郑瑜对《大系》的传播学研究，聚焦于现代出版业对现代文学的介入与影响。在书籍出版过程中，出版商和出版机构扮演着重要的角色。良友图书印刷公司在《大系》出版过程中，将"商业出版"与"学术出版"一并挑到肩上，使《大系》成为"美学实体和商品的混合物"。⑤ 李天英从出版的角度探讨赵家璧编辑《大系》的营销宣传策略，《大系》的出版离不开市场需求、编选者的合作与周密的编辑计划。赵家璧精心撰写广告语，利用报纸、期刊、样本，"大造声势，以达到全方位、多角度、轰炸式的宣传

---

① 罗岗：《"分期"的意识形态——再论现代"文学"的确立与〈中国新文学大系（1917－1927）〉的出版》，《华东师范大学学报》（哲学社会科学版）2001 年第 2 期。
② 刘勇：《关于 20 世纪中国文学谱系研究的思考——兼论〈中国新文学大系（1917－1927）〉的历史价值与现实意义》，《北京师范大学学报》（社会科学版）2013 年第 1 期。
③ 杨亚林：《时代文化催生的〈中国新文学大系（1917—1927）〉》，《时代文学》（下半月）2010 年第 12 期。
④ 杨华丽：《国民党的文化统制政策与〈中国新文学大系〉的诞生》，《学术月刊》2014 年第 8 期。
⑤ 郑瑜：《〈中国新文学大系〉之传播学价值》，《南方文坛》2008 年第 3 期。

效果",吸引读者的眼球。赵家璧实行的一系列的宣传营销策略,使《大系》"获得了相应的社会效应以及良好的经济效益"。①朱智秀对《大系》社会影响的研究,主要是以编者的评论和文化界、文艺界的反响为主②,缺乏更深入的分析。以上研究以对《大系》的外部研究为主,较少涉及对《大系》文本内容的探讨。赵学勇和朱智秀将学界对《大系》的研究分成三个阶段:《大系》出版初期、1937—1976年期间和"文革"后至今,专列一部分探讨"《大系》研究中质疑的声音"。对《大系》价值的质疑、反思,反过来推动着《大系》研究的进一步发展。③徐玉兰对《大系》的研究,则是对上文中反思研究的深入。她在总结学界对《大系》研究的基础上,一方面肯定《大系》的价值;另一方面反思《大系》"'自评式'的写作方式所存在的局限",质疑"《大系》所建构的新文学第一个十年的历史"。因此,徐玉兰主张现代文学研究者"回到史料、注重实证",以"一种众声喧哗的求异思维"回归历史本来面目,进入学科研究。④这两篇评述性文章,网罗学界对《大系》的研究,既有以时间为轴的对《大系》研究的纵向梳理,也有对《大系》研究现状的反思,颇有价值。

与对《大系》整体的研究相比,对《诗集》的研究相对较少。袁洪权以考证朱自清写给叶圣陶的一封信为中心,讲述了信件中谈及的"新文学讲义"的命运,以及《诗集》的编选过程。该文大量援引朱自清的日记、信件作为史料,为《诗集》研究提供了新的思路。⑤曲竟玮研究《诗集》中新诗的启蒙主题,启蒙主题具体表现为"儿童视角、少年心事";"理想精神、光明情调";"婚恋自由,人道主义";"自然情怀、宇

---

① 李天英:《从〈中国新文学大系(1917—1927)〉看赵家璧的宣传营销策略》,《出版科学》2015年第6期。
② 朱智秀:《论〈中国新文学大系(1917—1927)〉的出版与社会影响》,《渭南师范学院学报》2010年第4期。
③ 赵学勇、朱智秀:《〈中国新文学大系(1917—1927)〉研究述评》,《中国现代文学研究丛刊》2008年第5期。
④ 徐玉兰:《以"异"求"真"——由〈中国新文学大系(1917—1927)〉研究述评想到》,《青年作家》(中外文艺版)2011年第6期。
⑤ 参见袁洪权《"新文学讲义"的命运与〈中国新文学大系〉诗集卷的生产——九月十八日朱自清致叶圣陶信件考释为中心》,《玉溪师范学院学报》2016年第10期。

宙意识"。在以《诗集》中胡适的地位为中心,探讨启蒙话语历史处境的基础上,曲竟玮认为《诗集》恰当地展现了早期新诗由启蒙主体向诗体建设的转变,由于朱自清"卓越的选家眼光",《诗集》"具有重要的诗史地位"。[①] 除上述期刊论文外,也有学位论文以《诗集》为研究对象。如刘佳的《〈中国新文学大系(1917-1927)·诗集〉编纂研究》,研究《诗集》的编选特色。作者从思想标准与艺术标准两方面进行评说,认为《诗集》体现了"兼容并包的文学思想"。同时,该文将《诗集》与赵景深编选的《现代诗选》和沈从文编选的《现代诗杰作选》进行异同比较,以求"更好地把握新诗发展的全面情况"。在该文最后一部分,作者批评朱自清"在编选的过程中难免按照个人的好恶来选取作品,过于主观"。相比于《大系》其他编选者,朱自清撰写的《导言》"略显单薄","存在参考和借鉴他人评论的部分,如同教课所用教案一般平淡直白";早期新诗不成熟的时代局限,导致《诗集》"收录的诗歌亦是新诗的尝试之作"。[②]

总体而言,学界对《诗集》个案的研究相对薄弱。《诗集》作为《大系》的一册,共同参与了学科建构,影响了文学史的写作。现有的从传播角度研究《诗集》的论文,往往集中于学者、作家的评价,缺乏更开阔的研究视野。而对《诗集》文本的研究,更是少之又少。

早期的新诗选本,多是编选者从报纸刊物上摘抄成集的。这些编选者旨在为新诗发展造势,给读者以新诗繁盛的印象,鲜少有选的意识。新诗发展十余年之后,在诗坛上已经站稳了脚跟,从与旧诗的对立中走向了建设自身艺术特质的道路。朱自清编选的新诗选本《诗集》,正是诞生于这一新诗历史情境中。新诗选本,是选家从众多新诗篇章中选出符合一定编选原则或者自身审美理念的作品。朱自清怀着"历史的兴趣"选录新诗第一个十年的诗人诗作,回顾新诗发展的历程。以《诗集》为切入点,可以了解早期新诗发展面貌。自出版之日起直至今天,在八十多年的传播过程中,《诗集》参与并影响了新诗史的建构与发展。在被不

[①] 曲竟玮:《新诗启蒙主题的凸显与消隐——论朱自清编选〈中国新文学大系·诗集〉》,《绥化学院学报》2017年第6期。

[②] 刘佳:《〈中国新文学大系(1917-1927)·诗集〉编纂研究》,硕士学位论文,渤海大学,2014年。

断言说的过程中,《诗集》成为一个具有经典价值的文本。《诗集》的经典建构,并非一朝一夕。作为一个叙事文本的《诗集》,其意义仍然处于阐释与发现中。文本自身的特质,是决定其自身生命长短的重要因素。在历史上的某一时期,文本是受关注,抑或遭冷落,往往取决于时代环境与文本特质的契合与否。研究《诗集》的经典化,需要研究《诗集》在传播过程中的接受情况。

以往的研究往往集中于《诗集·导言》,本文将考察《诗集》的整体结构与内涵。同时,笔者也意识到《导言》部分相比于《诗集》诗选部分具有更加持久的生命力。而《诗集》对新诗历史书写的影响以及在建构新诗史方面的重要性,自不待言。这一经典价值是在八十余年的传播过程中逐渐形成的,对此经典化过程进行探究,有利于揭示其传播、接受特点。研究《诗集》经典叙事,解释《诗集》经典化内在特质,对新时期的诗集编撰、新诗教学与研究具有参考借鉴意义。

第一章 《中国新文学大系·诗集》的编撰历程及其特点

《中国新文学大系·诗集》作为《中国新文学大系》的一册，它的出炉离不开编辑赵家璧对《大系》编选的组织策划。机缘巧合之下，朱自清成为《诗集》的编选者。朱自清自身所具有的知识储备、所坚守的严谨学风为其编选工作打下了良好的基础。《诗集》生成于具体的社会历史条件之中，它展现的是朱自清描绘的关于新诗第一个十年发展流变的图景。

第一节 《诗集》的编选缘起

自胡适1917年1月在《新青年》上发表《文学改良刍议》，倡导"文学革命"以来，新文学发展至30年代，已有十多年的历史。30年代初，国民党政府打压新文学，推行"新生活运动"。文化复古主义潮流在各地泛滥开来，与之对抗的新文学处于式微态势。为扭转这种局面，热心于新文学的人们希望有更多的新文学作品面世。

一 历史的机缘巧合

20世纪30年代初，良友图书印刷公司的青年编辑赵家璧在书店看到日本出版商的宣传页后，萌发了编选一套收集五四以来文学作品丛书的念头。在经过与郑伯奇、阿英、茅盾等人的反复商谈后,赵家璧编辑《大系》的构想越来越明晰。

对《诗集》的编选者,赵家璧最初的理想人选是郭沫若。但在向检查官递交编选名单时,项德言告诉他,郭沫若的名字必须要换下,理由是"郭沫若写过指名道姓骂蒋委员长的文章,所以上面明文规定"①。后来,经过和茅盾、郑振铎等人商谈,赵家璧决定由郑振铎代请朱自清编选《诗集》。

朱自清成为《诗集》的编选者,与郑振铎的举荐不无关系。郑振铎和朱自清同属文学研究会会员,1922年出版的文学研究会诗人合集《雪朝》中即有他们的作品。30年代初,两人同在北平任教。1935年6月,赵家璧北上宴请朱自清等人商谈《大系》编选事宜,即由郑振铎作陪。

从《大系》编选阵容上看,鲁迅、周作人、郁达夫、胡适等人都是当时成名已久的作家,郑振铎、茅盾等人担任过文学报刊的编辑,朱自清、洪深长期任教职,十位编选者都早已在各自的文学领域取得了相当的成绩。作总序的蔡元培采取"思想自由,兼容并包"的方针领导北大,对促进新文学的发展有不可磨灭的功劳。30年代,尽管上述诸人均有不同的政治倾向,但同为新文学的提倡者与实践者,希望新文学获得长足发展,是他们的共同诉求。因此,在国民党当局实行图书出版、发行高压管控的背景下,他们参与《大系》编选工作,总结新文学第一个十年的历史,清算新文学的创作成果。

二 编者的身份背景

由于与郑振铎的私人之交,朱自清在机缘巧合之下进入赵家璧等人的视野。但朱自清能担任《诗集》的编选者,与鲁迅、周作人、郁达夫等人共同参与《大系》的编选工作有关之外,还在于其自身的实力。朱自清以诗人身份登上文坛,从北大毕业后辗转多地从事教学工作,在关注诗坛动态的同时发表多篇诗歌评论,以期新诗繁荣发展。集诗人、学

---

① 赵家璧:《编辑忆旧》,生活·读书·新知三联书店1984年版,第192页。

者、教员三重身份于一身的朱自清，不失为编选《诗集》的合适人选。

　　文学史上，朱自清多以散文家闻名于世人。中学教科书中，他的名作《匆匆》《荷塘月色》《背影》等影响了一代又一代的中学生。除散文家外，朱自清的另一个身份——诗人，却鲜为人知。1919年，朱自清发表新诗处女作《睡吧，小小的人》，从此登上文坛。著名的抒情长诗《毁灭》写于他内心彷徨之际，经过苦苦挣扎之后，诗人决定"摆脱掉纠缠"，"我要一步步踏在泥土上，打上深深的脚印！"①关注生活着的当下，以求人生每一刹那的意义与价值。俞平伯高度评价这首诗："论它风格底宛转缠绵，意境底沉郁深厚，音调底柔美凄怆，只有屈子底《离骚》差可仿佛。"② 1922年，朱自清和俞平伯、叶圣陶等人发起成立新文学史上第一个诗歌团体"中国新诗社"，并创办《诗》月刊。同时，在《新潮》《小说月报》等刊物上，朱自清陆续发表新诗创作《旅路》《小草》《人间》《怅惘》等。

　　1925年，朱自清进入清华教书。作为教员的朱自清，对待教学十分严谨、认真。据学生吴组缃回忆，他在课堂上多援引别人的意见，很少说自己的观点。但凡他所讲的，也是经过再三斟酌的，而且没说几句，"他就好像觉得已经越出了范围，极不妥当，赶快打住"③。如若发现课堂上讲错了，朱自清在下一次上课时总会向学生提及并改正。

　　1928年，由于要开设中国新文学研究课程，朱自清开始了对新文学的系统研究，其中既包括新文学发生的背景与发展、经过等，也包括新文学各部门的发展。这门课程的讲义编为《中国新文学研究纲要》（以下简称《纲要》），《纲要》分"总论"和"各论"两大部分。"总论"共三章，主要介绍新文学发生的背景和经过以及"外国的影响"；"分论"共五章，以介绍文学各门类发展情况为主。其中，"诗"这一章内容最为翔实。《纲要》没有连缀成文，只有框架结构。在"诗"这一章中，朱自

---

① 参见朱自清《毁灭》，朱乔森编《朱自清全集》（第五卷），江苏教育出版社1990年版，第79—89页。
② 俞平伯：《读〈毁灭〉》，《小说月报》1923年第14卷第8期。
③ 吴组缃：《佩弦先生》，郭良夫编：《完美的人格：朱自清的治学和为人》，生活·读书·新知三联书店1987年版，第167页。

清将胡适的《尝试集》定为新诗的起点，以时间顺序为轴，缀以诗论、新诗创作、关于新诗的论争和新诗运动、潮流等。在当时，朱自清的新文学研究课程很受学生欢迎，他还曾被邀请至燕京大学、北平师范大学讲授该课程。这一时期，朱自清对新文学的研究为他日后编选《诗集》打下了良好的基础，讲义《纲要》甚至直接成为编选《诗集》的"底子"。

第二节 编选内容与体例

回顾过去十年新诗发展的历程，以一定标准选取诗人与诗作，是一项耗时耗力的工作。由于时间紧张、手头资料有限，朱自清在和周作人交流后，改变了先前理想的编选方法。他以新文学讲义《纲要》作底，选出重要诗人，找来这些诗人的诗集；翻阅新诗评论撰写《诗话》和《导言》，把握诗人诗歌风格以及新诗发展脉络。此外，朱自清还挑选了几本期刊和新诗合集、选集作为参考，避免遗漏没有诗集问世的诗人。

一 参考资料的准备和选择

在朱自清编选《诗集》之前，诗坛上已有不少新诗选本。笔者据刘福春主编的《中国现代文学总书目·诗歌卷》，找出出版于《诗集》之前的新诗选本，如表1-1所示。

表1-1　　　　　出版于1935年10月之前的新诗选本

选本	编者	出版机构	出版时间
《新诗集（第一编）》	上海新诗社	上海新诗社出版部	1920年1月
《分类白话诗选》（一名《新诗五百首》）	许德邻	上海崇文书局	1920年8月
《新诗三百首》	新诗编辑社	上海新华书局	1922年6月
《新诗年选（一九一九年）》	北社	上海亚东图书馆	1922年8月
《恋歌（中国近代恋歌选）》	丁丁、曹雪松	上海泰东图书局	1926年
《时代新声》	卢冀野	泰东图书局	1928年2月
《现代诗杰作选》	沈从文	上海青年书店	1932年12月
《现代中国诗歌选》	薛时进	上海亚细亚书局	1933年

续表

选本	编者	出版机构	出版时间
《现代诗选》	赵景深	上海北新书局	1934 年 5 月
《中华现代文学选（第二册诗歌）》	王梅痕	中华书局	1935 年 3 月
《注释现代诗歌选》	王梅痕	上海中华书局	1935 年 6 月
《中国新文学大系·诗集》	朱自清	上海良友图书印刷公司	1935 年 10 月

  由表 1-1 可知，出版于 1917 年至 1927 年的选本相对较少，仅 5 本。丁丁、曹雪松合编的《恋歌（中国近代恋歌选）》是一本有特定主题的新诗选本，旨在"使今后的人们，知道中国青年近年对于爱的倾向和爱的要求"。① 出版于 1928 年至 1935 年的新诗选本，所收诗作有作于 1927 年之后的。由于编选范围上的限制，朱自清对这一时期的选本不作参考。

  1917 年至 1927 年出版的新诗选本中，朱自清在编选《诗集》之前，仅知道《新诗年选（一九一九年）》。赵家璧寄来《新诗集（第一编）》和《分类白话诗选》，供他参考。《新诗三百首》是朱自清未曾听闻的选本，该选本所收诗人不具名，新诗编辑社至今难以查证。《新诗集（第一编）》是新诗史上第一部选本，按写实诗、写景诗、写意诗和写情诗共收诗作一百余首。《新诗集（第一编）》的编选者认为，写实诗以社会现象为主，写景诗以自然景色为主，写意诗"含蓄"、思想高尚，写情诗抒发"很优美，很纯洁的情感"。② 许德邻在编选《分类白话诗选》时，参考《新诗集（第一编）》分类编选，以表"'同声相应'的'诚意'"，③ 收诗两百多首。对早期新诗选本分类收录的方式，姜涛认为编选者们将"尚真""写实"等叙述性因素，扩展至新诗领域，使新诗具备"文的功能"，"扩大诗歌表意能力"，正是早期新诗参与者们对新诗发展的一种想象。④ 在对具体诗作类别的界定上，两本诗选存在相当比例的一致性，但也存在一些出入。如陈独秀的《丁巳除夕歌》，《新诗集（第一编）》收入写

---

① 丁丁、曹雪松：《恋歌（中国近代恋歌选）·序》，丁丁、曹雪松合编：《恋歌（中国近代恋歌选）》，泰东图书局 1926 年版，第 2 页。
② 《新诗集（第一编）·序》，新诗社编：《新诗集（第一编）》，新诗社出版社 1920 年版，第 3 页。
③ 许德邻：《分类白话诗选·自序》，《分类白话诗选》，崇文书局 1920 年版，第 4 页。
④ 姜涛：《"新诗集"与中国新诗的发生》，北京大学出版社 2005 年版，第 165 页。

实类,《分类白话诗选》收入写情类。胡适的《威权》,《新诗集(第一编)》收入写意类,《分类白话诗选》收入写实类。再如周作人的《小河》一诗,《新诗集(第一编)》收入写景类,而这首诗是被普遍认为具有象征主义色彩的。诗歌是一种表意含蓄、复杂的文体,这种简单的分类方法是难以对新诗作出归纳的。分类编选的方法,在后来的新诗选本中极少采用。

朱自清对上述两本选本评价不高,认为它们"大约只是杂凑而成,说不上'选'字"①,但其保存早期新诗史料的价值是不容置疑的。《分类白话诗选》相比于《新诗集(第一编)》出版晚约半年时间,所收新诗数量更多。阿英曾评价《分类白话诗选》是早期新诗选本中"最完备的"②,收录了众多主要期刊上的新诗,是一本绝佳的阅读、研究新诗的资料性选本。也许正是出于这一考量,朱自清选择将《分类白话诗选》作为参考选本。

另一本参考选本是北社编的《新诗年选(一九一九年)》,该选本1922年8月由亚东图书馆出版。选本收录诗人39家,诗作83首。阿英认为中国新诗年选仅此一本,对该选本评价颇高,"北社编辑此书,颇是慎重,逐人均有按语"③。实际上,北社是由康白情、应修人等新诗人组成的,他们化名愚庵、粟如、溟冷、飞鸿,评语即署此四人名。按语则是对收录诗人、诗作情况的介绍,署名编者。《新诗年选(一九一九年)》收录新诗不分类,诗人排名以笔画为序,诗以年月为序,时间上包括1919年及以前的。尽管所收诗作不多,但它明确表示"所选入的,不过备选的诗全数六分之一"④。朱自清对该选本较满意,在《选诗杂记》中多次引用,认为"《年选》所录,在当时算谨严的"⑤。

除选本外,朱自清参考的合集还有《雪朝》《星海》《湖畔》和《春的歌集》。其中,《雪朝》出版于1922年,是文学研究会成员的新诗作品合集。《星海》出版于1924年,是文学研究会成员的诗文合集。《湖畔》

---

① 朱自清编选:《中国新文学大系·诗集》,上海良友图书印刷公司1935年版,第15页。
② 阿英编选:《中国新文学大系·史料·索引》,上海良友图书印刷公司1936年版,第296页。
③ 阿英编选:《中国新文学大系·史料·索引》,上海良友图书印刷公司1936年版,第301页。
④ 北社编:《新诗年选(一九一九年)·弁言》,亚东图书馆1929年版,第3页。
⑤ 朱自清编选:《中国新文学大系·诗集》,上海良友图书印刷公司1935年版,第16页。

和《春的歌集》是湖畔诗社潘漠华、冯雪峰、应修人等的诗歌合集，收录 1923 年之前的作品。

在新文化运动的影响下，文学社团和文学刊物如雨后春笋一般涌现出来。在众多文学刊物中，朱自清选了《诗》月刊和《晨报副刊·诗镌》作为参考期刊。《诗》创刊于 1922 年 1 月，终刊于 1923 年 5 月，共出 7 期。由叶绍钧、刘延陵、俞平伯和朱自清主编，是我国第一本新诗专刊。《诗》刊旨在为新诗人发表新诗创作提供平台，偶有讨论新诗问题、介绍外国诗人诗篇，并非《诗》刊宗旨。[①] 因此，《诗》刊上刊登了近四百首新诗，发现、扶掖了一大批新诗人，如陈南士、何植三、陈乃棠、叶伯和等人。《晨报副刊·诗镌》即《晨报副刊：诗刊》，创刊于 1926 年 4 月 1 日，徐志摩编第 1、2 期，闻一多编第 3、4 期，饶孟侃编第 5 期，后改由徐志摩一人编辑，同年 6 月 10 日停刊，共出 11 期。《晨报副刊·诗镌》登载新诗作品，以及"关于诗或诗学的批评及研究文章"[②]。主要撰稿人除编者外，还有朱湘、刘梦苇、蹇先艾、于赓虞等人。徐志摩、闻一多等人以《晨报副刊·诗镌》为阵地所倡导的新诗格律运动，在诗坛上引起很大的反响。

上述两种刊物都是关于新诗的专门刊物，或登载新诗创作，或刊发诗论文章。相比一般的新文学刊物以零星的篇幅或者某一栏目登载新诗而言，更为集中。如《新潮》《星期评论》等刊物，不是纯粹的文学刊物或新诗刊物，刊物上设有多个栏目，登载新诗的篇幅只占刊物的一部分。此外，《新潮》《星期评论》等刊物的出版发行时间较长，发行期数多，集齐所有刊物也不容易。除了以上原因，《诗》刊和《晨报副刊·诗镌》在诗坛上的重要性和影响力，也是朱自清考量的因素。如余冠英将《晨报副刊·诗镌》作为早期新诗史前后两期分期的标志，正在于他认为"前期的新诗大都受胡适之的影响，后期则受《诗镌》的影响"[③]。

朱自清在《诗集·选诗杂记》中提到一本新诗专著——草川未雨的

---

① 参见 Y. L. 《编辑余谈》，《诗》1922 年第 1 卷第 5 期。
② 徐志摩：《诗刊弁言》，《晨报副刊：诗刊》1926 年第 1 期。
③ 余冠英：《新诗的前后两期》，《文学月刊（北平）》1932 年第 2 卷第 3 期。

《中国新诗坛的昨日今日和明日》，对此评价不高，"那么厚一本书，我却用不上只字"①。草川未雨本名张秀中，1925 年到北京大学旁听文学课程，后与谢采江、柳风等人组织成立海音社，并创办海音书局，出版同人作品。《中国新诗坛的昨日今日和明日》一书即 1929 年由海音书局出版。受当时文坛进化史观的影响，草川未雨的新诗史观也带有明显的进化色彩。如该书四个大章节的名称："新诗坛的萌芽期""草创时期""进步时代"和"将来的趋势"，"萌芽""草创""进步""将来"显示出一个阶段比上一个阶段更好的意味。草川未雨对早期新诗持批评态度，如认为胡适的诗"没有一首能称得起完全的新诗体，也就没有一首使人满意的"②，郭沫若的诗"吵嚷得慌"③，汪静之的诗集《蕙的风》"幼稚"④……但对同人谢采江，他却列专节介绍，认为谢采江的《野火》"对人生的观察是深切的，情绪是浓烈的"⑤，是"经过了更深的修养，生活的陶炼，以战士的资格走到了今日的诗坛上来了"⑥。同时，草川未雨认为自己的《动的宇宙》"也是从深味而来的"，是"动"的，而"人生是动的，动才是进化，才能创造自己"⑦。因亲疏关系而影响对诗人、诗作的评价，显然有悖学者治学的客观、严谨原则。这与朱自清在编《诗集》时，介绍诗人、诗作多引述他人评语，在处理自己的诗作时，只介绍简单生平，形成鲜明的对比。

二 编选体例的特色

朱自清编选的《诗集》，除《导言》勾勒新诗十年面貌外，还有编选凡例说明该书编辑体例，《编选用诗集及期刊目录》详细标明参考期刊、合集和别集，《选诗杂记》介绍编选前后的相关事宜，《诗话》介绍所选

---

① 朱自清编选：《中国新文学大系·诗集》，上海良友图书印刷公司 1935 年版，第 19 页。
② 草川未雨：《中国新诗坛的昨日今日和明日》，上海书店 1985 年版，第 51 页。
③ 草川未雨：《中国新诗坛的昨日今日和明日》，上海书店 1985 年版，第 62 页。
④ 草川未雨：《中国新诗坛的昨日今日和明日》，上海书店 1985 年版，第 70 页。
⑤ 草川未雨：《中国新诗坛的昨日今日和明日》，上海书店 1985 年版，第 94 页。
⑥ 草川未雨：《中国新诗坛的昨日今日和明日》，上海书店 1985 年版，第 199 页。
⑦ 草川未雨：《中国新诗坛的昨日今日和明日》，上海书店 1985 年版，第 265 页。

诗人的基本情况及诗歌特色，各部分分工明确，相互配合。

与《大系》其他卷相比，朱自清编选的《诗集》在体例上有明显的不同。《大系》其他卷一般包括《导言》和收录的作家与作品页码两部分，由于理论文章、创作作品、史料在种类上的不同，每一卷的具体编排由编选者自行决定。例如胡适编选的《中国新文学大系·建设理论集》，《建设理论集·导言》不是一篇纯粹的关于文学发生与论争的文章，它的开篇是胡适关于良友组织编辑《大系》的感想，其次是一段关于这一集所收文字的介绍。《建设理论集·目次》包括《导言》"一　历史的引子""二　发难时期的理论""三　发难后期的文学理论"三部分。可见，胡适对收录文章从目次上是作了分期处理的，但与《诗集》体例相比，显得相对简单。编选《大系》，既包括对这一文类发展演变的介绍，也包括收录十年来的作家作品。如何编选，各人都有一定的编选方法与编选原则。在《大系》其他卷中，这些都被处理得较为含糊。而朱自清编选《诗集》，在编排体例上条分缕析地罗列与编选相关的工作内容。

与出版于1927年前的诗集选本相比，朱自清编选的《诗集》在体例上同样是较为独特的。首先，此前各诗集选本不交代编选时参考的诗集以及期刊等，编选者们多是从报纸、刊物上按照自己的阅读喜好抄录新诗，汇集成一册出版。如许德邻编选《分类白话诗选》，是从报刊上"东鳞西爪的抄录"①。相对而言，《新诗年选（一九一九年）》的编者在编选时要严谨一些，他们表示"所选入的，不过备选的诗全数六分之一"②。但是，没有交代具体的备选诗作，参考的报刊、书籍。其次，各诗集选本缺乏对诗人艺术风格的介绍，编选者们的观点多为个人性的，带有个人审美趣味、取向，难以反映诗坛整体面貌。《新诗集》《分类白话诗选》以及《新诗三百首》都不涉及对诗人诗作的评价，仅《新诗年选（一九一九年）》收录诗作时有编者按语和评语。但写评语的愚庵、粟如、溟冷、飞鸿四人同时也是编者，从这一点上讲，《新诗年选（一九一九年）》是一本更具个人话语的选本。

---

①　许德邻：《分类白话诗选·自序》，《分类白话诗选》，崇文书局1920年版，第2页。
②　北社编：《新诗年选（一九一九年）·弁言》，亚东图书馆1929年版，第3页。

《诗集》中最具特色的是《诗话》，朱自清在查阅诗评、诗论等文章的基础上，"取成说以代评论，又是一番功夫"①。笔者据《诗话》制作成表1-2，以期更显明地看到《诗话》的特点。

表1-2 《诗话》内容与引用来源

诗人	《诗话》引用内容及来源
1 胡适	喜欢以乐观进取的主张入诗，多说理之作（胡适：《尝试集：自序》，亚东图书馆1920年初版。）
	诗形颇受旧诗词的影响，自己比作"一个缠过脚后来放大了的妇人"（胡适：《尝试集：自序》，亚东图书馆1922年增订四版。）
	适之首揭文学革命的旗，登高一呼，四方响应，其在中国文学史上的地位是已定的了（康白情（惥庵）评，北社编：《新诗年选（一九一九年）》，亚东图书馆1922年版。）
	朱湘氏嫌他"新诗"用"了"字韵尾太多（朱湘：《尝试集》，《中书集》，生活书店1934年版。）
	《应该》用笔缴绕可喜，学的人最多（朱自清）
2 刘复	相信诗是"思想中最真的一点"（刘复：《诗与小说精神上之革新：介绍约翰生樊戴克两氏之文学思想》，《新青年》第3卷第5号，1917年7月1日。）
	民六就主张"增多诗体"，办法：（一）创造（二）输入（刘复：《我之文学改良观》，《新青年》第3卷第3号，1917年。）
	民十五以后的"新诗形式运动"，用意正同（朱自清）
	自己说"在诗的体裁上是最会翻新鲜花样的"（刘复：《扬鞭集：自序》，北新书局1926年版。）
	周作人氏说他"驾驭得住口语"（周作人：《扬鞭集：序》，北新书局1926年版。）
	他更能驾驭江阴和北平的方言，《面包与盐》便是一例（朱自清）
3 鲁迅	仅简介
4 沈尹默	新体诗中也有用旧体诗词的方法（指利用双声叠韵）来做的。最有功效的例是沈尹默君的《三弦》……这首诗从见解意境上和音节上看来，都可算是新诗中一首最完全的诗（胡适：《谈新诗》，《胡适文存卷一》，亚东图书馆1921年版。）
5 俞平伯	旧诗词功力甚深，所以能有"精炼的词句和音律"；写景抒情，清新婉曲。也颇喜欢说理（朱自清）
	胡适氏说他想兼作哲学家，反叫他的一些好诗被哲理埋没了（胡适：《评新诗集：俞平伯的〈冬夜〉》，《胡适文存二集卷四》，亚东图书馆1924年版。）
	但情理相融的大篇也有的。《忆》是儿时的追怀，难在还多少能保存着那天真烂漫的口吻。做这种尝试的，似乎还没有别人（朱自清）

---

① 沈有乾：《书评：〈中国新文学大系〉》，《宇宙风》1936年第8期。

续表

诗人	《诗话》引用内容及来源
6 周作人	论不叶韵的新诗说，"虽然有种种缺点，倒还不失为一种新体——有新生活诗，因为它只重在'自然的音节'，所以能够写得较为真切。"（周作人：《古文学》，《自己的园地》，晨报社出版部1923年版。）
	他自己的诗便不叶韵（朱自清）
	胡适氏《谈新诗》里说当时他所知道的新诗人，只有会稽周氏弟兄不是从旧式诗词曲里脱胎出来的。又说周氏的《小河》长诗是新诗中第一首杰作，那细密的观察，曲折的理想，决不是旧式的诗体词调所能达得出的（胡适：《谈新诗》，《胡适文存卷一》，亚东图书馆1921年版。）
	后来颇有以"小河"为题的诗，直到最近还有（朱自清）
7 左舜生	仅简介
8 朱自清	仅简介
9 康白情	胡适氏评云，"白情只是要自由吐出心里的东西；他无意于创造而创造了，无心于解放然而解放的成绩最大。"（胡适：《评新诗集：康白情的〈草儿〉》，《胡适文存二集卷四》，亚东图书馆1924年版。）
	又说，"《江南》的长处在于颜色的表现，在于自由的实写外界的景色。……这种诗近来也成为风气了。但这种诗假定两个条件：第一须有敏捷而真确的观察力，第二须有聪明的选择力。"（胡适：《评新诗集：康白情的〈草儿〉》，《胡适文存二集卷四》，亚东图书馆1924年版。）
	朱湘氏评云，"康君别的都不能算作功劳，只有他的描写才是他对于新诗的一种贡献。"（朱湘：《草儿》，《中书集》，生活书店1934年版。）
10 刘大白	《旧梦付印日记》说他的诗传统气味太重。而且这气味循环的复现着，不容易消灭。又说他，"用笔太重，爱说尽，少含蓄。"（刘大白：《旧梦付印日记》，《旧梦》，商务图书馆1923年版。）
11 傅斯年	仅简介
12 玄庐	《十五娘》是新文学中第一首叙事诗；但嫌词曲调太多（朱自清）
13 王志瑞	仅简介
14 王统照	仅简介
15 郭沫若	朱湘氏评《女神》和《星空》说，我们看郭君诗的时候，觉得很紧张。构成这种紧张之特质，有三个重要分子：单色的想像，单调的结构，对一切"大"的崇拜。崇拜"大"的人自然而然成了泛神论者；我便是自然，自然便是我。泛神论和自我主义并存于郭君的诗中。 又说他在题材上能取材于现代文明；在工具上求新的倾向也有两种，一是西字的插入，一就是单调的结构。而这两种倾向都是不好的。西字羼入中文诗，破坏视觉的和谐。单调的结构的可能性也小极（朱湘：《郭君沫若的诗》，《中书集》，生活书店1934年版。）
	后来又说这两种倾向都是学自惠特曼的（朱湘：《再论郭君沫若的诗》，《中书集》，生活书店1934年版。）

续表

诗人	《诗话》引用内容及来源
16 陆志韦	主张"节奏万不可少,押韵不是可怕的罪恶"。试验种种体制;介绍"无韵体",相信极合于中国人之用,写记事诗尤为适宜(陆志韦:《渡河:我的诗的躯壳》,亚东图书馆1923年版。)
	他实在是徐志摩氏等新格律运动的前驱(朱自清)
17 应修人	仅简介
18 周无	仅简介
19 田汉	仅简介
20 叶绍钧	仅简介
21 梁宗岱	仅简介
22 冰心	《繁星》自序说读了太戈尔《迷途之鸟》以后,才收集起零碎的思想来(冰心:《繁星·自序》,商务印书馆1923年初版。)
	诗里可见出这种影响。这是小诗的一派(朱自清)
	梁实秋氏说在这些诗里"只能遇到一位冷若冰霜的教训者"。他称赞"她的字句选择的谨严美丽",只还嫌"句法太近于散文的。"(梁实秋:《〈繁星〉与〈春水〉》,李希同编《冰心论》,北新书局1932年版。)
23 成仿吾	仅简介
24 汪静之	朱自清氏《蕙的风》序说他的诗有些像康白情君。他的诗多是性情的流露;多是赞颂自然,咏歌恋爱。所赞颂的又只是清新美丽的自然,而非神秘伟大的自然;所咏歌的又只是质直单纯的恋爱,而非缠绵委曲的恋爱。表现法简单明了,少宏深幽渺之致,也正显出作者少年人的本色(朱自清:《〈蕙的风〉序》,汪静之:《蕙的风》,亚东图书馆1922年版。)
25 潘漠华	《湖畔》里应修人氏《心爱的》云,"漠华的使我苦笑",又云,"花片粉飞时我想读漠华的诗了"。(应修人:《心爱的》,潘漠华、冯雪峰、应修人、汪静之:《湖畔》,湖畔诗社1922年版。)
26 冯雪峰	应修人氏《心爱的》云,"雪峰的使我心笑",又云,"时风乱飚时我想读雪峰的诗了"。(应修人:《心爱的》,潘漠华、冯雪峰、应修人、汪静之《湖畔》,湖畔诗社1922年版。)
	小诗中周作人氏喜欢《清明日》那一首(周作人:《论小诗》,《自己的园地》,晨报社出版部1923年版。)
27 冯至	叙事诗堪称独步(朱自清)
28 陈南士	仅简介
29 徐玉诺	叶绍钧氏《玉诺的诗》说"他并不以作诗当一回事,像猎人搜寻野兽一样;当感觉强烈,情绪兴奋的时候,他不期然的写了。"(叶绍钧:《玉诺的诗》,徐玉诺《将来之花园》,商务印书馆1922年版。)

续表

诗人	《诗话》引用内容及来源
30 陈学乾	仅简介
31 何植三	仅简介
32 刘延陵	喜欢李贺诗，以为近乎西方人之作，似乎颇受他影响。今所录却是平淡的（朱自清）
33 郭绍虞	仅简介
34 叶善枝	仅简介
35 陈乃棠	仅简介
36 郑振铎	仅简介
37 赵景深	仅简介
38 李金发	苏雪林女士《论李金发的诗》指出"近代中国象征诗至李氏而始有。"她说他的诗的特点有四：（一）朦胧恍惚骤难了解；这正是象征派作品的特色。（二）表现神经艺术的本色；神经过敏为现代人特征，而颓废象征诗人尤然。（三）感伤与颓废的色彩。（四）异国的情调。又论李氏艺术，举出"观念联络的奇特"，"善用拟人法"，"省略法"；省略法是象征派诗的秘密，但李氏省略得太厉害，文字便常常不可通［苏雪林：《论李金发的诗》，《现代（上海1932）》第3卷第3期，1933年。］ 黄参岛氏则说李氏所歌咏的是"唯丑的人生"（黄参岛：《〈微雨〉及其作者》，《美育杂志》第2期，1928年。）
39 戴望舒	杜衡氏《望舒草》序说"不单是真实，亦不单是想像"是戴氏整个做诗的态度，以及对于诗的见解。他说戴氏起初追求音律的美，要使新诗可吟；押韵是当然的，甚至讲求平仄声。后来读了法国魏尔仑等象征诗派的作品，喜欢那种独特的音节，才不再斤于中国的平仄韵律。但他的诗不像李金发氏的神秘难懂。这时期中最显著的作品是《雨巷》（杜衡：《〈望舒草〉序》，戴望舒《望舒草》，上海现代书局1933年版。）
40 王独清	穆木天氏说他"在过去同贵族的浪漫的诗人相结合，（缪塞拜伦）而在现在同颓废派象征派诗人起了亲密的联系。"因此他"歌唱出他的两种主要的动机：第一是对于过去的没落的贵族的世界的凭吊，第二是对于现在的都市生活之颓废的享乐的陶醉与悲哀"。他在法国深受了浪漫主义和象征主义的影响［穆木天：《王独清及其诗歌》，《现代（上海1932）》第5卷第1期，1934年。］ 王氏自己也说他要提倡"纯粹的诗"，他想学法国象征派诗人，把"色"放在文字中（王独清：《独清诗选附录：谭诗——寄给木天伯奇》，中华新教育社1928年版。） 他承认《吊罗马》是很接近拜伦的诗篇，而《我从café中出来》却是在尝试象征派的手法（王独清：《独清诗选附录：谭诗——寄给木天伯奇》，中华新教育社1928年版。） 穆氏说"他为罗马招魂，就是为他的长安招魂。"［穆木天：《王独清及其诗歌》，《现代（上海1932）》第5卷第1期，1934年。］

续表

诗人	《诗话》引用内容及来源
41 徐雉	仅简介
42 冯文炳	仅简介
43 穆木天	也要求"纯粹诗歌";这种诗"是——在形式方面上说——一个有统一性有持续性的时空间的律动"。说诗要兼造形与音乐之美;诗要是暗示的,诗最忌说明的。所爱读的也是法国诗人(穆木天:《旅心附录:谭诗——寄沫若的一封信》,创造社出版部1927年版。)
44 闻一多	沈从文氏《死水》的印象:这是一本理知的静观的诗。在文字和组织上所达到的纯粹处,为中国建立一种新诗完整风格的成就处,实较之国内任何诗人皆多。闻君是提倡格律的一个人;他主张一篇诗该成就于精炼的修辞上。由于《死水》风格所暗示,现代国内作者向那风格努力的已经很多(沈从文:《论闻一多的死水》,《新月》第3卷第2期,1930年。)
45 于赓虞	沈从文氏说他的作品"表现的是从生存中发出厌倦与幻灭情调","却在诗中充满了过去的诗人所习用表示灵魂苦闷的种种名词"[沈从文:《我们怎么样去读新诗》,《现代学生(上海1930)》创刊号,1930年。]
46 宗白华	全是哲理诗,但甚少(朱自清)
	他说,"艺术的生活就是同情的生活。无限的同情对于自然。无限的同情对于人生。无限的同情对于星天云月,鸟语泉鸣。无限的同情对于死生离合,喜笑悲啼。这就是艺术感觉的发生,这也是艺术创造之目的。"(宗白华:《艺术生活》,《少年中国》第2卷第7期,1921年。)
	这些诗正是"无限的同情对于自然"(朱自清)
47 白采	朱自清氏评云,主人公"羸疾者"是生于现在世界而做着将来世界的人;他献身于生之尊严而"不妥协的"没落下去,说是狂人也好,匪徒也好,妖怪也好,他实在是个最诚实的情人。他的思想是受了尼采的影响的,他的选材多少是站在"优生"的立场上[朱自清:《白采的诗:羸疾者的爱》,《一般(上海1926)》第1卷第2期,1926年。]
48 朱湘	沈从文氏说《草莽集》"全部调子建立于平静上面,整个的平静,在平静中观照一切,用旧词中属于平静的情绪中所产生的柔软的调子,写成他自己的诗歌,明丽而不纤细。"(沈从文:《论闻一多的〈死水〉》,《新月》第3卷第2期,1930年。)
	又说他"以自然诗人的身份,从事写作,对世界歌唱温暖的爱。"[沈从文:《我们怎么样去读新诗》,《现代学生(上海1930)》创刊号,1930年。]
49 徐志摩	穆木天氏说他始终"是一个生命的信徒",相信"生活是艺术",他极端的肯定着他的理想主义,不住的要求着自我实现[穆木天:《徐志摩论:他的思想与艺术》,《文学(上海1933)》第3卷第1期,1934年。]
	西滢氏(陈源)说"《志摩的诗》几乎全是体制的输入和试验。经他试验过的有散文诗,自由诗,无韵体诗,骈句韵体诗,奇偶韵体诗,章韵体诗。虽然一时还不能说到它们的成功与失败,它们至少开辟了几条新路。"(西滢:《闲话》,《现代评论》第3卷第72期,1926年。注:朱自清还提到参看朱湘《评徐君〈志摩的诗〉》,《小说月报》第17卷第1期,1926年。)

续表

诗人	《诗话》引用内容及来源
50 朱大枬	仅简介
51 杨世恩	仅简介
52 饶梦侃	仅简介
53 刘梦苇	朱湘氏推为新诗形式运动的最早的提倡者（朱湘：《刘梦苇与新诗形式运动》，《中书集》，生活书店1934年版。）
54 程侃生	仅简介
55 王希仁	仅简介
56 蹇先艾	仅简介
57 冯乃超	穆木天氏《谭诗》云，"我同乃超谈到诗论的上边，谈到国内的诗坛上边，谈些我们主张的民族彩色，谈些个我深吸的异国薰香，谈些个腐水朽城，Decadent的情调，我们的意见大概略同。"又称赞他的诗，以为"堪有纯粹诗歌的价值"（穆木天：《旅心附录：谭诗——寄沫若的一封信》，创造社出版部1927年版。）
58 蓬子	自序说这些诗是他烦闷在坟墓中的证据，是他变态情绪之表现；那时他读的是尼采叔本华波特莱尔阿尔志巴绥夫等（蓬子：《银铃：自序》，水沫书店1929年版。）
59 邵洵美	沈从文氏说，"以官能的颂歌那样感情写成他的诗集。赞美生，赞美爱，然而显出唯美派的人生的享乐，对于现世的夸张的贪恋，对于现世又仍然看到空虚。"［沈从文：《我们怎么样去读新诗》，《现代学生（上海1930）》创刊号，1930年。]

备注：1.《诗话》含有对诗人籍贯、出版诗集或者所收诗作来源的简单介绍，表中不一一标明。其中，朱自清对部分作家仅作上述简单介绍，不涉及诗人艺术风格、创作特色等，表中标明"仅简介"。2. 朱自清所引评语部分，部分标注书籍。如援引朱湘评价胡适，朱自清注释为"《中书集》"。为更清楚地显示朱自清所参考的具体篇目，笔者查阅后在表中标明其具体的文章名及书籍版本信息，书籍版本信息以最早的为准，如"朱湘：《中书集：尝试集》，生活书店1934年版。3. 有些评语，朱自清是直接援引的，未按格式在下方标注。如"北社《新诗年选（一九一九年）》中康白情氏（愚庵）评云……"笔者按统一格式标注出引用的评语及来源。4. 有些评语，朱自清是标明期刊及期号。为准确起见，笔者在表中标注更为完整的信息。5. 对评语及来源，笔者用不同的字体（《诗话》中评语为宋体，评语来源为楷体），以期更显明的展现。6. 除援引他人评语外，朱自清有时也作简单评论，笔者也标注在表中。

由表1-2可见，朱自清对部分作家仅简单介绍生平，没有关于其诗歌风格的评价。《诗话》中引用较多的是诗集的序言，包括自序和他人作的序。此外，胡适、朱湘和沈从文的文章是被引用次数较多的。胡适不仅最早尝试新诗，而且其诗论对康白情、俞平伯等早期新诗人影响较大。朱湘和沈从文的评论，是朱自清引用最多的。朱湘论诗从诗的艺术性着手，认为"'自由诗'与韵诗各自走着它们的道路，（陌生人的误解与自我狂的鄙笑难免存在于它们之间；）它们的目标却同是一个：意境的创造"[①]。

---

① 朱湘：《书评：〈银铃〉》，《青年界》1932年第2卷第4期。

沈从文从自我直观感性印象出发,对诗人诗作作风格批评。虽然朱自清援引他人的较多,但他同时也发论断,由此形成观点的相互支撑、印证。在不援引他人的情况下,朱自清的几条论断,如冯至"叙事诗堪称独步"①,玄庐"《十五娘》是新文学中第一首叙事诗;但嫌词曲调太多"②等。这些在后来的新诗研究中被不断引用,几乎成为不易之论。朱自清撰《诗话》,着重于阐发诗人的诗论、评价其艺术风格和创作特色。

至于如何排列诗人和诗人的诗作,朱自清颇下了一番功夫。对有诗集的诗人,他先查明"集中所见最早时日"③,再据此排列诗人。每一诗人的诗作,大致按时间顺序排列。没有诗集问世的诗人,依据诗作发表时间或写作时间进行排序,并标明诗篇原载刊物及期刊号。例如,没有诗集问世的沈尹默,排在鲁迅和俞平伯之间。《诗集》收录的《三弦》一诗发表于1918年8月15日发行的《新青年》第5卷第2期。鲁迅的诗在其集子中所见最早时间是1918年5月。俞平伯的诗在其诗集中所见最早时间是1918年12月15日。再如左舜生,排在周作人和朱自清之间。《诗集》收录《南京》一诗发表于1920年3月发行的《少年中国》第1卷第9期。俞平伯的诗在集中所见最早时间是1918年12月15日,朱自清的诗在集中所见最早时间是1919年2月29日。尽管朱自清的诗在集子中所见最早时间晚于《南京》发表时间,但《诗集》收录的朱诗中最早一首《不足之感》是作于1920年10月3日的。这一排序标准以时间为根据,与大多数编选者按照主观意图或印象排列诗人和诗作,存在本质上的不同。

第三节 朱自清的编选理念

选本,是编选者按照一定的编选原则与编选理念,选出若干作品编排而成的作品集。对选诗标准,朱自清在《选诗杂记》有一段自述,"为了表现时代起见,我们只能选录那些多少有点儿新东西的诗"④。这"新

---

① 朱自清编选:《中国新文学大系·诗集》,上海良友图书印刷公司1935年版,第28页。
② 朱自清编选:《中国新文学大系·诗集》,上海良友图书印刷公司1935年版,第25页。
③ 朱自清编选:《中国新文学大系·诗集》,上海良友图书印刷公司1935年版,第11页。
④ 朱自清编选:《中国新文学大系·诗集》,上海良友图书印刷公司1935年版,第17页。

东西"是十分含糊的,在理想的选诗标准与实际的选诗操作中,存在极大的空间。从入选诗作来看他的选诗理念,更为贴合实际。

一 选诗注重多样性

朱自清选取的诗作类型是多样的,并不局限于某一类。五四时期,鉴于时代环境黑暗动荡,郑振铎呼吁"血的文学和泪的文学"[①]。朱自清认为,时代需要表现"血与泪"的文学,但"爱与美"的文学同样有并存的价值。前者"虽是'先务之急',却非'只此一家',所以后一种的文学也正有自由发展底余地"。因此,他认可汪静之的诗歌所表露的"洁白的心声",所表现的"少年的气度"[②]。在《诗集》中,朱自清选了汪静之《蕙的风》中的6首诗作。如《伊底眼》一诗,表现陷入热烈爱恋后的情思;《海滨》一诗,描写诗人在沙滩上游玩时看到的自然美景。除这一类"爱与美"的新诗外,表现社会现实的"血与泪"的诗作,朱自清同样也有所收入,如刘复的《饿》《一个小农家的墓》《面包与盐》等。

对有多样风格的诗人,朱自清是较为欣赏的。他认为诗歌艺术风格是诗人个性的表现,人的个性是多方面的,因此,艺术风格也应该是多方面的。但是,由于作家生活环境、情思发展差异和表现力偏差等原因,艺术风格发展受限,很少能拥有多样性的艺术风格。风格专一的作家,能在某一方面有"更深广的发展",但不可避免地导致风格"单调"。朱自清分析俞平伯的诗歌,认为其中既有质实、委婉、周至、活泼、美妙风格的作品,也有激越、缠绵悱恻、哀婉、飘逸之作。这些不同的风格,有繁复、丰富的趣味。[③] 在收录俞平伯诗作时,朱自清选了写景抒情的诗篇,如《孤山听雨》《凄然》等,也选了不少表现儿时追怀、留有天真烂漫气息的诗作,如《忆》中的篇章。朱自清尤为欣赏《忆》的别样风格,

---

① 郑振铎:《血和泪的文学》,《文学旬刊》1921年第6期。
② 朱自清:《〈蕙的风〉序》,朱乔森编:《朱自清全集》(第四卷),江苏教育出版社1990年版,第53页。
③ 参见朱自清《〈冬夜〉序》,朱乔森编《朱自清全集》(第四卷),江苏教育出版社1990年版,第45—51页。

"做这种尝试的,似乎还没有别人"①。

在诗形上,朱自清希望长诗、短诗都能获得发展。小诗盛行之时,朱自清撰文批评粗制滥造的小诗。他分析和对比短诗与长诗的艺术特色,短诗易于"描写一地的景色,一时的情调","表现一刹那的感兴","长诗底好处在能表现情感底发展以及多方面的情感,正和短诗相对待"。针对诗坛盛行短诗而偏废长诗的现状,朱自清提倡长诗。诗人长期写作小诗,容易陷入情感"萎缩""干涸"的境地。因此,朱自清希望有丰富生活经验、情感体验的诗人多作长诗,以调剂诗坛"偏枯的现势"。② 在发表提倡长诗的这篇文章的一年后,朱自清亲自示范,完成长达300行的长诗《毁灭》,在当时颇受赞誉。《诗集》中,朱自清收录了多首长诗,如刘复的《敲冰》、白采的《羸疾者的爱》等。朱自清高度评价白采的长诗《羸疾者的爱》"是这一路诗的压阵大将"③,将它和周作人的《小河》相提并论,认为它们都足以显示新诗的成绩。

朱自清收录诗作,注重写景诗、抒情诗、叙事诗之间的调和。就整体而言,新诗第一个十年,抒情诗占了相当大的比重。《诗集》所收诗歌自然也以抒情诗为主,但同时朱自清收录了不少叙事诗。他认为沈玄庐的"《十五娘》是新文学中第一首叙事诗"④;冯至的"叙事诗堪称独步"⑤。冯至的诗集《昨日之歌》中仅有《吹箫人》《帷幔》《蚕马》和《寺门之前》四首叙事诗,前三首都被选入《诗集》。早期新诗发展受胡适"诗的经验主义"的影响,重白描、轻比兴,忽视想象,写景诗较多。朱自清在选这时期的新诗时,避免收录写景诗过多。如傅斯年的写景诗《深秋永定门晚景》和俞平伯的写景诗《春水船》,朱自清在《纲要》中认为它们以"朴素真实"胜,但在编选《诗集》时,却未收录。

1935年,朱自清在《诗集·导言》中将早期新诗分为三派。一年后,

---

① 朱自清编选:《中国新文学大系·诗集》,上海良友图书印刷公司1935年版,第24页。
② 参见朱自清《短诗与长诗》,朱乔森编《朱自清全集》(第四卷),江苏教育出版社1990年版,第54—56页。
③ 朱自清编选:《中国新文学大系·诗集》,上海良友图书印刷公司1935年版,第4页。
④ 朱自清编选:《中国新文学大系·诗集》,上海良友图书印刷公司1935年版,第25页。
⑤ 朱自清编选:《中国新文学大系·诗集》,上海良友图书印刷公司1935年版,第28页。

朱自清撰写《新诗的进步》，接续《导言》谈新诗。针对诗坛分派，有朋友"说这三派一派比一派强，是在进步着的，《导言》里该指出来。他的话不错，新诗是在进步着的"[1]。但是，朱自清所说的"进步"并非文学上的进步史观中的"进步"，而是新诗在诗艺上是进步的。他主张将诗的定义放宽，秉持兼容并包的态度、多元化的诗歌标准来看待新诗。

二 选诗注重艺术性

朱自清对诗人进行评论时，注重其艺术风格和创作特色。在选诗时，他同样注重诗作的艺术性，倾向于选择形式技巧更臻完美、更具审美感染力的作品。以对胡适诗作的选取为例，朱自清认可胡适在新诗史上的地位以及对早期诗坛的影响。但他援引他人批评胡适新诗，对胡适诗作的审美价值评价不高。《诗集》中收录胡适诗9首，占《诗集》总量的2.3%[2]，远远低于其他早期新诗选本收胡适诗的数量。例如，《新诗年选（一九一九年）》收录胡适诗16首，占总量的19.3%；《分类白话诗选》收录胡适诗36首，占总量的15.5%。与《诗集》中收录的其他诗人相比，胡适的诗作同样不能算入选较多的。《诗集》中选录诗作在9首及以上的诗人除胡适外还有：俞平伯（17首）、周作人（9首）、朱自清（12首）、康白情（13首）、刘大白（14首）、郭沫若（25首）、冰心（18首）、汪静之（14首）、潘漠华（11首）、冯至（11首）、徐玉诺（10首）、何植三（12首）、李金发（19首）、闻一多（29首）、朱湘（10首）、徐志摩（26首）、冯乃超（9首）、蓬子（10首），共计18人。

朱自清选录胡诗，以其新诗艺术上较为成熟的为主，集中于胡适新诗创作的后期。朱自清选胡适的诗作，参考的是《尝试集》初版和增订四版，初版出版于1920年3月，增订四版出版于1922年10月。增订四

---

[1] 朱自清：《新诗的进步》，朱乔森编：《朱自清全集》（第二卷），江苏教育出版社1988年版，第319页。
[2] 据笔者统计，《诗集》收录诗人59家，诗作400首。其中，《诗集》目录标记收录闻一多诗作29首，实收30首。本文标记诗人诗作数目据《诗集》目录，计算诗作总量据《诗集》实际收录。

版之后,《尝试集》有多个版本,基本上是对增订四版的重版,变动不大。从初版到增订四版之间,胡适对《尝试集》进行过三次删改与增添。相比初版,增订四版增加了第三编,都是写于《尝试集》初版之后的诗篇。据此,笔者制作成表1-3,反映朱自清收录的诗作在《尝试集》初版与增订四版中的编排。

表1-3 《诗集》收录胡适诗作在《尝试集》初版与增订四版中的收录情况

《诗集》收录	《尝试集》初版	《尝试集》增订四版
《一念》	第二编	删
《应该》	第二编	第二编,有修改
《一颗星儿》	第二编	第二编
《许怡荪》	无	增添,第三编
《一笑》	无	增添,第三编
《湖上》	无	增添,第三编
《我们的双生日》	无	增添,第三编
《四烈士冢上的没字碑歌》	无	增添,第三编
《晨星篇》	无	增添,第三编

备注:1. 版本信息:《尝试集 初版》,亚东图书馆1920年版。《尝试集 增订四版》,亚东图书馆1922年版。2.《应该》一诗,在初版和增订四版略有不同,《诗集》中收录的是初版本。

由表1-3可知,朱自清收录胡适诗作,以《尝试集》增订四版第三编中的诗作较多,这些诗作都作于1920年8月以后。胡适在国外求学时已开始尝试写作白话诗,《尝试集》初版第一编中收录的即这一时期的诗作,属于胡适早期诗作,朱自清在《诗集》中一首未录。

《诗集》中收录诗作排名前3的诗人分别为:闻一多(29首)、徐志摩(26首)、郭沫若(25首)。《诗集》收录诗人59人,收录诗作400首。朱自清收录这3人诗作共80首,占《诗集》总量的20%。闻一多、徐志摩两人不仅在理论上提倡新诗格律运动,而且在新诗创作上也有所实践。朱自清在《导言》中高度评价《晨报副刊·诗镌》提倡新诗形式探索,并对比徐志摩和闻一多的诗论主张与新诗创作。以《诗集》收录徐志摩诗歌为例,朱自清选取的多是体制不同的诗歌。如以《雪花的快乐》《我有一个恋爱》《我来扬子江边买一把莲蓬》为代表的格律诗,以《常州天宁寺闻礼忏声》为代表的散文体,以《石虎胡同七号》为代表的章韵体，以《谁知道》为代表的对白体，等等。

朱自清对新诗艺术的重视，除表现在他选入某些诗人诗作外，还表现在他不选入某些诗人诗作。以蒋光慈为例，在新文学讲义《纲要》中，他已注意到蒋光慈的革命诗歌。蒋光慈从20年代初开始在报刊上发表新诗，诗集《新梦》《哀中国》分别出版于1925年与1927年。蒋光慈的诗颇受当时激进青年的欢迎，但沈从文对他评价不高，将上述现象归因于蒋光慈的朋友过高评价了其新诗实践，出版商为了书籍销量夸大宣传，作家善于自我标榜，等等。沈从文断言蒋光慈在新诗创作上，是不会走出"诗的新的方向"的。这里"诗的新的方向"是指"把诗要求在喊叫所谓抹布阶级'爬起来，打你的敌方一巴掌'那种情形上面"。[①] 朱自清在《诗集》中未收录蒋光慈诗作。

[①] 沈从文：《我们怎么样去读新诗》，《现代学生（上海1930）》创刊号，1930年10月。

第二章 《中国新文学大系·诗集》的传播与接受

《诗集》自出版进入图书市场面向读者起，就开始了漫长的传播过程。在不同的历史时期，文学史家、研究者从不同的角度解读、研究《诗集》。《诗集》因传播境遇的不同，或受热捧，或遭冷落。其中，出版、教育制度、时代环境等因素，在《诗集》的传播过程中起着重要作用。

第一节 1935—1949年：《诗集》由广受欢迎至逐渐沉寂

1935年，《诗集》出版。尽管此时的时代环境黑暗，但总体而言，国内环境还算安定。约两年后，抗日战争全面爆发，救亡图存成为时代主题。炮火连天的时代，文学研究失去了发展繁荣的基本条件——和平稳定的社会环境。在全面抗战前后，《诗集》的传播面貌呈现出较大的差异。因此，《诗集》在1935年至1949年这一时期的传播也应分为两个阶段，出版后至全面抗战前和抗战后至中华人民共和国成立前。

一 1935—1937年：《大系》的大工程效应

《诗集》出版前后，报纸刊物上都登载有宣传《中国新文学大系》的消息。作为《大系》的编辑，赵家璧同时也负责有关《大系》的宣传事宜。他以良友印刷公司创办的《良友画报》为宣传阵地，在该刊物第103—112期上集中介绍《大系》的主要内容，告知读者预约方式；邀请当时文坛上的大家，如冰心、叶圣陶、林语堂等人，发表对《大系》出版的简单感想。他还编辑了一份宣传《大系》的小册子，夹在文学刊物中，免费赠送给读者，将《大系》出版的消息广而告之。此外，《大系》的编选者们，如胡适、鲁迅、郁达夫等，早已成名，在当时的文学市场上本身就是颇受关注的。由此，《大系》从未出版始，即已开始受到关注。

在当时，众多刊物刊发关于《大系》消息。由傅东华、郑振铎、郁达夫、茅盾、胡愈之等人担任编辑的大型月刊《文学（上海1933）》，发表了姚琪的书报述评《最近的两大工程》，指出"导言"具有"文学史的性质"①。除大型文学刊物外，新办的刊物也应时报告了文学出版界的这一重要事件。如创刊于1935年4月的《小文章》，这份刊物内容涉及小说、诗歌、散文、上海闲话和通俗文学评论等，是一份面向大众的通俗文学读物。在其创刊号上，"国内文坛"板块有一则题为《良友编〈中国新文学大系〉》②的消息，介绍《大系》是由何人所编选的。同样，创刊不久的由文化前哨月刊社编辑的《文化前哨月刊》在"文化情报"栏目，登载《中国新文学大系之内容》，向读者介绍《大系》"为五四以来十年间文艺作品之总汇"③。

不仅有面向社会大众的老牌刊物、新刊物，一些中学校刊也登载了与《大系》相关的消息。河北省省立天津中学校的校刊《津中周报》，除登载教务公告、周会录要、校闻、体育消息、专载、表册择刊、图书报告等内容，还辟有"铃铛阁"一栏，专门登载关于科学、文艺、同学生活、书报介绍以及学术上之文字，该栏目第34期的书报介绍即《大系》，并认为"这真是在新文学运动以来关于史的方面的一颗珍贵的宝石"④。此外，出版于石家庄的中学刊物《正中校刊》，发布了一则"图书馆报告：约定新书，本馆近向良友公司预定中国新文学大系一部，价洋拾六元"⑤。报纸刊物、学校图书馆作为公共传播平台，介绍购买此书，使更多的社会大众、学生群体有机会接触到《中国新文学大系》。

---

① 姚琪：《最近的两大工程》，《文学（上海1933）》1935年第5卷第1期。
② 《良友编〈中国新文学大系〉》，《小文章》1935年第1卷第1期。
③ 《文化情报：〈中国新文学大系〉之内容》，《文化前哨月刊》1935年第1卷第2期。
④ 侯金镜：《书报介绍：〈新文学大系〉》，《津中周刊》1935年第141期。
⑤ 《图书馆报告》，《正中校刊》1935年第31期。

当时报刊上介绍《中国新文学大系》的文章，很多不涉及对《大系》的具体评价。一则，由于《大系》各卷是陆续出版的；二则，即使已出版，评论家们这时未必已对《大系》作细细阅读与研究。以沈从文对《中国新文学大系》的阅读为例，1935 年 5 月，沈从文署名"编者"发表《介绍新文学大系》一文①，和其他介绍宣传《中国新文学大系》出版的消息一样，没有发表自己的观点。但在这一年的 11 月，沈从文署名炯之发表《读〈新文学大系〉》一文，其中不乏见解。对茅盾、鲁迅、郑伯奇、周作人、郁达夫和洪深的编选，他都进行了一番点评。遗憾的是，沈从文当时还没有看到朱自清编选的《诗集》，所以没有也不可能对《诗集》作评价。对编选本，沈从文认为难免会有"个人趣味"夹杂其中。但如果"这种书是有清算整理意思的选本"，那编选者的"个人趣味"必须有所限制，否则，将有损这书的真正价值。他称赞洪深编《戏剧》，"称引他人意见和议论，也比较谨慎"，与其他已出的几本相比，"可算得是最好的一个选本"②。可见，沈从文赞赏编选者称引他人的谨慎作风。朱自清编选《诗集》时，在这方面是尤为注意的。在《诗集》的《导言》和《诗话》中，援引他人观点是随处可见的。

这一时期，《大系》已成为某些新文学教员的参考书目。例如，废名在北大授课，"我为得要讲'现代文艺'这门功课的原故，从别处搬了十大本《中国新文学大系》回来"③。对朱自清编选的《诗集》，废名是相当细致地阅读过的。他曾考据鲁迅新诗《他》，"《新青年》杂志所刊这首诗，原也有错字，但都错得没有意思，一望而知是错字，北社《新诗年选（一九一九年）》选了这一首《他》，将几处错字都改正了。惟原诗'锈铁链子系着'的'锈'字，《新诗年选（一九一九年）》误刊作'绣'，《中国新文学大系·诗集》因之，于时就成了'绣铁链子系着'，这一个错字似乎错得有点意思，我们应该改过来"④。

朱自清编选的《诗集》同样影响了其他新诗编选者。《诗集》之后紧

---

① 沈从文：《介绍〈新文学大系〉》，（天津）《大公报·文艺副刊》1935 年 5 月 5 日第 150 期。
② 沈从文：《读〈新文学大系〉》，（天津）《大公报·文艺》1935 年 11 月 29 日第 51 期。
③ 冯文炳：《谈新诗》，人民文学出版社 1984 年版，第 4 页。
④ 冯文炳：《谈新诗》，人民文学出版社 1984 年版，第 80 页。

跟着出版的两部选本《中国新文学丛刊·诗》和《现代新诗选》，与朱自清编选的《诗集》在收录诗人和诗作上存在相当程度的重合。如笑我编的《现代新诗选》，将新诗分为三期收录，共收诗人46家，其中40家曾被朱自清收录进《诗集》。《现代新诗选》每期所收诗人，与朱自清在《诗集·导言》中的分期相似。如第一期是胡适、刘大白、朱自清、周作人、冰心、潘漠华、冯雪峰、应修人等，第二期是郭沫若、徐志摩、朱湘、闻一多等人，第三期是王独清、李金发、穆木天、戴望舒等人。

二 1937—1949年：战争背景下《诗集》的沉寂

《诗集》出版后一两年，即进入全民族抗日战争时期。新的时代环境给新诗带来了新的发展，"为人民大众而歌"成为这一时期新诗创作和研究的主导取向。郭沫若、艾青、田间、臧克家等诗人创作了大量的抗战诗歌，积极发挥诗的宣传鼓动作用。作为回顾早期新诗发展的《诗集》，在这一时期渐渐沉寂。

《大系》在初出版时受到广泛关注，这与良友图书印刷公司的出版宣传有直接联系。这一时期，受战争、人事关系影响，良友图书印刷公司经历了停业、改组、查封、迁址等变故，其出版实力受到了相当程度上的折损。赵家璧有意续编《大系》的计划因此也破产了，更谈不上重版印刷《大系》了。1946年，日本作家仓石武四郎致信赵家璧，请求翻译《大系》日文版并出版。在获得同意后，仓石武四郎组织翻译《小说一集》并由日本讲谈社出版。但由于美国占领军总司令部下令停止出版，继续翻译出版《大系》日文版的计划夭折。[①] 受战争影响，《诗集》在日本传播几乎毫无可能了。

但值得一提的是，朱自清编选的《诗集》以某种间接的方式影响了某些新文学史写作。1936年4月，由钱公侠、施瑛编选的《中国新文学丛刊·诗》出版。该选本收录的33位诗人，曾被朱自清编选的《诗集》

---

① 参见赵家璧《〈中国新文学大系〉日译本的苦难》，《文坛故旧录：编辑忆旧续集》，生活·读书·新知三联书店1991年版，第420—442页。

所收录；其收录诗作也没有超出《诗集》的收录范围。《中国新文学丛刊·诗》前有一篇编者著的《小引》，将新诗分为三个时期，不立时期之名，仅举几个重要诗人做代表。文中对新诗每一时期特征的描述，无一不出自朱自清所撰《诗集·导言》中的论断。《中国新文学丛刊·诗》简直是一本规模缩小版的《诗集》。

受《诗集》影响的新诗选本《中国新文学丛刊·诗》，在这一时期影响了李一鸣的新诗史写作。李一鸣的《中国新文学史讲话》在新诗的分期以及对新诗人的论述上，很大程度上参考了《中国新文学丛刊·诗》。首先，关于新诗分期，《中国新文学丛刊·诗》的论述如下：

> 从新文艺运动到现在，新诗的时期，各家分类不一。饶孟侃曾在某一次演讲中，把它分成三个时期，以冰心、郭沫若、徐志摩各为三期的代表，很受了一番攻击。赵景深在《现代诗选》里，分为五个时期，即"草创""无韵诗""小诗""西洋律体诗""象征派"也未见中肯。良友的《中国新文学大系诗集》由朱自清编选，在导言里分为"自由诗""格律诗""象征诗"三派，他自己说也是很勉强的。本来，历史像一条不断的河流一样，决不能举刀断水，硬要分成几个时代；就是同一个作者，他创作的时代有先后，创作的风格因之有歧异，也不能硬把他归入那一个时期或那一派作品，所以分期和分派，是很勉强的工作。但为读者的便利计，我们也来分说一下，可是不立时期之名，也只举几个重要的诗人作代表。①

《中国新文学史讲话》的论述如下：

> 这二十年的历史，各家分期不一：有的分为三个时期，以冰心、郭沫若、徐志摩各为三期的代表；有的分为五个时期，草创时期、无韵时期、小诗时期、西洋律诗时期、象征诗时期；有的分为自由

---

① 钱公侠、施瑛编：《中国新文学研究丛刊·诗·小引》第三版，启明书局1936年版，第2页。

诗、格律诗、象征诗三派。这些分期，不用说都很勉强。本来，历史像一条滔滔的河流一样，决不能举刀断水，硬要分成几个时期。但是为叙述的便利计，我们又不得不分期来说。这里斟酌诸家的意见，试把这二十年的诗的历史分作三段，也就是第一、第二、第三的三个时期，但不立时期之名；只把这时期的作风撮要一述，并举几个重要的诗人作代表。①

其次，关于新诗人的评价，《中国新文学丛刊·诗》对康白情、俞平伯、周作人、朱自清的论述如下：

> 康白情著有《草儿》，他的新诗，浅露而颇像说话，在描写方面，却可以算成功者。相反的是俞平伯，常爱把精深的哲理，混到诗句里去，反把有些好诗埋没了。
> ……
> 周作人的诗，可以说纯粹是散文，和旧诗词简直风马牛不相及，这是初期里最有特色的一位。朱自清的诗，抒情写景，全靠他善用叠字和对句上面。②

《中国新文学史讲话》的论述如下：

> 康白情著有《草儿》，他的新诗，浅露而颇像说话，意境不深，在白描方面，却可以算成功者。相反的是俞平伯，他著有《冬夜》《西还》《忆》等诗集，常爱把哲理混到诗中去，反把有些好诗埋没了；俞平伯的诗全然是中国旧式文人的新诗，虽然形式上是极自由的。朱自清的诗，抒情写景，全靠他善用叠字和对句上面；他跟俞平伯一样，在精神上是中国旧式文人的诗，不过比俞要清丽得多。③

---

① 李一鸣：《中国新文学史讲话》，世界书局1943年版，第47页。
② 钱公侠、施瑛编：《中国新文学研究丛刊·诗·小引》第三版，启明书局1936年版，第4页。
③ 李一鸣：《中国新文学史讲话》，世界书局1943年版，第53页。

> 周作人是散文家,他的诗简直就是他流利的散文;在初期诗人中,他不愧是别树一帜呢。①

朱自清在《诗集·导言》中,将十年来的诗坛"强立名目"分为三派,并介绍每一流派的代表诗人和诗论等。《中国新文学丛刊·诗》参考借鉴《诗集》,同样采取介绍新诗发展与诗选相结合的方式。李一鸣的《中国新文学史讲话》在叙述新诗发展时,参考《中国新文学丛刊·诗》的《小引》,分期介绍代表诗人。《诗集》在传播中,经由《中国新文学丛刊·诗》传递影响至《中国新文学史讲话》。在这种影响的流变中,朱自清所描述的新诗发展概貌获得了一定程度上的认可。

第二节　1949—1979 年:《诗集》与新诗史的建构

从总体上看,中华人民共和国成立至 70 年代末这一时期的文学受时代环境影响。中华人民共和国成立后至"文革"开始前,文学尚有一定的发展空间,文学研究按照相关要求在进行,《诗集》尚有阅读、传播的空间。但到了"文革"开始后,文教系统受到极大的冲击,《诗集》的传播几乎停滞。

一　《诗集》进入教育系统传播

中华人民共和国成立后,借助于政府统一实施的教育制度,《诗集》得以进入教育系统传播。1950 年,教育部规定"中国新文学史"为各大高校的一门主要课程。为指导全国各大高校编撰符合时代要求的文学史教材,教育部组织李何林、蔡仪、老舍、王瑶编撰了一份《〈中国新文学史〉教学大纲(初稿)》(以下简称《教学大纲》)②,印发全国各高校。《教学大纲》文末列有由王瑶起草的"教员参考书举要",《中国新文学

---

① 李一鸣:《中国新文学史讲话》,世界书局 1943 年版,第 55 页。
② 王瑶:《王瑶文集　第 7 卷》,北岳文艺出版社 1995 年版,第 483—493 页。

大系》排首位。这份《教学大纲》对后来的文学史写作具有重要影响，《大系》随之成为全国教员教学参考用书。

在《教学大纲》颁布前，王瑶已开始写作《中国新文学史稿》。该书上册于1951年9月出版，讲述1919年至1937年新文学发展的历史，是新中国第一部新文学史教材。王瑶在清华读书时曾师从朱自清，在治文学史上深受朱自清影响。《中国新文学史稿》在体例上继承朱自清的《中国新文学研究纲要》（以下简称《纲要》），将新文学分为四期，每期为一编，每编内有五章，论述这一期的文学运动、小说、诗歌、散文、戏剧的发展。王瑶曾评论《纲要》的体例是"恰当"的，它注重文学创作成果的艺术成就与社会影响，立足丰富的文学现象，"探讨各类作品产生和发展的社会原因和历史经验"。而他对文学史任务的理解，恰恰是"通过重要的文学现象来阐明文学发展的规律"[1]。这解释了王瑶在写作文学史时承袭朱自清《纲要》体例的原因。在新诗史写作部分，王瑶更是充分地参考了《诗集》。《中国新文学史稿》的第一期为1919年至1927年，第一章是总论"从文学革命到革命文学"，以下四章分论新诗、小说、戏剧和散文。新诗部分题为"觉醒了的歌唱"，分为四部分："正视人生""《女神》及其他""反抗及憧憬"和"形式的追求"。"正视人生"评述早期新诗，包括胡适、李大钊、陈独秀、刘半农、朱自清、俞平伯、王统照、湖畔诗人、周作人、冰心等。除李大钊和陈独秀，其他诗人都不出《诗集》范围。王瑶将陈独秀和李大钊作为诗人选入文学史，列举诗作《山中即景》《丁巳除夕歌》，认为他们作诗是"为了建设文学革命的事业"[2]。这一学术判断，与王瑶对新文学史性质的认识密不可分，即新文学史是"中国新民主主义革命史的一部分"[3]。此外，王瑶多次引用朱自清在《诗集》中的论断。如提到湖畔诗人时，王瑶认为"朱自清氏对于他们作风的扼要的评语，是极精到的"[4]。王瑶对一些诗人述评的用语，

---

[1] 王瑶：《先驱者的足迹——读朱自清先生遗稿〈中国新文学研究纲要〉》，《文艺论丛（第十四辑）》，上海文艺出版社1982年版，第51页。
[2] 王瑶：《中国新文学史稿》，上海文艺出版社1982年版，第69页。
[3] 王瑶：《中国新文学史稿》，上海文艺出版社1982年版，第6页。
[4] 王瑶：《中国新文学史稿》，上海文艺出版社1982年版，第74页。

与朱自清几乎一样。例如，提到郭沫若时，"在五四新诗发展中间，郭沫若的诗歌创作有如异军突起"①；提到冯至，"长篇叙事诗尤称独步"；②提到胡适的《谈新诗》，"这些主张在当时的影响很大，好多人都是如此的做诗"③；提到李金发，直接引用朱自清对李金发的评价，并认为"这批评是很客观中肯的"④。《中国新文学史稿》被众多高校作为教材使用，影响广泛。

由于这时期的教育制度以及《中国新文学史稿》在高校内的巨大影响力，《诗集》得以进入教育系统，开始面向教师与学生广泛传播。

二 对新诗史叙事的影响

50 年代出版的文学史著作，除王瑶的《中国新文学史稿》外，还有蔡仪的《中国新文学史讲话》、丁易的《中国现代文学史略》、张毕来的《新文学史纲 第一卷》、刘绶松的《中国新文学史初稿》。以 1951 年 7 月教育部颁发的《〈中国新文学史〉教学大纲（初稿）》为标志，其后的文学研究越来越偏离学术研究所要求的客观、公正。同年，在王瑶的《中国新文学史稿（上册）》座谈会上，这本书受到猛烈批判。王瑶多次就此作检讨，他将错误的根源归于立场观点上的"客观主义"⑤。而学术研究的客观立场，正是朱自清编选的《诗集》为人所称赞的重要品质。

1952 年，蔡仪的《中国新文学史讲话》（以下简称《讲话》）出版。《讲话》分六讲，其中部分主题与《〈中国新文学史〉教学大纲（初稿）》的绪论部分题目相同。《讲话》想要通过考察新文学史的性质、新文学运动的发生和发展等问题，把握新文学的概貌，进一步揭示《在延安文艺

---

① 王瑶：《中国新文学史稿》，上海文艺出版社 1982 年版，第 76 页。
② 王瑶：《中国新文学史稿》，上海文艺出版社 1982 年版，第 95 页。
③ 王瑶：《中国新文学史稿》，上海文艺出版社 1982 年版，第 71 页。
④ 王瑶：《中国新文学史稿》，上海文艺出版社 1982 年版，第 93 页。
⑤ 王瑶：《从错误中汲取教训》，《王瑶文集 第 7 卷》，北岳文艺出版社 1995 年版，第 512 页。

座谈会上的讲话》的重要性。①《中国新文学史讲话》不涉及评述作家作品部分,"严格讲不能算史著,只能是史著的绪论"②。丁易的《中国现代文学史略》(以下简称《史略》)和张毕来的《新文学史纲 第一卷》(以下简称《史纲》),是王瑶的《中国新文学史稿》之后的两部新文学史。《史略》和《史纲》重视文学与政治的关系,将新文学的发展描述成是由革命运动、政治运动推动形成的,文学自身的发展被忽略。丁易指出,中国现代文学运动与新民主主义革命运动"血肉相连",并且,前者是后者的一部分。③张毕来则认为,当时的社会思想特点"规定"新文学的内容与形式。④ 他们根据作家的政治倾向、作品的思想内容,来为作家贴上革命、进步、没落、反动等标签。这与朱自清在《诗集》中注重新诗自身的发展的观点,存在本质上的对立。但上述文学史著作在涉及对诗人诗作进行艺术评价时,又不自觉沿用或借鉴朱自清在《诗集》中的分析。例如,丁易的《史略》批评五四时期的青年反抗旧礼教、主张婚姻自由,是"对个人主义恋爱的追求和赞美,并不是一种健康的思想感情"。他列举湖畔诗人诗歌合集与汪静之的《蕙的风》和《寂寞的国》,"都是大胆的坦白的写出了青年恋爱心理"⑤。丁易批评"新月派"的政治态度和文学主张是反动的,但也承认徐志摩和闻一多的一部分诗,"形式上的确是做到了:章法整饬,音节响亮,词藻别致,处处都显得独具匠心"⑥。

《中国新文学史初稿》是一本具有代表性的新文学史著作,该书于1956年出版,被认定为高等院校文科教材。刘绶松写作时,将《诗集》作为参照。《中国新文学史初稿》中对一些诗人评价的角度、表述与论断,往往与《诗集》是对立的。例如,朱自清在《诗集·导言》开篇即

---

① 蔡仪:《中国新文学史讲话·序》,《中国新文学史讲话》,新文艺出版社1952年版,第1页。
② 黄修己、刘卫国主编:《中国现代文学研究史 下》,广东人民出版社2008年版,第537页。
③ 丁易:《中国现代文学史略·绪论》,丁易:《中国现代文学史略》,作家出版社1955年版,第2页。
④ 张毕来:《新文学史纲 第一卷》,作家出版社1955年版,第1页。
⑤ 丁易:《中国现代文学史略》,作家出版社1955年版,第252页。
⑥ 丁易:《中国现代文学史略》,作家出版社1955年版,第252、289页。

谈胡适"是第一个'尝试'新诗的人",《尝试集》是"我们第一部新诗集"①。刘绶松认为《女神》是"新诗的奠基作",郭沫若"虽然不是中国第一个写新诗的人,但他却是中国第一个新诗人"②。对胡适的介绍与评价,朱自清着重于他的诗论对早期新诗的影响;刘绶松则认为胡适的新诗创作"主要是诗体改良方面的尝试",尽管在内容上宣扬个性主义、个人自由,但是带有"浓厚的属于没落阶级的腐旧的意境和情调",形式上则很像"缠过脚后来放大了的妇人"的"放脚鞋样"③。对郭沫若的介绍与评价,朱自清着重于其新诗观和新诗艺术特色;刘绶松着重于郭沫若诗作的思想价值,如他认为《女神》的意义和价值"在于它所体现和代表的作者的思想,是与时代共同着脉搏,与人民共同着忧乐的,达到了前所未有的深度和广度"④。朱自清谈郭沫若的新诗,引用闻一多和朱湘的文章;刘绶松谈郭沫若的新诗,同样也引用了闻一多的文章,且两者都看重郭沫若新诗中所表现的"二十世纪底时代的精神",但维度是不一样的。朱自清在《诗集》中说:"至于动的和反抗的精神,在静的忍耐的文明里,不用说,更是没有过的。"⑤ 刘绶松说:"作为一个革命的民主主义者,郭沫若以他的诗集《女神》,体现了时代的精神和人民的呼声。"⑥ 前者将"时代精神"认定为"动的反抗的",并认为它在中国从古至今的文明里都是稀缺的,是新诗乃至新时代中的"新东西";后者从革命、政治的角度去理解"时代精神",认为它代表了人民对旧社会的不满。

这一时期,《诗集》在大陆借助教育制度进入教育系统,成为文学史家写作时的参考书目。但是,《诗集》对文学史家新诗史叙事的影响不在文学史观念层面,而在对部分具体作家作品的艺术赏析层面。

中华人民共和国成立后,国内环境稳定,为《大系》的海外传播提供了良好条件。50年代初,海外华人学者夏志清在计划写一部现代文学史前,

---

① 朱自清编选:《中国新文学大系·诗集》,上海良友图书印刷公司1935年版,第1页。
② 刘绶松:《中国新文学史初稿》,人民文学出版社1979年版,第52页。
③ 刘绶松:《中国新文学史初稿》,人民文学出版社1979年版,第58页。
④ 刘绶松:《中国新文学史初稿》,人民文学出版社1979年版,第54页。
⑤ 朱自清编选:《中国新文学大系·诗集》,上海良友图书印刷公司1935年版,第5页。
⑥ 刘绶松:《中国新文学史初稿》,人民文学出版社1979年版,第56页。

将《中国新文学大系》前九卷都找来"一字不放过地读了"。他阅读《诗集》的感受则是,"那一册读来实在不对胃口"①。1962年,香港影印出版了《中国新文学大系(1917—1927)》。司马长风评道:"在作品的编选方面,第八集朱自清编选的新诗最好。不但选的比较周到和公平,而且在前面编了'诗话',搜集了对各家诗作的短评,并介绍了诗人的简历。"②

"文革"期间,大量书籍遭焚毁,《诗集》的进一步传播几乎停滞。赵家璧因写过有关编辑《大系》的回忆性文章,受到批判。1977年新时期伊始,"文革"结束后,赵家璧对此事仍然"惊魂未定"。他否定这套书的价值,自我检讨编辑《大系》时的思想是错误的,没有认识到新文学是由无产阶级领导的,不应该让胡适参与《大系》编选工作。③ 1979年,臧克家在一次大会上发言,回忆"文革"时期"四人帮"打断文化传统,禁止书籍出版,导致研究新诗的学者没有书籍可读。其中,当然也包括《中国新文学大系》。④

第三节　1979年以来:《诗集》的重印与研究

改革开放后,社会从经济到文教各领域都开始全面复苏。稳定的时代环境,给了《诗集》广泛传播的肥沃土壤。尤其是90年代以来,独立的个人性的文学研究逐渐多了起来,为有关《诗集》的研究打开了新局面。

一　1979—1990年:《诗集》的再发现与受重视

《诗集》在这一期的广泛传播,首先得益于它再次面向社会大规模

---

① 夏志清:《中国现代小说史·中译本序》,复旦大学出版社2005年版,第7页。
② 司马长风:《新文学丛谈》,昭明出版社1975年版,第112页。
③ 参见赵家璧《从一段鲁迅佚文所想到的——回忆鲁迅编选〈中国新文学大系〉〈小说二集〉》,《山东师院学报》(社会科学版)1977年第5期。
④ 参见臧克家《新的长征路万千　诗人兴会更无前——在全国诗歌座谈会上的发言》,《臧克家全集　第12卷》,时代文艺出版社2002年版,第415页。

的影印出版。70年代末，一则关于《中国新文学大系》影印出版的信息刊登在《中国现代文艺资料丛刊》上。抗日战争以来的战火焚毁和"文革"时期"四人帮"的破坏，导致现存的《大系》很少。由于此书在现代文学教学与研究中起着重要作用，上海文艺出版社决定将这部书"全部照原本陆续影印出版，由新华书店与上海书店内部发行"①。书籍作为研究资料内部发行，早在20世纪五六十年代已经实行。受当时政治意识形态影响，一些被定性为"资产阶级文艺"书籍，往往会被删节、改动到"变体鳞伤""惨不忍睹"。②利用技术手段影印原书出版，能有效避免这一现象的出现，还原书籍最初历史样貌。但是内部出版——小范围的出版传播，无疑会使《大系》的传播效果大打折扣。而《大系》的重要性，对显示新文学成绩和保存史料的价值，在这则简讯中，已有申明。赵家璧得知后，写信给丁景唐，将《大系》内部影印发行的消息告知他。丁景唐收到信后，去找赵家璧当面商议这件事。随后，在两人的争取下，《大系》得以公开发行，印数在13000册到24000册。③

再一次的大规模出版使《诗集》有机会和新时期的读者见面，而老一辈诗人蹇先艾的回忆在佐证《诗集》历史功绩的同时，评价朱自清编选认真，《诗集》"不失为一篇介绍简明，品评分析比较公允、适当的重要论文"④，至今仍有研究的价值。蹇先艾曾在《晨报副刊·诗镌》上发表过诗作，《诗集》收录其诗作《春晓》《雨夜游龙潭》。蹇人毅在一篇回忆父亲蹇先艾的文章中，以不无骄傲的语气提起过这件事情。⑤

---

① 曹新：《〈中国新文学大系〉今年起陆续影印出版》，《中国现代文艺资料丛刊 第四辑》，上海文艺出版社1979年版，第449页。
② 严家炎：《世纪的足音》，作家出版社1996年版，第297页。
③ 参见丁景唐《怀念赵家璧同志》，《犹恋风流纸墨香——六十年文集》，上海文艺出版社2004年版，第661页。
④ 蹇先艾：《再话〈晨报诗镌〉》，《新文学史料》1979年第5期。
⑤ 参见蹇人毅《微星耿耿 不暗不灭——纪念父亲蹇先艾诞辰110周岁》，陈思和、王德威主编《史料与阐释 总第五期》，复旦大学出版社2017年版，第248页。"朱自清先生在编选《中国新文学大系·诗集》时，还特别选用了父亲的诗《春晓》《雨夜游龙潭》。"

"改革开放"后的70年代末期,学术研究开始逐渐走向正轨。国家恢复高考制度,高校重新开始招生,高校教学需要面向新时代的文学史教材。此时,由于资料和学者知识储备等原因,尚无学者能独立承担该重任,出现了高校教研室联合编写资料与教材的高潮。以教材为例,如1978年,有复旦大学中文系编写的《中国现代文学史》、吉林师范大学中文系编写的《中国现代文学史》等;此后至1981年,山东省教育学院编写的、中南地区七院校协作编写的现代文学史教材相继出版。在这一时期编写的教材中,频繁援引《诗集》。如刘元树主编的《中国现代文学史新编》谈到早期新诗的特点之一,即"向外国诗人诗作借鉴。朱自清在《中国新文学大系·诗集·导言》中说:'最大的影响是外国的影响'"[①]。面向学生更广的大学语文教材,同样如此。我国高校的大学语文课程几经沉浮,20世纪三四十年代,一些大学为大一学生开设国文课。50年代,国内高校院系调整时,这门课程中断。1978年后,大学语文得以重新进入大学课堂,在80年代进入一个发展的高潮后又开始式微。目前,一些高职高专、成人教育院校还开设这一课程。高尚贤编著的《大学语文》,收胡适新诗《一念》,并对这首诗作高度评价:思路开阔;材料选取具有科学性和形象性;音节自然和谐,具有音乐节奏感;等等。他认为,朱自清在编选《诗集》时,将此诗置于卷首,是"深具艺术鉴赏眼光的"[②]。肯定朱自清在编选《诗集》中所体现出来的艺术眼光。

众多由高校教研室编写的资料也是高频次引用《诗集》,使《诗集》重新开始了面向教员与学生的传播。如南京师范学院学报编辑部中文系编辑的《文教资料简报》中《关于〈晨报诗刊〉》一文,引用朱自清对早期新诗分期的论断。[③] 上海教育学院中文系编《中国现代作家作品选》,收录李金发的《弃妇》,认为他的"不少作品充满了奇幻晦涩的意象和神秘朦胧的情调,引起当时诗坛的注意,也发生过不少争论,朱自清说他

---

① 十四院校编委会:《中国现代文学史新编》,云南教育出版社1989年版,第60页。
② 高尚贤编著:《大学语文》,对外经济贸易大学出版社2005年版,第183页。
③ 参见南京师范学院学报编辑部中文系资料室编《文教资料简报 总第104期》,南京师范学院学报编辑部中文系资料室,1980年,第72页。

是把法国象征派诗歌手法'介绍到中国诗里'的'第一个人'(《〈中国新文学大系·诗集〉导言》)"①。

中学教材和教师用书在篇目选择和诗人评价上,也受到《诗集》的影响。人民教育出版社出版的初级中学教材中有一篇课文《冰心传略》,配套的教师教学用书援引的有关冰心的资料,全都来自《中国新文学大系》。朱自清在《诗集·导言》和《诗话》中关于冰心的评述,被摘录下来。②给中学生编写的《文学作品选读》中,收录的12首现代诗歌,其中新诗第一个十年中已走上诗坛的作家郭沫若、刘半农、闻一多、戴望舒四人的诗作都曾被朱自清收进《诗集》。③

80年代后出版的一些关于新诗的普及性的辞典类书籍,对朱自清编选的《诗集》也有较高评价。如陈绍伟在《诗歌辞典》中,评价朱自清"主编《中国新文学大系·诗集》,对新诗发展有重要作用"④。黄邦君和邹建军合编的《中国新诗大辞典》在介绍朱自清的生平和作品集后,评价"《中国新文学大系(1917—1927)诗集·导言》一文在诗论史上占有重要地位"⑤。童一秋主编的《语文大辞典作文卷》收录《〈中国新文学大系·诗集〉导言》一文,并作高度评价,"这篇导言,对于研究我国新诗发展史,具有重要意义"⑥。不仅是《诗集·导言》受到广泛肯定,《诗集》的编排体例,同样为人所注意。"诗选前有编者撰写的《导言》、《诗选杂记》和辑录的《编选用诗集及期刊目录》、《诗话》。本书编选严谨,是研究早期新诗的重要选本。"⑦

---

① 上海教育学院编:《中国现代作家作品选(中册)》,福建人民教育出版社1980年版,第414页。
② 参见人民教育出版社语文一室编著《九年义务教育三年制初级中学语文第六册 教师教学用书》,人民教育出版社1995年版,第73页。
③ 参见人民教育出版社中学语文室编著《文学作品选读 上》,人民教育出版社2004年版,第2页。
④ 陈绍伟:《诗歌辞典》,花城出版社1986年版,第133页。
⑤ 黄邦君、邹建军编著:《中国新诗大辞典》,时代文艺出版社1988年版,第174页。
⑥ 童一秋主编:《语文大辞海 作文卷》,黑龙江人民出版社2002年版,第499页。
⑦ 陈绍伟:《诗歌辞典》,花城出版社1986年版,第266页。

二 1990年至今:《诗集》研究走向深化

80年代末至今,个人性的文学史写作呈现出繁荣局面,如唐弢撰写的《中国现代文学史简编》、黄修己撰写的《中国现代文学简史》《中国现代文学发展史》、钱理群等人合著的《中国现代文学三十年》、20世纪和21世纪之交出版的孔范今主编的《二十世纪中国文学史》、黄修己主编的《20世纪中国文学史》、朱栋霖等主编的《中国现代文学史:1917—1997》等。这一期文学史研究的繁荣不仅表现在文学史著作的出版数量上,更表现在新的学术视角的出现上。如钱理群等人认为现代文学三十年是20世纪中国文学的一期,而20世纪的中国文学是"改造民族灵魂"的文学。朱栋霖等认为现代文学是20世纪中国文学的一部分,是在社会"获得现代性的长期、复杂的过程中形成的"①。文学与启蒙、文学的现代性成为关注点,文学史书写中对文学史实以及作家、诗人艺术特色的重视得到恢复。

尽管上述文学著作的历史叙事呈现出与20世纪五六十年代以及80年代初期不同的面貌,但在参考、援引《诗集》这一点上,比以往的文学史著作更甚。例如,钱理群等人在《中国现代文学三十年》中认为胡适的新诗理论"成为'五四'新诗运动的重要指导思想,产生了极大影响"。同时,《中国现代文学三十年》直接引用朱自清语"这是欧化,但不如说是现代化",证明新诗出现与发展的实质是文学现代化的表现。②朱栋霖等主编的《中国现代文学史:1917—1997》中有类似表述,"朱自清指出,照中国诗发展的旧路,新诗该出于歌谣。但是新诗不敢取法于歌谣,最主要的原因还是外国的影响。这是欧化,但不如说是现代化,'迎头赶上'的缘故"③。50年代的新诗历史叙事简明,着重突出郭沫若等诗人。而这一期的新诗历史叙事丰富繁盛,论及的诗人相比50年代增

---

① 朱栋霖等主编:《中国现代文学史:1917—1997》上册,高等教育出版社1999年版,第3页。
② 钱理群等:《中国现代文学三十年》,上海文艺出版社1987年版,第153页。
③ 朱栋霖等主编:《中国现代文学史:1917—1997》上册,高等教育出版社1999年版,第76页。

多，但不出朱自清在《诗集》中收录诗人的范围，如朱栋霖等主编的《中国现代文学史：1917—1997》中20年代的新诗人。

新诗历史叙事不仅出现在文学史著作中，而且出现在专门的新诗研究著作中。如陆耀东的《中国新诗史》、赵敏俐主编的《中国诗歌史通论》、张新的《20世纪中国新诗史》、祝宽的《五四新诗史》等。相比朱自清编选的《诗集》，上述著作在新诗研究上都更加细致、深入，但都在文本里回应了朱自清编选的《诗集》。如陆耀东引用朱自清对以汪静之为代表的"五四"情诗的论断，同时也认为"这种大胆的'告白'是'五四'情诗的主流诗风，也是胡适、朱自清这些新诗提倡者们最为珍视和推崇的品格"①。

随着新诗以及新诗研究的发展，新诗选本层出不穷。其中，21世纪以来具有相当分量的新诗选本——谢冕主编的《中国新诗总系》，"完全可以看作是向《大系》的致敬之作"②。新诗第一个十年的编选者姜涛，在导言《新诗的发生及活力的展开》中，也在一定程度上回应了朱自清编选的《诗集》。姜涛认为，黄遵宪、梁启超等人倡导的"诗界革命"，"'以旧风格含新意境'的做法并未打破古典诗歌的基本规范，'诗界革命'的终点构成了新诗发生的起点，这已经成为学界的一般看法"。在这里，他引用朱自清在《诗集·导言》中的论断："这场'革命'虽然失败了，但对于民七的新诗运动，在观念上，不是方法上，却给予很大的影响"，与自己的论断相互支撑、相互印证。③ 姜涛编选《中国新诗总系（1917—1927）》的21世纪初距离朱自清编选《诗集》的1935年，已经过去了约八十年的时间。但是，学者、研究者们在谈及《诗集》时，总有经典常读常新的感慨。正如新诗研究者王泽龙所说："我们每次重读他的导言，都有新的感受。"④ 姜涛也有类似的阅读感受，"就拿朱自清的《中国新文学大系·诗集·导言》来说，这篇文章以前读过多遍，印象有深有

---

① 陆耀东：《中国新诗史（1916—1949）·第三卷》，长江文艺出版社2005年版，第293页。
② 李润霞：《〈中国新诗总系〉的编选原则与史料问题》，《文艺争鸣》2011年第11期。
③ 姜涛：《中国新诗总系（1917—1927）·导言》，谢冕总主编：《中国新诗总系（1917—1927）》，人民文学出版社2010年版，第1页。
④ 王泽龙：《〈中国新诗总系〉的经典意识》，《文艺争鸣》2011年第11期。

浅。这次轮到自己上阵,再来细读,才觉得文章写得真好,一字一句,都概括得准确,勾画得有力,所以忍不住多次引述,还结合自己的思考,发了一通感慨、议论。假使不能足够'创新',能这样与前人展开一些对话,我其实已经知足了"[1]。

这一时期,在经过一定时间的积淀后,学者的个人研究起步,对《诗集》的研究日益深化。《诗集》由被大规模引用,走向逐步敞开其更深刻的历史价值。其中,从新诗史建构的角度对《诗集》进行研究的是最多的。如陈平原的《学术史上的"现代文学"》一文,他将毛泽东的《新民主主义论》和《中国新文学大系》并论,认为两者对"中国现代文学"的学科建设有决定性的作用。后者专注文学自身发展,其表现的对新诗艺术性的重视和有关诗人诗作的审美性论断,至今仍然有相当的研究价值。[2] 杨义则指出《大系》"把选家之学转变为文学史家之学",《大系》各卷导言深刻影响了后来的文学史写作。他评价朱自清:"在《诗歌集》导言中却置身旁处,对之作静观的评判。"[3] 温儒敏从现代文学学科史建构的角度来探讨《大系》的价值,及其对文学写作的巨大影响。他在逐一论述《大系》各卷编选者的编选特色后,认为朱自清编《诗集》"非常注重文学史现象的勾勒与文学历史现象的浮现",真正是文学史家的常用手法;同时,朱自清在"在史的评述中所引发的理论联想,是很吸引人的"[4]。黄修己、刘卫国主编的《中国现代文学研究史》一书,梳理从"五四"到21世纪以来的近九十年的现代文学研究。他们认为《大系》各卷的《导言》,"有其不可比拟的学术价值",《大系》对新文学作品的筛选的过程"也是确立评价标准的过程,新文学史构建的规则正是在这一过程中逐渐形成的"[5],朱自清的《诗集·导言》"明显地带有十

---

[1] 姜涛:《中国新诗总系(1917—1927)·后记》,谢冕总主编:《中国新诗总系(1917—1927)》,人民文学出版社2010年版,第682页。
[2] 陈平原:《学术史上的"现代文学"》,《中国现代文学研究丛刊》1997年第1期。
[3] 杨义:《新文学开创史的自我证明——为〈中国新文学大系导言集〉所作导言》,《文艺研究》1999年第5期。
[4] 温儒敏:《论〈中国新文学大系〉的学科史价值》,《文学评论》2001年第3期。
[5] 黄修己、刘卫国主编:《中国现代文学研究史 上》,广东人民出版社2008年版,第307页。

年新诗史的特色"①。

  另外,学者对《诗集》的研究和评价走向多元,反思和理性探讨贯穿其中。罗岗认为,《大系》通过"精心撰写的'导言',细致编排的作品、史料,以及颇具权威性的编选者",共同解释了新文学的发生,并深刻地影响了后来的文学史写作。《大系》通过控制"时间",将新文学史"自然化",导致其自身"丧失了活力,丧失了与现实对话的能力"②。刘勇从谱系研究的角度出发,指出《大系》的收录情况较多体现编选者的个性和思想艺术倾向。以《诗集》的编选为例,由于《凤凰涅槃》不符合编选者朱自清对新诗的审美倾向,未能入选《诗集》,而这首诗在后来的文学史著作中是被充分强调的名篇。③ 杨义认为《大系》诸《导言》是"以五四标准评析五四",现代读者应改变以往的评价标准,以合乎21世纪的眼光来看待《大系》,吸收其精华,超越其局限。④ 由此可见,90年代以来,随着外国文学思潮的引入,对《诗集》研究着重于从不同视角反思其价值与局限。

---

① 黄修己、刘卫国主编:《中国现代文学研究史　上》,广东人民出版社 2008 年版,第 317 页。
② 罗岗:《解释历史的力量——现代"文学"的确立与〈中国新文学大系(1917-1927)〉的出版》,《开放时代》2001 年第 5 期。
③ 刘勇:《关于 20 世纪中国文学谱系研究的思考——兼论〈中国新文学大系(1917-1927)〉的历史价值与现实意义》,《北京师范大学学报》(社会科学版)2013 年第 1 期。
④ 杨义:《新文学开创史的自我证明——为〈中国新文学大系导言集〉所作导言》,《文艺研究》1999 年第 5 期。

第三章 《中国新文学大系·诗集》经典叙事的生成

时至今日，由于时代审美标准的变迁等因素，已经很少有人关注《诗集》收录诗作部分。相比而言，《诗集》的《导言》部分具有更加持久的生命力。《导言》部分作为叙事文本，从收集、组织材料到遣词造句，无不体现着朱自清的新诗观、新诗史书写的理念。

第一节 从《纲要》到《诗集》：叙事框架与叙事策略

朱自清在《诗集·选诗杂记》中，多次提到他的讲义。他编选《诗集》，即以新文学研究课程讲义《纲要》作底。分析朱自清是如何以《纲要》作底编选《诗集》，对破解《诗集》叙事文本的生成具有重要意义。朱自清在世时，没有将《纲要》撰写成书稿公开发表的计划。[1] 80年代初，《纲要》经赵园整理后发表于1982年的《文艺论丛》（第十四辑），后附一篇《整理工作说明》。[2]《纲要》分总论和分论两部分，总论部分以新文学的发生与发展为主，分论部分以各文学种类为主，本文所论的主要是"诗"这一章。

一 叙事框架的调整和转变

朱自清编选《诗集》时，参考《纲要》，主要是对《纲要》中新诗

---

[1] 参见袁洪权《"新文学讲义"的命运与〈中国新文学大系〉诗集卷的生产——九月十八日朱自清致叶圣陶信件考释为中心》，《玉溪师范学院学报》2016年第10期。

[2] 本文依据朱自清《中国新文学研究纲要》，《文艺论丛》（第十四辑），上海文艺出版社1982年版，第1—47页。

创作与诗论材料的参考。如"初期的诗论"中的"胡适的诗论"和"郭沫若的诗论","新韵律运动"部分的"刘复说""陆志韦说"以及"《晨报诗镌》的主张",在《诗集·导言》中都有相当篇幅的介绍。《纲要》介绍诗人创作的若干要点,同样在《诗集》中有所展现。以对白采的《羸疾者的爱》的介绍为例,《纲要》中将这首诗作为长诗的代表,认为它有如下特点:a 对话的体裁;b "本能的享乐"与"健全的人格"——"生之尊严";c 对现在世界的诅咒和对将来世界的憧憬——尼采的影响;d "全或无"与中庸;e "永久的悲哀";f 故事的发展。《诗集·导言》对该诗的论述为:白采的《羸疾者的爱》一首长诗,是这一路诗的压阵大将。他不靠复沓来维持它的结构,却用了一个故事的形式。是取巧的地方,也是聪明的地方。虽然没有持续的想象,虽然没有奇丽的比喻,但那质朴,那单纯,教它有力量。只可惜他那"优生"的理在诗里出现,还嫌太早,一般社会总看得淡淡的、远远的,与自己无干似的。他读了尼采的翻译,多少受了他一点影响。《纲要》中的"长诗""故事""尼采"等关键词,在《诗集》中再次出现;《纲要》中罗列的要点,成为《诗集》中句或段的论述。

尽管《诗集》脱胎于《纲要》,它的诗人材料以及诗论材料直接来源于《纲要》,但是两者呈现的形态是不同的。《纲要》中所罗列的是一个个要点,如"初期的诗论"下设五点诗论,每一点的诗论下再以要点的形式具体展开;而《诗集》的论述则表现为句子、段落与篇章。

笔者据《纲要》制作成表 3-1,以更直接显明的方式呈现其具体内容。

表 3-1　　　　　　《中国新文学研究纲要》概要(要点)

纲要章节目录	纲要要点
一、初期的诗论	1. 胡适的诗论
	2. 刘复的诗论(《我之文学改良观》,1917 年 5 月《新青年》第三卷第三号)
	3.《少年中国诗学研究号》中的诗论(宗白华说与康白情说)
	4. 俞平伯《诗底进化的还原论》
	5. 郭沫若的诗论
	附"丑的字句"讨论

现代传媒与中国现代诗歌

续表

纲要章节目录	纲要要点
二、初期的创作	1. 胡适的《尝试集》（1920 年）（胡先骕的批评和朱湘的批评）
	2. 初期的名作
	3. 郭沫若《女神》（1921 年）
	4. 康白情《草儿》
	5. 俞平伯《冬夜》（1922 年 3 月）
	附《西还》
三、胡先骕的旧诗拥护论	1. "声调、格律、音韵与诗之关系"
	2. "文言、白话、用典与诗之关系"
	3. "诗之模仿与创造"
	4. "古典派浪漫派之艺术观与其优劣"
	5. "中国诗进化之程序及其精神"
四、小诗与哲理诗	1. 小诗的渊源
	2. 小诗的三派
	3. 小诗的影响
	4. 哲理诗
五、长诗	1. 周作人、郭沫若、俞平伯
	2. 白采的诗——《羸疾者的爱》
六、李金发的诗（《微雨》《为幸福而歌》《食客与凶年》）	1. 生的枯燥与疲倦
	2. 静寂夜死灰色
	3. 阴暗的调子与悲哀的美丽
	4. 浑然的情感
	5. 联想与论理
	6. 自然的人化
	7. 细处见大
	8. 老旧的字句
七、新韵律运动	1. 胡适说（见前）
	2. 刘复说（见前）
	3. 陆志韦说
	4. 赵元任《国音新诗韵》（1923 年 11 月出版）
	5. 俞平伯说
	6. 《晨报诗镌》的主张

续表

纲要章节目录	纲要要点
七、新韵律运动	7. 陈勺水的"有律现代诗"
	8. 杨振声说
八、徐志摩与闻一多的诗	1.《志摩的诗》
	2.《死水》
	3.《新月诗选》（陈梦家选，1933年，共选诗80首，作者18人）
九、冯乃超等的诗	1.《红纱灯》（冯乃超作，1927年2月《创造月刊》第一卷第六期）
	2.《我的记忆》（戴望舒）
十、读诗与唱诗	1. 读诗的提倡——朱湘与浩徐
	2. 唱诗
十一、其他的创作	1. 革命诗歌
	2. 叙事诗
	3.《忆》——俞平伯
	4. 臧克家《烙印》
	5. 卞之琳《三秋草》
	6. "民间写真"——蜂子（1928年11月21、26日《大公报》）
	7. 仿作的歌谣 a 俞平伯《吴声恋歌十解》；b 刘复《瓦釜集》

备注：由于《纲要》和《诗集》论述时间范围上的差异，本文不讨论《纲要》中1927年以后的部分。

《纲要》作为一本讲义的梗概，旨在向学生展现新诗发展过程中出现的诗论、新诗创作、新诗运动、关于新诗的讨论等，不具备叙事形态。表3-1中的左侧，"初期的诗论""初期的创作""胡先骕的旧诗拥护论""小诗与哲理诗"等，是按时间顺序排列的一个个板块，每一板块下又设若干要点。所以，《纲要》重在展现片段，片段所指向的中心往往是诗人，如"李金发的诗""徐志摩与闻一多的诗""冯乃超等的诗"，这些板块所论的即某一诗人的创作；诗论部分，如"新韵律运动"，展开即刘复、陆志韦、闻一多等人的具体的诗论。

《诗集》充分吸收《纲要》的精华部分，将事件勾连成叙事形态。它旨在勾勒一幅关于早期新诗发展的图景，其内在逻辑是通过选择与编排材料、下论断等来完成对新诗发展流变的叙述。为分析朱自清在《诗集》中所展现的叙事思维，笔者以《导言》中的如下一段为例：

现代传媒与中国现代诗歌

①中国缺少情诗，有的只是"忆内""寄内"，或曲喻隐指之作；坦率的告白恋爱者绝少，为爱情而歌咏爱情的更是没有。②这时期新诗做到了"告白"的一步。③《尝试集》的《应该》最有影响，可是一半的趣味怕在文字的缴绕上。④康白情氏《窗外》却好。⑤但真正专心致志做情诗的，是"湖畔"的四个年轻人。⑥他们那时候差不多可以说生活在诗里。⑦潘漠华氏最是凄苦，不胜掩抑之致；冯雪峰氏明快多了，笑中可以有泪；汪静之氏一味天真的稚气；应修人氏却嫌味儿淡些。①

这一段位于《导言》的"（一）"部分，论述的主要是前期新诗中的情诗。这一段落共7句，第1句是对中国诗歌中情诗的总的概括，第2句讲这一时期情诗出现的新变化，第3、4、5句列举胡适、康白情、湖畔诗人的情诗，第6、7句是对第5句的具体展开，解释湖畔诗人"真正专心致志做情诗"，在于他们那时的年龄与心境使他们"生活在诗里"，并对湖畔诗人的诗歌风格做了一番对比。显然，湖畔诗人的情诗是早期新诗的收获。在这一段落中，早期新诗中情诗的突破以及发展，皆以简洁的方式呈现了出来。这些论述是相当集中的，落脚点均在这一期的情诗。

在《纲要》与《诗集》呈现形态差异的背后，同时也潜伏着它们在叙事框架上的不同。《纲要》从初期诗论与创作到小诗盛行、再到新韵律运动，贯穿其中的是线性的时间；《诗集·导言》注重新诗发展的内在线索，用"（一）""（二）"显性数字以及空行的手段，围绕每期新诗发展的主题进行论述。与《纲要》板块式、要点式的呈现形态相比，《诗集·导言》所论的诗论、新诗创作和新诗运动等都指向这一时期的新诗发展流变的主题。朱自清在《诗集》叙事中具有强烈的归纳、整理意识，尤其注重社会影响以及新诗发展中出现的某些共性。《导言》中用"（一）""（二）"，将新诗分成前后两期，再加以空行的手段，将新诗分为三派。

---

① 朱自清编选：《中国新文学大系·诗集》，上海良友图书印刷公司1935年版，第4页。

尽管朱自清在《导言》的最后一段说是"强立名目"①，但他在论述新诗发展流变时，从编排到行文组织，已经有较强的流派意识。缺乏这种分期、分派意识，对新诗发展的总体认识将大打折扣。此外，《诗集》对新诗发展的论述，由《导言》和《诗话》两部分共同组成。《导言》侧重新诗发展流变，《诗话》则以诗人为中心，每一个诗人都有一则诗话，呈现为一个或多个段落。《诗话》侧重诗人，是对《导言》缺乏诗人论述的一种弥补。《诗话》与《导言》相互补充，相互印证，共同展现新诗第一个十年的全貌以及某些诗人的整体的微观面貌。

二 从《纲要》到《导言》之叙事策略

从《纲要》的要点式罗列到《诗集·导言》中有内在逻辑的叙事，朱自清采取的叙事策略主要有选取、编排与详略安排。

朱自清编选《诗集》，从《纲要》中选取了若干材料，舍弃的材料十分有限。其中，对胡先骕的批评言论以及旧诗理论，朱自清在《诗集》与《纲要》中采取了迥然不同的处理方式。由表3-1可以看出，朱自清在《纲要》中两处提及胡先骕。第一处是针对"胡适的《尝试集》"，朱自清罗列了"胡先骕的批评"和"朱湘的批评"。第二处是"胡先骕的旧诗拥护论"，这两处的内容都援引自胡先骕的《评尝试集》一文，《纲要》中对其都作了相当详细的介绍。《纲要》援引胡先骕，表明诗坛上存在对《尝试集》在艺术形式上质疑的声音，早期新诗的发展受到了来自旧诗拥护者的阻碍。但在《诗集》中，对胡先骕的批评未提及，而是援引朱湘、周作人的批评以及胡适本人的自我评价。显然，朱自清在建构新诗史时，选取的都是来自新诗赞成者内部的批评。新诗赞成者们与旧诗拥护者在对待新诗的立场上有本质的区别，他们的批评是为了新诗获得进一步的发展，从而在诗坛上站稳脚跟。此外，朱自清对早期诗论材料的选取，也是有所取舍的。《纲要》中"初期的诗论"部分，主要介绍"胡适的诗论""刘复的诗论""《少年中国诗学研究号》中的诗论""俞

---

① 朱自清编选：《中国新文学大系·诗集》，上海良友图书印刷公司1935年版，第8页。

平伯《诗底进化的还原论》"和"郭沫若的诗论"。但是在《诗集》中，朱自清舍弃了"《少年中国诗学研究号》中的诗论"和"俞平伯《诗底进化的还原论》"，主要介绍胡适的诗论和郭沫若的诗论。"《少年中国诗学研究号》中的诗论"以"宗白华说"和"康白情说"为主。康白情、俞平伯对新诗的认识，受胡适的影响。康白情的新诗观，是从其有别于旧诗立论。新诗"自由成章而没有一定的格律，切自然的音节而不必拘音韵，贵质朴而不讲雕琢，以白话入行而不尚典雅"①。宗白华将诗的内容分为"形"与"质"，"形"是"音节和词句的构造"。在诗的形式方面，诗人应提高技艺，旨在使诗句"适合天然优美的音节"，"表现天然画图的境界"②。此外，俞平伯则认为诗不仅是人生的表现，而且是"自然而然的表现"。③ 康白情、宗白华、俞平伯新诗观的重要因素"自然""天然"，与胡适在《谈新诗——八年来的一件大事》中的"自然音节"④观异曲同工。由此可见，朱自清在写作《诗集·导言》时，注重诗论与诗作的艺术成就和社会影响。尽管，他对胡适的新诗创作持保留意见，但胡适诗论影响广泛是显而易见的史实。

朱自清在《诗集》中采取编排手段，不仅体现在《导言》全篇分为"（一）""（二）"以及文中空行等外在形式上，更体现在对内容的移动与组合上。在《纲要》中，以时间为依据，"李金发的诗"位于"长诗"之后、"新韵律运动"之前。这一板块主要讨论李金发诗的艺术手法、风格以及内容上的特点，相对前后板块而言是孤立的。但在《诗集·导言》中，"李金发"位于"新韵律运动"以及"徐志摩""闻一多"之后，是和"王独清""穆木天""冯乃超""戴望舒"归为一类的。早在《纲要》中，"冯乃超等的诗"所论即冯乃超的《红纱灯》与戴望舒的《我的记忆》，这两部诗集在艺术上有共通之处。《纲要》中，《红纱灯》的特点：a 情诗；b 色彩感；c 颓废、阴影、梦幻、仙乡；d 声调整齐、音节铿锵。

---

① 康白情：《新诗底我见》，《少年中国》1920年第1卷第9期。
② 宗白华：《新诗略谈》，《少年中国》1920年第1卷第8期。
③ 俞平伯：《诗底进化的还原论》，《诗》1922年第1卷第1期。
④ 参见王雪松《白话新诗派的"自然音节"理论与实践》，《华中师范大学学报》（人文社会科学版）2012年第2期。

《我的记忆》的特点：a 情诗，细腻、朦胧；b 人化自然，感觉交错；c 色彩。"情诗""色彩""梦幻""朦胧"，显然是朱自清将"冯乃超"与"戴望舒"并置讨论的关键词。李金发诗歌的特点：1. 生的枯燥与疲倦；2. 静寂夜死灰色；3. 阴暗的调子与悲哀的美丽；4. 浑然的情感；5. 联想与论理；6. 自然的人化；7. 细处见大；8. 老旧的字句。戴望舒的"人化自然"与李金发的"自然的人化"，是在艺术手法上重要的共同点。在《诗集》中，朱自清将李金发等人编排在一起，主要是依据他们在新诗艺术上的共同点，都倾向于法国象征派。此外，对刘复诗论的编排，从《纲要》到《诗集》也发生了变化。在《纲要》中，刘复的诗论位于"初期的诗论"中。介绍"新韵律运动"时，对刘复的诗论不再作介绍，只标明"见前"。但在《诗集》里，刘复的诗论位于《晨报副刊·诗镌》的主张以及闻一多的诗论之后，并具体回溯了刘复、赵元任、陆志韦等人的新诗形式主张与实践。按照《纲要》注重时间线索的逻辑，"刘复"处于早期诗论。按照《诗集》注重新诗发展流变的逻辑，将"刘复"置于"《晨报诗镌》"之后，它们之间的联系更加紧密。

  从《纲要》到《诗集》，朱自清对一些新诗材料介绍的详细与简略也发生了变化。在《纲要》中，"初期的诗论"与"初期的创作"都详细介绍了俞平伯，并在"长诗"与"新韵律运动"部分也提到了俞平伯，"其他的创作"列举俞平伯的诗集《忆》。《纲要》对俞平伯的介绍几乎与对胡适的介绍篇幅相当，甚至还要多一些。但在《诗集》中，朱自清对俞平伯作淡化处理，主要是将他列为早期新诗人中的重要一员。另外，《诗集》中多次强调"外国的影响"。《纲要》中总论部分第三章"'外国的影响'与现在的分野"，专门介绍外国文学与理论对新文学的影响，但在分论"诗"中，主要介绍新诗创作与诗论等，不包括对其进一步的分析，所以"外国的影响"难以体现出来。但在《诗集》中，"外国的影响"高频次的出现。新诗的分段分行以及新式标点，受外国的影响；胡适的《关不住了》一诗受外国的影响；小诗是受外国的影响；白采的长诗《羸疾者的爱》受外国的影响；徐志摩、闻一多的新诗格律实践受外国的影响；李金发、王独清、戴望舒等人的新诗创作受外国的影响……外国的影响贯穿着新诗的发展。

从《纲要》到《诗集》的转变，是从讲义梗概到叙事文本，是从要点式的罗列到有逻辑的叙事。朱自清精心取舍、安排材料，突出重点，紧抓新诗发展的线索，从整体上把握新诗发展的脉动。在分析《纲要》到《诗集》转变的基础上，立足《诗集》文本，从结构与论断两方面来研究《诗集》，是进一步了解《诗集》经典叙事生成的关键。

第二节　诗派与诗人的经典论断

文学史家们在写作时，经常面临一个难题：如何从纷繁复杂的文学史中，建构出既符合史实又符合文学发展规律的图景。新诗第一个十年，从无到有，从白话走向诗，在质疑与批评声中逐渐走向成熟。朱自清把握新诗发展流变的关键在于流派的发展、诗人诗论在艺术上的共性和社会影响。

一　分期与流派的论断

新诗研究者们在综论新诗发展时，通常采取分期或分派的方法，试图把握新诗发展脉络。在朱自清编选《诗集》之前，杨振声、沈从文、草川未雨等人都尝试对新诗进行分期。朱自清在《导言》中虽然没有明确对新诗进行分期，但在文章的排版格式中透露出其对新诗分期的想象。《导言》分为"（一）""（二）"两部分，第"（二）"部分即以"十五年四月一日，北京《晨报副刊·诗镌》出世"起首。[1] 显然，朱自清是将《晨报副刊·诗镌》作为早期新诗分期的标志。

余冠英在《新诗的前后两期》中说"朱佩弦先生则以《渡河》出版之年为分期标准，从民六到民十一为'初期'，其后为'后期'（见《中国新文学研究纲要》）"[2]。余冠英所述的，当是他在朱自清的"新文学研究"课堂上听课获知的。根据赵园整理的《纲要》，笔者未见任何关于分期的论述或者标注。朱自清是余冠英的老师，指导过他的毕业论文《论

---

[1] 朱自清编选：《中国新文学大系·诗集》，上海良友图书印刷公司1935年版，第5页。
[2] 余冠英：《新诗的前后两期》，《文学月刊（北平）》1932年第2卷第3期。

新诗》，且在《导言》中引用过这篇文章。"余冠英的毕业论文后来以《新诗的前后两期》为题，发表于 1932 年 2 月 29 日《文学月刊》第二卷第三期。"① 由此推测，朱自清讲课时将《渡河》出版年份作为新诗分期标志，但后来受余冠英的影响，在编选《诗集》时将《晨报副刊·诗镌》作为新诗前后两期的分期标志。朱自清的分期观点改变的重要原因之一在于，《晨报副刊·诗镌》比《渡河》更具影响力。实际上，对《渡河》作者——陆志韦的诗论，朱自清是颇为重视的。他在《纲要》与《诗集》中都详细介绍了陆志韦的诗论主张，称其为"第一个有意实验种种体制，想创新格律的"②。朱自清认为陆志韦的新诗格律实践"值得钦敬，他的诗也别有一种清淡风味；但也许时候不好吧，却被人忽略过去"。可见，对陆志韦的诗论未能产生影响，朱自清觉得是相当遗憾的。个人遗憾不能掩盖新诗史实，《晨报副刊·诗镌》给诗坛带来的影响确是事实。

陆志韦和以徐志摩、闻一多为首的《晨报副刊·诗镌》诸诗人，都进行过新诗形式试验。后者相比前者而言，更具规模与影响力。由此可见，无论是以《渡河》为分期标志，还是以《晨报副刊·诗镌》为分期标志，朱自清分期的着眼点都在新诗形式上的变化。与此形成对比的是，蒲风对早期新诗的分期与论述。与朱自清编选《诗集》差不多同时，蒲风于 1934 年写作《五四到现在的中国诗坛鸟瞰》一文。蒲风分期的标志是社会事件，他认为文学与社会关系紧密。"为着便宜起见，我们就拿某一政治变动到某一政治变动为分期的标志，是不错的事体。"③ 他以"五四"（1919 年）、"五卅"（1925 年）、"一二一一"（1927 年）、"九一八"（1931 年）为标志，将新诗分为四个时期：尝试期和形成期（1919 年至 1925 年上）、骤盛期或呐喊期（1925 下至 1927 年）、中落期（1928 年至 1931 年）和复兴期（1932 年至 1934 年）。

分期注重新诗在阶段、时间段上的变化，分派则打破时间限制，更加注重新诗艺术的发展流变。朱自清将新诗分为三派，自由诗派倾向于

---

① 姚家育：《新诗教育视野中的吕进》，《东莞理工学院学报》2018 年第 2 期。
② 朱自清编选：《中国新文学大系·诗集》，上海良友图书印刷公司 1935 年版，第 6 页。
③ 蒲风：《五四到现在的中国诗坛鸟瞰》，《现代中国诗坛》，诗歌出版社 1938 年版，第 35 页。

自由体，以胡适、康白情、俞平伯、周作人、冰心、郭沫若等人为代表；格律诗派讲究格律，以徐志摩、闻一多等人为代表；象征诗派取法于法国象征派，以李金发、王独清等人为代表。显然，朱自清命名的依据是诗派在体式或者艺术上的共性。此外，他还注意到新诗中人道主义思潮和情诗的发展。自由诗派注重写景与说理，提倡人道主义。格律诗派注重抒情，而且抒发的是理想的情感，也作表现人道主义的诗。象征诗派"写的多一半是情诗"，"他们和《诗镌》诸作者相同的是，都讲究用比喻，几乎当作诗的艺术全部；不同的是，不再歌咏人道主义了"①。"强立名目""不妨"等词表明朱自清在采取分派方法来归纳总结新诗发展时，他同样意识到分派只能是模糊的。新诗的发展是绵延不绝的，一刀切地对新诗与新诗人进行强行分派是不合适的。

二　诗人的经典评判

朱自清写作新诗史，注重诗人创作和诗论在诗坛上的影响，以及诗坛上出现的共性。但是，他又以详细介绍诗人艺术风格的方式来辩驳诗人之间的差异，例如对徐志摩与闻一多的比较。由此可见，朱自清在建构新诗史时，既重视流派共性，又重视诗人个性。从《纲要》到《诗集》，朱自清对一些诗人进行淡化处理，同时对一些诗人的重视是始终一贯的，如胡适、郭沫若、闻一多、徐志摩、李金发等人。通过《导言》与《诗话》，他详细介绍这几个人的诗论与新诗艺术特色。其中，朱自清对郭沫若"一只异军"、闻一多"爱国诗人"的评价，独具慧眼。

在《导言》中，朱自清将"郭沫若"置于"小诗"之后，"（一）"部分的最后一个段落。实际上，郭沫若登上诗坛是在1919年。鉴于郭沫若的诗风异于早期新诗人，朱自清将他与胡适、俞平伯、康白情等人分开编排，并称之为"一只异军"。在朱自清1935年编选《诗集》以前，系统地对《女神》作批评的主要有郑伯奇、闻一多、朱湘三人。最早批评《女神》的是郑伯奇，他撰《批评郭沫若的处女诗集〈女神〉》一文，

---

① 朱自清编选：《中国新文学大系·诗集》，上海良友图书印刷公司1935年版，第8页。

从诗人的个性、思想等方面论郭沫若的诗,并将阅读郭诗的经历与感受也表白了一番。1923 年,闻一多在《创造周报》上连续发表两篇文章《〈女神〉之时代精神》与《〈女神〉之地方色彩》对《女神》进行批评。闻一多认为郭沫若在艺术上与"旧诗词相去甚远",在精神上"完全是时代的精神"①。他从五个方面对"时代的精神"进行解释:20 世纪是动的世纪;20 世纪是反抗的世纪;《女神》富有科学成分,正是近代精神的体现;世界之大同色彩;物质文明的结果是绝望与消极,在这绝望与消极之中孕育着挣扎与黎明。《〈女神〉之地方色彩》批评一般新诗人"把新诗作成完全的西方诗","一味地时髦是鹜,似乎又把'此地'两字忘到踪影不见了",《女神》同样也缺乏地方色彩。② 朱湘的《郭君沫若的诗》一文,认为郭沫若的诗构成紧张之特质,原因有三:单色的想象;单调的结构;郭君对一切"大"的崇拜。郭沫若求新的精神,在题材上体现在取材于现代文明与"超经验界",在诗的工具上表现为插入外语与使用单调的结构。③ 在另一篇文章《再论郭君沫若的诗》里,朱湘认为"郭沫若的单调句法是学自惠特曼"。④ 闻一多的批评着重于《女神》所传递的时代精神;朱湘的批评侧重于《女神》的艺术特色与创作风格;郑伯奇的批评,从郭沫若充满激情的个性、反抗的倾向以及泛神论思想等方面解读《女神》。

在《导言》部分,朱自清介绍了郭沫若的诗论,同时援引《三叶集》、闻一多的《〈女神〉之时代精神》两篇文章;在《诗话》部分,援引了朱湘的《郭君沫若的诗》和《再论郭君沫若的诗》,来表现郭诗在思想与艺术上的特色。而他对郭沫若"一只异军"的评价,主要着眼于郭沫若在诗坛上地位的独特之处。

所谓"一只异军",其一是指在早期诗坛范围内,郭沫若异于其他新诗人。早期新诗人受旧诗词的影响,新诗中难以摆脱旧诗词的调子。郭沫若的诗受外国影响大,以及他自身个性方面的原因,在诗的格调上不

---

① 闻一多:《〈女神〉之时代精神》,《创造周报》1923 年第 4 期。
② 闻一多:《〈女神〉之地方色彩》,《创造周报》1923 年第 5 期。
③ 朱湘:《郭君沫若的诗》,《中书集》,上海书店 1986 年版,第 365—378 页。
④ 朱湘:《再论郭君沫若的诗》,《中书集》,上海书店 1986 年版,第 399 页。

同于旧诗词。这一点，郑伯奇、郁达夫、闻一多等人都有类似的表述。例如，郁达夫认为"完全脱离旧诗的羁绊自《女神》始"。① 郑伯奇在评论《女神》之前，即批评早期诗坛，"艺术味也不大丰富"，他赞赏《女神》在缺乏诗味的诗坛中显示出的"优秀资质"。② 闻一多则不仅指出郭沫若的诗是"与旧诗词相去最远"的新诗，还指出其精神是"二十世纪的时代的精神"。③ 其二是指郭沫若诗歌内部的异质性。《女神》中既有鸿篇巨制、结构单调的诗作，也有精心制作、反复推敲的诗作；既有风格激越、狂放的诗作，也有风格清新的诗作。如《凤凰涅槃》一诗，郑伯奇认为它在"简单固定""欠点流动曲折"上相比其他诗作"尤甚"；④ 朱湘批评它在诗章上是"单调的结构"；⑤ 但闻一多认为它在精神上是最能表现"五四"后中国青年心中"海涛的声调，雷霆的声响"。⑥ 其中，康白情对郭沫若诗作的艺术分析和自身的阅读感受，最能说明这一现象。一方面，康白情评价"郭沫若的诗笔力雄劲"，"是大方之家"；另一方面，他却表示更喜欢读郭沫若的短诗，像"读屈原的警句一样"⑦。朱自清对郭沫若"一只异军"的论断与诗坛定位，为后来的人广泛接受、认可。如王瑶评，"在五四新诗发展中间，郭沫若的诗歌创作有如异军突起"⑧。

朱自清评价闻一多是"爱国诗人"，"而且几乎可以说是惟一的爱国诗人"。⑨ 在《纲要》中，朱自清已经注意到闻一多诗中有"爱国的情绪"。在朱自清编选《诗集》之前，诗坛对闻一多的评价主要集中在其新诗艺术特色方面。例如，1924年，朱湘以笔名"天用"发表了两篇短评，

---

① 郁达夫：《〈女神〉之生日》，《时事新报·学灯》1922年8月2日。
② 郑伯奇：《批评郭沫若的处女诗集〈女神〉》，《时事新报·学灯》1921年8月21、22、23日。
③ 闻一多：《〈女神〉之时代精神》，《创造周报》1923年第4期。
④ 郑伯奇：《批评郭沫若的处女诗集〈女神〉》，《时事新报·学灯》1921年8月21、22、23日。
⑤ 朱湘：《郭君沫若的诗》，《中书集》，上海书店1986年版，第367页。
⑥ 闻一多：《〈女神〉之时代精神》，《创造周报》1923年第4期。
⑦ 北社编：《新诗年选（一九一九年）》，亚东图书馆1929年版，第165页。
⑧ 王瑶：《中国新文学史稿》，上海文艺出版社1982年版，第76页。
⑨ 朱自清编选：《中国新文学大系·诗集》，上海良友图书印刷公司1935年版，第7页。

其中一篇是评价闻一多的诗集《红烛》。朱湘认为《红烛》"最惹人注目的地方是它的色彩应用",但是缺乏音韵,《李白之死》"不下似国内任何新诗人"①。1926年,以闻一多未付印的诗集《屠龙集》为评论对象,朱湘撰《评闻君一多的诗》一文,认为闻一多的诗有两大短处,第一是用韵不讲究,包括"不对""不妥"与"不顺";第二是用词有四个毛病,即"太文""太累""太晦""太怪",此外还有"音乐性的缺乏"②。此文作于朱湘和闻一多产生嫌隙之后。1928年,闻一多的第二部诗集《死水》出版。沈从文从阅读印象入手,指出《死水》"是近年来一本标准诗歌",在体裁、文字、风格方面影响了新诗创作者,集中的文字具有不同的色彩,作者的"想象驰骋于一切事物",用韵将各种不相关的事物联结起来。③苏雪林用杜甫的"语不惊人死不休"和"颇学阴何苦用心"来形容闻一多的创作。她认为闻一多的诗改变了读者——"改变以前轻视新诗的态度,并且指导了新诗正当的轨范",影响了当时的诗人,以徐志摩的诗为证。闻一多的《红烛》即已表现出"为同时诗人所不注意的'精炼'的作风",并具有"完全是本色""字句锻炼的精工""生物的生命化""意致的幽幻深细"等特点。《死水》相比于《红烛》,在艺术上更加成熟,色彩淡远、收敛,字句"矜炼","以简短的诗句写深奥的思想",是"一部标准的诗歌"。在以上对闻诗的批评中,沈从文和苏雪林的两篇文章是较为重要的。他们都承认闻一多的新诗艺术实践对诗坛的影响,闻诗的理智、静观在新诗意境上表现为幽幻、深思。

对闻一多在新诗形式上的探索以及他的诗作的艺术风格与特色,朱自清与上述诸人的观点出入不大。但唯有"爱国诗人"一说,是朱自清异于他人的见解。在《诗集》中,朱自清对闻一多是"爱国诗人"的表述是相当肯定的。其实,早在闻一多评论郭沫若的一篇文章中,即已表现出他对"爱国"的思考与理解。闻一多批评郭沫若对中国,"只看见他的坏处,看不见他的好处",郭沫若的"富于西方的激动的精神",不能

---

① 朱湘:《桌话·〈红烛〉》,《文学》(原名《文学旬刊》)1924年第144期。
② 朱湘:《评闻君一多的诗》,《中书集》,上海书店1986年版,第328—357页。
③ 沈从文:《论闻一多的〈死水〉》,《新月》1930年第3卷第2期。

领略"东方的恬静的美",鉴赏中国的文化。闻一多表明自己和郭沫若在爱国上的不同之处,"我爱中国固因他是我的祖国,而尤因他是有他那种可敬爱的文化的国家;《女神》之作者爱中国,只因他是他的祖国,因为是他的祖国,便有那种不能引他的敬爱的文化,他还是爱他",前者是理智上的爱国,后者是感情上的爱国,其差别在于是否有对祖国文化的爱。[①] 朱自清在《诗集》中援引过这篇文章,对闻一多阐发的关于爱国的观点,也是相当了解的。在编选《诗集》之后的 1943 年,朱自清在《爱国诗》一文中重提闻一多是爱国诗人。五四以来,新诗人"领着大家走",超越国家,发现个人、自我。于是,新诗表达人道主义思想、泛神论思想,书写爱与死,关注颓废情绪,但唯独除了国家。其中也有例外,如康白情的《别少年中国》与郭沫若的"《炉中煤(眷念祖国的情绪)》等诗"。但是,朱自清尤为看重闻一多的爱国诗。在分析闻一多爱国诗作的基础上,朱自清指出闻一多笔下的中国是一个理想的、完美的、完整的中国,不同于抗战以来针对具体事件的爱国诗。[②] 1946 年,闻一多遭特务暗杀。朱自清在悼念闻一多的文章里又重申这一点,他认为《红烛》和《死水》"这些集子的特色之一,是那些爱国诗。在抗战以前,他也许是唯一的爱国新诗人"[③]。陈澜、方长安曾从接受批评的角度研究闻一多的《红烛》《死水》,他们认为在闻一多遇害以前,对闻诗的评价集中于艺术风格、创作技巧,且普遍认为《死水》相比于《红烛》而言在艺术上更进一步。但是在闻一多遇害后,对闻诗的研究焦点发生了转变,主要集中于其思想、内容方面,尤其是闻一多诗歌的"民族特色"与"爱国主义"。[④] 朱自清是最早推崇闻一多的爱国思想,评价其为爱国诗人的。

朱自清的叙事语言简洁、生动,在交代具体史实的同时,又通过选择、安排材料,阐发史论。他以自己对新诗发展的见解为依据,援引他

---

① 闻一多:《〈女神〉之地方色彩》,《创造周报》1923 年第 5 期。
② 朱自清:《爱国诗》,朱乔森编:《朱自清全集》(第二卷),江苏教育出版社 1988 年版,第 355—360 页。
③ 朱自清:《中国学术的大损失——悼闻一多先生》,朱乔森编:《朱自清全集》(第三卷),江苏教育出版社 1988 年版,第 119 页。
④ 陈澜、方长安:《闻一多〈红烛〉〈死水〉批评接受史综论》,《贵州社会科学》2014 年第 2 期。

人，极少直接表明自己的观点。《诗集》中偶有几条他的观点，后都受到广泛认同。对新诗发展的了解与判断，是朱自清新诗历史叙事的基础和前提。这在朱自清讲授新文学研究课程时，已有端倪。在《纲要》翔实史实的基础上，他充分发挥叙事策略的作用，从新诗艺术出发搭建具有内在逻辑的叙事框架，展现诗坛共性和重要诗人的艺术个性。朱自清编选的《诗集》，从体例到观点，对想要了解第一个十年新诗历史面貌的读者，至今都不失为一个值得参考、阅读的叙事文本。

结　语

经典的生成并非一蹴而就,而是要经过一个十分漫长的过程。《诗集》也正是在传播中,逐渐完成其经典形象的塑造。《诗集》的文本特质是其经典化的内部因素,出版社的大力宣传、教育体制的推进等是其经典化的外部因素。

朱自清在编选《诗集》时,怀有"历史的兴趣"[①]。出于现实方面的原因,他改变了原来的编选计划,而是以其讲义《中国新文学研究纲要》作底,参考当时的一些书籍、期刊。《中国新文学研究纲要》是梗概性的内容,未连缀成文,而《诗集·导言》是完整的叙事文本。朱自清以《中国新文学研究纲要》作底,精心选取、编排材料,斟酌具体表述,安排叙事框架与选本体例。《诗集》作为新诗选本,不可避免地受朱自清的新诗观念、审美取向的影响。在《诗集·导言》部分,朱自清大量援引他人。他表示,"为的是自己对于诗学判断力还不足,多引些别人,也许妥当些"[②]。但是援引何人、何内容,足以见朱自清的选择标准与判断力。在不同的历史时期,《诗集》具有不同的传播环境。读者们阅读、评价《诗集》,《诗集》参与建构了他们对第一个十年新诗的整体印象。文学史家建构新诗史,或参考援引《诗集》中的观点,或把《诗集》作为他们写作时的对照性文本。中华人民共和国成立后全国统一的教育制度,使《诗集》成为高校教员教学的参考用书,深刻地影响了一届

[①] 朱自清编选:《中国新文学大系·诗集》,上海良友图书印刷公司1935年版,第7页。
[②] 朱自清编选:《中国新文学大系·诗集》,上海良友图书印刷公司1935年版,第19页。

又一届的学子。

  以《诗集》作为切入口，可以看到早期新诗的发展面貌。将《诗集》与当时的众多选本进行比较研究，可以看到《诗集》的独特之处。《诗集》的传播过程，就是《诗集》经典化的过程。研究《诗集》的经典化，对我们了解经典的生成具有重要意义。

下篇参考文献

一 作品类

北京孔德学校编：《初中国文选读》，北京孔德学校，1926年。

北社编：《新诗年选（一九一九年）》，亚东图书馆1922年版。

陈梦家编：《新月诗选》，新月书店1933年版。

创造社编：《辛夷集》，泰东图书局1923年版。

丁丁、曹雪松合编：《恋歌（中国近代恋歌选）》，泰东图书局1926年版。

郭宏安编：《李健吾批评文集》，珠海出版社1998年版。

郭沫若著作编辑出版委员会编：《郭沫若全集》，人民文学出版社1990年版。

何植三：《农家的草紫》，亚东图书馆1929年版。

何仲英编纂：《白话文范参考书　第二册》，商务印书馆1921年版。

胡适：《尝试集》，亚东图书馆1920年版。

刘半农：《扬鞭集》，北新书局1926年版。

陆志韦：《渡河》，亚东图书馆1923年版。

欧阳哲生编：《胡适文集》，北京大学出版社1998年版。

孙党伯、袁謇正主编：《闻一多全集》，湖北人民出版社1993年版。

孙俍工、仲九编：《初级中学国语文读本》，上海民智书局1923年版。

汪静之：《蕙的风》，亚东图书馆1922年版。

吴遹生、郑次川编：《新学制高级中学国语读本：近人白话文选》，商务印书馆 1924 年版。

小说月报社编:《眷顾》,商务印书馆 1924 年版。

小说月报社编:《良夜》,商务印书馆 1924 年版。

小说月报社编:《歧路》,商务印书馆 1924 年版。

新诗社编辑部编:《新诗集》,新诗社出版部 1920 年版。

许德邻编:《分类白话诗选》,崇文书局 1920 年版。

俞平伯:《冬夜》,亚东图书馆 1922 年版。

俞平伯:《冬夜》,亚东图书馆 1928 年版。

二 著作类

艾青:《诗论》,复旦大学出版社 2005 年版。

蔡仪:《中国新文学史讲话》,新文艺出版社 1952 年版。

蔡元培等著,陈平原导读:《〈中国新文学大系〉导言集》,贵州教育出版社 2014 年版。

草川未雨:《中国新诗坛的昨日今日和明日》,上海书店 1985 年版。

陈绍伟:《诗歌辞典》,花城出版社 1986 年版。

陈绍伟编:《中国新诗集序跋选》,湖南文艺出版社 1986 年版。

陈世骧:《中国文学的抒情传统:陈世骧古典文学论集》,生活·读书·新知三联书店 2015 年版。

陈思和、王德威主编:《史料与阐释 总第五期》,复旦大学出版社 2017 年版。

陈炳堃:《最近三十年中国文学史》,太平洋书店 1930 年版。

戴燕:《文学史的权力》,北京大学出版社 2002 年版。

丁景唐:《犹恋风流纸墨香——六十年文集》,上海文艺出版社 2004 年版。

丁易:《中国现代文学史略》,作家出版社 1955 年版。

方长安:《传播接受与新诗生成》,台湾:花木兰文化出版社 2015 年版。

方长安:《中国新诗(1917—1949)接受史研究》,中国社会科学出版社 2017 年版。

方长安:《中国新诗传播接受与经典化研究》,社会科学文献出版社 2020

年版。

冯文炳：《谈新诗》，人民文学出版社1984年版。

高尚贤编著：《大学语文》，对外经济贸易大学出版社2005年版。

郭良夫编：《完美的人格：朱自清的治学和为人》，生活·读书·新知三联书店1987年版。

何达著，朱自清选编：《我们开会》，中兴出版社1949年版。

胡风选编：《我是初来的》，读书出版社1943年版。

黄邦君、邹建军编著：《中国新诗大辞典》，时代文艺出版社1988年版。

黄修己：《中国新文学史编纂史》，北京大学出版社1995年版。

黄修己、刘卫国主编：《中国现代文学研究史》，广东人民出版社2008年版。

姜涛：《"新诗集"与中国新诗的发生》，北京大学出版社2005年版。

赖彧煌：《经验、体式与诗的变奏——晚清至"五四"诗歌的"言说方式"》，社会科学文献出版社2019年版。

李一鸣：《中国新文学史讲话》，世界书局1943年版。

李怡：《中国现代新诗与古典诗歌传统》（增订三版），中国人民大学出版社2015年版。

林庚：《林庚诗文集》第7卷，清华大学出版社2005年版。

刘福春：《中国新诗编年史》，人民文学出版社2013年版。

刘福春、徐丽松编：《中国现代文学总书目·诗歌卷》，知识产权出版社2010年版。

刘禾：《跨语际实践——文学，民族文化与被译介的现代性（中国，1900—1937)》，宋伟杰等译，生活·读书·新知三联书店2002年版。

刘继业：《新诗的大众化和纯诗化》，北京大学出版社2008年版。

刘绶松：《中国新文学史初稿》，人民文学出版社1979年版。

刘涛：《百年汉诗形式的理论探求——20世纪现代格律诗学研究》，人民出版社2013年版。

龙泉明：《中国新诗流变论》，人民文学出版社1999年版。

陆耀东：《中国新诗史（1917—1949）·第三卷》，长江文艺出版社2005年版。

罗执廷：《民国社会场域中的新文学选本活动》，山东文艺出版社2015年版。

南京师范学院学报编辑部中文系资料室编：《文教资料简报　总第104期》，南京师范学院学报编辑部中文系资料室，1980年。

潘颂德：《中国现代诗论40家》，重庆出版社1991年版。

蒲风：《现代中国诗坛》，诗歌出版社1938年版。

钱公侠、施瑛编：《中国新文学研究丛刊·诗》第三版，启明书局1936年版。

钱理群：《返观与重构——文学史的研究与写作》，上海教育出版社2000年版。

钱理群等：《中国现代文学三十年》，上海文艺出版社1987年版。

人民教育出版社语文一室编著：《九年义务教育三年制初级中学语文第六册　教师教学用书》，人民教育出版社1995年版。

人民教育出版社中学语文室编著：《文学作品选读　上》，人民教育出版社2004年版。

荣光启：《"现代汉诗"的发生：晚清至五四》，中国社会科学出版社2015年版。

上海教育学院编：《中国现代作家作品选（中册）》，福建人民教育出版社1980年版。

十四院校编委会：《中国现代文学史新编》，云南教育出版社1989年版。

司马长风：《新文学丛谈》，昭明出版社1975年版。

孙玉石：《中国初期象征派诗歌研究》，北京大学出版社1983年版。

孙玉石：《中国现代主义诗潮史论》，北京大学出版社1999年版。

田间著，胡风编：《给战斗者》，生活书店1943年版。

童一秋主编：《语文大辞海·作文卷》，黑龙江人民出版社2002年版。

王光明编：《如何现代　怎样新诗——中国诗歌现代性问题学术研讨会论文集》，社会科学文献出版社2016年版。

王光明：《现代汉诗的百年演变》，河北人民出版社2003年版。

王力：《汉语诗律学》，上海教育出版社2005年版。

王瑶：《王瑶文集　第7卷》，北岳文艺出版社1995年版。

王瑶：《中国新文学史稿》，上海文艺出版社1982年版。

王泽龙等：《现代汉语与现代诗歌研究》，长江文艺出版社2017年版。

王子光、王康编：《闻一多纪念文集》，生活·读书·新知三联书店 1980 年版。

温儒敏、李宪瑜、贺桂梅等：《中国现当代文学学科概要》，北京大学出版社 2005 年版。

《文艺论丛（第十四辑）》，上海文艺出版社 1982 年版。

闻黎明、侯菊坤编：《闻一多年谱长编》，湖北人民出版社 1994 年版。

伍明春：《早期新诗的合法性研究》，人民文学出版社 2012 年版。

[美] 奚密：《现代汉诗——1917 年以来的理论与实践》，奚密、宋炳辉译，上海三联书店 2008 年版。

夏志清：《中国现代小说史》，刘绍铭等译，复旦大学出版社 2005 年版。

谢冕总主编：《中国新诗总系（1917—1927）》，人民文学出版社 2010 年版。

许霆：《新诗理论发展史》，甘肃文化出版社 1994 年版。

许霆：《中国新诗韵律节奏论》，北京师范大学出版社 2016 年版。

许毓峰、徐文斗、谷辅林等编：《闻一多研究资料·上》，北岳文艺出版社 1986 年版。

严家炎：《世纪的足音》，作家出版社 1996 年版。

杨匡汉、刘福春编：《中国现代诗论》，花城出版社 1985 年版。

查猛济编：《抒情小诗集》，古今图书店 1923 年初版。

臧克家：《臧克家全集》，时代文艺出版社 2002 年版。

臧克家编选：《中国新诗选（1919—1949）》，中国青年出版社 1956 年版。

张毕来：《新文学史纲 第一卷》，作家出版社 1955 年版。

赵家璧：《编辑忆旧》，生活·读书·新知三联书店 1984 年版。

赵家璧：《文坛故旧录：编辑忆旧续集》，生活·读书·新知三联书店 1991 年版。

赵家璧主编：《中国新文学大系》，上海良友图书印刷公司 1935 年版。

赵毅衡：《符号学原理与推演》，南京大学出版社 2011 年版。

中国现代文艺资料丛刊编辑组编：《中国现代文艺资料丛刊 第四辑》，上海文艺出版社 1979 年版。

中国作家协会诗刊社编：《中国新诗百年志·理论卷（下）》，中国工人出版社 2017 年版。

朱栋霖等主编：《中国现代文学史：1917—1997》上册，高等教育出版社 1999 年版。

朱湘：《中书集》，上海书店 1986 年版。

朱自清编选：《中国新文学大系·诗集》，上海文艺出版社 2003 年版。

朱乔森编：《朱自清全集》，江苏教育出版社 1988 年版。

邹云湖：《中国选本批评》，上海三联书店 2002 年版。

三 期刊论文类

白杰：《"新文学"何以进入"新时期"——民国新诗选本在 20 世纪 80 年代的重印重版》，《现代中国文化与文学》2019 年第 1 期。

鲍昌宝：《新诗的"原质"与"非诗化"思想：闻一多新诗理论综论》，《四川师范大学学报》（社会科学版）2008 年第 2 期。

毕新伟：《〈晨报副镌·诗镌〉综述》，《开封教育学院学报》1998 年第 1 期。

陈丙莹：《闻一多的新诗建设观》，《铁道师院学报》1987 年第 2 期。

陈国恩：《论闻一多的生命诗学观》，《文学评论》2006 年第 6 期。

陈国恩：《闻一多抗战后期思想发展的历史逻辑》，《江汉论坛》2023 年第 2 期。

陈国恩、李海燕：《论闻一多早期的"纯诗"观》，《中国文学研究》2016 年第 3 期。

陈澜、方长安：《闻一多〈红烛〉〈死水〉批评接受史综论》，《贵州社会科学》2014 年第 2 期。

陈平原：《学术史上的"现代文学"》，《中国现代文学研究丛刊》1997 年第 1 期。

陈启佑：《新诗缓慢节奏的形成因素》，《中外文学》1978 年第 1 期。

陈绍伟：《拂去尘埃见本色——记〈新诗集〉在新诗史上的地位》，《作品》1986 年第 7 期。

陈卫：《论中国新诗史上第一部新诗批评著作》，《长沙理工大学学报》（社会科学版）2013 年第 1 期。

陈卫：《评闻一多的新诗社团活动》，《徐州师范大学学报》（哲学社会科学版）2010 年第 2 期。

陈芝国：《体制化想象的质询与诗性的有无——论〈"新诗集"与中国新诗的发生〉的研究角度与方法》，《江汉大学学报》（人文科学版）2006 年第 2 期。

陈子善：《梅川书舍札记》，《书城》2022 年第 2 期。

成仿吾：《诗之防御战》，《创造周报》1923 年第 1 号。

程国君：《从"音乐的美"到"纯诗"——论新月诗人现代诗歌美学建构的深层理论与实践》，《陕西师范大学学报》（哲学社会科学版）2010 年第 3 期。

邓招华：《西南联大诗人群史料钩沉片论》，《现代中文学刊》2019 年第 3 期。

丁瑞根：《陆志韦〈渡河〉与新诗形式运动》，《中国现代文学研究丛刊》1988 年第 1 期。

方长安、仲雷：《〈凤凰涅槃〉在民国选本和共和国选本中的沉浮》，《福建论坛》（人文社会科学版）2016 年第 7 期。

方长安：《〈新青年〉对新诗的运作》，《学术研究》2006 年第 1 期。

方长安：《传播建构与现代新诗评估范式的重建》，《复旦学报》（社会科学版）2018 年第 3 期。

方长安：《传播接受与中国新诗史重构论》，《学术月刊》2022 年第 10 期。

方长安：《传播与新诗现代性的发生》，《学术月刊》2006 年第 4 期。

方长安：《对新诗建构与发展问题的思考——〈新诗年选（一九一九年）〉的现代诗学立场与诗歌史价值》，《文学评论》2015 年第 2 期。

方长安：《新诗知识生产与经典化功能——历史视野中的〈中国新诗选（1919—1949）〉》，《文艺理论研究》2018 年第 6 期。

方长安：《以经典化为问题——闻一多的〈现代诗钞〉与新诗评估坐标重建》，《华中师范大学学报》（人文社会科学版）2023 年第 1 期。

方长安：《阅读接受与新诗经典化》，《云南师范大学学报》（哲学社会科学版）2012 年第 3 期。

方长安：《中国现代诗歌传播接受与经典化的三重向度》，《天津社会科学》2017 年第 3 期。

方长安、陈璇：《〈大堰河——我的保姆〉的"经典化"现象研究》，《学习与探索》2008年第4期。

方长安、余蔷薇：《选本对胡适"尝试者"形象的塑造》，《中国现代文学研究丛刊》2012年第5期。

方长安、郑艳明：《现代文学史著作对"新诗"的命名——以20世纪20～40年代文学史著作中的"无韵诗"为中心》，《福建论坛》（人文社会科学版）2019年第3期。

方长安、仲雷：《选本数据与"何其芳现象"重审》，《江汉论坛》2017年第12期。

方舟：《选本与新诗历史发展关系研究之路径》，《福建论坛》（人文社会科学版）2018年第8期。

高蔚：《"纯诗"的先声——唯美艺术思想》，《南京师大学报》（社会科学版）2006年第2期。

高蔚：《中国化"纯诗"：一次艰难的文化之旅》，《华东师范大学学报》（哲学社会科学版）2005年第5期。

高周权：《论分行与现代诗歌节奏之关系》，《华中师范大学学报》（人文社会科学版）2021年第1期。

耿叶、汪云霞：《荒原上绽放的丁香——罗伯特·白英日记中的西南联大知识分子》，《社会科学动态》2020年第5期。

郭勇：《为民族与文化开一剂药方：闻一多〈现代诗抄〉的时代意义》，《北京教育学院学报》2020年第6期。

贺昌盛：《现代性视阈中的汉语"纯诗"理论》，《厦门大学学报》（哲学社会科学版）2006年第1期。

鹤西：《怀废名》，《新文学史料》1987年第3期。

侯金镜：《书报介绍：〈新文学大系〉》，《津中周刊》1935年第141期。

胡适：《谈谈"胡适之体"的诗》，《自由评论》1936年第12期。

胡适：《谈新诗——八年来一件大事》，《星期评论》1919年10月10日。

胡适：《我为什么要做白话诗（尝试集自序）》，《新青年》1919年第6卷第5期。

胡先骕：《评〈尝试集〉》，《学衡》1922年创刊号。

黄礼孩：《诗歌是时代精神的自鸣钟》，《文艺争鸣》2020年第10期。

黄曼君：《回到经典重释经典——关于20世纪中国新文学经典化问题》，《文学评论》2004年第4期。

黄曼君：《闻一多文化诗学论》，《东岳论丛》2006年第2期。

黄曼君：《中国现代文学经典的诞生与延传》，《中国社会科学》2004年第3期。

姬凤霞：《异彩纷呈话当年——〈中国新文学大系·导论集〉述评》，《广西教育学院学报》2003年第2期。

贾宏图：《永恒的诗人——〈玲君诗集〉序并纪念白汝瑗先生》，《新闻传播》2006年第6期。

蹇先艾：《〈晨报诗刊〉的始终》，《新文学史料》1979年第3期。

蹇先艾：《再话〈晨报诗镌〉》，《新文学史料》1979年第5期。

江渝：《传递不灭的文化薪火——从西南联大看大学文化与现代文学之关系》，《当代文坛》2010年第3期。

姜涛：《20世纪30年代的大学课堂与新诗的历史讲述》，《学术月刊》2007年第1期。

姜涛：《"世纪"视野与新诗的历史起点——〈女神〉再论》，《中国文学批评》2019年第2期。

姜涛：《"为胡适改诗"与新诗发生的内在张力——胡怀琛对〈尝试集〉的批评研究》，《北京大学学报》（哲学社会科学版）2003年第6期。

姜涛：《"为有源头活水来"——早期新诗理论中的"修养"与"源泉"论》，《文艺争鸣》2017年第8期。

姜涛：《"选本"之中的读者眼光——以〈新诗年选〉（1919年）为考察对象》，《江汉大学学报》（人文科学版）2005年第3期。

姜涛：《被历史的钢针碰响："三一八"、闻一多与〈诗镌〉的创立》，《华中师范大学学报》（人文社会科学版）2022年第3期。

姜涛：《凯约嘉湖上一只小船的打翻——重审新诗发生"前史"的一次"偶然"》，《郑州大学学报》（哲学社会科学版）2021年第2期。

姜涛：《五四时代的读者如何读〈女神〉》，《南方文坛》2020年第1期。

姜涛：《早期新诗的"阅读问题"》，《中国现代文学研究丛刊》2002年第3期。

蒋晓梅：《在语言困境中挣扎的诗人——浅论闻一多的语言体验》，《北方论丛》2004年第1期。

金宏宇、向阿红：《论胡适〈尝试集〉自序的诗史价值》，《华中师范大学学报》（人文社会科学版）2019年第2期。

康白情：《新诗底我见》，《少年中国》1920年第1卷第9期。

蓝棣之：《论郭沫若新诗创作方法与艺术个性》，《北京师范大学学报》1983年第2期。

冷霜、段从学、姜涛等：《讨论〈"新诗集"与中国新诗的发生〉》，《中国诗歌研究动态（第三辑）》，2007年。

李光荣：《何谓"全新的诗"？——闻一多的朗诵诗理论试探》，《西南民族大学学报》（人文社科版）2017年第5期。

李光荣：《西南联大的朗诵诗观念——从闻一多到朱自清和李广田》，《中国现代文学研究丛刊》2017年第8期。

李海燕、陈国恩：《从"纯诗"突围而来的现实主义——论闻一多后期诗学观》，《江汉论坛》2017年第4期。

李润霞：《〈中国新诗总系〉的编选原则与史料问题》，《文艺争鸣》2011年第11期。

李天英：《从〈中国新文学大系（1917—1927）〉看赵家璧的宣传营销策略》，《出版科学》2015年第6期。

李怡：《重审胡适和初期白话诗——〈中国新诗讲稿〉之一章》，《关东学刊》2017年第2期。

李怡：《重审中国新诗发展的启端——初期白话诗研究综述》，《中国现代文学研究丛刊》1996年第2期。

李怡、罗梅：《从史料还原、文本解读到诗学建构——民国诗歌研究的三个方法论案例》，《四川大学学报》（哲学社会科学版）2016年第4期。

李怡、苏雪莲：《大众传媒与中国新诗的生成》，《学术月刊》2006年第4期。

李遇春、鲁微：《众声喧哗与异质同构——"五四"时期中国诗歌的新旧之争》，《东南学术》2020年第4期。

李章斌：《罗伯特·白英〈当代中国诗选〉的编撰与翻译》，《中国现代文学研究丛刊》2012年第3期。

梁实秋：《读〈诗底进化的还原论〉》，《晨报副刊·诗镌》1922年5月27、28、29日。

梁实秋：《我也谈谈"胡适之体"的诗》，《自由评论》1936年第12期。

梁实秋：《新诗的格调及其他》，《诗刊》1931年创刊号。

梁笑梅：《中国新诗发生期新诗集序的媒介价值》，《文学评论》2009年第5期。

刘半农：《诗与小说精神上之革新》，《新青年》1917年第3卷第5期。

刘殿祥：《闻一多著作的版本演变和全集成型》，《汕头大学学报》（人文社会科学版）2007年第4期。

刘福春：《第一本新诗年选》，《诗刊》1999年第2期。

刘福春：《第一部新诗集》，《诗刊》1999年第1期。

刘福春：《寻诗散录（之一）》，《中国现代文学研究丛刊》1987年第2期。

刘复：《我之文学改良观》，《新青年》1917年第3卷第3期。

刘海波、魏建：《闻一多诗学理论与新诗形式的现代化建构》，《齐鲁学刊》2003年第5期。

刘纪新：《挥却历史的雾霭——对穆旦诗歌代表作的清理》，《四川大学学报》（哲学社会科学版）2011年第2期。

刘纳：《论〈女神〉的艺术风格》，《中国现代文学研究丛刊》1982年第4期。

刘延陵：《〈诗〉月刊影印本序》，《新文学史料》1990年第2期。

刘勇：《关于20世纪中国文学谱系研究的思考——兼论〈中国新文学大系（1917-1927）〉的历史价值与现实意义》，《北京师范大学学报》（社会科学版）2013年第1期。

刘勇、李春雨：《郭沫若研究述评》，《北京师范大学学报》（人文社会科学版）2001年第4期。

龙泉明：《"五四"白话新诗的"非诗化"倾向与历史局限》，《文学评论》1995年第1期。

鲁迅：《致傅斯年》，《新潮》1919年第1卷第5期。

吕进：《作为诗评人的闻一多》，《江汉论坛》1999年第12期。

罗岗：《"分期"的意识形态——再论现代"文学"的确立与〈中国新文学大系（1917-1927）〉的出版》，《华东师范大学学报》（哲学社会科学版）2001年第2期。

罗岗：《解释历史的力量——现代"文学"的确立与〈中国新文学大系（1917-1927）〉的出版》，《开放时代》2001年第5期。

罗先海、金宏宇：《新诗集序跋生产及文献价值论》，《东吴学术》2017年第5期。

罗星昊：《闻一多〈现代诗钞〉拾微》，《四川师院学报》（社会科学版）1985年第1期。

罗振亚：《新诗鉴赏方法探略》，《名作欣赏》2007年第1期。

茅盾：《论初期白话诗》，《文学》1937年第8卷第1号。

穆木天：《谭诗——寄郭沫若的一封信》，《创造周刊》1926年第1卷第1期。

潘颂德：《略论沈从文的新诗评论》，《鄂州大学学报》2000年第3期。

曲竟玮：《新诗启蒙主题的凸显与消隐——论朱自清编选〈中国新文学大系·诗集〉》，《绥化学院学报》2017年第6期。

荣光启：《从历史事件到精神象征——闻一多殉难60周年纪念暨国际学术研讨会综述》，《江汉大学学报》（人文科学版）2006年第5期。

沈从文：《读〈新文学大系〉》，（天津）《大公报·文艺》1935年第51期。

沈从文：《介绍〈新文学大系〉》，（天津）《大公报·文艺副刊》1935年第150期。

沈从文：《论闻一多的〈死水〉》，《新月》1930年第3卷第2期。

沈从文：《我们怎么样去读新诗》，《现代学生（上海1930）》1930年创刊号。

沈宁：《常任侠致孙望书札考释》，《新文学史料》2004年第4期。

沈有乾：《书评：〈中国新文学大系〉》，《宇宙风》1936年第8期。

苏雪林：《论闻一多的诗》，《现代（上海1932）》1934年第4卷第3期。

孙向阳：《"中国现代文学史"学科的建构及嬗变——以"教学大纲"为考察中心》，《南方文坛》2018年第2期。

孙玉蓉：《〈诗〉月刊创刊之前》，《新文学史料》1990年第4期。

孙玉石：《1920年代中国新诗发展述略》，《北京大学学报》（哲学社会科学版）2008 年第 2 期。

汤凌云：《八十年前的诗坛盛事——新诗历史上的重要刊物〈晨报副刊·诗镌〉》，《文史杂志》2006 年第 5 期。

陶丽萍、方长安：《现代传播与〈女神〉的出场及其经典化》，《学习与探索》2006 年第 3 期。

童一菲：《"诗以为史"——〈新诗年选一九一九年〉文本批评与"史"的建构》，《海南师范大学学报》（社会科学版）2021 年第 2 期。

汪云霞：《记忆与召唤——论罗伯特·白英的中国日记写作》，《社会科学》2017 年第 11 期。

汪云霞：《论俞铭传诗歌的传播及其"世界性"意义》，《东岳论丛》2019 年第 7 期。

王昌忠：《抗战时期七月派诗歌的人民性及其意义》，《重庆师范大学学报》（社会科学版）2021 年第 1 期。

王珂：《新诗应该适度经典化》，《江汉论坛》2006 年第 9 期。

王爽、黄光芬：《王佐良与英美现代诗歌在中国的译介》，《外国语文》2020 年第 4 期。

王向峰：《论人民性的历史发展与现实意义》，《辽宁大学学报》（哲学社会科学版）2015 年第 3 期。

王雪松：《白话新诗派的"自然音节"理论与实践》，《华中师范大学学报》（人文社会科学版）2012 年第 2 期。

王雪松：《论标点符号与中国现代诗歌节奏的关系》，《中国现代文学研究丛刊》2016 年第 3 期。

王雪松：《现代汉语虚词与中国现代诗歌节奏》，《文艺研究》2018 年第 5 期。

王雪松、黎婷：《校园期刊与新诗发生期的批评场域——以〈新潮〉和〈清华周刊〉为例》，《天津社会科学》2019 年第 3 期。

王泽龙：《"五四"新诗集序跋与新诗初期形象的建构》，《天津社会科学》2020 年第 5 期。

王泽龙：《〈中国新诗总系〉的经典意识》，《文艺争鸣》2011 年第 11 期。

王泽龙：《传播接受视域中的中国现代诗歌发生与经典建构》，《华中师范大学学报》（人文社会科学版）2019 年第 4 期。

王泽龙、任旭岚：《新中国 70 年现代白话与中国新诗形式建构研究之检讨》，《吉林大学社会科学学报》2019 年第 5 期。

王泽龙、王雪松：《闻一多的诗歌节奏理论与实践》，《人文杂志》2010 年第 2 期。

魏嵩年：《从学者到战士——闻一多后期思想述评》，《辽宁师范大学学报》1994 年第 3 期。

温儒敏：《从学科史回顾八十年代的现代文学研究》，《北京大学学报》（哲学社会科学版）2004 年第 5 期。

温儒敏：《论〈中国新文学大系〉的学科史价值》，《文学评论》2001 年第 3 期。

温儒敏：《浅议有关郭沫若的两极阅读现象》，《中国文化研究》2001 年第 1 期。

温儒敏：《沈从文怎样写鉴赏性评论》，《名作欣赏》1993 年第 3 期。

温儒敏：《文学史观的建构与对话——围绕初期新文学的评价》，《北京大学学报》（哲学社会科学版）2000 年第 4 期。

温儒敏：《新诗是如何"发生"的？》，《中华读书报》2005 年 3 月 2 日。

《文化情报：〈中国新文学大系之内容〉，《文化前哨月刊》1935 年第 1 卷第 2 期。

闻一多：《〈女神〉之地方色彩》，《创造周报》1923 年第 5 期。

闻一多：《〈女神〉之时代精神》，《创造周报》1923 年第 4 期。

闻一多：《诗的格律》，《晨报副刊·诗镌》1926 年 5 月 13 日。

吴井泉：《1940 年代中国现代新诗体建设的理论透视——基于民族化与现代化的视角》，《北方论丛》2007 年第 3 期。

吴思敬：《一切尚在路上——新诗经典化刍议》，《江汉论坛》2006 年第 9 期。

吴艳：《论闻一多诗学的"多元意识"》，《江汉论坛》2004 年第 6 期。

伍明春：《早期新诗写作中的师者角色》，《湖北教育学院学报》2006 年第 9 期。

肖辉、黄晓东：《当代作家"经典化"路径之新变——以诗人穆旦为中心的考察》，《当代文坛》2015 年第 2 期。

肖学周：《试论闻一多的诗学语言观念及其发展轨迹》，《文学评论》2013年第1期。

肖学周：《闻一多诗学的当代性》，《文学评论》2021年第3期。

谢康：《读了〈女神〉之后》，《创造季刊》1922年第1卷第2期。

徐勇：《〈中国新文学大系·诗集〉与现代诗人主体的建构》，《中国现代文学研究丛刊》2021年第7期。

徐勇：《选本编纂与20世纪中国新诗的评价问题》，《南方文坛》2020年第6期。

徐勇：《选本批评与当代诗歌创作场域的构筑》，《中山大学学报》（社会科学版）2021年第4期。

徐玉兰：《以"异"求"真"——由〈中国新文学大系（1917—1927）〉研究述评想到》，《青年作家》（中外文艺版）2011年第6期。

徐志摩：《诗刊弁言》，《晨报副刊：诗刊》1926年第1期。

徐志摩：《诗刊放假》，《晨报副刊·诗镌》1926年6月10日。

Y.L.：《编辑余谈》，《诗》1922年第1卷第5期。

颜同林：《姿态与宿命——第一个新诗刊物〈诗〉月刊研究》，《宁夏大学学报》（人文社会科学版）2009年第3期。

晏亮：《传统诗话的绝唱——论〈新诗年选〉中的诗歌评点》，《湖北师范学院学报》（哲学社会科学版）2015年第1期。

晏亮、陈炽：《由〈新诗集〉和〈分类白话诗选〉看早期新诗翻译与创作》，《海南师范大学学报》（社会科学版）2015年第9期。

杨华丽：《国民党的文化统制政策与〈中国新文学大系〉的诞生》，《学术月刊》2014年第8期。

杨绍军：《西南联大群体的新诗研究及其外来影响——以闻一多、朱自清为中心的探讨》，《学术探索》2008年第3期。

杨新宇：《等等大雪等等霜——诗人赵令仪论》，《现代中文学刊》2020年第5期。

杨亚林：《时代文化催生的〈中国新文学大系（1917—1927）〉》，《时代文学（下半月）》2010年第12期。

杨义：《新文学开创史的自我证明——为〈中国新文学大系导言集〉所作

导言》,《文艺研究》1999年第5期。

姚家育:《新诗教育视野中的吕进》,《东莞理工学院学报》2018年第2期。

姚琪:《最近的两大工程》,《文学(上海1933)》1935年第5卷第1期。

易彬:《政治理性与美学理念的矛盾交织——对于闻一多编选〈现代诗钞〉的辩诘》,《人文杂志》2011年第2期。

游迎亚:《早期新诗选本的诗体辨析》,《海南师范大学学报》(社会科学版)2015年第12期。

余冠英:《新诗的前后两期》,《文学月刊(北平)》1932年第2卷第3期。

俞平伯:《读〈毁灭〉》,《小说月报》1923年第14卷第8期。

俞平伯:《社会上对于新诗的各种心理观》,《新潮》1919年第2卷第1期。

俞平伯:《诗底进化的还原论》,《诗》1922年第1卷第1期。

俞平伯、胡适:《通信:白话诗的三大条件》,《新青年》1919年第6卷第3期。

郁达夫:《〈女神〉之生日》,《时事新报·学灯》1922年8月2日。

郁达夫:《五四文学运动之历史意义》,《文学》1933年创刊号。

袁洪权:《"新文学讲义"的命运与〈中国新文学大系〉诗集卷的生产——九月十八日朱自清致叶圣陶信件考释为中心》,《玉溪师范学院学报》2016年第10期。

张传敏:《百年新诗开端:为什么是胡适?》,《文艺争鸣》2017年第9期。

张德厚:《现代诗学的丰碑——论闻一多的诗学理论》,《求是学刊》1996年第5期。

张洁宇:《"我是在新诗之中,又在新诗之外"——重评闻一多诗学观念的转变及其他》,《江汉学术》2020年第5期。

张桃洲:《论〈少年中国〉的形式诗学——以新诗"发生"为背景的考察》,《中国诗歌研究》2010年第1期。

张桃洲、雷奕:《论1990年代诗歌中的跨文体书写》,《中国现代文学研究丛刊》2011年第8期。

张元珂:《〈尝试集〉的版本谱系》,《文艺报》2016年4月22日。

张资平:《致读〈女神〉者》,《文学旬刊》1922年第34期。

赵家璧:《从一段鲁迅佚文所想到的——回忆鲁迅编选〈中国新文学大系〉

〈小说二集〉》,《山东师院学报》(社会科学版) 1977 年第 5 期。

赵黎明:《欧化语法与现代汉诗的发展》,《社会科学》2022 年第 7 期。

赵绍玲:《关于"中国第一本新诗集"之我见》,《国家图书馆学刊》1989 年第 3 期。

赵学勇、朱智秀:《〈中国新文学大系(1917—1927)〉研究述评》,《中国现代文学研究丛刊》2008 年第 5 期。

郑伯奇:《批评郭沫若的处女诗集〈女神〉》,《时事新报·学灯》1921 年 8 月 21、22、23 日。

郑成志:《初期白话诗的另一种形式构想——以刘半农、赵元任和陆志韦等人为例》,《中国现代文学研究丛刊》2011 年第 7 期。

郑瑜:《〈中国新文学大系〉之传播学研究》,《南方文坛》2008 年第 3 期。

郑振铎:《血和泪的文学》,《文学旬刊》1921 年第 6 期。

仲雷:《汇入新诗现代性洪流里的昙花——重评第一个新诗刊物〈诗〉月刊》,《山西师大学报》(社会科学版) 2015 年第 4 期。

周炜赟:《重述"新诗"发生的故事——〈"新诗集"与中国新诗的发生〉的叙述特点》,《泰山学院学报》2006 年第 4 期。

周作人:《论小诗》,《晨报副刊·诗镌》1922 年 6 月 22 日。

周作人:《人的文学》,《新青年》1918 年第 5 卷第 6 期。

周作人:《扬鞭集·序》,《语丝》1926 年第 82 期。

朱湘:《书评:〈银铃〉》,《青年界》1932 年第 2 卷第 4 期。

朱湘:《桌话·〈红烛〉》,《文学》(原名《文学旬刊》) 1924 年第 144 期。

朱湘:《桌话·〈小溪〉》,《文学》(原名《文学旬刊》) 1924 年第 144 期。

朱晓进:《从语言的角度谈新诗的评价问题》,《文学评论》1992 年第 3 期。

朱智秀:《论〈中国新文学大系(1917—1927)〉的出版与社会影响》,《渭南师范学院学报》2010 年第 4 期。

四 硕博学位论文类

陈璇:《叙述与确认:民国时期新诗选本研究》,博士学位论文,武汉大学,2014 年。

董玉梅：《新月诗派诗歌选本研究》，硕士学位论文，陕西师范大学，2014年。

范则：《〈中国新文学大系·诗集〉经典化研究》，硕士学位论文，华中师范大学，2020年。

顾星环：《早期新诗集序跋研究》，硕士学位论文，南京大学，2014年。

郭欣然：《早期新诗传播研究（1917—1923）》，硕士学位论文，四川省社会科学院，2021年。

刘佳：《〈中国新文学大系（1917—1927）·诗集〉编纂研究》，硕士学位论文，渤海大学，2014年。

彭楚怡：《论闻一多的文学语言观》，硕士学位论文，湖南师范大学，2018年。

覃宝凤：《论〈中国新文学大系〉（第一个十年：1917—1927）的编纂》，硕士学位论文，华中师范大学，2007年。

徐宁：《"以诗存史"与经典化选择——闻一多〈现代诗抄〉研究》，硕士学位论文，陕西师范大学，2018年。

叶盼：《徐志摩诗歌文体研究》，硕士学位论文，福建师范大学，2017年。

曾琦珣：《民国时期中国文学史中的新诗观》，硕士学位论文，华中师范大学，2014年。

后 记

20世纪科学思潮，带来了人类物质文化、社会生活方方面面的重大改变。现代报刊与书籍出版，极大地改变了人们的文化生活与精神生活，也直接影响了中国文学观念与文学形式的变革。现代传媒的兴起，让社会信息、精神文化产品以一种普及形态与便捷的途径走进了大众生活。现代传媒在19、20世纪之交的兴起，几乎与现代白话文运动的发端同轨并步，千百年来与平民大众隔离的文化产品、文学经典，开始拉近了与大众距离。

诗歌一直是高高在上的正宗文化产品与高雅文学的标志，远离在文言文门槛之外的普通老百姓，只能通过口传声授途径接近诗歌。现代报刊与出版业的兴起与发展，让广大读者更多从视觉阅读来接近文学、走近诗歌。现代传媒也是启蒙大众的重要推手，为了获得市场与读者，不仅传媒语言日趋通俗日常，语体也普遍报刊化、自由化，现代白话诗歌语言与自由体诗歌的发端与发展演变，与现代传媒有紧密的联系。从20世纪之初，一大批白话报刊相继出现，接受西方语言语法体系与欧化书写印刷形式影响，面对科学普及文章中的公式排列、拼音文字横向呈现形态，竖排、不分行、无标点的传统文章呈现形式再无法对应西方科学的传播，传统的传播形式难以为继，诗歌不得不开始接受横向书写与分行排列的外来形式。正是这样的转变，把几千年在格律范式下经营的诗歌听觉表达与韵律化接受传统作了根本变革，诗歌开始走向视觉阅读与分行书写的自由诗体时代。尽管这个变革后的现代诗歌形式还不成熟，

后 记

但是现代诗歌走向了这样一条远离格律化、韵律化的不归路,它是科学的选择,是文化形态现代化的必然结果。

这部著作分为三个部分。分别从现代报纸副刊、现代杂志、现代诗歌选集出版与现代诗歌传播接受三个维度,选择有代表性的对象,作了专题性的考察研究。报纸副刊研究选取的是民国时期最有影响力的四大副刊之中的《时事新报》学灯副刊、《晨报副刊》与《京报副刊》。每一部分根据副刊特点,重点探究诗歌传播中最有典型意义的问题。比如《学灯》研究,主要考察诗学园地建设、外来诗歌的译介;《晨报副刊》研究它与新月诗派的关系;《京报副刊》考察副刊主编编辑思想与实践对新诗传播的影响等。现代杂志与现代诗歌传播部分,选取了《新青年》翻译诗歌对五四新诗形式建构的影响;《歌谣》周刊考察,集中关注儿童歌谣的传播;《现代》杂志研究其副文本在新诗传播中的作用与意义。现代选本与新诗传播部分,从五四时期选本考察它对新诗发生的推动作用;闻一多的《现代诗抄》讨论他的诗学观念;《中国新文学大系·诗集》研究它对现代诗歌经典建构的意义。整体上形成一个考察现代传媒对现代诗歌队伍建设、诗歌观念形成、文体建设的作用、外来诗歌借鉴、经典建构的影响等方面的作用与意义研究系统,为新诗发生、演变历史的认识提供一个具有生态化的历史图景。

书稿基本内容完成情况说明如下:上篇三编分别由廖水莲、陈越、杨舒涵执笔;中篇三编分别由王璐、魏蒙、孟苛执笔;下篇三编分别由满佩、江鱼、范则执笔。这一群作者主要是我与王雪松教授指导的博士、硕士研究生,陈越是员怒华教授的研究生。全书由我统筹规划,修改定稿;王雪松老师、员怒华老师参与了大量指导与修改工作,文稿中的问题主要由我负责。该课题是我们新诗传播接受研究重大项目的一项集体成果,对同学们、老师们的合作表示衷心感谢!期待读者朋友们的批评指正。

2023 年 9 月 8 日